大国顶梁柱

——“央企楷模”报告文学作品集

国务院国资委党委宣传部　编

（第三辑·上）

图书在版编目（CIP）数据

大国顶梁柱：“央企楷模”报告文学作品集．第三辑 / 国务院国资委党委宣传部编．-- 北京：中国经济出版社，2020.12（2021.4 重印）

ISBN 978-7-5136-6237-6

Ⅰ．①大… Ⅱ．①国… Ⅲ．①报告文学—作品集—中国—当代 Ⅳ．①I25

中国版本图书馆 CIP 数据核字（2020）第 253392 号

项目统筹　李煜萍
责任编辑　王　帅　李若雯
责任印制　巢新强

出版发行　中国经济出版社
印 刷 者　北京富泰印刷有限责任公司
经 销 者　各地新华书店
开　　本　710mm × 1000mm　1/16
印　　张　55.5
字　　数　820 千字
版　　次　2020 年 12 月第 1 版
印　　次　2021 年 4 月第 2 次
定　　价　140.00 元
广告经营许可证　京西工商广字第 8179 号

中国经济出版社 **网址** www.economyph.com **社址** 北京市东城区安定门外大街 58 号 **邮编** 100011
本版图书如存在印装质量问题，请与本社销售中心联系调换（联系电话：010-57512564）

目录

最美奋斗者

永不放弃
——记“最美奋斗者”、新中国大飞机技术奠基者马凤山 中国商飞党群工作部 / 003

中国著名工运活动家
——马恒昌 通用技术集团党群工作部 / 021

一生逐梦石油科技
——记“最美奋斗者”、新时期“铁人”王启民 崔英春 / 041

愿得此身长报国
——记“最美奋斗者”“铁人”王进喜 宋明珠 / 066

走在时间前面的人
——王崇伦 李 波 朱彦峰 姜 哲 靳 妍 / 088

逐梦，永不放弃
——记新时代农民工楷模巨晓林 齐中熙 孙樱齐 王凤群 / 106

向着璀璨星空不断前行 郭兆炜 王 硕 / 131

攀登5G标准高峰的“最美奋斗者”
——记中国移动研究院网络创新实验室孙滔 中国移动党组宣传部 / 150

一生熔铸“中国心”
——记中国航空发动机之父吴大观 中国航发 / 170

把一切献给党
——记“中国的保尔·柯察金”吴运铎
郭咸梅　冯利霞　陈　希　马志强　赵永华 / 191

不忘初心　点亮万家的追梦人　孟　潞 / 216

追梦海外“新铁人”
——记“最美奋斗者”、大庆“新铁人”李新民
于晓宇　王剑飞　王　冰 / 237

人民的“挑夫”
——“最美奋斗者”杨怀远的故事　朱雪峰 / 267

登高英雄传奇　张荣文　金　伟 / 293

催化之光永恒
——记“最美奋斗者”闵恩泽院士　左佳齐 / 311

初心如磐绘“金花”　愿得此身长报国
——科技报国70年的石化技术开拓者“时代楷模”陈俊武
徐　徐　刘　倩　贾春峰 / 332

第一座塑像　周以纯 / 361

忠魂永驻海天间
——记我国第一型舰载机歼-15飞机研制现场总指挥罗阳　柴　宽 / 380

激流中奋进　逆境中攀高
——“最美奋斗者”罗健夫　黄智卓　袁思雅　赵　昱 / 401

人民兵工的杰出楷模
——祝榆生　李亚明　张英俊　石青亮 / 421

最美奋斗者

永不放弃

——记“最美奋斗者”、新中国大飞机技术奠基者马凤山

◎文/中国商飞党群工作部

“宝剑锋从磨砺出，梅花香自苦寒来。”

——马凤山最喜欢书写的话

2014年5月23日，习近平总书记来到中国商飞设计研发中心，现场了解ARJ21新支线客机、C919大型客机研制情况，亲切看望、慰问设计师等研制人员，就自主研制中国大飞机发表重要讲话。

习近平总书记特别指出，中国大飞机事业实际上起步很早，走过了一段艰难、坎坷、曲折的历程，现在是“而今迈步从头越”，势头很好，开局很好，前面的路还很长，希望大家一以贯之、锲而不舍，脚踏实地、扎扎实实，保持信心、保持耐心，坚定走好大飞机长征路。习近平总书记深情嘱托：“我们一定要有自己的大飞机。”

2019年国庆前夕，“伟大历程·辉煌成就——庆祝中华人民共和国成立70周年大型成就展”中出现了一个国人久违了的名字——马凤山。

不久，这位默默隐藏在新中国70周年艰难、坎坷、曲折历程中的身影，这位用毕生心血为“关山万千重”的中国大飞机

事业跑出了至为艰难的第一棒的新中国大飞机事业拓荒者、追梦人、技术奠基者被授予新中国成立70周年“最美奋斗者”称号。

炮火中立下航空报国之志

1929年5月，马凤山出生在江南富庶之地——无锡，然而他幼年的家境却并不富裕，直到父亲在县城里做起糕团生意，生活才略显宽裕，得以供兄弟几人上学。

1937年，8岁的马凤山第一次看到：黑乎乎的炸弹凌厉地尖叫着，如同死神的召唤，从空中急速下坠，一声巨响之后就是漫天的血泪和哀号。整个青少年时期，马凤山就是这样在战火中度过的，国家危亡，生民倒悬，偌大一个中国竟容不下一张小小的课桌，小凤山感到不解和愤怒。

时势艰难，小凤山十分珍惜来之不易的学习机会，他先后就读于无锡道南中学和辅仁中学。小凤山如饥似渴地学习，常常废寝忘食，由于勤奋聪慧，深受老师喜爱。可是，战火无情，在侵略者的铁蹄之下，美丽的无锡惨遭涂炭。小凤山从小就体会到了家国的艰难，经常在功课之余帮父亲打打下手，减轻家里的负担。

战火肆虐下的青少年生涯，使得马凤山从小就立志报国。亲眼看见日寇的狂轰滥炸，他深感没有强大的国防和航空工业，就没有祖国安宁的蓝天，他要用知识保卫国家、护佑人民。

1949年，历经劫难的中华大地迎来了中华人民共和国的诞生，20岁的马凤山也迎来了人生的新历程，这一年，他考上了上海交通大学航空工程系。

当时的交大航空工程系，云集了曹鹤荪、季文美、王宏基、马明德等名师大家。有幸成为新中国第一批大学生之一的马凤山一头扎进浩瀚无垠的空天知识海洋，孜孜不倦地汲取着养分。空气动力学、飞机结构、飞行力学……马凤山学业门门优秀，在交大学习期间，他养成了认真、严格、求实的治学态度和工作作风，此后终身受益。

年轻的哈飞设计室气动组组长和“松花江1号”

1952年9月，因国家急需建设人才，学校加快了授课进度，祖国哪里需要就到哪里去，提前一年毕业的马凤山立即从锦绣江南直奔哈尔滨，投身新中国航空工业建设最前线。

马凤山奔赴的哈尔滨飞机修理厂，是新中国创建航空工业时兴办的六大航空工厂之一，负责修理轻型轰炸机，位于离哈尔滨市区25公里的平房区，后来发展成为我国重要的航空工业骨干企业——哈尔滨飞机工业集团。

美丽的哈尔滨，是马凤山职业生涯的第一站，也是他邂逅爱情、觅得终身伴侣的浪漫之都，在这里，他和毕业于上海财经大学的女大学生赵孟华相识相恋。当年，这里的生活条件非常艰苦，严寒的冬天让这一对来自上海的小情侣十分难熬。但也有快乐时光，大雪之后的哈尔滨庄严圣洁，一如巍峨的索菲亚大教堂。两人在工作之余，会到市中心逛逛，品尝一下当地特色大列巴、红肠和锅包肉。

1956年，马凤山加入了中国共产党，同年，女友赵孟华也入了党。马凤山常常对赵孟华说：“我是家乡的第一个大学生，按乡亲们的说法，我是‘鸡窝里飞出来的金凤凰’，‘金凤凰’就要为振兴中华而奋斗啊！”赵孟华被这个痴痴的理想青年深深吸引，在1958年的大建设年代，这对有志青年结成终身伴侣，从此风雨同舟、相濡以沫，携手共走报国之路。

1958年之前，马凤山一直在检验科摸爬滚打，他就像医术精湛的医生，负责监督修理飞机的过程，检验经修理后的飞机质量，确保所有过手飞机能安全飞行，重新成为人民空军强大的武器装备。在对图-2轰炸机在地面滑行时起落架折断的事故进行分析时，马凤山提出要科学限定飞机转弯半径及滑行速度，并对飞机关键钢制零件进行磁力探伤。总结数年经验，马凤山引入了质量控制理念，制定了全套质量检验管理制度和工作程序。由于出色的工作能力，马凤山于1958年被任命为哈飞设计室气动组组长，负责“松花江1号”“和平401号”“和平402号”等飞机的气动布局，性能计算，操纵性、稳定性计算等工作，编制了“松花江1号”试飞大纲直至该机试飞成功。

半个世纪的轰-6传奇和背后的一本笔记

新中国成立之初，人民空军轰炸航空兵力量相对薄弱，缺乏一款技术先进、性能过硬的国产主力轰炸机以御敌于国门之外，护卫广袤的领土海疆，中央军委决定迅速补齐这块短板。

1959年5月，马凤山奉命参加轰-6飞机的试制和改进设计工作，试制对象就是赫赫有名的苏联图-16双发高亚声速中程轰炸机，我国国防力量将有望借此获得很大的提升。为了完成轰-6飞机的试制任务，同年，马凤山一行赴苏联考察飞机静力试验和强度规范。

在哈飞6年多的工作中，马凤山接触到很多来自苏联的技术专家，与他们结为朋友，这也为他的俄语学习打下了一定的基础。参团出国之前，马凤山认真准备，争分夺秒进修俄语。到达苏联喀山之后，代表团立即进驻图-16飞机生产工厂，重点考察苏联《53年飞机强度规范》与《47年飞机强度规范》的差异以及图-16飞机强度计算及静力试验情况。

技术“交底”课程只有短短一个月的时间，苏联专家在上课时一直强调：“这些课你们听听就行，不用做笔记，详细的技术资料我们会装一节车厢给你们运过去。”很多技术人员深信不疑，只是专心听讲，有心的马凤山却不从众，仍然认真记下每一个宝贵数据。

1959年6月，苏联政府单方面撕毁了中苏双方签订的关于国防新技术的协定，拒绝向中国提供国防装备和工业技术，当时国内得到的图-16技术资料，只有一本强度综合数据。这是一本仅有答案而没有分析计算和验证过程的数据资料，仅有这个资料，中国试制图-16都成问题，更不用说自行设计改进了，当初被派去学习的绝大多数技术人员为此懊悔不已。

为了拿到全套的技术资料，我国通过外交途径由驻苏使馆正式向苏方交涉，得到的答复是，很多核心技术资料是由苏联中央航空流体动力研究院编写的，不在提供清单之列，中方交涉无果。

正在大家叹息“山穷水尽疑无路”之时，一本学习笔记让大家“柳暗花明又一村”。这本笔记字迹秀美工整，其中含有大量图-16飞机的总体、强度、试飞等关键信息。这就是马凤山访苏期间记下的学习笔记。这本神秘的“马凤山笔记”主要包含《图-16飞机的静力试验考察报告》、《图-16飞机强度计算原始数据总结报告》以及《从图-16改为图-104的结构考察报告》。“笔记”具有很高的技术权威性，为我国进行轰-6飞机强度计算，确定原始数据及编制静力试验任务书提供了基本依据，尤其是轰-6飞机真实的“零升阻力系数”“最大升力系数”等关键数据。这本马凤山记录了宝贵信息的苏联出产的软皮厚练习本，当时被列为绝密级文件。只有极少数设计人员经过政审和层层审批后才能一窥尊容，还要遵守“笔记”不能在办公室过夜，不能摘录等苛刻规定，它至今仍是中国人对图-16飞机的总体、强度、试飞等方面的关键信息、数据及其由来的唯一详细记录。

业精于勤，机遇总是青睐有准备的人。马凤山以深厚的技术功底慧眼识珠，以严谨的治学态度刨根究底，在中国航空工业发展的关键时刻，为轰-6的问世建立不世之功。

由于包括写下这本笔记在内多年的杰出表现，马凤山被任命为轰-6试制主管设计师，领导轰-6飞机在哈尔滨的试制和设计及气动力工作。1961年，年仅32岁的马凤山就从“一级技术员”被破格提拔为当时为数很少的“副工程师”。经过一系列的试飞和改进，从图-16脱胎换骨的轰-6飞机开始批量生产装备，此后50年，不断改进发展的轰-6系列一直是中国空军的主力轰炸机。

中国第一颗原子弹空投试爆成功和背后的轰-6投弹机改装

1964年10月16日，中国第一颗原子弹试爆成功，举国振奋。但这颗原子弹是以“地爆”方式试验的，因为当时中国的飞机和导弹还不能运载核弹投送目标上空实现空爆。由于核武器空爆的杀伤力要比“地爆”大得多，中国如不能投送空爆，就无法将原子弹真正武器化，无法精确测量核爆炸的当量，也无法检验原子弹各种杀伤力的实际效果，只能徘徊在核大国的门槛之外。

中央决定，在抓紧研制导弹核武器的同时，改装轰-6为能够安全载运核弹长途飞行，完成空投并在空爆时全身而退的核试验投弹机。这其实就是核轰炸机。当时轰-6飞机已经转到今天西安飞机工业集团的前身——西安飞机厂继续完成试制，随后批产。西飞承担了将轰–6改装为核试验投弹飞机的任务。

为加速将轰–6飞机改装为投弹机，上级指示，任务必须完成，“有什么条件可以提”。西飞领导不失时机地提出要请调马凤山，理由就是，一个“笔记本”就起了这么大的作用，人来了，作用就更大了。在这种情况下，哈飞从全局出发，忍痛割爱。西飞所在的陕西阎良，当时生活条件远不如“东北明珠”哈尔滨。但马凤山毫无怨言，奔赴西飞，担任设计科科长，继续从事他心爱的航空事业。

西飞设计科成立之初，就在驻厂苏联设计专家的指导下工作，苏联专家强调，西飞工厂设计科主要任务就是消化图纸，搞好跟产。当时流行的一句名言是“工厂设计科不搞设计”。到西飞设计科后，马凤山马上纠正了这种做法，他明确指出：“飞机设计科就是要搞设计，不但要搞改型，将来还要搞新机。”总体气动工作是龙头，由马凤山亲自抓，同时大力支持技术人员开展结构载荷、强度和疲劳工作。他以实际行动表明，中国人完全有能力自行挑起飞机设计的重担！技术人员深受感染，在马凤山的带领下，技术团队日夜攻关，将两架哈飞装配的轰–6飞机按空投核弹要求进行了改装，各项技术指标合格，圆满完成了投弹机改造任务。

1965年5月14日，空军某部驾驶着轰–6飞机，实现了中国第一次空投原子弹成功试爆。马凤山带领的团队，为“两弹一星”建设做出了卓越贡献。中国人只用了短短半年时间，就给了妄判中国原子弹武器化至少需要五到十年的西方世界一记响亮的耳光。

运–8家族的第一位总设计师

在研制轰–6攻关克难大步前进的同时，国家又于1966年和1968年向西飞等单位下达了运–7、运–8的研制任务，这是中国的航空工业从研产军用歼击机、轰炸机向同时研产军民用运输机发展的重要一步。

自20世纪60年代后期起，马凤山就组织大型设计、制造队伍，紧张有序地投入安–24和安–12的测绘仿制和设计改进工作中，并受命担任运–8中型军用运输机总设计师。

飞机是一个复杂的系统，而飞机设计则是一门综合优化的技术。飞机总设计师作为设计的统帅，要能通观全局，权衡利弊，处理各种错综复杂的矛盾，有远见地从多种方案中作出正确抉择。总设计师当然是一个或几个专业领域的专家，但他同时必须知晓各主要专业的关键所在，思路开阔、勇于创新，马凤山就是这样的飞机总设计师。

在运-8飞机的测绘设计过程中，马凤山将运-8换装轰-6的机头和尾炮塔，既更好地满足了当时部队的需求，又加快了研制进度，降低了成本。在它的基础上研制的预警机、指挥机和海上巡逻反潜机等，是我军震慑、打击"台独"的一大海空主力。

转战上海，转战运-10

早在1958年，毛主席在与中共上海市委书记处书记陈丕显谈话时指出："中国一定要搞自己的大飞机。"1965年毛主席和周总理指示华东局研究能不能在上海造飞机，用于民航。华东局和上海市委立即组织深入论证，得出肯定的结论。

轰-6甲飞机1969年试飞成功后，周恩来总理就设想在轰-6的基础上发展喷气客机。陈毅元帅更是幽默地表达了对国产喷气客机的渴望："我这个外交部长，出国不能坐自己的飞机，地位就与别的国家不同。"马凤山立即在西飞组织开展了以轰-6飞机为基础发展喷气客机的技术方案论证和关键技术研究。

1970年7月中旬，毛主席视察上海时指出："上海工业基础这么好，可以搞飞机嘛！"同年8月27日，经周总理批准，国家计委、军委国防工业领导小组以（70）军工字270号文向上海市下达了大型客机研制任务，代号"708工程"，不久后飞机型号被命名为"运-10"。这是中国自主创新研制生产大型民用飞机、发展大型民用飞机产业的开端。

紧跟中央部署，在下达研制任务的当月，马凤山和他领导的工作组立即奔赴上海。9月21日，由西飞、空一所和六〇五所派出的第一批共150名工程技术和管理人员也相继到达上海，“708工程设计组”正式成立，这也就是中国商飞上海飞机设计研究院的前身。

由于马凤山研制轰-6、运-8取得的成就和多年的丰富技术与管理经验，他自然众望所归地成为中国大型民用飞机专业设计队伍的领导者和运-10飞机总设计师，率领这支特别能战斗的队伍逐梦蓝天，催生中国第一代大型民用飞机运-10的诞生。

就这样，落实党和国家战略部署研制运-10飞机和配套涡扇8发动机的国家级重大工程，以中国商飞上海飞机设计研究院和中国商飞上海飞机制造有限公司各自的前身为主，在上海市统一领导、组织下轰轰烈烈地实施了。10多个国家部委下属，包含上海在内21个省、市、自治区的262个单位13000多人参加了708工程，共同向工业皇冠上的明珠发起冲击。

坚定走上自主创新的中国大飞机技术道路

马凤山确定的运-10研制思路是，按照对在民航航线运营的大型远程喷气客机的要求设计，完成试制后立即改装为党和国家领导人出国访问的专机，满足当时的迫切需要，随后再发展为一个大型民用飞机系列。

起初，根据当时上级领导“快出飞机”的要求，708工程设计组按机翼采用轰-6翼型，机身参考三叉戟，尾吊三台发动机的“第一方案”开展工作。马凤山基于对图-16和在它基础上研制的图-104客机的深刻了解，希望以轰-6为基础保持继承性，尽量利用轰-6部件，而不是完全仿照图-104快速研制中国的大型客机。

在军委办公会议汇报会上，马凤山汇报了运-10飞机的总体设计方案，得到了批准。现场的马凤山兴奋极了，他对参会同事说：“我从大学毕业至今，一直希望能设计中国自己的飞机。今天国家批准我们研制中国自己的大型客机，非常激动。虽然我们基础比较差，困难很多，但我们一定要艰苦奋斗，努力完成中央交代的任务，让中央领导出国访问坐上中国设计制造的飞机。”

1970年12月，708工程设计组完成运-10飞机“第一方案”的低速风洞试验，此后提出并开始了1∶1木质样机的设计和制造。然而，就在此时，一只拦路虎霍然出现在了技术团队面前，那就是运–10飞机的外载荷计算问题。

根据运–10飞机“第一方案”的外载荷计算，技术人员发现，按照手头上仅有的一本苏联1953年版《飞机强度计算规范》来计算民用飞机的强度外载荷是根本行不通的，第一轮外载荷计算结果严重保守，不能支持设计先进的民用飞机。马凤山果断决策：放弃沿用苏联规范，依据英美的先进适航标准计算外载荷，从源头保证飞机的先进性。他激动地对设计人员说：“在国外，这些问题都已经解决。我们在做我们的前人没有做过的事情，让我们自己来闯吧！”在他的鼓励和带领下，技术团队开始搜集、翻译、消化和分析英美适航资料，在研究和使用这些资料后，技术团队顺利地解决了运–10飞机的外载荷计算问题，并提出运–10飞机采用与波音707同类的翼吊四台涡扇发动机的总体布局。

1971年5月，经报空军航空工业领导小组和民航总局同意，技术团队立即根据马凤山提出的这一方案开展运–10飞机设计工作，并于当年9月、10月间完成了这一方案的高、低速风洞试验验证。与此同时，本着追求真理、敢于创新的勇气和胆略，马凤山在认真组织完成技术准备的基础上，大胆采用先进技术，并成功运用在运–10飞机上，比如在国内首次采用尖峰式高亚音速翼型、首次采用由调整片带动操纵面的气动助力操纵形式、首次采用全翼展整体油箱、首次设计大型增压气密座舱、首次采用“破损安全”“安全寿命”概念设计飞机结构等。

同年12月，一架巴基斯坦航空公司的波音707–320C飞机在新疆着陆时失事，残骸留在中国，这就给被欧美封锁的中国航空工业提供了宝贵的消化吸收先进技术再创新的难得机会。马凤山得知消息后，深感他山之石可以攻玉，立即组织考察队，赶赴昌吉州现场，与其他团队会合，联合开展对飞机残骸的考察和深入分析研究，为改善运–10细节设计提供了有益的参考。

当时，工作和生活条件很艰苦，马凤山带领的这支“国家队”，一开始在上海住的是“文革”期间停课学校的临时宿舍，没有桌椅，写东西得趴在床板上。马凤山因任务繁重无法照料体弱多病的夫人赵孟华，便将她和女儿留在陕西阎良，只身带着年仅9岁的儿子在上海工作。办公场所是工厂食堂的长条餐台，开饭前得收拾图纸文件“清场”，没有图板，就用门板或包装箱木板代替，所在的机场蚊虫多，不少设计人员只好用报纸把手脚包起来，在一片嗡嗡声中继续工作。

就这样，凭借着顽强的毅力和自主设计制造中国民用飞机的报国热情，历经10年艰辛，运-10飞机终于起飞了！

1980年9月26日，上海大场机场响彻贝多芬《英雄交响曲》的雄壮旋律。翼展42.24米，总长42.93米，总高13.42米，最大起飞重量110吨，客舱长度30.40米，可安排178个客座的运-10第02号飞机蓄势待发。随着一声令下，运-10这个“大家伙”轰鸣着腾空而起，像一只大鸟，轻盈地爬升到1350米的空中，绕行两圈后，稳稳地在预定跑道上着陆。马凤山顿时泪眼蒙眬。虽然首飞的时间不长，只有短短的28分钟，但已是一个空前的突破，中国从此成为继美、苏和欧共体之后第四个能设计制造100吨级飞机的国家。

见证试飞成功，人人欢呼雀跃。首飞成功后，马凤山异常高兴，经常

给儿子讲运-10的试飞进展，惹得儿子马凌总缠着他要去现场看运-10起飞。1981—1985年，运-10飞机又转场试飞，先后抵达北京、哈尔滨、乌鲁木齐、广州、昆明、成都、拉萨、郑州等城市，七次进藏为西藏自治区紧急运送物资，成为中国第一款突破苏联设计规范，参照国际先进适航标准设计的国产飞机，实现了我国航空工业史上自主创新研制大型民用飞机“零”的突破。

运-10的最大航程为8600公里，最大时速达930公里，最大起飞重量110吨，飞行升限超过11000米，保持了翱翔蓝天的国产飞机中最大，飞得最远、最快的纪录，每一个第一都凝聚着中国人的汗水和智慧。运-10的起飞，标志着中国大型民用飞机的发展实现了起飞总重/客座数双超（超过100吨/100座），实现洲际直航的质的飞跃。难怪路透社电讯如此评价：“在拥有这种高度复杂的技术时，再也不能视中国为一个落后的国家了。”

一切经过试验，突破苏联标准规范，制造和使用部门参与设计……

马凤山常说，没有试验就没有飞机，有条件要上，没有条件创造条件也要上，试验少了是不行的，害怕试验的后果就是更大程度地浪费人力物力。在运-10飞机研制初期，亟须进行“第一方案”的风洞试验，只有依靠风洞试验才能最后确定飞机的外形参数以及相应的飞行性能和操稳特性。但是，当时的上海市“会战组”并不懂得这个道理，不同意做风洞试验，他们认为没有必要，也没有时间，一味要求赶进度。“四人帮”的一些人还到处说风凉话：“要吹风到理发店去吹风。”为此，马凤山和团队多次与“会战组”据理力争，强调飞机研制是一项非常复杂的、科学的系统工程，只有尊重科学，老老实实按科学规律办事才能成功。经过不懈努力，“会战组”最终同意尽快进行风洞试验。

马凤山不仅坚持一切通过试验，而且对于每一项试验，他都要和设计人员一起讨论研究试验大纲，分析试验数据，即使再忙，也要亲自参加关键试验项目。他常说：“作为总设计必须参加这些关键的试验，掌握有关试验现场情况和试验结果的第一手资料，才能正确判断和使用这些数据。”在他的严格要求下，运-10飞机进行的全机总体气动和各系统地面模拟试验及自由飞模型试验，共计163项，其中不少试验是在国内首次进行的，而风洞试验采用了42套模型，吹风11000余次，时间跨度长达9年，有力地保障了飞机飞行安全。

运-10研制的岁月，正值“文化大革命”时期，恶劣的政治环境给运-10飞机的研制工作带来了极为不利的影响。天大的困难工程技术人员都能克服，但最让他们揪心的是，把持上海市革委会的造反派极不尊重客观规律，宣称“上海不要图纸也能造出产品”，瞎吹“上海明年飞机要上天，国庆前夕给毛主席献礼”，完全无视大型客机是人命关天的国之重器。

马凤山对这种不切实际的计划从来没说过一个“行”字，他常常安慰技术人员说：“不理睬它，我们做我们的，但要注意策略。”面对巨大的进度压力，马凤山始终坚持务实原则，实事求是制订发图计划，指导生产制造流程。技术人员按照他的指示，一方面保持饱满的工作热情和斗志，加班加点地开展各项工作；另一方面，一切都严格地按飞机研制的客观规律办事，一步一步踏踏实实往前走。后来，负责管理运-10研制的“上海市革委会工交组大型喷气旅客机会战组”终于面对事实，闭口不再提原来的“计划”。

马凤山跟设计人员说得最多的是：“人命关天、质量第一。”在运-8飞机的测绘反设计中，技术人员编写完成了计算报告，自认为完成得不错，经过校对后上报马凤山审批。技术人员两天后拿到经审批的报告结果，只见报告文稿已经用红笔仔细做了批改，不仅纠正了计算中的个别错误和不规范之处，还订正了错别字和标点符号。显然，马凤山对报告已经仔细、全面地进行了复算。他语重心长地告诉技术人员：“做工作要细致，要一丝不苟。这项任务计算的是运-8飞机最基本的气动数据，作为飞机气动特性分析和自动驾驶仪设计的依据，必须保证完全正确，不能有一点马虎，绝对不能因为我们的失误导致后续工作出现错误甚至返工。”

在运-10飞机的研制过程中，马凤山始终保持着优良的工作作风。为确保飞机的设计质量，他先后七次发动和领导了设计质量大复查活动。1975

年，技术团队共发出运-10生产图纸14.3万标准页、完成技术报告789份、向用户提供200万字技术手册。这些资料全都经过马凤山和相关技术人员的反复校对后审核、批准。在运-10设计过程中，他统领着几十个专业、几百个单位的大协作，却始终认真审核每一份报告，每一个数据。在运-10研制的过程中和首飞后，没有出现过哪怕一次因工作失误或数据错误造成的颠覆性问题。

作为技术负责人，马凤山提倡大家多了解国外航空界最新动态，学习国外飞机的设计经验，并敢于创新、善于创新并为我所用。在研制运-10飞机遇到的许多困难中，很重要的一项就是选用设计规范问题。选用苏联1953年强度规范，飞机性能虽然落后，但经验成熟，较为保险。英美的适航标准国内从未采用过，有风险，但飞机性能比前者先进。马凤山能够果断决策突破苏联规范，采用英美适航标准和强度规范设计运-10飞机，无疑是一个勇于创新的鲜活例子。除此之外，在运-10研制的初期，马凤山就鼓励设计人员利用国内为数不多的大中型计算机，率先将计算机辅助工程（CAE），特别是正在兴起的有限元分析技术广泛应用于飞机设计，先后开发各类应用软件138项。1974年，他又为这支设计队伍配备了当时比较先进的TQ-16计算机，将所有的应用程序都转到了这台计算机上，并建立了数据库。20世纪70年代初的这些举措，充分显示了马凤山技术思想的前瞻性。对此，马凤山常说："肩上的担子太重了，要搞好运-10，必须抓紧学习新知识，不学不行啊！"

作为管理者，马凤山则十分强调"三结合"，即：领导干部、工人、技术人员三结合；设计、制造、使用三结合；在队伍组建上，坚持"老、中、青"三结合；后来，又提倡"产、学、研"三结合。在运-10飞机研制过程中，制造部门和使用单位的空、地勤人员一开始就参与了设计工作，能否制造、是否易于制造，制造部门从工艺角度对设计及时提出改进意见；使用单位则参加了各专业所有与飞行和地面保障有关的方案、原理、重要计算和试验结果的讨论，因而，他们在运-10首次地面滑行和首飞以前，已经对飞机的技术状态胸有成竹，甚至比设计人员更有信心。马凤山的"三结合"和现在国际上流行的"并行工程"如出一辙。另外，依照马凤山的管理思想，在运–10飞机设计中制订了纵横立体计划，按设计的三个阶段，抓住试验、发图、系统成品协调三条主线，综合为一个立体计划，将发图路线和工作环节描绘得一目了然，即是现在的网络图。

在运–10的整个研制过程中，马凤山还十分重视技术档案工作，将其作为积累宝贵知识和规范设计流程的重要手段。在研发初期，就有专人负责设计图样文件的分发、跟踪、管理和归档工作，凡图样文件完成后均需一式两份归档，否则不算完成任务，不能参加成果申报和评奖。至1984年底，运–10飞机已归档成套图纸资料33.91万标准页、技术文件档案982卷、研究课题档案78卷、标准档案117卷，还有风洞试验、强度试验、自由飞试验、颤振试验、四大系统模拟试验、首次试飞等6部纪录片，为我国发展大型飞机留下了珍贵的科技资料。

新中国第一部民用航空适航规章

国际先进实践表明，一个科学、完整、动态的安全技术标准体系是一个国家民航和民用飞机持久发展的战略基石。从轰–6研制开始，马凤山就高度重视对国外设计规范、民航规范和民机适航条例的研究运用，先行探索中国大飞机发展的技术标准体系。

运–10飞机的设计工作铺开后，马凤山就组织团队在国内率先翻译了《美国民航手册CAM4b》，也正是这本手册，使运–10的设计一下子脱离了苏联的规范框框，面向西方的先进标准。随着运–10设计研制的进展，他又组织搜集、翻译和消化分析了《英国民航适航性要求（BCAR–D）》《美国联邦航空条例第25部：运输类飞机适航标准（FAR–25）》等英、美适航标准和苏联民用飞机适航规范，以及国际民航组织颁发的国际民航公约和适航技术手册等，这些对运–10飞机设计的进展和完善发挥了不容忽视和不可替代的作用。

由于马凤山的果断决策和前瞻性战略，运–10飞机的适航标准在具体研制的过程中已经实现了很强的自主创新性，即以美国适航标准作为基础，参照英国、欧洲、国际民航组织和苏联的相应适航标准，进行运–10飞机的设计，从而使运-10飞机的总体、气动、强度、结构、系统、设备和安全性设计，在国内首先与国际接轨，实现了质的飞跃。运-10飞机日后的静力试验和试飞上天的两个一次性成功，证明了这一决策的重大意义。从此，国内其他民机的设计也开始关注和依循西方的适航要求。运-12飞机因此能够适航取证和出口销售，就是一个很好的例证。

20世纪70年代初，国内尚未形成适用于自身的适航标准，而是单一地奉行苏联标准，很大的原因是国内飞机制造主要借鉴的是苏联经验。自80年代起，随着我国民机设计研制的蓬勃发展，适航工作的重要性日益凸显。无论是设计研制部门，还是使用维护部门，都认为我国要有自己的民航技术法规，首先就要制定适航标准。当时的上海飞机设计研究所（以下简称“640所”）被公认为具有丰富的适航工作经验。根据航空工业部的要求，从1982年起，马凤山和助手们就组织640所的一大批技术人员，开展了大规模的对国外适航规章的分析研究工作。马凤山根据自己的理解和分析，撰写了国内使用FAR-25标准的可行性报告，打破了国内单一适用苏联标准的局面。但仅引入新的适航标准还不足以满足国内需要，民用飞机事业需要有更为适用的适航标准，而且，马凤山也认为已存的FAR-25标准仍存在一些错误，需要进一步更正，并不能完全借鉴。

1985年2月，运-10飞机转场郑州试飞后，出于种种原因得不到后续经费支持，被迫搁置。但马凤山没有放弃，中国大飞机人没有停步。

1985年，马凤山被委任为《中国民用航空规章第25部：运输类飞机适航标准（CCAR-25）》的编委会主任，负责编写CCAR-25部。他率领40余编写人员奋战数月，拿出初稿。此项编制工作的正文初稿、送审稿、报批稿有70万字，编制说明8万字，专题说明65万字。在审批会上，马凤山以主编身份详细介绍了编写的过程、原则和特点，得到民航总局代表的高度赞扬，并顺利通过审批。

1985年底，这部由马凤山主编的、中国第一部民用航空规章和第一部民用飞机适航标准——《中国民用航空规章第25部：运输类飞机适航标准（CCAR-25）》经中国民用航空总局审定，颁布执行。此后的十几年时间里，马凤山还协调审查了《中国民用航空规章第23部：通用飞机适航标准

(CCAR-23)》编制稿。

《中国民用航空规章第25部：运输类飞机适航标准(CCAR-25)》作为国内第一部民用飞机适航标准颁布实施，填补了我国民用飞机的适航空白，为新时期包括ARJ21新支线飞机、C919大型客机在内的民用飞机以及民用航空事业安全发展、高质量发展、可持续发展打下了坚实的技术基础。马凤山所主张的以外国先进标准为基础，以中国国情为准绳的编制方针，一直沿用至今。

一代代中国大飞机设计师心中永远的“老马”

生活中的马凤山从不让别人称呼他的头衔，而是让人唤他“老马”，他说，叫“老马”才亲切。

“老马”生活朴素，从不搞特殊化。他和大家一样，每天骑自行车上下班。早年在上海龙山新村住时，“老马”一家也只住煤卫合用、16平方米的一居室，而普通群众倒有不少住20多平方米的。

“老马”能善意并客观地理解一起工作的人，谁有什么想法或不同意见，都可以径直找他去说，就是吵嚷几句，他也完全不在意。讨论问题时，他总是先仔细倾听大家的意见，就是发言者粗声粗气带有情绪的话语，他也能耐心听完，然后再做决定。下级因为缺乏经验或者在工作中探索时出了差错，他作为领导会主动承担责任，并鼓励大家吸取教训，不要缩手缩脚。他知识渊博、经验丰富，却从不对任何人居高临下摆出说教者的架势，而是诚恳地与他人共享知识和经验。在年轻同志的心中，他是德高望重、可亲可信的慈祥长者，更多人心悦诚服地把他当作诲人不倦、可亲可敬的老师。

对同志们，他关怀备至，有同志生病了，他送去关心；有同志家属来探亲，他总会去看看。哪个同志出差家里有困难，他都会嘘寒问暖。为了解决技术人员夫妻分居问题，他多次向领导打报告，看到同志们的家属一个个迁来，他比当事人还高兴，可是他自己的家属，却比别人来得晚。在运-10飞机攻坚克难的岁月里，马凤山一边要组织人员攻关，解决研制中的种种难题，一边还要应对来自“四人帮”及其爪牙的明枪暗箭，确保队伍不乱、人心不散、工作不停。对于当时处境艰难的老专家，马凤山顶住压力，从各方面予以关心和照顾。有位专家受到冲击，批判他的标语铺天盖地，马凤山不顾个人安危，鼓励他出来工作。在自己受批判时，他却坦然地说：“相信大部分批判我的人以后会理解我的。”

在孩子们眼里，爸爸工作忙、出差频、工作多，但要求却十分严格。据儿子马凌回忆，“记得当时母亲因为身体不好领着姐姐留在阎良，父亲把我带在他的身边，那时我只有9岁。父亲总是晚上七八点钟才回家，经常晚饭还没有吃，就有人敲门了。同事们白天找不到时间，就晚上到我们家里来向父亲请示汇报工作。他们讨论了什么我听不懂，常常是听着听着就睡着了，第二天清早，我从闹钟声中醒来，父亲已经离家去上班了”。而谈及父亲，女儿马彬则说：“爸爸对我们的要求很严格，甚至有些严厉，他为我和弟弟立了很多规矩，如：不许剩饭；纸正面用完了，背面留着打草稿用；做了错事决不能隐瞒......”

“老马”喜欢梅花、喜欢书法、喜欢京剧，每当运-10飞机研制取得阶段性成果，他都会情不自禁地哼两曲。他那幅“宝剑锋从磨砺出，梅花香自苦寒来”的书法作品一直被妻子珍藏着。

“老马”一生为国驱驰，唯党的号令是从。由于运-10飞机受历史客观原因影响未能继续进行研制，他生前也没有获得显赫的荣誉，但他从不在意、从无怨言，魂牵梦萦的依然是“自主设计中国人自己的大飞机”。

对于大飞机事业的坎坷曲折，马凤山坚信“发展我国自己的民航工业，有极重要的战略意义”“搞这样大的工程，绝不是一件轻而易举的事情”。

运-10研制被搁置后，当时中国航空工业“三步走”战略被历史证明也是走不通的，唯有关键技术自主可控、自主创新和改革开放，才是中国大型民用飞机产业的生命之路。1986年，马凤山受命带领一批技术骨干，赴美国麦道公司参加中国、美国、意大利、瑞典超高涵道比（桨扇）技术准备国际航空技术合作项目，为期三年。在国家和上海市决定与国外合作生产中方不享有知识产权的MD-82飞机时，马凤山一再呼吁，全程研制拥有知识产权的新飞机这条战线不能丢。最后迫使麦道公司在与我国签订合作生产合同时，不得不加上联合开发新飞机的条款。

因长期带病工作，积劳成疾，1990年4月24日，马凤山病逝于上海，时年61岁。

2008年5月11日，承担新时期大型客机研制任务和我国民用飞机产业化发展使命的中国商用飞机有限责任公司在上海揭牌成立。

2017年5月5日，C919大型客机在上海飞上蓝天。

在C919首飞成功后的一次座谈会上，一位青年骨干设计师提到自己曾经“偷偷”从老专家那里学到的一项“秘笈”：审阅技术报告时，在每一个数字上面都用红笔打上符号，正确的画红圈，错误的打叉，不放过每一个数字、数据。在场的国务院大型飞机重大专项专家委员会委员吴兴世解释：这个习惯包括他自己在内都是从马凤山总设计师那里学来的。

2019年，几代中国大飞机设计师们会聚中国商飞公司设计研发中心，他们共同竖起了一座马凤山半身雕像，以此重温并宣誓中国大飞机人血脉相传的执着与忠诚。

而今，到访中国商飞公司的人们，第一站就是来到大飞机总装制造中心，看望那架满载了奋斗烟云和历史沧桑的运-10飞机，瞻仰运-10飞机身边那座花岗岩底座上镌刻着“永不放弃”四个金光大字的不锈钢火炬雕塑。

中国著名工运活动家

——马恒昌

◎文/通用技术集团党群工作部

马恒昌同志（1907—1985）是我国著名工运活动家、开国劳动模范，我国职工民主管理和班组建设工作的开创者，全国职工劳动竞赛的发起者，我国职工技术协作活动的卓越组织者，全国模范劳动班组——马恒昌小组的创始人。

马恒昌同志生前曾任第一届至第六届全国人民代表大会代表，第四届、第五届全国人大常委会委员，中国工会第八届、第九届执行委员，中华全国总工会劳动部副部长，齐齐哈尔第二机床厂总机械师、党委副书记等重要职务，为党和国家及人民做出了卓越的贡献，被誉为“我国工业战线上的老英雄”。

马恒昌的前半生

1907年7月24日，马恒昌出生于辽宁省辽阳市西马乡东马峰村一个贫苦农民的家庭里。马恒昌的父亲常年给地主赶车，在他7岁时，父亲在翻车事故中去世。母亲带着两个儿子，被逼无奈只好托亲友将哥哥马恒山领到抚顺找生路。

穷人家的孩子早当家，8岁的马恒昌对母亲说：“娘，我长大了，你领我找个地方干点活吧，就是挣不来钱也能带出一张嘴呀！”可怜天下父母心。母亲被逼无奈，便领着儿子去地主家讨生活，给地主家养猪放牛，一年只给2元钱劳金。

走进地主赵家的门，犹如进了火坑，受尽了折磨。马恒昌白天赶着30多头猪、20多头牛去野甸子放牧，中午把猪牛赶回来喂好之后，还得打扫庭院；晚上还要给地主烧炕、端尿盆、干零活，每天累得腰酸腿疼，不得消停，地主稍不如意就对他又打又骂。

马恒昌的少年生活，就在这样暗无天日、挨打受骂、忍辱负重的深渊里度过了五年，饱受折磨！

给赵地主家扛了五年活，就被辞掉了，绝了生路。没有事做，无法挣钱养活老妈妈，马恒昌整天愁眉苦脸的。生在旧社会里的穷人，要想活下去，就得拼死拼活地挣扎着，受够了穷罪。

1919年秋天，大哥马恒山来信，说他已在抚顺找到了工作，让弟弟领着母亲到抚顺来。马恒昌便领着母亲来到抚顺，找了个土房安顿下来。大哥在一个工厂打工，挣点钱只能自己糊口和供养母亲，无力养活13岁的弟弟。

当时的抚顺是日本帝国主义侵占东北的重要经济掠夺之地，日本人在这里办工厂、开煤矿，将大量的煤炭运回日本，想在日本人的手底下谋生谈何容易？

日本人将剥离下来的煤矸石用火车运到浑河边上，里边夹杂不少煤块，许多穷孩子每天拎着箩筐到那里扒石头拣煤块，除自己烧火做饭外，拣多了还能卖几个钱。马恒昌觉得这个营生还不错，于是也加入这个行列。一直拣了三年多，青春就这样白白浪费了。

在马恒昌17岁那年，亲戚张凤岐介绍他到抚顺发电厂机械修理部给日本人当学徒，由于他不懂日语，经常受到日本人的打骂，马恒昌十分委屈。为了生活，马恒昌只好努力学习日语。

每天，马恒昌都早早来上班，把车床擦拭干净，打扫车间，干活时更加小心谨慎。日本人找不到更多的毛病，马恒昌挨打也少了。但是，要想在日本人那儿学到什么技术，可比登天还难！每当做挂齿轮、变速、磨车刀等技术活时，日本人便将马恒昌支使出去打开水、拿饭盒、干杂活等，根本不让他看，干了一年多，什么技术也没学到。

在学徒期间，马恒昌认识了同样是学徒的孙尔志。孙尔志告诉马恒昌："所谓学艺，不如说是偷艺。常言道：师傅领进门，修行在个人。如果你自己不学会偷技术，一辈子也当不了师傅。"马恒昌请求孙尔志当他的老师，慢慢弄清楚了洋字码标明的公差尺寸，学会了看图纸，了解了车床的结构和性能以及如何挂齿轮、变速、挑口，扒外圆、铰内孔等基本知识。

马恒昌一边看日本人干活，一边与孙尔志研究加工技术。马恒昌从实践中体会到：学手艺犹如沙里淘金，自己不用心翻沙，不深入研究是得不到真金的。马恒昌做了三年学徒，在孙尔志的帮助下，掌握了车工的基本知识和切削各类形状不同金属工件的操作技术。

1926年，在朋友的介绍下，马恒昌从抚顺来到奉天(沈阳)，考入了张作霖开办的兵工厂。进兵工厂必须经过考工，合格后按实际技术水平定等级、定工资。考工的那一天，马恒昌的实际操作，被评定为合格。但由于他没有给工头送礼，工头就把他本应一个月1元的工资克扣了4角，只给他每月6角钱。

在奉天兵工厂干了两年活，虽然受工头的气，但还能混口饭吃。1928年6月，日本帝国主义将东北军阀张作霖炸死，霸占了南满铁路和旅顺军港。建工厂、开矿山、成立银行，由经济蚕食到军事侵略，将我国东北变成日本殖民地。兵工厂也落入日本人之手，因为受不了窝囊气，马恒昌离开了兵工厂，在一家私人企业里上工。

1931年9月18日，日本帝国主义发动事变，侵占了东北，三千万同胞沦为亡国奴，过着牛马不如的悲惨生活。马恒昌所在的工厂也被日本人吞并，成立宫田制造所，生产宫田牌自行车。马恒昌几年来技术不断提高，被老板聘为"大票"(高级工)。

1937年，日本帝国主义在稳定东北之后，大举向全中国进军。此时，宫田制造所改为兵工厂。机械车间由加工自行车零件改为加工迫击炮炮弹壳，强烈引起了有爱国思想的中国工人的义愤。马恒昌和关系较好的赵成绪、王连杰带领中国工人们在工厂里以各种理由耽误炮弹壳的生产进度。

"磨洋工，磨洋工，上厕所半点钟。"这是马恒昌编出的新词儿，让大家少干活，多上厕所。白天工头不来时，转空车，走虚刀，只听马达响，就是不出活。炮弹壳产量立刻就下降了，引起日本人的警觉。由于马恒昌在宫田制造所的工人中很有威信，日本人认为，他要不好好干肯定会影响别人，便决定让宪兵队把马恒昌抓起来除掉。

工友们听到消息后，凑了一些钱，帮助马恒昌逃出虎口。那时日本人在奉天（沈阳）的统治极严，没有发现地下共产党组织。马恒昌、赵成绪、王连杰等工人的反日爱国行动，是出于中国人的民族义愤，如果有组织领导必定会出现星火燎原之势。

1944年，马恒昌逃离虎口，带着妻子儿女回到家乡隐居，一家六口人六张嘴，负担越来越重。被生活所迫，马恒昌又来到地主家扛长活。地主答应干一年活给两石高粱，为了养家糊口，他无奈地同意了。一个30多岁的男人，一年只挣两石高粱，实在是太欺负人了！但在那个年月，地主嘴大，说啥就是啥，穷苦的老百姓只能为人鱼肉！

1945年8月15日，日本投降了，祖国光复了，当了14年亡国奴的东北三千万同胞舒了一口气。谁知好景不长，1946年蒋介石发动反共反人民的内战，派精兵进攻东北，占领了南满地区。马恒昌的家乡也被国民党占领，渴望过上好日子的憧憬变为了梦想。

1947年，东北遭遇天灾，天气少雨干旱，本来庄稼就没长起来，还闹虫灾，一年什么收成也没有。国民党地方政府不顾老百姓死活，没等到秋收就提前要官粮。交不上官粮，国民党就派兵搜家，把老百姓仅有的一些粮食也给搜刮了。谁若反抗，就拿出冲锋枪威胁，老百姓敢怒不敢言，骂他们是“刮民党”！

历史已经证明，只改朝换代不改变社会制度，穷苦的劳动人民永远也过不上抬头的日子！地主的黑心、国民党的横征暴敛，让在农村也活不下去的马恒昌只好到沈阳寻找出路。

在工友姜荣泰的帮助下，马恒昌考进第四汽车修配厂当车工。当时，中国共产党和毛主席领导的辽沈战役进入决战阶段，厂长和基层官员们根本无心搞经营，他们将贵重的固定资产偷出去变卖，甚至连贵重机床零件和工具等也都变卖了，根本无法正常生产。工人们得到的工资，连买米都不够。

此时，马恒昌绝望了。他想自己六尺半高的男子汉，会干庄稼活，又有一身好手艺，经历了大清朝、伪满洲国、中华民国，日子却越来越艰难，现在已经到了走投无路的地步，这是为什么？谁能驱散黑暗给他光明？谁能给他指出一条能够活下去的路？

马恒昌在沈阳经历了三次历史变迁：第一次日本帝国主义的大炮响了，九一八事变日本人侵占了东三省；第二次苏联红军的大炮响了，打走了东洋鬼子；第三次中国人民解放军的大炮响了，1948年11月2日沈阳解放了，东北解放了！解放后的沈阳城市秩序逐渐恢复，人民政府开始建立，国民党官办的修配厂被人民解放军接管了，成立了工厂管理委员会，派来了厂长，定名为“沈阳第五机器厂”。

共产党接管工厂后的第一件事就是为工人们派发救济粮，马恒昌一家六口人，领到两麻袋高粱米。他两手捧着像珍珠般的白米粒儿，心潮翻滚，两行热泪夺眶而出。他感慨地向工友们说：“我活了半辈子，看到过旧中国的军阀、日本关东军、国民党遭殃军，他们见着老百姓的东西就抢，哪有给老百姓放粮的？从古到今，只有共产党领导的人民解放军才和咱穷人一条心，发给咱们救济粮啊！”

马恒昌扛着两袋米回到家，对家人说：“共产党和解放军给工人发了救济粮，从今以后饿不着了！咱们全家都不能忘了共产党、毛主席的大恩情！”正是：吃米不忘共产党，翻身不忘毛主席！

在解放区，农村实行了土地改革，翻了身的农民分到了土地，成为土地的主人；城市工人进工厂就业了，有了生活保障。阴云已散，阳光明媚。只有在暴风雨的急流中颠簸过的人，才能体会到晴朗的天空是多么难能可贵！

主人翁的风采

1949年初，工厂建立劳动组织。马恒昌由于技术高，为人正派，处事公道，被小组全员一致推选为组长。经厂管委会批准，马恒昌担任车工一组组长。

新旧社会两重天，随着时代的变迁，人们的社会存在价值也变了。马恒昌获得新中国工人阶级当家作主的权利，精神抖擞地走上国营企业基层领导岗位，投入医治战争创伤、支援解放战争、恢复国民经济的战斗中。

马恒昌当选为生产组长不久，就接到了一项重要任务。那时候，工厂的条件非常艰苦，国民党的飞机三天两头扔炸弹，解放军急需将国民党撤退时破坏的高射炮修复。军代表拿来了制造高射炮闭锁机的图纸，当工友们拿起加工图纸仔细审视时，发现这些机件要求公差小，最小的加减不许超过两道（一道即一丝，比头发丝还细微），没有精密量具是不行的。第五机器厂是从国民党手中接收过来的，金属切削刀具、刃具和检验量具残缺不全，根本无法开工。

马恒昌回到老家将能换全家人一年口粮的百分尺捐献给工厂。在他的带动和影响下，组员们纷纷献“宝”，一把卡钳、一把卡尺、一把扳手，从而引发了全车间、全厂乃至全沈阳市和东北地区轰轰烈烈的捐献器材活动。在一次工人大会上，车间军代表王金平赞扬说：“马恒昌小组带头捐献工具的精神是可贵的，体现了翻身解放的工人群众一心为公的精神。”这是第一次从组织的角度，提出了马恒昌小组精神这一概念。厂长刘斌高度赞扬车工一组“工人群众当家作主的主人翁精神”。

解决了工卡量具问题，只能说战士有了武器，可以作战了。但由于十个工友技术水平参差不齐，怎样解决生产中的技术难题，又摆在马恒昌的面前。他组织几个技术高的老师傅建立了技术研究会，利用中午休息时间就生产中产生的技术难题开展技术交流活动，使全组工人的技术水平得到普遍提高。“技术研究会”“有技术不留一手”，这些朴素的新名词，是新中国成立前解放后具有划时代意义的新生事物，它冲破了传统的观念和狭隘的保守主义的束缚，开创了“一人为大家，大家为集体”的一代新风和道德观念。

一天，马恒昌正领着小组工人干活，沈阳市防空指挥部发出防空警报，一架敌机从大东门外飞过。军代表让全车间工人钻进防空洞隐蔽起来，车间里只有马恒昌还在开动车床干活。他想：“敌机一天来几次，如果总是钻防空洞，这批支援部队的高射炮零件干不出来要耽误大事，再说把更多的高射炮修理好定能增强防空力量，可以减少敌机骚扰，所以必须抓紧时间完成任务。”

正在这时，这架敌机在空中盘旋一周，“嗖”的一声丢下一颗炸弹，落在工厂大院。大地震颤，厂房窗户玻璃被震得粉碎，浓烟灌满车间。马恒昌站在车间深处，未伤着，浓烟散去仍然开动车床干活。工人们回来后看到马恒昌冒着敌机轰炸的危险依旧忘我地工作，也立即投入紧张的工作中，加快了生产进度。

工人们为马恒昌一不怕苦二不怕死的奉献精神所震撼。以前为官僚买办、资本家干活磨洋工，现在为新中国的崛起干活不要命，这是多么大的反差啊！足以说明这位老工人的思想觉悟，他把自己的命运寄托在新中国的发展前途上，寄托在中国共产党的领导上，深刻认识到没有共产党就没有新中国。他的生命从这里闪光，他的人生价值从这里延伸。可以无愧地说：无私无畏、忘我劳动，用最少的时间干更多的活、做更大的贡献——这就是新时代顶天立地的“马恒昌精神”！

马恒昌精神是一道无声的命令，它激励人们迈开脚步，向着既定的目标奋力拼搏。全组同志在他的带领下团结一心、忘我工作，小组提前5天完成了17部高射炮闭锁机的修复生产任务，在几架敌机被打下后，国民党再也不敢来骚扰了。马恒昌和组员们为保卫沈阳的胜利成果立下了首功，受到了东北人民政府和东北军区的表彰奖励。

高尔基曾说：“一个人追求的目标越高，他的才力就发展得越快，对社会就越有益。”马恒昌所追求的目标，就是抓紧恢复新中国国民经济建设，把中国的工业发展起来，不再受帝国主义欺负，不再当亡国奴，堂堂正正地做一个被人瞧得起的中国人。所以他在以后的征程中，将自己的智慧与才能，甚至是生命都献给了新中国建设的壮丽事业。

1949年3月，为了多造枪炮，支援解放军南下攻打蒋介石，小组向全厂70多个兄弟班组发起“迎接红五月劳动竞赛”的倡议，得到了全厂50多个班组的热烈响应。在竞赛中，马恒昌启发大家靠技术革新实现竞赛目标，创优质，夺高产，夺优胜红旗。他带头革新斜度模板，提高工效3.1倍。小组改进14种工具，创造了小组37天无废品，平均提高工效2倍多，提前22天完成4个月工作量的新纪录，走在全厂班组的前列。

4月28日，工厂召开了竞赛总结表彰大会，以马恒昌的名字命名车工一组为“马恒昌小组”，并授予小组第一面“生产竞赛模范班”红旗。厂长刘斌热情地肯定马恒昌小组的事迹与经验：“这是工人阶级的创举，工运史上的奇迹。”马恒昌小组自此正式诞生，走上了历史舞台。

红五月竞赛，是一种政治鼓动形式，它激发了工人阶级的新觉醒，是国营工业企业内思想政治工作的雏形。随着劳动竞赛运动的逐步深入，马恒昌小组工人革命集体主义精神也逐渐培养起来。在工作中，他组织大家专门讨论了研究保证产品质量的措施，制定了“首件交检”“临床互检”“三人技术互助”等制度。为防止看错图纸产生废品，又创建了“中午技术研究会”，直至将图纸和工艺研究明白。马恒昌还组织大家读报纸，学习时事和政策。每周召开一次生活检讨会，开展批评和自我批评、相互讲评生产情况。他还按每人的性格和技术特长进行分工，建立健全了交接班、卫生值日、设备保养和保证产品质量等规章制度，做到“小组的事大家管，小组的活大家干”。这种根据生产实际建立健全的规章制度，开创了我国机械工业历史上工人参加民主管理的先河。

1949年5月，东北地区掀起了学习马恒昌小组经验的运动。《沈阳日报》《东北日报》《工人日报》不断发表马恒昌小组的报道文章和经验介绍。自1949年6月，马恒昌被工厂记一等功开始，其先后被评为沈阳市机械局特等劳动模范、沈阳市特等劳动模范、东北工业部特等劳动模范。由于马恒昌在工作中表现优异，在思想上积极向党组织靠拢，经厂委会研究决定，7月15日批准他成为中国共产党正式党员。

“中华人民共和国中央人民政府今天成立了！”

“中国人民站起来了！”

1949年10月1日，马恒昌小组工人和沈阳市各界人民怀着无限喜悦的心情，参加了庆祝中华人民共和国成立大会。从电波里传来了中国人民伟大领袖毛主席在北京天安门城楼上宣告新中国成立的洪亮声音：

“我们将以一个具有高度文化的民族出现于世界！”

“我们要将一个落后的农业国变成一个先进的工业国！”

这声音像滚滚的春雷，震荡着全世界，震荡着全中国，震动着每一个人的心！已经成为工人阶级先锋队一员的马恒昌，决心遵循毛主席指引的航向，为建设社会主义工业化强国贡献出一切力量！

截至1949年底，马恒昌小组10名工人在新中国成立后生产出的7000多个零部件，没有一件废品！全组荣立一等功1次，二等功9次，三等功6次。获得工厂、沈阳市总工会、东北工业部授予的三面锦旗。

为了保持荣誉，让“红旗”永驻，马恒昌小组积极参加了沈阳市总工会组织的“创新纪录运动”，小组用6个月时间改造了18种工卡具和5种加工方法，工效提高二至三倍，创造了10项新纪录。接着小组试行了班组民主分工，创建了“技术研究会”，开展技术革新和技术改进活动。在小组内建立了生产、技术、安全、质量、文教、生活“六大干事”岗位，形成了“小组的活大家干，小组的事大家管”的民主管理之风，是团队精神的萌芽。小组涌现出“东北工业部特等劳动模范”马恒昌、“头名功臣”赵连科、东北地区劳模董振远、“塔轮大王”佟俊山等英雄人物，马恒昌小组第一个被东北人民政府工业部授予“新纪录运动中的集体优秀工作者”称号。

1950年4月12日，东北总工会关于推广马恒昌小组经验的热潮在东北大地全面展开，《东北日报》《劳动日报》连续报道马恒昌小组的先进事迹，并配发社论。东北总工会主席张维祯说：“马恒昌领导的模范组开创了工人阶级当家作主的新创举，开辟了中国工人运动新纪元，具有划时代的重要意义。各级工会要很好地组织推广，开展学习马恒昌小组群众运动。”中华全国总工会副主席李立三在全国工会生产部长会议上指出：“沈阳第五机器厂马恒昌小组的生产工作经验，应该向全国推广。”一时间，传播媒体空前活跃，广播有声，报纸有名，一个大规模的学习马恒昌小组群众运动迅速展开，席卷大江南北、长城内外，波及全中国，推动了国民经济的恢复与发展。马恒昌和他创立的模范小组，为建立共和国做出了伟大的、永载史册的重要贡献。

9月21—29日，全国第一次工农兵劳动模范、战斗英雄代表会议在北京召开。

会上，马恒昌被授予“全国劳动模范”称号，马恒昌小组被光荣地评选为全国模范生产小组，荣获集体模范奖状。当马恒昌戴着光荣花到主席台领奖状时，无数只照相机和摄影机对准了他，随着几道闪光，他作为开国劳模的光辉形象载入了历史镜头。

1950年9月，美帝国主义出兵侵略朝鲜，美军从仁川登陆，扩大侵朝战争，战火烧到鸭绿江边。10月19日，中国人民志愿军跨过鸭绿江，和朝鲜人民军并肩作战。

为了抗美援朝，保家卫国，国家决定将沈阳的一部分工厂分散到北方。东北人民政府根据党中央的指示，决定：工业做战时准备，立即北迁。沈阳第五机器厂分迁部分职工和设备，到黑龙江省齐齐哈尔市另建新厂。

当时北方寒冷，条件艰苦，家属暂时还去不了，困难很多，许多职工思想有顾虑。“我们打头阵！”马恒昌在会上抢先发言。“要革命就不能怕苦，别说是去建设新工厂呀，就是让我上朝鲜，我也拔腿就走！”组员董振远说：“上前线是抗美援朝，去北方建新厂也是为了抗美援朝，越是困难的地方我们越要去，我现在就报名！”

全组同志没有谁动员，都争先恐后地向党支部报了名。这次北迁，马恒昌起了带头作用，他让董振远到各位组员家访问，做好家属的思想工作，安排好家里的事情。10月24日，他带领同志们把全组应用的机床和工具，打包装上火车，奔赴鹤城齐齐哈尔。

齐齐哈尔的新建厂厂址离火车站有十几里路，搬运到站设备的汽车不够用，职工们冒着零下几十摄氏度的严寒人拉肩扛把机器搬回工厂，只用了短短三个月的时间，就正式开工投入生产，在新建的“东北机械工业管理局第十五机械厂”的工作中，马恒昌小组又立下了新功。

1951年1月17日，马恒昌小组在《工人日报》上向全国工矿职工发出了“爱国主义劳动竞赛”的倡议书，并发表社论号召全国各条战线的广大职工积极行动起来，创造优异成绩，支持抗美援朝的斗争。

马恒昌小组的倡议，像滚滚的春雷，传遍长城内外、大江南北，把全国广大职工动员起来了。连日来，全国各地的应战书，像雪片一样飞来。

马恒昌的一封公开信

亲爱的职工兄弟姐妹们：

这一次全国性的生产竞赛，是爱国主义竞赛，我们全国人民都在做着抗美援朝、保家卫国的工作。许多人已经参加志愿军到朝鲜去了。我们在工厂里搞生产的工人就要组织竞赛来支援他们。

工友同志们，我们这次竞赛已经成为全国性的运动了，这是历史上从来没有过的伟大壮举。既然已经搞起来了就要把它搞好，因此我希望：

一、说到就要做到。我们马恒昌小组首先要做个榜样，事事要走在前头，到一定时候在报纸上公布我们的成绩。

二、不要光向我们小组应战，你们还应向本厂各小组应战，尽可能多地推动所有班组参加到全国爱国主义劳动竞赛中来，这样起的作用会更大一些。

三、不要犯冷热病，要持久地坚持下去。

最后，祝大家竞赛胜利！

马恒昌

一月二十九日

这封信在《工人日报》发表后，进一步掀起劳动竞赛运动的高潮。《东北日报》称，据统计到一季度末，全东北已有120万人参赛，其中有工矿职工、工程师、店员、医务工作者，参加人数之多、影响面之广，达到前所未有的程度。

5月30日，据《工人日报》公布的数字来看，全国工矿企业有11000多个班组，其他行业有7000多个单位向马恒昌小组应战，掀起了一场由几百万人参加的波澜壮阔的大规模群众运动，向马恒昌小组学习，创建“马恒昌式”先进班组已成为新时尚，书写了我国工人运动史的新篇章！

由马恒昌小组带动起来的爱国主义劳动竞赛运动席卷神州大地，从工厂到矿山、从城市到边疆、从后方到前线、从国内到国外，震撼五湖四海。许多企业劳动生产率呈几倍，甚至几十倍地增长，促进了我国国民经济的恢复和发展，极大地支援了抗美援朝战争。这是全国规模和影响力最大、持续时间最长、效果最明显的爱国主义运动，被称为“马恒昌小组运动”。

这一年，马恒昌小组提前两个月全面完成了国家计划，创造了69项新纪录，提出23项合理化建议，产品合格率达到99.6%，相当于给国家增产366.68吨的粮食。马恒昌小组写信给毛主席，汇报了小组不断取得的新成绩。

1952年10月，应中国人民抗美援朝总会的邀请，马恒昌参加了第二届中国人民赴朝慰问团，去朝鲜前线慰问浴血抗战的中国人民志愿军和朝鲜人民军，慰问遭受战争苦难的朝鲜人民。

马恒昌被编在七团担任副团长，带着中国人民的嘱托，渡过鸭绿江，踏上战火纷飞的朝鲜战场。一天，慰问团深入朝鲜前线的一个坑道里慰问志愿军将士。部队首长向同志们介绍了慰问团的每一个成员，当他介绍到马恒昌时，指战员们热烈地欢迎这位著名的劳动模范，向他投来敬佩的目光，钢铁连张连长兴奋不已地握住马恒昌的手说：“我们连队从今日起，向马恒昌小组应战了。”

马恒昌目睹这个激动人心的场面，深深地感受到这场爱国主义劳动竞赛运动产生了巨大的精神力量，他备受鼓舞，真诚地向志愿军同志说：“我代表祖国人民向志愿军同志致敬，感谢你们不畏艰险、不怕流血牺牲，保卫祖国的和平建设，不让祖国人民遭受像朝鲜人民这样的痛苦。希望你们狠狠地打击敌人，保卫世界和平。”

在结束慰问活动时，朝鲜民主主义人民共和国金日成首相接待了慰问团全体成员。当问到马恒昌时，金日成首相肃然起敬，拉住马恒昌的手，用流利的中国话说：“马恒昌的名字很响亮，很了不起，是中国工人队伍中的千里马！”

马恒昌的名字最响亮，千里马精神最有力量。马恒昌小组一纸倡议书、马恒昌发出的一封公开信，以超乎寻常的强大威力，把全国劳动人民发动起来，投入这场轰轰烈烈的爱国主义劳动竞赛运动中来。它的声势超越时空、超越行业、超越国界，向世人证明了中国工人阶级的伟大气魄！

踏上建设新中国的征程

马恒昌在战火纷飞的朝鲜战场，在沸腾的工厂矿山和各条战线，亲眼看到了由他领导的模范小组倡议开展爱国主义劳动竞赛运动所产生的巨大动员力量，他被全国一万多个马恒昌式模范班组公认为大组长，深感责任重大，一片赤诚的爱国之心，促使他创造更大的事业，为伟大的祖国和人民再立新功，做出更大的贡献。从朝鲜回来后，马恒昌立即投入生产建设的火热战斗中。

1953年7月，工厂改名齐齐哈尔第二机床厂，新建了4个厂房，由生产小型机器改为生产万能铣床，成为武装国民经济各部门的母机工厂。马恒昌小组由单一的车工组变成车、铣、钳、磨四大工种联合作业的封闭式生产小组，他们所加工的主轴、丝杠等部件经过最终处理后可直接交付装配车间组装机器，这对全厂完成制造任务举足轻重，是个关键环节。

1954年9月15日，从工农速成中学文化速成班刚毕业的马恒昌被选为中华人民共和国第一届全国人民代表大会的代表，到北京开会，直接参政议政。

10月1日，马恒昌登上了天安门城楼观礼，周总理看到他语重心长地说：“马恒昌小组在恢复国民经济建设和支援抗美援朝、保家卫国运动中带了好头，为人民立了大功，这回在建设新中国中再带个好头，多做贡献。”马恒昌看到国家领导如此重视马恒昌小组，深感自己责任重大。

回到工厂后，马恒昌召集小组全体工人开会，传达了国家领导对他们的期望，传达了周总理的政府工作报告精神，大家心情振奋，纷纷表示坚持提高技术本领，大搞技术革新，多创造新纪录。

不久，马恒昌同志被任命为齐齐哈尔第二机床厂总机械师，负责全厂设备管理工作，成为大型国营企业高层领导人之一。当上全国人大代表和工厂总机械师后，地位变了，但是他劳动人民的本色没有变，他经常到各个车间巡查，和车间干部、工人打成一片，掌握第一手资料。在他当总机械师的23年时间里，工厂生产的机床合格率一直超出国家标准。

马恒昌由一位劳苦工人成为全国人民代表大会常务委员会委员，人生轨迹发生很大变化。这证明，在中国共产党领导下，在社会主义制度下，所有人的智慧和才能都能得到自由发挥。

1959年4月，马恒昌小组已经满十周岁了。全组工人决心以优异的成绩迎接新中国成立十周年和小组成立十周年。他们鼓足了干劲，采用了80多种先进技术，工效不断提高，到7月底，提前五个月完成了全年的生产计划，而且良品率达到99.7%，远远超过了规定标准。

9月初，国家给厂里下达了新的生产任务，除了试制几种新产品外，老产品的产量还要翻倍，厂里的设备明显不够用了。为了不给国家增添负担，又能按时完成生产任务，马恒昌小组决定自己造一台集车铣刨于一体的万能机床。组员们每天下班后进行机床设计，设计完成后又自己加工零件组装，昼夜奋战，只用了20多天，一台新设备就展现在大家面前，这台机床被小组命名为“国庆号”。有了这台设备，小组按时完成了当月生产任务。捷报传到北京，马恒昌小组被光荣地评选为“全国群英会的先进集体”，组长王连贵、副组长高玉祥被邀请去首都参加十周年国庆观礼。

1961年，为纠正“大跃进”带来的“粗制滥造”陋习和“马大哈”作风，国家对国营工业企业进行整顿，加强企业管理，重新制定技术标准和质量标准，要求按标准化组织生产。马恒昌小组因为从建组开始就创造了一套班组管理制度，秉承马恒昌同志提出的“喊破嗓子不如做出样子”，在“大跃进”中干劲十足，产量成倍增长，三年完成五年工作量，产品质量一直稳定在99.8%以上，没有给国家造成损失。

1966年，“文化大革命”风暴席卷中国大地。“四人帮”为了实现其篡党夺权的阴谋，窃取了中央“文革”的领导权，煽动“怀疑一切，打倒一切”，把各条战线都搞乱，致使全国上下工厂罢工、学校停学。“文化大革命”期间，马恒昌坚持到生产指挥部去指挥生产。他顶着造反派的压力，深入车间，动员工人坚守生产岗位，坚持生产。造反派闯进工厂生产指挥部，要批判所谓的“唯生产力论”。马恒昌气愤地站起来说：“搞生产的人，如果有罪的话，那么停工停产的人就有功了？大家想想看，工人如果不生产，农民不种地，咱们大家伙儿吃什么？穿什么？这样下去，国家又会变成什么样子？社会主义是干出来的，能等来吗？”造反派无话可说，灰溜溜地走了。

在第四届全国人民代表大会召开前夕，省委准备推荐马恒昌同志为全国人民代表大会代表，派工作组考核。造反派污蔑马恒昌是“走资派”，还说他在国民党工厂干过活是国民党特务。经上级党组织调查核实，认定马恒昌同志历史无问题，推翻了强加他头上的种种诬蔑。他作为一名共产党员，对党的信念不动摇，敢于坚持真理，立场坚定；对工作兢兢业业，任劳任怨，无私奉献，仍然保持劳动模范的本色；他谦虚谨慎，联系群众，在群众中享有很高的威望，完全有资格做人民的代表。因此，马恒昌光荣地被选为第四届、第五届全国人民代表大会代表和常务委员会委员，参与管理国家大事。

在“文化大革命”期间，马恒昌在车间墙上挂上“大干社会主义有理大干社会主义有功”的标语，他一手创建的马恒昌小组，顶着各种歪风邪气，严守纪律、坚守岗位、坚持生产，年年月月超额完成国家生产计划，没有一人参加造反。据不完全统计，10年中马恒昌小组共完成14年零3个月的工作量，质量合格率保持在99.6%以上。

20世纪70年代初期，马恒昌兼任齐齐哈尔市技术协会副主任，多次带领省、市先进刀具推广队到外省市学习和推广先进经验。1973年10月下旬，马恒昌同志组织技术服务队先后到浙江、河南、江苏、上海和广州等省市进行技术交流，受到广大职工的欢迎。他用了两个月的时间，带领技术服务队到全国19个省市40多个工厂学习和表演，带回外地先进经验和先进刀具25种。回到工厂，他推广和运用了不重磨刀具，给国家节约了大量的原材料和资金，并大幅提高了生产效率。

1974年7月下旬，马恒昌又带领省先进刀具学习推广队赴广西柳州参加全国先进刀具推广表演会，他戴上老花镜，亲自表演了高速车制，解决了铜末飞溅的技术问题。1976年7月，马恒昌带领技术服务队到大连造船厂帮助解决技术难题。1978年1月14日，马恒昌在第二机床厂科学技术大会上说：“刀尖虽小，潜力很大。只要磨磨刀尖，改改角度，就可以将生产效率提高几倍，甚至十几倍。可以在不增加设备、不增加厂房、不增加劳动力的情况下，实现优质高产。”与会者听了无不信服。

马恒昌是第一届至第六届全国人民代表大会的代表和第四届、五届全国人民代表大会常务委员会委员。1978年10月被选为中华全国总工会第九届执行委员。他不居功自傲，不搞特殊化，生活俭朴。在个人利益面前，他从不伸手，亲属子女谁也没有沾过他的光，就连担任全国人大常委会委员时国家规定每月发给的50元补贴（当时可以供养5口人生活），也带头号召常委们捐给了国家。

1979年4月，马恒昌被任命为齐齐哈尔市第二机床厂党委副书记；1982年11月，任第二机床厂顾问。凭他的贡献，早就具备了住楼房的条件，组织上三番五次地动员他住楼房，可他总是笑呵呵地说："住惯了的地方，不搬了。"一直坚持在平房住了33年，直到他身患癌症，住进了医院，组织上考虑到马老夫人的生活便利，反复做工作，他才同意搬进楼房。

1983年10月，马老因患膀胱癌住院，1985年2月16日转入北京医院，5月21日转回齐齐哈尔市解放军203医院。住院期间，时任中共中央政治局委员中华全国总工会主席倪志福，时任中共中央书记处候补书记郝建秀，时任中华全国总工会副主席罗干、王崇伦、陈俊生、尉健行，时任全总执行委员江苏省总工会主席康克，时任第一机械工业部机床工具总局局长冯有禄，以及时任黑龙江省市各级领导干部、大庆市油建公司工会、沈阳中捷友谊厂(原第五机器厂)等领导专程到医院探望。

就在去世的前四天，马老还念念不忘工厂的工作，他对前往病房探问他病情的齐齐哈尔第二机床厂党委办公室主任和厂志办公室主任说："你们把志书写好了，就能用工厂的历史，让大家清楚地认识到，党的十一届三中全会以来实行的路线、方针、政策是正确的，使大家伙儿投身到改革的洪流中来，投身到'四化'建设中来，为建设好咱们的工厂、咱们的国家做出新贡献！"

马恒昌自1983年患癌症后，得到中央、省、市领导的亲切关怀和医务人员的精心治疗，但是终因病情恶化，医治无效，于1985年7月18日1时55分在齐齐哈尔市解放军203医院逝世，终年78岁。

马恒昌精神永流传

一心向党、忘我劳动的政治觉悟

"喊破嗓子不如做出样子。"马恒昌参加革命以来，一贯忠于党、忠于人民，把自己的全部身心毫无保留地奉献给社会主义革命和社会主义建设的伟大事业。他以忘我劳动的精神，带领班组创造了多个中国工运史上的第一，在解放战争、抗美援朝和社会主义建设时期，贡献巨大、功勋卓著。1949年4月28日，马恒昌带领的小组在"迎接红五月"的劳动竞赛中获得"生产竞赛模范班"的称号，被正式命名为"马恒昌小组"。1950年，马恒昌被授予"全国劳动模范"称号、马恒昌小组成为全国劳动模范小组，马恒昌光荣地出席了全国第一次工农兵劳动模范战斗英雄代表大会。抗美援朝时期，马恒昌小组向全国发出爱国主义劳动竞赛的倡议，得到全国18000多个班组的响应，有力地支持了抗美援朝战争。70多年来，马恒昌小组一直是全国机械工业战线的一面光辉旗帜，马恒昌的先进事迹，载入了中国工人阶级的光荣史册。

无私无畏、勇于创新的奉献精神

马恒昌出身贫苦，从小做工，经历了悲苦的童年生活。1949年新中国成立后百废待兴、困难重重。作为从旧时代转为新时代的工人，马恒昌获得当家作主的权利，由于修配高射炮的零件没有精密仪器是不行的，他将自家唯一的私有财产、足以换取一家六口人一年口粮的珍贵“百分尺”工具无偿献给国家，掀起了全国性的捐献器材的热潮，极大地促进了新中国工厂恢复生产的进度和前线支援工作。为了解决生产中出现的问题，马恒昌通过民主管理的方式调动了组员们的积极性，各项工作按每个人的特长作了明确分工，发挥集体的智慧和力量，每个人都开动脑筋，积极想办法，劳动效率得到极大提升。马恒昌小组首创工人参加企业管理的制度，充分发扬了民主，有效激发了工人阶级的新觉悟，开创了工人阶级当家作主的新壮举，开辟了中国工人阶级运动的新纪元，具有划时代的意义。从1949年马恒昌创造出第一个斜度板胎具开始，小组一直坚持技术革新活动。建组70多年来，马恒昌小组共实现革新成果1174项，学习和运用国内外先进技术151项，在全国19个省市工厂推广各类先进操作法102项，使各项工序的生产效率提高5倍到60倍，为新中国社会主义建设做出了卓越的贡献。

顾全大局、勇于担当的高尚风格

“一个人掌握了新技术不应当作为私有财产，应当把它变成集体财产。若是通过我的手教会了别人，使全组乃至全厂工人都能运用到生产上，为国家创造财富，我才感到一种幸福。”“有技术不留一手，公开技术方法，宁可克服一切困难也要完成国家计划。”这种团结互助、顾全大局的精神不仅体现在马恒昌身上，更是所有马恒昌小组成员秉承的一贯优良传统和作风。传帮带，开展结技术对子活动，签订“师徒合同”，掌握绝招特技，实现技术跨越提高，这些方法不仅有效解决了技工短缺的难题，更掀起了全国性学技艺、练本领的热潮，对于提高企业管理水平，提升职工技术素质起到了“千里马”的带头作用，为我国工运史书写了崭新的一页。马恒昌本人也创造了五个第一：捐献器材第一，公开技术第一，拼命工作第一，完成任务第一，乐于助人第一。他的高尚人格是中国工人阶级的楷模，是新征程强大的精神力量。

艰苦奋斗、一丝不苟的顽强作风

马恒昌参加革命几十年，始终严格要求自己，保持艰苦朴素的工作作风，以其卓越的贡献受到党和人民的高度评价和信赖，3次被授予“全国劳动模范”称号、先后13次受到毛主席亲切接见，曾被选为第一届至第六届全国人民代表大会代表，第四届、第五届全国人大常委会委员，积极参与讨论国家大事。他从不居功自傲、不忘本、谦虚谨慎、平易近人、永葆劳动人民的本色。他襟怀坦白、光明磊落、立场坚定、爱憎分明。马恒昌同志心中始终装着国家和人民，鞠躬尽瘁、呕心沥血。他正确认识荣誉、珍惜和保持荣誉。他在个人利益和荣誉面前不伸手、不张口、不搞特殊化，始终把自己当成一名普通工人。他是工人阶级的优秀代表，是劳动人民忠实的儿子，是党的一名忠心耿耿的优秀战士。

马恒昌所创建的小组从1949年4月至今，获得国家及省市授予的“中国工人阶级的一面旗帜”“全国优秀质量小组”“五一劳动奖状”“中央企业红旗班组”“新中国70年十大经典班组”等荣誉100余项。多年来，中国通用技术集团齐二机床公司十分重视马恒昌精神和马恒昌小组经验的传承与推广，先后编辑出版了《马恒昌》《马恒昌和他的小组》《千里马的足迹》《班组建设的旗帜》《马恒昌小组精神代代相传》等书籍。2007年4月，由全国机械冶金工会主办、齐二机床公司承办的“纪念马恒昌同志诞辰100周年大会”在北京人民大会堂隆重召开。中华全国总工会领导、郝建秀班组、赵梦桃班组、“毛泽东号”机车组等全国先进班组代表出席了大会。2009年4月，由中国机冶建材工会全国委员会、中国机械工业联合会主办，中国通用技术集团、黑龙江省总工会协办，齐齐哈尔市总工会、齐二机床公司承办的“纪念马恒昌小组建组60周年大会暨全国机冶建材行业班组建设研讨会”在齐齐哈尔市隆重召开。中央及省市各级电视台、报社等媒体也经常宣传报道马恒昌及其小组事迹：2013年6月30日《马恒昌的名言》在中央电视台电影频道播出；2016年5月中央电视台4套大型纪录片《信仰的力量》播出马恒昌小组的光辉历程；2019年4月30日中央电视台国际频道播出了“国家记忆”专题节目——《劳模马恒昌》，9月新华社刊发了《马恒昌——中国工人阶级的一面旗帜》，同月《工人日报》刊发了《马恒昌小组的“传奇密码”》。同时，在新中国成立70周年之际，中央宣传部、中央组织部、国务院国资委等9部委联合授予马恒昌“最美奋斗者”称号。

马恒昌同志的一生是平凡而伟大的一生，是为国奉献的一生，是致力于中国工运事业发展的一生，为中国工人阶级树立了光辉榜样。如今，在实现中华民族伟大复兴的征程中，我们要学习他忠于党，热爱祖国，全心全意为人民服务的高贵品质；学习他吃苦在前，享受在后，严于律己廉洁奉公的坚强的无产阶级党性；学习他敢于创新，大胆改革，为党的事业鞠躬尽瘁，死而后已的革命精神；学习他艰苦朴素，密切联系群众，永葆共产党人本色的优良作风。

一生逐梦石油科技

——记“最美奋斗者”、新时期“铁人”王启民

◎文/崔英春

2020年7月1日上午，在大庆油田总医院的一间病房里，住进了一位特殊的病人，他就是家喻户晓的“新时期铁人”“人民楷模”王启民。再过一会儿，医生要为他做左眼白内障飞秒超声乳化手术，植入一枚连续视程人工晶体。

术前，84岁的老人家特意起身“探望”了那台叫作“飞白”的机器人（高级的人工智能系统）。当听说手术全程由计算机精确引导，手术操切口更精准，技术全国领先时，他不停地点头，对前来看望他的院领导和医护人员说：“我国在5G、人工智能和新能源方面的发展速度很快，前两项技术已经成为世界前沿。”

他还说：“我也在学习研究AI人工智能，今天，要先体验一下这个高科技。等眼睛治好了，还要做事情。”见这位耄耋老人说起高科技和新技术，竟还像年轻人一样感觉很“来电”，在场的人们无不惊讶。

手术很顺利。在术后观察的2个小时的期间，左眼蒙着纱布的王启民和大家亲切攀谈。挥手告别时，他留下一句话：“一生一心做一件事，为党为人民奋斗。”想到这话正是老人光辉一生的写照，很多人眼睛湿润了。

一

1950年9月26日松基三井出油，宣告了大庆油田的诞生。第二年，数万人马从全国各地挺进萨尔图草原，轰轰烈烈的松辽石油大会战开始了。

1960年4月1日晚上，天寒刺骨，“冒烟雪”漫卷荒原，松辽石油会战第一探区葡四井试油队队长郭子正，刚收了一个“新兵”——23岁的南方小伙儿王启民。坐了一天一夜的火车，又在大卡车槽子上“颠”了80公里，到大同镇来报到的王启民，个儿不高，却很挺拔，像棵清秀水灵的小嫩葱。“小嫩葱”里面穿着大棉袄、大棉裤，外面裹着大羊皮袄，简直成了个活动的“棉花球”！

“一看你就有备而来，这是做好了吃苦的准备哦！”军人出身的郭队长就喜欢这个踏实劲儿。

“棉花球”使劲儿点头。棉衣裤是湖州家里母亲亲手做的，羊皮袄是北京未来的岳父母特意送的。早听说北大荒特别冷，耳朵一抹，就掉了，鼻子一捏，就没了，尿尿要用棍子敲。他从小在太湖边上长大，又在北京上学，怎么也想象不出，那地方到底能有多冷呢？

这一年，中苏关系破裂，苏联专家撤离，被西方长期封锁的中国石油业雪上加霜。最气人的是，他们临走还口出狂言：“中国人根本开发不了这个油田，大东北那么冷，油采上来无法流动，除非把油田搬到赤道上去。”

火车上，他兴奋得一夜未眠，作为北京石油学院石油地质系1956级实习生，就要去参加松辽石油大会战了！这是同行的150多名师生梦寐以求的事情。此刻，他们都是一样的心情——冷，算什么！只要有石油，只要国家需要我们！

飞驰的火车，顶着启程时的嫩绿春芽，一头冲进大东北的冰天雪地。铁路沿线汹涌着人的海洋，号子声、喊叫声、机器轰鸣声震耳欲聋，帐篷支起来了，马车牛车走起来了，铁轨枕木架起笔直的云梯，在松辽平原上铺起一道壮丽的彩虹，把天地烧得火热！

郭队长朝草甸子深处一指，“四号井，从今天起归你管了”。那时候，人手紧啊，一个萝卜一个坑，才不管你是实习生还是毕业生。

“实习生”深一脚浅一脚地插在雪窝子里，穿过一个大冰泡子，终于找到了长在芦苇丛中的一枝“铁树杈”，它孤零零的，光溜溜的，人称“光屁股井”。

井口流程也简单，像一棵小矮树。当年，松基三井出油了，四号井和另外几口探井紧随其后也出油了。对于崭新崭新的大油田来说，地底下是个啥情况，全靠收集分析探井“吐”出的信息。这井，可是个“宝贝蛋”。

王启民走在上井路上，野甸子上传来“嗷呜嗷呜”声，那是狼嚎。“白面书生”稳稳心神，抱着一根棍子防身，继续走。

王启民成了火线上任的技术员，每天录取井的生产数据。查井的“脾气”、测井的“体温”、看井的“脸色”、关注井的变化。不管什么天气，有没有狼，他都要过来。

“五一”过后，冰泡子化成了水泡子，上井要蹚水过。水退了，露出大泥巴。“走着走着，咦，鞋没了，原来被泥巴吸了进去！”步入老年的王启民讲起这段故事，常调皮地扭回身瞅瞅，好像当年在找鞋子。

试油队队员住在大同镇老乡家，上班要来回走几公里。王启民惦记这口井，干脆住在井上。井旁有个小锅炉房，一条长椅足够蜷身，热腾腾的脊背，冰冰凉的“床”，全靠一身火力扛。

他每天都把取完的数据记在小本子上，一共有20项资料，72个数据。本子用了一半时，队里自己动手在井边儿盖“干打垒”，他和大伙儿一起和泥脱坯，四面堆起泥巴墙，扯上帐篷做房顶，像个“布拉吉”。

“临时工”王启民去大队要床，大队说库房有张行军床。

要，就拿走。王启民如获至宝。新床矮脚，紧贴地面，屋外水泡子的湿气偷偷侵入身体，年轻人浑然不觉，酣然入梦。谁知竟悄悄埋下日后折磨他一生的腰病祸根。

队里一色的转业兵，刚脱了军装换上“杠杠服”，对试油技术搞不大懂。技术员王启民当“先生”搞培训，给讲讲原理、说说规矩、强调强调操作规程和注意事项。小“先生”认真，又是备课、又是查资料、又是讲课、又是个别辅导。白天看井，晚上办夜校，日程排得满满当当。

从初春到初冬，8个月过去了，王启民实习结束，试油队评上了“标杆队”，得了个全探区唯一；实习生王启民被评为“三级红旗手”，在全油田实习生里，也是唯一。

二

1961年，毕业后的王启民决定留在大庆，一同留下的还有他大学时的女友陈宝玲，在远离故乡的北大荒，他们结婚有了自己的家。

第一个春节要来了。在研究院地质组矮趴趴的“干打垒”里，王启民和几个年轻同事，一想起外国专家的嘲讽，胸膛里就冲上一股子气来，他们愤然写下一副对联：莫看毛头小伙子，敢笑天下第一流。横批：闯将在此。他们把那“闯”字里的“马”特意写得大大的，冲出了门框。

然而，“闯”字写得容易，做起来却是难上加难。拿下大油田，需要的是“铁人”王进喜那样的勇气，而持续开发大庆这种大型陆相砂岩油田，需要的却是科学技术以及漫长的守候。

那时候，通过注水加大地层压力使油形成自喷，是油田通用的采油方法。可用这法子没几年就遇到了麻烦，许多地方的地层压力在下降，油井产量一口比一口掉得快，有近一半的井被水淹，油井的平均采收率仅为5%。整个油田遭了水患。这还了得？

时任石油部副部长康世恩召集油田专家和技术人员研究对策。由于缺乏认识和经验，挤挤拥拥一屋子的人，谁也说不明白到底该咋办。首长满脸阴云，忧心忡忡地说：“开采三年，水淹一半，采收率不到5%，这就是在地下埋了颗‘定时炸弹’呀，‘炸弹’不除，我们就要被淹死，请你们一定要挖出来！”

1963年，陈宝玲怀上了他们的第一个孩子，而王启民却没有心思去体味初为人父的喜悦。为啥从地下冒出的是水而不是油？他受命查找原因。那年冬天，分身乏术的他，只能让即将临产的妻子独自上了回北京娘家的火车，车才到锦州站，陈宝玲就生下了女儿，取名“锦梅”。

而王启民在办公室埋头写十大试验的总结汇报，整整写了三天。他全神贯注地思考，奋笔疾书。终于有一天，他脑海中迸发出一个大胆的构想——大庆油田地下油层厚薄不匀，应当分层注水，在某些油层放大注水量。在一次小范围技术讨论会上，王启民公开提出自己的观点。这在当时，绝对是对国内外推行的“温和注水法”的颠覆。结果，一石激起千层浪。人们不禁惊讶，初出茅庐的小青年，哪来的胆子“唱反调”？他说的这些，能行得通吗？

其实，王启民早就一头扎进采油现场，收集资料，分析研究，去寻找规律了。他发现，松辽盆地地质构造复杂，油层薄厚不均，渗透率差别很大，即使是同一油层内，非均质现象也很严重。所以，注入地下的水，一定不是同时渗透的。要根据各层“胃口”不同，一对一“私人定制”注水量，要因势利导，分期、分批、分阶段给油井“吃细粮”，而“温和注水”搞的是“一边儿齐”“一锅粥”，是坚决行不通的。

他的想法获得了油田领导的支持，并得令带人去试验。原来，从1960年开始，“饥饿”的王启民就将海量数据“吃”进了肚里。十年间，他摸清了大庆油田油层为河流、湖盆沉积相的“家底”。他脑子里想法越来越多，能有一片“试验田”，可以“摸石头过河”，简直求之不得！

他整天跟工人“混”在一起。白天，一口井一口井取样化验，晚上，带领试验组讨论研究。正在长身体的年纪，赶上的却是人人都吃不饱的年代。夜里饿得睡不着，爬起来，捡几片菜叶子，小刀细细切了煮煮吃，算是美味了。

常年湿气入侵体内，导致他犯了腰痛病。上井时，他走一会儿歇一歇，从不吭声。送玻璃油管的汽车来了，离井场200米时，四轮陷进泥巴里。只能靠人拉肩扛运管子，师傅一头，他一头，管子搭在细皮嫩肉的肩上，上来就打了一个趔趄，他双腿发抖，脸憋得通红，豆大的汗珠往下掉，照样不吭气儿。

3个月后，风尘仆仆的王启民带着厚厚的图表和几本数据从现场回来了。紧接着，他又进行室内模拟试验，技术对比、分析做了2000万次，底气渐增后，他针对大庆油田与众不同的“体质”，提出了“早期内部注水，保持压力开采”的应对措施。

试验中，他选了一口油降水升的“老大难”井，一遍遍地试，一次次地摸索，竟奇迹般地恢复了产量，含水量也明显下降了。他乘胜追击，一口口井“摸”下去，一个个结果熬出来，主力油层陆续“恢复”了青春，曾“灭迹”的高产井又成批“活”了过来。这套做法打破了固化思维的老框框，开创了大庆油田开发的先河。

闯出第一道光亮，王启民来不及喘息，又快马加鞭，带人搬着行李卷，进驻中区西部试验区。现在，他的“阵地”扩大成了9平方公里。新任务是研究怎样提高采油速度。

此时的王启民，还是“走资本主义白专道路”的批判对象，背着“臭老九”的名声。他每天跟测试井，紧盯作业井，拿第一手数据。取资料是很笨重的体力活，不像现在都是电脑办公，高科技。那时整个试验区87口油井，排距500米，井距300米。每天他都要在荒原上步行几十里。他和工人一起摇测试绞车，有时饭都顾不上吃。

人们发现，这个人话很少，从不闲扯，总是弓着腰，身体前倾，步履匆匆，好像前面有很多活儿等着他去干。那瘦小的背影，永远像推着一架独轮车在跑。

王启民的时间好像总是不够用。晚上，他趴在一只电压不稳、忽明忽暗的灯泡底下整理资料，画地下油层连通图。人家喊他去看电影，他答应着去了，可屁股还没坐热呢，又跑回去工作。深夜一两点钟，他屋里灯还亮着。

帐篷里黑乎乎的，顶上抠了个小洞洞就算是窗户。紧靠边摆放着3张床，中间并排横着两张“一头沉”的桌子，桌上铺着大图表、小本子、尺子、画图工具，顶上吊着那只半明不亮的灯，这就是王启民的宿舍。

他编写着一个又一个施工设计，哪些井要“动”，哪些层位要“动”，怎么“动”，地下情况不断变化，老问题刚解决，又出新问题，永远研究不完。可国家缺油啊，他恨不得把地层掀开，把石油的情况搞个明白。

大东北的冬天异常寒冷。王启民后来总是笑称自己对付寒冷有办法。他说：“星期天，别人都回家了，我就把几床被子全都压到自己身上。唯一的小暖炉，也是我的啦！半夜工人下班走了，我还能钻到有火墙的房子里去眯会儿。这问题不就解决了？”

一讲到困难，他总是轻描淡写。其实，试验组宿舍的房子太小了，5个人，只能放3张床，他抢着睡桌子。取暖的炉子一点着，地上的冰碴就化成密麻麻的小水珠。床是冰冷的，被子是湿漉漉的，连身上的衣服也潮乎乎的。他在零下37摄氏度的夜里被一次次冻醒，腰越来越僵硬，风湿已从腰部窜到了四肢，连十个手指头都不听使唤了，又窜上眼睛引起虹膜发炎。发作时，双眼肿得像烂桃子，头疼欲裂想撞墙。人们发现，这个人的腰弯得越来越厉害，背后，都叫他“王罗锅”。

“王罗锅”已经好几个月没回家了。妻子陈宝玲惦念他，给他买了新鞋，送到宿舍去。他蹬上鞋子，却怎么也弯不下腰系鞋带。妻子心疼地流下了眼泪。

1965年，王启民被确诊为严重的类风湿强直性脊柱炎。医生惊讶道：“这样的人，还在工作？”“必须离开试验现场，要是再不治疗，可能会瘫痪的！”

可现在的他，脑子里塞满了未解的问题，成了走路都会撞大树的“呆子”。他心里只想着试验，哪儿也不想去，哪儿也不能去。地下油水运动千变万化，只有守在那儿，才能搞明白。所以，一刻也不能离开，一分钟也不能马虎。

“我不能撤！”王启民倔劲儿上来十头老牛都拉不回，“这里的情况，我最熟悉。试验正在关键时期，一旦撤了，再花钱动用机械设备就会难上加难，之前的努力就会前功尽弃。我不能当逃兵啊！”

一天晚上，他忍着腰部剧痛从作业队往回走，心里着急便从荒野中抄了近道。突然，他被一块大土坷垃绊倒了，怎么挣扎也起不来。他咬紧牙关再次想站起来，腰部又是一阵电击似的剧痛，身体好像不是自己的了，他又失败了。我还不到30岁啊，怎么这么没用呢？我不能就这么倒下了，还有很多事情要做啊！想到这些，他眼泪忽地涌出来。

过了好一阵，他慢慢平复心情，一点点活动四肢，先坐起来，再跪起来，接着用一只手拄地，他终于站起来了！等他慢慢挪回驻地时，天都快亮了。

中区西部试验区20世纪60年代的日产仅为百吨，从1970年试验开始后，第一年就升到1000吨，第二年达到日产2000吨，此后，连续10年稳产，单井日产40吨不降。这是个奇迹。采油工们乐坏了，技术专家们也暗自点头，觉得他们鼓捣的这套法子，靠谱、灵验。而王启民的腰彻底弯了。

他像一头骆驼，微微拱起的脊背托起了：采集的1000多万个数据，绘制出的大庆油田第一套试验区高含水期地下油水饱和度图，创新的“分层开采”方法，和已经兑现了的，当初“一片井全部都高产”的承诺。

这一时期，大庆油田原油产量平均以每年28%的速度递增，实现稳产5000万吨目标，提前五年跨入世界特大油田行列。成倍增长的原油为国家换回大量外汇。其中最高年份，全国每100元换汇额，就有大庆石油创造的14元。

三

眨眼间，来到20世纪80年代，开发20多年的大庆油田，逐步进入高含水期，几个主力采油区陆续出现了自然递减，一半以上的油井都安装了抽油机。油井，再也无法自喷了。一些悲观论调冒出来，说大庆油田已经快走到尽头了。

夜色渐浓，月亮爬上树梢。大庆油田勘探开发研究院副总工程师王启民此刻正僵着脖子，眯着眼睛对着两块岩芯石头发呆，他拿着放大镜颠来倒去地看，好像要“盯”出石油似的。只可惜，它们太薄了！上面的条状油斑稀稀疏疏，比小拇指还细，要么薄如游丝，要么纠缠成絮，要么混沌如泥，像甩袖汤，像磨刀石，像千层饼，就是不像石油。

这样的油层，按照国际惯例，在储量表内不做统计，被公认为没有开发价值。然而，谁能想到，大庆油田第二个5000万吨稳产十年，靠的真就是这曾被人不屑一顾的“废料”呢！

有一颗强烈的好奇心和探索精神，几乎是科学家的“标配”。王启民也不例外。

1984年，王启民受命承担了大庆油田1986—1995年第二个5000万吨稳产10年规划编制任务。国家要求生产5500万吨不能降。产量从何而来？

他向领导大胆进言：向渗透性极差又极薄的表外储层要资源。人们又被惊到了。这样的油层，在油田开发史上，可是一直被判“死刑”的啊！

早在中区西部试验区时，王启民就开始注意到不受待见被打入“另册”的表外储层了。国家需要油，他想要“啃”这块“骨头”。

油田领导和石油部很开明，也很支持他，表外储层开采试验列入大庆第二个十年稳产开发试验研究的重点项目。终于有机会可以大干一场了！

他组织对1277口井的表外储层做了大摸排，发现单井最多达58层，大庆长垣上千平方公里，虽然分开看油层很“瘦”，但合起来却很“肥”，“废料”大有潜力可挖。

对于他的“异想天开”，有人说他“天方夜谭”，有人说他不负责任，有人说他是“疯子”。而王启民心里想的是：“禁区，既然是人定的，就可以打破它！”然而怎么破禁区闯进去，把表外储层的油采出来呢？他又变得痴痴呆呆的。

“大泥巴里怎么采油啊！”这也是质疑声之一。的确，岩芯上的含油砂岩只占30%，少得可怜，其余全部是泥岩。

王启民日夜扎进“表外储层”里研究，从石油形成的机理，到砂岩体相互之间的关联，再到水驱规律，零零散散的小星星，逐渐聚集，连成一小片光亮，眼前越来越明朗，每一个难点都让他茶饭无味，每一次突破都令他欣喜不已。

1984年12月，寒风夹着雪粒打在脸上，像刀割一般，令人喘不过气来。对试验结果望眼欲穿的王启民，并没有等来捷报。三口试验井，打完射孔后，没有产量，抽上来的几乎全都是水。试验失败了。

有人开始起哄了。

王启民蹲在井场，对着油管壁仔细观察，终于发现上面挂着的一点点油星，不禁眼前一亮："这不是油嘛！"

"你家炒菜没有油了吗？这点儿油，拿回家炒菜都不够呀！"

"真是滑稽死了！"又是新一轮更猛烈的嘲笑。

同行专家摇摇头走了，油田领导也无奈地摇摇头。谁知王启民却坚信，既然管壁上沾了油，就说明油是可以从表内层运动过来的，只要有技术手段，就能把边边角角的油星、油沫儿都"刮"出来，做到油尽其用！

除了嘲笑和讥讽，还有好心劝诫。他们承认他的道理，但表外层实在单薄又寒酸，根本不具备工业开采价值，如果贸然放到稳产规划中，万一落空，将影响整个油田稳产任务完成。

"这个责任，你担得起吗？"

"风险太大了呀！"

"打这样的井，就是浪费钱。"

爱人陈宝玲也说："启民，困难太多了，非要这么干吗？"

他身心俱疲，一定是哪里出了问题！可问题究竟在哪儿呢？他像患了"选择性"失聪失明，着了魔一样，分分钟只想找到答案。

逐一排查五个试验区所有数据，一遍遍回想每个细节，繁杂中抽丝剥茧，一道道门推敲。他常常忘了下班回家，走在路上也在思考，本来要去一个熟悉的地方，却走错了方向，碰见熟人就跟没看见一样。

小时候，他把家里唯一的半导体偷偷拆了，搞明白了，又悄悄还原。夜深人静，他闭着眼睛靠回忆把试验井"零件"一个个拆下来，又一个个"组装"回去。睡着了，梦里继续试。有时，又忽地爬起来，抓住张纸就记着什么。

家里的粮本找不到了，陈宝玲"命令"他从试验区回来找。他"耍赖"说："你都找不着，我还能找到？让我找试验井资料还差不多。"

儿子王庆文1970年出生，从儿子出生到十岁，正是王启民"扎"在试验区的十年，作为父亲，他几乎全程失陪。

他精心盘算，借用3口已完钻的井，再打一口新井，用了“三借一打”的布井法搞试验，为的是少花钱多办事。可新井打完投产，还是没出油。

他动用全部脑力，一寸寸搬动挡路“巨石”，哪怕撬开一点点缝隙，而解题的灵感，由雪花铺地般的统计图表中产生，以无数次失败“焊”成攀登的“梯子”。汗如雨下算什么、脊背弯了算什么、废寝忘食算什么，这种投入便是忘我——不知道困、不知道饿、不知道渴，也不知外面还有个花花世界。他孤独又坚定，他好像就是为此而生，连汗液里都流淌着探索的灵光和亢奋。

终于，他找到了原因！他抓紧去找搞工艺的同事，对目标层进行压裂。开始还好，初期日产达到5吨以上，可之后产量天天降，半年后，降到日产1吨多。王启民笑了，可以可以！还没给它们“吃饭”（注水）呢！经过稳定注水后，日产量恢复到3吨以上，达到了工业开采的下限。

杏五试验区8口井的试验结果马上要出来了，很多行家都在等着王启民“揭锅盖”，看表外层到底能不能采出油。结果是：这8口井昼夜生产，连续19个月累计产油5757吨。“废品”里真的出了油！

有一口原来产量很高的井，由于含水层侵扰严重，含水高达95%，每天采出100多吨液里，只有5吨是油，其余全是黄水汤。王启民蹲了两个月，做了10多次方案，全都失败了。工人都烦了：“折腾这么多遍，也没见多出油，还折腾个啥劲儿？”试验组同事也有些灰心了。

熬得两眼通红的王启民，身体大不如前，可这人却犟得很。他重新对这口井的上百个油层和周围十几口油水井连通关系进行分析，最终找到没有被水淹的层段，再次拟订实施方案。当作业工第12次取下油管，打开阀门后，油管里呼呼地涌出了又黑又稠的油！在场的人都激动不已，他的眼睛也湿润了。经测试，这口井日产竟达到108吨。

一项项试验艰难地进行着，失败常有，但总有最后一个失败连着伟大的成功。外界对表外储层的“成见”被“杠杠硬”的试验结果悄悄融化了，反对和质疑声渐稀。大庆油田吃下一颗“定心丸”。

此后，油田全面布局，打响一场攻坚战。王启民设计的第一次加密方案开始实施。

到了1985年，被人嘲笑为“炒菜油”的黑滚滚的原油已经源源不断输送到天南海北，为祖国“加上油”了。表外储层开发，累计增加7.4亿吨的地质储量，有人计算过，这些油装在铁路油罐车里，可以环绕地球一周，相当于又找到一个大油田。

支撑梦想变成现实的是1500多口井的地质解剖和分析；4个试验区45口井的试油试采；10口取芯井的岩芯测定和分析；还有人与试验区不离不弃，“长”在一起的，整整七年的时间。

开车行驶在四通八达的油田公路上，在星罗棋布的抽油机井群中，有一批调整井，数量在12000万口左右，它们从北到南，依次排布在各个采油厂，波及萨尔图、喇嘛甸、杏树岗三个油田，它们出生的年份，从1980年一直到1991年。正是它们，以充沛的活力，助力大庆油田昂首超越第一个稳产十年的目标线，迈向油田第二个5000万吨稳产十年！

多年以后，王启民依然感谢当年的反对者。他说，要做成一件事，就要认真对待质疑，逐一收集反对理由，加以仔细分析，对有道理的采纳吸收，把其他的默默过滤掉，甩在春风里。

这位终生热爱科研的狂热分子，是不会浪费精力和时间去做无意义的争辩的。最管用的回答就一个字：干！

四

当一个人心里只有一件事时，很多世俗的纷扰就会被自动屏蔽，没有什么干扰得了他。王启民长年修炼“自我屏蔽”的功能。这使他有时候看起来很执拗，有时候也有些不合常理，令人哭笑不得。

为王启民服务过的司机师傅，曾对王启民的“一根筋”感到很无奈。1995年的夏夜，浓云压城、暴雨如注。一辆小轿车急驰在哈大高速公路上，车灯努力射出两束强光探路，雨刷器坚定地刷开视线，坐在车上的王启民心急如焚。

他不顾车身颠簸，借用车里微弱的灯光，又打起手电筒，聚精会神地修改一份报告。一会儿工夫，眼睛有些酸疼，他直了直腰，活动活动胳臂，继续争分夺秒地“抢活儿”。

他手里是一份关于大庆榆树林油田和头台油田产能情况的报告。白天，王启民来到哈尔滨，请省领导看过之后，领导表示肯定并提出了修改意见。这份报告，要在第二天上午8点正式上会。

时间已是晚上6点了。报告有多处修改，需要重印。在哈尔滨大街小巷，他和司机一家一家印刷厂地“扫”，不是说不能印，就是“狮子大开口”要高价，最低一家也要35000元印刷费。

王启民心中有数，同样的情况，在研究院自己印，也就是几千元的费用。厂家说：“你这活这么急，再说又是公家花钱，你何必这么认真呢！”

时间很紧，路程不短，天公不作美，活儿又急，王启民犹豫了一下。想了想，他还是给研究院调度室打去电话，安排通知出版室主任陈有才做好连夜加班的准备。然后，他对司机说：“辛苦你一趟，咱们回去，路上小心一点。”

晚上7点30分，汽车冲进雨幕。

车子开到肇东时，雨越下越大，行车困难，司机心里暗暗叫苦，犯着嘀咕。看一眼旁边的王院长，焦虑又疲惫，心中一阵感动，不由得跟他一起着急。司机全神贯注，尽量把车子开得平稳一些，再平稳一些。

王启民想到的是，争取时间。

夜里11点多，疲惫的小汽车终于回到研究院。王启民快走几步，用身体护住报告不被雨淋湿，一边嘱咐司机抓紧时间回家休息，一边开始招呼待命的打字员和陈主任，进入工作状态。

他把车上整理好的修改内容，逐一让打字员修改。这时候，陈主任在办公室翻箱倒柜，只找来两包方便面。肚子早已经咕咕叫的王启民很是满意，连连说：“不错不错，还能吃上热面条！”

边吃边忙起来。

陈主任说：“您明天还要开会，还是赶紧回家眯一会儿。这里由我顶着！”

王启民一摆手，说：“不行啊！这报告很重要，我放心不下啊！”他边说，边开始逐字校对，和大家一起收片、排版、印刷，直到最后装订。

王启民弓着腰，眼里布满血丝，脸上是掩饰不住的倦容。众人看在眼里，不免眼睛有些湿润。时间一分一秒过去，一份崭新的报告以最快的速度完成了。

凌晨4点20分，雨还在下。100份散发着油墨香的报告被搬上了小轿车，王启民冒着大雨，回哈尔滨开会。当他拿着报告走进会议室时，距离开会时间还有十分钟。直到这时，他一颗悬着的心才放下，长长舒了一口气。

一夜之间，雨中往返360公里。司机师傅忘不了那场雨，忘不了王院长的执拗和眼里布满的血丝。

研究院的小青年对王院长“忘词儿”的事儿也表示无奈。

1993年的春节要来了，到处张灯结彩，喜气洋洋，过年的气氛越来越浓。研究院工会组织的联欢会正在紧锣密鼓地筹备中。开发二室的年轻人编的小品入选了，名字叫《看我神气不神气》。

小品一共5分钟，角色不多。除了两个主角之外，还有一个院长，只有两句台词，强调科研人员油田开发工作中的责任。找谁来演呢？党支部书记肖爱莉灵机一动，干脆请王启民院长来演！院长演“院长”，本色出演。

肖书记抱着试试看的心态，敲开了院长的办公室的门。王院长从一堆图表中抬起头，听明来意，想了想，竟然爽快地答应了：“行，我来演！”

“亲爱的同事们，大家好！”随着报幕员甜美的声音响起，春节团拜会正式开始了。好戏一个接着一个，场上场下，喜气洋洋。

“开发二室的小品做准备！”

大幕拉开，演员登场亮相。

“王院长，该你上了！”只见，舞台灯光一亮，王院长拎着手提包走上舞台，台下观众瞪大了眼睛，一看是王院长亲自演，都不出声，屏气凝神往下看。

只见王启民亮开嗓门，激动地大声说道：“科技是第一生产力，没有科技就没有大庆油田……我们大庆油田已经稳产第17个年头了……”

王院长一开口就“走了板”，越说越激动：“我们虽然在稳产上还有一些困难，可是，只要我们依靠科学技术和铁人精神，就能战胜困难……”

人们都愣住了，原来心里只有一件事的他忘了角色，慷慨陈词，全场响起雷鸣般的掌声，掌声里，更多的是感动。

研究院的女高工对王院长的“目中无人”也很无奈。

原来，王启民“得罪”过她。一次，他急三火四地去找一位科室主任布置工作，正碰上这位主任在和女高工谈话。两个人同时跟王启民打招呼。王启民却旁若无人地跟科室主任谈论起来，把眼前的女高工“晾”在一边。时间一分一秒地过去，女同志脸上红一阵白一阵，尴尬地站也不是，走也不是，终于忍无可忍，一气之下，甩袖而去。事后，她找到王启民的爱人告状，罪名是他“目中无人”。

如此这般，王启民连自己都不知道啥时候就把人得罪了。他面对爱人的数落和责备，摇摇头，一笑而过。

“目中无人”愈演愈烈。他把老朋友老领导也“得罪”了。1997年，华北局请王启民去考察参观，王启民去了。那里的局长是曾在大庆油田当过党委副书记的杨万里。他对王启民热情招待，然后，做他思想工作，想要把他调过去。“只要你说同意两个字，我就马上去找王志武局长说，把你调过来！”王启民立马回了四个字：“我不同意！”

“干吗不同意啊？”王启民哈哈一笑，说：“老天爷给我这么定的啊！他只叫我做好一件事，那就是开发大庆油田，其他的事，不用管啦！”

华北局局长杨万里气坏了！考虑到他有经验，本想把他挖过去，让他管理整个油田。没想到，他还不同意。

王启民并不动心，不想去，他说，油田跟油田是不一样的，大庆的情况他了解，他哪儿也不去！

为此，王启民的爱人陈宝玲也气得够呛。华北油田离北京近，条件好，这么好的地方，还不去！老太太可惜坏了。

对此，王启民不以为意，一笑而过，“有时候不太理人，是有可能”“脑袋里都是问题，杂七杂八的事儿，就没有地方搁”。

“我的事情很多，要把精力用在五年的规划上，做一些研究工作，要做年度的计划，要做总结。产量上的、开发上的，‘七五’的、‘八五’的、‘九五’的、年度的，都是我汇报。”

王启民对自己的要求是，给王志武局长、周家俊副局长当好“参谋”，讲道理要充分，提建议措施，要科学、有依据。

“什么事儿都感兴趣，那你就做不好了。”

王启民好像只钟情搞研究、做汇报，只有这件事最能调动他的兴奋点。然而，他并不喜欢那种花里胡哨搞“把戏”的汇报。

“油田那么大，地上地下情况那么复杂，你搞几个表面光溜的东西，就能把问题解决了？不太可能！”他毫不掩饰自己的观点。

“不是为汇报成功，而是把事儿做成功！”

说起这些，王启民的“小迷糊”立马不见，观点像连珠炮，句句直击要害。

五

到20世纪90年代，昂扬喷发了30年的大庆油田，源源不断地把宝贵的黑色“血液”流注入国民经济大动脉，支撑中国走过最艰难的时期。而今，油井采出油量在减少，水在增多，经过了二次加密、三次加密，到1989年，产量已经没有办法继续维持在5000万吨，要是再没有接续稳产技术，很快就要“掉”下来。

“大庆，要考虑年产5000万吨以上稳产30年的问题。”这既是希望，也是硬指标。

元旦过后，油田技术座谈会在热烈的气氛中召开了，大会开了整整10天，会场出现的高频词就是“稳油控水”。

王启民的“表外储层”研究的成功为下一步稳产打了一针“强心剂”，有了7亿吨储量的“后手”，以后要想5000万吨箭头向上，就有保障了。

那么，现在要换一个问题了，如何做到高效？要稳住油，还要控住水，弹支高效开发的曲子，大庆油田该换换调子了。

“我有把握将油田高含水期向后推移5年乃至更长时间！”“把每年的含水上升控制在0.3%左右。”局长王志武已经习惯找王启民问计，王启民每次都不会让他失望。

原来，“稳油控水”战略一提出，王启民就早早组织人马“做功课”了。忙什么？他带领团队拿出了“三分一优”的结构调整方法，提出了两个指标，“三年含水不过一”和“3、6、9、10”工程。至于其间要克服多少困难，则一言难尽。

一套新模式出来了，“稳油控水”顺利实施有保障了。剩下的事儿，就是做细文章，把方法和指标全部落到每个采油厂，一锤一锤去夯实。

油田在儿童影剧院大礼堂，召开干部大会。北京的王涛总经理前来传达上级指示。“巧干三年不过一？”会前听汇报，他不敢相信自己的耳朵。油田高含水后期，含水上升率每年控制在1%都不容易，你们提出这个0.3%，3年不超过1个百分点，这可能吗？

苦战到1995年，“稳油控水”该“揭开锅盖”了！一串串开发指标和生产数据，醒目。油井老龄化趋势被控制，垂垂迟暮的老井，又焕发青春。大庆的稳油控水成功了！同一时期，中国石油“稳定东部、发展西部”战略捷报频传，油气产量稳步上升，大庆油田这块稳稳的“压舱石”立了头功！

1995年，“稳油控水”系统工程，获得中国石油天然气总公司科技进步特等奖，并在国家“95”十大科技成果中名列第二。同年，功勋卓越的王启民，荣获孙越崎科技教育基金奖能源大奖，全国只有4人获奖。

1996年12月，大庆高含水后期“稳油控水”系统工程，获得国家科技进步特等奖！

时光如白驹过隙，距离1978年那场著名的全国科学大会，已经快20年了！那时，41岁的王启民带着“油田开发中油层细分沉积相的研究应用和注水开发矿场试验”两项技术成果，为大庆油田摘得国家科技大奖。从此，他手里紧攥科学技术这把利剑，再没松开过。

除了大庆，世界上还有一个地方能牵动王启民的心，那就是浙江的湖州，他魂牵梦绕的故乡。湖州那年的冬天特别冷，冷月清辉笼罩着一座新坟。坟前，跪着逝者沈宗贤浑身缟素的儿子王新民、王世民，女儿王一民，唯独没有最远方的儿子王启民。这一天，是1992年12月14日。

2000多公里之外的大庆。王启民闷坐了好久了。他手里紧紧攥着那张电报，恐怕一松开，母亲的灵魂就真要飞走了！可母亲已经走了！噩耗千里传来：“母亡，速归！”

“母亡，速归！”像一串炸雷，他痛遍周身。

夜深了。陈宝玲走过来，低声安慰丈夫：“启民，明天，我先给家里多邮些钱……办丧事，要花销。”她有些哽咽地说不下去了。

回答她的是长久的沉默……

6个月前，湖州大弟弟来信说母亲病重。王启民脑袋“轰”的一声。总觉得娘还像年轻时一样硬朗，有什么困难都能扛得住！好像都忘了她今年都已经81岁了。

这一年，“稳油控水”的战火越燃越旺。十多个示范区建起来了、一个个决策出台了、一项项措施技术跟进着，整个油田士气高涨。这一年，油田的产水量控制住了，注水量也比往年大大减少了。很多工作刚刚开展，稍一耽误就会影响全局！已经是研究院副院长的王启民，担子更重了，时间越来越不够用啊！他心乱如麻。

他恨自己。1960年父亲去世，他在大庆实习未归。母亲一生操劳，他都没有几天在膝前尽孝。他暗下决心，先把这一段工作忙过去，就回老家。到时走心里也踏实。好在妻子一下寄去几个月的工资，能让母亲得到好一点儿的治疗。

盼望着又担心着，深秋，弟弟又来信，母亲病重，活不了多久了，想他。字字千钧，像巨石压得儿子胸膛生痛。他揉揉干涩的眼睛，使劲儿甩甩头，强迫自己镇定，又快步走向下一场汇报，组织新一轮研究，工作需要他，他已经没时间想别的了！他取出一笔积蓄，再次寄回老家。

一场暴雪不期而至，寒风送来第三封家书，语气更加急迫了。王启民不忍卒读，他盼着奇迹出现，母亲再多等他些时日。

他55岁了，真想妈妈啊！可从大庆到湖州，坐慢车要3天时间，来回路上最少一个星期，他实在没有这个时间！

太湖边儿，埭溪村，重病的母亲已在弥留之际，她已不能说话，顽强地熬着日子，常迷迷糊糊把别人的声音听成是儿子启民的声音！

1937年9月26日，她生下启民，将他养大，带着他逃荒，供他上学，送他远行。1976年，在大庆住的那段日子，守着儿子却总“逮”不着他人影。儿子的腰累弯了，弯成了九十度，成了“罗锅”了！启民有了一双儿女，日子过得紧巴，还想法让她吃上南方大米，可娘俩却很少有时间坐下来唠唠家常。1979年，她要带女儿回老家了，儿子送了一程又一程，此后，母子重又隔山隔水，只有一张张汇款单飞来见她。她多想听儿子用乡音再喊她一声“妈！”

无眠之夜，王启民悄悄展开家书，那些话，像刀子一样戳着他的心。弟弟最后一封信跟电报接踵而至。“咱妈走了……妈走时迟迟不肯闭上眼睛……你心太硬了！到最后，妈都没看着你一眼……你心是铁做的吗？”

连续加班体力透支的王启民肝肠寸断，眼泪把桌上图纸洇湿了一片……

1997年，稳油控水取得巨大成功，已全国知名的大庆“新铁人”王启民终于回家了！他归心似箭，直奔旧坟，颤抖着手捧几把新土，燃着一张张纸钱，又折几根绿枝插在碑前……

他长跪不起，巨大的悲痛涨满心胸！感情像开闸的洪水奔涌而出，震得山林呼啸、湖水呜咽，他大放悲声：“妈呀，儿子来晚了！原谅儿子的不孝吧！”

咈！咈！咈！王启民连磕三个响头！ 再抬头，已是满脸热泪！母亲，在天上接住。国家，在大地接住。

六

有人曾悄悄问过王启民，那次，到底在离婚书上签字没有？王启民笑了。

1995年深秋的一个夜晚，他和妻子陈宝玲之间爆发了一场“战争”。这对于结婚30多年的恩爱夫妻而言，从未有过。

起因是妻子瞒着丈夫办好了手续，要把全家人的工作调往北京，而丈夫也同样瞒着妻子，在商调函上签了“本人不同意”。

那天的“战火”刚一点燃就直线升级。

晚饭也没吃好，“火”也没压住。王启民一进门就先发制人，向妻子发起一连串愤怒的“连珠炮”——

“谁说要走了？”

“这么大的事儿，你怎么能自作主张呢？”

“就知道你不想走，所以之前没跟你商量。”先斩后奏的陈宝玲有些气短。

“那边气候更适合你的身体，再说，我家人在北京，到那边，离他们也近一点儿……”妻子觉得自己的想法并没有错。

恼火的丈夫再次发问——

“那边有大油田吗？离开大油田，你让我去干什么？”

“在小油田，你也可以干你的老本行嘛。再说，到那边你把身体养好了，不一样可以给国家多做贡献吗？”

“火苗子”继续上蹿——

“笑话！我在这儿干了大半辈子了，人熟地熟，专业更熟，是说扔就扔、说走就走的吗？”

陈宝玲心头一沉。作为相濡以沫的妻子，她哪能不知丈夫的心情？可这些年来，她看着他没日没夜地工作，熬干心血，累弯腰，她多想让他这只不停旋转的陀螺停一停，歇一歇，冥思苦想，才想出了这个主意。

王启民并不领情：“大家都是这么干过来的，辛苦的不是我一个人。”“即使我人走了，心还扔在这儿，你就忍心看着我整天没着没落的？”

“那也不能只想着工作，不管这个家呀！这些年，你今天下现场，明天去工地，家里的事儿你管过几回？”陈宝玲鼻子一酸，一阵哽咽。

其实，这些年，王启民对妻子是深深抱愧的。她为他和这个家付出的实在是太多了。住平房的时候，她自己动手和泥盖仓房，家里贮藏冬菜没有菜窖，她去借别人家不用的菜窖；女儿锦梅差点儿生在火车上，儿子庆文出生才三天，他又下现场。她一个人在家坐月子吃的是炒面和挂面。大年初一，他去工作，她在家又带孩子又做家务，连饺子都没吃上。无尽酸苦变成委屈的泪水夺眶而出，陈宝玲越想越伤心。

屋里安静得出奇，墙上的石英钟在“嗒嗒”地走着。

“宝玲，我答应你，等我退休，你让我去哪儿我就去哪儿，好吗？”丈夫走过来，递上一条毛巾。

“行了行了，你这一竿子又给支到退休去了！”妻子擦了把眼泪，接着数落：“启民，你怎么还不明白？我不是思想狭隘，我是为了你。你白天瞅着跟没事儿人似的，你晚上躺在床上这儿疼那儿疼难受得不行。你以为我愿意离开大庆？别忘了，当初咱俩是一起来大庆的，你干了多少年，我就干了多少年，你搞石油，我也一样，我的工作也在这儿！”

“既然这样，我们就不走了。”

“多少次机会你都错过了，石油部领导为了照顾你的身体，几次要你过去，你不走；在别的油田当领导的老同学要你过去，你不走；这次我求了那么多人，事情都办妥了，你还是无动于衷，你不为自己想想，也得为我和孩子考虑考虑呀！”

“那你带孩子过去吧，我一个人在这儿。”王启民依然像块顽固的石头。

“不行，要走全家一起走！这两天商调函就该到了，就差你在上面签字了。”

“商调函我收到了，而且已经签完字发走了！”

妻子愣住了，睁大眼睛看着他。

王启民的语气平静又坚定：“我签的是‘本人不同意’。”

“什么？！”

“我早说过，什么事儿都好商量，就这事儿，没商量。”

“没商量？没商量……就离婚！”忍无可忍的妻子，像一头暴怒的狮子，使出最后的撒手锏。

可她万万没想到，丈夫想都没想，真的在离婚协议书上签了字！

妻子最后一道防线崩塌。丈夫这是“口吞秤砣铁了心”了，他吃准了她不能真和他离婚。本想拿离婚吓唬他，却变成了他拿签字吓唬她。

结果呢，一场离婚大战不了了之。

七

在大庆市让胡路区，有一座青灰色的大楼，这里汇聚了大庆油田勘探开发最核心的技术，是油田高层战略决策的“参谋部”和“神经中枢”。这就是大庆油田勘探开发研究院。

王启民的办公室在二楼，这些年，位置有过一些变动，门牌上的字，先是“副总地质师”“副总工程师”，1992年3月是“副院长”，1996年8月是“院长”，2000年，他搬走去油田机关任职。

王启民太忙了。一位《黑龙江日报》的记者要采访他，等了三天还“捉”不到大忙人的影子，无奈之下，只好来了个深夜造访。1997年3月27日晚上10点，果真顺着办公室一束不眠的灯光找到他。

王启民的案头，是一份未做完的《大庆油田1998年开发规划方案》。他的坐姿，是特有的前倾的“强直”姿势。他的脸上有些倦容，眼里有些血丝。这个方案通过之后，还要加以落实并做大量的前期准备工作。

一个规划，要投资上百亿元，最重要的是搞好优化，使之更科学、性价比更高。如果笔头稍有偏差，损失非同小可。眼下的三次采油已经有了三种技术，但只有一种技术得到了应用，制订方案的时候，都要综合考虑，如何把握这个“度”，需要反复权衡。

“搞科研，可不能走一步看一步，要有长远谋划，战略思维，要坐二望三，未雨绸缪。”

又一个周末的晚上，10点40分，规划室技术人员终于把一份分析报告打印完毕。有人说，给王院长送去吧！这会儿他准在办公室。果然，电话一拨就通了。

“休息日是最好的工作日。”人少、心静，没有干扰，正好思考问题。能舒舒畅畅地加几个班，王启民像占了大便宜。

1997年4月12日，60岁的王启民成为北京人民大会堂一场报告的主角。他目光炯炯，声音洪亮，以石油专家特有的底气和自信，向全国人民汇报，35分钟的演讲“点燃”了全场。人们记住了这个之前并不熟知的“小个子”，惊讶于他身上迸发的巨大能量，为大庆人呕心沥血采石油的故事所感动。

后来的事情更令国人惊讶。大庆油田在1960—2000年开采40年，开发水平、管理水平都居世界领先地位，直到2002年，油田实现年产原油5000万吨以上高产稳产27年，远远高于世界同类油田稳产期最长12年的纪录，成为世界油田开发史上的奇迹，创造了震惊世界的“大庆纪录”。

2000年以后，年过花甲的王启民，已经是大庆油田有限责任公司总经理助理、副总地质师，他又披挂上阵领衔创新合作方式，研制出能适应油田污水配置的超高分子量聚合物，解决了清水水质和污水外排问题，大幅提高了聚驱开采程度。

由于长期的注水开发，油层内部形成了一定的“管道”，“管道”内几乎已经没有油了，而聚合物却总是先进入这些“管道”，造成无效驱替。部分油井产量在持续下降。

久经沙场的老将王启民再次带领技术人员在喇嘛甸油田开展了“交替段塞，调驱结合”的技术试验，拿出办法，使采收率提高了16个百分点，实现经济效益近3亿元。

在大庆，王启民拥有成千上万的粉丝。年轻人喜欢听他讲石油的前世今生，讲大油田开发历经的大事件、大数据、大喜悦。他会“嘲笑”那些只会“开会”的形式主义，也会由衷赞美那些埋头科研，发表论文数却为零的导弹科学家；提起屠呦呦，他伸出大拇指连说“了不起”；再说起当年外国人说咱们开发不了大油田，他依然激动地提高嗓门。如果，有人遇到科研难题来求教，他不仅耐心解答，还把多年积累的“干货”拿出来分享。这位大众偶像，总是精力充沛，思维比年轻人还敏捷，善于“四两拨千斤”，听他讲完，准保茅塞顿开。

王启民从年轻时就保持动脑研究和动手记录的习惯，至今不变。他的小本子上，碳素笔、铅笔、彩笔组合混搭，字里行间标着颜色，边边角角都加了批注，满篇满纸都密密麻麻、花花绿绿的。除了随手记下的学习体会，还有他自己整理的知识信息，最近几年，又多了不少“新能源研究”的事儿。翻开那些本子，还会发现老爷子的原创箴言，经过漫长岁月洗练打捞，越发闪光——

“石油开发靠体力，更靠脑力。不仅要采出油，更要找到规律。”

“想别人不敢想的事，做别人不敢做的事，把敢想敢干结合起来，就是科技人员对这个时代最大的贡献。”

这些宝贵的人生感悟，出自“真刀真枪”的鉴证检验。很多“老人儿”

对当年王启民给大庆油田总地质师闵豫汇报工作的场景啧啧称叹。他一不拿图表，二不看资料，试验区所有的油井，他都了然于胸，滔滔不绝，整整讲了三天。“活地图”“数据库”的外号不胫而走。

那一年，他代表大庆油田去北京作三次加密先导性试验的汇报。高含水后期的地下剩余油分布，涉及的主要资料和数据密密麻麻。领导一个接一个问，王启民一个接一个对答如流，提问人和与会人员连连赞叹。

没有电脑的年代，他把所有的井位、数据、动态变化等海量的知识信息都装在大脑里，张嘴就来。其实，他哪有什么过目不忘的本事，练就这“活地图”“数据库”的“武功”全在于他兢兢业业地工作！他的汇报，打动了油田领导，打动了总公司老总，打动了北京的余秋里和康世恩两位首长，他们主动给他“抬轿子”支持，油田为此开展一轮轮高科技新会战，推动产量箭头一次次冲上新高。

回首往事，老人家哈哈大笑说：“只做一件事，只想一件事，功到自然成。我笨嘛！真的没有捷径啊。”

时光如梭，奔跑的人一直停不下来。2008年，71岁的王启民老当益壮，擎着奥运火炬，从大庆铁人广场出发，奔跑向前，他的脸上是孩子般灿烂的笑容。

2017年，80岁的时候，当了一回“逃兵”，把老伴儿陈宝玲一个人丢在度假的海边儿，自己跑回来搞新能源研究。他说看大海是“闲人”做的。时间不多了，得抓紧做事儿……

在王启民家书房的玻璃板下，有三张不同年代与国家最高领导人的合影。最难忘的是，2019年9月29日，中华人民共和国国家勋章和国家荣誉称号颁授仪式在人民大会堂金色大厅隆重举行，中央电视台对全球现场直播。曾为全国五届人大代表、中共十五大中央候补委员和“新中国百名感动人物”“改革先锋”的王启民，虽已多次登上这荣耀殿堂，但这次心情更为激动。

当雄壮激昂的《向祖国致敬》乐曲声响起，王启民在亿万国人瞩目中直了直腰，挺了挺胸，精神抖擞地走向授勋台。中共中央总书记、国家主席习近平亲切地与他握手，向他表示祝贺，然后把金质绶带和金光闪闪奖章挂戴在他的胸前，同他合影。

“社会主义是干出来的，民族复兴的使命要靠奋斗来实现。”“奋斗的道路不会一帆风顺，往往荆棘丛生、充满坎坷。强者，总是从挫折中不断奋起、永不气馁。”习近平总书记讲过的话，久久激荡他的心胸。回顾走过的路，他由衷感到，科技创新的路必然是那条最远最艰苦的路，没有捷径。

一个甲子过去了，大荒原变成了大油田。从23岁的毛头小伙到如今的耄耋老人，王启民与大庆油田的命运紧紧连在一起。他说，是上辈子有约，这辈子有缘，老天有意。

在这片处处有“铁人”名字、讲“铁人”故事的热土上，他遗憾欠下了亲情债、健康债，但对油田从未离开过一寸脚步、从未动摇过一分初心。他为石油奋斗了一辈子，他感动了全中国！

而今，这个南方人，早已习惯并爱上了北方的冰雪。每当雪花飘起，老人都会站在大庆油田有限责任公司机关16层楼的办公室里，手扶窗台，极目远眺。那是怎么也望不尽的，只有在飞机上才能看到全貌的，5000多平方公里的大油田！他曾亲手布置的，不同年代“出生”的抽油机上下律动，“怦怦怦”，他的心跳始终与之同频，向大地叩拜。

“今天，是大庆油田发现60周年纪念日，也是我的83岁生日。”在庆祝大庆油田发现60周年大会上，“新时期铁人”“改革先锋”“最美奋斗者”“人民楷模”王启民发言第一句话，就引得会场数千人雷鸣般的掌声。大家向这位一辈子为大庆油田“痴心不改”鞠躬尽瘁的老人送上深深祝福和敬意。

愿得此身长报国

——记“最美奋斗者”“铁人”王进喜

◎文/宋明珠

1960年3月15日清晨，风敲打着窗棂。祁连山还在沉睡，玉门油田上一户人家最先升起了炊烟。

房门吱呀一声，王进喜穿着泛白的“杠杠服”，闪进母亲的房间。

房间里，母亲已经梳洗完毕，端坐在床上，似乎早已知道儿子的用意。王进喜二话不说，“扑通”跪在床前，向着母亲磕了三个响头。小厨房里上升的炊烟，似乎随着妻子的心迟疑了片刻，又继续向天空升去。

“娘，儿要去松辽参加会战。”

“十斤娃……”母亲仔细看了王进喜一眼，“去吧。”妻子默默把热好的饭端上桌没有多话。

对她们来说，松辽是远的，远得就像是在天边，听说火车就要走整整十天。

对王进喜来说，松辽是近的，近得就在心里，恨不得立刻能扶上刹把，在荒原上开钻。

吃过早饭，他拉开门，一步跨进料峭的春风中。这一步，王进喜跨进了一个全中国最大的砂岩油田。就是这个大油田，打破了西方对中国的能源威胁；打破了中国贫油的论调；打破了“没有苏联帮助，你们的石油永远不会打出来”的断言，让新中国工业挺起了腰杆。

王进喜为祖国献石油的梦想，在大时代背景下成真了。

一

玉门火车站，火车终于拉响了汽笛。白色的站牌、湿漉漉的红漆标语、车窗外的铁轨都排着队向他涌来。

王进喜突然清晰地看到了过去37年间那些难忘的画面，每一帧都飞速划过，但又生动无比——

他看见了寒风中的少年长工王进喜；看见了解放军的装甲部队隆隆开进了玉门；看见了自己在党旗下庄严宣誓；看见了康世恩部长亲自把“钻井闯将”的红旗交到自己手里；看见了十里长街，汽车背上的煤气包……王进喜的眼睛湿润了。他咳嗽了一声，默默擦掉眼角的泪水，车窗外井架越来越小，离玉门越来越远了。

王进喜蹲在列车连接处，任手里的烟一点点燃烧，一言不发。同行的支部书记孙永臣蹲在他身边问：“咋？”

王进喜闷声道：“不咋，心里不是个滋味。想着去年我去北京，汽车身上都背着煤气包，你想想，连毛主席住的地方都没有油用，我还有什么脸当先进、受表扬？叫国家做这么大的难是谁的责任？是咱石油人的责任！”

王进喜说的是1959年的公交群英会。

那年金秋十月，空气中弥漫着喜庆的味道。共和国成立十周年，十年一次大庆，王进喜作为石油工人的代表被邀参加国庆观礼。接到这个消息，他有些恍惚，几次偷偷掐过自己的大腿，疼，这是真的。

这当然是真的，他也真的配得上这样的荣誉。1958年，王进喜带领队伍已经在白杨河会战中，创出月进尺5009.47米——全国中型钻机钻井的最高纪录，提前完成了全年钻井计划。到年底打井21464.6米，双倍实现了“月上千，年上万，祁连山上立标杆”的目标。也创造了班进尺、日进尺、月进尺三个全国最高纪录。

那场会战，王进喜是中途杀出来的一匹黑马，凭借一股子就是要争第一的狠劲儿，他带着“豆腐队”超过了当时的先进队。

和代表们一起参观北京十大建筑那天，王进喜是幸福的。可正当他沉浸其中时，一辆公交车，从身边缓缓开过。王进喜指着公交车背上不断起伏的“大包袱”问：“这是啥？”

有代表告诉他，这是煤气包，没有油，汽车只能背着这个前进。

“没有油”三个字如一声炸雷，把王进喜的幸福感震得粉碎。自己创造了全国钻井纪录是真的，荣誉是真的，可是汽车上的煤气包也是真的。两个看起来自相矛盾的真相，在王进喜眼前发生了。“嗨，”王进喜一拍大腿，“国家都缺油到这个地步了，我还参观啥嘛，啥时候让咱回去钻井？”此后的参观时间，王进喜的心陷入了黑暗，他沉默了。

就在王进喜以一名共和国石油工人的身份，为缺油感到焦虑的时候，群英会上宣布了一个重要的消息：在我国东北的松辽发现了一个大油田！

接下来是交织着煎熬和喜悦的日子。喜悦在国家有油，煎熬在这么多钻井队伍，会不会派自己去？

不能等领导指派，想要啥就自己靠成绩去争取。这一点在白杨河会战中，王进喜就十分清楚。白杨河会战，本来他带领的钻井队被评为一般钻井队，不能参加会战，全靠他力争，才有了后来的成绩和荣誉。这一次，王进喜也要争取。

会议休息期间，王进喜找到石油工业部副部长康世恩，直截了当地说：“康部长，让我去东北参加石油会战吧！国家缺油，我心里急。真恨不得一拳头砸出一口井来，抱出一个大金娃娃。”

于是就有了文章开头的那一幕。

3月25日清晨，汽笛声惊醒了尚在睡梦中的王进喜。他喊了一声：“开钻！”睁开眼睛，火车停了。王进喜顾不上自己的行李，抱着“更高标杆立祁连”的旗子，跳下火车。十天之后第一次踩到大地，免不得脚底软绵绵一滑，王进喜顺势把旗子稳稳地扎在雪地里。

这面旗就是他向松辽宣战的战书。他用实际行动告诉脚下的大地，“钻井闯将”带着自己的队伍来了！

一道初升的阳光掠过大地，照在他的额头上。十天的奔波劳顿、一路心底的郁结，瞬间如初雪融化在阳光里。看着火车站忙碌的石油队伍，王进喜无法克制自己的感情。一股热流哽在喉头，“找井位，冲！”

实际上，队伍根本没办法跟着王进喜气势汹汹地“冲”。火车站上摩肩接踵，都是刚到松辽的会战队伍。看着龟速行进的队伍，王进喜挥手在空气中劈了一下：“停。孙书记，你带着队伍慢慢走。我问了井位回来。”

王进喜挤在人群中，见人就问：“井位在哪？谁知道？”一路问到勘探指挥宋振明。

宋振明给王进喜的答复是“你们先做准备，这里条件困难，要啥没啥。队伍怎么上，得先讨论讨论。”

“条件困难，要啥没啥”八个字是对松辽会战最精准的描述。王进喜带着队伍，如同利剑等待出鞘的一瞬间突然失了锋刃。

直到1960年4月2日，王进喜终于盼来了自己的钻机。在等待的七天里，王进喜并没有让队伍闲着。他把队伍分成两路。一路在火车站义务装卸，方便第一时间等到自己的钻机。另一路为争取开钻时间，在一铁镐下去就一个白点的冻土地上先将泥浆池、水池和卸车台挖好。

当钻机冰冷而神秘的光芒反射到王进喜眼睛里的瞬间，他在专列前高兴地抱起队员转圈圈，整个人像是笼罩在了一个无形的光晕中。

这个离开钻台整整17天的“老石油”瞬间进入了战斗状态。

几十吨的设备毫不掩饰地把冰冷的外表裸露在火车上，井位就在十几公里外的马家窑附近。沿火车站五十公里的两侧还堆满了各种设备无法疏散。王进喜他们需用的吊车、汽车、拖拉机都没有到位。

汽车上的那个煤气包还压在心头，为了这一刻，他期盼了整整17天。没有吊车、拖拉机，汽车数量也不足，想要把60多吨重的钻机从火车上卸下来是件难事。

“没法办！”有人在队伍里说。

“咋就没法办？”王进喜挨个扫视着队员，“整拖搬家咱都干过，这咋就不能了？上！豁出命来也要上！”王进喜一把甩掉老羊皮袄，那一瞬，好像天地之间只有他和钻机设备。化整为零！王进喜带着队员用大棕绳、铁撬杠、方木、枕木、扁担，把凡是能撬、能抬、能扛的东西都集中起来，一寸一寸、一尺一尺地把钻机卸下来运到位于马家窑的萨55井井位上。安装是一件比搬运钻机更困难的事。“干，早开钻，早出油。咱能卸下来，就能装上去。”王进喜说着让人用几根钻杆做导轨，在钻机前部拴牢大绳，把碗口粗的撬杠插入钻机后部。他一边拽着大绳，一边喊着号子，前面的人用力拉，后边的人用劲撬，钻机慢慢地爬上了导轨搭成的斜坡，可是钻机一离开地面，撬杠就借不上力了。

王进喜跳下钻台，弓下腰，用肩膀扛住钻机的底座，竭尽全力往上顶。大家也像王进喜一样，用肩膀扛住钻机，咬紧牙关，把钻机往上顶，钻机一寸一寸地慢慢爬到钻台……经过一天一夜的努力，绞车、转盘、柴油机这些钢铁大件，一件一件地抬上钻台，井架终于矗立在荒原上。

当时的王进喜绝不会想到，这是一个会被历史铭记的场景。为了开钻煎熬了许久的队员更没有想到，新的问题又出现了：没有水！

一群人围着井架，有的转来转去，有的呆立不动。“没法办！”队员灰心地说，“没水咋打井，先人也没做过。”

“哦，月上五千米，钻透祁连山，那是先人做过的事情？没有水，就是尿尿也要开钻！”王进喜脸上的肌肉紧绷，“早就告诉过你们，这里要啥没啥。先人没做过的事情，我们能做。有也上，无也上，这话是白说的？”

“队长，咱钻机要60吨水，那也得先喝下60吨水才能尿出来。”队员起哄，“人说等三天，马家窑的管线通了咱就有水了。”

“熊样子，等啥等？就是拿盆端，我也给你喂饱了。”盆，一个字提醒了王进喜。他指着不远处的水泡子说，“拿盆端，咱就端水打井！”

60多吨水要用人力端出来，这似乎是一个可以和愚公移山相等同的神话。然而，这并不是神话。

荒原风很大，把队员们吹得直跺脚。王进喜一镐在水泡子上凿开一个冰窟窿，弯了腰从冰窟窿里端出来一盆水。那一刻很安静，好像连风都停止了，36双眼睛的目光随着王进喜的脚步，踏着荒原的积雪，跟着他手里的一盆水一起落进了蓄水池。

“愣着干啥？上！”王进喜这个队长都开始端水了，他们怎么还能眼睁睁看着。最初队员们找到的只有脸盆和水桶，相比60吨的需水量，仅有几个脸盆和水桶显然是不够的。紧跟着，大家开始搜寻目光范围内的所有盆状物和筒状物，很快，铝盔和灭火器外壳也被纳入其中。原本沉默冰冷的荒原一下子变得热火朝天起来……

一天一夜之后，硬生生端足了打井用的60多吨水。队员们身上裹着霜花，被汗水浸透的脸上挂着得意的笑容，彼此取笑着对方。那感觉像打了一场胜仗。

钻机到位，水量充足，开钻的必要条件都具备了。新的问题又来了。大庆油田的原油为石蜡基，具有三高一低的特点：含蜡量高，凝固点高，黏度高，含硫低。为钻这口井，王进喜从开钻就没离开过井场。饿了啃窝窝头，累了盖上老羊皮袄在钻杆堆上打个盹儿。这口井整整打了5天零4个小时，创造了大庆油田钻井的新纪录。

这五天，对王进喜来说就是一瞬间的事儿。可是房东赵大娘一直纳闷：借住在自己家的王队长一连几天不见人影，莫不是觉得家里不好？连问了几个人，都说王队长忙。赵大娘不信，不回来睡就算了，人是铁饭是钢，还能不吃饭不成。她把饭送到工地上，看见王进喜枕着钻杆睡得正香，心疼地说："你们这个队长真是铁人啊！"

轰轰烈烈的石油大会战很快取得了显著成果。1960年，王进喜带领1205钻井队用40年代的"老爷"钻机，创出了年进尺10万米的世界钻井最高纪录，创出了月"四开四完""五开五完"的好成绩，到年底，共打井19口，完成进尺21258米，接连创造了6项最高纪录。

1960年6月1日，大庆油田一片欢呼声。外运原油的列车披红戴花，等待康世恩部长剪彩。王进喜好像卸下了一个包袱——一个背在身上、压在心里的包袱，那颗因为国家缺油坠落到谷底的心恢复了正常的跳动。到年底大庆油田生产原油达97万吨。与国外同类油田相比，美国拿下东德克萨斯油田用了九年，苏联拿下罗马什金油田用了三年，而大庆油田从第一口井喷油到探明长垣面积只用了一年零三个月，到形成年产500万吨原油的生产能力，实现我国石油基本自给，仅用了三年半！

在王进喜这一代石油工人心里，上，是小困难；不上，是大困难。为了不让国家受难，天大的困难也要上！

多年后回顾大庆油田的诞生，那不是走的人多了就有了路，而是在无路的地方硬辟出一条路来。

二

1960年4月29日，空气中还残留着寒冷的味道。阳光已经从东南方向透出云层，原本晨雾迷茫的荒原一下子明亮起来。1205队的第一口井已经完钻，队伍即将移师第二个井位。一大早，王进喜到井场查看搬家情况。与平时不同的是，今天他的脸上带着一丝喜悦。巨大的井架悄无声息地站在他面前，像座大山一样。王进喜默默地望着自己的老伙计，期待着和它一起打第二口井。

再过几个小时，会战指挥部就要在萨尔图广场召开万人誓师大会。1960年2月，党中央批准了石油部党组《关于东北地区石油勘探和今后工作部署问题的报告》中提出的“集中石油系统一切可以集中的力量，用打歼灭战的办法，来一场声势浩大的大会战”。

现在这场声势浩大的大会战的号角就要吹响了。为了抓紧一切时间，王进喜计划在开会之前抓紧时间把井架立起来，开完会直接回到井位继续打井。

队员开始拆钻塔，王进喜仰头望着钻杆缓缓下降。

“小心！”突然，一根钻杆脱落，百斤重的钻杆滚了下来。话音未落，下落的钻杆砸在了王进喜的右腿上。四周突然黑压压的，什么也看不见，什么也听不见，王进喜陷入了一片静寂。他遥遥地听见锣鼓声，誓师大会已经开始了吗？睁开眼，只看见队员们都围着他，是错觉吗？真实的疼痛从右腿传来。

王进喜睁开眼睛，看见红了眼睛的队员，一阵恍惚。再一扭头，井架还在原地。他眉毛一皱，怒道：“我又不是泥捏的，砸一下就散了？哭啥！没出息。”

大家准备把王进喜抬下井场。“干啥？”王进喜一下就火了，三把两把推开身边的队员，说，“我又不是泥捏的，砸一下没那么娇气。你们接着干！”

他说完，挣扎着站起来，挥动双手，又开始指挥大家放井架。血渐渐透过裤子，淌进鞋里，慢慢地浸红了鞋帮。支部书记孙永臣看见王进喜右腿裤筒和鞋上都是血，就冲工人们喊：“还等啥？痛快往医院抬！”王进喜镇定地说：“不行，我受伤这事谁也不准往外说，特别是对上级领导要把嘴巴封上。咱们丑话说在前头，谁说了我就处分谁！”

上午八点，王进喜准时出发了。当他披上双红绸带，胸前戴着大红花，骑在高头大马上，进入会场的时候，面对大家浪潮般的欢呼，他不自觉地屏住呼吸，发现脚下这片荒原突然变得生机盎然。北京的汽车远去，毛主席的面容逐渐清晰。轰的一声，王进喜第一次感受到自己心里的那块石头落了地。此刻正是晴空万里。为了这一天，他早就摩拳擦掌等着号令，早就准备好了誓言：“人活一口气，拼死干到底！宁肯少活二十年，拼命也要拿下大油田！”

刚回到井队，事故发生了——钻机钻到七百多米时，突然遇到地下高压气层——井喷了。

令他惊讶的是，他曾经那么熟悉的老伙计，突然变成了一个怪兽。血脉偾张，呼吸急促，竟像从未谋面一样。它的模样、神态、气质整个发生了变化，它像冲出山林的猛兽，向着天空低沉地嘶吼。地下压力过大，强大的高压液柱冲出井口，直冲井架顶端十米，二十米，三十米……越来越高。

支部书记孙永臣大喊，“快去调重晶石粉压井！”

王进喜一听急了，吼道：“等你调来重晶石粉，钻机早就掉到地球里头去了。”油、泥、水混杂的液柱越喷越猛，越来越高，发出的喷射声响吵得对面说话都听不清。一场大事故就要发生！

来不及多想，面对嘶吼的钻机，王进喜盯上了为固井提前运来的水泥。水泥的比重大，把水泥加进去不就能提高泥浆的比重了吗？

王进喜顾不上伤痛，“上！水泥压井！都给我上！”一声号令，全体行动。大家搬起水泥袋子就往泥浆池里倒，新的问题又来了：水泥搅不开，打不到井下。一开始大家用铁锹搅拌，井喷的液柱仍然如冲垮堤坝的洪水直冲天空，咆哮声传出十几里外。如果不能及时压住井喷，就会机毁人亡，后果不堪设想。

就是豁出命来，也绝不能在我手里发生重大事故！王进喜在心里吼了一声。他牙一咬，扔掉双拐，纵身一跃跳进泥浆池。泥浆飞溅。他挥动双臂，蹬着双腿，搅动起泥浆。泥浆随着王进喜身体的搅拌，渐渐混合在一起。工人们见队长跳下去了，也学着队长的样子，纷纷跳下泥浆池，拼命划动着双臂，搅拌着泥浆。

泥浆渐渐混合在一起。1205钻井队全体队员顽强奋战了三个多小时，井喷终于被制服了。可是，还泡在泥浆池里的王进喜精疲力竭，一点儿爬上来的力气也没了。大家把他从池子里拉上来，只见他伤腿上的绷带和纱布都不见了，伤口被泥浆浸泡得血肉模糊，脸上、手上也被泥浆中的烧碱烧出了血泡。

三

骨牌在民间称“牌九”，寓意“牌救”，推倒一块骨牌就能引起一连串骨牌倒下的“多米诺效应”足以提醒苍生停止冲动。

如果把新中国成立之初，接近萧条的国民经济看作第一块骨牌，我们要讲述的最后一块骨牌，是王进喜带领钻井队打了一口斜井。

沉默了太久的国民经济，遇上渴望发展的国民热情，空气中充斥着追求速度的激情。没有模板，新中国的经济建设在摸着石头过河。而我们无所畏惧的根源在于：用实践检验行动，一旦偏离轨道立刻纠正的勇气。

在炙热地渴望经济发展的追求中，各行各业集体出现了忽视质量的情况。其中就有王进喜带领钢铁钻井队打了一口井斜超过设计标准3度半的井。

消息传到了北京，余秋里部长严肃地说：“这口井斜度超过3度半，如果在1958年，这口井勉强可以算合格。可现在不行，井斜超过设计标准，原油采收率和油井寿命都可能受影响。克拉玛依和玉门就是吃了这个亏。”

是的，3度半，在图纸上差距不大。但是钻杆在地下，偏移不可估量。

如果在1958年国家急需石油的情况下，这样的井是合格的，但是现在国家需要的已经不是快打井、多拿油这么简单了。

为了压缩和冷却膨胀的炽热空气，4月19日，会战工委在群英村油建礼堂召开了上千人参加的反事故大会。

康世恩不留情面，严肃地说："我讲过谁不讲质量我就和谁拼命，首先要批评你王进喜。你带的钢铁钻井队，在先进的时候就埋下了垮台的隐患，现在从质量上垮台了！让人痛心！"

台下低着头的王进喜，感觉自己好像掉进了一个无底的空洞。洞里不断回响一句话——"井打斜了！"

他能感觉到自己的心跳声在偌大的礼堂里咚咚作响。温度不断上升，细密的汗珠从鼻翼、额角悄悄冒出来。康部长每说一个字，温度就下降一点，直到汗珠变成冰珠挂在脸上。像看见汽车上的煤气包一样，王进喜再一次感受到了压力。

会议结束，回队部的路上，王进喜轻一脚，重一脚，"宁肯少活二十年，拼命也要拿下大油田"这句话是自己说的，然后呢？就这？打一口斜井交给国家？拿下一个不合格的油田留给子孙？会战队伍都在拼速度，这就能成为打斜井的理由？

"开会！"王进喜人还没进队部的门，声音先到了，"今天开会，我王进喜丢了脸！1205队打了一口斜井，你们说咋弄？"

"下次注意。"有人小声说。

"你还想有下次？"王进喜的声音满是愠怒，"你以为打井是种庄稼？今年收成不好等明年再来？咱是戳个窟窿打游击的吗？咱打个大油田是要留给子孙的，你想想咱要给留个啥？就留歪井、斜井让子孙指着坟头骂先人？"王进喜锐利的目光扫射着每一个队员，狠狠吐出一个字——"填！"

把井填了？队员们面面相觑。"队长，咱们是故意打斜的吗？把井填了，让人把脸往哪搁？"

声音是从王进喜身后传来的，他突然定住了，半晌没有说话，队部安静得怕人。"把井打斜了还惦记脸？你那张脸值个啥？填！"最后一个字是命令，不容置疑。

“队长，咱是先进，填咱的井不是给咱脸上抹黑吗？会战到现在咱们打了多少口优秀井，就不容咱打一口斜井？有时间填井，超‘王牌钻井队’得猴年马月去？”

超过“王牌钻井队”是1205队的梦想。1963年美国萨诺兴钻井队一年钻井进尺90325米，被称为“世界王牌”钻井队。消息传到大庆，王进喜说：“我们也长一个脑袋两只手，外国人能办到的，我们为啥办不到？我就不信超不过它！”

当时，美国钻井队的技术装备先进，自动化程度很高，打完一口井，拍屁股就走。走到新井位时钻机已经安装好了，马上就开钻。我们一套人马一台旧钻机，打钻、搬迁、挖泥浆池、维修保养全包干。想要超过人家，全靠抓紧时间苦干。这还不算，我们还得勒紧裤腰带打井，难上加难。

可是王进喜不怕，他觉得在钻井的问题上，暂时还没有他豁出命去还达不到的目标。为了超过“世界王牌”，王进喜带领队员列出钻井的各项技术指标，一项一项地对比美国钻井队找差距。把旧钻机的小泵换成大泵，小转盘换成大转盘，试验成功优质泥浆，提高电动钻井的质量。他还亲自做示范，要求所有人练真本事、硬功夫，出手就要一次成功。这种情况下打了一口斜井，填掉它，队员们有情绪。

纵然有一万种理由，队员的话还是让王进喜火冒三丈。“一口也不行！你打井是给人看的？你当钢铁1205是绣花做样子？为了超过美国，打出了斜井你就有理了？啥叫给咱脸上抹黑？你是先进，你就只能对不能错？那错是别人替你犯的？遮遮掩掩！我就应该把这口井挂到你个怂货脖子上，让你天天记得，没有这一页，这队史就是假的！弄虚作假，我王进喜不干！都给我听好了，从今以后给我老老实实当个响当当的真先进！”

王进喜连珠炮的话不是没有理由。当一个先进队只记得自己的成绩，那它就离危险不远了。这没什么不好承认的。

填掉1205队一口井，让全体职工有最直观的感受。瓜无滚圆，人无完人。犯错可以，要敢认、敢改、敢彻底改。不管取得了什么样的成绩，决不允许弄虚作假。得了成绩，作为先进队首先要集体忘记自己有过这样的成绩，行百里者半九十，任何时候都要保持警惕。一旦犯了错就要彻底检查，重新开始。要警惕当过一次先进，子子孙孙都是先进的思维模式。要当就当能为大庆油田冲锋在前的真先进，留下一个“为油田负责一辈子”的榜样，干工作经得起子孙万代检验。

他带着队员来到这口犯了错误的斜井面前。井架在阳光下泛着熟悉的光，“为了祖国，向我开炮！”王进喜脑子里突然盘桓着这么一句话，面前的斜井就像是为了祖国牺牲的战友。这个老伙计没有一句怨言，反而向他微微露出满足的笑容。王进喜喉头一热，抄起一袋水泥打到背上，好似压着一座山，迈着沉重的步子走在前边。

水泥一袋接着一袋砸在老伙计身上，也砸在王进喜的心头。“停！”就在井口还剩下一米多高的铁管时，王进喜突然停下了，好像舍不得掩埋老伙计。他哽咽了一下说：“把剩下的井口就留在这儿吧，经常给我们提个醒，也留给子孙看看。”王进喜顿了顿，继续说，“填了井不算完，我提一个新要求：1205队从今天起用一天时间，打一口井斜在3度以内的笔直井。咱们的新井位还在南区……”

队员发出一片牢骚声。彼时，会战指挥部以铁路线为界，划分出南北两个不同的区域。南区为高压区，最容易井喷。1205队要快速优质打直井，还主动挑选高压区。队员们对王进喜不断提高挑战难度，感到委屈。

“行了，别磨磨叽叽的，有话大声说！”话是这么说，可是王进喜不容队员反驳，“以前我王进喜一个字不识，我就不信那个邪。认识一个字就是搬掉一座山，我要翻山越岭去找毛主席。现在我翻过山，见到毛主席，知道了不进老虎窝就逮不住虎娃子。选高压区怎么了？打井不比识字容易多了？”

以这口斜井为起点，王进喜又向着新目标出发了。像从前一样，他在心里认真琢磨一件事——怎么能打出优质的笔直井？

在井场上，他还是那个虎虎生风的“铁人”；回到办公室，他就对着自己的大瓷缸子出神。瓷缸子里斜插着几支笔，王进喜仿照打井的样子边转动边琢磨：井筒大，钻杆在这里头老斜着逛荡着往下打，那能打直吗？如果把井筒填满，问题是不是就解决了。他兴奋地找到技术员，按照这个思路设计了一套新的组合钻具。

王进喜牢牢记着“两论”里说，实践第一。他带人首先在1281队和1205队搞试验。1281队所在井场，由于地层比较松软，沙土层也多，发生了卡钻。

这次卡钻竟让王进喜紧绷的神经从里到外放松下来。毛主席说……王进喜觉得有句话就在嘴边说不出来，和卡钻一样，他卡壳了。总之，毛主席说，得干，只有干才能看出来对不对。工作，他精益求精，可是文字上的事儿，大概是那个意思就行了。

王进喜坐不住了，他想去看看那些还在夜战的“老伙计”。

残冬刚过，井场的黑板上还留着“战严寒、斗冰雪”的口号：北风当电扇，大雪当炒面。天南海北来会战，誓夺头号大油田。干！干！干！

王进喜觉得自己那三个“干”用得太好了。一个“干”不够劲儿，非得三个才对味儿。

冬天钻机吼声震天，风卷着鹅毛般的大雪砸在井场上。顷刻之间，头上的狗皮帽结满冰雪，眉毛上挂着白霜，鼻尖上的汗水凝成冰凌，沾满泥水的棉工服冻成了铠甲。夏天雨水连绵，水草地蚊虫滋生。夜班工人头戴斗篷式的防蚊帽，又闷又热，有的人虚脱晕倒，喝两碗盐开水，缓过来又继续夜战。这不就是那句口号“干！干！干！”吗?

就在全体石油人埋头苦干时，一些有标志性意义的历史性事件发生了。比如1963 年12 月2日，周恩来总理在第二届全国人大四次会议上庄严宣布：“我国需要的石油，现在可以基本自给了。”12 月26 日《人民日报》报道：“中国人民使用‘洋油’的时代，即将一去不复返了。”

王进喜抬起头呼了一口气，一直在他心里奔跑的那辆汽车，再也不必背着煤气包了。呼出的气在冰凉的夜里变成了白烟，消失在墨色的夜空。

井场的灯光和天上的星光交织在一起，王进喜觉得心里亮堂。他又在心里翻出“两论”，毛主席说，抓住主要矛盾，剩下的就好办了。其实后半句是王进喜自己的翻译，原话是“抓住了主要矛盾，一切问题就迎刃而解了”。

从前，这困难，那困难，国家缺油是最大的困难。现在形势不一样了，国家没那么缺油了。想要打个大胜仗，光苦干不行，还得靠科学。王进喜敲响了技术员的房门，这会儿技术员肯定没睡，在他的带动下，全队除了吃饭睡觉，每一分每一秒都在琢磨钻井的事儿。

“老铁，你看我想在钻铤两头加方接头，加大间隙；钻具下部加扶正器，保持笔直度，这回一定能行。”听了技术员的话，王进喜眼睛一亮，让1205队率先试验。到6月，已经能做到一个月可四开四完。最大井斜是0.6度。

面对这个成绩，王进喜还是不自觉地摇摇头。按理说，井斜3度半的煎熬可以随风飘散了。可是那口被填掉的老伙计总在梦里向他招手，提醒他别忘了想要超过美国“王牌钻井队”的初心。

王进喜觉得日子像飞一般快，如果以现在的钻井速度，想要追上“王牌钻井队”就是个梦。这个梦不变成现实，王进喜总觉得心里空落落的。接下来的几天，队员们熟悉的一幕又出现了：王进喜蹲在井场边上出神。“老铁”又开始琢磨新东西了。

这次王进喜琢磨的是钻头，他一直强调：“现在打出来的叫小‘三一井’，不算本事。要革‘小’字的命，不换钻头，用一个钻头，一天打一口笔直井。”可是没有“万寿无疆”的钻头，钻头不过硬，打几百米就坏了，换钻头需要时间、起下钻杆需要时间。万一起下钻杆不顺，耗费的时间就更长了。

对于出现的一个又一个难题，王进喜不太担心。意识上遇到问题就读两论“翻山越岭去见毛主席”，技术上遇到问题就成立攻关队。攻关队第一次拿出改进的三刮刀钻头，王进喜就兴冲冲地拿上钻台。他扶着刹把，又和“老伙计”一起战斗了。第一次钻头表现不理想，再来；第二次钻头表现不理想，继续来……每一次王进喜都仔细倾听“老伙计”在地下发出的声音，每一声都是在告诉他遇到了什么样的地层。判断钻头碰到什么岩层，就变换什么打法。终于摸索出一套“你软就猛打，你硬就缓打，坚硬就磨打，油层就巧打”的游击战术。1965年9月13日，1214队用一个改制的三刮刀钻头，一天钻井1032米，改制的三刮刀钻头过了千米大关。

这一年元旦钟声敲响，王进喜手执喇叭筒，大喊一声：“开钻！”向“世界王牌”发起了冲锋……

四

1962年周恩来总理第一次视察大庆，那一年，大庆全体干部群众住“干打垒”，“五两保三餐”，正进行着艰苦的油田开发建设。总理细心地问了石油工人很多问题，“多大年纪了”“当了几年钻井工人”“老家在哪里”“冬天野外钻井冷不冷，穿的工服暖不暖，爱人接来没有”……来到食堂，总理对炊事员说：“你们很辛苦啊！”炊事员说：“不辛苦。”周总理环视了一下周围说：“艰苦是一个事实，说不艰苦是假的，人家卡着我们脖子要债，又遇上自然灾害，现在确实存在困难，但我们只要坚持艰苦奋斗，自力更生，将来一定会好起来的！”

经历过会战的人大概还记得，“工农结合，城乡结合，有利生产，方便生活”的概念，就是在这一次总理视察之后确定的矿区建设方针。会战刚开始时，“快打井、多拿油”是主要思路，短短三个月的时间里，荒无人烟的旷野上，一下子聚集了四万多人的石油队伍，风餐露宿，坚持会战。没有工夫想矿区建设的问题，直到产量不断攀升，一个特大型油田的雏形逐渐清晰。会战指挥部开始思索如何在生产的同时，让职工把日子过好。

1961年2月，刚刚上任钻井指挥部生产二大队大队长的王进喜接受的第一个任务就是盖“干打垒”。刚刚过去的冬天，让会战队员领略了东北的寒冷。面对即将来临的下一个冬天，有人提议：“入冬前，把人撤到哈尔滨、长春、沈阳、抚顺，等到来年春天再拉上来。”

这个“猫冬”的办法，让王进喜火冒三丈：“风再大，我们也要把它顶回去！要撤兵，那不等于在战场上当逃兵吗？等到明年春天，黄花菜都凉了。早日拿下大油田，那不成废话了吗？”

废话不废话的且不说，天不等人。蔓延在会战家属心里长长的想念已等不及了。一个钻工的家属突然出现在油田时，王进喜还在琢磨盖房子的事儿。

钻工站在王进喜面前，等着他解决户口和粮食关系。王进喜听完来意，张嘴就骂：“你个驴日的。你怎么连招呼都不打就把家属接来了！滚蛋，赶紧把人安顿下。”钻工不死心，继续问：“那咋办呢？”王进喜不耐烦道：

“滚！滚！滚！赶紧滚！”说完，门在他身后砰的一声摔上了。

下午，这个挨过一顿骂的钻工再看到王进喜的时候，又领了第二顿骂：“你个驴日的，给！”钻工低头一看，正是自己家属的户口和粮食关系。

建房子的事儿必须马上提上日程了，说干就干，王进喜带着大家从指挥部运来了建筑材料。踩一层黄土，再抹一层碱土泥，“干打垒”就建成了。王进喜一刻也不闲着，住的问题解决了，他又开始操心吃的问题。对他来说，这没啥难的。这里的难题和玉门相似，不同的是这里是一马平川。马上种地!

让摩拳擦掌的队员没想到的是，王进喜拿起锄头来了一句，“我先比画一下……”

习惯了比拼的队员不想在起跑线上落后。王进喜的一句话让队员们泄了气，不满挂在队员脸上。“队长，咱谁不是种地出身，这点事儿还用教?再不快点一会儿就让别的队落下了。”王进喜没接茬，低头一边忙活，一边对身后的队员说：“看好了，我怎么种，一会儿严格按我这个样子来。不一样我就叫他返工。”

看着王进喜认真的样子，队员们还是不以为意，胡乱应着声按照分工锄地，放种子。太阳西落，很显然，在种地速度上，王进喜他们落后了。这一次王进喜并没有着急。在他心里，踏踏实实走好第一步，才能收获更多。

一转眼收获的季节到了，王进喜带着队员查点自己的收获，二大队当年收获粮食和蔬菜40万斤，给每个职工补助的粮食比全战区平均水平高出一大截。这个结果王进喜是满意的。

让他更得意的是，这一天他接到了余秋里的电话。电话里，余部长声音爽朗：“听说你王铁人搞农副业也是第一名，好啊！我要去看看，好好表扬表扬你们。”

听说余部长要来“看看”，王进喜赶紧让人杀了一只二大队自己养的鸡，招待余部长。那顿饭有豆腐、豆芽、白菜。余秋里高兴地说：“真丰盛，像过年。这样抓就对了，石油工人不但要会打井、搞油还要会种地、打粮，这不和当年的延安一样嘛。有了巩固的后方，前方才能打胜仗。”

这一年的降雨量是松辽四十年气象记录的巅峰。王进喜照例坐着自己的车跑井。眼看着天就要黑了，雨却丝毫没有停下的意思。泥泞的道路上，一顶黑色的雨伞正在坠落的雨点中迅速移动。透过车窗望去，一个身着工服的人，像一把剪刀豁开了淹过小腿的积水。再仔细看，他的旁边还有一个抱着孩子的女人。王进喜赶紧让司机把车停在他们身边，“去哪？”

夫妇俩看见王进喜像看见了救星。两人加紧脚步跑到王进喜的车前，半个身子探过车窗焦急地喊：“老铁，孩子高烧。”

“上车！”王进喜打开车门，夫妇弓着身子收起了雨伞，钻进车里。“快开！”王进喜一边嘱咐司机，一边问，“这么急的事，怎么不跟队里要个车？”

丈夫深吸了一口气道：“雨太大了，从战区到医院又没有路，车开不出来，我们快走了一天了。”王进喜从后视镜看了看抱着孩子的女人。女人的脸始终挨着孩子的额头，噙着眼泪一言不发。襁褓里的孩子连一句哭声都没有，脸上的水滴不断滑落，分不清是刚才的雨水还是女人的泪水。王进喜收回目光，对司机说了一句“再快！”汽车尖叫着打开封闭的雨帘，一路疾驰，终于停到了医院门口。女人抱着孩子冲下车，男人扭头匆匆说了一句：“谢谢你啊，老铁。”王进喜不放心，跟着冲进医院，刚一进医院的门就听见女人撕心裂肺的哭声。男人抬头看见跟着冲进来的王进喜：“时间太长了……”王进喜呆在门口。外面铺天盖地的雨声也遮不住女人的哭泣声。一声声哭泣把王进喜的心搅碎了。他能想象到夫妇俩是怎样一步一步沿着泥泞的小路，在雨中整整走了一天。他的心头涌上一团团酸涩的味道，手足无措地转过了身去，用颤抖的手指掠掉了腮边的水珠。

从此之后，那天的雨声、灯光……经常出现在王进喜的梦里。他总能梦见那个雨急风狂的黄昏，突然出现在小路上，浑身湿漉漉的夫妻俩……

为了让职工安心会战，国家从北京调来了医生，成立了医院。那个孩子不是没有医生救，而是因为没有路耽搁了救治时间。王进喜带人修了一条由八百垧通往张铁匠的沙石公路。

从那以后，职工的孩子成了王进喜最惦记的事。再跑井的时候，王进喜经常能看见在油田小路上疯跑的孩子。看见王进喜的车经过，孩子们通常站在路边露出笑容，这笑容落进王进喜的眼睛里，却像锥子一样。淘气的孩子追着王进喜的车喊："老铁，老铁……"王进喜叫司机停下车："你们认识我？"一个拖着鼻涕的孩子说："认识，你是老铁，是战区的大英雄。这是我的弟弟妹妹……"孩子很大方地介绍着。"你们跑出来，爹娘知道吗？"王进喜弯下腰问。"不知道，爹娘跟你一样都在会战。我带着弟妹出来玩儿，老铁，让我们坐坐你的车吧……"孩子们嬉笑着，王进喜却灵魂出窍般呆住了，一张张脏兮兮的小脸绽放着如此美丽的笑容，看起来幸福又知足。

王进喜想起自己，他曾经以大字不认识一个的底子硬是从头开始学习了"两论"，这才开了眼界。他说过，我认识一个字就是搬掉一座山，我要翻山越岭去找毛主席。为了这个信念，王进喜在前进的路上，翻过一座又一座山。可是，我们的下一代是未来的主人，不能是睁眼瞎！不能让孩子重复先人的老路，孩子们应该站在先人的肩膀上看得更远。随后，他带人用"干打垒"盖起了第一所职工子弟小学。

这个学校只有7名学生4个班级，油田工人看着孩子们像小鸡儿一样站在一起，就开玩笑将这个还没命名的小学叫作"鸡笼子"小学。王进喜担任第一任校长，亲自上了第一堂课。他教孩子们的第一个字就是"人"字，告诉孩子们做人的道理。他用浓重的西北话领读："人，工人的人；人，高尚的人！"

五

1970年10月1日，北京，略带金黄的银杏弹拨着秋天的阳光。国庆21周年庆祝活动，王进喜以中央委员的身份登上了天安门城楼。看着队伍走过天安门，王进喜的脑海突然浮现了那辆背着煤气包的汽车。

想起来挺遗憾的，十年里好几次来北京，从来没有好好转一转。上次参观北京十大建筑，还没待上一会儿就看见了背着煤气包的汽车。十年了，贫油国的"帽子"早就被石油工人甩到太平洋去了。这十年国家从站起来到强起来，走了弯路，但并未失去方向。大庆为国家贡献的石油也越来越多，他相信石油人，相信大庆，更相信我们国家会越来越好。

不能总躺在成绩簿上沾沾自喜，王进喜心里盘算着目前的工作。最近几年，因为注水不足，油田地下形势恶化，出现了“两降一升”的问题。一个更美好、单纯的梦想萦绕在他心里：要是每个省都配一个钻井队，加强勘探，确保全国每人半吨油。另外，一个队一年要进尺十五万米，再干他二十年，到那个时候，再来北京看看……王进喜觉得一股不可名状的情感从心底油然而生，在胸间汹涌。微笑浮在他的眼角眉梢，二十年，到那个时候自己就67了，也不知道还能不能走得动。王进喜在心里哂笑着自己，很快他就否定了这个想法，石油工人不就是有也上无也上吗？到时候自己是走得动也要走，走不动也要走。王进喜觉得自己的身体还行，就是最近胃疼越来越频繁。经常在忙碌时腹部的阵痛就会突然袭来。

人老就是毛病多，王进喜想，前几天孙永臣又把自己押送进医院，听不见钻机响、看不见井场的日子是真难受。他就故技重施，又上演了一出逃离医院的戏码。上一次王进喜被孙永臣押送进医院，还是因为第二口井搬家，被钻杆砸伤。

幸亏逃回去了，要不然发生井喷事故时，自己不在现场非难受死不可。想到这儿王进喜偷偷地笑了，这个支部书记就是爱小题大做。前几天玉门全国石油工作会议，也是因为胃疼，做完了手术不是照样到各个井队、车间、工地，开座谈会、找老工人谈心，征求他们对各方面工作的意见……王进喜对自己的事情不以为意，心里时刻惦记着大庆。站在天安门城楼，他心里琢磨着，回去有三项工作要抓紧落实：一是去大寨学习，抓好粮食工作；二是井队条件太差了，到“一汽”去一趟，给井队一家买一辆大解放；三是回大庆就得准备开个会，解放会战工委领导。还有，过一会儿回去，要给大庆打一个电话，问问回收队这几天怎么样了。

来北京之前，王进喜让人排查了从萨尔图到喇嘛甸的一万多口井，亲自组织了16辆车，把这一万口井上散失的小螺丝钉、小废钢铁都回收起来。一口井丢一个螺丝钉，一万口井就是一万个，别小看这些废钢铁，大庆油田勤俭节约的传统到什么时候都不能丢。回去再成立一个修理车间，把回收来的废旧钢材、井架和钻机都修复起来，大力支持地方搞石油工业。国家的石油工业还不发达，我们要想办法多成立地质队、钻井队，把全国可能产油的地方都普查一遍，浅油层交给地方，深油层由国家开采，这样上下一心，我国石油工业的发展就更快了……

王进喜最终也没有回去，贲门癌让他住进了解放军301医院。连续几天王进喜都觉得自己是在梦里，他看见密不透风的雨帘，也不知道职工家属住的房子还漏不漏；他还看见漫天的雪，雪花真大，和那年刚到松辽看见的一样，这么冷的天也不知道油田边远地区家属驻地的借助水管线会不会冻？

梦里，王进喜还看见那封夹了三根白发的信，信是张启刚的母亲寄来的。八九年前，张启刚因公牺牲，他的老母亲远在陕西，不知生活上是不是有什么困难？梦里，放下信，王进喜叫来了警卫方廷振，让他代笔写信给大庆，叫他们赶快“解放”宋振明，让他出来工作，抓好油田生产……

梦里，摇摇晃晃的，自己好像又坐上了去松辽的火车，马上就要发车了。不明白为什么只有自己一个人在车上，1205队的队员全在车下站着，那些熟悉的身影已经越来越远、越来越小。在队员身后，远远地站着自己的父亲，王进喜在车里喊：“大，回吧。我去交代回收队养一两百头猪，盖个温室，种点菜，马上就回了。”父亲微笑着向王进喜点点头，转身走进茫茫的雾中。

王进喜轻轻地吐出一口气，醒过来。这里仍然是301医院，不是他心心念念的大庆油田。

床边围着从大庆赶来看望他的同事，在他们的交谈中，王进喜听说大庆的家属基地有臭虫，嘱咐他们走的时候买点敌敌畏，捎带回大庆。

“老铁，别操心了，干了一辈子了。”

“一辈子？这不还没到头吗？”他对病床边的医生说，“你放心大胆地治，治好了，我回大庆再干二十年；治不好，你们也可以取得一些临床经验。”王进喜已经分不清是梦还是现实。当他从昏迷中再一次苏醒时，他用模糊的眼神看着身边的领导和战友们，握住他们的手，用断断续续而微弱的声音道：“要搞好团结……一定要把大庆的工作搞好……”

在神志清楚的时候，“铁人”用颤抖的手从怀里取出一个小纸包，交给守候在床前的一位领导同志。打开一看，里面是王进喜住院以来，组织上给他的补助款和一张记账单，一笔一笔记得清清楚楚，一分也没动。王进喜说："这笔钱，花到该花的地方去，我不困难。"

迷迷糊糊中，王进喜像出发去松辽前一样，跪在母亲床前，磕了三个响头。母亲嗔怪道："一辈子光知道挖油，也不回来看娘。"再睁开眼，哪有娘，只有弟弟王进邦守候在床前。王进喜将300元钱交给他，"我这大半辈子都没在娘身边，你就多替我尽孝……"

1970年11月15日23时42分，王进喜在梦里最后看了一眼他的"老伙计"——刹把，转身离去。井场的灯在他的身后依次熄灭，王进喜忽然好像看见自己跳下火车，把红旗插在雪地上；看见自己戴着大红花骑上高头大马，开始一步步实现他为祖国献石油的理想……现在"老会战"王进喜马上要放下刹把，和自己的石油生涯道一声再见了。

夜擦尽太阳的最后一丝余晖，看华灯初上。

从一名放牛娃成为新中国第一代钻井工人，从37岁到47岁，从玉门到大庆，自踏上这片土地开始，王进喜的肩上就扛着"国家兴亡，匹夫有责"的"责"，就担负起了振兴中华石油工业的"责"。在他为这座城市书写开篇的年代里，整座城市的经历中没有灵光乍现、立地顿悟，每一步都是困而求知、而勉而行，但坚韧之感就像一把刀，不假思索地入木三分。这辈子他就干了一件事，干好了一件事——为祖国献石油。

因此，当他名存"百年中国十大人物"中；当习近平总书记说大庆油田的卓越贡献已经镌刻在伟大祖国的历史丰碑上；当"爱国、创业、求实、奉

献”的铁人精神成为中华民族伟大精神的重要组成部分，我们有理由相信“九层之台，起于累土”。所有美好的梦想蓝图的实现，都应该像王进喜一样，不驰于空想，不骛于虚声，一步一个脚印，踏踏实实地走下去。

如果他知道大庆油田稳产了整整27年；如果他知道，今日石油人已跨出国门，把井打到了国外；如果他知道，石油人把当年的一片荒原建成了百湖之城……我们的“铁人”王进喜会不会拍一拍睡梦中的石油人，说上一句：“好样的！”会不会帮他们把白天沾着泥水的靴子放好？会不会高兴地吼上一嗓子秦腔？

他会不会像看见第一口井喷油的时候那样兴奋，那样自豪？或者严肃地说：“记住了，臭小子们，一切成绩都是党和人民的，咱的小本子上只能记差距。我们这么大的国家，一个大庆不够用，要十个八个才行。”

为什么我的眼中常含泪水，因为这片土地给了我们太多的精神财富。如同父母之爱子女，则为之计深远。“铁人”王进喜留下的苦干实干的奋斗精神，不只是时代需要，也是我们每一个石油人的人生指引。

“铁人”王进喜一直守候着跟随在他身后的，许许多多和他一样的，把命运和祖国的石油事业紧紧联系在一起的中国石油人……

走在时间前面的人

——王崇伦

◎文/李 波 朱彦峰 姜 哲 靳 妍

时代的轮盘飞速地旋转着，历史长河中无数的英雄们闪烁着耀眼的光辉，他们的事迹永不能被我们忘怀，他们的精神与世长存，永远被我们歌颂赞美。其中有一位英雄，他没有做过什么拯救世界的伟大壮举，有的只是认真地完成自己的基本工作，只是紧紧抓住再平凡不过的日常，但这让他成了走在时间前面的人，也让他的名字——王崇伦，被我们深深铭记。

20世纪50年代初，我国开始实施第一个五年计划，鞍钢重任在肩。

1953年4月，鞍钢矿山一线告急：大批凿岩机因缺少备件卡动器而被迫停止作业，十万火急的试制任务落到机械总厂王崇伦所在的工具车间。可是由于工具车间设备不均衡、插床能力不足等，积压大批零件无法完成任务。王崇伦心急如焚，但却毫无头绪。直到一天晚上，一张刨床代替铣床加工拉杆的现场照片，激发了他的灵感。半个月后，王崇伦研制出了特殊的工具胎，车间主任和技术人员对王崇伦以刨床代替铣床加工拉杆的奇妙构思赞不绝口。工具车间利用他研制出的工具胎，解决了当时的燃眉之急，如期完成了凿岩机零件的生产任务。到1953年底，王崇伦用这种工具胎创造了1年完成4年工作量的奇迹，王崇伦也因此被全国誉为“走在时间前面的人”。

抗争命运——“千淘万漉虽辛苦，吹尽狂沙始到金”

1927年，王崇伦出生在辽阳农村的一个穷苦人家，父亲王殿英靠耕种三亩薄田来维持家中6口人的生活，收入只能勉强维持温饱。俗话说穷人的孩子早当家，家里条件不富裕的王崇伦在很小的时候就懂得分担家务，带着两个妹妹跟随母亲到铁路边捡煤渣、到村外挖野菜，日子虽然艰苦但是还算顺利。晴天一声霹雳，王崇伦的父亲在他十岁时重病去世，使这个原本就不富裕的小家更是雪上加霜，仿佛随时都可能被击垮。失去了唯一的经济支柱，使王崇伦上学也变得遥不可及。幸好有几位关系较好的亲友愿意资助他上学，他才勉强地跨进了学校的大门。

对知识的渴求和对命运的抗争，让王崇伦在学习上格外刻苦，他以极快的速度掌握了很多基本知识。可磨难接踵而至，在父亲去世的第二年，王崇伦的哥哥也在工作中去世。噩耗传来，为了安葬父亲和哥哥，家中被迫卖掉了仅有的3亩地。为了家人的生活，王崇伦只能一边上学，一边干着各种杂活。砍柴放牛、烧水做饭，他用自己单薄瘦小的身躯，扛起了这个家的重任。苦难并没有打倒他，每天天不亮，他就背起粪筐到公路上捡粪；傍晚放学归家途中，他都要拾些柴草背回来；每逢寒暑假，他就到大户人家当小工挣钱来贴补家用，靠自己的半工半读苦苦地支撑着这个家。但是屋漏偏逢连阴雨，资助王崇伦读书的几位亲友也家境窘迫，迫于无奈王崇伦只好辍学到钢厂当学徒工。这一年是1941年，当时的王崇伦仅14岁。

刚入工厂的王崇伦充满着对技术和知识的向往，但是复杂的工作环境又哪里如他们这群年轻人所愿。钢厂里有许多日本工头，他们对中国工人充斥着满满的恶意。安排给他们最重最苦的任务，根本不把他们当人看待。对于学徒工则是更加恶劣，名义上是学徒工，但实际上是连苦力都不如的牲口，他们不但要经常挨日本工头打骂，而且根本学不到手艺。每每遇到机床开动，日本工头总是想方设法把中国人支到一边干杂活，丝毫不给他们学习操作的机会。在这样的环境下，所有人都叫苦不迭。王崇伦不甘心只做一个廉价劳动力，于是他开动脑筋，琢磨出一套办法来偷学技术。先是把一些杂活在上班前悄悄干完，待机床开动起来，日本工头支派他干杂活时，他佯装从命，然后转到工具箱背后，透过箱与箱之间的缝隙，学习操作程序和要领。久而久之，王崇伦硬是凭“偷艺”掌握了刨工操作技术的关键。可凶残的日本工头还是发现了王崇伦偷学技术，气得火冒三丈，直接抓住王崇伦的右手按在机台上，用一把锋利的板锉狠狠地砸下去，王崇伦的手顿时鲜血淋漓。不断涌出的鲜血提醒着他日本工头曾经的所作所为，而这鲜红的血色更像是工头对他的挑衅和叫嚣，像是压死骆驼的最后一根稻草，疼痛和愤怒两种情绪充斥着他的大脑。他忍住疼痛，抓起一把螺丝刀想要与日本工头同归于尽。但此时围观的人群却护着日本工头逃走了，闻声而来的中国工匠也怕这件事波及更多的人而劝阻了他，但是也因此，王崇伦决定离开这里，另寻出路。1948年2月19日鞍山解放，耳闻目睹解放军挨家挨户为穷苦村民送粮送柴、挑水扫院，王崇伦感受到了共产党是穷苦百姓的大救星，解放军是人民的子弟兵，于是报效国家、造福人民的种子默默地埋在了他的心里。

解放之后，王崇伦望着满目疮痍的鞍钢，决心为建设新鞍钢多出一份力。从此，他一头扎进了书本，把业余时间都用在了文化、技术知识的学习上，后经亲属王殿武介绍进入鞍钢轧辊厂，重操旧业当刨工，成为解放后鞍钢职工队伍中为数不多的年轻高级技工之一。时年22岁的王崇伦，亲身经历了从旧社会到新社会的翻天覆地的巨大变化，对新社会充满深情厚爱，对未来充满美好憧憬。那时的他，虽然不懂得更多的革命道理，但抱定了一条信念：是共产党把穷苦百姓救出了苦海，自己才成了新社会的主人，今生今世就是要听共产党的话，跟共产党走，海枯石烂心不变。正是这种强烈的报恩思想，使王崇伦在工作中忘我劳动、积极向上。清晨，上班的铃声未响，他已把机床擦拭得干干净净，各项生产准备工作全都做完；傍晚，下班的人群都已离开车间，他还在不知疲倦地琢磨新的生产窍门。3个月后，王崇伦经团支书赵长毅介绍加入了共青团，光荣地成为鞍钢解放后第一批入团的青年职工。

是金子总会放出光芒。由于工作的需要，王崇伦调转到鞍钢机修总厂四机修厂工具车间。这里是一个能够自由施展才华的新天地，在这里他学习到了更多的知识和技术，这里成了他辉煌人生的起点。1952年，王崇伦所在的工具车间接受了一份十万火急的特殊任务——为中国人民解放军加工飞机副油箱拉杆。这在当时，说出去是一件很令人骄傲的事。但事情往往没有想得那么简单，刚刚开始加工就遇到了大麻烦。因为当时技术水平有限，铣床操作工在加工时每次只能铣一根拉杆，而每一根的加工都要耗费半个多小时。时间长不说，而且废品率极高，可能加工10根飞机副油箱拉杆，只有6根能用。这样下去可万万不行，既浪费材料，又无法在工期内按时完成。铣床的操作工也尝试着做了一种卡具，想要增加每次生产的数量，但经过多次实验，都没有实现理想的生产目标。大家都有些心灰意冷，全厂上下弥漫着一种低沉的氛围。王崇伦看到这副场景，开始背地里琢磨解决这个棘手问题的方法。因为研究的素材不够，他只能从墙上拆下几块砖头，将砖头堆砌成想象中的卡具形状，反复地进行比较直至确定一种合适的方案。而当时，工厂工作任务紧张，他只能在每天下班之后进行研究，经常忙到深夜。经过一段时间的苦战，王崇伦终于设计并制造出一套利用刨床加工拉杆的特殊卡具，这种卡具能够很好地适应加工的需求，在减少时间的基础上，还能增加产量。在车间工会主席张成山的支持下，王崇伦开始尝试利用刨床来加工飞机副油箱拉杆，结果一炮而红，不仅一次加工4根拉杆仅用15分钟，而且全部达到一级品质量。工厂利用他研制的特殊卡具，保质保量地完成了拉杆的生产。特急任务顺利告捷，王崇伦用他的巧妙创造夺回了比金子还要宝贵的时间。工友们也因此送给王崇伦一个绰号“革新迷”，这个绰号也透露着工友们对他满满的赞扬和钦佩之情。而受到鼓舞的王崇伦不但没有骄傲自满，还在技术革新的这条路上越走越远。

这年金秋，王崇伦经白明新、董连元的介绍，光荣地加入了中国共产党。在党组织的培育下，王崇伦的思想境界也有了很大程度的提升。这位年轻的共产党员经历了一个由模糊、肤浅到明晰、深刻的过程，把为社会主义建设贡献青春的志向变成了攻克技术难关的实际行动。在入党后短短的一年时间里，他相继革新成功了7种工、卡具，成了全厂有名的技术革新闯将。

1953年是历史上具有重大意义的一年，我国开始实施第一个五年计划。当时所有的项目建设都在井然有序地进行，鞍钢的生产建设也在突飞猛进地发展。发展形势看似一片大好，但问题却频频出现。矿山建设的大批凿岩机因缺少备件卡动器而被迫停止作业，要想继续正常生产，研制卡动器的任务刻不容缓。要知道，卡动器是凿岩机上最易磨损的零件，虽然体积不大，但制作工艺异常复杂，需要经过车、插、铣、渗碳、淬火等12道加工工序，而且精度要求很高，当时国内尚无厂家能够生产这种备件。在其他人一筹莫展之际，王崇伦选择了接受这项艰巨的任务，开始独立试制卡动器。没想到刚开始就遇到了“拦路虎”：全车间只有一台插床，根本无法满足生产需求。插床工急得满头大汗，可是毫无头绪。机床前积压的待加工件越来越多，后来负责后部加工的铣床、磨床操作工人都只能被迫干干停停。所有工作人员折腾一天下来只能制作可怜的四五个卡动器，远远满足不了矿山生产迫在眉睫的需要。为了能够最大限度提高效率，“等米下锅”的各矿干脆派专人守在工具车间，每加工完一个卡动器，就立即送往矿山。本以为这种办法能缓解燃眉之急，偏偏在这个节骨眼上，工具车间又接到为凿岩机试制第二种常备件——反螺母的任务。这又是一种必须通过插床加工的零件。一周过后，插床面前积压的待加工件多达上千件。所有人都在为插床的低效而犯愁，急得团团转。王崇伦看到这一切，虽没有发表什么豪言壮语，但背地里却悄悄地搞起了攻关。一天晚上，他在整理技术资料时翻到了刨床代替铣床加工拉杆的现场照片，便由此产生了一个大胆的构想：制造一个圆筒形的工具胎，把插床垂直切削变成刨床的水平切削，从而让刨床代替插床。半个月后，夜以继日研究图纸的他终于交上了自己的作业，此时的他已经瘦得双颊凹陷。等王崇伦把特殊工具胎的图纸展现在车间领导面前时，大家都为之折服。这个工具胎外壳酷似一台小电动机，由40多个零件组成，卡动器和反螺母都可以固定在套子中旋转360° 任意选择加工角度。相比原来插床只能一次加工一个工件，工件置放在这个工具胎内，刨床可以成摞切削，就像穿糖葫芦一样方便。车间主任和工程人员看了王崇伦设计的图纸后都对他的奇思妙想赞不绝口。在车间领导的大力支持下，几天之后，一个长达500毫米，直径200毫米的工具胎安置在王崇伦的刨床上。试车这天，数百人前来观看。当第一批工件加工完毕时，计时人宣布：加工一个卡动工具耗时仅45分钟，更让在场人震惊的是，以往加工凿岩机的40多个零件，每加工一种零件都得制作一套专用的卡具，而这一工具胎竟能全部取而代之。经过一番集思广益，王崇伦创造的这一独特工具胎被命名为“万能工具胎”。在这之后王崇伦继续攻关夺隘，高举技术革新的大旗，加工卡动器的纪录连连取得新突破，由45分钟减少到30分钟，最后减少到19分钟，相当于最初效率的6~7倍，他操作的“牛头刨”成了“千里马”。凭着“万能工具胎”，在同时间赛跑中不断创出奇迹。这年，他只有26岁。

仅用1年时间就完成了4年零17天的工作量，王崇伦在1953年被评为鞍山市特等劳动模范。他的事迹经新闻媒体二次报道之后，更是在全国引起强烈反响。同年，团中央致信王崇伦，对他荣获鞍山市工业特等劳动模范表示热烈祝贺——“你具有热爱祖国、热爱劳动、刻苦钻研、虚心学习的优良品质。你这种积极的创造劳动精神，是鞍山市和全国各地青年工人学习的好榜样。”中国人民从站起来、富起来，再到强起来，都离不开这种精神的力量。著名作家魏巍特地致信王崇伦，信中写道：“您就像一颗宣布大进攻战役开始的信号弹一样，带着迷人的色彩冲上天空，它将吸引着万千忠于祖国的人们，不惜一切地赶上前去，扑上前去……你摆脱了时常捉弄我们的恼人的时间，勇敢地出色地走到了时间的前面。”《人民日报》在专栏里这么评价他："我们部队中，有这么一种人，只要冲锋号一响，不管敌人的炮火多么激烈，他早已冲到了最前面，这种人常常是全部战线勇气百倍的鼓舞者，这种人是我们部队中最优秀最可爱的战士。"王崇伦就像这些战士一样，远远冲在战线最前面，冲在时间的最前面！"先天下之忧而忧，后天下之乐而乐。"他用实际行动向我们展示了这一伟大精神所蕴含的爱国信念，家国情怀。命运坎坷的他，在获得了这些荣誉后从未因此骄傲自满，而是始终刻苦钻研，忙着技术革新，一心为国，总想着再革新一项，国家就能往前再走一小步，他就像上了发条一样，日夜兼程、从不懈怠、始终奋斗在一线，试问有多少人能够达到这样的境界，中国又有多少个这样的王崇伦，正可谓是"出于其类，拔乎其萃"。这种精神，看似平凡渺小，却能成就不平凡的成绩；看似豪情万丈，却代表着最平实务本的人文精神。面对满目疮痍的鞍钢，他从未退缩，尽管一开始作为一名刨工，技术革新、提高产量还不是他的任务，他仍然愿意为鞍钢、为国家更多出一份力。多年来，他始终严于律己、尽心尽责、爱岗敬业，努力把加强思想政治和业务学习放在自身建设的首位，树立了牢固的大局意识，善于改革创新，面对繁重的工作，勇挑重担、任劳任怨，始终坚持每天学习。王崇伦"崇尚技术，追求效率，勇于创新，甘于奉献"的精神和身体力行的榜样力量，使鞍钢逐渐积累了宝贵的精神财富，并将这样的精神文化传承了一代又一代。可以说，王崇伦的贡献，是不可估量的，时至今日，他锲而不舍的精神、恪尽职守的职业态度、一心为党的坚毅和不屈不挠的爱国情怀，都是值得我们学习的榜样。

技术革新——"沉舟侧畔千帆过，病树前头万木春"

新中国成立初期，我国工业战线的装备普遍落后，技术也多靠西方先进国家供给。开展群众性技术革新活动，成为挖掘企业内在潜力，走自力更生、艰苦创业道路，推动工业生产的一项具有战略意义的措施，而王崇伦也为此做出了独特的贡献。1954年9月，王崇伦光荣当选第一届全国人民代表大会代表。面对成功和荣誉，王崇伦没有辜负党组织的殷切希望，在继续奋进中由一位著名技术革新闯将逐渐成长为鞍钢技术革新领域当之无愧的旗手。根据记载，团中央专门组织了一次首都青年工人与王崇伦会面大会，时任团中央书记在大会上作了题为《人人都可以做一个先进工作者》的讲话，并在讲话中指出："大家都想向王崇伦同志学习，像他一样走在时间前面，做一个光彩的先进生产者或先进工作者，为祖国做出一番事业来。""要成为一个先进工作者，必须自己努力，做到以下四条，这就是：下定决心，打倒困难，想尽办法，虚心学习。"据查，新中国成立以来，为弘扬一位先进模范人物的事迹，《人民日报》《工人日报》《中国青年报》在两个月内相继发表社论，这是绝无仅有的。后来王崇伦的事迹还被编入小学生语文课本，"万能工具胎"的图片被印成邮票，这对任何一个基层工作者来说都是至高无上的荣耀。后经王崇伦建议，鞍钢开办了"先进生产者学校"，对所属厂矿涌现出的500多名先进人物进行分期培训。在培训中通过教育，鼓励学员们，而王崇伦也应邀为学员作了《我所走过的成长道路》的专题报告。王崇伦满怀深情地说："鱼只有在江河里才能一游千里，咱们工人只有在共产党领导下，生活在社会主义社会中才能充分发挥自己的聪明才智。我们不仅要当时代的主人、国家的主人、工厂的主人，还要在技术革新的舞台上当具有创造精神的主人。"王崇伦以亲身经历和深入浅出的讲解，使学员们深受教益和鼓舞，每场报告期间都会数次被热烈的掌声打断。后来，这些学员中涌现出一批屡建奇功的技术革新能手。

在1959年4月王崇伦当选第二届全国人民代表大会代表后，他应邀参加辽宁省机械工业先进技术表演观摩队，先后到沈阳、丹东、本溪3市23个企业进行技术交流。王崇伦利用交流空隙为12家企业解决了15项技术难题，各单位纷纷致信鞍山市、鞍钢，盛赞王崇伦的高尚精神和高超技艺。后来，王崇伦出席全国"群英会"，再度被授予"全国先进生产者"称号。会议期间，受到毛泽东、刘少奇、周恩来、朱德、邓小平等党和国家领导人的亲切接见。毛主席称赞王崇伦是"青年的榜样"。由于王崇伦的重大贡献，1954—1959年，他先后14次受到党和国家领导人的亲切接见。王崇伦懂得工人阶级为实现社会主义现代化这一伟大目标所担负的重大责任，懂得自己在实现这一伟大目标中应起的作用，所以他在生产中才会有那么大的决心和勇气，才会发挥出那么高的智慧和才能，也才能够不断创造出那么出色和惊人的成绩。

当时，全国工业战线相继涌现出一批像王崇伦一样的创新型能手，他们的技术革新大大改变了当时落后的生产方式。1954年，中华全国总工会向他们抛出了“橄榄枝”，邀请他们去首都北京参加座谈会，共同商讨如何为实现第一个五年计划做出更多的贡献。王崇伦欣然赴约，并在会上做了充满激情的发言，赢得了同行人的无数称赞。此时的他已经不是当时那个初出茅庐的少年，经过党组织的培训教育，已经有了更高的思想境界。在赴会之前，他一连几天反复地思考，最终总结出了自己认为合适的发言内容。作为一名先进模范人物，不仅要在自己的工作岗位上努力创造出更优异的成绩，而且还应当感召和吸引成千上万的职工群众加入技术革新的行列，投身创造性的劳动。王崇伦提出了联名向中华全国总工会建议在全国开展技术革新运动的提议。他的想法得到了张明山、唐立言、黄荣昌、刘祖威、朱顺余、傅景文的一致赞同。而《中国青年报》也发表了题为《让更多的青年工人在先进人物的带动下前进》的报道，并指出：“当我们在青年工人中组织学习先进人物的时候，最主要的是启发青年工人的社会主义觉悟，使他们真正认识到自己的劳动与建设社会主义的关系，认识到为这个伟大的目标而贡献出自己的智慧和力量，是自己全部生活中最重要的事情。”“王崇伦和其他先进生产者的创造性劳动正是从这种社会主义的自觉的基础上产生的。”“在实际的生产斗争中影响着他们的行为，成为推动他们永远前进的力量。”《人民日报》发表了题为《发扬王崇伦的工作精神，提前完成国家计划》的文章，指出：“在我们祖国进行伟大的有计划的经济建设时期，王崇伦的创举是有极其重大意义的。如果王崇伦这种不断地改进技术，提前全面完成国家计划的工作精神能在全国职工中推广起来，乃是直接关联到加快社会主义工业化的速度、使我国早日过渡到社会主义社会的重大问题。”这些主流媒体对王崇伦的工作赞美，更进一步肯定了他的杰出贡献。之后不久，由王崇伦执笔的7人联名建议信送到了全国总工会主席的手中。中华全国总工会对这封具有特殊价值的建议信进行了专题研究，并于同年4月下发了《关于在全国范围内开展技术革新运动的决定》。此后，一个群众性的技术革新运动在长城内外、大江南北蓬勃兴起。

但是仅完成生产计划还远远不够，在技术革新的这条路上所有人都任重道远。此时在技术上最重要的就是创新，这是他们能赶超其他车间乃至工厂的唯一捷径。在实践中，王崇伦发现能工巧匠们在技术革新和解决问题上，虽然各有所长，但是因为工作经验和历练的不同，会造成不同程度的局限性，把一些看似简单的问题变得分外棘手，甚至难以解决。基于这个发现，王崇伦萌生了技术协作的念头，想要借此把鞍钢身怀绝技的能工巧匠吸纳在一起，形成一个集体，然后集中地进行知识技术的整合和讲解，创造一把攻关夺隘的巨刃。于是1959年初，王崇伦找到老英雄孟泰，把自己的想法和盘托出，希望能够组织鞍钢能工巧匠，开展大规模技术协作活动。没想到孟泰也有着相同的想法，两位忘年交一拍即合。随后他们围绕活动的设想进行了周全而缜密的设计，目的只是能够塑造一个优秀的技术革新团队。经过二人的精密筹划，项目终于初见规模。每逢星期天，王崇伦家门前都停放着一排自行车，来自各厂矿的“刀具大王”“焊接大王”“吊装大王”蜂拥而至，经过一番切磋交流，一场场技术攻坚战便很快打响。王崇伦的家成了能工巧匠交流聚会的“据点”。这个鞍钢技协骨干最热闹的“据点”，一直热闹了近20年，直至王崇伦调离鞍山。鞍钢也就此拥有了一支以劳动模范先进人物为骨干的技术协作团队，参与人数也非常可观，达到1500人以上。在团队的后期发展中，王崇伦积极参与，希望有更多的能工巧匠加入这支队伍。为此他还提出了“一联十”办法，将之比喻为滚雪球式的发展，要求每位鞍钢公司级能工巧匠一年内串联10名本单位的能工巧匠加入技协活动行列。经过王崇伦的不懈努力，这支汇集了能工巧匠的团队逐渐走向正轨，并在之后取得了出色的成效。

在随后的60年代初，这支团队也有着出人意料的杰出表现。那时我国连续遭受三年自然灾害，国内生产、生活环境恶劣。国际环境上与苏联决裂，对方政府单方面撕毁了之前签订的合同，撤走在我国提供技术支持的专家并停止对我国供应大型轧钢机轧辊。这些内外因素都让国内的重工业生产停滞不前，乃至倒退，鞍钢各轧钢厂面临着停产的威胁。在这生死攸关的严峻时刻，王崇伦与孟泰主动请缨，承担组织研制大轧辊的攻关任务。在他俩的领导之下，500多名由干部、工程技术人员、能工巧匠组成的技协积极分子众志成城，从炼铁、炼钢到铸造形成一条龙，跨厂际联合攻关。但是事情哪有想象中的那么简单，500人的团队没有任何的技术指导，也只能从零开始摸索。他们分头从国外专家留下的各种技术手册，以及各种外文书籍中寻找线索，然后将线索整理起来转绘成一张大致的图表。再根据图表来寻找相关材料，经过不断的实验推敲，最终形成一套方案。然后就是漫长的试验过程，这一套方案历时一年之久，改了又改，先后突破十几项重要技术难题，终于试制成功了大型轧辊，填补了我国冶金史上的一项空白。此项重大成果轰动全国冶金战线，被誉为“鞍钢谱写的一曲自力更生的凯歌”。

1962年底，王崇伦领导的鞍钢技协队已拥有15000人，车、钳、铆、电、焊等各工种齐全，设计、施工、抢修配套成形。这支队伍凭着高度的主人翁精神和精湛的技艺，先后为鞍钢解决了一大批生产和技术改造过程中遇到的难题，而且还应邀为鞍山市、辽宁省、东北地区的许多生产厂家排解重大生产难题，为鞍钢赢得了殊荣。其中，解决参窝水库大闸门制作和安装难题，解决某部队坦克修理厂大机床凌空搬运难题，被赞誉为“鞍钢人创造的奇迹”。王崇伦30多次率队出征，每次攻关告捷之后，他都要与新结识的朋友畅谈革新创造的收获与体会，鼓励他们投身技术革新活动。对此，时任鞍山市工会副主席的石磊同志称赞说：“崇伦同志在哪里进行技术攻关，就把技术革新的火种播到哪里。”正是革新创造这一共同志向和技术协作这一友谊纽带，使王崇伦结交了成百上千情深义重的挚友，他们不仅互励互勉为事业共同奋斗，还在危难时刻肝胆相照、患难与共。王崇伦凭着这种特有的优势和高度的主人翁责任感，先后为鞍钢解决200多项生产和改造中的难题，推广先进经验180多项，还为省内外一大批企业解决了技术难题。

王崇伦和孟泰在鞍钢发起的技术革新和技术协作活动，引起了鞍山市委和鞍钢党委的高度重视。1960年初，鞍山市委自觉运用毛泽东思想，延续党在民主革命和根据地建设中的优良作风，走与群众运动和专家相结合的道路，带领群众开展技术革新运动，努力探索和总结基层领导和工人群众创造的管理经验，并起草形成了《鞍山市委关于工业战线上的技术革新和技术革命运动开展情况的报告》，经市委讨论后报送省委和中央。其中提出了管理社会主义企业的原则，即开展技术革命，大搞群众运动，实行两参一改三结合，坚持政治挂帅，实行党委领导下的厂长负责制。并把这些原则称为“鞍钢宪法”，在全国范围内推广。“鞍钢宪法”体现了具有高度主动性人格，并不以追求个人利润为目的的毛泽东的工作设计和工作手段的思想。毛泽东主席在该报告上批示：这个报告很好，使人越看越高兴，不觉得文字长，再长一点也愿意看，因为这个报告提出来的问题有事实、有道理、很吸引人，创造了一个“鞍钢宪法”，“鞍钢宪法”在远东，在中国出现了。毛泽东主席在该报告的批示中，以苏联经济为鉴戒，对我国社会主义企业的管理工作做了科学总结，强调要实行民主管理。实行干部参加劳动，工人参加管理，改变不合理的规章制度，工人群众、领导干部和技术人员三结合，以及大搞技术革新、技术革命，这就形成了“鞍钢宪法”的核心内容——“两参一改三结合”。伟大的事业需要伟大的精神，而伟大的精神来自伟大的人民。在随后的日子里，“鞍钢宪法”很快在全国得到推广，周恩来总理也曾赞扬它具有很高的实践性，对未来的工作有着积极的指导意义。“鞍钢宪法”是对我国工业企业发展道路和管理模式的成功探索，其鼓励开展技术革新并动员全员参与的理念，也与现代企业管理思想相一致，并对欧美及日本等外国企业的生产管理产生一定启示。所以在之后的许多难忘岁月里，每当人们在纪念毛主席批示“鞍钢宪法”的喜庆日子里，都不能不回忆起王崇伦，不能不回忆这位永远“走在时间前面的人”为鞍钢的建设和发展乃至新中国社会主义建设做出的特殊贡献；不能不回忆他作为一代杰出的工人代表对于技术的追求和激昂的发明热情与创新精神；不能不回忆他从童工到全国著名劳动模范，从普通车工到车间主任、工程师、研究员的传奇人生。

运筹帷幄——“宝剑锋从磨砺出，梅花香自苦寒来”

1955年，王崇伦所在的工具车间被团中央命名为“青年工具车间”。翌年，王崇伦被提任为该车间生产副主任。刚开始，他不知道领导工作怎么做，经常在办公室忙着签文件、批报表。这对他来说已经很吃力了，但是，有些工人和技术人员看他很少到现场来，就在背地里发出不少议论，有的说他的两眼只能向上不能向下，有的说他当了官，把工人忘了，等等。听到这话，王崇伦实在受不了，立即找到党委书记，要求让他回到他心爱的刨床小组去。党委书记听了一笑："这还不简单，你多去现场和工人们在一起，不就解决了吗！"当时，他们车间正为鞍钢许多厂矿赶制一批机器上用的分油器，到了现场，他就忙碌起来，他发现给分油器的螺丝开口，既费力，又费工，钳工们用锯加工，累得满头大汗，不但不出活儿，锯条还断了不少。他想用机器来代替人力，但时间不容许慢慢琢磨，他就把技术员马宏朴和老工人刘玉新等找来，商量解决办法。第一天没有成功，第二天又琢磨，就琢磨出一套铣床快速切削螺丝开口的工具来。这是王崇伦技术革新的一个转折点。起初，他到现场去，是想密切同群众的联系，扭转群众对他的看法，并没有想到还能实现一项技术革新，提前完成了任务。通过这件事情，他深深感到：要领导群众完成生产任务，就得坚持技术革新，这是一个重要的关键。要坚持技术革新，就不能仅靠自己一个人，而要坚决依靠老工人和技术员。他们之中，有的富有知识，有的富有经验，只要把他们的智慧集中起来，什么革新都能实现。但是，要做到这一点，就不能形式地到现场走走、看看，而是要同他们打成一片，共同劳动，共同商量。他刚刚从工人提拔为干部，工作范围扩大了，不熟悉的东西越来越多了，不同群众结合，是寸步难行的。想到这些，他进一步明白了：要完成党交给自己的任务，要把技术革新继续推向前进，就得到现场去，到群众中去，同老工人和技术员结合起来。从此，王崇伦就走上了同老工人和技术员三结合的道路。

1973年7月，王崇伦结合自己积累的经验和当时鞍山市的具体情况，设计出了能够促进生产的优质方案。他主动向上级提议，由鞍山市总工会召开第六届二次全委扩大会议，再向全市职工发出"战胜雨季、酷暑，确保完成第三季度钢铁生产任务，以优异成绩向国庆献厚礼"的号召，来吸引民众的广泛参与。王崇伦的做法在当时来说无疑是很大胆的，因为当时国内的政治局面受到"左倾"的影响，组织群众性的劳动竞赛更是禁区，稍不注意，面临的就是万丈深渊。而当时为了严抓全市群众的生产工作，王崇伦顾不得个人荣辱，大胆放话，认为劳动竞赛是调动广大职工积极性和倡导创造性劳动的有效途径。经过他的积极努力和缜密策划，市总工会以组织不同工种厂际竞赛为突破口，开始了恢复劳动竞赛的工作，这在当时的历史背景下是有着突破意义的。而他也通过实施"抓点带面、抓老带新、抓强带弱"的措施，很快使生产运动会、对手赛、千台时赛、技术表演赛等几十种形式不同、内容各异的劳动竞赛在全市工矿企业热火朝天铺展开来。当年，全市工矿企业劳动生产率和经济效益都取得大幅度提高。王崇伦亲自到鞍钢南部机修厂指导开展"双千"（月创千台时，日创千分钟）竞赛。该厂有27人次突破该厂历史生产纪录，小型段刘宝富班创加工小渣口班产300个的新水平，超过全段历史最高纪录的50%，当国庆24周年到来之时，全市各条战线的职工用新的成绩为共和国的生日献上了一份厚礼。

1977年3月，政府派遣王崇伦担任鞍钢七号高炉改建工程的总指挥，一副前所未有的重担落在了他的肩头。作为我国自行建设的一座现代化高炉，鞍钢七号高炉建设工程规模宏大，技术复杂，主要工程建设部件达到1000种以上，总重量达到了1万余吨，其中筑炉6751立方米，砌筑耐火砖6488吨，电气动力设备安装114台。而这项工程要拆除原有的七号、八号高炉，然后建起容积为2580立方米当时国内最大、技术装备最先进的七号高炉。根据以往的工作经验，王崇伦确信这项工程不是一项简单的任务。所以在对工程的认知和建设上，他也分外上心。上任伊始，王崇伦便把行李搬到工地，吃住不离现场。为了发掘参战职工的聪明才智，他要求各参战单位一律成立领导挂帅的"三结合"攻关组，对本单位承担项目技术难题实行群策群力突破。在工地上，人们时常看到王崇伦手里捏着馒头，嘴里边嚼边与攻关组的同志切磋破解难题。王崇伦的行动成了一道最有效的动员令，各单位的攻关组很快攻克百余项技术和施工难题。鞍钢设计院工程技术人员采取优化组合设计，苦战了3个月，完成了以往需一年完成的5万张图纸的设计任务。修建部职工成功地将高炉安装主体设备85吨大塔吊整体移位10米，赢得工期1个月……在这次特殊的会战中，王崇伦亲自协调设备供应、后勤服务等单位和部门，使之成为工程服务中配合默契的"一盘棋"。王崇伦还南下上海、北上吉林处

理加工订货中的棘手难题，争取173个兄弟企业对鞍钢这项重大改造工程伸出援助之手。1977年12月29日，改建工程胜利竣工。鞍钢七号高炉改变传统的“塞棒浇注”试验成功，流出第一炉铁水。万名参战职工用智慧和汗水为鞍钢创造了历史性的辉煌。该项工程达到了高速度、高质量、低消耗、安全无事故标准，实现了当年设计、当年施工、当年投产，创造了我国大型高炉建设史上的一个奇迹。

为民造福——“先天下之忧而忧，后天下之乐而乐”

王崇伦自参加工作以来，几乎就没有休过节假日。在升任哈尔滨市委副书记以后，依然恪尽职守，尽职尽责地为人民造福，想百姓所想，急百姓所需，这一份担当与责任，越发凸显王崇伦同志的担当精神和爱国情怀。在鞍钢工作期间，他早上五六点钟就离开家进厂，深更半夜回家是常有的事。即便回家早一点，也要么和工人一起画图纸搞技术革新，要么匆匆吃口饭蹬上自行车去职工家家访。伴随王崇伦度过几十个春秋的老伴关伟荣说：“说到工作上的事，老王哪件事心里都有个谱，家里的事是一概不知，人家问到哪个孩子多大了、读几年级了，他老半天想不起来。”“老王拼命工作那股劲头儿，谁也挡不住，我心疼也没办法。有一次，他搞技术攻关，忙到深夜困得边骑自行车边打盹，结果栽到地沟里，裤子划破了，腿也摔伤了。”在哈尔滨工作期间，王崇伦这种拼命工作的精神始终如一。尽管王崇伦在哈尔滨市任职只有短短的一年多，但他凭着火热衷肠和实干精神，造福哈尔滨人民，他的感人故事被传为佳话。

哈尔滨是大豆之乡，可是诸多原因导致了当时全市豆腐的供应不尽如人意。群众对此有意见，还为此编了一首民谣：“干豆腐厚，水豆腐薄，排班站队买不着。”王崇伦听了心里很不是滋味，下定决心要解决这一老大难问题。为了解决当时的豆腐生产、供应问题，王崇伦跑遍了全市7个区属于二商系统的29家豆腐坊，从中寻找解决问题的办法。王崇伦还利用清晨时间，到一家家卖豆腐的门市部了解豆腐的质量、供应到位的时间等。那段时间，在王崇伦办公室墙壁上，挂着一幅别具一格的哈尔滨市地图。图上用文字标明的，不是什么重要建筑物，而是分布在全市的所有豆腐生产车间。细致的明察与暗访使王崇伦心中有了底，他找来市食杂公司经理和蹲点抓豆腐生产的二商局副局长，经过一番研究后，决定从解决阻碍加工生产豆腐的关键入手，对豆腐坊的现有锅炉普遍进行一次技术改造，再依次解决豆腐板材料、汽车运送等问题。接着，又找到豆腐坊的师傅，进车间摸索泡豆、磨浆、过罗、煮浆、煮脑、压型等六个生产环节的“优选法”，研究如何准确判定豆浆度数、如何提高点卤技术、如何控制好豆腐的厚度。当哈尔滨市的豆腐生产、供应工作取得可喜变化之后，王崇伦把十几位富有生产经验的老工人和几位出类拔萃的厂长请到一起开会，特聘他们为自己的豆腐顾问。在欢声笑语中，这些豆腐顾问纷纷献计献策，这些建议落实后，王崇伦抓豆腐生产又上了一个新的台阶。生产车间布局不合理和供应网点少，是造成豆腐生产供应紧张的一个重要原因。王崇伦与市有关部门的领导同志一起，走街串巷，帮助开办起一个又一个新的豆腐供应点。一年之后，哈尔滨市出了首新的民谣“干豆腐薄，水豆腐好，随时随地买得到”。

邓小平同志视察东北时，得知此事后，称赞王崇伦抓豆腐抓得好，我们应该有更多的这样解决市民生计的好干部。

多年以来，被誉为全国劳动模范的王崇伦，从没因为任何一次荣耀松懈自己，而是一直坚守在一线工作，紧抓技术革新，十年时间，先后实现了九十九项技术革新，是我国的技术革新当之无愧的先锋者，这位平凡中透露着伟大的人，始终保持着旺盛的革命干劲，攻克了一个又一个难关。

曾经，在我国“劳动者最光荣”“三百六十行，行行出状元”不仅是响亮的口号，也外化于相关制度、内化于人们的行为中。对于如今的年轻人而言，20世纪50年代的劳动模范王崇伦是陌生的。他们并不知道，当年的王崇伦是新中国家喻户晓的英雄。他不仅鼓舞了一代人的创造热情，更在科学与运用之间支撑起一座“技术”的桥梁，成为新中国“技术工人”的可贵萌芽。毋庸置疑，今天的世界已经进入了知识经济时代。与半个世纪前相比，我们的科学技术日新月异，现代化建设渐入佳境。在这个时代，我们中的许多人习惯将科学进步乃至社会发展的重任托付给科学家，热衷于发明创造的普通人少了，专心于技术革新的工人少了，人们变得更加“现实”，鲜有创造的异想天开和发明的奇思妙想。然而，一个现代化的国家，不仅需要科学家，也同样需要“王崇伦”。中国人民是具有伟大奋斗精神的人民，中国人民自古就明白，世界上没有坐享其成的好事，要幸福就要奋斗。如今的时代，一个国家经济的增长，在相当程度上取决于技术工人的素质，取决于是否有无数像王崇伦这样的技术能手。当前，我国正处于全面建成小康社会的关键时期，我们广大党员干部要学习王崇伦，要永葆奋斗姿态，要时刻保持与时俱进、奋发有为的状态，保持奋勇争先、开拓进取的锐气。要有“知难而进、迎难而上”的魄力，就算遇到挫折也要保持“屡败屡战”的决心，以“气可鼓而不可泄”的坚持，以“时不我待、只争朝夕”的紧迫感，解决我国在发展道路上遇到的一切困难。

如今，我国已成为能制造工业全类型产品的“制造业大国”，时代需要更多技术精湛、勇于创新的技术工人，需要更多坚信“有技术有技能才能有作为”的王崇伦。而王崇伦的事迹也鼓舞着鞍钢几代人，他的创新精神也成为“创新、求实、拼争、奉献”的鞍钢精神的重要组成部分，经过鞍钢几代人的传承，形成了具有鞍钢特色的创新文化。因此，我们不愿告别王崇伦，不愿告别一代杰出工人对于技术的追求与梦想，不愿告别一个普通劳动者激昂的发明热情和创新精神！英雄的精神需要代代传承，我们也会从中汲取力量，让他们的精神在新时代闪耀出更加璀璨的光芒！

逐梦，永不放弃

——记新时代农民工楷模巨晓林

◎文/齐中熙　孙樱齐　王凤群

“生活不能等待别人来安排，要自己去争取和奋斗。”

——选自巨晓林最喜爱的小说《平凡的世界》

只有高中学历，他却编写出铁路一线工人的操作“宝典”；

个头儿一米六左右，却是铁路接触网工人公认的“小巨人”；

从一名普通农民工，一步步成长为国家级技能大师、全国劳动模范、党的十八大和十九大代表、全国人大代表、全国总工会兼职副主席、国家监察委特约监察员，2018年12月获得“改革先锋”称号、2019年9月获得“最美奋斗者”称号……在铁路行业甚至全国亿万农民工中，他是一颗耀眼的“草根明星”。

三十多年艰辛，他“身份”不断转换，却始终不改农民工“底色”。历经行业变革，却依然饱含深情。

他，就是享誉全国的知识型新型工人、农民工楷模巨晓林。

农民工巨晓林：要改变自己的命运，就得有决心，有恒心，刻苦学习，努力工作

（一）初心

在每个人的心里，都有一颗初心的种子。

巨晓林格外喜欢野地里的小草。他说，小草默默无闻，但具有顽强的

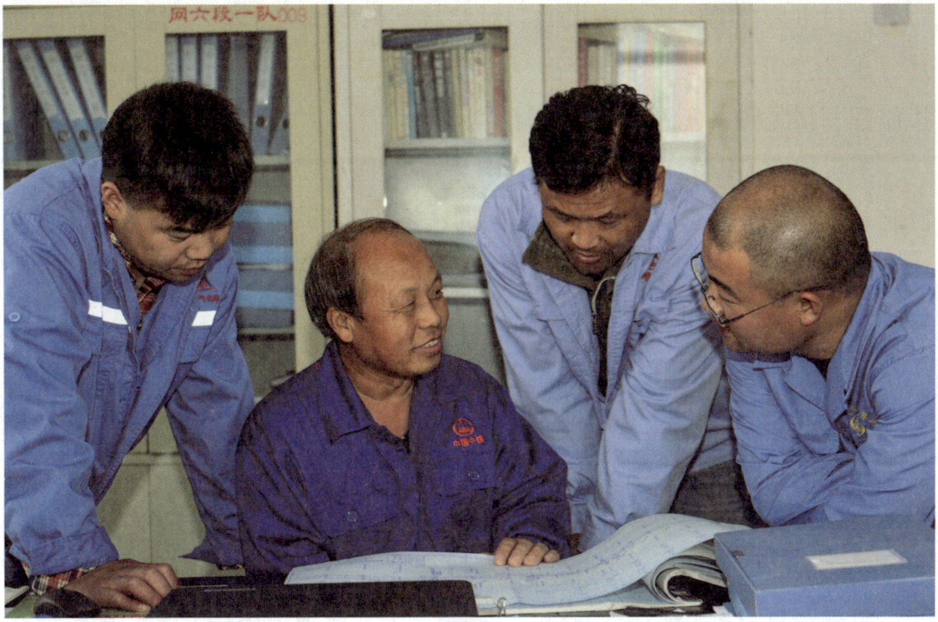

生命力，无论上面的石块如何重，石块与石块之间如何挤压，它必定要曲曲折折地、顽强不屈地长到地面上来，染绿山川，染绿春天。

巨晓林正是一棵这样无比倔强、向上生长的小草。

巨晓林，1962年9月出生在陕西省岐山县杜城村。新中国第一条电气化铁路——宝成铁路就从他家乡经过。少年时的他，听着家人讲起修建宝成铁路的故事，就梦想着坐上飞驰的列车，当一名铁路工人。

然而，在当时，在靠壮劳力挣工分的农村，瘦小的巨晓林只能算“半个劳动力”，记工分只是其他“全工”男性的一半儿。

15岁那年，巨晓林终于独自一人跑了几十里地，去蔡家坡车站看他魂牵梦绕的火车。呼啸而过的列车打开了他对外面世界的憧憬。

1979年巨晓林高考落榜后，务过农耕、做过小工、当过羊倌、放过电影……无论做什么，他都比别人更用心，哪怕是积农家肥和给牲畜圈里垫土这样又脏又累的活儿，他都会一心一意，像“绣花”一样细致。

乡亲们评价他，晓林啊，人虽然“小”，但心着实“细”啊。

干活儿之余，巨晓林爱好写写画画，还练钢笔字和小楷的毛笔字，用现在时髦的话说，是个十足的“文艺青年”。

做村里公社的电影放映员时，巨晓林就初露了“才华”。他手绘的幻灯片，十分“应景”地配合了当时基层的许多宣传任务，比如计划生育、农机修理、预防病虫害、先进的农林科学技术等。

不仅如此，因为自行车两边的电影器械重量无法完全均衡，久而久之，巨晓林竟练就了一套“斜骑自行车”的本领。

“非常认真、执着，肯钻研。”巨晓林小妹的同学在多年后回忆起这位好脾气的巨哥哥时如是说。

巨晓林当时肯定想不到，他的梦想其实离他越来越近了。

1958年6月15日，宝成铁路宝鸡至凤州段计划开工。同年9月，中铁电气化局集团公司的前身——铁道部电气化铁道工程局在北京成立，成为我国电气化铁路建设专业设计施工单位。

宝成铁路是新中国第一条电气化铁路。在秦巴山区的崇山峻岭间，第一批电气化铁路建设者手持铁镐、风钻，用人力硬生生拉开了中国电气化铁路建设的序幕。

第一代电气化工人、原铁道部电气化工程局安质处处长关文超回忆道：“头一个水泥杆子一吨七，立了三天才立起来。”

宝成铁路的电气化改造历时长达十七年。这对当时缺资金、缺设备、缺技术的中国人而言，几乎是不可能完成的任务。1975年宝成铁路竣工，成了联系川陕的重要通道。《人民日报》刊发长篇通信《钢铁蜀道天翼飞》，从此，“添翼的路”成为电气化铁路的代名词，为祖国铁路插上腾飞的翅膀成为电气化人始终不渝的初心和使命。

20世纪80年代，改革开放使中国经济呈现出迅猛发展的势头。各行各业都在加速发展，这个时候人流物流几乎全都涌向一种交通工具——火车。

当这么多人流物流都要通过铁路运往四面八方的时候，人们才发现，经济快速发展的中国就像是一个长大了的孩子，而铁路就是那件太小的衣服。旅客和货主常常一票难求、一车难求。铁路运输成了制约经济发展的瓶颈，情况到了不得不解决的地步。

国家的发展进步对于铁路运输的需求，为面朝黄土背朝天的农村娃巨晓林创造了改变命运的机会。

“1987年我国刚刚建成开通了第一条利用外资、引进外国先进技术的京秦电气化铁路，即将开工建设单元重载电气化铁路——大秦线。当时因为工程建设的需要从陕西招了一批农民合同工，这也是我们单位第一代农民工，其中就有巨晓林。”中国中铁电气化局党委宣传部副部长张世永说。

正是在这种情况下，1987年，25岁的巨晓林离开家乡，成为中铁电气化局一处三段招收的首批农民工之一。他终于来到了年少时就憧憬的铁路系统工作。而巨晓林最早参与建设的，是一条名为北同蒲的铁路，它是纵贯山西省北部的晋煤外运主要通道之一。

时至今日，巨晓林依然清晰地记得刚入行时的情景：“我是1987年3月离开的家乡，那时候就是为了找一份工作，因为是铁路工作，我一直觉得铁路建设者们穿一身工作服，觉得挺漂亮的。那时我心里充满着美好的期望。”

（二）追梦

巨晓林如愿成了铁路电气化建设者。然而，身高只有1米6左右的他，干铁路工作并不被大家看好。

“我和巨晓林是同年来的单位，我们在石家庄培训的时候就在一起了。第一次见到他，就发现他是所有工人中个子最矮的。”巨晓林的同事简玉林回忆道。

“干这个活儿吃力，最起码得身强力壮，像我们这种施工单位，一定是要有把子力气的，像他这种瘦瘦小小，是不受欢迎的。”原北同蒲线副工长霍利军说道。

那个时候，简玉林和霍利军还清楚地记得看到巨晓林时的诧异。

别说他们，巨晓林心里也犯嘀咕。

“个子小，可能有的东西拿不动。比如说肩架特别沉，都是铁家伙。当时就想，这活儿我可能干不了。”巨晓林回忆。

然而，做一名铁路工人是他儿时的梦想。

“我一想找这么个工作特不容易，我以前干过泥瓦匠、干过油漆工、干过电影放映员，都没有干到底，这是第四个工作了。我从小就想要做一名铁路工人，这要干不好，那我还能干什么？一定要干下去，还要干出个样子来。”巨晓林心中暗想。

培训结束后，巨晓林这批新人要正式上岗了。

在上岗之前，班长把四名新人叫到一起，让四个师傅自己挑选徒弟。被挑选的徒弟从此跟着各自的师傅搭档干活儿。

挑来挑去，最后剩下了巨晓林。

“说实话，谁开始也没想要他，剩到最后实在没办法了才收了他。”霍利军回忆起当年情景，不禁失笑。“干力气活吧，他那么瘦小，到梯车上作业吧，他个矮又够不着，我当时都替他发愁。”

事情已经过去三十多年，可是直到今天，巨晓林依然还能清晰地记得当初忐忑不安的心情。

最后，四个师傅中个头儿最高、力气最大的退役军人林鸿要了巨晓林。这让巨晓林舒了一口气，更是倍加珍惜这来之不易的机会。

看到纵横交错的电线、电杆、接触网，以及一张张犹如“天书”的图纸时，巨晓林脑袋蒙了：“我能行吗？”

他暗暗给自己打气：不懂，就一点一点学，不信有搬不开的石头！

从那时起，巨晓林白天在施工中跟着师傅学，晚上放下饭碗又撵着师傅问这问那。驻地熄灯后，他打着手电筒把学到的知识记在笔记本上。从那时起，巨晓林就养成了记笔记、爱琢磨的习惯。他希望自己能想些办法来帮师傅多分担一些工作。

那年巨晓林25岁，林鸿也只有26岁，一高一矮的师徒二人，成为北同蒲线一对默契的搭档。

“本身我知道我个子小，力气也小，所以那时候就特别勤快，甚至别人让我拿个什么东西帮个忙，我都不推辞，特别重的东西我都抢着拿。我师傅心疼我，说这样不行，巨晓林是我徒弟。我师傅每次干活都护着我。”巨晓林想起师傅一度哽咽。

从师傅的身上，巨晓林不仅一点点掌握了技术，更是学会了做人，学会了如何关心照顾身边的伙伴。

林鸿是巨晓林的工作伙伴，也是那个时候指导巨晓林现场施工的师傅。从1958年到2018年，中国铁路电气化技术在不断更新，而早期的接触网工只能是通过师傅们“口口相传”的办法来传承技艺。

工人们流传下来的经验办法，很少有人去总结，在跟林鸿学习的日子里，巨晓林既为自己感到幸运，同时，又在想，如果能够有书籍帮助新工人该有多好。这种念头产生了巨大的动力。他又有了一个梦想，为铁路接触网工编写一本易学实用的工具书。

（三）苦学

工作之余，工友们发现巨晓林总是躲在角落里写写画画。有的工友就劝他：“这是技术员干的活。咱们这里大学生那么多，你一个农民工，再怎么折腾，也是白费劲！”

“学了东西，总能长点本事！”每当听到那些话，巨晓林只是憨厚地笑笑，继续埋头看书和整理笔记。

铁路接触网是一个技术密集型工种，为了掌握施工技术，高中学历的巨晓林买来十几本电气化专业大学教材。30年下来，他共写下了80多本、近百万字的工作笔记，创新接触网施工方法143项，创造经济效益两千余万元。

巨晓林对于一般人都会敏感的“身份”问题是毫不在意的。他不在意自己是个农民工。他在意的是自己作为一个“人”的价值、在意的是自己对于国家和职业的价值。

由于平时爱好写诗歌，巨晓林还是工地上有名的“诗人”。

正像自己写的诗一样，他从来不因为自己是农民工而觉得矮人一截，也从来不因为自己成了“技术能手”而自傲。

十几年来，每一位新入职的接触网工，都会收到公司内部编印、巨晓林编写的《接触网施工经验和方法》一书。这本只有62页的小册子详尽介绍了几十种接触网施工创新办法，还附有施工操作示意图。

有人认为，工匠的工作只是机械地重复，这其实是一种误解。工匠的日常工作和精神属性，代表着一个时代的气质，是踏实、坚定、传承与创新的代名词。每个行业有建树的从业者，身上都一定程度地具备这种特性。

巨晓林不善交际，话很少，却是个很内秀的人，他总在不停地记，不停地写——“别看本子小，记事可不少；别看字迹乱，思维可不乱；为了企业新，时刻在创新。”记事本扉页上的一段话，道出了他的心声。

由于善于学习、用心钻研，巨晓林在施工中总有新点子、新方法。用他们班安全员王景的话说，他“力气不大，方法不少”。由于熟用“手板葫芦”“滑轮”等施工工具，巨晓林在工地上享有“葫芦王”的美誉。

只要功夫深，铁杵磨成针。无论工地搬到哪，巨晓林都会带上他的书和笔记。

在他河北迁曹线工地的宿舍里，专门有一个书柜，里面放满了接触网操作理论教材工具书。靠着勤学苦练及爱琢磨的精神，他由初级工一步步晋升为高级工、高级技师，实现了由一名实干型工人到知识型工人的跨越。

这些年来，他创新的工法仍然源源不断：

“分段环绕‘N’字形绑扎断线法”，可以提高工效三倍以上；“铝绑扎线巧做法”，将工时缩短为原来的四分之一；“平吊坠砣加坠砣法”省力、实用、安全……几乎每年都有一两个新方法问世并应用在工作实践中。

巨晓林“闷头学技术，痴情搞革新”的事迹，深深感动着身边的职工，也得到了中铁电气化局集团的热情支持。

中铁电气化局集团一公司为巨晓林开办了“工地学习室”，配备了图书柜，聘任他为职工夜校的“工人导师”，并拨付了技术革新专项经费。这些年来，到工地来的很多大学生都愿意拜巨晓林为师。如今，他带出的不少徒弟都成了技术能手，有的走上了领导岗位。

技能大师巨晓林：他虽然个子矮，但在接触网技能方面，他确实顶天立地

（一）巨师傅

从前人们称巨晓林为“小巨”，发明创新多了大家都改称他为“巨师傅”，从“小巨”到“巨师傅”，这中间又经历了怎样的磨炼？

2019年4月的一天，在商合杭高铁施工现场，巨晓林正指导新工如何放置承力索。他的一项新技术革新又将登场。

这根承力索重达几十斤甚至几百斤，是电气化铁路上发挥承重作用的钢绞线。巨晓林参与建设的这条商合杭高速铁路被称为“华东第二通道”，是安徽省境内最长的南北通道，将河南、安徽、浙江三省串联起来，建成通车后，旅客从浙江杭州途经安徽合肥到达河南商丘只需要四个小时。

57岁的巨晓林，在中铁电气化局参与铁路接触网施工三十多年，每个一线工人都称呼他为“巨师傅”。

57岁，在铁路建设一线代表着经验丰富、资历深厚，同时代表不适合再参与高空作业。

“好多创新发明都是有原因的，要么就是干活儿非常困难，要么就是安全质量要求高。省时省力省材料，保质保量保安全，这是我所有创新的理念和目标。”巨晓林说道。

安装承力索是接触网施工的关键一环。这根承力索需要四五个工人合力放置。这些工人中，最吃力的就是站在前面的一位工人。他要用自己的肩膀把线扛起来，交到工友们手中。

几天观察下来，巨晓林做了这样一个设计，让杠杆承重，把工人的手和肩膀解放出来。

"先把这个胶皮护套套上去。"年轻人是高铁建设的主力军，为了让年轻人看懂自己的新发明，巨晓林还专门为这个叫承力索缓鞍器的新发明录制了一段小视频。试验前，巨晓林为工人们展示了这段视频。几十秒钟解说完毕后，工人们爬上了梯子做现场试验。

看到徒弟们满头大汗却无法将承力索推进槽里，巨晓林笑道："你们是不得窍。"

在试验中，为了弄清楚这个新工具的缺陷在哪，巨晓林和另一位工人亲自上阵。

新工具上的挂钩，看似简单，承担的却是负重功能。如果没有它，这根几百斤的钢绞线就要压在工人们的肩膀上。而支架起到的是滑动钢绞线、传送钢绞线到固定点的作用。巨晓林在高空完成了操作实验，终于弄清楚了自己这个新工具的设计缺陷在哪里。

他匆匆回到地面。"今天试验的问题是，这个钩有点太靠下，这个杆也有点长。"

敬畏你的岗位工作，这是最基本的。巨晓林说："干工作，不是说传统让你这么干你就这么干，你还要千方百计干得更好。"这是巨晓林在接触网施工中的工作习惯。试验结束后，巨晓林开始重新绘制设计图。

在商合杭高铁建设中，巨晓林和他的团队——"巨晓林技能大师工作站"还探索创新出拉线预制技术、接触网终端线夹定位装置技术、弹性吊索预制法等，为商合杭高铁建设做出重要贡献。

"拉线预制技术的成功确实不容易，我们前后研究了8年，中间经历了许多失败，最后在商合杭高铁亳州段施工现场成功攻克并推广使用。"巨晓林说。

2018年，这个技术正式被立为课题。巨晓林反复琢磨，提出方案，画出草图，然后发到QQ群里让大家提意见建议，收到反馈意见后再对方案、图纸进行修改。

"图纸改了好几次，边改边试验，从提出方案、画图纸到制作完成拉线预制平台，总共用了62天。"巨晓林说，这个技术中包括11项创新，改变了以往传统的拉线安装方法，目前这项技术已经得到推广应用。

“拉线预制技术”的应用，让拉线安装过程实现了省时省力省材料，保质保量保安全的目标。

“以前传统的做法，在安装前要先预测一下拉线长度，预测时一般要将线加长2~3米，然后再拿到现场进行裁剪、制作，有时往往还剩余1~2米线就扔掉了，造成了浪费。现在直接按实际预制好，再拿到现场进行安装，做到了省时省力省材料。另外，预制过程中，每一个程序都由专业的人和专用工具去做，既能够确保质量，又可以大大提高速度，保证按时完成生产任务。而且在这个过程中减少了三分之二的人力，省去了现场人工摵弯，安全也有了保障。”巨晓林说。

“‘接触网终端线夹定位装置’技术的创新，解决了接触网施工多年的难题。”巨晓林介绍。

2019年5月，巨晓林带领团队创造了“弹性吊索预制法”，制作了一个弹性吊索线端压紧装置，实现了双线同时展放、转动盘扎模具等技术创新，达到省时省力、标准规范的目的。

巨晓林介绍，在弹性吊索的安装过程中，以前是用十米钢卷尺测量弹性吊索的安装位置，频繁使用钢卷尺不仅不方便，而且钢卷尺也容易损坏，往往一个月左右时间就会坏掉一把。

巨晓林和团队成员通过精心研究，发明了“软钢丝绳代替十米钢卷尺测量弹性吊索安装位置”技术，这种技术使用方便，耐用，解决了钢卷尺浪费问题。

“还有，以前安装弹性吊索的时候，需要有人将吊索送到安装的梯车上，这不仅费力而且使梯车晃动，给安装人员带来安全隐患。为此，我们研究发明了‘滑轮上线法’，就是在车框上安装一个滑轮卡钩，挂上滑轮，滑轮槽挂条循环绳，直接就把弹性吊索拉上去了，人不用再上高空中去了。”巨晓林说。

另外，腕臂打捆架制作技术、H型支柱斜率测量尺等技术，都是巨晓林和他的团队在商合杭高铁建设过程中的创新发明。

…………

说起他的发明创造，巨晓林可以给你讲上三天三夜。

如今，汇集了近几年巨晓林27项革新工法的《接触网施工经验和方法》第四部书稿已经送给专家评审，其中商合杭高铁建设技术创新16项，已经印发到工友们的手中。

自2016年以来，中铁电气化局集团大力弘扬劳模精神、劳动精神和工匠精神，充分发挥“巨晓林技能大师工作室”的示范带动作用，统筹推进职工经济技术创新工作，累计取得合理化建议、技术改进、QC成果570项，获得国家专利200多项。

（二）“中国工人了不起！”

巨晓林所有的技术创新都要从一根冰棍说起。

1989年的一个夏日，在山西北同蒲铁路线工地，“工龄”还不到两年的巨晓林和工友们进行放附加线作业。

所谓“放附加线”，就是要在铁路沿线电杆的外侧，架设一道具有保护等作用的电线。按照老方法，每当放线车经过电杆下方时，一至两名工人需先爬上电杆，挂上滑轮，套上绳子，再把绳子放到地面。下面两名工人，用绳子拴住电线将其拉上去。上面的工人再用肩膀扛住电线，用力把电线挂在滑轮上。

放附加线是一项既累又烦的工作。铁路沿线每50米就要有一个电线杆，放线的时候，走走停停，爬上爬下，一公里长的一圈线，必须一次放完。

一天放线的时候，突然下起大雨。先爬上电杆的巨晓林，急中生智，赶忙把滑轮拿下来扣住电线，然后把滑轮固定在电线杆上。

情急之下的“神来之笔”，让巨晓林突然迸出灵感：能不能把滑轮放到地下先和电线扣合，再拉上去固定住？

返回工地宿舍，巨晓林就把这个方法说给工友。大家按照这个方法一试，又快又省劲。平时一公里的线要放三四个小时，这回不到一小时就完成了，每个杆也只需上一个工人。

为这，当时的副工长霍利军“奖励”了巨晓林一根冰棍，还说“你能干到这个程度，比我还强”。

与接触网第一次“亲密接触”，看到自己琢磨出来的方法得到了认可，巨晓林心里美滋滋的，油然生出一种成就感和责任感：只要肯努力善钻研，就能干出名堂来，要做一个有知识、有文化、有技能的农民工。

1998年开始修建的哈尔滨至大连铁路电气化改造工程，北起哈尔滨南至大连，正线全长787公里，首次系统引进了当时具有世界领先水平的德国技术、材料设备和管理方法，结束了东北地区无电气化铁路的历史。

在吉林四平火车站施工时，在横跨六股铁道线的上空，工人需要把三四十米长，加上绝缘瓷瓶重达100多公斤的软钢丝索，安装在铁路两旁的铁塔上。

按传统工艺，巨晓林所在的班组20多个人忙活了半个小时，在作业车的配合下，才安装上一组软横跨。因为天窗停电时间段有限，他们整整一天，才安装了6组软横跨。照此速度，他们管段的300多组软横跨，50天才能完成。而哈大线是全国运输最繁忙的铁路干线之一，留给巨晓林和工友们的工期，仅有30天！

怎么办？工友们犯了难，巨晓林也开始冥思苦想。

那几天，他像着魔了一样——吃饭时把筷子当作铁轨，把饭碗扣过来当作业车；晚上，他工棚里的灯彻夜明亮。经过反复钻研，巨晓林对原工艺进行了大胆革新，设计出一个“Y”形竖杆，上部线上配挂一个“S”形钢筋钩，两个装置相互配合，一举替代了作业车工作，大大提高了功效。采用这项工艺后，一小时就安装了4组，工效提高了两倍。

经专家组论证后，这个简便的工法当即在全线推广。当专家组中的德国督导季马教授得知这个工艺是个只有高中文化的农民工发明的时，他执意来到工地见巨晓林。在这个小个子农民工面前，季马教授竖起了大拇指：“中国工人了不起！”

（三）“干工作，就要像小鸟一样用心观察”

架设在铁路线上空的接触网，作为铁路电气化供电的关键设施，好比是飞速行进列车的“翅膀”，施工工艺十分复杂。电气化铁路的快速发展，对施工工艺提出了极高要求。

电气化铁路专家认为，巨晓林传授的各种工法，实用、高效、安全，填补了我国铁路接触网工技能培训没有施工经验及方法类教材的空白。

巨晓林给徒弟画过一幅题名为《发现》的漫画：秋收时节，满地都是沉甸甸、金灿灿的谷子，有几只鸟儿站在稻草人的肩上。老巨解释说，农民怕鸟儿吃庄稼，便在谷子地里扎起稻草人，起初鸟儿真的不敢来了，但过不了多久，鸟儿就发现了门道。老巨说："干工作，就要像小鸟一样用心观察。"

2008年4月18日，世界上一次建设里程最长、具有世界先进水平的高速铁路京沪高铁开工建设。

京沪高铁是巨晓林参与施工的第一条高速铁路，好多规范不一样，要求精准施工，严格标准。2010年7月，巨晓林带领几个年轻人，被紧急派驻现场，成立了一个临时技术攻关小组，用来应对传统施工过程中可能出现的问题。

首先遇到的是测量的问题，在高铁上有防撞墙。"这个防撞墙就成了你拉钢卷尺的一个障碍，把钢卷尺的通道给堵住了，无法测量出准确的距离。"巨晓林的徒弟刘进解释道。

钢卷尺在过去半个世纪里，一直被铁路电气化工人用来做现场测量，但防撞墙的高度高于轨面，所以钢卷尺无法在一条水平线上进行测量，测量误差大。在京沪高铁上，因为计算精度的需求，前期的测量误差需控制在毫米级别。钢卷尺已经不能满足京沪高铁上的测量需求。怎么办？

其他发明技法误差比较大，巨晓林最后就考虑做一个新型的测量尺。这个测量尺设置了一个水平气泡，使水平气泡居中，然后用一根探针，放到钢轨的内沿，再加上一定的距离，就可以得出比较精确的从电线杆内沿到轨道中心的距离。

"尤其是现场测量，那个时候在京沪高铁上，现场测量巨师傅一直在跟着，尺子量出来以后，比方说7.5米，我们叫7500毫米，巨师傅就精细到1毫米。"巨晓林的徒弟陆永华记忆尤深。

在京沪高铁施工现场，巨晓林和施工团队在短时间内发明的这把测量尺，将误差精准地控制在几毫米以内，当时在施工全线被推广使用。正是在多个系统的通力协作下，京沪高铁才得以顺利建设完成。

正是靠着这种敬业和专注的工匠精神，巨晓林这样一个高中毕业的农民工，征服了众多大学生、技术员甚至是国内外专家的心。

这样的故事他的每一个工友都可以讲上好几个。渐渐地，巨晓林在工地上有了另一个名字，叫作“小巨人”。

“他虽然个矮，但在接触网方面，他确实顶天立地。”工友这样评价道。

时代需要伟大的工匠，当今的中国铁路建设队伍中，需要大批像巨晓林这样既具备一线经验又具备钻研精神的高级技能人才。在他参加工作的这些年里，中国电气化铁路实现了从普速到高速，从国内走向世界的技术跨越。截至2019年底，中国高铁突破3.5万公里，铁路总里程约15万公里，电气化率达68%以上，均居世界第一。

如今，旅客乘坐高铁出行的交通方式被比喻为“陆地飞行”，火车跑得越来越快，反映到巨晓林和工作团队中，则是需要他们越来越精细的施工工艺。

家里的顶梁柱：春天里我把一个最美妙最美妙的梦种在你的心田，盼望着盼望着发芽，开花

（一）遭遇“下岗”

巨晓林是个好儿子，他的父亲因此常叫他“孝林”；巨晓林是个好丈夫，他会给妻子唱《心太软》。

2000年秋，正是哈大线铁路电气化施工的关键时期。一天，巨晓林带着刚刚从技校毕业的徒弟杜志波，用混凝土浇筑接触网钢柱基础。当第一个钢柱基础刚浇筑一半时，工班长突然急匆匆赶来：快别干了，陕西老家电话，你老父亲病危，赶紧回家吧！

74岁老父亲因脑出血长年卧床不起，巨晓林又多年在外奔波，无法照顾老人家，心里很是愧疚。父亲病危，怎能不床前尽孝？

“我那时候正好领着民工在米沙子车站打基础。”巨晓林回忆起当时的情景说道。放下工具，巨晓林朝驻地撒腿就跑——但还没跑多远，就慢慢停下了脚步。基础浇筑还需要几个小时才干完，徒弟经验不足，万一工艺出错，这个基础可就报废了！不仅损失几千块钱，还耽误工期。

想到这里，巨晓林又扭头返回了工作现场。他一声不吭，和徒弟一起又工作了3个小时，把这个基础完全浇筑好。等他再拿上行李赶到火车站时，当天最后一列开往陕西的火车刚刚开走。

等他辗转数千里返回老家时，父亲已经溘然长逝。

妻子哭着说："晓林啊，爸爸临终前一直呼唤你的名字，到死都没闭上眼睛。"

这些年来，每次回家，种了一辈子田的老父亲都嘱咐他，不要牵挂家里，一定要在外面踏实干活，给咱们农村人长脸！

离开家在外施工的十几年，巨晓林回家的次数一只手都能数得过来。儿女出生，他都不在身边。他不吸烟，不喝酒，省出钱来补贴家用。前些年，他攒了钱，家里买了些砖想盖大瓦房，但由于他很少回去，这堆砖一放就是几年！

忠孝难两全。在长年的离家务工岁月中，巨晓林这个习惯吃苦的汉子从来没有流过泪。但这一次，他跪在父亲灵位前，泪如雨下，久久没有起来……

在巨晓林的不惑之年，他又遭遇了一次"下岗"。

2002年的冬天，干完了哈大线铁路工程后不久，巨晓林有了难得的一次"长假"。

"我们那时候叫歇工，就是在家待岗，所有的职工都走了，包括正式工也没活儿干。"巨晓林回忆起这段经历依然是笑呵呵的。

2000年9月，拥有80万从业大军的铁道部所属中国铁路工程总公司、中国铁道建筑总公司等正式与铁道部"脱钩"，转属中央企业工委，实行自主经营。

在这次战略性重组中，原铁道部电气化工程局随中国铁路工程总公司脱离铁道部，更名为中铁电气化局集团有限公司，彻底走向市场，行业竞争开始变得残酷和激烈。

2002年的冬天，哈大线电气化铁路接触网的施工结束后，由于施工任务不足，农民合同工巨晓林息工了。

这一年，巨晓林40岁，不惑之年的他开始困惑：靠什么维持家庭生计，自己的前途又在哪里?

“我两个孩子上学都是指望我。包括我们家里所有的开销。其实我们家打的麦子只能满足温饱，但要改善生活，靠种地是不可能的。”巨晓林回忆道。

回家种地?还当农民?巨晓林不甘心，更不甘心自己十多年苦心记录的笔记就此作废。在他就要离别自己工作岗位的时候，却想到要写一本书、一本关于接触网施工的书。

虽然可能会永远离开那个工作岗位，可是，巨晓林相信，只要还有电气化铁路，只要电气化铁路的施工中还有接触网，那就一定会有人像他在过去的十几年时间里一样，去干同样的活儿，出同样的力和流同样的汗。

他一直想把自己长年累月的，利用业余时间探索出的一些零碎的接触网施工经验和方法，整理和编写成一本书，书名他也早就想好了，就叫《接触网施工好经验和好方法》，将这本书奉献给他所深爱的电气化事业，以便将来工友们，特别是新工们尽快掌握和提高工作技能，标准、安全、高效地干好电气化铁路建设。

至于这样做对他巨晓林本人有什么好处?他不想。巨晓林想做这件事的时候没有功名心，也没有功利心。功名和功利，对只是农民工的巨晓林来说都谈不上……

他的心中唯有他钟爱和付出心血的电气化事业。

平时他想整理手稿总是没有时间。巨晓林心想，这次回家歇工不正是个很好的机会?

巨晓林参加工作的时候，记得有一本操作手册，“但是没有细节，没有叙述性的语言，图也很少。好多人看不懂。比如说拉线回头绑多少，螺丝上多少，螺扣留多少，没有细节。把拉线地板安上，怎么安，实际只有师傅知道”。

巨晓林想把自己日记本上所有的技术创新写出来规整一下，编写出一本铁路一线接触网工也能看得懂、用得到的书。巨晓林在铁路施工一线15年，笔记记了15年，其中有不少提高工作效率、保障施工安全的方法，还有不少他的小发明创造。

（二）一首小诗

巨晓林不仅写诗，还画画。在他的画作里，常常是一些民间爱情故事。牛郎织女、白蛇传、柜中缘……

想起妻子，巨晓林会落泪。

妻子很瘦，但比巨晓林高半头，挑起了一家人的生活重担。他给妻子起了个外号，叫“警察阿姨”。

妻子很淡然：“也没什么。别人一天干完的活，大不了我两天干完呗。”她嘲笑巨晓林这手已经不会干农活了。

“别人上山砍柴，都是用树藤捆。他倒好，拿着铁丝就去了。他以为还是在铁路上架电线呢。”由于接触网工常常要高空作业，怕巨晓林分心，家里的事，妻子对他都是报喜不报忧。

息工待岗期间，巨晓林出去打零工，帮村里人盖房，和泥拌土、递砖送瓦，早出晚归辛苦一个月也只能赚几百元钱补贴家用。

作为家里的顶梁柱，巨晓林不甘心一辈子以打短工为生，也不甘心自己苦心记录了十多年的笔记就此作废。晚上他一门心思忙于整理自己的宝贝笔记。

妻子不高兴了。早上起床，巨晓林发现床头的笔记本不见了。问妻子，妻子不理他。再问，妻子哭了：“全烧了！你写那有啥用，单位都不让你上班，给谁用？人家单位也没给你钱花。你看现在咱两个孩子马上要上学，都要用钱的。家里还有老人，你就乖乖地赚钱就行了。想那么多干啥呀。”

妻子不理解，写书做发明是他一个下岗在家的农民工该做的事吗？

妻子想到回到家的巨晓林还整天和这些笔记本抱成一团，委曲、埋怨一下涌上心头。趁着丈夫熟睡的工夫，她一早起来把炕头上的笔记本塞到了火炕里。

那可是他的命啊，巨晓林急得直搓手，脸红脖子粗。看着丈夫心疼的样子，妻子于心不忍，转身将几个笔记本塞到他手里：“呶，只烧了一本。”原来，妻子烧到第二本时，刚好看到里面夹了一张照片，那是儿子一岁半、女儿三岁半时候的照片。她心头一软：原来丈夫心里想着记挂着这个家呢。

当天晚上，不善言谈的巨晓林为妻子写下了一段小诗：“冬天里我把一个最美妙最美妙的梦种在你的心田，盼望着盼望着发芽，开花。”

他为这首诗起了一个名字：《梦》。

“我把这个写好以后放在最显眼的地方，目的就是让我媳妇看见。”

第二天，巨晓林发现妻子把冬天划去，改成了春天。妻子理解了：“你写的是冬天，那个冬天是不是指的我？冬天里，种子是不会发芽开花的。你指的是不让我阻挡你写这个东西。我想通了，支持你！你把冬天改成春天吧。”

（三）冬去春来

时光流逝，冬去春来，转眼间到了2003年的春天。

在经历了一段短暂的“歇工”阵痛后，2003年4月，巨晓林终于“归队”：单位通知他有新项目开工，参加建设的项目是侯月线电气化铁路接触网改造。

回归岗位的巨晓林，生活似乎又回到了从前，马不停蹄转战南北：侯月线之后是山海关站接触网施工；之后，又是哈大线接触网改造工程，再之后，是渝怀线、京沪线、迁曹线……

在这个过程当中，他一直有一个目标，那就是把自己从业十多年记录的几十万字的笔记整理成册。

苍天不负有心人，在2009年的时候，这位从陕西走出来的农民工真的就编写出了一本工具书，跟其他关于高铁的重大科研发明不同，它是为了适应新的技术创新出来的一种省时省力省材料、保质保量保安全的接触网安装方法。

这第一本书虽然只有62页，但它日后成了铁路电气化施工的“操作宝典”。

代表巨晓林：“我为农民工代言”

（一）“我们一线的发个言行不行”

快速发展的中国高铁，不仅日新月异地改变着中国，更将中国技术、中国标准、中国制造、中国系统推进到世界领先水平。而巨晓林作为参与中国铁路建设的从业大军中的一员，也找到了自己的人生定位。

由于巨晓林的突出表现，他先后被选为党的十八大、十九大代表，全国人大代表。

“请问，我们一线的发个言行不行？”这位朴素的、朴实的、来自生产第一线的党代表“争取”来一个发言的机会。

党的十八大会议北京代表团小组讨论气氛热烈，每一次巨晓林刚想张嘴，就被别的代表抢去了话头。

巨晓林只觉得自己嗓子发紧，不知道为什么就突然冒出了这么一句话。

主持人明显地感觉到了他的紧张，和蔼地问道：“稿子长不长？”巨晓林说：“不长，就几分钟。”

主持人想了想，转而问大家：“少休息五分钟行不行？”代表们几乎齐声说道：“行！行！”谁都不忍心剥夺这位朴素的、朴实的、来自生产第一线的工农党代表的发言机会。

以后有人评论说，巨晓林这次发言是他“争取来的机会”。

确实，这就是巨晓林，一个永远在心中有一份责任的人——也就是这次“争取来的”发言机会，引发了一个非常感人的场景。如约只休息了五分钟后，代表们重新走入会场。这次大家一落座，主持人就请巨晓林代表发言。

巨晓林带着浓重的陕西口音说道：“我的家乡是一个单纯依靠农业的村庄，没有一家企业。青壮年劳动力几乎都出去打工了。家乡的农业基础薄弱，加之这几年干旱，农业发展并不理想。不过，我们的父老乡亲没有丧失信心，相信未来的日子一定会越来越好。我画了一幅漫画作了一首小诗，表达我的心情。”说到这儿，巨晓林有些不好意思。

“快读一读！”其他代表都善意地鼓励他。

“好，那俺就读一读。”巨晓林拿出一页纸，慢慢地，认真地念起来。

“名字叫《找到新期盼》。找到了，找到了。”刚读了一句，巨晓林突然哽咽了。会场内一片安静，代表们轻轻地用掌声给他鼓励。他再次读道——

找到了
找到了
我心中的新期盼
在人民大会堂的讲台上
在六十四页的十八大报告中
我终于找到了
找到了我心中的新期盼
…………

十多行的小诗，巨晓林读得很慢，很慢，每一句都略带哽咽，每一句他都费尽气力。

代表们被感动了，片刻安静后，掌声四起。

随后，他向大家展示自己的作品。

代表们争相望去，一个放大镜，里面有一颗巨大的红心，红心中间，有一份写有“十八大报告”字样的文件。漫画的右侧，就是那首名字叫《找到新期盼》的诗。巨晓林解释说：“放大镜，就是寻找的意思，我带着工友们的重托，在寻找新的期盼……”

掌声再次响起。

发言结束一出门，不得了！门外全是记者！这些扛着“长枪短炮”的记者们凭着职业的敏感性，“云集”到了这里，记者们兴奋地说：“巨代表发言太好了！太感人了！”……

围了一圈又一圈，记者们把巨晓林围在了中间，要他展示他那个本子，短短几天，他已经写了15页日记，记者们要他一页页地翻，他一边翻，记者们一边拍照、录像、采访。第二天，全国各大媒体纷纷在重要位置和重要时段进行了报道。例如：

——新华网：十八大第一现场：“我找到了我心中的期盼”

——人民日报：一首诗一幅画一个期盼

——新京报：农民工代表哽咽吟诗：找到了找到了新期盼

——北京晚报：巨晓林：一个农民工的哽咽

——中央电视台《焦点访谈》：白岩松采访十八大代表巨晓林

…………

此外，会议期间，在十八大新闻中心由中宣部主持举办的中外记者招待会上，巨晓林以及其他三位各界代表出席接受采访。这次采访，是新华网对国内外全程直播，在海内外产生了广泛影响，巨晓林被媒体评选为党的十八大代表中极有影响力的代表之一，迎来了人生的“高光时刻”。

（二）“我为农民工代言”

2014年，巨晓林被补选为第十二届全国人大代表。作为一位来自基层的农民工代表，他所提的建议大多是为了维护农民工的合法权益。

2017年的两会上，巨晓林发言：现在总理提出，小企业铺天盖地，大企业顶天立地，现在我们总说的一句话是，有一流的技工，才有一流的精品工程，技术要不断创新，要有工匠精神。

除了本职工作，巨晓林还忙于认真履行人大代表的职责。在老家陕西调研时他发现，农村的环境污染问题非常严重，农民的环保意识也非常淡薄，可一直没有办法妥善治理。

“没有风的时候，烟雾呛人。越来越严重，特别是早上5点到9点的时候。我骑电动车去看，确实是这样。”

巨晓林看在眼里也急在心上。随后，他就农村雾霾形成的原因等进行了调研，发现雾霾与村民取暖用的煤炭没有经过环保处理有关，除此之外，还与农民随意焚烧垃圾、烧秸秆有很大的关系。

“农村的生活水平也在提高，寒冷的时候取暖，也用煤生炉子，加上农村部分村民还用柴火烧炕、做饭，这些都污染环境。”

为此，2017年的全国两会，巨晓林建议：希望在农村建立污染预警制度，并完善防治措施。从农民意识和政府管理两方面双管齐下，加大环保煤、太阳能发电等新能源应用，同时坚决杜绝秸秆焚烧，从源头上治理散煤燃烧。

巨晓林拿出随身携带的两个记事本，里面密密麻麻地记录着调研笔记以及工友、乡亲、街坊们向他反映的各种问题。

做过电影放映员的巨晓林，有一些简笔画基础，他在2014年就萌生了通过画作传递环保理念的想法，于是开始了创作。这次全国两会上，巨晓林带来了整套作品，8幅简笔画画的都是关于垃圾分类的小场景。

他说，自己画得不专业，但希望可以让更多人看到，并关注了解垃圾分类、节约用水等最基本的环保知识，让环保理念传递下去。

全总副主席巨晓林：他的跨度“是一个传奇”

（一）“我会为农民工做好服务”

2015年，根据中共中央部署，中华全国总工会进行试点改革，具体改革措施中重要的一条就是“在本届全总执委会委员及主席团成员中，分别提高劳模和一线职工比例，全总领导班子中增设农民工兼职副主席和挂职书记处书记”。

2016年1月17日上午，中华全国总工会第十六届执行委员会第四次全体会议在北京闭幕，会议选举陕西籍农民工巨晓林为中华全国总工会兼职副主席，这是中国工会组织建设中一个重大的历史事件，载入了中国国家政治发展史册。

巨晓林对记者谈及自己当选为全总兼职副主席时说：“我觉得，其实自己就是中国农民工在全总的一个代表。”

巨晓林有做好相关工作的优势——有几十年在一线工作和来自农民工的经历，他可将一线职工、农民工的声音和诉求，更准确、更直接、更及时地送达国家高层。

他说：“我会把农民工的心声、诉求反映上来，为农民工做好服务，维护好他们的合法权益。”

巨晓林讲了一件事。

他在全总接到了一封举报信，信中反映安徽一个公司在大楼竣工后，没有给施工队结算农民工工资，老板卷款跑了。得知被骗的农民工过后才知道，跑路的开发商老板已经将大楼易主。他们只好起诉到法院，可当地法院回复，项目易主，开发商权益已经转移，他们只能去找大楼的买方，建设方不再承担相应的法律责任。

看完这封举报信后，巨晓林立刻找律师咨询："这个责任应该谁负？"

律师分析说，可以假设那个项目的买卖双方就是为恶意欠薪布的一个局，甚至不排除买卖双方就一个人的情况。所以，可以考虑就这个买卖合同的合法性提出法律诉讼，先将双方牵扯出来，再进行其他的延伸诉讼。

带着律师的意见，巨晓林把这件事转到了全总的相关部门。这是他担任兼职副主席后所做的其中的一件工作。

成为全总兼职副主席的巨晓林，思考问题的思路和层次不时在宏观与微观之间进行着转换，第一时间向最高层反映数亿农民工的意见，提出他们的诉求。

（二）"教会农民工自己依法维权的本事"

"我是农民工出身，又来自企业，也在近些年走了很多企业进行调研，确实发现很多企业存在政策不明、法律意识淡薄的现象。"

巨晓林看到了国家法律、政策在具体落实过程中，和社会实体之间的断层。这让他很担忧。所以，他开始考虑如何将党的十八大强调的"依法治国"落实到社会实践中去。

他说："有的时候我们的文件精神、政策导向和法律的衔接有问题。"依法治国，首先法要落地，要人尽皆知。

他担心做不好就会出现在法与情之间走平衡木的现象，导致法律失去尊严。他在国内几个地方以自己全国人大代表的身份旁听过很多庭审。他越发觉得，法院的依法审理、判案最为关键。

所以，他最看好工会系统对包括农民工在内的弱势群体的法律援助工作模式。

当然，对最了解农民工的巨晓林来说，农民工权益问题，绝不是一个简单现象，很多问题、被侵权事件的导因，也来自农民工知识的欠缺和观念的落后等。

他介绍说，很多岁数稍大一点的农民工，为了多挣现钱，接受用工单位不上保险的条件，使自己的长远利益受损。

但随着国家整体社会政治经济水平的提高，高素质农民工的数量正在增加，这是个可喜的变化，巨晓林注意到了这个现象。

他评价农民工中的“90后”一代人说，尽管他们存在一些问题，但明显可以看出，他们已经很城市化，和时代的发展几乎没有什么距离了，“这为今后的农民工教育奠定了一个良好的观念基础。当然，很多时候我着急这些孩子的管理和教育问题。所以，无论是在党的十八大，还是在参加全国两会以及在全总任职后，农民工的教育问题我都会重点关注的。”

有一个事实证明巨晓林确实无时无刻不在做着这样的教育。

他家是村里少有的安装了宽带的人家，当选全总兼职副主席后，他成了名人，回到家乡十里八村的老乡都来看他，问他在农民问题上中央有什么新的政策，农民工在城里还好做吗？更有人直接把自己被欺负的遭遇告诉他，请求帮助。

他告诉大家，所有问题在互联网上都能找到答案，说完了打开电脑让乡亲们自己去看。

此后，大多时候他的家里都会人满为患。他在家里安装了无线路由器，又把户名、密码贴在自家房子的外墙上，然后教会大家用手机免费上网。现在，巨晓林家没人也没关系了，他家房外空地已经成了大家上网学习法律知识、寻找维权依据的“教练场”。

在巨晓林那里，农民工素质问题绝不能成为侵犯农民工权益的理由。因此，近几年“农民工的全方位教育问题”就成了他向最高层建议最多的问题，他要尽快教会农民工自己依法维权的本事。

2017年10月19日上午7时30分，在人民大会堂一楼中央大厅北侧，巨晓林在党的十九大“党代表通道”接受中外记者提问时说：“维护农民工合法权益是我们不可推卸的责任。作为工会，一定要带头宣传好劳动法和国家对农民工的相关政策和法律，让农民工用法律维护自己的合法权益。工会要多深入工地做好调研工作，多了解农民工的心声、意见和建议，把他们反映上来的重大问题以及相关情况梳理好、总结好，写成建议上报有关部门。工会组织要会同监督部门经常深入工地、深入企业，做好监督工作。另外，工会组织要和各级政府相关部门密切配合，制定好、完善好保障农民工合法权益的制度和政策。各地应多建立维权平台，让农民工更直接、更便捷地维护自己的合法权益。”

2019年的冬天，巨晓林的家乡举办一年一度的庙会，巨晓林的母亲已经八十多岁，老人家想要儿子陪她去看看。在外打工这么些年，一家人错过了太多团聚的时光。

一大早，全家人出门看庙会，巨晓林成了乡亲们的骄傲："啥时候回来的？见你一回不容易啊。"

在当地，巨晓林是个"名人"，买菜的时候不时有同乡给他拍照。曾经的农民工成了"副主席"，这些在家乡人眼里是了不得的成就。但巨晓林回乡，衣着朴素，乡音未改，与村民们毫无两样。

"我觉得我和普通人一样，因为普通人还可以自然点，干事也好，做什么也好，踏实一点，普通人的状态是最好的。"庙会结束中午回家，吃上一碗热腾腾的臊子面，就是温暖的家的味道。

1987年，25岁的巨晓林第一次离开家乡岐山县参加铁路建设，那时农历春节刚过，巨晓林凌晨三点钟摸黑起床，吃了一碗爸妈亲手做的臊子面，背上行囊踏着厚厚的积雪出发了。

说是行李，其实就是一床家里的旧棉被和一床里外簇新的褥子，用一条崭新的黄背带捆好。他还特意找到一个小小的笔记本贴身装着……巨晓林赶到离家15公里外的蔡家坡站，踏上了北去的列车。

这是他第一次坐火车，此时的巨晓林可能没想到，从此自己的一生与铁路电气化结下不解之缘。

除了笔记本，当时巨晓林怀里还揣着一本书：路遥的《平凡的世界》。58岁，他再次读起这本书里的一个片段，他说，这就是他对生活的感悟："无论受怎么样的挫折和打击，都要咬着牙关挺住，因为你们完全有机会重建生活。"巨晓林像牛一样劳动，像土地一样奉献，在祖国铁路电气化建设事业中逐梦前行，不懈奋斗！

向着璀璨星空不断前行

◎文/航天科技五院　郭兆炜　王　硕

人物小记：

叶培建，江苏省泰兴市人，航天器总体、信息处理专家，中国空间技术研究院研究员、中科院院士。

矢志航天奋斗不只是叶培建投身航天事业的真实写照。他把中国航天事业的发展和自己人生追求的目标紧紧地连在一起，先后担任了我国第一代传输型对地观测卫星总设计师兼总指挥，我国第一颗月球探测卫星嫦娥一号总设计师、总指挥，我国第一个月球软着陆无人探测器嫦娥三号探测器系统首席科学家，嫦娥二号、嫦娥四号、火星探测器总师总指挥顾问，为我国空间事业发展做出了系统性、创造性的重大贡献。

一、坚守信念献身国防 学成归国建设祖国

1945年，叶培建出生在泰兴市胡庄镇海潮村，父辈参加抗日救国运动、解放战争、抗美援朝的实际行动在他心中留下了深深的烙印，让叶培建很早就把勇于为国承担责任，在国家需要的时候挺身而出，作为一辈子的坚守。

1967年，从浙江大学无线电系毕业后，叶培建被分配到原航天部的卫星总装厂，在工作之余，他始终坚持学习，为建设祖国积蓄着力量。

1978年，我国恢复了高考，打开了出国留学的大门。为了学习国外的先进知识和理念，振兴民族工业，叶培建没有犹豫立刻报名，并顺利考取了中国计量科学研究院和502所两个研究生，后来又通过了出国资格外语考试，赴瑞士纳沙泰尔大学微技术研究所攻读博士研究生。

“早日学成归国，用自己的行动来改变祖国的面貌”，这句话在叶培建心里始终像一团燃烧的火焰。留学期间，他鲜少娱乐，几乎把所有的闲暇时间都拿来看书和工作，舍不得浪费一分一秒，别的学生去酒吧休闲消遣的时候，他依然伏案苦读。在学好信号与系统、电子电路、数字信号等学校指定必修科目的基础上，叶培建还着眼于国内工业发展的实际需要，深入学习了计算机语言、模式识别、模糊数学等其他科目的知识，如饥似渴地吸收着丰富的知识。

1982年，瑞士当地报纸专题报道了叶培建的故事，题目就叫《一个北京人看瑞士》。当时外国记者好奇地询问叶培建：“叶，你为什么不去玩，甚至也不去喝咖啡？”叶培建告诉记者，中国的经济还比较落后，中华民族复兴任重道远。

正是凭着这股只争朝夕的拼搏劲儿，叶培建用很短的时间就通过了同等资格考试，获得了博士生资格。瑞士国土不大，教育制度严格，大学博士仅有一项：科学博士。1983年，他以一篇论文获得了瑞士纳沙泰尔大学颁发的等同法国科学博士的证书。但是他不满足，他要获得一个瑞士的科学博士。又经过两年的努力，他于1985年获得了纳沙泰尔大学的科学博士学位。

瑞士风光秀丽、环境宜人，叶培建刚出国时，就有人议论“小叶不会回来了”，后来他的爱人也到了瑞士，议论声越来越多；国外的老师同学们也纷纷劝说他留下来做研究。那时，叶培建对爱人说：“咱们现在不需要解释，等将来学成归国，站在单位同事面前时，别人的疑虑就会烟消云散。”

“中国为我付出了很多，我知道自己身上肩负的使命，我应该尽我所能，为这个国家做一些力所能及的事情。”诚如叶培建所说，刚一完成学业，叶培建没有做任何“走与留的思想斗争”，便毅然决然地踏上了归国路，投身用新知识、新技术建设航天事业的火热浪潮中，他要用自己的才智报效祖国。

二、勇于创新，敢做“吃螃蟹”的人

学成归国的叶培建以饱满的热情投身到他所热爱的航天事业中，打破传统束缚，运用新理念、新技术和新知识来破解难题，勇做攻坚克难、敢于“吃螃蟹”的人。在中国空间技术研究院控制工程研究所，叶培建利用国家特拨的10万元归国留学生启动资金，开始了与模式识别、人工智能等关系密切的陆标敏感器的研究。陆标敏感器当时在国内尚属空白，在其他同志的帮助下，他建立了一个五维的平台和一套微机图像处理系统，取得了一些初步的成果。此外，叶培建还带领团队为我国自行研制的第一代地球静止轨道气象卫星——“风云二号”的地面数据接收处理系统（CDAS站）制订了合理的方案。

在做好卫星地面测试设备研发的同时，叶培建作为主要带头人之一，充分发挥中国航天在计算机控制、信息处理、自动化系统等方面的专业优势，研制开发了我国第一代火车红外热轴探测系统，为铁路运输安全提供了现代化的保障。这一系统当时在国内尚属首创，它利用红外探测原理来检查火车运行过程中中轴的运行状态，特别是温度状态，防止重大事故“热切”的发生。在这个项目中，叶培建身先士卒，他和技术人员一起，背着仪器奔波在铁路沿线，克服了各种困难，随车采集数据、安装红外探头、调试软件等，保证了项目的顺利完工。1989年，车辆热轴探测系统获得了部级科技进步一等奖，同时也带来了可喜的经济效益。当年的第一代产品不断更新换代，并且实现了智能化发展，产品覆盖了我国的很多铁路局。

20世纪80年代计算机发展势头迅猛，我国计算机在各方面应用得也越来越广。1988年底，履新中国空间技术研究院计算机工程副总师的叶培建大胆地在运用计算机、信息化来推动航天型号管理和科研生产上进行了探索。叶培建从航天信息化工程建设开始抓起，解决了诸如数据统计、信息报表、资料查询等现实问题，突破了前期应用局限的瓶颈，信息技术开始走入“寻常百姓家”，在工程管理的各个环节中进行运用，不久后，中国空间技术研究院又在全航天系统第一个实现了Internet连接。同时，为实现计算机辅助设计、计算机辅助制造在宇航领域的新跨越，叶培建和同事们一起，从单台工作站到局部网络，再到全院联网；从无到有、从小到大，逐步建立了中国空间技术研究院的计算机辅助设计（CAD）、计算机辅助工艺设计（CAPP）、计算机辅助制造（CAM）系统，并不断扩大其应用范围，逐渐形成集同设计与快速制造系统。除此之外，叶培建还带领团队开发了一批具有自主知识产权的软件与数据库，这些信息化、数字化的体系为我国卫星和飞船的设计制造提供了强有力的支撑。

20世纪90年代是卫星应用发展迅猛的年代，面对国内各行各业对卫星应用的迫切需求，叶培建发挥在卫星应用和计算机领域的优势，大胆创新，作为技术负责人领衔了深圳股票VSAT网的设计。“VSAT”是“非常小口径卫星终端”的英文缩写。此网通过卫星和计算机系统来进行股票交易，更加迅速、安全、可靠，克服了以往地面通信的诸多不利。仅用一年多，叶培建就带领团队成功组建了深圳股票VSAT网，后来它发展成为亚洲最大的VSAT网，使深圳证券交易所通过卫星实现广播和双向数据传输，并能支持3000个双向小站，使交易过程在不到1秒的时间内即可完成，极大地促进了我国证券市场的发展。这是我国卫星应用领域一次开拓性的探索，为此有媒体称叶培建为卫星应用领域“第一个吃螃蟹的人”。之后，叶培建和同事们还一起为云南烟草、水利等部门建立了类似的卫星通信网，取得了巨大的社会效益和经济效益，推动了我国卫星应用领域的快速发展。

三、精益求精，打造中国“智多星”

1992年，接受“中国资源二号”卫星副总师任命后，叶培建转战航天器主战场，参与卫星型号的研制。对于这个任命，叶培建坦言，“心情是既高兴又复杂”。为什么复杂呢？常理来讲，先前叶培建已经是中国空间技术研究院院长助理、科技委常委，属正局级待遇。而型号的副总师只属于副局级待遇，属高职低配。当时很多人不理解叶培建的做法，也有不少同志担心他干不好。可不论别人怎么评论，叶培建已经下定了决心，一定要在宇航研制的主战场干出一番成绩。

“中国资源二号”卫星是我国一颗新型对地遥感卫星，技术难度大、研制风险高，在很多方面都刷新了我国航天器研制的新高度：卫星首次采用由研制方与用户签订合同的方式，率先实现我国卫星制造由过去的计划经济向市场经济的转轨；卫星需要有很高的分辨率和数据传输速率，而且星体要配有大容量的信息存储装置，还要具备很高的姿轨控精度和长久的寿命；卫星研制方不仅要对星体本身的技术负责，还要对地面应用系统的技术集成负责，实现星地一体化；作为第一颗进驻北京航天城的卫星，其研制队伍将成为中国空间技术研究院实体化改革以及AIT一体化的第一批实践者……

面对一个个技术难点，叶培建凭着扎实深厚的理论功底和不懈的探索精神，勇敢地迎接挑战。他把精益求精抓质量作为化解风险、夯实基础的有力抓手，在研制队伍中大力倡导对质量问题要“捕风捉影”，对技术上的表面现象要能联想到深层次的问题，杜绝质量隐患。在型号研制中，他首先提出卫星进入发射场前要进行可靠性增长试验，把问题彻底解决在地面。他还率先实践了把电测与总体队伍分开的做法，既合理分配资源，又为测试队伍的专业化奠定了基础。

1996年，叶培建担任“中国资源二号”总师并兼任总指挥。他带领团队逐步解决了工程中一系列攻关技术，并亲自参与解决了相机的噪声测量、高精度星敏感器、力学振动试验条件等方面的技术难题。同时，为确保卫星研制各环节的高质量，叶培建始终坚持精益求精，抓大也抓小，甚至细化到卫星的各级技术状态。为了强化发射场“电测”这一关键工序，叶培建编制了“十好歌”在队员中广为传诵：思想状态精神好，岗位责任落实好，口令应答准确好，操作执行无误好，判读数据及时好，表格填写规范好，班前班后会开好，计划调度有力好，问题归零认真好，政策兑现大家好……在这种近乎苛刻的工作要求下，卫星研制各环节工作做得尤为扎实，中国航天系统专家和领导评价说，“中国资源二号”卫星不仅要求的水平高，其质量的透明度也是最高的，是“精品卫星”。

2000年9月1日，“中国资源二号”01星在太原卫星发射中心首发成功，第三天即开始传输图像，发挥作用。2002年10月、2004年11月，“中国资源二号”系列的02星、03星相继发射成功。凭借过硬的产品质量，“中国资源二号”01星实现了超期服役，03星成功发射后，01星仍稳定在轨运行，由此也创下了我国不同时间发射同一型号的三颗卫星辉映太空的纪录。三星组网大大缩短了卫星对地观测重复周期，大幅提高了时间分辨率，确保了系统可靠运行，标志着我国太阳同步轨道卫星研制技术取得了重大突破，在卫星长寿命、高可靠性研制上积累了宝贵经验，为促进国民经济发展，提高我国参与国际空间市场竞争能力，立下了汗马功劳，人送美名“智多星”。

但这几颗“智多星”在研制和发射过程中却并非一帆风顺，其中也发生了一些鲜为人知、惊心动魄的紧张事件。

2000年第一颗星发射前夕，叶培建带队经铁路护送卫星前往发射场。不料途中突发重大意外——乘坐的火车在待命出发时忽遭另一列火车碰撞，一列停在岔线上的列车失控下滑，撞到了装有卫星产品的列车，装载着卫星的包装箱被撞出了一个凹洞。惊魂甫定，叶培建首先想到的就是卫星的安危，他跳下列车直奔那节车厢而去。站在凹洞前，炎炎烈日下，他冷汗直流。卫星到底有没有损坏？是继续前往发射场，还是拉着卫星返回？要往前走，就得证明卫星毫发无伤；若往回拉，整个试验箭在弦上，谁来承担这个责任？大家的目光齐刷刷地聚集在叶培建这个领队身上，有如芒刺在背。这是他一生中最难下决策的一刻。

然而责任重于泰山，他必须当机立断。首先需要计算包装箱受到了多大的撞击，推算卫星是否受到影响。叶培建和同事们在餐车中经过精密演算、反复测量，认为撞击力没有超过之前已有的试验测试范围，卫星是安全的。顶着巨大的压力，他下令继续前进。一到发射场，技术人员立刻对卫星进行了检测，结果也证明了叶培建的计算是准确无误的，卫星的确安然无恙。

平安度过一劫，2000年9月1日，“中国资源二号”卫星的第一颗星顺利升空。发射后情况一切正常，卫星已准确进入预定太阳同步轨道。卫星飞行姿态稳定，星体电源充足，推进系统工作正常，星内环境满足各系统使用和设计要求。

发射任务圆满完成，大家兴高采烈。叶培建也总算松了口气，沉浸在欢乐的气氛中。随即他便从发射基地赶往飞机场，准备搭乘飞机转往指挥控制中心。正当他乘着汽车在大山里行进，在指控中心领队的技术人员突然打来了紧急电话：“叶总，卫星进入第二圈突然失去姿态，具体原因不明！……”

这一电话犹如五雷轰顶，叶培建的心一下子从天堂掉进了地狱，整个人重重地摔进了冰窟窿。“这是我挂帅研制的第一颗卫星，难道打上去刚飞了两圈就失败了？”他痛苦地扪心自问。在几年后中央电视台的一次采访中，主持人问起叶培建那一刻的心情。他说：“当时我真是恨不得汽车掉进山沟里，让我能有个解脱。”可他也深知作为一位总师、总指挥的责任，危急关头自己必须振作起来，天大的担子也要顶起来，必须带领团队查明原因解决问题。

临危不惧，更需处乱不惊。他首先在车上联系到有关同志，核对卫星能源的支持时间，又马上连线安抚现场控制中心同志们的情绪，鼓励大家一定要相信自己的卫星，卫星不会有问题，大家要放下思想包袱，集中精力聚焦地面检查问题，尤其是看看地面发出的指令是否有问题；查出问题的原因后，要第一时间有针对性地制订抢救方案。

当叶培建到达指控中心的时候，问题已经查清了，原来是地面测控中心发出的一条指令不当。现场的团队已编排了抢救程序。当卫星再一次经过中国上空的时候，他们立刻发出了正确的控制指令。极为幸运的是，在一个平时很易受干扰的地区成功地发出了上行指令，卫星随即接收到了正确指令，迅速调整了姿态，一切恢复正常。

“航天有一句话叫100-1等于0，做得再好的一个东西，你某个细小部分没有做好，就有可能失败。所以我要求我们每一个设计师做每一件事情，都要如履薄冰，如临深渊。你不这么看待，轻描淡写、掉以轻心，就很可能失败。所以说责任大于天。”正如叶培建所说，对科学的敬畏和严慎细实的工作作风，成为叶培建在空间技术发展道路上前行的标尺与习惯。他提出的对待质量问题要“捕风捉影”的工作作风和“十好歌”等好做法也成为“嫦娥”系列探测器、火星探测任务等航天型号研制的标配，影响深远。

四、情系深空不了情　中国探月启新篇

2001年，由孙家栋院士牵头组织全国各方面力量，展开了对月球探测的工程论证。探月工程是国家长远大计，空间技术研究院作为中国空间技术的主力军责无旁贷，鼎力加盟。虽然当时国家尚未立项，但中国空间技术研究院领导研究认为，中国目前已具备了拓展航天活动领域的基本条件和需求，开展以月球探测为起点的深空探测是必然选择，并很快成立项目办公室。同时，院领导找到叶培建，希望他能勇挑大梁，担纲月球探测卫星方案论证的技术负责人。

2001年“中国资源二号”02星正处在紧锣密鼓的研制之中，叶培建担心以己之力无暇兼顾。况且6月份，他的夫人不幸去世，他的心情也非常沉重。但他还是咬紧牙关整装上阵，接过了这一历史性的重任，随即带领团队展开了月球探测卫星方案可行性的论证。

论证工作任务艰巨、起步难、工作量大。叶培建和技术人员们夜以继日，一心扑在了方案上，攻克了一个又一个难题，月球探测卫星的方案越做越深、越做越细，也越做越好。2002年、2003年连续两个春节，叶培建都没能休一个完整的假期。

当时国内好几家单位都提供了月球探测卫星方案。但在叶培建的带领下，中国空间技术研究院所做的方案在成熟性、可行性、创新性等方面更优，经过遴选，在各家方案中拔得头筹。中国月球探测一期工程最终确定

以叶培建团队制订的月球探测卫星方案为主。

2004年2月，中央正式批准月球探测工程立项，我国月球探测工程全面启动。立项以后，我国第一颗月球探测卫星被命名为“嫦娥一号”，叶培建也被任命为嫦娥一号卫星的总设计师、总指挥。多年来，我国已经在应用卫星、载人航天方面取得了巨大的成功，然而深空探测方面还是一片空白，没有成熟的经验可借鉴，没有充足的数据可参考，没有试验星，整个工程是一项巨大的挑战。

挂帅卫星总设计师、总指挥的叶培建深知肩上的重任，带领平均年龄不到30岁的研制团队，全身心地投入嫦娥一号的设计研制工作中。

针对我国首次月球探测在轨道设计、GNC、推进、远距离测控、能源、热控、有效载荷的研制、数据的反演、地面验证方法等诸方面都不同于以往的卫星的实际问题，叶培建带领团队又仔细进行了深入分析。如在轨道设计方面，在前期组织全国范围内专家“背靠背”开展设计复核的基础上，又竭诚邀请了三家有能力进行轨道设计的单位共同探讨轨道设计需求，再一次进行多家复核，以确保首发卫星轨道的正确性。在热控方面，叶培建同样精益求精，由于月球表面热环境十分复杂，除了动用自己的力量深入分析、试验验证，还通过国际合作，利用外部力量提高了热控设计的合理性。

质量是嫦娥一号的生命。除了继承已有的经验，完成型号质量工作中的一系列“规定动作”，叶培建还自制了一套“加分动作”，在按飞行时序做好产品保证链工作、加强数据判读体系的建立等方面勇于开拓和实践。此外，叶培建还在队伍中大力倡导“捕风捉影”，鼓励敢于和善于“找茬”的科学精神，任何细小的迹象都必须“小题大做”。工作中，即使是听说了其他型号的问题，他也会“风声鹤唳”映射到自己的型号上，带领大家进行全面的清查和补救，深入地举一反三。正是通过严格的过程控制，叶培建确保了嫦娥一号卫星的质量。

2007年8月，叶培建带领团队奔赴发射场。尽管前期已经做足了各项试验、测试工作，可叶培建没有丝毫的放松，以高度的责任心和百倍的严谨，投入嫦娥一号发射场各项工作中。在技术阵地，叶培建和团队一起，夜以继日按照发射场技术阵地测试大纲要求完成了全部测试工作。对测试中发生的质量问题认真进行了归零，对其他型号发生的质量问题进行了快速的举一反三。发射场紧张的工作让叶培建的腰病又犯了，剧烈的疼痛使他不能正常生活，但是他还是坚持工作，坚守阵地。一些曾经和他一起参加过发射的同志开玩笑说："以前在发射场只要叶总一腰疼，型号就一定能打成，看来嫦娥一号也一定能打成！"

万事俱备，只欠东风，发射日终于来临了。2007年10月24日18点05分，在叶培建带领团队连续进行了30多个小时的准备工作后，火箭准时发射了，并实现了零窗口发射，且准确入轨。一个小时左右，当卫星太阳帆板和定向天线都顺利展开后，叶培建的心才踏实了。此时，火箭试验队已经开始放鞭炮庆功。而卫星试验队却不敢有丝毫的倦怠，嫦娥一号卫星的奔月之旅才刚刚开始。

10月25日，叶培建带领部分试验队员乘专机转场到北京，下飞机后直接进驻北京指控中心。在后来的一个多月中，试验队昼夜不歇，完成了卫星调相轨道、奔月轨道和近月制动的控制。11月7日，卫星到达使命轨道，中国人有了自己的第一颗月球探测卫星。由于卫星性能良好，加之测控系统控制得很好，原定的10次变轨只用了8次就完成了预定任务，并且达到很高精度。11月20日，当卫星获取的第一幅月球表面图像传回地球的时候，很多同志都流下激动的泪水。

嫦娥一号任务的完美实施，标志着中国航天正式迈入深空探测新时代。更为重要的是，嫦娥一号任务历练了我国首批深空探测人才队伍，一大批年轻的技术骨干迅速成长，勇挑大梁，为后续月球探测二期、三期工程的顺利实施打下了坚实的基础。从嫦娥一号开始，叶培建也与深空探测结下了深厚的情缘。

五、坚持真理勇争先，让中国探月屡攀新高

技术创新之路从来不是康庄大道，总是遍布着荆棘与风险。而我国航天事业一直主张"成功就是硬道理"，对任务的稳妥和可靠性要求很高，如何权衡处理二者的关系是一道难题。

"中国的探月事业总要向前走，只做别人做过的事情，怎么能创新，科学就是要走别人没走过的路。但创新还要坚持真理、脚踏实地。"作为嫦娥系列探测器的总师总指挥顾问，叶培建用实际行动给出了完美答案，在他的指导和带领下，我国月球探测探索之路走得又好又快，在十多年的时间里就实现了跨越式的发展。

嫦娥一号发射成功后，备份星嫦娥二号去留未定。当时形成了两种不同意见：一种是包括叶培建在内的观点，主张应该充分利用好备份星，可以用它探测火星，如若不行，也可以干其他的事；当然，还有另外的意见，呼声很高，认为嫦娥一号已经圆满成功了，备份星就不必再发射了，没必要再进行这笔投入。当时，两种观点争论很激烈，很难决策。为了解决分歧，上级机关组织召开专题会议，并邀请了某咨询评估公司对该项目进行论证评估。

当时，叶培建还在外地开会，但获悉这个消息后，上午就坐飞机回到北京，下飞机后直奔会场。在会上发言时，叶培建据理力争："只需花少量的钱，就能获得更多工程经验和更大的科学成果，为什么要放弃？"他的发言让会议转向，主持会议的领导当即表态，会议不需要讨论要不要发射嫦娥二号了，而是讨论怎么让嫦娥二号用得更好。这才有了后来的嫦娥二号卫星。

更可喜的是，嫦娥二号在圆满完成半年的绕月探测任务之后，它的拓展任务至今仍为人津津乐道。它从月球轨道经过变轨，到达了离地球150万公里的"太阳—地球"的拉格朗日二点（L2），日地拉格朗日二点是天文学家梦寐以求的天文观测位置，中国是世界上第三个实现在这一点进行空间探测的国家。后来嫦娥二号继续飞向更远深空，经过精密挑选和控制，在距离地球700万公里的地方和小行星图塔蒂斯进行了交会，获取了非常清晰的小行星照片。现在嫦娥二号已经变成了太阳系的人造小行星，围绕太阳在运行。

有了嫦娥二号的成功在前，发射嫦娥三号时，其备份嫦娥四号也要继续发射，已经基本达成共识。但飞向哪里，依然引起了争论。

在一段时间内，嫦娥四号如嫦娥三号一样继续在月球正面软着陆的观点占了上风，因为这一方案安全、有把握。但叶培建主张做更难的事：飞向月球背面。全球还没有一个探测器落在月球背面，但月球背面的地质、资源、天文环境等都有极高的科研价值，虽然不易，但值得一去。

2015年某天，国家有关主管单位就嫦娥四号任务的问题召开了一次重要的会议，叶培建受邀参加。会议主持者实际上是带着预定想法来的。在经过一阵讨论以后，主办方决定写会议纪要，纪要主要精神，就是经过讨论，与会人员“一致同意”嫦娥四号要落在月球正面。对此纪要，叶培建还是非常坚持自己的想法，他在会上大胆发言，“第一，我服从领导的决定，领导定了去哪，我们这支研制团队都会努力完成，并且会圆满完成；第二，落在月球正面，我个人不同意此方案，所以，我也不会在纪要上签字。”

叶培建的坚持延缓了关于嫦娥四号的决议。经过一段时间的论证，叶培建的观点逐渐被接受，大家意见逐步达成一致，决定要把嫦娥四号发射到月球背面去。同时，自主研制一颗中继通信卫星，将其发射到月球—地球的拉格朗日二点（L2），利用其解决月球背面与地球的通信问题。

2019年初，嫦娥四号成功落月，实现了人类首次月球背面软着陆和巡视勘测，中国航天人在探索浩瀚宇宙的征程中迈出了历史性的一步。

试想，如果没有当时叶培建一次次“较真”，统一大家意见，哪里会得来这样多的深空探测成果?

除了嫦娥二号拓展任务、嫦娥四号落月背外，叶培建还敢于尝试运用各种新产品、新设备，用创新为航天器注入新动力，星敏感器的使用就是一个典型的例子：星敏感器将会使卫星的姿态测量和控制水平得到很大的改善。在前期卫星方案设计时，面对不同的意见，叶培建下决心在国内卫星上首先采用星敏感器。然而，星敏感器能不能做出来，做出来能不能达到预想结果并未可知。那段时间，叶培建经常和同事们一起研究分析，最终突破阻力，研制了星敏感器，叶培建的学生阚道宏在星敏感器的软件研制中发挥了重要作用。实践证明，由于星敏感器的采用，卫星的姿态测量和控制水平都上了一个新台阶。

对于叶培建的这份“较真”，他身边的年轻技术人员感触格外深，用他们的话来说就是：“叶总坚守原则，在重大问题上都及时站了出来，以科学、以真理为依据，妥善处理了每件事情，给我们‘撑了腰’！”

一次，嫦娥三号在试验场做试验过程中突然发生了问题，这个试验能不能继续，对今后的工作影响很大，现场有的领导主张停止试验，年轻的总师不便决策。当时，叶培建正在参加全国两会，听到消息后，他立刻赶到现场，在仔细分析后，做出了三点判断：一是试验发生的问题是孤立的；二是采取措施后可以继续进行，如果因此不完成试验，将对整个嫦娥三号工作进度产生很大影响；三是这个试验即使发生问题，也不会影响整体。基于这三点判断，叶培建向领导提出了自己的建议：试验应该继续进行。现场领导最后也采纳了叶培建的意见，试验最终取得圆满成功。

还有一次是在发射场，嫦娥三号发射前指挥员忽然发现有一台设备信号不正常，大家对能不能按时发射产生了疑问和动摇。在发射场和北京指挥部两地间召开的关键性视频会议上，叶培建做了科学的阐述，详细解释了设备出现信号干扰的问题，是由现场塔架结构导致的客观现象，不是故障，过去不止一次遇到过，完全没有必要怀疑设备有问题。上级领导听取了叶培建的意见。后经试验证明，这确实是一个客观存在的现象，嫦娥三号最终得以按时发射，非常成功。

有人认为叶培建很“犟”，可正是靠着这股坚持真理、脚踏实地的“犟”劲，叶培建带领团队实现了我国探月工程的五战五捷。党和国家对深空探测团队给予了很高的荣誉：2009年，嫦娥一号获“国家科技进步特等奖”；2014年，深空探测团队获得“国家科技进步奖创新团队奖”，成为第一个获此殊荣的航天团队；2019年，“嫦娥”团队获新中国成立70周年“最美奋斗者”团体殊荣。

攻占一个个创新高地的叶培建没有止步停歇，如今，他带领团队正投身到我国嫦娥五号、火星探测等任务中，向着更远的深空大步迈进。

六、创新无止境，探索不停歇

近年来，虽然叶培建更多的是站在幕后，默默地做年轻人的后盾，可他始终坚守航天报国、航天强国的理想信念，对自己提出了更严格的要求——站在国家的高度、立足国际上航天发展趋势而着眼长远，把主要精力放在考虑航天事业的未来发展上。

空间科学研究是叶培建重点考虑的问题之一。立足中国空间技术研究院，叶培建不断呼吁要加强空间科学方面的论证。在他的推动下，该院科技委成立了空间科学专业组；同时，以叶培建为首的团队也开展了空间科学如何发展的专门研究。

对于以工程技术见长的研究院，开辟一条空间科学的创新发展道路，难度可想而知。可叶培建坚定执着，这份坚持源自他对国家、事业的高度责任心。在他看来，第一，空间科学和空间技术应当同步发展；第二，作为我国空间技术发展的国家队，中国空间技术研究院必须有创新意识，提出自己的空间科学目标；第三,一定要实施我们自己能够主导的，既有空间科学，又有空间技术的任务；第四，空间科学的设想和布局应该是长期的，而不应该是孤立的，应该联合全国各方面的力量。

空间探测是叶培建重点关注的另外一项重要问题。他这样说："在习近平总书记最近讲话中，提到了创新的重点是物质结构、宇宙演化等，而要搞这些方面的研究，争取有创新成果，空间探测的手段是非常重要的。我们到现在对很多基础性问题都不是很清楚，一定要开展进一步的空间研究，尤其是深空研究。"在做好规划中的嫦娥六号、嫦娥七号、嫦娥八号任务的同时，叶培建还把目光放在了小行星研究和探测这一对于人类安全和未来发展极具意义的重要领域。近年来，叶培建利用院士课题经费，先后完成了《小行星资源开发与利用技术研究报告》《小行星监测预警与防御技术发展研究》《小天体探测策略研究报告》《小行星的资源开发与利用》等课题并向上级有关部门提交了综合报告和建议，建议的核心就是尽快制订小行星探测计划，实施工程立项。

此外，聚焦有人参与的深空探测领域，叶培建也积极谋划，牵头完成了《有人参与深空探测任务面临的风险与技术挑战》等课题，针对人"怎么去""怎么登""怎么回"，人在地外天体如何工作的问题，以及解决这些问题的技术途径和学科发展等方面做了深入的研究，为我国航天事业迈向更远的深空打下了坚实基础。

现如今，叶培建75岁了，可他语速依然很快、思维敏捷，只要谈起与航天相关的话题，参数、术语甚至一些小行星的序号，他都能脱口而出。目前，除了身兼“嫦娥”系列各型号总设计师、总指挥顾问重任外，叶培建还承担着中国空间技术研究院深空领域所有型号归零的审定，深空领域各型号飞控专家组组长等工作。每当卫星在发射、飞控实施的关键时刻，叶培建总会坐镇现场。事实也证明，有他在，一些突发、关键问题都得到了很好的解决。用身边研制人员的话来说，“叶总就像‘定海神针’，有他在，心里特别踏实”。

为了保持良好的工作状态，叶培建对自己生活规律严格管控，注意加强运动，即便天气不好，他也会在办公楼里走上1万步。看书是叶培建最大的爱好，他爱书，并且书读得很杂，为了保护视力，有些书他便改成了“听”。

“从工作上来讲，就是和大家在一起建立月球科考站，探小行星，火星取样返回。我再干十年还是可以吧。”谈到后续的打算，叶培建干劲十足。

为了表彰叶培建在卫星遥感、月球与深空探测及空间科学等领域的突出贡献，2017年1月12日，国际小行星命名委员会批准，将国际编号为456677的小行星命名为“叶培建星”。自此，“叶培建星”与以钱学森、杨振宁等科学家命名的小行星一样，将中国人的探索精神铭刻在广袤星空。

七、培养科技人才，播撒航天种子

“我能跻身院士之列，是和许多老科学家的栽培分不开的，同样，培养科技人才、提携青年才俊也是我在工作中义不容辞的责任。”叶培建是这么说的，也是这么做的。

无论是在控制工程研究所，还是调至中国空间技术研究院工作，叶培建都带了一批学生。在叶培建的指导和帮助下，这些年轻的学生很快成长起来，不少都成了我国空间技术发展的骨干力量。比如：阚道宏博士，在我国星敏感器的处理算法、图像处理、模式识别等方面研究颇深，其成果为我国星敏感器软件部分的研制打下了坚实基础；蔡晓东博士已成为火星探测器负责电测试的总师助理、嫦娥五号供配电主任设计师；石德乐博士现在是我国无线能量传输领域的重要创新带头人；吴学英博士已成为嫦娥五号副总师；李莹博士正在从事火星和小行星的科研工作。

除了带学生，叶培建也很注重培养年轻学者和技术骨干，既让他们挑担子，同时也给他们展现才华的舞台和应得的荣誉，从而激励和鼓励年轻人成长成才。曾在“中国资源二号”和“嫦娥一号”任务中锻炼过的不少技术骨干，现在都担任了各级技术负责人，有总师、副总师多人，如孙泽州、饶伟、张伍、张熇等，也有不少人现在在厂所领导岗位上。在探月工程任务中，每完成一项重大任务后，除由国家、部委及集团授予的荣誉外，经叶培建的推介，团队中的不少做出过重要贡献的青年技术骨干，从其他渠道也获得了很高的荣誉。如总体部的黄江川获何梁何利奖、孟林智获得了“全国青年科技奖”，孙泽洲总师获得了“2016年光华青年奖”，510所的成永军获得了“陈嘉庚青年科技奖”，504所崔万照获该奖提名，529厂女青工郝春雨获“中华技能大奖”等。他还积极推荐502所和514所的两项专利获得了“专利金奖”。作为《中国科学·科学技术》编委，叶培建指导帮助一批年轻人在这一中国科学顶级杂志上刊发了近百篇介绍我国高水平研究成果的文章，极大鼓舞了年轻人的创新热情。

为了促进航天人才培养，在系统梳理、凝练空间技术主要领域、专业的理论和实践成果基础上，叶培建主编了《空间科学与技术研究丛书》中英文版，为世界航天发展事业留下宝贵的知识财富和经验沉淀。同时，叶培建作为主编，促成了中国空间技术研究院与北京理工大学出版社、美国科学促进会（AAAS）/ Science期刊的合作，推出了我国航空航天领域的第一本全外文期刊*Space: Science & Technology*，为加强与国际交流学习、畅通学术资源渠道，打造了良好的创新平台。此外，身为中国空间科学学会副理事长、中国宇航学会的理事，叶培建也经常在这些学会的年会及各种专业会议上进行本学科前沿知识的学术报告，帮助我国青年科技工作者拓宽视野、快速成长。

应各方邀请，叶培建受聘为南京航空航天大学航天学院院长，还担任了北京航空航天大学的博士生导师，并在清华大学、浙江大学、厦门大学、哈尔滨工业大学等高校担任兼职教授。讲授专业知识之余，叶培建会去宿舍跟学生们聊聊天，还会以“爱国奋斗”为主题讲授思想政治公开课。他说，除了专业知识，自己更希望学生们把航天人的精神传承下去。“我们航天人跟大家一样，生活在社会当中，也有收入、职称问题，家庭、生活问题，但是有一点不同，就是当自己的利益和国家利益冲突的时候，航天人总能把国家利益放在前面。”

不管工作多么繁忙，叶培建每年都会见缝插针，抽出时间到全国各地的政府、研究所、学校进行科普讲座，每年讲座的次数少则十几场，多则二三十场，“宣传普及科学知识，增强青少年们爱科学、学科学的兴趣与素养。扩大航天的影响，使更多的人关心与支持中国的航天事业”是他不遗余力投身此项工作的初衷。港澳地区是叶培建关注的重点，他积极推动两地有关大学参与祖国的深空探测工程，极大增强了凝聚力，他还多次去香港理工大学和澳门科技大学，向学生大力弘扬航天精神、爱国奋斗精神，被香港理工大学授予2009年度“中国杰出学人”称号，被这两所高校授予“荣誉博士学位”。2008年，叶培建在瑞士参加一个国际会议期间，应中国驻瑞士大使馆邀请，分别在两个城市的两所大学为当地的华人、华

侨和留学生做了报告，介绍了中国航天事业的发展，效果非常好，时任驻瑞大使董津义说：您做一场报告比我做一年的工作都管用。对航天知识及精神的宣讲绝非仅限于大城市，叶培建经常去一些条件艰苦的偏远地区，比如湖北秭归县、山西省忻州市岢岚县等地，为当地的青少年送去科学的甘露。

值得一提的是，叶培建面对任何科普对象，都会精心准备，用不同深度的语言去宣传中国的航天事业，用真实动人的事例去讲述航天人的精神。为了提升航天科普宣传的传播力，他还专门做了《如何结合硬科技讲好航天科普研究报告》的课题，从形式、内容、手段等方面做了全方位的研究。不论是两三千人济济一堂，还是只有几十人安静聆听，他事先都会认真准备。由于航天的话题很受关注，而且他的讲解生动、有趣，很受听众欢迎，现场常常座无虚席，甚至走廊都站满了人，远远地看他用皮球、雨伞、泡沫板等道具，演示深奥难懂的航天技术。2014年，经中国科协主要领导推荐，他获得了中国科协颁发的“科技发展贡献奖”。

这些年来，身兼科学院学部教育与科普委员会委员、中国科协成员的职务，叶培建更忙了，可他始终关心和积极参与科学普及活动，宣讲航天知识的步伐更快、更急了，有时头天晚上飞往外地做宣讲，第二天就立刻返回投身其他工作，尽管奔波劳累，可他却依然坚持不懈。用他自己的话来说：“一个民族素质的提高与科普有很大关系，了解航天知识的人越多，支持航天事业的人就越多。今天在年轻人心中播下航天的种子，也许明日就会多一位杰出的航天英才。”

大力宣讲航天知识、弘扬航天精神的叶培建也成了媒体争相报道的焦点，近年来，人民日报、新华社、中央电视台、科技日报、光明日报等中央级媒体和众多行业媒体、地方媒体做了百余次叶培建的专题报道，详细报道了他报效祖国、献身航天的故事，他的感人事迹感染、鼓舞了更多的人。

2019年，在新中国成立70周年之际，叶培建获得了习近平总书记亲自颁发的“人民科学家”国家荣誉称号奖章，获得了中宣部组织推选的“最美奋斗者”称号。

谈起获得的殊荣，叶培建这样说：“我是人民的一分子，我的荣誉是人民给予的，非常遗憾的是，授予的五位‘人民科学家’，其他四位都去世了，所以我还要替他们多做一些事情，继续更好地为人民服务。”

攀登5G标准高峰的“最美奋斗者”

——记中国移动研究院网络创新实验室孙滔

◎文/中国移动党组宣传部

2019年6月6日上午8点，在北京西长安街13号，工业和信息化部会场，挤满了满怀激情和期待的人群。在全国亿万用户的注视下，工业和信息化部部长苗圩面带笑容宣布中国正式启动5G商用，并向中国移动、中国电信、中国联通、中国广电四家运营商发放了5G商用牌照。当4位运营商领导举起5G牌照时，现场响起热烈的掌声。

这意味着中国正式进入5G商用元年，意味着我国网络强国的建设又开启了新的征程，而此时中国移动研究院网络创新实验室主任孙滔的脸上也绽放出灿烂的笑容，心情更是无比激动，年复一年的奋斗终于在中国大地上开花结果……

5G呼唤统一技术标准

2008年，怀抱着通过信息技术改变世界的梦想，孙滔从清华大学博士毕业，进入了中国移动研究院网络创新实验室，开始了网络新技术研究和通信标准化工作的生涯。

自20世纪80年代起，移动通信技术以每十年为一个阶段，从第一代移动通信技术（1G）发展演进到第四代移动通信技术（4G）。进入21世纪10年代，随着第四代移动通信技术在全球范围内大规模商用，第五代移动通信技术（5G）的研发再次成为各国关注的焦点。2012年11月，欧盟斥资2700万欧元启动了“METIS”5G研发项目；而北美尽管在4G标准的竞争中落败，但其凭借强大的技术和经济实力，意欲在5G标准的制定中扳回一城。不言而喻，5G标准背后蕴含着巨大的经济与社会价值。

我国移动通信业的发展在经历了1G空白、2G跟随、3G突破、4G并跑之后，实现了质的飞跃，并涌现出以中国移动为代表的运营商、以华为为代表的设备制造商等国际领先的行业群体。5G实现技术和产业的进一步突破成为衡量我国移动通信自主创新发展的重要标志。因此，我国在4G牌照尚未发放的情况下，未雨绸缪，适时启动了5G研发工作。2013年2月，工业和信息化部、国家发展和改革委员会、科学技术部联合成立IMT-2020（5G）推进组，成员包括国内主要运营商、设备制造商、高校和科研机构。IMT-2020（5G）推进组提出了我国要在5G标准制定中发挥引领作用的宏伟目标，并设立了需求、频谱、无线技术、网络技术、标准以及知识产权等多个工作组。4月19日，IMT-2020（5G）推进组第一次会议在北京召开，这次会议标志着中国5G研究的正式启动。

当时，3GPP的5G标准制定工作尚未启动，但一些国家的运营商已经迫不及待地先行试水。韩国政府为了在2018年平昌冬季奥林匹克运动会上推出5G，于2013年下半年制定了“移动通信促进战略”，韩国电信公司希望在2015年之前实现Pre-5G技术，在2018年尝试5G服务。日本NTT DoCoMo也希望5G标准尽早出台，以便在2020年东京举办夏季奥林匹克运动会时能够率先提供基于5G的超高清远程实时直播服务。美国是全球较早部署4G网络的经济体之一，其国内两大移动通信运营商Verizon和AT&T，都希望尽早商用5G，而Verizon作为美国最大的移动运营商表现更为积极，先于国际标准组织推出了自己的5G企业标准，并把商用时间瞄向了2017年。

没有了3G时代的3GPP2与3GPP的组织之争，也没有4G时代的WiMAX与3GPP LTE的技术之争，似乎在5G时代3GPP已经成为移动通信标准的唯一组织，产业界能够高枕无忧吗？种种迹象表明，不同地区对5G技术标准的不同诉求，使移动通信产业面临再次被割裂的境地，而这恰恰是中国移动乃至整个产业界最不愿看到的。2G时代，全球有GSM、CDMA两个标准体系，3G时代出现了WCDMA、CDMA2000、TD-SCDMA三大国际标准以及后续的WiMAX，4G时代则由TD-LTE和FDD LTE平分秋色。毋庸置疑，分裂的标准大幅提高了通信行业的整体成本。对此，中国移动有过切肤之痛：3G时代，孤军奋战的中国移动付出了艰苦的努力，吸引全球产业对TD-SCDMA的支持；4G时代，为了保障客户的手机全球畅通，中国移动的4G手机芯片不得不支持GSM、WCDMA、TD-SCDMA、FDD LTE、TD-LTE 5种模式，导致最初只有一家公司能提供这种芯片，但其价格比仅支持其中三种模式的高出一大截。

“统一的技术标准”不仅可以有效降低成本，还能让每项技术和应用实现价值最大化，从而推动产业良性发展，成为整个行业对5G最热切的期盼，然而纵观四代移动通信技术发展的历程，这又谈何容易。早在3G时代，3GPP希望凭借WCDMA“一统江湖”。但之后先有高通牵头于1998年成立3GPP2，力推CDMA2000成为国际标准；后有励精图治的中国通信行业历史性地推出TD-SCDMA标准，3GPP最终未能如愿。不过“此一时彼一时也”，3G时代广泛的“人口红利”，令三大国际标准尚有各自回旋的余地，而到了4G后期，新增用户数量触及“天花板”已是行业内外有目共睹的事实。

经历了3G 时代的四面楚歌，苦心经营出4G时代的分庭抗礼，今非昔比的中国移动比任何一家企业都深谙“标准统一”对行业发展的重要意义。于是，毅然决然地扛起了“技术融合+产业融合”的大旗，希望统一的5G标准为整个产业带来最低的成本和最大的商业成功。

如果说4G时代是IP技术与CT技术初步融合的话，那么5G时期IT技术将与CT实现深度融合，网络功能虚拟化（NFV）、软件定义网络（SDN）等一批新技术成为5G技术演进的驱动力。孙滔及其团队看到了这一点，为此他们以中国移动及IMT-2020（5G）推进组的名义联合举办了“5G架构与平台技术标准研讨会”，邀请3GPP、ETSI、NGMN、ONF等各个行业标准组织的主席，共同探讨5G技术发展以及对网络架构和底层平台的影响。

2014年，中国移动研究院网络技术研究所召开动员会，由所长段晓东挂帅，调集了一批骨干力量，成立了5G网络技术研发的虚拟攻关团队。团队属于老、中、青相结合，成员中有不少年轻人，他们富有朝气和创新精神；另一些则深耕国际标准领域多年，有着丰富的实践经验。孙滔是这个团队的牵头人，他的主要任务是开展5G网络架构和关键技术的研究及标准化，短期目标是作为中国移动的国际标准代表在3GPP启动前期讨论。接受任务时，孙滔心里明白：5G技术攻关之路荆棘密布，要到达胜利的远方，没有奇迹和捷径，唯有辛勤付出。而这一年，适逢他的第一个孩子出生，事业和家庭的双重责任考验着年轻的孙滔。

第一次由中国人牵头网络架构设计

进入2015年，美国移动运营商Verizon携手阿尔卡特朗讯、思科、爱立信、英特尔、LG、诺基亚、高通和三星等知名企业，成立了Verizon 5G技术论坛（V5GTF），希望在5G标准的制定上先行一步。同年9月7日，Verizon无线公司声称将于2016年开始试用5G网络，2017年在美国部分城市全面商用。虽然Verizon 的5G方案尚未出台，而且只是一个“缩水版”，但其不断壮大的阵营令3GPP、中国移动和孙滔都感受到了前所未有的压力。

2015年10月19—23日，3GPP SA2（系统架构组）第111次会议在中国成都召开。5G技术标准制定的前夜，有多达9家公司提交了5G研究计划提案，其中包括北美、欧洲的全球主流运营商、设备商、芯片商。中国移动为此做了充分的准备，孙滔的提案总结了业界的观点，提出了5G网络架构的设计原则、总体思路、输出预期、时间计划、组织方式，是所有提案中最具系统性的。尽管如此，中国移动在初始阶段只得到少数国内公司的支持，大部分国外公司都在观望。孙滔的欧美运营商朋友们委婉地告诉他，因为5G太重要了，他们不便轻易表态。周三晚上8点，结束了一天的会议后，主办方举办了社交酒会。孙滔穿梭在各公司代表间展开游说，直到服务员打断他们激烈的讨论，孙滔才意识到已经晚上12点了。经过5天线上线下的提案讨论和游说争取，各公司代表们渐渐被孙滔的热情和执着所打动，项目立项的讨论逐步转移到中国移动的提案上来。10月22日，随着工作组主席Frank Mademann先生宣布："立项通过，5G系统设计开始了！"全场掌声雷动，孙滔紧绷的神经也终于放松下来，5G网络架构研究在3GPP正式拉开帷幕。

孙滔获选5G国际标准研究的报告人，成为我国5G标准化进程中的里程碑，这是第一次由中国公司牵头新一代移动通信系统架构设计的项目。孙滔获得了包括全球运营商、设备商在内的共48家通信企业的支持，成为5G系统架构研究的掌舵人，该项目的代号是"NexGen"。孙滔在担任第一报告人的同时，还担任该项目研究报告TR 23.799 Study on Architecture for Next Generation System的编辑人。由于项目涉及面广，来自诺基亚的标准专家担任第二报告人。报告人（Rapporteur）是标准化中的特定用语，指项目的负责人，负责项目的总体推进，对项目完成的质量起到至关重要的作用。孙滔获选报告人，既是各方代表对他和中国移动技术实力的认可，也是对他所提出的5G系统设计思路的认可，更是对他组织协调能力、多年标准化工作的形象和信誉的认可。

进入中国移动的第七个年头，"5G系统架构标准制定"的重任历史性地落在孙滔的肩上，这既是对他此前工作成绩的褒扬，也是对他综合能力更大的考验。从此之后，面对纷繁复杂的标准化工作，孙滔以超出常人的自律和坚毅，一步一个脚印，成长为有国际影响力的专家。

5G系统架构设计是一项复杂而艰巨的系统工程。中国移动研究院的领导在专家研讨会的多个场合半开玩笑地坦言，中国移动牵头5G系统架构设计可以用"战战兢兢"来形容，"生怕做不好"。毕竟这是第一次由中国人设计网络架构，"能否成功取决于我们的努力和付出"。

领导们的期待和嘱托成为孙滔及项目团队的强大动力，此后3年多的时间，他们把所有的精力都投入到5G网络架构的研究和标准的推动中。系统架构研究立项之后，孙滔一方面制订工作计划、协调会议日程、明确输出成果；另一方面将项目细化为5G系统架构、功能、接口、流程等，并对争议问题协调各方观点、组织密集的技术讨论。除此以外，作为报告人的孙滔还需要完成向3GPP全会提交标准进展报告、对外协调和联络，与NGMN、IETF、ESTI、BBF、ITU-T等其他国际标准化组织沟通的相关工作。

5G系统架构受到了业界广泛关注，标准会议的参会人员增加了很多。尤其是对5G早日商用寄予厚望的韩国，除了三星、LG等大型通信制造企业外，还包括韩国电子通信研究院等科研机构。欧美政府相关部门也积极派出专家参会。在追求“观点共识”的标准组织，参会代表的增加意味着技术观点更加多元，有时讨论很长时间也难以达成统一意见，比如到底应该自上而下先设计架构再定义技术，还是自下而上先定义技术再设计架构？用孙滔的话说，初期的工作“其实大家都处于一个比较迷茫的探索阶段”。

3GPP SA2工作组2016年第一次国际标准会议是在圣基茨和尼维斯召开的，这个加勒比海的岛国是英联邦成员国之一，一直未与中国大陆建立正式外交关系，因此办理签证异常麻烦。而会期又临近中国传统的春节，一些代表打算放弃这次会议。但这是5G系统架构设计立项后的第一次正式讨论，孙滔作为项目的负责人深知这次会议的重要性，即便有再多的困难他也没想过放弃。

圣基茨和尼维斯的签证机构设在英国，孙滔与会议主办方、该国使馆签证办理人员通过邮件反复沟通，最终拿到了电子版的签证。出发前一周的周五晚上8点左右，孙滔在开车回家的路上接到了中国移动研究院副院长黄宇红打来的电话。黄院长在电话中询问孙滔：“听说你们下周要去加勒比海的岛国圣基茨和尼维斯开会？”

“是的。”孙滔答道。

“刚才集团外事部门的领导打电话给我，再三追问我那里是否安全。据你所知，那里确实安全吗？”黄院长十分关切地问道。

“我问过会议的主办方和当地政府，都说安全方面是有保障的。主办方还特意强调那里有加勒比海地区规模最大的大学，希望代表们放心参会。”

孙滔回答得斩钉截铁，他生怕只要流露出一丝迟疑，领导就会取消这次行程。

“那里没有中国大使馆，如果护照丢失或者遇到其他紧急情况，你们处理得了吗？”黄院长仔细地询问。

“没问题。据我所知，有中国公司已经为其参加本次会议的代表做了应急预算，如遇突发情况也会友情资助其他中国公司代表。”孙滔答道。打消了领导的顾虑之后，他长长地舒了口气。

孙滔如期参加了会议。会议既对5G架构研究项目的总体框架进行了明确，也对5G“会话”“连接”等基本概念进行了深入的探讨。代表们讨论的另一个重点是“网络切片”。网络切片是5G带来的新生事物，从1G到4G网络主要解决了个人用户通话和上网需求，而5G网络除具备上述基本功能外，还要满足工业控制网络、自动驾驶等伴随海量数据而来的新业务需求。网络切片就是将一个物理网络划分为多个虚拟的端到端网络，每一个虚拟网络都可获得逻辑独立的网络资源，并灵活应对时延、带宽、安全性和可靠性等不同的服务需求。各切片之间可相互隔离，避免某一切片产生错误或故障时影响其他切片。网络切片是实现5G多场景、多样化应用的核心技术之一。

既然是新生事物，最初的讨论难免不得要领而过于宽泛。网络切片的定义是什么？它到底是一个网络还是一项业务？涉及一个终端，还是多个终端？实现的路径是什么？除3GPP外，NGMN等其他标准组织也有对网络切片的定义，究竟是统一好，还是体现差异化特性好？会议第一天，代表之间的争论相当激烈，白天大家对网络切片泛泛而论，各持己见。晚上收敛话题针对网络切片的定义继续开会，从18：00一直讨论到21：00，仍然没有结果。这是一个关键技术讨论的例子。当中国移动把“边缘计算”引入5G时同样引起了激烈的讨论和争议。最终在孙滔的努力下，“边缘计算”这一5G的又一标志性技术得以被写入标准研究的附录，为后来正式标准化打下了基础。类似的例子还有很多。

孙滔标准团队的“前台”工作也得到了“后台”研究团队的大力支持。研究团队由核心团队和外环团队构成，都是一众年富力强的小伙伴，还包括SA2(系统架构组)、CT（终端与网络的协议，网络内的协议）等经验丰富的标准代表。他们平均年龄不大，但具有很强的使命感和责任感。5G对这个相对年轻的群体而言，既是一次难得的锻炼机会，也是一个充分展示自我价值的舞台。白天，孙滔组织不同的团队成员就特定的问题，一个会接着一个会地展开讨论，比如14：15到14：45讨论哪个问题，时间安排细化到5分钟的粒度。晚上，孙滔躺在床上还在想如何解决架构上的技术难题、如何组织大家讨论更有效率。

而支撑团队的坚实后盾，是中国移动强大的创新研发体系。中国移动经过短短十余年的发展，已成为全球网络规模最大、客户数量最多的电信运营企业，其成长的重要驱动力就是科技创新。作为一家国有企业，中国移动构建了"一体三环三纵"的科技创新体系，还发布了"和创计划"。"一体三环"是指内环的4家专业研发机构，中环的十多家专业公司，以及外环的31家省公司，"三纵"是指组织型、全员型和开放式三大创新模式。截至2016年底，中国移动累计申请国内专利超过1万件，国际PCT（专利合作条约）专利申请46件，海外专利布局超过10个国家和地区，是通信行业中国专利金奖的唯一获得者。而这就是孙滔及其支撑团队的底气所在。

那段时间，孙滔感觉压力很大，晚上做梦都担心自己牵头的标准没完成。确实，5G的很多技术理念都是前所未有的，需要从零开始。每当遇到拦路虎，比如如何实现不同5G架构之间的漫游，有多种选项，一开始没有头绪，孙滔主动带领大家去分析解决。

通过一年紧张而卓有成效的研究工作，3GPP SA2内部对关于5G系统的最基本问题达成了共识，解决了从5G整体架构到关键技术多达23个较大的技术难题，并形成了500多页的技术报告，为此后5G的网络向"基于服务化的系统架构"方向发展打下了良好的基础。

3GPP制定重要的标准通常分成两个阶段：首先是标准研究阶段，对可行的技术方案进行研究和选择；其次是标准正式制定阶段。2016年11月，3GPP SA2第118次会议在美国里诺召开，会议宣布2015年10月立项的"5G架构研究"项目顺利完成，进而"5G架构标准"正式立项。新项目的名称是"5G System-Phase 1"，缩写代号为"5GS_Ph1"，表示5G系统架构的第一版标准。按照惯例，研究项目完成后，后续正式标准的制定通常会延续之前的项目报告人配置。但由于5G系统架构国际标准事关重大，除中国移动外，爱立信也积极提出了标准项目的立项建议，并得到了一些公司的支持。经过大家的深入协商，会议最终形成了统一的立项方案，孙滔被推举为该项目的唯一报告人，而诺基亚和爱立信的专家担任该项目两个规范《TS 23.501：5G系统架构》《TS 23.502：5G系统流程》的编辑人，孙滔同时担任着两个规范的共同编辑人。一年之后，在孙滔的提议下，5G架构标准项目根据工作的进展又增加了一个规范《TS 23.503：5G策略及计费架构》，由华为专家担任编辑人。5G系统设计的国际标准立项获得全球67家通信企业的广泛支持，创造了单个项目支持公司数量最多的纪录。这是第一次由中国企业牵头制定新一代移动通信系统架构的标准。

直面挑战，5G标准加速

就在孙滔团队为5G系统架构夜以继日地忙碌时，一件事情的发生令他压力陡增。2016年7月，美国移动运营商Verizon发布了全球第一个5G规范。Verizon还称其正在进行5G全系统试验，并计划在2017年进行商用部署。不久之后，AT&T联合日本NTT DoCoMo、韩国KT、英国沃达丰和德国电信等运营商巨头，以及国际领先的设备制造商，向3GPP提出加快5G标准制定进程。

2G、3G、4G移动通信主要的服务对象是“人”，而5G还要服务于生产生活中的诸多“物”。5G相对于前几代移动通信系统而言，除速率需要大幅提升外，还要满足超低时延、高可靠、海量连接的需求，这让5G网络架构必须做出更大的变革。移动通信网络主要分核心网和无线接入网两大部分，无线接入网主要由基站组成，为用户提供接入功能；核心网则主要提供签约、接入控制、计费等功能。为了在短时间内实现5G的高速数据传输能力，有的运营商提出仅引入5G基站，将其接入4G核心网的方案；也有运营商提出将4G基站升级接入5G核心网，让4G的网络也具备部分5G能力。

4G、5G基站与4G、5G核心网之间的交叉组网以及单连接、双连接的接入方式，构成了多种网络架构。在2016年7月举行的3GPP第72次全会上，德国电信的一份提案将各种可能进行了排列组合，得到10种组网架构！即使在排除了不可能的组网、退化成4G的组网后，仍然还有6种方案！

原本按照3GPP的规划，5G标准制定划分为两项内容：第一项是非独立组网（Non-Stand Alone，NSA），即在对现有4G网络进行改造、升级的基础上，增加5G基站新空口，即可以使用户体验到5G的超高网速。第二项是独立组网（Stand Alone，SA），即完全使用5G设备建设全新的网络，包括新的基站和核心网，充分发挥5G整体的效能。2017年3月7日，在克罗地亚杜布罗夫尼克召开的3GPP RAN第75次全体大会上，通过了由23家运营商和设备制造商提交的“5G加速提案”。按照该提案，3GPP将在R15版本内，加速5G新空口标准进程，将5G NSA特性提前至2017年12月完成，相比原计划提前半年，称为“Early Drop”。而原定在2018年6月完成的5G SA的标准被称为“Normal Drop”。由于NSA无法享受5G SA中核心网的网络切片、边缘计算等新的特性，半年后，一些运营商又发起了一个提案，要求3GPP的Release 15在正常时间完成后，再增加一个“Late Drop”，让5G的新核心网也支持其他几种双连接架构的接入。

5G的第一个版本——3GPP的R15，被分成了Early、Normal、Late三个所谓的“Drop”，是3GPP历史上没有的。这一方面反映了全球运营商对5G场景需求的多样化，另一方面反映了大家对5G第一个版本的重视，希望任何一种可能性都不会错过5G国际标准的“第一趟班车”。

孙滔明白“兵贵神速”的道理，也深知“欲速则不达”的古训。既然项目已经启动，他只能逼着自己再次提速。孙滔开启了“疯狂工作”模式。早晨7点钟准时出门，白天与虚拟攻关团队的其他成员开会交流，形成统一意见之后落实为文稿。晚上8点半回到家，匆匆吃过晚饭后，便与分散在全球各地的标准专家开会协商。为了协调全球各时区的差异，国际电话会议召开的最佳时间是晚上10点到12点。而孙滔有时一晚上要参加3个国际电话会议，一年累计下来参加了近百次电话会议。电话会议结束之后，孙滔还要整理会议纪要，工作到凌晨一两点是常态，而且第二天还要按时上班。一天的日程被安排得满满当当，陪伴家人的时间少之又少。

除了与研究院攻关团队和3GPP标准专家保持密切沟通外，孙滔还要和行业合作伙伴进行广泛交流，并及时处理与各方专家的往来邮件。公司邮箱的“邮统管家”显示，孙滔平均每个月都要发送近400封邮件，收到的邮件更是高达3000多封。

每年出国6～8次参加标准化会议，这是对孙滔脑力和体力的另一种考验。10个小时以上的差旅飞行时间，被他挤出来用于仔细推敲会议上即将讨论的文稿，不知不觉竟养成了“心无旁骛、飞行办公”的习惯。国际标准会议的议程安排得十分紧凑，孙滔往往周日晚上到达举办地，周一清晨就投入紧张的会议中，根本没有时间倒时差。会议期间，各方代表唇枪舌剑，激烈的讨论从早8点到晚8点，一连持续5天。

核心网唯一架构确立，5G标准有了中国移动创新的基因

5G架构研究项目已经完成，500多页的报告对20多个问题做了评估及后续标准化的结论。然而一朵“乌云”仍然挥之不去：5G的架构到底是采用传统的点到点的架构还是采用孙滔团队提出的“服务化架构”（Service-based Architecture，SBA）？“5G架构标准”正式立项后，争论与矛盾也随之而来。当时，3GPP内部有两种网络架构设计思路：一种是传统的“点到点”架构，另一种则是中国移动提出的服务化架构。网络架构如何设计、协议如何选择是关乎5G系统架构标准化成败的关键问题。

能够做出对产业界有影响力、被大家认可的成果是孙滔团队追求的目标。5G网络架构就像一个大厦的骨架，关系到整个网络的性能，所有的手机制造商、网络设备制造商、运营商等都会按照这个标准执行。孙滔团队作为牵头方不但需要和产业界合作伙伴完成系统设计，更希望在这个重要的网络架构设计中能贡献“中国设计”。

孙滔团队在深入分析技术发展方向的基础上，认为传统架构基于两个设备间固定链路连接的组网及流程，主要满足语音和传统移动上网的需求，架构及网元形态相对单一、固定，网络的开放性、灵活性和可扩展性受到限制。按照惯例，网络架构如何设计才能面向下一个十年新业务的发展？

如何让新的架构具有技术领先性？如何基于未来云计算的技术来构建5G网络？传统网络架构的设计类似一个“黑盒”，这个“黑盒”就是网络架构的最小单元，复杂且不能拆分。孙滔的设计灵感来源于积木，如果将5G的网络架构拆分成一个个小部件，像积木一样按需拼搭，不局限于一种固定结构，那么移动网络的组建将更加灵活，可以适用于各种场景，如远程医疗、工业制造、自动驾驶等领域。而云计算将成为这种网络架构引入的催化剂！

于是，他们借鉴IT领域的“微服务”设计理念，提出了“服务化架构”——SBA。这种架构采用互联网的设计思路，将网络功能定义为多个相对独立可被灵活调用的“服务”，整体系统通过服务的注册、认证、发现形成一个完整的系统架构。这种IT化的设计方式使5G网络真正面向云化，具备网络快速升级、提升网络资源利用率、加速网络新能力引入等诸多优点，符合中国移动5G网络“IT、互联网化、极简化、服务化”的理念。

虽然服务化架构（SBA）的优点不难预见，但由于其颠覆了传统网络的构建方式，孙滔团队设计的方案打破了大家对传统网络架构的认知，在国际会议上一经提出就遭到了部分同行的质疑，只有少数几个人赞成。当时一位代表直接站起来说，他认为孙滔提出的方案需要在技术可行性、标准工作量两方面进行论证。一些公司出于技术和成本的考虑，更倾向于传统架构。此后，全球通信企业围绕两种网络架构历经了半年的争论和摇摆不定，严重影响5G架构标准项目的进度。

总是在不经意间，在技术发展的历史上留下孙滔团队的痕迹。一个有意思的插曲是，5G架构的第一张图是孙滔先用笔在纸上画出架构雏形，在提交标准提案时，他用软件把图画出来。因为时间比较晚了，图画得不是很美观，有几个模块方框的大小不一。他想着后续再找机会更新，结果这个图就一直在国际标准规范中沿用了下来，出现在后来人们常看到的网页、书籍、规范中。

在3GPP SA2系统架构组中，虽然“统一的5G标准”已成为各方的共识，但在技术细节层面，不同的运营商、设备商难免会产生一些分歧。标准会议现场，代表们也是个性鲜明，有的是谦谦君子进退有度，有的言辞犀利锋芒毕露，有的喜欢开门见山单刀直入，有的则明修栈道暗度陈仓。能让5G架构标准形成共识成为摆在孙滔面前最棘手的问题。方案进展不顺利，曾一度让孙滔心情特别沮丧。一次在从美国回国的飞机上，突然一个气旋让飞机失重摇晃，机上的乘客一阵惊呼，但他一点感觉都没有，还深深地沉浸在会场讨论的回忆中。他回想大家讨论的过程，判断大家对新的技术还是有所期待的，所欠缺的是更详细的测试和论证。孙滔坚信这个技术方向是正确的，他决定多管齐下。

首先，他牵头成立了“5G运营商架构设计小组”，力争先在运营商阵营形成共识。经过近十年的标准化工作，孙滔已经逐渐成为运营商代表圈子中的核心人物之一。他成立了运营商5G网络架构设计推进小组，成员涵盖了20家国际主流运营商。推进小组采用定期电话会议制度，在遇到技术、业务分歧时，及时沟通分析，在短时间内最大限度地收敛方案争议，形成运营商的共识；再通过成果分享传导至整个上下游产业链，借此最大限度地消除分歧。运营商共识对5G架构标准制定工作的迅速推进，起到了至关重要的作用。沃达丰的西班牙代表转述一位设备商合作伙伴的话说，运营商们的共识便于全球设备商明确技术标准制定的目标，做到有的放矢。一开始是孙滔找大家，到后来大家遇到问题主动来找他。一位日本运营商NTT DoCoMo特别对他的工作表达了感谢。以至于后来孙滔有两周没有组织大家开会，一位运营商代表还特意来问他，有什么需要大家一起讨论解决的问题吗？

其次，他带领团队在NGMN立项，与3GPP形成“策应”。这个全球运营商主导的组织成立了“SBA in 5G”项目，研究SBA的驱动力、技术基础、部署方式。虽说是研究，实际上主要的贡献者是孙滔团队，他们把一些研究成果分享给NGMN的运营商，让大家对服务化架构形成全面的认识。通过NGMN项目，他们发布了业界首个5G服务化架构白皮书。项目结束时，他们以NGMN运营商的名义起草了联络函，告知3GPP，建议5G选择服务化架构的路线。

反复验证沟通，“各个击破”。孙滔把自己做的方案分析、试验测试对比的结果分享给大家。他和团队做了大量深入分析、协议仿真，进行观点碰撞，不仅与主要设备提供商的标准专家讨论，也主动与负责产品开发的系统架构师沟通。孙滔与全球最主要的设备商——华为、爱立信、诺基亚、中兴、大唐等每一位合作伙伴的产品研发团队进行沙盘讨论。有时是远程视频会议，有时是专程拜访，有时是国外专家前来与他们交流。他们不仅进行内部仿真分析，还联合了清华、北邮、华为、中兴、英特尔等合作伙伴一起进行交叉验证，反复论证仿真新技术的性能和可行性。

兼容并蓄，得道多助。通过孙滔团队的积极工作，对研究结果的开放分享，大家对技术方向的认识逐渐开始变化，支持者越来越多。之前一直因为希望快速推进5G标准而支持点到点架构的北美最大的运营商Verizon的代表，在一次会前找到了孙滔。他当面告诉孙滔，在进行了内部的评估和分析后，决定全面转向支持中国移动提出的服务化架构的技术方案。那一刻，孙滔心里基本就有底了。他们需要设计一个面向未来、经得起时间检验的移动通信系统的架构，这是5G通信研发科技工作者的责任。

万事俱备，只欠东风。这个东风需要一次主场作战的优势。时间来到2017年5月，这注定是个不寻常的月份。2017年5月15—19日，3GPP SA2（系统架构组）第121次会议按计划在中国杭州召开。孙滔决定抓住这个机会，结束旷日持久的争论。他撰写了提案，明确说明后续5G的SA核心网架构以服务化架构作为唯一的基础架构，并采用服务化接口。这个提案也将发给3GPP的多个工作组，包括制定接口协议的CT1、CT3、CT4，设计5G安全架构的SA3。

这是个影响重大的提案，孙滔会前已早早准备，并陆续得到了多个主流运营商的共签。会议不出意料地开到晚上8点半才结束。孙滔邀请了十几位运营商代表，到会议酒店不远处的餐馆聚餐。Verizon、AT&T、沃达丰、德国电信、意大利电信、法国电信、NTT DoCoMo、KDDI、Sprint等主流运营商的代表都到了。开了一整天会的代表们立刻享受起中餐美食。过了几分钟，大家安静下来，齐齐地看着孙滔。沃达丰的代表首先说话："滔，你来说一下吧，这周我们要做的大事是什么？""我们要推动什么激动人心的进展？"Verizon的代表也笑着说，一边说一边有力地挥舞着手臂。

"各位伙伴"，孙滔看了一下大家，"我们5G架构的技术方向不能再拖了，两种方向走下去会影响协议设计，影响5G总体标准进展，威胁整个产业方向。我们必须在这次会议把架构定下来，而且我觉得我们的希望很大。但我希望得到各位的全力支持！”“没错，我看不到任何不沿着服务化方向往前走的理由。”德国电信的代表也激动地说。接着，他们又继续讨论了5G的漫游架构等其他几个棘手的问题。NTT DoCoMo也表示虽然前期的关注不多，但也愿意继续评估并暂时保持中立。孙滔获得了全球主要运营商的强有力的支持，也让他确认这将是一次影响5G技术走向的会议。

5月19日，由中国移动牵头并联合AT&T、德国电信等14家运营商及华为等12家网络设备商提出的选择SBA作为5G核心网唯一架构的提案经表决获得通过。表决结束后，韩国LG公司的代表走上前来，对孙滔说：“恭喜，你赢了！”吹尽狂沙始到金，5G架构标准有了中国移动的创新基因！

Now，we are in 5G（现在，我们已进入5G时代！）

翻过了这座山，前方仍然有巨大的挑战在等待着，5G标准的制定时间紧、任务重。为了应对标准制定过程中繁重复杂的工作，孙滔在SA2主席的支持下对5G架构标准的组织工作进行了梳理。早在一年前“5G架构研究”项目进行时，虽然3GPP SA2工作组将原本一年6次的会议数量增加到了8次，但也仅能满足解决大的方向性问题的需求；而针对5G研究所定义的23个问题，在真正制定标准时则面临更加繁杂的细节性的技术问题。为了让讨论更有效率，孙滔将23个问题分成了8个关键技术方向，找了一些精通此类技术的热心代表作为召集人，召集大家开会并对讨论结果做出总结。

起初，大家情绪高涨，一些关键技术问题迎刃而解。慢慢地，大家发现，这会导致周一至周五都有电话会议，有时候还不止1个，有的代表一晚上要参加3个电话会议，而且时间还有冲突。到了后期，一些代表提出个人精力有限，无法一天参加两个电话会议，一位欧洲代表风趣地说：“我们不能并行列太多问题，否则我们这些人可能都要离婚了。”不得已，孙滔和大家协商每天的电话会议不超过2个，而且时间上不能重叠。

经过一年多的不断磨合，SA2工作组内部逐渐形成报告人、编辑人、召集人三位一体的紧密合作制度。孙滔作为系统架构项目的报告人，每次标准会议后与规范的“编辑人”整理出待解决的重点问题列表，针对这些问题广泛发动各企业的标准专家推举议题“召集人”，召集人负责组织电话会议讨论相关问题，并将讨论后形成的解决方案上报。这样的合作制度确保了在5G架构标准制定过程中，重点问题全覆盖，每次会议有进展。

2017年11月27日至12月1日，3GPP当年最后一次分组大会在美国里诺举行，包括RAN1第91次、RAN2第100次、RAN3第98次、RAN4第85次、SA2第124次等会议集中举行。会议宣布作为过渡方案的5G非独立组网（NSA）标准即将冻结。与此同时，孙滔所在的SA2工作组也宣布5G独立组网（SA）系统架构和流程标准制定完成，这是首个由中国人牵头设计移动网络的系统架构，为5G第一版标准的全面正式完成打下了坚实基础。

为感谢“中国力量”对标准做出的贡献，工作组在11月30日会后举办的庆祝标准诞生仪式上，为每位代表准备了具有中国特色的礼物——熊猫玩偶。12月1日，3GPP SA2组正式宣布5G独立组网（SA）系统架构和流程标准制定完成。英国沃达丰的老专家举着酒杯对孙滔说：“祝贺你！但你们还不能松懈。4G我们是先行者，从技术标准到部署做了很多调试，5G我们要搭你们的便车。”

半年之后的2018年6月14日，移动通信国际标准化组织3GPP第80次TSG全会在美国圣地亚哥召开，会议发布了第五代移动通信技术标准（5G）独立组网标准。加之此前完成的非独立组网标准，5G已经完成第一阶段全功能标准化工作。至此，这项改变未来信息社会的重大技术，在全面商用上迈出了至关重要的一步。这是一个对5G发展具有里程碑意义的日子。孙滔清楚记得，会议中标准代表们全体伸出手指摆成5G手势，照片记录了那一瞬间，代表一个新的移动通信时代的到来！

在此次5G标准尤其是独立组网标准形成过程中，中国移动研究院的众多专家成为5G标准工作组的主席、报告人，如徐晓东成为RAN全会副主席，胡南担任RAN2工作组副主席，黄振宁成为CT3工作组副主席，孙滔成为5G系统架构项目报告人，后当选SA2副主席，宋月成为5G网络协议标准研究和制定项目报告人，后当选CT4副主席，齐旻鹏后当选SA3副主席，他们是5G标准制定的重要贡献者。

庞大的专家团队使中国移动有能力对3GPP跨工作组大项目进行总体协调。在5G详细设计工作中，终端与网络接口、网络内部接口、网间接口、SIM卡技术分别由3GPP CT1、CT3、CT4、CT6四个工作组负责，而各个工作组彼此之间相互依赖关系较强。为了能按时、保质保量地完成5G详细设计工作，中国移动牵头成立了跨CT1/3/4/6的大型项目，由中国移动担任总报告人负责总体协调工作，并在每个工作组设置一个报告人协调本组相关工作。这种跨组协同工作模式，使得5G详细设计工作得以顺利推进。

同时，中国移动还积极沟通协调，推动产业各方有效合作，使5G第一版独立组网标准克服了时间紧（5G详细设计工作从立项到完成仅18个月时间）、任务重的难题，按时圆满完成了看似不可能完成的任务。后来孙滔团队与Affirmed公司交流时，Affirmed的首席架构师说“5G标准能按时完成全新的SBA的定义，实在是令人惊讶！”

从来就没有黑马，唯有辛勤付出。孙滔及其团队秉承“创世界一流团队，做世界一流技术”的信念，一步一个脚印，让中国的技术成为世界的标准，为中国5G的发展先人一步，谱写了一曲无悔青春、科技报国的奋斗之歌。

众望所归，当选3GPP SA2副主席

孙滔出色的工作能力不仅得到了中国移动研究院的认可，也得到了他所服务的国际通信标准组织3GPP的高度评价。2019年5月13日，3GPP SA2工作组第133次会议在美国里诺召开，孙滔因在5G系统架构方面的出色表现，成为此次换届选举SA2副主席强有力的竞争者。

孙滔作为候选人，虚心地向曾经担任主席、副主席的三星、英特尔代表求教。会上，来自Fraunhofer的代表问他对副主席角色的理解，以及当选后如何促进3GPP与垂直行业的交流合作，孙滔耐心地一一作答。2019年5月14日孙滔首轮当选为SA2第一副主席。作为跨度近三年的5G标准项目的牵头人，孙滔证明了自己的实力。孙滔当选SA2副主席，实是众望所归。

光荣属于奋斗者

就在这一年，由于在5G通信标准上的突出贡献，孙滔获得了中央宣传部等九部委评选的“最美奋斗者”的称号，孙滔在事后接受媒体采访时表示：“这是属于所有通信人的荣誉，体现了国家和社会对通信发展事业的肯定。中国通信业的奋斗者们历经各种艰辛，建设了全球超过半数的4G基站，用最好的4G网络服务于每一位用户，并为移动互联网等相关产业的蓬勃发展提供了保障。中国通信业的发展取得了不起的成就，我为自己是其中一员而自豪。”

从5G到6G，未来无限可能

从4G到5G是通信行业向前迈出的重要一步，更是一场“端到端”的跨行业革命。受益于通信、计算以及垂直行业相互融合带来的乘法效应，5G将带来虚拟现实、无人驾驶、超清视频等新一代体验，为各行各业创造新的商机。同时，5G将开启数字经济新篇章，推动经济社会全方位变革，为产业转型升级和经济高质量发展注入强大动力。

如果说4G改变生活，5G改变社会，6G可能要改变世界了。虽然说5G商用刚开始一年，但对信息技术的追求和探索是无止境的，各个国家在信息技术未来发展方向上的竞争也日益白热化。

2019年2月，美国联邦通信委员会基于对6G频谱、无线超大容量和频谱创新应用三大类关键技术的预测，开放了太赫兹频段用于6G实验。2020年2月，国际电信联盟(International Telecommunication Union，ITU)启动了面向2030年及未来6G的研究工作，标志着6G正式纳入国际标准化组织研究计划。2019年6月，在工业和信息化部的指导下，中国6G研究组正式成立。2020年1月，为进一步推动我国6G技术产业发展，6G研究组更名为IMT-2030推进组，孙滔担任了网络技术组网络架构子组的组长。

孙滔认为，与5G相比，6G时代中国通信产业界可能将面临更多的挑战。在5G的国际标准和技术方面，我们有了先期的优势。但如何让5G融入千行百业是5G真正成功的关键，目前我们看到了行业应用蓬勃发展，然而某些国家出于非市场目的的技术保护已经对5G产业的发展造成伤害。中国

通信产业人在5G技术方面的领先必将继续引发6G技术的竞争。移动通信既是重要的基础设施又是各行业创新发展的新引擎，其技术的竞争已经远远超越了通信行业本身，成为国家竞争战略的焦点。“打江山易，守江山难”。从技术标准角度来看，如果说5G是“深水区”，那么6G就是“无人区”。在5G时代实现引领的中国通信人，如何在无先例可循的情况下发挥创造力、带领全球产业链迈向6G，是摆在中国通信产业面前的重大命题。“没人告诉你技术的走向，没有榜样可以跟随，攀登信息技术高峰的步伐不能放缓，而是要加快。我们看到竞争，我们更需要加强和全球产业界伙伴的合作、实现共赢”。

移动通信十年一代，技术的发展永不停止，未来也定会有更多艰险。我们还有很多“卡脖子”的技术难题等待攻克，我们在网络领域仍有更多原创性的成果需要积累。孙滔坚信我们终将继续成为技术的引领者，因为“我们身处伟大的时代，我们有全球最多的用户、全球最大的网络，我们更有最勇于创新、甘于奉献的年青一代”。

幸福源自奋斗，成功在于奉献，平凡造就伟大。新时代下，科研工作者必将大有可为，也必将大有作为，包括孙滔在内的广大通信人定会不负韶华、只争朝夕、砥砺前行，为实现中华民族伟大复兴的中国梦而努力奋斗，一起创造无限可能！

一生熔铸“中国心”

——记中国航空发动机之父吴大观

◎文/中国航发

序　曲

生命就像一条大河
时而宁静时而疯狂
…………
我知道我要的那种幸福
就在那片更高的天空
我要飞得更高　飞得更高
狂风一样舞蹈　挣脱怀抱
我要飞得更高　飞得更高
翅膀卷起风暴　心生呼啸

躺在病床上的吴大观，思绪万千，这位耄耋之年的老者心里想的、口中念的，全都是航空发动机事业……

他的一只眼睛已经失明，可是他依然能够望见窗外那片湛蓝的天空。

吴大观又一次陷入昏迷，但这位九十三岁的老人，他的心依然在飞……

第一章　蓝天梦

“看着窗外的天空，我就想，天空多美，多迷人啊！”

1.我要上航空系

1941年，昆明，西南联合大学工学院。

航空系主任王德荣先生上完课，刚走出教室，一个高高瘦瘦的青年学生迎了上来。他手里拿着一张成绩单，急切地对王德荣先生说：“先生，我是机械系的学生，我想转到您的航空系。”

王德荣先生是英国伦敦大学帝国理工学院的硕士，西南联大航空工程系主任。他打量了一下眼前的这位年轻人，接过成绩单，看了一眼，没有表态。

年轻人又对王德荣说：“先生，我想学航空，造出中国人自己的飞机！”

此时的吴大观，是西南联大机械系三年级的学生。几年中，他目睹了日本飞机对昆明的狂轰滥炸，看到飞机过后的那一片火海，看到痛哭的失去亲人的同胞，看到涂着红色膏药旗的日本飞机在昆明的上空横冲直撞，吴大观怒火中烧，恨不能驾驶飞机立刻冲上天空，和日寇决一死战。

吴大观有一个中学同学，他是一名飞行员，原来在中国空军杭州笕桥航校。因为日军的大举进攻，这个航校也迁到了昆明，坐落在昆明郊区巫家坝机场。吴大观常去看他和他的飞机。吴大观对这位同学说：“日本的飞机在中国的天空横行霸道，难道你们就无动于衷？”这位同学无奈地告诉他：“和日本空军比起来，中国的飞机无论数量上还是性能上，都处于劣势。没有制空权就只能挨打。我们现在还造不出自己的飞机，只能到国外去买。可是，人家常常卡你的脖子。有本事，你造出自己的飞机来！”

一番话，让吴大观的心隐隐作痛。是啊，有本事，你造出自己的飞机来！

吴大观喜欢飞机由来已久，而且，他心中有一个仰慕的英雄。

1927年，25岁的美国飞行员查尔斯·林白，驾驶一架单发飞机完成了人类历史上首次横跨大西洋的飞行。这震惊世界的壮举，在当时还是中学生的吴大观心中播撒下航空的种子。

吴大观1916年出生于头桥镇，在扬州读的中学。当时的扬州也有一座机场，十分简陋。飞行员们住在六七里外扬州城里的旅馆。没有警报的时候，专用的黄包车一字形停在门前。警报一响，飞行员们便立刻坐上黄包车直奔飞机场。可是，很快这个机场便被日寇炸毁。

1937年，吴大观中学毕业，来到上海参加清华大学的考试。可是，考卷还没有运到，就有告示贴出，“考试取消”。很快，淞沪会战打响，吴大观和几个同学从车窗爬进火车，逃回镇江。

不久，清华、北大、南开等南迁的三所大学在长沙共同组建了长沙临时大学，并招生。吴大观前去报考，被机械系录取。然而，日寇一路推进，上海沦陷、南京沦陷、武汉沦陷。吴大观随临时大学从长沙一路迁往昆明。到了昆明，长沙临时大学便正式更名为国立西南联合大学。

日寇飞机的狂轰滥炸和积贫积弱落后挨打的国家现状，无时无刻不在提醒着吴大观，航空对一个国家，对一个民族的重要性，事关一个国家的生死存亡。

“一定要读航空系！”吴大观决心已定。他业余时间的阅读全部转向航空知识方面，图书馆中仅有的几本航空方面的书籍，吴大观反复阅读；空袭过后，昆明市郊的山坡上、旷野里，总能看到吴大观拿着书本和网兜，研读之余，他挥动网兜，追逐着各式昆虫，观察它们的飞翔。他还把捕捉到的昆虫做成标本，编上号，研究它们的翅膀结构。

吴大观还是不断地去找王德荣先生，他把自己精心收集的各种昆虫标本给先生看：“王先生，您看看这个，这是我收集的。”

王德荣先生笑了，这位热爱航空的小伙子，他的执着精神打动了王先生。

先生说：“好，好，你来吧。”

“谢谢先生。”吴大观深深地鞠了一躬。

此时的吴大观在西南联大的机械系已经读完三年级，来到航空系，他要从航空系的三年级开始读起。

在课堂上，飞机发动机设计、制造是教授金希武讲授的。他对学生们说："决定飞机性能的关键是发动机，就像人的心脏……"

吴大观记住了这句话。

2.祖国在召唤

1947年，美国，威廉斯堡。

听到吴大观坚决回国的消息，他的同学匆忙赶来劝他："大观，抗战刚刚结束，内战就要开始了，你为什么还回去呢？留下来吧，只有在美国才能发挥你的才智。"

吴大观说："我是中国人，我要回去，我要造中国自己的飞机。"

同学不解地说："大观，你会后悔的。"

吴大观说："我永远都不会后悔，我必须回去，祖国需要我。"

回国的路，走得十分艰难。吴大观从威廉斯堡坐火车到华盛顿，再换车到新奥尔良。然后从新奥尔良登船，从大西洋经古巴穿巴拿马运河，进入太平洋，到达洛杉矶，在海上漂泊了五十六天后终于到达上海。

五年前，吴大观从西南联大航空系毕业，很多同学都改了行，吴大观则坚定地认为，除了制造飞机，他什么都不做。在昆明，猖獗的日本飞机，终于因陈纳德飞虎队的到来，被压下气焰，吴大观越发感到先进飞机的重要。

毕业了，何去何从？这时，一位学长找到吴大观，对他说："你来我们大定吧，我们一起搞飞机发动机。"

大定在贵州省毕节市大方县一个叫羊场坝的地方，这里有一个宽度、深度都超过一百米的天然溶洞，当地人称"乌鸦洞"。然而，当地人无论如何也想不到，就是这样一个黑咕隆咚的"乌鸦洞"，竟和中国的航空事业联系在一起。

这个洞，便是"大定航空发动机厂"，这里聚集着中国当时为数不多的，但是最优秀的，从美国、欧洲留学回来的发动机专家。他们之所以选定这个不毛之地，就是为了躲避日本飞机的狂轰滥炸。虽然这里条件异常艰苦，但却是在为国家制造航空发动机，再苦，吴大观心里也高兴。

因为工作成绩突出，且有培养价值，1944年，吴大观被工厂选派到美国去接受培训。他们从贵州到重庆，从重庆到成都，从成都到昆明，从昆明乘飞机穿越喜马拉雅山，走的就是那条著名的“驼峰航线”。飞机在驼峰航线忽而颠簸，忽而上升，忽而下降。舷窗外，峡谷纵横，白雪皑皑，吴大观不禁向峡谷中那些英勇牺牲的飞行员们致敬。

在美国学习期间，吴大观去的第一家工厂是莱康明航空发动机厂。这些派去美国学习的人，有的学汽缸，有的学活塞，有的学曲轴、连杆等各种附件，吴大观被派去学发动机制造。

经过了系统的学习，吴大观仅用半年时间就基本掌握了活塞式发动机设计的全过程。接着，他又学习了齿轮工艺、工装夹具、刀具设计及其加工技术。

在美国，吴大观珍惜一切时间，学习一切可以学到的东西。他知道，这一切，都是祖国需要的。

随后，吴大观又到了美国普惠航空发动机公司学习，开始研究喷气发动机技术，这为他日后从事航空发动机设计奠定了理论基础。吴大观还以自己优异的学习成绩，被美国SAE，即美国自动车工程师学会吸收为会员。

吴大观看到，美国人把在欧洲战场击落的德国飞机运回美国，对飞机进行解剖，认真研究，取长补短，很快制造出了更先进的飞机。

在这里，吴大观接触到了世界上最先进的喷气式航空发动机，而研制航空涡轮发动机在美国尚属起步，这引起吴大观的极大兴趣，因为它代表着航空发动机发展的方向。

吴大观他们这些人，是以军人的身份来到美国学习的。在美国，这位高大帅气的中国少尉军官，很受美国人的欢迎。他们请吴大观去郊游、去参观、去跳舞，请他吃火鸡，还请他做报告，让他讲中国人民的抗日斗争和中国的儒家思想。

很多和吴大观一起来美国的同事决定留在这里。有朋友来做吴大观的思想工作，希望他也能留下来，而且还有几家美国的公司，向吴大观伸出了橄榄枝。

所有这些，都被吴大观拒绝了，他一心要回到祖国。

在吴大观看来，祖国就是母亲，如今母亲病了，她的儿子怎能弃她远去！

3.这里才是我向往的世界

1948年，石家庄。

在地下党的帮助下，吴大观毅然奔向了解放区。

石家庄当时是华北人民政府所在地，在华北人民政府交际处，华北军区司令员聂荣臻热情地接待了吴大观，并亲自设宴，招待吴大观一家四口，请他吃的是羊肉火锅。在解放战争物资十分匮乏的年代里，吃一顿羊肉火锅，那可是相当高的礼遇了。

聂荣臻司令穿着一件黄色军大衣，精神抖擞，他问道："吴先生原来是做什么的？"

吴大观说："我原来是搞航空发动机的，在贵州大定，后来又到美国去学习飞机发动机制造。回国后，在广州建大定发动机分厂，可是很失望，便到北大教书去了。现在投奔解放区，就希望将来学有所用，为中国造出咱们自己的飞机发动机。"

聂荣臻司令非常高兴，他大声地对吴大观说："吴先生，很好啊！将来共产党解放全中国，你一定会大有作为。"

吴大观兴奋地说："我期待那一天。"

用吴大观自己的话讲："我是从黑暗走向光明的。"

吴大观从国外归来，从上海辗转到了广州，那里正在建设大定飞机发动机分厂。可是，此时的国民党忙于内战，根本无心去关注一个小小的分厂建设。一方面，国民党民心丧尽，另一方面，工厂里人员消极，不知何去何从。吴大观满腔热忱地归来，却是迎面一盆冷水。

正彷徨间，西南联大的老同学董寿莘推荐吴大观到北京大学任教。吴大观欣然从命，如果在工厂不能施展自己的平生所学，那就到大学去教学生。

在北大，吴大观是工学院的专任讲师，讲授航空发动机设计、发动机齿轮设计、机械原理和机械制图四门课程，住在集体宿舍里。因为时常停电，无法看书，加上时局不稳，教师们晚饭后常在一起讨论时局。

这时吴大观才发现，原来他身边的这些老师们，都是共产党员。而此时党组织也注意到了吴大观，有意接近他。于是，一些活动也找吴大观参加。吴大观和他们一起参加罢课、罢教、反内战、反饥饿的斗争，党组织还推举吴大观担任教师联合会的主席。

此时东北全境解放，四野大军压境。随着国民党的节节败退，北大教师人心已乱。一些老师准备南下避难，但吴大观和他身边的那些老师留了下来。

吴大观既参加学生运动，又担任北大教师联合会主席，阻止教师南下，引起国民党特务的注意，而且上了黑名单，处境危险。

这时，地下党员北大助教袁永厚找到吴大观，他征求吴大观的意见："吴先生，想不想去解放区？"

吴大观一听，非常高兴，这正是他向往的世界，他立刻答应。于是，在这位同事的帮助下，吴大观做了精心准备，向学校请了假，说是母亲有病，要回上海探亲。他把家人都接到了北平。在地下党的帮助下，吴大观化装成从沈阳逃难来的照相师傅，从北平坐火车，经天津，然后换马车到沧州，再从沧州经泊镇到达石家庄。出于安全考虑，他将原来的名字吴蔚升改成了吴大观，取"开阔眼界"之意。

解放区的天和国民党统治区的天就是不一样，那里的人们垂头丧气，人心惶惶。而这里却生机勃勃，让人振奋，充满希望。

吴大观孩子般地笑了，他对家人说："我们现在到了向往的世界。"

第二章　中国心

"为中国制造的飞机装上中国制造的、具有世界先进水平的'中国心'——航空发动机，是我最大的愿望。"

1. 要造我们自己的飞机

1956年，北京。

国家航空工业局里有两位年轻人，一位是第一生产处的处长徐舜寿，另一位是第二生产处的处长吴大观。两个年轻人，一个三十九岁，一个四十岁，两人是非常要好、无话不谈的朋友。

徐舜寿才华出众，十六岁便考入清华大学机械系，毕业后就随解放军南下，并参加了南京国民政府空军机场和航空工业设施的调查，还参加了南京机场的修复工作。他和吴大观一样，有志于国家的航空事业，尤其是飞机制造。

两个年轻人一拍即合："我们一定要造出中国人自己的飞机！"

1948年12月，吴大观刚到石家庄不久，解放军四野已经准备和平解放北平了，穿上黄色土布军装的吴大观，随解放军进驻北平城，接管北平的工矿企业。先是接管了国民党的矿冶研究所，接着又接管了石景山钢铁厂、发电厂、煤矿等。特别是在矿冶研究所，里面全是搞科技的知识分子，其中还有一位曾和吴大观一起在美国学习过的同事。他见了吴大观，非常高兴。但是，仅过了一会儿，他便明白，他们不一样了，自己是旧知识分子，而吴大观已经是共产党的"接收人员"。

1949年10月1日，北京举行了隆重的开国大典，毛主席在天安门城楼庄严宣布："中华人民共和国中央人民政府成立了！"毛主席的声音响彻北京的上空，吴大观热血沸腾。

开国大典刚刚结束，吴大观便被调到中央重工业部航空工业局筹备组担任组长，开始到各地选调航空方面的人才。由于航空工业局是新成立的部门，没有办公地点，便把机关设在了沈阳。

"雄赳赳，气昂昂，跨过鸭绿江。保祖国，卫和平，就是保家乡……"此刻的沈阳，到处都是这雄壮的歌声。抗美援朝成了一切工作的重中之重。从朝鲜战场运回的那些被击伤和出现故障的飞机，要在沈阳进行维修，任务非常繁重。于是，局机关的工作人员全部下到工厂车间。

中国人民志愿军空军虽然成立时间短，但在抗美援朝战争中，不畏强敌，英勇作战，不但击落数百架敌机，而且还打下美军的"王牌"飞行员，这让吴大观他们备受鼓舞。

可是，吴大观心里清楚，志愿军勇士们驾驶的飞机，并不是中国制造，不过是中国装配和中国修理。其性能和先进的飞机相比，还有很大的差距。而自己工作在航空工业局，学的是发动机制造，却没能拿出中国自己的飞机。他想到那些在朝鲜战场上，和美国的飞机拼命厮杀的飞行员，他们付出了鲜血和生命，如果我们不能拿出中国人自己制造的先进飞机，怎么能对得起那些牺牲的烈士？他在日记中写道："不研制出自己的发动机，死不瞑目。"

吴大观不能忘记毛主席说过的话："我们不仅要有一个强大的陆军，还要有一个强大的空军和一个强大的海军。"

他也不能忘记周恩来总理的话："我国是拥有九百六十万平方公里国土和六亿人口的国家，靠买人家的飞机，搞搞修理是不行的。"

他深感自己的肩上责任重大。

此时，航空工业局机关已经搬回北京，吴大观和徐舜寿在一起讨论最多的，就是如何造出中国自己的飞机。他们俩商量，修理飞机的路我们走过来了，仿制飞机的路我们也走过来了，接下来，就应该是走我们自己研发的路，造自己的发动机，造自己的飞机了。

于是，两个年轻人立刻给航空工业局打报告，郑重提出："我们应该走自行设计，自己制造飞机和发动机的路子，并建立空气动力研究所和航空发动机研究机构。"

他们的报告很快就被批准了。

我们常听人说，某项工作"万事俱备，只欠东风"，意思就是说什么都准备好了，只要领导支持，保证成功。可是，搞航空发动机和造自己的飞机，没那么简单，当时吴大观他们可以说是"万事未备，不欠东风"，就是说，除了领导支持，他们什么都没有。

1956年，局里批准成立了两个设计室，吴大观任第二设计室主任，徐舜寿任第一设计室主任。可是，一无所有的吴大观，把设计室设在哪里呢？

考虑到当时东北有着最好的工业基础，这是研制飞机和发动机最大的先决条件。于是，吴大观和徐舜寿就来到了沈阳。

2.飞上蓝天

1958年8月1日，沈阳。

这一天，是中国人民解放军的建军节，这一天，也是吴大观人生中最重要的日子。吴大观和他的团队研制的喷发-1A航空发动机，装在了由徐舜寿团队研制的歼教-1飞机上，经过几次成功的试飞，今天要在建军节这天举行庆祝大会。

中央军委副主席叶剑英元帅，空军司令员、开国上将刘亚楼亲临沈阳。试飞员是时任空军作训部部长的于振武，他在1994年升任中国人民解放军空军司令。

庆功会在沈阳112厂举行，这天，万人会场上红旗招展，天空一片蔚蓝。机务人员在检查完毕后，在飞机旁列队立正，组长跑步到身穿飞行服的试飞员于振武面前，举手敬礼，大声报告："准备完毕，飞机良好。"

于振武迅速登上飞机。

一颗绿色的信号弹凌空升起。

飞机发动，转向跑道，尾喷流卷起热浪，加速，加速，飞机瞬间飞上蓝天。

叶剑英元帅、刘亚楼上将站在主席台上，仰望着天上飞翔的"银燕"。叶帅激动地鼓掌，刘亚楼双手掐腰，把脸仰得高高的，生怕漏掉一个细节。

现场的设计人员、工人，尽情地欢呼，吴大观忍不住热泪盈眶。

真的，太不容易了！

那时的新中国才刚刚成立，航空工业的设计力量几乎是一片空白。设计发动机，谈何容易？

这是我国首次设计航空喷气发动机，一没实践经验，二缺技术设备，一切从零开始。而且，设计人员从哪来呢？新中国成立初期，发动机设计人员寥寥无几，经过多方努力，吴大观从部局机关和沈阳、哈尔滨几个发动机厂家选调，才凑了二十几个人，简直是杯水车薪。不要说设计图纸，就是有现成的图纸让你去照着画，这几个人也画不过来呀。

紧接着，吴大观又从南京航专和沈阳航校招收了一批刚毕业的学生，这样总算有了一百来人。可是，就是这一百来人的设计人员中，学的也都是活塞式发动机或是修理装配制造专业，对于涡轮式发动机几乎闻所未闻。吴大观深感设计力量的薄弱，提高技术水平是当务之急。于是，他对这些年轻人进行了培训。

没有设计室，他们就借用老厂房，用的是老式的计算尺，甚至连算盘也派上了用场。大家废寝忘食地加班加点。为了适应工厂当时的设备和现有的材料，他们还将设计图纸做了数次修改。

吴大观和一群充满航空理想的同志们在一起，这其中还有一批二十来岁的年轻人，他们在为年轻的共和国做着一件惊天动地的大事，怎能不激情燃烧。

吴大观对他们说："你们知道吗，我们是在创造奇迹！"

那些日子，遇到的困难，数不胜数；需要解决的问题，太多太多。有时甚至到了一筹莫展、山穷水尽的地步。但是吴大观坚信，只要坚定信心，只要不肯放弃，就会峰回路转、柳暗花明。

经过紧张的210个日日夜夜，经过让人把心都提到嗓子眼的20小时持久试车，首批四台发动机终于研制成功了。

…………

飞机安全着陆了，人们蜂拥而至，把鲜花献给了这位试飞英雄。吴大观和徐舜寿热泪盈眶，同于振武紧紧地拥抱在了一起。

在那天的祝捷大会上，吴大观走上主席台，代表第二设计室全体科技人员发言。吴大观激动地说："参加喷发－1A发动机研制的科技人员，都有新中国主人翁的自豪感和高昂的革命热情，有为我国设计自己的航空发动机的强烈愿望和献身精神。在短短的三年时间里，我们闯过了一个又一个的难关，第一次自行设计出中国自己的飞机和喷气发动机，吃了不少的苦头，也尝到了不少的甜头……"

1958年9月，装有喷发－1A发动机的两架歼教－1飞机，飞到北京沙河机场，进行编队训练，接受中央首长检阅。9月10日，中共中央、国务院发来贺电。中央电影制片厂还拍摄了电影《早送银燕上青天》。

喷发－1A的研制成功，在我国航空工业史上是个重要的起步，为中国的航空史写下最亮丽的一笔。

吴大观没有停下探索的脚步，他要为国家研发出更多型号的航空发动机。

1961年8月，国防部第六研究院第二设计研究所（中国航发沈阳发动机研究所前身）成立，吴大观任技术副所长。他提出，研制发动机，必须先抓试验设备，建立试验基地。在所领导的大力支持下，吴大观和总设计师虞光裕密切配合，在国家投入有限的情况下，精打细算，建成了我国第一个初具规模的航空发动机试验基地。基地的建设，对当时的型号研制，乃至后来包括“昆仑”发动机和“太行”发动机在内的型号研制都发挥了极其重要的作用。

接下来，吴大观主持了我国第一型涡轮喷气发动机——涡喷-7甲发动机的改进改型研制工作。装有涡喷-7甲发动机的歼-8飞机，于1969年7月4日首次试飞成功，该型发动机获国家科技进步特等奖。

面对航空发动机研制，吴大观是一个永不满足的人，有了涡喷，他又把目光转向涡扇。我国的第一型涡轮风扇发动机——涡扇-5，就是在他的主持下改型设计的。1970年10月，吴大观组织完成了轰-5飞机改装涡扇-5发动机的工作。1971年6月，涡扇-5发动机装机滑跑，达到起飞速度，发动机工作良好。

涡扇-5之后，吴大观又组织自行研制了我国第一型大推力涡轮风扇发动机——涡扇-6。涡扇-6发动机是我国航空发动机研制的一项重要技术成果，也是我国自行设计发动机的一个重要里程碑。

此刻的吴大观，正信心百倍，他要让中国人制造的航空发动机，站到世界的前列。

3.飞豹！飞豹！

1988年12月14日，西安阎良。

试飞中心机场塔台，人们焦急地等待着那个激动人心的时刻。

下午三时许，试飞英雄黄炳新驾驶着歼轰-7飞机腾空而起，直上苍穹。此刻，蓝天上的“飞豹”分分秒秒都牵动着人心。18分钟后，黄炳新驾驶的飞机，沉稳着陆。

现场一片欢腾。

中国第一代超声速歼击轰炸机——“中国飞豹”终于试飞成功了。

消息传来，已经72岁，调离西安6年的吴大观泪流满面。

“飞豹”成功的背后，有着一段不平凡的历程。

在那个特殊的年代，航空发动机的研发陷入停滞，科研水平落后，技术力量薄弱，飞机“心脏病”问题影响着航空装备发展。面对这种情况，吴大观心急如焚。国家做出决策，要引进发动机。

1977年，吴大观从沈阳来到西安四三〇厂（现中国航发西安航空发动机有限公司），担任技术副厂长兼设计所所长，奉命开展引进发动机的试制工作。

此刻，已过耳顺之年的吴大观，迎来他生命中的又一个春天。

第三机械工业部的副部长莫文祥率工作组进厂，这位曾和吴大观并肩战斗的战友知道，能担起这副重担的，唯有吴大观。

对先进技术的消化再吸收，是一项艰巨的工程。吴大观既鼓励大家，又率先垂范，他说，“我今年62岁了，但我要拿出26岁的劲头儿，和大家一起投入航空发动机的研制工作，这是时代赋予我们的使命！”

这些科技人员大都是从全国各地抽调来的。吴大观对他们说：“同志们，大家来自五湖四海，但我们的目标只有一个，就是要在最短的时间内研制出属于自己的航空发动机！”

作为发动机总装相关工作的中方技术负责人，吴大观组织领导了发动机技术资料的整理、清账工作，他叮嘱大家说，“用人民的钱买来的资料，每个字的遗失都是对人民最大的犯罪。”

每天晚上，设计所的所有办公室灯火通明。作为一名科技工作者，吴大观对于产品质量的要求几乎到了苛刻的地步，送到总装车间的几万个零件他都严格把关。

在进行150小时持久试车时，作为现场总指挥的吴大观一刻也不愿离开，他一个人顶两班，甚至在感冒发烧至39℃的时候，依然坐镇现场指挥。高强度的工作将这位六十多岁的老人累倒了，他晕倒在试车台上。大家急忙带他去看了医生，送他回家休息。可是才过了两小时，吴大观又回到了试车现场。他说，“我不能离开，就是回去了，心也在这儿。”

经过三年的努力，1980年2月，试制发动机通过测试，完全达到了技术要求。

六年后，当中国的“飞豹”飞上蓝天的时候，这位为中国的航空事业奋斗了一辈子的老人，在经历了种种磨难和起伏之后，怎能不热泪盈眶！

第三章　未了情

“如果时光可以倒流，我还想到沈阳动力所，再去当一个设计员，当一个老兵。”

1.心在呼唤

2009年2月，中航中心医院。

已经93岁的吴大观，在病痛的折磨下，被送进了医院。

每有领导和同志前来看望，吴大观便兴奋不已，总有太多的话想说。那天，从事航空发动机研究的晚辈，也是曾经和他在一起工作过的战友刘大响等人来看他，他坐起身来，急切地拉住他们。

“吴老，您快躺下。”

“不，我没有时间了，让我说。”

这是一位老航空专家的肺腑之言：“研制航空发动机太难了，一定要吸取历史教训，按科学规律办事，一定要加强预先研究，一定要讲真话，不要怕，把我国的发动机搞上去！”

是啊，研制航空发动机太难了。

航空发动机需要在高温、高寒、高速、高压、高转速、高负荷、缺氧、振动等极端恶劣环境下，稳定可靠地工作。在飞行中决不可能停机维修，因而可靠性要求极高。

是啊，必须吸取历史的教训。

中国航空事业走过了60年风雨历程，每一步，都留下了吴大观的脚印，他的体会太深了。这些年来，祖国的航空事业，有成功也有失败，有前进也有停滞，有经验也有教训。吴大观始终以一个知识分子的爱国情怀，以一个共产党员坦荡磊落的胸襟，为中国的航空事业奔走、呼吁。

要有自己的飞机，就必须有自己的发动机。粉碎“四人帮”之后，他急切希望航空发动机事业能够得到国家的重视，他认为根治飞机的“心脏病”已刻不容缓。

他看到国外针对航空发动机制定了通用规范，规范详尽规定了发动机研制过程中的每一道程序该如何进行、如何把关，而这正是我们所缺少的。于是他向航空部提出编制我们自己的规范并获批准。

1983 年，国家在论证我国自行研制的第三代作战飞机时，不少人极力主张引进国外成熟的发动机。特别是在决定“太行”发动机前途命运的关键时刻，吴大观大声疾呼，“我们一定要走出一条中国自主研制航空发动机的道路，否则，我们在这方面就会永远受制于人，战机就会永远没有中国‘心’！”

1985年，吴大观联合其他八位资深专家，联名上书邓小平同志，引起了党中央的高度重视。经邓小平同志批示，1987年，“太行”发动机项目得以立项。18年后，“太行”终于研制成功，实现了我国从第二代航空发动机到第三代发动机的跨越。

离开西安，在航空部科技委工作的20多年里，吴大观在各种刊物发表了60多篇文章，总结了航空发动机研制中的经验教训。

“同其他领域不同的是，航空发动机研发领域是没有任何近路可抄的。从发动机的布局到发动机的涡轮叶片这些项目，都需要研发人员一步一个脚印去克服，去攻关。没有丰富的技术储备和扎实的预先研究项目作后盾，将导致航空科技发展的短期行为，使得航空技术后继资源枯竭。”

如果没有拳拳的爱国之心，如果没有崇高的信仰，如果没有深入骨髓的使命感，一个人，怎会百折不挠地用自己的一生，为航空发动机事业，鞠躬尽瘁，死而后已！

2. 我愿做一蹬阶梯

1983年，北京航空学院。

吴大观走上讲台，望着台下的“学生”，心潮起伏。他知道，中国航空发动机的希望就在这些人的身上。因为这些“学生”是当下中国航空企事业单位的高层领导和技术干部。

吴大观深情地说：“科技干部，特别是年轻的科技干部，必须勤奋学习，向实践学习，向群众学习，这样才能不断地增长自己的才干。虽然在前进的道路上困难很多，但只要锲而不舍，前程就是光明的，让我们一起为航空工业的发展，共同努力，共创辉煌。”

此时的吴大观，在北京航空学院担任兼职教授，除了参加研究生的论文答辩，他还经常到学校为学生们讲课。尤其是在继续教育学院为高管和技术干部讲课，他不仅讲发动机的技术理论，还向他们介绍我国航空发动机研制的经验。他说：“我的希望就是，让我们的后来人了解我们走过的路，总结经验，吸取教训，振奋精神，走出自己的路。”

几十年来，为了中国航空事业的人才培养，吴大观呕心沥血。

吴大观知道，当下最重要，最急迫，最应该向年轻的科技人员传递的是精神，是爱国的精神；是志气，是一定要搞出我们自己的航空发动机的志气；是勇气，是无论有多大的困难，也要迎难而上的勇气；是智慧，是在发展国产航空发动机的道路上，少走弯路的智慧。

吴大观身边的一位科技人员感慨地说：“这个世界不缺少聪明的人，缺少的是有精神的人。吴老就是一个有精神且纯粹的人！他告诉我们，攻克一个个技术难题、掌握自主创新的核心技术，需要大无畏的精神和勇气。对于我们这样一个发展中国家，吴老代表了一种精神，一种矢志不渝的勇气和决心。他是我们年轻人学习的榜样。”

新中国成立初期，航空发动机技术人才稀缺，成为影响科研工作进展的最大难题。吴大观知道，要使技术人才担负起研制发动机的重任，必须进一步加强培养。他一方面安排技术人员到科研一线进行锻炼，另一方面组织他们学习国外的经验，跟踪世界航空发动机的先进技术。

当时的科技人员英语水平普遍不高，吴大观便组织英语培训班，请英语好的同志讲课，对科研人员进行轮训。每天晚上，科研大楼灯火辉煌，书声琅琅。

吴大观还从所里抽调一批中青年技术骨干，成立了发动机远景发展工程师组，跟踪世界航空先进技术。这些同志经过实践锻炼，拓宽了视野，增长了才干。这些人后来都成了航空发动机科研领域的领军人物。可以说，是吴大观组建了新中国第一支航空动力设计研制队伍。

为了建立良好的科研秩序，吴大观在虞光裕总师的配合下，主持制定了比较完善的发动机设计、试验技术标准，包括《设计员手册》《图样管理制度》《试验程序》等共八册，被科技人员亲切地称为“八大本”。

除了在政治上、技术上关心这些年轻的科技人员成长，在生活上，吴大观也时刻关心他们。20世纪60年代的三年自然灾害给国民经济、工业发展、人民健康带来巨大的影响，那些年轻的科技人员身体也出现了浮肿。吴大观看在眼里、急在心上。他千方百计搞来两车黄豆，解了燃眉之急；他还组织职工在沈阳郊区兴建农场，解决职工的肚子问题。为了调动科技人员的积极性，在春节的时候，他和班子成员自掏腰包，宴请所里的技术骨干。

在吴大观的主持下，我国第一部军用航空发动机通用标准规范的编制顺利完成了，发动机研制从此有章可循，让后来者少走弯路。

88岁高龄时，他学会了使用电脑，坐在电脑前，戴着老花镜，拿着放大镜，尽管左眼因眼疾失明，但他仍然坚持每天搜索和下载各种有关航空发动机的资料，然后一摞一摞地装订好，送给工作在一线的科技人员。

吴大观从未在意过个人荣誉，但是，党和人民没有忘记他。2009年7月，中组部追授他为“全国优秀共产党员”，同时入选了“100位新中国成立以来感动中国人物”。2019年9月，就在庆祝新中国成立70周年前夕，国家向新中国成立以来在社会各行各业建设中做出突出贡献的278人授予“最美奋斗者”光荣称号，吴大观位列其中。

吴大观用他对祖国最诚挚的爱和无私的奉献，诠释了“最美奋斗者”的全部内涵，他用自己的热血和忠诚，在中国的航空史上，书写了辉煌的一页。

吴大观深深地懂得，航空发动机的研制事业是党和国家的事业，不是个人的事业。航空发动机的研制关系到国家战略，而人才资源是最重要的战略资源。他说：“我愿做一蹬阶梯，让年轻一代踏着自己的肩膀向技术高峰攀登。”

3. 我知道，我要的那种幸福

病床上，自知时日不多的吴大观，拉着老伴的手说：“华国，我们都老了，如果我走在前面，有些事你要帮我做到。”

老伴温柔地望着他：“大观，你说吧。”

吴大观说：“我有几个要求，你一定要做到：第一，若有情况，不做任何治疗，不要浪费国家的医药费；第二，后事一切从简；第三，不要向组织提任何要求；第四，代我把积蓄的十万元钱交最后一次党费……”

老伴流着泪，一边点头一边说：“你放心，我一定按你说的办！”

“人生是施予不是索取。”这是吴大观的人生信条。

吴大观知道中国的航空发动机和世界的差距，他总是希望通过自己的努力，最大限度地去缩小这个差距。可是，你在发展，人家也在发展，如何才能赶上去？别无他法，对吴大观来说，那就只有夜以继日地工作。在沈阳工作期间，吴大观常常一天工作12个小时以上。没有节假日，研究所就是他的家。

1971年，吴大观正在紧张地组织航空发动机调试工作。就在这时，母亲病重。电报发来，他两眼垂泪。可是，正在调试中的发动机工作，无法停下来。一面是国家的使命，一面是病中的老母，忠孝不能两全。他只能在心中默念，希望母亲能挺到发动机调试工作结束。可是82岁的母亲还是走了，吴大观未能在床前尽孝。但他知道母亲一定会理解他。

20世纪50年代后期，中国实行新的工资制度，吴大观的工资是270元，当时普通工人的工资是二三十元。开始的时候，吴大观并不知道自己的工资比别人多很多，后来一次偶然的机会，他看到了一个工人的工资竟然比自己少那么多，对此吴大观深感不安。

他向组织提出，“我不能拿这么多工资，我要求给我降低工资。”组织上耐心向他解释，“工资是国家政策规定的，不是你想涨就能涨，也不是你想降就能降的。”吴大观见降工资的要求无法实现，于是便决定，把自己的工资拿出一部分，作为党费上缴。

从1963年开始，吴大观每月多交一百元党费。46年间，吴大观共交纳特殊党费20多万元。如果再加上扶贫救灾的捐赠，达到30多万元。这些钱，可是他全部工资的三分之一啊。吴大观说：“我们国家还不富裕，作为一名共产党员多缴些党费，心里就踏实些。”

吴大观经常深入基层了解和关心工人中的困难户，他常从自己的工资中拿出一部分来帮助那些家庭生活困难的同志。而他自己的生活却十分简朴。他调到北京后，就住在一栋建于20世纪60年代的三层小楼的顶楼。后来单位考虑到他年纪太大，多次要他搬到一楼，都被他拒绝了。

他家里的陈设就更简单了，水泥地、白灰墙、80年代的老家具。不大的客厅里，断了腿的沙发，用砖头垫着。靠窗的位置，一张小小的折叠方桌，既是他吃饭的饭桌，也是他工作的书桌。

晚年的他，视力更差，路都看不清楚，就由老伴每天早晨七点前把他送到办公室，晚上再由秘书把他送回家。后来，老伴走不动了，就由家里的保姆继续送他出门。他每天早晨七点前到办公室，晚上11点才离开。

吴大观说：“既然你活一天，就应该为你的事业、工作操心一天。哪怕是微小的工作，哪怕是无法实现的工作。总之，一个人活着就要为人民，为社会干活。”

许多人在退休之后，开始学习养生之道，有的人开始练习书法、画画，说这对身体有好处，因为你专心致志了，就排除了杂念，就没有了烦恼。

吴大观笑着说：“养生之道，各有不同。我坐在办公室里，考虑的是发动机的强度问题、叶片问题、设计问题，脑子非常专一，这不也是一种锻炼吗？没有了杂七杂八的念头，对身体也是有好处的。”

2006年，吴大观在他90岁高龄时，写下他的肺腑之言："在我这个老航空人心中，为中国制造的飞机装上中国制造的、具有先进水平的'心脏'——航空发动机，是我最大的心愿！老骥伏枥、壮心不已，我愿在自己有生之年，继续为我们的航空工业尽心尽力，为实现今生航空报国夙愿，奉献一颗赤诚之心！"

尾　声

很多人在生命走到尽头的时候，把死而无憾看作是人生的最高境界。苏联的奥斯特洛夫斯基曾说："人最宝贵的是生命。生命属于每个人只有一次。人的一生应当这样度过：当回忆往事的时候，他不会因为虚度年华而悔恨，也不会因为碌碌无为而羞愧……"

吴大观的一生没有虚度，也没有碌碌无为，他的全部生命都献给了中国的航空事业，献给了航空发动机的研究。

一个把一生都献给祖国的航空事业，并且做出伟大贡献的老人，在回顾自己一生的时候，却依然认为自己做得不够，依然认为自己还应该做得更好。这是怎样的胸襟和情怀啊！

今天，无数航发人继承着吴大观的梦想，担负起"动力强军、科技报国"的使命，在航空发动机自主研制的新长征路上加速前行，向着更高更远的目标奋进。一批批装着"中国心"的新型战鹰飞过朱日和的演兵场，飞过珠海航展的舞台，飞过天安门的上空，向全世界展示了中国智慧、中国制造、中国气魄。

吴大观去世的那天是2009年3月18日，这位为中国战鹰的"心脏"奋斗了一辈子的老人，走完了他93岁的人生，那颗火热赤诚的心，和战鹰一起，飞上了蓝天……

远处，飘来熟悉的歌声：

我要的一种生命更灿烂
我要的一片天空更蔚蓝

我知道我要的那种幸福
就在那片更高的天空
我要飞得更高　飞得更高
狂风一样舞蹈　挣脱怀抱
我要飞得更高　飞得更高
翅膀卷起风暴　心生呼啸
飞得更高
飞得更高
飞得更高
…………

把一切献给党

——记“中国的保尔·柯察金”吴运铎

◎文/郭咸梅　冯利霞　陈　希　马志强　赵永华

2019年10月1日，喜悦与豪情在北京天安门广场倾情绽放，中华人民共和国以一场盛大阅兵庆祝70岁生日。宽阔的长安街上，大军列阵，铁甲生辉，旌旗飘扬，举世瞩目！巍峨的天安门前，气势磅礴的装备方阵正在接受党和人民的检阅。

在北京白石桥机械家属院一个普通的单元房内，一位白发苍苍的老妈妈目不转睛地盯着电视，当中国兵器工业集团研制生产的16型装备威武雄壮地走过天安门时，她激动地泪流满面，一边擦拭着眼泪，一边步履蹒跚地走到墙边，对着一张照片说道：“老吴啊，你快看，这是咱们的兵器装备，过天安门了，你要是看见，该多高兴啊！”

照片中的老人面带微笑，目光坚毅，他仿佛看到了这令人激动而自豪的时刻。他，就是吴运铎。中国兵工功臣，新四军兵工事业的开创者、新中国兵器工业的开拓者，被誉为“中国的保尔·柯察金”。这位老妈妈就是吴运铎的夫人陆平。

新中国成立以来，吴运铎先

后被评选为“为新中国成立做出突出贡献的100位英雄模范人物”“时代领跑者——最具影响的劳动模范”“最美奋斗者”……

吴运铎，究竟是一个什么样的人，为何会拥有如此高的荣誉？让我们走近吴运铎，感受他那壮丽恢宏的人生。

第一章　从小矿工到新四军的人生转折

要翻身、要解放、要走向光明，就必须斗争。

——吴运铎

苦难岁月初心萌芽

安源，是中国早期工人运动的摇篮。中国产业工人最早的经济组织、最早的党校，中国工人阶级最早的工会、中国最早的儿童团都诞生在这里。一个个中国革命史上之最，佐证了安源红色历史的独特魅力。

1917年1月17日，吴运铎出生在江西萍乡一个贫苦的家庭，那里坐落着一座古老的矿山——安源山，这里是他传奇一生的起点。

儿童时期的吴运铎总是对事物充满了好奇心，特别对机械着迷，他的家离煤矿的机器房不远，他每天都要去那里看看机器，也常去修理厂玩耍。他喜欢看工人们用榔头有节奏地敲打着烧红的铁块，一看就是很长时间，似乎在体味劳动的快乐滋味。那时，他最大的愿望就是当一个“管机器的人”。他从小就疾恶如仇，有一股天不怕地不怕的硬气劲儿，看到煤矿的外国人欺负中国人，他深恶痛绝，虽然小小年纪势单力薄，但他竟敢乘机捉弄外国人。

1922年，中国共产党开办了工人俱乐部、业余党校，向工人宣传革命道理，吴运铎参加了儿童团，成了东区分团的宣传员。他负责发传单、站岗、放哨、送消息，革命的火种已经在他幼小的心里跳动。

1927年4月，国民党叛变，反动派的军队占领了萍乡，在安源疯狂地屠杀人民。学校被迫停办，吴运铎失学了，“管机器”的梦想也破灭了。煤矿陷入半停顿状态，银行也倒闭了，父亲一辈子的血汗钱转眼就没了。吴运铎一家穷得揭不开锅，生活异常困难。为了减轻父亲的负担，小小年纪的吴运铎，用瘦弱的肩膀挑起了养家糊口的重任。每天早出晚归，挑煤、捡炭渣，经常是肩头红肿、伤痕累累，就这样勉强维持着一家食不果腹的日子。那时候，红薯就是家里的上等饭食。

矿山倒闭了，吴运铎的父亲带着一家人逃难到湖北黄石。13岁的吴运铎被送到矿上当学徒，开始了他为期8年的矿工生涯。在那里，他经常受到工头的欺凌和折磨，经历了挨打受骂、矿井坍塌、瓦斯爆炸，触电、中毒气、坠井等危险事故，幸好保住了性命。在那暗无天日的生活中，他亲眼看见了社会最底层的人们牛马不如的生活，对凶残冷酷的资本家恨之入骨。

吴运铎的童年和少年就是在艰苦的磨砺中度过的，苦难的生活磨炼了他历经艰难而不屈服的顽强意志。那些苦难，那些挣扎，孕育了他反抗压迫、追求光明的思想。苦难和压迫，更让他认识到了一个真理：要翻身、要解放、要走向光明，就必须斗争。

思想觉醒奔向光明

1927年，安源煤矿工人运动遭遇到了打击。黄静源、朱少连、杨世杰等共产党员及革命矿工先后被杀害。那时候，年少的吴运铎虽然还不懂得政治运动，但那些血腥的记忆却永远铭刻在他幼小的心灵里。他渐渐懂得了阶级和压迫，懂得了爱和恨，懂得了自由和斗争。他渐渐知道，在这个世界上有一种特别善良的人，他们真心实意地帮助穷人，为了穷人的利益，他们能够奉献自己的生命。在这个世界上有一种特别勇敢的人，他们的名字叫共产党，他们敢与万恶的资本家作斗争。那时候他就向往着，有一天自己也能做这样的人。

1937年7月，全面抗日战争爆发。日本鬼子血腥屠杀无辜的百姓，看到这一切，吴运铎无比痛恨，握紧了拳头，产生了上前线参加革命的念头。在中共地下党的领导下，20岁的吴运铎参加了抗日宣传工作，成为最积极的义务发行员和宣传员，他举办了“工人时事座谈会”“读报会”，成立了《新华日报》发行站，向矿工们宣传党的抗日主张。

1938年，抗日战线逼近武汉，恶毒的矿主打算先送走家眷，炸毁煤窑后再逃跑，全然不顾矿工的死活。吴运铎组织矿工带头罢工，反动军警开枪镇压罢工工人，20多个工友牺牲。吴运铎和几名工人作为矿工代表与资本家谈判，他始终站在工友的立场上，据理力争，为矿工争取最大利益，他还把此事写成文章，寄给《新华日报》发表。最终，在强大的压力下，罢工取得全面胜利。

罢工以后，国民党反动派放出风声，要追查罢工的召集人。就这样，21岁的吴运铎依依不舍地告别亲人，离开了矿山，毅然去投奔新四军，开启了人生新的征程。

第二章　灿烂光辉的兵工生涯

把我们的力量、我们的智慧、我们的生命，我们的一切，都交给祖国，交给人民，交给光荣的国防事业！

——吴运铎

初入修械所工作

美好的革命梦想激发了吴运铎的热情和信心，1938年9月，吴运铎与3名煤矿工人几经辗转，找到了新四军驻南昌办事处。加入新队伍，穿上新军装，吴运铎心花怒放，对着镜子照了又照，端详着自己，多么帅气，多么自豪，自己终于成了一名心仪已久的革命战士！他兴奋极了，沉醉在从来没有过的幸福和喜悦中。他感觉浑身有使不完的劲儿，忘记了长途跋涉的劳累和辛苦。他着急地找到军政治部副主任邓子恢，说："邓副主任，快给我们发枪吧！"邓子恢亲切地拍着他的肩膀，笑着说："想拿枪是好事，我们的部队非常需要枪。不过，运铎同志，你们是机械工人，发挥自己的专长，去造枪修炮，让战士们多杀鬼子，不是更好吗？"吴运铎愣住了，满心欢喜拿枪打鬼子的愿望破灭了，心里有些失落。可转念一想，造枪也能拿枪，也是革命需要，有什么讨价还价的，就痛快地答应了。

就这样，吴运铎被分到军部修械所修枪组，成了一名修枪造炮的战士。从这一天起，新四军的兵工事业选择了他，他也选择了人民兵工事业，他的兵工生涯开始了。

修械所坐落在黄山东北100多里的一个小山村里，那里古树参天，虎狼出没，是个寂静而幽冷的深山沟。修械所的工厂是一个普通的农家小院，两间茅草棚子，一个风箱，桌子上摆着一些锉刀、锤子等简陋的工具，没有一部像样的机器。尽管工厂设备简陋，吴运铎却觉得它比大冶的矿山，比武汉的现代化工厂还要可爱，他的心情格外舒畅。因为在这里，他是主人，不再受压迫，这里的每一样东西都是“我们的”。

吴运铎在煤矿干过钳工，动手能力强，很快学会了造刺刀、修理枪支、制造步枪的技术。在一次造刺刀比赛中，一天之内，他造了24把刺刀，取得了第一名。后来，他当选为修械班的班长。

修建第一座兵工厂

1938年9月，毛泽东主席指出：“每个游击战争根据地都必须设法建立小的兵工厂，使游击战争无军火缺乏之虞。”随后，军部给修械所下达新的任务，在山沟里修建新四军的第一座兵工厂，制造新步枪。组织上把这项光荣、艰巨的任务交给了吴运铎。

接受了新任务的吴运铎，怀揣着火一般的热情，一名新四军战士的责任感、使命感时刻撞击着他的心。当时的条件十分困难，一无资料，二无材料，吴运铎在战友和村民的帮助下，用大树搭起屋架，用竹子编成围墙，用苇草铺上屋顶，墙壁糊上泥。不到一个月，就建成了制造车间、修枪车间、锻工车间、枪托车间。

车间里安的都是土机器，有这样一段文字，描述了当时条件的简陋：把水井的辘轳固定在一个支架上，绳上吊一块100多公斤重的铁疙瘩，就成了锻打枪体、炮弹壳的“手摇汽锤”；在磨粮食的石磨轴上，套一条粗布缝制的传送带，就成了“人推发动机”；将手电筒灯珠磨出一个口往里面塞火药，一通电就成了“电发雷管”……

吴运铎带着工友用土法制造机器，没有图纸自己画，没有材料自己找，没有零件自己做，边学习边摸索设计机床和工具，把从战场上捡来的旧弹壳改造加工。就这样，从没有摸过枪的吴运铎硬是凭借着对机械超常的悟性，制造出了我军第一支自制步枪，开创了新四军自己造枪的先河。

1939年，国际友人《法兰克福日报》记者史沫特莱参观兵工厂，她对用土机器造出的步枪非常震惊，激动地说："我到过美洲、欧洲，到过世界上许多国家，参观过许多工厂，你们这样的兵工厂世界少有，真是奇迹！奇迹！"

光荣入党

1939年春天，日本鬼子沿着浙赣铁路向西进攻，烧、杀、抢、掠，无恶不作。吴运铎的大哥在武汉被敌人关进了集中营，二哥死在敌人的刺刀下，妹妹逃到了广西，年迈的母亲乞讨度日。家庭的不幸遭遇，使吴运铎心情非常沉重。他想，个人的不幸，正是祖国人民经受苦难的缩影。流泪、悲伤，不能结束这种苦难。只有英勇战斗，彻底消灭敌人，才能获得幸福。

吴运铎更加积极地工作，一个人干两个人的活儿。即使这样，他仍觉得自己做得还不够，恨不得把所有的时间都用在工作上。他的工作表现，党组织都看在眼里。

初夏的一个傍晚，吴运铎正在菜园里浇地，只见年轻的战友罗克绳连蹦带跳地向他跑来，他拉住吴运铎的手兴奋地说："运铎同志，告诉你一个好消息，经支部研究，批准你入党了，我做你的介绍人！"

1939年5月18日，这是一个令吴运铎终生难忘的日子。当晚，皎洁的月光洒满大地，吴运铎顺着林荫小路，走进一块不大的草地。在支部党员的见证下，吴运铎抑制住内心的激动，举起右拳，面对挂在树枝上的党旗，庄严宣誓："我志愿加入中国共产党，积极工作，努力学习，不惜牺牲个人一切，誓为共产主义的最后实现，奋斗终身！"

誓言虽短，字字千斤。吴运铎后来描绘过那时的心情，"当天晚上，我真高兴，我想，我能成为一名共产党员，这是我一生最大的幸福，最大的快乐，至高无上的荣誉，我必须把工作做得更好，处处起带头作用，丝毫不能辱没共产党员这个崇高的称号。"

从此，吴运铎便将整个生命交付给党，一生追随从未回头。

创新研制武器装备

前方的战斗越打越激烈，由于缺乏枪支弹药，我们的队伍损伤非常严重。前线需要的枪支也越来越多，尤其是缺乏杀伤力强的武器装备。在那种异常艰苦的环境条件下，没有设备、没有厂房、没有技术、没有原料，吴运铎在革命最需要的时刻，勇敢地接受了一个又一个艰难的研制任务，为抗日战争和解放战争的胜利做出了重大的贡献。

——研制迫击炮弹。1942年秋天，吴运铎接到了研制迫击炮弹的艰巨任务。他从来没有造过炮弹，也根本找不到资料和原料。他从多处收集敌人打过来的各种各样没有爆炸的炮弹，锯开弹壳、弹尾和信管，解剖分析内部构造和制造技术，再根据工厂的条件，设计炮弹的图样。经过反复试验改进，炮弹射程达到2000公尺。从此，开创了新四军自己制造迫击炮弹的历史。

1943年初春，大雪纷飞，遍地都披上了银装。吴运铎踏着厚厚的积雪，顶着寒风来到二师司令部。刚从前线回来的罗炳辉师长，热情地招呼他坐下，说："运铎同志，你们能否发明一种新的武器，加强部队的火力装备，狠到能敲碎敌人的骨头，叫他们永远爬不起来。"

吴运铎听了眉头紧锁，他知道，参加革命以后，建工厂、做子弹、造炮弹，那是依葫芦画瓢，照着样子做。但是凭空去发明一种武器，自己还没有那本事。但是他又想，师长找我来是信任我，在困难面前，一个共产党员怎么能退缩呢？想到这里，他坚定地说："师长，让我想想办法吧。"

吴运铎翻遍所有能找到的资料，在一本旧杂志上，看到一篇介绍枪榴弹的文章，可惜全文只有二三百字，主要是讲枪榴弹如何厉害之类，唯一的收获，就是知道了所谓枪榴弹，是利用步枪发射一个小型炮弹。吴运铎决定研制这种枪榴弹。他收集了敌人的掷弹筒和各种迫击炮弹进行研究，设计了研制方案，在制造过程中，困难接踵而来，计算火药压力需要高深的力学、数学知识，这些知识对于只读过五年小学的吴运铎来说，太难太难了。但是吴运铎没有气馁，他一边用更多的试验来弥补知识的不足，一边废寝忘食地翻阅书籍。半个多月以后，经过多次试验、改进，新四军的枪榴弹问世了！在桂子山战斗中，枪榴弹一鸣惊人，立下了赫赫战功。

战后，新四军将领成钧旅长见到吴运铎，高兴地说："老吴，咱们的枪榴弹真了不起，神了！这秘密武器可是咱们的'撒手锏'啊！"他把一支缴获的手枪送给了吴运铎，吴运铎拿着枪，开心得像个孩子。

——制造多种地雷。抗战时期的生活永远是紧张的战斗，一件工作完成了，新的任务接着就来了。当子弹和炮弹正紧张生产的时候，上级又要求工厂想办法制造多种地雷，以便在游击战中发挥轻便灵巧、便于使用的特点打击敌人。接到任务，吴运铎一下子蒙了，虽当兵多年，但他还没有见过地雷是什么样子，怎么办？既没有专家可以请教，也没有相关资料可以参考。此时的吴运铎知道，摆在自己面前的困难也不是第一次了，在困难和问题面前风声鹤唳、畏首畏尾，或者缴械投降，只会留下无穷的悔恨和遗憾，这绝不是一个党员的选择。要立志做点事情，走自己没走过的路，总是要有困难和艰险的。没有材料，找替代品；没有工具，自己造；没有资料，自己研究。他凭着模糊的主观感觉，认为既然叫地雷，可能就是埋在地里的炸弹，应该是利用爆炸的破片杀伤敌人。顺着这个思路，他开始找材料，通过水壶、旧灯泡、木板、钟表发条等简易材料反复研究试验，最后，成功研制出了定时地雷、脚踏地雷、拉火地雷等适用于不同作战需要的多种地雷。

——研制平射炮。1944年10月，为了对付蒋介石的碉堡战术，军部下达紧急命令，由吴运铎主持研制攻坚的平射炮。从这一天起，吴运铎便不分昼夜地开始了研究和设计工作。依然是没有资料可查，没有经验可借鉴，只能靠自己探索研究试验，到处找能用的替代品做材料，用铁棍制成炮筒，用铸铁造出炮弹，用绸子缝成火药包，再用黄杨木做成炮轮，把小铁轨锯断做炮架，就这样制成了试验炮。半个多月，吴运铎不眠不休地赶着设计图纸，左眼又红又肿，图纸送到炮厂，吴运铎感到一阵阵头晕，两眼疼痛难忍，浑身无力地瘫倒在工作台上，大家急忙扶他躺下。第二天，他又生龙活虎地跑到炮厂去工作。

试验过程中出现了很多故障问题，吴运铎反复查找原因，改进设计图、生产方法、材料，只用了4个月，就造出了36门平射炮和大批炮弹。1944年11月，攻打占鸡岗的战斗打响，36门平射炮一齐开火，全歼敌军四个精锐营，高大的碉堡被炸开了。

在各种武器研制试验中，失败是常有的事。每一次失败，吴运铎都耐心分析失败的原因，修改原有的设计方案。他说，失败促进设计方案更加完善，失败为他带来新的知识，失败使他变得更聪明了，失败给他带来新的困难，但每一次与困难斗争也给他带来新的胜利。为此，他说：

一个真正的共产党员，
对困难的回答是战斗，
对战斗的回答是胜利，
对胜利的回答是谦虚。

第三章　刻骨铭心的三次负伤

只要我活着一天，就要为党和人民工作一天。

——吴运铎

在革命战争年代，为了前线的胜利，吴运铎舍生忘死地开展武器弹药研究试制工作，曾三次身负重伤，失去了左手、左眼，右腿被炸残，先后做了20多次手术，体内仍残留几十块弹片无法取出。从24岁起，伤痛、病残始终缠绕着他，但他以顽强的意志克服了常人难以想象的磨难痛苦，为新中国兵工事业“开疆拓土”，舍生忘死，实践了“把一切献给党”的庄严承诺。

小伤口惹出大麻烦

1940年夏天，吴运铎在检查机器时，左脚踝被摇柄砸破，流了不少血。战争年代，划破皮、流点血是常有的事，吴运铎并没在意。可是过了半个月，伤口不但没有痊愈，反而严重感染，不停地流黄水并伴有发烧。有一次高烧40℃，他昏了过去。医生挖去腐烂的肌肉，沿着踝骨挖了一个月牙形的大洞，足有半个碗口大。由于当时缺医少药，无法进一步消炎，伤口只能靠阳光消毒。不久，蒋介石发动了震惊中外的“皖南事变”，企图消灭在江南敌后坚持抗战的新四军，兵工厂接到了撤退命令，连夜埋了机器，向长江以北转移。

当时，吴运铎的脚肿得像个南瓜，领导安排他住院，等伤养好后再去追赶部队。但他坚决要求自己跟随队伍走，领导只好同意让他慢慢走着追赶大部队。他化装成难民，一个人拄着棍儿，挎着破篮子，一瘸一拐吃力地走。这是一个严峻的考验，800多里路，孤身一人带着伤，随时可能被敌人抓去丢掉性命。他咬紧牙关，一天又一天，一里又一里，费力追赶着部队。期间，他患上了疟疾，发了高烧，一头栽倒在枯草窝里，浑身颤抖，挣扎到水田边，喝着污水，昏倒在路上。后来，多亏好心的老乡救了他，帮助他追赶上了部队。

——独自挖取雷汞。1941年秋天，新四军军部交给吴运铎一个新的任务，建立一个年产60万发子弹的工厂，保障前线作战需要。当时没有任何资料可供参考，就连最简单的设计工具都没有，只能用"蚂蚁啃骨头"的办法动手制作。正当吴运铎带着徒弟热火朝天地建立子弹厂时，一天黄昏，军工部运来了一堆破铜碎铁，还有一些没有爆炸的迫击炮弹。这些炮弹都是打扫战场时收集来的，有的零件已被拆走，只剩下一个个残缺的弹体。军工部要求吴运铎尽一切力量，早日修好炮弹。

前方的需要就是无声的命令。吴运铎立即让其他几个同志停下工作，突击修理炮弹。两天后，小顺子一脸焦急地报告说："吴厂长，炮弹都修好了，可是没有引发爆炸的炸药——雷汞，怎么办呢？"吴运铎想了想，说："前方战事紧急，只有从报废的雷管中拆取。""什么，拆雷汞！不行，不行！那太危险了，雷汞敏感度极高，轻微的挤压和碰撞就会爆炸"，小顺子急得睁大眼睛叫了起来。

吴运铎当然知道这是一项极其危险的工作，可是情况紧急，除此之外别无他法。这么危险的工作，谁来干？自己是一名党员，当然要自己来做。为了防止意外发生，吴运铎事先将雷管用水浸泡了一个星期，因为湿透的雷汞不会爆炸。有一天，趁大家都去车间工作了，他一个人关上门，拿出一支最大的雷管，开始小心地挖雷汞。意外还是发生了，雷汞只浸湿了表面一层，里边的药还是干的。突然，"轰"的一声巨响，雷管在吴运铎的手里爆炸了，顿时，屋内火光四射，尘土飞扬，吴运铎浑身上下流淌着鲜血，脸上布满了大大小小的伤口，左眼血肉模糊还滴着血，左手除拇指还留多半截外，其余四个指头都被炸掉了，左腿的膝盖炸开了，露出了膝盖骨，吴运铎被炸得像个“血人”。正在车间里工作的同志们听到爆炸声，丢下工具急忙奔向吴运铎的屋子，大家被吴运铎的样子惊呆了，立即将他送往医院抢救。

到了医院天已经黑了，没办法做手术，这天夜里，死亡随时威胁着吴运铎，他陷入了重度昏迷。第二天手术之后，仍处于半昏迷状态的他，时常猛地从床上跳下来往大门外跑，挥舞着缠满绷带的胳膊，高声地喊叫：“我要回去造炮弹，前方等着要炮弹呢！”由于伤势太重，他跑不了多远就倒在地上昏了过去，医院对他的看护更加严密了。半个月之后，吴运铎终于清醒过来了。当他看到手和腿上捆着绷带，一只眼睛也被包扎起来的时候，才想起那天爆炸的情景。

他问道：“我的左眼瞎了吗？”站在病床边的小顺子声音哽咽，难过得不知怎么回答。病房里寂静无声，只有马蹄钟的嘀嗒声。过了一会儿，吴运铎对小顺子说：“你别难过了，炸掉了左手，我还有右手，炸瞎了左眼，我还有右眼，革命总是有牺牲的。一个战士在战场上负了伤，难道就不能自己站起来？只要我能够回到工厂，只要我能站在机床前，我还要操作机器，生产更多的子弹、炮弹打击敌人。只要我能坐在桌子旁，我就要设计更好的武器来装备我们的部队。”

吴运铎躺在病床上，伤口剧烈地疼痛，但他的心里仍然牵挂着工厂，牵挂着建子弹厂的事，他强撑着把自己想好的设计方案记在小本子上。由于心急，用力过猛，震断了伤口的动脉血管，鲜血顿时染红了纱布。院长闻讯赶来“没收”了笔记本和钢笔，并批评道：“你是一个最不守医院纪律的兵。”

由于伤势太重，加之医院的医疗条件差，吴运铎的伤口迟迟未能愈合。他躺在病床上，想着许多制造子弹的机器还没有设计，车间还等着图纸加工，心急如焚。他找到院长强烈要求出院，院长拗不过他，只好给他办了相关手续。护士给他换了最后一次药，并用新的三角巾把缠着绷带的左手吊起来。就这样，他拄着一根树棍，一瘸一拐地往回走，直到天黑，远远地看到工厂茅屋的影子和微弱的灯光，他高兴得忘记了疼痛。

回到工厂后，吴运铎立即投入紧张的工作中。白天，参与造子弹、做试验；晚上，趴在图板上设计画图。炸瞎的左眼和炸断指头的左手，给他的工作带来很大的不便，他用受伤的左手按着三角板和丁字尺，忍着左手伤口的疼痛，顽强地练习用一只手、一只眼趴在床上设计图纸。受伤的这一年，吴运铎只有24岁，从此，他成了一个残疾人。

第二年夏天，吴运铎画完了设备草图，土法上马造出了“螺旋冲床”、“螺丝杠”和“坩埚”，把制造的30台设备安装好，刷上漆，编上号，子弹投入批量生产，并创造出年产子弹60多万发的奇迹。副军长张云逸高兴地把自己的战马送给吴运铎作为奖励，从那以后，吴运铎声名鹊起。

与死神擦肩而过

1946年的元旦，吴运铎和革命战友陆平结婚了。结婚前，吴运铎对陆平说：“我是个残废，你不觉得有什么遗憾吗？”陆平说：“怎么能这么说呢，你是为革命事业受的伤，我应该向你学习。”

1947年7月，吴运铎被任命为东北大连建新工业公司工程部副部长兼引信厂厂长，原淮南军工部政治委员吴屏周担任炮弹厂厂长。在炮弹的试验生产中，为了检验炮弹的杀伤力，吴运铎和吴屏周决定做炮弹爆炸试验。

前一天晚上，吴运铎亲手装好8颗大炮弹做好试验准备。第二天早晨，他临上车时，陆平赶来嘱咐道：“老吴，你可要当心点儿，不要又挨炸了。”“你放心吧，炮弹总算跟我有了交情，这回也许会客气点。”吴运铎微笑着安慰了陆平。

他们在傍海岸的山脚下，选好了试验场。为了防止试验发生意外，吴运铎让同志们都留在山外，他和吴屏周走进山里做试验。试验前6发进行得很顺利，到了第七发，炮弹却不响了。吴运铎说：“怎么又不响了？照老规矩，抽根烟等吧。”他们耐心地等着，炮弹还是不响。两个人分析起来，吴运铎说：“难道又是信管的毛病？”吴屏周说：“那可不一定，我去看看，你别过来。”他用力摔掉手中的半支香烟，吴运铎也赶紧追了上去，两人一前一后刚到炮弹跟前，炮弹突然山崩地裂似的爆炸了。

巨大的爆炸波，把吴运铎轰到20多米远的海滩上，他觉得天旋地转，两眼冒着金星，但他的意识还清醒着，想站起来去寻找吴屏周，却怎么也站不起来。吴运铎的左手腕被炮弹截断了骨头，右腿膝盖下面被炮弹炸劈了一半，脚趾被炸去一半，右眼崩进了一块弹片，脸上的伤口不停地流着血，他又被炸成了一个“血人”。

躲避在山坡外的同志，听见巨大的爆破声，连忙跑过来。吴屏周厂长当场牺牲，吴运铎被抬到医院时已经昏迷不醒了。因为全身都是伤，无法进行局部麻醉，如果全身麻醉，怕他再也醒不过来。医院经过紧急协商，决定不用麻醉剂直接手术。吴运铎一直处于昏过去、醒过来的状态，凭借着坚强的毅力，强忍着手术的疼痛，竭力不让自己叫出声来。当时，同志们都以为吴运铎这次也活不成了，在埋藏吴屏周的坟墓旁边，也给吴运铎准备了一个墓穴。

吴运铎忍受着剧烈的疼痛，几次昏死过去，又疼醒。漫长煎熬的七天七夜，陆平始终陪在吴运铎身旁，她一直沉默不语，表现出少有的镇静和惊人的克制力。她知道，失去了亲密战友的吴运铎，心里的剧痛胜过肉体上的伤痛。吴运铎再次与死神擦肩而过，他终于睁开了眼睛，只见陆平眼泪汪汪地坐在床边。他轻声地说：“你别哭了，轻伤不下火线，重伤不哭，这是我们革命队伍的优良传统。”陆平擦了擦眼泪，拿出一块炸得变形的表壳递给他，说：“你看，是胸口的怀表帮你挡住了弹片，多险哪！”吴运铎拿着怀表壳看了一会儿，幽默地说：“原来是它保护了我。看，死神与我无缘，革命尚未成功，还不到见马克思的时候！”陆平被他的话逗笑了。

当时的医疗技术无法取出他右眼残存的弹片，医生坦率地告诉他：“吴厂长，你的右眼有失明的危险，你要有思想准备呀。”吴运铎听了沉默不语。

夜晚，吴运铎躺在床上无法入睡。他想，“自己如果真的双目失明，还怎么工作、怎么画图，不干这些，又能干什么？他又想，一个人的生命是短暂的，而我们的事业却无限长久。个人总会遇到许多不幸，许多痛苦，但是只要我们的劳动融合在集体的胜利里，那幸福也就有我的一份。”

吴运铎暗暗发誓：“只要能活着一天，我一定为党为人民工作一天。”第二天，吴运铎平静地说：“既然是战斗，总有牺牲者，不是自己就是别人，我经历死亡也不止一次，就是落个重度残废，也没什么遗憾。如果我瞎了，我就到农村去，做一个盲人宣传者。”

腿上只剩下一根细骨头连着脚和腿，短时间是长不好的。他曾几次下决心锯掉腿，但是陆平坚决反对，她严肃而深情地说："你不是你一个人的，你有家，你还要为党工作，眼睛已经炸坏了，再锯一条腿，你还怎么工作？！"听到"工作"二字，吴运铎沉默了，经过思考，答应保守治疗，可是还是极力想做点什么事情。

他对医生说：我曾多次拆过信管，如果把自己的心得写出来告诉同志们，让他们少走一些弯路，对建厂也会有些帮助。经过再三请求，才得到医生的同意。他用缠满绷带的左手按着纸张，右手拿笔慢慢写起来。完成初稿后，厂里印成小册子发放到工友们手里。

第四章　工作就是和困难作斗争

每一种新的武器弹药的制造过程，都是一个艰苦的同困难作顽强斗争的过程。绝不听从困难的任意支配，变成它的顺从的奴仆。

——吴运铎

吴运铎在武器弹药研制中多次受伤，几次与死神擦肩而过，但是他仍然以顽强的毅力战胜伤残，始终坚持战斗在兵工生产第一线。他说，工作就是和困难作斗争，战胜了困难，工作就胜利了。

在病房里搭建实验室

吴运铎常说："生活中经常会遇到个人的痛苦，但这些困难在党的事业面前渺小得不值一提，自己要坚强地去寻找新的工作，在新的岗位上继续战斗。"第三次受伤后，吴运铎长期地躺在病床上，一动也不能动，心里十分焦急和不安。他请求上级购买了化学实验仪器和药品，在病房布置了一间小型的炸药实验室，研制成功了一种增强炮弹杀伤力的高级炸药。

随着解放战争的胜利，部队缴获了更多的美式大炮，需要制造大量的美式炮弹，吴运铎主动请缨，承担设计信管的任务。他在医院里布置了一个机械设计室，装上老虎钳、手摇钻，准备了锉刀、铁锤和必需的工具，认真研究信管的每一个零件。凭着右眼仅有的微弱视力，搞清楚了70多个零件组成的复杂装置、每一个零件的作用和构造，试验过程中也经历过危险，发生过爆炸，好在人无大碍。第二年，信管的设计图样全部完成。吴运铎回到了工厂，带着战友们生产了20多万发大炮弹，支援淮海战役取得了胜利。

冒险拆卸定时炸弹

1944年，太平洋战争爆发，美国利用我国西南部一些基地，派飞机到日本占领区轰炸。有一天晚上，丢下了8颗大炸弹，都没有爆炸。

当时的兵工厂制造弹药枪支的材料一直匮乏，得知这一消息后，吴运铎心里很高兴，心想我们正缺材料，材料就送上门来了。他立刻带了3个人赶到了落炸弹的地点。炸弹钻到地下两丈多深，竖起来有一人多高，吴运铎还是第一次看见那么大的炸弹。

这8颗炸弹都离得不远，要是有一颗爆炸，其余的受到爆炸波的感应，也会一起爆炸，周边群众的生命财产将会受到无法估量的损失。为了避免无谓的牺牲，吴运铎命令其他人全部离开，由他一个人先去了解炸弹的构造。他走下弹坑，通过仔细查看构造，发现炸弹是定时炸弹，随时有爆炸的危险。他紧张得心怦怦直跳。一阵凉风吹来，他的头脑清醒了。他心想，如果我不拆，别的同志就要来拆，不是同样也会碰到危险吗？许多同志因为战斗需要，英勇地献出了宝贵的生命，在这严峻考验的时刻，我怎么能临阵脱逃呢？活着就要完成任务，死了就算革命到底！于是，他又恢复了镇定，拿着工具干了起来，四个多钟头过去了，终于把8颗炸弹上的信管全部拆掉，他累得倒在地上长长地舒了一口气，高兴地向队友挥手喊道："大家快来呀，快来拖炸弹呀！"大家一拥而上，把8颗炸弹拖到了平地上，取出了700多斤炸药，浩浩荡荡地运回了兵工厂。

不花国家的冤枉钱

20世纪60年代，中国技术进出口总公司提出要花40万美元购买一项"无烟、无声、无焰"的炮弹专利。吴运铎得知这个消息后，说："花这样一笔外汇，实在没有必要，是在花国家的冤枉钱，我们应该相信自己的力量。"他认真分析了当时的技术力量和将要面临的种种困难，郑重地向党委提出："把任务交给我吧！"

他常说："每一种新的武器弹药的制造过程，都是一个艰苦的同困难作顽强斗争的过程。绝不听从困难的任意支配，变成它的顺从的奴仆！而是要寻找战胜困难的武器，顽强不息地追击它，消灭它！"

此后，他带领全体科研人员，一头扎进科研实验中，那段时间几乎是按分秒计算，以拼的干劲，以抢的精神，把全部精力投入了科研攻关中。仅仅用了28天，就完成了图纸设计，进行了实弹射击。试验成功后，中国技术进出口总公司的领导紧紧地握着吴运铎的手，激动地说："老吴，你为国家节省了40万美元的外汇，谢谢你，谢谢你呀！"

在学习中增长本领

吴运铎的一生以书为伴，读书学习不止步。虽然只读过小学5年级，但他凭借着勤奋刻苦、自强不息、探索实践的进取精神，一步步成长为中国的兵工专家。

在当学徒的苦难岁月里，为了攒钱买书，他每天少吃一顿饭，两三个月理一次头发，捡别人丢掉的破鞋烂袜穿。家里兄弟姐妹7人，住的地方狭小拥挤，没有学习的地方，他打扫出一间低矮、漆黑、不通风的车间阁楼，用旧报纸糊顶棚，破箱子当桌子，为自己搭建了一个简易"书房"。白天上班，一下班就钻进阁楼聚精会神地读书。每到夜晚，阁楼的灯光就从木板间的缝隙里透出来……

吴运铎饿着肚子，坚持自学两年多，明白了许多搞不懂的工作原理，遇到问题知道了为什么要这么干，学会了修电机，结束了矿场只有洋人才能修电机的历史。他还利用晚上的时间办学习班，给工友们讲学到的知识。可以说，是书给了他力量，给了他快乐，改变了他的人生。

在艰苦的革命战争年代，不管工作多忙多累，只要有空闲时间，吴运铎就争分夺秒地读书学习。罗炳辉师长曾送给吴运铎一本名为《机械制图》的书，这本书成了他的"宝贝"，捧在手里不知读了多少遍。正是通过这本书，他学会了机械制图，为兵工厂设计了几十台车床、工具，研制了多种武器装备。

"文革"期间，年过半百的吴运铎遭受到诬陷和迫害，被发配到干校劳动改造。他经受着病痛伤残的折磨，哮喘病非常严重。白天看守草料、喂猪，干着粗重的活儿，身体状况一天天恶化，瘦得像一副骨头架子。晚上，他又戴上老花镜，坚持读书学习。读了四遍《毛泽东选集》、两遍《鲁迅全集》，还读了一些文史书籍，补习数学知识。他主动帮助村民办“小化肥厂”，研究生产液体氮肥，浇灌庄稼。

平反之后，读书的条件有所好转，他更是抓紧一分一秒的时间学习。出差的路上，他在飞机上捧着《微积分》钻研思考。在火车上，他读《内弹道学》，一看就入了迷，经常忘记吃饭。

在一次作报告时，吴运铎语重心长地告诫青年学生说：“作为一个有志气的青年人，都应该想成为各行各业的专家、能手。一个人没有知识，在工作实践中必然要走弯路。要想对社会有贡献，就必须不断地学习，只有具备顽强的毅力和刻苦钻研的精神才能获得知识。”

第五章　人生不留空白

即使自己变成一撮泥土，只要它是铺在真理的大道上，让自己的伙伴大踏步地冲过去，也是最大的幸福。

——吴运铎

新中国成立后，正当全国人民沉浸在无比的喜悦中时，吴运铎却因左眼完全失明，右眼长期红肿流泪，看东西发晕无法工作，身心饱受病痛折磨。组织决定立刻送他去苏联治疗眼病。经过苏联专家的精心治疗，吴运铎失明的左眼重见光明，他激动地流下了泪水。9年了，3200多个日日夜夜，他经受了失明带来的痛苦和困难……他从心里感谢党组织的关怀。他决心以新的姿态投入新生活，为新中国兵器事业的腾飞继续拼搏奋斗。

出版《把一切献给党》

1951年10月1日，吴运铎荣获“全国劳动模范”称号，应邀参加国庆观礼，受到了毛主席和周总理的亲切接见。国庆招待会上，周恩来总理向他敬酒时说：“吴运铎同志，你就是中国的保尔！”

10月5日，《人民日报》发表《钢铁是这样炼成的——介绍中国的保尔·柯察金、兵工功臣吴运铎》的长篇报道。从此，吴运铎的名字传遍了祖国神州大地。

随后，吴运铎应全国总工会的邀请，作了三个小时的专场报告，讲述了自己怎样从一个穷苦孩子当上了煤矿工人，又怎样从一个普通工人参加了新四军，从为革命修枪修炮到造枪造炮，三次光荣负伤，左手炸掉四个指头，左眼被炸瞎，身上20多处伤痕，几十块弹片无法取出……台下的观众流下了感动的泪水，掌声雷鸣。

有一天，时任全国总工会主席的赖若愚同志找到吴运铎，说："老吴，你的事迹很感人，写本书吧！"吴运铎听了，惊讶地直摇头，说："不行，不行，这辈子我就没敢想过这事，哪会写书呀？"赖若愚说："就把你的报告内容整理出来，用一根红线串起来就行了。"吴运铎还是摇头，说："说说容易，写起来就难了。我造枪、修炮干了大半辈子，你让我写书，这不是难为我吗？"赖若愚见说服不了他，只好下命令地说："你能行，写吧，你要把写书当作政治任务来完成！只要你把报告内容写出来就行，我们可以找人帮助你完成。"

就这样，吴运铎接下了这个艰巨的政治任务。在各级组织的大力支持帮助下，吴运铎克服文化水平低、身体残疾的困难，撰写完成了这部讴歌军工战士舍生忘死、艰苦奋斗的不朽著作——《把一切献给党》。经工人出版社编辑何家栋修改和加工，1953年7月，由工人出版社首次出版。

《把一切献给党》一经问世，好评如潮，在社会中引起了巨大的反响。第一次在北京印刷10万册，当年年底，6次印刷，达到114余万册。全国各机关、部队、工厂、学校等都自发掀起了学习《把一切献给党》的热潮。吴运铎一夜之间成了家喻户晓的英雄人物，成了青少年学生的青春偶像和学习榜样。

时任中国作协主席周扬肯定了《把一切献给党》在中国革命进程中所起的作用，赞扬这本书对新中国成立后传记文学的写作起到了开拓作用。

著名作家韦君宜看了《把一切献给党》，率先在报刊上撰文，称《把一切献给党》是"英雄的剖白"。

雷锋在读了《把一切献给党》后，写了这样一段话："吴运铎同志是我学习的最好榜样，它鼓舞我前进，教育我全心全意为人民服务，我一定要像他一样，长大后努力工作，把一切献给党。”

自1953年第一次发行至今，《把一切献给党》这本书仅在中国工人出版社就印刷了59次，总印数达560多万册，在全国印数达1100余万册。还发行了俄文、英文、法文、德文、日文、蒙文、朝鲜文、越南文等多种外文版本。

在二〇二所工作的日子

新中国成立后，吴运铎仍以顽强的毅力战胜伤残，坚持战斗在兵工科研第一线，领导和创建了一批兵工厂和研究所，为国家培养了一大批军工人才。历任株洲兵工厂厂长、中南兵工局副局长、447厂副厂长兼副总工程师、五机部机械科学研究院副院长等职，全心全意为党的事业奔走操劳。

1957年6月，第二机械工业部第一研究所（今中国兵器工业集团第二〇二研究所）正式成立，吴运铎被任命为首任所长。建所之初，他率先提出“自力更生，艰苦奋斗，自己动手，勤俭建所”的16字办所方针。

研究所成立之初，既是建设的起步期，又是发展的基础期。吴运铎从研究所的基本建设和科研发展方向入手，提出了许多具有真知灼见的新理念和新举措，做了大量卓有成效的工作。在研究所工作三年多的时间里，他亲自领导和主持了无后坐力炮、高射炮、反坦克炮、新迫击炮等武器装备，成功仿制了东风一号、红旗一号，自行设计研制东风二号导弹地面设备。虽然身有残疾，但他依然经常亲自动手，潜心钻研设计，制作结构模型。在外场试验中，经常与科研人员吃住在一起，为科技创新发展倾注了大量心血，使我国导弹地面设备由仿制走上了自行设计道路，一批火炮技术有了重大突破。

吴运铎在抓科研生产工作的同时，非常重视研究所的文化建设，率先提出并推行安全文化建设，倡导成立了文工团，带领职工修建简易舞台。组建了篮球、排球、足球、乒乓球等业余训练团队，组织开展了首届职工运动会和轰轰烈烈的文体活动，丰富了职工的业余文化生活。他提出，我们的文化娱乐活动不要和暖水瓶一样，只是里面热外面冷，要把文艺活动坚持搞下去，把我们内在的热气放出来，让醇厚深情的歌声进入职工的心田。

在所期间，他带领职工白手起家，经过三年奋战，建成了试制车间、资料楼、环境气象气压实验室和金属非金属材料实验室等十多个配套设施。为了让职工安心工作，主持修建了一批职工宿舍，解决了职工和家属的住房问题，改建了澡堂、食堂，完善了职工日常生活的必备设施，使第一研究所的基础设施发生了根本性的变化。

不能蹉跎岁月

1971年，吴运铎结束了两年的劳动改造生活，从“五七”干校回到北京，与妻子陆平重逢，两人百感交集地流下了热泪。

陆平说：“老吴，你受苦了，我真怕你坚持不下来，现在组织也没有给我们安排工作，你就好好休息，调养调养身体吧。”

吴运铎不甘心就这样虚度时光，他说：“老陆，组织上虽未分配工作，但人民并没有剥夺我工作的权利，我决不能自动放下武器，咱们不能干等着，眼看着祖国的兵器科研工作落后，人生不能留下空白，他们不允许我到研究院搞科研，我就在家自己干。”

于是，他把卧室里的一张旧桌子进行了改装，支起了自制的绘图板，购置了丁字尺、计算尺、绘图仪、三角板等绘图工具。在床边设置了一个工作台，摆上手摇钻、虎钳、锉刀等工具和常用的五金器件，整个卧室像一个“小车间”。每天，他都很忙碌，查资料、绘图纸、制作模型，常常累得头昏眼花，手指僵硬麻木。实在感到累时，就站起来踱踱步，伸伸胳膊，弯弯腰，放松之后，又接着干起来。在家工作期间，他应山东省军区之邀，研制成功了一种新型安全碰炸手榴弹。

1978年，61岁的吴运铎终于得到平反，回到了工作岗位。由于身体在“文革”中遭到严重摧残，他的哮喘病越来越严重，经常被病痛折腾得吃不好，睡不着。但工作起来，他仍然像战争年代那样玩命。有一位记者采访吴运铎，看着他瘦弱的身体，心疼地说：“您为党为国干了大半辈子，功劳那么大，应该好好地休息休息，把伤病治一治，养好身体比什么都重要。”

他却笑着说：“人生不能蹉跎，全力干好工作，活着不去搏一搏，一生一世算白活。一个革命者迟早要去见马克思的，我已经是几次死里逃生了，但我们的事业还得抓紧哪。”

他仍然坚持走基层、下连队、去工厂、到靶场，听取意见，传授经验。为了工作，他往往刚从冰天雪地的北国试验现场回来，紧接着就出差到烟波浩渺的南国海防前线。仅1980年，他到外省出差12次，累计在外长达十个月之久。

晚唐诗人罗隐有一首诗《蜂》：

不论平地与山尖，
无限风光尽被占。
采得百花成蜜后，
为谁辛苦为谁甜。

吴运铎付出这一切，究竟为谁辛苦为谁甜?！他把自己的一片赤诚之心，把自己全部的光和热奉献给了祖国和人民。

第六章　忙碌的离休生活

假若我有来生来世，我还要选择中国共产党，永远跟党走，把一切献给党！

——吴运铎

关爱青少年和残疾人

给别人以希望的火星，自己必是一团火。

1982年2月，离休以后，吴运铎在青少年教育和残疾人帮扶事业上投入了大量心血。他拖着残弱的身体，到机关、工厂、学校等地作报告上千次，听众多达10万人。有时一天两场，陆平看他太累，就劝他减少一些。他却说：“只要我身体还能支撑，就一定去给人家讲，这是宣传马列主义、毛泽东思想的好机会，对孩子们进行思想教育，是历史赋予我们这些老人的职责。”

吴运铎同青少年教育家孙敬修、高士其和法学家费路路等，发起成立了“关心下一代协会”和“北京市关心青少年教育协会”。住院时，他把病房当课堂，接待少先队员过队日，共青团员上团课。吴运铎亲自担任课外辅导员并撰写《和青少年谈道德修养》，把自己的第一笔稿酬近3000元捐赠给海淀区少年宫，帮助建立红领巾工厂。

吴运铎自己作为残疾人，对残疾人的复杂心理和生活艰难有着切身的体会。他经常通过书信、谈心、捐款等方式，鼓励残疾青年自强自立，并帮助他们解决实际困难。鼓励病残青年学习知识和技能，帮助办起了汽车滤清器厂、福利汽车配件总厂，解决了一部分残疾青年的工作，使他们的生活得到了基本的保障。

吴运铎犹如一粒点燃生命的火种，为上百个残疾青年点燃了希望之光。在一次会面中，张海迪见到了仰慕已久的吴运铎，张海迪说：“这些年，我非常感谢您，是您的《把一切献给党》那本书给了我莫大的鼓舞和力量。最初，我也觉得自己不行了，没有用了，后来看了您写的书，被您的拼搏精神深深感动，您受了伤，几经磨难，还继续战斗、搞创作，做了那么多有意义的事情。”吴运铎满含鼓励地说：“困难，包括疾病，很能考验一个人。在困难面前退却的人，从来不可能成为生活的强者。一个强者，必然是困难越大，拼搏的劲头儿就越大，他总是能够战胜困难，总是胜利者。”吴运铎激励着张海迪成为一名真正的强者，她的生命重新焕发出绚丽的光彩。

吴运铎注重对子女的品德教育，勉励他们向前看、向远看、向好人看，鼓励他们自强自立。他的五个子女没有躺在父亲的功劳簿上，倚仗父亲的光环走进大学，或者是靠走后门、拉关系进单位，都是完全靠个人能力走上工作岗位的。

当吴运铎谈到几个子女的情况时，他坦然地说：“孩子们都很争气，依靠自己的实力，找到了满意的归宿。”他还说：“孩子是国家的未来，他们虽是我的子女，但他们不是我的私有财产，都是党的儿女，党不会以其父母的身份画线，把孩子分为三六九等。”

吴运铎离休后，诸多的社会活动，使他的身体日渐衰弱，他实在挺不住了才到医院治疗，而且坚持只住普通病房。在疗养院住院期间，吴运铎的体重只有74斤。医护人员多次动员他转干部病房，他却动情地说：“我已经是一个脱离工作岗位多年的老病号，70多岁的人了，不可能再为党、为人民创造出什么财富，常年在这里住院，不从事任何工作，已经花掉国家很多钱，再转进干部病房，那就等于拿国家的钱搞铺张浪费。”他同普通患者一样每天订饭进餐，按顺序等候治疗，从不要一丝一毫的特殊照顾。1986年7月的一天，陆平被病房里氧气瓶的管子绊倒，造成粉碎性骨折，手术后，自身行动不便，无法再照顾吴运铎，无奈之下，他们自费雇了一个护理工。有的同志建议请组织上安排人员来护理，吴运铎坚定地摇着头说：“不能那么做，我已经不能为革命做什么工作了，尽量不要为了自己的事给组织添麻烦，这算是我唯一的贡献了。”

风雨同舟　伉俪情深

吴运铎和妻子陆平是出生入死的革命战友，在革命队伍里，他们俩一起演过戏，一起上过党课，一起造过炮弹。他们由同志、战友，发展到相敬如宾、相濡以沫的恩爱夫妻。他们携手走过45年的风雨沧桑，一路相爱前行，历经坎坷艰辛，亦是患难夫妻。

陆平始终无微不至地照顾着吴运铎，她将吴运铎的健康视同自己的生命。在吴运铎负伤后，陆平将家里的力气活儿统统包揽在自己身上，40多年始终如一，从无怨言。特别是进入中老年后，吴运铎的伤病时常复发，身体越来越虚弱，三天两头住院，陆平担心影响孩子们的工作，精心地陪护在他身边，医院频繁发出的病危通知书，使她多次受到惊吓，身心疲惫，日渐消瘦。

吴运铎多次受伤，经历了九死一生的磨难。之所以能一次次死里逃生，除了党组织和群众的关爱，广大医务人员的精心治疗外，关键的因素是陆平无微不至的体贴呵护与悉心照顾。

陆平曾深情地说：“是老吴坚强的意志鼓舞了我，我们既是夫妻，更是同志和战友。”吴运铎谈及陆平，也动情地说：“她为我牺牲得太多了！”“她一切都为了我！”“我们结婚几十年，搭帮老陆，我才活到今天！”

有人说，革命年代的人不懂得爱情。可事实上，他们那一代人对爱情有自己的见解。他们从不把爱情挂在嘴边，而是默默地放在心里。他们心中最浪漫的爱，不是占有，不是索取，而是发自内心的关怀与呵护，还有一起慢慢变老的真心陪伴。

晚年的吴运铎，虽然伤病越来越严重，但是精神抖擞，不甘寂寞，闲暇之余，他潜心读书，撰写文章，钻研书法和绘画。

他常以“老骥甘伏枥，躯残英气飒。潜心磨铁砚，笔冢生新花”来自勉。有的人不理解这位功勋卓著、伤残多病的人为什么把自己的晚年生活安排得这么紧张和忙碌，他总是笑着说：“忙就是幸福！”

在人生到了最后节点的时候，吴运铎仍然眷恋着亲爱的祖国、眷恋着我们的党。他艰难而庄重地对身边的人说：“假如我能返老还童，假如我有来生来世，我还要选择中国共产党，永远跟党走，把一切献给党！”

1991年5月2日，吴运铎接待了两批来访者，由于劳累过度，这位忙碌了一生的钢铁战士，不得不停下了匆匆的脚步。这位九死一生的兵工战士完成了他人生最后一次的冲锋，实践了把一切献给党的忠诚诺言。

吴运铎去世后，有报纸吟诗盛赞吴运铎，全文如下：

威风凛凛数运铎，死神屡屡擦肩过；
拼将残躯酬壮志，换来神州满春色；

山沟兵工慑寇倭，以身铸剑砥砺多；
中国保尔人钦敬，垂范后世称楷模。

什么是坚定的信仰？什么是初心本色？吴运铎的瑰丽人生给出了答案。

窗外温暖的阳光洒满小屋，陆平静静地躺在摇椅上，往事一幕幕涌现在心头，她沉浸在深深的回忆中，仿佛看到了吴运铎挺拔忙碌的身影，她微笑着按下音箱的播放键，轻声地说："老吴，咱们该听音乐了，还是你最喜欢的曲子《把一切献给党》。"

小屋里，缓缓响起那首熟悉的旋律：

那一天你拉着我的手，让我跟你走，
我怀着那赤诚的向往，走在你身后，
…………
跟你饱尝过风霜雨雪，
跟你共同饮过胜利美酒，
千里万里我也没回头，
…………
永不回头！

不忘初心　点亮万家的追梦人

◎文/国家电网天津滨海供电分公司　孟　潞

他，率领以他的名字命名的“滨海黎明共产党员服务队”，秉持“黎明出发，点亮万家”的庄严承诺，为天津滨海新区近300万居民、80多万企业用户，确保光明的畅通，是初心为民的“光明使者”。

他，30年如一日扎根电力抢修一线，干一行、爱一行、钻一行、精一行，以工匠之心坚守电力工人的初心，从一名普通工人逐步成长为“专业带头人”“蓝领工匠”，是新时期“学习型、知识型、创新型”产业工人的优秀代表……

他就是“时代楷模”“改革先锋”“最美奋斗者”——国网天津市电力公司滨海供电分公司运维检修部配电运检室党支部副书记兼配电抢修班班长张黎明。

不忘初心　为民服务的“红色先锋”

“不忘初心、牢记使命，永远奋斗，就是要不畏艰难、不怕牺牲、保持永不懈怠的精神状态和一往无前的奋斗姿态……”这是2018年4月16日，张黎明受邀参加天津城市建设管理职业技术学院思想政治教育公开课上的一段自白。

发自内心的感慨，来自工作之初的深切感受。1989年初冬，张黎明刚参加工作没两年。一场大雷雨后，“韩大线”219铁塔绝缘子遭雷击，造成严重毁损。他和几位老师傅前去抢修。寒风中，他们坐在抢修车的露天车斗里，赶到事故现场时，大家手脚早就冻僵了。由于暴雨，故障铁塔下原先的小水坑变成了大池塘，要爬上铁塔必须越过池塘，而他们所带的梯子长度根本不够。

按照带电作业规程，操作员必须身着干燥的衣服，保证绝对安全。就在大家面面相觑、束手无策的时候，两位50多岁的老师傅二话没说就毫不犹豫地跳进结了一层薄冰的水塘里，踉踉跄跄地向水塘中央走去。北方的低温下，站在岸上都觉得寒风凛冽、瑟瑟发抖，进到齐腰深的水里更是感到冰冷刺骨冻得直打哆嗦。两位老师傅咬紧牙关扎稳重心硬是用肩膀扛住梯子架起了一座“人桥”，张黎明他们几个年轻人带着工具从“人桥”上快速地通过……

爬过这条颤巍巍的“人桥”，张黎明感觉到了老师傅们传递给他的精神力量。

配网抢修工作不分昼夜，需要随时待命，特别是风雨雪雾等恶劣天气，更需要“枕戈待旦”。30多年来，张黎明极少休息，即使是除夕之夜、儿子高考、父亲病重……

2012年7月26日，天津地区遭遇60年一遇的暴雨突袭，当时张黎明正在病房陪伴病危的父亲，雨声却搅动着他的心。没有丝毫犹豫，他留下前来送饭的妻子，毅然赶到抢修班，刚进门就接到新港四号路港39线路电线断落的故障电话，他立即出发赶往现场。

那一晚，张黎明和同事跋涉在雨水中，车陷下去，就用手推，小区路窄，就一起蹚水走；那一晚，张黎明没有喝一口水、吃一口饭，和同事在暴雨中奔波近8个小时；那一晚，从17点开始，共完成报修工作81件，所有抢修任务全部完成已是次日凌晨1点。工作服由干到湿，又由湿到干，双手被浸湿的手套泡到发胀，疲惫不堪的张黎明回到医院，看到重症病房的父亲和忙碌的妻子，愧疚的眼泪流了出来。

张黎明永远将"大家"放在"小家"前面，他常说："无论在平常还是关键时刻，不管从事哪个岗位，干好本职工作就是对党最大的忠诚。"

2007年7月的一天傍晚，热了一天的城市终于在落日后有了一丝凉气。夏季高温，正是保电的关键时刻，如今，城市里的人们一刻也离不开空调。

忙了一天的张黎明回到家，妻子李海春早将他的晚饭准备好了。张黎明一到家，就对妻子说，有事要谈。李海春纳闷，往常张黎明一到家就得吃饭，今天咋回事？

"海春，单位成立了以我的名字命名的共产党员服务队。不过，我又从管理专责变成班组长了。"

"这是好事啊，不过这样压力更大了，你身体吃得消吗？"

"百姓认可咱，领导信任咱，咱得好好干。"

"党员就要到组织需要的地方去，只要是组织需要，管理岗和工人岗对我都不是问题。我喜欢抢修工作，我愿意到第一线去，领导放心吧！"回到单位，打定主意的张黎明字字铿锵地向领导表明了态度。

就这样，国网天津电力心连心（滨海黎明）共产党员服务队成立了，在管理岗位上干了5年的张黎明人往"低"处走，又回到了工人岗位。

在此后的10多年里，不论在滨海新区重点项目建设工地上，还是在塘沽居民社区和困难群众家中，或是在攻坚克难的"节骨眼"上，都活跃着黎明共产党员服务队"红马甲"的身影。凭借着对党的无限忠诚、对事业的坚定执着、对百姓的绵厚深情，张黎明所带领的共产党员服务队收获了良好口碑，在群众心中竖起了一面不倒的旗帜。

13年来，国网天津电力心连心（滨海黎明）共产党员服务队由最初只有几个人的小队伍，逐步发展到20支服务分队，遍及塘沽、汉沽、大港等地区，服务面积2270平方千米，服务人口近300万，黎明共产党员服务队的名字在滨海新区乃至天津市都家喻户晓，他们以实际行动搭建起了国家电网服务民生的“连心桥”。

牢记使命　爱岗敬业的“一线尖兵”

东南风携着大雨迎面扫来，城市的灯光反射到黑云滚滚的夜空中，闪着异样的光，雷电之后是倾盆大雨，直愣愣地泼向城市。滨海很多低洼地带的街道，成了河道。

2017年7月19日22时，坐在值班室里的翟世雄心急火燎，报修电话一个接一个。第一次同时遇到这么多故障，值班的几个人都蒙了。就在这时，门开了，张黎明出现在门口，他肩头已经被雨水打湿，冲同事们笑着说：“带上工具，走吧。”大家一下子有了主心骨，跟着张黎明冲进雨里，东奔西跑，直到凌晨4时多，共抢修十多处故障。

第二天早晨上班，早到的翟世雄推开门，一下子愣住了：张黎明一手捏着半个煎饼果子，一手攥着手机，歪在椅子上打着鼾。湿透的工作服还“滴答滴答”地滴着水。“丁零零，丁零零”，张黎明手中的手机突然响了。翟世雄刚想上前关掉，张黎明一下子坐直身子，说：“好，我们马上到！”然后就冲同事们招手，“走，上车！”

提起暴雨中的供电抢修，张黎明说：“不信您留意，这些年，京津冀地区在7月20日左右都会有大雨，我们抢修班不能有人请假，得严阵以待。那天是场‘大战役’，我得排兵布阵。”滨海有十几条线路，遇到暴雨，总爱跳闸。哪一条电路该派谁去，张黎明心里有谱。大雨后，天气异常闷热，这时候又会有几条线路跳闸，这也就是大战役之后的一场小战役了。“大战役一般得30多个小时连轴转，没有时间休息。”张黎明说。

“春有鸟害夏有雨，冬有污闪秋有风，最怕雷击造事故，定好措施好预防。”抢修苦，抢修累，张黎明却胸有成竹，从这些苦和累中总结出了经验，还编成了这句顺口溜。一年四季，什么节气有什么特点，什么地方哪些线路容易发生哪些故障，要做哪些准备，张黎明心里都有一本账。按照“账本”干活，活儿就干得有板有眼，有张有弛。2012年入职的翟世雄如今说起张黎明师傅来，依然竖起大拇指，那叫一个佩服。

说起徒弟们，张黎明很是欣慰。30余载春秋，他带的徒弟先后走上了滨海供电公司乃至国网天津电力的管理岗位。然而，他依然坚守在供电抢修岗位。

抢修，“抢”的是时间，“修”的是技术。没有“金刚钻儿”不行。张黎明说：“就是要脚不脱泥、手能绣花、扎根一线、追求极致，真正做一个勤勤恳恳的‘老实人’。”

刚参加工作没几年的一个冬天，有位同事因家中有急事请假，张黎明就主动替他去巡查共有77根电线杆且路途较远的军粮城—大沽线路。他骑上自行车，冒着凛冽的寒风，直奔高压线下。

干过这项工作的人都知道，线路巡查是个良心活儿，如果想投机取巧、半路偷懒，既没人看得见，也没人瞧得出，只有将来线路发生了事故，才可能从事故中分析出来。

那天巡线非常冷，但张黎明依然严格按指定的路线巡查，不放过每一个疑点。当他巡到中心庄路段时，线路周围全是稻田地，还有一道水渠，上面已经结了一层冰。

水渠虽说不宽，但自行车肯定是骑不过去的，张黎明没有打“退堂鼓”，他把自行车举起来扔过水渠，然后想自己跳过去，没想到自己正好跳到水渠上，把冰砸裂了，掉进了水里，寒冷的冰水一下子就把他的棉裤浸透了。但线路还没巡完，他艰难地爬上岸，忍着逐渐结冰的棉裤散发的刺骨寒气，骑着车子硬是把整条线路一段不落地巡查完毕。

同事们知道了这件事，因为心疼这个“傻”孩子而“教育”他。听到有人说“偶尔被意外耽搁了，少巡一点线路不会有事”时，张黎明就憨憨地回上一句：“要是不巡完，我不放心！”

正是这股实在的“傻”劲儿，让张黎明在一步步坚守中成长，在一分分耕耘中收获。每次巡线，张黎明都带着笔记本，沿着不同的电力线路走，还时不时地掏出小本，记录所辖线路的沿途地理位置及周边环境，从老式28自行车到电动自行车再到抢修汽车，把道路从草路骑成了土路又开成了柏油路……

每次回家，张黎明都把一条条线路图精确地绘制下来，并弄清所有配电线路所带的用户及用电性质。慢慢地，他对单位所辖线路的全部参数指标、安全状况、沿线环境及用户特点等情况了然于胸。

张黎明的爱人李海春曾讲过这样一件事。一天深夜，张黎明正打着呼噜，突然手机响了，原来是班里同事打来的，有个故障地点比较偏，抢修人员找了半天也没找到，只能向他“求援”。只听张黎明说：“往东走，300多米，旁边有个养鱼池。”电话一撂呼噜声就又响起来了。李海春很担心：“这迷迷糊糊的，能说对吗？没准儿过一会儿电话还得响。”可是，电话还真就没响。抢修人员按黎明师傅说的，很快就找到了故障地点。

从塘沽区到由塘沽区、汉沽区、大港区组成的滨海新区，张黎明始终坚守在他热爱的抢修岗位，他的足迹遍布这里的每一寸土地，成为天津电力抢修一线的“活地图”。30多年来，他累计巡线8万多公里，相当于绕地球赤道两圈。他累计完成故障抢修、倒闸操作等2万余次，从未发生安全事故，梳理分析上万个故障，练就了快速处理故障的绝活；他编制抢修《案例库》《百宝书》，提出并实践现场工作“十二条纪律”……这些看似辛苦、重复、枯燥的工作，让张黎明摸到了干好工作的“门道”，也走上了一条能快速提高业务能力和工作水平的“直道”。张黎明说：“简单的事，天天做实了，就不简单；容易的事，天天做好了，也不容易。”

矢志创新　勇于探索的“蓝领工匠”

作为配电抢修班班长，张黎明是同事眼中的能人。他对岗位的执着、对技术创新的挚爱，超出了大多数人的想象。

早年间，电力维修施工条件很艰苦。三伏天爬杆作业，电杆的温度高达四五十摄氏度，遇到雨天，工人们手和脚能泡到发白，冬天干活儿满头汗，风一吹冻得直打哆嗦。但是，这些艰苦还不算什么，最关键的还是电力维修期间人员的安全保障问题。“可以说，维修期间每出一次小问题，都有可能是血的教训，造成人员伤亡。”张黎明说。

要保障电力维修高效、安全，就需要在工作中时刻留意细节，不停地琢磨着如何进行创新。而张黎明的创新阵地就在他的工作场所。他总是随时随地想，随时随地试，时刻留心工作、服务中的“疑难杂症”，用心琢磨，常将点滴创新“火花”变成创新“火炬”。张黎明身上常带着一块橡皮泥，可以随手捏出工具模型，跟同事和徒弟讨论新想法。

一次抢修工作中，他发现社区用电超负荷，遇到暴雨雷电天气时，线路变压器就容易发生保险片短路烧毁故障。这个时候就需要作业人员爬到电线杆上临近带电体更换保险片，正常抢修时间约需45分钟。而一台变压器出故障，起码会影响150户居民正常用电。

停电作业会给居民带来不便，而带电作业又需要出动带电作业车，耗费不小的人力物力。遇到难题，一下子就激起了张黎明的兴趣。他反复思考试验，对刀闸进行优化改造，利用物理学重力跌落原理巧妙地将刀闸设计成可摘取式，让抢修队员不用爬电杆，在地面就能摘取更换，修复时间缩短至8分钟，既安全又省时。该成果获国家专利并得到推广应用，仅这一项小革新每年就可减少因停电带来的损失超过300万元。

看到自己的创新有了这么大的成效，张黎明的劲头儿更足了。在滨海供电公司的一次安全生产分析会上，一个问题引起了他的注意。他发现在计量装置1679次运维抢修工作中，有346次属于“用户在插卡输入电量时，购电卡不慎掉进表箱内需要开箱取卡”的报修。通过进一步了解，这样的报修滨海地区月均发生400余次，一年下来就有近5000次。这个数据让张黎明很是惊讶，仅仅是这样的小麻烦，每年就要花费大量的人力、物力去处理，真可谓是“小题大做”啊！

会是开完了，但这个问题却被张黎明牢牢地记在了心上。针对这个现象，张黎明思量了一番，很快有了主意。他找来与购电卡同样材质大小的塑料硬卡片，将两张卡片用钢环相连，其中一张卡片为购电卡，另一张为服务宣传卡，上面印有网上购电和服务热线等便民信息，这就保证了用户在将购电卡插入电表卡槽的时候，由于另一张卡在表箱外面的牵制，不会发生掉卡的风险。

“孪生卡”就这样诞生了。虽然只是一个小小的创新，却一举两得，既解决了用户掉卡的麻烦事，又避免了抢修队员因此产生的抢修处理工作。

张黎明总是随身携带螺丝刀、小剪刀等，一有创意点子就着手试验。一种特殊手提箱就是这样被设计出来的，并成为抢修专业的必备装备，这就是“黎明急修BOOK箱”。

这种新型工具箱，如同一本“工具书”，将工具和常用备件分门别类地放置在适当的“页面”上，到了现场可以很方便地“翻阅”、提取，工具缺失也可随时发现。“急修BOOK箱”自问世后，在天津电力系统得到广泛推广应用，成了抢修一线员工的随身“宝贝”。

“以前，我们装工具都用电工兜，装的工具很有限，有时缺少哪件工具也不容易被发现。”配电抢修班老师傅杨伟华说，这种“黎明急修BOOK箱”将专业知识与抢修工具结合在一起，为一线抢修人员带来极大的工作便利。

创新之路也会遇到种种困难，而此时，张黎明总是告诫自己不要气馁，再坚持一下，“创新本身就是一个不断试错的过程，所以要容许失败。经历过失败，反而意味着你离成功又近了一步”。

张黎明在长期抢修实践中发现，鸟害是危及输电安全的一大隐患。为了解决这个电力隐患，他时常会一个人对着成群鸟类盘旋的电线杆愣神儿，有时他甚至会登高观测鸟的习性。他发现飞机场的声音驱鸟，果农的药物驱赶，电线杆的风扇驱赶，在大面积的鸟害面前都已不能奏效了，还会对鸟类造成不必要的伤害，只有采用新的思维模式，切实让飞鸟没有立锥之地，才能奏效。

创意有了，如何设计、用什么样材质、做成什么形状又成了大问题。张黎明研究用各种材料做样品，无数次的安装、测试，伴随着无数次的失败。但是他总是微笑着说“再试试下一个，说不定这次能行”。经过上百次反复试验，终于找到了最佳材质——玻璃钢材质，并制作出防鸟害、防锈蚀、防污闪的“三防凉帽”，如今已经应用到了天津市许多电力线路上。

张黎明不仅在技术创新上有一手，在管理创新上也很有一套。他经常将管理学书籍中的管理经验应用到实际工作中。他带领团队制定了《抢修服务一日标准化工作流程》，总结提炼出“服务态度主动化、服务手段现代化、程序标准规范化、管理方式军事化、延伸服务人性化、特殊对象亲情化”的“六化”工作法，不断提升工作效率、服务质量和客户满意度。

“时代的变革让我深刻地感受到了电力技术发展带来的巨大变化，像我们班组用到的设备，基本上2~3年就要更新换代，而且数字化智能化水平越来越高。只有紧紧扭住创新这个‘牛鼻子’，我们才能抓好历史机遇期，掌握发展主动权。”2011年以张黎明名字命名的劳模创新工作室正式成立。班组里的任何人有了想法，都可以进行头脑风暴并将创意付诸行动。一项项创新成果就从这里诞生了。这些年来，依托张黎明工作室，滨海公司累计开展技术革新500余项，获国家专利192项，带动9人获天津市五一劳动奖章，923人次提升技能、职称等级。

在张黎明创新工作室的辐射带动下，滨海公司先后孵化班组级创新工作坊10个，与天津公司职工创新孵化基地形成“地、室、坊”三级联动机制，为勇于创新和乐于创新的基层创客们搭建了很好的创新平台。

凭着一股执着创新的倔劲儿，张黎明从一名普通工人成长为行业里响当当的电力“蓝领创客”，成为知识型、技能型、创新型新时代产业工人的典型代表，先后获得中央企业“百名杰出工匠”“中国质量工匠”“津门工匠”“海河工匠”“国网工匠”等殊荣。

与时俱进　永不止步的“电力创客”

随着产业结构快速转型升级，电网从传统电网向坚强智能电网转型。国网公司主动迎接新时代变化，创造性地提出打造“具有中国特色国际领先的能源互联网企业”的战略目标，这给了张黎明更高的追求目标和创新突破的勇气。

当今时代，人手一部智能手机，滴滴打车、支付宝、各类网店等基于智能手机的互联网+生活实践，已经在我们的生活中比比皆是。张黎明也是一名“手机控”，技术沟通、知识分享、生活感悟……他都通过手机实现。用得多了，他那颗“不安分”的心开始“驿动”了。

“现在咱们抢修也有PDA了，交流沟通也有班组微信群了，也确实体会到了其中的便捷性。不过根据我这几年的调研学习和观察，手机App在咱们行业的班组管理中的应用还是空白，咱们基层的班组管理手段还是相对落后啊。”在一次班组创新研讨会上，张黎明说出了压在心头许久的困惑。

发现了问题也就找到了创新工作的突破点，他深知自己在软件研发方面的弱势，于是，2016年的一天，他找到了老同事、老朋友，滨海供电公司运检部状态评价班班长董学永。

“老董，我想在班组管理方面搞一个创新，方向就是手机App应用，计算机方面你最在行，要不咱俩一起合计合计？”

“你来得正好，老张，我也正想针对班组管理搞一个移动办公平台。”

“那太好了，有你这个计算机专家做后盾我就放心了！”

两个人通过几次深入讨论，征求了所在部门的意见后，决定通过建立跨班组的创新小组来实施班组移动办公终端研发工作。

就这样，由张黎明牵头，董学永作技术支持，创新小组具体实施，通过广泛调研，多次研讨、测试，克服种种困难，历时两个多月，终于研发成功了班组移动办公终端。经过实践应用，此移动终端能够实现班组工作任务的精准下达、关键业务环节的实时推送、班组成员的工作量化积分、班组基础资料的分类存储等，以无纸化、移动智能化和人性化的班组管理让班组人员在兴趣中开展工作，在工作中获得快乐。

张黎明人称“活地图”，但是地图只在他脑子里，其他人也不是随时都能用上。如果再赶上老旧设备的图纸由于年代久远标注不清，即便是张黎明也要费一番力气。

面对这一困境，张黎明“爱琢磨”的劲头儿又上来了，这一次他的创新灵感来自应用广泛的百度、高德地图。考虑到公司为抢修人员配备了智能终端PDA，在“互联网+”技术发展日新月异的今天，是不是也可以研发一个定位配电室、环网柜等配电设备的App呢？

想法有了，马上行动。张黎明立刻集合队员进行研究。通过不断的探讨，最终张黎明和队员们结合现场确定出App功能模块，并充分发挥老师傅丰富的抢修经验和年轻队员在智能设备技术上的优势，地图服务应用App应运而生。通过在抢修专用移动终端上导入GIS系统内设备位置数据，在现行通用的地图上进行显示，实现配网设备快速定址定位。

App一经投用，抢修速度显著提升，设备定位时间下降60%，大大提升了抢修效率。工单回复时间、到达现场时间及故障处理时间、用户投诉件数均大幅下降。如今，装有地图服务应用App的PDA俨然已经成为抢修人员手中的“利器”，成了他们的抢修“掌中宝”，有了它，人人都是“活地图”的梦想就这样成真了。

带电作业一直是电力行业最危险的工种之一，不仅有触电、高空坠落等危险，而且厚重的绝缘服、笨重的绝缘手套让作业工人辛苦不已。

2016年7月的一天，张黎明骑着自行车巡线，在10千伏153线路7分支1号杆，他看到带电班的班长邵桂彬正带着班员进行带电搭火作业。

绝缘斗臂车上，两个工友穿着厚重的绝缘服、戴着笨重的绝缘手套正在进行导线的剥切工作，虽然上午的日头不是很足，但没一会儿，师傅额头沁出的汗水就已开始顺着脸颊往下淌。

等两个小时后张黎明巡线归来，已是骄阳似火，带电班的师傅们也终于完成了工作，此时他们已是大汗淋漓、浑身湿透，脱下防护服就如同从水桶里捞出来一样。

看到大家艰苦而危险的作业环境，张黎明心里一紧，为大家揪起了心。如何解决同事们的难题，降低带电作业的危险性，成了他萦绕心间挥之不去的一个问题。

在研究了广泛应用的各类带电作业操作法后，张黎明发现只要是人工操作，就很难避免带电作业危险系数高、作业条件差这一难点，要如何解决这一难点呢？当他读到一篇有关人工智能的文章时，忽然心中一亮，如果能将人工智能和带电作业结合起来，由机器人来代替传统的人工在配电网上做“微创手术”，这样既提高效率，又解决安全问题，岂不是两全其美?!

想到这里，张黎明一下就兴奋起来，觉得这是条可行之路，于是立刻着手研究“人工智能”这个听起来十分高大上的新事物。查资料，到厂家参观学习，实验研究，大半年的时间很快过去了，人工智能配网带电作业机器人慢慢有了雏形，初步确定机器人由无线控制系统、智能路径规划系统、机械臂、剥皮工具、搭接工具等五大部分组成。

但是机器人到底应该什么样，张黎明的创新团队又遇到新问题。仿人双臂机器人在作业时更加稳定，但是由于绝缘斗臂车的承重有限，这种双臂设计达不到要求。

“国内外现有的带电作业机器人都是采用了双臂的设计结构，但也都没有真正实现作业人员远离高压线的目标。”“双臂主从控制方式称不上智能机器人。”……面对大家你一言我一语的激烈讨论，张黎明大胆地提出要打开思路，结合传统人工绝缘杆带电作业方式，在机械臂前端加装绝缘短杆。方案确定后不久，第一代机器人就在大家的努力下，从图纸走进了现实。“当时我们还给它起了个洋气的名字——导线上的‘钢铁侠’。”张黎明说。

“钢铁侠”主要作业是搭火。所谓搭火，通俗点说就是配电设备接电源线。这就离不开对线路的切割和绝缘保护。2017年6月，机器人研发进入了最关键的技术攻关阶段，遇到了切割难题。剥切工具的效果总是不理想，刀口切割不均，绝缘皮有粘连的部分难以脱落。

发现这个问题后，张黎明团队立即召开小型研讨会，决定改变现有的刀具排列方式，经过多次试验，最终将三角排列改为水平排列。更换完新刀具，大家满怀着热切期盼又一次进行了试验。机器人将导线抓住之后，整个实验室的空气仿佛凝结了，随着导线绝缘皮的应声脱落，实验室沸腾了，这时时钟已经指向了凌晨两点。

“现在的剥离装置，厚度2.5毫米或3.4毫米的绝缘皮都能完美剥落，这在以前也只有具有丰富的实际操作经验的专业工人才能做到。”张黎明自豪地说。

2017年9月，配网带电作业机器人成功在室内理想环境下完成了作业基本动作，并一举获得国家电网公司第四届青年创新创意大赛金奖，随后被天津市科委立为天津市重大科技项目，推行产业化发展。

室内作业成功，并不代表室外就一定没问题。张黎明与他的创新团队，没有停下创新的脚步。“进决赛、拿金奖只是实现了咱们的一个‘小目标’，大家千万别忘了研发带电作业机器人的初心，是要解决带电作业中‘危险系数高、作业条件差’等实际问题的。就目前来看，咱们距机器人真正的现场实用化还差得远呢！”

面对机器人依然存在的电磁兼容及绝缘，智能程度低，还不能完全实现自主作业这些问题，张黎明和他的团队开始了对“钢铁侠”的升级换代。经过数月的头脑风暴，他们决定采用激光雷达、双目等精度更高的多维传感器，结合人工智能算法，实现机器人全自主作业。

2018年11月13日，“钢铁侠”二代到了研发的关键节点，开始测试室内全自主作业。大家怀着激动且紧张的心情，看着张黎明按下了“开始”键，机器人开始作业，当第一个机械臂自主识别成功抓住引流线时，实验室里顿时出现“要成功了”“太好了”“抓住了”等鼓舞人心的喊声！还没来得及高兴，当看到机械臂抓住引流线准备穿入安装工具时，张黎明大喊“停！”，这一刻实验室里瞬间安静了，因为大家都明白，视觉识别出现了问题，引流线没有对齐安装工具接口处。

实验失败了，团队的年轻人纷纷开始查找问题，优化传感器、改善算法、训练模型，一次又一次地测试，但是成功率总是在70%左右徘徊。张黎明却独辟蹊径，在安装工具接口处加了一个锥形的导入口，引导引流线对齐接口处，这样速度快，准确度高，载重也不会增加多少。2018年11月25日，当看到引流线成功穿入加装导口的安装工具并完成首次穿刺方式接引线作业时，整个实验室再次沸腾了，“钢铁侠”完全实现了自主带电作业。

2019年4月初，张黎明和研发团队加快机器人研发步伐，开始进行室外测试。让他没想到的是，在测试中发现，穿刺方式接线，会出现载流量较小、线夹发热等问题，同时阳光强烈也会存在识别不准等情况。针对这些问题，研发团队集中攻坚，全力开发自动剥线装置，大到整体结构设计，小到刀具的选型测试，终于在5月底，研发出了首个自动剥线装置，并为视觉传感器制作了双层遮阳罩和单层遮阳板。在接下来第三代人工智能配网带电作业机器人进行的接引线作业测试中，测试机器人线夹接线及视觉识别效果良好，接引线成功率达90%以上。“目前，我们采用激光雷达、双目等精度更高的多维传感器，结合人工智能算法，实现了机器人剥线方式下全自主作业，已经可以在实践中应用了，”张黎明激动地说，“当感觉到坚持不下去的时候，就是离成功不远的时刻。”

2019年8月23日，在天津滨海新区的一条为全国第十届残运会暨第七届特奥会道路提供景观灯照明的供电线路上，一台以人工智能技术为核心的全自主配网带电作业机器人，正式“上岗”。它象征着带电作业由传统的人工操纵方式，向着全智能化“一键操作”的伟大转变。

然而，经过短暂陶醉之后，张黎明和大家冷静下来——盘点首次“上岗”操作得失。“我们的机器人目前是1.6米×0.83米，重240多公斤，着实是个大块头。在之前的实际场景测试时已经发现，机器人的控制柜和电源箱存在侵犯与带电体安全距离的风险，虽然我们喷涂了绝缘漆保证绝缘距离，但是隐患还是存在。我们还要聚焦问题，攻关如何将机器人小型化、轻量化，如何优化布局，杜绝这些隐患。”张黎明深知，科技时代飞速发展，创新步伐一刻不能停。

2020年5月，张黎明提出“借助绝缘固定支架实现单臂机器人自主作业”的技术思路，“绝缘固定支架就像是‘婴儿的学步车’，目前它的存在可以辅助单臂机器人更快、更准确地完成搭火作业，随着研发技术的日趋成熟，迭代升级后的机器人最终会舍弃它的‘学步车’”。张黎明若有所思地说。攻关目标确定后，研发团队迅速进入集中封闭工作状态，也标志着第四代人工智能配网带电作业机器人正式进入研发阶段。

自主识别引线位置、准确抓取引线、平稳移动至搭火点，精准完成接引线作业……6月29日，在天津滨海新区一条试验线路上，单臂辅助自主配网带电作业机器人成功完成一系列操作。此时的张黎明正目不转睛地观察机器人操作的全过程。

“第四代人工智能配网带电作业机器人采用模块化设计，相比上一代体积缩小三分之二，重量减轻三分之一，取得了轻量化、小型化等重大突破，充分满足复杂地形和狭小空间带电作业需求，进一步扩大配网带电作业机器人的使用范围，实现更广泛应用。”张黎明难掩喜悦地说。

目前，双臂自主、单臂人机协同、单臂辅助自主3种人工智能配网带电作业机器人已在天津市区、郊外、山区等多种环境下成功完成操作80余次，推广至多省市开展现场应用。

一花独放不是春，百花齐放春满园。研发“钢铁侠”的各项创新技术，在2019年10月1日新中国成立70周年前，又被应用到公交充电站智能巡检机器人上。

2019年9月27日，中新天津生态城泰八路公交站内，随着机器人机械臂自主移动，精确地将充电枪插入一辆纯电动公交车充电口内，自动完成插接并充电，调试人员使用手机远程操纵机器人将充电枪拔出。

“这标志着智能公交充电巡检机器人试运行成功，实现了技术链和产业链的延伸。”张黎明说，这个机器人搭载了智能机械臂、视觉传感器5G通信模块等先进设备，可以智能感知公交车辆停靠位置并准确识别车辆充电口，利用机械臂完成插枪充电至满电拔枪的全部充电过程，彻底代替人工。

“作为创新型一线劳动者代表，更应充分展现新时代产业工人的优秀品质，始终站在时代前沿开展创新攻关。”心无旁骛的张黎明说，“创新的过程必定是艰苦的，但却是我们解决困难的金钥匙。走创新之路不易，尤其是当前新兴技术迅速发展，日新月异，身在传统电力行业，确实需要我们敢想、敢干、敢突破！只有精益、善学，与时俱进，以螺旋式上升才能不断推陈出新，才能当好新时期的产业工人。”

点亮万家　乐于奉献的“光明使者”

2011年的夏天，滨海新区龙都社区筹划了一场“感党恩、颂党情”纪念建党90周年文艺晚会。

“当时我们社区将演出场地选在一个花园。因为演出当日的灯光布景需要有电源接线，我们与周围几家单位联系，都因为电线要横穿公路，或是因为电源容量不够，被婉言回绝了。接电可成了我们的大难题。”这让当时在该社区工作的何丽一筹莫展。

万般无奈之下，何丽拨打了114，查找到电力公司电话。从天津市电力公司到滨海新区电力公司，再到黎明共产党员服务队张黎明的电话，看到记在本子上的手机号码，何丽又犹豫了，“当时已是周五下午，我不知道这电是否还能接上，晚会是否还能如期举行”。

抱着试试看的想法，何丽还是拨通了张黎明的电话。

正在天津市区开会的张黎明回复道.“你们别着急，晚上我回塘沽，明天一早儿就去看。”第二天一大早，张黎明和两名服务队队员带着电缆和工具准时来到了现场，顶着炎炎烈日一直忙到快12点钟才接好电源，他们却一口水都没顾上喝。

周日晚上，晚会如期举行。张黎明又带着服务队队员来到演出现场，但他们不是观看演出，而是怕电源出现问题进行巡查保电，直到晚上10点多晚会结束才离开。

几天后，何丽用大红纸写了感谢信送到滨海供电公司。“那是我第一次走入黎明共产党员服务队，一进门，我就发现了满屋子的锦旗，还有很多荣誉证书和奖牌。看到这些，我的心情久久不能平静，我想那些锦旗、证书和奖牌的背后，应该会有许多更加令人感动的故事吧。”

的确，这只是张黎明践行“人民电业为人民”企业宗旨和百姓情怀的缩影。

2007年，黎明共产党员服务队成立伊始，张黎明就对队员们说：“服务队的成立，是一份光荣，更是一份责任、一种鞭策。这几个字的分量很重，这面旗帜既然打了出来，就意味着责任和奉献。”

那是2008年，家住杭州道小区的郑奶奶，发现抽油烟机漏电，以为是机器坏了，因为家里孩子都不在身边，就找来街边卖抽油烟机的人给换一台。结果花了好几百块钱，新抽油烟机还是漏电，卖机器的人鼓捣了一会儿，也没修好，无奈之下，又把旧机器换了回去。这下更糟了，家里所有电器的外壳都带电了，摸哪儿都麻手。

万般无奈之下，老人抱着试试看的心理找到黎明服务队寻求帮助。按说这样的事不属于电力公司管辖范围，但是服务队对老百姓有延伸服务的承诺，看到老人找上门来，张黎明马上带着队员来到老人家中。

经过检查，张黎明和队员们发现了漏电的原因，是郑奶奶家中的电源插座存在接线问题，他们不仅动手把漏电的问题解决了，还把老人家中的各处电线开关检查了一遍，以确保用电安全。临走前，郑奶奶特别感激，拉着张黎明和队员们的手说：“还是公家的队伍好，你们说到做到，是实实在在给老百姓干实事的！”而张黎明也从郑奶奶的话中感受到重诺守诺的力量，正所谓“金杯、银杯，不如百姓的口碑”。

看到百姓对用电服务的需要，黎明服务队主动向社会各界公布了服务热线电话，张黎明的手机号出现最多的地方，是社区敬老助残服务卡、街道市民服务手册和便民爱心卡。社区服务中，张黎明经常处理的都是用电和帮困助残等看起来很小的事，但老百姓都看得出来，张黎明是真心实意为大家服务，人们打心眼儿里敬重他、亲近他，对他的称呼也从“张队长”“张师傅”变成了亲切的“黎明”。

“张师傅，快来救救我，我心脏不好受，喘不上气，儿女也联系不上。咳咳咳……”

2015年3月的一天，黎明服务队的一位帮扶对象，家住丹东里社区70多岁的陈雨兰大娘打来电话求助。从大娘有气无力的声音里，张黎明意识到了情况的危急。他二话没说，与队员们驾车迅速赶到陈大娘家。看见突发心脏病的陈大娘满脸大汗、呼吸急促地靠在椅子上，偏瘫的老伴齐大爷也无能为力，张黎明急忙拨打了120救护热线，可收到的回复是到达丹东里至少需要20分钟。如此一来，很有可能由于治疗不及时，造成不可挽回的后果。但是如果服务队员们送大娘去医院，就要承担很多意想不到的风险。

怎么办？张黎明与队员们不禁有瞬间迟疑。时间就是生命，看着大娘痛苦的表情，略一思索，张黎明斩钉截铁地做了决定：“见死不救不是咱们共产党员的作风，大娘的情况不能耽误，咱送大娘去医院！出了事，我担着！”他立即背起大娘，健步走下三楼，开车不到5分钟，就赶到了医院急救室。急诊医生一听是志愿者送病人来的，一路开绿灯，没让交医药费，就给大娘治疗。事后，大娘的孩子来到黎明共产党员服务队，紧紧拉着张黎明的手说：“谢谢您啊，黎明队长！大夫说，是您救了我妈一条命！不然我就见不着我妈了！”说着说着哭了起来。

每当说到这事儿，张黎明都会淡然一笑，说：“我是为人民服务，没有顾虑。很多问题，有了积极的态度，都能解决。下次遇上救人的事，我还得干。”

2014年，一个居民社区内，物业公司将电停了。一位住户家中因为有癌症病人，冰箱里冷藏着治疗癌症的靶向药，所以和物业公司起了冲突。居民给张黎明打电话，他套上共产党员服务队的红马甲，匆匆赶往现场。

一到现场，纠纷双方立刻停止了争吵，问题很快得到解决。

“我还纳闷为什么大家都能听我的。”张黎明说。后来，那位住户望着他说：“看到党员徽章，知道你们是电力公司的共产党员，我们心里就踏实了。”当时，张黎明心中十分震撼：“党在老百姓心中的威信真高呀！”作为一名基层普通共产党员，通过自己的行动，让群众认可，他感到无比自豪。从此，他更加注意服务队的着装，要求队员必须穿红马甲。

心里装着群众，张黎明总是说：“只要对社区居民有利，我们就做！”到老旧小区抢修或者看望孤残老人时，张黎明发现楼道总是不“敞亮”。居民尤其是老人，本来上下楼就不方便，再加上光线不好，行动就更为困难了。这成了黎明的一块“心病”。

一天下班早，他骑车去了灯具大市场。回家时，自行车的车筐里多了一个大黑塑料袋。他买了各种节能灯泡回家，准备试验，最终，将目光锁定在一种既便宜又省电的声光控灯泡上，一个灯泡一年电费才1块多。为了鼓励邻里间互助，他捐出了自己获得滨海新区文明个人奖励的一万块钱奖金，成立了“黎明·善小”微基金，用来购置节能灯具等。他和居委会商量，共同入户走访，寻找自愿接电的居民做志愿者，服务队免费给“黑楼道”安装照明灯。

这个活动，一经倡议，得到了很多人的支持。邻居们纷纷抢着承担电费，从自家接电。2016年，这件好事带动了社区居民志愿互助、共建文明的热情，推广到了全天津市，成为“黎明出发，点亮万家”惠民志愿行动。

自从“黎明出发，点亮万家”惠民志愿行动开始后，张黎明带着326名共产党员服务队队员，义务为老旧楼道安装节能灯具，形成了电力企业提供技术和设施、居委会组织协调、居民志愿者交费的三方联动送温暖机制，改善了50多栋老楼160多个“黑楼道”照明环境，让2000多户居民受益。

“其实，黎明解决的，不仅仅是一个‘黑楼道’的照明问题，他是把供电企业、居委会和社区居民的心紧紧连在了一起，更是把老百姓的心紧紧地连在了一起，让更多的人打开了‘心门’。”何丽说，如果说灯光照亮的是美丽的夜空，那么黎明点亮的就是居民的心田。

“灯有没有坏的？”“那些上了年纪的大爷大妈用着方便吗？”……点

亮了楼道里的灯，张黎明仍然放心不下，时不时就得到处看看。

2018年10月3日，参加完在北京举行的国庆招待会回来不久的张黎明，一大早就来到了天津滨海新区民安里12号楼3号门的刘大娘家，询问楼道灯有没有修好。这栋楼的楼道灯刚好在张黎明参加国庆招待会时发生了故障，刘大娘通过“连心卡”联系到了张黎明，张黎明立即叮嘱共产党员服务队的队员们抓紧处理。虽然当天就修复了楼道灯，但张黎明还是放心不下，从北京回来后就赶快过来看看，确定没有问题后才离开。

还没走几步，张黎明就被一位居民叫住了：“我们楼道的灯关不上，您能不能给看看？”“没问题！”张黎明跟随这位居民快步走到了另一楼门。

原来，这里的楼道照明由传统的触摸式开关控制，由于开关老化，反应不灵敏，所以灯一直关不了。“您别担心，我把有问题的楼层都换上我们研发的楼道专用灯泡，只要光线暗或有声响，灯就会自动亮，您再也不用摸黑找开关了。”边说边干，张黎明和队员们不到半个小时就把这栋楼上有问题的灯泡全部更换完毕。看着崭新的灯泡，居民连连致谢，并问：“我们社区还有好多楼道存在照明问题，你们都能给解决吗？”“解决，都给解决，这上面有我的电话，邻居们遇到用电问题可以随时打电话。”张黎明边说边将“连心卡”递到居民手中。

灯泡换完了，张黎明却陷入了沉思。群众有呼，服务队就要及时有应。“就这样简单地转了一圈，就有群众需要服务。但是我们队员不可能24小时都在社区里打转啊。”张黎明思考着服务队员不在社区时，群众有需求怎么办呢？

恰巧此时，滨海新区新港街找到了滨海供电公司，希望张黎明共产党员志愿服务队能够加入街道正在推行的为民服务网格中，提供服务。这正与张黎明的想法不谋而合。“这样谁家有用电需求，哪家有困难，通过网格我们都能及时了解到。”张黎明当即带领队员愉快地加入其中。“群众的需求反映给网格员，我们服务队员就能够及时跟进服务，畅通了群众与我们的沟通渠道，真正打通了服务群众的最后一公里。”张黎明说。

加入了服务网格后，张黎明更进一步，又主动联系到自来水公司沟通衔接，商讨合作事宜。

2018年11月9日，在张黎明的倡导下，塘沽中法供水公司供水管网党员服务队与国网滨海电力共产党员服务队签署结对共建协议，共同建立起协调联络机制，整合服务资源，优化服务流程，探索一体化联动服务。

“水电气热这些都是和老百姓息息相关的公共事业，要是能将这些都协调联动起来，搭建起滨海新区公共服务事业的新平台，一定能更好地提升服务水平，满足人民群众的需求。”张黎明心中还有更宏伟的蓝图等着他去实现。

“你好，黎明队长吗？我们社区进出口监测点要增设防疫亭，工作人员需要24小时值守，亟须用电，你们今天能过来吗？”2020年2月11日清晨，疫情防控进入最关键的阶段，已经在防疫保电一线坚守十多天的张黎明接到滨海新区新村街民主街社区党委书记、居委会主任王丽打来的求助电话。

放下电话，马上出发，勘察线路，调整位置，杆作业、放线接线、安装电表、安开关、穿管、布线、安插座、搭火接电……不到一下午，黎明服务队的队员们就帮助5个防疫亭完成通电。

在疫情防控短短十几天时间里，张黎明带着他的队员们已经为滨海新区新村街道辖区13个社区79个自然小区的79个测温登记点、27个防疫亭接上了电，筑牢了社区防疫的“桥头堡”。

勘察线路时，社区居民刘乃民一下子认出了张黎明：“黎明，我在春晚上看到你了，没想到你从北京回来，还能来小区服务，你没变啊！”

张黎明说：“我是不会变的，我永远是那个以百姓需求为己任的张黎明。”

33年，他用双手为家人创造了一个富足安乐的港湾；33年，他身体力行为单位打造出一支家喻户晓的队伍。张黎明，以电力人的初心点亮了万家灯火。他的工作赢得了政府和百姓的赞誉，获得了国务院政府特殊津贴、全国劳动模范、全国优秀共产党员等系列荣誉称号。

望着窗外的万家灯火，望着对面大街幕墙上自己的巨幅广告宣传画，张黎明感叹：“我们这代人，赶上了好时候。一名普通劳动者，通过不懈努力，也能成就精彩人生，伟大的中国梦我们一起努力，共同实现。”

追梦海外“新铁人”

——记“最美奋斗者”、大庆“新铁人”李新民

◎文/于晓宇　王剑飞　王　冰

“要把红旗一直扛下去，弘扬铁人精神，牢记艰苦奋斗，不断锐意进取，真正把工人阶级的崇高品质、伟大精神在1205钻井队代代相传！”2009年9月21日，时任中央政治局常委、中央书记处书记，中华人民共和国副主席习近平在1205钻井队视察时的殷殷嘱托，一直激励他们在新时代扛红旗、做标杆！

——题记

起

茫茫草原，清风徐来，一辆车，一个人，充满了油画的质感。追溯到几分钟前，草原上还有一队荷枪实弹的武装士兵，车门也是大敞四开的，而那个人把双手放在脑后蹲在了一旁。

这是哪里，这些人是谁，在做什么？

李新民保持着蹲姿，也很想问出口，然而他并没有，身在海外，安全优先。虽不曾问，却也猜到一二，定

是又被误会了。

画面犹如静止了，一个小时，两个小时……直到五个小时过去，领头的士兵才比画了一个放人的手势，整队迅速离去。

李新民揉了揉酸麻的胳膊、腰腿，之前没等停稳车，车钥匙就被领头的士兵拔掉了，他自是想讨回，然而对方摸遍全身，发现不知道什么时候掉落了。

唉！李新民深深叹了口气，又直了直腰，寻着刚刚这队人马走过的地方，在一米高的草丛中一圈圈、一寸寸地找了起来……

国外打井，千难万难，一颗枪子儿都玩完。身为队长，井是要打到国外，但兄弟们得一个不落地、安安全全地带回国内。这话李新民没跟别人说过，而是藏在每次迈出国门前的心底里。

这几日，苏丹局势越发紧张，天儿闷得很，胸口也愈加沉闷。李新民索性下床，蹲在井场营房门口抽起了烟。

东非的夜空繁星点点，很是迷人。忽然，一道纤细的光划过，构成一幅许愿的美好画境。李新民身体却微微一震，停住吸了半口的烟，凝视着光滑落的方向。

当公路两旁的花花草草被炸毁的坦克、燃烧的轮胎所取代，你便会警觉身边每一次的异常情况。领略过战火滋味的李新民，此刻正在分辨那道火光到底是一颗AK47的流弹，还是“战斧”那长长的拖尾？

这是不是太神经质了？可万一呢？这可不是太平盛世下的中国。一个疏忽，极有可能在瞬间，便让人付出生命的代价。

难道这是大自然对自己的警醒？

安全起见，李新民决定将旧集装箱改成避难所，放好水、饼干、手电、药品等必备物资。想起电视新闻里，劫匪透过窗户向房间一顿扫射的画面，营房的窗户也必须焊死，还加焊了一层10毫米厚的钢板。这些都做完，李新民的心才稍微安定些。而加固后的营房，只有他的窗户还留有一道缝隙，以便瞭望。为了队友的安全，只得给自己留下一个危险的罅隙。

静谧的夜晚，刚准备睡觉的李新民，忽地觉察到若有若无的声响，他一个箭步跃到“瞭望缝”前，月色中，远处似有几十人端着枪，逐渐向着井场压进，他迅速起身，组织队员紧急转移到集装箱避难。

密闭的空间，呼吸相对，闷热难耐，却没有人动一下。大家屏气凝神，等待外面的动静。整整一天一夜，大家才把这些武装分子给熬走，总算成功脱险。

多年以后，李新民的记忆中，依然分辨不出苏丹的那一晚，他看到的，到底是流星还是流弹。好在身边的人都在，呵，虽未许愿，倒也如愿以偿了。

一

没有走近“大庆新铁人”、1205钻井队第十八任队长李新民时，是想不到，这样一个视井为命、视油为魂、被看作“铁人王进喜精神”传人的人，与家人的相处，是可以用春风化雨来形容的。尤其在他儿子晨星眼中，看不到丝毫的疏离感，只看得到敬爱、崇拜，还有忘年情。

那是一个平常的夏天，可对晨星来说，高考是他人生的第一次大考。说来也巧，那一年的6月，李新民刚好回国倒休，一家人都把这看成是老天爷赐予的大礼。

难得陪儿子的李新民，连续多日都带着晨星温书，哪怕高考前夜都没放过，认认真真地给晨星读了上百道习题的答题技巧。

看着这爷俩，一个念得十分投入，一个听得有模有样，李新民的妻子王伟觉得又好笑又心酸。这种临阵磨枪的学习方法向来是她最反对的，可她明白，想来儿子也明白，这是一个缺席的父亲笨拙的表达，是爱的补偿。

临进考场前，李新民想像晨星小时候一样摸摸他的头。手伸出去，看着比自己高的儿子，终究还是落在肩膀上，轻轻拍了两下，没有再多叮嘱，只是说着，去吧！

当儿子的身影融入众多孩子中，再也分辨不出，李新民撤回了目光。

时至夏日，谈不上酷暑，但阳光也很是烤人。一眼望去，送考的家长不比考生少，虽神情焦灼，却也都安安静静地等待着，李新民在其中并没有什么特别。

放在几年前，相似的送别场景，一样的人山人海，可却是喧闹的、喜庆的，充满斗志与期待的。那时李新民和队友们即将出征苏丹，是1205队第一次出国打井，李新民披红戴花，是人群中和镜头下的焦点。

头一次出国，所有人都很兴奋，全憋着一股劲儿，一心想大干一番。

刚下飞机，一踏上苏丹大地，李新民就惦记起他们的钻井设备，每天都去苏丹港追问，给我们运钻机的船到哪儿了，还得几天能到？他天天和队友盘算着怎么清关、怎么运货，真是恨不能马上把井架立起来，让钻机转起来！

清关是什么概念？是五百多个部件的清点，上千吨钻具的搬运，上百部设备的到位。按常理，即使有十几个人参与清关，慢则一个月，快也要十几天才能完成。可李新民怎会按常理出牌？哪怕他们只有6个人，哪怕这是项庞大而繁杂的工程。干！怕困难还叫什么“铁人”队！

然而，苏丹炭火似的高温给1205队来了一个难忘的下马威。想象一下，地表温度高达60℃，别说干活儿，就是呼口气也觉得嗓子眼儿里能喷出火。一天下来，李新民几人百斤的水灌下去，一滴尿都没有！

就这样熬过了6天。是的，只有6天，他们6个人，只用了6天就完成清关！李新民和队友用“铁人”速度，创造了中国石油在苏丹港清关人数最少、用时最短的纪录！

老天爷就喜欢和人开玩笑，凡事想修成正果，不挨过几难怎能算完。这些走海运的钻井设备遇上了大风暴，清关时李新民就知道，可当最终确认，三台发电机里的两台都被海水严重腐蚀，彻底趴了窝，清关的胜利在这当头棒喝面前变得不值一提。

发电机是井队的动力核心，没有发电机，这井还怎么打？大家一下就傻了眼。

甲方得知情况后，立即下达了指令：从即日起停止施工，限1205队五日内撤出井场，所发生的一切费用自理！

撤离，意味着，一口井还没打，1205队就得卷铺盖走人。

当晚，队里没有一个人睡得着。有的，较劲儿似的拿着砂纸，狠狠地蹭着设备；有的，默默地抽着烟；有的，呆呆地望着远方……在国内，各项荣誉拿到手软的他们，是真的不甘心啊！

面对这一残酷的现实，李新民独自走向荒原深处。时任副队长的陈伟赶紧跟了上去，只向前走着，并未回头的李新民，像是在问陈伟，又像是自言自语。

留，还是撤？40多年前，“铁人”老队长就说要把井打到国外去。撤？连一口井还没打，这砸的是1205队的声誉，伤的是大庆队伍的尊严，丢的是中国人的脸啊！

跟随了李新民多年，这些道理陈伟何曾不知，却还是开口劝着：“队长，设备是在海运中损坏的，这口井咱打不成，家里也不能说啥。”

李新民好像压根儿没听陈伟说什么，望着黑漆漆的前方，突然吼了一声，拼了！后又重复着，对，拼了！拼了也要按时开钻，1205队决不能栽在这儿！

次日一早，李新民向远在首都喀土穆的甲方总部发去简信：“我们有信心、有能力在20天之内拿下3/7区的这口探井，如不能按时完成，一切责任由我方来负！”

随后几天，李新民和陈伟开着皮卡车，冒着生命危险，跑了1000多公里，找遍了这个区块儿所有的兄弟队，终于找到一台使用多年、正准备大修的发电机，牌子和队里的一样，可型号和功率却不同。

“能行吗？”看着找来的发电机，陈伟忍不住问。

“咋不行！想尽办法也得让它转起来，这个时候，咱就得创造条件上！”李新民信心十足。

苏丹工业基础过于薄弱，国内常见的配件，有时就是跑断了腿，也很难找到，改装发电机，难度太大了。

那些天，李新民带着大伙儿整天盯在发电机旁，一刻也不放松。只要眼睛能睁开、身上还有劲儿，就硬扛着，几天下来，他的铺盖卷儿都没打开过。

功夫不负有心人，两台发电机终于响起了悦耳的轰鸣声。此时，再看看大伙儿的身上，皮像爆米花似的爆了一层又一层，李新民更是整整瘦了一圈儿。

终于开钻了，可还没等松口气儿，困难又找上了门。借来的发电机，严重老化，转一会儿就产生高温故障，总是罢工。

“队长，这可咋办，要再出问题，麻烦就大了！”

时间一分一秒地流逝，李新民急得原地直打转儿，嘴里念叨着：“高温，高温不下，咋办，能咋办，我拿它咋办？”

嗬！高温！不就是发烧？发烧就给它来个物理降温！李新民果断决定，两人一组，昼夜不停地往发电机上滋水降温。

就是凭借这个土法子，1205队成功打完了在海外的第一口井。

完钻的那一天，苏丹滚烫的井场上，李新民带着大伙儿，把写着“钢铁1205钻井队”的红色旗帜，郑重地挂在高耸的井架上。

一直悬着的心终于落下了，十几个东北汉子，紧紧地抱在一起，泪流满面。他们冲着祖国的方向，大声呼喊着：“老队长，1205队出国打井的梦，我们圆了！”

考试还在进行着。李新民的脑海里，一会是儿子习题册中铅字印刷的黑色题目，一会儿又变成了一次次竖起的井架，一会是儿子试卷上道道不同的红色分数，一会儿又变成了一次次钻井的进尺……他微闭着眼，靠在一棵树下，等待着考场收卷的铃声。

不知为什么，红色、黑色，是李新民最敏感的两种颜色。后来，他慢慢想清楚了。钻井工人的工服、安全帽都是橘红色的，大庆油田的钻井队，那巍峨耸立的钻塔上，都插着一面写着钻井队番号的鲜艳红旗。不管是在钻塔林立的草原、沼泽还是雪地，每当归队时，只要朝着红旗走，只要看见带着自己队伍番号的红旗，那便是此心安处。

特别在出国后，更是一见红彤彤的国旗，心就莫名地激动，而当海外打井归来时，再见国旗，许多钢铁汉子也不禁泪如雨下。

至于黑色，更是与他们每日相伴啊，那黑亮亮的石油喷涌而出，试问哪个石油人不血脉偾张，哪个石油人不曾伸手触摸，甚至品尝！

红与黑，这注定是属于他生命的颜色呵。

高考第一天结束了。饭后的李新民，又给儿子念起了习题册。

“老爸，题海战术是误区，这可是你教我的啊！”这次晨星打断了父亲的“唠叨”。

听到这话，李新民抿嘴笑了，这条经验，是他在家长会上记录的。可自打进了1205队，30来年，李新民也只给儿子开过一次家长会。

那次家长会上的成绩单，李新民找了好久才看到晨星的名字，比以往足足下滑了100多名，他整个人都急了。会上老师们的发言内容，被详细地记录了10多页，回到家，又认真地传达了40多分钟，还指出了儿子一味题海战术的误区。这次特殊的家长会记录，这个不起眼的小本子，日后也成了晨星的心爱之物。

其实，每次回国，李新民都会带很多这样的小本子，工工整整地写着一些数字、符号。晨星曾好奇地问他："爸，你这写的啥啊？"

"看不懂吧，这可是老爸打井的宝贝！"李新民神秘道。

别说，那些本子，还真的是宝贝，是李新民自己整理的"错题本"。记载了为摸清海外复杂地况，所交的每一项"学费"，后面密密麻麻的，是总结的适合海外不同区块打井的宝贵经验。

次日考试，有晨星稍显弱项的科目。为了给儿子放松心情，送考路上，李新民讲起了在伊拉克打井的趣事。

"咱们国人都说不打无准备之仗，可这个理儿在国外不怎么通。出国打井，按照海外属地化惯例，只要有一个中方员工，就得雇用5个当地人。当时，队里一下子来了50多个雇员，是不是觉得人多干活也挺不错的？"李新民停下来问着儿子。晨星点了点头。

"这些当地雇员，从没干过钻井的活儿，前一天还在放羊，第二天放下鞭子，就进了井队，好不容易得来的正式工作，干起活儿那是相当'卖力'。让他们把螺丝拧紧，他们能用扳手一直拧到螺丝脱扣，让他们把钻台擦干净，你猜怎么着？他们能用砂纸把漆都擦掉咯！"

看见晨星的眼睛弯了起来，李新民接着说道："你说批评他们吧，可人家也是按照'指令'干活的，表扬他们'敬业'吧，以后指不定哪个设备又要'遭殃'了！所以啊，这打井，也得先学本事，别小看这些进过钻井队的当地人，学到了知识与技能，从某种意义上说，也改变了他们未来人生的命运。"

说话间，考场已近在眼前。知识改变命运，对吧？李新民依然拍了拍晨星的肩膀，目送他走入考场。

离家在外的石油人，向来是报喜不报忧的。

李新民没有说的，还有很多很多。像是他们刚去伊拉克时，无论数据资料还是地质情况，都是两眼一抹黑，多难啊；像是哈法亚油田的特殊，地层压力大、硫化氢含量又高，硫化氢一旦溢出，达到一定浓度，人就会中毒，甚至死亡，多险啊；像是出国打井，每一步都如履薄冰，多不容易啊！

可李新民始终有自己的坚持。他觉得，虽在海外，也要为油田负责一辈子，啥时候都得打高水平、高标准的井。尽管第一口3100多米的定向井，出现过四次复杂情况，但完井还是提前了19天！创造了当时哈法亚地区用时最短的钻井纪录！只用一口井，1205队就打出了士气，打出了尊严，赢得了尊重！

艰难困苦，玉汝于成。1205队的人自然是明白的。因那红色，是旗帜，是希望，是与“铁人”王进喜融为一体的骨血啊，怎么能忘。而那黑色，是黎明，是考验，是一心想献的石油呵，誓要去闯。红与黑交织，盘旋直上。那红与黑所诞生的，是称为大庆精神、“铁人精神”的宝藏。

二

2013年的夏天，注定除了久相为伴的油味儿外，还要有一些新的味道。

刚陪儿子打完人生第一仗的李新民，没想到自己也将要上“战场”。这战场，不在异国他乡，也不是他熟悉的井场。而是前方，大北京在等他！

人民大会堂，是个提起来就让人觉得庄严、肃穆的地方。李新民的新“战场”就在这儿。

为什么说是战场？让李新民去打井，甭管直井、定向井、水平井，也别提平原、盆地还是丘陵，打好它就对了。可每每让他讲两句，总有那么点“大姑娘上轿头一回”的意思。在人民大会堂作报告，李新民也的的确确是头一回。

这次来北京，不单单是李新民一人，他的爱人、同事、领导等一众小分队，组团上京。

那时候，愈是临近作报告的日子，气氛愈是焦灼。所有人的情绪好像都快绷到了顶点，若是李新民和我们一样，那就成了压倒骆驼的最后一根稻草，同行的一位同事回忆说。

新民这两天晚上休息得怎么样？看到李新民的爱人王伟，大家忍不住问道。

“你说说，我这都快睡不着了，他睡得可好着哪，鼾声如雷。”听到王伟这样说，整个团队人的心似乎都稳了稳，忽地就没那么紧绷了。

讲到这儿，李新民的这位同事看着我们说，钻井人不容易，海外钻井人更不易，石油有着“魔鬼血液”之称，李新民，是那想榨干魔鬼最后一滴血的人！

好端端的石油怎么就和魔鬼挂上钩了？且瞧瞧那些富藏石油资源的地域吧，不是地势险要，就是异常贫瘠，气候恶劣更是常态，真就越是艰难险阻，越能发现它的踪迹。和“魔鬼”打交道哪能那么容易！

背井离乡，看天苍苍野茫茫，风吹草低见牛羊。

远赴他乡，叹夜阑卧听风吹雨，铁马冰河入梦来。

看似正常入睡的李新民，那是凭借着多年海外工作锤炼出来的一颗大心脏，是身体本能切断的敏感度！不然那2000多个日日夜夜，那些曾说不清道不明的纷杂思绪，摸不透查不清的多变地况，绷着的战时状态，背着的报国梦想，随便一样，哪怕就是毒虫，马蜂，沙尘，暴雨，都能把人逼疯！

这让我第一次觉得李新民不再只是教科书式的先进人物，而是有血有肉的人。这一认知，使我内心充斥着轻松又心疼的复杂情绪。轻松，源于真切感受到什么是“伟大出自平凡，英雄来自人民”。而心疼，是有如恍然得知我们的平安喜乐，是因父辈替我们负重前行的那种震颤和不忍。

一定把使命当生命，宁肯历尽千难万险，也要为祖国献石油！报告完毕，李新民的话语铿锵有力、掷地有声。

一步，两步，三步……李新民走向座位席的步伐间有着一种奇妙的韵律，似轻了一点，又重了一点。胸前鲜红的绶带随着走动微微起伏，那红一会儿映在他眼里，一会儿又散去，只余一双坚毅的眼。

一张黑白照片似穿过了岁月，与之渐渐重合，那是“老铁人”呵。

50年前“铁人老队长”也来过这里，他来北京开群英会，看到首都的大街上，汽车背着煤气包，老队长，铁打的汉子，蹲在路边泪流满面。那时候国家缺油，为了甩掉贫油的帽子，“老铁人”把命都豁出去了！那些年黑金的石油啊，每一滴都由“老铁人”的心血熬成。

那抹红在李新民眼底翻涌起来。“老铁人”，今天，我在这，向党，向国家，向人民，正式向您汇报，咱1205队出国打井的梦圆了！石油，我们不远万里为祖国带回来了！

落座前，李新民轻轻拂起腰间的绶带，手中的“红”把思绪拉得更远些。

那时，李新民刚刚接任1205队第十八任队长。

第十七任队长盛文革严肃地对他说：“新民，1205队的接力棒就交到你手里了，队长这个职务不是权力，不是利益，更不是荣誉，而是一份责任，忘记了这份责任，我们就愧对铁人老队长，就愧对所有的1205队人，愧对1205队的后来人，也愧对关心1205队的人！”

记忆虽远，话语犹新。李新民肩上沉甸甸的，是重担，也是重压。

习近平总书记曾来到这片黑土地给予重托：“我们从来都是在压力和挑战中前进的，也一定能继续在压力和挑战中不断前进。”李新民便是如此。

可这队伍怎么带，井怎么打，才能不让1205队这面红旗在手中褪色，老队长那句“喊破嗓子，不如干出样子”说得好，管他什么艰难险苦，干就完了！

要问李新民，出国打井什么最难？苦和险还排不到第一位，是信任，甲方的信任。1205队在国内名气很大，走出国门，一切归零，在甲方眼里和“新兵蛋子”一般无二。

法鲁济位于南苏丹东部上尼罗河州，源于南部油田的谐音。历经近50年的内战，苏丹堪称最贫穷的非洲大陆中最贫穷的国家，但富藏石油。坐标其中的3/7区块是中非地区最大的亿吨级油田。甲方要在3/7区推广水平井，这第一口水平井施工的成败，决定着苏丹石油公司战略决策的走向。

眼看是一次打响1205队品牌的难得机会，坐等垂青可不是李新民的风格！何况刚到苏丹不足一年的1205队，压根儿不在甲方的考虑范围，李新民对这一点也心知肚明。

这不刚接到作业公司借顶驱的通知，本就坐不住的李新民直接杀到了甲方作业部总裁门口。

顶驱可是打水平井的必要设备，顶驱都借出去了，这口井就彻底和1205队说拜拜了！正因如此，22份请战书，1份作业分析，递到了Manager Cao眼前。

“这口井斜深2005米，垂深1307米，水平位移974.39米，地下水平段设计了多处‘阶梯’穿越目标层，3/7区地质结构复杂，易出现井斜井塌，也易发生卡钻和井喷事故，1205队具备国内多口高难度水平井的打井经验，请交给我们，我们能行！”李新民坚定有力的陈请掷地有声。

“李新民，你知不知道，这口井风险有多大？几个经验丰富的井队都不敢这么说！”Manager Cao按了按太阳穴，简直怀疑自己是不是幻听了。

“这不是敢说，我们有这个实力！虽然1205队来的时间短，但一年来从没给作业公司掉过链子吧？前段时间顶驱坏了，为了打水平井，我们自己动手修好了！”

“你们自己修的？”

“对，就是我们自己修的！”

顶驱出现故障，返厂最快也得两三个月，1205队的顶驱现在确实好好地在那，不然也不会下借用通知，短时间自修成功，别说还真是个奇迹。这么一想，Manager Cao只想先把眼前这个“拧汉子”打发回去，再从长计议。

“行行行，你先回去，我们讨论看看。”

没有得到确切回复的李新民，不甘心地搓了搓手，又知道这事儿急不得，总不能来硬的吧，再说也不好使啊，便爽快答应道：“行！”

好在几天讨论下来，甲方最终决定，把这口井交给李新民，交给1205队。

宣布决定的同时，Manager Cao扔出一句话：“李新民，我提醒你，这口井要是打废了，至少两个人得离开苏丹，一个是我，另一个就是你！”

李新民很清楚，打这种水平井，就是在地质情况很熟的大庆，难度都很大。尤其还是当地意义重大的第一口水平井，一旦打不好，苏丹再没有1205队，不会有第二种可能。可若是拿下这口井，对站稳3/7区，甚至开辟整个苏丹市场，都举足轻重！

动员会上，李新民按捺着激动说道，老队长说过，干工作要猛如老虎、细如绣花，打水平井咱不差技术！在国内，1205队等同于质量全优的金字招牌，在国外，咱也得把招牌亮出来，干，就干出咱铁人队的样子来！

开弓哪有回头箭，何况李新民就没想过这箭射歪了是什么样儿！全力以赴，1205队像拧了发条，联系国内专家，卫星电话对接，资料确认，工序研究，预案制定，连续动作下来，20多条操作要领，条条目目，可谓万事俱备，只待一声令下。

开钻了！一晃26天过去，李新民一心扎在井场，竟没睡过一个囫囵觉，满脸胡子，活脱脱像换了个人。

成了！提前11天！这口井1205队打成了！还直接刷新了当地钻井新纪录！

放下完井报告，Manager Cao欣赏地拍了拍李新民，1205队果然名不虚传，以后所有水平井，都优先让你们打！

李新民胸中也畅快起来，没因为自己和1205队，让别人说中国队伍这不行那不行！这才是开始，他暗暗下决心，定要让所打的每一口井得到认可，赢得对手的尊重，中国铁人1205队的形象要历久弥新，对，就是历久弥新！

这口主动争来、拼命打好的水平井，也成了李新民带领1205队叫响海外市场的“功勋井”。随后5年多的时间里，1205队叱咤风云，口口全优，刷新苏丹23项最高纪录，两次获得苏丹政府授予钻井施工方的最高荣誉——“钻井杯”。

“我是中央人民广播电台记者张棉棉，因为采访，近年来我有机会多次走进大庆……”是张棉棉在做采访，李新民回过神儿来。

“我住在密封严实的营房，可沙尘暴的随时来袭还是让营房里烟尘弥漫，嘴里、鼻子里都是沙子。工人们说，伊拉克的沙尘暴，来时铺天盖地，远远地就像一堵沙墙从天边拍过来，一来一过，白天成了黑夜，池塘变成了泥塘。工人们教了我一个防止被沙尘呛醒的方法，就是睡觉时把浸湿的毛巾盖在脸上。”听到这儿，李新民的唇角弯了弯，那可是大家的“阿拉伯面膜”。

张棉棉曾问过他，这“面膜”可是苦中作乐？嗨，这是生活情趣！李新民眨眨眼，神态里竟有着几分不曾显露的少年感。

伊拉克是什么地方？因石油而富裕，也因石油而遭受苦难，是匹夫无罪，怀璧其罪。在这样的地方打井、找油，关隘是一重接着一重。

常年在伊拉克作业的石油人，一下飞机，都要接受身披超20斤重的防弹背心、头戴10余斤重的钢盔、坐在前后有车载机枪护卫的防弹车内，这样一系列的“高级配置”。

回海外的“家”那可是爬坡过坎。且不说路上每隔十多分钟，便要被荷枪实弹的武装人员进行爆炸品和人身检查。看门护院的可是一条三米来宽的深沟、两道铁丝网、一条防坦克沟，外加一道半米厚的防弹墙，最后还要穿过全副武装的安保人员，才是两个足球场大的工作营地。

这不苦吗？可这也只是冰山一角。那些瘙痒难耐的水疱，泛着血丝的红疹，那不知疲惫的烈日与肆意任性的沙尘暴，当没有最恶劣，只有更恶劣时，这样还不苦吗？李新民早就习惯了。

在李新民眼里，出门在外，井打慢了，打得不如人家，那滋味才苦！没把红旗扛起来，没把第一争到手，没把这黑黢黢的石油献给咱祖国，那才是苦得没边儿了！想必李新民身上那隐隐的少年感便是源于此。

少年是什么？无畏无惧，敢闯敢拼，执着坚定，永不言弃。

眼前的李新民，和当初那个刚刚毕业迈进1205队的黑瘦少年间，流逝的只是岁月，时间只不过是考验，那些种在心头的信念丝毫未减，再多艰险也不曾退却。

梦，一旦有了开始，便想一直做下去。何况李新民的梦是，我为祖国献石油的梦，是石油工人心向党的梦，是一心产业报国的梦，是一场红与黑的梦呵。

三

凡事总在能不能做成上衡量，多半是做不成的，感受到严峻挑战仍勇往直前，并将整个身心都投入其中，这便是李新民。1205队的陈伟，就是这样带着迎接挑战的感觉，和他的新民队长，漂洋过海，征程万里，把井从国内打到了国外。

“跟新民队长打井的那些年，许多事儿刻在了脑子里，像昨天发生的一样。队长这人就是有一种魅力，或者说是魔力，让你相信任务到了1205队手里，再难、再险，我们都能把它拿下来！”陈伟这样形容李新民。

当年，大庆冬天-30℃还是司空见惯的，钻井人在野外就是跨过天寒地冻，穿过冰霜雪层，去打井。

当时，1205队正在为总进尺即将突破200万米紧张地期待着。

什么样的氛围最容易感染人？往往不是锣鼓喧天、鞭炮齐鸣，而是那种按捺着的、悄无声息的，却又满得都要溢出的情绪。1205队现在正是这样，李新民感受着大家的喜悦，习惯性地上钻台，正要进司钻房时，感觉井架上方有泥浆滴落，一眨眼的工夫就密集起来。

坏了！李新民猛然抬头看向井架立管油壬处，钻井液正冒着烟儿欢快地和冷空气碰头。

“停钻！快停钻！立管油壬刺了！单泵循环！”李新民吼得太急，几口热气上涌，睫毛瞬间凝成了白色。

“刘希魁，拿个新油壬！王晓夫、陈伟，跟我上架子！”话音没落，李新民便一手搭住满是冰溜子的梯子，一边向着20多米高的井架二层台爬去。

“等我俩上去，新民队长已经找到油壬的刺漏位置，我们仨费了好大劲儿才把新油壬换上，可这换是换好了，砸不紧、封不严那也是完蛋！数九寒天高空作业啥滋味儿？那手不是手，脚不是脚的，时间长了都不像是自己的！”陈伟的双肩下意识地抖了抖，就像打了个寒战，就像又回到了那个冬天。

“你俩下去！我来砸！”因地方有限，李新民催促道。他跺了跺有些发麻的脚，双腿盘住槽钢，一手抓紧保险绳，一手抡起十几斤重的大锤，提了一口气，忽地一下砸向油壬。

手套碍事，李新民想都没想，转手甩掉，愣是那么赤手空拳砸了20多分钟。“咣——咣——”一声声闷闷的回响，终于紧了！手上的劲儿一泄，李新民瘫坐在钻台上。

细细打量这时的李新民，那身上红的红，黑的黑，白的白。红的，是不知冻久了还是用力过度的双手。黑的，是一张瘦削的蹭着油渍的脸庞。白的，是混着哈气和汗水，披霜带露的眉眼和头发。

若说场面狼不狼狈？还真有点。可居然有些“何方可化身千亿，一树梅花一放翁”的意境。想那坐在钻台上的李新民啊，对他的石油事业何尝不是如此，恨不能分身万千，每个都去再多找些油、多打出些井来。

油壬砸紧了，生产也恢复了。几个小时后，1205队成功突破了累计钻井进尺200万米的大关，率先创造了全国新纪录！

有研究表明，当人与人一起经历过情绪的大起大落，会产生更亲密的关系，这种羁绊的感觉，1205队的人都感受颇深。

油田的主力区打井，常人一听觉得好地方啊！可钻井人都知道，那意味着地下有100多个油层，薄厚不一，管网纵横交错，还有大段的水淹层，要准确地打到油层，相当困难，弄不好就是一口废井，内行人都管这儿叫“老虎口”。

“当时任务交给我们1205队，大家都说这活儿咋干，我虽没吱声，心里也直画魂儿，早就听说过有两个井队栽在这儿了，我们能行吗？”提起这事儿，陈伟带着几分笑意说：“老话儿说老虎屁股摸不得，新民队长可是带着我们正面‘刚’，虎口夺油知道不！”

“实际情况比我们想象的更糟。往常四五天就能打完1200多米的井，当时我们四天才磕磕绊绊地打了200米。这下，大家心里彻底没底儿了，队里杂七杂八的声音也大了起来，有的说别打了，有的嚷嚷打废了脸没地儿搁，有的分析要及时止损。当然，这个大家可不包括新民队长。”

“井报废掉，难题就解决了？这个区块要上产，咱们都不行，谁能行？你们说说，啥叫铁人队？”李新民的话像钉子似的，句句扎进大家心里，周围顿时消了音。

“你们都跟我来！”李新民带头走向队史室。

这么多年，1205队有个不变的习惯，那就是井打到哪儿，队史室就搬到哪儿。

人都全了，李新民也不说话。直到有人试探地叫了声“队长？”

李新民长出一口气，道：“大家的担心我都明白。但啥是1205人？就是困难面前不低头！啥是1205队？就是敢从‘老虎口’夺油！看看曾经1205人创下多少纪录，做出多少突破，造就多少辉煌，咱们这一代就这么认熊了？咱是不是得往前冲一冲啊，是不是得想办法上啊，是不是得创造条件干啊！”

“是！是！是——！”看着那么不服输的新民队长，本就个个是好汉的1205人，豪情一下子从骨子里迸发出来，回答一声比一声响亮。

李新民知道，思想政治课结束了，技能实操课却才刚刚开始。他找遍了这个区块十多年的地质资料，就想揪出这“老虎拦路”到底因为点啥。

“后来，新民队长大胆提出用套铣筒接续钻进的新方法。因为头次使用，他就带着我们一米一米艰难地钻进，硬是把这口井打成了优质井，解决了困扰这个区块多年的钻井难题。不仅如此，这个方法还救活了三个采油区块，当年就增产原油50多万吨！”

“新民队长干活儿是一等一地好，可却‘抠门儿’得不得了，但在我们1205队，这‘抠门儿’可不是贬义词！”陈伟有些神秘地说着。

临近年关，最近几口井也打得顺利，大家心里都轻松不少，生产会前七嘴八舌地讨论着给家里备什么年货。气氛正酣，李新民拎着个袋子走了进来。

“队长这是带什么年货来啦？”一个队员打趣道。

李新民也不搭茬，把袋子里的东西“哗啦”一下倒在桌上。

这是？黄油？还是用过的黄油皮！大家互相递了个眼神儿，没人吱声了。

“都知道这从哪来的是吧？我出去遛一趟，这收获可不小，好几十管，咱今天就说说这黄油！”李新民好整以暇地坐下来，想看看有没有人能主动说到点上。

这黄油主要是用来润滑设备的，十多块钱一管，队里每天用个七八管太正常，队长这葫芦里卖的什么药？

“黄油？黄油能翻出什么花儿来？”有人忍不住小声地嘀咕。

这话一出，李新民脸色彻底沉了下来。起身，一把搂过几管黄油，拿出刀便开始割，这还不算完，他细细地刮着，一会儿工夫竟攒出小半桶黄油来。

大伙儿这时都明白了队长想说啥，一个个眼神闪躲着。

李新民觉得差不多了，开口道：“大家都看看这些黄油皮，是真的用光了吗？老队长当年组建铁人回收队，修旧利废，连一个螺丝钉都不舍得丢，难道现在条件好了，勤俭节约的精神就过时了？咱这儿丢的哪儿是黄油！是勤俭持家的好作风，是1205队艰苦奋斗的传家宝啊！”

有那么一瞬间，会议室静得落针可闻。

“队长，我该罚！”有人突然大声说道。

“我也是！还有我！”此起彼伏的声音响起。

之前热闹的年味儿气氛回来了，但好像又有哪儿不太一样。似乎多了些什么。是的，是那吾日三省吾身的觉悟，是敢照镜子、正衣冠的魄力，是能作为全国标杆和旗帜的实力！

“新民队长常挂嘴边的一句话就是，生产的事一点都不能含糊。他的心里啊，装着队里的大事小情，每每打头阵冲锋的是他，给大家压阵收尾的也是他。我们队长虽然是队长，可他总说自己也还是一名钻工！”讲到这儿，陈伟的眼睛里有光。

“下雨天、睡觉天”，对钻井人来说雨季也将意味着雨休。因为暴雨一来，井场不仅没眼看，更是没路走，管他什么车，就是拖拉机都能陷到泥巴里面动弹不得。可1205队那条“收好小尾巴”的不成文规定就诞生在一个暴雨天。

“设备都搬完了吧？咱们上车休息会儿，雨太大了！”大家互相招呼着。为了抢打低洼井，这趟搬家，人人累得筋疲力尽。

“队长，上来歇会儿，避避雨！”有人向李新民的方向呼喊着。不知道是不是雨太大阻隔了声音，李新民站在泥里一动不动。陈伟看队长没动地儿，拎起安全帽往头上一遮便下车跑了过去。

“来得正好，告诉电工电闸拉下，电缆盒打开！”看到陈伟，李新民隔着雨水吩咐道。

“队长，我们都收好了，放心吧！咱赶紧上车。”陈伟说着。

李新民摇摇头，声音拔高了些：“快去！”说完转身向车的方向大步走着。

陈伟看了眼往车上走的李新民，赶紧一溜小跑去了电工那儿。一去一回，再往车里一钻，队长怎么又不在了，人呢？定睛一看，李新民正蹲在雨水里拿棉纱一段一段地擦着电缆上的大泥巴。

这情形，谁还能在车里待得住，陈伟赶紧喊上大伙儿，一起过去动手擦。

雨渐渐小了，电缆连带着电缆槽也已干干净净。李新民推上电缆槽说：“电缆虽是咱们的辅助设备，但别小瞧它，它好比人的动脉，动脉要是出了问题，人就会倒下来，电缆要是出了问题，钻机就会停下来！生产的事儿咱可一点都不能含糊……”

这句口头禅，李新民简直贯彻到了骨子里，别说生产的事儿，就连可能影响生产的事儿，他都没含糊过。

那是在苏丹的时候。新来的伊拉克籍甲方监督穆罕默德有个习惯：每天晚餐必须吃上几片西瓜。就餐吃水果也不是什么稀奇事儿，大家也都没在意。可几次作业打交道下来，李新民发现个规律，凡是没有西瓜的时候，穆罕默德总是爱莫名地发脾气。

经李新民这么一说，大家一想还真是如此，这才知道甲方监督对西瓜情有独钟。为了不影响生产，队里每天都备着西瓜，如此一来，穆罕默德心情也总是格外地好，工作沟通起来特别顺畅。

可在名副其实的“火炉国”，雨季能吃上西瓜，到了旱季可咋办？李新民早早想到了这一点。每当穆罕默德吃到甜的西瓜，西瓜籽都被他细心地收了起来，还在营房后选了块沙地，亲自种上。真别说，被尼罗河水滋润过的土地很是肥沃，在李新民的精心呵护下，西瓜长势喜人。

“Manager Lee你真是个魔法师！旱季来了，冰爽可口的西瓜依然顿顿有。”穆罕默德非常高兴和诧异。当得知，这是老井营地后面种出来的，还是李新民特意为他种的“特供品”，他感动地搂住李新民肩膀，混着英语和并不标准的汉语反复说着“谢谢，兄弟！”

当一粒粒黑亮饱满的西瓜籽，变成一个个红嫩多汁的大西瓜，谁又能说李新民不会“魔法”呢？那些他人不曾考虑过的问题出路，那些别人忽略过无数次的声色影像，一字一句，一丝一缕，都汇聚成他的“魔法”之源。

李新民是怎么做到胸有丘壑万千，却又如此心细如发？那是因为，他的征途是星辰大海！而正是有着这样的宏愿，那黄金般的石油，才能从赤道旁这深深的地层中汩汩流出……

四

李新民大概没想过，他会因为打井、找油这件事，面对如此多的媒体、灯光。他心里明白，这些荣誉和礼赞，不单单是给他的，也是给和他一样千千万万的石油工人的，只是这束光刚好打在了他的身上。

“大庆新铁人”的称号，分量十足，也有如一顶重冠直接戴在了李新民的头上。他怕自己做得不够多，做得不够好，不足以胜任，而越是这般想着，越是投入了所有精力，拼了命地把打井这件事做好。

“我是新华社记者。”

“我是人民日报记者。”

“我是光明日报记者。”

“我是……”

黑压压的“长枪短炮”都聚焦着李新民。记者们想知道盛誉背后的那些故事，想探知这位大庆“新铁人”的红色基因出自何方，想看看“铁人队”是如何长出钢筋铁骨的，他们等待着，等待着从李新民的讲述中找到答案。

让李新民讲自己，他总是有些拘谨。有记者敏锐地发现了这一点，便开始问些打井的技术问题，涉及专业方面，他的话匣子慢慢打开了。

苏丹的雨季往往来势汹汹，不给人以喘息的时间。1205队在海外的第一口井，恰好赶上风雨欲来之时，满打满算只有一个月的安全期。

时节尴尬，时间紧张，甲方直接给出意见，放弃，撤离到安全区。

怎么办？不及时撤出，设备就会被困在沼泽中，损失大不说，短期内也甭想打井了！可就这么退了？之前咬牙挨过清关，就为了能打井，怎么能退！李新民的信念在燃烧。

人间四月，芳菲不尽。可苏丹的4月，却不似在人间。李新民和队友们披星戴月，熬过高温关、毒虫关，硬是把高温当桑拿、毒虫当按摩地拼过来了，眼看胜利在望，顶驱又发生了故障。

一个好消息，顶驱能撑到首口井完钻。一个坏消息，第二口井万万不能再接着用了。李新民的心提起来又落下，最后揪成一团。

17天，李新民身在高温，心在油锅，没有一个时刻不煎熬。好在结果是他所期盼的，第一口井顺利完井。趁着往下口井搬迁的空档，李新民把大伙儿叫到了一起，商量这顶驱该咋办。

“咱们顶驱的情况我和厂家沟通过，目前只能返厂修，预计周期四个月打底儿。”

“四个月？那这时间咱们就干等着啦？”有人问。

“那每天2000美元的日费是不是也泡汤了？”又有人说。

“你们说的这些都对，还一个换件和运输费用咱也得自己担着，少说这一趟30多万美元是要搭进去的。”李新民接着大家的话分析道。

众人沉默了，就不能有什么两全其美的法子？

“那……咱……自己修修看？”有人不确定地言语着。

“我看行！”这与李新民的想法不谋而合，他大声地肯定着。

“咱刚到苏丹，怎么也不能打完第一口井就放挺儿，咱1205队等不起啊！咱们总是说‘大钳再沉也要合上扣，困难再大也有突破口’，有困难，就得想办法克服！没条件，咱们就得自己动手！尽管放手干，责任我来负！”李新民趁热打铁道。

顶驱是机、电、液一体化的设备，专业性非常强，要想拆开难度不小。李新民将人员按工种分组，又嘱咐大家将自己负责拆分的部分做好标记，给拆修失败留好后路，以便到时能还原组装。

“队长，是坏在主电机转子上了！”拆到顶驱内部，有人兴奋地向李新民汇报着。

李新民一看，好家伙，目测转子下沉就有2厘米！这样一来，病根儿算是找到了，把T形铜套换了就成。可手头没有现成的拆卸工具，得想法子将T形铜套从轴承上拿下来。

要不还用物理疗法，试试热胀冷缩？李新民想到便行动。

两侧用电焊烘烤轴体，轴芯端用三爪拉马顶在轴承上把铜套往下拉，边烤边滋冷水。费了九牛二虎之力，铜套可卸掉了。再看李新民他们，从上到下烤得红通通的，全体变身“关公团”。

再后来，李新民到阿布扎比花1700苏丹镑（约合人民币5000元）买了一个铜套换上，顶驱就这样修好了！

有记者问李新民，出国最大的感受是什么？

“身在国外，会更加懂得什么是真正的爱国，走出国门，也更能体会找油的艰辛，我为祖国献石油不是一句口号，是我们这些走出国门的石油人，心里的话。”李新民的目光很坚定。

有记者提问，苏丹打井正风生水起时，突然带队转战伊拉克，是勇为之，还是谋而动？

多么似曾相识呵，当年的同事也给过类似的善意提醒。李新民认真思考过，图什么呢？到底是图什么呢？当时，中东市场对于国家、对于中石油真是太重要了，中石油作为投资方之一，这一步，关系到海外的长远布局。

“提起我们1205队，有这样一句话，熔入一块铁，锻出特种钢。是因为我们把个人的梦想和国家民族融在了一起，也只有这样，才能焕发出惊人的力量。至于去哪里，都是追梦。”李新民的回答让一众记者运指如飞，快速记录着。

这么多年，征战海外，李新民哪能时时意气风发、所向披靡，那些颓然、揪心、徘徊的时刻，也曾如夜幕的潮水，暗黑而汹涌，一次次侵袭过他。但无论人前还是人后，李新民始终是积极的、向上的。因为，他对打井的执着，就如坚持跳出海岸线的那一点红，总会晕染成希望。而这些希望又会化成温暖的光，在海外的路上，给大家照亮。

“福学，这么晚还不睡？”离家在外，李新民习惯每晚去队员屋里转一转，看见大家都好好的、踏实地睡着，他才放心。

“队……队长，你不也没睡呢？”平时口齿伶俐、爱开玩笑的张福学竟然有点磕巴。

刚刚推门时，张福学一把抓过被子盖住下半身，动作虽快，却没能逃过李新民的眼睛。

“你这是干啥？都是大老爷们儿，遮什么呢？”李新民奇怪地问道。

“哪儿，哪有！”张福学的神情莫名慌张起来。

张福学是1205队唯一的电焊工，能出海外干特殊工种，必是有两把刷子。这不设备焊装的活儿接二连三来，张福学也是没黑没白地干，累得都脱力了，走路打晃不说，腿也并不拢了。

李新民一看，这肯定有事儿啊！再三逼问下，张福学才不好意思地说，湿疹犯了，还在大腿根儿，夜间擦点药，要不白天实在挺不过去了。

唉！李新民一拍脑袋。这高温天儿，不间断地电焊，还基本上都蹲着，汗水溻湿了衣服，全粘在身上，咸渍渍的，那腿窝窝里可不是腌得厉害！

等着，我再给你拿点东西来——李新民转身出了屋。

隔天，张福学照例忙着工作，李新民却不知何时站在他的身后，比比画画了好一阵儿。

当晚，李新民再转到张福学那儿时，拿着个物件儿往他怀里一塞。

“干活儿时试试中不中用，哥手艺没你好，但应该没啥安全问题！”李新民玩笑道。

待张福学看清到底是啥，好家伙，这不是焊的小凳子嘛，还是软包的！他摩挲着上面软乎乎的坐垫，念叨着：“队长，这真好，真的好，队长是真好啊。”

李新民信念坚定，整个队伍也坚如磐石，自己有一分光，散发着十二分热。

“大庆精神、铁人精神永远是激励中国人民不畏艰难、勇往直前的宝贵精神财富，不仅要在大庆、在整个石油战线，而且要在全国始终不渝地大力弘扬。”习近平总书记当年来到1205队，勉励大家把红旗一直扛下去，作为队长压力大不大？有记者这样问李新民。

“压力肯定是有的。‘铁人老队长’早说过，井无压力不出油，人无压力轻飘飘。荣誉背后往往是动力和压力的博弈，习近平总书记对1205队的认可，是我们不竭的动力，但我们所肩负的责任和使命，让我们永远不能满足于现状，这也就是压力。我们刚出海外打井时，就好比萤火，国内的名气和经验，在海外并不能‘免试’和‘优先’。有很多国际上的大公司，也有很多经验丰富的老队伍，在甲方眼里，他们才是皓月。但我们偏要与之争辉，争不算完，我们誓要成为最耀眼的那一个。因为我们清楚自己的实力，而敢，就是大庆精神、铁人精神赋予我们的底气。”李新民难得一口气讲了这么长的一段话，可见其中的肺腑之意。

很多时候，怎么做比怎么说更有意义，也更具说服力。

众所周知，苏丹是个相对落后的国家，打井时有不少材料都属消耗品，当地市面上几乎采购不到，只能向就近厂家购买，还要比国内多花3~5倍的价钱。

看见辛苦挣来的日费，被修理费“吃”了回去，李新民非常心疼。除了及时与国内联系加强供给外，他一直在琢磨有什么法子能省钱。

一日，趁着干活休息的空档，李新民主动与大家聊起了这个话题。

“咱们现在买配件，费周折不说，真花了不少冤枉钱！”

“每次来回安全还是个问题！”

“可不是，出国在外，赔本的买卖咱们可干不起！”大家你一句我一句议论起来。

“要不，咱们从家里往井上背配件吧？”李新民把酝酿已久的想法说了出来。

“队长，这个主意好啊！”

“每次来时，大家多带几个行李箱！”

“的确，可行！”

“对，就这样办！”众人纷纷响应。

这要放以前，咱也算得上“人拉肩扛”，不过现在啊，时髦说法是叫“背包客”！有人兴奋地说。

打这儿起，队里再有人回国，每次来上井都特意准备大个儿的行李箱，除了换洗衣物和必备生活用品外，其他空间都装上了打井急需的配件。这些“铁疙瘩”坐过火车，也上过飞机，为超重买过单，也被误认为是危险品接受过开箱检查，虽然有点小麻烦，但李新民他们都认为，这与在外打不了井相比，算不了啥，都值得!

看，这就是朴实的石油人，这就是钢铁1205队，这就是铁人队长。

诗人说，击鼓之后，我们把黑暗中跳舞的心脏叫作月亮。

那些历尽艰险的时光，那些跨越山海的守望，是李新民带着队友抱薪而行，是一颗颗赤子之心无畏的担当。

那是一颗跳舞的心脏呵，那是1205人心头的白月光，那心脏是月亮，那月光是敬仰。

五

李新民其实是一个特别沉稳的人，加上多年海外岁月的沉淀，遇事总是波澜不惊。人生的高光时刻也好，至暗时刻也罢，十字路口抑或是死胡同，他总是勇往直前的。这让我想到地铁站里最常见的一句标语：请往前走，不要在此停留。

时间也当真是不会停留的，生命亦如是。外闯市场，环境恶劣是常事，更让人提着心的是局势的动荡，危险时时都有可能发生。身处战乱国家，大多见惯了流弹残骸，也习惯了武装突袭。可当身边的队友躺在血泊中，当鲜血染红年轻的身体，李新民觉得那些红色的液体像是会飞，直飞到人眼睛里，沙得生疼！

那是队里的机械工程师小付，小伙子的人生定格在了30岁。只是一个平常得不能再平常的夜班，只有钻台到营房的距离，只差开关门的那几十秒，劫匪的枪支就抵在了他的头上。相信他也是害怕的，但他更是勇敢的，大声为屋内的队友示警，而自己却在这个深夜里长眠。还有两个月，再有两个月，他将迎娶他的新娘，可回国的却是一张失了颜色的照片和一方小小的骨灰盒……每念及此，李新民挺直的背总好似弯了一些。

为祖国的石油事业献出生命，值得吗？李新民向内心深处叩问。他曾问过母亲，自己常年在外，陪伴的时间太少太少，会不会生他的气。母亲告诉他，好儿郎都是要献给国家的，往前走吧，总要有人站在前面，哪个孩儿都是母亲的心头肉。话是朴素的，却满是母亲的仁爱与豁达。

是啊，值得吗？值得的！如果祖国石油事业的飞速发展需要有牺牲，1205队定会一马当先，而1205队要有牺牲，他李新民自会一马当先！

海外的这些年，李新民曾三次直面冰冷的枪口。每一次，他都是那个站在最前面，用胸膛、用担当，给队友们挡住危险的人。

异国打井都要雇佣当地人，为了避免因语言沟通、文化差异而引发误会，造成不必要的矛盾，李新民初到伊拉克哈法亚，就与当地警长进行沟通，建立了互信。

墨菲定律告诉我们，越担心的事就越会发生。中方队员和当地雇员还是起了摩擦。工作期间，由于伊拉克雇员的误操作，将100多斤重的套管钳一下子砸到了机械师小戴的头上。只听“当”的一声，人便坐在了地上，半天没能动弹。好在是有着安全帽保护，人没什么大碍。

缓过劲儿的小戴，气急败坏地冲向伊拉克雇员，激动地叫嚷起来，都忘记还有语言不通这回事儿了。

伊拉克雇员听又听不懂，说也说不明白，一来一往间，就觉得自己受到了莫大侮辱，转手一个电话便报了警。

消息迅速传到李新民那儿，还没待他问清楚什么情况，事件已然升级。回个身的工夫，七八个手持冲锋枪的伊拉克警员已向着井场冲了过来，瞬时将中方人员团团围住。

得知李新民是负责人，一把枪立刻顶住他，命令他交出小戴。李新民想把事情原原本本解释清楚，大家握手言和，没承想怎么沟通都没用，对方一门心思要人。

李新民索性心一横，直言道："抓走我的人，是绝对不行，非要带走谁，那就带走我！"

紧张的气氛一触即发。就在这时，一名警察的电话响了，是当地警长的来电。原来，李新民闻讯赶来前，已经联络了警长，就怕事情出现什么闪失！对方接完电话，才听了李新民的耐心解释，这场剑拔弩张的冲突终于得以平息。

无独有偶，早在苏丹的时候，李新民就很注重团结当地雇员。给雇员过生日、开表彰会，安排中方人员开展培训，手把手地教打井技术，硬是把150多名毫无经验的当地人带成了合格钻工。所以无论1205队井打到哪里，是苏丹，还是伊拉克，都有雇员愿意来，愿意跟着李新民干。

有话道是，"海底月是天上月，眼前人是心上人"。对李新民来说，天上月常见，心上人却不常在眼前。也不知多少次，忙碌的一天是在夜晚收尾，李新民总会抬头望会儿天，好像这无声的思念能通过明月，被地球那端的"小家"顺利接收，月是故乡明，何况人呵！

时间长了，李新民这小小的习惯，队里人也看出一二，总是劝他赶上打井不吃紧的时候回国看看，他却都是摇摇头。李新民无法放下1205队的弟兄，再想到那些把命留在异国他乡的战友，自己只是少一些团聚的时间，真不算什么。

无论走多远，新民都是爱家爱我们的。李新民的爱人王伟，是如此信任着他，也是如此坚定地站在他身后。

“我们家，啥事都得服从新民打井，他身上的那股劲儿，早已成为家风的一部分。现在，他们爷俩都在国外，一个拼事业，一个拼学业，我没别的想法，就希望他们好好的，安安全全的。”提起丈夫和儿子，王伟是骄傲中藏着担忧，担忧里满是懂得。

“作为石油人的妻子，特别是海外石油人，会有很多时刻需要独自一人面对。那时候年轻，我也害怕啊，和儿子食物中毒了害怕，婆婆突然病倒了害怕，甚至害怕过年过节。”王伟轻快的语气里，不知是熬过了多少心酸，才有如今的云淡风轻。谈起最让她渴望全家人能够在一起的瞬间，她说应当是大庆近三十年，甚至是大庆油田发现以来，最大的一次地震。

夏夜总是美好而静谧的，但地面的剧烈晃动打破了这一切，万家灯火相继点亮，空旷的户外也变得人声鼎沸起来。

地震了，地震了，快下楼！门外不断的呼喊声和凌乱的脚步声，让从睡梦中惊醒的王伟，彻底回了神。

“想来当时也是地震的缘故，电话打不出去了，新民去天津港托运设备了，就我们娘俩，家还在六楼，我真是蒙了。什么也没想着拿，攥着手机，拽醒儿子就往楼下奔。虽是夏天，寒露也还是很重，晨星穿着单薄的背心和短裤跟我在广场，被咬得浑身上下都是大包，还不住地打着哆嗦。我这个当妈的，实在是受不了，满心想着回趟家给孩子拿床被子。”事隔多年再回忆，王伟的眼中仍是溢满了心疼。

“大姐，孩子麻烦您照看一眼，新民不在家，只能我回去。如果我有什么意外，没能下来，等余震过后，通信恢复了，用这个电话找孩子的小叔，让他帮我把晨星送回讷河老家。”王伟将儿子托付给了邻居，头也不敢回，只迅速地向楼上跑去。

“当时李新民在忙什么？”

“那时1205队正处在出国前设备配套的关键时期，1205队出国打井，是他一直以来的梦想。新民在追梦啊，我们怎能分他的心。”王伟的话语里除了理解，还有支持。

李新民很是喜欢《送行》里的那句——你走，我不送你，你来，无论多大风多大雨，我要去接你。因为欢聚自是喜悦，离别总是平添感伤。最重要的是，他受不住一次次临别时妻子的眼神。那沉静的黑色眼眸里，到底饱含着多少深情，而浸润的红色眼眶中，又有着怎样道不出的千言万语啊！

记得和妻子王伟一起参加宣讲团，那是他们第一次共同出远门作报告，也是第一次轮到李新民坐在台下，看着台上的她。

当听到妻子回答着，世界上什么声音最好听？那一定是新民回家开门的声音啊！这一瞬间，狠狠地击中了他。

其实，报告的内容早已看过无数遍，可当在现场的这一刻，听着妻子轻柔的讲述，李新民的心有点酸，有点胀，还有点痛，有些欣慰，又有些骄傲，被填得满满当当的。

李新民知道，那一年他决定去苏丹打井，王伟就特别担心。临行前的几天，两人心照不宣，谁都不提这茬儿，一个怕对方担心，一个怕对方分心，那些呼之欲出的话语，辗转于唇齿之间，个中滋味无法对外人说。

李新民还知道，那一年他决定转战伊拉克，之前说好去苏丹三年，可五年了他人还在苏丹。王伟等着盼着，等来的却是他将去伊拉克的消息，想是那颗心啊，必是掰开了揉碎了，又坚强地复原在一起，守着他们的这个家。

一年又一年，若不是莫大的爱意和责任，想必熬不过这些时光。

“每次新民对我说，照顾好家，等我回来。我都感觉充满了希望和力量。因为从那一刻开始，以后的每一天，都是为即将团聚而倒计时。”言语间，王伟满是知足。

“这么多年，知道新民去的是危险的地方，也听到过海外时常有抢劫、有爆炸、有伤亡，但直到我看见新民工作簿里夹着的照片，我才真正意识到危险离他们这么近。”

“那是怎样的一张照片啊！一辆越野大吉普，一个触目惊心的大窟窿，翻卷的车皮，烧焦的痕迹，无一不在诉说着曾经的苦难。”

“我并不懂车，是晨星告诉我，那辆车性能卓越，能在沙漠跑还防弹，配置至少是AK47十二连发都打不穿的，伤痕很像是火箭弹造成的。火箭弹啊！那要是爆在车上，哪是车毁人亡，简直是毁尸灭迹！儿子分析得头头是道，我心里却直突突、后脊梁直冒凉气。”

“那天新民一进家门，我就气不打一处来，这人总说海外千好万好，哪知道这么危险，说怕我担心，可也不能瞒着我啊！我一手挥过去，就想狠狠打一下解解气。”王伟含着笑意说。

“可真要落下去的时候，看着站在我面前完好无损的新民，哪儿还舍得！只好任命地拧着他的衣服。新民刚开始不知道咋回事，转眼瞥见了照片，一下什么都懂了。他把我拉坐在沙发上，轻描淡写地讲了当时的情形，只听起来已足够惊心动魄。”

那枚火箭弹，紧贴着车后排座儿穿车而过，上天眷顾，大家只受了点轻伤。哪怕车稍慢一点点，火箭弹就会穿人而过，哪怕弹道再低个几厘米，就会击中油箱。光是想象，就能感受到当时的经历有多么可怕。

尽管恐怖事件时有发生，危险牺牲近在眼前，也丝毫没能动摇李新民和队友们的决心，当国家和事业需要时，他们选择与艰难共舞，与危险狭路相逢。

他们为了什么？是为了在异国他乡种下中国红的希望，是为了给祖国母亲披上石油黑的华裳。他们用热血和生命换取的来日方长，我们永远都不会忘。

他们所坚定走着的是中国石油在海外市场的奋斗之路，更是保障国家能源安全的担当之路，是心之所向素履以往，是多远都可以到达。

尾

人总是要做点事情的。

李新民已年过半百。他说，他这辈子只做了一件事，就是打井。

是他，实现了“铁人”王进喜“把井打到国外去”的夙愿，是他，让1205队实现从国内扛红旗到海外立标杆的历史性跨越。

建队67年，1205队打井2443口，累计进尺3092205米，相当于钻透了349座珠穆朗玛峰。

从2017年起，1205队连续三年年进尺突破10万米，为庆祝新中国成立

70周年、大庆油田发现60周年献上了一份厚礼。

海外1205队不仅创出了一系列国际钻井纪录，还实现了上亿美元的海外创收，是当之无愧的海外钻井标杆。

跨北国风光，越热浪滔滔。为钻井石油不畏日夜奔走，树标杆旗帜怎堪随波逐流。

李新民开辟的伊拉克哈法亚钻井市场，如今已然成为大庆油田在国际工程技术服务领域里，队伍数量最多、增长最快、收入最高、效益最好的市场。

特殊的2020年，一场新冠病毒的“加码”，让身处国内的李新民在这个冷得不像春天的时节，选择“逆行”，赶往了疫情愈演愈烈的中东。他总是这样，越是险，越是难，越要和队友们紧紧捆绑在一起。此行一去，已是春去秋来……

有人说，他诠释了新时期中国石油人的责任与担当。有人说，他构成了这个时代的“中国脊梁”。

你若问他，为何会这样？

只因李新民知道，喜欢便会一直坚持，热爱自会为之奋斗终生。

他喜欢打井，喜欢钻机的声音，喜欢石油的味道。

他热爱脚下的故土，更热爱大好河山的绚丽多娇。

他传承着“铁人”的钢铁血脉，负载着“为国分忧、为民族争气”的精神魂魄。

他希望国家能永远摆脱贫油的困扰，希望民族复兴之梦乘风破浪比天高。

虽千难万险，愿往矣，为之折腰。

人民的“挑夫”

——“最美奋斗者”杨怀远的故事

◎文/中国远洋海运　朱雪峰

引　子

他是由放牛娃成长起来的“最美奋斗者”。

他是中国沿海客轮上一名平凡的服务员，但社会赋予他一个称号：当代雷锋。

他让普普通通的三尺小扁担，化身为“为人民服务”的精神符号。

1940年，毛主席说了这么一句话，“一个人做点好事并不难，难的是一辈子做好事”。他用38年的“扁担生涯”，为这句话加上了时代的注脚。

他就是杨怀远。

他说，为人民服务让他入了迷、上了瘾，当一名人民的“挑夫”，是他一辈子最幸福的选择。

上海静安区新疆路的南星小区，一幢靠路边的旧式房子。杨怀远的家在10楼。敲开门，老两口都在家。2020年杨老已83周岁，依然高高大大，一看就知道年轻时是个干活的好把式，甚至能想象到他挑着扁担疾走、虎虎生风的样子。

“我以前就是个五等舱的服务员，没有什么大的贡献，讲不起大话，表不来大道理！”杨老听力减弱，但嗓门却抬高了。

我说：“我是来听您讲故事的。”杨老笑吟吟地说：“到我的工作室看看吧。”

估摸着杨老的家建筑面积还不到80平方米，所谓的“工作室”大约8~9平方米。工作室的墙上挂满了照片，有国家领导人和他的合影、参加各种颁奖大会的合影和年轻时的工作照。“这是中央领导和我的合影，习近平总书记在这里，你看穿海员服的是我”“家里照片有5000多张，这是小平同志和我握手，这是江泽民同志给我的题词，这是上海市的应勇市长来看我，这是许立荣董事长来慰问我，我爱人儿子媳妇也在里面”“这是电视台发给我的‘天下第一挑’的牌子”……杨老娓娓道来。

书柜里被各种奖牌和勋章摆满了。“这些勋章，丢失了两个，捐掉了两个，家里应该还有30多个，没地方放了。”

说着话，杨老从墙边拿出来长长短短5根扁担。我的目光立即被扁担吸引了。小扁担是杨怀远为人民服务的标志，杨老一辈子树立的精神丰碑就凝结在这小扁担上啊。“这个扁担是在船上挑的，带钩子的，可以从这层挑到那层，这头儿挑到那头儿”“这是跑香港航线用的，一头是国旗，一头是原来的香港旗，那时候香港还没回归”。

扁担上密密麻麻写满了字，没有一丁点儿空白。杨怀远的故事仿佛扁担上的字节，不断跃动在我的眼前……

小长工的人生转折

1937年的安徽，社会混乱、水灾泛滥、地震频发、民不聊生。寒冬的一天，风雪交加，庐江县的一户贫苦百姓家传来婴儿的哭声——杨怀远在一间四面漏风的屋子里出生了，使得原本已经捉襟见肘的生活陷入极度窘困。

杨怀远两岁没了父亲，母亲是个小脚女人。怎么生活？迫于无奈，母亲带着他们兄妹五人四处流浪，艰难度日。姐姐妹妹给人家当童养媳，杨怀远没上过一天学，出门讨过饭，做过放牛娃，给地主当过小长工。冬天没被子，只能钻稻草堆，夏天没帐子，只能任蚊子咬。

“那时候，我总认为我命不好，吃苦有什么办法呢？我们只能这样生活。”杨怀远当时人生的唯一目标就是活下去，糊口是生活的全部。

直到中国共产党领导武装革命推倒“三座大山”，救黎民于水火，一家人总算不再敝衣枵腹。此时的杨怀远已经长大成人，并于1956年成为一名光荣的中国人民解放军战士。

到了部队这所大学校，杨怀远明白了许多大道理。原来过去吃的苦，不是命不好，而是阶级压迫的苦，现在是党救了自己。杨怀远有着强烈的主人翁意识。“党给了我一切，我要把一切献给党！”年轻的杨怀远在部队4年，入了团，入了党，立过三等功，还当上了班长，一天天进步。

1960年，杨怀远服役期满转业，来到上海公平路码头，进入上海海运局，被安排在客轮上，在机舱里做生火工。

公平路码头和上海其他几个码头一样，都是旧中国遗留下来的老码头。当时乘船出行由于价格相对低廉，成为一种非常普遍的方式，“码头”成为人们走南闯北的代名词。20世纪60年代，公平路码头的西部改建为客运码头，停靠上海至青岛、大连、温州等线客货班轮。老住户清晰地记得码头上繁忙的景象，海船的汽笛声，隔了几条马路都能听到。当然，码头上的车水马龙，杨怀远是看不见的，他在机舱的常年高温下炙烤了两年。

1962年，杨怀远工作调整，被派到“民主5号”轮，做了一名客运服务员。这艘船是上海往返青岛的。作为一个安徽人，上海、青岛两地话都听不懂，闹了不少笑话。再说，服务员的工作琐碎繁杂不说，还难免遭人白眼。杨怀远服务的五等舱，就像一个超大的集体宿舍。除去散席，光铺位就超过160个。一间房里最多搭了二十几张床铺，间距非常窄，而且是上下铺。很多旅客一上船就开始抱怨条件太差。杨怀远一个人服务这么多人，同时还要做保洁、扫厕所、清垃圾，工作量大得让他喘不过气来。

“低人一等”的工作，让杨怀远郁郁寡欢。

站在甲板上眺望，眼前是滔滔的“黄泥汤”，杨怀远无限惆怅。跟自己一起转业到上海海运局的其他战友，每个人都有理想的工作岗位，最不济也是客船乘警。自己堂堂七尺男儿，在部队还当过班长，现在却干着伺候人的活。

领导看出杨怀远的情绪低落，给他做思想工作。杨怀远在繁重芜杂的工作中熬了一年。

1963年，早春三月，中共中央发出“向雷锋同志学习”的号召。

杨怀远人生中第一次被感动、震动。

无意之间，杨怀远把自己跟雷锋做了个对照，惊讶地发现，自己和雷锋有“四个相同”“一个不同”——年龄基本相同，一个年代的；出身基本相同，都是解放前出生的苦孩子，但也都在新社会翻身做了主人；兵种相同，都是工程兵，雷锋是驾驶员，自己在部队是开山爆破修路的工兵。唯一的不同，雷锋是真正的共产主义战士，在平凡的岗位上做出不平凡的成绩，而自己呢，却在岗位上患得患失。

杨怀远深知自己犯了个人主义的错误，内心无比自责。在学习雷锋的大会上，他站了起来，做了深刻的自我批评，向党组织表了态，要终身以雷锋为榜样，做一个雷锋式的客运服务员。

一事当前想雷锋，一事之中仿雷锋，
一事之后比雷锋，一生一世学雷锋。

——这是杨怀远不胜枚举的自创歌谣中的一首。写下这首诗，精神的力量如同金石之坚，杨怀远的人生从此转变。

多年以后的今天，杨老还是无限感慨：“在漫长的人生旅途中，往往会有一些关系一生的重大转折。我的重大人生转折，就是学习雷锋，它决定了我大半辈子的人生。”

结缘“小扁担”

心中有榜样，脚下有力量。雷锋精神犹如一盏明灯，照亮了杨怀远迷茫的前方。学雷锋，怎么学？雷锋把党比母亲，雷锋把毛主席著作当粮食，当武器，当方向盘，雷锋干一行爱一行，把满腔豪情化为爱岗力量。“学雷锋必须见行动，不然学来学去空对空”，杨怀远想，在自己岗位上见行动，才是学雷锋!

杨怀远是个善于观察分析的人。他发现“民主5号”轮旅客中的妇孺老幼特别多，仅老人就占了将近一半。哪来这么多老人呢？而且很多是七十几岁到九十几岁的老人，后来他明白了，这些老人很多来自山东老革命根据地，子女出去参加淮海战役、东江战役、上海战役。解放上海，留下了6000多人，绝大部分老家是山东的。作为他们的父母亲，想儿子心切，不顾一切来看儿子，有的老母亲还是小脚老太太。这么远的路，有的有人陪，有的没人陪。俗话说得好，“在家千日好，出门万事难”“有钱买不到鬼推磨”，旅行中的人们，总能碰到“叫天不应、叫地不灵”的情况。

抵达目的地，天刚蒙蒙亮，杨怀远看见老人大包小包、肩扛手提，互相搀扶着一步一挪，扶墙摸壁艰难走下大约有三四层楼那么高的楼梯，早已气喘吁吁，瘫坐在地。这才多少路啊，下船还要走30里的路才能到港务局门口，中间还要上台阶、过天桥，有的出港后还要赶汽车赶火车呢!

老人走着都要搀，你怎么叫他拿行李呢？杨怀远看在眼里，急在心上。每当此时，杨怀远总是主动上前。他一米八几的大个子，手足并用，一下子能包揽几个人的行李。但老人实在多，仅凭赤手空拳还是解决不了实际问题。

这时，杨怀远想到从部队转业时带回的小扁担，决定用扁担挑。果然多快好省，事半功倍。上天桥送东西，把老人行李拴在一道，他20斤你30斤，加起来100多斤，一根扁担全搞定。

这一挑，便是38年。

从计划经济挑到了市场经济。

从风华正茂挑到了两鬓如霜。

“这个挑扁担呢，它不是我本职工作。你走得了走不了我可以不管，但如果是雷锋，会怎么做？他一定不会袖手旁观！”

旅客下船后，轮到杨怀远干本职工作了。客轮上三层下三层，垃圾遍地，一片狼藉。每一个服务员分十几个房间，铺床单、搞卫生，一个萝卜一个坑。杨怀远只能独自收拾残局。

有一次，杨怀远挑着扁担回来，清扫房间的时候发现丢失了一条毛毯，结果赔了5块钱。这可怎么办？一心挂两头，迟早出问题。他思来想去，觉得船上的厕所和洗脸间比较适合自己，里面没东西，谁也不会去偷厕所。于是跟领导商量，把上下两层楼的男女厕所、洗脸间留给他，他出去送老人，脏厕所等回来再刷，这样既能帮助老人，又不影响工作，同事也不会有意见。主动扫厕所谁能不答应啊，就这样，杨怀远承包厕所的事儿愉快地决定了。

“在我们的船上，任何交通工具都不行，就连自行车也要扛着上下才行，只有小扁担才能发挥大作用。”这就是杨怀远说的挑扁担的历史背景、社会背景、地理背景和政治背景。

一根小扁担，让旅客体验到了满满的热情和温情，老人一个劲儿地感谢。“他们不是感谢我，他们说‘感谢党，感谢毛主席教育的好服务员，感谢活雷锋’，这就证明我这件事肯定是做对了，”杨怀远的神情中透着极大的满足，“一个共产党员通过简单劳动换来了人民感谢党，感觉很幸福，这个时候，恨不得把自己变成大吊车，变成拖拉机！”

杨怀远出名了

杨怀远挑了一年扁担，很多老人回去后都会讲“在客轮上碰到一个好人”。一传十，十传百，杨怀远的名字被旅客熟知。船长也把情况向上级做了汇报。海运局的《海运报》记者把杨怀远的事迹“捅出去了”，时值全国上下学毛选学雷锋，杨怀远被树为上海市“四个标兵”之一。相声快板里有了杨怀远的故事，小学课本里有了杨怀远的思想品德课，就这样，杨怀远的名字家喻户晓，人人皆知。

1966年10月1日，杨怀远作为上海“四大标兵”之一到北京参加国庆17周年观礼，他和“铁人”王进喜等劳模第一次登上了天安门城楼，站到了毛主席身边。“小长工登上天安门，小叫花子见到大救星”，杨怀远感到无比荣耀。

让他终生难忘的还有周总理对他们这些模范人物的关爱。国庆观礼的前一天晚上，毛主席决定让代表们从西苑旅社搬到中南海住。当晚，周总理在人民大会堂设宴款待所有代表，一直到9点。结束后不久，杨怀远又接到通知，作为特别代表，马上到中南海的小礼堂开座谈会。当他来到小礼堂门前时，周总理早已等在那里。见到杨怀远，总理亲切地询问："你是上海来的代表吧？"开完座谈会，已经是凌晨3点，回到中南海后，大家倒头就睡。但杨怀远却因为心情激动，怎么也睡不着。就在这时，他透过虚掩着的寝室门，看见走廊昏黄的灯光下，周总理正往寝室走来。只见他轻轻地走进来，巡视大家的就寝情况，有人睡着时手臂露在外面，他就亲自帮他捂上被子。到了杨怀远的铺前，杨怀远想坐起身迎接总理，却被总理轻轻地按下，还顺手帮他盖上了被子。"总理日理万机，到了半夜还抽空前来关心我们代表的起居，这实在让我太感动了！"杨怀远热泪湿枕、夜不能寐，激动地写道：

鸟入森林龙归海，激情滚滚好澎湃。
朝上天安门，夜宿中南海。
毛主席接见，周总理盖被。
杨怀远啊杨怀远，孤儿扑进慈母怀。

北京回来后，杨怀远暗下决心：要把小扁担一直挑下去！

人怕出名猪怕壮。"文化大革命"期间，杨怀远被安上了"三大罪状"，第一大罪状是走资派培养的黑标兵，第二大罪状是赤卫队政委，第三大罪状是服务好导致的修正主义。大中小学停课闹革命，踢开党委闹革命，破四旧搞批斗，杨怀远成了重点打击对象。

海运局的501室，成立了打倒杨怀远的指挥部，每天让他挂牌子游街，白天黑夜批斗，说杨怀远挑扁担是阶级观念模糊，敌我不分。街上也到处都是他的大字报。有一次，杨怀远在提篮桥附近被人认出，对方扯着嗓子大叫："这就是杨怀远！打倒杨怀远！"人群蜂拥而至，8路有轨电车都开不过去。杨怀远的扁担被没收了、砸断了，挑一次抢一次砸一次。从66年到69年，扁担被砸断了12根。

"这种情况下怎么办？我有六个靠。"杨老眼圈发红，声音颤抖。

杨怀远的"六个靠"是什么呢？

第一，靠始终不忘自己是共产党员。既然向党做过庄严承诺，不得反悔。

第二，靠努力学习一套书。杨老从工作室里小心翼翼地拿来一套毛主席的书。这是怎样厚重而又珍贵的一套书啊！岁月染黄了纸张，书角泛起了毛边，每一页都画上了重点，做满了笔记，写满了心得，红色、蓝色、黑色的笔迹闪耀着读书人虔诚的内心。“这套书共1521页，1058000字，159篇文章，我通读、精读，读烂了，现在脑子不行了，以前你翻任何一页念个三两句话，我就知道这个是毛主席的哪一篇文章。”在阴霾笼罩的日子里，杨怀远正是在毛主席的书里找到答案、找到真理、找到思想境界、找到战胜困难的勇气！

第三，靠牢记“为人民服务”的宗旨。杨怀远把这五个字写在扁担上，挑在肩上，记在心里。

第四，靠追求一个榜样。杨怀远写了一首诗《雷锋是我终生榜样》：雷锋精神雷锋情，年年月月牢记心。沿着雷锋足迹走，矢志不渝到终生。

第五，靠坚定一个方向。杨怀远说：“人民满意是方向，这是我的精神支柱。对准这个方向走，怎么批斗我都不怕。”

第六，靠一股大的干劲。杨怀远坚信，在旅客有困难的时候帮一把，总没有错。当杨怀远被人批斗时，总有旅客站出来为他辩护。有一次被批斗后，一个老年旅客拉着他的手说：“你为人民做好事，人民是不会忘记你的！”良言一句三冬暖，杨怀远说：“老人家的话，暖了我十多个年头。”旅客的支持为他增添了无穷的力量。扁担砸了，再去买。当时市场上买不到，杨怀远跑了好多路，在十六铺一爿竹木店买了一根毛竹，把它一劈为二，做成了两根又粗又壮的扁担。

“说一千道一万，为人民出大劲流大汗，值！”

——这“六个靠”，在那段颠倒黑白的岁月里，让杨怀远选择了不屈，坚定了意志。

扁担传精神

1958年9月，杨怀远在福建前线炊事班工作时，司务长送给他一根小扁担。他用这根扁担担菜、送饭，帮助农民秋收，给战友担物资，为国家修海堤。公休回家的途中，用它给同路的旅客挑行李。杨怀远一直把这根扁担带在身边。

从1962年在上海海运局客船上用扁担为旅客挑行李，杨怀远的扁担就再也没有离过肩。

杨怀远最珍贵的小扁担，开始使用的都是一个尺寸，然而随着实际情况的改变，单一尺寸显然已经难以应付。小扁担不够用了，奔走多地，均未能找到可以挑起100斤以上的大扁担，怎么办?

杨怀远想起南京有个老战友，老家在宜兴，那地方毛竹多，他立刻打电话联系。战友很快便做好一大捆，长长短短25根扁担，通过火车托运到上海。杨怀远如获至宝。

再后来，慢慢又有了软、硬、长、短，规格迥异，性能好，用途更多的小扁担。以至于外国人对这些小扁担都交口称赞，夸其比美国小汽车还要好——小汽车不能进客房，小扁担见缝就钻。

20世纪70年代，杨怀远所在的船跑大连航线。

这天，五等舱住下了一位病人，脖子上生了个碗口大的瘤，肿瘤溃疡，发出阵阵臭味，旁边的旅客避之不及。杨怀远像个护士一样，替他脱下脏衣服，给他洗澡，换上了清爽的衣服，又为他洗衣服、送饭。船到大连，杨怀远挑起病人的40多斤重的草药和行李，扶他下了船。分别时，这位旅客流下了眼泪。

80年代，船跑广州厦门。

有一次，杨怀远在上客口发现一对老母女，女儿60岁左右，母亲80出头了，身上背着5个大包袱，相互搀扶着上船，一步一挪地上楼梯。杨怀远一个箭步上前，卸下了老大娘的所有包袱，按她们的船票把她们送到五等舱。五等舱空气不好，老母亲憋闷得气喘吁吁，话都说不出来。杨怀远当即去找客舱主任，联系了四等舱的空位置，给她们办了加票。船舶航行期间，杨怀远考虑到母女俩行动不便，便把一日三餐送到她们床边。船靠厦门后，杨怀远抡起小扁担，挑着老母女的行李，一直把她们送到来接老母亲的儿子、儿媳手上，才放心回船。

90年代初，杨怀远被调到沪港航线的豪华大客轮上工作。

由内地航线转至境外航线，工作中考验杨怀远的并非仅是语言。香港是国际化大都市，他最担心的是“小扁担能不能在豪华轮上继续挑下去？”经过细心观察发现，大吊车并非面面俱到，他立即请示汇报，经批准，小扁担再次派上了大用场。

上海往返香港的船上，老人又占了将近一半，又哪来这么多老人呢？杨怀远经过了解得知，很多老人是解放前跟着国民党转移到台湾去的，台湾海峡40多年没通航，老人想家心切。既然没通航，就先坐飞机到香港，那时候香港也没回归祖国，就在香港签证乘轮船辗转回大陆。这可是关系到两岸人民情感的大问题啊，杨怀远心里想。有位老太太解放前离开上海去台湾，这次乘海轮回来探亲，心中难免对祖国大陆抱有一丝偏见。杨怀远一路上用热情服务和他的小扁担解开了老人心中多年的“结”。老太太当即决定，回香港时仍乘这艘船。

这期间，杨怀远曾接到过一个涉外旅行社打来的电话，请他务必帮忙接待一位体重超过82公斤的瘫痪八旬老太。杨怀远不假思索，立刻答应下来。一路尽心尽责，悉心照料。由于上下船要走舷梯，阶高坡陡，杨怀远硬是把瘫痪老太背上背下几趟，行李更是全凭一根小扁担。扁担虽重，然而杨怀远心里却轻松喜悦。在杨怀远眼中，自己此刻早已不代表个人，替旅客排忧解难的同时，更是在向境外旅客展示新中国的崭新面貌。

有人做过统计，从1991年到1997年，杨怀远在沪港客轮期间，平均一个航次挑63担，6年多挑了12000多担，磨破了至少5件以上的确良工作服。后来，客轮公司专门给他定制了耐磨的麻质上装，这样衣服损耗就小多了。

但是再耐磨的工作服也减轻不了扁担对肩膀的压力。杨怀远的肩膀上有两块厚厚的肉疙瘩，像两个馒头，这是小扁担经年累月打磨出来的老茧，看了让人不禁眼眶潮润。

杨怀远认为他和扁担有缘：“在那个特定的背景下，只有挑，没有别的工具能代替，都靠这个扁担悬空而起。一个是有的挑，一个是只有挑，第三个我会挑，第四个我要挑，凑下来正好！”

杨怀远赋予小扁担高贵的生命，小扁担成为杨怀远品格的图腾。

于是，人们把杨怀远的精神称为“小扁担精神”。
——这是不忘初心、牢记使命的精神传承。
正如杨怀远在诗中写道：

红军长征挑扁担，越过万水和千山。
沿途播下革命种，星火燎原遍地燃。
抗日战争挑扁担，反对侵略保家园。
为了消灭鬼子兵，挑着弹药送前线。
解放战争挑扁担，为了推倒三座山。
三大战役震全球，横扫敌军八百万。
今天我们挑扁担，革命传统代代传。
为了实现现代化，艰苦创业勇向前。

——这是全心全意、为民解忧的服务精神。
正如杨怀远在诗中写道：

我为人民挑扁担，革命重担挑在肩。
胸怀朝阳大步走，泰山压顶腰不弯。
我为人民挑扁担，如海深情挑不完。
肩挑行李送老弱，手扶亲人出港站。
我为人民挑扁担，春夏秋冬挑不闲。
挑得冰雪化春水，挑来凉风送暑天。
我为人民挑扁担，越挑心里越觉甜。
万里征途跟着党，肩挑扁担永向前。

——这是胸怀天下、无私奉献的大爱精神。
正如杨怀远在诗中写道：

贵宾来自亚非拉，同船旅游如一家。
肤色语言虽有别，人心都向我中华。
山欢水笑情似海，友谊花香飘天涯。

——这是精益求精、争创一流的敬业精神。

正如杨怀远在诗中写道：

能挑千斤担，不挑九百九。
挑了千斤担，还要加把油。

“全能型”服务员

有人说，当服务员没啥难的，无非是扫地抹桌、洗洗涮涮，只要腿脚快、嘴巴甜就行。能吃苦、不怕流汗，固然是做好服务员的基础，但要真正让旅客满意，可不是那么简单。要提高服务水准，不仅要干一行、爱一行，还得钻一行。

没上过一天学的杨怀远深知，要想成为一名合格的新中国客轮上的服务员，只有掌握更多文化知识，才能更好地为人民服务。

学习，贯穿了他的38年“扁担生涯”。

他善于在实际工作中探索服务工作的规律，经常在休息的时候琢磨旅客到底缺什么、要什么，琢磨着自己如何“对症下药”。

他总结出“7个方面观察旅客”：一看年龄体质，二听讲啥方言，三看服装打扮，四看携带物品，五看同行旅伴，六看精神状态，七看活动情况。透过现象看本质，这样就能提供精准服务，把关爱送到旅客的心坎上。

关于如何做好客轮服务员，他也总结了10点：一要方向明，二要有全心，三要勤奋学，四要感情深，五要干劲大，六要突出亲，七要不怕脏，八要跑得勤，九要不嫌烦，十要高标准。几年揣摩研究下来，独创了一套语言服务和心理服务学，还出版了一本40多万字的《讲点服务学》。

小时候没有读过一天书，在船上总算逮着机会了，别人休息的时候，杨怀远抱着书，当馒头一页一页“啃”。“客轮是个小社会，当服务员要应付各种各样的情况，一定要努力学习理论，提高自己的政治修养。”杨怀远说。60年代，他把主要精力用在学毛主席著作。70年代，他读了《资本论》，学习了周恩来、邓小平、陈云同志的文章，学习了普通心理学、儿童

心理学。他还通过学习《矛盾论》，来处理服务员和旅客之间的矛盾。

一次，几个好不容易买到船票的旅客入住后发现，房间靠近机舱，温度很高。旅客本来心中就有气，这样一来，更是火上浇油，气呼呼地责问杨怀远：“你这是要把我们当成铁炼吗？”面对吹胡子瞪眼的旅客，杨怀远心里想，如果我也发火，或者一推了事，必然会加深矛盾。他火我不能火，杨怀远笑脸迎上去，顺手拿起扇子一边帮他们扇着风，一边说：“条件是差些，我帮你们兜点风进来。”开船后，杨怀远就用风兜从舷窗里兜了点风进来，房间里凉快多了。第二天，旅客主动找到杨怀远，为他们的失礼行为道歉。

“一个人的经验再丰富也是有局限的，如果把别人的经验也变成自己的，这个人的本事就大了。”多年来，杨怀远一直向社会“偷师学艺”，看到报刊上有介绍先进服务经验的，或者刊有先进服务工作者事迹的，他都收集起来，订了厚厚的一本。

百炼成钢，水滴石穿。几十年下来，杨怀远已经掌握航海、地理、气象、民俗、医药、烹饪等各种知识，赫然成为一名“全能型客轮星级服务员”。

20世纪90年代初，客船服务升级，很多要求他从未接触过，一切都要从头学。语言是交流感情和提高服务质量的工具，语言不通，事事不行。

他心甘情愿做学徒，甚至向徒弟的徒弟虚心求教，他自学方言、哑语、手语，还有英语。妻子为了支持杨怀远学英语，特意买来录音机让他随身携带，帮他抄音标、做笔记。他的两个孩子也一起当他的老师。这个当初只认识4个英文字母的服务员，竟然掌握了英语基本会话。

有了充足的知识和技能，杨怀远在为人民服务的人生舞台上大展拳脚。

运输行业的发展如日东升，海上客轮的变化日新月异。大时代背景下的杨怀远，眼中的服务课题却变得越来越小。比如，婴儿的奶瓶不小心砸掉了怎么办？穿高跟鞋的旅客在高低不平的甲板上蹩掉了鞋后跟怎么办？旅客的衣服蹭上了船缆绳上的油渍怎么办？带双胞胎的旅客在一张铺上要睡下三个人怎么办？要写稿子的文化人找不到桌子怎么办？客人拿起报纸却想起眼镜没带怎么办……遇到这样的情况，旅客只能干瞪眼。但是杨怀远早就把这些情况都总结到了，只要找到他，总能变不能为可能、化腐朽为神奇。

杨怀远处处留心、事事在意，通过长期总结，他把旅客来源归纳为因公出差、探亲访友、旅游观光、长途贩运4大类46种；把旅客常遇到的困难归纳为39种；把需要重点照顾的旅客归纳为8种；把容易发生矛盾的情况归纳为21种……

20世纪80年代是客轮行业的“鼎盛时期”。仅上海十六铺码头，就拥有20多条航线，每天超过4万人次客运量，平均半小时就有一班轮船。杨怀远在小扁担的基础上，根据旅客的实际困难，自制了120多种便民用具。比如，带婴儿的旅客最伤脑筋的是床铺太窄，他根据电影里少数民族的小吊床的灵感，与爱人商量，和同事研究，制作出了客轮上的第一张小摇床。轮船遭遇风浪，晕船的母亲自身无暇顾及，何以照顾小孩？杨怀远向广东妇女学习，“发明”了“小兜兜”，用“小兜兜”把孩子背在背上，既安全又省力，一举多得。

杨怀远还亲手制作了一个方便旅客的“百宝箱”，里面装着奶瓶、奶粉、白糖、去污灵、针线包、老花镜、草纸及各种工具和药品。有了这个“百宝箱”，旅客遇到困难，基本都能解决了。“小小方便箱，备件百多样。为客排急难，天天派用场。补鞋修拉链，去污缝衣衫。婴儿饿得哭，有奶又有糖，旅客都说好，喜称百宝箱。”这是杨怀远为他的“百宝箱”编的顺口溜。

回望38年间的每一天，杨怀远身居条件最差的五等客舱，为旅客修鞋子、修拉链、修小车、蒸馒头、送饭，帮病患洗疮口，给幼儿洗尿布、制作小摇篮，为半大的孩子制作母子铺，独创了“杨氏服务学”，打破了规定的工作界限、时间界限，跨越了服务界限，连接了情感界限。

“老人的拐杖”“孩子的保姆”“聋人的耳朵”“哑巴的嘴巴”“盲人的眼睛”“病人的护士”……旅客送给杨怀远无数的称号。

“小金库”风波

坐船的人总有考虑不周的时候。特别是带婴儿的妈妈。有的小孩妈妈奶水很足，认为孩子吃自己奶就够了，所以什么都没带。到了船上，哪曾想遇到大风大浪，妈妈晕船了，两餐吃不下饭。妈妈奶水干了，这个时候孩子怎么办？孩子吃什么？要30多个小时呀！杨怀远说：“这时候，我就要准备奶瓶奶糕白糖蜂蜜去顶上。”

在那个一切需凭票证供应的年代，急如星火的时刻，杨怀远无数次把自己孩子的奶粉冲给旅客的小孩。

无论是小修小补的备件还是临时“顶上”的物品，从来都是杨怀远自掏腰包。

当时杨怀远家里五口人，一个月收入加起来只有104块钱，有时候，把工资用完了，还要从家里拿钱、拿糖票、拿粮票。后来自己想想，觉得有点狠心了，雷锋没有家，我还有家呀，我还要负担家庭呢，这可怎么办？

后来，他想到雷锋有个“节约箱”，于是，他搞了两个“节约筐”，收垃圾，卖钱！

20世纪80年代，老百姓的日子好过一些了，个体户出现了，吃的东西像小山一样，丢下来的瓶瓶罐罐、废纸废塑料，扫也扫不完。

过去扫完就扔到指定地点，现在，杨怀远把垃圾一一收集起来，放在“节约筐”里，到港以后，挑到外面卖给废品收购站，拿卖掉的钱专门用来为旅客解决困难。

垃圾变成了服务旅客的原材料！从1978年到1991年的14年里，杨怀远一担一担地卖垃圾，走了300多趟。有了钱就有了服务的资本，有了钱就有了服务的内容。

在船上，总能碰到一些有特殊困难的旅客。有一次，杨怀远发现有位老大娘老是不去餐厅用餐，也没有带干粮。一问才知道，是出门忘了带钱。还有一位女乘客，上厕所时把放在裤兜里的钱包掉进了水槽，还没来得及捞，水箱冲水，钱包冲进了大海，急得她走投无路。每当遇到这样的情况，杨怀远总是3元、5元的塞给他们。这些钱，有的是他的工资，有的则是卖垃圾的战果。

船跑南方，常遇大雨。每当下雨，遇到没有伞的小孩，杨怀远就给他一把雨伞，遇到行动不便的老人，就给他一根拐杖。杨怀远算过，到退休为止，仅送出去的雨伞，就有620多把。按批发价一块多钱一根的拐杖，买了300多根。每当为老人递上拐杖，他们欣喜的眼光在杨怀远看来，如同一场及时雨。

但这世上总有流言和偏见。杨怀远捡垃圾卖钱的事情很快传播开来，有人在背后说他“贪小便宜”。

面对流言蜚语，杨怀远并不急于辩解，他说：“卖点钱再回送给旅客，我心安无愧。”时间久了，流言止于智者。

“戆大”老杨

海轮行千里，好事做满舱。

但做好事是要付出巨大的牺牲的。那些无私的人在现实中对自己总是不近人情。对于这样的牺牲，普通人是难以理解的。

“杨怀远真是个戆大（傻子）啊，戆得不得了。”一些人背后窃窃私语。

“戆大”来自杨怀远“三个不要、两个不顾”。

哪三个“不要”？

第一个，不要当官。

1966年5月，由于工作业绩突出，客船公司破格提拔杨怀远当上了船舶副政委，后来又当政委，并作为基层代表参加局党委的五人核心领导小组。当了领导，住的是单间，无论在物质条件上还是经济收入上都上了一个大台阶。

但当了“官”的杨怀远却乐不起来。

从事客轮服务，自己探索总结出了许多实战经验，这些经验还没有更好地发挥作用呢。现在做政委，繁杂的管理性工作占去了大部分时间，无法投入过多精力贴近旅客搞服务。“要找比我能力水平高的人当政委有的是啊。”杨怀远老大不乐意，仍然像犯了职业病似的坚持每天为旅客挑扁担。即使是特殊时期，从“五七”干校学习回来，他还主动要求带着政委职务，下到各个客轮去顶替服务员工作。

“当政委的挑扁担，成何体统？”旁人言三语四，其中不乏冷嘲热讽。

思来想去，从1979年起，杨怀远开始打报告给上海海运局党委，要求党组织把自己身上的职务一免到底，并明确提出“一不要资二不要产，就要一条小扁担；一不要钱二不要权，永远当一个服务员”。

按当时的形势，这个报告虽然不能说是平地扔了个炸弹，但引起的震动可不小。人们议论纷纷，众说不一。有的说他傻，有的劝他“慎重”，有的人提醒他“政委肩章上有四道杠，服务员啥杠也没有”“将来实行职务工资，政委的工资是服务员的十几倍”！

家里妻子也有点想法，觉得平白无故由政委改为服务员，不知道的还以为老杨犯错误了呢。儿子说，爸爸当政委，履历表里一填，做儿子的也光彩啊。

单位领导也找他谈话了，跟他说：“老杨你是不是一时冲动？这政委和服务员在地位上和收入上差别很大，你到时候可不要后悔哦？”“我不后悔！”杨怀远斩钉截铁，“我的决定来自为人民服务这个基本出发点，是郑重的。”

打了三次报告，最终获批。1980年5月4日，党组织免去杨怀远政委职务，继续干服务员。

杨怀远如鱼得水。

第二个，不要小费。

这是杨怀远给自己定的铁的纪律。

38年间，杨怀远迎来送往的旅客，不可胜数。他扶老携幼、肩挑手提，经常累得满头大汗，有旅客感动之余，掏出钱来硬塞给他。特别是跑香港航线，给小费是通行规则，但“戆大”杨怀远一次也没收过。他憨笑着说：“不搞道德商品化，要收钱我们就疏远了。”

有一次，船从香港开往上海。靠港后，一位英国女士迟迟没有下船。民警查舱时看到她，了解了情况，原来这位女士是搞科研的，带了两个箱子的仪器，一直拉不下去。杨怀远二话没说，用扁担把这两箱子仪器从四层楼上挑下来，不仅挑下了船，还挑出了关。杨怀远的担子还没放下，英国女士就掏出钱来感谢他。杨怀远摇头摆手，“No.Welcome to our ship. Welcome to China.I'm glad to meet you，my friend.”杨怀远的无偿服务和“洋泾浜英语”让这位女士深受感动，不由自主地给杨怀远来了一个大拥抱！

这事儿搞大了，人还没回船上，船上就知道“杨怀远跟洋小姐抱过了”，结果七传八传传为佳话，传到了上海电视台，电视台请著名艺术家王汝刚写了个滑稽戏，杨怀远的“拥抱故事”登上了上海94年的春晚舞台。

杨怀远拒收小费有一套：“挑到外面，担子放下，马上走人！不要停留，一耽搁对方就可能掏腰包。”

第三个，不要房子。

杨怀远的家里，去过很多大人物。多年前，交通部部长去过两次，上海市领导去过很多次，单位领导更是常客。去的时候，总是把屋子挤得满满的。

交通部部长说，杨怀远房子太小了，应该给他扩大一点。不久，单位领导拿给他一把钥匙，让他搬到位于杨浦区的大房子，听说光天井就28平方米。杨怀远欣喜之余冷静一想，雷锋可是一个工作中向高标准看齐、生活上向低标准看齐的人啊，共产党员吃苦在前，享受在后，怎么能住这么大的房子呢？杨怀远对组织表示感谢，但这房子钥匙，他没接。

第二年，取消福利分房政策了。

再后来，杨怀远老两口住进了儿子、儿媳贷款买的房子里。

有人讲：杨怀远爱岗、爱岗、爱成“戆大”了。

“两个不顾”又是什么？

第一，不顾家；第二，不顾命。

杨怀远对于自己的时间有一套衡量方式，他把每天的时间换算成了为旅客做好事的件数，下船休假一次，就少做了100多件好事，不划算。

为人民服务，每一分钟都是宝贵的。杨怀远有自己的工作节奏：少睡觉，快吃饭，走路带跑抢时间；抓重点，“弹钢琴”，周密思考巧安排，就是这样“把时间扩大再扩大”。由于劳动量大，一个航次下来，筋疲力尽，两条腿肚子直打战。回家时在车子上打瞌睡，常常坐过站。回到家嗓子也哑了，骨头像散了架，只是想睡觉。

职业所限，船员没办法经常回家，一上船就得好几周，家务活和教育孩子全靠妻子。家里有事儿，杨怀远也很难帮得上。妻子开刀他不在家，妻子生孩子他也不在家，丈母娘去世他不在家，大儿子去世他不在家，遗体在火葬场摆了17天，等他回来才火化，小儿子结婚他也不在家。每年春运，客轮最忙，他35年没在家过春节。

杨怀远临退休时，公司给他算了笔账，看看还有多少假期挂着。七除八除的还有1336个休息日没过。那时候海运局规定，一年给每个海员52天假期。这么算下来，杨怀远相当于25年没休过礼拜天。

“我欠妻子和家庭太多，但我实在不能欠人民的账，所以对妻子儿女的情只能黄泉路上再补过了。”杨怀远并非无情。

“小扁担”退休

为人民做好事，人民不忘；对人民做坏事，人民不饶。杨怀远为人民做了一辈子的好事，很多旅客十几年甚至几十年后，无论在哪里遇到杨怀远，都能一下子认出这位曾经为他们挑过扁担的“杨师傅”。

1965年的一天，3岁的许平跟裹着小脚的姥姥坐“民主5号”轮从青岛老家回上海，不想海上刮起大风，姥姥晕船，呕吐不止，杨怀远对他们祖孙俩一路照料。船靠码头，杨怀远挑起她们的行李，搀扶着姥姥，护送她们下船。这一幕被新华社记者摄入镜头，并且作为杂志的封面。那本杂志也成了许平的传家宝。

当兵、读大学、写作、编报纸……在《松江报》当编辑的许平，无论做什么，都不曾忘记“扁担叔叔”。2000年，96岁的姥姥去世。已成了作家的许平，写了一篇文章《杨怀远，姥姥，还有我》，被收入中学生课外阅读辅导读本。

50年后，许平以上海市“五一劳动奖章”获得者的身份与市领导会面，“扁担叔叔”作为老劳模代表也参加了。当两人在会场门口不期而遇时，都愣了一下，看到“小旅客”胸前的奖章，“扁担叔叔”紧握“小旅客”的手，激动得一时语塞。

70年代的一天，一位孕妇在船上分娩。情急之下，杨怀远将其抱至卫生室。凌晨时分，一名健康的女婴呱呱坠地。年轻的母亲恳请杨怀远给孩子取个名，以示纪念。杨怀远透过舷窗，见旭日东升、漫天朝霞，给孩子取名“海霞”。

80年代初，已经豆蔻年华的海霞乘船前往青岛，找到了给她取名的“杨伯伯”。杨怀远激动赋诗：转眼已经十二载，我变苍老她长大。今日再来乘我船，喜得老杨闪泪花。

1985年4月27日，一对新婚夫妇兴冲冲地到船上来找杨怀远，见了他亲热得不得了。新郎说，20多年前，他母亲经常带着他们兄妹几个坐船来往于上海和青岛，杨怀远曾经给他洗过尿布，母亲晕船了，他就成了杨怀远的“背上客”。

还是在这一年，一个胸前别着“上海科技大学”校徽的女青年，在机舱里找到杨怀远，硬要拉他一起拍张合影。这个女生叫萍萍，18年前和妈妈到青岛探亲，船遇风浪，妈妈晕倒在床动弹不得，萍萍哭得声嘶力竭。杨怀远就把萍萍抱着、哄着、喂奶瓶，18年过去了，当年的奶孩子成了大学生。几天前，萍萍和妈妈无意间在一部电视纪录片里得知杨怀远还在“长柳”轮挑着扁担，妈妈就向萍萍介绍了杨怀远当年照顾她的情景。这次萍萍再次乘船到青岛探亲，就特意买了一张“长柳”轮的船票。就在萍萍和杨怀远回忆往事的时候，旁边有个姑娘激动得大叫，她叫童婴，竟然有着和萍萍同样的被杨怀远照顾的经历。就这样，三个人又拍了一次合影。

1987年3月26日，船从青岛开出，一位年轻妇女抱着一个六七个月大的婴儿特地从四等舱找到五等舱看望杨怀远。这位女同志也姓杨，今年25岁。她说，她母亲不止一次地告诉她，在1963年她刚满8个月的时候，父母带着她乘船到青岛，是杨怀远帮她洗的尿布。杨怀远感慨之余，见她带了许多尿布没洗，又是一把抓过去洗好烘干，并且笑呵呵地说，我也只能为你们母女两代洗尿布了，第三代恐怕是无法完成了。

“当你看到一个个和你萍水相逢的旅客，仅仅因为你在旅途中给他送了点方便，他们就用美好的语言称赞你、鼓励你，有的会记上你几十年，甚至感动着两代人的时候，作为一个共产党员，还有什么能比这更幸福的呢？”杨怀远说，“物质上我不富裕，但精神上我很富足！”

这些一幕幕幸福的画面浓缩在小小的三尺扁担上——

盛夏的一天，从大连驶来的“长锦轮”停靠在公平路码头。一位山东大学的老教授看着脚下几个鼓鼓囊囊的硕大的旅行包，愁眉紧锁。杨怀远疾步上前，挑起行李就走，一路哼唱自编的小曲，“扁担虽短情谊长，长过银河深过洋，乐为旅客挑重担，春夏秋冬一个样……”临别时，老教授非要拿出小费给杨怀远，杨怀远按惯例婉拒了。

老教授无法表达谢意，便在扁担上题诗两句：“天光云海自有鉴，人民需要扁担情。”

——这是旅客第一次在杨怀远的小扁担上签名题字。

从此，五洲四海的旅客，在感激之余，纷纷在一根根小扁担上留言致谢。时间一长，扁担上的字密密匝匝。

有人仔细研究过扁担上的字，中外游客留言一共300多处，有60多处其他国家的文字，如英文、德文、法文、缅甸文、朝鲜文、蒙古文、日文、俄文。扁担上有4个“万岁”，“为人民服务精神万岁”“雷锋精神万岁”“奉献者精神万岁”“扁担精神万岁”。

2003年9月24日傍晚，暮色苍茫，从浙江定海驶来的“紫竹林”轮缓缓停靠在上海十六铺客运码头，成为在这里靠泊的最后一艘客运轮船。

2004年12月2日凌晨，十六铺客运码头停止营业。

——杨怀远与自己引以为傲的客轮服务员岗位依依惜别，38年的“扁担生涯”圆满结束。

从1962年到2000年，从24岁挑到62岁，杨怀远挑断的、送人的、被“四人帮”没收砸断的一共47根扁担。

这些扁担已成为珍贵的文物，先后被中国革命历史纪念馆、中共“一大”会址、毛泽东和周恩来故居纪念馆、“南京路上好八连”荣誉室、上海市档案馆等单位收藏。

曾有位收藏家愿出高价求购一根杨怀远的小扁担，他断然拒绝。

曾有人问杨怀远，究竟是什么力量支撑你挑了38年扁担？他什么也不说，拿出自己珍藏的一根扁担，扁担正中刻着5个大字：“为人民服务。”

为“雷锋精神”做广告

党和人民给了杨怀远很高的荣誉。

1985年，他获得“全国劳动模范”荣誉称号，1987年当选为党的中共十三大代表，曾多次受到毛泽东、周恩来、邓小平、江泽民、胡锦涛、习近平等中央领导人的接见。

2009年，被评为“100位新中国成立以来感动中国人物”。

“一个小小的服务员算什么呢？”用杨怀远的话说，获得的待遇“做梦都想不到”。

是的，身为一个小小的服务员，杨怀远见过5届领袖，见毛主席4次、小平同志5次、周总理9次，得到过小平同志的夸奖，江泽民同志为他题词，胡锦涛同志给他佩戴“双百人物”荣誉勋章。

在劳模表彰大会上，江泽民同志把杨怀远介绍给李鹏同志，两位领导人同时对他竖起大拇指。两个大拇指一翘，被记者抢了个镜头，这张最高领导“点赞”最低服务员的画面瞬间定格。

2019年，杨怀远被评为“最美奋斗者”。在家人的陪同下，参加了表彰大会，见到了习近平总书记。

在杨怀远不到10平方米的“工作室”里，这些勋章和奖牌记载了他大半生的辛劳与荣耀。

杨怀远老了。

但他“为人民服务”的思想一刻也没有停歇。

退休前，他多次参加过全国交通战线报告团，到过国务院小礼堂，中央怀仁堂、人民大会堂、清华大学，到过4个万人馆，进过16个省交通厅。

退休后，他成为上海“百老德育讲师团”成员，应邀到机关、企业、街道、学校，作了600多场报告，10年如一日，走一处，讲一处，将社会主义核心价值观，尽己所能传播到每一个角落。他还制作了40多条小扁担送给小学生。“我现在每一天的日程都是满满的。”杨怀远笑道。他还兼任一所小学的名誉校长，上海长宁区新虹桥小学更将团支部命名为“杨怀远团支部”。

“搞教育搞汇报，我为雷锋做广告！”

头冠“全国劳模”“双百人物”“最美奋斗者”多重光环的杨怀远，当仁不让，他就是“雷锋精神”在新时代的最佳形象代言人。

偶尔赋闲在家，杨老照样不得闲。扎拖把成为他继挑扁担之后的“第二职业”。他扎的拖把不用一截铅丝和一根钉子，怎么用也不会散架。“杨氏旋转拖把”已经扎出了名。他自己买布头、买把子、买绳子，扎好了送人，至今已经送出去2000多把，送给社区，送给孤寡老人，送给那些来听他讲故事的人。

没上过学的杨怀远还是一位“诗人”。他解释说，工作的时候时间紧，不可能坐下来写长篇大论，就利用工作间隙写写打油诗、顺口溜。他从60年代开始写了50多年，一共写了91本，13000多首，加起来有150多万字。杨怀远把这些诗稿珍藏在柜子里，并且嘱咐儿子：“将来可别把它们当成废纸扔了，这里面藏着我的爱和憎呢。”

“小扁担精神”永不过时

改革开放40多年来，在中国特色社会主义伟大旗帜指引下，我国交通运输业飞速发展，一日达千里，天堑变通途。机场、车站、轮船、码头的装卸设备也更新了一代又一代，迅速流动的传送带，只要按电钮就能上下的扶梯，甚至最简单的托运服务，为现代出行带来了极大方便。

的确，小扁担早已退出了历史舞台。

但是，现实永远改变不了历史。

在当年的条件下，小扁担担着行李货物，下楼梯、穿涵洞、过天桥，作为畅行无阻的“轻便武器”，曾经给多少人解了燃眉之急，又曾经温暖了多少人漂泊的心。

“小扁担会淘汰，但我想，扁担精神，也就是为人民服务的思想永远不会淘汰！”杨老充满深情。

2019年5月7日，中国远洋海运集团党组书记、董事长许立荣在上海交通大学，为广大师生讲了一堂国企公开课。课上，许立荣动情地说：杨怀远同志在船38年，始终以雷锋为榜样，甘当人民的“挑夫”，他挑着一根为人民服务的小扁担，从青年、中年一直挑到老年，始终不计报酬、不求职务，全心全意为人民服务，创造了让全国人民，乃至国际友人都为之敬佩的“小扁担精神”，这就是一名航海人的初心使命和职业坚守。

新中国航运发展70年，“小扁担精神”激励了一代又一代中远海运人。如今，中远海运这艘巨轮已经成为全球最大的航运企业，承载着为全球“传递价值、连接梦想”的商业使命。

新时代，新航程。

我们如何读懂杨怀远和他的“扁担生涯”？

我们每一名共产党员，从小扁担上的字里行间，能够破译什么样的“精神密码”？

我们每一个奋斗在平凡岗位上的人，又该向杨怀远学习些什么？

——爱党爱国的政治品格。

这是杨怀远的精神底色，也是他矢志不渝的奋斗坐标。

在他摆满荣誉的“工作室”的书架上，端端正正摆着一个小学生送给他的刺绣——金色党徽。经历过苦难的杨怀远，对党无限热爱，正是这份感恩之心，化为他的行动力量。

——如饥如渴的学习劲头。

从一个文盲到深读《毛泽东选集》《资本论》，从不识字母到熟悉英语会话，这是多大的跨越！只要得空，杨怀远片刻不歇，工作中学，书本上学，社会里学。杨怀远说，服务工作是一门艺术性很强的学问。

当然，他学了一辈子还没学完的是“雷锋精神”：雷锋精神雷锋情，年年月月牢记心。三十八年从未淡，奋力追求到如今。

——全心全意的服务理念。

五等舱是客轮等级最低的舱，位于轮船的最底层，服务对象也是社会的最底层。这是杨怀远主动要求工作的岗位。

杨怀远的服务观：服务总是相互的，今天你在这里为他人服务，明天他人在那里为你服务，谁也离不开别人的服务。服务工作做好了，就能做到“不在炉前能出钢，不在地里能打粮，不搞科研出成果，不在工地起楼房”。

—— 一点一滴的细节功夫。

细微之处暖人心，杨怀远用无数件小事，无数个细节，铺就了这条不朽的“扁担小道”。可贵之处在于通过一点一滴，搭设了客轮和旅客之间的连心桥，通过日复一日，找到了理想与价值的交汇点。

——尽心尽力的职业操守。

退休多年的杨怀远回首往事，慨然道：“为了人民挑扁担，春夏秋冬挑不闲。别人退休欢天喜地，我退休哭了好几场，我舍不得离开旅客。”

挑扁担、扫垃圾、拖地板、倒痰盂、刷厕所、送开水、铺床单……在最平凡的岗位上，杨怀远成就了“行业状元”，创造了“扁担传奇”。

——任劳任怨的工作作风。

杨怀远说，共产主义的理想是美好的，但是理想需要用艰苦的实践来实现。既然把服务员作为自己的终生职业，就要有热爱旅客的“三不怕”精神：不怕苦、不怕脏、不怕烦。

几十年如一日，杨怀远的扁担上饱浸汗水、雨水和泪水。

——不骄不躁的干事方法。

受到表扬，他从未沾沾自喜。

获得荣誉，他深感惴惴不安。

遇到矛盾，他有一句名言：这矛盾，那矛盾，主要矛盾在自身；这原因，那原因，主要原因在内因，归根到底还是要改进服务才行。

杨怀远就像一面镜子，照出了我们在为人处世中的差距。

——能文能武的过人本领。

武能挑重担，文能写诗歌。

这不正是一名职场工作者追求的复合型素质吗？

——善始善终的执着态度。

一名小学生在作文里写道：杨怀远爷爷用他的人生经历告诉我们，什么叫“在平凡的岗位上创造伟大”。

伟大，是坚守出来的。

杨怀远学雷锋不是一阵子，而是一辈子。

——载沉载浮的坦荡胸怀。

小时候，家徒四壁，受尽欺凌。

“文革”中，打压批斗，受尽委屈。

挑扁担，被人诽谤，惹尽争议。

岁月沉浮，坦然面对，杨怀远从来无怨无悔。

——无私无欲的清风正气。

他放弃职务，用一生行动践行了一名共产党员的承诺。

他拒收小费，用一身正气塑造了一名共产党员的人格。

一己私利面前，他是“戆大”。

大是大非面前，他是楷模。

——有血有肉的高尚灵魂。

杨怀远的诗歌短小而生动，杨怀远的故事琐碎而无奇，但把他的一切汇聚在一起，总能让人的眼前浮现出一个年代久远的身影——一位身材高大的中年汉子，肩上挑着重担，左手搀着老人，右手牵着孩子，笑呵呵地往前走。

他的小扁担，这头挑起的是重重的行囊，那头承载的是高尚的灵魂。

“天下万物何所求？只求为人民服务到白头”，杨怀远用执着追求铸就了新中国航运史上永恒的丰碑。

登高英雄传奇

◎文/张荣文　金　伟

有的人活着，他已经死了；有的人死了，他还活着……

——臧克家

薄雾如纱，细雨如丝，两山间的树木苍翠欲滴，随风摇曳，给烟锁雾罩的陇海铁路八号桥，增添了几分神秘的色彩。

2020年5月15日，在登高英雄杨连第牺牲68周年纪念日之际，我们驱车来到这个令人神往的地方。

近百年的风雨侵袭，承载着杨连第登高壮举的八号桥，已被岁月的锈蚀所涂抹，二号桥墩下“英雄登高处”的标牌，标识着这里曾经发生过惊心动魄的一幕，唤起人们对英雄的追忆。桥墩上那些裸露的铁夹板，虽然已是锈迹斑斑，但作为登高壮举的见证者，日复一日地向来访者讲述着那段前无古人、后无来者的英雄传奇。

一、英雄传奇与英雄时代

1949年，解放战争进入最后的大决战阶段，中国人民解放军以摧枯拉朽之势四面出击，风卷残云，国民党政权苟延残喘在做最后的挣扎。是年4月，杨连第由随军职工转为中国人民解放军战士。同年8月，杨连第所在部队接受了修复陇海铁路八号桥的艰巨任务。

八号桥位于陇海铁路洛阳至潼关段、三门峡市观音堂镇观音堂村以西三公里处的崇山峻岭之中，全长152米，共有桥墩5座，最高的桥墩45米。桥东端是陡峭的槐沟山，铁路从槐沟、干濠两座隧道内穿过。桥西端是西山，5座桥墩由西山顶上直上直下依次排下来，最高的二号桥墩深至沟底，两端贯穿着三座隧道。陇海铁路八号桥以惊人的高度，险峻的地形，荣登当时全国最高桥金榜，位居闻名全国的三大险要工程之列。

陇海铁路东起江苏连云港，西至甘肃兰州，是中国第一条贯穿东西的交通“大动脉”，始建于1904年。陇海铁路伴随着军阀混战，烽烟四起，战争频仍，沉沉浮浮，建建停停。而要塞工程——八号桥则是修建于1922年，乃法国、比利时工程师共同设计施工，先后历时4年之久才得以竣工。1944年日寇进攻中原时，国民党军队将八号桥彻底破坏。1945年，日寇投降后，国民党政府请“美国工程师使节团”为设计者，先搭建一座木架桥通车，然后再用钢筋混凝土筑墩。

两年之后，随着解放战争的进展，刘邓大军渡过黄河，挺进中原，国民党军队在狼狈逃窜时，八号桥再一次遭到严重破坏，断裂的桥梁横躺在山谷中，水流湍急的山涧散落着扭曲的钢轨、崩落的水泥块，满目狼藉、遍体鳞伤的5座混凝土桥墩，在两山之间孤独地矗立着。

翻开八号桥的建筑史，就是一部浓缩的中国社会近代史！

进军大西北，陇海铁路是最主要的运输线，八号桥则是一夫当关、万夫莫开的要塞。附近观音堂车站上亟待运往西北前线的粮食、武器弹药及其他军需物资堆积如山，抢通八号桥十万火急，刻不容缓，上级要求在最短时间内修复八号桥。

要修复桥梁，必须爬上桥墩顶部，将上面平整后架设桥梁。但如何登上桥墩成为最大的难题。工程部门最初计划是在桥梁两端山顶打桩，然后架起钢索吊桥，绑上滑轮，再用卷扬机和吊斗运送人和材料。第二个方案就是用大家常见的办法——在桥墩的四周搭建脚手架。

第一种方案，需要200米长直径为30毫米的钢索，否则承载力达不到，这在当时根本买不到。第二种方案共需脚手杆两万根，绑扎钢丝5000公斤，这些必备材料在兵荒马乱的年代，不仅一时筹集不到，而且时间也不允许，两种方案都被否决。

“时势造英雄”，“沧海横流，方显英雄本色”。这些名言警句再次在杨连第身上得到验证，正是解放战争这一波澜壮阔、英雄辈出的时代，将杨连第这样普普通通的新战士，推上历史的大舞台。

是解放战争的炮声，穿越了重重叠叠的隔断层，激活了群众的智慧。

一连几天，杨连第和赵世全等十几名战士就围着桥墩来回转，细心观察，冥思苦想。深夜，杨连第独自到桥墩下观察，借助月光，他看见二号桥墩的向光一面有两行排列不规则的铁夹板裸露在外面。再细看，每个夹板都有个圆孔，他心里有了底。第二天，杨连第勇敢地向上级提出“利用墩面上凸出来的铁夹板，绑扎单面云梯登上去”的想法。

这一办法提出后，又经过广泛的讨论、反复研究，得到大家的赞同，团首长批准了这个方案。

9月20日上午，登高开始，附近的老百姓纷纷抬着木头、带着工具前来助战。团政委将一面红旗授予杨连第，并庄严地讲道：“同志们，全团都在注视着你们。你们是修复八号桥的先锋，这面红旗你们要想方设法插到墩顶上！”杨连第坚定地回答：“请首长放心，我们保证完成任务！”

如果你不曾身临其境，很难想象飞身攀登陇海铁路八号桥的艰险程度。

两山对峙、沟深谷险、桥墩高耸，站在地下抬头仰望，令人头晕目眩。在当地村民口中，也传颂着“八号顶，八号顶，掉下来摔成饼”的民谣。且不说在铁夹板上施工作业，单是能够登上铁夹板，并敢在上面站立的就不失为英雄好汉。桥墩上裸露的铁夹板，只有四指宽，30厘米长，仅可站立一个人，靠一根带钩的木杆，登上铁夹板，然后一只手扶着墩壁，另一只手再举着木杆钩住上面的铁夹板逐级攀登，一旦体力不支或者稍有不慎，就会粉身碎骨。

当杨连第登到20多米高的时候，铁夹板越来越稀少，由间隔3米变为间隔5米，杨连第试了几次都钩不到上面的铁夹板，急得班长刁树贵直冒汗，在下面大声喊道："危险，快停下来！"杨连第只是向班长喊了一声："放心吧！"他深吸一口气，踩着铁夹板，踮起脚尖，用一只手按着光滑的水泥墩面，另一只手举杆，沉着地用杆钩钩住了上面的圆孔，随即便纵身爬了上去，下面的战友们无不为他捏了一把汗。杨连第大喊了一声："同志们，上啊！"战友们也跟着将云梯搭了上去。

云梯渐渐接近墩顶，下面围观的群众也越来越多。团首长和战友们捧着鲜花，带着锣鼓来到现场，准备庆贺登高的胜利。然而，当杨连第就要攀登到墩顶时，却被突出来的桥墩檐挡住了，笔直的长木杆不能拐弯，无法钩到墩顶的铁夹板，意外的情况让在场的人们都屏住了呼吸。这时，杨连第发现桥面有一根被炸断的钢轨突出在墩檐外，便解下腰间的绳子，甩上去套住钢轨，试拉了几下，然后用两脚蹬着墩壁向上攀。刚上了几步，就感到双手被绳子勒得酸疼，身体沉重。但他咬紧牙关，终于抓住钢轨，翻身跃到墩顶。当他掏出怀中的红旗高高举起时，桥下一阵欢呼。来现场观战的老百姓都惊奇地说："解放军真是天兵天将啊！"

整平墩顶又是一项艰巨的任务。二号墩顶约有26立方米的钢筋混凝土必须在10天内全部铲掉，为了抢时间完成任务，杨连第只身一人，在面积3平方米的墩顶，仅靠一块木板作掩护，用土炸药连续爆破100多次。他的耳朵被震聋了，头被震晕了，仍然坚持不下火线，直到完成全部任务。10月18日，八号桥重新架好，提前20天胜利通车。铁道兵团党委给杨连第记大功一次，并授予他"登高英雄"的光荣称号。

1950年10月，杨连第出席全国第一届工农兵战斗英雄、劳动模范代表大会，并被选入大会主席团，受到毛泽东主席的接见。

二、英雄精神与英雄性格

就杨连第攀登陇海铁路八号桥的壮举，笔者曾有幸两次采访杨连第同班战友、他的入党介绍人，曾任铁道兵一师一团一连连长的胡占芳（退休前为铁道兵第一师第五团副团长），撰写了《我与英雄在一起》的通迅稿，刊登在有关媒体上。

据胡占芳讲述，杨连第之所以能够不畏艰险、视死如归、勇攀高峰，绝不是逞一时之勇，而是有着别人所不具备的思想、技术和性格。

杨连第是天津市北辰区北仓村人，1919年出生在一个农民家庭。因家境贫寒，杨连第14岁就不得不肩负起养家的重担，曾给人帮工种地，站柜台当伙计，15岁到鞋厂当学徒工。日本侵占天津后到城里蹬三轮车，1943年被日伪当局抓去当电业工人，登高架线，终日奔波，拼死劳作，仍不得温饱。

1945年9月，当八路军领导的冀中民主政权——天津县政府在北仓村开展减租减息、反奸清算斗争时，杨连第主动参加了村农民协会，成为一名农会会员。

11月初，国民党94军进驻天津后，开始蚕食津郊解放区，北仓人民重陷苦海，杨连第被迫再到鞋厂当学徒，不久被解雇，只好重操旧业当三轮车车夫，之后又到建筑工地学做架子工。苦难岁月的磨砺，使杨连第养成了坚实、刚毅、忠厚、认真的性格。

人们常说，性格决定命运。这话是很有道理的，性格乃是一个人的性情和品格，性情往往决定人的处世态度，品格决定人的品位和风格。鲁迅先生曾言："南人北相，北人南向者贵。"意思是说，就性格特点而言，北方人忠厚但有点愚钝；南方人灵活，但带点狡猾。只有那些忠厚但不愚钝，灵活但不狡猾的人，才能成就事业。我们可以细数一下，无论是战争年代的杨连第、黄继光、邱少云那些战斗英雄，还是和平时期的雷锋、焦裕禄、孔繁森这些光辉榜样，甚至包括历史上那些为国为民的侠之大者，尽管时代不同、作为不同，但在性格上都有着相同的一面，那就是思虑忠纯、大智若愚、坚实刚毅，聪慧但不乖巧，执着但不张扬，纯朴但不愚钝，勇敢但不莽撞，慎于言而敏于行。

杨连第身高力大、不善言辞、不苟言笑，干活不惜力，父亲杨玉璞怕他吃亏便经常劝他："干活别太欺了。"（欺字，在北方就是太实在的意思）可他总是憨厚地一笑："早干晚干都得干，干完不就完了！"

有一年，杨连第的邻居盖房子，杨连第去给人家绑扎脚手架，脚手架所用木杆长达三四米，别人两人抬一根，三个人立一根，而杨连第一个人扛一根，一个人将木杆横移至挖好的坑内竖起，并绑扎妥当，引得众人都停下来看他的个人表演。

这之后，“架子工是杨连第的绝活”便被广泛传开，也为他成为闻名于世的“登高英雄”和屡创遇水架桥的奇迹奠定了基础。

解放天津的时候，村里召集青壮年给解放军抬担架，杨连第奋勇争先。一天晚上回到家，家人看到杨连第身上、脸上，甚至连耳朵眼里都是泥土，就问他是怎么回事。他说，抬担架时，一颗炸弹在身边爆炸，他不顾一切地趴在担架上，用自己的身体掩护伤员，结果三个人都被炸飞的泥土掩埋，等他们从泥土里钻出来，都成了土人。

杨连第这种舍生忘死、锲而不舍的“韧劲”“欺劲”，后来被部队首长和战友们誉为“杨连第性格”。

1949年初，当天津市军事管制委员会布告军队招收技术工人时，而立之年的杨连第感到圆军人梦的机会来了。在家人的支持下，他与堂叔杨万生等架子工一起参加了中国人民解放军，成为铁道纵队一支队桥梁大队三连的随军职工，享受薪金制，3月13日，随队移驻河北省滦县。

1949年4月，已由工转兵的杨连第，随所在部队奉命修复被炸毁的石家庄至北戴河铁路76号桥，上级要求先保证下行线通车。当时没有大型设备，战士们按照杨连第提出的施工方案：在地上搭建起枕木垛，用短钢轨撬起上行线塌落的钢梁，再往上垫枕木，然后将顶起的钢梁运至下行线，此方案一举获得成功，杨连第受到连队表扬。接着抢修71号桥。由于用力过猛，杨连第不慎从桥墩上摔下来，跌破了头部。经医生救治苏醒后，第二天就带伤上工地。

1950年10月19日，根据中共中央的战略决策，中国人民志愿军雄赳赳、气昂昂跨过鸭绿江，开赴朝鲜战场。10月25日，杨连第报名参加中国人民志愿军铁道兵团，被编入一师一团一营一连，首次战斗任务是，在边境之城集安修一座跨鸭绿江的铁路便桥。

第一夜，百余斤重的枕木，杨连第一个人“偷偷地”扛了30根，行程70多里。第二夜起，他和战友们冒着美军的狂轰滥炸，开挖5000多立方米沙石料，7天完成任务。在班务会上，杨连第鼓起勇气向党小组长胡占芳表示："我一定要争取入党。"

11月6日，杨连第所在部队从集安正式入朝，12月中旬，部队星夜赶往大同江北岸，在抢修大同江桥的同时，新建了一座便桥，为志愿军第三战役保持强大攻势做出贡献。

1951年1月，沸流江大桥被炸断，上级令一团四连在7天时间内修复，四连请杨连第指导施工。刚刚填写完入党志愿书的杨连第随即赶往工地。经细心观察，基本掌握敌机出没规律，他指挥战友们采取"猫戏耗子"的战术，敌机来袭，他们就顺着事先系好的绳子，下桥隐蔽，待敌机一走，他们又马上顺着绳子上桥抢修，提前3天完成任务，一改白天躲避轰炸，晚上借助夜幕修桥的惯例，开创了白天照样可以修复桥梁的奇迹。

1951年7月，杨连第所在的一连转战到了位于满浦至平壤铁路线上的清川江大桥。

战斗在激烈地进行着，大编队的敌机群，昼夜不停地把炸弹倾泻到铁路沿线，清川江大桥3号墩被炸塌，钢梁沉落在江底，运输中断。团指挥所限令一连8天内修复清川江大桥。

修复桥梁必须先架一座浮桥，以便人行往来，运送材料。连队把选定浮桥位置的任务交给了胡占芳和杨连第。他们两个人手拉着手向江中蹚去，江面水流湍急，江底弹坑累累。杨连第没走几步，就掉进一个深深的弹坑，胡占芳急忙抓住他的胳臂，把他拉了上来。

经过反反复复的四次勘探，哪里有弹坑，哪里有钢梁，哪里有断轨，他们都摸得一清二楚。选定架设浮桥的位置后，全连奋战两天两夜，一座人行浮桥横越在清川江上。

"天有不测风云"，暴风雨又来了。一时间，浓云密布，雷电交加，瓢泼似的大雨，倾盆而泻，雨点打得人们睁不开眼。顷刻间山洪暴发，势如破竹，浮桥又被冲垮了，几天来付出的劳动化为乌有。

杨连第与战友们没有气馁，又试验着架设了"枕木垛钢轨桥""水上木浮桥""油桶内穿方木桥"等11座浮桥，均因水流太急未能成功。其间，杨连第曾被巨浪卷入6米多深的江中，当战友们在百米外将他救起时，不省人事的杨连第仍然紧握着那把从不离身的铁钳。战友们事后问他为什么不把钳子扔掉，他说：“扔了还怎么工作啊！”

江水还在不断上涨，但桥必须尽快地架起来。几经研究，上级决定让杨连第到河对岸去，帮助二连利用原桥墩，搭设一座吊桥。

到河对岸去？难啊！水深浪急、桥断墩塌，纵有千般本领，也难跨越。

杨连第那愁云密布的脸上，又骤集了几分焦虑。他站在江边，目光掠过汹涌的波涛，发现从上游漂流下来的大量圆木、方木，被三号桥墩拦截在那里，而且越积越多；对面四号桥墩一根被炸弯的钢轨，斜垂下来，被激浪冲击得摇摇摆摆。两个桥墩本来有20多米的距离，但堆积的圆木与被炸弯的钢轨却使两个桥墩之间的距离缩短了。

杨连第决定踏着积聚的木堆，从这里攀缘过去。他踏着水面上那些漂浮的积木，颤颤巍巍地向四号墩奔去。离那根斜垂的钢轨只有两米了，他尽最大可能使自己镇静下来，使尽全身的力气，纵身一跃，一把抓住了钢轨。钢轨猛然颤悠了两下，他牢牢地攀着钢轨，爬上了对面的桥墩。

江北岸的同志也为他深深地舒了一口气，又一次看到他精彩的登高表演。

杨连第带着两个小组，每人腰间挂一盏嘎斯灯，又一次开展了奇特的作业。他们先把长木杆绑在钣梁上，另一头直垂到离水面两米左右的位置，再绑上横杆和斜杆，使之纵横交错，一点一点地向两座桥墩之间延伸、延伸……吊桥终于架起了。通道有了，杨连第和战友们紧急抢运了250多根圆木，做成了一个巨大的木笼，又抢运了240多方片石，填满木笼，3号桥墩终于修复了。

被征服的洪水，驯服地流过清川江大桥。此时，杨连第又提出了架设钢轨浮桥，并用钢轨交叉插至江底锚定的方案。经30个昼夜的苦战，终于将大桥修复。为表彰杨连第的突出贡献，上级又给他记大功一次、小功两次，他领导的一排荣立集体功。

1951年3月6日，经党小组长胡占芳和党员董春正介绍，连队党支部大会通过了杨连第的入党申请，杨连第成为一名光荣的中国共产党党员。心情无比激动的杨连第庄严宣誓："戒骄戒躁，虚心学习，为人民铁道兵而奋斗，捍卫祖国，消灭一切帝国主义侵略者，永远做一个毛主席的好战士，为革命事业献出一切。"

1951年9月1日，杨连第参加了铁道兵团在沈阳召开的第一届英模代表大会，并入选主席团。9月中旬杨连第出席在京举行的全国铁路劳动模范代表会议，并当选志愿军国庆观礼代表。10月23日至11月1日，杨连第应邀列席参加了全国政协一届三次会议，再次受到毛泽东主席等党和国家领导人的亲切接见，并得到毛泽东主席和朱德总司令签名的照片。

1952年5月上旬，杨连第所在的连队再次转战到了清川江。

敌机对清川江的轰炸更加频繁起来，大桥一次次地遭到破坏，杨连第带领全连随炸随修。5月15日，炮弹爆炸后的浓烟尚未散去，此时已升任一连副连长的杨连第，带领着战士们到大桥上去检查。他发现新搭建起来的第三孔钢架，由于夜里过车太多，频繁的震动已使钢架移位5厘米之多。他和战士们正准备把钢架矫正，一颗定时炸弹爆炸了，一块弹片飞来，击中了杨连第的头部，祖国的好儿子——杨连第倒下了，年仅33岁！

在抗美援朝的日日夜夜里，杨连第和战友们用特有的坚忍、毅力和牺牲精神，抢修、抢建桥梁23000多次，抢修便线、便桥120多公里，抢修各种线路14600多次，抢修隧道120多次，总计达550多公里，用生命和鲜血筑起了一条"打不垮炸不烂"的钢铁运输线。

聂荣臻元帅曾对铁道兵的作用做了这样的概括："我们的铁道兵部队在抗美援朝战争中起了非常重要的作用。自从他们来了以后，朝鲜的铁路桥梁就成了‘炸不断的桥梁’，他们的口号是‘敌随炸，我随修，路随通。’他们凭借勇敢和技术，把大量抢修器材储存在桥梁附近，敌机一炸，立即进行抢修，很快就修通了。在保障铁路的斗争中，涌现出像杨连第等许许多多可歌可泣的英雄人物。”

为缅怀英雄业绩和表彰英雄行为，中国人民志愿军领导机关于1952年6月4日发布通令，为杨连第记特等功，授予“一级战斗英雄”称号，并命名杨连第生前所在的铁道兵团一师一团一营一连为“杨连第连”。7月下旬，国家铁道部接受中央戏剧学院、北大医学院、北京铁道学院等众多读者向《人民日报》提出的建议，将陇海铁路八号桥命名为“杨连第桥”，将大桥附近观音堂车站命名为“杨连第站”，并在桥头修建杨连第纪念碑和杨连第纪念馆。7月27日，天津县人民政府在英雄家乡北仓村召开3000多人参加的追悼大会，县长翟新、副县长于铁手捧烈士遗像和灵位步入会场并主持祭奠活动。

1953年3月15日，杨连第烈士灵柩从朝鲜清川江畔运回祖国。翌日，安葬在沈阳抗美援朝烈士陵园，与志愿军特级英雄黄继光、杨根思，一级英雄邱少云、孙占元等烈士相伴共眠。6月25日，朝鲜民主主义人民共和国最高人民会议常任委员会，追赠杨连第为“朝鲜民主主义人民共和国英雄”，授予英雄奖状、金星奖章和一级国旗勋章。

三、英雄精神与英雄团队

从八号桥桥下，沿着一条山间公路盘旋而上，到达大桥西端。桥头耸立着一座三棱体塑碑，三面都书有“杨连第大桥”五个熠熠生辉的大字，对面是登高英雄纪念碑和登高英雄纪念馆。在纪念馆墙壁上，印刻着再现杨连第登高壮举的巨幅照片，其中一幅是杨连第在最上面奋勇登攀，几十名战友在下面绑扎单面云梯。这幅珍贵的照片让笔者久久凝视，思绪绵绵：修复陇海铁路八号桥的壮举，是登高精神的展示，也是铁道兵精神的凝聚，登高英雄的背后必然有一大批登高勇士，一个奇迹的背后肯定有一个团结奋战的英雄团队。

猛士必出于卒伍！登高精神与团队精神相辅相成、相映相称！

团队精神的实质是一种力量，是一种默契与互补，这种力量与默契，是通过共同的信仰、协调的行动、相同的价值观念和顽强的工作作风凝聚起来的一种合力、众力。

在完成陇海铁路八号桥二号桥墩修复工作之后，三、四号桥墩架设云梯的登高工作，很快就在两天之内完成了，原因是担任登高和墩顶修复工作的全体干部战士，百分之九十五以上，都能熟练地进行墩上作业，登高壮举成为人皆可为的家常便饭。

英雄值得我们铭记，但那些默默无闻、无声无息的无名英雄，也值得我们赞扬，“我们从古以来，就有埋头苦干的人，有拼命硬干的人，有为民请命的人，有舍身求法的人……虽是等于为帝王将相作家谱的所谓‘正史’，也往往掩不住他们的光耀，这就是中国的脊梁”。

在修复八号桥桥墩的同时，为了尽快实现架梁通车，槐沟山洞凿掘工程也开始了。

八号桥因为桥隧相连，大桥与隧道之间的距离太近，没有场地组装架桥机，而苏联产的双臂架桥机是个庞然大物，必须在山洞外安装好，再从槐沟山洞内通过，以便架设80吨重的四孔钢梁。槐沟山洞长257米，有效高度5.2米，架桥机通过需要5.84米，这样就必须凿下半米多岩石，共计600立方米，三中队就担任了这一艰巨的凿掘工作。

9月19日，三中队曾进行了一次凿掘试验，发现底下完全是大青石，全中队300多人凿掘了一天，只凿下4立方米，照这样的速度完成全部工程，需要几个月的时间，工期不等人啊！如果采用爆破的办法，会因震动力太大，伤损山洞，甚至有震塌的危险。有着16年爆破经验的监工员杨自华，提出建议说：“只要小型爆破，管保不出问题。”当晚，杨自华就向中队领导递交了保证书，要求上级把爆破任务交给他，保证不发生任何危险。经过民主讨论，很快就得到了领导的批准。

9月21日，爆破工作正式开始了，全中队指战员钻进黑洞洞的隧道。漆黑的山洞里什么也看不见，隧道东段，泥水没过脚面，鞋子陷在里面，乱石渣子直绊脚。山顶上渗透下来的山水，不断地洒落在战士们的头上身上，战士们丝毫没有把这些困难放在心上，大家就把“谁英雄，谁好汉，山洞中间来考验”的标语，写在大石头上。点亮瓦斯灯火，“叮叮当当”的铁锤钢钻凿石岩的声音、“轰隆轰隆”的爆破声不时地从山洞里传出来。监工员杨自华亲自动手打眼下药，并耐心地告诉大家：“炸药量少了，崩不开石头，炸药量过大，容易崩坏山洞；炮眼方向要正，角度不能超过90度，歪了白费药，白放一炮不打紧，影响工期问题就大了。”他跑前跑后，对每一个炮眼都要仔细检查，一连五个昼夜没有合眼，他脸色蜡黄，眼窝深陷。实在熬不住了就靠在石头上眯一会儿。然而震耳欲聋的轰鸣声，又将他“唤醒”，于是赶忙站起来，投入打炮眼、装炸药的工作中去。

爆破工作进行到三分之一时，战士们用箩筐向洞外挑运石渣，因为洞内漆黑，又湿又滑，碰伤脚，磕破腿那都“不是事儿！”战士小尤被钢钻扎伤了脚，鲜血直流，他毫不在意地说：“轻伤不下火线，这点伤算什么。”仍旧低头继续干活儿。

在阴森森的山洞里，战士们光着膀子，任凭汗水从头顶流到脚底。经历了9个昼夜的紧张战斗，终于在29日下午，全体指战员带着满脸的汗水、满身的泥浆，高喊着“胜利了！”从洞里钻出来。9天的工夫，放炮1500次，掘出石渣600余立方米，架桥机从山洞里顺利地通过。

在这里需要提及的一点就是，在八号桥整个修复过程中，苏联工程专家功不可没。苏联工程专家西林、史密尔朵夫、也力民可夫三位同志于9月17日到达现场，立即对整个工程进行了详密的勘察和测量。因5座桥墩被破坏后都有裂纹，原计划决定对有裂纹的地方进行修补，并在桥墩四周进行钢筋混凝土加固。照此计划，共需要混凝土800多立方米，钢筋80多吨。经苏联工程专家详密勘察计算后，认为除了一号桥墩因破坏严重需要加固外，其他的桥墩支撑力量已经足够，出现裂纹部分插入钢管用空气压缩机进行灌浆就可以了。

这一计划变更后，只需要混凝土250立方米、钢筋10吨就够了。除人工之外，据当时的物价粗略估计，就要节省人民币两亿元（旧币）以上。

在八号桥修复过程中，遇到了中原地区连绵的雨季，现场暴雨连连，战士们一如水洗。天一晴，现场又炎如火煎，战士们的汗水像雨水一样往下淌，大家都相互鼓励说“大西北老百姓还在受苦呢！咱们遭点罪不要紧”。晚上就睡在潮湿的帐篷和山洞里，很多同志因此长了疥疮，由于寒暑交加，病倒的人不在少数，但没有一个叫苦叫累的。

所有干部战士、工友都以革命的英雄主义精神，忘我拼搏、奋不顾身。战士魏国忠扛枕木，别人每天扛40根，他扛64根。大家为了提前修复八号桥，都付出了全部力量。

无论是八号桥的修复，还是抗美援朝的胜利，都是中国人民不屈不挠、团结奋进的结果。有人说，贫穷就会挨打。清道光年间，中国的GDP占全世界的三分之一，照样被八国联军的坚船利炮攻破国门。有人说，落后就会挨打，新中国成立之初，无论是经济上还是武器装备上，中国与美国的差距判若云泥，但中国人民志愿军照样把美国打得在停战书上签字画押，决定战争胜负的主要因素还是世界万物之灵——人！

年龄较大的同志可能看过《激战无名川》那部老电影，那是由原铁道兵后勤部助理员郑直所著的同名小说改编的，小说以当时的铁道兵团一师一团二连“激战百岭川76昼夜”的真人真事为基础撰写（百岭川，小说中为无名川；当时的二连，小说中更改为九连）。由铁道兵团颁发的“激战百岭川七十六昼夜二等功臣连”的锦旗，现在就悬挂在中铁十一局集团的荣史馆。

1952年春节前夕，杨连第随志愿军归国代表团华北小组到天津向父老乡亲汇报工作，回到家乡北仓。热情的乡亲们，在北仓村布置了会场，给杨连第披上红绸带，戴上大红花，还用古朴的“拉骆驼”方式（由十几位青年举起一个人当作“骆驼”，嘴里衔着红绳，由一人牵引，让杨连第坐在“骆驼”身上）将英雄送到家门口，表达对英雄的敬慕之情。随后，杨连第又赴各地向祖国人民汇报志愿军的英雄业绩，受到热烈欢迎。

1952年3月，已升任连队副连长的杨连第回到了朝鲜战场。这时，连队已转战到了百岭川大桥，这里是满浦线上的枢纽，自然成为敌人轰炸的重点目标，为抗击敌军反复实施的“绞杀战”，上级才调一连紧急增援。

杨连第不顾旅途劳顿，第二天就赶赴战场，只见10座桥墩中的5座已被炸坏，钢轨枕木散落一地。此时，敌机再次飞临百岭川大桥，炸掉三孔桥梁，当杨连第查看到第六孔桥梁时，一颗定时炸弹爆炸，气浪把他掀倒，前额碰出了一个大口子，苏醒后的杨连第包扎着绷带重回工地。急红了眼的美军“黑寡妇”飞机两架一组、三架一群轮番在高空盘旋，不时地从志愿军的防空炮火中钻出来。突然，巡道组的马德友报告大桥左边河滩上有一颗定时炸弹，杨连第赶过去用手摸了摸说：“还不热，没事，把它清走！”

天刚擦亮，敌机又不停地在空中盘绕，趁机俯冲下来，百岭川大桥上正通行着一列满载粮食的给养列车，敌机甩下一排炸弹和几颗燃烧弹击中了列车，最后一节车皮起火，司机赶忙把燃烧着的列车开到桥南的山洞里躲避。

山洞内烈焰滚滚，火光冲天，焦味呛鼻。杨连第喊了一声：“跟我上！”十几个战士上去，把车钩一摘，齐心协力地把着火的车厢推出山洞，给养车终于幸存了下来，但大家的衣服烧烂了，手上、脸上都被燎起了火泡。

这时大桥的第二、第三孔排架，也被燃烧弹烧着了，杨连第又招呼大家立即奔赴桥上救火，有的战士没有救火工具，就把上衣脱下来在江里浸泡一下，到排架上扑打火焰……每个人都像从火堆里扒出来的一样，头发眉毛也都烧焦了，满身熏得乌黑。大火终于扑灭了，百岭川大桥又继续通车了……

就这样，在上有飞机轰炸，下有定时炸弹威胁的情况下，杨连第和他的战友们战胜千难万险，始终保证交通大动脉的畅通，建起了“打不烂、炸不断”的钢铁运输线，以至美国《合众社》发出如下电文：“在差不多一年来，美国和其他盟国的飞机一直轰炸共产党的运输线，但朝鲜仍有火车在行驶……坦白地说，他们是世界上最坚强的建设铁路的人。”而美八军军长范弗利特也不得不感叹：“虽然联军的空军和海军尽了一切努力……然而共产党仍以令人难以置信的顽强毅力把物资运到前线，创造了人间奇迹。”

四、英雄精神与精神传承

2002年5月，时任中央军委副主席兼国防部部长迟浩田，在视察青藏铁路格尔木南山口铺轨基地时，发表了热情洋溢的讲话，他说：“我参加了五十多年前的抗美援朝。那时我们的铁道兵里有一个杨连第，我很熟悉。他和他的战友们修筑了打不垮、炸不烂的钢铁运输线。边打仗边修路，白天铁路被炸坏，晚上就立即修好，这就让美国人，让杜勒斯感到奇怪，为什么那铁路线就是打不垮、炸不烂呢？从这里我们就看到了中国人的勇敢和气魄……”

在英雄牺牲50周年纪念日之际，迟副主席又亲笔书写条幅，上联：学连第，勇攀高峰；下联：求创新，与时俱进（此条幅现存中铁十一局荣史馆）。

迟副主席的条幅内容既概括了英雄精神的内核——勇攀高峰，又表述了学习弘扬英雄精神的真谛——与时俱进。

缅怀先烈壮举，传承英雄精神，寻找英雄精神对当代社会的召领、启发、示范、鼓舞作用，凝聚起实现民族复兴的伟大力量，是我们采写这篇报告文学的初衷。

英雄，从来就是民族精神的火炬，而敬仰英雄、尊崇英雄、学习英雄、捍卫英雄，是一个国家、一个民族崛起必须拥有的价值取向，体现着中华民族数千年来的家国情怀，代表着中国人民自立自强的坚定信念。郁达夫曾告诫国人：“没有伟大的人物出现的民族，是世界上最可怜的生物之群；有了伟大的人物，而不知拥护，爱戴，崇仰的国家，是没有希望的奴隶之邦。”

无论是战争年代还是和平建设时期，杨连第登高精神已不再是一种个人行为的标识，而是艰苦奋斗、自强不息创业精神的彰显；是不畏艰险、勇攀高峰进取精神的凝结；是报效祖国、服务人民爱国精神的结晶；是干一行、爱一行敬业精神的体现；是开拓进取、勇争一流创新精神的展示；是爱岗敬业、认真负责、主人翁精神的集中反映；是踏实严谨、精益求精工匠精神的精彩写照。杨连第登高精神既有厚重的信仰导引性，又有强烈的现实针对性和文化塑造性，是我们这支队伍无坚不摧的强大精神支柱。

历史的辉煌不能继承，但文化传统不能割裂。每个时代都会对既有的文化传统做出新的发掘；每个时代的文化实践，都会在激活传统文化的合理内涵中，赋予新的时代内涵。尊崇、学习、弘扬英雄精神，不仅是对英雄的缅怀，更是对民族信仰的确立，是对中国共产党人理想信念的坚持，是对新时期核心价值观的传承。

学习、弘扬、传承杨连第精神，既是时代的要求，也是人民的期望。

1957年5月15日，在杨连第牺牲5周年之际，天津各界广泛开展纪念活动，朱德元帅亲笔题词："继承革命传统，建设伟大祖国。"彭德怀元帅题词："杨连第烈士，热爱劳动，热爱祖国的英勇顽强奋不顾身的国际主义精神，将永远活在中国人民和朝鲜人民中。"

1957年5月，郑州铁路局和陕州区人民政府在八号桥北修建了"杨连第烈士纪念碑"、杨连第烈士纪念馆。2001年，被原中国铁路总公司和郑州铁路局确立为爱国主义教育基地、党员教育示范基地。

岁月的流逝虽能抹去人们的许多记忆，但人民始终没有忘记英雄。1962年5月，在英雄牺牲10周年前夕，铁道兵领导机关派人向杨玉璞老人赠联缅怀英雄："碧血化长虹，清川江浩浩留千古；赤胆吟高歌，八号桥巍巍塑英姿。"

1972年5月，杨连第生前所在部队铁道兵一师一团副团长谷中元、时任杨连第连连长钱兴宽和杨连第生前所在班战士胡兴杰，代表全团官兵到北仓慰问烈士家属。

1975年10月25日，杨连第夫人阎福珍作为唯一烈士家属代表，应邀参加中国人民志愿军赴朝参战25周年庆典代表团，受到朝鲜人民贵宾般的欢迎。当金日成主席接见代表团成员时，李政委风趣地介绍阎福珍是"陆海空三军司令"，说："她的4个孩子中，有3个分别加入了海军、陆军和空军！"金日成主席高兴得哈哈大笑。第二天，朝鲜政府举行欢迎宴会，金日成主席亲自给阎福珍敬酒，并用汉语深情地说："你是革命的妈妈！"1982年6月，杨连第连指战员盛情邀请阎福珍及长子杨长林、长女杨长云、次子杨长勇、次女杨长荣及长孙到连队，连队向英雄的家人汇报了30多年来连队在杨连第精神鼓舞下取得的成就和进步。此后，杨连第生前所在单位中铁十一局集团一公司，同样始终与英雄的家人保持着紧密联系。

1984年4月4日，杨连第烈士的大理石雕像矗立在北辰区集贤公园的苍松翠柏之中，1995年9月8日，杨连第公园、杨连第纪念碑和杨连第纪念馆，在天津市北辰区落成。1996年10月4日和1997年4月22日，杨连第纪念馆先后被确定为“天津市国防教育基地”和“天津市青少年爱国主义教育基地”。

1991年5月15日，杨连第汉白玉雕像在原铁道部第十一工程局襄樊市荣史馆前落位，时任国家副主席的王震，亲笔为雕像题名“登高英雄杨连第”，原铁道部部长李森茂到会为杨连第雕像揭幕。杨连第纪念馆分别被湖北省和原襄樊市（现为襄阳市）确定为“爱国主义教育基地”。

2001年，沈阳市昆山四小、天津市河北区启东小学率先创建“杨连第中队”，2002年分获“全国百优中小学英雄团队集体”。2006年5月25日，天津市和平区创建社区“杨连第中队”。

2002年5月15日，在纪念杨连第牺牲50周年之际，辽宁省委、省政府、省人大、省政协、天津市民政局、天津市北辰区委区政府、中国铁建总公司、中铁十一局集团有关领导，以及杨连第的夫人阎福珍及其子女，到沈阳市北陵抗美援朝烈士陵园，祭扫烈士墓，向英雄杨连第敬献花环。时年已78岁的杨连第的老战友胡占方，不顾年老体弱，在女儿的搀扶下走到烈士墓前，流着泪对战友说：“你的后来人脱下军装，但没有丢掉你的精神；时代变了，但没有忘记过去的光荣传统。我们后继有人、事业有望，你在九泉之下也应该感到自豪和欣慰了！”

这些年来，杨连第精神早已播种于祖国大江南北，在祖国各地生根开花。杨连第精神深深植根于杨连第连、杨连第中队、杨连第大桥中。人们没有忘记他，祖国没有忘记他，他的精神永世流传，在新时代社会主义文化建设中、在新时代加强党的建设中，绽放出新的灿烂成果。

登高英雄杨连第生前所在单位——中铁十一局集团一公司，更是把学习、传承、弘扬杨连第登高精神，作为企业发展的动力源泉，努力建设以杨连第“登高精神”为内涵的企业文化，做到“外化于行、融化于为、内化于心”，让登高精神入室入户入工地，入心入脑入生活，融入每一个员工的行动之中，深深地植根于全体员工心中，做“杨连第式的好干部”“杨连第式的好员工”，从而凝聚起磅礴的力量，推动企业在改革创新中阔步前行，使“登高”文化成为企业的品牌，让“登高”文化扬威于蔚蔚蓝天之下，树碑于苍茫大地之上。公司被中国铁建确定为企业文化建设示范基地，荣获“全国五一劳动奖状”，连续多年被评为“全国优秀施工企业”，荣膺“全国文明单位”称号！

杨连第离开我们已久，但杨连第精神永远是我们不断“登高”的强大动力！

催化之光永恒

——记“最美奋斗者”闵恩泽院士

◎文/中国石化党组宣传部　左佳齐

【催化】亦称“催化作用”。催化剂起到使化学反应速率增大的作用。其特征是催化剂能明显降低反应的活化能，缩短达到平衡的时间，但不能改变平衡状态，它自身在反应前后的化学性质和质量不变。

——《辞海》词条·代题记

一

时间：2008年2月17日晚

地点：北京中央电视台演播大厅

面向全国观众播放的电视节目：“2007年度感动中国人物”颁奖盛典

颁奖台上，一桌两椅。桌的一边，坐的是央视著名主持人白岩松。桌的另一边，坐着一位满头银发、风度儒雅的老人。他就是中国炼油催化应用科学的奠基者、石油化工技术自主创新的先行者、绿色化学的开拓者、当选为2007年度感动中国人物的石油化工催化剂专家闵恩泽。那年，他84岁。

顺着刚才播放事迹短片中所说的闵恩泽曾患腺癌的话题，白岩松幽默地问道："闵老啊，40多年前的癌症被您给弄哪儿去了？"

"实际上啊，我现在身上还有一个癌，叫前列腺癌，但是别人告诉我，这个癌的发展是最慢最慢的，将来出问题不是它，不要担心。所以我也没有担心。"闵恩泽同样不无幽默，有点答非所问地回复道。

白岩松接着又问："我听医生说，一般很多人如果得了癌，其中一部分人就是被吓死的，您难道从来没有害怕过？"

闵恩泽慢悠悠地笑答："主要是心态，要放得下。不要老想它。我女儿说，我爸爸脑子很单纯，成天就想他那个催化剂。我成天想催化剂，癌症这些我就不大想它了。只要它没有影响我的健康就行。"

见老人心胸如此豁达，白岩松满意了，于是话题一转："好多人说您就是他们的催化剂，我该怎么理解这句话呢？闵老。"

闵恩泽略微思索，答道："那应该是指周围跟我一起工作的人，这里面关键是要把他们催化在一起，要形成团队，形成活力，让他们各尽所能，发挥他们的才华！说我起催化剂作用，应该就是在这个方面，不知道说得对不对？"

"对。谢谢您，闵老。谢谢！"白岩松频频点头。

这时，颁奖台上另一位央视主持人敬一丹那磁石般的声音在演播大厅里响起："感动中国推选委员陆小华，对闵恩泽有这样的评价：以知识报效国家，凭贡献乐享人生。"

"感动中国推选委员任卫新，在推荐闵恩泽的时候是这样写的：青春投学，爱国有志。耄耋赤子，报国有恒。成就卓著，贡献卓绝。桃李不言，下自成蹊。"

接着，敬一丹以更加洪亮的声音朗诵道："现在，我宣读感动中国组委会给予闵恩泽的颁奖词：在国家需要的时候，他站出来！燃烧自己，照亮能源产业。把创新当成快乐，让混沌变得清澈，他为中国制造了催化剂。点石成金，引领变化，永不失活，他就是中国科学的催化剂！"

掌声经久不息，颁奖台中央巨大的"花岗岩石柱"的立面，亮起了"闵恩泽"的名字，接着转换为4个金光灿灿的大字：人生如炬。

在掌声中，在"人生如炬"的巨型字幕下，闵恩泽接受了鲜花和奖杯。

人生如炬。这4个字，是对闵恩泽一生的精准概括，也是其人生的真实写照。燃烧的是自己，照亮的是国家的能源产业，他所奠定的炼油催化剂技术支撑了我国炼油工业的发展和油品升级换代的需要，实现了我国炼油催化剂的跨越式发展。

二

也就在一个月前的2008年1月8日，感动中国人物闵恩泽更是领取了一项足以荣耀中国、荣耀人生的大奖——“2007年度国家最高科学技术奖”。那是在北京人民大会堂国家科学技术奖励大会的主席台上，给他颁奖的不是央视主持人，而是胡锦涛同志。

那天在大会雄壮的乐曲声中，在主席台下雷鸣般的掌声中，闵恩泽郑重地从胡锦涛同志手里接过了“2007年度国家最高科学技术奖”证书，并一起合影留念。

之后，在主席台上，他又怀着激动的心情做了一个简短的大会发言，代表全体获奖人员向党中央、国务院以及社会各界表示衷心的感谢！向同他们一起并肩战斗过的全体科技工作者表示崇高的敬意。闵恩泽说：“我将同大家一道，按照科学发展观的要求，继续在绿色化学和生物质能源化工领域奋力拼搏，努力实现我国化学和能源工业的可持续发展，为建设创新型国家、为推动全面建设小康社会进程做出新的更大贡献！”

在闵恩泽获奖后，2008年1月16日，中国石油化工集团公司党组发出了“关于开展向闵恩泽同志学习的决定”，号召集团公司广大员工要以闵恩泽同志为榜样，以高度的责任感、使命感投身于本职工作，团结协作，开拓进取，为加快建设具有较强国际竞争力的跨国能源化工公司而努力奋斗。

三

催化剂，日本人叫触媒，是现代炼油工艺的核心，被誉为石化工艺中的“芯片”，因此许多年来各国的催化剂生产技术高度保密。

其实，闵恩泽开始并不是搞催化剂的。1924年2月4日出生于四川成都红照壁街的他，小时候的梦想是在长江上建一座大桥，以纪念去世的母亲。1942年，18岁的怀着建桥梦想的闵恩泽如愿地被保送进了重庆国立中央大学土木系。但后来，他看到四川缺化肥，就改志向要在家乡搞实业，建化肥厂，于是在大学二年级时毅然转学了化学工程。4年后大学毕业，进了一家自来水公司，搞的是水样分析。后又在一家纺织公司下属的印染厂里，搞印染、漂洗。1948年，考取了自费公派资格的闵恩泽远渡重洋，进入美国俄亥俄州立大学化工系攻读硕士、博士学位。1951年毕业获得博士学位，由于当时美国政府不允许学理工农医的中国留学生离境，闵恩泽只能先找工作生存下来。他在美国芝加哥的纳尔科化学公司找了份工作，先后在物化室、工程开发部、有机化学室搞研究，负责的课题有：燃煤锅炉中火边的积垢与腐蚀、加利福尼亚州氨水灌溉管道阻塞问题、2号柴油的氧化安定性等。

尽管在美国工作稳定，生活优越，但是热切希望加入新中国建设行列的闵恩泽却时时刻刻想着早日回国。如何冲破美国政府的重重阻挠呢？他想到了一个曲线回国的路线，就是先去当时英国管辖下的香港，于是写信向香港朋友求助。香港朋友收到信后，与有关人员商定：邀聘闵恩泽到香港担任中国印染厂研究室主任，并为他办好了香港的居留证。之后，闵恩泽再拿着这些证件到美国移民局，顺利地拿到了移民局开具的允许轮船公司出售闵恩泽去香港的船票证明。

1955年10月，闵恩泽博士结束了国外8年的漂泊生活，与1950年在美国成婚的夫人陆婉珍博士一起，搭乘威尔逊总统号邮轮离开了美国。到达香港后，在《大公报》主编费易民的安排下，闵恩泽夫妇与中国航天之父钱学森搭乘同一列火车回到了祖国。回国后，他们进入石油工业部北京石油炼制研究所，也就是现在的石油化工科学研究院。从此，闵恩泽与石油结缘，与炼油催化剂结缘，并无愧无悔，至死不渝。

1959年，苏联援建的100万吨/年兰州炼油厂投产，这是当时中国规模最大、技术最先进的炼油厂。核心设备是一套使用小球硅铝裂化催化剂的移动床催化裂化装置，塔高82米，生产螺旋桨式飞机所需的航空汽油。

然而，就在这个时期，中苏关系恶化，苏联撤走专家，带走了原来准备提供的小球硅铝裂化催化剂工厂的图纸。从1960年起，苏联只把小球硅铝裂化催化剂次品卖给中国。次品催化剂的裂纹多，催化剂从反应塔底吹到82米高的塔顶时，有裂纹的催化剂就破碎成粉尘从塔顶吹走了，要维持装置正常运行就必须持续加入催化剂，催化剂的消耗量很大。后来，中苏关系进一步恶化，苏联连次品催化剂也停止了供应。

如果没有催化剂，炼油装置就要停产；不能生产航空汽油，飞机就不能上天。已经被外国人逼到悬崖边上了！所以，必须研制自己的国产小球硅铝催化剂。

石油工业部高瞻远瞩，决定自力更生在兰州炼油厂建设自己的小球硅铝裂化催化剂厂，并为此成立了小球硅铝裂化催化剂会战指挥部。闵恩泽被任命为副总指挥，负责催化剂厂建设期间所有的技术问题，包括工厂设计、开工方案、操作规程以及分析化验等。

国家的重托让闵恩泽备受鼓舞，他欣然领命。

万事开头难。闵恩泽他们按工序安排了研究内容，先研究成型工艺条件、热处理，然后再研究活化、水洗。但一年多的时间过去了，才研究到干燥这一步，而就是这一步又着实地把他们卡住了。

干燥箱里的湿胶球，是空心的，直径10～12毫米，其中90%是水。干燥脱水后，要均匀地收缩成直径只有3～5毫米的空心小球，难度非常大。结果是，干燥过程中小球大量破碎，完整率只有40%~50%。

闵恩泽开始认为，破碎是因为干燥温度、湿度没有控制好，于是他重新设计建造能控制温度、湿度的干燥箱。又是一年过去了，问题仍然没有得到解决。这时，距离原定的兰炼催化剂厂的开工日期，只剩三个月了。时间紧迫，火烧眉毛。

1964年初，闵恩泽再次来到兰州，当时石油工业部副部长李人俊正在原兰州军区医院住院，他叫闵恩泽去汇报工作。当闵恩泽汇报到小球硅铝裂化催化剂干燥过程的破碎问题尚未解决时，他面带愁容，深深叹了一口气，说了句话："怎么搞的？"

"怎么搞的？"李副部长一句话，闵恩泽压力陡增，一时间急得满嘴起泡。

那时全国都在“工业学大庆”，而大庆是靠“两论”起家的。于是，闵恩泽翻开毛泽东的《矛盾论》和《实践论》，静下心来，反复阅读。《矛盾论》指出：事物都有矛盾的两个方面，内因是根据，外因是条件。干燥条件只是外因，应该不是问题的关键所在。而硅铝湿胶球在干燥收缩的过程中，会使毛细管中的压力产生变化，这应该才是小球破碎的内因。要解决问题就必须治住这个“本”，由此他想到可否采用添加表面活性剂的方法，减少毛细管中的压力？

于是，闵恩泽决定回北京去寻找更好的表面活性剂。经过多次试验，他终于找到了一种叫“平平加”的表面活性剂，使用后小球硅铝裂化催化剂的完整率达到90%以上，超过了苏联同类正品催化剂完整率86%的水平。

干燥问题解决后，又遇到焙烧炉进料料头倾斜、阻塞进气口、湿处理槽底胶球未洗净等诸多问题，但都被闵恩泽他们一一解决了。

1964年5月，一座年生产能力2400吨的小球硅铝裂化催化剂厂在兰州投产，所生产出的催化剂性能，完全达到了从苏联进口的催化剂水平，其中完整率、抗磨损性能和杂质含量等都优于苏联产品，而且价格仅为进口剂的一半，每年节省装置运转费用上千万元。最重要的是，小球硅铝裂化催化剂厂的及时建成投产，保证了军用和民用航空汽油的生产。

此时，兰州炼油厂库存的进口的次品催化剂，也仅够运转两个月了。

小球硅铝裂化催化剂，是闵恩泽归国以来，继铂重整催化剂中型试验和磷酸硅藻土叠合催化剂研制之后，历经数年又开发成功的第一款裂化催化剂。当时正值国家的困难时期，生活条件和工作环境都相当艰苦。时任石油工业部部长、后任国务院副总理的余秋里，在其回忆录中是这样记述的：“闵恩泽同志……他们吃在车间、睡在办公室，和工人一起爬装置、钻高温干燥箱，一心埋头搞研究、搞攻关。”

成功与付出，相生相伴。当闵恩泽还沉浸在裂化催化剂开发成功的喜悦中时，病魔已悄悄向他袭来。兰州炼厂的会战结束后，由于过敏性鼻炎发作，他去北京医院看病。医生为他做了全面体检，意外地发现他右肺下有一个阴影，化验结果是恶性肿瘤——腺癌。

必须马上手术！

那时，在石油界的同行中，只比闵恩泽大一岁的大庆油田的功臣、铁人王进喜，因胃癌年仅47岁就离开了我们。而查出腺癌那年，闵恩泽正好40岁。

幸运的是，在那个医疗水平尚且落后、几乎逢癌必死的年代，闵恩泽的手术非常成功。术后，癌细胞并未扩散，他奇迹般地又继续为国家工作了52年。不过，在切除癌肿时，他迫不得已地失去了两片肺叶和一根肋骨。以致在手术后一年多的时间里，闵恩泽上下楼时脚步只能慢慢地挪，每上下一层都要喘一会儿，但这从来都没有影响他对工作的投入，实为常人难以想象。

四

南朝范晔所著的《后汉书·虞诩传》中有一句话："志不求易，事不避难，臣之职也。"2020年7月7日，习近平总书记在给中国石油大学（北京）克拉玛依校区毕业生的回信中，将这句话引申为："志不求易者成，事不避难者进。"

臣之职也。闵恩泽正是一位"志不求易，事不避难"的奋斗者。

20世纪60年代初，任务接踵而至。就在开发小球硅铝裂化催化剂处于关键攻关阶段时，闵恩泽又义不容辞地接受了研发微球硅铝裂化催化剂的重任。

那时大庆油田已经开发成功，中国有了自己的原油，如何把它尽快炼出来，以解国民经济之困，成了当务之急。石油工业部的要求是务必"吃干榨净"，最大量地生产汽油、柴油等，于是准备在大庆建设一套250万吨/年的炼油厂，其中最核心的工艺就是流化催化裂化。它是当时世界上最先进的重油裂化生产汽油、柴油和液化气的技术，需要一种与之匹配的微球硅铝裂化催化剂。

然而，这种催化剂的制造技术当时为美国所垄断。因那时两国处于完全的敌对状态，所以美国根本就不可能卖给我们，因而只能靠国内自己研发。

1963年1月，石油部长余秋里在部机关宴请石化领域专家，闵恩泽夫妇作为重要客人落座于第一桌。

席间，余秋里对闵恩泽下了一道命令："老闵，你一年之后给我把微球硅铝裂化催化剂交出来！"

一年？要知道，当时就是在技术先进的美国，这款催化剂的研发周期通常也是8年至10年！

听到余部长的这道命令，闵恩泽当时惊得连酒都不敢敬了，坐在那儿半天没吭声，想来想去，觉得那是根本没有可能的呀！

当然，他也从领导的话中深切地感受到了国家对于汽油、柴油的急需程度。余部长要他一年就交出催化剂，是心里着急呀！

然而，就在十几天后，陈毅副总理在人民大会堂举行春节招待会，闵恩泽又和余秋里部长坐在了一桌。

这次他主动向余秋里部长汇报："余部长，微球硅铝裂化催化剂工厂一年之后开始设计。"

这时，坐在同桌的石油科学研究院院长接着说："闵恩泽的允诺是经过深思熟虑的，我们是有信心的。"之后，他们一起举杯，向余部长敬酒。

45年后，闵恩泽向央视《面对面》栏目主持人王志坦言："说一年之后开始设计，我的话是留有余地的。因为当时一年建成一座催化剂厂，不可能！"

虽然话说的留有余地，但闵恩泽在后来的行动中并未给自己留余地。背水一战，争分夺秒！为了缩短微球硅铝裂化催化剂的研制时间，闵恩泽带领科研小组采取交叉作业的方式，选择把握较大的"原料易得硫酸四步法、间断成胶、先干后洗"的工艺流程，并把"喷雾干燥器"这个难题拎出来提前攻关。

可以十分自信地说，闵恩泽确定的是一条完全符合中国国情的制造微球硅铝裂化催化剂的技术路线，不仅原料易得，能使用采购到的化工单元设备，而且研发工作量少，有利于加速建设，符合石油工业部尽快建成工厂的要求。

事实胜于雄辩。在当时极端艰苦的条件下，在中国炼油催化剂的初创阶段，闵恩泽他们仅用了5年的时间，就完成了微球硅铝裂化催化剂从实验室研究到建成千吨级的工厂，并生产出合格产品的全过程，打破了国外的技术封锁，成功地为中国自主开发制造出了微球硅铝裂化催化剂，不仅满足了国家的需要，而且使我国成了除美国、荷兰之外，第三个掌握该项技术的国家。

后来，这个工厂又经过少量技术改造，生产能力达到了8000吨/年。在长期的摸索实践中，闵恩泽也成长为一名优秀的石油炼制催化剂专家。

五

“扼困之际，不忘国是，临九死而不悔；无私无我，历经磨难，矢志不改报国之心。”这是李大东院士在中国石化闵恩泽先进事迹报告会上说的一段话。

20世纪60年代初期，随着中苏关系的进一步紧张，苏、美加紧了对中国的军事威胁。面对此威胁，毛泽东主席针对性地提出了“备战、备荒、为人民”的口号。这一战略口号使全国经济建设的中心从解决吃穿用转变为备战，“三线建设”随即展开，出现了举国备战、全民皆兵的景象。这个口号后来与“深挖洞、广积粮、不称霸”连在一起使用，成为冷战时期我国国际战略防御构思的总概括。

在此形势下，1965年石油工业部决定在湖南六铺口的山沟里建设一座“三线工厂”——长岭炼油厂。先后两次开山洞，要把炼油装置放进去，后来发现开工后洞内温度太高，装置无法检修，这才把炼油装置放在了山沟之间。对炼油装置进山洞，虽然一开始就有不少干部、技术人员和工人心存疑虑，但无人敢提。

当时闵恩泽被上级指定负责制订与之配套的长岭催化剂工厂的建设方案。催化剂厂虽然未想进山洞，但领导却要求以工序为单元建设催化剂厂，要做到从飞机上往下看，厂房分散得像农民的住房一样。

如此建设，虽然看似符合战备形势，但显然不符合科学生产的要求。

当时在场的闵恩泽的研究生、后来的长岭催化剂厂厂长谭经品回忆说：在方案论证时，闵先生冒着被批判的风险，大胆指出按工序建厂，物料传输路线长、投资大、能耗高，同时还容易混入杂质，影响催化剂质量。闵先生的话音刚落，在场的同事都替他捏了一把冷汗。闵先生仍然镇定地说："我也和大家一样着急，这个催化剂厂是出于战备需要才上马的，如果我们建成的是一个不能正常开工的厂，那我们就是对国家和人民犯罪。所以，我们必须，也只能以车间为单位对厂房进行设置。"

闵恩泽何尝不知道，在当时的政治环境下，唱反调对自己意味着什么！但是，他考虑的不是个人的得失，而是国家的长远利益和如何科学施策的问题。一定要尊重科学，坚持科学，绝不能做违背科学的荒唐事。这就是一个知识分子的良知，也是他敢于直言的初衷。

在闵恩泽据理力争的坚持下，石油工业部和长岭炼油厂的有关领导最终接受了他的意见，按车间先后建成了生产分子筛裂化催化剂、重整催化剂、加氢精制催化剂等十几套生产装置，使长岭催化剂厂成了国内品种最全的炼油催化剂生产厂。

六

我国明朝的大思想家王阳明的学说，被认为是行动的哲学。其开创的"知行合一"的理论，更是为后人所推崇。

"知是行的主义，行是知的功夫，知是行之始，行是知之成。"

闵恩泽就是一位"知行合一"理论的伟大实践者。

20世纪80年代初，我国石油炼制催化剂已赶上世界先进水平，并开始了与国外催化剂在国内市场的竞争。因此，迫切需要开发一些具有中国特色和自主知识产权的催化剂。石油化工科学研究院为此成立了基础研究部，由时任副院长兼总工程师的闵恩泽负责这方面的工作，先后成功开发了累托石层柱分子筛、ZRP分子筛、非晶态合金等新催化材料。

做任何事情，闵恩泽都喜欢先从调查研究入手，搞基础研究也是如此。他先调查了国外石化巨头——埃克森石油公司、阿莫科石油公司、联合碳化物等公司有关基础研究工作的情况。

埃克森研究和工程公司基础研究实验室主任施里斯海姆说过这样一段话："长远性或开拓性研究应致力于发展基础科学知识，而这些知识将帮助公司满足工业界和消费者广泛的需要。这类研究的技术重点应放在与公司未来面临的业务问题最为有关的科学前沿。公司必须追求重大的突破，寻求在认识上的'量子跃迁'，这将使公司能够创造出全新的东西来。"

闵恩泽赞赏施里斯海姆的这段话，并把注意力投向了与石化核心业务有关的科技前沿领域。

1980年，石油化工科学研究院邀请美国莫比尔研究和发展公司中心实验室主任万斯夫妇在参加东京国际催化会议后来访，闵恩泽负责接待。

在7天的接待工作中，石科院邀请万斯做了一场《沸石催化作用》的学术报告。万斯讲到他们是把分子筛作为一种新催化材料来研究的，有了新分子筛的催化材料作基础，就能开发炼油催化和石油化工新催化剂和新工艺。

过去闵恩泽只有催化剂的概念，没有新催化材料的认识。在与万斯深度交流后，闵恩泽看到一个全新的可以大有作为的研究领域，于是就下决心把下一阶段的工作重点，放在开展对新催化材料的研究上。而后来的事实，也证明了闵恩泽一直强调的一个观点："新催化材料是创造发明新催化剂和新工艺的源泉。"

1980年，在第七届国际催化会议上，一种氢–铝–交联蒙脱土层柱分子筛引起了会议的热烈讨论，认为这种材料具有开发成为新的渣油裂化催化剂的前景。受此信息的启发，闵恩泽主持成立了层柱黏土研究课题组，开始研究铝–交联蒙脱土的催化裂化性能。研究发现，必须寻找具有下列性质的原土，即：层结构必须十分稳定，同时又要能膨胀；四面体层中应有较多的铝离子取代硅离子。

所需原土的要求是有了，但到哪里去寻找呢？课题组的同志四面出击，去中国科学院，去地质矿产部等多个科研单位，询问的结果是：一无所获。后来，他们去江西南昌参加了一个地矿部召开的黏土矿物讨论会。会上有人报告，最近在广西中越边境军事管制区内发现了一种叫累托石的矿石，其结构像是符合他们要找的原土。

累托石，一种具有特殊结构、较为罕见的层状硅酸盐黏土矿物。1981年国际矿物学会新矿物和矿物命名委员会最终将其定义为：“累托石是二八面体云母和二八面体蒙皂石组成的1∶1规则间层矿物。”

“踏破铁鞋无觅处，得来全不费功夫。”闵恩泽听闻这一信息，非常高兴，立即安排人员出差广西，带着小铁锹奔赴中越边境，冒着被越南军队炮击的危险，挖到了这种矿石。矿石带回北京后，他们用铝溶胶制成铝–交联累托石，实验结果证明其果然具有高渣油裂解活性和高水热稳定性的特点，可以用来制备渣油裂解催化剂。问题就此迎刃而解，累托石层柱分子筛催化剂顺利诞生。

这项科研成果的特殊意义是：除在中国申请专利并获得授权，还在欧洲和美国等六个国家申请了专利，并获得授权。这是石油化工科学研究院第一次申请国外专利，也是中国石化界向国外申请的第一个催化剂专利。

20世纪70年代美国的美孚公司发明了ZSM–5分子筛。由于其具有独特的三维孔道结构和适宜的酸性分布，具有高硅铝比和亲油疏水的特点，尤其以择形催化的特点而受到世界催化材料业界的高度重视。20世纪80年代，闵恩泽支持、关心了ZSM–5分子筛的合成及应用研究，取得原始性创新，以独特的方法制备出了新型择形分子筛，并形成了具有自主知识产权的系列产品，商品取名为ZRP。

常规的ZSM–5分子筛，均由同晶导向合成，而ZRP是采用异晶导向、水热固态离子交换等新方法制备，含磷和稀土，并且兼有二次孔的五元环结构。这独特的制造方法，属国际领先水平，给这类新催化材料赋予了优异的酸稳定性，保证了再生和反应的需要。

目前ZRP–1、ZRP–3及ZRP–5分子筛均成功进行了工业放大，在国内齐鲁、长岭、兰州等三大催化剂厂生产，年产量达1000吨以上。同时，生产厂家还制成多种催化裂化催化剂，大量出口，取得了良好的经济效益和社会效益。现在采用石油化工科学研究院技术生产的ZRP系列分子筛占国内择形分子筛市场的80%以上。石油化工科学研究院获得的1995年全国唯一一项国家发明一等奖的、从重油大量生产丙烯的重油催化裂解(DCC)新工艺，其所用催化剂的关键组分就是ZRP分子筛。

ZRP系列分子筛在研究过程中形成了多项专利，并荣获多个中石化及国家级奖项。其中“ZRP-1分子筛的开发”，荣获1995年度全国十大科技成就奖（排名第四），1997年获中国石油化工总公司发明一等奖。

七

“跛足而不迷路的人，胜过虽健步如飞但却误入歧途的人。”这是英国哲学家培根说过的一句话，也是闵恩泽经常用以告诫他的学生们的一句话。意为：搞科研，选对方向很关键。否则，越努力就离成功越远。

2006年1月初，在介绍获奖科研项目时，国家科技部的一位副部长一言蔽之：“这是一项平台性的技术，发明重大，意义深远。”

他所说的这个平台技术，就是闵恩泽主持开发和指导的荣获2005年度唯一一项国家技术发明一等奖的“非晶态合金催化剂和磁稳定床反应工艺的创新与集成”。

这是一个“二十年磨一剑”的项目。

早在20年前的1985年，闵恩泽在一次国际学术会议上看到了一篇有关非晶态合金催化性质的文章。他分析了非晶态合金的性能后，敏锐地意识到用非晶态合金做催化材料可能会成为新技术的生长点，于是决定选择非晶态合金作为又一个新催化材料开展研究，并指导北京大学毕业后投入他门下的硕士研究生宗保宁进行探索，其硕士论文题目是《急冷法制备镍磷非晶态合金的研究》。宗保宁硕士毕业后，继续在闵恩泽门下攻读博士研究生，其研究方向仍然是非晶态合金催化剂。

何为非晶态？宗保宁有一个简单的比喻：“冰是晶态的，水是非晶态的，所以水比冰的活性高。”所有金属和类金属均可以形成非晶态合金，变化范围大，找到优异性能合金的范围广。

闵恩泽敏锐地把非晶态合金催化剂，作为新成立的基础研究室导向性基础研究工作的重点之一，先后组织了10余名年轻的博士和博士后开展这方面的探索性研究，并与国内有关高等院校、研究机构通力协作，为这个项目的后续研发奠定了良好的基础。在他的主持和指导下，石油化工科学研究院非晶态合金催化剂的研发工作，1991年完成了基础研究和实验室研究，1995年完成了中试研究，1996年完成了应用研究，1997年进入工业化应用阶段，成功地将非晶态合金技术应用到催化材料上，实现了中国石化具有自主知识产权的原始性创新。这一研究课题申请了多项专利。其中，中国发明专利“大比表面非晶态合金及其制备”获得1999年中国专利局授予的中国专利优秀奖。2000年“SRNA-4非晶态合金催化剂用于己内酰胺加氢精制”获中国石化集团公司唯一一项技术发明一等奖。

之后，闵恩泽又继续指导开发了微孔/介孔NaY复合材料、纳米β分子筛等新催化材料。

1991年，在非晶态合金催化剂刚完成基础性研究时，闵恩泽又不失时机地组织力量开展了对与之相配套的磁稳定床工艺技术的研究。

磁稳定床是一种全新的反应工程技术。它是继传统的固定床、流化床和提升管之后，迄今世界上首次工业应用成功的第4种反应器形式；是以磁性颗粒为固相、在均匀磁场下形成的特殊床层形式。它的空速比传统的固定床提高了5～10倍，而装置体积大约只是同处理量固定床的1/5，并且催化剂消耗量下降了70%左右，因而它不仅具有空速高、压力降低、催化剂活性能充分发挥等特点，而且可以大大缩小装置体积。同时它还兼备传统固定床和流化床的优点，是一个典型的过程强化工艺。

从20世纪60年代，苏联一位工程师第一次提出“磁稳定床”这个技术概念，到20世纪80年代初世界著名的石油公司——埃克森公司将其定为二大导向性核心技术之一，并组织力量进行研究，再到，这一研究方向引起了国内一些科研单位和高等院校的高度重视，掀起一股争相研究的热潮，磁稳定床及其应用一直是一个有待攻克的世界性科技难题。但是，由于没有找到合适的磁性催化材料及适用的应用领域等诸多因素，20多年来国内外学者在磁稳定床方面的研究，要么不得不中途放弃，要么一直徘徊和止步于实验室或中试阶段，始终未能进入工业应用。

在闵恩泽的主持和指导下，石油化工科学研究院的磁稳定床工艺1991年立项并开始小试，以探索这项技术的可行性。由于这是一项材料、磁学、流体力学、工程设计等多学科交叉的技术，是一个尚未破解的世界性科技难题，在既无成功先例可供参考，又无现成装置可供利用的情况下，石科院搞基础研究的年轻博士们自己动手设计建造了一座小型装置，经过五六年的时间，摸清了磁稳定床中流化态及反应的规律，后又在不断的碰壁和失败中找到了具有工业应用价值的反应体系，建立了一套完整的数学模型，并于1999年在巴陵石化分公司建成了一套2万吨/年的工业示范装置。

后发而先至，我国磁稳定床技术率先进入工业示范阶段，打破了世界范围内该项技术20年徘徊不前的局面。接着他们又再接再厉，2003年在中国石化石家庄化纤股份公司建成了世界首套磁稳定床工业装置（6.5万吨/年己内酰胺），为企业创造了显著的经济效益，使磁稳定床技术成功地实现了工业化，在该技术领域里雄居世界领先地位。

同年，“磁稳定床用于己内酰胺精制技术”获得了中国石化集团公司2003年度唯一一项技术发明一等奖。

非晶态合金催化剂和磁稳定床，一个是催化材料，一个是催化工艺，两项技术相辅相成互为支撑，构成了一个崭新的平台技术。展望磁稳定床及催化剂技术的发展前景，该技术有可能会从一个平台技术逐步发展成为一个技术平台，以推动我国石化工业实现质的飞跃。

而闵恩泽在基础研究方面指导思想的正确性、科学决策的精准性和开发步骤的合理性，在非晶态合金催化剂和磁稳定床工艺技术的研发实践中也得到了鲜明的验证。这也是石科院在起步晚，而且人力、物力、财力均不如某些大跨国公司的情况下，能后来居上取得应用成功的原因之一。

八

1962年，美国女作家蕾切尔·卡逊出版了《寂静的春天》一书，首次揭露了杀虫剂对生态的损害性，让人们认识到“湖上枯萎了的蒲草”和“鸟儿销匿了的歌声”，均是由于过度使用杀虫剂而带来的恶果。蕾切尔首次向世人敲响了破坏生态产生严重后果的警钟，也揭开了“生态学时代”的序幕。

10年后的1972年，美国人丹尼斯·米都斯等出版了《增长的极限》一书。这本书是根据几十位科学家、教育家、经济学家在罗马开会的会议成果所写成。这本罗马俱乐部的报告指出了人类正面临的困境，即人口增长、粮食生产、工业发展、资源消耗和环境污染都在急速增长，使得地球的支撑力达到了极限。此书有力地促进了全球环保运动的开展，是环境理论的奠基之作。

也是在这一年，美国的芭芭拉·沃德和勒内·杜博斯的《只有一个地球》出版了。此书的副标题是“对一个小小行星的关怀和维护”。这本书是为1972年在斯德哥尔摩召开的联合国第一次人类环境大会所准备的非官方报告，是在58个国家、152位成员组成的通信委员会协助下编撰而成。这是国际社会就地球环境危机第一次共同发出了警告，标志着全人类对环境问题的觉醒。

闵恩泽认真地研读了这三本书，犹如醍醐灌顶，倍感震惊，他深刻地认识到了环境保护对人类的重要性，认为石油化工应该从源头根治环境污染、开展绿色化学的研究。随之，他参与筹组了中国化学会绿色化学专业委员会。

1996年，根据国家重大需求，由闵恩泽提出并启动的“环境友好石油化工催化化学与化学反应工程”，成功立项，1997年开始实施。该重大项目，共动员了14个单位，193名科研人员参加，其中院士4人，教授、副教授79人，博士生及博士后33人，选择了绿色化学中的烃类选择氧化、烃类烷基化、烯烃氢甲酰化和烃类加氢四个领域开展研究。闵恩泽被推选为项目负责人。

在闵恩泽的主持和组织下，全体参研人员经过四年的共同努力，项目于2000年底结题，提交了结题总结报告，被评为“特优”，圆满地完成了原定的目标和任务。一些学术和技术成果已经达到国际领先水平；多数课题已经积累起系统的、规律性的科学知识；有些课题，更是在成果转化道路上迈出了坚实步伐，实现了工业化。

九

从源头根治环境污染，是绿色化学的目标。而利用可再生资源生产的生物柴油，是典型的“绿色能源”。它具有环保性能好、发动机启动性能好、燃料性能好，原料来源广泛等特性。生物柴油使用的可再生资源在生产中吸收转化大量的二氧化碳，因此发展生物柴油对减排二氧化碳具有明显效应。概言之，大力发展生物柴油对经济可持续发展、推进能源替代、减轻环境压力、控制城市大气污染具有重要的战略意义。

随着国家环保要求的日益严格，年近八旬已步入晚年的闵恩泽，又将注意力转向了对生物柴油的研究。

2001年，闵恩泽在自己的新著《绿色化学与化工》一书中，介绍了欧洲使用菜籽油制取生物柴油开动汽车的情况。同年，在《世界石油工业》杂志上，闵恩泽发表了论文《21世纪的炼油工业——多样化的炼油厂》，提出了未来炼油厂的发展蓝图。其中他特别提出了用植物油生产优质柴油的炼油厂的设想。生物柴油不含硫和芳烃，颗粒物(黑烟)和氧化硫排放低，十六烷值高，其他性能也符合柴油要求。

综观世界，各国都是根据自己的国情选择生物柴油原料的。美国大量生产大豆，因此原料主要是大豆油。欧盟国家适宜于油菜生长，他们利用休耕地种植油菜，生产双低菜籽油，专门用于生产生物柴油。马来西亚和印度尼西亚是世界主要的棕榈油生产国，生物柴油厂都采用棕榈油为原料。巴西特别适合种植蓖麻，因而采用蓖麻油发展生物柴油。有些国家，如日本，没有自己的特色资源，他们就利用废弃油脂生产生物柴油。

我国虽然是一个油脂生产大国，但我国人口众多，油脂食用消费数量巨大，每年需要进口数千万吨的大豆来榨油，同时也大量进口棕榈油等植物油。因此，我国生产生物柴油，如果采用可食用的植物油为原料，势必会造成“与人争油”的局面，因而不太现实。但是，我国有大量的餐饮业废油、榨油厂的酸化油、废弃的动物油脂可以利用，还可大面积种植麻疯树、黄连木等木本能源树种，为生物柴油提供生产原料。

闵恩泽深入思考了我国生物柴油的发展模式，并把这些思考的结果相继公开发表。2005年4月，他在中国工程院主编的《中国工程科学》上发表《发展我国生物柴油产业的探讨》；2005年5月在《科技导报》上发表了《利用植物油发展生物炼油化工厂的探讨》；2005年6月，又在《石油学报》上发表了《以植物油为原料发展我国生物柴油炼油厂的探讨》，并撰写了《生物柴油产业链的开拓》一书。

在闵恩泽的指导下，2008年国家发展改革委核准了位于海南的中海油

新能源生物能源化工有限公司的6万吨/年国家级生物柴油工业示范装置。该示范装置2008年9月奠基，2009年10月建成，采用酸化油等废弃油脂作为原料，于2009年12月下旬投料试车，并依次打通流程，产出工艺合格的生物柴油产品。

十

市场需求，好奇驱动，苦苦思索，趣味无穷；
灵感突现，豁然开朗，发现创新，十分快乐；
高兴之余，烦恼又起，或为人员，或为条件；
还有试验挫折，更有竞争对手的抗阻，
好似吃麻辣烫，又辣又爱，坚持下去，终获成果。

这是闵恩泽晚年自撰的一首打油诗，记述了他在科研创新过程中的酸甜与苦辣、挫折与烦恼、成功与喜悦。

谈起自己的创新过程，闵恩泽院士曾形象地借用了四句中国古诗词，它们是来自国学大师王国维《人间词话》中所言的古今之成大事业、大学问者必经的三种境界，和周立伟院士引用的一句诗。

第一种境界："昨夜西风凋碧树，独上高楼，望尽天涯路。"这是北宋晏殊《蝶恋花》中的一句词。王国维引用此句是讲一种变化的意象，满目凄凉，心底迷惘。闵恩泽借用此句，则是说科研的准备阶段，纵有许多不确定性，但踌躇满志，登高望远。

第二种境界："衣带渐宽终不悔，为伊消得人憔悴。"这是宋代柳永《蝶恋花》中的一句。王国维引用此句是表述，在既定的道路上坚定不移地追求目标，为之"不悔"，为之"憔悴"。闵恩泽借用此句，是讲科研的探索阶段，要执着，要锲而不舍，要有大无畏的牺牲精神。

第三种境界："众里寻他千百度，蓦然回首，那人却在灯火阑珊处。"这是南宋辛弃疾《青玉案》中的一句词。王国维引用此句是表述，经过千百劳作，终有所得。闵恩泽借用此句，是讲科研工作中灵感突现，豁然开朗，收获创新的阶段，喜悦自在不言中。

"行到水穷处，坐看云起时"，这是唐代王维所作五律《终南别业》中的一句，原是周立伟院士在其报告中引用的，闵恩泽院士借用过来是讲科研工作的第四阶段，即：验证、收尾、总结阶段。

时光荏苒，岁月峥嵘，回顾几十年的过往，闵恩泽说：

"我这一生干了三类工作：

"第一类是满足国防亟须和炼厂建设亟须，如铂重整催化剂、小球硅铝裂化催化剂、微球硅铝裂化催化剂等；

"第二类是帮助石化企业摆脱困境、扭亏为盈，如钼镍磷加氢催化剂、半合成裂化催化剂、己内酰胺化纤单体生产中一步法合成环己酮肟、非晶态合金磁稳定床己内酰胺加氢精制等；

"第三类是基础性、战略性、长远性的科技研发，如以餐饮业废油亚临界合成生物柴油、微藻生物柴油成套技术，从木材废料等纤维素生产生物质汽油等。”

总结自己的科研创新之路，闵恩泽还有两点深刻体会：

一是各尽所能，发挥团队精神，克服挫折失败，坚持到底。

二是创新来自联想，联想源于博学广识和集体智慧。

科学巨匠爱因斯坦说：“我的科学成就很多是从音乐启发而来的。”

说起团队精神，闵恩泽则借用电视剧《西游记》主题歌《敢问路在何方》，阐述科研工作中团队合作和坚持到底的重要性。

他说，歌曲一开始“你挑着担，我牵着马”，搞科研就要有这种合作精神，各有分工，形成团队。之后，才能“踏平坎坷成大道，斗罢艰险又出发”。这也是一个突破艰难，坚持到底的精神，没有这个精神，要做成事是不可能的。

十一

2012年1月18日，春节前夕，时任中共中央政治局常委、中央书记处书记、国家副主席的习近平同志，在中组部部长李源潮、时任国务院国资委主任王勇、中组部副部长李智勇和中国石化集团公司董事长傅成玉的陪同下，轻车简从，专程来到北京学院路18号院19号楼的闵恩泽院士家中，代表胡锦涛同志和党中央亲切看望时年已88岁的闵老，并致以诚挚的问候和新春的祝福。

习近平认真听取了闵恩泽对深入实施人才强国战略的意见和建议，高度评价闵恩泽院士在石油化工领域为党、为国家、为人民做出的重要贡献。他说，我们国家取得今天这样的成就，和包括闵院士在内的老一辈骨干科技功臣的拼搏奉献是分不开的。他们身上强烈的爱国情怀是我们全面建设小康社会、加快社会主义现代化建设、实现中华民族伟大复兴的精神力量，要很好地传承。

得知闵恩泽院士现在仍坚持搞科研时，习近平仔细听取了闵院士对清洁燃料、生物质柴油等研究成果的介绍，并向陪同探望的中国石化集团公司董事长傅成玉询问了中国石化在页岩气等非常规油气资源开发上的有关情况。

习近平对中国石化近年来在新能源和可再生能源开发上取得的进展给予了充分肯定，强调要深入贯彻科学发展观，加快转变发展方式，通过科技创新和结构调整，大力发展新能源、清洁能源和可再生能源，努力降低能源消费的对外依存度，减少二氧化碳和可吸入颗粒物的排放，更好地保障国家能源安全、促进经济社会又好又快发展。

十二

2016年3月3日，因病重住院数月的闵恩泽院士，生命已进入不足100个小时的倒计时了，但这位科学家仍心系石化工业的扭亏增效。他托人专门把中国石化石家庄炼化分公司副总经理兼总工程师刘晓欣请到自己的病房里，面对面地向她布置下一步的增效措施。

此时，病危中的闵恩泽早已无法进食，仅是靠鼻饲在维持生命。尽管他连拿下氧气面罩的力气都没有了，但却坚持用微弱的时断时续的声音，对石家庄炼化分公司报来的减亏方案逐字阅读，提出自己的改进意见。

病房中，这生命的最后一幕，令在场的所有人为之动容。要知道，这时闵恩泽已处于半昏迷状态，一天中只有一半时间是清醒的。

3天后的3月7日凌晨5时05分，中国科学院院士、中国工程院院士、第三世界科学院院士、中国炼油催化应用科学奠基者、国家最高科技奖获得者闵恩泽先生，因病永远地离开了他挚爱的石油炼化事业，享年92岁。

为表彰闵恩泽毕生为科学事业所做的不朽贡献，早在2010年9月23日，国际小行星中心就发布公报，将第30991号小行星永久命名为“闵恩泽星”。

现今，这颗星已真正升上了天空……

抬望眼，在深邃的苍穹之上，在浩瀚的宇宙之中，“闵恩泽星”正一如既往地遵循着自身的轨道运行……

星光熠熠，旷世永恒！

初心如磐绘“金花” 愿得此身长报国

——科技报国70年的石化技术开拓者“时代楷模”陈俊武

◎文/中国石化党组宣传部 徐 徐 刘 倩 贾春峰

1949年，新中国成立，中国人民开始了改造山河、建设祖国的伟大壮举。然而，一条石油锁链，却让新生的国家呼吸困难。这一年，一位22岁的青年，带着北京大学的毕业证书，申请前往条件艰苦的辽宁抚顺，成为人造石油厂的一名技术员。为祖国需要，为新中国“造血”，他人生的第一个重大选择，就和国家的命运紧紧相连。70载沧海桑田，当年的青年已是92岁高龄的老者。为新中国石油石化事业奋斗了70年的他，仍坚持每周3天到办公室“打卡”上班，堪称中国最年长的“上班族”之一。

他就是中国科学院资深院士、中国催化裂化工程技术奠基人、我国著名的炼油工程技术专家、现代煤化工工程技术专家、中国石油化工集团有限公司科技委顾问、中石化洛阳工程有限公司技术委员会名誉主任陈俊武。他投身中国石油石化工业70载，推动我国催化裂化工程技术从无到有、从弱到强，为我国炼油工业进步做出开创性贡献。进入耄耋之年，他仍然奋战在科研一线，为煤炭替代石油生产烯烃开辟了新的工业路径，为国家中长期碳减排战略目标的制定建言献策。他以一颗报国赤心标注了时代精神坐标。在举国庆祝新中国成立70周年的喜悦时刻，中共中央宣传部等部委先后授予陈俊武同志“最美奋斗者”和“时代楷模”称号，号召干部群众特别是广大知识分子向他学习。

以身许国绘“金花”

数九寒冬，古都洛阳，清晨气温已接近零摄氏度。一位头发花白、面容清癯的长者缓缓走在晨曦中，穿过熙熙攘攘的人流，前往位于涧河西畔的中国石化洛阳（广州）工程公司办公大楼。

“国家进入新时代，我虽然年纪大了，体力差了一些，但还是能继续做些贡献的，”楼道尽头的复印机前，这位长者一边打印资料，一边谈话，阳光轻轻地洒在他略微佝偻的背上，“现在就是给年轻人当‘啦啦队员’，昨天他们给我送了一份项目资料，有几个数据还得再推敲一下。”

这位93岁的“啦啦队员”，就是中国科学院院士、被誉为中国催化裂化工程技术奠基人的陈俊武。

回首来路，他曾带领团队创造了炼油化工技术领域的多项“共和国第一”，为我国流化催化裂化技术从无到有、由弱到强做出了开创性贡献。无论时代风云如何变幻，他始终坚守着热爱祖国、忠诚事业的家国情怀，始终站在国家和人民最需要的地方。

摸着石头过河，自主设计施工第一朵“金花”

至今，抚顺石油二厂北催化车间门前仍立有一块石碑，书有“中国第一套流化催化裂化装置——1965年5月”字样。这座被称为中国炼油工业“五朵金花”之一的装置凝聚了许多石油工作者的辛勤劳动，陈俊武就是这套装置的设计师。

流化催化裂化是炼油工业的关键技术，具有投资少、操作费用低、原料适应性强等特点，是石油精炼中最重要的转化工艺之一。当时，这类装置在全世界不过几十套，技术被层层封锁。

1959年，横空出世的大庆油田给国家提供了充足的原油，但当时国内的炼油技术，使用的大多是苏联的技术，不能对原油进行有效深度加工，也无法从中炼取数量更多、质量更高的轻质油产品，跟不上形势发展的需要。

“这就像有了上好的大米，却依然吃不上香喷喷的白米饭。”陈俊武打了个形象的比喻。

当时的中国，亟须独立自主研发炼油新技术。

1961年冬，石油工业部决定抽调科研、设计、制造、基建和生产等方面的骨干力量，自力更生开展流化催化裂化、铂重整、延迟焦化、尿素脱蜡及有关催化剂、添加剂等5项炼油工艺新技术攻关，尽快改变我国炼油工业技术落后的面貌。这5个项目，后来被称为炼油工业“五朵金花”。

34岁的陈俊武，受命担任我国第一套流化催化裂化装置的设计师。

然而，装置应该是什么样子，怎么设计，怎么制造？他心里却不太有底。

“有一则童话：一群从来没见过大象的人，只得到一只象耳朵、一条象尾巴，却必须要画出一头完整的大象。”在陈俊武看来，这5项技术难题是横亘在我国炼油工业前进道路上的“五座大山”。

怎么办？那就摸着石头过河，消化资料、分析计算、对比论证，边学边干、边干边学。陈俊武常常一天伏案十几个小时，脑子里全是数据和方案。

和这种热火朝天的工作状态形成鲜明对比的，是他和同事艰苦的生活状态。

1962年，全国正处在“大跃进”后的困难时期，参加项目设计的工作人员每天的伙食几乎是滴油不见。“当时，北京设计院的领导经常向我们‘道歉’：‘同志们都很辛苦，伙食不好，中午熬白菜，晚上白菜熬，很对不起，但是实在没有办法。’”回忆起那段艰苦岁月，陈俊武莞尔一笑。

他说，科学报国，就是要有牺牲精神，咬着牙也得熬过去。

紧张工作3个多月后，主要技术方案已经完成。当年6月初，国家科委决定选派人员赴古巴考察，陈俊武名列其中。

“站在人家的装置下面，第一反应是想起了十来岁上中学第一节英语课的情景。老师用纯正的英语朗读：阿里巴巴来到山洞前，喊道，芝麻芝麻开门吧。”时隔50多年，陈俊武回忆起当时的情景，眼中依旧闪烁着光芒：“那道通向宝藏的大门终于打开了，豁然开朗。”

然而，那时工厂还处于停工状态，尽管先进的技术摆在眼前，却没有任何人指导，能看到的只是从没见过的庞大塔器和英文资料。因为需要学习的太多，时间紧迫，陈俊武没有一天休假和娱乐，只是争分夺秒地工作、工作。

其实在他身边，就是闻名世界的旅游胜地——巴拉德罗海滩。

“湛蓝的海岸、白沙滩，那么好的风光，一次都没有去过。”结束考察回国时，陈俊武的行李中没装一件洋货，鼓鼓囊囊20多个笔记本，上面密密麻麻记满了学习心得。

资料只可作为参考，设计还是要靠自己去完成，特别是主要设备必须由我国自行研制。上百套仪表，数千个大小阀门，近两万米粗细管线，都要在设计中做到准确无误、万无一失。

回国后的陈俊武，面对的依旧是千头万绪、重担千钧，“我们的创新精神，就是那时候培养出来的，老不满足现状，老要创新”。

在陈俊武的主持下，1963年1000多张设计图纸完工，1964年开始施工备产。陈俊武没日没夜地“泡”在现场，这个找，那个叫；这边开会，那边答疑，忙得像个不停转的陀螺。

1965年5月5日，当清晨的第一缕霞光拂过地平线，位于抚顺石油二厂南端的60万吨/年流化催化裂化装置展现出钢筋铁骨的雄姿。历经4年多的艰苦攻关，这个由我国自主开发、自行设计、自行施工安装的第一朵“金花”一次投产成功，带动我国炼油技术一举跨越20年，接近当时世界先进水平。

为了庆贺，石油部和抚顺石油二厂领导招待全体工作人员吃了一顿饺子，厂区里一片欢呼雀跃，陈俊武却没有吃上这顿具有历史意义的饺子。

“那天正好轮到我值班，我没能去。”他轻描淡写地回忆道。

少年胸怀石油梦，投身石油工业扎根一线成骨干

翻看陈俊武的履历，70年的职业生涯始终围绕着两个字：石油。

陈俊武祖籍福建长乐，1927年3月出生于北京的一个书香门第，由于良好的家教和文化熏陶，陈俊武在中学时期就对化学知识产生了浓厚兴趣。1944年，17岁的陈俊武以优异的成绩考入北京大学工学院应用化学系。

当时的中国民不聊生，工矿企业凋敝衰败。1946年，正读大学二年级的陈俊武到抚顺参观，第一次见到了日本人留下的煤制油工厂，中国石油工业落后、处处受制于人的窘况对他产生了巨大冲击，心中当即立下志愿：挽弓当挽强，一定要投身石油工业，用己所学为国家和民族振兴贡献力量。

为了心中的石油梦，4年大学生活，陈俊武把青春岁月全部融进一张张书页和笔记之中。“外面的春天与我何干，最重要的，是要让内心充满芬芳。”陈俊武在日记中写道。不管时局如何动荡，他心中唯有刻苦学习。

毕业前夕，陈俊武以《化学工程与我——俊武求知旅程之一段》为题，把自己几年来的学习笔记整理装订，分成18类，各包以封皮，加起来竟有20厘米厚。

新中国成立之初，炼油工业基础极其薄弱，可谓一穷二白。新生的人民共和国急需“黑色的血液”为发展注入生机。大学毕业后，陈俊武盯着的只有“石油”。

当时，东北是中国重工业最集中的地方，而沈阳是东北最大的工业城市，工作生活条件也较为优越。陈俊武的母亲和家人都在沈阳，大家都劝他留在沈阳工作。

出人意料的是，陈俊武坚持要到抚顺去。

他还惦记着当年和同学们在抚顺参观过的那个煤制油工厂。急国家所急，想国家所需，这是他最初的信念，始终不改。

谢绝了亲人的挽留，1949年12月，陈俊武如愿进入辽宁抚顺矿务局工作，成为人造石油厂（后更名为石油三厂）的一名技术员。他一头扎进车间，将满腔的热忱投入工厂修复工程中。面对技术资料匮乏、生产条件简陋的现实，他与技术专家和老工人一起克服重重困难，为工厂恢复生产废寝忘食。凭借丰富的知识储备和勤奋严谨的工作作风，陈俊武接连完成蒸汽喷射器、蒸馏加热炉等技术革新任务，逐步成长为一名青年技术骨干。

1956年4月，陈俊武加入中国共产党。

“我的几个姐姐都是共产党员，我一直觉得共产党的事业是伟大的事业，我也愿意为了这个事业而奋斗终生，当初的入党志愿书就是这样写的。”如今，91岁的陈俊武语气依然坚定：“从加入中国共产党的那一天起，我就做好以身许国、一生奉献科学的准备了，无怨无悔！”

不负国家和时代重托，助力流化催化裂化技术锦绣满园

1969年底，根据国家需要，陈俊武随石油工业部抚顺设计院搬迁到位于豫西山区的洛阳市宜阳县张坞乡竹园沟，从此立足洛阳。“文革”时期，风雨飘摇，他盯着的依然是世界炼油工业技术迅速发展的形势和中国的严峻现实，关心着怎样研制适合中国国情的低成本高效设备。

为加工更多的大庆原油，在临时搭建的简陋板房中，陈俊武和同事为研制蒸馏—催化裂化联合装置绞尽脑汁。1972年，这套被称为“一顶二”的装置在锦州试运成功。

1978年，全国科学大会在北京隆重召开，陈俊武光荣地出席了这次大会并获得表彰。

“邓小平同志说，以后要主动抓科学技术，而且要当我们的后勤部长。就是这句话，让我感到，科学的春天来了。”谈到40年前捧着红绒面烫金字证书的情景，陈俊武连说“感动”。

这是时代的鼓舞、国家的重托，他暗下决心：一定要在自己从事的炼油技术领域，特别是催化裂化技术领域猛追世界先进水平，盯住它们，咬住它们，不能落后。

同年，陈俊武担任洛阳炼油设计院副院长兼总工程师，由他指导设计的中国第一套快速床流化催化裂化装置在乌鲁木齐炼油厂试运成功，第一套120万吨/年全提升管流化催化裂化装置在浙江镇海炼油厂开车成功。

1982年，按照陈俊武提出的技术方案建设的兰州炼油厂50万吨/年同轴催化裂化装置投产，荣获国家科技进步一等奖和全国优秀设计金奖。同年，他主持承担了包含“大庆常压渣油催化裂化技术开发及产业化应用，采用自主技术建设一套全新催化裂化装置”两大任务的国家“六五”攻关任务。

1985年，具有自主知识产权的渣油催化裂化技术在石家庄炼油厂实现产业化，1987年荣获国家科技进步一等奖。

1989年，既有同轴结构，又有高效再生的100万吨/年催化裂化装置在上海炼油厂建成投产。1994年，该技术获得我国催化裂化工程技术领域的第一个发明专利授权。

正是在陈俊武等几代人一步一个脚印的共同努力下，我国流化催化裂化技术从一片荒芜到锦绣满园。目前，我国已经建成各种类型流化催化裂化装置上百套，总加工能力超过1.5亿吨，成为仅次于美国的催化裂化世界第二大国。流化催化裂化技术，为我国石油化工工业及国民经济发展做出巨大贡献。

鲐背之年初心不改，密切关注国家能源可持续发展

1990年，63岁的陈俊武已到了退休年龄。这一年，他被授予"全国工程勘察设计大师"称号，一年后当选为中国科学院化学部学部委员（院士）。许多媒体想采访他，国内外多家出版机构先后向他发函，要将他收入各种各样的名人辞典，他都拒绝了。

科学家的目光永远在前方。

面对我国石油资源不足，原油对外进口依存度逐年递增的现实，陈俊武认为石油替代的研究和开发十分必要且紧迫，这不仅关系民生，也关乎国家能源安全。

他将研究方向转向国家石油替代战略，与中国科学院大连化学物理研究所合作，指导完成了甲醇制烯烃（DMTO）技术工业放大及其工业化推广应用，为我国煤炭资源深度转化利用开辟了全新技术路线。2015年1月，DMTO技术荣获2014年度国家技术发明一等奖。

进入耄耋之年，陈俊武又投入极大的精力，深入关注温室气体排放、气候变化、碳减排和石油替代中氢能的生产、运输、储运技术等多项战略性课题的开发和进展。他依然坚持每天准时到达办公室，处理邮件、查阅国外技术资料、研究课题，风雨无阻，必要时还亲自到施工现场和科研院所进行技术指导。

"我已经比60岁退休的同志多工作了30年，今后还会继续思考下去，继续保持工作状态。"陈俊武胸中依旧燃烧着激情，装满了计划，"不能觉得自己得了很多荣誉，就该歇一歇了，我思想上时刻保持警惕，不敢有这个念头。”

执着求真“炼”潜心

“超级学霸”——这是陈俊武的学生对这位“90后”老师的共识。

为了出国考察国外流化催化裂化先进技术，陈俊武仅突击学习两个月，就能用西班牙语阅读资料为同去的同事进行笔译；陈院士一般不使用计算器，别人用计算器还赶不上他心算快；陈院士随手记下别人报的一组装置数据，低头摆弄手指，几分钟就能算出大致的烯烃收率……这些陈俊武的轶事，是他的学生和同事多年来津津乐道的话题。

“不是我脑子好，是我愿意经常用脑，不断地学习积累。”在长期实践中，陈俊武形成一套独特的思维训练方法，不仅熟知装置的各项参数，甚至连算法都独特。几十年来，他总像个学生似的背着一个小包，里面除了装上资料、图纸，还有一沓纸片。勤做笔记、随时计算，是他从大学时代就养成的习惯。

他说，工程人员一定要用数据说话。其实，很多数据早就“埋”在了陈俊武的心里。

他用行动教育工程设计人员：在现场必做的有两件事，一是钻两器，二是爬高塔，只有在现场的时间足够多，才能干好工程设计工作。

在陈俊武半个世纪的工作历程中，差不多有一半时间都在出差或在现场。

1968年冬，为解决胜利炼油厂新建的120万吨/年催化裂化装置催化剂大量跑损的难题，陈俊武带领攻关小组来到黑龙江大庆，冒着–30℃的严寒，爬上大庆炼油厂30多米高的催化裂化装置两器平台，监测反应器、再生器运行情况，记录流态化数据。

手冻僵了，脚冻麻了，钢笔也冻得写不出字了……

为了方便对比分析，他又和同事辗转来到抚顺石油二厂催化裂化装置区，收集第一手资料，对三个装置的流态化数据反复对比，找出了催化剂大量跑损的原因，总结出现场操作要点，将之改进为迄今仍然采用的催化裂化装置流态化测试理论和方法。

耄耋之年，陈俊武指导甲醇制烯烃技术开发和工程设计时，和年轻人一样上班加班，多次主持讨论会，先后8次到陕西华县甲醇制烯烃工业试验现场了解情况，坚持走遍装置的各个部位，还登上两器最高平台。

“有时为了不让院士登高爬梯，大家都说塔顶上没有什么新设备，不用上去看了，可院士对上面每个地方有什么设备都说得一清二楚，想瞒都瞒不住他。”跟随陈俊武工作20多年的洛阳(广州)工程公司首席专家刘昱说，“院士用行动告诉我们，工程设计人员在现场必做的有两件事，一是钻两器，二是爬高塔，只有在现场的时间足够多，才能干好工程设计工作。”

20世纪80年代初期，陈俊武带队成功研发了新型的同轴式催化裂化装置，兰州炼油厂联系陈俊武，希望采用洛阳炼油实验厂的同轴式技术，建设一套年加工能力50万吨同轴式流化催化裂化装置。但是，上级主管部门有人从技术角度对设计方案的安全性提出质疑，建议改变装置的布置形式。这个建议的出发点固然好，但会使装置整体结构复杂化，也会增加大量投资。而且，如果否定了该方案，这项新技术就会失去一次上台阶的机会。

争论的双方各自坚持自己的意见，石油部主管炼油的领导不得不召集有关专家召开了一次专门的论证会。

气氛略显紧张的会议室里，否定的意见模糊而有力：“有可能出事故”“有可能爆炸”“有可能……”

陈俊武并不是听不进不同意见的人，但他不能让经过认真研究精心测算出的方案就这样“流产”了。当“出了问题谁负责”这个问题被提出时，他坚定地说：“如果出了问题，我陈俊武负责！”

拍胸脯立下军令状，陈俊武并不是一时冲动。他的底气和自信源于设计方案的缜密和精确的计算，那些可能出现的情况早已被一一设想。他拿出了一系列准确的数据，证明不会出现大家所担心的安全问题。

最后，陈俊武的设计方案获得通过。1982年，凝聚着他和团队心血的兰州炼油厂这套装置顺利建成投产，不仅当年就收回了4000多万元的投资，而且把我国炼油技术水平向前推进了一大步。这项技术1984年获得全国优秀设计金奖，1985年又获得国家科技进步一等奖。

“科研人员不能讲可能怎么样，一定要是什么样就是什么样。”回忆起当时的情形，陈俊武至今还深有感触。

他的著作在理论研究和生产实践之间架起一座桥：一本书，一个主编，20年间出版再版3次，并将工艺、工程与生产实践紧密结合，在石油化工类专著中具有首创性。

1990年，陈俊武离开领导岗位，虽然已年过花甲，但他依旧精力充沛。“我今后主要干三件事：著书、立说、育人。”他考虑的不是该如何享受退休生活，而是自己为推动中国石油炼制工业发展再做些什么。

这三件事里，著书是第一位。

催化裂化是一项重要的炼油工艺，在炼油工业中占有举足轻重的地位。目前，国内催化裂化工艺技术水平已达到国际先进水平，有200多套不同类型的催化裂化装置建成投产，处理量已接近2亿吨/年。催化裂化工艺为国家提供了65%以上的车用汽油、40%的丙烯。但在当时，国内外公开出版的关于催化裂化工艺和工程的专著却寥若晨星，国外虽有这方面的著作，但缺乏细致系统的工程数据，难以满足从事催化裂化专业技术人员的需要。

陈俊武觉得，在理论研究和生产实践之间应该架起一座桥。

他着手酝酿一本学术性与实用性兼备，能够为从事催化裂化科研开发、工程设计和工业生产的科技人员提供理论和实践引导的专著，书名拟为《催化裂化工艺与工程》。

“这是我自己给自己找的事，也是一直以来的心愿。”在陈俊武看来，写书并不是一件苦差事，但实际上，要领衔主编一部这样意义重大、体量巨大的科技专著，工作量可想而知。

陈俊武将自己多年来积累的各类技术资料分类整理成册，精心选取工业实践中的典型案例和数据，一一核对分析，开始潜心写作。

家人抱怨他，说这哪像一个快要退休的人，白天拿着资料和图纸，晚上还是拿着资料和图纸。

历时两年，这本凝聚着陈俊武和一批专家智慧和心血的珍贵著作完成初稿，1995年由中国石化出版社正式出版发行。

2004年，该书再版，年近八旬的陈俊武宝刀不老，继续担任主编。除了自己写作，还要做大量的组织协调和统稿工作。

“10年来催化裂化技术不断进步，书中原有内容应该充实和更新，以满足新形势的需求。”在保持原框架结构不变的前提下，陈俊武根据10年来技术进步的具体情况，对各章节内容一一推敲，精心修订，酌量增删。

2013年，中国石化出版社向陈俊武建议，为了迎接中国催化裂化产业化50周年，这本广受欢迎和赞誉的书最好能出第三版。

此时的陈俊武已是86岁高龄，他带领新组建的写作修订团队在近两年的时间里反复讨论和修改，在保持第二版基本架构的前提下，更加全面、系统地总结了国内外催化裂化技术的发展现状，增补了油品清洁化技术、加氢处理技术在催化裂化技术中的应用等新内容。

2015年5月，《催化裂化工艺与工程》第三版终于出版发行，全书共1606页252万字，是一部名副其实的巨著。

“一本书，一个主编，20年间出版再版3次，并将工艺、工程与生产实践紧密结合，在石油化工类专著中具有首创性。”这是时任中国石化高级副总裁的戴厚良和徐承恩、汪燮卿、何鸣元、杨启业等几位院士在《催化裂化工艺与工程》第三版发行座谈会上的一致评价。

“这本书既可以当教材，又可以当参考书，每10年改一版，就是为了在实践中解决更多问题。”从实践中来、到实践中去，书可以修改，始终不改的，是陈俊武著书的初衷。

他的“较真”影响着身边的许多人：陈院士在研究中使用的每一个数据，都有严格的资料来源，这就是“陈氏超级心算”如此精准的原因。

认识陈俊武的人都知道，他是一个非常较真的人，这种“较真”多年来影响着身边的许多人。

时年77岁的陈香生，曾任洛阳工程公司副总工程师等职务，与陈俊武共事30多年。谈起陈院士的“较真”，陈香生讲起了他印象极深的两件事。

2018年初，中国科学院大连化学物理研究所筹办中国催化史料馆，要将《催化裂化工艺与工程》第一版、第二版、第三版作为史料入馆展出，无奈已经买不到了，只好向洛阳工程公司和陈俊武本人求助。

陈香生从公司档案馆调出了这3本书，请陈俊武在扉页签字准备寄出。

“先别寄，还有些错处要改。”陈俊武突然说。

陈香生一头雾水。原来，第二、第三版本中有一个方程式的转化率因子的数据适用范围有偏差。

对陈俊武而言，这是一件极其重要的事：“大家既然看重这本书，就一定要对得起大家，发现有错误的地方，就应该予以纠正。”

第二天，陈俊武亲自打印了一个致歉的勘误说明，将第二版和第三版内哪几页、哪个方程式、哪几个表格引用转化因子数据适用范围的错误，都标注得清清楚楚。

接过勘误说明，陈香生惊住了：一位91岁的老人，生活上有些事情记不住了，需要他人提醒和照顾。但这些过去几年、十几年的数据，就像刻录在他的大脑中一样，永远不忘、随时调用。

“一定要认真对待每一个数据，替公司负责、替国家负责。”陈俊武再三叮嘱陈香生。

还有一次，陈俊武向陈香生口述将要在《中外能源》发表的一篇论文的提纲和资料时，说：“根据发展规划，中国居民2050年的人均用电量约是400千瓦时，而美国居民的人均用电量仍然比中国高10倍。”

“这数据有出处吗？”陈香生疑惑地问。陈俊武立刻打开电脑，从美国国家能源实验室网站调出三四页统计数据，其中有预测的美国20～30年后人口数据、居民家庭组成数据、家庭用电数据等，都是10的15次方或12次方数量级英制单位。

弄明白换算步骤加上计算，陈香生花了两个多小时才算出结果：预测美国居民2050年人均用电量超过3900千瓦时，与陈俊武所说的基本一致。

“陈院士在研究中使用的每一个数据，都有严格的资料来源，这就是‘陈氏超级心算’如此精准的原因。”陈香生感佩地说。

创新不止事业兴

创新者不老，源于他总会不断汲取新知识的养料。

“现在，大家都提倡电动汽车，其实我们国家电力也很紧张，我感觉氢能是个方向，应该利用可再生能源大力发展制氢技术。”谈起最近关注的石油替代前沿技术，陈俊武的双眼闪闪发光，兴奋得像个孩子。

转化一代，开发一代，前瞻一代。在能源领域奋斗了一辈子，92岁的他一边继续指导开发石油炼制和现代煤化工新技术，一边静静地仰望苍穹，研究思考可再生能源的替代趋势和低碳战略。

“回顾自己的经历，我一直在前进，创新的思想始终没有停顿，很多时候都是出于兴趣，总觉得一项新技术完成了但是不过瘾。”在陈俊武看来，创新永远没有交卷的时候，“吃一、看二、眼观三，创新的带头人就是要不断发现和思考新的问题。”

青年时代的陈俊武，曾有一个鲜明的标签：不安分的工程师。他说：“我从20多岁开始搞创新，很少间歇过。”

陈俊武讲到一个“25度电的故事”，眼睛里满是骄傲和自豪。那是他技术革新的起点。

1952年，陈俊武在抚顺人造石油厂变换车间值班时发现，水煤气和水蒸气混合的“蒸汽喷射器”抽力很大，就联想到水煤气鼓风机的电动机是否可以在不给电的情况下运行的问题。于是，他找到一本讲述化工原理的专著自学高速气流理论，进行参数计算，与工人班长一起利用倒班时间做了试验。

成功了！鼓风机在停止供电的情况下依然自动旋转，车间其他设备运转正常。这样，停开一台鼓风机，仅1小时就能省电25千瓦时！

当时，全国正在开展增产节约运动，陈俊武的这项技术革新在全厂开了先河。受此激发，陈俊武的创新热情一发不可收。

一次，陈俊武接到稳定汽油馏分的工作任务，到蒸馏车间了解设备情况。他发现蒸馏加热炉炉管是按单管程布置的、汽化后流动阻力大，便想到不久前买到了一本俄文版关于加热炉计算的书，决定用书里的方法试一试。

由于不懂俄文，陈俊武只能仔细分析该书中关于“炉管内油品边加热边汽化的计算公式”，产生了把炉管分为两管程、降低压降的想法。他把自己的建议向车间提出后，很快就被采纳并加以实施，收到装置加工能力提高20%的效果，受到工厂的特别嘉奖。

1969年12月，陈俊武随单位迁至豫西山区的河南省宜阳县张坞乡竹园沟工作。虽然住的是阴冷潮湿的窑洞，办公的地方是四面透风的临时板房，日常生活中需要的柴、米、油、盐需要徒步到十几里外的集镇上购买，但他的眼睛始终紧盯世界炼油技术发展的脚步，并结合国内实际，时常思考着如何改革和创新。

有一次，陈俊武读到一则介绍炼油深加工工艺技术发展的国外资料，不由自主地想到了国内近几年原油产量剧增、炼油厂加工能力不足，有些电厂甚至直接用原油代替燃煤发电的现象。

这是多么大的浪费啊！既然新建大型炼油装置有困难，能不能设计一种投资少、上马快、对原油只需中等程度加工就能提高加工能力的炼油装置呢？

于是，他主动找到专业室的同事反复讨论，大胆提出蒸馏—催化联合装置的设计技术革新方案。简单地说，就是把原油蒸馏和催化裂化两套装置合而为一，省去常压蒸馏装置，直接用高温油气在分馏塔把蜡油拔出，用一个催化分馏塔取代常压和减压两个分馏塔（以下简称“一顶二”）。

当时，时任石油部基建司处长的王德瑛到单位调研，听了“一顶二”方案汇报，当场表态支持，要求尽快上报。1971年，该方案获得石油部批准实施，将石油六厂作为“一顶二”装置试点厂，并将这种革新型的装置命名为“大庆701装置”。1973年8月，年加工200万吨原油的“一顶二”装置在石油六厂建成投产，蜡油拔出率高达90%，不仅达到了既定的技术经济指标，还节省了建设投资，得到充分肯定。

随后，这种革新型的“一顶二”装置又先后在林源炼油厂、沧州炼油厂等生产企业建成投产。

1975年10月，隶属于洛阳炼油设计研究院的炼油实验厂刚刚建成，陈俊武就和科研设计人员马不停蹄地展开催化裂化新工艺、新设备、新材料的半工业化试验。虽说新建成的装置时常被改得面目全非、时开时停，却诞生了一项又一项推动我国炼油工业技术进步的科研成果：快速床催化裂化、全提升管催化裂化、首套同轴式催化裂化、掺炼渣油催化裂化……

1982年6月，已是洛阳炼油设计研究院副院长兼总工程师的陈俊武，又担任了一个新职务：国家“六五”攻关催化裂化技术攻关组组长。同时担任攻关组副组长的有我国著名催化剂专家、中国科学院院士闵恩泽和石油化工科学研究院专家邹康实。

按照石油部要求，他们将承担国产化渣油催化裂化、两段催化裂化等国家重点科研课题的攻关任务，并在上海炼油厂建设一套创新的催化裂化装置。闵恩泽院士负责渣油催化剂的开发，陈俊武负责工程技术开发。

陈俊武感受到了前所未有的巨大压力。他知道，仅解决催化裂化原料油掺炼渣油就是一个巨大的系统工程，技术上要解决的问题很多，需要产学研协同、大兵团作战才能攻克难关。

在攻关组的统一协调下，石油化工科学研究院、石油大学、北京炼油设计院、洛阳炼油设计研究院等科研人员纷纷加入攻关团队。

“仅再生器烧焦一个课题就分为9个子课题，参加攻关的单位就有四五家。”陈俊武回忆道。

1983年8月，在上海炼油厂新建100万吨/年催化裂化装置技术方案比选中，时任该厂总工程师朱仁义曾开玩笑地对陈俊武说：“陈老总，我这个人可贪心不足，你那同轴式我想要，烧焦罐我也想要。”

虽说只是一句玩笑话，却让陈俊武陷入冥思苦想。“鱼，我所欲也；熊掌，亦我所欲也，二者不可得兼”。忽然，一个想法火焰般点亮他的思维——何不把同轴式和烧焦罐嫁接在一起，二者取长补短呢？于是，一个快速床与湍流床气固并流串联烧焦设计方案就这样诞生了。

1989年9月，上海炼油厂100万吨/年催化裂化装置建成投产，运行平稳，各项技术指标达到设计值。

1990年5月，这套装置的模型在北京国际博览会展览大厅一亮相，立即引起各国技术专家的关注，随后远赴莫斯科巡回展出时，更是吸引了“老大哥”惊羡的目光。

1994年，陈俊武申报的流化床催化剂的两段氧化再生方法获得国家专利授权，成为我国第一个具有自主知识产权的催化裂化工程技术领域的发明专利。

石家庄炼厂渣油催化裂化装置、上海高桥石化新催化装置的投产，既为国家创造了较大的经济效益，又推动中国炼油技术跃上一个新台阶并居于当时世界先进水平。

“我个人的力量微不足道，协同创新是大兵团作战，成功归于集体、归于在座诸位。”在攻关组召开的总结会上，陈俊武激动地说。

20世纪90年代初，陈俊武从领导岗位上退下来，觉得催化裂化自己已干了半个世纪，后继者人才济济，在这个领域自己可以“隐退山林”了。

“要把思路更开阔一些，从宏观角度和世界范围了解能源问题。”闲不下来的陈俊武，开始把研究重点转向自己一直关注的石油替代问题。

1996年2月的一天，中国科学院大连化学物理研究所研究员王公慰和刘中民（现为中国工程院院士、大连化学物理研究所所长）慕名找到陈俊武，希望能够在他和洛阳工程公司的帮助下，借鉴炼油行业催化裂化的流化床技术，进行DMTO技术实验室成果的工程放大和基础设计。

“我们这个项目应该怎么放大？可以建一个50万吨/年的示范装置吧？”刘中民信心满满地问。

“最大能做个10万吨/年的示范装置。”陈俊武解释道，如果从实验室中试规模放大到百万吨级，那是直接放大了近一万倍的工程，风险太大了。

在双方的交流中，陈俊武敏锐觉察到煤基甲醇制烯烃广阔的市场前景，促成了洛阳工程公司与中国科学院大连化学物理研究所以知识产权共享为纽带的联合攻关。

2004年8月，洛阳工程公司、中国科学院大连化学物理研究所和陕西新兴煤化工有限公司达成三方合作协议后，世界首套万吨级甲醇进料规模的DMTO工业化试验装置进入开发、设计和建设的快车道。

中国科学院大连化学物理研究所的技术人员暂时松了口气，陈俊武的心却提了起来。他知道，整个工业试验的成功，不仅要完成试验装置的工程化技术开发、设计和建设，而且必须经过升温、循环、催化剂结炭与再生、催化剂损耗和丁烯回炼等多方面的考验。要把试验装置开起来，既要取准、取全工程设计的数据，又要对工艺技术和催化剂性能进行验证。可以说，工业试验进展的每一步，都是一次史无前例的探索。

从那时起，陈俊武的办公室就变成DMTO工业试验的总指挥部。他每周听取项目进展情况汇报，多次主持试验装置设计方案讨论，指导制定分两步进行、各100倍工程放大的工程技术开发方案。为掌握第一手数据，他8次奔赴试验现场了解试验情况，召开分析讨论会。

2006年2月，DMTO装置第一次工业试验刚开始不久就出现催化剂跑损。已近80岁高龄的陈俊武，和年轻人一样，爬上30多米高的两器框架平台，观察人孔内设备运行情况，查找原因。

通过分析各类数据，他认为一是反应器分布板内气速过快，二是催化剂制备技术有待改进。经过科研和设计的共同改进，不仅解决了这一问题，而且杜绝了类似问题在大型工业化装置生产运行中出现。

2006年5月，陕西万吨级甲醇进料规模的DMTO工业化试验宣告成功，每天可以处理50吨甲醇，远远超越国外同类装置试验规模，基本取全和取准了工程设计数据，考察并验证了催化剂性能，为我国优化设计和建设百万吨级甲醇进料规模DMTO工业示范装置打下坚实基础。

2010年8月，陈俊武指导完成的世界首套、全球规模最大的180万吨级甲醇进料的DMTO工业示范装置在内蒙古包头市建成投产，成功实现第二步100倍工程放大，累计获得国家授权的发明专利30余项，在煤制烯烃领域形成具有我国自主知识产权的核心技术。

之后，陈俊武又指导项目联合攻关团队完成了新一代DMTO技术开发。目前，由中国科学院DMTO和中国石化SMTO两种技术生产的烯烃已经占国内烯烃产量的25%~30%，加速形成我国独有的甲醇制烯烃战略性新产业。

“我还要把思路更开阔一些，从宏观角度和世界范围了解能源问题。”进入耄耋之年的陈俊武，开始对一个并非自己研究领域的课题产生兴趣：全球气候变化和碳排放问题。

他开始广泛收集联合国气候变化专门委员会、美国能源情报署和欧洲等国家和地区有关气候变化和碳排放的数据资料，下载资料摞起来超过了自己的身高。如果可以查阅到一个能回答他疑问的资料，80多岁的院士会像小孩那样兴奋和激动。

“出于科学家的责任，去学习过去不熟悉的知识，争取提出一些对国家、对大局有益的论据和建议。”从2011年开始，陈俊武与同事合作连续发表9篇关于中国碳减排战略研究的相关论文，并历时3年写就24万字的《中国中长期碳减排战略目标研究》专著，在2011年就提出中国的碳排放峰值年是2030年，碳排放峰值为110亿吨，最好控制在100亿吨的建议，与国家2014年正式向国际社会承诺的数值高度契合。

2015年5月，中国科学院邀请陈俊武参加在香山召开的气候变化研讨会议，他做了题为《中国低碳经济的前景与气候变化的关系》学术报告，引起气象学家和国家有关部门的重视。

在陈俊武看来，自己的生活和科研已经分不开了：“每天必须学习一点新的东西，给大脑充充电，我站在别人的肩膀上，别人再站在我的肩膀上，才能带动创新。”

春风化雨育栋梁

2017年3月17日，陈俊武90周岁。

为了庆贺老师的生日，他的弟子们从四面八方云集洛阳，准备送上一份特殊的礼物。

这一天，催化裂化高研班及专家班洛阳现场教学活动在洛阳工程公司办公楼学术报告厅举行。当90岁的老师缓缓走上讲台，全场起立，掌声经久不息。

台下听课的140多名学生跨越几代人，他们中有许多人是石油石化行业的“大咖”，有的已经退休，两鬓斑白，还有一些年轻的面孔。

一本精心编撰的纪念册被送到陈俊武手中，封面上是淡雅的山水背景和一棵苍劲的古松，里面辑录了催化裂化高研班和专家班全体学员的名录、照片和陈俊武各个时期的工作照。

陈俊武拿在手里反复摩挲，一连说了好几个“高兴”，眼含泪光。他知道，自己看到的是一支正在传递接力棒的队伍，也是一条延伸向未来的光明大道。

提携后辈、甘为人梯，是晚年陈俊武的真实写照。他传授的思考问题、分析问题、解决问题的方法，让学员从一个新的高度俯瞰整个炼油行业。

从行政领导岗位上退下来后，陈俊武给自己定了著书、立说、育人三个目标。“未来市场的竞争实质是科技实力的竞争，必须首先提高科技人员的整体基础理论水平和科技素质。”在陈俊武心中，培养人才的愿望尤为强烈和迫切。

1992年初，通过严格考试、考察，陈俊武从洛阳工程公司的青年工程师中确定了3人作为他的“师带徒”学员。他和3名学员签署培训合同，并保证将在包括午休时间在内的规定时间里给他们讲课。

此后3年间，陈俊武一丝不苟认真履约，基本上每周都要给学员讲一次课，一个月平均讲10多个课时，还经常带领学员到现场实践教学。学员发现，老师每次上课都按时准点，仪容端庄，若穿西装，必打领带。

由于没有先例可循，仅整理讲义一项，就花费了陈俊武大量精力。他把自己半个世纪探索积累的经验和理论系统地予以整理浓缩，毫无保留地传给后来人。所有这一切，陈俊武都是甘愿付出、分文不取。

与此同时，陈俊武强烈地意识到，要想为中国石化行业培养出更高层次的精英人才，必须打破门户之见，创办一个有创新理念和独特教学方式的高级研修班。他的提议得到了当时石化总公司领导的大力支持。

在陈俊武的直接推动下，1992年，中国石化第一期催化裂化高级研修班开班。正式学员只有8人，选拔条件极为严苛。比如，必须在工厂催化裂化装置有过4年以上的工作经历，已是高级工程师或接近高级工程师的工艺技术人员，等等。

“催化裂化是炼油领域的核心技术，陈院士认为最熟悉催化裂化技术现状的是一线的操作工人和技术干部，提高了他们的技术水平，就提高了炼油行业的整体专业技术水平。”集团公司副总经理凌逸群当年是8名正式学员之一，时年30岁。他表示，能够入选这样的“大师班”，对于一名炼油厂催化车间的年轻技术员而言，何其幸运。

“他从科学出发，对国内外公司、兄弟单位的技术成果给予充分尊重，在讲课时客观介绍分析各家的技术特点，让学生自己体会。”谈及第一次近距离接触大师的情形，凌逸群印象最深的是陈俊武渊博的学识和宽广的胸襟。

在远离市区的大连石油七厂招待所里，和凌逸群一样来自全国各地生产一线的8名技术尖子开始了为期3周的魔鬼训练：从物料衡算、热量衡算到压力平衡、能量平衡，从化学工程理论到装置分析运用，从物理化学原理到具体反应、烧焦工程……陈俊武深厚的理论功底，系统的知识结构，严密的逻辑思维和由此及彼、由表及里的授课方式，把学员带进了学习掌握催化裂化技术的更高层次。

每天时间都很紧张，白天上课，晚上做作业，第二天再集中研讨。“作业题中很多是生产实践中的疑难杂症，以前我们对此往往只做到定性分析，而作业要求必须用计算、数据说明问题，还鼓励用多种方法进行计算，使枯燥烦琐的计算题成为多角度的定量分析思考点。”凌逸群半开玩笑地回忆道，“当时正值巴塞罗那奥运会，做作业可比看比赛有意思得多。”

在3周高强度的集中学习后，学员回到各自的工作岗位，但每个人都带着一个题量超大、周期超过一年的“大作业”——汇集整理自己所在单位催化裂化装置的原始数据，按授课中提出的方法进行工艺和工程计算，然后根据计算结果结合装置出现的技术问题进行有针对性的分析研究，最后提出解决方案。

在凌逸群眼中，这个“大作业”名副其实。在计算机还没有普及的年代，完成作业主要靠手算，计算量庞大到无法想象，每名学员都用了一年多时间才全部完成。为了准确用物料平衡的方法核算一套装置，凌逸群甚至几次求助厂里调度，将某个物料罐腾空再重新装填计量，以获得准确的第一手数据。

“当时没人会用这种方法来分析装置，提出这个要求，大家都蒙了，以为我在开玩笑，”凌逸群感慨地说，“跟陈院士学习之后会有一种脱胎换骨的感觉，当你再看装置的时候，脑子里全都是问题。”

让学生具备发现深层次、方向性问题的能力，这是贯穿陈俊武整个教学过程的指导思想。“他传授的思考问题、分析问题、解决问题的方法，让我们从一个新的高度俯瞰整个炼油行业，掌握了这种方法论，随着工作内容不断扩展可以触类旁通，更高效地驾驭石油化工行业流程的总体技术。”凌逸群总结道。

第一期催化裂化高研班结束后，第二期、第三期陆续举办，3期历时10年之久。“陈氏继续教育工程”开创的这种完全不同于学院式的，从本企业催化裂化装置实践中来，再回到本企业催化裂化装置的技术进步中去的教学方式，让所有学员在职业生涯中持续受益，更为中国石油石化行业培养了一批没有学位证书的精英人才。

“30多岁的时候是你最想干成点事，又往往没有方向的时候，在这个关键节点上有人把你扶上马、送一程，引导到正确的方向，难能可贵，”回忆起跟随陈俊武学习的3年，第二期高研班学员、中国海洋石油科技发展部副总经理吴青深情地说，“他将毕生所学倾囊相授，在每个人身上都种下了一颗智慧的种子，帮助我们一步步成长为参天大树。”

吴青坦言，陈俊武为人谦和低调，无论是对自己的学生，还是对一线来的员工或中国石化以外其他公司的人员，都一视同仁、有问必答，并始终保持着一颗谦虚好学的心。“凡是不懂的问题，哪怕不是自己专业领域的问题，他都要刨根问底弄清楚，这种钻研精神几十年来一直深深影响着我。”

在学员心中，陈俊武不仅仅是传道授业的“经师”，更是成风化人的“人师”。每个人谈及他的人格魅力和作风品行，无不满怀敬意。

凌逸群清楚地记得，有一次，自己拿着一个关于流态化的问题向陈俊武请教，陈俊武立刻将自己十几年来和石油大学教授讨论该问题的书信全部拿出来，一封一封拆开给他看，仔细分析每一个细节。

“只要问题没搞清楚，他会不厌其烦地给你讲。”凌逸群感佩地说。

中国石油炼油与化工分公司总工程师邢颖春是第二期催化裂化高级研修班的学生，至今还保留着陈俊武批改过的“大作业”：“从授课、答疑、大作业到结业论文，陈院士在各个阶段都亲自过问我的学习情况，其间每次我提出多项需请教的问题时，他都亲笔回信。”

在这本厚达200多页的“大作业”中，每一个重点步骤、每一项重点技术分析都有陈俊武点评的笔记。可以想象，这背后付出了多少时间，耗费了多少精力。

由于学员所在工厂装置不同，生产原料、产品方案千差万别，催化剂也各异，所以“大作业”的内容很少雷同。陈俊武不得不加班加点逐一审看、修改，就连春节假期也用来批改“大作业”。有时，为了给学员讲明一个数据，他所演算的数据、列出的表格比学员的作业还多。

陈俊武谦逊地告诉记者，办高研班是集体的智慧和功劳，除了中国石化总部的正确决策外，还要感谢中国石化管理干部学院领导和柳芬老师的大力支持，以及武汉石化陆庆云和本单位曹汉昌等同仁的鼎力协助。

20多年前，这些被“大作业”磨炼过的学员都是普通的一线技术人员，回到企业后，他们大多从技术员成长为技术负责人，许多人后来都成为石油石化行业卓有成就的专家，还有一大批人担任企业的总经理、副总经理、总工程师等重要领导职务。

俗话说，“一日为师，终身为父”。对于高研班的学员而言，20多年前的老师，现在和将来永远都是老师，即便不能时常相见，师生之间的默契和深厚情谊也随着时间推移而历久弥新。

只要去洛阳出差，或得知陈俊武在北京开会，凌逸群总要去探望恩师。每次见面，他们兴致勃勃谈论的话题，总是关于最新的装置和技术，关于如何使他们的事业向未来延伸。

在与陈俊武多年学习交往的过程中，凌逸群发现，陈俊武在高研班所传授的平衡观在不断扩充和更新。从催化裂化开发过程中的“物料平衡、压力平衡、能量平衡”三大平衡，逐渐拓展到元素的平衡：氢平衡、硫平衡、碳平衡，在他近年来的碳排放研究中，还在不断发展这种平衡观。

“这就是科学家的精神和战略眼光，不断学习、追赶、超越。”如今，陈俊武在82岁高龄时所著的《石油替代综论》已成为凌逸群工作中最重要的工具书，家里放一本、办公室放一本，随时翻阅学习。

刚刚退休的石家庄炼化副总经理刘晓欣是陈俊武高研班的“秘书长”，多年来在工作之余负责师生之间的联络。然而，她却认为自己并不是一个合格的“秘书长”。

2006年的一天，陈俊武路过石家庄，打算去看望当年和自己一起在抚顺工作过的、从石家庄炼化退休的老同事顾启雄。当时，包括刘晓欣在内的石家庄炼化班子主要成员都是陈俊武催化裂化高研班的学生。陈俊武觉得这是自己的私事，不应该麻烦别人，所以特意告诉这位老同事不要惊动任何人。

“我们生活区离火车站有25公里，路又不好，一个小时才有一趟公交车，让他们派个车去接你一下吧，”顾启雄再三劝说陈俊武，“你一个人，我不放心。”

“千万不要告诉他们，否则我就不去了。”陈俊武严肃地回答道。下完“封口令”，他便询问从火车站到石家庄炼化生活区的路线，记在小纸条上，自己买了一张火车票，下了火车又等公交车，一路颠簸近两个小时才到了顾启雄家里，住了一晚后，第二天又悄然返回洛阳。

“他走了以后，我们才知道他来我们公司生活区了，当时心里特别酸，”想起年近80岁的老师匆匆来去的背影，刘晓欣哽咽了，“不是敬，不是佩服，而是难过。作为学生和晚辈，我们在这点小事上去照顾他，都是应该的。可是他就是这么倔，怕自己来了会影响企业，影响我们工作。”

每每念及恩师，刘晓欣总会想起宋代著名文学家范仲淹的散文《严先生祠堂记》里的一句话：“云山苍苍，江水泱泱，先生之风，山高水长。”

淡看人生风清正

在大部分人眼中，陈俊武是令人高山仰止的大科学家，而在女儿眼中，陈俊武就是个特别单纯的人。

“爸爸对生活要求不高，很轻易就能满足，他可以独自买票挤公交车，也可以在路边摊随便吃上一碗面条。”小女儿陈欣坦言，父亲的生活常态就是行行复行行，轻捷利落地从一个装置现场赶赴另一个装置现场：“他总说路要靠自己去走，我们的家人，以及和他关系密切的人，都没有从他那里得到过什么好处和关照。”

任务、压力、责任……每个词提起来都是沉重的，但不管多忙，陈俊武始终活出沉稳从容、行云流水的节奏。绚烂至极，归于平淡，这也许就是他人生境界的真实写照。

1985年，具有自主知识产权的渣油催化裂化技术在石家庄炼油厂实现产业化，两年之后喜获国家科技进步一等奖。在主要完成人员名单上，并没有攻关组组长陈俊武和副组长闵恩泽的名字。

“上报材料时，陈俊武专门提出，要把为此项目做出贡献的洛阳设计院的其他几名科技人员列入授奖名单，不列自己。”国家工程勘察设计大师郝希仁说，“他希望更多后辈能够受益并成长。”

陈俊武觉得，是时代成就了自己。他总是强调，每一次成绩都凝结着大量共事者的心血，荣誉理所当然归功于集体，只有和多数人分享才能心安理得。

与此同时，在他的人生词典里，“私利”这个词仿佛从未出现过。

2014年7月，陈俊武待了近半个世纪的洛阳工程公司主营业务南迁广州，三分之二的人员搬到广州工作，按照级别待遇，公司领导在规划住房时给陈俊武安排了一套180平方米的安置房。

陈俊武听说后，明确表示坚决不要。

公司领导和同事多次劝说他，陈俊武非但不高兴，还很生气：“我年龄大了，在洛阳工作和生活，要广州那么大的房子干吗？！”有人提醒陈俊武，如果自己不住，可以留给女儿，或者以后卖了变现也是一笔不小的收入。

陈俊武硬是谢绝了公司领导的“好意”，再次表示公司可对这套住房另做安排。

凡是花国家的钱、集体的钱，陈俊武都是这样小气。走上领导岗位后，他谢绝了配秘书、坐专车的专家待遇，坚持步行上班近20年。他去外地出差，常常会为省差旅费而斤斤计较。

1992年夏，中国石化第一期催化裂化高级研修班在大连开班，陈俊武担任导师。到了大连，出了火车站，来接他的却是一辆客货两用车。陪同人员当时就火了：“陈俊武是大名鼎鼎的院士，怎么就用这样的车来接！”陈俊武却觉得无所谓，认为车就是代步工具。主办方在招待所给他安排了高级房间，他也不住，非要住普通房间。

“我是共产党员，就得讲奉献，不能搞特殊。”陈俊武喜欢用数学方程式来考量自己，“一生中奉献大于索取，人生就灿烂；奉献等于索取，人生就平淡；奉献小于索取，人生就黯淡！”

鲜为人知的是，陈俊武也有非常大方的一面。

在抚顺工作时，他曾把自己技术革新获得的奖品转交给集体和其他同事使用。迁址洛阳工作后，他把自己的奖金捐给公司幼儿园、捐给优秀民办教师，还捐资4万元设立青年优秀科技论文奖励基金。遇到党的重要纪念日，他都会多交一份数额不小的党费。

1994年8月，陈俊武从报纸上了解到洛阳市新安县考上复旦大学的张政伟正在为学费发愁，就连夜写信联系，表示要全力资助张政伟完成大学学业。

开学前，张政伟如约来到陈俊武家。陈俊武不仅给了他3000元学费、生活费，还为他准备了装有各种学习用品的书包和装有剃须刀、羊毛衫、皮鞋等生活用品的大皮箱，并叮嘱张政伟：“上大学期间，学习费、生活费我全部负担，你只管安心学习。”

此后，陈俊武每年按时给张政伟汇款，直至张政伟大学毕业，累计资助几万元。毕业后，张政伟进入上海市华山医院工作，如今已成为业务骨干，还在上海建立了自己的小家庭。

“陈院士是我的恩师，因为他的帮助我才能有今天。”张政伟对陈俊武充满了感恩，凡回洛阳，都要去看望他。

受过陈俊武帮助的人，不止张政伟，有的解决了一时的困难，有的可能因此改变了人生。

2010年，年逾八旬的陈俊武牵头在郑州大学化工与能源学院组建了河南省石油补充替代能源研究院士工作站，指导团队从事生物燃料方面的研究论证工作。他多次到郑州大学讲课，同时通过电子邮件等方式对郑州大学的孙培勤团队给予悉心指导，还培养了孙绍晖等4名博士后。2016年1月，团队研究成果以80多万字的《生物基燃料技术经济评估》专著呈现，为国家能源战略决策提供了重要参考。

6年间，陈俊武对化工与能源学院支付的酬金分文不取，也不让学院负担任何吃住行费用，还不计成本地为学生复印资料，为他们提供力所能及的帮助。在团队取得阶段性成果之际，化工与能源学院再次奉上陈俊武6年兼职所应得的酬金。这次，陈俊武提出把这近20万元全部捐出，用于奖励和支持该校化工领域的优秀青年学子。

那一天，陈俊武专程赶到郑州大学参加捐赠活动，他谢绝了师生的款待，但愉快地接受了学生送上的一束鲜花。他说，要把花送给卧病在床的老伴儿。

“人的一生只是历史长河中短暂的一瞬，应该活得有价值、有意义。”谈到自己做的事，陈俊武总是很平淡，“对社会的奉献应该永无止境，从社会的获取只能适可而止。我努力这样做了，有了一些贡献，这就足够了。”

人们看到了陈俊武的成功，而他却更愿意分享他的遗憾。

“有些课题由于方向看不准、目标不明确或难度估计不足，成功后未能推广应用，其中固然有其他方面原因，但我作为技术负责人难辞其咎。”在家中堆积如山的日记本里，陈俊武一条一条清晰地记录着自己的技术“败笔”，语气中饱含着深深的叹惋。

"一个能够正视自己的人，才是值得别人尊敬的人。"这是陈俊武经常自警的一句话。

抛开石油和科研，陈俊武感到更多的是对家人深深的愧疚。

1957年底，他和时任抚顺矿务局医院护士长吴凝芳喜结连理。陈俊武的科研任务重、出差多，两人聚少离多。

1959年春，国家石油部决定进一步发展煤制油技术，计划在煤炭资源丰富的山西建设大型人造石油厂。陈俊武被任命为工厂设计师，这是他第一次领衔承担一个工厂的设计任务。与此同时，大女儿陈玲出生，他第一次成为父亲。可是，出生不久的女儿却连续几天高烧不止，生命垂危。

都是"第一次"，都是责任，陈俊武陷入两难。"整个工厂的设计任务都在我这，那么多人在等我，时间很紧，任务很重。"他对妻子说。吴凝芳清楚陈俊武内心的煎熬："你走吧，孩子有我呢……"

陈俊武忍痛放下家里的"第一次"。

此后的一个多月里，他全身心投入装置的选址工作，跟家中不通音信。回到抚顺的时候，他心中还颇为忐忑：这孩子不知道还在不在……好在女儿是个"争气"的孩子，用牙牙学语迎接了自己"狠心"的爸爸。

对小女儿陈欣，陈俊武也够"狠心"。2001年冬天，陈欣骑自行车上班途中被出租车撞倒，膝盖粉碎性骨折，需要住院治疗。

陈俊武赶到医院，看着病床上的女儿，皱起了眉头："这下麻烦了，我还急着出差呢。"回忆起这段往事，陈欣打趣地说："听到他第一句话不是关心我，心里挺不是滋味的。在他心里，工作总是第一位的。"

出差回来后，陈俊武坚持每天给陈欣送饭。一位年近八旬的科学家，提着捂得严严实实的饭盒，蹒跚步行走到车站，在穿梭的人流中挤上公交车，经过半小时到达医院，推开病房门，亲手为女儿端上一碗热饭。其中，又饱含着一名父亲的多少辛酸，多少心疼……陈俊武只能用他自己的方式，来弥补对女儿的亏欠。

2018年1月，和他一同走过60年风风雨雨的妻子吴凝芳离世。

按照妻子绿色殡葬的遗愿，1月21日上午，陈俊武和两个女儿来到洛阳市吉利区黄河大桥，将妻子的骨灰撒向黄河。

高树悲风，江河凝固。生死契阔，一别永恒。

“他们平日里共同的兴趣爱好就是读书看报，在同一个屋檐下，静静地各持一书，无须过多的交谈和亲近，便是最自然舒服的状态。”女儿们说，母亲生前瘫痪在床多年，父亲只要下班回到家，总会先走到母亲床前，跟她聊一聊工作上的情况，或是拿上一份报纸给母亲念一念新闻，每日如此。

“可惜和她待在一起的时间太少。”虽然心中充满自责，料理完妻子后事不久，陈俊武硬是强忍悲痛调整心情，恢复每天按时来公司打卡上班的状态。

陈俊武的生活里也不全是数据、公式和模型，也有文学、音乐、体育和旅行，也有别样的诗与远方。他对古诗词尤为喜爱，兴之所至，还会赋诗抒怀：“耄耋老翁忆平生，有志年华事竟成。亦老苍天情未了，扁舟浩海又启程。”他常听贝多芬、柴可夫斯基的作品，喜欢看足球、排球、乒乓球比赛。谈到旅行，陈俊武说：“我一直有一个计划，就是坐着火车到祖国的大江南北去走一走，看一看。”2019年9月底，他参观位于央视37层的“天空之眼”，很多人恐高都不敢过去，他却笑眯眯地甩开身边人，张开双臂轻盈地从玻璃上走过，92岁的老人身姿矫健，心态年轻果敢，着实令人敬佩。

时代楷模传佳话

70载风雨路，陈俊武始终与国家发展同频共振，为国家石油石化事业发展贡献了全部心血和才华，他的家国情怀历经岁月沉淀而愈加厚重，历经实践考验而愈加璀璨。

2020年1月13日，陈俊武来到人民大会堂，参加由中共中央宣传部、国务院国资委、中共河南省委联合主办的“时代楷模”陈俊武先进事迹报告会。

这，已经不是陈俊武第一次走进人民大会堂了。

1959年国庆前夕，32岁的陈俊武作为全国劳模，第一次走进新落成的人民大会堂。

1978年3月，陈俊武第二次走进人民大会堂，参加全国科学大会，他为之呕心沥血的流化催化裂化技术作为重大科技成果受到隆重表彰。

…………

此刻，人民大会堂外的长安街上车来车往，自己当年引以为耻的煤气包早已不见踪影；如今，我国70%的汽油是通过催化裂化工艺技术生产的，中国从炼油技术进步到煤化工技术发展，从依靠“洋油”进口到成为炼油技术强国，陈俊武功不可没。

在这个礼堂中，时光见证了他从一个翩翩少年，变成了一个耄耋老人；从身形矫健，变成了步履蹒跚。他站在台前，语气笃定深情地说：“我一直认为奉献小于索取，人生就黯淡；奉献等于索取，人生就平淡；奉献大于索取，人生就灿烂。我今年93岁了，一路走来无怨无悔，自己也感到还是很幸福的。我现在身体和思维都还可以，有生之年要继续和大家一起努力，为党和国家尽一些绵薄之力。”

话音落下，掌声雷动，经久不息……

第一座塑像

◎文/周以纯

孟泰，新中国第一代劳动模范，被评为“100位为新中国成立作出突出贡献的英雄模范人物”。这样一位老英雄，多年来，有许多作家书写过，于敏写过故事，郭小川写过诗歌。再写，能否写出新的东西，我有些迷惑。好在我当年就是工作在孟泰工作过的地方，对他的了解或许比其他人多一些。从80年代初期，我就开始写了许多有关孟泰方面的文章。90年代初期，我创作了长诗《第一座塑像》。这篇报告文学，拟定题《第一座塑像》。

——作者手记

引　子

自从你成为一座塑像
矗立在这块土地上
你不动也不说
总是含笑凝望着
很远很远的地方
…………

当你以新中国成立以后第一尊钢铁的塑像矗立在鞍钢这片热土上，“老英雄孟泰！”我们便总是这样地称呼您。

时光如梭，我们就这样地称呼您，已经称呼了半个多世纪。

面对着矗立在鞍钢大白楼生产指挥中心东南方的孟泰塑像，“老英雄孟泰！”我们依然怀着无比崇敬的心情这样称呼您。

无论时代怎样变迁，无论企业如何变化，无论鞍钢高炉旁的工友们换了一茬又一茬，我们都是这样称呼您。

您是永远的孟泰，永恒的孟泰！

您的名字已经成为中国工人阶级一面永远飘扬的旗帜；您的精神已经在中国钢铁工业战线历经锻锤，愈久弥坚，成为一种永恒！

新世纪的今天：我向老英雄孟泰述说

老英雄孟泰，您在20世纪60年代中期永远地离开鞍钢这块热土的时候，怎么也不会想到吧？当您在另外一个冶炼钢铁的世界翘望着鞍钢的时候，鞍钢历经了许多的磨难，跨越了无数的艰难险阻，以巨人般的步伐迈进新时代中国特色社会主义，创造了一个个令世人瞩目的辉煌业绩。

2019年7月9日，在中华人民共和国成立70周年前夕，鞍钢迎来了解放后开工70周年纪念日。在这个值得鞍钢工人阶级骄傲与自豪的日子里，我们更加深深地缅怀那些为新中国钢铁事业发展呕心沥血的老一辈革命家和一代代钢铁英雄。此时此刻，我们可以列举出许多在鞍钢这片热土做出卓越贡献的老一代钢铁英雄的名字：孟泰、王崇伦、张明山、宋学文、李绍奎……他们的名字就像一颗颗璀璨的明星，永远在中国钢铁事业发展的浩瀚苍穹闪烁着耀眼的光芒。

那还是1969年12月，出于时代的特殊原因，刚刚迈出中学校门的我，走进鞍钢炼铁厂，在设备车间当一名高炉维护架工。当时，我做梦也没有想到，我工作的地方，就是老英雄孟泰曾经工作过的地方——炼铁厂设备车间。当年，老英雄孟泰在这个车间的配管工段当一名高炉维修配管工。可当时，我却很少听师傅们讲到孟泰。只是在火红的高炉旁，在密如蛛网的高炉管线之间，我听着师傅们悄悄地提起孟泰的名字，聆听着师傅们讲述孟泰的事迹。为什么不能大张旗鼓地宣讲老英雄孟泰呢？那时，我便心生疑窦。后来我才知道，在“十年动乱”的日子里，老英雄孟泰的名字早已被打入“冷宫”。再后来，老英雄被彻底平反了，我们才可以大张旗鼓地宣传老英雄孟泰的名字和他那渐渐被人们淡忘的英雄事迹。日月如梭，光阴似箭，转眼间我在老英雄工作过的地方度过40多个春秋，现如今，我已经退休，成为一名真正的“老鞍钢”。在那个年代，十七八岁的，仅仅是个小徒工的我，对老英雄孟泰的事迹还不那么了解，对老英雄孟泰对中国钢铁工业战线产生的影响认识还谈不上深刻。时光荏苒。今天，我们更加欣喜地看到，又一茬新时代的鞍钢人走上钢铁战线的各个岗位。在火热壮观的高炉炉台，在窗明几净的电子操作室辛勤工作着。这些钢铁的后生们，接过了父辈们的旗帜，操纵着现代化的高炉，为祖国的现代化建设贡献着青春和智慧。

此时此刻，我发自肺腑地对老英雄孟泰说：老英雄孟泰，您的徒子徒孙们都成长起来了。

是啊！转眼间共和国已经成立70年了。2021年，我们又要迎来建党100周年。老英雄孟泰，我们知道，您在临终的时候也时刻牵挂着鞍钢的生产。是的，鞍钢人永远不会忘记，70年前，以老英雄孟泰为代表的老一辈鞍钢人，不畏困难，不辱使命，自力更生，艰苦奋斗，在被预言“只能种高粱”的废墟上恢复生产、胜利开工，生产出第一炉铁水、第一炉钢水，开辟了我国钢铁事业的新纪元。70载风雨创业，沧桑巨变，铸就了鞍钢70年的辉煌。新中国成立以来，鞍钢向全国输送技术管理人才5万多人，著名的“鞍钢宪法”就诞生于鞍钢。改革开放以来，鞍钢如凤凰涅槃，浴火重生。新一代鞍钢人秉持“创新、求实、拼争、奉献”的鞍钢核心价值观，在中国和世界钢铁史上，创造了一个又一个奇迹。当年，当毛泽东主席的双手和老英雄孟泰的双手紧紧握在一起的时候，孟泰和所有的鞍钢人一样感到责任的重大。当毛主席亲自批示了《鞍钢宪法》，老英雄孟泰和被誉为“走在时间前面的人”王崇伦以及许多鞍钢的能工巧匠一起大搞技术革命、技术革新，创造了一个又一个企业奇迹。

今天，站在新的历史发展起点上，鞍钢使命光荣，责任重大。

老英雄孟泰，您虽然未能亲历鞍钢发展的辉煌进程，但是，您的灵魂一定会听到和看到一个个振奋人心的喜讯。我们相信，您一定会听到、看到的！因为，您的身心、您的灵魂，早在20世纪40年代末期，就已经和中国自己的民族钢铁事业的发展紧紧相融了！

镜头回放一：战争的硝烟刚刚消散，一座英雄的仓库悄然诞生

1948年冬，辽沈战役刚刚告捷，欢庆的锣鼓，胜利的爆竹声便淹没了鞍山市的大街小巷。

千疮百孔，百废待兴。战争后，一个国家、一个民族需要怎样的艰辛努力才能恢复元气啊?！而战后所需要的最基本的物资就是钢铁！国家需要钢铁，人民需要钢铁！

需求钢铁的加急电报、信函像雪片一样从炮火连天的前线，从昼夜建设的工地，从一座座刚刚解放的城市飞向党中央。

是啊，那个时候，党中央最明确的一项任务就是：最后解放全中国的前线需要钢铁！建设初期的祖国更需要钢铁！

东北重工业部下达了迅速恢复鞍钢生产的指示。

从党中央到东北重工业部，从各民族人民的瞳孔间闪射出期待的目光，千万双眼睛像聚光灯般直射向鞍钢，急切地盼望这个刚刚回到人民怀抱的钢铁基地，能早一天点燃熊熊炼火，冶炼出新中国成立后的第一炉奔腾的铁流。

然而，此时此刻出现在祖国和人民面前的鞍钢，是怎样一种场景啊！由于受到日本人的蓄意破坏，美国飞机的连续轰炸，鞍钢已是千疮百孔，

不堪入目。偌大的厂区内，上百根烟囱无一冒烟；中央马路两侧巨蟒似的瓦斯管道，锈蚀斑驳；有的高炉炉膛里还塞着几百吨铁水凝成的大铁砣。高炉群中，到处杂草丛生蒺藜缠绕；凌空飞架的钢铁斜桥七扭八歪，铁架钢梁上飞舞着黑黑的乌鸦，几声凄厉，几声鸣叫，更显得凄凉荒芜。

此时此刻，一些被遗弃在鞍钢的日本专家，则在一旁窃窃私语，幸灾乐祸地嘲讽：

“你们要在这片土地上重建工厂恢复生产？还是把炉子拆了种高粱好。”

“要想恢复鞍钢生产，至少得二十年。”

也正是此时此刻，鞍钢生产指挥中心——大白楼的灯光彻夜通明。这里，一个个紧急会议正在接连召开；一些刚刚离开战场、脱下戎装，走上工业建设岗位的鞍钢领导者和工程技术人员，正在为找不到必需的钢铁生产器材而焦虑。因为他们非常清楚：要想恢复鞍钢生产，最关键的是恢复高炉生产，而高炉器材对于亟待恢复生产的鞍钢来说，犹如激烈战斗中的弹药一样宝贵。买，买不进来；造，现有的条件造不出来，器材，比金子还要宝贵的器材，活生生“卡”住了鞍钢。

而此时此刻，一个令世人感动的故事正在东北上演。

这天，北风凛冽，滴水成冰，呼啸的西北风卷着鹅毛大雪，在炼铁厂的高炉群中飞舞着、旋转着。一个身着羊皮大袄的50岁左右的壮汉，顶风冒雪从修理厂房走出来，径直朝高炉群西侧的废铁堆奔去。

他兴冲冲地清除掉一尺多厚的积雪，吃力地用手扒着，搜寻着。一会儿，抠出一个三通，转眼又拽出一个弯头，接着又撬出一个水门。

没多久，壮汉的双手便冻僵了，十个指头肿胀疼痛，他停下来，把手拢成个喇叭筒，放在嘴边哈了哈，搓了搓便又干起来了。顺着脸庞流下来的汗滴落在地上，立即结成了一粒粒的小冰珠。

约莫“战利品”够搬运一趟时，壮汉才用废铁丝捆好，拎回修理厂旁那间空着的破房子。这一天，他竟跑了四个来回。直到夜幕降临，周围一切都变得模糊不清时，他才恋恋不舍地离开那废铁堆。

这是鞍山解放后，第一位为回收废旧物资而光顾这沉睡的废铁堆的人。几天后，他在雪地里踩出的路，又延伸向更远的废铁堆和弃有旧物的地沟。

更令人惊叹的事出现了。这天，壮汉把一些满是泥污锈蚀的零件擦泥除锈、打磨涂油，嘿！件件变得铮明瓦亮，有的竟然与新零件毫无两样。壮汉虽然累得腰酸腿痛，可看着这些使陋室生辉的“宝贝”，他擦了擦脸上晶莹的汗水，露出了得意的笑容。几天后，这位壮汉用自己的行动带动了大家。不少人动了心，也跟着干了起来。配管小组一有活，大家就抢着干；没活时，便四处捡器材，找“宝贝”。也就从那时起，配管组有了一条不成文的规矩：收工回来绝不空手。配管组的工友齐心合力苦干，他们跑遍十里厂区到处搜寻，挥动锹、镐把那些露头的器材从地里挖出来。几个月之后，仓库变得琳琅满目，连那最紧缺的高压气门也弄到十几个，全库收集的器材多达上千种，数量上万个。

这位带头回收废旧器材的人就是后来闻名全国的老英雄孟泰。这个当时并不起眼的仓库就是后来闻名全国的“孟泰仓库”。

更令人惊叹的奇迹产生在1949年春。当二号高炉在修复中因缺少管线器材，公司炼铁部主任急得团团转的时候，孟泰把他请到了那个仓库的门前，主任看着足够修两座炉子用的管路器材，兴奋得紧紧搂住孟泰的肩膀，笑逐颜开。

好一场“及时雨”！精明的工厂领导由此看到了蕴藏在群众中的潜力，立即在鞍钢全公司开展了一场献交器材的活动。工人把战乱中保存的器材，从顶棚上搬下来，从地底下挖出来。那天，通往鞍钢大白楼的路上，涌满了敲锣打鼓，推着手推车的工人群众，他们像建设自己的家园一样，兴高采烈地把自己家里所有的器材都献了出来。从大白楼到铁路桥洞的一里多路，两旁摆着满满的器材。真是红旗飘展，人声鼎沸，热闹非凡。工人阶级就是创造奇迹的英雄。在鞍钢炼铁厂一号、二号、三号三座高炉管道系统的修复中，用的所有器材都是孟泰和他的工友们创造的“孟泰仓库”里维修的旧器材，竟没花国家一分钱！

1949年7月9日，鞍山钢铁公司举行了隆重的开工典礼。一座座高炉终于奇迹般地复活了，那金瀑般的铁流，映红了“孟泰仓库”，映红了铁厂，映红了鞍钢的天和地。

镜头回放二：苦出身、苦大力，一心跟党走，棒打不回头

孟泰，原名孟瑞祥，曾用名孟宪刚。1898年8月17日生人，祖籍河北丰润。孟泰多半辈子是在苦水里泡过来的。自打6岁时，他就开始从事家庭劳动。1910年，靠着家里几亩地的收获，孟泰只读了3个月的私塾。1914年，16岁的他为生活所迫，不得不去为地主扛活。18岁那年他只身一人来到东北，先到抚顺栗子沟煤矿当小工，后来进车辆厂当学徒。28岁辗转来到鞍山，进了日本人开的昭和制钢所，在炼铁厂当配管工。地主的剥削，日寇的欺凌，社会的黑暗，使孟泰从内心深处悟出一个朴实的道理，那就是工人自己当家作主，才能体现出一个中国人的尊严。

也就是凭着这个朴实的阶级情感，解放初期的日子里，孟泰看到了只有共产党才能解放全中国，才能领导中国人民建设新中国。于是，孟泰一心跟着共产党，一心扑在工厂的事业上。1949年8月13日，孟泰光荣地加入了中国共产党，成为解放后鞍钢第一批工人党员。

成了党员之后，这位工作上总是严格认真的老工人，又给自己提出了更高的工作标准。至今，在鞍钢提起老孟泰忘我的工作热情，还是有口皆碑，被大家形象地概括成“爱厂如家，爱炉如命”八个字。

夜幕降临。孟泰的大女儿站在路口，向厂区方向张望，看见高炉上灯火通明，蓝光闪闪。她知道，这是在修炉。孝顺的女儿怕爸爸太累，特意到路口来迎他，好扶他回家。下班的人流过去好长时间，女儿还看不见爸爸的身影。等最后面的人走过来，一问她才知道，爸爸还在炉上。这样的失望不知有过多少次。渐渐地，她明白了，爸爸的心被高炉拴住了。

在修复高炉的日子里，孟泰经常和厂领导“捉迷藏”。书记和厂长白天来时，他白天在；夜里来了，他夜里在。叫他回家休息，他绕着炉转一圈就又回来了。书记和厂长心里也明白了，这样的老工人你就是逼着他躺在家里，他也睡不着觉，他的心还是在高炉上，撵他回家休息，倒不如把车间的休息室收拾得好一些，让他休息得舒适点。

在守炉餐，伴炉眠的间隙里，孟泰偶尔也回一次家。也许是晚上，或许是半夜，也可能是早上，反正没个准儿。到家吃饭更有意思，端来什么

吃什么，像是为了完成任务。

最让全家烦恼的是，他睡到半夜一骨碌爬起来，披上衣服就走。这是想起高炉上的什么事了。老伴劝他等天亮再走，孟泰说："高炉早一天开火，就是早一天为国家增添力量，不盯在那里不行啊！"话音未落，人已经走出大门了。

二号高炉点火的前十天和后十天，孟泰一刻也没离开炉台，又怕水管冻坏了，又怕气管跑气了。他手里拎着管钳，上上下下，前后左右察看，一会摸摸炉皮，一会试试水流，那细心劲儿就像伺候心爱的孩子一样。一点不假，他对高炉就像对他的孩子一样熟悉，一样有着特殊的情感。正因如此，他的工作服被喷溅的水滴冻成一层冰甲时，竟毫不在意；尽管他不断地咳嗽，也没松过一口气。当告捷之后，孟泰这才像带伤冲锋的战士听到胜利的号角一样，眼前一阵黑，双腿一软，栽倒在地。

人躺在病床上，心可闲不住。一会儿想到高炉，水管子是不是堵了？一会儿想到仓库，生怕别人把备件弄乱了。每天都有工友来看他，他就把关心的事逐件询问。机灵的人故意不告诉他实情，只说一切都好，让他放心。可孟泰一琢磨，觉得不对劲。这么大的厂子，这么复杂的生产，哪能一点问题没有。经过他拐弯抹角的套话，有的就说了实情，原来，这几天二号高炉不顺，铁出得少了。孟泰一听，心里翻江倒海。

"我实在躺不住了，让我出院吧！"他哀求医生说。

"老英雄，你伤还没好。"

"人吃五谷，哪有不生病的？我回去干活没问题。"

"治病如擒虎，如果一下子不把它捉住，它回头咬你一口，你可受不了。"

"猛虎不离深山，工人不离工厂，治病也要问心呀。"

经过孟泰一番苦磨苦求，医生总算让了步，让他出院后到业余休养所去休养，治好病再去上班。

第二天，孟泰急不可待地赶到厂里。"去休养所"只是孟泰的金蝉脱壳之计，出得医院就由不得大夫了。

孟泰把对党的热爱、对社会主义的热爱、对工厂的热爱，全都倾注在这巍巍的高炉上。高炉的一切牵动着他的喜怒哀乐，炉子顺行，孟泰笑声朗朗；炉子出了问题，孟泰的眉头拧成一个疙瘩。难怪有人说，上高炉，看看孟泰的脸色，就知高炉的状况如何。这般爱炉如命的人，为了保卫高炉有啥豁不出来的呢!

“呜——”尖利刺耳的防空警报划过铁厂的上空。人们按照事先的规定急速疏散、隐蔽。孟泰抄起一根二尺多长的铁管也跑了起来，不过他是向相反的方向跑，向着美国飞机可能轰炸的高炉群跑。他站在一、二号高炉之间的平台上，盯着天空。

这是1950年的一个令人难忘的场面。当时美帝国主义发动侵朝战争，把战火烧到了我国鸭绿江边，还派飞机轰炸安东一带，骚扰辽东半岛。厂里采取紧急防空措施。这时有的人悄悄离开了岗位，不辞而别。孟泰却扛起行李卷，上街买了八斤米，两条小咸鱼，来到修理厂旁边的一个小房里住下来。他心想，你美国飞机白天来，我白天在，晚上来，我晚上在。他是铁了心要与高炉共存亡。

背枪的纠察队出动了，厂长和党委书记也把手枪插在腰里，在炉台周围巡视。孟泰早合计好了，他站在总水门的近旁，这是高炉循环水的心脏，如果飞机扔炸弹，他死也要用身体护住它。紧急警报拉响后，人都下了防空壕，地面上没人了，孟泰还是站在那里，真有“一夫当关，万军不敌”的气概，宛如一尊不可侵犯的高炉守护神。

说来也真怪，好几次，那些美国飞机没轰炸就折返了。有人说：“八成是叫老孟泰给吓跑了吧！”一句话，把大家逗得前仰后合。

高炉，这钢铁的庞然大物，像一只威猛的老虎。温顺时那炉台上铁水奔流，铁花飞舞，巍然的雄姿，壮观的景象，总是给人一种美的享受；然而一旦咆哮起来，也足以使人心惊胆战。特别是那意想不到的险情，顷刻间就会吞噬在炉台工作的血肉之躯。在这生死考验面前，孟泰用他的大无畏行动，给“爱厂如家、爱炉如命”作了最好的诠释。

1949年秋，铁厂开工后的一天，工友们在炉台风风火火地干着。只见几名工友手擎长长的沉重的钢钎向二号高炉出铁口冲去，在出铁号子的吆喝声中，工友们的身影在出铁口前舞动着，就像舞动飞龙的矫健舞者，稍顷，那铁口的铁水顺着铁水沟流淌，但见铁花四溅，红光四射，工友们都沉浸在劳动的喜悦中。突然，在出铁口旁的渣口里外铜套同时烧穿。瞬间，炽红的渣浆带着压力，像喷发的火山一样，呼啸而出，越喷越多，越喷越快。高炉平台上卷起灼人的热浪。如果喷渣再不能止住，炽红的铁渣不仅会烧毁设备，而且将引起爆炸，造成更大的损失。就在这危急的关头，孟泰“霍”地抓起一根高压水管，冲到渣口近处，冲着刚刚溢出的铁渣猛烈浇水，没等人们看清怎么回事，白色的水蒸气已弥漫了整个炉台，片刻工夫，半截高炉变成了一个巨大的蒸笼，对面不见人。好多人都没经历过这种场面，不禁暗暗为孟泰捏了一把汗。

浓雾消散后，人们才看清，被老孟泰浇水急速冷却了的暗紫色的铁渣紧紧地糊在渣口的四周。当人们向孟泰投来敬佩的目光时，才发现他的衣服、裤子在冒着丝丝的青烟。人们赶紧给这位可敬的英雄灭“火”。

孟泰忍着脸上刀割般的疼痛，同大家一齐将事故处理完毕，才向医务室走去。

孟泰曾说过：“危险关头，最能考验人，你要迎上去，那就得豁上你的性命。你要跑开，生命是没危险了，但国家财产就要受损失。你选择吧，一秒钟就决定你是一个勇士还是一个胆小鬼。”

1950年8月中旬的一天，高炉群中发出震天动地的巨响。孟泰凭着多年的经验意识到：发生严重事故了！他拔腿就跑。这时，四高炉一片烟雾笼罩。炉台上跑下来的几个人向赶来的厂长说：“烟气太大，看不清事故出在哪儿。”

孟泰听闻，二话没说，疾步登上炉台。这时又一声爆炸，几乎要把人的心都震出来。人们想到已经冲到烟雾中的孟泰，心都提到了嗓子眼儿。

炉台上，孟泰迎着烟气和浓烈的硫黄味，艰难地一步步向前探查，厂长和几名勇敢的工人紧随其后。滚烫的水点像一粒粒子弹打在孟泰身上、脸上，他全然不顾火燎火燎刺痛，继续绕着炉皮向前摸索。他终于摸到了高炉西南角的出铁口前，查清了一切。原来，这里有一处炉皮钢板被烧穿了，火红的铁水像小瀑布一样飞流而出。顺着炉皮淌下来的冷却水，与上千摄氏度的铁水相遇，便发生了连续不断的猛烈爆炸。

这是一场万分险恶的事故，铁水冲刷的口子每一秒钟都在扩展，如不立即堵住，不但设备保不住，而且会引起瓦斯大爆炸，危及整个高炉群，后果不堪设想。可这持续不断的爆炸，使人们无法靠前。

就在这千钧一发之际，富有经验的孟泰迅速关闭了控制炉皮冷却水的开关，接着便带领几位工人用薄铁板把还在淌着的冷却水引离炉皮，使水不再与铁水相遇，爆炸止息了。炉前工敏捷挥锹，很快便用耐火泥堵住了炉皮上的窟窿。一场罕见的事故，终于化险为夷。事后许多采访者围住了孟泰，要他谈谈在惊心动魄的抢险中，有什么想法。孟泰回答："当时只想救炉子，什么死呀活呀，压根儿没想这回事。"

镜头回放三：老英雄孟泰在那个时代，也是一位精益求精的"技术高手"

当今时代，有人说，孟泰只是创建了全国第一个"孟泰仓库"，他闻名全国的事迹就是艰苦奋斗、爱厂如家。甚至有的不了解老英雄孟泰的年轻人说，孟泰是个只知道"捡破烂儿"的老头儿。

是的，孟泰是一个很普通又很朴实的人。孟泰并不善言辞，但他有一颗纯朴得不能再纯朴的心。60年代中期，在厂里的大会上，孟泰汇报进京开会时的情景，当他汇报在中南海见到毛泽东主席的时候，激动得说不出话来，最后高喊一声"毛主席万岁！"。整个会场迎来一阵阵热烈的掌声。

孟泰虽然是一位朴实的工人，但是他对工作、对技术却精益求精，一丝不苟。孟泰其实是一个很有智慧的人。他深知一个国家、一个人，没有先进的科学技术是不行的。即使在那个年代，他也时时不忘在本职岗位上刻苦钻研技术。在高炉设备维护中，孟泰在配管方面的"掂水"技术就在全厂堪称一"绝"。高炉上不管哪根循环水管，只要他把手一伸，迎着淌下来的水流上下掂几下，便可准确地判断出水的温度、压力和管路的状况。

这天，孟泰跟在一位年轻人的后面"掂水"查管子，他把走远的小伙子喊了回来，告诉他这管子里面有东西，小伙子硬是不信，等把管子拆开一看，他服了，这管子里头竟有一只大青蛙！

这事很快传开了，小伙子们都琢磨起这“掂水”技术来。真不错，几年之后也出息了几个硬手。

为了便于年轻人掌握维护技术，确保高炉生产正常运行，孟泰在总结多年经验的基础上提出了“宁叫人找事故，不叫事故找人”的口号，并归纳出“眼睛要看到，耳朵要听到，手要摸到，水要掂到”等“四到”的检查制度，后来被人们称为“孟泰操作法”。这是老英雄留给铁厂的宝贵技术遗产。

说起鞍钢群众性技术协作活动，人们就自然联想到它的发起人之一老英雄孟泰。在苦难的童年，孟泰只念过三个月的书。解放后，他求知若渴，先是参加扫盲班，后又参加业余文化学习，熟练掌握了常用的1500多个字，这为他提高技艺，投身技术革新和技术革命创造了条件。

如今屹立在高炉群中那一排排头顶大圆帽子的威武挺拔的热风炉，就是老英雄攻关夺隘的见证之一。

1952年，担任修理厂厂长的孟泰得知热风炉燃烧筒常常烧坏，最短的寿命只能维持三四天。他想每换一次燃烧筒，高炉就得停送热风，这好比给人断氧一样。为此，他急得如坐针毡，寝食不安。好几个晚上，下班的人都走了。孟泰出现在热风炉前，反复查看烧损的燃烧筒。等他回到家时，已是满天星斗。经过反复实地观测和研究，最终，他将原来的单层燃烧筒改成循环水冷却的双层燃烧筒，把燃烧筒的寿命提高了100多倍。

镜头回放四：保持工人阶级本色，孟泰是一面永不褪色的旗帜

清晨，朝阳的金辉洒遍高炉群的炉台，铁花与晨辉交映，整个高炉群光彩夺目。

身着工装的孟泰又来到高炉平台。他虽然先后担任了炼铁厂副厂长、鞍钢工会副主席，他虽然已是19次荣获全国、省、市劳动模范的著名人物，但他的心还是拴在这火热的炉台上，只要稍有空闲，他就要到这炉群里转上几圈，看看这，问问那，和大家交谈一番。“老孟泰，还是从前的老孟泰”，工人最喜欢的正是这样保持本色的模范。

在众多的荣誉面前，孟泰总是念念不忘作为企业和社会主人的崇高职责。他在连任第一届、第二届、第三届全国人大代表期间的许多佳话至今还在群众中流传。

1954年秋，他路过立山的一个工人住宅区。几位职工家属认出了他，就请他去看新建的住宅。孟泰走进去一瞧，气得鼓鼓的：原来这顶棚是用高粱秆扎的，马马虎虎地抹上一层泥，开门一震，棚上的泥块就成片往下掉。而搬进来的四五百户人家，有不少大人和孩子被砸伤；电灯一直送不上电，屋里的线路全装好了，只差一根总线电源相接。孟泰心想：这不是坑群众吗？必须马上解决！他先替公家向职工家属道了歉，然后马上把情况向市各有关部门反映。接着他与有关同志把问题查了个水落石出。原来房子是土建公司盖的，为抢速度，加上造价低，就没保证质量。在各有关部门的一致敦促下，电送上了，房子修缮了。当住宅区里洋溢出职工家属们的欢声笑语时，孟泰才了结了这一桩心事。

孟泰的一生中，最使他痛心的要数“文革”十年动乱时期鞍钢处于停产状态。那年代，红色海洋的汹涌澎湃，残酷连绵的群众武斗，使鞍钢的生产受到严重的破坏，一蹶不振。为此，老英雄孟泰忧心忡忡。

为了鞍钢那熊熊的炉火不致熄灭，老孟泰抱病去北京反映情况，他托人代笔给党中央写下了他一生中最后的一封信，信中写道：

“敬爱的毛主席、周总理：看到鞍钢的生产连续下降，咱们鞍钢工人心里疼得难受啊！盼望中央早点解决问题，咱们好团结一致把生产搞上去……”

然而，老孟泰的一片赤诚竟然一再遭到莫名的冷遇，这沉重的打击，使他心力交瘁，猝然病发。1967年9月30日，他带着无法言说的遗憾，离开了人世。老英雄孟泰留给后人的最后一句话，就是他日里夜里想着的唯一的心愿——“快把生产搞上去”。

…………

12年后，孟泰得到平反，鞍钢党委为这位深受人们尊敬的老英雄举行了隆重的追悼大会。

1984年4月30日，鞍钢隆重举行了孟泰塑像揭幕仪式。金灿灿的孟泰铜像，矗立在鞍钢大白楼旁。

老英雄孟泰永远地站在鞍钢工人阶级中间。

如今的镜头：重新对准老英雄孟泰工作的地方

近年来，为了在新时期更好地弘扬孟泰精神，鞍钢炼铁总厂党委成立了孟泰精神研究会。我这个“老鞍钢”荣幸地被聘为顾问。每当我走在鞍钢火热的土地上，每当我站在城市高处望着巍耸天际的高炉群，内心感慨万端。鞍钢，从冶炼出新中国第一炉“争气铁”开始，到“老英雄”孟泰的名字和“孟泰精神”深深在鞍钢扎下了根。“孟泰精神”得以源远流长，成为企业发展壮大的精神支柱，激发了一代又一代炼铁人艰苦奋斗、奋发向上、拼争奉献、开拓进取。我们欣喜地看到，一代代鞍钢人秉持初心，沿着孟泰的足迹，实现着一次又一次的迈进与跨越。

如今，新时代的鞍钢人正怀揣理想信念，肩扛起高质量发展的使命旗帜，持续传承弘扬“孟泰精神”，踏上新征程，迎接新挑战，奔向新目标！

老英雄孟泰，当年，您当过炼铁厂的副厂长，如今，您一定会看到炼铁总厂党委是怎样坚持和加强党的全面领导，搭建传承弘扬“孟泰精神”的广阔舞台，打造坚强的战斗堡垒，促进党建工作科学化水平和生产经营业绩“双提升”。

您也一定会看到，炼铁总厂努力搭建党性教育平台，提升政治引领力。您也一定会看到，炼铁总厂党委搭建建功立业平台，提升科学发展力。您也更会看到，炼铁总厂党委搭建党建创新平台，提升组织推动力。搭建示范引领平台，提升辐射带动力。搭建为民务实平台，提升凝聚保障力。

老英雄孟泰，正如当年您凭着一种朴素实干精神，对待自己从事的事业一样，我们深深懂得这样的道理：伟大梦想不是等得来、喊得来的，而是拼出来、干出来的。新征程承载新梦想，新伟业更需新担当。当前，您工作过的炼铁总厂全体职工正以崭新的面貌迎接风险和挑战，持续传承弘扬“孟泰精神”，大力深化“孟泰传人”选树活动，用榜样的力量带领广大干部职工，持续发力，为加快建设“国内领先、世界一流的炼铁企业”努力奋斗着。

如今，我们看到一代代孟泰传人正在火热的鞍钢沃土成长起来。

老英雄孟泰，在您离开这片热土五十多年之后，我们可以给您讲一讲这里发生的一个个感人的故事。

老英雄孟泰，您想听一听这里的“孟泰式最美党员”“孟泰式最美职工”“孟泰式精神文明先进个人”的故事吗？您想听一听，这里成长起来的履职尽责、忠诚奉献的省劳动模范、优秀炉长刘振宇，立足一线、勇于创新的“鞍钢工匠”“鞍钢楷模”高德库，严细管理、打造团队的市劳动模范祝宝君，爱厂如家、精打细算的鞍钢集团优秀共产党员王国本等一大批先进典型的故事吗？

他们的成长，正是与您的精神激励和感召分不开的啊！

这些先进人物的身上，折射着新时代的光辉，更闪烁着孟泰精神的光彩。他们不愧为新时代孟泰精神的传人！

在这里，让我把鞍钢股份炼铁总厂高炉副指挥长兼四高炉作业区作业长刘振宇的故事讲给老英雄孟泰听吧。

巍巍高炉，熔岩化铁，点石成金。火红熔炉，冶炼着强者的意志；熊熊火焰，更映衬着赤子之心。

刘振宇，辽宁省劳动模范，鞍钢股份炼铁总厂高炉副指挥长，是炼铁总厂公认的根治复杂炉况的技术专家。在高炉生产实践中，他注重将学习心得与生产实践相结合，凭借高超的技艺、对事业的执着追求和独特的人格魅力，成为新时代“孟泰传人”的杰出典范。从走出学校那天起，刘振宇就一直扎根在高炉现场。他是问题高炉的“救星”，4号、5号、7号、10号、11号高炉，这些“乖戾”的大家伙，在他手里都成了听从指挥的战士，骁勇善战。他带领工友让7号高炉各项经济指标达到历史最高水平，让5号高炉吨铁成本达到历史最低，根治4号高炉悬料的毛病，让10号高炉成为“冠军炉”，在节能降耗上位列全国大型高炉排行榜前列。2019年，5号高炉持续出现坏风口、炉况稳定性差、指标低迷的情况，关键时刻，他临危受命兼任5号高炉作业区作业长。在他的带领下，迅速扭转被动局面，并创造了全年利用系数2.363t/m^{3}的佳绩，达到国内同行业同级别高炉先进水平。20世纪90年代，是一个激情燃烧的年代。当时我国改革开放进入新的阶段，国家实现工业化、现代化的需求异常迫切，钢铁被赋予了重大使命。1990年，数以千计的学生从学校走出，抱着为国家现代化建设做贡献的满腔热血奔赴鞍钢，组成了新一代的钢铁大军。刘振宇身在其中。

然而，初到企业，眼前的一切不禁令刘振宇愕然：且不说主要经济技术指标被国内先进铁厂甩在后头，单是现场这艰苦的工作环境和落后的工艺技术实在与理想中的差距太大。

“条件再差也差不过‘老英雄’孟泰那个时候。”聆听着老师傅们一遍又一遍地讲述着当年孟泰是以怎样艰苦奋斗的精神炼出新中国第一炉“争气铁”的故事，一份沉甸甸的责任在这个年轻人的心里扎下了根，“我一定要用学到的知识甩掉鞍钢高炉指标落后的帽子。”

于是，进入铁厂工作后的每一天里，高炉成了刘振宇最重要的牵挂。为了尽快熟悉高炉，他对高炉操作事事留心，遇到难题，总是打破砂锅问到底，不搞清楚绝不罢休。看炉子关键在于眼准手勤，夜间操作更是要打起十二分精神。为此，刘振宇养成了每晚两壶浓茶的习惯。高炉悬料、高炉崩料、管道形成……多年的现场经历，让刘振宇有机会遇到各类高炉难行状况，而这些都成了他日后指挥高炉的宝贵经验。

36岁那年，刘振宇被任命为鞍钢7号高炉炉长。一个是顺行差、产量低，生产长期低迷的高炉，一个是鞍钢最年轻的高炉炉长。“大宇能行吗？”大家都为刘振宇捏了一把汗。而此时的刘振宇也真真切切地感受到了肩上担子的重量。

为了操作好高炉，他每天烟里行、火里钻，围着高炉上上下下、摸爬滚打，一心扑在高炉上。但高炉似乎有意和刘振宇开了个玩笑。7号高炉性子怪，活像一匹脱缰的野马，桀骜不驯，崩悬料事故频繁发生，高炉生产严重受阻。困难压力面前，刘振宇潜心研究，与技术人员一道奋力攻关，终于发现批矿重量轻导致高炉内部气流不稳是造成高炉频繁崩悬料的罪魁祸首。症结找到之后，他果断采取“加大批重，中心加焦”的操作方法，彻底消灭了崩悬料事故，从根本上解决了困扰高炉生产的一大技术难题，当年提高产量20多万吨，主要经济技术指标首次全面超历史。

老英雄孟泰，让我再给您讲讲鞍钢股份炼铁总厂三高炉作业区炉前主管技师李雨红的故事吧。

30多年高炉炉前工作，使李雨红从一名铁口助手成长为炉前主管技师。无论是严把炉前作业质量关，还是以最恰当、最经济的方法处理炉前突发状况，他在这个平凡而艰苦的岗位上执着坚守，勤勉前行，书写着新时代“孟泰传人”的瑰丽人生。

最清晰的脚印是留在最泥泞的泥土上的。高炉上的工作辛苦而又责任重大。

30多年来，李雨红先后从事过铁口助手、砂口负责人、铁口负责人、技师等工作，但无论是在什么岗位他都勤勤恳恳、兢兢业业。无论刮风下雨还是严寒酷暑，他都坚持每天早晨六点半之前到厂，了解高炉的运行状态，查阅炉前出铁记录，检查炉前设备情况，一直忙到晚上六点以后才肯下班休息。30年如一日，这种坚定与执着是常人无法比拟的。

高炉生产是24小时不间断的，而李雨红同志的工作也是从不间断的，无论工作日还是休息日，他每天晚上临睡前都要打电话询问高炉出铁的情况。每当炉前有放砂口、休风、改铁口等关键作业时，不管什么时间，他都会第一时间到现场。全厂所有高炉开炉出铁、停炉出残铁等重大炉况处理现场，都留下了他的身影。为了保证高炉顺行，他放弃了无数个节假日，即使是在国庆、春节长假期间，他也坚持每天都进厂，几乎把全部时间和牵挂都给了高炉，是个尽职尽责的“炉前管家”。

在老英雄工作过的地方，无论是火红的高炉台，还是在维修高炉设备的现场，我们都会看到一个个钢铁般坚强的身影。在这里，我们可以列举出许许多多“孟泰传人”的风采。正是他们默默的奉献和付出，才使得鞍钢这片火热土地的冶炼之火熊熊燃烧，永不熄灭。

一个个闪光的名字，闪射着孟泰精神的光辉——

祝宝君，男，汉族，1965年5月出生，1987年6月入党，政工员，现任鞍钢股份炼铁总厂西区烧结工艺工程师。曾多次荣获鞍钢集团优秀共产党员、鞍钢集团先进生产者等荣誉称号，2012年被评为鞍钢集团“五好班组长”标杆，2015年度被评为鞍钢集团劳动模范、鞍山市劳动模范。

费鹄，男，汉族，1985年8月出生，中共党员，工程师、技师，现任鞍钢股份炼铁总厂一高炉作业区乙班倒班作业长。曾获全国钢铁行业技术能手，鞍钢集团优秀共产党员、先进生产者、优秀班组长、炼铁工技术能手、“十佳青年创新领军人物”等荣誉称号。

李林春，男，1983年3月出生，中共党员，工程师，现任鞍钢炼铁总厂二高炉作业区作业长。曾获得鞍钢集团劳动模范、先进生产者、技术状元，炼铁总厂优秀共产党员、先进生产者等荣誉称号。

金勇成，男，1972年4月出生，中共党员，大学本科学历，高级政工师、安全工程师，现任炼铁总厂安全助理、安全环保室党支部书记、主任，是辽宁省冶金行业安全生产标准化评审专家。曾获得鞍山市安全生产先进个人，集团公司优秀共产党员、优秀党务工作者、先进生产者、劳动模范等荣誉称号。

付柏田，男，汉族，1966年4月出生，中共党员，高级技师，鞍钢股份炼铁总厂电气作业区北区高炉电气点检员，曾获得鞍钢集团优秀党员，鞍钢股份炼铁总厂孟泰式职工、优秀党员、技术创新先进个人等荣誉称号。

…………

"孟泰精神是我们的厂魂，我们是孟泰精神的传人"，"学孟泰，爱鞍钢，做主人，创一流"，已经成为新时代鞍钢广大职工实现全面腾飞的不竭动力和源泉！

尾 声

你以第一代钢铁英雄的英姿
在这块土地
矗起了第一座塑像……

当我们走在鞍钢这片一年四季燃烧着冶铁之火的土地上，回忆追溯着鞍钢百年的历史沧桑，我们无不感慨万端。老英雄孟泰和鞍钢老一代的许多人已经离开我们几十个年头了。新一轮的老中青三代人一代代成长起来，又一代代退出钢铁发展的历史舞台，他们一代接续一代地完成着一个个新的历史使命。

而当我们怀着无比崇敬的心情站在老英雄孟泰塑像前的时候，我们的内心深处不由得燃起永不熄灭的冶炼之火。这火势，在熊熊燃烧的炉膛越燃烧越猛烈，映红了中国钢铁事业，映亮了鞍钢发展的壮丽前景。

是啊，我们的可亲可敬的老英雄孟泰。您永远矗立在鞍钢这块火红的热土上，永远矗立在一代代鞍钢工人阶级的心上。

每天，当旭日东升，当夕阳如火，当老英雄孟泰的塑像含笑望着一个个熟悉的、陌生的钢铁工人的面孔，那一张张辉映着钢铁之光的后生们的笑脸也正向着您致以崇高的敬礼！

那一张张钢铁般坚毅的脸庞，那一个个充满胜利信念的饱满神情，正是您当年传承下来的宝贵的"孟泰精神"啊！

忠魂永驻海天间

——记我国第一型舰载机歼-15飞机研制现场总指挥罗阳

◎文/航空工业集团沈飞　柴　宽

题记：我们不是生在一个和平的年代，只是生活在一个和平的国度。身边的国泰民安、岁月静好，皆因有人为我们负重前行。

天高九重，大海无垠。

在太平洋上，我国第一艘航空母舰——辽宁号劈波斩浪，勇闯深蓝，无畏前行；在航母甲板上，随着起飞助理下蹲屈身，右手臂迅速上扬，享有“飞鲨”美誉的歼-15舰载机在航母甲板上咆哮而起，一架架直冲云天，傲视海空……

回首8年前那个开创了中国海军新纪元的光荣时刻——2012年11月24日，歼-15舰载机首次在航母辽宁号上起降成功，实现了“机舰合璧”。然而，刚刚成功完成这项艰巨任务的歼-15飞机研制现场总指挥，中国航空工业沈阳飞机工业（集团）有限公司董事长、总经理罗阳，却于翌日突发心肌梗死、心源性猝死，不幸以身殉职！

冰火之间，国人一片愕然，一面是百年航母圆梦的喜悦，一面是罗阳功成离世的悲恸，这种时间上残忍的巧合，哪怕是最巧妙的悲剧大师也无法演绎。罗阳的离世引发了全社会的巨大关注，这与他生前长期默默无闻形成了鲜明的对比。

究竟罗阳是个怎样的人？他生命的最后时刻发生了什么？他身上又有哪些不为人知的故事呢？

让我们一同走进罗阳最后的八天七夜：2012年11月18—25日。

11月18日：时间永远不够用

直升机像海鸥一样在茫茫海天之间翱翔。

"辽宁舰就在左前方！"随着领航员的声音，透过舷窗，罗阳在万顷碧波间看见了一个长方形的"盒子"。飞行高度在逐渐降低，长方形的"盒子"慢慢变成了航空母舰的轮廓。

罗阳双眼一眨不眨地盯视着中国第一艘航空母舰辽宁舰，舟车劳顿的疲惫感被心头翻涌的热流冲散，那是渴望已久的热流，那是积蓄已久的热流！

直升机继续在降低高度，一个"海上巨无霸"在左下方呈现，几秒钟后，直升机准确地在1号黄色圈内着陆。

歼-15总设计师孙聪第一个出现在机舱口旁，他拍着罗阳的肩膀，开起了玩笑："宝贝'女儿'马上就要出嫁了，等着你这当'父亲'的来参加盛典呢！"

罗阳回了句："有你这个总师在，我还有什么不放心的！"

"你们俩一个总师、一个研制现场总指挥，缺了谁都唱不成戏！"一旁，辽宁舰试验试航指挥部总指挥、海军副司令员张永义中将禁不住打趣道。

虽然嘴上开着玩笑，罗阳心里却沉甸甸的，他知道，他这个"型号研制现场总指挥"意味着什么，一个"总"字代表一切生产、调试、总装、试飞等任务的"行政总管"。它意味着，具体到一颗螺丝钉是否安装到位都需要他负责。而这次上舰，是为了进行舰载机第一次实际着舰起飞试验，这是对他和歼-15舰载机的终极考验，成败在此一举。

“030207。”这一串数字，是罗阳在辽宁舰上宿舍的门牌号码，6平方米不到的舱室略显狭小，最后的八天七夜里，罗阳大部分的工作、记录、分析都是在这里完成的。

来到舱室，罗阳匆匆放下行李，没有做任何调整，就直接询问起此次海试飞机训练的情况。正好赶上第一架次歼-15着舰训练，他与时任沈阳飞机设计研究所党委书记褚晓文在旁一边观测，一边讨论着海风、航母对飞机起飞着舰的影响。

褚晓文回忆说：“那时，罗阳很心急，希望能一下子进入工作状态。可他的脸色不太好，显得十分疲惫。”

罗阳1.84米的身高，身材魁梧，腰板总是挺得直直的，永远都是一副精力充沛、劲头十足的样子。可是那时，由于过度劳累，他只能依偎在栏杆上，握住横栏的双手仿佛已经成为身体最大的支撑。

褚晓文劝罗阳先休息一会儿，适应一下舰上的颠簸。可罗阳说：“前面耽误的活儿太多了，得赶回来。”

这一天，罗阳抓紧时间到各个舱位了解情况，到塔台、到机库……忙碌中，时光飞逝，海浪在夕阳的照耀下像一片片金色的麦田，连绵起伏，金光闪闪。

罗阳整理完材料时，已是深夜。酸疼乏力的感觉再次从身体各处袭来，这种似曾相识的疲惫感仿佛把他再次拉回到了昨天夜里。

昨晚，当罗阳从珠海参加完第九届国际航空航天展览会飞回沈阳时，已经是夜幕四合，万家灯火。

十几天没有回家了，下了飞机，他给妻子王希利发了条短信，说自己连夜要去外地执行一项重大任务，今晚不能回家了。这么多年，妻子已经习惯了他的这种工作方式，只要他说“执行任务”，便知道是保密的，不会多问，何况这回他说是“执行重大任务”。王希利只回了三个字：“多保重！”

出了候机楼大厅，罗阳禁不住打了个寒战。离开珠海时，气温是零上十几摄氏度，到处荡漾着绿意。沈阳此刻却是寒风凛冽，滴水成冰。接过司机小王递过来的大衣，罗阳说：“走，直接去基地！”

小王一愣，诧异道：“您走了十几天了，不先回家瞅一眼？”

“今晚不行了，明天一早就要上舰。”

小王停顿了一下，心中苦涩，说道：“我前天去看望老人了，她老人家还问您什么时候回来呢，想儿子了……”

罗阳不言语了，片刻又问：“我走的时候她感冒了，现在好利索了吗？”

“差不多好了，能下楼走动了。”

罗阳沉默无语，小王知道罗总心里最牵挂的是老母亲。

每次出差回来，再忙，罗阳也要去看望一下母亲，只有坐几分钟，他才放心。唯独这一次，他实在来不及去看望母亲，直接从机场去了歼-15飞机试验基地。这是唯一的一次，以前从未有过，可他不曾想到以后再也没有机会了。

小王掉转车头驶上高速公路，他通过后视镜看见罗阳斜靠在后座上，满脸疲惫，不久，便传来轻微的鼾声。

太累了，小王心疼罗总，不由自主放稳了车速，他想让罗总好好休息一会儿，哪怕仅仅多睡几分钟也好。

“小王，怎么这么磨叽？”后座传来了罗阳的声音。

“100多迈了，您睡一小觉吧。”小王打着马虎眼。

“别蒙我了，现在最多也就80迈。加点速，基地那边同事们估计还没睡，都还等着呢。”罗阳说。

小王不得不轻轻地踩了下油门。不当家不知道柴米贵，一个16000多人的大企业董事长，总有操不完的心。更何况，他是多个型号飞机的研制现场总指挥。

小王为罗阳开了10年的车，他回忆说：“一年365天，除了大年初一休息一天，其他时间罗阳都处于工作状态。他每天都要提前半个小时到单位。有时出差回来，半夜才把他送到家。加班对于他来说是家常便饭的事儿，晚上九十点、十一二点回家都很正常。”

“节假日，罗阳几乎都在办公室读书、看材料、思考工作上的难题，而且他不让我告诉其他人，他是想自己一个人安安静静地做点事。长年累月都是这样，已经成了一种习惯，也许他认为工作就是乐趣吧。”

“罗总一门心思就是工作，有时根本顾不了家，也顾不上他自己。生活上，他是最好对付的，中午在单位，他经常让我帮他买盒饭，一般是十块八块。到市里开会，有时到了饭点，我问他想吃什么，十次问他，他十次都会回答‘面条啊’，这回是打卤面，下回是阳春面，再下回是朝鲜冷面。晚上加班回家，他说自己有些饿了，让我把车靠在路旁，买个肉夹馍，或者提个拌凉皮对付对付回家吃。”

细心的小王发现，这两年罗总脸上的笑容少了，头发也稀疏了。时间对于罗阳来说永远都不够用！

午夜，罗阳马不停蹄地赶到舰载机综合训练基地。沈飞公司派到基地的歼-15上舰保障工作组还在等候，罗阳详细地了解了参训飞机技术状态后，执意要去看看飞机。机库里，停泊着几架明黄色歼-15，罗阳放慢脚步，从一架架战鹰前经过，深情地注视着它们。再过几天，这些“飞鲨”将赴辽宁舰执行我国历史上首次航母起降试飞任务，此举成功与否，意义不亚于2011年辽宁舰首航。

罗阳又对保障工作组的同事们交代了一番，最后叮嘱道：“拜托了，一定要做到万无一失！”

11月19—21日：这是一场硬仗

此后的几天，歼-15舰载机要接受海试例行检查，同时，飞行人员也要进行基础的流程演练。罗阳依旧停不下来，白天，他手里拿着小本子，逐个细致地检查航母上的所有监测点，不放过任何一个系统的检测；晚上，他又参加海试协调会，及时和参试人员沟通情况。罗阳还走访了海试指挥员、军代表和航空部门的官兵，询问他们对今后舰载机的发展需求和全寿命周期保障的要求，他在为“飞鲨”后续保障工作提前做准备。

为了掌握第一手资料，在每一次舰载机训练过程中，罗阳几乎是零距离地观察舰载机的每一个起降动作。然而航母舰载机着舰与陆基飞机降落是完全不同的。陆基飞机降落是降速着陆，而舰载机着舰则是以最大速度着舰，如果拦阻索没有挂上，还得将飞机拉起来，直接复飞。因此，在舰载机着舰的时刻，发动机的轰鸣声可以用“震耳欲聋”来形容。

时任沈飞公司党委书记、副董事长谢根华回忆说：“那时，稍微站得近一点，两个耳膜就仿佛要被撕裂一样，整个胸膛承受着巨大的压力，心脏像是要跳出来。”正是在这样的极端环境下，罗阳依然选择近距离观测舰载机着舰，最近的时候不足20米，常人根本无法想象他脆弱的心脏到底承受着怎样的冲击。

除了现场观测，罗阳也时常来到起降电视监控室进行录像复盘观测，视频记录监控员为罗阳放映歼-15舰载机在“通场试验”和“模拟着舰试验”时的实时影像：海空之间，身姿矫健的歼-15舰载机，在超低空以排山倒海之势，一次次从辽宁舰的后部飞入并从空中通过甲板……看着视频上歼-15的各种起降状态及相应参数，罗阳的脸上露出了难得的笑容，那副欣喜的表情如同看自己的孩子在高高的舞台上表演。

舰上的官兵见罗阳如此认真，纷纷对歼-15舰载机给予肯定：“‘飞鲨’是个棒小伙儿，每个动作都近乎完美！”

罗阳欣慰地笑了笑，回忆起歼-15舰载机研制的点点滴滴，一切好似就在眼前。

那一年，随着中央正式批准航母工程立项，与航母配套的舰载机工程也紧锣密鼓地上马，舰载机的研制进入了倒计时。

2007年，罗阳出任沈阳飞机工业（集团）有限公司董事长兼总经理，历史将机遇与重任交给了沈飞公司，同时也交给了罗阳。

在歼-15舰载机的生产开工仪式上，罗阳情深意切地对员工们说：“这不是一个普通的型号，这是专门为我国第一艘航母量身定制的舰载战斗机。中华民族期盼航母已经整整百年，海军官兵等待这一时刻也已经半个多世纪了。今天，祖国把这一重担放在了我们这一代航空人肩上，我们沈飞公司是共和国航空工业的‘长子’，既然是‘长子’，就要勇于挑重担，敢于负责任，就要干出个‘长子’的样子来！”

舰载机主要是指航空母舰上的舰载战斗机，顾名思义是以航空母舰为基础的军用飞机。舰载机的主要任务是配合舰队完成海上作战任务，夺取海上和沿海地区的制空权。对海上舰船和沿海地区陆上目标实施攻击，完成海上和沿岸的战斗任务。舰载机和航空母舰组成的武器系统是现代海军最强大的武器系统，是海军作战的核心力量。

由于舰载机以航空母舰为使用基地，主要是在海上作战，这就使其与一般战斗机有所不同，舰载机有自己的技术特点，在外形上尽量满足提高升力设计以降低舰上起飞和降落速度的要求；机翼需要折叠以减少舰上停放空间。由于舰载机要在航母上长期停放和在海上长时间航行，并要求在舰上快速起飞和拦阻着舰，这就导致舰载机和陆机的结构有很大的不同，舰载机要有很好的加速性、可靠性和防腐性，对于系统和机载设备都有特殊要求，特别强调防盐雾、防潮湿和防霉菌的“三防”能力。

歼-15总设计师孙聪说过：“套用‘不是所有的牛奶都叫特仑苏’的广告词，我们也可以说‘不是所有的战斗机都叫舰载机’。舰载机与陆基飞机看起来大同小异，但航母甲板长度只有陆基机场跑道的十分之一，它的起降区域、起降方式、作战作用、舰面保障，以及严酷的舰面电磁环境和海上环境等，都是陆基飞机所没有的。因此，舰载机与普通陆基飞机并不是‘堂兄弟’或者‘表兄弟’的关系，两者之间存在许多本质的差异。”

国外的经验证实，二代陆基飞机改舰载机基本都是失败的，三代机以后改舰载机的，其改进工作几乎也是全新的型号设计，只有个别的系统或布局上有一些成熟的技术可供借鉴。这便意味着，舰载机在设计理念，在低速飞行特性、气动力特性、高冲击载荷特性以及拦阻系统、起落架系统、机翼折叠系统等方面，都要根据符合“舰载适配性”等原则，进行全新的设计。设计是如此，制造也同样如此。歼-15对制造工艺提出了前所未有的挑战。单单是舰载机独有的拦阻钩就要解决材料、焊接、热处理等多个难题。相对于折叠机翼、导管以及起落架系统，拦阻钩还算是简单的。没有经验，也没有现成的关键技术可以借鉴。

这是一场硬仗，一场史无前例的攻坚仗。只许胜，不许败！

生产一架飞机是一个庞大的系统工程。从试制、生产、调试到试飞，每一个环节都紧紧相扣。一架飞机几十万个零部件，哪怕是一颗小铆钉出问题，都可能酿成重大事故。沈飞公司是主机厂，作为总经理的罗阳，要管理好每一个环节，要盯住每一个细节。

“缩小和发达国家航空技术的差距，没有别的办法，就是奋力追！”这是罗阳写下的誓言，也是全体航空人践行航空报国初心使命的真实写照。

2008年7月8日，罗阳签署了《关于确保完成歼-15飞机研制任务令》，这是沈飞公司历史上第一个总经理令。任务令上赫然写着：“公司强令要求，各个责任单位和责任人要以完成政治任务的高度，认识任务目标和节点，按照已经制定的项目赶工，不折不扣地执行计划。”任务重、难度大、时间紧，从一开始便充满了破釜沉舟的气概和不成功、便成仁的豪迈。

性格平和的罗阳，那时变得严厉了，严厉得令人生畏，让人肃然起敬。

舰载机项目有三大特点，一是新，采用了大量的新技术、新材料、新工艺；二是难，由于许多工艺和材料过去从未接触过，生产难度大；三是急，绝大部分制造任务要在一年多时间内完成，而以往的型号研制生产周期往往需要三四年。

为了提高效率和速度，沈阳厂所率先提出了“面向制造的设计”和“面向设计的制造”的新理念。歼-15在设计阶段，沈飞公司派出100多人到沈阳飞机设计研究所，提前介入设计；而在制造开始后，研究所又派出100多人的“跟产队”进入沈飞公司，将设计延伸到制造，形成厂和所、设计和制造的一体化态势，各方配合流畅，保证了技术快速突破、项目快速跟进。

沈阳飞机设计研究所总设计师王永庆高度肯定了罗阳对研制歼-15舰载机做出的贡献：“罗阳本身就是从设计员开始做起的，他做过科研，又做过基层和中层管理，搞过党建和企业文化建设，几方面他都有很深的研究。在研制歼-15时，我们将设计、技术、工人三方的精兵强将集中在一起，建立了新的组织模式‘快速试制中心’，探索出新的管理模式并行工程，带来了新的研制流程——50多份顶层文件定义流程，大量使用了新的研制手段：三维发图、数字量传递、数控加工等，大大缩短了研制周期，加快了新机型生产进度。”王永庆说：“过去，制造单位和设计单位是一对矛盾体。设计师都喜欢立足技术最前沿，而在工艺水平相对落后的我国航空制造界，设计意图很难完全工程化实现。罗阳总是给上游最大的创新空间，我们在一起讨论设计方案时，他很少要求降低制造难度，反而总是鼓励我们大胆设计、大胆创新，他再组织工艺人员去攻关。”

王永庆用了一个形象的比喻，罗阳让飞机制造从原来的“大针脚缝棉袄”，变成了现在的“苏州刺绣”。

一个难关接着一个难关。

拼干劲、拼智慧、拼毅力！

航母舰载机机翼不仅要求能够折叠，而且要求燃油、液压、操控各个系统，无论机翼怎么折叠，都要能够正常工作。内部结构特别复杂，技术难度非常大。

罗阳亲自点将，组建了折叠翼研制攻关团队。那些日子，大伙都吃住在厂里，日夜攻关。

有一天，几位技术员一筹莫展，正在发愁时，罗阳来了。他问情况怎么样，工程师苦着脸，叹了口气。罗阳一见急了，说：“我要批评你们啊，遇到点困难怎么就唉声叹气？外国人又没有比我们多个脑袋，他们能干成的事情，我们中国人同样能干成！我们没有任何选择，必须想办法把不可能变为可能！”

工程师回忆说：“那些日子，罗总老是到现场来，他的手里总是拿着两个本子，一个是所有攻坚项目进度表，另外一个是密密麻麻的计算数据和他对技术难题的解决思路。他对大家说：‘你们还得要进一步打开视野，将目光瞄准世界最前沿的地方，尽可能地采取最新的工艺。’比如焊接，原先我们采用的方法已经很先进，但就是满足不了设计要求。罗阳建议采用当今最新的技术，经过试验，果然满足了工艺要求。”

折叠翼的研制方案改了一遍又一遍，零部件做了一套又一套，一次次地从头做起，可航空人不灰心，一往无前地拔掉一颗颗技术上的“钉子”。中国人终于为自己的舰载机插上了收放自如的灵活翅膀。

歼–15舰载机的另一个关键部件是阻拦钩（亦称尾钩）。舰载机在航母降落时，靠阻拦钩钩住飞行甲板上的阻拦索，舰载机才能瞬间减速。阻拦钩由钩杆和钩梁两部分组成，全部是新材料、新工艺，技术要求极高。罗阳在生产动员会上曾经说过，“阻拦钩的生产周期，决定了我们能‘干’多少架飞机”。

罗阳对阻拦钩的加工高度重视，专门成立了攻关小组，总冶金师、工艺研究所所长都参加了，一共有十五六人。歼-15的阻拦钩的钩杆，用的材料是过去从没用过的高强度钛合金，工艺要求极高，长度工差不许超过毫米级。刚开始用试验件测试，为了保证最小变形量，他们选择对称焊，费时一个月，好不容易焊好了第一根试验件，可一经热处理，不但变形了，还发现钩杆内部出现裂纹。连续几个月不间断研制，就是达不到设计要求，真让阻拦钩给“阻拦”住了。

有天夜里，风雪交加，罗阳不知什么时候悄悄来到车间，他见大家还在挑灯夜战，非常感动，鼓励说：“大家不要着急，不就是个钩子吗，它拦不住咱们！咱们再跳起脚来够一够，很快就会够着了。”

摸索、探讨、实践、失败；再摸索、再探讨、再实践……

攻关小组的成员们至今仍记忆犹新：“我们整整摸索、探讨了小半年，顺时针焊，逆时针焊。而且，通过不断的摸索，我们找到了最佳的焊接坡口。那些日子，我们焊枪不离手，几小时几小时连续不断地焊，那时我们的身体已经达到了极限，但心中始终琢磨怎样才能焊更好。”

五年艰难拼搏！

五年殚精竭虑！

五年呕心沥血！

冲破千千万万个难关和险隘，在罗阳的领导下，那几年沈飞公司已经逐渐拥有一整套国际先进水平的飞机装配、整机试验、飞行试验的技术，设备和制造生产线，特别是钛合金机械加工和大型复杂结构件的数控加工等技术，已经跨入世界一流行列。

11月22日：百年圆梦在此一役

距离我国首型歼-15舰载机首次起降试飞任务还有1天。

天空扬起了雪，缥缥缈缈，如幻如梦。舰上的人不经意间变得沉默起来，大家井然有序地布置着明天起降试飞任务，心中好似被什么填满了，却不愿开口，只等明天得胜归来，一种大战前的安静氛围弥漫着整个辽宁舰。

海试协调会是由张永义副司令员亲自主持的，足见其分量。晚上，军、地各方的代表一一走进会议室，大家只用目光彼此交流了一下，谁也不敢作声。

各方的汇报限定在5分钟内，言简意赅，皆是有备而来。

张永义神情严肃地听着，待汇报完毕，他站了起来，用鹰一般的双眼将会场扫视了一遍后，说："明天上午9时，航母舰载战斗机首次着舰起飞的大戏，将正式拉开大幕。这是第一代航母人期盼已久的日子，这是所有海军官兵和50万航空人期盼已久的日子，这同时也是我们中国人期盼已久的日子，它将载入共和国的史册。该说的话我都说了，最后我再送大家8个字：精心准备，万无一失！"

夜深了，罗阳却辗转反侧，无法入眠。张副司令员的话语又在耳旁回响："这是所有海军官兵和50万航空人期盼已久的日子！"是啊，航母，一个绵延了近百年的中国梦。

中华民族对于航母的期盼实在是太久太久。

仁人志士，每个人心中都有自己的一个航母梦。

陈绍宽，一代海军宿将，在中国近代海军史上，最早欲圆中国航母梦的代表人物。1928年，陈绍宽出任国民政府海军署署长，壮怀激烈，意气风发，甫一上任，他便向国民政府递交了一份两年建造一艘航空母舰、四艘驱逐舰、三艘巡洋舰、两艘潜艇计划的报告。陈绍宽要用他的航母舰队复兴中国久已失去的海权与主权。然而，在一个月后国民政府召开的全国编遣会议上，陈绍宽的航母建造案遭无情否决。陈绍宽执掌海军帅印17年，他整整呼喊了17年。抗战胜利后，蒋介石挑起内战，陈绍宽的航母舰队梦彻底破灭。

刘华清被称为20世纪60年代以后中国航母梦的标志性人物。1982年，由邓小平同志亲自点将，刘华清出任海军司令。然而，早在7年前，时任海军副参谋长的刘华清，在那篇《关于海军装备问题的汇报》的万言书中，便向时任中央军委副主席的邓小平大胆建言："尽早着手研制航空母舰！"

罗阳呢？

罗阳有什么样的航母梦？

1999年5月，美国轰炸中国驻南斯拉夫大使馆，在这之前罗阳随中国航空代表团出访美国。在圣迭戈海军城，他们登上了美国海军的“小鹰”号航母参观。每到美国海军“开放日”，美国海军的舰艇便会对游客开放。对于美国本国国民而言，此举可以增强他们的自豪感和爱国情结；对于外国公民而言，则是在宣扬美国军事力量的强大。

“小鹰”号傲然耸立，它是世界上正在服役的最大、最先进的常规动力航空母舰，满载排水量8.12万吨，最大航速32节，飞行甲板有3个足球场那么大。

1915年，随着英国皇家海军两艘飞行母舰——“坎帕尼亚”号和“柏伽索斯”号建成服役，宣告“航母为王”海战新时代的来临。

第二次世界大战，特别是太平洋战争的爆发，为航空母舰提供了绝佳的表演舞台。从日本偷袭珍珠港，到决战中途岛和瓜达卡纳尔岛；从马里亚纳、莱特湾和珊瑚海大海战，到硫磺岛和冲绳登陆战，在人类的战争史上写下了“航母制胜”的辉煌战绩。

正是借助航空母舰的飞行甲板，美国取代英国登上了世界霸主的宝座。直至进入21世纪，还难有任何武器系统能够撼动航空母舰的舰机结合、攻守兼备、机动灵活、坚固难损和高科技密集的多球形攻防体系。

作为一名航空专家，罗阳的目光落在了非参观区内的那一架架排列整齐的舰载机上，在阳光的照射下，银灰色的F-18舰载机，发出瓦蓝色的光，刺痛了他的眼，也刺痛了他的心。罗阳的嘴角抿得紧紧的，心头不由得变得沉重起来……

1912年5月2日，英国飞行员查尔斯·萨姆森第一个从航行中的战舰上起飞，翻开了舰载机作为一种新型武器的历史篇章。二战中，舰载机被参战国广泛应用，特别是在太平洋战场上起到决定性的作用。据估算，当时全世界所有航母上舰载机数量在1250架左右，其中美国超过1000架，俄罗斯、英国和法国排列其后。

而中国呢？

差距实在是太大了，当时我们的航母和舰载机连“零”都还没有突破！

参观时，有人提议以F-18舰载机为背景拍一张照片作为纪念，罗阳想了想，拒绝道：“照片就不照了，将来我要在我们自己生产的航空母舰上，跟我们自己生产的舰载机拍照！”

美国一行，罗阳更强烈地感受到最尖端的核心技术靠买是买不来的，国防现代化靠等也是等不到的！

三代航空人半个多世纪来创业图强、潜心求索，为的就是航母舰载机圆梦的这一天！

“哗——哗——哗——哗——”涨潮了，可以听见浪头拍打船舷发出的令人激奋的涛声……

11月23—24日：刀尖上的舞蹈

雪霁初晴，朝霞满天。

辽宁舰乘风破浪航行在预定海区。

6时，罗阳起床后，没等洗漱，就直接跑到甲板看天气。

风小了，雪也停了，天边露出了耀眼的霞光。

“是个好天气，能飞！”罗阳兴奋道。

8时30分，罗阳和几位航空专家早早来到舰岛三层的连廊上，这里距离甲板上的飞行跑道只有三四十米。他觉得自己像是一位走进高考考场的考生，他是代表50万航空人来填写这份答卷的，心情难免激动。

“各部门注意：03号试飞员驾驶333号歼-15战机，已经起飞，预计临空！”飞行塔台的广播响了。

我国航母舰载战斗机首次起降试飞任务正式拉开了帷幕！

舰载机起降是世界性技术难题，被比作“刀尖上的舞蹈”。从300多米的高空俯瞰，整个航母就像大海中漂浮的一片小小的树叶，高速飞行的舰载机，必须精确地降落在航母甲板跑道上4根阻拦索之间，并且瞬间钩住阻拦索。航母甲板的长度不足普通跑道的十分之一。四道阻拦索，每根阻拦索间隔12米，仅有短短36米的空间，飞行员必须要对准这个小小的区域降落，同时保证挂住阻拦索，不然就会导致严重的后果。

2012年9月25日，辽宁舰正式交接入列。当时，西方有专家断言，中国至少需要5年才能实现舰载机着舰。然而，这一天的到来距离辽宁舰入列仅仅2个月。

“各部门注意：333号即将临空！”飞行塔台的广播又响了。

罗阳手搭栏杆向右前方瞭望，其实他不是在瞭望，而是在侧耳细听，随着远处传来熟悉而低沉的轰鸣声，海天之间一个黑点儿，正在朝航母移动。他太熟悉这个声音了，一下便判定那是歼-15舰载机333号。

轰鸣声越来越大，已经可以看清楚“飞鲨”矫捷的身影。舰载机绕舰一转弯，二转弯，放下起落架，放下尾钩。03号试飞员娴熟地操纵着战机，调整好姿态飞至舰艉后上方，进入“下滑道”，迅速下滑……

罗阳只觉得自己的心揪紧了，热血一个劲儿地沸腾。他知道03号试飞员这一“着”，不仅在考验试飞员的心理素质与技能，同时也在考验舰载机的性能与质量。

9时08分，惊心动魄却又精彩万分的一幕出现了：

500米……300米……100米……

在震天动地的轰鸣声中，“飞鲨”的两个主轮在触到航母甲板的同时，机腹下的尾钩牢牢地钩住了甲板上的第二道阻拦索。电光火石之间，疾飞如箭的“飞鲨”，在阻拦索系统的作用下，滑行数十米后，平稳地停了下来。

“成功啦！”

“成功啦！”

舰岛上发出了一片热烈的欢呼声。

有人在拥抱，有人将工作帽高高地抛向天空。罗阳和孙聪的手紧紧地握在一起。

“非常完美！”

“完美收官！”

忽地，孙聪把手抽了出来，说：“你的手心怎么全是汗？”

罗阳笑着说："你不看看自己的手心，不也是汗淋淋的！"

两个人对视一眼，一起摊开手掌，都笑了。

机舱门打开了，03号试飞员发现了人群中的罗阳和孙聪，便竖着大拇指，对他俩说："罗总，孙总师，'飞鲨'太棒了！感觉好极了！"

半个小时后，779号试飞员驾机滑行至起飞位。位于机位右侧的两位起飞助理，拉着弓步，右臂指向前方，发出了起飞指令。第二天，这个利索、潇洒的动作通过电视被国人争先模仿，演绎成风靡全国的"航母Style"！

779号试飞员驾驶着战机冲向舰艏，以雷霆万钧之势，跃过滑跃平台，猛地仰头拉起，直插云天……

50分钟后，10时18分。第二架"飞鲨"在辽宁舰着舰，并滑跃起飞，甲板上再次一片欢腾。

17时，罗阳参加了航空口的例会。他拿到了厚厚一摞数据表，将关键数据记在小本上。

机械系统，正常！

航电系统，正常！

液压系统，正常！

罗阳高兴地在心里说了声："行！"

24日，精彩的"刀尖上的舞蹈"还在海天间继续上演，又有3架"飞鲨"在辽宁舰着舰，并滑跃起飞。令人魂牵梦萦的歼-15舰载机成功着舰、滑跃起飞，这是我国海军和航空工业发展史上的重要里程碑，标志着中国航母工程取得了决定性胜利。

下午4时15分，罗阳拨通了妻子的手机。他心中有好多话想对妻子说，兴奋、喜悦、感慨、憧憬各种情感五味杂陈，可当妻子的电话接通了，一时之间他却说不出话来，最后只是简简单单说了几句。

罗阳不曾想过，电话另一端，妻子已经哭成了泪人。

对于罗阳的妻子王希利而言，与罗阳相遇、相识、相知的每一幕，都是甜蜜的，也是酸楚的。她回忆说："我们结婚的这些年，家里的事从来指望不上他，甚至连换个灯泡他都顾不上，我也不忍心耽误他宝贵的时间，工作在我们家从来都是第一位的。不仅我们一家，航空制造这个行业的家

属都在做默默无闻的奉献。外人不了解，也不理解。”

“尤其是这些年，感觉他越来越累。有时他深更半夜才回家，累得走路都有些摇晃，连洗漱的力气都没有。我心疼他，说：‘你老这样，身体怎么吃得消？’他说：‘你没去过生产一线，一线的工人比我更辛苦。我还能回来睡几个小时，工人们吃住都在车间里，有的累得直打晃，还在那儿坚持呢。’罗阳从来不抱怨，不说牢骚话。遇到困难，有什么压力也从不对家人说。不过从细微的神情里，我也能感觉出来。每到关键的节点，他的话就少了，我就知道他正在为祖国办大事。特别是每当新型号首飞、试飞，他的精神高度集中，家人也跟着紧张。”

24日下午，罗阳出差已经十几天了，走的时候，罗妈妈感冒了，王希利忙完了单位的事，还得照顾好老人，每天都是疲惫不堪。而罗阳一个电话都没有，正当王希利忐忑不安之时，屋里的电话铃声响了。

王希利拿起话筒，里面传来了罗阳的声音，他很高兴，说：“你在家，太好了。”

在电视上，王希利已经看到歼-15成功起降的画面，于是问道：“任务完成得怎么样？"

罗阳兴奋地说："任务完成了，我很欣慰！"他顿了顿又问："家里怎样？"

一听到问家里情况，王希利多日来积压的情绪彻底被触动，眼泪刹那间夺眶而出，心中的委屈、苦涩一股脑儿涌了出来，她再也抑制不住，心疼地问罗阳："你这么忙，这么累，到底为什么啊？"

罗阳淡淡地回应道："工作嘛。"

电话两端都陷入了沉默，竟无语凝噎。

过了好久，罗阳才说："多去看看妈妈，多给孩子打电话啊！"这就是罗阳最后的交代。

放下电话，王希利呆呆地坐在那里，不知为什么，泪水一个劲儿地往外流……

挂断电话后，罗阳突然觉得累了，胸部也隐隐发闷。他慢慢走回房间，靠在床上，摸摸嘴角，不知道什么时候，嘴上竟然长出一大片口疮。

倦意忽然像潮水一样涌了上来，终于能睡个好觉了。

昏昏沉沉之间，思绪飘荡，浮想联翩，罗阳想起了老母亲，想起了妻子，想起了孩子，每当想到家人的笑脸，他的心里都是美滋滋的，一丝丝甜蜜从心中绵延至嘴角。

在单位，罗阳是领导、是老总；在家里，罗阳是儿子、是丈夫、是父亲。对于家人，罗阳总是带着深深的歉意，因为忙，他无暇照顾家人，无暇陪伴家人，但他的内心却深深地爱着自己的家人。

2005年，罗阳的父亲去世了，孤身一人的母亲成了他最大的牵挂。从此只要有一点点闲暇，罗阳都会绕道去总后勤部沈阳干休所看望老母亲。

有一次，罗阳去看望母亲。罗阳与他母亲在里屋说话，秘书小任在客厅看电视。片刻，里屋的说话声没了，一片寂静。小任转头一看，眼前出现了令人动容的一幕：罗阳和妈妈唠嗑，因为太累，唠着唠着，竟然斜靠在被子上睡着了，老人坐在床沿，拉着儿子的手，默默地望着满脸倦容的儿子。

每当告别时，罗阳在楼下都会仰起头，深情地望着坐在窗口的母亲；

每当告别时，妈妈都要趴在五楼的窗口向儿子慢慢地招着手。

“回头仰望，招手告别”，已经成了干休所一幅动人的画面。罗阳在心中默默许诺，这次回家后一定要去看望母亲，陪她说说话，陪她聊聊天，哪怕就是静静地坐在她身旁也好，这次一定不能食言……

11月25日：忠魂永驻海天间

上午8时30分，辽宁舰拉响了几声短促的汽笛，航母要靠岸了，许多人跑向甲板。码头上锣鼓声、鞭炮声清晰可闻。

9时，辽宁舰停靠码头，人们开始离舰。

此时，码头上的人们在拥抱，在欢呼，在庆祝。罗阳显得有些委顿，他没有和同事们拥抱，没有像他们那么激动，他只有略带倦意的微笑。最了解罗阳的莫过于几年来一直并肩战斗的谢根华，他见罗阳面色苍白，嘴角还起了一大片口疮，忙问：“太累了，不舒服吗？”

“有点累。”罗阳只是淡淡一笑，随后便上了面包车，向宾馆驶去。

谢根华越想越觉得有问题，他放下手头的事情，急忙赶到宾馆，进了房间门，只见罗阳斜躺在床上，表情十分痛苦。谢根华俯下身子，问他哪儿不舒服，罗阳用手指了指胸口，说“胸口有些闷”。察觉出不对劲，大家立即将他送往医院。罗阳靠在后座上，脸色苍白，闭着双眼。

秘书小任嘴上不停地念叨着：“……快到了……马上……马上……”

弥留之际，罗阳费力地睁开双眼，深切地望着小任，像是要交代什么，嘴角轻轻动了动，却欲言又止。片刻，或许为了分解大家的担忧，罗阳轻声说：“今天……大连怎么不堵车？”

小任差点哭了出来，他强忍着回答道：“今天是周末，罗总。”

罗阳轻轻叹了口气，“唉，我都不知道今天是星期几了……”

这是罗阳生前说的最后一句话。

9时40分，当离医院还有不到50米时，罗阳停止了呼吸。

同事们手忙脚乱地将罗阳抱到担架上，那时已经来不及进急诊室了，就在门诊大厅里，医护人员对罗阳实施紧急抢救。

大家都不敢往坏处想，大家都不愿往坏处想，大家都在期盼着奇迹的出现。

中午12时48分，罗阳由于突发心肌梗死、心源性猝死，经多方抢救无效，因公殉职，英年51岁。

此刻，医院走廊的电视上还播放着歼-15舰载机成功起降的镜头。辽宁舰成为罗阳生命的终点，歼-15成为他航空报国的最后见证。

国之栋梁，如星陨落。

苍天垂泪，大海呜咽。

11月25日夜。在航空工业集团同事们的护送下，载着英雄遗体的车队从大连返回罗阳工作了30年的沈阳。

三十年功名尘与土，八千里路云和月。沈大高速，从来没有如此的沉重、如此的漫长、如此的壮烈。

车队原计划直接开往沈阳回龙岗殡仪馆，但沈飞公司和沈阳飞机设计研究所的领导和职工们，强烈要求让罗阳最后一次回家看看。

车队从沈阳桃仙机场高速路口拐下，只见道路旁拉出了巨幅挽幛："迎接罗阳总经理回家！"

"向罗总致敬，接英雄回家！"……

车队缓缓驶进市区，罗阳的姐姐罗明说："妈妈就弟弟这么一个宝贝儿子，母子之间感情特别深，应该让弟弟向妈妈最后告个别……"于是，浩浩荡荡的车队，熄灭大灯，缓缓驶向总后沈阳干休所。

就在前一天晚上，罗阳的妻子王希利给妈妈打来了电话，她告诉老母亲，罗阳执行的任务完成了，完成得很圆满，25日晚上就要回来了。

25日一大早，在电视上老人看到了辽宁舰舰载机试飞成功的新闻，尽管老人平时从不打听儿子工作上的事，但她心里知道这件事同儿子有关，她正满心喜悦在等待着儿子的归来。

或许冥冥之中真的有感应，从下午开始，老人突然觉得有些心绪不宁，她几次侧耳细听，期盼着楼道里能传来儿子那熟悉的脚步声，然后是轻轻的敲门声……她几次拿起电话，想跟儿子说点什么，却欲言又止，理智告诉她，儿子刚刚执行完重大任务，不容打搅。

吃过晚饭，老人实在是沉不住气了，拨通了儿子家的电话，可家里没有人，殊不知此时，儿媳王希利正在护送罗阳回家的灵车上。

8时许，老人再次拨通了儿子家的电话，这一次电话总算打通了，然而接电话的却不是儿子，也不是儿媳，而是一个陌生人，说是来家里修理暖气的。老人哪里知道，陌生人是儿子单位来帮助料理后事的同事。

老人像是有了什么不祥的预感——这可是从来没有过的一种感觉……在迷茫的夜色中，干休所五楼那间熟悉的屋子里，灯光一直亮着，那是妈妈留给儿子的灯光！

如果罗阳在天有灵，他肯定会看见那熟悉的灯光。这些年来，因为工作太忙，他一般是在晚上抽时间来看望老人，五楼的灯光，是母亲对儿子心灵的呼唤。每每看到那温馨的灯光，罗阳便如同看见母亲那慈祥的目光。51年母爱，情深似海，恩重如山。

然而，可敬而又可怜的罗妈妈啊，您可知晓？此时此刻，您的儿子就在窗外，他是来与您做最后的告别。

他已经无法看到那温馨的灯光，也无法再喊您一声“母亲”了。一窗之间，母子阴阳相隔……

罗阳把生命中最美好的时光都献给了中国的航空事业，却把永远的遗憾和怀念留给了家人。

天上不知什么时候飘起了雪花，纷纷扬扬，晶莹剔透的雪花是来为罗阳送行的。

随后，车队来到了罗阳工作的地方。

“罗总，一路走好！”

“罗总，我们想您！”

厂区大门口，一左一右两幅挽幛令人心碎。

在飞机跑道旁，员工们的几百辆私家车车头朝西，一辆挨着一辆整齐地排列着。当灵车徐徐驶近时，刹那间，几百盏车灯同时打开，照得茫茫夜空，如同白昼。

罗总啊罗总，我们为你照亮回家的路；

罗总啊罗总，回家了，你该好好歇一歇。

当夜，罗阳妻子王希利对着罗阳哭诉着最后一句话："罗阳，我知道……这些天来，你太累了！"赶到现场的同事们听了，无不泪流满面。

11月的寒风吹拂着人们的衣襟，温热的泪水打湿了冰冷的脸颊。

多希望，你只是小憩；

醉一下，再挑灯看剑；

梦一回，再吹角连营。

可如今，当舰载机横空出世、翱翔海天，你却猝然离去，让人们看到了国泰民安、岁月静好的背后，是无数仁人志士上下求索的艰辛步伐，是无数中华儿女卫国图强的血肉之躯。

罗阳同志的一生是航空报国的一生，他将自己30多年的全部精力和智慧都奉献给祖国的航空事业，用有限的生命，诠释了航空报国、航空强国的真谛，为继往开来的航空人树立了永恒的丰碑。习近平总书记在罗阳殉职后做出重要批示，党和国家先后追授罗阳全国优秀共产党员、烈士等荣誉称号。

祖国终将选择那些忠诚于祖国的人！

祖国终将记住那些奉献于祖国的人！

祖国需要更多像罗阳这样实干兴邦的人！

当航母再次驶向苍茫起伏的大海，我们依然能记住他最后的身影——航母舰岛之上，波光潋滟之处，罗阳面向飞行甲板上那架迎着朝霞疾驰欲飞的舰载机，投下最后深情的一瞥。

激流中奋进　逆境中攀高

——"最美奋斗者"罗健夫

◎文/航天科技九院　黄智卓　袁思雅　赵　昱

罗健夫（1935—1982），男，汉族，湖南湘乡人，中共党员，全国劳动模范。1950年距初中毕业尚差一个学期，带头报名参军。在部队利用业余时间，学完初中三年级第二学期及高中全部课程。1956年考入西北大学原子物理系原子核物理专业，学业成绩优异。1959年4月加入中国共产党。毕业后，先后在西北计算机所、中国科学院156工程处（现为中国航天科技集团九院771所）工作。1965年开始研究微电子技术。1968年参加北京电机厂技术攻关协作，次年主持国家空白项目——图形发生器攻关。"文革"中，他力排干扰，以顽强毅力，短时间内掌握第二外语，攻读电子线路、自动控制、精密机械、应用数学、集成电路等多门课程。1972年、1975年先后研制出第一台"图形发生器""Ⅱ型图形发生器"，为我国航天工业做出重大贡献。1978年获全国科学大会奖后再接再厉，继续研制Ⅲ型图形发生器，至1981年10月已独立完成全部电控设计。但在一次调试设备时突然病倒，被诊断为晚期淋巴癌，于1982年6月医治无效去世，年仅47岁。

他平日酷爱阅读苏联时期著名小说《钢铁是怎样炼成的》，并以书中主人公保尔为榜样，身体力行，忘我工作，从不计较个人得失，从不表现自己，多次自动放弃评聘高级职称和提升干部的机会，上级颁发给他的奖金分文不受，被同事誉为“中国式保尔”。

罗健夫的事迹被广泛报道后，在社会各界引起强烈反响，大家纷纷为罗健夫的早逝感到惋惜，同时对他崇高的精神境界表示无比的敬仰。中央政治局原委员、中共中央顾问委员会副主任宋任穷在了解了罗健夫的事迹后专门著文赞扬罗健夫的精神，赞叹他伟大的共产主义信仰和信念。原中央顾问委员会常务委员胡乔木、时任航天工业部部长张钧、原陕西省委第一书记马文瑞也纷纷发文悼念罗健夫。原中央顾问委员会常务委员王首道更是作诗一首来纪念罗健夫：“壮哉罗健夫，精神天地歌。路阔光明大，人杰锦绣多。”

1982年10月11日，陕西省人民政府授予他为陕西省特等劳动模范；1983年2月12日，国务院授予他“全国劳动模范”称号；2009年9月14日，他被评为新中国成立以来100位感动中国人物；2019年9月25日，被中央授予“最美奋斗者”称号。

在激流中拼搏奋进

为什么会重新提起罗健夫呢？在时隔38年后的今天，是否还有必要重说这些历史呢？答案当然是肯定的！首先，是为让我们再一次感受一个优秀共产主义者的崇高精神、奉献精神，从而洗涤心灵；其次，更好地用先进典型、英雄模范的感人故事激励广大党员干部职工坚守爱国情怀、坚定奋斗意志，进一步凝聚起万众一心奋斗新时代的强大精神力量。

在信息化极为丰富的今天，我们时常都可以听到各类优秀共产党员、时代模范、感动中国等先进个人群体的宣传与报道，虽然我们总可以在其中获得精神的感动和洗礼，但也时常感觉与自己距离过于遥远，虽感动却难有共鸣。

同时，许许多多共产党员在深思：怎样使自己一言一行不愧为有共产主义觉悟的中国工人阶级先锋战士？千千万万职工群众也在想：怎样让自己的一举一动称得上有理想、有道德、有文化、有纪律？

因此，我们有必要通过了解罗健夫的故事，来还原一个更加真实更近距离的罗健夫，感受他的精神，并亲身体会“最美奋斗者”的伟大和崇高。

罗健夫是一个普通的科技工作者，他所处的是平常的岗位，从事的是平凡的工作，也正是因为这些平凡，衬托出他的更多非凡。我们都知道，他主导研制的“图形发生器”“Ⅱ型图形发生器”填补了多项国内空白。但我们很多人可能并不知道，罗健夫原本并不是学习计算机出身，他在大学期间学习的知识和他之后的工作内容相去甚远。

1951年罗健夫进入部队，那时他只读完了初中二年级的课程。两年后，他从解放军武汉后勤学校结业后就分配到了甘肃的一个军马场工作。“他必须认清，只有在现代知识基础上，他才能建立共产主义社会，如果他不通晓这种知识，那共产主义始终只不过是一种愿望而已。”这是列宁《青年团的任务》中的话语，也是他入团后湘乡中学团支部赠予自己的珍贵礼物。这句话对那时还不到20岁的年轻人启发很大，看到这句话的罗健夫立即用红笔标注，并用接下来的短暂一生去实践。

在劳动的同时，他开始了刻苦的自修，在军马场工作的三年间，他几乎把所有的业余时间都用在了学习上，每天晚上都学习到深夜，就是靠这种坚忍的意志，终于自学达到高中毕业水平，并于1956年考入西北大学原子物理系原子核物理专业。在大学期间，罗健夫一直担任班干部，因此社会活动也比较多，加之他自学出身，很多知识基础差一些，因此他需要比别的同学付出更多的努力，经常学习到深夜。他时常说：“我愿用金钱来买时间。”

1959年4月16日，是罗健夫终生难忘的一天，他在鲜红的党旗下庄严地宣誓入了党。这年十月正值新中国成立十周年，在学校举办的教育成果展览会上，专题展出了罗健夫德、智、体全面发展，被评为全校“三好”标兵的模范事迹。1960年7月大学毕业时，罗健夫激情满怀地写道：

让我去吧，亲爱的党，
我愿意走进山区的教室，
也愿意到高原的厂房，
到科学院很高兴，
到农业社也将同样。
哪里都是祖国，哪里都是家乡。
我急切地等着党的命令，
时刻想背起行装，
像一个就要出征的战士，
激荡的心啊，早已飞向前方。

自从入党，他就立即树立起一位共产主义者的坚定原则与信念。每当晚上学习，他都会用纸板把灯光挡住，就是为了不影响同学们的休息。由于经常熬夜学习，清晨又坚持起床锻炼长跑，洗冷水澡，罗健夫给同学和老师们留下了很深的印象，大家都称他是“全年级最用功的学生”。大学毕业后，罗健夫进入了西北计算机所，后于1965年调入中国科学院156工程处（现为中国航天科技集团九院771所）。

1963年开始，罗健夫的工作方向变成了计算机。这可愁坏了他。罗健夫大学专业是原子核物理，突然让他搞起计算机，这对于他几乎算是进入全新的领域了，一切都要从头开始，但他并没有放弃，他那股不服输的精神又支撑起了他，干一行、爱一行，学一行、专一行用在罗健夫身上再适合不过了。

工作以后，罗健夫在本单位出名，是从1970年当“国王”开始的。正是从这时起，更多的人了解了他，敬佩他无私的献身精神和科学道德。

这个“国王”和我们意识中所理解的那个地位高高在上的“国王”相差甚多，甚至完全是两个极端。提起“国王”，说来话长。在那“动荡”的1969年，罗健夫接受了研制图形发生器的任务，并担任这个课题组组长。那些天，老罗紧皱眉头。他思忖着：这是个填补国家空白，赶超世界先进水平的项目。可眼下呢？一是自己过去学的是核物理的，搞电子设备不在行。二是国外“禁运”这个产品，国内无图纸、无资料、无样机。三是这乱哄哄的日子，搞科研肯定受干扰。尤其晚上，男同志的集体宿舍那就更加“无法无天”了。打扑克的打扑克，下棋的下棋，吵闹声、收音机声此起彼伏。但为了攻克工作上的难题，罗健夫必须继续坚持学习，以至于经常有人看到他在宿舍走廊的灯下聚精会神地看书学习。“老罗，你在这看书，真的能看得进去？”总有人不可思议地询问。“其实，在这种环境下看书，也是一种锻炼。只要你钻进去了，你就会觉得嘈杂声离你很远。不信，你也试试。”罗健夫笑着回答。

但那时的形势并不仅仅是嘈杂这么简单，怕干扰偏来干扰。就在研制组开始工作不久，当时的革委会领导突然决定：抽走组里搞计算机的技术员干别的去。罗健夫一下就急了：“一铆钉一楔的活儿，没人搞计算机，还研制什么发生器！简直是釜底抽薪！”

他找革委会领导申辩。不料，这竟成了“臭老九翘尾巴”的“罪状”。“无组织无纪律”“大搞独立王国”等帽子立即就扣上了。随后，“打倒独立王国国王罗健夫”的大字报、大漫画糊满了院墙。连续两个月被大会当众点名，中会批判不断，小会勒令检查。从此，“独立王国国王”的名声在全单位无人不知无人不晓。

政治上压力极大，组内学计算机的人也被调走了，那台计算机一个多月都没启动过。罗健夫的爱人这时候也刚生下第二个女儿，家里没人照顾，很困难，西北计算机所也提出了让他回去。“撂挑子，调走了事算了。”罗健夫心里也开始了这般琢磨。眼见这拆台、挨整的冤屈，大家都心里透凉，一致预感到：还研制个啥？吹啦！

出乎人们预料的是，没多久，罗健夫竟然去做检查了。“好，我检查！”老罗一开口，大家都以为他是先做“检讨”后撂挑子。谁也没想到，罗健夫抛开“独立王国”的是非曲直不谈，真心实意地检查说：“我们研制图形发生器，不为我，也不是为你，是国家急需，党的事业急需！作为一个党员，我为什么不替党着急？调走了一个人、没人搞计算机，我为什么没有担起双份工作的勇气，自己顶上去？我必须要做自我批评和检讨！”

不光如此，不少同事因为看到罗健夫因工作受到批判而打起退堂鼓。

其中有几位搞光学机械设计的同事甚至提出不干了。罗健夫就找他们一一谈心，开诚布公地说出问题，交换意见。同时又启发道："咱们组就你一个搞光学机械的，到了关键时刻不干了怎么行？要想一想，我们的知识不是个人的，而是人民的。我们都是普通家庭出身，能有今天，也都全靠党，如今的日子，一定是暂时的，所以我们不好好干一番能行么？"

这短短数语，体现了罗健夫对党坚贞、严于责己的博大胸襟，并以他那凛然正气、无所畏惧的共产党员高大身影，感动了周围的人！人们激动地赞叹道："老罗高哇！你那番话代表咱一代人的心！"连那位革委会领导也不得不当众承认："老罗是个好同志，他的检查说明了他的思想境界，我也受教育！"

一场"国王"风波平息了，研制组的工作恢复了正常。但是，前进道路上仍然荆棘丛生。罗健夫要承担图形发生器电子电路的设计，要顶替别人搞计算机，作为课题组组长还要懂一些机械制造、半导体应用等专业知识。老罗掂出了肩上担子的分量，出路只有一条：改变生活习惯，挤出足够时间。罗健夫果真这样忘我地拼搏了！

1963年搞计算机电源，1965年又开始搞半导体设备，先搞超声压焊机，后搞图形发生器。罗健夫能成为如此的"全才"并不是因为他的天赋和悟性，完完全全是出于他的踏实认真，专注不舍昼夜，还有他严谨的科学态度和高尚的科学道德。这些研究成果都不是他对口的专业，许多东西要从头学起，这10多年来，不知道熬过多少不眠之夜，他把自己的睡眠时间压缩到几乎不能再压缩的程度。

他，窗前的灯光总是最后一个熄灭，而又最先一个亮起，多年来每天只睡四五个小时。全部业余时间都用来刻苦读书、翻阅资料、思考设计、攻取第二外语，还要向爱人陈显万（一位计算机工程师）请教计算机原理和应用技术。

他常常连续好多天一头扎进工作室里，饿了啃块馍，渴了喝口水，困了在地板上躺一会，夜以继日，奋斗不息。和他同住一个宿舍的同事有一次抱怨道："老罗这人不地道，出差一个星期也不打声招呼。"谁知后来才知道，原来是他一直埋头在实验室加班，压根没有时间回宿舍。学习认真忘记吃饭休息，这对于罗健夫来说都是家常便饭。

1976年秋，北京大学设计出了半导体大规模集成电路“N沟MOS4096动态随机存储器”的版图。他们走遍北京有关单位，无人承接做版，只好赶到骊山脚下求援。此时，正在预报地震，又盛传临潼附近是“震中”，许多人不安心工作。可罗健夫一听，一口答应了下来。为早日满足兄弟单位的工作需要，他和几个战友顾不上搭防震棚、考虑个人安危和家属的安全，便夜以继日地投入工作。9月底，他们终于为北京大学成功地研制出了大规模集成电路“N沟MOS4096随机存储器”的中间版。这在我国还是首次。

1977年春节，当大家都在团聚的时候，罗健夫和他的几个战友却守在机器旁。春节放假，动力车间停止送风，他们连续工作，常常感到胸闷、憋气，实在受不住了，便出来透透气，完了又进去接着干。终于按时保质保量地完成了77-Ⅰ型微处理机的全部大规模集成电路的掩膜中间版。

他，为了事业把个人生活简化得不能再简化。两个馒头夹一块臭豆腐、一碗面条拌一点酱油就算一餐。一家人准备添置衣物的钱，常常被他用来买研制图形发生器需要的书籍。出差到外地，他从不游山玩水，不放过一刻学习、工作的时间。

他，专心致志，工作入迷。当时，由于同北京电机厂有协作关系，为了办一张该厂的工作出入证，需要一张照片，别人催他几次，他才腾出一个星期天去照相。顺路到酒仙桥新华书店去看了看，没想到正好买到一本急需的参考书，便急切地找了个角落读了起来。这样便把照相的事给忘了。由于照相馆已经关门，他只好乘电车往回走，一上车他又继续读，结果又坐过了两站，下车后，他又利用等车的机会，站在路灯下埋头读起来，一连过了好几辆车，他都不知道，直到他坐过站的那辆车从终点拐回来时，售票员认出他就是刚才因看书坐过站的那个人，便喊了他一声，他才赶快上车回去。这时，天已经很晚了。

1968年，老罗和另外一个同志在北京机电厂开展高超声压焊机的协助工作。当时，工厂经常停产，而他们一心想着国家亟须，连续两个月不停工地赶进度。他们每人每天只能睡四个小时，还要分两次才行。即便离开工作岗位脑子也得装着工作的事情，人停脑不停，有次老罗在上厕所的路上边想问题边走路，到了厕所还不知不觉地以为回到了宿舍，顺手就解了扣子脱衣服，突然发现“气味”不对才反应过来，他自己也不禁被自己的专注逗乐了。

罗健夫的学习总是和自己的工作结合在一起，既重视书本，又重视实践，既有高度的热情，又有严肃认真的科学态度。他们搞超声压焊机所用的锆钛酸铅压电陶瓷换能器，是由中国科学院声学研究所协作试制的。声学所不仅提供了两批不同配方的换能器，还介绍了设计公式和频率特性。有的同志高兴地说：“这下好了，我们按设计公式干，省事多了。”

罗健夫坐在旁边，左手托着下颌，摇摇头说：“不，古人说，‘纸上得来终觉浅，绝知此事要躬行。’我们还是仔细测试验证一下。”

“那，多麻烦……”

罗健夫耐心地说：“搞科学，哪能怕麻烦呢？”

在他的带动下，组里同志把三十多个换能器逐一编号，按加工过程中的两个主要阶段，对频率特性进行了详细的测试，并绘出四十多张特性曲线图。由于做了这项工作，大家对这种器件有了较深的认识，掌握了它的特点，在以后装调超声压焊机时，避免了盲目性，少走了许多弯路。后来，北京电机厂的一位老工程师指着罗健夫画出的一张曲线图，向几个青年技术人员赞叹道：“这才叫搞科学研究，严格、严肃、严密，我们都应该学习老罗这种科学态度、科学作风。”经过近三年的苦战，国家亟须的超声压焊机终于研制成功了。

1969年底，他负责的非标准设备研制组又承担了图形发生器的研制任务。图形发生器是用电子计算机控制，制作半导体大规模集成电路掩膜版的专用设备。这种掩膜版是一种高精度、分辨率要求很高的底版。如果用人工，要放大几百倍，画图、刻版、照相，再初缩、精缩成1∶1，制作周期须用半年到一年，且质量无法保证。若图形发生器试制出来，只需要给计算机输入设计好的版图对角两点的坐标，按程序曝光形成图形，几小时后，就可以制出需要的初缩掩膜版。在微电子学领域，其意义是重大的。没有它，要研制和发展半导体大规模集成电路，几乎是不可能的。

当时，要研制它，一无图纸、资料，二无样机，不仅需要尽快掌握电子线路、自动控制、精密机械、应用光学、集成电路工艺等多方面的专业知识，而且还要精通计算机。这些对于罗健夫来说，无疑是十分困难的。罗健夫原来是学原子核物理的，后来也只搞过电子管稳压电源、超声压焊机，对图形发生器是很陌生的。况且，所在单位刚从北京搬到陕西临潼，许多人思想还不安定，科研和生产条件很差，又处在那样一个混乱和复杂的年月……但为了发展祖国的国防科研事业，填补中国电子工业的一项空白，他勇敢地带领全组同志承担了这项任务。

从此，他便踏上了攀登科学高峰的崎岖道路，开始度过使他生命更加迸发光辉的四千个日日夜夜。

咬紧牙关全心奉献

建设社会主义精神文明，犹如奔向共产主义前程的万里长征。这个长征也有“雪山”“草地”，也要克服艰难险阻，冲破围追堵截。党内不正之风、社会不良风气，就是“思想长征”路上的障碍。在一个一个的障碍面前，有人抱怨上苍，有人听天由命，也有人失足落水……然而，罗健夫这个普普通通的共产党员，1951年参军时抱定的“牺牲个人的一切”的决心，1959年入党时写下的“忘我无私地工作”的誓言，却矢志不移，本色不变。

一天，一位年轻工人来找他，说：“老罗，我们两口子两地分居多年，听说走后门送礼才能调到一起，帮我参谋参谋，送点啥好？”

老罗一听，气得发抖：“你这叫干什么？搞不正之风，做缺德事！送礼的腐蚀人，缺德；受礼的以权谋私，更缺德。我说，宁可不调，也不搞这邪门歪道！”年轻人羞愧地低下了头。

“叹什么气？与其埋怨，不如自己给周围人做个样儿看；与其叹气，不如想想自己为纠正不正之风出点什么力！”这就是罗健夫对不正之风的坚定态度！

1970年时，有的领导认为成果展览首先应该从“政治需要”出发，为了向“五一”献礼，甚至可以用仅仅只做出的控制计算机的外壳来参展。罗健夫得知后，坚决要求撤回。有些同事怕这位刚刚平息了风波的“国王”

又惹上事，劝他吸取教训，别太认真了。但老罗依旧还是那个老罗："我们受了批评，就是要正确地吸取教训，不能从反面接受错误的东西。还是照郭沫若同志说的，'不做浮夸家，两脚踏实地'。让我们把双脚站在地上工作吧！"

1981年组织上安排他和另一位同事去广州验收一台进口设备。如何验收，大家的思路产生了分歧。因为，这台设备并不是一个完整的系统，只是单独的一台机器，各种配件不齐，资料和程序也不完整，有很多实际困难。有人觉得，既然如此，我们先接回来再说；也有人觉得，既然条件不成熟，不如就先通上电，看看机器能不能动，动了也就算完成任务了。老罗一听认真负责的劲头又上来了，他表示，坚决不行，一定要按程序验收，必须要有验收手段。然而这无疑给验收准备工作增加了工作量。他抓紧时间，千方百计地打听到有家单位有这类型机器的资料，立即就坐上长途汽车来到相应单位借资料。为了"吃透"机器的性能，即便是第一次来广州的他也完全没有时间领略这里的风光，而是一心扑在研究机器上，直至最终顺利验收成功。

他这种即使身处逆境，依然坚持科学的实事求是精神，不正是共产党员无论何时何地都坚持真理的高度党性和勇敢的精神吗？

虽然在追求真理上罗健夫可以说是绝对的认真负责，并且勇于攀高，然而在对个人功劳和得失上，却十分的云淡风轻。

在科学上，重要的是研究出来的"东西"而不是研究者"个人"。这就是他的座右铭。"哈，老罗，这下你可立了大功啦！"遇到这种情况，老罗总是告诉人们，这一部分是某同志设计的，那一部分是某同志搞成的，从不提自己。

"电路、计算机总算你的功劳吧？"

"那是人家指导我干的，我那点作用，不值一提！"接着，他又和全组同志向Ⅲ型图形发生器发起了进攻。

在呈报科研成果的表格上，他要求不要写自己的名字。3000元奖金，他自己应得的那份儿一分不要，全部上交组织。中国电子学会设备组邀请单位一位有学识的同志参加学术指导活动，领导决定让他参加，他婉言谢绝，把这份荣誉让给了别人。这期间，一位同志到外单位搞协作，忘记了一个设计公式，写信向罗健夫请教，老罗不只告诉他几句公式，而且把自己呕心沥血、积累多年的全部技术资料统统寄去。想起社会上存在的技术私有、相互封锁的不良现象，那位同志捧着厚厚的资料，嘴角颤抖，半天才说出一句："老罗呀老罗——你——你真是老罗！"

报考高级工程师，这本来应是每个科技工作者的愿望。但是，罗健夫却看到个别人争职称的歪风，感到愤然。按他的水平和贡献，考取高级工程师是不成问题的。但是，两次报考机会他都有意避开了。领导动员他，他说："考职称不是选劳模、评先进，我水平不够，以后再说吧。"许多同志听了感动地说：讲水平、论贡献，咱们都比老罗差，人家不报，咱还争什么？

调工资，这关系到每个职工的切身利益。1978年2月10日，公司党委做了一项决定：同意五名同志让出调资指标。五个人中，四名是领导干部，只有罗健夫一个"兵"。当时，公司正在进行1977年那次调资工作，罗健夫早该属于应调对象，但他还是坚决让出了调资名额。其实，罗健夫夫妇俩每月工资总共才130元，生活并不轻松，甚至可以说生活压力十分大，日子过得很紧巴。所以，罗健夫也保持了无产阶级一贯的勤俭节约、艰苦朴素的生活作风。多少年来，他没有穿过一件像样的衣服，20世纪70年代，头上还戴着50年代参军时发的棉帽子。他的工作服按规定是两年换一次新的，可是，他多年没有换过，破了自己补一补。同事都知道，他一年就两双鞋，天冷了就穿翻毛皮鞋，天热了就穿塑料凉拖鞋，一直如此。他的两个孩子也尚小，并要月月负担他插队的妻妹的生活费，还经常给老人寄钱，有时遇到周围生活有困难的同志他又解囊相助。就在调资开始前，他的弟弟去世，他立即写信给弟媳，让她不要向国家伸手，以后自己月月寄钱给予补助。

但是，他时常会看到有些人为了调资吵吵闹闹不可开交，于是提出："国家有困难，我家生活不困难，我不调！"说罢，罗健夫带头让出调资指标。看到老罗做出了表率，一些干部、职工也纷纷找领导请求："不要调我。"公司领导除了批准四名领导干部做表率外，看到老罗态度最真诚、最坚决，特意批准了这个“兵”的要求。罗健夫知道这个消息后，异常激动地说：“我感到这是党对一个党员的最大信任，是我精神上的最大安慰！”

10多年来，他天天加班加点。但是，什么加班费、夜餐费，这个“补”那个“贴”，从没见他要过一回。他廉洁奉公，从不侵占国家和群众的利益。

1978年，组织上准备提拔罗健夫任一个室的主任，他坚决不当！1981年，组织上又要提升他为公司制版中心副主任、主任工程师，决定做出了，他又一口谢绝。领导找他六次长谈，老罗摇摇头，坦率地说：“我不是不服从组织安排。现在这里的‘官’够多了。从党的科研事业考虑，我不当‘官’比当‘官’有利。”罗健夫的爱人看他如此固执，在家劝他：“别让领导左一趟右一趟作难了，你就挂个名吧。”老罗笑笑说：“共产党的干部是干实事的，我想通了，就会答应，答应了就会实干，当挂名领导有啥必要？”

出国、去港：这本是难得的考察学习机会。当然也不乏个别人想乘机捞点“外快”。然而，在罗健夫的眼里，什么外快、实惠，糠秕而已！1978年，组织上派他去日本实习，他以手头忙为由，多次谦让。后因领导一再催促，他才服从决定。在国外期间，他是实习小组组长，一分一厘地抠着

开销，将节约下来的费用全部上缴国家。不仅如此，他还将公费与自费一笔一笔地做着账，发票清楚地分开，凡是自费发票统统丢掉，从不给国家添一分钱的负担。1981年，组织上又派他去香港考察，他硬是把这趟差事让给了别人。

1975年，单位盖了一批宿舍楼，按老罗的条件，完全可以分到采光好、楼层适中、离上班地点近的一套好房。但是，他看到有的人总是因为户型位置而吵作一团，便主动提出："我要离上班地点最远、最顶层、最边角上的。"有的同志劝他："还是按规定办吧。"老罗不依，自己挑了较远的边角的一间半房，他风趣地说："边角好，肃静，少干扰。"

对于教育子女，罗健夫的严格在公司家属区早就出了名。他培养孩子从小要做正直的人，诚实的人，靠勤奋自立的人，不让孩子幼小心灵沾染灰尘。大女儿思想进步，早早就要求加入团组织。老罗知道了很高兴，就问道："你入团是为了什么？"女儿不假思索地回答道："可以戴团徽，光荣！"罗健夫听到女儿这么说立即严肃起来，并说道："孩子，你入团仅仅是为了戴团徽，图光荣吗？你对共青团有了解吗？你懂得'为共产主义奋斗终生'的意义吗？"说完就将自己保存了31年的《青年团的任务》郑重交给了女儿，并嘱咐她认真学习。在北京出差的他也不忘两次向家中写信，让孩子好好读《钢铁是怎样炼成的》，看看革命的艰苦年代里，老一辈共青团员们是怎样战斗和生活的。

1981年，两个女儿面临升入大学、中学问题。有一天，老罗把孩子们叫到面前，严肃地说："我现在就把话说清楚，眼前的升学问题，将来的工作问题，都要靠组织安排，靠你们自己发奋，不要指望父母。我这个人没什么'后门'，就是有，也决不干这种败坏风气，坑害你们的事！"孩子们也用行动回答了父亲的期望。他的大女儿学习跳班升级，15岁就以渭南地区第一名的优异成绩考上了大学。

在公私之间，罗健夫完全称得上是严于律己、宽以待人的典范。1977年以前，他与爱人陈显万同志两地分居，他回家从不乘单位的班车，总骑自行车上下班，往返75公里，风雨无阻。那段岁月上班迟到早退甚至无故缺勤，都习以为常。但罗健夫却依旧准时上班，并且天天加班，即便天气恶劣也从没有过例外。不少同事开玩笑地问："老罗，这天气这么差，你还天天来这么早，有什么必要呢？""下雨也没有规定就能迟到嘛！"罗健夫笑着回答。

一次，罗健夫在咸阳参加单位农场的收麦劳动。中午，农场派车送参加劳动的同志去咸阳采购物品，返回时才发现，罗健夫还没有上车。但是下午还要劳作，大家想老罗这回怕是真的要迟到了。谁承想，劳作开始前，就看见罗健夫穿着背心、短裤，把其他衣服打包往背上一背，长跑了十几里地，按时赶回来了。不少人都想，老罗这回肯定得要发脾气了。可是浑身是汗的他什么都没说，照常和其他人一起下地干活了。大家都心生敬佩："老罗啊，你可真是个实心眼啊！"

但凡是接触过罗健夫的人，都会留下很深刻的印象。他言语不多，待人诚恳，只要托他办的事情，他总是会尽自己的最大努力。他秉性耿直，疾恶如仇，坚持原则，从不计较个人恩怨。

"国王"风波过后，有一些同志找到罗健夫，想叫他一起整当年整过自己的人，却被老罗严肃地拒绝了。他说："他们过去整我确实是整错了，但是我们不能反过来再来搞。是非问题还是交给时间去考验，让事实去做结论吧。"

当然，罗健夫不是完人，并不是从不犯错误，也不是没有缺点。但是可贵的是，他敢于开展批评与自我批评，在有了缺点和错误后，能严于解剖自己，不怕丢面子，一旦认识了，就认真地加以改正。

在罗健夫的影响下，他身边的亲人朋友也都在不知不觉间有了很高的思想境界。尤其是他的爱人陈显万。陈显万也是一名工程师，并且事业心极强。1968年春节前后，罗健夫正在北京电机厂搞协作任务。陈显万专程到北京探亲。因为时间紧任务重，罗健夫天天埋头于超生压焊机的研制工作，根本顾不上爱人。陈显万看到老罗辛苦加班，丝毫没有怨言，还主动从早到晚为老罗抄写资料，整理图纸。虽然他们的住处中关村距离颐和园只有短短几站路，但两人竟然没有去过一次，直到临分别在上火车前，两口子才匆忙地照了一张合影，留为纪念。

1977年单位调资时，罗健夫将打算让出调资名额的想法告知了爱人陈显万，陈显万十分赞同。他说：“与许多老同学相比，我们的工资也算不错了。”就在罗健夫刚去世时，领导来医院看望，并告知陈显万有什么要求提给单位，单位一定会尽量满足。悲痛万分的陈显万说道：“谢谢组织的关心，我没有什么别的要求。我希望我能继续回到单位去工作，我要像老罗那样去工作。”周围的同志听到这些，早已感动得热泪盈眶。在罗健夫简单的告别仪式结束后，陈显万立即投身工作，并且孩子们也都重新回到了校园。

罗健夫的模范事迹宣扬开后，他获得了一系列荣誉，陈显万却对此感到不安。她一再强调，给老罗的荣誉太高了，比老罗优秀的同志很多。即便是荣誉也是老罗个人的，希望不要写她与孩子的名字。因为孩子还小，也不懂事，要让她们从小明白，一切靠自己的道理。直到1982年10月，航天部和陕西省委联合召开授予罗健夫同志优秀共产党员、特级劳动模范的大会上，陈显万才在百般推辞中，上台做了简短的发言，内容也仅仅是感谢组织和同志们，并表示要继承老罗的遗志，把工作做好。

罗健夫就是这样，每时每刻都在用自己的行动带领身边人树立新风；每时每刻都向着更高的精神境界，进行着思想长征！

逆境之中勇攀高峰

1981年10月，正当Ⅲ型图形发生器进入紧张研制阶段，罗健夫感到胸部隐隐作痛。这时，单位需要他去北京搞协作。一进北京，病痛加重。他抓了几服中药，晚上一边熬药，一边查阅资料。白天在工作室里，他一只手顶着胸部，一只手操作机械。同志们看他疼得厉害，劝他休息休息。他却笑笑说：“没关系，贴块伤湿止痛膏就好了。”骊山公司领导得知他患病，多次写信催他回去治疗。他却说：“这里需要我，我不能走。”就这样忍着病痛，坚持了3个月，直到春节前夕，才回到家里。

在组织的再三催促下，1982年2月6日上午他去西安看了病，下午又硬挺着上班了。傍晚，已知罗健夫确诊为癌症的公司诊所大夫，匆匆来到罗健夫家，约他第二天再去检查。不料老罗仍未回来。

这是个周末，下班已过两个小时了。车间主任家有人敲门，女主人一看，竟是老罗！只见他一只手顶着胸口，另一只手拿着手电筒，腋下夹着一大卷图纸，呼哧呼哧地走进屋。“你怎么才回来呀？”车间主任不安地问。“啊，这份图纸，部里急着要审核，我晚上赶出来，请你看看。”车间主任夫妇想到老罗的病情，双双泪奔。

此时，人们对老罗瞒着病情，所以很多单位员工对他的身体状况也都不清楚。一天，调度室的一个同事在上班路上碰见了罗健夫，就顺便告诉他：“超声压焊机出了毛病，但是负责维修的同志出差了，这可怎么办！”其实，老罗早都不负责这项工作了，但是他听到后还是毫不迟疑地说道：“我马上去修”，便拖着患病的身躯完成了工作。事后这位同志得知老罗的病情后悔不已。

慢慢地，罗健夫看大家总是阴郁的脸，甚至时常对他躲闪，加之自己身体的感受，也一点点地猜出了大概。有天他主动嗔怪车间领导：“要因人而异嘛，像我这样的人，应该早告诉我，我好安排一下工作。”不久，他在医院正式得知确诊：癌症，晚期！面对这沉重的打击，老罗异常镇定，他问医生：“我相信唯物主义，对癌症并不畏惧，请说吧，我还有多少时间？”随后嘱咐同去的同志：“不要告诉我爱人，也别做切片检查了，现在，每分每秒对我都很宝贵！”这个已知自己的寿命屈指可数的人，没有哀叹人生的短暂，没有眷恋小家庭的温暖，没有考虑给妻儿留下什么遗言，而只有一桩心事：“我还有许多工作没有做完。”此情此景，把一名共产党员的生死观、公私观活生生地体现出来，使在场的同志无不热泪盈眶。

2月20日晚上，寒风凛冽，人们心情低沉。听说单位派人陪他去上海治疗的消息，上百名职工自发出门排成了长长的人墙为他送行。老罗笑吟吟地跟大家话别：“放心吧，我一定能回来！我还要和大家一道工作呢。”与他多年交情的一位同事，紧紧地握住罗健夫的手：“话我就不多说了，老罗我相信你，你是个硬汉子！”老罗也坚定地回答：“你放心，还是那句话，我是共产党员！”两人都激动得说不出话来。

罗健夫面临死亡的威胁，却仍以更加顽强的拼搏精神，向着一个彻底唯物主义者的高度、一个纯粹的人的境界，冲锋！

在上海，他时刻想着工作，想着一个共产党员还应该做些什么。白天，他抓紧治疗，抽空学英语；入夜，他辗转反侧，思虑工作："听说上海已经成立了大规模集成电路制版中心，人家搞上去了，我们制版搞得最早，设备又好，还能不能保住全国领先地位？"那一个月，他憋坏了，也急坏了，实在住不下去了，于3月中旬折回骊山。

病情在急剧恶化！他胸腔的肿瘤竟把胸骨顶得隆起，皮肤像烧灼那样剧痛。就这样，他还坚持去上班。组织上"命令"他在家休养，并叫爱人照顾他。他终于同意养病，但不同意爱人照顾。他对她说："我不能工作了，你再不工作怎么行？"硬是把爱人推去上班。而他自己，为修改Ⅲ型图形发生器的图纸，又一头扎进了资料堆。

组织上派人到西安医学院第一附属医院联系住院。医院听说老罗是对国家有贡献的专家，立即决定：有了病床，首先安排罗健夫。老罗知道后生了气："有那么多病人等床位，把我安排在前头，影响不好，我不能做那种事。请转告医生，我是个共产党员，应该按病情、按顺序安排住院。"因为一时不能住院，公司每天派救护车接送他看病。他开始执意不肯，一定要骑自行车跑七八里路，直到手扶不住把、腿跨不上车，才不得不坐车。上了汽车还自言自语地嘟囔："国家汽油这么紧，我一个人怎能坐一部车？"陪他的同志劝他："救护车就是干这个的，你干嘛对自己那么苛求？"他稍停片刻，又说："那好，汽油钱我付。"

为了照顾他看病方便，组织上特地在西安为他找了一套房子。他扫视一下房间，摇摇头说："这个房子还没住过人，以后有了住户。知道我这个癌症病人住过，会使人家不舒服！"他的后背已溃烂，无法躺卧，组织上派人从办公室搬去一只沙发，他生气地说："给我搬来了，人家坐什么？"一位青年同志劝他："老罗，你是对国家有贡献的人，照顾你，应该的。"罗健夫板起面孔说："可不能这么想，为党多做工作才是应该的。"他想得太远了、太细了。在这生死关头，他脑子里想着国家，想着集体，想着他人，唯独忘了自己的生命！

4月28日，罗健夫作为垂危患者住了院。此刻，癌细胞在急剧扩散，他那钢铁意志在经受锤炼！ 一个多月光景，他的头顶、颈部、牙龈、胳膊、小腹、小腿等部位都隆起串串红枣大的肿块，胸部的肿块像扣了个大碗，后背大面积溃烂，而且，扩散部分不断破坏着周围的骨组织。老罗承受着难以言状的折磨！他不由得皱皱眉，咬咬牙，全身冷汗湿透。

“健夫，打打止痛针、吃片安眠药吧？”他爱人心疼地劝慰道。

“不，那东西刺激脑神经，我要保持头脑清醒，还可以想想‘Ⅲ型’研制中的问题，给大家当当参谋。”

老罗呀老罗，怪不得人家叫你“罗铁夫”！你宁忍裂身之痛，不失纯贞之心，你那高风亮节和钢铁意志，怎能不催人泪下！

一位和罗健夫共同研制图形发生器的同志要去出差，特意来向他道别。这时，罗健夫呼吸已相当困难，说话吃力，痰中有血，体质极虚。可他硬撑起身子，拼足气力，气喘吁吁地和这位同志谈了两个多小时，从Ⅲ型图形发生器的设计逻辑，到调试中可能出现的麻烦，以及怎样处理这些难题，讲得那么详细，思考得那么缜密。简直难以想象：一个没有工作任务在身的垂危患者，却对党的事业那么尽心，那么认真！直到他去世前几天，一位同志来探视他，随口提起一台进口设备出了点故障，需要查阅资料，那一大堆资料不知从哪儿查起。此刻，老罗说话极其艰难，话音微弱。那位同志见他嘴唇嚅动，趴在他身边断断续续地听到：“那套资料……第 × 本，第 × 页上……有排除这……故障……说明，那本……在我……工作室……桌上。”在场的同志听到这里，泪水夺眶而出！

过去人们常赞颂医务工作中有“白求恩”。而今，罗健夫被人看作患者中的“白求恩”！直到生命的最后一息，他还是那样毫不利己，专门利人。同室的病友都是癌症患者。有人长吁短叹，有人哭哭闹闹。老罗知道一位垂危病友发愁自己几个未成年的孩子，就劝说：“要相信党组织会照顾好你家的。这就是咱们社会主义的优越性嘛！”他住医院就说：“我现在的任务就是少麻烦人。”因此，在病房的49天中，从未要求护士打一次止痛针，从未拉过一次信号灯，甚至从未呻吟过一声：夜里上厕所，他从不叫人，也不开灯，总是自己一点一点挪着去。

他的病情迅速恶化，什么药都不见效。医生打算采用一种烈性药物，但无把握，正在犹疑。老罗知道后，痛快地说：“怕什么！征服癌症也是一种革命，就在我身上试验吧！假如还查不出结果，我死后把遗体交给国家，你们解剖了好好分析分析。”

就在他去世的前几天，一位领导同志去看望他。老罗拉着这位领导同志的手，流着热泪，艰难地说了一句话：“可惜……我不能……为党工作了……”在场的同志听了，都忍不住背过身去。

丰碑落幕

1982年6月16日，罗健夫同志逝世了，终年47岁。按照他生前的遗愿，遗体做了病理解剖，医生们惊异地发现：他周身布满癌瘤，胸腔里的肿瘤比心脏还大；胸骨已酥脆，一碰就碎了。经化验：“低分化恶性淋巴瘤”，是癌症中最凶的一种，潜伏期已在两年以上。医务人员都哭了，并用最凝练的语言评价了这个患者：“很少见这样的病，更少见老罗这样的人，他真是特殊材料制成的！”

当罗健夫的战友向他告别的时候，泣不成声地评说他的一生：“老罗啊，你像一支透红的蜡烛，燃尽自己，献出了光明！你为实践入党誓言，不惜牺牲个人的一切，直至宝贵的生命！”

他把一切献给了党和人民，在他短暂的人生道路上，攀登了两个高峰：一是科学技术高峰，二是精神文明高峰。罗健夫给我们留下了一个优秀共产党员和科技工作者的光辉形象。罗健夫逝世后被追授771所模范共产党员、优秀科技工作者，陕西省特等劳动模范，航天部优秀共产党员、优秀科技工作者，国务院全国劳动模范，新中国成立60周年有特殊贡献的“双百人物”和优秀共产党员。

无私奉献是罗健夫精神的核心内容，也是我们这个时代所提倡的价值观，时代呼唤罗健夫精神。

罗健夫生前读书无数，其中《钢铁是怎样炼成的》是他最爱读的书之一，生前无数次学习书中保尔的精神，也以此来教育后代们。他本人也被我们称为“中国式保尔”。

是的。看看罗健夫1959年4月16日在入党志愿书上写了些什么吧：

“我决心把自己的一切(连同生命)献给党，献给党的事业，忘我无私地为人民利益工作。我要更加努力学习政治理论，彻底铲除一切资产阶级思想意识，确立共产主义世界观和人生观，使自己永远成为一个真正符合共产党员标准的人。我还要用共产党的态度对待工作，掌握现代化科学知识和劳动本领，以便在建设社会主义和迈向共产主义的大道上，胜任党交给我的一切任务。”

这段话语，并没有什么警句。但是，看看罗健夫一生的实践，他写的“献出一切(连同生命)”“忘我无私”等等，哪一句没有实现？哪一句经不起检验？

从罗健夫的入党誓言到他的一生实践，我们看到了一个真正共产党员的标准答卷！是共产主义的伟大理想召唤着他，使他义无反顾，一往无前，不断增强自己的人生信念。正是这个信念激励着他，不管时间过得多么久远，环境发生什么变迁，他总是自珍自重，力排尘染，毫无折扣地履行自己的入党誓言，毫不停顿地向着共产主义思想的高峰攀登！

这就是罗健夫留下来的最珍贵的精神遗产！

这就是我们要重新提起的罗健夫，他有太多的事迹，太多的精神值得我们学习。他不是高高在上毫无破绽的圣人，他不是智力超群成果颇多的奇才。他更像我们身边的老前辈，或者说他还在我们身边，他的无私精神还在我们身边继续延续着。我们通过了解他的故事，再一次汇总他这些平实却无比高尚的精神、无比高贵的品格，从中学习他感受他，并且推广这优秀的思想境界、生活作风。这也是从党员到群众乃至全国人民都应学习并为之感动的罗健夫！

人民兵工的杰出楷模

——祝榆生

◎文/李亚明　张英俊　石青亮

有一种精神，它穿越时空，催人奋进……

有一种感动，它徜徉天地，涤荡心灵……

2019年9月25日，新中国成立70周年“最美奋斗者”表彰大会在庄严的人民大会堂隆重举行。在中宣部、中组部等部门联合发布的表彰决定中，一位兵工人的名字赫然在列。这是党和国家给予他的又一次褒奖。

也许，随着时间的推移记忆会变淡，但我们永远不会忘记，有一位忠诚的兵工人，他毕其一生在践行着对党、对国家、对人民的无限忠诚，对人民兵工事业的无比热爱，对锻造“国之重器”的无限执着。他的信仰、他的理想、他的精神、他的品格，永远陪伴在兵工人为实现“中国梦”“强军梦”而不懈奋斗的脚步中。

他，就是全国战斗英雄、我国第三代坦克总设计师、兵器工业科技发展终生成就奖获得者祝榆生。

到延安去！宝塔山下光荣入党

1937年，积贫积弱的旧中国在日寇的蹂躏下风雨飘摇。那时候，重庆的抗战气氛特别浓，反对日本帝国主义的情绪高涨。儿时熟读的“先天下之忧而忧”“天下兴亡，匹夫有责”的经典句子，在18岁祝榆生的心中，蓬勃迸发出强烈的意识：到前线去！把敌人打回老家去！

1937年5月，没有和家人告别，祝榆生舍弃了在重庆还算舒适的银行职

员工作，和几个同伴悄悄沿江而下，准备报考搬迁到南京的黄埔军校来报效祖国。

然而，就像离开重庆的那个早晨，一切笼罩在雾霭之中，迷迷蒙蒙；当时南京的时局也像江南的阴雨天气一样，朦胧迷离、捉摸不定。8月，祝榆生初试被录取后，被分配到中央陆军军官学校十四期炮科的“入伍生团”。然而，随着淞沪会战的打响，9月，祝榆生他们这批新学员，在炮科经过短暂训练就被转移到武昌，既没有教学训练，也没有具体安排，一直待命。

报国之志依旧在心中澎湃，报国之路却陷入泥潭。

执着的祝榆生没有放弃，而是更加地关心时政。这时，有关延安的消息仿佛一缕清新的阳光，驱走了他心中盘踞已久的苦闷和迷惘。到延安去！找共产党去！

在经历一番周折之后，1938年3月，祝榆生抵达延安，成为“抗大”的一名学员，在抗大本科四大队一支队学习，该队队长就是洪学智。在抗大，祝榆生除完成日常的学习和培训课程之外，把更多的时间放在图书馆和窑洞的炕头上，如饥似渴地阅读革命书籍，对中国的革命有了更深刻的认识；而洪学智等师长的引导，让祝榆生更清晰地认识了国家和民族的前途。

1938年10月，在宝塔山的平台上，祝榆生站在最前排，随着宣誓领读人铿锵有力的宣读，与十几名新党员举起右手庄重宣誓：“我志愿加入中国共产党，坚决执行党的决议，遵守党的纪律，不怕困难，不怕牺牲，为共产主义事业奋斗到底！”铿锵的誓言，刻在了延安的黄土地上，也永远地刻在了祝榆生的心底。从此，他把自己的一生奉献给了党，奉献给了他深爱着的祖国和人民。

60多年后的1999年，81岁的祝榆生重回延安，找到了曾经住过的窑洞。忆往昔，他十分感慨地说：“当年我和洪学智队长就住在这间窑洞里，那是个左右套屋，洪队长住里屋，我住外屋。虽说那时窑洞很简陋，睡着土炕，点着麻油灯，但与洪队长在一起，我被他的革命乐观主义精神所感染，什么困难都不在乎，而且跟他学了许多知识，是他把我领上了革命道路。”

抗大毕业后，祝榆生被分配到115师奔赴山东抗日前线，参加了大大小小数十次战斗。从1943年3月至1946年5月，在滨海军区司令部先后任工兵参谋、五科科长的祝榆生，发明和改造的“土武器”和“土器械”就有20多种，成为滨海军区赫赫有名的“军中鲁班”“工兵奇才”“爆破英雄”。

1942年，这是八路军在敌后坚持抗战最艰苦的岁月。要想打破敌人的分割，最缺少的就是平射武器。祝榆生主动请缨，在115师工兵连和滨海军区兵工厂的配合下，开始了他的迫击炮改平射的研制工作。滨海军区还没有人尝试过这样的“怪点子”。祝榆生意志坚强，信心满怀，他从迫击炮的曲射原理、技术性能及部件的功能入手，研究平射的可能性。经过两个多月的努力，祝榆生完成了设计方案和图纸。在他的带领下，又土法上马，手工作业，用烘炉熔化，铁锤锻打，锉刀加工，一个个试制出来所需要的部件，一门新的试验样炮在兵工厂和工兵连战士的配合下“诞生”了。几经修改，反复试验，平射迫击炮终于试制成功。1943年11月，日军对鲁中、清河区进行大规模“扫荡”，并令驻赣榆县城伪军71旅出兵北犯，打通海(州)青(岛)公路。八路军山东滨海军区为配合鲁中、清河区反“扫荡”，控制海口，打通与苏北新四军的海上运输线，司令员陈士榘、政治委员符竹庭决定6团、23团、海赣独立营等部队，采取军事打击与政治攻势相结合的方法攻取赣榆城。伪军旅部驻地阎村，碉堡高大坚固，火力配置严密，我军两次攻击未果。陈士榘急调祝榆生率领一个炮兵班携带平射炮支援23团。祝榆生与23团团长一起勘察阎村地形、火力部署和防护设施等情况，在分析敌人的火力部署后，当即制定了作战方案。他们选择夜晚作战。正当敌人还在梦中时，23团向阎村突然发起了攻击。祝榆生指挥“平射炮”班首先开炮，第一炮使用延期引信，命中敌碉堡中下部，穿洞爆炸；第二、第三炮使用瞬发引信，又在第一炮打开的缺口连续爆炸。三炮巨响，碉堡内的敌人有的被炸死，有的“坐了飞机”，有的被打得晕头转向……23团战士一鼓作气，发起猛攻，在政治与军事双重压力下，迫使伪军旅长及以下1600余人于11月20日缴械投降，赣榆县遂告解放。这次战斗作为“政治攻势与军事打击相结合”的典型战例，刊登于次日《延安日报》头版头条。新中国成立后，该战例又先后被载入《中国人民解放军战史》《中国大百科全书·军事卷》《第二次世界大战大事纪要》等史籍。

战斗结束后，23团政委夏琪拍着祝榆生的肩膀说：“小祝，你改装的平射炮，简直神了！真是‘三炮定乾坤’啊！”初露峥嵘的平射炮一战成名，此后在多次战斗中大显神威，发挥了重要作用。祝榆生也很快成为这一地区和战场上的能人，人们赞誉他为“军中鲁班”。

1945年，我军开始反攻，战事频繁，祝榆生当时任滨海军区司令部五科（队训科）科长，忙得脚底生烟。新四军7师攻打枣庄，滨海军区特调祝榆生前去参战。为了给攻城部队开辟通路，必须先炸毁守敌的城墙，为进攻的步兵打开突破口。这时祝榆生主动请缨炸城墙。战斗打响后，祝榆生用“集团装药”大型爆破的打法，把枣庄城墙炸开了十多米宽的突破口，保障了7师攻城部队一举突破敌军城防，攻入城内，全歼守敌，取得了战斗的胜利。由于祝榆生屡建功勋，在滨海军区机关里，大家都称他为“爆破科长”。

战争是一个大熔炉，练就了祝榆生勇往直前、不怕牺牲的大无畏精神；战争培养了祝榆生强烈的求胜欲，打仗就要打赢，打个平手都不甘心；战争又使祝榆生懂得了必须珍惜生命，只有保存自己，才能消灭敌人；战争还使祝榆生学会了打仗，为了战争的胜利，他把毕生的精力，献身于战略战术、武器装备的教学，献身于新型武器装备的研究；战争丰富了祝榆生的阅历，也铸就了祝榆生辉煌的人生。

三次抉择，他始终坚守着对党的庄严承诺

战争淬炼了祝榆生。抗战胜利后，为了适应战争发展形势的需要，华东军区决定成立华东军政大学，培训各级优秀的军政指挥员。1946年11月，年轻有为的祝榆生奉命调往华东军政大学，先后担任军教科科长、教育部副部长，为学校军事教学做出了突出贡献。从战场到课堂，从一名战斗员到军事教育者，祝榆生经历了人生的首次抉择。

祝榆生在陈铁君教育长的直接领导下，根据战争需要，采取“短期速成”的训练方针，以较快的速度、较短的时间、较高的质量、较好的方法，保障前线部队什么时候需要干部，就什么时候将学员输送出去。后来，祝榆生总结前期经验，协助陈铁君教育长撰写了《军大一期速成教学经验》，后由训练部印刷成册，发至连以上干部作为教学参考，为贯彻速成教学提供了可靠的理论知识和实践经验，为后期的教学奠定了良好的基础。

1947年，祝榆生面对学校任务、体制、教学计划及教学内容的不确定性，他把主要精力放在抓军事教学的重点上，而且是抓住不放，做到了和什么敌人作战，就要有针对性地教什么；现条件有什么，就老老实实地教什么。第二期的教学是在战争由战略防御转入战略反攻的形势下进行的，重点学习在阵地攻击时如何集中优势兵力突破一点、打开口子的战法；研究步兵与炮兵、突击与爆破、运动与火力的协同作战；反复研究爆破敌人的障碍物、地堡群的动作和方法，使学员及时掌握阵地攻坚和协同作战的本领。1948年3月，祝榆生根据战争形势的变化，不断改进教学训练方法，开始了第三期的军事教学，协助陈铁君教育长撰写了《步兵连对城市攻坚突击战术》——成为第三期学员的主要教材，受到了野战部队和广大学员的一致好评。

军事教育丰富了祝榆生，也让他付出了沉重的代价。

1948年3月的一天，华东军政大学在全校军事思想教育培训会议上，安排了一次迫击炮实弹射击试验。这是一次普通得不能再普通的演示。但当祝榆生命令射击教员装弹拉火时，迫击炮却没有响。再拉火，还是没有响。意识到危险的祝榆生来不及多想，立即跑到迫击炮跟前命令射击教员撤离到安全位置，他却独自小心翼翼地排险。然而，就在他刚刚把手伸到炮口

的一瞬间，炮弹“轰”的一声飞出炮膛。目标命中了，祝榆生却被炸昏在迫击炮旁，永远失去了右臂……

物有甘苦，尝之者识；道有夷险，履之者知。那一年，祝榆生才30岁。

血的代价，并没有动摇祝榆生参与总结战术和研发武器的意志与决心。在继续做军事教员的同时，他依旧几近痴迷地进行武器的研究和改进工作。1948年下半年，他试制的反坦克枪榴弹，能击穿3厘米厚的钢板，成为人人敬佩的钢铁英雄。1948年9月24日，经过8个昼夜的激战，我华东野战军解放山东省会济南。伤愈不久的祝榆生随军参战，带领华东军政大学的教员，随第二梯队登上19米高的突破口，观察战斗进程，事后又把敌我的战斗部署和火力配备制成模型，进行分析研究，用于教学和指导部队作战。祝榆生这种把深入前线获得的实战体验与教学密切结合起来的作风，深得师生们的敬佩。

1950年9月，祝榆生作为华东军区模范教育工作者代表光荣出席了全国战斗英雄代表会议；10月1日，参加了国庆典礼。

1959年2月，祝榆生工作的总高步校撤销，已被授予上校军衔的祝榆生，没有去野战军当参谋长，而是出于“知识恐慌”，请求到哈尔滨军事工程学院去系统学习新知识。经历过战场洗礼的他深知，武器先进不先进是决定战争胜负的关键因素之一。经过多次争取，41岁的祝榆生终于如愿以偿调到哈军工担任炮兵工程系副主任，开始了他边当老师边当学生、边工作边学习的“充电”生活，从一名军事教育者转变为军事工程教育者，也开启了他人生第二次抉择之路。

“我们在哈军工读书的时候，就听说有个叫祝榆生的老师，兜里总揣着课程表，听遍了各科课程。他就喜欢这个，爱钻研这个，不是为了毕业。”当时的哈军工学生，后来担任总参军训与兵种部装甲兵局总工程师的姚神保，对祝榆生那时的情况记忆深刻。

1960年6月，按照党中央“尖端集中、常规分散”的国防战略部署，祝榆生所在的炮兵工程系被从哈军工分建出来，历经合并与搬迁，最终落定南京孝陵卫，称之为炮兵工程学院，也就是现如今的南京理工大学。祝榆生先后担任副教育长、副院长等职务，提出了教学要面向未来、面向部队、面向厂所的“三个面向”教学思想，倡导研制82无坐力炮，狠抓教师队伍建设、学科建设、校风建设，为学校的发展及国防科技事业的发展做出了突出贡献。

1966年4月，国务院、中央军委决定，炮兵工程学院集体转业，脱离军队编制，更名为华东工程学院，主要为兵器行业的工厂和研究所培养人才。为了留在学校，祝榆生脱下了心爱的军装，结束了28年的军旅生涯。

转业不久，副院长祝榆生亲自挂帅，组织全院各专业组成调研小分队走向工厂和研究所调查研究。一是调查原来的南炮工毕业生在工厂、研究所的表现。二是调查工厂、研究所对华工培养人才有哪些需求和改进意见。三是调查南炮工毕业生在工作中的体会以及他们对学校今后教学的意见。目的是通过调研，了解用人单位的需求，了解过去办学的不足，从而改进教学计划与课程设置，提高教学质量，以满足用人单位的需要。办学为用人单位服务，这是祝榆生从事教育工作一以贯之的指导思想。部队需要什么知识，军校就教什么知识；部队需要什么样的人才，学校就培养什么样的人才。

“文革”后，怀揣为中国武器装备追赶世界先进水平做一点工作的愿望，祝榆生来到北京，担任五机部科学研究院副院长，主抓兵工科研管理，从一名军事工程教育者转变成武器装备科研工作者。这是他人生的第三次，也是最后一次抉择。

1984年，66岁即将离休的祝榆生听从党的召唤，重披战袍，受命担任我国第三代主战坦克总设计师。从此，我国主战坦克踏上了跻身世界先进行列的雄壮征程。而祝榆生，也再一次将他对党的忠诚、对祖国的热爱深深地镌刻在为人民兵工事业的奉献之中。

花甲挂帅，他将中国坦克领进世界第一方阵

自从1916年在索姆河战役出现之后，坦克很快引起了世界各国军界的重视，成为各国竞相角逐的对象。在战场上它如猛虎，是冲锋陷阵的骨干突击力量，有“陆战之王”的美称。在陆军装备里它一直是机械化水平的主要标志，在技术上它几乎涵盖了车辆、枪炮、弹药、光电专业的全部，是兵器技术发展的领头羊。研制技术复杂的新坦克，堪称超级工程。

1978年3月，全国科学大会召开，“我国民族历史上最灿烂的科学的春天到来了”，犹如春风一般也吹醒了我国新型坦克的研制工作。1983年，三代坦克的立项提上日程。但由谁来担任总设计师？起初，这让国防科工委和兵器工业部费了不少脑筋。但当祝榆生的名字逐渐浮现出来时，所有人如释重负般长出一口气：对，就是祝榆生，我们就是要找一位这样忠诚可靠、有统率能力、基础扎实、思路开阔的人！

盖有非常之功，必待非常之人！

1984年1月，当国防科工委任命文件下达时，祝榆生还是感受到了巨大的压力。“血雨腥风哪堪衰，随波白骨无人埋”，这是祝榆生在参观苏伊士运河旧战场遗址时发出的感慨。从抗战烽火硝烟中成长起来的祝榆生深知，贫穷没有出路，落后就要挨打。但自己一没坦克设计的经历，二没坦克专业的学历，三没装甲兵的阅历，并且三代坦克的技术要求非常高，自己能行吗？祝榆生不是没有迟疑，他并非不知道研制三代坦克将有多么艰难，但他没有退缩。他更知道，这是党的召唤，是使命，是重托。他说：“我想这个任务既然是国家任务，我作为共产党员，还是要服从，把工作承担下来，大家对我信任嘛！”这就是一名老兵，一名共产党员，在祖国最需要的时候，毅然把个人的舒适安逸置之脑后，把国家和人民的需要装进心里。

客观条件，也是对祝榆生极大的考验。那个时候，我们的二代坦克已经研制了十多年还没有定型。我们在装备上与苏联、美国等国家还存在着两代的代差，而在技术水平和技术储备方面的差距更大。我们的发动机功率是德国的一半。我们最好的火炮是引进的105毫米坦克炮，属于国外的第二代坦克炮，远比不上欧美的120毫米与俄罗斯的125毫米，火控系统还处在光点注入、自动装表的初级阶段，只能在静止间对活动目标射击，无论其功能或性能与国外的猎-歼式、指挥仪式都存在很大差距。在防护方面，复合装甲虽有研究，但没有装备，现役的坦克主要还是基体装甲加一些简单的栅栏和裙板。一句话，三代坦克上马时，研制一代新坦克所必需具备的几大件：火力火控、动力传动、装甲防护等技术，一件成熟的都没有。而加之中国的工业基础、制造技术水平、文明生产水平较之先进国家也存在不小的差距。

国家下达的任务是：要研制出在21世纪能够与世界先进坦克相抗衡的一流坦克；要把坦克研发中心建设起来，把坦克生产基地武装起来；既要出成果、出人才、出硬件、出软件、出效益，又要为未来新坦克的再发展构筑一个优良的发展平台。与此同时，还要发挥坦克的引领作用，带动兵器行业相关领域技术的发展。

目标宏大，而条件艰苦。中国坦克发展，路在何方？

困难，从来挡不住这个从战场出来的老兵。从此，在车道沟十号院，在槐树岭，在巍巍的大青山脚下……留下了一位右袖中空、行色匆匆、走路略显不稳的老人身影和足迹。

花甲挂帅，独臂擎天！

从战争中走来的祝榆生明白，研制三代坦克的这场战役，既不同于“三炮定乾坤”的阎村攻坚，也不同于用1300斤炸药就能解决战斗的枣庄战斗，这将是一场持久的争夺新技术制高点的大战役，一场敌我实力悬殊、战斗艰苦卓绝的大战役，取胜的关键在于正确的战略战术。

深谙战场生存法则的祝榆生对三代坦克研发有着自己独到、深刻的理解，他经常说：“打个平手有什么用？要打就要打赢。”“要研制出在21世纪能够与世界先进坦克相抗衡的一流坦克。”现在我们看到三代坦克很多技术都已经成为“标配”，但在当时的条件下，实现这一目标可谓徒步登天，谈何容易！祝榆生思考良久，实事求是地制定了“两步走”策略和边研制、边推广、边投入、边回收的“四边”方针，有效化解了三代坦克研制周期长、技术风险大、投入成本高等难题。

祝榆生非常重视系统工程研究，早在1982年他就领导成立了兵器工业系统研究所。三代坦克研制之初，祝榆生运用系统工程理论，创新性地提出了“系统取胜”理念，有效解决了三代坦克技术指标高、研制难度大与当时我国科研生产基础薄弱之间的矛盾，保证了三代坦克综合性能达到当时世界先进水平。这个理念已经成为指导我国三代及以后坦克研制的重要思想之一。

三代坦克是一个向世界先进水平发起冲锋的项目，注定要采用大量的新技术、新材料、新工艺，注定要面临一次次影响全局的拍板决策。祝榆生善于决策，敢于担当，鼓励创新，又宽容失败。在他的带领下，火炮口径120毫米与125毫米之争，火控系统上反与下反之争，缸心距大小之争，压制观瞄全自动与半自动之争，超近反导主动与半主动之争，等等，全部得到“最优”解决，显示出祝榆生的远见卓识。

在祝榆生的带领下，三代坦克研制团队向坦克研制生产涉及的各个领域发起了创新冲锋。

发动机厂与发动机研究所组成研制联合体，全力主攻性能比较接近世界水平的发动机方案，以超常的速度攻克了一道道技术难关。在短短的十多年里，使一个自主研发尚处于预先研究阶段的大功率发动机方案一举变成了现实，并随着三代坦克一起定型。在海陆空三军中，陆军率先有了自主研发的大功率坦克发动机，摆脱了引进、落后、再引进的不良循环，走出了引进、吸收消化、自主创新的道路。

三代坦克火力系统，除了口径125毫米、内膛结构、弹药分装之外，基本上再难找到T–72坦克炮的影子，其余的都是中国设计、中国制造。特别是第二步指标，在火炮设计中，没有采用欧美与俄罗斯等国的双驻退机对称布置的总体，而另辟蹊径实现了火炮射击的高精度。火炮身管材料是我们自己研制的高强度高韧性炮钢，采用真空除气加电渣重熔技术，突破了新的热处理与制坯工艺，炮钢性能达到或超过瑞士紧凑型120坦克炮炮钢的指标。坦克炮身管采用的是先进的高效液压自紧技术，实施了炮膛镀铬，研制了高效缓蚀添加剂，寿命远远高于T–72坦克炮。身管热护套效率也比T–72坦克炮明显提高。125炮配用的穿甲弹、破甲弹、榴弹及它们的结构、外形、装药、内外弹道完全是自行设计，与T–72坦克炮有很大差别。三种弹都具有反坦克的功能，其性能都超过了T–72坦克炮和欧美120毫米火炮相应的弹药，居于世界前列。

在祝榆生的推动下，三代坦克逐渐构建了一个别开生面的防护体系。这是一个全方位、多功能、多手段、多波段，主次方向防护兼顾，主动被动防护并举，远交近攻相结合的综合性现代化防护体系。这个防护体系为坦克构筑了五道防护墙：第一，难以被发现；第二，难以被捕捉；第三，难以被击中；第四，难以被击穿；第五，降低被毁伤的损失。三代坦克研制期间，开启了我国装甲防护技术百花齐放的繁荣局面，出现了各式各样的复合装甲、组合装甲、爆炸式反应装甲、物理响应式装甲，以及压制观瞄、超近反导、隐身迷彩与多光谱烟幕等新技术，名目繁多，硕果累累。该时期是兵器工业历史上装甲防护技术获奖最多、水平最高的时期。不但满足了三代坦克综合防护性能的需要，使三代坦克的防护水平进入了世界前列，而且使我军装甲车辆的防护技术提到了相当高的水平，也为后来的发展打下了坚实的基础。爆炸式反应装甲问世，使原来的反应装甲面临着严峻挑战。祝榆生对曹贺全及时下达了新的战斗任务，指令他必须想办法对付串联战斗部。曹贺全带领团队，突破了反击系统及系统集成等关键技术，使该反应装甲具备优良的防串联战斗部的功能，使防穿甲和破甲的能力都大幅度提高，其综合防护性能达到了国际领先水平。这种反应装甲具有反击功能，人称半主动反应装甲。一个质量只有几千克、厚度不高的金属盒，就能够抵挡住世界威力最大的陶式反坦克导弹！这种反应装甲于2005年获国家发明二等奖，至今仍保持国际领先水平。

三代坦克定型后，机动性与世界坦克第一梯队相当，火力和防护都比它们强。祝榆生带领科研团队用15年时间，实现了我国坦克由仿制、仿研到自主研发创新的历史性跨越。

1999年10月1日，天安门广场，国庆50周年大阅兵。81岁高龄的祝榆生出于身体原因没能亲临现场，而是在家收看电视直播。战车隆隆，铁流滚滚，伴随着雄壮的阅兵曲目，三代坦克从远处震撼驶来，光荣地接受党和人民检阅。

无情未必真豪杰。这一刻，祝榆生的眼睛湿润了。他没有辜负党和人民的重托，他用十五年的时间向党、向祖国、向人民交了一份合格的答卷。十五年，在人类历史长河中不过沧海一粟，但对于迫切想要为国立功的兵工人来说，这十五年又何其漫长！十五年，多少人皓首华发，甚至血染沙场。他们和祝榆生一样，为了祖国的疆土无虞，为了党和人民的事业，一旦选择，无怨无悔。

今天，历史已经证明，祝榆生出任三代坦克的总设计师，创造了兵器工业历史上少有的总师传奇：

一个老八路出身、打过仗的总师；

一个出席过群英会、荣登中国大百科全书的总师；

一个66岁才第一次担任总师的总师；

一个独臂的总师；

一个没有坦克车辆专业背景的坦克总师；

一个没有教授头衔、没有技术职称、没有大学文凭的总师。

然而就是这样的睿智总师，把中国的主战坦克领进了世界先进行列。

身残志坚，他用一生诠释着共产党人的时代形象

1966年，“文革”开始。“打倒祝苏沈！”“打倒修正主义教育路线的总代表！”华东工程学院里贴满了打倒祝榆生的标语。而这一“打倒”，祝榆生就再也没能重返他热爱的工作岗位。1979年3月，华工党委决定为祝榆生平反。当收到平反决定征求意见稿时，祝榆生回复道：作为我个人来说，这些过去的事，过去了就算了，没有什么意见。寥寥数语，质朴动人，展现出一位共产党人多么宽广的胸怀！祝榆生就是这样，即使身处逆境，他仍然坚持着自己的信仰，永葆初心，时刻准备着再为国家、为人民做些什么。

熟悉祝榆生的人都说，他是个用特殊材料做成的人

由于没有右臂，不容易保持平衡，摔跤对祝榆生来说成了家常便饭。有一次，在包头开会，祝榆生重重摔倒在地上，痛得半天也没能爬起来。为了不影响进度，他忍着剧痛照常参加会议。直到会议结束，随行人员看到祝榆生站不起来时，才觉察到异常，赶紧送往医院检查，这才发现祝榆生摔断了三根肋骨。

对工作，他兢兢业业、不知疲倦，除了睡觉，其余时间差不多都用在工作、看书和阅读技术资料上。他身边的工作人员说，祝老每顿只吃一两多粮食，真不知道他的精力是从哪里来的。十五年研制，祝榆生吃了十五年食堂饭，经常为了挤时间，用面包、方便面、剩菜剩饭对付了事。

三代坦克是国家大项目，祝榆生掌管的科研经费至少以亿为单位来计

算。可他的办公室只有十几平方米，里面的桌椅、布沙发都是从仓库里找来的旧家具。房间冬冷夏热，直到1998年他才勉强同意安装了一台噪声很大的窗式空调。严于律己，以身作则，祝榆生就是这样。在他的管理下，三代坦克项目为国家节约经费3000万元。

了解祝榆生的人都说，他是个活到老学到老的人

祝榆生一生酷爱学习。战争年代，他刻苦钻研爆破器材。哈军工期间，他经常兜里装着课程表，一有空就到教室里去听课，是有名的“老师+学生”。即使是“文革”期间，只要稍有自由，他要么往图书馆跑，要么偷偷向工人师傅学习机加工艺。到兵器工业科学研究院工作后，他自学了系统工程理论、运筹学等新学科知识，了解和掌握国内外新技术，思考着世界常规兵器发展的趋势和方向。担任三代坦克总师后，他家里的灯光常常亮到深夜，或是和科研人员研讨技术方案和技术难题，或是独自阅读国内外有关坦克的技术资料。90多岁高龄，祝榆生仍在用超常的精力和毅力与时间赛跑，每年坚持订阅大量学报，甚至还自学起了英语。“一本活字典，永远在钻研”，这是祝榆生给大家留下的深刻印象。

国家最高科学技术奖获得者王泽山院士是祝榆生的学生。1986年的一天，祝榆生邀请王泽山到北京一起探讨低温感火药装药问题。一番对话，王泽山非常惊讶，他没想到年近古稀的祝榆生对我国高膛压火炮的技术数据了解得这么细致准确，更没想到祝榆生对火药低温感系数这么专业，而且对前沿的科学技术掌握得如此清楚。1996年，低温装药项目获得国家科技发明一等奖。回忆起这段历史，王泽山深情地说：是他打开了这扇天窗……

知道祝榆生的人都说，他是个淡泊谦逊的人

2005年，祝榆生被集团公司聘为“特聘科技带头人”，集团公司准备每月给他发4000元津贴，却被他拒绝了。同年，祝榆生荣获“兵器工业科技发展终生成就奖”。在他生命弥留之际，还特意叮嘱家人代他缴纳了3万元大额党费。

三代坦克项目共获国家科技进步和国家发明一、二等奖3项，部级科技进步一、二等奖15项及多项国家专利及科工委装备研制金奖，完成有关软件设计应用62项。以成绩和资历来说，祝榆生完全可以去争取一下院士，但他说：“我这一大把年纪了，把机会留给年轻人吧！”如今，在他当年领导的团队中，有的已经当上了工程院院士，有的已经成长为集团公司首席科学家和科技带头人。

建党90周年前夕，祝榆生被中国兵器工业集团公司党组评为“优秀共产党员”。他获知后连忙给党组写信说，自己所做的一切都是一名党员应该做的事，不值得宣传，比起那些在战争中牺牲的战友们，自己做得还很不够，恳请党组不要评自己为优秀共产党员。集团公司要为他更换住房，他一再推辞。直至去世，他仍然居住在20世纪60年代修建的简陋砖混房中。他说：“广厦万间，只睡卧榻三尺，我已经很满足了！”

“古来万事东流水，何用浮名伴我身。”这是祝榆生2008年在给女儿的信中写下的两句诗，恰如他一生行事操守和精神品格的写照。

追随祝榆生的人都说，他是个理想信念坚定的人

1980年，祝榆生出访英国，专程拜谒马克思陵墓。1987年，祝榆生前往巴黎，他托人颇费周折地找到巴黎公社社员墙前往瞻仰。1992年，祝榆生访问俄罗斯，虽然苏联已经解体，但他仍然怀着崇敬的心情来到红场，对着列宁墓深深鞠躬，默默致敬。

1999年国庆大阅兵前夕，81岁高龄的祝榆生再次来到阔别62年之久的延安。他兴致高昂、激动万分，再回杨家岭，重上宝塔山，参观延安革命纪念馆，寻找曾经住过的窑洞……丝毫没有感觉到累。“别梦依稀六二春，河山依旧景色新。”祝榆生用诗句记录下他当时的心情和感受。是啊，延安，这里是祝榆生理想信念启航的地方。从此，他坚守人生信条，孜孜前行，无怨无悔。

在三代坦克的研制过程中，身为总师，祝榆生考虑与处理问题，并不是完全站在研制一方，而是超越了科研、生产与使用三个方面，站在国家全局的高度，站在满足战争需要的高度。凡是他认为打仗需要的，他会主动给自己加码。比如，为了三代坦克能够服务于国际与国内两个市场，为了军事工业和平时期的动态保军，为了兵器工业的长远发展，他坚决主张选用125毫米口径，并在设计中国125毫米坦克炮时，特意保留了可以发射T–72弹药的功能。比如，海湾战争中，出现了友军坦克自摆乌龙的事件。祝榆生从电视上看到这一事件后，立即主动要求在二代坦克上安装了敌我识别器。还有许多新技术项目，都是他根据作战需要主动提出增加的，超

出了国家下达的指标要求。

祝榆生心里永远装着别人，唯独没有他自己。有一次实弹试验出现故障，起爆装置未能引爆弹体，按照应急预案处置两遍，仍然没能成功。一瞬间，时间仿佛又回到了几十年前那个刻骨铭心的时刻……怎么办？祝榆生沉着冷静，一边安抚参试人员，一边向设计人员详细了解引信保险的结构。然后，他亲自来到故障弹体旁，与其说是指导，不如说是陪同参试人员一起成功排除危险。其实，祝榆生并不比设计人员更熟悉产品结构，按说他完全可以留在安全区域指挥，但他没有这么做。可以想象，如果右臂健在，祝榆生一定还会只身前往。祝榆生就是这样一名共产党员，紧急关头，他总是把死的危险留给自己，把生的希望送给别人，展现出共产党人“把群众时刻装在心里”的为民情怀和担当精神！

一座丰碑，他是兵工人心中永远的楷模

2014年10月23日，祝榆生那颗火热的心脏停止了跳动，永远告别了他挚爱的人民兵工事业，走完了他96年艰辛、辉煌、传奇的一生。

那一天，偌大的北京城没有一丝风，时间仿佛静止。

他的领导、同事、挚友、学生……从祖国的四面八方赶来，神情凝重，沉浸在巨大的悲痛之中，为的是看他老人家最后一眼，送他最后一程。

宝塔山下植初心，三次抉择，淡泊名利誓将一生献给党；

昆玉河畔担使命，独臂擎天，老骥伏枥终使重器扬威名。

习近平总书记指出："崇尚英雄才会产生英雄，争做英雄才能英雄辈出。"2014年11月，祝榆生逝世后一周，集团公司党组印发通知，号召全系统向祝榆生同志学习，弘扬他对共产主义事业无限忠诚的理想信念，学习他从"土八路"成长为高科技兵器专家学者的卓越成就，宣传他身残志坚、淡泊名利、无私奉献、有功不傲的优秀品德。学习英雄事迹，汲取前行力量。祝榆生的先进事迹和崇高精神随着党组的号令感动了无数兵工人。

2015年1月，时任中央政治局常委、中央书记处书记的刘云山同志批示："积极宣传祝榆生同志事迹，中央主要媒体要很好策划，深入采访，挖掘感人事迹背后的精神。"《人民日报》《光明日报》《经济日报》《解放军报》《中国青年报》《科技日报》以及中央电视台、中央人民广播电台等中央各大新闻媒体纷纷来到集团公司深入采访。一时间，一生默默无闻的祝榆生在长城内外、大江南北被人们广为传颂。

信念不朽，精神永存。祝榆生对党忠诚、初心不忘的政治品格一直指引着我们；他勇攀高峰、敢为人先的创新精神一直鼓舞着我们；他身残志坚、百折不挠的顽强意志一直激励着我们；他淡泊名利、甘为人梯的高尚情怀一直感召着我们。这种精神，不因岁月尘封而失色，也不因时代变迁而黯然。这种精神，已燃烧过昨天，正点亮着今天，更映照起明天！

誓将一生献给党。从宝塔山下对着党旗宣誓的那一刻开始，祝榆生便把自己的命运与国家富强、民族复兴、人民幸福紧紧联系在一起，那么纯粹，那么彻底！他独臂为国铸剑的身影，宛若一座丰碑，成为穿越时代的精神坐标，永远引领着我们在履行好强军首责、推动高质量发展和加强党的建设的人道上奋勇前行。

大国顶梁柱

——“央企楷模”报告文学作品集

国务院国资委党委宣传部 编

（第三辑·下）

目录

踏海英雄铸铁魂
——记“最美奋斗者”郝振山　李元丽　段瑞芳　陈　强　刘建能 / 437

“时代楷模”徐立平的家与国　赵　韦 / 458

湾区袁庚　罗亚平 / 480

幸福是什么　李春雷 / 501

半生追梦，为箭铸心
——走近“最美奋斗者”高凤林　宁丽红 / 530

大海都知道
——黄旭华和他设计的核潜艇的故事　郑　蔚 / 553

永不褪色的勋章　尚永超 / 589

中国造，翼起飞
——“最美奋斗者”薛莹的故事　白晓燕　王　莹 / 608

致敬，“8·20”抗灾抢险的英雄们　鹤　蜚 / 626

中国“北斗”闪耀苍穹　成　方　潘　晨　王伟童　缪新培 / 640

用飞天梦托举中国梦
——“最美奋斗者”集体荣誉获得者“神舟”团队的故事
薛　飞　保　石　胡芳芳　荣元昭　姜　哲 / 656

可上九天揽月
——“最美奋斗者”航天科技集团五院“嫦娥”团队风采录
庞　丹　母国新 / 676

央企楷模

巡海惊涛超一流
——记中国航天科工三院型号总师朱坤　高启滨　刘华英 / 699

做中国枪　圆中国梦
——新型步枪系统创新团队研制侧记　萨　苏　刘　瑞　郑双雁 / 721

春风又度玉门关
——记“央企楷模”陈建军　李　迪 / 745

匠心逐梦　谢忠玉 / 764

平中见奇
——中国电信科学家韦乐平印象　周晓慷 / 792

长于乡村厚土　回馈沃野生民
——记第四届“央企楷模”中化集团新农药创制首席科学家刘长令
中化集团农业事业部 / 818

大国神工　炎　今 / 840

中国文化产业推进者
——蒋迎春　保利集团保利文化 / 858

踏海英雄铸铁魂

——记“最美奋斗者”郝振山

◎文/李元丽　段瑞芳　陈　强　刘建能

前言：何谓最美奋斗者

一个时代有一个时代的主题，一代人有一代人的使命。回溯历史，让中国人民站起来的，是先烈们“敢教日月换新天”的牺牲奋斗；让中国人民富起来的，是改革先锋“杀出一条血路”的顽强奋斗；让中国人民强起来的，是众志成城同心干的接续奋斗。

“芳林新叶催陈叶，流水前波让后波。”在一代又一代人的不懈奋斗中，我们站在了今天的历史方位上。奋斗，是奋斗者的座右铭；奋斗，是当代中国最激昂的旋律。历史的接力棒传到我们手中，以奋斗的“正确打开方式”开拓进取，方能抵达胜利的彼岸。

翻开中国海油的历史，就是一部“为祖国找油、为民族争气”的奋斗史。改革开放之初，国家开启海门与西方石油公司合作时，无论技术、装备还是资金、人才，中国海洋石油工业起步都比西方国家晚了近百年。无数年轻人凭着一股不服输的劲头发愤图强加入中国海油，为推动中国海洋石油工业献出了一颗颗赤子之心，奋斗是他们共同的时代表情。

1989年，20岁的小伙子郝振山就是在这样的背景下，从南海西部石油公司技工学校毕业，加入中国海油，来到南海六号半潜式钻井平台当了一名甲板工。在南海的狂涛中，郝振山始终坚守“我为祖国献石油”的使命担当，凭借不懈的奋斗，最终成长为一名响当当的“海上铁人”。

一晃30年过去了，2020年8月的湛江，溽热中夹杂着些微不易觉察的清爽，履新中海油服湛江分公司副总经理的郝振山在院子里伫立良久，回望来时路，不由百感交集。

在郝振山的人生轨迹中，奋斗是这样的：

爱铁魂！出生那一天起，他就是“石油娃”。“石油娃”从小就活在石油的故事里，骨子里注定注入了铁的魂，血液里注定流淌着铁的血。“石油娃”爱上了“石油人”，从小立志成为“石油人”。

学铁人！他不甘人后，凭借真功夫成为我国半潜式钻井平台上顶替外方司钻的第一个中国人，从最初看着外国人干，到跟着外国人干，再到顶替外国人自己干，为中国人争了口气！

当铁人！他敢于面对生死考验，在台风来临时，毫不犹豫地跳入冰冷的海水中，凭借着铁一般的意志护住了十多亿元的国家财产和近百名员工的生命安全！

炼铁军！他勇于管理创新，用5年时间把一个老平台南海二号打造成员工快速成长的大舞台，锤炼出一支敢打硬仗、善打硬仗的钻井铁军，如今南海二号更是成为响当当的怒海神钻！

率铁军！他敢于亮剑，一心为国寻油，多次带领团队远征缅甸、印度尼西亚，与世界强手同台竞技，创造了“中国式”钻井平台坞修项目奇迹，在海外擦亮了中国名片！

铸铁魂！在企业面临行业寒冬之际，在危难险重任务之前，他用实际行动铸就铁魂精神，他用实际行动书写和丰富新时代“海上铁人”精神，让“石油精神”再绽新光。

30年间，郝振山诸多荣誉加冕。2010年我国建成海上大庆油田，郝振山当选全国劳模，“海上铁人”的美名广为传扬；2011年被中宣部列为全国15位重大宣传典型之一；2017年作为少数来自生产一线的工人代表列席党的十九大；2018年当选为第十三届全国政协委员。2019年郝振山获得新中国“最美奋斗者”荣誉称号。这次受表彰的个人和集体，是新中国成立70年来各个时期的先进分子、各行各业的杰出代表。从全国700多名候选人到最终评出278名个人当选“最美奋斗者”着实不简单。这不仅是个人的光荣，也是中国海油全体干部员工的光荣，体现了党中央对中国海洋石油工业的深切关怀和期望。

海洋石油事业的每一步都留下了奋斗者的足迹。而郝振山就是这个时代海洋石油工人艰苦奋斗的生动写照。奋斗是石油人最宝贵的精神财富。数十年来，一代代海油奋斗者矢志不渝，战天斗地，与海共舞，为推动我国海洋石油工业发展做出了巨大贡献。中国海油从成立之初年产原油9万吨，短短数十年，就实现年油气产量突破一亿吨，保障国家能源安全的能力显著增强。

幸福是奋斗出来的，这是给奋斗者郝振山们最好的奖励。

一、爱铁魂：江河归海　心驰神往

爱铁魂！出生那一天起，他就是“石油娃”。“石油娃”从小就活在石油的故事里，骨子里注定注入了铁的魂，血液里注定流淌着铁的血。“石油娃”爱上了“石油人”，从小立志成为“石油人”。

20世纪60年代末，一声号令风雷动，江汉油田会战的序幕在沉睡已久的古云梦泽拉开，一批批有志青年从祖国的四面八方聚集江汉。“安下心，扎下根，不出油，不回头！”面对未知的前路，他们怀着一腔报国热忱向党许下了必胜的铿锵诺言。

郝振山就出生在那一声号令风雷动的年代，从小跟着父辈行走天涯，是一名地地道道的石油娃。在他的血管里，流淌着的不仅是父辈的骨血、苦难的记忆，还有艰苦奋斗的传统和对石油的热爱、祖国的忠诚。他的人生，注定和千万年养育了中华民族的两条江河息息相关。

在郝振山的记忆里，他最熟悉的就是长江边荒凉的江滩和江滩上一座座高高的钻塔以及不远处低矮简陋的芦席棚子，这是他的家，也是参加石油会战的钻井工人的家。在他的家里，除了和房子一样简陋到了极致的床，就是一只算作家具，却同样简陋的木板箱。里面，放着其实放在哪里都不用担心丢失的家里最值钱的杂物。白天，是一家人的饭桌，晚上，是他写作业的地方。

正像歌中所唱，“哪里有石油哪里就是我的家”，郝振山小时候也经常跟着井队搬家。20世纪六七十年代，钻井队机械化程度较低。“井队搬家真是人拉肩扛，我们这些小孩子跟着看热闹，依稀还能记得那种一二，嘿呦，加油；一二，嘿呦，加油……被人们称为‘人拉肩扛’精神。”郝振山回忆道。

快到上小学时，郝振山随母亲搬回山东东营。当石油工人的父亲常年回不了家，加上母亲患有哮喘病，只有12岁的郝振山扛起了家庭重担，每天上学前、放学后，他要背着筐子去打猪草，拾柴火。星期天，更是要去地里干活。无数次他在心底默念：“爸爸不在家，我是男子汉，是家里的顶梁柱。”小小年纪的他，默默地担起了家庭责任。

在郝振山小学毕业考试的时候，语文老师出了一道作文题：谁是最可爱的人。那几年，祖国的大西南边防线上正在开展自卫反击战。报纸上、课堂上，都是关于解放军保家卫国的故事。老师讲了作家魏巍的文章，讲了志愿军和上甘岭的故事，也讲了正在进行的自卫战争。在这个背景下，同学们大多写的是自卫反击战前线的战士。

可郝振山在下笔的时候，却想起了穿着满身油污、脏不拉几，看不出原来是蓝色还是灰色“道道”服的父亲。那个一身土、满脸灰的，刚进家门还没来得及好好吃顿饭，井队的大喇叭一响就提上鞋往外跑的父亲；那个好像不知道什么是苦、什么是累，浑身有使不完劲儿的父亲；那个身材瘦弱、站在长江边上的凛冽寒风里喊着号子，人拉肩扛，和工友们一起拉着绷绳竖井架的父亲；那个朴实、勤恳，整天乐乐呵呵、啃着窝窝头、爱喝二两小酒、爱唱《我为祖国献石油》的父亲；那个没有多少文化却对工作无限热爱，经常胃疼了顶着桌角写报表的父亲；那个常年在外，一年没有几封信，信上没有几句话，除了过节和种麦、收秋才回家的父亲……

此刻，父亲的形象不断往郝振山脑海里钻。那些和父亲一起习惯了漂泊、行走四方、奋战在陆地和海洋的中国石油工人的形象，变得清晰、熟悉，鲜活、生动地浮现在他的眼前。“宁可少活20年，拼命也要拿下大油田”“有条件要上，没有条件创造条件也要上”的气概和作风，在他们那一辈石油人身上体现得淋漓尽致。他们是一种精神的象征，是一个时代的榜样。

他在心里轻喊了一声，父亲，我的父亲！13岁的郝振山努力用他稚嫩的笔，用对英雄的想象和最美丽动人的词语，写着他的父亲，描述着他心目中最可爱的人——“哪里有石油，那里就是家”的石油工人。

很快，郝振山即将初中毕业，此时湛江石油技校也在面向石油子弟招生。在南海西部石油公司钻井二大队当调度员的父亲问他，你是考高中呢，还是上技校？郝振山深知上了高中，就有机会考大学。考上大学，人生的前途更远大。但是，一方面由于户籍在山东没办法参加湛江的高考，另一方面看着为全家人的生计操劳，已经早早有了皱纹和白发的父亲，他又一次感到了一个儿子肩上应有的责任。他坚定地说：“我上技校。我想早两年毕业上班，能帮着家里早挣钱，让弟弟妹妹他们上大学吧。”

1986年夏天，郝振山考进了南油技校。学校内铁人王进喜的那张手握刹把的照片深深地吸引了他，在选择专业的时候，毫不犹豫地选择了钻井专业，成了钻井十班的一名学生。他想象着站在辽阔的大海中央，在高高的钻塔下，操着大钳，多么威武雄壮。他说：“大海才是我的人生舞台。我要像父亲那样，当一个在大海上工作的石油工人。我要像王铁人那样，成长为一个钢筋铁骨的硬汉子，为祖国打油找气，为自己的人生书写壮丽。”

二、学铁人：学习报国　怒夺刹把

学铁人！他不甘人后，凭借真功夫成为我国半潜式钻井平台上顶替外方司钻的第一个中国人，从最初看着外国人干，到跟着外国人干，再到顶替外国人自己干，为中国人争了口气！

白驹过隙，三年学习生涯结束了，20岁的郝振山从石油技校毕业。

他如愿以偿，当上了海洋石油工人，来到南海六号钻井平台当了一名甲板工。但是，他没想到第一次出海乘船就遇上了六七级大风。想象中平静的大海，此刻变得霸道凶狠，发着暴脾气。汹涌的浪头高高举起来，又从倒班船驾驶室的上面“呼啦啦”卷过去，即使是老船员也有些受不了。船摇摇晃晃地在海上漂了近40小时，同事们大多蹲守在垃圾桶前吐得直不起腰，最后只好用脑袋抵住墙角才好受些。郝振山虽然也晕船晕得厉害，但是却非常兴奋。他站在甲板上，抓着栏杆，看着周围海天弥漫，大浪滔天，抹一把脸上流淌的海水，禁不住大声地喊起来：嗨！这才是男子汉该待的地儿，这就是海上男子汉该干的事儿！

就这样，他开始在海洋石油一线工作，用劳动铸就青春年华。甲板工是钻井平台上最普通的岗位，活又脏又累。但是他从不惜力，干得起劲。因为他看到，人们的衣食住行离不开石油；祖国的建设和发展更离不开石油。而这一切，都与他的劳动有关，这是多么伟大的事业！他的心中，无比雄壮，无比自豪！这，就是他儿时的梦想啊。

郝振山爱上了大海，爱上了他的岗位。他在日记中抄录了这样一段话：有一种追求，看似渺小，它却成就着不凡的业绩；有一种追求，看似朴实，它却辉煌着人的一生，那就是：自强不息！他写道，推动世界前进的人往往是那些不论在哪一个行业都勤勤恳恳、劳作不息、苦干实干的人。

在平台上，他拜师学艺，刻苦钻研技术。他的第一个师傅蒲泽华，是他的启蒙老师，也是令人尊敬的长者。师傅是从四川油田跟着那支有名的3238英雄钻井队一起调过来的，虽然文化水平不高，但是朴实、善良，爱护徒弟，技术又好，陆地和海上的钻井工作经验都很丰富。师傅像父亲，经常在工作中为他讲述一些做人做事的道理，告诉他，要做事，先做人。当时，刚走出校门来到石油平台工作的年轻学生们，往往年轻气盛，心气很高，却还要从最普通的岗位干起，理想会和现实发生一些碰撞。思想敏感，感情脆弱，情绪不稳定，认识很悲观，这是成长过程中一个正常阶段。师傅蒲泽华对他们言传身教，手把手地教他们学技术，也教他们怎么为人处世，给他们树立了正确的人生观、价值观。就这样，郝振山从甲板工、钻工到井架工、副司钻，一路踏踏实实地走了过来。

然而郝振山的志向远不在此。当时，中国海洋石油开发还处于起步阶段，许多油田区块采取合同招标、与外国公司合作打井的方式。作为国内最先进的半潜式钻井平台，南海六号上的关键岗位都是聘请外国专家来担任，尤其是被誉为海上钻井平台“权杖”的刹把，更是被牢牢攥在外方司钻手里。“为什么外国人能干的事情，中国人就不能干？”郝振山在心里问自己，他要改变这种状态。

钻井有句行话，“司钻手里三条命”——设备的命、油井的命，还有整个平台员工的命。一座足球场大小、装备精良的平台，靠八条锚链牵扯着漂浮在海上。司钻要在司钻房控制复杂的钻井系统，使钻头精确钻达地层数千米处，操作稍有不慎，就可能船毁、人亡、油井报废。所以要掌握海上司钻技术，一般需要10年的系统学习和实践。可当时，中方员工要想学技术，困难重重：一是语言有障碍，平时虽然也用英语交流，但设备的标识都是专业英语；二是掌握技术的外国人不愿教，怕中国人学会了抢他的“饭碗”；三是缺时间，每天都要工作12小时，空余时间不多。

于是，郝振山开始见缝插针“偷师学艺”，每次忙完自己的工作，便到司钻控制室隔着窗户看外国司钻莫里斯如何操作。有一天，他在钻台上干完手头的活，如往常一般踮着脚伸着脖子偷看，没曾想莫里斯发现了他，莫里斯露出一脸不屑，大声喊道：“快走开！你看得懂吗？”一句话激起了郝振山的倔脾气，大声回道：“牛什么牛，你手里的刹把早晚是我的！”

然而，真要顶替外国人，而且还是司钻，对郝振山来说谈何容易！他明白，光有雄心壮志不行，说大话顶不了真本事。说话硬气不如本事赢人，要夺过刹把，还必须用心去做，只有掌握好技能，提前准备，当机会来临时，才能抓住它。他在心底暗暗下定决心，一定要把主动权掌握在自己手中。

有了明确的目标，就有了学习的动力。他想，大庆会战，王进喜没有条件创造条件也要上；今天对外合作，我郝振山没有条件创造条件也要学。在干好本职工作的同时，他瞄准关键技术刻苦钻研，认真揣摩，挖空心思“偷师学艺”。每天上班，他都在兜里揣上一个小本和一支笔，擦洗设备时看到不认识的外文就记下来，回去查字典、找资料，了解设备功能；拖地时看到外国员工的操作流程也记下来，下班后在脑海里反复回放。一次次的观察、记录、总结、验证，他像个侦探似的琢磨、破解设备功能、技术要领。随着岗位提升，他能去的范围不断变大，有时爬上平台顶部40米高的井架，有时又下到平台底部的浮箱。同事们看他总是钻来钻去，给他起了个外号叫“耗子”。凭着这股钻劲，仅3个月他就掌握了1600多个专业英文单词，并逐步熟悉了大大小小300多台设备和工具，迈过了海上钻井关键技术的门槛。

功夫不负苦心人。4年后，郝振山被提升为副司钻，协助莫里斯组织现场作业。一次作业中，数据显示泥浆泵压不稳，却不知问题出在哪里。莫里斯担心如果是井下出现状况就必须停钻，这将造成数百万美元损失。他赶紧派外方副司钻查找原因，但两三个小时过去了，却一无所获。一筹莫展之际，莫里斯抱着试试看的想法找到了郝振山。郝振山马上根据泵压不稳的数值，结合这些年记录的泵压数值进行对比分析，判断是泥浆循环系统“上水滤网”出了问题。通过检查，果然如此，整个处理过程仅用了半个小时。莫里斯不由得竖起了大拇指，从此越来越信任他，两人还交上了朋友。

“机会总是留给有准备的人。”1994年，由于聘请外国司钻人力成本太高，公司拟在内部选拔司钻，留意郝振山很久的平台中方经理姚振坤向上级推荐了他。

领导问：“敢不敢接司钻这副担子？”其实，郝振山早就有这个“野心”了。但是，他并没有喜形于色，而是充满自信地给自己定下了目标。他对领导说：“给我两个星期时间，就算是考试吧，如果我干不下来，就卷着铺盖自己走人！”

两星期后，他凭借着过硬的起下钻速度和井控检测等技术，得到了外籍高级队长和中方总监的高度认可，通过了这场考试，顺利接过了莫里斯手中的刹把，成为“南海六号”顶替外方司钻的第一人。

莫里斯离开南海六号时，特意把自己的一本“秘笈”——《钻井工具手册》送给了郝振山。从“低下头学手艺”到“挺起腰杆自己干”，这一年郝振山25岁。然而，这只是他崭露头角的开始。

三、当铁人：战天斗地　与海共舞

当铁人！他敢于面对生死考验，在台风来临时，毫不犹豫地跳入冰冷的海水中，凭借着铁一般的意志护住了十多亿元的国家财产和近百名员工的生命安全！

海洋石油开采是一项极为复杂的系统工程，被称为高科技、高风险、高投入的“三高”行业，海洋石油工人的艰辛可见一斑。

郝振山曾这样描述他热爱的大海：“我看见过各种时光的大海，黎明时分的辉光、落霞中的璀璨；领略过我国东海的扑面强风，也感受过孟加拉湾钻井平台上超过70℃的甲板；拥抱过海的平静浪漫，也经历过台风海啸的暴虐……”从平台最低岗位甲板工干到最高岗位平台经理，一路过来，郝振山的岗位在变，但不变的是那股“铁”劲儿。

郝振山的“铁人”称号由来已久。扎根海上一线20载，他曾经历过许多惊心动魄的时刻，也面临过生死攸关的考验。但每一次都因为他铁一般

的意志、不服输的劲头、聪明才智和团队协作，最后还是化险为夷，并且这些经历也成了他人生中最宝贵的财富，激励着他在接下来的人生道路上不畏艰难，昂扬前行。

1998年秋的一天，遇到土台风突袭，此时南海六号停留在海口马村锚地正接受船级社的检查。刚入党不久、时任高级队长的郝振山带着10多名留守人员坚守在平台上，“强对流”来得突然，已经没有办法按照正常程序撤离了。接受检查时打开的船体外浮箱和密封舱室的盖子如果不全部及时盖上，就会在大风浪中灌满海水而使钻井船沉没，留守人员全部都会有生命危险。怎么办？密封舱那里的海水已经涨到齐腰深了。

情况紧急，不能犹豫，必须当机立断，冒险一搏。郝振山坚定地对大家说：“我是共产党员，我第一个上。”他把缆绳绑在腰上，像一个铁打的汉子，带着大家，一个串一个，把全部浮箱和密封舱盖都盖上了。三个小时，180分钟，郝振山和他的同事们全身早就被冰冷的海水浇透，每个人的脸都冻得铁青。面对此情此景，如果没有一颗为国找油找气的赤子之心，谁敢用血肉之躯一跃而下，对抗怒吼的大海和刺骨的海水呢？

台风过后，大家知道了郝振山他们拼死一搏，都非常感动。平台经理黄少华心疼地责怪他说：“真有能耐，竟然能那样干！真有点像当年的王铁人！”他却没事人似的“嘿嘿”一乐：“这不是危急关头临时想出来的办法嘛！不管怎样，只要国家财产和人员没受损失就行。”

2002年，南海六号平台在拖航的过程中遇上了十级大风，在浪涌的冲击下，钻井平台与拖轮之间的拖缆突然断了。半潜式钻井船本身没有动力，拖缆一断，就成了断了线的风筝，处于失控状态，只能随波逐流，如果不马上紧急抛下应急锚，打捞断缆，将平台与拖轮重新连接，后果将不堪设想。

然而，六七百米的断缆有一大半落在了海床上，这条光滑的钢丝绳表面没有“疙瘩”，打捞起来就像老外用筷子夹滑溜溜的面条。从凌晨到中午，八九个小时过去了，断缆总是打捞到一半就滑落下去。

看来老办法不好使，得另外想法子。作为高级队长，郝振山义不容辞。他进行了一番勘察，获得了一些关于缆绳和打捞设备的相关数据后，经过画图和计算，一小时后终于编出了一套新的打捞方案。拖航组的人讨论后认为可行！按照这个方案，一个多小时后，断缆就成功被打捞了上来。后来，拖航组的人把这套方法写成了论文，成了“郝氏打捞法”。

郝振山不是军人，却有军人的作风，不是专家，却常常能攻克技术难题。他总是像一团火一样，燃烧着自己，也影响着团队。他是个血性汉子，胸怀宽广，意志坚强。有一股子不怕苦、不服输、敢打敢拼、不甘落后的韧性和闯劲。他党性原则强，长期严格要求自己，以大庆精神和铁人精神为榜样，锤炼思想，勇于担当，在最艰难的时候冲在前面，在荣誉和名利面前后退几步，诠释着新时代“爱国、担当、奋斗、创新”的海油精神。

然而这样的铁汉子也有“怕”的时候。

郝振山说，在海上，听到年近七旬的父母生病时最担心；回家后，看到幼小的女儿那陌生的眼神最难受。妻子钟双梅已经记不清他有多少个春节没在家过了，“平时即使休假回到家，只要海上在作业，他的心就还在平台上”。

值得欣慰的是，虽然很少见父亲，但随着女儿郝雨逐渐懂事，她对郝振山越发喜爱崇拜。有一次他在海外作业，郝雨通过网络把作文发给他，让他提意见。郝振山调整了几个段落的顺序，文章就感觉大不一样了。第二天，老师在课堂上表扬了郝雨的作文，这让她对爸爸钦佩不已。

钟双梅有个愿望，那就是亲眼去看看郝振山工作的钻井平台：“每次平台靠岸，我们都不忍心去，怕打扰他工作。他跟平台在一起的时间，比跟我们在一起的时间多。”

其实，郝振山有多次调回机关工作的机会。“也犹豫过，谁不想守着妻儿老小？但终究还是舍不得。”郝振山说，每一代石油人都有自己的使命，60年前，老一辈石油人将贫油国的帽子扔进太平洋，今天，我们在太平洋也要为祖国找到油和气。

四、炼铁军：千锤百炼　锻造铁军

炼铁军！他勇于管理创新，用5年时间把一个老平台南海二号打造成员工快速成长的大舞台，锤炼出一支敢打硬仗、善打硬仗的钻井铁军，如今南海二号更是成为响当当的怒海神钻！

2005年，作为南海六号平台经理的郝振山，再次在管理评比中拿了第一名（参加评比的平台数量共13艘）。没多久他接到调令，到南海二号任党支部书记、平台经理。

知道这个消息的人都为郝振山捏一把汗，要知道，南海二号是一座运行了30多年的老平台，由于自营井勘探任务不多，南海二号作业量不饱满，工作标准不高，平台常年进入一种“吃不饱”的状态，综合管理排名垫底。

领导说让他从南海六号带几个骨干过来，协助他一起开展工作。但是南海六号当时正在坞修，需要人手。再说，他考虑到如果带人过来，一是会打击南海二号管理团队的积极性，二是到了南海二号，如果没有大的进步，怎么办？他觉得还是谨慎一些好。公司领导问他：“不带人过来，你有把握吗？你能不能尽快打开局面，带领南海二号跨入公司先进行列里来？”他的那股子楞劲又上来了，高门大嗓地说：“人我就不带了，任务目标我带着。如果我到了南海二号半年还没有起色，你就免了我！”郝振山深深体会公司这番人事调动的苦心，于是暗下决心，一定要摆脱落后状况，打造好南海二号这支队伍。

从学技术到学管理，又是一个新领域。“橘生淮南则为橘，生于淮北则为枳”，郝振山认识到，平台“大气候”对员工成长至关重要，必须营造积极向上的比学赶帮超氛围。

郝振山喜欢读毛泽东的书，他从工农红军“支部建在连上”的经验中，学习和思考怎么当好一个平台支部书记。他以开展创先争优活动、争创“五好党支部”为抓手，以强素质、添活力、创一流为目的，围绕“上产5000万吨，建设‘海上大庆’”，高标准定位，严要求管理，高效率工作，硬措施推动，努力把南海二号建成“海洋钻井的劲旅，人才培养的摇篮”。

他重管理，机制上求创新；谋发展，经营业绩见实效。以“军旅雄鹰队”打造中央企业红旗标杆班组，以中国海油青年先锋林文定和金牌司钻杨勇等先进典型带动技术练兵，以“一个目标、双岗培训、三基教育”加快人才培养，以开展一年365天流动红旗劳动竞赛引领团队建设，形成了人人创业绩、个个争先进、团队当模范的企业文化氛围。

在此基础上，平台还根据老中青三代员工不同特点，针对性培养。例如设立“优秀师傅奖”，鼓励年纪稍长的操作人员干好本职工作的同时带好徒弟；设立“科技创新奖”，鼓励中青年操作人员钻研业务，进行技术革新。而对于年轻员工，严格要求他们从甲板工、钻工开始逐级轮岗锻炼，并明确提出，责任和风险由领导承担。此举极大地促进了年轻员工成长。

走进南海二号，处处能感受到鲜明的党建特色、浓厚的文化氛围、高昂的团队士气和强烈的集体荣誉感。郝振山注重营造这种“精神动力”。

每到重要节假日，郝振山都会组织所有船员一起升国旗，仪式结束后，郝振山先嘱咐海上生产安全事项，然后组织大家一起在平台上合唱《南海二号之歌》，“我爱这蓝色的海洋，蓝色的国土壮丽宽广……”朝阳辉映之下，歌声在中国南海的天空中自由翱翔。这首高昂雄壮的《南海二号之歌》是郝振山通过党团支部组织员工们集体编写的，每当唱起属于自己的歌，南二人就燃起了干事创业的激情。

新员工来平台首日，必参观平台荣誉室，鼓励他们以平台为荣，为集体争光。2010年入职，如今已接棒成为南海二号平台经理的段晓威回忆，记得刚来到南海二号，郝振山在会议室与新员工座谈。平台的会议室也是荣誉室，墙上挂满了历年来南海二号南征北战获得的荣誉，让人肃然起敬。郝振山对我们说，“南二人见困难要上，见红旗就扛。这些荣誉来之不易，每一块奖牌都承载着南海二号员工们的拼搏和汗水。但荣誉属于过去，奋斗成就未来。希望将来，你们能用自己的努力奋斗，为平台增光添彩。”从那一刻，段晓威决心要勤学苦练，尽快成长，为平台贡献自己的一分力量。

就这样，在郝振山带领下，长期徘徊不前的南海二号进步神速，他来半年后就在综合评比中闯入前三名，第二年名列前茅，第三年就被评为集团公司劳模集体。在他的精心锤炼下，南海二号逐渐成长为一支特别能吃苦、特别守纪律、特别能战斗的海上钻井队伍。在郝振山担任平台经理的5年里，南海二号获得工人先锋号、青年文明号、央企红旗班组标杆等各种荣誉40余项；为深水钻井平台“兴旺号”等单位培养输送了120多名高岗位人才，被誉为中海油服培养国际一流钻井人才的摇篮。

在南海二号作为劳模集体宣讲的时候，郝振山提炼出了“战天斗地，与海共舞”的南二精神。之后，郝振山还要求在平台上焊接这八个红色大字，成了郝振山和南海二号奋斗精神的代名词。郝振山说，当时刻下这八个大字颇有深意。“战天斗地”是对石油工业优良传统的继承，“与海共舞”则彰显着爱国、担当、奋斗、创新的海油精神。“我要做传承者，也要做开拓者，因为这是新时代海洋石油人义不容辞的责任。”

郝振山很感激这支高效率的队伍。经常听到甲方油公司赞叹：郝振山的队伍为什么会有这么高的效率？取得这么大的成绩？就是因为在这支队伍里，人们有着崇高的精神，有着高度的自觉。就是因为他们的每一个岗位、每个人，都是在用几倍甚至十几倍的激情在干事，都是在用几倍甚至十几倍的效率在创业。

中海油服钻井事业部的一次工作大会上，领导们一致拍板：南海二号已经具备了承担更重大任务的条件，缅甸合同可以交给郝振山和南海二号了。

9月中旬，南海二号接到缅甸合同的出国作业任务，定在年底起锚拖航。命令一下来，南海二号就为了出国作战准备着：一是进行懂技术、会外语的岗位人员的培训和各种国际证书的审核。要亮剑海外，站稳国际市场，外语水平要求很高。郝振山推出了“每日一问”“每日一课”和“每日一句”等新颖而实用的学习方法，培训效果显著。二是装备、物资和消耗备品的采购，要克服海外作业供应链过长、采购不及时容易影响生产的困难，因为只有不到3个月的时间了，而就是这3个月，整装待发的南海二号还忙里偷闲，在文昌打了两口井，这成了他们出国前的练兵。

五、率铁军：劈波斩浪　屡创奇迹

率铁军！他敢于亮剑，一心为国找油，多次带领团队远征缅甸、印度尼西亚，与世界强手同台竞技，创造了“中国式”钻井平台坞修项目奇迹，在海外擦亮了中国名片！

养兵千日，用兵一时。是时候走出去了！大海展开画卷，航迹书写雄心。

随着国家“一带一路”倡议的推进，中国海油这艘航船也驶向了更广阔的世界海域。一路走来，郝振山见证了中国海洋石油事业的蓬勃发展。南跨赤道、北至极圈，郝振山带领着他的团队，乘“一带一路”东风，在沿线国家和地区留下越来越多坚实的印记。

郝振山走出国门的第一仗是率领南海二号出征缅甸，这是中国半潜式钻井平台首次在国外亮相。

2005年11月23日这一天，海阔天高，云淡风轻。这是南海最美丽的季节。琼州海峡的秀英港即将启程的南海二号焕然一新，卸载升船后，比平时更显得巍峨高大了许多。高高的钻塔上，是中海油服公司的英文简称“COSL”和“南海二号”的几个大字。船头上，一面鲜艳夺目的五星红旗在海风里强劲地吹动着，被飘飘的彩旗守护着。

奔赴孟加拉湾的路上，郝振山浮想联翩。他是幸运的。从20世纪80年代中国海上打井要听洋专家的，到90年代的合作打井，再到我们独立熟练地掌握海洋钻井技术，自营作业，现在终于能够雄赳赳地冲出国门，承担起海外钻井作业任务，在强手如林、竞争激烈的国际油田钻井服务市场上搏击风云。这在中国海洋石油发展史上是一个多么大的转变。每一个足印，都是改革开放的成果。他带领的这座行走于大海上的钻井平台，代表的是崛起和腾飞的中国形象，展现的是中国现代工业蓬勃发展的力量。所以，也是重任在肩。

南海二号一路踏波斩浪，穿过马六甲海峡，避过海盗、挑战台风，于12月20日顺利到达位于缅甸孟加拉湾北部的预定井位，马上就投入了钻井作业。在孟加拉湾里，南海二号这艘来自中国的钻井船吸引了世界的目光。外方作业者给南海二号执行的是一加一再加一的合同，第一口井干得好，才有第二、第三口井，潜台词就是试试看再说。员工们感到不公平，郝振山却说，“要赢得尊重，就用实力说话”。

孟加拉湾气温常年在35℃以上，工作条件十分艰苦。南海二号开钻后又遇到了地层松软、高温气井风险很大等困难。甲方请来了加拿大人比尔当作业经理。一次，比尔将作业方案交给郝振山执行，但郝振山发现作业程序存在严重问题，于是他找到比尔商量调整，但比尔坚决反对。井钻到一半，果然出现了问题，比尔这下慌了。郝振山把早已写好的应对方案送到比尔手上，实施后，作业恢复正常。比尔心服口服地竖起了大拇指："中国人，好样的！"

2006年2月22日，郝振山带领团队率领南海二号提前十多天高质量地完成了钻井计划，打出了缅甸第一口海上高产气井，紧接着打的两口井也获得高产油气流，改写了缅甸油气工业的历史，南海二号的图片和简介因此被收藏进缅甸国家历史博物馆。当时的缅甸能源部长伦西塔说："南海二号的'2'应该改成'1'，你们就是孟加拉湾的No.1！"

在首次出国作业的17个月里，郝振山领导的南海二号平台钻井12口、试油4口。其中，2006年作业天数达360天。这支110人左右的队伍创下了我国钻井平台日费率和年收入等多项纪录。

2012年，随着中国海油"二次跨越"的提出，中海油服加快了以"租赁、购买、新建、管理、合营"五种经营管理模式充实装备实力的步伐。南海七号、南海八号、南海九号这三条二手平台就是在这个背景下经历多轮艰辛谈判购置回国的。

后续的升级改造难度更大。来自平台前运营公司的国外同行专家断言，仅是让南海八号恢复动力和作业能力，有经验的团队也至少需要半年时间，对于没有任何经验的中国人来说，可能一年时间都很难顺利完成。

市场等不起！时任中海油服钻井事业部深圳作业公司副经理的郝振山坚决表示："困难再大，也要想办法完成！平台早一天投产，就能为油气勘探开发多做一天贡献。"郝振山基本全程参与了他们的接船修复性升级。"从海外勘验到国内坞修，我们把难以预测的困难推算到极致，把手头所有的资源最优化。"郝振山说。

尽管如此，修复过程中的未知困难还是不断地出现。

在马来西亚，为了加快南海八号接船进度，平台人员早出晚归，争分夺秒，有些在舱室工作的人员"数日没有见到太阳"，午餐就是冰冷的三明治加矿泉水。在他们心中，只有一个目标——尽快让平台"回家"。随行的中国海事局官员看到他们夜以继日地辛苦工作，感叹道："中国海油团队每一个成员都具有高度的责任心，以前只是有所耳闻，如今真的眼见为实了！这才是真正的‘铁军’！”

“铁军”作风在南海七号、南海九号的接船和坞修中也发挥得淋漓尽致。从遥远的纳米比亚出发，连续19天，南海七号平台工作人员每天工作十五六个小时，皮肤被晒得脱了皮，终于让南海七号在圣诞节前赶回了“家”，国际知名钻井承包商恩斯克公司（ENSCO）作业经理肖恩·康纳惊讶道：“太让人震惊了，这么短的时间内，你们完成了一切！”

南海八号平台是公司引进的第一艘深水平台，坞修质量和进度意义重大。为了高效完成南海八号的坞修，在深圳孖仔岛上，80多名中海油服人喊出了“平台不离港、人员不下岛”的誓言。为了节约宝贵时间，全体人员由食堂打包盒饭到现场，席地而坐，分批次倒班吃饭，之后又投入紧张的工作中。在50多个日夜里，在困难和挑战面前，加班加点是他们最真实的状态，每天工作时间超过18小时也习以为常。偶有晚上十二点下班的情形，项目组都笑称“今天不用加班，准点下班”。

在郝振山的带领和影响下，三个钻井坞修团队加班加点，分别用时65天、39天、53天完成修复升级改造工作，不仅大大缩短了原船东每座钻井平台6~12个月的修复升级计划时间，而且仅花费原船东1/6的计划费用，被国际钻井行业称为“中国式坞修奇迹”。

很快，这三条深水钻井平台相继投入市场作业，不仅满足了深水钻井需求，而且迅速占领目标市场，为中海油服的漂亮业绩表和中国海油南部海域的勘探开发提供装备保障。

让世界折服的中国式升级速度，背后是中国海油人的中国式敬业精神：一心扑在坞修上，关心他人胜过关心自己，病倒后依然坚持同弟兄们一起奋战的项目经理魏红球；为了迎接南海八号，婚期一拖再拖的高级队长吴君城；在材料管理上精益求精，但又处处为弟兄着想的“80后”材料主管黄涛；在几个项目期间累瘦了十多斤，八个月没跟家中妻儿见一次面的项目经理冼敏元……

这就是郝振山率领的铁军，拥有强大的执行力、无私的奉献精神和敢闯敢拼的奋斗精神。郝振山带领着这支“威武之师”劈波斩浪，一往无前，屡创奇迹！这种深入人心的“铁军”文化已经在中海油服润物无声。

2015年，海外某石油公司向中海油服抛来橄榄枝。为进入该新型市场，郝振山指导南海九号迎接作业者验船，并要求如果条件允许，第一时间整改关闭验船组提出的不符合项并反馈。验船还没结束，有一半的问题已经被整改关闭。看到平台的整改结果，验船组长一脸惊讶地夸赞：“这是我见过的细节管理最好，整改速度最快的平台！”最终，南海九号获得验船组认可，拿到作业合同，于2016年奔赴海外作业，首秀告捷。

缅甸、印度尼西亚、西非……一路走来，郝振山和团队将一个个扎实的足迹镌刻在中海油服走向国际的历史中，将一个个海外征战的典范样本树立在“一带一路”上，又借着奔流四海的浪花，将中国海油的美名远扬。

六、铸铁魂：驰而不息　奋战新征程

铸铁魂！在企业面临行业寒冬之际，在危难险重任务之前，他用实际行动铸就铁魂精神，他用实际行动书写和丰富新时代“海上铁人”精神，让“石油精神”再绽新光。

跨越历史的栈桥，迎着时代的浪潮，面对全面贯彻党的十九大精神的开局之年，中海油服站在迈进国际化、全球化发展新征程的起跑线上。

2018年2月6日，中海油服党委和管理层在工作会上，首次提出2050年逐步建成行业引领者的愿景目标，向全体干部员工发出了全面开启新征程的号召。

站在新的历史方位上，如何贯彻建设海洋强国、落实“一带一路”倡议，大力弘扬“爱国、担当、奋斗、创新”的新时代海油精神，承担起建设中国特色国际一流能源公司的历史使命，奋力推动公司高质量发展，这些都成了郝振山心中的“头等大事”。

时间回到2016年，在国际油价断崖式下跌的环境下，中海油服遇到了巨大经营困难，仅钻井深圳作业公司就亏损近5亿元。郝振山临危受命，调任钻井深圳作业公司经理。接过这个“烫手山芋”，郝振山在全盘分析作业公司客户、设备、人才资源后，给自己立下目标——“一年之内，扭亏为盈”。他认真总结梳理，量身定做了扭亏方案，带领团队苦干实干，强基础、补短板，经营管理稳扎稳打；带领班子及总监赴一线蹲点调研248天，有效指导现场工作；推动落实人才驱动，优培养，重激励，凝心聚力担当作为；鼓励全员改革创新，提质量，增效益，党建生产融合发力。

经过一年的攻坚克难，2017年，深圳作业公司在钻井平台日费低于预期、作业船天数减少7%的情况下，实现扭亏为盈，利润近1亿元，打了个漂亮的翻身仗。郝振山没有满足，2018年，深圳作业公司在收入增加30%，成本仅增加8%的情况下，利润增加近300%，达到了3.73亿元，令同行惊叹。

2019年9月25日，郝振山获得新中国“最美奋斗者”荣誉称号，并且重新回到了30年前出发的那座“钻井大院”——湛江履新。

这无疑是他奋斗征程中又一个新的起点，他把“新时代肩负起增储上产新的使命，不断提升湛江分公司的价值贡献”定为自己新的奋斗目标。为此，他提出要把积极响应公司深化改革推动竞争力提升、充分发挥基层战斗堡垒作用和加速人才培养三方面作为重点工作来抓。

把人的积极性调动起来，这是郝振山锻造海上铁军的秘诀之一。说到就要做到，来到湛江分公司后，他做的第一件事情就是尽快熟悉员工队伍。“熟悉自己的队伍，这是‘新学期’第一课。”郝振山温暖一笑。

同时他要求分公司分管领导和各部门必须结合深入集中整治形式主义、官僚主义的专项工作，运用“不忘初心、牢记使命”主题教育检视自身存在的问题，充分认识差距短板，切实转变机关工作作风，加强正向激励体系建设，强化KPI考核结果应用，激励干部新时代新担当新作为，进而提升自身的贡献值和竞争力。

2020年，突如其来的新冠肺炎疫情对于海洋石油的生产安全是一个很大的考验。在海上钻井平台工作了20多年的郝振山深知海洋石油的特殊性——远离陆地，环境封闭；易燃易爆，风险性高；员工密集，作业繁忙。一旦疫情蔓延海上，就会停工停产，后果严重。

“必须用最严的办法，确保海上无感染。”“速度快一分，安全多一分。”

郝振山要求，必须从组织、纪律、制度、资源上全方位提供保障。他不断根据疫情变化和上级单位要求，及时优化防控举措，持续扎牢疫情防控网。至3月12日，中海油服湛江分公司已累计发布战疫方面的制度、通知16项，建立了严密的领导指挥体系、预防控制体系及监督管理体系。

隔离健康观察期间，郝振山对员工们的食宿、心理状态都很关心。2月15日现场走访，有员工提到饮食的南北口味差异，他立即协调餐饮服务方提供南北两种口味的饮食供员工选择。同时建立微信群，餐饮服务方每日在群里晒工作餐，员工代表在群里直接提建议，服务方及时改进。他还协调工会送来书籍和简易健身器材，方便员工们学习、锻炼，举办抗疫知识答题和技术培训，隔离不停学。

为解决出海倒班员工和滞留湖北家庭困难的员工，郝振山还发动党工团组织，组建党员志愿服务队和青年突击队及时慰问、帮扶。得知一名居家隔离的员工家里生活必需品告急，又无法出门采购的情况，党员志愿者立即帮忙采购送上门。许多党员由此成了“跑腿哥”。

对于海油的定点帮扶对象——广东省湛江市坡头区路西村，郝振山也牵挂在心。得知村里缺乏防疫物资，立刻在公司党委微信群发起讨论。很快，公司就从有限的防疫物资中拨出一部分送到村里。

从春节就开始值班的郝振山，坐镇防疫一线，指导海上、陆地两线3400多名干部职工开展疫情管控工作。“我在岗位上坚守了40多天，大家都让我好好休息。但战‘疫’面前，全民皆战士，党员即尖兵，我必须在岗位坚守防控阵地。”

暖心的支持与服务，让出海的员工们保持了良好的精神状态，大家都展现出了良好的情绪和高昂的斗志。在疫情防控最艰难的时候，中海油服湛江片区单位已有近1500名员工结束隔离，健康奔赴一线，奋战油气生产。

在打响疫情防控和增储上产“双线战”的同时，郝振山不忘履行政协委员的职责。从2018年担任全国政协委员开始，郝振山一直在推动国家海洋“蓝色国土”的保护和开发工作。在2019年的全国两会上，政府工作报告提出要“大力发展蓝色经济，保护海洋环境，建设海洋强国”。郝振山也提出了“和谐用海”的提案。在郝振山的案头上，摆满了近年来关于湛江经济、交通发展的材料，他正在通过“啃资料”、下基层等多种方式，了解目前湛江的发展情况和未来的方向，把湛江交通、融入粤港澳大湾区、与海南相向而行等发展战略写进提案，为湛江的发展争取更大的支持和更多的助力。

在疫情得到控制后，郝振山又马不停蹄地赶往海南调研。2019年12月，在中海油服党委的指导下，湛江分公司协助推进中海油服海南业务优化工作，完成海南子公司注册工作。当前，海南政策红利正在释放，机遇和挑战并存。郝振山将带领片区广大干部积极投身海南自贸试验区和中海油服“技术发展、国际化发展”规划之中，以实际行动落实中央部署，积极推动国内增储上产“七年行动计划”的实施，为国家能源安全做出新的贡献。

从基层走向管理，郝振山始终恪守自己的一言一行，并把海油人爱国爱企的精神传承、播撒给更多的人。在他心中，那些浮在海面，远离岸边，不为社会大众所知的一个个钻井平台，就是海油人对祖国蓝海最深沉的爱恋。

时代在变，艰苦奋斗的精神却如同海洋石油人的精神基因，永远在他们的血脉中流传。郝振山奋斗的经历验证了一个亘古不变的道理——只有将个人的命运、企业的发展融入党和国家发展事业、时代大潮中，才有施展才能的舞台，才能实现梦想。

如今的郝振山虽然发鬓微白，但他身姿依然挺拔、步履依然坚定、声音依然铿锵，他要用奋斗的一生来践行当年成为一名光荣的石油工人时许下的承诺——“我为祖国献石油！”

“时代楷模”徐立平的家与国

◎文/赵　韦

引　言

“药，就是这样的。”徐立平从展示架上取下一块青灰色的长方形固体，它看着比矿泉水瓶的体积稍大，像砂轮，捏着却如同橡胶，拿在手里沉甸甸的。

它不是治病的“药”，而是含有巨大能量的“火药”，学名叫作“固体复合推进剂”，是导弹的专用燃料。徐立平几乎每天都要跟它打交道。“这是模拟药，里边不含燃烧剂，质感跟真药一样，学徒工练习整形时用的。真药根本不能放外边，一丁点儿火星就能引着。”

“如果这是块真药，被引燃，会有多大的威力？”

徐立平挠挠头，“这个屋子里的人，肯定都跑不了。封闭空间，热量和气体没法迅速扩散”。

这是一间30多平方米的休息室兼会议室，十几名穿着宝蓝色工作服的工人刚开完当天早晨的例会，准备开始一天的工作。他们端起各自的茶杯，将杯中茶水一饮而尽，再将杯子放回宽大的会议桌上。因为任何私人物品都不能带进操作间，连水杯都不行。

徐立平是他们的组长，他们的工作，是将发动机内的推进剂切割修整成要求的形状和尺寸。有人曾形容他的工作是“雕刻火药”，听上去颇为浪漫，但对推进剂稍有了解的人都知道，这是可能以生命为代价的“浪漫”。

“在整形组工作，首先要知道危险性，分配到这儿，就得先去看一次销毁残药。”当年徐立平刚参加工作时，师父就带他见识了推进剂的威力。“整形铲下的废药，是那种薄片状的药条，攒到几百克就要销一次。我参加工作时，单位还在蓝田的山里，山坡上有块专用的空场，废药放在8号铁丝做成的托架上，人撤离到十几米外。废药被引燃时，轰的一下热浪打过来，眼前一片白光，不到一秒钟就烧没了，冲起一团蘑菇云。就那一下，8号铁丝做的托架就融化了，剩下几根插在土里的支腿，像燃过的蜡烛。”

“被引燃的推进剂，能扑灭吗？”

“扑不灭，推进剂就是由燃烧剂和氧化剂组成，不需要外部氧气，把它放在水里、真空环境里都能燃烧，只能由它自己烧完。”

“发生过意外吗？”

“发生过……那次是小型发动机整形，有个同事操作时，推进剂突然烧着了，人就没了……推进剂燃速特别快，零点几秒的时间，整个药面都会引燃，人根本没有反应时间，跑不了。”事故原因，是整形刀在金属壳体上碰出一颗小小的火星，引燃了敏感性极高的推进剂。

“你们整形的发动机里，有多少推进剂？”

“各种型号的都有，小的几十公斤，大的十几吨。”

“如果十几吨的被引燃……”

“整个厂房肯定就没了……干我们这行的，不能有一点儿差错。”

工匠、楷模

准备间的门外，是通往操作间的走廊，就是那个都是“真药”的地方。窗外，是高大的防爆墙。说是防爆墙，其实是一片经过精准设计而保留的山坡。厂房建在山坡深挖下去的一块平地里，连房顶都露不出来。

这片山坡内，高大宽厚的防爆墙之间，“陷”落着几十座厂房，每座都相隔几十米的距离。一条战壕般深陷山坡内的U形道路将它们连接起来，开车走一圈，需要十几分钟。山坡被高大的围墙紧紧围住，墙头上布满监控摄像头，任何人进入厂区，都必须持有特许的通行证。这里是7416厂的生产区，制造固体火箭发动机的地方。

山坡周围，密集分布着几家研究所和工厂，它们和7416厂一样，都是中国航天科技集团公司第四研究院所属的单位，分别承担研制火箭发动机的不同任务。职工家属生活区就在不远处，被围墙隔成几个小区，依然保留着“军工厂大院儿”的痕迹。但大院儿以外，很少有人知道这里的研究所、工厂是制造什么的。

事实上，这个位于西安市东郊的航天四院，是中国规模最大、历史最久、水平最高、实力最强的固体火箭发动机研制、生产基地。固体火箭发动机技术是世界级的高科技，能自行设计制造固体火箭发动机的国家屈指可数，各国都将其制造技术列为最高机密。

因为这种特殊性，航天四院被列为中国保密级别最高的单位之一。几十年间，航天四院的科技工作者和技术工人们都必须隐姓埋名默默工作，外界甚至很少知道有这样一个机构、这样一群人的存在。但徐立平却是一个特例，他“意外”地成为全国知名人士。

那是2015年10月1日国庆节，中央电视台推出《大国工匠》系列专题片，第一集《大勇不惧》便是讲述徐立平的故事。电视画面中，身穿航天蓝工作服的徐立平专注铲药的场景，震撼了所有观众。这部收视率极高的专题片播出后，徐立平便进入了公众视野。

徐立平是航天四院7416厂的一名药面整形工，所谓药面整形，就是在固体火箭发动机制造过程中，将药柱端面上多余推进剂铲除，并修整为设计要求的形状和尺寸精度的工序。这是危险性极高的技术工种，在国家标准中，被列为一级危险岗位，全国从事这一工种的不到一百人。

从1987年进厂到2016年，徐立平多次获得省部级、国家级“技术能手”称号，夺得“中华技能大奖”，被评为国家高级技师、航天特级技师。他参与过所有国家重点型号的研制攻关和批量生产任务，几乎每一台大型固体发动机都要经过他的整形才能出厂装备，为国家的航天事业和国防建设做出了重大贡献，也因此获得过“全国五一劳动奖章”。即便获得过众多奖项，外界仍然不知道他的存在，长达29年的职业生涯中，他和四院所有的同事一样默默无闻。

《大国工匠》系列专题片播出后不久，航天四院政工部便接到通知，推选一位有感人事迹的优秀职工参加中央电视台《感动中国2015年度人物》的评选。“收到这个挺意外，”政工部部长王玫说，“以前，我们这儿根本不能参加这类公开评选。”

“推选谁，真是一个难题。”王玫说这番话的时候，其实带着自豪感。航天四院有1.2万名职工，其中包括国际宇航科学院院士1名，中国科学院院士1名，中国工程院院士1名，国家级、省部级航天专家近百名。技术工人中，全国技术能手14名，省部级的技术能手上百人。“我们这儿，高水平的科技人员、技术工匠太多了。每个人都为中国的航天事业做出过重大贡献，即便是最普通的职工，都有感人的事迹。”

经过几轮筛选，最终决定，还是推送徐立平参评。但整理好申报材料，王玫却再度犹豫起来：“当初央视来拍《大国工匠》时，我们就担心画面中出现泄密的问题，这次推他参加‘感动中国’评选，还是担心泄密的问题，心里特别没底。”她压着那份申报材料考虑了几天，才“把心一横，送上去了”。此后很长时间没有收到任何回音。“我们觉得，应该是出于保密，上面没有批准。我们都习惯了。”

2016年初，颁奖典礼即将举行的前几天，王玫突然接到通知：“徐立平当选了，立刻去北京，参加颁奖典礼录制。”

2016年2月14日，《感动中国2015年度人物》颁奖典礼在中央电视台黄金时段播出。徐立平依然穿着那身航天蓝工作服，在演播大厅里高高举起了奖杯，这一举，更让他名扬全国。

各级媒体蜂拥而来，有时，他正在车间里工作，就被叫出去接受采访。四院的各项大型活动他也必定列席参加，并且每一次都会被记者拉住，单独对着摄像机镜头说上一段。

但每次采访，徐立平都像是在背诵课文，记者们试图再“挖出”些更有意思的细节，而徐立平所说的，仅限于那些已经背诵过的“课文”，于是，有记者说他“不善言谈”。事实上，他不能随意说什么，这是“特殊的地方、有保密纪律的地方，不该听的不听，不该看的不看，不该说的不说”。并且每位记者的采访资料和稿件都要经过严格的保密审查。

从隐藏在山坡下的厂房默默无闻地工作，到站在镜头前成为媒体关注的焦点，徐立平完全没有了在车间里修整推进剂的从容，他觉得自己根本不属于那个“曝光”在公众面前的世界。

他更不曾想到，更多的荣誉接踵而至，2017年3月30日，中央宣传部再度发布徐立平的事迹，并授予他“时代楷模”荣誉称号。这让徐立平觉得很不安：“我只是做好自己的本职工作，与‘时代楷模’的称号还有很大差距。我觉得，这个荣誉，是给四院全体职工的。”

王玫也曾对媒体记者说过：“我们四院，绝不只有一个徐立平。”让她无奈的是，“没法把每个人都树成典型，只能选出一个代表”。

而徐立平也确实具有代表性，他的工作、他的经历，甚至他的家庭，都是典型的四院人的生活状态。

留守儿童

徐立平的父母也在航天四院工作，他是典型的“航天二代”——出生在“大院儿”里，上学在“大院儿”里，工作在“大院儿”里，结婚生子也在“大院儿”里。对他而言，航天四院的“大院儿”才是真正意义上的故乡。

但这座“大院儿”并非一个固定的地理位置，它如同吉卜赛人的“大篷车队”，总在不断的迁徙中。从1956年北京近郊成立固体推进剂3人研制小组，到1996年坐落于西安东郊拥有上万职工的专业研究院，航天四院40

年间经历了7次搬迁，行迹遍布北京，泸州，呼和浩特，襄阳，陕西蓝田、西安等地，成为国内规模最大的固体发动机生产机构。

徐立平的父母，便是在四院不断搬迁的过程中，融入这个群体的成员。徐立平的母亲温荣书是1964年四院驻扎泸州时期招收的职工，她被分配到发动机装药车间工作，负责发动机浇注后的推进剂烘干工序。

徐立平的父亲徐桂林1966年从部队转业到四院工作，那时已搬迁至内蒙古呼和浩特郊区。徐桂林曾服役于543部队，那是中国第一支导弹防空部队，曾多次击落美制RB-57D、U-2高空侦察机。徐桂林是一名汽车兵，负责驾驶地空导弹转运车，还能熟练吊装导弹，退役后便被分配到四院。

与那个时代所有人一样，徐立平的父母经组织批准结了婚。1968年10月，徐立平在呼和浩特郊区的四院大院儿里出生，几个月后，他就被父亲送回了四川泸州长江边的姥姥家，那时他还不会走路。

当时的中国，正面临着一场全面战争的威胁。

1969年3月，曾经是“亲密兄弟”的中苏两国在珍宝岛爆发了武装冲突，苏联在中苏、中蒙边界陈兵百万，并准备对中国实施“外科手术式”的核打击。毛泽东发出“准备打一场恶仗”的备战号召，全国进入一级战备状态。靠近中苏、中蒙边境地区的单位职工，必须将子女、家属向内地疏散。

那时节，中国从东到西的边境线附近，开往火车站的卡车接连不断，车厢里挤满了抱着孩子的家长，数以十万计的儿童、少年被送往内地。徐立平和四院职工的孩子们也在此时被疏散回各自的老家。那是中国第一代留守儿童，他们的父母，必须在国家危急时刻坚守自己的岗位。

徐立平的母亲没能亲自送他回姥姥家，因为她已经调到检验组，正在参与一项重大任务，根本脱不开身。

温荣书正负责检验一台发动机的推进剂浇注状况，这台新型发动机就要进行热试车试验，北京的总体设计部急等试车数据，用于计算运载火箭内弹道参数。这款发动机为中国卫星发射计划专门研制，将用于“长征一号”运载火箭的第三级，发射中国第一颗人造卫星——“东方红一号”。

温荣书和同事们在检验中发现，发动机药柱头部出现了裂纹缺陷。这会影响推进剂燃烧方向和速度，造成测试数据不准，而产生的超量燃气，甚至会引起发动机爆炸。

按常规，这台发动机只能报废销毁，重新制造。但卫星发射任务紧迫，销毁重做的周期漫长，还会导致多个相关部门工作进度受阻，研制工作将因此拖延。

发动机设计室主任崔国良和装药车间工艺员陈明义等提议，将推进剂开裂部位挖掉，用“灌浆法”修补，先解决试车的当务之急。有人坚决反对，认为这是不合规范的冒险之举，双方争论激烈，难以决断。

主管科研生产的副院长杨南生，通过力学理论分析了开裂原因，又听取陈明义“用带水钢刀挖药”的建议之后，认为可以尝试，最终拍板决定挖药。陈明义第一个站起身：“我自愿报名，示范挖药！”杨南生点点头：“我陪你一起挖！”见此情形，众多技术员和工人也纷纷报名，一支由副院长率领的挖药“敢死队”迅速组建起来。队员们都知道，如果稍有闪失，就会与那1000多公斤推进剂一起灰飞烟灭，但没人因此退缩。

冒险奋战一个多星期，“敢死队”挖出32公斤推进剂，重新灌浆固化后，产品符合设计要求，并且取得了试车成功，卫星发射计划得以继续进行。但第一个报名挖药的陈明义，却因为长时间操作导致中毒，被送进医院救治，休养半个多月才康复。

此事在温荣书记忆中留下深刻印象，那时，她时常思念远在千里之外泸州老家的儿子徐立平。她根本不曾想到，二十年后，徐立平也会经历同样的事情，并且情况更加严重。

子承母业

徐立平五岁时被接回呼和浩特，四年多未曾见面的父母，在他眼里就是陌生人。弟弟徐凡平已经三岁，妹妹徐艳平刚出生，他们很幸运，一直跟着父母生活。

虽然徐立平很快习惯了与父母相处，但却不习惯像弟弟妹妹那样可以跟父母随意撒娇耍赖。与他年龄相仿的那一代四院职工子弟，出于同样的原因，都与父母有着或多或少的疏离感。那些小学毕业或初中毕业后才被接回大院儿的孩子，甚至对父母的“无情”还带有一丝怨恨。这是老一辈航天四院人心中的痛，“哎，当时也没办法呀，形势所迫必须送回去啊。”一位航天老专家说，“但是，孩子们毕竟接回我们身边了，总能照顾到。最感到愧疚的是……我们离家乡上千里，工作又忙……没机会在父母身边尽孝啊。”

自古忠孝两难全，四院的职工们为了国家的航天事业，辞别父母远离家乡，在中国广袤的大地上不断地迁徙。搬迁，是那个年代军工单位的常态。

1974年，徐立平兄妹三人跟着父母离开呼和浩特，来到位于西安市50多公里外的蓝田县，那里是秦岭山脉的边缘地区。父母是为即将搬迁至此的四院营建新“大院儿”和厂区，其实，四院的“大院儿”很松散，下属的几个单位，分别位于蓝田县山区的几条山沟，每条山沟里，都要建厂房、办公楼、职工住宅，还要自建医院、学校、商店、粮站、食堂、锅炉房，每条山沟都是一个独立的“小社会”。

徐立平和那一代四院孩子们一样，在子弟学校读完了小学、中学。1985年，因为对自己的语文和英语成绩实在没把握，跟父母商量后决定放弃高考，报考了四院自办的航天第一技工学校。1987年，徐立平以化工班第三名的成绩毕业，分配回四院工作。

在老一辈职工们的眼中，四院是一个矛盾的存在。“搞化工的就没什么好工作，要么是易燃易爆，要么是有毒有害。”但真要让子女去外单位工作，他们还真不愿意，因为“各方面情况都熟悉，并且，国家需要的单位，不可能倒闭”。

与天下所有父母一样，他们自己可以毫无畏惧地面对危险，却不愿意自己的孩子遭遇任何风险。他们为子女选择工作时，都想挑个远离危险的岗位。徐桂林也提前为儿子看好了一个“安全”岗位。可是，到了分配的时候，却出于各种原因没去成，“安全岗位”实在是稀缺资源。

徐立平选择了7416厂三车间整形组，这个三车间就是妈妈温荣书当年曾工作过的装药车间，徐立平还问过妈妈，那里怎么样。可温荣书已经调离十几年，当年在那儿工作时，还没有端面整形这道工序。她也只是听别人说“这是缺不了的岗位，能学到技术”，觉得是个不错的工作。

报到那天，温荣书亲自将儿子送进三车间，在四院，这并不是奇怪的事，很多职工家庭都是两代人同在一个设计室、一个车间工作。温荣书知道三车间的危险，当年她曾亲眼见到推进剂燃烧事故，一位同事手指、耳朵当场被烧掉，那还只是一次小剂量的试制装药。

办完报到手续她对儿子反复嘱咐，以后一定要“注意安全”。

工匠修养

徐立平报到的整形组，算上他这个新来的学徒工，也只有7个人。那时发动机生产任务不多，药面整形不需要太多人手，虽然其他车间也有整形工，但全厂加起来也就十几个人。

整形组组长王广仁是徐立平的师父，药面整形的高手，他其实从事这行也只有8年。王广仁1970年进厂工作时还没有端面修整工序，干的是灌浆工，因为当时推进剂性能不高，常出现开裂现象，必须进行灌浆修补。去除开裂缺陷部分时，要使用铲刀进行挖除，跟后来的药面整形有些类似，只不过没有精度要求。

1979年前后，端面整形才成为发动机生产时的必备工序，王广仁那批灌浆工才开始探索整形技术。他们借鉴鞋匠的修鞋刀和木工刨刀，自制出修整刀具，边干边总结修整技术，终于摸索出一套工艺方法。直到1984年，“药面整形工”才被纳入国家职业工种，王广仁便成为中国第一批药面整形工之一。那时，全国也只有二三十人从事这一行当，四院就占了一大半。

徐立平参加工作时，正是军工行业最困难的时期，众多重点型号研制工作被延缓或取消，资金投入大幅削减，军队装备采购量也被极度压缩，工厂里各车间都处于半停工状态。虽然厂里活儿不多，但对学徒工的培训却从来没有松懈。

进厂就要参加一个月的安全培训。“我们厂房里有逃逸通道，也有一些消防器材。我们新员工上的第一节课，就是推进剂发生燃烧时怎么办。第一个动作是什么？大家都猜不到，”徐立平说，“不是去救火，而是赶紧逃生！因为推进剂内自带氧化剂，只有全部燃烧完才会灭，根本救不了。其实，能逃生的还只是旁边的非操作人员，推进剂被引燃只有零点几秒，操作人员连反应时间都没有，更别说逃跑了。”

安全培训结束后才能跟师父学手艺，对于一个学徒工而言，跟高水平的师父学技术，是一件值得庆幸的事情。学徒期只有一年，徒弟要跟着师父一起干活儿，学会基本技术和车间里的各种规矩。如果徒弟出了废品，罚款和处罚都落在师父头上。在车间里，“师父”与“师傅”虽然发音相同，但意思完全不同。“师傅”前面必须加上对方的姓氏，而“师父”只能叫“师父”，绝对不能加姓氏。“一日为师终身为父”的传统在工厂里一直保留着，这种师徒关系会一直维持下去，出徒后遇到技术难题，依然要向师父请教。

徐立平带徒弟的时候，情况有了一些变化：“我们现在的工作方式比较多，有手工整形的、机械整形的、数控整形的，学徒们都要掌握，会有很多老师傅去教他们。”

徐立平当学徒时，药面整形全靠手工操作。如今，各种机械化、自动化整形技术虽然普及，但手工操作依然是不可缺少的手段。手工整形三项基本功——磨刀、铲药、手找平，全靠精细入微的手感。磨制铲刀时，刀型和角度需要手感掌握；铲药时，进刀速度、力度以及不超过0.5毫米的铲削厚度需要手感控制；轻拂药面找平时，需要手感判断0.1毫米的起伏变化。最复杂的操作，都是在基本功的基础上进行变化，但刚接触这个行业的人，根本不知道需要的手感是什么，只能靠大量的练习才能获得。

徐立平按照师父教的基本要领，练习了半年多，磨秃了几把铲刀，铲平了几十块模拟药块，终于练出了精细入微的手感。师父一直暗中观察，对他的表现颇为满意，觉得他真是干这一行的好料。

30年后，徐立平已经成为全国知名的“大国工匠”，他将多年积累的技术经验毫无保留地传授给青年员工，先后培养整形骨干30多名，带徒7人，其中绝技绝招人才1人，国家级技师4人。他担任组长的整形组连续多年获得四院“金牌班组”、集团公司及陕西国防科工委“安全生产示范岗”、陕西省“工人先锋号”等称号。

徐立平依然记得第一次面对一台真正的发动机整形时的状况：“我在假药上练了几个月，才上手干正式产品，其实就是前期的粗加工，快到尺寸时，还是得师父干。粗加工也很紧张，下刀都提心吊胆的。师父一直站在旁边看着我干。干我们这行儿都这样，师父觉得你技术有把握了，才会让你去整发动机。我刚上班那时，发动机都是单件生产，价值很高。就是因为价值高，才有了1989年的那次挖药，真的很危险。”

砺炼青春

1989年10月初，徐立平和师父以及另外两名整形工从三车间抽调到五车间，参加一项重要任务，那时他工作刚满两年。参加这项工作的有将近20人，都是从各车间挑选出会铲药并且手巧心细的技术骨干。

入选的年轻人必须是四院子弟，只有四五个，徐立平是最年轻的。这并非照顾“自己人”，而是因为任务危险，可能发生不测，他们父母知道本单位的工作性质，万一出现意外，也能理智地对待——这项工作任务，是钻进一台大型发动机燃烧室内挖药。

那是四院正在研制中的某重点型号项目，一台用于全程热试车的发动机，但当时却出现推进剂脱黏的重大缺陷。技术专家们经过商讨，决定再度启用“挖药修补”的非常手段，检查脱黏部位，以便分析缺陷的成因。而另一个更现实的情况是，这台发动机里面装填了十几吨推进剂，价值数百万元，在人均工资只有100多元的年代，这是个天文数字。那时研制资金紧张，四院没有经费再重新制造一台发动机。

徐立平和所有参与这项任务的队员们一样，在入选挖药“突击队”时，为国效命的荣誉感和自豪感使油然而生。他当然知道这项任务的危险性，跟家人隐瞒了自己入选“突击队”的事。20年前，母亲温荣书就曾检测出推进剂开裂，亲眼看着同事们冒着危险挖药修补。20年后，儿子徐立平也入选挖药“突击队”，执行同样的任务。

两代人，为了国家的航天事业，从事着同样的工作，面对着同样的危险，拥有着同样的无畏精神。

20年前，推进剂开裂部位出现在头部，站在壳体外就可以操作，并且缺陷部位只在推进剂表面。20年后，情况却复杂得多，发动机增大了十几倍，脱黏缺陷出现在燃烧室的中间位置，必须钻进发动机内挖药，里面空气不流通，光线昏暗，操作难度极大。而且挖药面积更大，还要深挖到壳体衬层，发生意外的概率比20年前高出几个数量级。

徐立平将要钻进发动机黑黢黢的芯孔时，“心跳不由自主地加快了，手心也在不停地往外渗汗”。那台发动机的直径比他个子还高出一头，里面堆满了厚重的推进剂，他想起老师傅们开玩笑说的，“都小心点儿啊，不然这几百万的东西，就是你的豪华棺材，火葬场都不用去了”。

推进剂的芯孔仅比肩膀略宽，笔直地通向发动机另一端，芯孔的星角，如同巨兽口中的利齿，仿佛随时会将进入其中的人吞噬。“爬的时候特别小

心，生怕摩擦出静电，这才是最可怕的。”一颗小小的火星儿，就能引燃那十几吨推进剂。推进剂药面上铺着几层纯棉帆布，徐立平从里到外的衣物也都是纯棉制品，脚上穿着布面羊皮底的舞蹈鞋，脚腕上还系着一根静电导线。一切措施，都是为了防止产生摩擦静电。

脸上捂着的两层棉口罩，只能起到心理安慰的作用。“里面的化学品气味特别浓，熏得人呼吸困难，刚进去时眼睛被刺得不停流泪。”防毒面具无法使用，因为视野太窄，并且容易磕碰到推进剂，那反而更危险。

爬到操作位置，接过辅助人员从另一端递进的静电导线，绑在手腕上，才能开始铲药。发动机内空间狭小，只能侧身半躺半坐在里面，如此别扭的操作姿态下，还必须保持下刀、推铲的动作不变形。每铲五六下，就要把废药递给外面的辅助人员。被十几吨高敏感度推进剂包围在狭小空间内，精神压力是巨大的。“闷在里面真是另一个世界的感觉，安静得让人恐惧，”徐立平说，“挖药时，能听见整形刀划过药面时的沙沙声，还有自己的心跳声。”

偌大的厂房里，只有钻进发动机燃烧室中的操作者和站在发动机外的一名辅助人员，其他人都在厂房外山坡拐角处的麦田边等候换班。里面气味实在太强烈，每次进去只能坚持10分钟时间，铲下100多克废药，每人每天要轮班进去三四回。

徐立平越挖越觉得紧张，即便在寒冷的12月，他钻进发动机也开始出汗。每次完成一班出来时，都觉得浑身瘫软，眼睛也被熏得酸胀难忍。此时，他的腰部和右腿开始隐隐作痛，并且痛感越来越明显。

两个多月的持续工作，共挖出300多公斤推进剂，脱黏部分被全部铲除，设计人员得以直接观察其状况，迅速分析出缺陷成因，为此后的研制工作排除了技术隐患。

灌浆修补工作也随即展开，同样由徐立平他们钻进壳体中进行灌浆，这项操作必须一气呵成。徐立平跟着老师傅们连续工作一天一夜，黏稠流体状的推进剂挥发出大量对眼睛刺激强烈的化学物质，完成操作走出厂房时，眼前仿佛蒙着一层雾一样的东西，两三天后才渐渐恢复视力。

重新浇注修补的发动机取得了试车成功，后续的研制工作得以继续进行。徐立平却被送进了医院。

英雄无悔

结束了那次挖药任务，徐立平的腰腿疼痛越发严重，去医院检查了几次，都查不出原因，医生只能采用封闭疗法给他镇痛。但这样的治疗根本起不到作用，剧烈的疼痛逐渐让他走路开始一瘸一拐，几个月后，竟严重到无法自主行走，最终住进了医院。

女友梁远珍赶到医院陪护，两人正是热恋期，徐立平住院让她心急如焚。梁远珍也是四院的二代子弟，徐立平参加挖药前的两个月她刚从技校毕业，经朋友牵线，才跟徐立平开始了恋情。其实，她父亲跟徐立平的父亲还是很要好的朋友，那时，四院还在蓝田县山沟里，二代子弟们的恋爱，无论是自己追求，还是媒人介绍，选择范围都在这个半封闭的大院儿里。徐立平住院时，梁远珍刚考入职工大学，在西安市上学，听说此事，便请假去医院陪护。她只想照顾好自己的恋人，根本没考虑将来可能会面对怎样的状况。

徐立平住院一个多月，情况却越来越严重，上厕所都要由两个男同事架过去。医生依然查不出病因，推断他可能会因此而瘫痪。

温荣书认为，儿子的病因，是钻发动机挖药时，吸入过量推进剂挥发出的毒性气体所致。20年前，同事陈明义就因挖药中毒住院半个月。而徐立平参与的这次挖药，持续时间更长，并且钻进了不通风的发动机内，环境更恶劣。为什么其他人没事，偏偏徐立平就不行了？因为每个人对化学品的抗敏性不同，20年前参加挖药的“敢死队”队员中，也只有陈明义出现了中毒反应。但医生也无法诊断，推进剂中含有多种化学物质，医院因缺乏技术手段没有查出发病原因，自然不能下诊断，更拿不出有效的治疗方案。

“医院也没办法，那就接回家休养吧。”温荣书跟徐桂林商量。她不爱说话，遇事却有主见。

徐桂林开车将儿子接回家，看着他卧床不起的样子，心里说不出的难受。“哎！当年分配时，再找人说说，随便把你弄到哪个单位去都行啊！我是真后悔啊！”

“后悔有什么用，”徐立平低着头小声地说，“再危险的事情都得有人干啊。你跟我妈都干过危险的工作，你们后悔过吗？”

儿子的一句反问，让能说会道的徐桂林顿时没了词儿。是啊，虽然他只是个卡车司机，也同样执行过危险的任务。

那是1969年7月初，把儿子徐立平送回姥姥家还不到半年，徐桂林接到一项紧急任务，驾车将一件大型货物运往北京。出发时，前车引路，后车压阵，他的卡车被夹在中间，司机楼里还坐着两名全副武装的解放军战士。

那个年代的公路大都是土石路面，呼和浩特到北京一路坑坑洼洼，每天最多行驶200多公里，晚上就住在部队兵站里。将货物送到北京南郊的一院，徐桂林便驾车返回呼和浩特，很快就将这次出车忘在了脑后。

第二年的五一劳动节，徐桂林偶遇一位押车同去北京的技术员。“哎，老徐，现在正统计参与‘东方红’卫星发射任务的有功人员呢，也有你一份呀！得给你报上去。”几天前，中国第一颗人造地球卫星“东方红一号”成功发射，举国欢庆。徐桂林却不知道这跟自己有什么关系：“我就是个开车的……哪参与那个事情了？”

“那次……你开车去北京，运的就是第三级火箭发动机！”技术员说，“那次出车是测试运输振动对发动机的影响，怕你压力大，就没跟你说。”徐桂林这才恍然大悟，难怪运输途中，带队领导走一段路就停车休息，而这位技术员每次都要钻到卡车篷布里去查看一番。

发动机里填满了高敏感的推进剂，如果受到强烈撞击，或者里面有金属部件振落，磕碰出一颗小火花，就可能引起爆炸！而这次出车任务，就是测试运输过程中会不会出现这样的状况。“里面1.8吨推进剂啊！”技术员说，“如果真出意外，你那辆车肯定没了，我们前车、后车的这些人，也得一块儿去见马克思。”

徐桂林摆摆手：“嗨！跟我说了也没事，照样开得稳稳当当。我在543部队的时候，天天拉着导弹跑，啥时候怕过？咱就是干这个行当的嘛，一不怕苦二不怕死的精神，还是有的。”

几天后，徐桂林因参加这次振动试验，获得了三等功嘉奖。

“咱干的就是这个行当。”这是四院职工们常挂在嘴边的一句话。他们都曾参与过危险的任务，也都因自己曾为国家利益舍生忘死而自豪。“我们都是争着去干危险的工作，为国奉献是最光荣的事，”温荣书说，“我想，他们年轻人也肯定和我们当年一样的。”但自己的孩子从事同样的工作，遭遇意外被病痛折磨，确实令他们难过。

自从儿子住进医院，温荣书每天晚上都难以入睡，她怕儿子一辈子就这样瘫在床上，也因此耽误了梁远珍。徐立平被接回家，梁远珍也跟到家里来照顾，姑娘对儿子的尽心尽力，温荣书都看在眼里：“照顾得太好了，连袜子都是她帮着穿。”可她知道，这不是长久之计，儿子必须重新站起来。她对梁远珍说：“我来管他，你回去继续上你的学。”

劝走梁远珍，温荣书便开始实施自己为儿子制订的康复计划：“从现在开始，所有的事情我们都不帮了，你自己做。”饭菜不再端到面前，要吃饭就得自己走到餐桌旁，上厕所也不再有人搀扶，必须自己走过去。

徐立平当然也不愿这样卧床不起，他知道妈妈的苦心，挪动双腿慢慢下床，抓紧床头强忍疼痛摇摇晃晃地站起来，扶着桌角、墙面，一步一步地缓缓挪动。他每一步都迈得很艰难，挣扎几分钟，只挪出四五米的距离，急得满头大汗。

弟弟妹妹想去扶一把，被温荣书用严厉的眼神制止。当年儿子还不会走路就被送回老家，蹒跚学步时她没能陪在他身边，如今儿子站在身边，再次学习“走路”，仿佛给了她弥补那段缺失时光的机会，但这样的“弥补”，实在让她心如刀绞。

康复训练进行了两个多月，不知是体内的毒素被逐渐排出，还是每天的行走锻炼强行“激活”了身体机能，徐立平腰腿部的疼痛渐渐减轻，又可以下地行走了。不过，这次原因不明的病还是给他留下了后遗症，右腿肌肉明显萎缩，比左腿细了一圈。“腿还是经常疼，疼得受不了，就吃点芬必得，”徐立平说，“后来我又去过医院，还是查不出原因。有大夫说是梨状肌综合征，但也不能确诊，我也就不去检查了，反正这么多年也就这样了。”

1990年8月，徐立平病愈重新回到工作岗位，他的弟弟徐凡平也从技校毕业，分配到四院工作。徐凡平同样是学化工专业，安排岗位时，徐立平还在家中休养，前车之鉴就在眼前，父亲徐桂林自然不想再让二儿子去跟推进剂打交道。

按四院的分配政策，职工子女中有一个可留在家长所在工作单位，徐桂林便“动用”了这层关系，将徐凡平分配到了自己所在的43所。这里负责研究制造火箭发动机壳体和喷管上使用的复合材料，不必跟推进剂打交道，看上去安全得多，徐桂林心里也觉得踏实了很多。

徐立平回岗工作后不久，师父王广仁调任车间安全员，老师傅王安民担任了整形组组长，徐立平被任命为副组长，与他搭档。

外号“老黄牛”的王安民工作勤恳技术好，是钻发动机挖药的主力人员之一。他不光干活儿肯出力，还心灵手巧爱动脑筋，经常发明一些工装、工具，制作专用整形刀具。跟着王安民，徐立平学到了搞发明、创造的思维方法，“他是我半个师父”。

这让徐立平在后来的工作中获益匪浅，他针对不同类型发动机的修整要求，设计、制作出20余种整形刀具，其中2项获得国家专利。被命名为“立平刀”的整形刀具，不仅实现了半自动化整形操作，杜绝了安全隐患，还使生产效率提升了50%以上。“样板弧形刀”则解决了复杂型面整形尺寸不易保证的难题，确保了产品质量稳定性。“现在的刀具基本上都是我们自己画图设计的。”此后他多次获得省部级、国家级“技术能手”称号，很大程度上是因为发明了这些专用刀具。

浴火重生

1994年春节，徐立平和梁远珍举办了婚礼。梁远珍已从职工大学毕业，回到7416厂，分配在二车间工作，那是为发动机壳体内进行隔热层涂布的车间。

“我们厂里的工作，要么是有危险的，要么就是对人体有害的，”梁远珍说这句话时，面带微笑，仿佛在说别人的事情，“外面的人可能会觉得太危险了，其实我们都习惯了。再危险、再有害，也总得有人干啊，我们就是干这行的嘛。”隔热层是含有多种有毒化学成分的耐热橡胶，进行涂布时，车间内便充斥着粉尘和化工品挥发出的浓烈气味。操作者必须戴着防毒面具，否则难以呼吸，甚至连眼睛都睁不开。她和同事们都知道，这些化学品可能会对健康造成损害：“跟装药的、整形的比起来，我们这工作算是安全的。”

弟弟徐凡平的工作比哥哥和嫂子的要好些，虽然也跟化工原料打交道，但毕竟气味没那么刺鼻。徐凡平的工作也颇为出色，短短几年间，便成为车间里的技术骨干。26岁的徐立平也因技术出众，被任命为整形组组长。徐桂林对两个儿子表现出的工作能力颇为自豪：“我们家的人，干技术活儿，都还不错的。”可他万万没想到，当初为二儿子选择的“安全”岗位，竟然也发生了意外！

徐凡平的工作，是将化工原料在高温高压状态下抽丝成型，用于生产发动机复合纤维壳体。1995年初夏，徐凡平参加工作第五个年头，遭遇了意外事故。

那天，徐凡平与几位同事检修压力容器，由于一位工人操作失误，导致容器中的高温化工品四处喷溅，在场人员都被烧伤，徐凡平的伤势最为严重。

单位立即将伤者送往西安市东郊的唐都医院，伤者家属也被接到医院。温荣书见到被严重烧伤的二儿子时心如刀绞：“我努力控制自己，没在他面前掉眼泪。”每遇大事，温荣书都出奇的冷静，她知道此时的眼泪会摧毁儿子，她不能让儿子感到绝望。

“他的烧伤情况很严重，你们家属要有思想准备，”医生对徐桂林、温荣书夫妇说，“前几天有一个烧伤百分之三十的，没抢救过来，你们这都百分之六七十了……”抢救室紧闭的大门里面，重伤的儿子生死难料，这是一个家庭最艰难的时刻。温荣书点点头：“知道了，您尽力治疗，结果我们都接受。”

在手术通知书上签下自己的名字时，温荣书的眼泪止不住地涌了出来。夫妇二人默默工作几十年，一生最好的年华都献给了中国的航天事业。如今，儿子也为国家的航天事业，命悬一线。在手术单上签名时，只有他们才能体会，“献了终生献子孙”是何等的悲壮。

经过救治的徐凡平奇迹般地度过了危险期，并以超强的毅力挺过了漫长的康复期，终于走出了医院。被严重烧伤的面部和全身，经过多次皮肤移植手术，修复颇为成功，但也难以恢复到从前那般英俊的相貌，身上移植的皮肤没有汗腺，每到夏季都颇为痛苦。和哥哥一样，徐凡平康复后便回到工作岗位，依然在生产一线从事本职工作，依然是车间里的技术骨干，依然参与了各项重大任务的生产。如今，他已是国家高级技师。

多年以后再讲述这段往事时，温荣书眼睛一直望着对面的墙壁：“干我们这行的，就要有为国家牺牲的精神，国家才是第一位的，没有国哪有家？”墙面上挂着全家福，照片上11口人，除了三个还在上学的孙子辈儿，其他8人都在四院工作，其中5人曾参与过有害或高危工作，2人因此落下伤病。

在航天四院的大院儿里，面部、身体上留着烧伤疤痕的职工有几十位，肢体残缺的也有十几名。这些普通的工人，从事着危险的工作，忍受着巨人的痛苦。而他们，依然是幸运的，在60多年的固体发动机研制工作中，先后有无数人壮烈牺牲！

航天四院大院儿里随便敲开一扇门，屋里主人都会讲出常人难以想象的亲身经历。他们中的绝大多数人都没有获得过奖章，但他们都用自己的青春、自己的生命为中国的航天事业默默工作。他们以自己的心血和生命为代价，换来“撒手锏”的列装，换来“航母杀手”的服役，让中国拥有了近、中、远程导弹的全射程覆盖能力，拥有了维护国家安全的“打狗棍”。但时至今日，外界也不知道他们的名字，更不知道他们曾为中国航天事业和国防安全做出了多少奉献，付出过多大的牺牲。他们是一群功勋卓著的“国家隐士”。

微信圈里曾流行一句话——“哪有什么岁月静好，不过是有人替你负重前行”。四院大院儿里这些普普通通的职工，就是那些隐姓埋名负重前行的人，他们是这个国家真正的脊梁。

铸剑之魂

1999年10月1日，共和国50华诞，四院家属区的道路上空空荡荡，职工和家属们都守在电视机旁，观看天安门广场举行的盛大阅兵式直播。这场被称为“世纪大阅兵”的盛典中，一款最新装备部队的远程战略导弹引起世界的关注，它标志着中国拥有了高机动性的“撒手锏”。

那款“撒手锏”上，就装备着航天四院研制的发动机。虽然四院职工们距离天安门广场千里之遥，虽然只能在电视屏幕上看一眼他们亲手制造的发动机，虽然没人知道他们的存在，但那依然是他们最骄傲、最自豪的时刻。滚滚驶过天安门广场的“撒手锏”里，有他们的智慧、辛劳和汗水，有他们几十年隐姓埋名的默默奉献，有他们牺牲同事的英魂。

“导弹方阵出来的时候，我们家那口子（徐立平）一下就站起来了，指着屏幕说，那个发动机就是我整的型！”梁远珍说着就笑了起来，“我当时就给了他一个白眼儿，跟他说，那里边还有我们贴的绝热层呢！”

徐立平当然知道，发动机从设计、到生产、再到试验，数十个环节、上千道工序，四院的每一位职工都为之付出心血，每一个岗位都不可或缺。但见到“撒手锏”隆隆驶过检阅台，他就控制不住的兴奋，因为他与这款发动机有着“最深入的亲密接触”。1989年，他钻进发动机壳体内挖药，并中毒卧床几个月，就是为了研制这款发动机。

这项研制工作艰难曲折，此后又耗费10年时间，一直到“世纪大阅兵”前几个月才取得成功。10年之间，徐立平又经历了多次类似的挖药过程：“都是因为出现缺陷，必须从内部挖药查找原因。我们组那时的任务就不单是整形修整了，所有的缺陷取样都是我们自己来完成。”

身为组长的徐立平要第一个钻进去画线操作：“那时候，我基本上感觉不到紧张了，如果带头的都紧张，这个活就没法干下去了。”事实上，与他第一次钻进发动机挖药的经历相比，后来的那些挖药取样经历更加惊险。

为了让设计人员分析缺陷原因，他曾在壳体和推进剂之间的绝热层上打孔取样，取样部位距金属壳体仅5毫米，稍有不慎就可能钻到壳体，产生的火星或摩擦热量将导致推进剂燃烧爆炸。他进行细致测量和试验，确定打孔部位及钻头安全转速，一次打孔即准确取出预定样块，顺利找到了病灶。他还曾将整块推进剂挖出来，以便设计人员进行缺陷分析；还曾从外部将非金属壳体打掉查寻脱黏缺陷……

挖药后对缺陷部位重新灌浆修补工作依然由他们操作，徐立平总结修补经验，研发出新的技术手段，解决了灌浆易产生气孔的难题。多年间出现缺陷的发动机，挖药及灌浆修补均一次成功，保证了研制工作的顺利进行。

2018年，徐立平已经从事药面整形31年。这期间，7416厂从蓝田县山沟搬迁到了西安市东郊，整形组也分分合合地调整重组了几次，不变的是整形组组长一直由他担任。这些年来，他参与了所有国家重点型号的研制、生产任务，每遇新型重点型号的整形，都必须由他进行首件操作后，才能工艺定型。“神舟”飞船逃逸发动机药面整形时，他被指定为唯一的操作者。而经过他整形的产品，合格率达到百分之百。

“发动机生产任务年年增长，型号也越来越多。现在整形组一个星期完成的工作量，就相当于我刚上班时一年的任务量。”徐立平也有感到累的时候，但“每一次看到‘神舟’飞船上天、嫦娥探测器奔月，‘撒手锏’武器走过天安门广场，心中那种自豪感是任何事情都换不来的，觉得自己付出的一切，都值得”！

随着科学技术的发展，药面整形也由全手工操作逐渐向机械自动化操作转移。徐立平并没有固步于手工操作，他紧跟时代变化，积极参与新技术的研究探索。

“神舟”飞船逃逸发动机试制生产时，高燃速药柱整形采用手工操作，后来改为远距离机械自动化操作。徐立平全程参与这项技术革新，他上学和工作后就没有接触过电脑，此时却开始苦学数控机床编程语言，逐渐掌握了相关技术，实现了数控整形技术的实际应用，在提升操作安全性的同时，工作周期也缩短为原来的1/3。

为实现大型发动机内孔复杂型面远距离机械整形，四院与相关厂家联合研制大型立式整形机。徐立平根据多年工作经验，提出20余项改进建议，完善了设备安全保障系统，使该设备顺利通过集团公司技术鉴定。“我最大的愿望，就是自动化操作取代手工操作，提升安全性。所谓的工匠，并不是有精湛手工操作技术的人，而是有一颗不断钻研的匠心，能紧跟时代发展，掌握最先进技术，更快更好更精确地完成工作的人。”

2017年4月，徐立平被中宣部授予“时代楷模”称号，而他却因获得这一称号而感到不安。接受媒体采访时，他说：“我只是做好了自己的本职工作，与‘时代楷模’的称号还有很大差距。我是‘航二代’，父辈们参与了创业期的中国航天事业，他们经历了各种艰难困苦，才一步步走到现在。但几十年来，大家都是这样坚持了下来，没有人想着要放弃。我是在耳濡目染中，传承了‘航天精神’。”

他这样说，并非客套谦虚。因为在他身后的航天四院大院儿里，有一群默默无闻的时代楷模。

湾区袁庚

◎文/罗亚平

1980年的春节转眼就要到了。

这一年，袁庚夫妇在广州过的春节。这也是蛇口工业区建立以后，袁庚一家在南方城市少有的一次团圆。袁庚打算带着一家子回趟深圳大鹏，他对儿女们说："过两天我们去大鹏，回老家！你们终于可以回到祖辈生活的地方了。"

初一这天，袁庚一家人一路颠簸，好不容易回到了蛇口，住进了蛇口工业区临时搭建的十分简陋的招待所。

湾区渔民出海有敬妈祖的习惯。如今还幸存妈祖庙的地方，一定是当年大南山脚下的渔村。不仅如此，当年蛇口公社的蚝民祖屋内都会张贴一幅毛边纸印制的妈祖像。蚝民们始终相信，善意的妈祖正殷切地探视着人间的一切，一定会保佑蚝民们的今生与来世。袁庚从屋子里叫上儿子袁中印，走到招待所附近的海湾村，挨家挨户去给蚝民们拜年。初一下午的拜年对袁庚触动很大。

站在一户蚝民的家里，海风从板壁的裂缝中呼啸穿过，吹得袁庚不由得打了几个寒战。蚝民家里的摆设，仅有一张看不清颜色的木桌，几张木条凳子，一架木梯靠在阁楼上，顺着木梯爬上去就是床。这就是日复一日、年复一年海上漂泊，养蚝的蛇口渔民寒酸而温暖的窝。

"你是……是……团长？"袁庚的眼睛刚刚适应了室内的黯淡，房子中央一位50多岁的蚝民突然试探性地趋身向前。他的身高足足矮袁庚一头，一双大眼睛清澈明亮。

"我是开发建设这里的招商局蛇口工业区的袁庚，来给你们拜年来了。"

袁庚嗓门很大，中气十足，却不洪亮，略带沙哑，说的粤语中夹杂些大鹏客家话的口音，蚝民们都能听懂。

“没错，就是你，你是……团长，是解放我们的团长啊！”小个子男人兴奋起来，声音颤抖着，像海底被惊醒的石斑鱼，“这么多年了。你……你怎么才回来?！”

“你……你是……”袁庚一时想不起来对方是谁。

“你忘记了？”矮个子男人似乎有些得意自己的记忆力。他激动起来，脖子上的青筋兴奋地蹦着。

“1949年，解放军攻打大铲岛，我驾船运过兵。打完仗，你开了一张放行条让我回家，还另外赠送我一包美国香烟。”

“我想起来了，想起来了，是你啊！”被回忆迅速点燃的袁庚兴奋不已，大步上前紧紧抓住这个男人的手，热烈地摇晃着。

31年前的深秋，担任两广纵队炮兵团团长的袁庚奉命带领部队攻打大铲岛，解放了这片土地。

“团长，我是……屈椿华……”当年的船工和当年的解放军团长执手相望，无语凝噎。

袁庚再次缓缓地扫视全屋，内心像有什么东西在坍塌，又似乎有什么东西在撕裂。脑海中深藏的记忆，再一次把他拉回到当年曾许下的诺言，31年，命运多舛的他不得不面对眼前的现实，再次无言以对。

《蛇口工业区，一根“试管”的诞生》《袁庚传》中都提到了当年的炮兵团长重返蛇口的故事，传记作家涂俏对袁庚的这次相遇写得更为细腻。蚝民屈椿华过了31年之后，还对他这位当年的炮兵团长充满着期待和热盼，袁庚更觉得肩上的担子有千斤重。

地图“圈”出试验田

1978年6月，已过耳顺之年的袁庚，正思谋着“船到码头车到站”，退休养老，却突然临危受命，接到了交通部长叶飞给他的一项特殊任务——赴部属香港招商局检查工作，做些现场调研，在此基础上总结并提出进一步搞好香港招商局的意见和想法，给交通部提交上一份报告。几个月实地调研之后，交通部直接任命袁庚为招商局集团常务副董事长，让这位经历抗日战争烽火、解放战争炮火洗礼的老党员再挑重担，实施重振百年招商的计划，寻找迅速突破原有管理的条条框框，让这艘百年招商的轮船愈行愈远、愈行愈稳健的办法。

经过深思熟虑和激烈的思想斗争，袁庚接受了组织的安排，重新“复出”。

还在调研期间，袁庚请时任招商局集团办公室副主任梁鸿坤喝早茶，就透露出要在内地找一块地方建立一个后勤服务基地或出口加工区的想法。重振百年招商，必须继续立足于传统的船务业务，而先到香港招商局的梁鸿坤更加清楚：香港招商局要拓展主业，土地就是一个难题，狭窄的香港早已一地难求，且香港招商局账面囊中羞涩，捉襟见肘，即便跑到澳门，也同样买不起澳门的地。一组数据显示：1978年香港土地价格之高，仅次于日本东京，中心区每平方英尺地价已达1.5万港元，郊区工业用地也达到每平方英尺500港元以上。

彻底断了在香港、澳门买地的念头后，袁庚想到了香港屯门对岸的湾区。那一大片海滩，袁庚再熟悉不过。香港调研工作结束，在叶飞的支持下，袁庚以交通部党组名义执笔起草了一份重振招商的构想，向中央上报了《关于充分利用香港招商局问题的请示》（以下简称《请示》），希望能利用香港招商局这个现有平台“立足港澳、背靠内地、面向海外、多种经营、工商结合、买卖结合”，争取在5~8年内将招商局发展为综合型国有大企业。仅仅三天时间，即1978年10月12日，这份《请示》就获得党中央和国务院的批准。

朝夕相伴的东方明珠——香港，是袁庚一生不能放下、无法不回头的地方。香港对岸的大鹏半岛，是袁庚的出生之地，难以割舍。耳顺之年，袁庚才真正明白：他的根就在毗邻深圳的珠江口，在珠江口那片大湾区，那里曾留下过战火和硝烟，还有生生不息的理想和追求，以及他对故乡的眷恋。

我曾经反复追问过袁庚的“智囊”梁宪、蛇口工业区的接班人顾立基、蛇口工业区教育事业的奠基者陈难先校长一个共同的问题：袁庚在他61岁的时候，为什么会选择蛇口，而不是他的出生之地——广东省宝安县大鹏区王母圩水贝村（现为深圳市大鹏新区水贝村）呢？因为没选择大鹏，袁庚当年被乡亲，甚至自己的堂叔戳脊梁骨。最后，隐隐我得出了一个结论：袁庚选择蛇口，不只是因为他发现了“蛇口”这个地名，而是因为他研究透了一张香港地图。其实，袁庚心里早已有了重振百年招商的谋略和计划，这得益于他这几个月扎实的调研和考察。

袁庚回忆起来，他这一生做过的最正确，也最伟大的两件事情，一是抗战时期，和盟军情报部门合作，加速了第二次世界大战结束的进程；二是人已花甲，还砥砺奋进，去创办蛇口工业区，成为改革开放建设的“领头羊”，让百年招商迎来第二春，为中国的改革开放探索出了可资借鉴的成功经验。

正是袁庚这种敢为人先的创业精神，使深圳南头半岛上的蛇口最终成为中国改革开放的第一根“改革试管”，形成“蛇口模式”。先有蛇口，后有深圳，蛇口是“特区中的特区”，是改革开放的排头兵，这是不容置疑的。

蛇口公社在南头半岛上可以说是“微不足道”，当年国内出版的行政区划地图上根本就没有标注“蛇口”地名，为了筹备建立出口加工区，袁庚在香港找到了一张标注有“蛇口”的香港版地图。

1979年1月3日，香港招商局代交通部、广东省革委会起草了致国务院的《关于我驻香港招商局在广东宝安建立工业区的报告》。报告提出：初步选定在广东省宝安县蛇口公社建立工业区，以便利用国内较廉价的土地和劳动力，利用国外的资金、先进技术和原材料。

1979年1月31日上午，袁庚北上汇报，李先念副主席、谷牧副总理听取了香港招商局关于建立蛇口工业区、改革开放先行一步的想法和计划。袁庚伺机递过去他从南方带来的这张香港地图，李先念用铅笔在地图上重重地画上了两条大杠，大笔一挥想要将整个南头半岛都“圈”给袁庚。袁庚双手一摊，表示无法承接，他只请求一小块荒滩，用来做改革试验，因他考虑到万一改革试验失败，对当时整个国家的政治影响和经济损失可以忽略不计。

这毫不起眼的2.14平方公里荒滩，正是李先念最后落笔的位置，面朝深圳湾，西邻珠江口，背靠大小南山，与香港元朗和流浮山隔海相望，它只是蛇口公社的一小部分。袁庚从香港找来的这幅地图此后就一直珍藏在招商局历史博物馆中，地图上铅笔圈画的面积相对于中国这个雄鸡般幅员辽阔的国土，不到粒米大小，但就是这样一个核源，成为中国改革开放核当量的爆发点。潮起南海，波撼中国大地。

1979年1月31日这一天，也成为中国第一个对外开放的工业园区——招商局蛇口工业区的诞生日。

这块荒滩，除了川流不息逃港的人流、日夜奔腾的潮涨潮落，当年可什么都没有。电信光纤、电力、仪器设备、资金，还有用来发薪的港元，都是从对岸的香港那边“借”过来的。如果不把珠江口湾区的资源“整合”好，千亩荒滩变“良田”可能永远是痴人说梦。袁庚运用他超凡的政治智慧、高超的腾挪之术，让腥臭的蚝田逐渐变成了东方版的“夏威夷”，变成了美丽的国际化滨海城区。这是一种历史沉淀和经年积累的“火山喷发”所形成的聚合效应，而这个舞台就是地图上圈出的位置——蛇口。

面前这张早已发黄的香港地图照片，我不知道看过多少遍，三年时间里穿街走巷，寻人问古，先后去过5次深圳博物馆、4次招商局历史博物馆，终于复制下这幅有重大历史意义、大分辨率的香港版地图。

蛇口湾区炸惊雷

袁庚一生情系湾区，不限于香港和蛇口。

1944年，根据东江纵队和美国互换情报的协定，双方在广东罗浮山设立联合机构。一件意想不到的事情发生了：日本在亚洲最精锐的部队，129师团代号“波雷部队”在湖南衡阳大肆掠杀军民后，突然消失得无影无踪。盟军每天用3架电台形成交叉网络，也没有追踪到任何信号，杳如黄鹤，无影无踪。

“波雷部队”到底去哪儿了？

1987年9月，美国联邦宪法诞生200周年纪念活动在美国的费城举行，这次意义非凡的纪念会上，出人意料的是费城邀请了一位跟美国历史看起来风马牛不相及的中国人出席。

这位中国人的名字叫袁庚，时任招商局集团常务副董事长，但这次他并不是以公务身份出席活动，不代表招商局集团。会上，时任美国总统里根特别强调了对袁庚的衷心感谢，感谢他为美国和世界和平做出的杰出贡献。

参加活动的人都摸不着头脑，随后西方媒体才恍然大悟。

原来1945年3月美军已经在大亚湾和汕头沿海一带选择盟军登陆的滩头地，准备建立反攻基地，实行对日大规模战略轰炸，迫使日本尽快投降。

袁庚负责的情报体系东江纵队联络处，侦察后有两个重大发现：第一，发现并绘制了日军在汕头沿海和东山岛构筑的工事。美军情报部门通过鉴定，发现这和日军在塞班岛修建的洞穴工事一模一样。第二，在广州、东莞发现“波雷部队”，秘密在广东沿海湾区一带集结完毕。

袁庚的情报准确有效，帮助盟军及时终止了在东南沿海登陆的“诺曼底计划”，避免了盟军重大伤亡。

1945年8月15日，日本天皇下诏，接受波茨坦公告、宣布无条件投降。9月，袁庚以东江纵队港九大队上校身份，被派往香港与英方就港九游击队撤离九龙半岛问题进行磋商，被委任首任驻港办事处主任。

几年之后，袁庚以炮兵团长身份第一次带领部队解放了宝安县大、小铲湾岛。这就是屈椿华31年前第一次见到炮兵团长袁庚的历史大背景。

可以说，袁庚在南海珠江口湾区都留下了深深的足迹，是革命的一生。

从宝安县南头古城向南不到10里地，是一片荒凉的海滩，这里是蛇口，也就是40多年前的蛇口公社。

蛇口有一个美丽的传说：远古时期，后羿射下8个太阳，第9支利箭出弓，射中一条巨蟒，巨蟒应声从天而落，蛇身化作弯弯曲曲的海岸，蛇头落在了南海边，成了弯曲而美丽的“蛇口”。

蛇口很小，只巴掌大，位于南海前哨，大珠江口湾区。1978年初，蛇口公社只有200多户、2000多个渔民，不算规整的几条乡间街道仅有几家杂货店。渔民世代依靠打鱼养家糊口，天天过着“日出而渔，日落而息”的生活。新中国成立不久，蛇口成了边防禁区。荒滩纵横、滩涂绵长、湾区曲折，给管理带来一定难度，这里一度成了“逃港”的海上首选要道。

1979年7月，30多岁的梁宪第一次从香港坐船来到蛇口渔民码头。作为交通部派往香港招商局工作的外派干部，梁宪加入蛇口工业区的建设当中。斗转星移，调入香港招商局的梁宪一直紧跟袁庚，被外界视为袁庚的“智囊”和“大脑”。如今梁宪老人满头白发，但精神矍铄，说起蛇口的故事、湾区的变化，更是侃侃而谈，我们的访谈持续了6个小时。

梁宪说，40年前，“逃港”使蛇口这个边陲小镇实实在在抬不起头，其实，袁庚所看到的屈椿华家的窘迫并不是个案。

南头的村落十室九空，蛇口公社只留下一些妇幼老孺。“死后，连骨灰都不要吹回这边来！”一个逃到香港的蛇口农妇留下了这样一句狠话。因“逃港”，蛇口水湾村一带几乎成了孤魂野鬼出没之地，谁都躲之不及，谈虎色变，只有袁庚敢选择蛇口，选择这块当时还十分荒凉的湾区，其实，袁庚也做好了万一失败的打算。

1978年4月，习仲勋主政广东。上任伊始，习仲勋同志就提出到“最乱的农村”去，与逃港者开放交流。并得出最终的结论：“这些人外流，是人民内部矛盾，不是敌我矛盾，经济搞好了，逃过去的人又会跑回到我们这边来。”但谁来实践呢？这是一个问题。

袁庚创立蛇口工业区，就是要将老一代革命前辈急于改变窘迫的现状的心愿变为现实。1978年10月，结束前期调研的袁庚被交通部直接任命为香港招商局常务副董事长。那一年，袁庚61岁。

再返南方之后，听闻势不可当的大规模的逃港潮，走上香港招商局领导岗位的袁庚十分心痛。那些因逃港而不幸遇难漂浮蛇口海面上的尸体中也有他的乡亲，这些可怜的逃港者中不少人就是为了有一口饭吃铤而走险。带着孩子们回到大鹏老家，睹物思人，而意外地和船工屈椿华重逢，更让袁庚心潮澎湃，百感交集。

1979年7月8日，由袁庚主导，广东省宝安县蛇口公社炸山填海，在大南山下、微波山边打响第一炮，蛇口工业区基础工程正式破土动工。“开山第一炮”如同春雷炸响神州，成为改革开放的启幕乐章。

四十多年前的改革开放开山第一炮犹在耳边震响。

睹物思人，回首往事，当年侦破日军“波雷”情报之事，“文革”期间却成为袁庚“里通外国”的最大罪证，他被不明不白投进秦城监狱，一关就是五年半。1973年，在周恩来总理亲自过问下，袁庚才得以走出监狱，恢复工作。如果没有共产党人的自觉自醒、改革开放的纠错容错机制和中央的大胆放权，他这个当年的情报官和解放大铲湾的炮兵团长怎么会有第二春呢?!

梁宪唏嘘不已。

迎春花开“明华”轮

执掌香港招商局不久，袁庚深切体会到香港的时间观。

袁庚到香港做的第一单生意就是：6180万港元购买香港中环干诺道上一幢24层大楼，购楼先交付预定金2000万港元。买卖敲定的时间刚好是周五工作时间。香港招商局财务原想下班前交支票，然后双方一起聚个餐，对方却坚持要下午2时前交支票。双方签字交钱后，对方有3人匆匆下楼，跳上了没熄火的汽车，直奔银行而去。

袁庚后来回忆说：香港周六、周日银行不开门，如果不在周五工作日下午3时前将支票递进银行，2000万港元预定金就要损失3天的存款利息，按当时的利率是几万港元。而在当时的香港招商局，支票在家过夜是常有的事。我们不按市场规则办事，而人家完全遵守市场规则，视时间为金钱，这就是一个活生生的例子。

这个例子如果还不能说明问题的话，不久在蛇口工业区开发过程中，4

分钱奖金惊动中南海的故事，更能说明时间和金钱的关系。

1979年8月，蛇口工业区首项工程——蛇口港通过公开招标，交由交通部四航局承建，此举也开创了全国工程招标先河。因为码头建设直接关系到招商引资进度，直接影响到工业区建设的效率，耽误一天，就是一天的损失，工期特别紧。袁庚向承包方提要求说："诸位一定要记住，你们跟我们订立的是工程合同，是招标承包的，提前有奖，大家皆大欢喜，但延期要罚，谁也逃不掉。"四航局虽然用的全部是从日本进口的新的挖土机和翻斗车，但是吃惯"大锅饭"的工人一开始每人每天只能运20~30车，严重影响了施工进度。为调动工人积极性，四航局实行定额超产奖励制度，完成定额，每车奖2分钱，超定额者，每超一车奖4分钱。司机的积极性立即被调动起来了，人均每天能够完成80车的任务，最多的一人一天完成了130车，一个勤快的工人月收入已远超过工业区当时的中层干部了。工地上热火朝天，日夜加班。

然而，这个行之有效的奖励制度很快被上级有关部门勒令停止，理由是为了纠正滥发奖金的倾向。为了将这一制度继续推行下去，袁庚请来新华社记者写了题为《关于深圳市蛇口工业区码头工程停止实行超产奖，造成延误工期，影响外商投资建厂》的内参。

4分钱的"官司"就这样通过新华社内参，一直上报到时任总书记的案头，经批示，才重新恢复超定额奖。随后，司机的积极性重新被调动起来，工程提前完成了，为国家多创造产值达130万元，而工人的奖金只占他们多创产值的2%,承包方也因此得到了30万元的奖金。

1980年3月，在从香港横跨深圳湾到蛇口的招商局8号交通艇上，袁庚草拟了"时间就是金钱，效率就是生命，顾客就是皇帝，安全就是法律"四句话。一星期之后，一块三合板做成的用红漆写着以上标语的牌子，竖立在蛇口工业区指挥部楼房前。两三天后，三合板被当地农民拆掉当柴烧了。

又过了大半年，袁庚在圆坛庙培训中心讲课，再次谈及海上草拟的这四句话，讲述思想观念层面的解放。年底，在蛇口最热闹的商业街，又竖起一块一人多高的标语牌："时间就是金钱，效率就是生命！事事有人管，人人有事管！"引起蛇口工业区员工的关注。

“时间就是金钱，效率就是生命”这句口号是袁庚从实践中悟出的真知，这个体现市场经济规律的口号就像“一道划破长空的闪电”，在当时极具争议，不理解的人骂袁庚“比资本家还狠，资本家要钱，袁庚却既要钱又要命”。

1981年3月28日，谷牧一行视察蛇口，乘车也看到了“时间就是金钱，效率就是生命”的标语牌，边看边念。袁庚在一旁说：“写标语时，我就准备戴帽子了。”谷牧笑而不答。

在蛇口工业区引进外资、仿效香港的模式搞建设，袁庚的做法也非议颇多，1980年初就在内地引起了广泛的争议，蛇口到底“姓资还是姓社”，为啥外资企业老板可以随意开除掉工会的职工。有记者甚至当众质问袁庚，你们蛇口搞的到底是资本主义还是社会主义，国内一些报纸刊发了诸如《租界的由来》等文章，含沙射影，把包括蛇口在内的经济特区比喻成当代“租界”。工业区内工人发的一多半都是资本主义的港元，社会主义的痕迹在这片刚开发的处女地，到底又体现在哪里呢？中央一些部委、直接分管的交通部三天两头派出工作组来蛇口工业区检查工作，无形中也给工业区管理层增添了压力。

在中央书记处会议上，谷牧坚决反对上海某报发的《旧中国租界的由来》作为中央文件的附件。一个月后，谷牧再次视察蛇口，以行动支持经济特区。作为蛇口工业区创始人的袁庚，在当时严峻的形势下，为了不牵涉中央领导，私下将刚竖起的牌子悄悄拆掉了，这种忐忑的心情一直持续到1984年迎春花开的时候。

得知邓小平同志南方视察，袁庚部署蛇口工业区顾问许智明与工业区副主任余为平安排工程公司连夜加班，在深圳市区拐进蛇口的必经之路上，埋设水泥柱子，把“时间就是金钱、效率就是生命”做成大幅标语牌挂起来，袁庚当时说“我要让首长路过时看到这块标语牌”！

一位还在蛇口工作的前基建工程兵复员军人汪力群详细记叙了小平南方视察这难忘的一幕幕。

1984年1月26日，乍暖还寒，蛇口工业区的迎春花早已绽放，一簇簇花朵在温润的海风中轻轻地摇曳，像是在翘首期盼着春天的到来。

这一天，小平同志视察蛇口，从深圳市区出发，先后抵达蛇口华益铝厂、微波山、工业区大厦（原蛇口客运码头边上，由叶剑英题名）、“明华”轮。

上午10时30分，由20辆各式车辆组成的警卫车，鱼贯驶入。身着灰色中山装的邓小平同志从车上走下来，精神矍铄地向迎接他的人群挥手致意，整个“海上世界”广场欢腾起来了。小平同志向大家致意后，与袁庚及其他领导同志一起，由“明华”轮后甲板舷梯口登上主甲板，又从左舷廊走进“明华”轮中央大厅，再乘电梯上船首的船长室休息。

“明华”轮是当时中国最大的海上游乐船，也是中国第一艘由大型邮轮改建的旅游中心。小平看到船长室装饰、陈设非常豪华，不肯进去休息，要求换一间设施简单点的舱室休息。客房部经理立即将他们迎到隔壁大副室，小平同志这下才满意，用浓重的四川口音与前来汇报工作的省、市领导交谈起来。

这一天是小年，邓小平、杨尚昆、王震等国家领导人及刘田夫、梁灵光、梁湘等省（市）领导，在龙凤餐厅与邮轮员工一起过小年，小平同志十分高兴，喝了三杯茅台酒。主宾席旁边有张写字台，袁庚早就叫人备好了文房四宝。

席间，“海上世界”总经理王潮梁突然想起“明华”轮还没挂牌，便提出想请领导题一个词，让副手赵艳华去请示，小平同志欣然同意。他起身走到写字台前，拿起毛笔问：“写什么？”

王潮梁脱口而出：“海上世界。”

小平同志凝神运气，大笔一挥，“海上世界”四个遒劲的大字跃然纸上，落款一完成，周围响起一片掌声。

午餐后散步时间，小平同志在袁庚引导下参观了“明华”轮一些主要地方，称赞“明华”轮即将开业经营的理念和方向。在沿着左舷走廊到船后部主甲板时，小平同志拿起工作人员递过来的望远镜，驻足瞭望蛇口工业区全貌。一阵和煦的微风从海面吹来，轻轻扬起他花白的头发，老人投向远方的炯炯目光，紧闭的嘴唇透出无比的坚毅和自信。其中还有一个十分关键的细节，船舷上站岗执勤的汪力群队长无法细说其详，这就是在休息期间，小平同志对“时间就是金钱，效率就是生命”作出肯定的表态。

在“明华”轮视察期间，袁庚向小平同志汇报开发蛇口有一个12个字口号“时间就是金钱，效率就是生命”。小平同志小女儿毛毛附在父亲的耳朵旁说“看到了”，小平同志用四川话回答说“对”。不过大家听到、后来记录下来的都是：邓小平非常肯定，说这个标语提得“好”。当年担任蛇口工业区办公室主任的顾立基做了全程记录，这份珍贵的文献现在静静地存放在招商局历史博物馆内。

1984年2月24日，小平同志回京，在召集相关中央负责领导人开会时说：“这次我到深圳一看，给我的印象是一片兴旺发达，深圳的建设速度相当快……深圳的蛇口工业区更快，为什么？无非是给了一点权力。他们的口号是‘时间就是金钱、效率就是生命’。”这段讲话被收入《邓小平文选》第三卷第51页。

“时间就是金钱、效率就是生命”成为改革开放40多年来最为响亮的口号。这个从1981年起在蛇口工业区竖立起来的口号，连同着深圳国贸大厦三天一层楼的“深圳速度”，传遍了中国大江南北，影响了几代中国人。1999年，国家历史博物馆派人专程到蛇口工业区，找到最初的标语牌照片，把照片带回去，作为中国改革开放最有价值的时代文化坐标记录之一，永久收藏，这就是蛇口工业区观念解放的里程碑事件全过程。

南山脚下群贤聚

通过网络，我采访了一位远在几千里之外的云南瑞丽的老蛇口人：“你认识顾立基吗？”

他懵然道：“不认识。”

我补了一句：“蛇口的顾立基！”

他恍然大悟：“呀，我的老领导呀！”

岁月可以磨蚀掉许多东西，唯一磨蚀不掉的是蛇口标签、蛇口记忆！真正将蛇口和顾立基联系起来的这个人，就是“蛇口之父”袁庚。

1982年，乍暖还寒的初春，一群清华学子还躲在被窝里，宿舍门“吱呀”一声被推开一道缝隙，一位老者的头伸了进来，又缩了回去。早醒的室友以为是谁的父亲或者宿舍看门的大叔，赶紧去拉门，急问了一句：“您找谁？”

老者答道：“我找顾立基。”

顾立基被唤醒，问老人：“您是谁？”

老者答道：“我是袁庚。”

此刻，宿舍楼下摆放着一部破旧自行车，初春风劲，差点把它刮倒。顾立基在这样一个早晨，被一位骑自行车过来的花甲老人不到半小时激情澎湃的讲话所打动，义无反顾地来到了中国南部一个荒滩上，去进行一场前无古人的改革开放试验。袁庚，一位副部级领导去一个大学挖一位刚要毕业的学生，可见袁庚多么求才若渴。

如今，在炸响开山第一炮的蛇口五湾附近，伫立着一尊袁庚全身塑像。2020年7月21日，我匆匆忙忙赶到这里，跟袁庚当年选定的蛇口工业区接班人之一、古稀之年的顾立基见面，咖啡厅、海边散步两项顾立基让我随便挑选，我毫不犹豫地选择了后者。顶着正午30多摄氏度的高温，两代人在海滨栈道上徜徉，边走边聊。

在蛇口海滨栈道上，我反复想寻找一个答案，在蛇口干部管理培训班二期开学典礼上，招商局新任常务副董事长袁庚说：是我把大家“忽悠”到这穷山恶水的地方来的，大家会不会怪我呢?！可为啥顾立基认为袁庚当年并没有“忽悠”他们这群不谙世事的年轻学子？

1978年12月26日，袁庚带领招商局一行人乘坐“海燕8号”交通艇从香港中环码头来到蛇口，交通艇在半截残破的突堤前靠岸。

当时蛇口既无像样的边防检查站，也无像样的海关，只有一个穿制服的海关关员，叫李发辉。李发辉左手拎着的一个公文包，就是蛇口“海关”当年全部的家当，这足以说明这里是广袤的中国海岸线最不足挂齿的海关。一眼望去，当年这里其实就是军事禁区、政治边防。除了海上往来的“疍家女”，或已洗脚上岸、定居内地的百十户人家，当年漫长的海岸线，可以说是一个鸟不拉屎的荒野之地。

蛇口工业区设立之前“一无所有”，就是一个荒凉的小渔村。除了一个提包的“海关”，后人记载中还有这样一个故事：

一个香港青年过“一个人提包的海关”时，填写“职业”时犯了难。他是香港的“测量师”，但是内地那时不但没有“测量师”这个职业，也没有几个人知道这是个什么职业。没有办法，边防检查站给他填上了“工人”。年轻人到了深圳，帮助蛇口进行空间规划，帮助袁庚培训企业管理干部。几十年后，这位年轻人成了香港的特首，他便是梁振英。

梁振英作为香港“促进现代化专业人士协会”的会员，当年来蛇口工业区义务工作。这个协会由香港律师廖瑶珠等于1979年发起成立，当时共有20多位香港专业人士，包括经济学者、律师、工程师、会计师、建筑师、测量师等。梁振英就是蛇口干部管理培训班的兼职教员。

跟顾立基前后脚来蛇口的，有一个人不得不提，这个人就是改革开放后全国第一个“招聘干部”王潮梁。

1981年，王潮梁还是长江航运管理局科研所的一名技术人员。8月，香港招商局在全国公开招聘一批干部到蛇口工业区工作。透过一纸招聘书，王潮梁看到了一个施展所长的大舞台，毫不犹豫地报了名。经过两天考试，王潮梁在50多名应聘者中成绩名列前茅，不久就接到蛇口工业区的录取通知。放在现在，这次应聘应该可以说功德圆满了，然而放在40年前，被录用了并不代表就能顺利入职。

“我是硬着头皮去找长江航运局科研所的领导汇报。”王潮梁回忆道，领导一听就怄火，坚决不肯放人。

就在王潮梁一筹莫展的时候，深圳这边也在为他的调动多方奔走，得知武汉那边的情况，袁庚发了话：“不知王潮梁有没有胆量，武汉不肯放，就辞职，蛇口欢迎他！”

那一刻，王潮梁已经做好了辞职的准备，经过香港招商局的多方协调，1982年王潮梁终于如愿来到蛇口工业区工作。

1983年，王潮梁被任命为“海上世界”总经理。

同样是蛇口工业区招聘过来的干部，陈难先说过：“蛇口工业区初建，再苦不能苦孩子，再穷不能穷教育。”

1983年初，蛇口工业区要组建一所学校，找到刚来工业区的陈难先，想请他出任校长。蛇口工业区成立时间不长，人还不多，翻遍干部档案，只有陈难先是唯一在中学和大学都教过书的人。一开始，陈难先婉拒了，工业区人事部的干部就一次次地拜访陈难先，前后去了七八次，盯着要他答应。最后，陈难先妻子在家里说了："你就不要摆臭架子了，答应了吧，诸葛亮才被'三顾（茅庐）'，人家顾了你七八回了，你还不答应？"就这样，在"里应外合、上下施压"下，陈难先接下了这副重担。

陈难先给我讲了一件事情，育才学校开学在即，有一次他到湖南长沙去招聘教师，和一位想来的高级教师一拍即合，蛇口太有吸引力，工资待遇是内地的好几倍，而且多半发的是港元，但长沙教育主管部门死活不肯放人。湖南的梅雨季节，大雨倾盆，陈难先校长被淋了个"落汤鸡"，他提着一双皮鞋，赤脚去赶下一班火车北上，这位教师相送，甚为感动。这位教师虽为体制所限，南下蛇口没有成功，但若干年后，这位教师成了湖南长沙市教育局的一把手。当年，陈难先这位蛇口工业区教育事业奠基者选人眼光不俗，这也为此后蛇口育才学校成为深圳名校打下了坚实基础。

做大事，教育为先。建设蛇口工业区，大人也要接受教育培训。1981年12月，蛇口工业区第一期企业管理干部培训班开学，发起成立过清华大学学生经济管理学爱好者协会的顾立基，顺理成章成了蛇口工业区第二期企业管理干部培训班的学员。袁庚告诫学员，"这里是我们蛇口工业区的'黄埔军校'，是催生现代化管理人才的加温器。孙中山先生曾在黄埔军校门前写过'不革命者不入此门'，蛇口工业区是'不改革者不入此门'"。

从蛇口工业区管理干部培训班毕业的顾立基经过"洗礼"，更趋成熟，能肩挑重担了。走上管理干部岗位后，顾立基多次临危受命，在挑战面前展示出他顺势而为、管理为先的卓越才干。这位前"清华大学学生经济管理学爱好者协会"发起人是"老三届"，入学之前已经成家，清华大学毕业后，要南下蛇口，是要做出很大的牺牲的。"文革"期间经受过煎熬的一代知识分子，对于振兴国家、报效祖国的愿望非常急迫，都是发自内心。来到蛇口后，家国情怀的使命感显得更为强烈。

在海边栈道上，顾立基向远处一指，赤湾至六湾一带是当年海上逃港一条"堵不住"的不归路，大逃港中大部分人其实都非宝安、南头半岛的人。由此可想而知，不识水性的逃港仔命运有多么悲惨，《深圳商报》副总编辑何云华曾说，“运气不好的逃港人，有时会深陷海湾的淤泥里，海上退潮后，他们就像插蜡烛一样，双脚种在滩涂上 —— 人，是硬挺的，眼睛，是睁开的”，一直望着再也无法抵达的彼岸。

从蛇口南水村客家原居民邬金英的采访中，我也得到了验证。邬大姐的亲弟弟、亲妹妹就“逃”在改革开放的前夜，蛇口最后一批跟风的本地人，也是最大规模的一批逃港。邬大姐的弟弟和妹妹都深熟水性，毫不费力就游到了对岸，他们在海对面的香港岛辛苦了40年，也后悔了40年。

望着远处若隐若现的香港天水围，我心潮起伏，思绪万千。

蛇口工业区搞不好或搞砸了，都会为世人所耻笑。得利者和失利者都想看蛇口改革的笑话，理论者和非理论者都无法将这场改革试验的模式说清楚，调查者和被调查者经常在进行你死我活的拉锯战。

顾立基对我说：蛇口之所以成为今天的蛇口，离不开袁庚这位改革先锋“腾转挪移”的政治智慧，以及遇困难时舍我其谁的担当精神。

巴顿将军有一句至理名言：“衡量成功的标准不是站立顶峰的高度，而是跌入低谷后的反弹力度。”袁庚在做出兴办蛇口工业区这个重大决策的时候，不是没有顾虑，也不是没有什么后怕。但早年的革命生涯，和“文革”期间的磨难，让他的革命觉悟更加坚定，政治经验也更为成熟。他要以蛇口的改革试验，影响一个湾区，甚至影响中国的改革开放事业，这就是袁庚作为一个觉醒的共产党人的博大胸怀和格局。

蛇口像磁铁一样，吸引了全国各地的精英聚集大南山脚下，因为有这样一个“领头羊”，他们在这片曾经荒芜人迹的海滩上，开创了一片前无古人后无来者的伟大的改革开放事业。

1979年7月2日，梁宪第一次从香港坐船到深圳。据他回忆，当时袁庚这样跟他描述：蛇口，美得就像夏威夷一样。

但当他经过蛇口老街，发现到处是苍蝇、臭鱼，破破烂烂。梁宪满腹狐疑地问：“哇，蛇口怎么会是夏威夷呢？”

袁庚看起来并没有丝毫开玩笑的意思。

蛇口的大蚊子，太厉害了。蛇口老百姓有句话，“南头的苍蝇蛇口的蚊，又黑又狠咬死人。”住在这里，晚上睡觉，手不能靠蚊帐。靠了蚊帐，第二天整只手就会肿起来。

从全国各地，尤其是北京、上海一线城市招聘过来的干部，以及像顾立基、王潮梁、陈难先这样刚毕业的学生和辞职“下海”的干部，进入干部管理培训班学习，无疑是一次新的“上山下乡”运动，但这次不是去农村，而是进工厂。

耳顺之年的袁庚燃起来的青春之火，使大家在这样艰苦的环境之下，也没有喊苦叫累。袁庚这个倔强的老头对蛇口的感情实在太深，他的这种感情，也影响了一大批人进了蛇口“黄埔军校”，跟着他一起去开辟这海上“南泥湾”。

有些记忆只能属于那个特殊的时代。

还是蛇口工业区初创期，英国剑桥大学来人访问蛇口，有干部问人家：“你们剑桥大学建多大的桥？”还有干部问美国商人：“英国人讲英语，美国人讲什么话？”这样的笑话让袁庚意识到，要发展现代工业，必须从高素质的企业管理人才这个关键点抓起。

袁庚安排自己的“智囊”梁宪担任蛇口工业区干部管理培训班的主任，

干部培训班先后开办过九期，对每期的培训干部都要求，第一要学会计算机操作，第二要学会英语，第三要学会驾驶。未来的管理者都应该独当一面，而不能依赖保姆式的“翻译”“秘书”和专职司机，他非常超前地懂得了未来人力资源成本管理和成本控制。

袁庚当年豪气地对进入蛇口企业管理干部培训班的学员说：“我为什么要开发这块荒地，就是要证明在共产党领导下，在我们的关境之内，我们是不是有信心开放得比对面的香港还要好，能不能证明一次社会主义不比资本主义差，也能搞好自己的经济。”

袁庚说：“我们为什么要办管理干部培训班，因为蛇口的未来还得靠你们，我们这代人不行了，必须靠你们去用蛇口油漆厂的乳胶漆涂抹掉过去的历史，重新再写过。我选择这个地方（蛇口），可能成功，也可能不成功。如果不成功，大家可能要跟我一起‘跳海’！”

20年后的一个夏日，一位美籍华人专程到蛇口拜会袁庚。问及袁庚建设蛇口的指导思想，袁庚对当时创办蛇口工业区的初衷做了进一步阐述：“为什么不迟不早，恰好是在这个时候想要开发这样一个港口城市呢？你看那边是伶仃洋，旁边有一个山叫左炮台，这是鸦片战争打响第一炮的地方，从那时起中国一百多年翻不了身。几十年来，我们没有真正解决富国强民的问题。香港抓住了机会，经济飞速发展。对共产党人来说，我们能不能借助香港，发展区域经济？能不能用我们的双手，依靠我们的智慧，在这么小的一块地方，面对香港和澳门，在离资本主义最近的地方，搞得比它们更高明一点呢？所以，最早应该从1978年开始，我们聚集了一大批有志之士，在‘振兴中华’口号的鼓舞下，在这里实行开放政策，从事一项探索性的工作，把它作为‘试管’，寻求一条有中国特色的社会主义道路，使得这个地方成为人类最适宜居住的地方。”

前“炮兵团长”袁庚心中暗暗认定：此生中，珠江口这个大湾区必定是他人生的再一次“轮回”。前一次是从精神上解放，这一次，一定要从物质上让他的父老乡亲有一个彻底的解放。“如果蛇口也能像香港一样富裕，不会再有人被淹死，此生足矣！”

遏制住“逃港潮”，甩掉“贫穷”的帽子，走向共同富裕是中央决定在深圳建立经济特区的初衷，是刚从十年浩劫过来的袁庚式共产党人的一种最朴素的自觉和觉醒。从一无是处改起，走前人从未走过的道路，一心为公，一心为民，要真正获得人民群众的拥护和爱戴，就要全心全意为人民谋幸福，这就是改革开放大潮潮起南海，彻底改变贫穷落后面貌的共产党人的担当精神的体现。

作为一位传奇的时代英雄人物，袁庚代表了一种精神，一种思想，一种观念，这笔精神财富属于全体招商人，也属于全社会。

袁庚不仅要从观念上解放，而且要从人才队伍培养上来一次彻底的解放，把人才的解放放在重中之重。

百年再圆招商梦

1862年夏天，一个破衣烂衫的人跳水自尽了。

清朝末年，穷人走投无路寻个自我解脱，不是什么新鲜事，可偏偏他是个有“正式工作”的人。

他这一解脱，惊动了他的老东家——王永盛。

王永盛经营的沙船生意，就是用木帆船在长江上来回跑运输。这么说说很简单，但滔滔江水可六亲不认，跑一趟船等于在鬼门关走个来回，都是些吃不上饭的人，这个行当可是“拿命换点口粮”。

自从大清朝廷签了《南京条约》《北京条约》，洋人的轮船就来了。不论是载重、速度、安全甚至价格，木帆船都不是轮船的对手。从那时候起，贫穷的中国整个沙船行业从东家到伙计都揭不开锅了。

洋务运动的领导人李鸿章，渐渐感到力不从心。之前的洋务运动信奉军事工业“自强”，但军舰、枪炮、燃料全都需要银两，然而国库早已虚空。当年，洋务运动的大方向变成了“活下去”，寻求“中华民族破局”的方式由军事工业转向民用工业。

1872年（清同治十一年）12月23日，李鸿章奏请成立“轮船招商局”，3天后获批。作为中国民族工商业的先驱，招商局被誉为“中国民族企业百年历程缩影”。

新中国成立后，随着中国各地重新开设口岸港务公司，“轮船招商局”仅存的“香港招商局”一块招牌，归口远隔3000公里外的中华人民共和国交通部直接管理。此时的香港招商局，只剩下一个修船厂和一幢破楼。105年后，招商局掌门人袁庚建立蛇口工业区，当初的发愿也是发展经济，解决吃饭的问题。对于解决肚子问题，袁庚有十分深刻的记忆。战争年代，为了逃脱日军追捕，袁庚曾在荔枝林躲了整整七天七夜，期间只能靠吃荔枝度日。

蛇口工业区在早期建设过程中，在袁庚的带领下，不断打破思想禁锢，解放思想、大胆实践，提出了一系列与市场经济相适应的新观念，开展了一系列体制机制的新变革，采取了一系列推动经济社会发展的新举措。随着蛇口工业区的成功实践，更新了人们的效率观念、价值观念，在很大程度上引领推动了全国的思想大解放。

推进改革试验，推动人才解放。

在改革开放初期，面对人才极度缺乏的情况，袁庚在全国首开先河，实行人才公开招聘，有力地推动了人才的流动和人力资源的解放。同时，蛇口选人用人不拘一格、唯才是举，通过各种渠道发现人才、培养人才、重用人才；创办培训中心，大力提高人才的政治思想、专业知识等综合能力；并探索企业经营管理者聘任制等，最早在全国推行能进能出、能上能下、能多能少的“六能”改革。这一系列的干部人事制度的实践探索，不仅促进了人才流动、激发了人才潜能、推动了人才解放，还有力地促进了整个干部人事制度改革。在蛇口工业区第一届管委会的就职典礼上，袁庚宣布：彻底废除干部职务终身制。

坚持制度创新，推动生产力解放。

1981年，蛇口工业区提前17年对住房制度进行改革，并成立了蛇口工业区房地产科，把职工住房从福利型改为商品型。这个房地产科16年后成了“招保万金”地产界“四大天王”里的“招”——招商地产。

1987年，袁庚在蛇口孵化了新中国第一家股份制商业银行——招商银行。

1988年，蛇口又孵化出新中国第一家商业保险公司——平安保险。

1993年3月，袁庚从招商局常务副董事长岗位上离休，在他执掌招商局的14年里，招商局集团资产翻了近117倍，从4800万元人民币增值到56

亿元人民币，让百年招商重新焕发生机，缔造了招商局历史上第二次辉煌。2020年，招商局总资产已逾10万亿元，比起40多年前翻了20多万倍，足以宽慰袁庚那一代的“拓荒牛”。

75岁的袁庚离休时，曾经写过一篇文章，谈到蛇口改革时说：1878年，爱迪生在实验室最初点亮的白炽灯，只带来8分钟的光明，但是这短暂的8分钟，却宣告了时代的飞跃，世界因此很快变得一片辉煌。最初那盏古拙的灯泡，它纤弱的灯丝何时烧断并不重要，重要的是它真真切切地留给了人们对不足的思索和对未来的希望。

袁庚在大湾区披荆斩棘之历程，不也正是爱迪生那8分钟的灯丝在闪光吗?

2016年1月31日——蛇口工业区成立37周年，这一天，99岁的袁庚在饱受病痛折磨之后离我们而去，长眠于南海之滨、深圳湾畔他深爱的这片土地。纵观袁庚的一生，不难发现袁庚的精神中具有一些鲜明的特质，概括起来就是“一根五脉”。“一根”，就是“责任担当”；“五脉”，就是“改革、开放、创新、激情、务实”。

在庆祝改革开放40周年大会上，习近平总书记在重要讲话中回顾中华民族波澜壮阔的奋斗历程时讲过这样一段话：“古人说：‘事者，生于虑，成于务，失于傲。’伟大梦想不是等得来、喊得来的，而是拼出来、干出来的。”

蛇口试验田的成功、招商局的第二次辉煌，袁庚用蛇口的改革试验很好地实践了习近平总书记这一讲话精神，无愧于“改革先锋”这一称号、无愧于“最美奋斗者”这一称号。

幸福是什么

◎文 / 李春雷

引　言

老实说，我对郭明义的第一印象，十分糟糕。

几次约请当面采访，他都没有答应。有一次，得知他在北京开会，我专程从河北赶过去，但他推三阻四，竟然也没能如愿。

好不容易和他见了面，他却仍然没有我以往所见到的被采访者的热情，难道是郭明义成为典型，骄傲了吗？

第一章　东北人都是活雷锋

1. 童心的樱桃树

有一首歌叫作《东北人都是活雷锋》，这句话用在东北人郭明义身上，似乎又不够。

准确地说，鞍钢工人郭明义就是雷锋精神的传人！

1958年12月27日，郭明义出生在辽宁省鞍山市樱桃园村。他的父亲是鞍钢齐大山铁矿的老矿工，新中国成立前就在这里卖苦力换钱。

郭明义上小学时，学校经常搞支农服务，号召学生义务拾粪。没有化肥的年代里，粪肥就是香饽饽。有些城镇里的孩子，嫌脏怕臭，就挖河泥冒充。郭明义是个老实孩子，每天早早就出门拾粪，一个冬天，就积累了很大一堆粪。

开春的时候，有人出15元收购。15元，几乎是半个月的工资，奶奶就答应了。郭明义回家后，跺着脚大哭，坚决把钱退还，把粪堆无偿地交给了生产队。

东北的冬天格外冷，教室里要生炉子取暖。他是劳动班长，天不亮就来到教室生火，每天总是早早的，小脸总是黑黑的，让屋里暖融融的。

童年里，郭明义最崇敬的人是雷锋。

雷锋就是鞍钢人，和郭明义的父亲年岁差不多，都在矿山当工人，后来从矿山参了军。

再一个对他影响大的就是父亲郭洪俊。1968年7月2日，辽阳市兰家公社响山大队一口水井塌方，把一个中学生和一位解放军排长埋在里面。紧急情况下，郭洪俊和几名矿工跑步赶到，硬是用双手刨出了两个人，直抠得指甲都没有了。

这在当时是一个闻名全国的英雄事件，郭洪俊曾专门赴京做事迹报告。1969年国庆，他还收到了周恩来总理亲自签署的参加国宴的邀请信。

也许，这些英雄情结，像一颗细微的种子，注入了郭明义的心田，默然发芽，长出了一棵小树，而后长成了一棵蓊蓊郁郁的大樱桃树……

2.本是同根生

历史真是惊人地相似！雷锋和郭明义这两个时代典型，虽然相差半个世纪，却有着太多的交集。最让人不可思议的是，介绍他们入伍的竟然也是同一个人——余新元。

余新元，是一位13岁参加革命的老红军，在抗日战争中身经百战，受过的两次重伤，都是著名的白求恩大夫亲自主刀救治的。

新中国成立后，余新元在辽阳军分区负责征兵工作，雷锋虽然一心想参军，但由于身高、体重都不达标，人家征兵的不要，是余新元多方争取，才让他顺利入伍。

郭明义初中毕业后，由于高考停招，他也选择了参军。此时，余新元已经是鞍山军分区的副政委，直接负责该地区的征兵工作。

郭明义的身体条件比雷锋好多了，与郭洪俊相熟的余新元第一眼看见他，就喜欢上了这个英模的后代，亲自担当介绍人，推荐他参了军。

1977年1月，郭明义光荣入伍。在鞍山火车站举行的送行大会上，和雷锋一样，郭明义作为新兵代表慷慨发言。

郭明义所在的部队是沈阳军区23军201团，驻防黑龙江省佳木斯市。

他的第一个岗位是炊事员。当时连队每天的早餐是玉米糁子粥，很难熬开，喝到肚里，不易消化，不少战士闹胃病。他悄悄地写信请教母亲，熬出了战友们都喜欢喝的又黏又软的“明义粥”。后来，他又当上了“猪倌”。把猪养得溜光光、圆滚滚，又肥又大，引得当地老百姓都来参观，惊奇地说，这个当兵的猪比我们养得还好。

由于表现出色，部队又安排郭明义到汽车连。不用说，他成了一个雷锋式的汽车兵。

1978年年末，师直属汽车连进行技术大比武。

104台汽车停放在师部车场里，齐刷刷地排成一条线。郭明义的“解放”开出队列，他操作精准、沉稳，规定技术动作误差不到一厘米。

结果，他获得理论和实际操作两项第一。

在部队，郭明义人生第一次捐款。1979年3月，云南普洱地区发生6.8级地震，他捐了100元，这是他当兵两年的全部积蓄。当时，他每月的津贴只有6元钱。

3. 矿山的儿子

1982年1月，带着“全师学雷锋标兵”的荣誉，郭明义退伍回到了父亲工作的鞍钢齐大山铁矿，在汽运车间担任T20汽车司机。

郭明义绝对是个优秀的驾驶员，上班当年，便提前16天完成全年任务，创单车年产最高纪录，成为轰动矿山的新闻。

1984年，他幸运地通过国家人事部组织的全国统一录用干部考试，由工人身份转为干部。这之后，他担任了汽运车间的团总支书记。

两年后，由于表现出色，他被调入矿党委宣传部，任副科级干事。当年就发表100多篇稿件，还在《鞍钢日报》《流火》等报刊上发表了十多篇（首）散文和诗歌。

但好景不长，钢铁企业效益下滑，齐大山铁矿政工系统大幅精简，他成了分流人员，被分配到机动车间，担任统计员兼人事员。

人事员承担着车间劳动纪律考核工作。迟到、早退、怠工、失误，不管是谁，他都不留情面，就是车间主任午睡过了点，也被他在黑板上曝了光，让车间的劳动纪律大变样。

1991年，国家“七五”重点建设项目——齐大山铁矿扩建工程进入开工准备阶段，国家批准引进了33台世界上最先进的矿用生产汽车——电动轮。由于该车体积太大，只能将零部件运来，再由厂家派专家现场组装，这就亟须与外国专家直接沟通的现场翻译。郭明义熟悉汽车，又懂英语，矿长点名把他选派到英语强化班学习。

这个班共有40多人，绝大多数为本科英语毕业的大学生。在班里，他岁数最大，基础最差，但他学习态度最好。

两年之后，结业考试时，他在全体学员中名列第五。

所有的人都惊呆了。其实，是郭明义聪明吗？不是的。他的秘密武器就是执着和专注，一种像雷锋“螺丝钉精神”似的“钻机精神”。

1993年，齐大山铁矿扩建工程全面开工。

郭明义被分配到扩建工程指挥部办公室，担任现场翻译和资料翻译。

他每天最早到、最晚走，忙得像一个旋转不停的陀螺。

由于公司安排的司机不懂英语，郭明义又主动要求担任外方专家的兼职司机，每天开车接送。星期天，节假日，他全程服务。老外过意不去，给他小费，他分文不取。

按照规定，郭明义只是负责资料翻译工作，进口备件的质量检验与他没有关系。可每一次对照说明原文，他都认真查验，发现5台车存在后轴箱处轻微开焊的现象。

在事实面前，外方专家不得不承认是配件上的问题，答应全部更换，并按照合同赔偿10万美元。

虽然双方时有摩擦，但关系更密切了。

后来，在托尼的推荐下，澳大利亚－美国犹格里德公司澳大利亚售后服务部中国区总管主动联系郭明义，希望他能去北京工作，任中国区总代理助理，月薪300美元。

郭明义婉言谢绝了，尽管他当时每月的工资只有400元人民币。

他说，我的家在鞍钢，我父母都是鞍钢人，我的一切都是鞍钢给的。我虽然不富有，但我很知足，我不能离开这里。

与他一起工作的翻译都离开了矿山。只有他，仍然踏踏实实地在鞍钢工作，仍是一个清贫而又快乐的鞍钢人。

第二章　矿山恋

1.鞍钢宪法

1996年，齐大山铁矿扩建工程完成，全面进入生产阶段。

矿石生产是鞍钢的第一道工序，如果矿石供应不及时，整个鞍钢的生产链条将全面瘫痪。而这33台电动轮承载着3000多万吨矿石的运输任务，占矿山供应鞍钢生产总量的2/3。

电动轮汽车每辆自重90吨，载重154吨，加起来近250吨，对路况要求十分挑剔。如果路况不好，将直接损耗车辆，而每辆车的售价都在1000万元以上，每一个零部件都要进口，就是一个轮胎，价值也在40万元以上。路况好了，不仅可以保证生产，而且可以大大节省汽车维修费用。

养路重于修车！必须设一个专职的公路管理员，谁来做，至关重要。

大家不约而同地想到了郭明义！

本来，三年的现场翻译，劳苦功高，应该调整到一个“好”的岗位。但如果担任公路管理员，露天作业，又脏又累，岂不是还不如以前？

连矿领导也不好意思找他谈了。

但出乎所有人意料的是，郭明义痛快地答应了，没有讲任何条件。在他的眼里和心里，电动轮汽车就是他的“孩子”。

到岗后的几个月时间里，他日夜坚守在现场，指挥十几支筑路队伍，修造了24米宽、盘旋40公里的矿山公路，并制定了详细的矿路技术参数。这些参数经过反复验证，形成标准，并通过国家权威部门正式颁布，成为全中国矿山公路的“鞍钢宪法”。

齐大山铁矿是亚洲最大的露天铁矿。

采场呈锅底形，方圆6平方公里公路环绕，层层叠叠。

这里，每天都要放炮，都要开辟新工地，所以，这些公路几乎每天都在变动，都要重新开辟和修筑。而且，数十辆“巨无霸”来回碾压，路基塌陷是经常的，坑坑洼洼更是平常事。

每天筑路、修路的任务，真是太重了！

这里，就是郭明义的岗位，郭明义的责任！

2.为“儿子”服务

电动轮汽车的高度近7米，轮胎直径近4米，加一次油要2吨。这些都是他的“儿子”啊，比儿子还亲。

每天早晨5点钟，郭明义就步行出发了，开启了修路的征程。

说起来，他这个公路管理员是干部身份，本来可以坐在办公室，不必天天置身现场的，因为前线的修路车间还设有专人负责。

可他不放心啊。

每天4点40分起床。简单快速地吃过早餐，5点出门，步行40分钟到办公室。换工作鞋，穿劳动服，再步行30分钟。6点半准时来到现场。

若是冬天呢，就早10分钟起床。依然是6点半准时来到现场。

采场内不准小型汽车出入，更不让自行车通行，因为电动轮太大了，驾驶员视野内有若干盲区，碾压一辆小轿车毫无知觉。

为了错峰限电，电动轮的生产高峰安排在每天下午1点至第二天早上8点。每天上午就回到汽运车间的大院里检修、加油。利用这段间歇，郭明义指挥队伍抓紧检修公路。

我们不禁要问，郭明义为什么总是提前一个半小时就赶到现场呢？

原来，他到现场要进行步行巡视，勘测昨晚夜班时被碾压过的所有路线，并构思、计算维护和修整的人员及物料数量。这样，修路车间的伙计们8点上班后，就可以直接进入角色，一刻也不用耽误。

就这样，他每天都要走上10公里左右。蜿蜒曲折的采场公路上，每一个角落都留下了他走过的足迹。

夏天的采场，简直就是一个封闭的桑拿室，高温时常在40℃以上。冬天，采场内冷如冰窖，气温往往低于-20℃。

司机们工作在驾驶室里，有空调，只有郭明义毫无遮挡地在露天指挥修路作业。

一次，由于头晚上下雨，路面多处损坏，修路工程量骤增，所有车辆都投入抢修，临近中午还没有干完。如果不能赶在下午1点之前完工，就要耽误电动轮生产，就是一起严重的生产事故。他早忘记了吃饭，站在毒辣辣的太阳底下指挥，叫喊。

12时40分终于干完了。突然，他摔倒在地——中暑了，四肢抽搐，神志不清。

怎么办？在这个布满矿石的大坑里，没有凉水，只有炽热。最近的水源也在2公里之外。情急之下，工友单锡纯开来5米多高的洒水车，直接向躺在地上的他喷去。

半个小时后，他才慢慢苏醒……

我问郭明义，最难干的工作是什么？他没有一丝迟疑，脱口而出矿石破碎站下移。

齐大山铁矿矿石破碎站是20世纪90年代初耗资5亿元从德国引进的，单体设备重达823吨，高24米。如此庞大、沉重的单体设备，要整体下移，稍微倾斜就会倾翻，难度太大了，对公路的坡度、平缓度，特别是转弯处的抗压度，都有极高的要求。

采场的生产流程是：矿石被爆破后，首先由电动轮汽车运至位于采场内的矿石破碎站，再通过长达数公里的露天皮带机运到采场外的各个选矿厂，最终生产出铁精粉。

道理很明白，电动轮与破碎站之间的运距越短越好。

所以，破碎站每几年都要下移一次，尽量靠近采矿面。

这一次，破碎站要下移到垂直距离50米的地点。

虽然只有50米，但需要迂回行进3公里。也就是说，要修整一条长约3公里的临时公路。

在齐大山铁矿的历史上，破碎站下移已经有过五次了，最近三次郭明义都有参与，负责公路的设计和建设。以前最多下移路程800米，而这一次需要3000米，难度更大，不仅要用设备，更要用手、用脚、用心去测量。

郭明义的压力太大了！

我的采访，正是在此期间。

直到这时，我才彻底理解了他。

采访之前，我一直以为，郭明义在社会上是一个实实在在的好人，在单位里也肯定是一个实实在在的好工人，但他在工作岗位上的作用可能是可有可无的。

但是，当我走近他的工作岗位时，却惊呆了。

他的岗位是公路管理员，而且是唯一的管理员。在这个岗位上，他一干就是二十几年。二十多年里，他每天提前两小时上班，双休日、节假日从不休息，累计献工16000多个小时。他制定的《公路、支线、铲窝维护技术标准与考核办法》《采场星级公路达标标准与工作流程》等十多项技术标准和工作制度，填补了我国矿山采场公路建设和管理的空白，大大降低了备品备件和物料的消耗，大大提升了大型生产汽车和电铲的作业率，使齐大山铁矿的大型汽车效率和电铲效率多年来名列全国同行业第一。

他在工作岗位上是一位出色的工人，在人生岗位上是一位出色的公民！

第三章　血，总是热的

1.热血沸腾

当一个人对这个国家、这个社会充满热爱的时候，他最直接的表现，就是情愿奉献。

第一个层面是奉献金钱和财产；第二个层面，也是最高层面，就是奉献鲜血和生命。

在过去的很长一段时间里，中国实行有偿献血，导致了许多社会问题。

1998年开始，国家颁布了献血法，正式全面地确立了无偿献血制度。社会问题减少了，但义务献血的人数也随之减少，北京、上海、深圳等一线城市常常出现血荒。

地处东北辽宁的鞍山，却因为郭明义的存在，从来没有出现血荒。

说起郭明义献血，还有一段小插曲。

1990年春天，郭明义第一次参加单位组织的献血，医生把针扎进他的动脉，一股股红的浓稠的血浆立刻喷涌出来，却又迅疾地缩回导管，在导管里冒着泡泡。

医生看他一眼，遗憾地说，你有晕血症，不适合献血。

郭明义心里纳闷。10年前在部队时，一名战友负伤，送到医院抢救，他献了一次血，当时并没有异常感觉啊，怎么现在竟然不适合献血了呢。

晕血是一道心理障碍，必须跨过去!

半个小时后，他不顾别人的劝阻，再度挽起袖子，伸出胳膊，闭紧了眼睛，才完成了200毫升的献血。

从此，郭明义每年献血，由每年一次增加到最高限额的两次。截至目前，已积攒了70多本献血证。

一个体重75公斤的成年人，全身大约有6200毫升血液。

20多年来，郭明义无偿献血累计达6万多毫升，相当于自身总血量的10倍。按抢救一个患者需要800毫升鲜血计算，这些血液至少可以挽救75名危重患者的生命。

血液有三种成分：红细胞、白细胞和血小板。血小板是一种独有的凝血剂，是白血病、再生障碍性贫血等多种血液患者的临床必需。

2005年，鞍山市中心血站引进血小板提取设备后，郭明义便主动要求捐献血小板。

道理很简单：血小板捐献者较少，而且捐献次数可以多些。

献血小板一般每次捐献一个单位，即800毫升。可郭明义每次主动要求捐献1600毫升，他说，好不容易来一次，多献一些吧，免得患者急用。

从那时起，除中间因献过全血而必须等待半年外，他几乎每个月都捐献一次血小板，从未间断……

2009年春节前一天的中午，郭明义正准备到食堂吃午饭，突然接到血站的电话，问他能否提前捐献血小板?

郭明义知道，血小板保存期特别短，一般都是按照每月预约的捐献时间进行采血提取，没有危重患者，血站是不会打来电话的。

原来鞍山市中心医院紧急接诊了一名和他血型相同的临产孕妇，患有严重的溶血症，如果不马上输入血小板，就会因失血过多而葬送生命。而这时，血站恰恰该型血小板告罄。

从来电急切的语气中，他感到了时间的刻不容缓，尽管食堂就在眼前，他还是放下了饭盒，急匆匆地向路边跑去。

从早上5点到下午1点，他没有进食。这种情况并不适宜献血，可现在，为了挽救这对陌生母子的性命，他隐瞒了这个情况，催促着快快采血。

医生建议他捐献一个单位的血小板。他坚决不肯："还有孩子呢，两条人命，宁可浪费点，也要保证母子平安！"

采集过程耗时一小时四十分钟，躺在采血床上的郭明义饥困交加，昏沉沉地睡了过去……

第二天，母子脱离危险后，患者的丈夫打来电话："你是我们全家的救命恩人，没有你就没有他们娘俩，我一定要当面感谢，给您叩头拜年！"

郭明义拒绝了。

2. 流动的血库

自从开始献血，郭明义就全身心地投入。他没有别的意思，只是感觉自己应该为这个社会做些什么。自己是一介平民，一个工人，没有别的能力，但有的是鲜血。

20多年了，他不仅自己献血，更主要的是唤起社会捐献。

为了让更多的人了解无偿献血知识，参与到无偿献血的队伍中来，他用自己个性化的语言编写了一份倡议书。上班时，乘车时，吃饭时，开会时，走到哪里，宣传到哪里。

领导、工友、贫困学生家长、经常打交道的邮政局职工、沿街商铺的店主和店员，还有齐大山铁矿周围社区的居民们，都收到了他的倡议书。

每次体检时，郭明义身体的各项指标均合格。大家说，老郭坚持献血这么多年，身体还这么棒。我们一次也没有献过血，身体却还有这样那样的毛病，看来献血真不是什么坏事啊。

一把火终于点燃了。

有一年的腊月二十六，郭明义发起无偿献血活动，一下子来了五六百人，鞍山市中心血站的工作人员都惊呆了，只好临时再调用3台采血车。

由于血站库存根本容纳不下这么多人同时献血，当天，只有138名志愿者完成了捐献。

这一次，共采集血液32000毫升，不仅保证了鞍山市春节假期的用血安全，还为邻近城市储备了充足的血源。

目前，郭明义无偿献血志愿者已超过4000人，这是全国最大的一支人数固定的献血队伍，这是全国最大的一个流动血库。

第四章　帮帮孩子

1. 点燃希望的灯

从郭明义第一次投身希望工程，距今二十多年了。

那是1994年冬天，他和工友们一块儿到台安县参加互助活动。他无意中走进了一户农家，发现这个家只有两间破旧的土坯房，女主人病卧在炕上，一个十来岁的小女孩踩在小板凳上，正在做饭。

看到这个情景，郭明义不由得鼻酸。

这是一个单亲家庭，父母离异后，小女孩跟着母亲生活。后来，母亲不幸患上了糖尿病，身体越来越差，日子一天不如一天，连孩子的学费也交不起了。除了用药，每天请医生输液打针需要4元钱。为了省下这笔费用，母亲就让女儿给她扎针。可毕竟是一个十来岁的孩子啊，加上紧张害怕，每每扎不到血管，娘儿俩常常抱头痛哭……

郭明义掏出身上仅有的200元钱，塞给孩子。

这时候，社会上正在大力宣传“希望工程”，那个大眼睛的小姑娘时时出现在电视上。他一下子就明白了这项工程的意义。

回到鞍山的第二天，他又寄去了200元，鼓励女孩安心学习，并写信承诺供她读完小学、中学和大学。

郭明义的工资只有三四百元，父亲正在重病中，女儿刚刚上学，正是最困难的时候。但他感觉自己应该承担起这一份责任。

没多久，孩子回信了，字虽然写得歪歪扭扭，但纸上的泪痕却清晰可见。孩子说：“郭伯伯，有了您的钱，妈妈可以请医生打针了，我也可以放心地去上学了，您是我家的大恩人，我可以叫您一声爸爸吗？”

郭明义心头一震。

帮助的是别人，感动的却是自己。

他想，社会上像这样濒临失学的贫困孩子还有很多，虽然自己的力量微薄，但也要尽心尽力啊。

家住鞍山市铁西区的杨斯雯是郭明义一直牵挂的贫困孩子。小斯雯出生刚3个月父母就离了婚，双双离家出走，再未见面。爷爷不久也去世了，奶奶曲卫君是一个老太太，没有什么收入，更没有积蓄，在孩子两岁时不得已送了人。不久，实在割舍不下又讨要了回来。

由于没有钱，小斯雯没上过幼儿园。直到7岁，奶奶才变卖了爷爷留下的照相机和书籍，凑齐了上学的费用。到四年级的时候，奶奶实在养不起了，好几次甚至想走绝路。

这时，郭明义从市希望工程办公室了解到她的情况，便寄去了300元。

此后，每到开学时，他都寄去300元，还写信鼓励她们。

虽然学费解决了，可她们的生活还是异常困难。为了省下中午饭的3元钱，奶奶每天中午都要骑自行车把孩子接回家。

郭明义又担心了，天冷路滑的，老人又有病，万一出了意外怎么办？于是，他每月又追加了100元。

虽然一直接受着帮助，但祖孙俩却一直没见过郭明义。

2007年3月，在市希望工程办公室组织的一次见面会上，他们才第一次见面了。看到郭明义穿着黄色的劳保鞋，破旧的工作服，奶奶泪流满面。原来，她一直以为郭明义是一个富翁，没想到却是一个比自己好不了多少的普通工人。

小学读完后，小斯雯不想上学了，要去打零工或拾废品，帮助奶奶生活。

郭明义坚决反对，资助孩子进入了鞍山市第42中学。临近上初三，她们的房子要拆迁。为了让斯雯安心学习，郭明义和爱心团队的志愿者们凑足了5000元钱，替她们在学校附近租下了一套单元房，顺便交上了当年的取暖费，还和妻子一起来帮着搬了家。每个月，也总要抽出时间去看望，每次都要带一些吃用的东西。

如今，杨斯雯已经大学毕业了，正在全力备考研究生。而老郭对她的帮助，还在继续。

2.儿多女稠

1995年，工友马德全家的三胞胎顺利降生了。

大人们却又喜又愁，三个孩子，三天就要吃掉两袋奶粉，一个月仅奶粉钱就要300多元，而两口子的工资加在一起也才600元，这日子该怎么过？

孩子三个月的时候，郭明义找上门来，不但送上了一份奶粉钱，还承诺，从孩子上小学开始，一直到大学毕业，每个孩子每个学期资助200元。

孩子长大了，马德全家的境况也已经大为改善。他几次郑重提出："郭师傅，你的生活也不宽裕，就不要再资助我们了。"

郭明义说："我说话算数，孩子大学不毕业，我的承诺不会变！"

2001年6月，山东省嘉祥县老僧堂乡西李楼村的李秀立自然受孕，生下五胞胎。这件事曾轰动一时，当时也有人慷慨相助，可新鲜劲儿过去后，就没有人注意了。

郭明义从报纸上了解到，他们连奶粉也买不起了，打算把五胞胎分开，送给别人抚养。

他的心受不了了。都是父母的心头肉，怎么能让骨肉分离呢？自己虽然力量微薄，但如果有几个人共同伸出援手，这个家庭就能渡过难关。

第一次，他寄去了300元。此后，年年寄钱。

张猛是重庆市山区农村的一个只有6岁的小男孩，2009年父亲到山西一家煤矿打工，出事故，高位截瘫，卧床不起，妈妈离家出走了，爷爷奶奶在半年之内相继去世。该上学了，怎么办？

2010年，郭明义看到这个消息后，便和同事高微约定，每人每月给张猛寄100元，还帮助张猛的爸爸要回了被拖欠的工资。2019年，郭明义到重庆参加活动，见到了已经长大成人的张猛，他们在现场观众感动的泪水中紧紧地抱在了一起。

3.爱心五连环

2011年2月2日是虎年的最后一天，这天下午，郭明义利用在北京参加中央电视台春节联欢晚会彩排的空闲时间，去北京积水潭医院看望一名从鞍山来的孩子。这个孩子叫朱悦萌，因患骨肉瘤在此看病，随时有截肢的危险。

陪同郭明义的是他刚结识的另一个全国道德模范裴春亮。见到孩子后，郭明义把身上的1300元全捐了，裴春亮也捐出3000元。乘出租车返程的路上，两个人仍然在为孩子叹息。他们的对话，被驾车的北京出租车司机听到了，十分感动，表示要捐款。

郭明义说，你要捐就捐给你的同行吧，是我们鞍山市的一名出租车司机。

原来，郭明义有一个同事叫张云，是采场修路车间的平路机驾驶员，因股骨头坏死无法工作。郭明义先后为他进行了六次募捐，共捐款3万元。张云的病治好后，仍然在采场开车。张云有一个同学叫王勇，是一个出租车司机，也是股骨头坏死，由于生活困难，便通过张云，请求郭明义帮助。郭明义记住了。

这位北京司机当即捐出100元钱，托郭明义代转。

郭明义回来后，就张罗着为王勇捐款，先后募捐了4万多元。

不久，王勇进行了手术，效果很好，几近痊愈。之后，王勇仍然开出租车谋生。对于郭明义，王勇的感激是无以言表的。他把治病剩下的9700多元，又退还给郭明义，请他捐给更需要的人。

2011年4月，郭明义再次去看望朱悦萌，正好孩子的继父杜枫也在。让郭明义痛心的是，杜枫竟然也患有严重的股骨头坏死，正在为治病犯愁。

事已至此，郭明义便把王勇剩余的9700元钱，全部捐给了杜枫，并又开始为他奔走捐款，不长时间，募捐来3.1万元。

杜枫的病治愈了。

接着，郭明义先后又为小悦萌捐款2万多元。

由于救治及时，小悦萌经过两次手术，病情得以控制，不仅不用截肢了，而且还正在走向康复……

4.郭家的公共财产

在整个鞍钢，除了贫困户，郭明义大概是唯一没有存折的人。

直到今天，他使用的手机仍然是最简单、功能最少的那种。

郭明义家离单位有五六里，本来每天骑自行车上下班，可是从2003年8月开始，他先后捐出了3台自行车给山区的孩子。

妻子想，干脆不给他买自行车了，路上车太多，而且路程不算太远，步行既安全，又锻炼身体。

从此后，他开始步行上班，直到今天。

郭明义家里原来有一台国产“长虹”牌彩色电视机，被他捐了出去，此后再买再捐，又捐了2台给贫困家庭的孩子。

他的女儿也正处于爱看电视的年龄，看到电视没了，伤心地哭了。他安慰说，你正上高中，看电视耽误学习，等你考上大学，咱换一台大电视。

一年之后，鞍山团市委领导来家里慰问，看到这种情况后，就专门为他买了一台电视机，为了不让他再捐出去，还特意在电视机的“额头”上贴了一张小纸条：公共财产，不许捐赠。

如今，这台电视机仍然摆放在郭明义家中。

郭明义是一个纯正的工薪族，收入微薄。可这20多年来，他的捐款累计已超过50多万元，仅资助的贫困孩子就有300多个。至于物质的东西，更是倾其所有，只要自己有，只要别人需要，他都捐了。

他响当当地拍着胸脯说："咱全家工作稳定，收入稳定，衣食住行有保障，养老医疗没有后顾之忧，把这些东西捐给更需要的人，咱心里踏实！"

第五章　大爱薄云天

1.救救孩子

一切从两个工友的孩子开始。

2006年11月底，工友张国斌13岁的女儿被查出患有白血病，另一个工友刘孝强15岁的儿子也被检查出再生障碍性贫血。

郭明义的心一下子掉进了油锅里。花一样的年龄，怎么就得了这种病?

其实，白血病、再生障碍性贫血等血液病古已有之。针对这种疾病，最直接的办法就是造血干细胞移植。

可是，由于目前国内捐献血液样本的志愿者十分有限，配型成功的希望微乎其微。

2002年，郭明义献血时，得知鞍山市红十字会开始向社会征集捐献造血干细胞，便报名采集了血液样本，加入了中华骨髓库，成为鞍山市第一批捐献造血干细胞志愿者。他知道造血干细胞移植能救这两个孩子的命。

他自己首先捐出700元，当天夜里，熬了一个通宵，再次写出了一封特殊的倡议书，号召工友们捐献造血干细胞。

第二天开始，每天上下班前的十几分钟，他像是着了魔似的，逢人就讲造血干细胞，就读自己的倡议书。齐大山铁矿的70多个机关科室和班组，他都读遍了。即使门岗那里，他也去声情并茂地宣读。

不仅读，还唱，唱《爱的奉献》。

最后，嗓子全哑了，说不出话来了，唱不出声了。

澡堂，是矿工们下班后最集中的去处。老郭拿着搓澡巾，主动给大家搓澡。这是十几年的老习惯了，只是现在搓得时间更长些。搓着搓着，就开始说起两个不幸的孩子："孩子多可怜啊，我们伸伸手就有可能救他们一命啊……"

洗澡的人走了一拨又一拨，老郭搓完一个又一个。

浴池就剩他一个人了，他仍然不肯走。毕竟年近半百了，他有些累了，轻轻地靠在浴池边上，憨憨地打起盹来……

是啊，连石头都会感动吧。郭明义与这两个工友，非亲非故，却比亲人还要尽心尽力，他图什么呢？

他又与鞍山广播电台联系，带着刘孝强的妻子和张国斌，走进了直播间。

他用低沉的声音讲述着两个年轻生命的不幸遭遇，说着说着，这个铁一般的男人竟然哭了：

"我每次去医院，都会看到孩子们趴在病房的窗口，眼巴巴地看着路上那些背着书包有说有笑上学去的孩子们……请大家帮帮这两个孩子吧，帮他们实现这个最简单、最幸福的愿望吧……"

说到这里，郭明义已经泣不成声。浑厚的哭声，随着浩瀚的电波，扩散到整个鞍山人的耳朵里，震荡着人们的心弦，令人肝肠寸断……

"我的血型也许和你的孩子匹配，明天就去医院化验行吗？"

"我下了夜班就去医院，请等着我。"

直播间的电话被打爆了，直到节目结束，还在继续。

…………

2006年11月30日，郭明义组织了第一次捐献造血干细胞血液样本采集，当天便采集了140例。

27天后，第二次采集，又有400多名工友和社会上的爱心人士参加。

随后，他又连续组织了7次采集活动，陆续采集了1300多个样本……

采集后的样本，马上与患者血型进行比对，而后加入中华造血干细胞骨髓库，与全球华人互通互用。

2. 谁是最幸福的人

28岁的电动轮司机许平鑫，只是一个普普通通的小伙子，没有多少公益意识。但是这些年和郭明义在一起，耳濡目染，已经悄悄地发生了质的变化。

当郭明义为张国斌和刘孝强的孩子呼吁造血干细胞捐献时，他碍于情面，也报名了，但抽血化验后，并没有配型成功。此事过去后，他就彻底抛在了脑后。

谁知，两年后的2008年11月，鞍山红十字会突然给他打来电话。原来中华骨髓库经过全球华人样本比对，他的造血干细胞与远方一个人配型成功了，希望他践行承诺。

许平鑫害怕了，一种莫名的恐惧淹没了他。

“这是多么幸运的事啊！让你小子赶上了。”郭明义惊喜地说，“别害怕，就和第一次献血、献血小板一样。”

但毕竟不一样啊。许平鑫心里没底，不住地懊悔。

郭明义想方设法联系到了三位捐献成功者，通过他们与许平鑫打电话，谈亲身感受。

许平鑫的顾虑慢慢打消了。

12月初，再次采血。化验之后，与患者血液样本相似度竟高达90%，这是罕见的高配了，接近于同卵双胞胎的相同率。

可是，许平鑫的母亲和妻子又站出来坚决反对：“你是独生子，现在刚结婚，还没有生孩子，留下后遗症怎么办？”

郭明义和医生一起，上门做工作。

母亲和妻子虽然不再坚决反对，但又提出了一个条件：等生下健康孩子之后，再去捐献。

可患者等不及啊。

郭明义再次苦口婆心。

2008年12月18日，许平鑫赶到沈阳盛京医院。连续5天，每天一针，注射干细胞动员剂，之后，顺利地抽取400毫升造血干细胞，成功输入了正在无菌氧舱里等待救命的患者体内。

许平鑫由此成为全国第1066例造血干细胞捐献者。

虽然耽误了一些时间，虽然抽干细胞时略有一些不舒服，但这是救人一命啊。

许平鑫没有后悔，反而十分庆幸，感觉这是他人生中所做的一件最有意义的事情！

当然，他最感谢的人是郭明义，是他，让自己体验到了一个真正奉献者的幸福和快乐！

3.雨含和严涵的春天

2010年3月11日下午。

郭明义从报纸上看到一条消息，辽宁科技大学一名21岁的女大学生于雨含不幸患上尿毒症，活下去只有换肾，可她的父亲因为心脏病丧失了劳动能力，一家人只靠母亲800元退休金维持生活。面对28万元的换肾费用，全家一筹莫展。最后，这位大爱母亲，决定割肾救女。

放下报纸，郭明义一刻也坐不住了。这样的家庭，妈妈可是支柱啊，万一身体垮了怎么办？一家不全都是病人了吗？

他马上赶往于雨含住院的鞍钢铁东医院。

见到病床上的于雨含，郭明义掏出身上仅有的200元钱，让孩子母亲先买些营养品。

接着，他找到医生，表示要为她捐一个肾。医生告诉他，非直系亲属不能进行器官移植，他才无奈地放弃了这个念头。

于雨含的父母知道了，难以置信。素昧平生，什么条件也不讲，不要任何回报，就直接要为对方捐肾，现在到哪里去找这样的人呢？

后来，还是雨含的妈妈捐出了一个肾。郭明义自己带头捐款，还发动雨含所在的辽宁科技大学、社会上的爱心人士为她捐了手术费，让于雨含成功地完成了肾移植手术，彻底得救。

也是在2010年7月的时候，刚满10个月的小女孩严涵高烧不退，到医院一检查，竟然是白血病！

短短的时间内，孩子的父亲严会春花光了家里的所有积蓄，把仅有的一间门市也转让了，倾尽全力救孩子的命。

好心人悄悄劝说，这么小的孩子，别倾家荡产救治了，你们还年轻，再生一个吧。可面对聪明可爱的孩子，父母怎么能够轻言放弃呢。

郭明义匆匆赶到了医院。他与严会春虽然都是鞍钢人，但并不认识。

两个人面面相觑，沉默无言。凝滞的愁苦，像一颗沉重的铅球，在两人之间来回地滚动着。

霍地，郭明义猛吸一口气，说："这是你的不幸，也是我的不幸，既然不幸掉在了咱们头上，咱们共同承担吧。"

他再次写出了一份倡议书，向鞍钢矿业公司全体职工发出了帮助孩子的倡议。现在的郭明义，个人影响和人格魅力早已广为人知。从领导层到普通一线工人，大家纷纷解囊，不到一周时间，便募捐了18.7万元。

正是这笔捐款，把严会春夫妻从绝望的深渊中拉了回来。

好消息也终于传来，小严涵的血中癌细胞数值下降了。

更大的好消息接踵而至：配型也找到了。

虽然小严涵的下一步治疗，最少需要20万元，但是郭明义的眼前，已经悄然升起了一道亮丽的彩虹。

此后，他四处奔走，为孩子募集医药费，义薄云天的真情，感动了全社会——

2010年9月17日，他在鞍山市疾控中心做报告。会后不到一小时，全体职工捐款9000元。

中国最大的煤炭企业——神华集团听过郭明义的报告后，毅然决定从党员扶贫基金中捐出10万元。

与此同时，中国通用技术集团公司也雪中送炭，捐出7万元。

一位不愿意透露姓名的个体老板，主动找到郭明义，亲手递交3万元。

……

这哪里是巨额捐款，这就是孩子的生命啊。

2011年2月28日，小严涵被推进了无菌仓，顺利进行造血干细胞移植手术。

她的生命，终于柳暗花明，走向了春天……

4. 孩子，请你这样想

生命，如何面对死亡？这是人类最根本最终结也是最重要的追问。

作为一个普通人，郭明义无疑找到了一个最坦荡、最明智的答案。

2010年夏天的一个晚上，放假在家的女儿郭瑞雪，在书架上翻书时，不经意间翻到了两本捐献遗体（器官）志愿者证书。打开一看，上面竟然写着爸爸妈妈的名字。

女儿吓得哭了，猛然感觉天崩地陷一般，以为两人得了什么绝症："爸爸妈妈，你们怎么了，你们怎么了？"

爸爸似乎猜到了女儿的心思："我们都好好的，没有什么病啊。"

"那你们？"

"谁都有这么一天，这是自然规律，不可避免啊。咱们是唯物主义者，都是现代人，为什么不活明白些呢？"

"就这么简单？"

"是，本来就是挺简单的事啊。"郭明义头也没有抬，"亏你还是一个大学生呢，思想还这么守旧。"

"那，将来，我可到哪儿去看你们啊？"

郭明义放下书，拍一拍女儿的肩膀，笑笑说："傻孩子，就是不捐，你不也看不到了吗？"

"那你们也得留点什么吧？"

"记在心里比什么都重要，再说，我和你妈不是还有照片吗？有空看一看不就行了吗？”郭明义轻松地说，“闺女，这真不是什么大事。你看，你姑姑和姑父，也和我们一样，都签了字。这一次，你回来，我们还准备做你的工作呢，你要在年轻人中带这个头啊。”

女儿哭得抬不起头了：“老爸，你……”

捐献遗体和器官，在中国似乎是一个令人忌讳的词汇。

但现代文明中的人类，必须正视它。既然死亡是一个不可避免的事实，既然数百万器官性重病患者需要器官移植才能救治，既然现代医学需要大量的遗体器官进行解剖研究。那么，当生命走到尽头的时候，把自己完整的遗体器官捐献给社会，移植别人，造福后代，不仅是自己生命的延续，更是人类文明和人道主义的彰显。

在我国，受传统观念的影响，绝大多数的遗体和器官都火化了。

2010年6月25日，由郭明义发起的“鞍山市无偿捐献遗体（器官）志愿者俱乐部”成立。会上，218名志愿者庄重宣誓，自愿成为一名光荣的遗体（器官）捐献志愿者！

而今，这个团体的志愿者已达到8000多人。

无疑，这是全国参与人数最多的遗体（器官）捐献者团体！

第六章　平民的幸福生活

1.永远的欠条

为了保证家里的最基本开销，郭明义夫妻曾有一个口头的君子协定：家里财政归妻子掌管，捐款以郭明义总收入的一半为限。

可是，一年四季，郭明义经常“超出开支”，每每需要向妻子求援。

每当这个时候，他就把需要资助的孩子和家庭的照片、资料拿出来，向妻子讲述。说着说着，“催泪弹”就起作用了，夫妻两个人就一起流起了眼泪。

2008年初，郭明义在“希望工程”名单上又发现了4个特困孩子，便一口应承下来。每个孩子一学期300元，共1200元。

可是按原计划，上半年“希望工程”的捐款已经用完了。怎么办呢？女儿已经考上大学，每年学费、生活费需要1万元，前天刚刚取走。妻子的卡上已经没有多少存款了，他实在不好意思再开口了。

当天晚饭后，他对妻子说："你歇着吧，让我来。"刷锅洗碗，抹桌拖地，后又想方设法地讨好妻子，一会儿揉肩一会儿捶腿，没完没了地献殷勤。

妻子知道他又要故技重演，便执意不理他。

果然，他张口了："老伴，拿几个钱。"

妻子仍不吱声。

他把4个孩子的资料拿出来，开始讲述各自的困难。

这些，妻子都听多了。

是啊，夫妻两人的收入并不高，结婚20年来，工资加一块才20多万元，可他却捐出了12万元。现在物价太高，钱根本不够用啊。平时，水果不敢买，买菜也不去超市，而去地摊。这么多年来，自己连最普通的化妆品也没用过，过年时，连一件新衣也没舍得买。前几天女儿开学时，她还规定每月的生活费不能超过300元……

孙秀英越想越气，心头陡然涌起一股无名的怒火，跟着这么一个男人，真是亏透了。想着想着，禁不住抽泣起来。哭了一会儿，擦干眼泪，下楼散闷去了。

郭明义赶紧闭上嘴，尾随而去。

妻子在周围的小树林走了两个多小时，郭明义一直在远处守望着。

街上的人影稀了，郭明义走上前，小声说："老伴，半夜了，天太冷，回家吧。"

妻子不理他。

看着妻子情绪稳定了，郭明义继续献殷勤："累不累？"

"不累！"

走到楼梯口，郭明义说："我背你上楼吧。"

说着，就蹲下去，后背冲着她。

妻子径自上楼去了，留下他，仍然蹲在那里。其实，妻子的心早就软了，铁铮铮的汉子，在她面前却变成了小绵羊。

进门后，她开始数落："你这是逞什么能，咱有多大本事办多大的事儿，你自己就是一个穷困户，还去帮助别人。”

郭明义哄骗妻子：“那怎么办啊，钱借了单位的，已经给人家打欠条了，明天要还上。”

妻子一怔：“那你也给我打一个欠条。”

郭明义一听：“好好，我写欠条，日后一定还你。”

说着拿过纸笔写到：“郭明义欠孙秀英同志1200元，于2008年7月1日前偿还，还不上，离婚。郭明义于2008年2月16日。”

不用说，这笔欠款至今也没有还上。

2.家是温暖的港湾

2009年10月，单位派郭明义和几位劳模到井冈山参观学习。

临行前，妻子往他的包里塞了1000元钱。怕他不会买东西，被人骗了，便又嘱咐他啥也不用买，只要平安回来就行了。

一路上，郭明义谨遵妻嘱，什么也没有买。他想，这1000元钱正好是3个孩子半年的费用呢。

临下山时，走进一家商店，一枚款式别致的仿钻石戒指深深地吸引了他。如果不是行家，这枚包金上镶嵌着玻璃的“钻戒”还确实足以乱真。一打听价格，才28元。这时，他忽然想起了与自己相濡以沫20多年的妻子，时光真快啊，恍然间，自己已经走过中年，迈向老年了。于是，咬咬牙，就买下了。

两天后，郭明义回来了，神神秘秘地拿出一个小盒：“老伴，我给你买了一件好东西，戴上试一试，肯定好看。”说着，拉过妻子的手指。

妻子眼前一亮，却又满腹狐疑，1000元能买上真钻戒？便问：“花了多少钱？”

“别问了，反正你给的钱够用的。”

妻子真的不问了，高高兴兴地戴上了，左看右看，特别喜欢，又小心翼翼地收起来，放在匣子里。

后来，还是一同去井冈山的同伴泄露了天机。

孙秀英淡淡一笑，她并不意外。其实，她早就知道那是赝品。不过，这是结婚20多年来丈夫给自己买过的唯一礼物，她已经十分满足了。

在女儿郭瑞雪儿时的记忆中，爸爸经常给“希望工程”的孩子们买本买笔买文具，却从没有给自己买过。书本都是自己采购的，一个文具盒陪她度过了好多年，坏了，就用橡皮筋扎住。

爸爸没有带自己去公园玩过，也从没有送过自己上学，更没有参加过学校组织的家长会。

2005年，女儿考上了全市最好的重点中学——鞍山一中。刚上高中那一年，学习紧张，女儿被功课压得喘不过气来，情绪有些波动和急躁。

可是，偏偏这一年，郭明义从市孤儿院领回一个5岁的小男孩，每个周末都住在家里。小家伙满屋子跑，没有停歇的时候，看到瑞雪在灯下写字，一会儿拽一下衣服，一会儿喊着要喝水，一会儿又在凳子边撒尿。

老郭急忙用拖把拖干净，不好意思地挠挠头，对女儿说：“对不起，影响你了。”

女儿没好气地说：“你有那么多儿子、女儿要照顾，还有心情管我啊。”

老郭沉默了，轻轻地叹了一口气：“你太幸福了，而他们太可怜了，以后你会明白的。”

直到一年后，孩子被人认养，找到了温暖的归宿。

瑞雪的高考成绩是593分，接近很多一流大学的分数线，最后却被南京师范大学录取。为什么上师范？那就是郭明义没有钱，上师范能减免许多学费。

被录取的那天，父亲高兴得像一个孩子，他说：“你看老爸多英明，要不是我把电视机捐出去，你能考这么好吗？”

那一刻，女儿哭笑不得。

入学那一天，别的家长都送孩子到大学，他只是把女儿送到火车站。

在大学里，女儿是最朴素的一个。学校里有一个大餐厅，一层是普通菜，二层是特色菜，上了四年大学，她竟然一次也没有去过二层。

女儿的入党时间是2009年12月26日。第一时间，女儿打电话就告诉了爸爸。

郭明义兴奋地在电话里大喊：“女儿同志。”

随着女儿一天天地长大，她逐渐读懂了父亲这一本丰富而厚重的大书，她在写给爸爸妈妈的信中说道，我最惦记的还是那不到40平方米的温暖的家……

是啊，还有什么比家人的理解和支持，更让郭明义感到幸福的呢。

第七章　遍地粉丝

1. 第501号义工

李树伟与郭明义是从小一起长大的好伙伴，中学毕业后也在齐大山铁矿参加了工作。2000年，鞍钢效益不好，他便停薪留职随亲戚到国外做生意，在南非的博茨瓦纳开办了一家小型超市。

鞍钢效益好转后，严令外流人员返岗，否则解除劳动关系。他舍不得辞职，便转让超市，回到齐大山铁矿北坡车间当皮带工。由于转让超市，赔了一笔钱，他心情郁闷，总是沉迷于麻将桌前，玩世不恭、怨天尤人。

对老同学郭明义，他更是经常嘲笑说他是天下第一大傻瓜！

见到郭明义，他也总是玩闹："昨晚上玩麻将输钱了，能赞助我300块钱吗？"

"我欠饭店100元酒钱，你是活雷锋，帮忙结算一下吧。"

2006年夏天，郭明义号召捐献血小板的时候，曾找他做工作。

"你是傻蛋，我不傻啊！"他瞪大眼，一口拒绝。

"献血对人体有好处啊。"郭明义劝他。

"我不关心这些，我只关心献血给不给钱？"

"给啊。"郭明义一听，笑着说。

"给多少？"李树伟下意识地反应。

老郭只好哄他："300元。"

"好！那我去。"

这是李树伟第一次去献血，跟郭明义一起去的。

献完血小板后，市红十字会给他颁发了一本红红的志愿者证书。

"钱呢？"李树伟问郭明义。

“血站为你采血化验，花了300元成本。两不找了。”郭明义呵呵一笑。

李树伟气得哭笑不得，一拳头打在郭明义的胸脯上。他俩是从小的好朋友，狗皮帽子没反正。

虽然没有钱，但李树伟的心里一下晴朗了，感觉做了一件好事，往日填满阴霾的心胸舒畅多了，别人看自己的眼光也变得亲热了。

从此之后，他经常去献血小板，还学着郭明义，资助了一个穷困孩子。

过去身上有钱，喝酒、打麻将，现在都捐给了困难孩子。心安啊！

平时，李树伟的妻子谭桂华担心他惹事，总不让他出门。可是郭明义打来电话，她肯定放人：“郭明义的电话，你随便接，随便唠，参加郭明义的活动，缺钱我给你。”

现在，李树伟已经成为鞍山市第501号义工，参加了郭明义全部的爱心组织。

2.艳丽馅饼店

在郭明义每天早早上班的路旁，有一家小小的“艳丽馅饼店”。40多岁的女店主李艳丽，是一个下岗职工。

因为做早餐生意，李艳丽每天凌晨5点钟就开始忙碌了。

金黄的馅饼，5角钱一个，香飘半条街。黑黝黝的大街上，没有几个人，郭明义天天路过，便向着李艳丽点一点头，却从没有买过馅饼。

2007年秋天，艳丽馅饼店的阁楼突然失火。一场惊吓和经济损失弄得李艳丽垂头丧气。

老郭主动找到她：“小店不容易，我组织大伙儿给你捐捐款吧。”

“不用啦，不用啦，”李艳丽心头热热的，“真的不用麻烦大家，不用麻烦大家了，我手里还有一些本钱。”

不久，艳丽馅饼店重新粉饰一番，又红红火火地开张营业了。

从此之后，两人就算熟悉了。

有时候，老郭会停下来，走进小店，帮着端端盘子，搬搬桌子，再摆上几把凳子，冬天，还帮着捅两下火炉。

2008年春，郭明义再次发动捐献造血干细胞。刚开始的时候，他不好意思找李艳丽宣传，因为他从来没有买过一个馅饼。

李艳丽主动问："大哥，看你说话吞吞吐吐的，有什么心事吗？"

"妹子，我有一件事，想给你商量商量……"

听他说完后，李艳丽犹豫了一会儿，说："我报名吧。"

从此，郭明义的队伍里又多了一位馅饼店的女老板。

后来，李艳丽说："我没多少文化，也不看报纸，不知道这事到底怎么样，但我相信，郭大哥是好人，他号召的事肯定没错！"

电影《郭明义》中有一个情节：老郭每天早上买两个馅饼。那是从画面语言出发编造的，其实，现实中，郭明义从来没有在这个馅饼店买过一个馅饼。

"我是一个普通人，没有什么能力，只能用这种方式去服务社会，帮助别人。"她说。

是的，长不成一棵树，长成一株草也行啊。

只要心是绿的。

3.把春天寄给你

齐大山镇上有一家樱桃园邮政所，是郭明义向外汇款的必由之地。

邮政所里的几位女邮政员都很纳闷，这个人寄钱的地址经常变换，且大都是农村和学校。有一次，邮政员冯渤就问："这些都是你亲戚？"

"不是啊。"

"那是谁啊？"

他的脸红了，含糊着说是几个穷孩子。

几个女孩子的眼睛都瞪大了，真是亲眼见到活雷锋了："这么多穷孩子，你也是一个穷工人，有能力吗？"

"尽力呗。"老郭叹了一口气，平静地说。

他仍是经常来寄钱。来了，走了。

几年过去了，大家心里都平静不下去了。后来，不知谁提议，要不咱们也捐助几个孩子吧。身边有这么一个活雷锋，咱们不做好事，心里也过意不去啊。

于是，她们就从希望工程办公室提供的贫困孩子名单中选了几个，进行长期捐助。

后来又献血，一下子就去了6个女孩。郭明义知道后，特意送来一兜苹果，询问：“第一次献血，有没有不适应？”

“没有什么啊。”女孩子们轻轻松松地说。

几个苹果放在桌子上，大家都没有吃，苹果红红的，像一颗颗心。

后来，郭明义的倡议活动只要有时间，只要有条件，她们全都参加。邮政所长工亚军，还有韩晓威、冯渤等9个女邮政员，都加入了郭明义的爱心团队，希望工程、献血、捐献造血干细胞、捐献遗体……

这几年，郭明义陆续组织了8个专项志愿服务团队。加入其中的团队已超过1400支，志愿者超过240万人。

郭明义的爱心团队，像滚雪球一样越来越大。

我们希望他的团队越来越大。

我们希望全国13亿人，都是他的团队……

半生追梦，为箭铸心

——走近“最美奋斗者”高凤林

◎文/宁丽红

2020年4月24日是中国第5个航天日。就在50年前的这一天晚上，一件举世闻名的大事发生了。

1970年4月24日，东方红一号卫星发射成功，于是天空中有了中国的星星，实现了华夏五千年的期盼。北京市丰台区南苑街道上空飘扬着悦耳的东方红歌曲，一个8岁的小男孩跟随着母亲兴奋地跑到街上，他指着那颗星星好奇地问：“卫星是怎么放上去的？”母亲告诉他，你长大后就明白了。

这一天，中国人进入太空的航天梦开始了。小男孩的心里也埋下了一颗关于航天梦的种子。这个小男孩就是“最美奋斗者”高凤林。

高凤林出生在一个普通家庭，小时家里十分拮据，父亲在他5岁时就因病去世了，母亲身体多病，一个人艰辛地抚育着四个孩子。

在逆境中，童年的高凤林悄悄在心里埋下了一颗种子，他想成为一个了不起的人。8岁那年，随着我国航天事业的开启，这颗种子开始萌芽，此后半生，高凤林踏上了无悔追梦的人生路。

一、刻苦求学，结缘航天

“拖累你们了，一定要好好上学，别影响学习。”1966年，本就瘦弱的母亲，在父亲去世后几个月，终于不堪生活的重担，病倒了。

此后，母亲一病就是6年。

哥哥们挣钱支援家里，年幼的高凤林则承担起了照顾母亲的主要任务。白天高凤林在学校认真学习，放学后便立即奔回家中，为母亲做饭、捶背，减轻母亲的病痛。

每天傍晚，透过房门，街巷里同龄的孩子们吵闹着跑来跑去，享受着快乐的课余时光，屋内，高凤林正在给吃完饭的母亲捶背，因为生病的原因，母亲消化功能减弱，每次进食后高凤林都会为她锤一会儿背。

“不能跟他们出去玩，还要在这里伺候我。”母亲喃喃自语道。

“我没事儿，我不爱玩儿。”高凤林安慰起了内疚的母亲。

没有挣钱能力，高凤林知道除了照顾好母亲，他的主要任务就是好好学习，不让母亲失望。1978年，高凤林以优异的成绩从中学毕业，他高兴地告诉母亲自己的想法：“母亲，我想读技校，进大企业。”

母亲回道：“那就报考七机部技校吧，去解你小时候的迷惑与梦想。”七机部技校是211厂技校的前身，能够考上这所技校的人，毕业后就可以进入火箭总装厂工作，从事航天事业。

入学两个月后，第一次进厂参观实习，高凤林被这个神秘的军工大院“震撼”到了。

宽敞的道路，高大的厂房，来到了火箭发动机焊接车间，水磨石地面，明亮的环境。高凤林顿时陷入小时的回忆中：那时他们的街道有两个在大院上班的大人，每个人看到他们都是羡慕的眼光，在高凤林的眼中，更是像英雄一样的存在。

“这可是保家卫国的产品。”

说话的人正是第一代氩弧焊工陈继凤，他边从操作台上下来，边向同学们介绍。一下子把高凤林从回忆中拉了回来。

“你们知道什么人才能焊接火箭发动机吗？”

同学们好奇地看向陈继凤。

“焊接讲三性，稳定性、协调性和悟性，干不干三分像，如果先天条件不好也是干不了焊接这行的。”

在行业内，氩弧焊工被称为金手银手，当时我国还生产不出氩气，主要从东德进口，普通氩气3万元一瓶，高纯氩气6万元一瓶。培养一个氩弧焊工，代价相当于培养一名飞行员。

接着，陈继凤领着他们到了工作台的附近，一排排的推力室整整齐齐，像一个个待检阅的士兵，很是壮观。高凤林第一次看到这么复杂的发动机系统。操作台上的老师傅戴着防护帽和双层手套，手持一把焊枪和一个放大镜，操作又稳又快。难度极大，是需要深厚的技术功底和高超的操作技艺才能完成的。

“什么时候才能像他们那样焊接？”年轻的高凤林内心充满了敬佩和向往。

回到学校之后，高凤林内心久久不能平静。功夫在诗外，他决定要苦练基本功，希望有一天可以像老师傅那样稳稳地拿起焊枪，在复杂的发动机上完成漂亮的焊接。

那时实习的条件有限，每次5个人共用一台设备练习，在同学上设备的时候，为了能够又快又稳地送丝，高凤林就拿着焊丝在手里反复做捻的动作。没有实习的时候，他就在吃饭时拿筷子继续练习送丝动作，喝水时端着盛满水的缸子练稳定性，休息时举着铁块练耐力，冒着高温观察铁水的流动规律。他还练就了可以十分钟不眨眼的绝技。

勤奋、肯干的高凤林被陈继凤看在眼里，他知道这是一棵好苗子。

1980年分配时，高凤林阴差阳错被分配到了别的车间，组长和工长还有车间党支部书记又把他要了回来。

二、厚积薄发，一战成名

刚到厂里一年半，高凤林便崭露头角。

1982年初，因为实习期间表现出色，在车间领导和班组师傅大胆起用下，还是学徒的高凤林便参与了长征三号火箭发动机燃烧室的研制工作，也被称为“331工程”。首次亮相，高凤林便让车间所有人都记住了这个不到20岁的年轻人。

接到正式产品的任务，高凤林既紧张又兴奋，他主要负责发动机推力室上关键部件的手工氩弧焊。他告诉自己要谨慎再谨慎，一定要交出漂亮的答卷。

第一个产品焊接完成了。阳光下，金黄色的焊缝闪着微光，焊缝圆滑齐整，一致性也很好。

“可以啊小高，这焊缝比老师傅焊的都漂亮。”高凤林的基本功让车间主任很是欣喜。

得到主任的认可，高凤林的心里美滋滋的，而这时，推力室身部自动焊那里出现了一点小意外。

经过焊接后的推力室身部在交给下游车间冲压成型时，在焊缝处裂开了，补焊后，依然开裂。大家都很纳闷。

工长想到了几个刚毕业的学徒。“你们刚毕业没多久，你们怎么看这个问题？”

这是我国第一型的低温氢氧发动机，采用了新的材料。高凤林第一反应是，先搞清楚这是什么材料。他打电话给设计人员，了解到这属于不锈钢中的马氏体材料，而原来的奥氏体不锈钢材料类型，采用大电流、快速焊。书上记载，马氏体材料与传统控制方式完全不同，越快越会产生应力，所以才会裂。高凤林将查到的焊接方法交给了自动焊的师傅，成功解决了火箭发动机燃烧室尾段结晶应力造成的冲压断裂问题。

21岁那年，高凤林作为车间唯一获奖的青年，荣立了211厂331工程三等功。

20世纪70年代末，党中央提出“军民结合，平战结合，军民优先，以民养军”的战略方针，厂民用产业发展迎来了第一个春天。1982年底，崭露头角的高凤林被抽调到厂支柱民品大型真空系列炉工段系统组，支援正如火如荼的产业建设。

大型真空系列炉是填补我国热处理工业空白的一种产品，当时只有日、美等少数工业发达国家能生产。这是一次难得的锻炼机会。高凤林负责焊接炉体上的导管。

当时的真空炉在国内外市场的需求量很大，公司的产能已经开始感觉到吃力。高凤林刚过去时，也感受到了效率的问题。他每次焊接完导管，都要等一两个小时才能送来一根导管。

“干脆搭把手，跟我们一起干吧。”系统组的师傅看高凤林等着活，便招呼他一起过去帮忙。于是，高凤林便加入了导管生产的团队中。

走进工作区域，高凤林见识到了真空炉的复杂。每台真空炉都有四大机组系统，中间用导管连接。每次新制导管前，师傅们都要拿着粗铝丝对照导管反复比样，直到最接近实际外形后，再去制作导管。“这样的方式太落后了。”高凤林心里直犯嘀咕，他忍不住找老师傅聊了起来。

“生产一台炉子连接导管要多久？”

“我们6个人，半个月吧……确实也有点跟不上需求了，厂里也一直在想办法解决。”

“能不能让我试试？”

“你能行？”老师傅对这个才来了没多久的年轻人充满了怀疑。

“给我半天时间，万一能行呢。”

老师傅仔细打量着这个能够被车间推荐参与这么重要项目的小伙子，虽然觉得不可能，但还是想给他一次机会。于是系统组组长留下一名年轻人协助高凤林，其他人先去忙别的了。

高凤林上学时看过一部电影：《青年鲁班》，电影里的主人公李三辈运用几何和计算方法，取缔了建筑领域传统的放大样方法。一切空间都可以用几何和计算表述，高凤林想将这一思路用在真空炉导管的制作中。他向传统落后的生产工艺发起挑战。

运用平时积累的知识，高凤林一边测量炉体到机组的基础尺寸，一边用笔绘制导管成型的图纸，不到一个小时，他的导管制作方案完成。叫上系统组的一名同事，操作弯管机，制作导管，最后焊接到炉体上。全程3.5小时，一台真空炉完工。

系统组的小伙子赶忙叫来了他们的师傅，组长反复确认眼前这台炉子，惊讶地说："你真是系统专家啊?!"

1985年，采用了新的工艺方法，厂真空炉年产能达到了45台，效率提高了5倍以上，节约原材料50%，每年仅原材料一项就可节约资金70万元左右。

真空炉一战，让高凤林在人才济济的发动机车间脱颖而出。这让他有了更多的机会多次参与国家重大型号任务的研制攻关，并取得佳绩。

1990年，为长三甲系列运载火箭设计的新型大推力氢氧发动机，其大喷管的焊接一度成为研制瓶颈。火箭大喷管呈拉瓦尔抛物线形状，有点儿像牵牛花的喇叭口，延伸段由248根壁厚只有0.33毫米的细方管组成，仅一根管子的价值就相当于一台彩电，这些全部要通过工人手工焊接而成。全部焊缝长达近900米，管壁比一张纸还薄，每一次操作都是在一个焊点宽度仅有0.16毫米的微小空间里进行，且需要将时间误差控制在0.1秒之内，否则就有可能把管子烧穿或者焊漏。

1990年盛夏的一个晚上，在成功攻克了烧穿和焊漏两大难关，昼夜奋战一个多月的高凤林，终于可以放心回家好好放松一下自己麻木的腰和手臂了。第一台大喷管，大家期待已久的"金娃娃"诞生了！

三天后，检测机构传来不好的消息：大喷管X光检测显示，焊缝有裂纹，而且多达200处！这台大喷管面临被判"死刑"的命运。

高凤林的心情跌落谷底，像有一块沉重的巨石压在了他的心头。此时，众多老总、技术专家开始组织研讨会，研究解决方案。三个月过去了，依然没有突破性进展。

最后一次讨论会，公司、设计单位、院领导全部参会，必须拿出一个解决方案。公司发动机副总师提出，把一线操作人员高凤林也请来。

其实这段时间的高凤林，并没有闲着。在听到裂纹的消息后，他很快从沉重的情绪中走了出来，开始思考背后的原因。他和几个同事从头梳理工艺流程、焊接方法以及材料特性，等等，都找不到问题。而同时，喷管已经顺利通过了打压试验，没有出现泄漏，证明焊缝很结实。一切都没有问题，那么问题到底出在哪里？他在心里大胆预判：裂纹是假的。

走进气氛凝重的会场，高凤林悄悄地在一个角落里坐下。

大家提出了一个个方案，但随着激烈的争辩，这些方案被一个个否定，会议又陷入了僵局。

就在这时，高凤林忍不住小声嘟囔了一声："那不是裂纹。"

主持会议的领导立刻敏感地捕捉到了这个声音："什么？你大点声再说一遍！"

众人将目光投向了坐在角落里的高凤林。

高凤林有些紧张，他定了定神，说："那200多处是假裂纹，不用做任何处理。"

一语震惊四座。紧接着，高凤林从焊接的特点和喷管结构说起。他做了一个类比，根据他的焊接经验，这个材料的塑性非常好，就像一根面条，他可以拉伸到很长，等到开裂也就断了，但是喷管经受住了打压考核，证明焊缝不会有问题。

"你马上回去模仿大喷管焊接在试片上再焊一次，立即拿去做试验。"主持会议的领导当即拍板。

顶着巨大的压力，高凤林回去后焊接了十几组试片，经过剖切试验，200倍的显微镜下显示，高凤林的判断是正确的，所谓的"裂纹"是焊漏与方管壁的夹角所造成的假象。后来，高凤林又提出了高阶方程反变形补偿法和线积分校核控制方法，使喷管型面完全符合设计要求，高凤林也以这个项目主要完成人身份，获得国家科技进步二等奖。

1994年2月8日参加长征三号甲运载火箭首飞取得成功。这一新型号大推力发动机的成功应用，使我国火箭的运载能力得到大幅提升。

三、追着难题跑

1999年，已经在行业内小有名气的高凤林登上了央视节目《实话实说》，在后台，节目编导一下子就注意到了他头上的伤。那是在一次攻关时留下的。

高凤林喜欢追着难题跑，受过的伤从头到脚有十几处。当学徒时看着自己的师傅总是能解决别人解决不了的问题，干别人干不了的活，他觉得很牛。他想掌握更高的本领，成为像师傅那样受人尊敬的人。那些留在身上的印迹，就像他的一枚枚勋章。

1989年，高凤林攀上了焊接高地的第一座险峰，他那双拿焊枪的手上至今还留有一块疤痕。

那是一次亚洲最大的火箭整箭振动塔研制任务。长二E运载火箭又称长二捆，是我国第一种大型捆绑式运载火箭，专为发射澳洲卫星而研制。成功发射澳星将是我国航天事业在国际上的一次展现。为模拟火箭从起飞到助推器分离前100多秒的真实飞行状态，我国航天部门开始研制火箭振动特性试验的大型实验设施——火箭振动塔。

其中用于支撑振动大梁的焊接是关键中的关键。这是一种十分特殊的材料，包括老师傅在内的焊工都从未接触过。因为含合金元素多，焊接时极易产生合金元素烧蚀，造成基材强度下降，影响材料的机械性能。而此次焊接的焊缝强度要求不小于基材强度的90%，属于一级焊缝，是焊接最高标准。

第一次受命承担如此重任，高凤林深知背后深远的意义。

接到任务的那天晚上，他将自己关在了房间内，从材料特性到设备选用再到操作方法，高凤林把各个方面想了一个遍，生怕因为错过一个关键点，影响方案的判断。第二天一上班，高凤林拉着设计人员和老师傅，一个一个方案审，问题不断聚焦，思路逐渐清晰，最后他大胆提出了一套全新的焊接方案，采用多层快速连续堆焊和机械导热方案。这种方法可以使金属在熔融状态下尽可能减少停留时间，又不因冷却过快造成金属组织结构变坏，得到了所有人的认可。

新方法，新挑战。焊件传导温度达400多摄氏度，按照这套全新的焊接方法，需要操作人员连续不断地在高温下操作，就像守着一个大火炉。高凤林戴了三层手套，准备接受“烤”验。

大约过去了十分钟，高凤林感到了疼痛，他的双手被烤得发干、发焦、发糊，渐渐地鼓起了一串串水泡。可为了按时保质完成任务，高凤林咬牙坚持着。一个多月后，任务完成，振动塔按期竣工，长二捆也如期试验。该焊接工程获得了原航天工业部科技成果一等奖。他的手上至今还有因严重烤伤留下来的疤痕。

目前，振动大梁焊接质量依然良好，在载人航天升级测试中，承力从360吨提高到420吨，大梁安然无恙。

1991年，因为一次十分紧急的抢修任务，高凤林再次与长三甲系列火箭发动机碰面。

在长三甲系列火箭第二台氢氧发动机进入研制关键时，公司唯一的一台真空退火炉发生了炉丝熔断，研制工作被迫停止，当年护送第一台大喷管上试车台的高凤林，要再一次赶赴抢修一线。这一次危险远远大于难度。

炉口直径只有大约0.4米，炉内空间根本装不下一个人。而更令人担心的是，炉体是单向密闭空间，炉内氧气十分稀薄，焊接时还要输送氩气进行焊接保护，缺氧将成为致命杀手。大家开始焦急地商讨抢修方案，试图解决缺氧这一大安全隐患。

其实，高凤林心里清楚，焊接对保护环境要求很高，任何一种“输氧”的方法都会对焊接造成影响。这是一次注定的冒险。

“我申请立刻钻炉！”高凤林主动要求钻炉抢险。

时间不等人，情急之下，在场领导同意了高凤林的请求，但要求必须做好安全保障。于是，同事们在高凤林脚上绑上绳子，再三叮嘱他：“如果感到呼吸困难，就马上扯绳子，外面的人会立刻把你拉出来。千万别逞强，不然很可能在炉内直接缺氧休克，后果不堪设想。”

高凤林蜷缩着肩膀，钻进了炉腔内。狭小又漆黑的空间里，高凤林打着手电筒，将大臂收起并贴紧胸膛，身体已经弯曲成近90度，忍着闷热和缺氧的窒息感，用小臂吃力地一点一点施焊。每次感到呼吸困难，他就出去换一次气。就这样，他三进三出，前后两个来小时，终于成功焊好了炉丝，真空炉又恢复了运转。

难题往往伴随着危险，在难题面前，高凤林是一名无畏的勇士。“没有理论的实践走不长远。”为了攀登更高的险峰，迎接更多的挑战，1988年开始，高凤林利用业余时间继续深造，陆续报考大专、本科，自学研究生课程。

追梦路上，高凤林从未停息。

四、被难题追着跑

1997年夏日的一个晚上，天气格外闷热，一直到凌晨两点，高凤林都难以入眠。

“丁零零……”家里的电话突然响起，像是专门打给失眠的高凤林的。

高凤林迅速走到客厅，拿起了电话。

“你赶快到院办去一趟，有急事。”电话里传来车间主任急促的声音。

来不及细问发生了什么，高凤林匆忙穿好衣服出门，但他感觉事情应该有些严重。

的确，此时远在两千多公里之外的大凉山，长三乙遥二火箭已经矗立在靶场等待发射，但是在压力试验后喷管外壁出现了凹陷，一个硕大的坑让在场所有人都傻了眼。

燃料已经加注，5天内必须发射！高凤林就是被喊去共同商议解决方案的。

会议室内，靶场电传来了一份喷管损伤部位的图片，跟靶场工作人员初步的判断一样，北京的专家组也无法明确喷管的“伤势”，但是那么大片坑，谁也不敢保证这个喷管还能继续使用。

“干脆上箭补焊，给火箭上一道保险。”

但是苏联箭毁人亡的先例令人警醒，型号总设计师龙乐豪坚决不同意。

“还是用探测仪器吧，先看看质量数据如何。”

但是火箭各个系统已经调试到位，万一仪器产生任何干扰，都有可能影响后续发射成败。方案还是没有被采纳。

一阵头脑风暴后，会议室内开始安静下来，大家陷入新一轮的沉思中。

“可以试试物理检测+旁证试验的方法。”顺着刚才的讨论思路，高凤林有了新的解题灵感。

物理检测就是对火箭没有任何影响的白粉试验，旁证试验就是找相同材料的试片，加工成喷管相同的质量状态，然后通过剖切分析的试验来旁证喷管的质量可靠性。这个方法完全不用影响火箭，与会领导一致同意可以一试。

第二天，高凤林立即开展试验。他找来了100个试片，和操作人员一起，模仿喷管的损伤部位，将每个试片用锤子敲击成各种不同深度的坑，再拿去逐一进行剖切分析。结果证明，材料可塑性十分理想，没有一个试片出现裂纹。

喷管是安全的。拿到试验数据后，车间立即逐级汇报试验结果。最终，型号老总决定不用做任何处理，发射重启。

1997年8月20日凌晨1点50分，长三乙遥二火箭点火升空，成功发射菲律宾马部海卫星，为进一步开拓国际航天商业发射市场、提高国际市场竞争力再立新功。

2007年9月23日，这一天是农历中秋节。初秋的下午，天气凉爽，风和日丽，长五发动机第一次登上了试车台，要完成长五立项前一次重要的验证试验。

随着巨大的轰鸣声响起，平静的下午被打破。

100秒，200秒，300秒……

突然，在发动机试车到了尾声时，火焰喷射状态异常，发动机突然出现泄漏。

内壁发生了烧蚀！返厂处理至少一个月，且经济损失巨大。如果不能赶在年底之前完成验证性试车，立项得推迟一年。

必须在最短的时间内完成泄漏处的补焊，减少燃料的挥发。现场的专家焦急地联系高凤林请求支援。

9月24日一上班，型号总指挥带着几名设计人员来到了发动机焊接车间，找到了高凤林。“上试车台补焊”，型号老总征求高凤林的意见，高凤林毫不犹豫地答应了。

上台补焊，其实是险中求胜的被迫之举。因为危险性的问题，101站台一直没有同意上试车台补焊。很多检测和输送管路已经连接，上台补焊一是有可能对发动机造成损伤，二是对操作人也很危险。最终，多方协商，决定采用安全切割的方法以达到施焊的保障条件，同时，必须进行全站疏散。

9月25日下午，完成一系列准备工作后，300人左右的站台被疏散一空。只留下高凤林和两名辅助操作人员。

试车台上几乎没有操作空间。操作台10米开外就是易燃易爆的大型液氢储罐；脚底下又是几十米的山涧，周围充斥着紧张的气氛。脚下临时搭建了两块防护板，腰间系上了一根保险绳，高凤林准备开始焊接。

焊接难度比想象的更大。推力室洞口只有一个小碗口那么大，一只胳膊进入，只留下一条缝隙可以用来观看内部情况，等于盲焊。更具挑战性的是，材料很特殊，焊接过程不爱熔又氧化快，焊接难度极大。高凤林透过缝隙看着内部微微发出的焊光，靠着右胳膊贴着内壁一点一点地记忆焊接过的位置，一个小时后，第一次补焊工作艰难地完成了。但是打压试验发生泄漏，补焊失败。

重新登上试验台。高凤林不断地调整焊接方式，第二遍，第三遍，第四遍……

已经到了下午4点半，山里的初秋有些凉，但是高凤林的后背却被汗水浸透了。

“我还能拿下来吗？”身经百战的高凤林内心打起了鼓。

“这里天黑得很快，必须在5点之前拿下，不然整个试验台的工作又要耽误一天，一定要挽救回来，长五成功，中国航天的水平就跟国际基本持平了。”型号老总一边加油一边加压。

来不及胡思乱想，高凤林迅速集中精力。他一遍又一遍地在脑子里回想前几次焊接的过程和打压试验的结果。还剩最深处的一点，怎么焊都补不上。问题的关键应该就是这里了。

他试着用借助周围热度等方法，弥补身体到达极限的不足，孤注一掷。

下午5点，第八次尝试焊接完成。所有人屏住呼吸等待打压结果。

没有泄漏，成功了！

现场一片欢呼雀跃。“你通过了一次国际级大考。”在场的火箭发动机总设计师拍着高凤林的肩膀感叹道。9月28日，长五发动机第二次试车获得圆满成功。

惊心动魄的一个礼拜，长五发动机转危为安。2016年11月，新一代运载火箭长征五号成功首飞。

很长一段时间，长五发动机的研制攻关，成了高凤林工作的主旋律。但是2005年夏天，一段插曲的到来，让高凤林险些缴了“枪”。

长三甲三子级氢氧发动机的泵前阀座组件是发动机最核心的部件之一，采用“软钎焊”工艺进行焊接，结构复杂，有三十多道工序，合格率最低的时候不到30%。2005年前后，正是中国航天进入高密度发射的初期，北斗导航等项目立项，30%的合格率根本经受不住高密度发射的大考。

必须加速提高长三甲三子级氢氧发动机泵前阀座组件软钎焊的生产合格率！时任厂长把高凤林叫到了办公室。

高凤林一听，这属于软钎焊工艺，是钎焊中的一个偏门，而他自己干的是熔焊，此焊非彼焊。火箭生产应用少，相关理论体系又不完善，国内甚至连统一的焊接标准都没有，“跨行”搞软钎焊，高凤林没有十足的把握。

“你是不是焊接特级技师？是，就啃下这块硬骨头！”厂长下了死命令。

看似不讲理的命令背后，是压得让人窒息的严峻事实。此前的一年多，厂里组建了专业的钎焊队伍，集中攻克这一难题，但是没有一次成功。一个火箭就需要8个组件，产品马上就要供不上了。

高凤林硬着头皮接下了任务。他仔细研究报废件，不放过任何一个疑点。很快，他在背面注意到了氧化的情况。他根据电镀机理判定，这是因为铝质阀座表面镀的铜厚度不够。“虽然，阀座镀上铜以后，表面颜色很好，但不均匀，锡和铜容易形成表面膜，外力作用下，容易脱落产生气孔，直接影响焊接质量。”

突破点找到了！已经停滞了一年多的项目，此时就像久旱逢甘霖一般，迫切地需要一个新的想法激活团队乃至整个厂的士气。厂领导赶紧组织车间按照新的方案，增加镀铜量，再做一次试验。

这次，焊接一次成功。但令所有人没想到的是，这仅是第一关。

2008年，按照型号研制进度，改用新方案的发动机阀座组件上台试车，却在阀座组件上发生了裂纹。操作人员立即拆下来做剖切试验，发现是镀铜层裂开了。三十多道工序，高凤林开始一个一个工序地追溯。每过一道工序，他都要找到对应的理论支撑，分析是否有工艺规范的遗漏。直到他看到了浸锌这个环节，实际操作工序并没有达到实际应用的条件要求。他结合理论实际，提出延长3倍的浸锌时间。经过改进后，产品成功经受住了打压试验，问题终于得到了解决。

可是好景不长。半年后，还是在试车台上，发动机再次发生了泄漏，这次是阀座组件上锡与不锈钢材料的连接处裂开了。接二连三地出现问题，所有人包括高凤林，几乎都被耗尽了精力。

高凤林依然喜欢在书中找答案，尤其是他以前完全没有涉猎过的软钎焊领域。那段时间他常常泡在图书大厦里，时间不够用，他干脆一本一本买回家做深入研究。终于，他在电路领域找到了锡钎焊的一些工程案例并受到启发，看到某种元素会增加连接强度的关键提示，高凤林提出了在不锈钢材料上局部镀镍的创造性方案。

此言一出，受到了各方质疑。方案如何让人信服？高凤林进行了大量的验证试验，大约半个月后，他给出一份报告，用几十个定理推导、证明，波纹管镀镍工艺的可行性，将问题全盘破解。

连闯三关，2011年，这个困扰了制造业二十多年的大难题终于彻底攻破，阀座组件合格率提升至97%。

2014年，高凤林携带这个项目及其他两个项目赴德国参加纽伦堡国际发明展，三个项目全部获得金奖，这在中国至今无人超越。

五、挺起中国人的脊梁

2018年1月，高凤林被评为2017年度“北京榜样”年度人物。评委会在颁奖词中写道：“焊枪是针，弧光是线，在火箭发动机的金缕玉衣上起舞，大国工匠，技艺卓绝，挺起了中国人的脊梁。”

凭借着高超的技艺，高凤林让中国工匠的名字响彻寰宇。

1993年的春天，南苑机场，飞行任务的前10小时，一架空军飞机正在停机坪上准备执行飞行任务。但是发动机出现技术故障——喷管突现裂纹。

这是一台新引进的俄罗斯进口飞机，空军请来的俄方专家已经断言：

只能运回俄罗斯维修。

作为运输关键飞机，其已经进入值飞状态，怎么回头？空军维修大队长紧急求助当时国内最著名的焊接研究所。

下午5点，空军维修大队长和焊接研究所所长来到了高凤林的单位。焊接研究所与高凤林的单位是兄弟单位，所长更是知道高凤林在行业内的焊接水平。

“小高，赶紧跟我们去一趟南苑机场，有急事需要你帮忙。”

看着两人焦急的神情，高凤林在征得了单位同意后，二话没有，三人立即赶赴机场。

此时偌大的停机坪上，近20人正围着故障飞机。高凤林向一旁的俄罗斯专家询问了发动机的相关信息后，登上了旋梯，查看故障点。

“放心，这种情况可以维修！”高凤林很有信心地对维修大队长说道。

高凤林拿出自己的焊接绝活：双腔体保护法来施焊，大家紧张地等待着事情出现转机。5分钟后，裂纹补焊完成，空军维修人员立即上前对焊缝做磨光处理。

“砰！”

焊缝裂了，维修人员吓得不敢动弹。

现场瞬时陷入不安。俄罗斯专家闻声后立马激动起来：“你们中国根本就没有这个焊接水平！要么由我们派人来焊接，要么运回俄罗斯去维修，你们选吧！”

专家的话虽然听着有些刺耳，但是却燃起了高凤林的斗志。超强钛合金这种材料，果然不简单，厚壁结构不同于火箭发动机的薄壁，高凤林认识到这一点，迅速调整焊接方案。

再一次，他用局部强度控制法继续补焊，同样是决定命运的5分钟，第二次补焊完成。维修人员小心翼翼地对焊缝进行了磨光，这次没有发生任何问题。现场响起了热烈的掌声。

俄罗斯专家带着挑剔的眼神，登上旋梯左看右看，楞是找不出任何问题。转过身，他冲着高凤林竖起了大拇指：“中国哈拉少，中国人哈拉少！”

2006年11月底，高凤林突然接到厂长的电话，说丁肇中的秘书打来了电话，不知从什么地方打听到了高凤林的消息，丁老有一个项目需要协助解决。

傍晚时分，丁老的秘书来到车间，还带着一张产品图纸。

在这张A4纸大小的图纸上，只有一个阀体结构，高凤林没有看出来什么。秘书介绍道："这是由世界16个国家和地区参与的ASM-02暗物质与反物质探测器的项目，正在紧张地开展项目制造，预计2009年或2010年用美国最后一班航天飞机发射升空。目前遇到了一个很大的难题，请你去前往解决。"

到底要解决什么？秘书没有透露更多的信息，只交代第二天就要去现场。

出发前，厂长打来电话嘱咐：要拿出看家本事，不要给航天人掉链子。没过多久，院长也打来电话：一定要全力以赴，不要给中国人丢脸。两句简短的话，却有着沉甸甸的分量。高凤林长舒了一口气，不知道前方有什么在等待着他，这种未知，让他的心一直悬着。他迫不及待想赶往现场。

第二天中午，高凤林抵达承制现场，上海交大的项目负责人接待了高凤林。已经到了午饭时间，高凤林没有心思吃饭，向这位领导问起了此次任务。

"丁老这次组织搞的ASM-02暗物质与反物质探测器是由美国国家能源部（EOD）资助，美国国家航天局（NaSa）为主执行机构，世界16个国家和地区参与的合作项目，这次设计的ASM-02探测器使用的是液流氦低温超导电磁装置，它的磁性将是永磁体10倍以上，要用美国最后一班航天飞机运送到国际空间站上探测三年以上，必须具有极高的密封性。丁老的要求是，焊接不能有一丝变形。"

"但是焊接总会有轻微变形……"高凤林边听边分析。

"前面已经来了国际和国内两拨项目设计、策划论证人员，最终项目实施方案都没能通过国际联盟总部的评审认可，这次请你来也是帮助给看一下，是否还有更好的解决办法。"项目负责人又补充道。

事件总算逐渐清晰，但是高凤林的心跳得更快了。"这么多牛人都没办法的事，我能干啥呀？"高凤林要求立即前往现场。在现场，他终于看到了这个异形阀结构，他了解了设计结构、工艺状态和加工方式……

第二天早8点，项目研讨会开始。高凤林拿到了两本400页厚的项目报告。可这两本报告就像两块大石头压在高凤林的胸口，而流逝的时间就像压力机，不断地将压力通过这两本厚重的报告传导给高凤林，令他喘不上气来。他根本看不进去，也看不完报告。

“直接看三维图吧！”高凤林决定放弃报告，提出直接对着产品三维图研讨。会议地点也因此被临时转移到有多媒体功能的小会议室。2.5小时，项目人员对着三维模型，一个方案一个方案地介绍起来。高凤林只有2.5小时。

看着屏幕上复杂的装置模型，听着一个个近乎完美的实施方案，高凤林大脑高速运转。已经是最高水平的策划方案，几乎无可挑剔，到底还有什么改进空间？

“丁老要求不能有一丝变形。”高凤林又在脑海中过了一遍丁老的要求。

不能有一丝变形。一句看似与焊接理论相悖的要求，令高凤林的思路开始逐渐清晰。

结合自己的焊接经验，高凤林从收缩量、焊接补偿、热熔法等多个方面阐述了自己的这套“无变形方案”。这套大胆又新颖的思路，让会议在场人员眼前一亮。

两个月后，丁老的秘书打来电话，高凤林的方案已经通过国际联盟总部的认可，项目即将进入实施阶段，丁老委任高凤林作为NASA特派专家，前往承制基地督导实施。

2011年，AMS-02暗物质与反物质探测器发射成功，丁老特意传话过来：“感谢中国航天的帮助。”

那份沉甸甸的嘱托，变成了沉甸甸的果实。

六、5%的陪伴

高凤林从1980年投身航天事业以来，至今已有40载。回顾这段人生中的黄金岁月，高凤林将80%给了工作，15%用来学习，剩余的5%留给了家人。因此，他被同事戏称：一个与产品“结婚”的人。

27岁那年，高凤林的终身大事成了单位最挂心的事情之一。领导甚至在车间大会上公开为高凤林招亲：“我们有的同志为了工作顾不上搞对象，我要给他介绍，大家也要帮忙，有介绍成的，我给予奖励。”

领导虽然没有点名，但是同事们都不约而同地看向了坐在人群中的高凤林。高凤林的脸唰地一下就红了。紧接着，在车间领导和同事们的关注下，高凤林终于开始接触一个女孩，开启了一段颇为有趣的恋爱经历。

约会对于高凤林而言是困难的。喜欢追着难题跑的高凤林，越发认识到理论知识的可贵，1988年，高凤林报考了职大业余班，开始了长达4年的充电学习。很长一段时间，白天高凤林要忙着型号生产，晚上加班到八九点，周末也不休息，回来继续上课到夜里10点，还要准备技能竞赛的练习。因此，高凤林一个星期才能跟女孩见上一面，但每次约会时间不到10分钟，高凤林就得匆匆离去。

一个周末的上午，高凤林终于抽出时间可以好好陪女孩逛个街。

“今天天气挺好。”

女孩不作声。

“你想买些什么？”

对方依然沉默。

两人差不多骑行了一公里，高凤林感觉女孩好像有些不高兴，他回想这段时间自己的表现，试着开始反省：“怎么啦，是不是嫌见面时间短了？”

“每次见面都很匆忙，我想多见见你，有天晚上，我就去你单位找你，在门口转悠半天也没见你，结果武警出来要询问我，我吓得赶紧跑了。我都被当成坏人了。”女孩积在心底的委屈终于吐露出来……

虽然有委屈，但是女孩却很少抱怨，一直默默地在背后支持着高凤林。他们结婚后，对于高凤林在生活中的缺席，女孩的一句话也成了高凤林最坚强的后盾：“去忙你的事业吧，家里你就不要管了。”

2017年12月19日，正在外地出差的高凤林，接到了三哥打来的电话，说母亲病重已经住院四天了，怕打扰他的工作，没敢第一时间告诉他，并嘱咐不要着急。

出差前，高凤林特意来跟母亲道别。母亲对他说：“儿呀，你安心出差吧，妈妈知道，你干的是国家大事，你不仅是我的儿，你也是党的儿，也是国家的儿。”想到这儿，高凤林的心里很不是滋味。这次任务密级很高，按照基地管理不能随便接打电话，于是，高凤林提起笔，将浓浓的牵挂寄托在了文字间。

亲爱的妈妈：

得知您再次病重住院的消息，心情非常沉重。

我远在千里之外的大山深处，不能床前尽孝，愧疚之情溢于言表。

…………

祝福您快快好起来……

儿：凤林　敬祝

2017年12月19日

出院后，高凤林就一直让母亲住在自己家里。有时候下了班，高凤林会去母亲最爱的小餐馆，买她爱吃的红烧肉、鹌鹑蛋。这是他唯一能够弥补母亲的方式……

2020年6月，101岁高龄的母亲永远地离开了高凤林。母亲对高凤林而言，就像一个领路人。虽然有愧于母亲，但是母亲对高凤林的工作是百分百支持。每次知道儿子要上电视了，她都要提前告诉其他几个儿子准时收看。2015年，央视到高凤林家拍摄大国工匠系列节目。母亲接受采访时对节目导演自豪地说："我从小就告诉他，要做正派的人，要走正道……"

5%的陪伴，虽然是一种选择，但更是一种爱的方式；虽然是一种遗憾，但更是一种成全。

七、"在一线干活才是我的价值"

2020年，中国航天又迎来了一个超级年。但是一场突如其来的新冠肺炎疫情，打乱了原本的工作和生活节奏。

3月15日晚上7点半，高凤林正在参加全国总工会的一个重要会议。电话突然震动，看到是单位打来的，高凤林快步走出会议室，将电话接了起来。

"高师傅，你在哪儿？大氢氧发动机推力室终于齐套了，周期只剩下一半了，需要抓紧焊接，把时间抢回来……"

"散会我就回去。"

这个特别的早春，少了一分喜悦，多了一分焦虑。今年高凤林所在车间YF-75型号发动机任务增长了40%，长五火箭用的发动机任务增长了2倍多。而主力组员身体刚做了手术，需要在家休养。同时，有的组员家里离得远，受疫情影响，晚上不方便安排加班。任务逐渐形成洪峰，队伍力量却被迫削减了近半。这个时候，为了兼顾身上的多重责任，高凤林在不断压缩自己的时间，上晚班成了他的家常便饭。

晚上8点半，终于结束会议的高凤林急忙赶到了车间。他稍作休整，便立即协同工艺人员、检验人员确认产品状态，开始推力室焊接工作。焊完后，高凤林拿着钢丝刷清理焊缝，随后又拿起跟随他多年的放大镜查看焊缝质量。

"师傅，从中午到现在已经过去9个小时了，您晚饭还没有吃呢，我给您冲了碗泡面……”年轻的组员王斌心疼地说道。高凤林说：“等等，我先把剩下的一个氧排气壳体焊完。”

晚上10点半，今天的“晚班”任务终于都完成了，放松下来的高凤林感觉饿极了，他端起已经泡了很久的方便面，大口吃起来……

从2020年3月以来，只要白天没有会议活动，高凤林都会加班到晚上8点左右，周末也不休息，有特殊任务还要奋战到深夜，战斗力似乎回到了年轻时的状态。

“无论是难活累活还是急活，不论任何时间，只要车间需要，高大师都会及时站出来，为我们保节点、保交付、打硬仗提供最有力的支持。”高凤林不计个人得失、无私奉献的突出品质，令车间十分动容。

曾经有人问过高凤林：“你都获得那么高的成就了，干吗还守在一线干活啊，不怕晚节不保吗，带带徒弟得了！”高凤林的回答是：“爱岗就是爱国，我的价值只有在干工作中才能体现出来。”也曾经有人高薪聘请过高凤林，但是高凤林不为所动，他说，没有比自己参与制造的火箭飞上天更自豪的事。

全国劳模、大国工匠、全总兼职副主席……这些年，高凤林的社会角色在不断丰富，社会责任也越来越多，但是航天报国的初心，他始终没有忘记，他永远将任务放在第一位。

八、传道授业，铺就桃李花香

回望初心，高凤林如愿从事着他热爱的航天事业，并且成为航天人中的佼佼者。“高凤林”这三个字从一个名字变成一个响当当的“名称”之后，他本人看到了自我价值之外更多的可能：帮助更多的人去追逐梦想，实现价值。

2005年，高凤林所在的班组被国防邮电工会和航天科技集团公司联合命名为“高凤林班组”，成为航天一院首个以劳模名字命名的班组。2011年，高凤林国家级技能大师工作室正式挂牌，这是人社部在全国首批命名的技能大师工作室之一。以师傅带徒弟的形式，将科研与技术融汇在一起。

高凤林技能大师工作室逐渐成为人才育成的基地。

技能大师工作室在国家人力资源和社会保障部、集团、院领导的大力支持下，有条不紊地开展高技能人才培训基地建设，探索适应加快经济发展方式转变、推动产业结构优化升级，深化培训基地与企业开展高技能人才培训的合作；从培养模式、课程设置、师资配备等方面积累高技能人才的培训经验，实现全国高技能人才规模化培训。

技能大师工作室自成立以来，在完成型号产品的研制生产任务，开展如“提高发动机组件批生产焊接质量研究”“不锈钢和铝合金异种金属CMT焊接工艺研究及应用”等众多攻关项目课题研究外，还注重成员对技术工作的总结、提炼，推广工作室高技术人才的绝技绝活等创新成果，推动行业的快速发展。截止到2014年底，工作室开展系统内外的技术交流活动40多场，共1000多人次。

“能进高师傅的班组，跟着他学技术，是很荣幸的事情，他的成功事迹还有敬业、钻研、不断突破极限的精神，都在一点一滴地影响着我们，给我们树立了很高的标杆。”他的徒弟说。高凤林用自己的行为潜移默化地影响着身边的年轻人，而这种言传身教的影响是深远的。

对于焊接，高凤林再熟悉不过了，他的育人理念，也如出一辙。他认为，一条焊缝只有每个点的焊接是高质量的，才能成就一条完美的焊缝。这同样适用于团队建设，一个优秀的团队，离不开每个成员的优秀表现。这就是高凤林的“焊接”育人法。

人的成长路径应该是由一个个小目标汇集而成，除了每天坚持练习焊接基本功，高凤林会鼓励刚来一两年的徒弟参加大的技能比赛，虽然可能会因为比赛成绩不好而丢脸，但是可以积累实战经验。为了让徒弟们能够快速成长起来，高凤林喜欢给他们加压。这是他的成长经验。

2011年夏天，长三甲系列发动机在101站台进行最后的氦检，为试车做准备，突然发现发动机加温器发生泄漏，需要立即上台补焊排故。上试车台抢险的机会并不多，可以锻炼一个人的技能、胆识和应变能力。这一次，高凤林决定派他的大徒弟孙敏力前往。

出发前，高凤林一遍一遍地为徒弟预设可能发生的情况，并叮嘱徒弟不要害怕，放手去干。第一次上阵，孙敏力既紧张又期待。站在师傅曾经战斗过的试车台，面对师傅曾经遇到过的危险环境，孙敏力腰上绑上安全绳，又过了一遍师傅交代的焊接要点，开始专注补焊。历时三个小时，补焊一次成功，试车试验如期进行。孙敏力完成了他职业生涯中的一次大考。

高凤林技能大师工作室有成员14人，其中特级技师4人，高级技师2人，技师1人，5人获得全国技术能手，1人获得中央企业技术能手，1人获得航天技术能手。高凤林班组高手云集，是厂里特级技师最多的班组。

2018年10月，在全总第十七届一次执委会上，高凤林当选全总兼职副主席。工作室之外，高凤林还承担着更多的社会责任。

2019年1月，高凤林工作法视频课程在京首发，这是国内首个以大国工匠工作法命名的优秀产业工人技术技能视频课程，为产业工人学技术、增本领提供了新的学习与交流平台。2020年，新冠肺炎疫情突然袭来，许多老师走下讲台，登上直播平台，开始线上讲课。在这期间，在全国总工会的邀请和组织下，高凤林面向全国的职工群体，也开设了一系列网课，在线讲授焊接知识。

近年来，作为大国工匠的高凤林，也经常受邀到各地宣讲工匠精神，参加全国总工会“大国工匠进校园活动”等。他认为工匠精神应从三个层面来理解：思想层面，工匠精神就是爱岗敬业、无私奉献；行为层面，工匠精神就是持续专注、开拓创新；结果层面，工匠精神就是精益求精、追求极致。高凤林已经成为弘扬工匠精神的践行者。

从事火箭发动机焊接40年，攻克难关200多项，出版论文30多篇，著书三部，获得国家荣誉30多项，高凤林被誉为中国火箭发动机焊接第一人。当年埋在他心里的那颗种子，长成了更大更广的航天梦，在他的焊枪之下，迸发出无数耀眼的焊花。

航天追梦人，无悔献芳华。如今58岁的高凤林已年近花甲，但他说，只要航天发展有需要，他就会继续坚守在这里，愿得此生长报国。

大海都知道

——黄旭华和他设计的核潜艇的故事

◎文/郑　蔚

引　言

这是一场不同寻常的会见，至今让人难以忘怀。

2017年11月17日上午，中共中央总书记、国家主席、中央军委主席习近平在人民大会堂亲切会见参加全国精神文明建设表彰大会的代表和全国道德模范代表。习近平总书记看到年岁已高的93岁的中船重工719所名誉所长黄旭华院士和82岁的贵州省遵义市播州区平正仡佬族乡原草王坝村党支部书记黄大发，站在代表们中间，就握住他们的手，请他们坐到自己身旁。这感人的一幕，通过电视传到千家万户，温暖了全国人民的心。

“习主席握着我的手和我聊天，我觉得他就像和家人说话一样亲切。”黄旭华告诉记者。

黄旭华在大会上的激情发言，激起了全场一次又一次热烈的掌声。当得知他为了我国第一代核潜艇的建设隐姓埋名、30年没有回老家时，很多同志的眼睛湿润了。

黄旭华走下讲台，鲐背之年的著名电影艺术家田华激动地对他说：“您看，我双手都红了，是为您鼓掌鼓的！”

2018年，正是我国核潜艇事业走过六十年的日子。黄旭华为中国核潜艇事业贡献了六十年，他是我们共和国的英雄！

1958年是中国核潜艇事业的元年。

就在那一年，34岁的黄旭华奉命进京，进入“核潜艇总体设计组”工作。

这六十年来，中国核潜艇几上几下，从最初的孕育构想到如今已有多代多型核潜艇“征服五洋任所之”。

这一甲子的时光，只够黄旭华做一件事：为国家设计最好的核潜艇。中船重工董事长、党组书记说，黄旭华在核潜艇研制岗位上坚守了六十年，非常难能可贵。如果说，我国核潜艇的第一任总设计师彭士禄领衔解决了中国核潜艇“有没有”的问题，那么，第二任总设计师黄旭华使中国核潜艇真正具备核反击的实战能力，使中国核潜艇成为大国的“定海神针”。

第一章　深潜就是战斗力

1. 伟大者善梦

深潜有多难？

曾任中国海军核安全局副局长的杨连新向记者讲述过美国“长尾鲨”号核潜艇沉没的故事：

1963年4月9日上午8时，美国大西洋西岸新罕布什尔州朴次茅斯港，“长尾鲨”号攻击型核潜艇启航。它是当时世界上最先进的鱼雷攻击型核潜艇，其设计的下潜极限深度为300米。在“云雀”号潜艇救援舰的保驾下，它将进行首次大修后的300米下潜试验。

就像大多数海上的突发灾难一样，刚开始的时候，风平浪静，一切正常。

在指定海域，艇长约翰·哈维中校充满自信地下达了“下潜”的命令。9时02分，“长尾鲨”潜入200米深的温跃层。温跃层内海水的温度和密度发生剧烈变化，“长尾鲨”原本清晰的通话声开始含混起来，“云雀”号收听到的水下电话变得断断续续。

7分钟之后，“长尾鲨”号发动机舱的一根冷却管焊头断裂，发生泄漏。没有了冷却水，核反应堆迅速自动关机。核潜艇失去动力，开始下沉。哈维中校立即命令自救，紧急启动备用的常规电池动力系统，用压缩空气排出核潜艇水柜内的压舱水。“云雀”号上的扬声器里，传出了“长尾鲨”上压缩空气全力喷射的“嘶嘶”声。

9时15分，“云雀”号舰长紧张地通过水下电话询问哈维中校：“你们还能不能控制住潜艇？”

无人应答。

1分钟后，“长尾鲨”号发出了遭遇严重危机的信号：900。

又过了1分钟，“云雀”号接收到一个短语：“超过测试深度——”

9时19分，“云雀”号监测到了大海深处传来的一阵具有高能内爆特性的低频噪声，这是“长尾鲨”号留在世间的绝响。

大海不动声色地关上了藏在深处的那道看不见的生命之门，迅疾而绝情，海面上风和日丽，波涛依旧。

11时04分，美国海军大西洋潜艇司令部收到一份来自“云雀”号的报告：“‘长尾鲨’可能超过测试深度，潜艇爆炸……正在进行扩展搜索。”

次日上午，美国海军作战部长在五角大楼悲痛宣布：“‘长尾鲨’号沉没，100多名艇员全部罹难。”

“为什么设施完备的专业潜艇救援舰就在边上却无法救援？”在中船重工719所，记者请教曾在黄旭华领导下从事核潜艇设计的资深专家宋学斌。

年逾八旬的老专家双手张开虎口比画着说：“我们计算过，在极限深度，核潜艇只要有这么碗大一个破损，就难以救援了。”

水深每下降10米，就会增加一个大气压，极限深度之处就是几十个大气压。巨大的压力将海水通过破损处压进潜艇，这力度远大于核潜艇用高压空气将水舱中的海水排出的能力。

“长尾鲨”号至今仍沉睡在2300米深的海底。

“深潜才有战斗力。”黄旭华院士告诉记者。

二战中，反潜一方从空中和海面搜寻敌方潜艇，主要靠可见光观察和各种声呐。而如今，搜索核潜艇的手段更多了：布满太空的间谍卫星，无时无刻不在窥视着大洋，核潜艇的红外信号、尾迹信号，甚至是微弱的电场和磁场信号特征等，都会暴露水下核潜艇的踪迹。

深海，甚至大洋深处的海沟，才是核潜艇最有效的安全屏障。只有深潜，才有隐蔽性；有了隐蔽性，才有安全性；有了安全性，才有突然性，才能防不胜防、一击制敌，令侵略者不敢进行战争冒险！

“300米深，是20世纪六七十年代核潜艇研制的世界水平，美国和苏联研制的核潜艇深度大都在这个深度上下。”黄旭华说。

20世纪六七十年代，中国海军尚以近海防御战略为主，那第一代鱼雷攻击型核潜艇主要的对手是谁？只能是来犯的敌水面舰艇及水下潜艇，甚至是来犯的敌战略核潜艇。

来犯者潜多深，防御者也必须潜多深。

“如果，你和来犯的核潜艇不在同一个深度上，怎么发现、锁定和攻击目标呢？”宋学斌说。

“虽然当年我们的科研力量和工业水平在今天看去都还是刚刚起步，但我们制定的第一代核潜艇设计目标并不低。”黄旭华告诉记者。

客观地说，我国在六十年前要研制核潜艇，不但当时国家尚不具备基本的工业制造基础，而且毫无研制核潜艇的科研技术储备。而这个雄心，仅源自一个不能落后挨打、再被帝国主义侵略欺辱的民族梦想！

伟大者善梦。梦想成真的国之重器，只能属于善梦的伟大者！

2.“深海同舟”

“1988年我们进行了首次深潜，但我们不是到了80年代才想起来深潜的，早在我国第一代攻击型核潜艇研制初期就有了深潜的目标，”黄旭华说，“我们设计时就提出，我国第一艘鱼雷攻击型核潜艇‘401’艇应该既是试验艇，又是战斗艇。”

1970年12月26日，我国第一艘核潜艇“401”艇神秘下水。下水时，艇上核燃料尚未安装就绪。“核潜艇下水后，首先要进行系泊、启堆、设备联调，完成系泊试验。系泊试验成功了，核潜艇才能出海，进行航行试验。航行试验的主要内容是核动力堆的性能以及核动力和应急动力的转换试验，以及潜艇的操纵、导航、声呐、武器等各个系统和噪声测试试验，等等。”黄旭华说，“‘401’艇下水以后，我们所的主要任务就是配合核潜艇总体建造厂和舰艇部队解决试航、试验中发现的一切问题，提出不断完善的方案，力争尽快完成该型核潜艇的设计定型，使我们的核潜艇尽早形成战斗力。”

“我们三方经过4年的共同努力，完成了将近600次的核堆启堆、提升功率、发电、主机试车等系泊试验；以及20多次、累计6000余海里的出海航行，完成了水上、水下高速巡航200多次，不断优化设计，终于在1974年‘八一’建军节这天，将‘401’艇正式交付海军，编入人民海军的战斗序列。”

黄旭华清楚地记得，海军司令员萧劲光代表中央军委宣布了《第一艘核动力潜艇命名》的命令，首任艇长杨玺亲手升起的“八一”军旗，在碧海晴空中迎风招展。被命名为“长征一号”的“401”艇缓缓地驶离军港码头，在众人的注目礼中，潜入波涛之中。

人民海军由此跨进了“核时代”。

“‘401’艇解决了中国‘有没有’核潜艇的问题。但那时因为‘文化大革命’的破坏，不少设备还达不到我们期待的水平，有的设备可靠性还比较差，”黄旭华说，“我们在后续的‘402’‘403’艇上又不断改进。到了80年代，我们的‘404’艇终于可以向‘极限深潜’这个目标冲刺了。”

时任“404”艇副艇长、退休前为海军某潜艇基地副司令的薛法玉告诉记者，当年美国“长尾鲨”号深潜遇难的事大伙儿都知道，所以海军和719所、核潜艇总体建造厂为这次深潜做了周全的准备工作，不仅事先全面检修设备，还为操纵系统、反应堆安全、生化、电气设备等方面准备了28套500多条应急处置预案。

他说：“黄旭华留给我的印象是文质彬彬，非常低调，一看就是知识分子，但他的工作非常严谨。比如，同一个设备，我们海军的习惯说法和他们719所专家说的不一样；同一个动作，核潜艇总体建造厂的师傅和我们海军的叫法又不一样。大家说的到底是什么意思，一定要弄清楚，千万别搞错了。我们海军把专家说的‘通海阀’叫‘注水弇’；我们海军说的‘通风阀’就是专家说的‘通气阀’；要拉紧一根固定核潜艇的缆绳，船厂师傅用当地方言说是‘带紧’，我们海军习惯说‘收紧缆绳’。这些语言上的差异，他都会在开会时一一问清楚，全都记在笔记本上，避免了来自五湖四海不同单位的同志在沟通时因为误会而贻误生产。”

“在深潜前的准备工作中，他要求把核潜艇的主要设备，如通海阀门、蒸汽管等八大系统的关键部位都挂上牌子，写清楚这个设备正常情况下应该怎样、应急情况下如何处置，海军艇员是谁在操作，719所是谁在监控保驾，核潜艇总体建造厂是哪位师傅负责维修，都一目了然。”

但是准备工作越充分、越周全，大家的精神压力也就越大。时任核潜艇总体建造厂厂长助理王道桐说，他当时是船厂派到深潜现场的总负责人，船厂在深潜试验前还为参加此次试验的十几位同志拍了“生死照”，以防万一失败后做个“最后的留念”。而参加深潜的年轻艇员也一腔热血，有几十位甚至写好了遗书。

艇员董福生在悄悄留给妻子的遗书中写道：“嫁给军人不容易，嫁给干核潜艇的军人更不容易，什么事情都可能发生。我不能陪你走完一生，一辈子欠你的情。希望你不要难过，把孩子带好，再组织一个幸福的家庭……”他告别妻子，但没有告诉她去干什么。胜利返航后，这封万一深潜失败才寄出的遗书就一直珍藏至今。

“404”艇艇长王福山请黄旭华去帮助做艇员思想工作，缓解一下过分紧张的情绪。上艇后，黄旭华也感觉到气氛有点沉重。他问艇长：“你们是怎么做思想工作的？”艇长说:“我们强调这次任务光荣啊。”黄旭华说:“完了。你们老说‘光荣’，这些小伙子会以为就是让他们去‘光荣’的。不怕牺牲是崇高品质，但我们深潜不是要他们去牺牲，是要完成任务、要拿到深潜的数据再回来。”他当即对艇长说：“作为核潜艇的总设计师，我对核潜艇的感情就像父亲对孩子一样，不仅疼爱，而且相信它的质量是过硬的，我要跟你们一起下去深潜。”

核潜艇的总设计师亲自参与深潜！这在世界上尚无先例，总设计师的职责里也没有这一项。很多领导得知后，都劝年已64岁的黄旭华不要亲自参加深潜了。

黄旭华坚持这么做。他说："首先我对它很有信心；但是，我担心深潜时出现超出我现在认知水平之外的问题；而且，万一还有哪个环节疏漏了，我在下面可以及时协助艇长判断和处置。"

中国人有句形象地表达"生死与共"的成语，叫作"风雨同舟"。黄旭华的深潜，是现代版的"风雨同舟"，比什么都有说服力：别紧张，兄弟，咱核潜艇的总设计师和你"深海同舟"！

深潜的决心下定了，但黄旭华还必须得到另一半的支持，就是他的妻子李世英。当黄旭华把深潜决定告诉爱人时，其实他内心深处多少有几分对妻子难言的愧疚。和丈夫同在719所工作了几十年的李世英，是一位懂俄语、英语、德语的专家，深知深潜的重要和风险。她面不改色地宽慰黄旭华说："你当然要下去，否则将来你怎么带这支队伍？我支持你。你下去，没事的，我在家里等你！"

这位身材瘦弱的女专家，让人知道了什么叫爱侣间的"深明大义"，世界上真难以找到另一位在精神上更适合黄旭华的知识女性了。那个当年大连海运学院毕业的高才生，在黄浦江畔遇见了英俊潇洒的黄旭华，接过他送上的"定情礼"——两块手绢和一本笔记本，心房就立刻被幸福淹没了。

3."先例"成"传统"

1988年4月20日下午，南海碧波万里。执行深潜任务的"404"艇驶离军港，前往200多海里外的试验海区。

极限深潜分两个航次进行：21日上午先进行了适应性预下潜，下潜至193米时起浮，潜艇一切正常；29日上午9时，进行极限深潜，要求达到极限深度。

艇上共有本次试验副指挥长、北海舰队副参谋长王守仁和技术负责人黄旭华等100多位勇士。下潜不久，突然出现了水声通信不畅的问题。艇内气氛顿时紧张起来，但只能边排除故障边等待。

部队有唱歌的传统。为了缓解紧张的气氛，这时有人唱了《血染的风采》。在指挥舱二层的黄旭华笑着说："这首歌我也喜欢，但现在唱太悲情。我们是去做试验的，不是去牺牲的。我们要唱就唱《中国人民志愿军战歌》，'雄赳赳、气昂昂、跨过鸭绿江……'气势雄壮，充满信心。"

上午11时，接到继续下潜的命令，"404"艇如同一条鲸鲨向预定的深度潜去。薛法玉回忆说，从水深200多米开始，核潜艇的耐压壳体受到深海越来越强的挤压，有的舱门打不开了，艇身还不时传来"咔咔"的声音。

这"咔咔"的声音是从哪里来的？黄旭华告诉记者，核潜艇通常是双壳体的，外壳是非耐压壳体，不会变形；而内层是非常坚固的耐压壳体，耐压壳体在海水的强压下会发生变形。当潜艇的耐压壳变形时，连接内外两层壳体之间的结构件就会承受很大的拉力。如果焊缝有一丝不牢，就会被拉开；如果焊接得好，虽然焊缝没有拉开，但结构件也会拉动整个外壳变形，同样会发出在深海听来令人惊悚的响声。

薛法玉至今记得，深潜时，潜艇用于观通的升降装置固定支架被一点一点地压弯了；而当潜艇从海底上升起浮至海面时，这钢铁做的固定支架竟然又一点一点地被拉直，可见极限深度的压力有多大！

"不到扑克牌大小的耐压壳体上，要承受一吨多重的压力。"黄旭华说，所以这"咔咔"的声音在深海里听上去就格外"瘆人"！而且，有几个舱室的填料函出现了渗水，能听到"滴滴答答"的漏水声。

核潜艇有没有危险，还能不能继续下潜？薛法玉记得黄旭华那时格外沉静。黄旭华和艇上几位领导一商量：核潜艇状态良好，没有问题，继续下潜。

保存在我海军某潜艇基地军史馆中的一段当年留下的影像资料，永远留住了这历史性的一刻：机电长李洪海报告"280米到了！"当时已经是某潜艇基地司令员的杨玺沉稳地下令："极限深度就快到了，咱们各个岗位认真操作，不要紧张，有点响声是正常的。"

记者问黄旭华："您当时真的不紧张吗？"

黄老笑了："我当然也紧张，但我要对全艇100多个人的生命负责啊，我可能是艇上最紧张的人！但我不能让人家看出我紧张，我一紧张别人就更紧张了。好在之前我们准备工作做得很充分，在每个舱室的关键岗位都有人盯着关键设备，每个关键部位都安上了记录潜艇结构承压变化的应变片。”

为稳妥起见，“404”艇再往下潜是每5米一停，各舱值班人员依次向指挥台报告：“报告指挥舱，一舱检查机械设备、水密状况，A！”

“A是什么意思？”艇上有的领导不明白。

“别管它，没事，可以继续下潜！”黄旭华胸有成竹地说。

担心潜艇万一出问题，不良情绪会迅速蔓延，黄旭华事先就让报告人员当潜艇接近极限深度时，将一定范围内的数值对应“A、B、C”这三个字母：“A”表示一切正常，可继续下潜；“B”表示应力接近临界值，应小心下潜；“C”则表明超过临界值，必须停止下潜。

核潜艇的深潜为什么特别危险？它的深潜与常规潜艇的深潜有什么不同？

1965年就到黄旭华的潜艇设计部门工作的资深专家黄庆德告诉记者，常规潜艇深潜到海底时，可以关闭动力设备，靠蓄电池供电，它没有必须时刻与海水保持交换的通海部分。而核潜艇恰恰相反，核潜艇的动力是核反应堆，反应堆一旦启动，除了战时受损或故障停堆，是不能停的。现在的核反应堆寿命已经与核潜艇的寿命等同，加一次燃料棒，就可以工作到核潜艇退役。核潜艇的战略威慑力也来源于此。因此，核潜艇的核反应堆是一刻不停地运转，也一刻不停地需要海水来降温的。核潜艇即使坐在海床上一动不动，它的通海部分依然必须对大海保持畅通，以进行海水交换。如果没有海水持续不断地为核反应堆降温，就会酿成类似2011年日本福岛核电站1号反应堆因无水降温而发生爆炸的可怕事故。

这是核潜艇深潜最难的关键点。通海部分的波纹管更是核潜艇最“脆弱”的部分，虽然黄旭华他们已经通过精心设计使波纹管有足够的强度，但真的潜到极限深度的海底，它还能不能经得住几十个大气压的考验？谁也没有试过。

薛法玉说，大海深处的温度和海水表面的温度是不同的。当时海水表面的温度在18℃左右，但深潜到极限深度时就只剩几摄氏度了。而且，大海深处的盐度也是与大海表面不同的。这温度和盐度的不同，使得它对通海设备的压力以及带来的金属热胀冷缩的收缩率也是不同的。始终不能关闭核潜艇的通海阀，这意味着核潜艇最坚固的耐压壳体和最脆弱的通海设备要同时承受着前所未有的严峻考验。

人民海军每个核潜艇兵都是最了不起的人！

中午12时10分52秒，指挥舱深度计的指针显示，核潜艇稳稳地潜到了极限深度，还略有超过。各舱值班艇员的报告声依次响起，扣人心弦。

此时，艇体不再发出“咔咔”声，几处渗水处也并未加剧。核潜艇的耐压壳体和通海系统安全可靠，全艇机械设备运转正常，我国自行研制的第一代鱼雷攻击型核潜艇达到了设计目标，符合实战需要。

我人民海军潜艇史上一个深潜的最高纪录诞生了。

“起浮！”指挥员一声令下，核潜艇沉着地缓缓升向盛满阳光的海面。

当水手长报告核潜艇已经重新回到水深100米时，艇上所有人的激情和兴奋再也憋不住了，几乎同时爆发出一阵足以掀起巨浪的欢呼！

恰好艇上的《快报》记者请黄旭华题字，激情澎湃的黄旭华一挥而就：

花甲痴翁，志探龙宫；惊涛骇浪，乐在其中。

719所的深潜队长尤庆文按照黄旭华事先的布置，专门负责照看深潜中主循环系统的波纹管，他还抱着录音机录下舱室的声音和下潜的指令。录音显示，深潜过程中耐压壳体和结构件发出的“咔咔”声达11次。

“回来后，我们根据录音找到每一处发生‘咔咔’声变形的部位，分析它的成因，制定对策。”黄旭华说。

当深潜成功的喜讯传回武汉的719所，外表始终平静的李世英突然放声大哭，释放出压在心头已经太久的“几十个大气压”。

时隔三十年，黄旭华向记者讲述妻子失声大哭的往事时，依然泪眼婆娑。

“原来，她心头的压力比我还大。”黄旭华说。

原来，世间有一种“神仙眷侣”，不是不食人间烟火，而是同甘共苦、有难同当。

“404”艇和后续艇，成为我国第一代鱼雷攻击型核潜艇的定型艇。

从此，我国核潜艇的总设计师随同首艇一起深潜，成了719所的“光荣传统”。

后来也成为新一代核潜艇总设计师的宋学斌，年逾古稀还参加了新一代核潜艇的深潜试验。

不久前，当黄旭华向记者讲述“深潜”这段往事时，将自己的人生都归结到他当时写的那首诗里：“我的人生都概括在那首诗的两个字里了，一个是‘痴’字，一个是‘乐’字。六十年‘痴’迷核潜艇，再艰难困苦也‘乐’在其中，所以能百折不回。”

“痴”，是初心进入极致的状态；“乐”，是一种无我之我的大境界。在别人看来波澜起伏、跌宕辉煌的人生，原来可以概括得如此简单。

第二章　千锤百炼，方成国之重器

1.“当无名英雄？小事情！”

曾经承载着无数中国人厚望的“401”艇，如今静静地停泊在青岛的中国海军博物馆码头上。海军博物馆馆长康海东告诉记者，阅尽40多年的大海波涛，“401”艇已经卸去了武备和核堆，完成了光荣的历史使命。

它是中国核潜艇事业的第一座里程碑。

它是当之无愧的大国重器。

大国重器，无一不源于民族自尊自强的伟大梦想。若无强国梦想，何来在“一穷二白”的条件下咬着牙铸就大国重器的血性！

时光回溯到六十年前，时任上海船舶工业管理局设计二处潜艇科长的黄旭华，突然接到去北京出差的通知，走进了海军舰船修造部和一机部船舶工业管理局联合组建的核潜艇总体设计组，他这才知道是“天字第一号”绝密工程选中了他。当时设计组只有29人，分为船体、动力以及电气三个专业组。

黄旭华至今记得，报到时领导找他谈话说了三条：一是“你被选中，说明党和国家信任你”；二是“这项工作保密性强，这个工作领域进去了就出不来，即使将来万一犯了错误，也不能离开，只能留在里面打扫卫生，因为出来了就泄密了”；三是“一辈子出不了名，当无名英雄”。

黄旭华毫不犹豫。“一辈子出不了名，当无名英雄”，这与“党和国家信任你”相比，算得上什么啊？当年，他加入地下党，不就是无名英雄吗？“党和国家信任你”，是那个年代的年轻人最为看重的荣誉，更与黄旭华本人的特殊经历分不开。

黄旭华生于1924年2月，广东省海丰县田墘镇人，家中排行老三，原名黄绍强。父亲黄树榖与母亲曾慎其都接受过西医教育，以诊所和药房悬壶济世。黄树榖是内科医生，而曾慎其是田墘镇上有名的助产士。黄旭华自幼记得，无数个夜晚，只要有人来敲门请母亲去接生，母亲总是放下一切拿起药包就走。那时接生助产的费用，完全依产妇的家庭情况而定，给多少是多少。有些贫困家庭拿不出接生费的，她也从不计较，安慰产妇家人说：“没关系，等孩子长大了，叫我一声‘义姆’（方言：干妈）就行。”就这样，她老人家有了无数个“干儿子”。1995年，老人家享寿102岁仙逝时，有几十个连黄家人都不认识的“干儿子”前来戴孝送行。

黄树榖先生在当地行医助学，颇具声望。日军侵占海丰后，想借助他的声望，威逼他当维持会长，被一口回绝。一日本军官气得把指挥刀架在他的脖子上，吓得边上的孩子哇哇大哭。曾慎其见状急中生智，赶紧拿出一沓钱塞给领路的汉奸。汉奸贪财，与日本鬼子嘀咕了一阵才恶狠狠地离去。

父亲的爱国情操和刚毅品性，母亲的慈爱和豁达，都深深地影响了黄旭华。少年的他，就参加了当地的民间抗日宣传队，在《不堪回首望平津》中扮演一名逃难的小姑娘。“我们演得特别认真，台下看的人也很动情。演着演着，台上台下就越来越激动，抓到汉奸后，台下无数的观众含着泪水一起高喊‘杀！杀！’那时我就想，长大后，我一定要为国家做一点事情。”黄旭华回忆说。

1938年，黄旭华为了求学，翻山越岭，整整步行4天才找到了为躲避日寇而搬迁到揭西山区的聿怀中学。但即便是在山区的草棚子里上课，日机也常来侦察轰炸。日机一来，老师就拎起小黑板，领着学生钻进甘蔗地或山洞里。这从天而降的夺命炸弹，竟然是一个从小在渔耕社会长大的农村孩子最早见识的“现代化”！这样的震惊、恐怖、无助和悲伤，哪个少年学子能忘得了？

1939年夏天，黄旭华回到老家，正逢日机多次轰炸海丰。黄家的老屋就在海边，黄旭华和他的兄弟妹妹站在屋顶上，一次次眼睁睁地看着天上日机五六架一群，依次从空中俯冲下来，把停泊在海边的一艘艘渔船炸毁。

这炸弹的冲击波彻底颠覆了他的人生。父母原来指望他们聪颖的三儿子长大后子承父业，黄旭华也很想学医，但此时的黄旭华想："学医只能救人，我要救国。"

"我的人生，就是在日本飞机的轰炸声里决定的。"年已九十四高龄的黄旭华，一字一句地对记者说。

黄旭华于是决定将自己的原名"绍强"留给自己的二哥使用，给自己起名为"旭华"，寓意为："中华民族必定如旭日东升一般崛起，我要为中华民族的强大做贡献。"

为求学来到广西桂林后，他写信告诉父亲，自己将名字改为"旭华"。父亲回信埋怨说，你们兄弟都是"绍"字辈的，你爷爷是"华"字辈的，你怎么能随便改成爷爷这一辈的呢？

"我爷爷叫黄华昌，是个武秀才。国难当头，他一定理解我'匹夫有责'的心情，我就不改回去了。"他说。

"国家兴亡，匹夫有责"，在中华民族到了最危险的时候，还有什么比这更大的事情！

当年，那些驾驶着现代化的飞机在中国的城市和乡村上空肆意投弹扫射杀人无数的"大日本皇军"，大概怎么也想不到，他们原本以为用最现代化的杀人机器可以粉碎中国军民的顽强抵抗和中华民族仅剩的尊严，却让中华民族自尊自强的信念更为坚定！

"当无名英雄，是小事情！"黄旭华风轻云淡地说。

1956年底，黄旭华因公出差广州，顺道回老家海丰田墘镇三天，探望父母兄妹。

此后三十年，对父母而言，黄旭华只是一个会按月给他们寄生活费的神秘的北京信箱号码。

"我的小学同学、中学同学、大学同学，从此都没有联系了。此后三十年里，他们不知道我，我也不知道他们。”黄旭华说。

2.“骑驴找马”

国无防不安。

20世纪50年代，美苏启动争霸世界的战车。1954年1月，世界上第一艘核潜艇“鹦鹉螺”号在美国下水；1957年8月，苏联的第一艘核潜艇“列宁共青团”号也下水首航，这意味着美苏两国不但形成了陆海空三位一体的核战略格局，而且具备了第二次核打击能力。

别以为有了原子弹就是核大国，有了核潜艇才是真正的核大国。今天世界公认的五个领先的核大国中，英法已经宣布放弃陆基和空基核武器，只拥有海基核武器——核潜艇，作为核打击和核反击的大国重器。

1958年6月27日，时任国务院副总理、中央原子能事业三人领导小组成员聂荣臻元帅向中共中央呈报了一份《关于开展研制导弹原子潜艇的报告》。两天后，周恩来总理、邓小平总书记分别对这份绝密文件进行了批示并呈送毛泽东主席。毛泽东签批后，中国的核潜艇事业正式启动。

鉴于当时中苏两国的关系，最初我国曾希望核潜艇事业也能得到苏联的支持和帮助。然而，无论是中方参观苏联核潜艇工程，还是请苏联提供核潜艇的技术援助等要求，都遭到了苏方的漠视和回绝，苏方还提出了“成立联合舰队”“在中国建立与苏联核潜艇通信的长波电台”等一些中国领导人认为无法接受的建议，被激怒的毛泽东留下了穿越时空的名言：“核潜艇，一万年也要搞出来！”

关于1959年秋天中苏高层这次互不让步的会谈，赫鲁晓夫在他名为《最后的遗嘱》的回忆录中写道：“在我访问中国期间，毛泽东曾经向我提出要帮助他们制造核潜艇，我对他这种异想天开只是一笑置之。”

赫鲁晓夫当然可以对中国人的“异想天开”一笑置之，但中国人不，中国人从小学过一句成语叫“精诚所至，金石为开”。

更何况，中国人最初想造“两弹一艇”也好，后来改为“两弹一星”也罢，都是被“逼上梁山”。

这“两弹一艇”或者“两弹一星”，都不是中国人发明的。

1950年，我国的放射化学家杨承宗回国前，法国杰出的科学家约里奥·居里对他说，看见你要回国了，我有几句话要告诉毛泽东主席。你们要保持和平，那么你们必须反对原子弹。你们要反对原子弹，必须自己要有原子弹。

“同理，我们必须拥有核潜艇。我们只要还有一艘战略核潜艇潜在海底，帝国主义就不敢按下核按钮。”黄旭华说，“正是这个信念激励着我们克服一切困难，一万年太久，必须只争朝夕地完成核潜艇的研制任务。”

但是，当时中国人谁也没有见过核潜艇。之前，黄旭华虽是上海船舶工业管理局的潜艇科长，但当时苏联交由我国“转造”的都是常规潜艇，而他在上海交大读造船专业时学的是民船设计。

曾有人建议，将已经引进的苏联常规潜艇中间剖开，加一个核反应堆，但后来很快发现没这么简单。“我们认为还是要从情报入手，从国外报刊资料的点点滴滴中寻找蛛丝马迹，弄清核潜艇究竟是什么。”黄旭华于是提出了他的“骑驴找马”理论，“我们没有马怎么办？那就先骑上身边的驴子找起来！核潜艇在任何国家都是绝对机密，要在文献中发现有价值的材料非常不容易。所以我说，我们找资料既要用‘放大镜’，沙里淘金，追踪线索；又要用‘显微镜’，去粗取精，看清实质；更要用‘照妖镜’，鉴别真假，去伪存真。”

就在黄旭华他们艰难地摸索时，1960年年中，苏联突然宣布中断对中国所有的技术援助，还撤回了全部专家。当时，我国国民经济又遭受严重困难，中央军委提出了“两弹为主，导弹第一”的原则，中央又对国民经济进行调整。在经过了长达8个月的极为慎重的反复酝酿后，1963年3月，中央对核潜艇做出了最后决策：在保留一部分核潜艇技术骨干的同时，核潜艇的总体研制工作暂缓进行，习惯上说就是“下马”。

“我当时听到要‘下马’，心里确实不好受。但我坚信中国不能没有核潜艇，所以我们终有一天会重新‘上马’。好在我们也不是‘马放南山’，而是从原来的‘快马加鞭’变为‘厉兵秣马，下马牵行’。”黄旭华说，“我们保留了一部分技术骨干，继续进行核潜艇关键技术的研究和突破。”

那时，国家进入生活困难时期，伙食很差，一个人一个月也只有1斤肉、3两油。大多数科研人员因营养不良而全身浮肿，而每个人的办公费才8分钱。但即便如此，留下来的科研人员依然“不改其志”，啃着咸菜窝窝头搞科研。

“当时我们留下来的团队中懂核的人很少，在‘下马牵行’的日子里，核专家就给大家上课，反应堆物理、热工、自动控制、动力装置等，就是为了让大家尽快摘掉‘核文盲帽子’，等核潜艇重新上马后可以快马加鞭。”黄旭华说。

这段历程重要吗？重要的。人生和事业谁没有个高峰低潮？落寞时更见人的意志和品性。从没有系统学习过核工业、没见过核潜艇的黄旭华和他的同事们，甘坐冷板凳，拼命地汲取新知识。当历史再次向他们伸来机遇之手的时候，黄旭华他们的胳膊更有力了，思路更活跃了，胸怀也更宽广了。

1964年1月，时任国防部长林彪签署国防部任命书，任命彭士禄、黄旭华为国防部第七研究院第十五研究所副总工程师。

该年10月16日，我国第一颗原子弹爆炸成功。我国国民经济也出现了全面好转，核技术也逐步成熟，核潜艇的科研团队得到了壮大。

1965年的春天，对黄旭华来说，是七院副院长于笑虹将军的一个电话带来的。还在春节里，于笑虹就让黄旭华和钱凌白到他家商量工作的事。黄旭华向他汇报了核潜艇研制的最新进展，于笑虹将军让他俩代表六机部向中央起草一个核潜艇工程应尽快上马的报告。

那年春暖花开的时节，周恩来总理主持召开第十一次中央专委会议，正式批准核潜艇研制重新列入国家计划。

于是，北方那个“荒凉的半岛”上，原已停工多年的核潜艇总体建造厂重又热火朝天地开始施工建设。中央决定成立719所，黄旭华和尤子平担任副总工程师。而719所正与核潜艇总体建造厂隔山而居。

3.水滴线型？水滴线型！

半个世纪前“荒凉的半岛”，如今已是一座繁华的滨海都市。

我们的采访车从核潜艇总体建造厂出发，沿着滨海公路前往当年的719所。车过灯塔山，只见夕阳点燃了远处海平线上的晚霞，绚烂无比，所有人精神为之一振。

“那时候，我们几乎每天下厂。要是赶不上一天一班的小火车，就只能自己走着去。中间要翻过那座山，山上风忒大。当地人有句俏皮话：‘咱这里一年只刮两场大风，刮一场就半年。’”黄旭华笑着回忆道。

年已古稀的柏喜林曾是核潜艇总体建造厂的运行值班长，他回忆说：“那时每个人的粮食定量里，一个月才1斤大米、2斤白面，其他都是苞米面和带着糠的高粱米。那高粱米还是陈粮，做成高粱米饼子吃上去又苦又涩。它颜色是黑红色的，所以几个南方来的师傅管它叫‘猪肝’。”

曾在核潜艇总体建造厂担任军代表的杨连新至今记得，有一年春节将至，当地副食品商店门口喜洋洋地贴出一张大红纸，上书：“欢度春节，每人供应红方一块。”

“红方”是啥？东坡肉吗？

杨连新摇摇头：“酱豆腐。”

可见当时物资匮乏的程度已经超出了今人的想象。

但人的幸福感真的不是和物质水平画等号的。冀维新是清华大学60级读了6年的工程物理系高才生，清华毕业就直接上岛。记者问年已77岁的他：“清华毕业没有留在北京，直接分到东北这荒僻的半岛上，您是怎么想的？”

“高兴啊。我家里条件不好，是拿着国家给的18.5元的助学金才读完清华的。工程物理系学的是什么？就是核工业，所以我觉得专业很对口，是报效国家的机会来了。你可能想不到，当时我们厂里还有很多高干的孩子，连耿飚的儿子都在我们厂里干啊。”老人家爽朗地说。

那一代知识分子，说起自己能上清华，都归功于“国家培养”。“我们毕业时最看重的是什么？是专业对不对口。最怕的是‘专业不对口’，只要专业对口都好说。”他说。

“我们从进厂起就接受保密教育，对外不能说我们是核潜艇总体建造厂的，只能说‘保密厂’。只要你说出‘保密厂’这三个字，别人就敬你一等。别人觉得你能在保密厂工作，一定是又红又专、家庭成分还特别好的那种现在说来忒靠谱的人。”当年的那份自豪感，至今犹在。

半个世纪前，黄旭华家住的那栋望海寺903小红楼还在，唯一不同的是楼下墙上多了一条广告：“望海寺红房子渔家小院。”

当年，黄旭华家住三楼，推窗见海。李世英说，那时候，黄旭华太忙了，所以无论是单位分白菜或取暖煤，还是换做饭用的煤气罐，都是她和大女儿黄燕妮两人“蚂蚁搬家”似的一点点扛上去的。煤气罐重，母女俩只能四只手一起抬，走一个台阶得歇一下，歇一下再上一个台阶。记者特意去那儿数了数，虽说是3楼，也足有30多级台阶。

“最艰难的是那次海城大地震，东北的二月天还很冷，我一个人带着女儿住在帐篷里……”李世英说。

黄旭华在哪儿呢？他一直在忙着让他揪心的事儿——我国第一艘鱼雷攻击型核潜艇究竟采用什么线型？

1966年1月，719所绘制的第一张图纸画的仍是在役的苏制常规动力潜艇的那种普通线型。但黄旭华一直钟情于水滴线型。早在1959年至1961年，他就和钱凌白在上海交大、无锡702所的水池里做过无数次试验。虽然因为水池不够大，试验的大部分结果只能定性，还达不到定量分析的要求，但已经证明水滴线型具有明显的优势。

为什么水滴线型最好？

水滴线型核潜艇的设计灵感据说来自海豚，海豚是世界公认的海中游泳健将，它每小时可以游40公里，短时间内的最高速度甚至可达百公里。有资料显示，两艘吨位和动力相同的潜艇，如果一艘采用水滴线型，另一艘采用常规线型，前者在水下的航速要比后者快16%。

“这是因为水滴线型的每个切面都是圆的，圆的周边最短，与水的摩擦面积最小，所以水滴线型核潜艇在水下航行时，可以得到较高的航速和最好的稳定性；而常规潜艇因为经常要浮上海面充电，所以它采用和民船一样的普通线型比较合理，普通线型使它在海面航行时可以得到较快的航速和较好的操纵性。”黄旭华解释道。

当年，美国是分三步走才实现从常规线型到水滴线型的过渡的，先造一艘水滴线型的常规动力潜艇“大青花鱼”号，再造一艘常规线型的核潜艇“鲃鱼”号，最后造一艘水滴线型的核潜艇“飞鱼”号。“从技术创新的角度看，这样确实比较稳妥。但美国人已经走过的路，我们还有必要重复吗？就像侦察兵走了许多弯路，终于找到目标，我们还有必要重复他的弯路吗？”黄旭华力主我们应当站在美国人的肩膀上直接上水滴线型。

而主张先采用普通线型的一方则认为，我们连普通线型的常规动力潜艇都没有自主设计过，不妨先从普通线型入手，有了经验再造水滴线型的核潜艇，这样既能按时完成任务，也可规避可知的技术风险和不可知的政治风险。

第一代核潜艇的线型之争最后传到了聂荣臻元帅那里。1966年12月7日，聂帅召集会议，听取双方意见后拍板说：“（第一艘核潜艇）不要采用常规潜艇的艇型，要重新设计，不然搞得‘两不像’，又不像常规潜艇，又不像核潜艇。”

线型争论终于尘埃落定，它成为“401”艇研制的七大技术攻关项目之一。

719所将这七大技术攻关项目称为“七朵金花”。其余的“六朵金花”是：核动力装置——提供水下长期航行的能力；大直径、高强度的艇体结构——核潜艇的使命大于常规潜艇，舱室和武器装备也多于常规潜艇，因此核潜艇的直径和排水量也远超常规潜艇，其艇体的结构强度必然大于常规潜艇；远程大功率水声系统——先敌发现的利器，通过主、被动声呐在海洋的各种噪声中先发现和锁定敌方潜艇；鱼雷/战略导弹系统——对719所来说，主要负责保障实战时潜艇的姿态控制及操纵性能；综合空调系统——不仅是制冷，还包括制氧、有害气体的吸收和清除、净化过滤等功能，事关船员的生命保障；惯性导航系统——这是水下隐蔽航行、不依赖外界条件精确定位的保证。

这“七朵金花”，在当时都是尖端技术。黄旭华对同事们说：“大家不要怕搞不了尖端技术。美国的北极星导弹和阿波罗登月飞船，用的大多数都是常规技术，尖端技术通常不过是常规技术的综合或者提高。综合就是创造，关键是怎么综合见高低！”

常规的综合，就是创建一个新系统，而系统的功能大于元件。黄旭华已经在用系统论思想来激发创新攻关！

4.都“豁出去了”

首艘核潜艇虽然选定了“水滴线型”，但黄旭华他们还真没有亲眼见过水滴线型的核潜艇是啥样。

功夫不负有心人。那时，我国一对外交官夫妇在回国去机场途中，在一家超市购物时偶然发现了几个孩子在玩一个铁灰色的核潜艇模型。外交官当然知道核潜艇是尖端武器，就买了一个带回国给孩子玩。有关方面无意中听说了有这么个玩具，就把它要来送给了719所。

巧合的是，当时六机部的一个外事代表团在香港中转时，也在一家商店看见了一个核潜艇的玩具模型。六机部自然知道我国也在研制核潜艇，也果断地买了模型转送719所。

拿到模型的黄旭华喜出望外。“这两个都是美国建造的世界上第一艘弹道导弹核潜艇‘乔治·华盛顿’号的模型，大的那个导弹发射筒和各舱室还可装可卸，做得很精致。”黄旭华他们将这个模型反复拆装，测量、记录、绘图，结果证明他们之前对“401”艇的设计思路是正确的，这让黄旭华的心里更踏实了。

眼看“401”艇开建在即，黄旭华已经考虑到如此庞大的核潜艇艇体和如此繁多的各类设备，万一装不进怎么办、装上了万一不能维修怎么办？他和宋学斌商议，向当时的所长宋文荣提议，先用木头建造一个与核潜艇大小一样的实体模型，以便早发现问题，改进设计，指导施工。

这个投资300万元建造的“木核潜艇”，汇聚了上万件设备和舱室的模型，帮助发现和解决了大量诸如总体布置、设备安装、管线走向、耐压壳体上1000多个开孔及管道紧固件的位置等问题，总体建造厂可以据此绘制全套的施工图，核潜艇的总体施工设计和建造安装一次成功有了保障。

但风云突变，“文革”来袭。1966年底的一天，黄旭华正在北京的京西宾馆参加核潜艇工程协调会，719所的“造反派”竟然冲进会场，将他押回单位进行批斗。

三十年前，作家祖慰在他的报告文学《赫赫而无名的人生》中，记下了“文革”期间黄旭华被当时主政719所的军宣队审讯的往事：

审问者："你说你不是打进交大地下党的特务，这可能吗？你家是工商业兼地主，怎么会提着脑袋去干地下党，你这不是冒死把矛头指向你自己的家吗？天下哪有这样怪事！"

黄旭华："中央领导人中，有不少出身于地主资本家的，他们为什么会背叛家庭闹革命?!"

审问者："你——你竟敢和中央领导相比，罪该万死！中央领导是什么人？你是什么人？"

黄旭华："都是人，都是共产党人！"

审问者："你说你不是特务，那你交代出每次上街游行右面是谁？左面是谁？"

黄旭华："你能记得二十几年前你在上学时每次出操左面是谁和右面是谁吗？"

"你——你这个特务！只配吃两颗花生米（即子弹）！"

这"花生米"三个字，却道出了他的性格刚烈的一面。确实，他要是认准了的事，吃"花生米"也是不让的。那回答，不是软性的语言流，全是他吐出来的一根根不可折的合金钢条！

这真是蛮横遇见了刚强。

黄旭华确实是交大的地下党，"我刚入党的时候，其实对党的理解还很肤浅。"黄旭华说。

那时有一首来自解放区的歌《山那边哟好地方》，黄旭华很喜欢，他经常组织"山茶社"的同学唱这首歌。不久，有个同学悄悄来问他："你觉得共产党怎么样？"黄旭华回答说："好啊。'山那边哟好地方，一片稻田黄又黄。你要吃饭得做工，没人给你做牛羊。''山那边'没有剥削压迫，老百姓勤劳致富，人人有饭吃，当然好啊！"

这也许是对中国共产党"为人民服务"的根本宗旨最朴素本真的理解吧。

黄旭华就这样加入了地下党。当时他们严守单线联系的纪律，所以即使在上海解放前夕英勇牺牲的学生党员穆汉祥就住在他隔壁的宿舍，他也并不知情。

1949年4月下旬，在国民党从上海败退前的大逮捕中，黄旭华机智脱险，而穆汉祥不幸被捕遇难。

“其实，国民党大逮捕前4天，我们就得到消息，但躲了两天后发现怎么没有特务来抓人？后来才知道，是因为当局欠薪太多，特务拿不到钱罢工了，大逮捕也就推迟了几天。特务冲进交大抓人的那晚，我刚要睡觉，就听见外边响起一阵阵机关枪声，我一个激灵从床上跳起来，高兴坏了，我想‘是解放军打进来了！’就冲了出去，没想到对面来人喊‘不许动！’我这才反应过来，赶紧往回撤！”

机智的黄旭华没有跑回自己的寝室，而是躲进了西斋一楼走道尽头的公用洗手间。他听见几个特务在说：“妈的，三个寝室人都跑光了！”

一会儿，一个同学悄悄告诉他，三楼已经被特务搜查过了，现在特务正在换岗，楼梯口没有人，他可以躲到三楼去。黄旭华冲到三楼，见有一间宿舍的门开着，立即闪身躲了进去。

第二天晚上，在地下党的帮助下，黄旭华换上礼帽长衫，坐着交大总务长的车离开了被特务严密监控的交大。

而穆汉祥因担心还有工作尚未交代，两天后返回交大，不料被潜伏的特务抓住。他坚贞不屈，最后在龙华牺牲。

“上海一解放，我就和同学一起去龙华找被特务枪杀的穆汉祥的遗体。那里，烈士的遗体排成很长一排，有几十具，因为时间太长已经无法辨认了，”黄旭华沉痛地说，“听说，后来是根据穆汉祥曾经在声援同济学生游行时被国民党骑兵用刀砍折了门牙这个特征，才确认了他的遗体。”

穆汉祥的纪念碑至今仍矗立在上海交大徐汇校区的绿树丛中。

而这次机智的脱险，却成为黄旭华在“文革”中被审查批斗的重点：“谁知道你是不是真的躲进了三楼一间宿舍而没有被特务抓住？”

幸好真有人知道。出来证明黄旭华躲进那间宿舍的人，就是后来担任全国人大常委会副秘书长的李钟英。他也是地下党，对前来外调的造反派说：“黄旭华确实躲在我的房间里，特务没有抓到他。”

造反派无功而返，又理屈词穷，对黄旭华无计可施，只能勒令他去养猪。

大女儿黄燕妮回忆说："我爸下放养猪时，养猪场就一个灶头一口大锅。每天早晨烀一大锅红薯，像样点的红薯我爸挑出来自己当饭吃，剩下的就都喂猪。"

但如今，黄旭华说起往事，却对当事人充满了宽容和善意："其实，他们中的大多数也不是坏人，只是当年被'四人帮'那一套洗脑了。他们中的不少人还是很同情我的，常有人偷偷跑到养猪场给我通风报信：'明天要批斗你了，你不要紧张，就是说你什么事，你要有个思想准备。'"

弘毅而又宽厚，正是黄旭华的品格。

但"文革"带来的混乱愈演愈烈，各地工厂和科研单位纷纷停工停产，送来的设备质量也无法保证，核潜艇的建造陷入停滞。顶着"用生产压革命"的"政治帽子"，国防科委核潜艇工程办公室负责人陈右铭和汪祖辉等同事商定，借鉴原子弹试验时中央军委下发"通知"的方式，起草一个《特别公函》，上报了国防科委。国防科委副主任刘华清立即送呈聂荣臻元帅，聂帅当即以中央军委的名义签发全国，强调建造核潜艇"是我们伟大领袖毛主席亲自批准的一项重要的国防尖端技术项目"，要求各有关单位"以'只争朝夕'的革命精神，保时间，保质量，圆满完成任务，夺取'文化大革命'和科研生产的双胜利。"

"正是这把'尚方宝剑'才保证了核潜艇建造的顺利进行！"黄旭华说。

因为有这把"尚方宝剑"镇着，造反派才不敢把所有的科研人员统统关进"牛棚"。更滑稽的是，当"401"艇遇到难题时，造反派的头面人物也知道担不起责任，只能跑到猪圈来硬着头皮求教黄旭华。于是出现了荒唐的一幕：黄旭华在猪圈和设计室、建造厂之间来回跑，今天是"猪倌"，明天是"设计师"，后天又是"臭老九"，来回折腾。"401"艇的建造虽然磕磕绊绊，总算没有停止。

多年后，聂帅的女儿聂力问父亲：你当时为何如此大胆签发这份《特别公函》？

身经百战的老帅只吐了四个字："豁出去了！"

第三章　让弹道导弹“飞起来”

1. 总M_x ÷ 总G=X_g（船的纵向重心）

黄旭华还在交大求学时，辛一心老师就讲过一个故事：美国麻省理工学院造船专业的学生毕业时，学校要给每人赠送一枚戒指，上面刻着一个公式：“I/V”，“I”表示的是惯性矩；“V”指的是体积。它以此提醒学生造船第一要考虑的就是船舶的稳性。

在研制核潜艇时，黄旭华也给参研人员讲了这个故事，然后总结说：我们核潜艇的稳性设计要保证“不翻、不沉、开得动”。但却有人不以为然：“这不翻、不沉、开得动，谁不懂啊，还用说吗？”

不幸的是，轻视常识的人，他的底气常常来自不知常识的轻重。我国造船业刚起步建造现代化军舰时，就曾发生过新造的舰艇“头重脚轻”，结果一下水就翻沉的事故。

更何况，这是造核潜艇。记者感兴趣的是：设计核潜艇与设计水面舰艇相比，有什么不同和特殊要求？

黄庆德给记者科普了一把：

按照流体静力学里最基本的阿基米德定律，放在液体中的物体受到向上的浮力，其大小等于物体所排开的液体重量。一艘5000吨的船，它的排水量就是5000吨。如果它的体积没有变化而自重增加了500吨，那么船的吃水更深一点就解决了，排水量为5500吨，重量和浮力又达到了平衡。但潜艇和水面舰艇不同，潜艇的耐压壳体是固定的，也就是艇体的浮容积是固定的。如果潜艇的前部超重了，潜艇就会艏倾；潜艇尾部过重，就会艉倾；侧向的左右哪一面过重了，潜艇的稳性就会被破坏，造成侧翻打滚。艏倾、艉倾和侧倾过大，都会造成潜艇沉没。

719所总师办主任黄文华告诉记者，潜艇的设计是从潜艇在水中的悬浮状态开始设计的，不是从它在水面的状态开始设计的。悬浮状态，就是潜艇的重力和浮力在水中得到平衡的状态。如果浮力太大，潜艇就潜不下去了；而如果重力太大，就可能即使把水舱的水都排空了它也浮不上来了。只有重力和浮力得到了平衡，潜艇才能取得在水下的前后、左右和上下

"六自由度"航行的能力。

这道理好像不太难懂，可设计起来绝非易事。首先，设计师要算出潜艇的重心和浮心，重心和浮心两者还必须纵向垂直。

黄庆德和黄文华继续科普：

那怎么才能算出潜艇的重心？那先要算出艇的力矩。

已知：G=潜艇上的每一块钢板或每台设备的重量

L_x=它与潜艇坐标原点的纵向距离

M=（M_x，M_y，M_z）力矩（单位：吨米）

那么，算出纵向力矩的公式为：

$$G \times L_x = M_x \text{（单位：吨米）}$$

然后将所有的G和所有的M_x分别相加，就得到了总的G和总的M_x，于是就能算出潜艇的纵向重心：

$$\text{总}M_x \div \text{总}G = X_g \text{（潜艇的纵向重心）}$$

我们知道在一个二维的平面上要确定一个点的坐标，必须知道它在x、y轴上的数值，而潜艇的重心坐标则必须是三维立体的，所以它还有一个垂直方向的纵轴z，所以：

$$\text{总}M_y \div \text{总}G = \mathrm{Y}_g \text{（潜艇的横向重心）}$$

$$\text{总}M_z \div \text{总}G = \mathrm{Z}_g \text{（潜艇的垂向重心）}$$

同理，可以求得潜艇的浮心坐标（X_b，Y_b，Z_b）。

一艘悬浮于水面下的潜艇，要保持其正常姿态，艇的重心和浮心位置，必定是位于一根垂直于水平面的铅垂线上，即艇的重心和浮心的纵轴、横轴坐标相等，垂向位置有一个高度差值，即：

$$X_g = X_b$$

$$Y_g = Y_b$$

$$Z_b - Z_g = \Delta$$

其中，$\Delta > 0$为一个设计值。

一艘核潜艇有上万个部件，包括钢板、设备、管线，等等。那时，设计人员没日没夜地用算盘算的就是这上万个部件的加减乘除，从而确定整个潜艇的重心和浮心。错了一个数值，潜艇的重心和浮心就全错了。

更多的情况，不是他们算错一个数值，而是配套厂家送来设备的重量、大小与原来订货时相距太远，那就必须将所有数字都重算一遍。

仅此而已吗？黄庆德说："就连艇上一个舱配置几名艇员，几名艇员大致的体重，以及潜艇携带的淡水、食品，等等，都在计算范围之内。"

算出船的重心和浮心后，还要看它俩是不是在同一条垂直于水平面的垂线上，如果相距太远，则必须调整。

船的重心和浮心应该相距多少？这直接关系到潜艇的稳性。在"401"艇的稳性设计上，黄旭华提出控制在浮心之下一定的数值比较合适。如果小于这个数值，潜艇的稳性就差，危险性增大；如果大于这个数值，稳性固然更好，但以当时的设计、施工能力而言，难度又太大。

老专家钱凌白认为，黄旭华提出的这一数值的稳性值是实事求是、客观科学的。老专家宋学斌告诉记者，我国后来几代核潜艇的稳性设计都比较好，均得益于黄旭华最初提出的稳性设计思想。

2. 45000张秘密图纸

记者终于理解了为什么核潜艇设计这么难，而计算又如此繁重。

"现在有了计算机，只要把数字输进去，一个软件一下子都算好了。当时我们只有算盘和计算尺，后来才有了手摇计算器，"黄旭华说，"但是即使现在有计算机，最原始的数据录入，依然要人一个一个地输进去，同样一个数据都错不得。"

当年只有算盘和计算尺的黄旭华他们，经常为得到一个正确数值而组织三组人马同时计算：如果三组人的计算结果都一样，那就OK，通过；只要三组数据有一个不同，就必须重算，必须算到三组人得出的是同一个数值。

计算之难，还因为设计时很多配套的设备尚未研制完成。更何况，"文革"导致的企业生产管理形同虚设，设备粗制滥造十分常见，一台设备运进厂里，才发现原来说是七八百公斤的，现在1吨多重了。只要一个数值变化，所有的重心、力矩都要从头算过。

黄旭华发现，核潜艇的重量和浮容积很难控制。没等潜艇造完，在施工中很快就发现全艇总重量将超重近200吨，核潜艇面临着超重、重心无法确定、无法平衡下潜的问题。

黄旭华找到所长宋文荣说，要解决好这个问题，必须把钱凌白“解放”出来，因为这个总体设计和初步设计就是钱凌白主持完成的。之所以说“解放”，是因为钱凌白那时还被关在“牛棚”里隔离审查。在一个卖友求荣、落井下石时有所闻的年头里，一个刚刚走出猪圈的“臭老九”竟然提出要“解放”另一个关在“牛棚”里的“臭老九”，不能不说这是需要大无畏的政治良心的。更何况钱凌白的父亲钱俊瑞当时还关押在秦城监狱里。直到1975年，曾先后担任教育部、文化部党组书记和副部长的钱俊瑞被释放后，钱凌白才知道他的父亲曾经和彭德怀关在同一个监室里。

宋文荣就拿着“尚方宝剑”去找造反派要人，也鉴于钱凌白自身的清白，造反派只能“解放”了他。钱凌白少年时就参加了新四军，也是老革命，1954年留学苏联列宁格勒造船学院潜艇设计专业，是719所顶尖的技术骨干。黄旭华、尤子平和他反复研究，并汲取了其他设计师的意见，终于想出了控制潜艇的总重和稳性的多项措施。其中一条就是“斤斤计较”，采用最古老又最管用的办法，在施工时，所有设备、管道、电缆上艇都要称重备案，安装完毕切下的边角废料、剩下的管道电缆拿下艇时也要过秤，并从总重量中扣除。

如今走进“401”艇，就会发现核动力舱的过道是舷侧布置的。而美、苏核潜艇核动力舱的过道都在核岛的上部，那为什么改用舷侧布置呢？钱凌白说，最初我们也打算将过道设在上部，因为核潜艇采用的是两次屏蔽，第一层屏蔽是核堆，第二层屏蔽是核动力舱的舱壁。为解决稳性问题，采用了舷侧走道的方案，艇的稳性指标也相应得到了提高。

“401”艇最后总装完毕，实测下来重心与原来的设计基本一致，海军对此给予了很高的评价。

当年的老同事，至今非常怀念与黄旭华一起攻关的日子，感激他“还为我国的核潜艇事业带出了一支队伍”。

尊重每一位科研人员的贡献，充分发掘大家的智慧，在智慧的“众筹”中激荡创新，是黄旭华的创新智慧。祖慰在他的报告文学《赫赫而无名的人生》中对此作了精彩的描述：

每次开会，他提出个问题，像篮球教练裁判一样，把球往上一抛，挑起两队激烈交锋。

但是，他不像篮球裁判，老在那里吹哨，惩罚犯规者，判定得分；不，他不“吹哨”，在创造性思维领域里，无规则就是规则，无犯规一说。他希望双方争得越激烈越好，这样，双方的智能就能发挥到高峰值。他不判谁的这个意见对和那个意见错，因为他只要一判得分，就一锤定音，争不下去了。他只是听着，像他平常听贝多芬的交响乐一样，凝神听着。不，不是凝神，而是激越地听着。他的脸上，保持着永恒的微笑，严守中立，内心却处在高能激发态，自始至终投入激烈但又无声的论战。

——这就是他与同事们组成的头脑网络的一种模式。凭这，他的大脑成为决策的终端输出。他最后拍板，制定出一个又一个的设计方案。他的拍板不是用“我的意见如何如何”来表达，而是一种新型的“网络式”表达。他总把自己的意见与尽可能多的意见衔接起来，成了这样的独出心裁的表述式：

“根据某某的意见的启示，我这样想……”

“我赞成某某意见的某一提法，发展成了这样的想法……”

“某某的批评意见告诉了我们不能做什么，或者说告诉我们能够做什么的分寸……”

呵，每个人输出的信息都与他的信息形成了网络，每个人都在他拍板的定案中找到了自我，这就会激发出大家更多的热情和更大的智慧。

每次拍板之后，他还要加几句独具个性的补白：“在没有决定之前，大家说什么我都欢迎，骂几声都无妨。但是，一旦定了，我请求大家不要再动摇我的决心。干对了，没有说的；干错了，我当总师的承担责任。”

黄旭华带领719所的核潜艇设计专家团队，从最初的方案论证开始，到方案设计—初步设计—技术设计—施工设计，他们总共画了多少张图纸？

“我知道他们719所的专家总共为‘401’艇画了45000张设计图纸。如果把它们一张一张连接起来，大约有30公里长！”行业的一位资深专家透露说。

45000张秘密图纸！

3.“千千万万普通人最伟大”

曾任核潜艇总体建造厂军代表的杨连新说：第一代核潜艇上的每一块钢板、每一台设备的零部件都是中国原创原装，使用的材料有1300多个规格品种，装艇设备、仪器仪表多达2600多项、46000多台（件），电缆300多种，各种管材270多种。全国共有2000多家工厂、研究单位、大专院校、军队单位参与了核潜艇的研究、设计、试验、试制和生产，涉及24个省、市、自治区和21个国家部委，其规模之大在中国造船史和军工史上都是空前的。

核潜艇是中华民族聚合力的结晶，是这一民族聚合力创造的奇迹。

自从核潜艇工程于1965年3月重新启动，到1970年年底“401”艇下水，不过5年多时间。

黄旭华至今记得在“401”艇正式交付海军的仪式上，钱学森激动地说：“毛主席说‘核潜艇一万年也要搞出来’，现在不是一万年，不是一千年，不是一百年，也不是十年，我们就搞出来啦！”

坐在一旁的黄旭华百感交集。核潜艇是他的理想，1945年他因优异成绩取得中央大学航空工程系保送资格，稍晚又接到上海交大造船工程系录取通知书。从小的大海情结、工业救国的理想，让他毅然选择了上海交大。在交大求学期间，他加入了地下党，走上革命道路。在中国核潜艇事业的“元年”受命入列，3年后海军司令员萧劲光、政委苏振华任命他为国防部第七研究院副总工程师，他内心十分感激组织的知遇之恩。

“那时，我父母的成分被划为‘工商地主’，实际上我父母只有一点薄地糊口，”黄旭华说，“核潜艇是绝密工程，当时很多年轻有为的同志因为‘成分问题’，被迫离开这个岗位。而组织上这么信任我，我也很珍惜这份信任，我要在这个岗位上为国家做出最大的贡献，这就是我的理想。”

为了核潜艇，黄旭华30年没有回老家。1961年12月，父亲黄树榖仙逝，黄旭华都没能送上父亲最后一程。“我心里很难过，我也想回家去送送老父亲。但我知道这项工作的保密纪律很严，虽然我知道如果我提出来，组织上是一定会批准让我回去的，但这会让组织为难。我身上带的‘密’太重大了，当时的研究任务又这么重，我只能打消了这个念头。”

停顿了一会，他说：“我忍着。”

三十年没有回老家，他的8个兄弟姐妹难免对他有所埋怨。

1985年3月，他的二哥黄绍振病逝，享年65岁，因工作繁忙，他也未能回老家相送。

直到1987年第一代核潜艇的保密程度出现了些微的松动，作家祖慰才在那年《文汇月刊》的第二期发表了长篇报告文学《赫赫而无名的人生》，讲述了一位核潜艇总设计师为中国核潜艇事业隐姓埋名三十年的事迹。黄旭华把这期《文汇月刊》寄给母亲，这篇文章虽然全篇没有提到“黄旭华”三个字，但写了“他妻子李世英”，老母亲知道这是她的三儿媳，文章尚未读完，老人已经泪流满面。读罢，老人把其他的子女都叫到身边说：“三哥正在为国家做大事情，你们从此不许说三哥的不是。”

黄旭华的妹妹后来告诉三哥，此后，每当老母亲想念老三了，就把这本《文汇月刊》拿出来反复阅读，每读一次，都双泪长流。

知子莫若母。母亲为他深深自豪。

直到1986年11月出差到深圳大亚湾核电站，黄旭华才首次回到阔别已久的广东老家。母亲已经从一位硬朗干练的六旬大妈，成为白发苍苍、望穿秋水的93岁老人。

黄旭华在广东肇庆陪伴老母亲三天后，即告辞回所。

“我母亲100岁时，依然能生活自理。我爱人要为她洗衣服，她不让。她每天洗衣、扫地、浇花。不让家人插手。”黄旭华说。

1995年，曾慎其老人享寿102岁去世。弥留之际，还对黄旭华的弟妹说：“三哥的事，大家要理解。”

每当说起铸造国之重器的大师，如“两弹一星”的元勋王淦昌、彭恒武、程开甲、郭永怀、朱光亚、邓稼先、陈能宽……我们心中就充满敬意。其实，为之付出牺牲的还有更多的普通人，就如黄旭华的父母兄妹，中国这样的普通家庭何止成千上万！他们无名如沙砾、沉默若黄土、平凡似溪流，却是哺育和支撑中华民族挺起脊梁的血肉。诚如习近平总书记所言：“千千万万普通人最伟大。”

黄旭华说：“自古忠孝难以两全。一个人对国家的忠，就是对父母的最大的孝。”

采访时，记者问宋学斌：您有没有见过黄旭华发火？他说，没有，但很多人都知道黄旭华哭过。那是在老同事闵耀元的追悼会上，他失声痛哭。别人问他为什么哭？他说闵耀元对第一代弹道导弹核潜艇的贡献太大了。

我国第一代弹道导弹核潜艇在总体设计时，他们曾看到国外有一份资料说，为了在发射弹道导弹时保持艇体的稳定姿态，美国人在核潜艇上安装了一个65吨的大陀螺。这到底是真是假？要增加这么大一个家伙核潜艇就要增加一个舱室，黄旭华也拿不准，就把研究任务交给了闵耀元、陈源和沈鸿源团队。经过他们翔实的科学论证，证明核潜艇根本不需要装这个巨型陀螺。黄旭华说，当年如果没有闵耀元他们的科学论证，我也不敢拍板。后来事实证明，美国战略导弹核潜艇其实也没有装过这个大陀螺。

陈源说，黄旭华是个对同事有真感情的人。现在企业一般的追悼会谁主持、谁致悼词、谁出席，都按级别有一定之规。但黄旭华不是这样，所有当年一起搞核潜艇的老同事的追悼会，无论什么职务、什么级别，他这个中国工程院院士都会去参加。

“大家都是一起苦过来、一起为核潜艇拼过的人啊。”黄旭华说。

4.“驭龙直上九重天”

弹道导弹核潜艇才真正是大国地位的象征。

1988年9月25日，我国第一艘弹道导弹核潜艇将潜射“巨浪1”导弹。

核潜艇发射弹道导弹，人们首先想到的也许是导弹的飞行距离、分导突防能力、命中目标精度等与导弹有关的问题。

但“巨浪1”是潜射弹道导弹，它的发射与陆基弹道导弹“长征5号”的发射状态截然不同。潜射弹道导弹自身重达几十吨，发射时会对核潜艇产生什么影响？潜射导弹打得准不准，怎么打，都离不开核潜艇性能的支撑。

“黄旭华关照我们：我们做核潜艇总体设计的，一切性能都要从满足海军的实际战斗需要出发。”宋学斌说。

潜射弹道导弹，对核潜艇是一个严峻的考验。首先，准备阶段，当核潜艇接到发射命令后，先要打开平时紧闭着的导弹发射筒舱盖。这时虽然舱盖打开了，但必须保证海水不能灌进发射筒，必须有一层软盖将海水和导弹隔离，这层软盖必须足以承受海水的压力，但又不能太厚，太厚了会增大弹道导弹出水的阻力。

其次，发射阶段，这时候整个核潜艇必须保持前后左右的平衡状态，艇身既不能艏倾也不能艉倾，否则“差之毫厘，失之千里”，发射时的稳态事关弹道导弹的精度。

最后，发射完成后，核潜艇自身的平衡必须迅速恢复。一枚弹道导弹重达几十吨，发射时虽然是二次点火，但用高压燃气将导弹推出发射筒时，仍会产生巨大的后坐力，同时海水瞬间就会灌入发射筒，核潜艇的重心和浮心瞬时会发生极大变化，所以如果不能及时“补重”调整，核潜艇就有“失稳”的可能。一旦失稳，第二枚弹道导弹就无法及时发射了。

“我们必须根据海军同志提出的要求，满足核潜艇在最短的时间里，恢复再次发射的能力。”黄旭华要求宋学斌说。

“我们的弹道导弹核潜艇能否充分满足实战的发射需求？”记者签过保密协议，不能打听核潜艇的具体战术指标。

黄旭华笑了，“海军提出的发射‘巨浪1’的方式，我们核潜艇都能满足”。

那天，弹道导弹核潜艇在艇长杜永国指挥下，在指挥舱里的机电长高德海将核潜艇稳稳地下潜至预定的发射深度。

发射时刻一到，杜永国一声令下：“点火！”

高德海传令：“点火！”

导弹舱里的发射手迅速按下发射按钮。“巨浪1”裹着巨大的白色水雾从海中跃起，画面极为壮观。

杜永国通过潜望镜观测到“巨浪1”在空中二次点火，飞向蓝天，“导弹出水，运行正常”！

“我们的‘巨浪1’采用的是‘水下发射、水上点火’的方式，当高压燃气将导弹推出水面时，我们艇上人员都听到一声轰响，艇轻微地震动一下，略微下沉，很快就恢复了平稳。”那时在核潜艇上参加技术保障任务的钱凌白告诉记者，“大家都宽慰地舒了一口气。潜艇轻轻地关上了发射筒盖。”

“巨浪1”几秒钟后就消失了，蓝天上只留下白色的尾迹。

弹道导弹核潜艇上的无线电兵不断地向杜永国报告指挥部传来的消息：“第一级发动机脱落”“第二级发动机点火”“第二级发动机脱落”“测量船已经测到再入舱，飞行正常”“再入舱正中指定目标！”

正在迅速驶离发射阵地的核潜艇里一片欢腾！

“巨浪1”的研制成功，我国著名火箭专家、核潜艇弹道导弹运载火箭的总设计师黄纬禄居功至伟。

测试仪器显示，核潜艇发射弹道导弹时，艇体在行驶中的位置偏差、摇摆角、升降角、偏航角都接近于零，艇体姿态近乎完美，证明了我国第一代弹道导弹核潜艇设计得非常科学，满足了潜射弹道导弹的各项要求。

作为发射“巨浪1”试验首区副指挥长的黄旭华，在祝捷大会上即席赋诗一首：

"奋发图强奇功坚，苦战告捷喜开颜。骑鲸日游八万里，驭龙直上九重天。"

记者手记：

出走一甲子，归来仍如初见

黄旭华献身中国核潜艇事业整一个甲子了。

今天，身为中船重工719所名誉所长的他，敬终如始，依然在为我国核潜艇事业的未来出谋划策。

每天早晨，只要不外出开会，他都会出现在719所的家属院里，打一套兼具杨氏太极和陈氏太极特点的"太极长拳"。上午上班时间，他会准时出现在他的办公室里。但他总是谦逊地说，现在，他只是新一代核潜艇研制团队的"啦啦队"，偶尔客串一下"场外指导"。

杨连新与黄旭华很熟悉。他说，这位总设计师是性情中人，感情丰富而细腻。2006年，他去黄老办公室，说起希望收藏黄老当年设计核潜艇时用的算盘。黄老用商量的口吻对他说："这算盘是我老岳母送给我的，我先征求一下她老人家的意见，再给你行吗？"说到"老岳母"时，黄老眼含泪光。半年后，黄老从武汉进京开会，特意带来了这把刻着"旭华"两个字的算盘。他还在包装算盘的大牛皮纸袋上亲笔写着："核潜艇工程1958年开始探索直至1965年正式上马使用过的算盘。"

作为第一代核潜艇总设计师的黄旭华，每次单位评技术职称时都不申报"高级工程师"，总是把机会和指标让给下属。直到1988年，上级都看不下去了，才指定同事代他申报高工。记者问钱凌白是否真有此事？钱老说："没错，黄院士的申报材料就是我代写的。"

说起黄旭华的家庭，作家祖慰赞不绝口：他的家就如"人间净土"，真是太可爱了。黄旭华很有音乐天赋，会口琴、扬琴和小提琴，在繁忙的工作之余，他们两夫妇和三个女儿会一起开个家庭音乐晚会，精神生活非常丰富。有一年春节，年过半百的黄旭华和女儿们一起放鞭炮，黄旭华随手拿个空罐子盖在鞭炮上，鞭炮炸响，铁罐一蹦老高，大女儿黄燕妮笑弯了腰："爸爸，过了年就把你送到托儿所去！"

还有一次，黄老在外出差很久才回到武汉的家里，遗传了他幽默风格的小女儿黄峻和他开玩笑说："老爸，你到家里来出差啦？"

像所有的父亲一样，黄旭华对女儿的爱难免有些"宠"的成分，但却从不逾越规矩的底线。从1982年6月至1986年年底，他当过四年半的719所所长，虽为"一把手"，但他严守所规。她的大女儿是通过公开招聘考进719所的。

对别人称颂他为"中国核潜艇之父"，他一概否认。说他"隐姓埋名"，他说："我们这个行业隐姓埋名的专家太多了。"

记者问中船重工董事长："黄旭华他们白手起家开创核潜艇事业时，提出的'尖端乃常规之合'的科研思路，对我们今天走中国智造的创新之路，还有没有借鉴意义？"

董事长说："黄总提出的是尖端与常规、创新与传统的哲学关系，揭示了基础研究到高精尖的发展规律，是有永恒的指导意义，虽然现在的科研条件已与当年今非昔比，但老一辈科学家提出的创新思路仍没有过时。我们跨进新时代的新一代造船人，将继续脚踏实地、埋头苦干、深耕基础、加强积累、一步一个脚印努力践行创新驱动发展战略，为我国富强铸造出新的国之重器。"

记者问："能告知我国新一代核潜艇的总设计师是谁吗？"

董事长笑而不答。

依然是隐姓埋名。

时光荏苒，甲子沧桑。回首往事，黄旭华说："我从中国核潜艇事业开创的第一年起，为它服务了六十年，这让我很自豪。"

他在"日本飞机的轰炸声里"铸就的初心，依然未改。

正是这"轰炸声"始终在提醒他"从哪儿来、往哪儿去"：唯有国家富强，人民的幸福才有保障。对他而言，这是再明了不过的道理。

"不忘初心，方得始终。"习近平总书记说，"中国共产党人的初心和使命，就是为中国人民谋幸福，为中华民族谋复兴。"

六十年来，正是这初心和使命，激励着黄旭华痴迷核潜艇事业。无论是曾经啃“猪肝”一样的高粱饼子，还是被“勒令”喂猪，任何艰难曲折都动摇不了他内心的定力，可谓坚忍不拔。

“国家也好，家国也罢，有国才有家。”黄旭华说。

这就是大国重器和他的设计师的故事。

都说中国核潜艇是“定海神针”。六十年过去了，大海里发生的故事，大海一定知道。

大海什么都知道。

永不褪色的勋章

◎文/中国中铁一局集团电务公司　尚永超

窦铁成，男，汉族，中共党员，1956年出生，陕西蒲城人，中铁一局电力工工匠技师，全国劳动模范、全国优秀共产党员、党的十八大代表。他以顽强的毅力坚持走自学成才、岗位成才之路，先后花了近万元购买《高等数学》《电工学》《钣金工艺》等技术书籍，累计写下90余本，200多万字的学习笔记。主持完成443页、10.6万多字的《牵引变电所施工工艺》和中铁一局电力试验所第一刊4.1万多字的《电气试验作业指导书》，从一名只有初中文化的普通工人，成长为一名集学习型、知识型、技能型、创新型为一身的技术专家。累计解决现场施工技术难题69项，解决送电运行故障400余次，获得国家专利2项，为企业创造和节约费用近1800万元。

先后荣获了全国“五一劳动奖章”、全国知识型职工标兵、全国劳动模范、全国优秀共产党员等光荣称号，入选第二届全国道德模范候选人、时代领跑者——新中国成立以来最具影响的劳动模范候选人，新中国成立以来100位感动中国人物，新中国成立70周年“最美奋斗者”，被称为全国产业工人的学习楷模。他还当选为党的十八大代表，陕西省总工会兼职副主席，受到习近平总书记等党和国家领导人的亲切接见。

41年，一个人一生的最美时光。有人追求自我，在繁华世界里发现青春之美；有人热衷事业，用一辈子的刻苦钻研，践行自己的人生价值。

“人可以没有文凭，但一定不能没有知识和技能。”41年来，他的足迹遍布全国各地，参与建设的轨道交通电力工程不计其数：从荒凉的平原到苦寂的沙漠，从广袤的戈壁到险峻的高山；从西康铁路到乌鞘岭隧道，从广东韶关到内蒙古大草原，41年的成长历史让他成为中国工人不屈不挠的精神象征。

2019年9月27日，庆祝新中国成立70周年国庆大典暨阅兵观礼台上，一个身着蓝色工装、胸前挂满奖章的老人从中央电视台的直播画面中闪过，他脸上贴着国旗贴纸、手中挥舞着微型五星红旗，这样的画面被远在西安的同事截屏、拍照并转发至微信朋友圈。

窦铁成作为新中国成立70周年“最美奋斗者”进京领奖并受邀参加了国庆大典的现场，加之四年前的纪念抗战胜利70周年大阅兵，这已经是他的第二次受邀观礼。

时间拉回至1969年，作为一名插队青年的他怎么也想不到他能获得如此多的荣誉，受到党和国家领导人的亲切接见，成为中国产业工人的一名杰出代表。

出于历史原因，窦铁成当时作为“黑五类”子女，在少年时期就跟随祖父（曾经是杨虎城将军的随行副官，也是黄埔军校二期的学员。其父亲是蒲城县的医师，母亲是县属中学的人民教师）到陕西蒲城县一个叫平路庙晋王村的地方插队。8年时间里，窦铁成几乎学会了所有的农活和喜爱的工艺，从耩地、犁地、锄地开始，到摇耧下种，挥镰收割，碾场扬麦，编笼编筐，打铁做窗、电器修理、修锁配簧，拧毛线，缝鞋垫，纳鞋底、做饭补衣裳。打草喂猪、垫圈放羊、打土坯盘炕，养花种菜、果树嫁接；不但赶过马车，修理自行车，还开过手扶拖拉机。那时候的窦铁成已经做好了当一辈子农民的准备，并已经开始学习相关务农技术。

1978年，党的十一届三中全会在北京闭幕，中国进入了改革开放的历史新时期。第二年，中铁一局招工考试，抱着热爱和尝试态度，窦铁成走出了村子，参加了考试，并被成功录取。

中铁一局也就是当时的原铁道部下属的第一工程局，最早是西北铁路干线工程局，也是新中国最早组建的国有大型综合施工企业之一。窦铁成被分配到了单位汽车三分队，而首站就是距唐山不远的一处施工工地。

“哐当哐当”……

窦铁成跟随着招工师傅，与一同参加工作的23名年轻人登上了从渭南发往唐山的绿皮火车，到了驻地后才听人说，他们当时参加建设的是京山线。工程驻地条件和想象相去甚远：树条子编成的片子立在地上，绑在木头杆子上，抹上黄泥巴就是围墙，除去几间活动房作为办公室外，厨房和大多数房子都是这样，而窦铁成一行人所住的宿舍就是12平方米里面最多能住12个人的军用帐篷。帐篷内不仅地面潮湿，而且空间狭窄，平日的伙食里60%都是杂粮。初中毕业后，在农村待过8年的窦铁成经受过艰苦环境的锻炼，具有淳朴和勤劳的品质，对于他来说，再“破旧”的工地、再艰苦的环境也难以抵消他对电力事业的热爱。

入职的安全、技术学习，让窦铁成开阔了眼界：确保安全，一切才有意义；学会一技之长，才是立身之本。当时，窦铁成参与修建的铁路叫京山线，是北京开往山海关的铁路，其所在单位主要负责在铁路沿线架设电力电杆，为铁路信号灯和车站提供电能。

天暗下来了，铁路旁的信号灯也时红时绿地变起了颜色。铁轨上方，密密麻麻如蛛网般的导线、设计蓝图上密密麻麻的线条和各种符号让他瞬间感受到了巨大的压力：这里不但条件艰苦，技术含量还很高，要想干好这份工作，不光要有一个好身体、扎实的理论知识，还要有丰富的实践工作经验。

好在刚上工地，和窦铁成住在一个帐篷里的老工是一名共产党员，也是复转军人，不仅对待工作认真负责，对事业无限热爱，还对这群刚到工地不久的青工关爱有加，这也为窦铁成的学习成长创造了条件。工作中，窦铁成遇到的每一个施工环节，他都画画算算，细心琢磨，并将每一天的技术要点及心得记在本子上。虽然干了一年多电力外线施工，但一直没有经过系统的专业培训，这让窦铁成在学习上总感觉有些吃力。人常说，好事总会眷顾勤奋的人。

1980年10月，窦铁成有了第一次“深造”的机会，被录取到中铁一局职工学校学习培训。当时参加学习的有单位推荐的老师傅，还有最少都是高中毕业的年轻人，相比较而言，只有他是初中学历，底子薄、基础差，如何学、怎么才能学好成了他不断思考的问题。于是他决定笨鸟先飞，利用这次难得的培训机遇抓紧学习，利用一切可以利用的时间，学知识、学技术。在七个月的培训时间里，遇到周末，其他学员有的探亲访友，有的聚会玩耍，而窦铁成却没有丝毫闲着，每天坐在教室里直至很晚，而窗外他的家离学校并不远。

为了能尽可能多地学到知识，窦铁成给在乡下务农并带着孩子的爱人写信寻得支持。当然，妻子也理解他。

信心是成功的基石，不管身处什么样的境地，有信心就能产生勇气和力量。最终，窦铁成以全班第一名的成绩顺利结业。回到单位后，在培训班上学习的理论知识，更让窦铁成如虎添翼，并在单位举办的一期电力专业培训班上，被聘为了“电力内外线工程”讲师。

勤奋学习成就“知识型工人”

何谓“工匠”？只有那些专注于自己的职业，在本职岗位上有技术专长、过人本领的人，才称得上是工匠。要想成为工匠，必须坚持学习，不断提高技能。那么，一个只有初中文凭的农村青年，要转变为拥有专业技术的铁路工人，这谈何容易？得从零做起，更要有铁杵磨成针的勇气。

京秦铁路坨子头变电所是窦铁成接触变配电施工的第一个大型变配电所。工班没有技术员，工长让其负责技术工作。

领导看重自己，那肯定不能丢人，要干就要干到最好。

窦铁成深知其所学到的那点知识远远不够用，于是就白天干活，晚上把自己关在只有两扇大铁门的备用调压器室内，对照专业书籍，一张张图、一条条线、一个接点一个接点地分析解读图纸，细细琢磨设备如何安装，电缆怎么敷设。三个月时间，窦铁成忍受着酷暑熏蒸和蚊虫的叮咬，把7套一寸半厚的各类不同技术图纸齐齐地画了一遍。最终该工程不仅顺利竣工，还获得了国家优质工程银质奖。

工程通过竣工验收结束当天，他和工友们又去了一次之前他们已完成的变电线路。听着滋滋的电流声，窦铁成笑了，因为这一刻他们等了很久。

随着时间的推移，窦铁成慢慢知道了周围一些看似平凡普通的人，却都有着高超的施工技术。他们中有人在戈壁滩上修过兰新线，有人在崇山峻岭中修过阳安线，有人还出国修过坦赞铁路。从那时起，一颗种子在窦铁成心里埋下了：一个人可以没有文凭，但不能没有知识和技能。当工人就要当一个技术过硬、让人瞧得起的好工人。

1991年，京山压煤改线唐山北站施工工地上，窦铁成开始第一次接触有载调压器的安装、调试工作，可他对自动控制器的工作原理一点儿都不懂，怎么办？硬骨头总是要啃，来得晚不如来得早。于是，他拉来徒弟一块儿翻图纸、算数据、查阅书籍，分析其原理和功能。徒弟困得直打瞌睡，他却精神饱满地蹲在地上边学边算，一连好几个月，总是忙活到后半夜才休息。最终，在他的坚持下，控制器自动调压的工作原理被顺利攻克。

1999年，窦铁成所在的单位添了一台电脑。窦铁成得知消息后，立即打起了电脑的“主意”：“今后的办公和变配电设备的测试数据都要用电脑进行分析，不学是要落伍的。”第二天，他便跑到项目驻地所在的县城，购买了计算机学习教材，并拜其徒弟为师，开始学习计算机。

“40多岁的人了，学那玩意儿不嫌累得慌？”还没等开始学，有人就调侃这位“牛气冲天”的“新学生”了。窦铁成不在乎别人怎么说，一心扑在上面，从学拼音、练打字开始，慢慢学会了Word文档和Excel表格制作、CAD制图等办公软件的应用，还学会了用电脑分析查找设备运行的故障。最终，窦铁成不仅学会了如何使用电脑，还借助软件独立设计了完整的太中银铁路横山开关站电力图纸。

2001年，在西南铁路电力施工时，外单位一个变电所遇到变压器环流故障，情况非常紧急，同事打电话向窦铁成求援，他立刻找出了问题的症结，解决了问题。2006年，在浙赣铁路施工时，窦铁成与两个大学生一起用CAD制图，完成了443页、十多万字的《牵引变电所施工工艺》和中铁一局电力试验所四万多字的《电气试验作业指导书》。2009年，在单位的支持下，窦铁成和其团队成功编写了一本24.8万字的《变配电所安装与试验》，对现场施工起到了很好的指导作用。

真正的工匠，就应该在自己的专业领域里不停地追求，要有一颗恒心、十分耐心、百倍信心，不断完善自我知识结构、提高技能素质。

为了跟上科技发展的步伐，在工资不高、生活不宽裕的情况下，先后花了近万元购买了《高等数学》《电工学》《电磁学》《电子技术》《电机学》《钣金工艺》《钳工技术》《机械制图》等书籍，利用工余时间进行自学，41年时间里，写下了90多本、200多万字的学习笔记，每一本都密密麻麻地记满了各种技术参数和他成长成才的坚定足迹，而这些加起来足足三大箱的书籍也随着他的脚步一起走南闯北。

如“天书”式的专业课程枯燥难懂。窦铁成坚持一点点地“啃”，一点点琢磨、分析。遇到实在搞不懂的地方，就向身边文化程度高的工友、技术人员甚至徒弟请教。窦铁成边学边干，最终用不懈的努力和点点滴滴的积累，迅速从一名普通工人成长为技术骨干。41年来，凭借着过硬的施工技术，他累计解决技术难题60多项，排除电力运行故障400余次，负责安装的近百座变配电所一次性通过验收，全部被评为优质工程。

闲暇时间，身边的同事遇到窦师傅总要聊上两句。每当解决完别的难题后，总能迎来许许多多的赞美之词。但他却总是笑着说：“不是我有多聪明，而是无论多难，我坚持了下来，不断汲取技术知识，努力提高操作技能，在本职岗位上踏踏实实干好每一项工程，做好每一件事情。”而工友用手机偷拍的他光着膀子读书，后背被蚊子密密麻麻叮满红包的照片，也成了他刻苦学习的真实写照。

善于钻研成就“专家型工人”

“世界上没有两个完全一样的工程，不同的地点、不同的时间就要用不同的办法来施工，可以说每个工程都要创新。在这个过程中，施工技术人员因地制宜地将知识、技术创造性地用于工程，解决难题，就会从中享受到快乐。”这是窦铁成秉承的，也是他坚持的。他勤于思考，善于结合所学，主动攻关新课题，解决新难题。

从照图施工到创新攻关，随着科学技术的飞速发展，工程中应用到的新材料、新技术成为窦铁成钻研创新的“试验田”。用他的话来讲，就是既要用创新的思维、创新的成效来衡量自己的价值，也要有功成不必在我的境界和功成必在我的担当，才能对得起国家建设这个广阔舞台。

1993年窦铁成和其团队承担了丰（台）准（格尔）线窑沟隧道的照明工程，当时正赶上三九天，穿上防寒皮大衣，戴上皮帽子都不起作用，风吹到脸上就像刀子割一样痛。窦铁成带领工友们，每天早上天麻麻亮就起床，晚上收工时已是满天繁星。为了按期完工，他和班组其他成员吃了一个半月的方便面，渴了就喝隧道内岩石缝滴下来的水，累了就瘫坐在路基道砟上，吃饭时没有桌子就干脆把饭盒放在铁轨上，就着雪水吃。由于其所负责的隧道照明工程涉及在隧道壁上打孔安装，窦铁成发现笨重的脚手架不仅耗费大量的体力，还要占用大量的空间，同时在安全方面也存在极大的隐患，于是就琢磨能不能把它改造得更轻巧一点。

有了这个想法，他就开始和工友们商量研究。经过几次改造后，他们集思广益，把笨重的脚手架改成了集画线、工作平台、发电机于一体的综合性移动梯车，不仅大大减轻了现场工人的劳动强度，还以最短的时间完成了145盏照明器具、设置143处机械维修电源箱的安装任务。

随着经验的积累，窦铁成逐渐在工作中养成了爱思考、勤动脑的习惯。对于工程的任何一个细节、任何一个技术难点、任何一张图纸、任何一个新设备，总爱细心琢磨钻研，总想着能不能实现突破。

工程到了尾声，一台16000千伏安的主变绝缘油要进行过滤，当时仅有的一台发电机满足不了施工的要求，如果使用现有的发电机，其他的活路就要停下来，滤油机必须使用三相四线不间断电源，怎么办？在那前不着村后不着店的地方，到哪里去找三相四线不间断电源，一时间这个问题成了送电前施工中的最大难题。经过深思熟虑，窦铁成脑海中萌生出一个大胆想法：把真空滤油机的控制部分和主电源分割开来，利用一公里以外的施工发电机电源作为主电源，用自用发电机的220伏电源作为控制电源，使真空滤油机正常工作！当他把这个大胆的想法告诉当时的项目经理后，项目经理半信半疑，心里充满了疑惑。既然没有高效的办法，那就放手一搏吧。说是放手一搏，其实项目经理心里有底，这个底就源自窦师傅从不夸海口，认真敬业的工作作风。

一到现场，窦铁成便拆下了控制箱，并迅速校对回路，他一边测试，一边校对测量数据。他忙着，周围的工友却也都急得上不了手。一个个睁大眼睛，屏住呼吸，生怕弄出点儿响声，打乱了现场节奏。最终，当他按下启动按钮，滤油机发出内芯转动的声音后，工友们疑惑而又紧张的脸上才绽放出轻松和如释重负的微笑。

京珠高速公路机电设备60%从国外进口，施工难度很大，国际上称其为“最具挑战性的山区高速公路项目”。虽说窦铁成干过不少变配电所，但从未接触过如此之多、如此精密的外国设备。

人常说困难越大、舞台越大。工程前期的安装和单体调试还比较顺利，可是在交工送电前的空载试验时，一台升压变压器的空气断路器不断跳闸，对于窦铁成而言，这样的故障没有见过，更没有想到，在场的人员都十分

着急，纷纷把目光投向了一旁的窦铁成。业主单位闻知此事，多把问题源瞅向了施工，反复强调是施工的问题。在场的窦铁成听后顿时皱起了眉头，像是发出了火山爆发前的沉寂，因为施工过程他全程参与，肯定不会有任何问题。

天下着小雪，室外的气温低至-2℃。晚上，窦铁成带上工具、仪表仪器，围着升压站爬上爬下，测数据、翻图纸、分析原因。可似乎设备像是在精心布局一次现场考验似的，依然反复跳闸。

几小时后，故障原因终于找到了。窦铁成把相关测试数据汇报给了上级领导，并提议把外国专家请至现场理论此事。其实，那一刻的窦铁成内心十分矛盾，如果自己的测算是正确的，那毋庸置疑肯定能赢个满堂彩。但如果自己错了呢？不光是个人、企业的事，更是涉及国家声誉、中国工人形象的大事。但最终，他还是下定了决心，要找出问题根源。

谁曾想，外国专家一进门就拿着数码相机，这里照照，那里拍拍。现场的翻译把窦铁成的测试数据及结论告诉了“洋专家”。但“洋专家”依旧固执，并大声说道“No! That's Not Possible”。眼见不能说服，窦铁成便拉开架势，现场测试。“洋专家”将信将疑，也亲手操作，一同进行测试。

开关合上了，确实是设备自身的问题！

刹那间，“洋专家”不再坚持，并笑着竖起大拇指连声赞道：“Good Chinese Workers!”话音落地，在场的人也都不约而同地笑了。因为这一次，窦铁成不仅找出了问题所在，挽回了损失，还为中国工人争了光。

2008年4月，在中央电视台采访期间，记者向窦铁成发出了挑战：都说你技术一流，但你敢面对镜头接受全国亿万观众的检验吗？窦铁成想都没想便一口答应。但何时检验，怎么检验，在场的人都不知道。

正值午饭时间，艳阳高照，天空没有一丝云彩。包括37家媒体在内的一百多号人在棋盘井牵引变电所户外安全网以外就餐，窦铁成也正和同事们端着盒饭，一边吃，一边聊天。突然，值班员一路小跑过来大声喊道：“窦师傅，202断路器跳闸，后台机显示在分位。”

202断路器是牵引变电所的一台主要馈线断路器，如果不能及时合闸，就意味着通往伊金霍洛方向的供电臂区间的电力机车将停运。

情况万分紧急，刻不容缓。恰逢37家媒体在此采访，真是哪壶不开提哪壶！周围的人都放下了手中的碗筷，合围了过来，目光紧紧盯住这位工地“名人”。

窦铁成调整了一下思路，快速起身，奔向设备机房，并拿来图纸和仪表，带着徒弟开始查找故障。当时，所有的摄像机和照相机的镜头都对准了他。此时，沉寂的设备房内只剩下相机的咔嚓声、分析故障的对话声和检测设备的嘀嘀声。十分钟后，问题的关键终于找到了！他把故障点的导线接入端子，迅速地排除了隐患，并对值班员讲解了如何排除这类故障以及此类故障的危害性。看到这一幕，采访团的记者们连连称赞说：“服了！”齐刷刷地鼓起了掌。

原来，这是中央电视台的记者在窦铁成毫不知情的情况下，与业主商量后，故意设置的一个故障，就是想检验一下所谓“名人”的技术水平。后来，主要负责“出难题”的那位记者说，如果当时没能排除故障，后续也就不打算继续报道了，没承想仅用了十分钟就解决了问题。

工人不是简简单单的劳动者，而是把蓝图变成美景的创造者。在外国专家面前，中国工人同样可以充满信心。如今，祖国大地上铁路、城市轨道交通、公路建设如火如荼，能够发挥聪明才智为企业、为国家贡献力量是荣光，更是责任。

创新的苗头和渴望来自实际工作的岗位和对工艺的不满足。而这些都源于一次挖坑时的切身经历。

唐山杨各庄车站，一个废弃的预制场地上，项目部正在组织人员组立电力电杆，恰好有一个杆坑分给了窦铁成。其实，任务量也不算大，需要用铁锤把150毫米厚的水泥板砸开，并开挖至规定深度。但当完成任务后，吊车马腿已经支好，即将起吊电杆时，项目技术主管对其挖的坑产生了疑虑：是不是坑太小，估计电杆下不去！……刹那间，在场的工友们也都半信半疑。可一旁的窦铁成却泰然自若：“放心，一点问题都没有！”最终，电杆顺利地被栽进杆坑。事后，工友们竞相询问：“瞅着坑有点小呀，怎么还一毫不差恰到好处地立了进去？”“道理很简单：根据电杆的斜率、计算出杆根直径，开挖时再留一定的余量，肯定不会出错！”

初次品尝到掌握技术知识带来的高效便捷，由此也打开了窦铁成深入钻研的工作热情。

架空线路瓷瓶绑扎，所使用的绑线往往没有尺寸，一般做法只是预留足够长度即可。但每次绑完线，剪掉很长一截就扔掉了，致使材料浪费严重。于是，窦铁成便就此琢磨了起来，利用工余时间在地面上进行模拟绑线，将各种绑法的绑线准确尺寸记录下来，并在班组推广，这样既减轻了工友们上电杆攀登时材料重量，又节约了原材料，得到了广泛认可。

控制电缆头在采用热缩工艺后，密封工艺指标一直困惑着窦铁成。因为缘由工艺看起来既不美观，又达不到密封效果。“能不能开发出来一种工艺，既能保证控制电缆头的完整性，又能保证美观，达到电气安装的要求呢？”窦铁成又动起了脑子。于是他结合实际情况翻阅资料，反复思索，反复实验，终于探索出一种新的控制电缆头屏蔽线制作工艺，后来，他又把这种工艺运用到塑料控制电缆头的制作上，在朔黄铁路、达成铁路、浙赣铁路、东乌铁路、深圳地铁、北京地铁得到广泛的应用。

工作间隙，他又发现，过去利用油浸纸绝缘铅包做电力电缆终端制作，既脏又累还费时间。1986年在京山铁路施工中，窦铁成创新将原始的油浸铅包纸绝缘电缆无碱玻璃丝带缠绕工艺改为环氧树脂缠绕工艺，后又改为聚四氟乙烯工艺，节约成本和时间近3倍。

在大连地铁施工时，受沿海城市空气潮湿的影响，地铁供电施工的绝缘问题是一个大难题，供电设备安装在绝缘槽钢上，即便用绝缘螺栓连接，也不能确保绝缘的可靠性，还可能会通过潮湿的空气使绝缘能力降低，产生漏电现象。设计如此，还能有什么更好的办法呢？于是窦铁成和技术人员反复琢磨，最终决定从占领空间、挤压缝隙入手，在绝缘板缝隙填入防火泥，在螺栓缝隙处挤入硅脂，堵住泄漏电流，让它无路可逃，就这样成功解决了漏电现象。这种绝缘技术经过不断总结完善后，衍生出直流绝缘安装硅脂填充法，还被推广应用到成都地铁三号线供电系统工程施工中，为地铁牵引变电所直流绝缘安装开辟了更加可靠的途径。

不断的钻研让窦铁成的技术突飞猛进，同样也让他产生了许多创新思维。在西康铁路秦岭变电所，他利用现场废料，研制了一套煨弯器提高工效近5倍；在浙赣铁路板杉铺牵引变电所，面对国内没有铜板双导线间隔棒这一定型产品的严峻形势，他提出“简化结构、保证功能”的加工方案，并利用自有设备加工出了替代产品，保证了送电目标；在北京地铁昌平线施工过程中，他发现地线支架的绝缘装置不合理，于是联系厂家优化设计，新产品不仅杜绝了复杂的加工程序和加工过程中的有害气体对人体的损害，每套还将节约劳动力80%，提高工效4倍，这项发明在2010年12月获得国家知识产权局专利证书。

41年来，窦铁成运用所知所学，先后提出设计变更7次，为企业创造和节约费用超过1400万元。

“三十多年的工作经历让我坚信，创造离不开创新，创新离不开学习。学无止境，创新也没有止境。坚持学习、坚持创新、坚持钻研，我们在技术上就更有自信。”

2011年，窦铁成成为国家人社部首批授牌的全国50个技能大师工作室——窦铁成技能大师工作室的负责人，开启了他攻关施工技术的新阵地。他带领技术研发团队推进“五小”创新活动，开展技术攻关及施工工艺研究，创新发明了疏散平台测量小车、刚性悬挂接触网垂直向上钻孔平台、便携式多功能使用锤，便携式简易放线器等多项成果。其间，在西安曲江旅游观光轻轨电气设备安装工程中，他带头研发设计出简易高架跨座式作业车，轻巧便携、操作简便，解决了跨座式高架区间施工难题，弥补了国内空白；三年来，提出合理化建议、技术改进累计30多项，为企业创造经济价值800余万元。

在窦铁成的带领下，工作室积极与高等院校、建设单位、行业标杆单位展开合作。先后与兰州交通大学、西安铁路职业技术学院、陕西铁路工程职业技术学院、陕西交通职业技术学院等院校签订合作框架协议，建立职工培训，学生实习的双向互动机制。与中航西飞、中铁二院等科研及设计机构开展对标学习活动。到广州地铁公司、南昌地铁公司等建设单位开展技术交流，加深了行业间的沟通交流。

勇于担当成就“楷模型工人”

在周围同事看来，窦铁成不仅是一张“名片”，更是身边实实在在的楷模。说到这儿，其所在单位中铁一局电务公司党委书记、执行董事何健深有感触：“在东乌铁路施工时，别人下班了要么出去散步休闲，只有他在看书。直至现在我都印象深刻。”“窦师傅年龄都那么大了，还带着徒弟跑工地，中午一份盒饭，坐在变压器旁，边说电力试验过程遇到的问题，边抽空刨两口饭菜。”中铁一局电务公司电力试验所所长石琼如此说道。

窦铁成是“名人”，是“工人主席”，可办公室里总是找不到他。简单的工装、一个黑色的双肩挎包，行走在施工一线，重大工程节点，都有他指导施工的身影，尽职尽责、毫无怨言。

2015年6月，突然腰疼的窦铁成经过医院检查，腰椎管狭窄挤压神经，既不能做手术，也不能通过吃药或者其他辅助治疗手段解决病痛。这个学校邀请他去授课，那个工程送电又遇到小问题需要他支援解决……他毅然决然没有丝毫懈怠，顶着伤病赶赴一线。无论什么时候，只要有需要，他总是义无反顾，尽心尽责，一直如此。

乌鞘岭隧道，因其工程艰难、环境恶劣、里程长度等，在中国隧道工程建设史上占有重要地位，同时也是国家“十五”重点工程兰州至武威增建双线铁路建设项目的控制工程、难点工程，位于海拔3650米的祁连山脉乌鞘岭上，全长20.05公里，所处自然环境恶劣，全年冬季长达7个多月，积雪终年不化。

2003年3月，窦铁成带领供电团队最先挺进祁连山，攀上乌鞘岭，负责在隧道进出口两端建两座变配电所，以保证整个隧道施工的通风照明及建成后初期隧道电气化设备的用电之需。

那时的乌鞘岭正是气温最低的时候，打个生动的比方：稍微有点感冒流鼻涕，瞬间就能在鼻尖挂上冰溜子。以致刚到那的施工作业人员发出了感叹：“这地方，没有最冷，只有更冷！”

前脚刚到，窦铁成连同班组一起在工点附近的老乡家里住了下来。白天上工，晚上回来五个人一个大炕，早上出发时还干干净净的脸颊，晚上回来一洗瞬间变成一盆黑水。"你看这雪白得透亮，里面全是灰尘，一群矿工修铁路，这也难得一见啊！"工友们每每端起盆洗漱时，都禁不住要相互调侃，开开玩笑。工程后期，按照施工工序要进行设备试验，可面对零下20多摄氏度的气温，仪表指针都被冻得左摇右摆，不听使唤。由于劳动力不够，窦铁成和班子商量在周边村镇雇用部分老乡帮忙，可当中巴车到达施工地点，他们一下车，雪就漫过了膝盖。老乡们转身上车说：我们不干了，这么大的雪怎么干活，给多少钱都不干！

此时，窦铁成已年近50岁，却丝毫没有显现出退却的姿态。气温低、风雪大，再苦的环境都要撑，再难的施工难题都要尽最大努力克服。最艰难的工作，是在冻土层厚达1米多的山地上开挖电缆沟：往往一撅头抡下去，溅起无数黑土沫子，地上却只留一个白点，虎口胳膊被震得生疼。待挖好沟立好了电缆支架、完成沿线巡检后，身上的棉衣竟被锋利冰冷的支架挂扯成一绺一绺的布条，一团团的棉花翻露在外，加上那张黑瘦的布满皱纹和被风吹皴的脸，简直与"叫花子"一般。

乌鞘岭供电工程正式通电后，窦铁成及其工友又担负起了为全线所有参建单位几十个工地供电的维护保障任务。翻山越岭、风餐露宿，日日穿山巡检。在一次日常检测巡查中，窦铁成发现线路中某处有电量流失现象。虽问题隐蔽，排查困难，但却难逃其眼。经过耐心细致地反复查看，认真摸排，详细统计出流失量，并找到了使用流失电量的相关单位，经过沟通交涉、据理力争，为企业追回价值680万元的电量损失。

数十年如一日，让窦铁成从一名普通的工人成长为一名电力工工匠技师，成长为一名优秀共产党员，但他却始终没有忘记初心使命。哪里有急难险重的任务，哪里就有窦铁成的身影，以至于成为徒弟、工友、领导们眼中的定心丸、技术120。

从乌鞘岭刚下来，窦铁成又接到增援泰赣高速公路的任务。因受"非典"疫情影响，泰赣高速公路电力工程原本10个月的工期被压缩，项目部负责的配电所施工工期仅有 7 天。总指挥部给中铁一局的项目经理下了狠话："你干不干？不干就换人。"当时除了泰赣线，中铁一局在江西还有好几项工程。这个项目要是换给了别的公司，会影响到中铁一局在江西的市场。我们是堂堂央企，必须为名誉而战。

窦铁成到工地那会儿已经是当年的12月了，变配电室的土建工程还没有完工，项目经理心里急，直接给他下了命令："我只讲时限，在保证安全和质量的前提下，一切为了工期，有什么要求尽管提。"

才完成了一个乌鞘岭，又来了一个急泰赣。"7天时间连装设备带调试，到底能不能搞定？"窦铁成没有直接答应，要过了图纸。仔细查看完后，只是轻声说了一句："我要一个炉子和一口锅。"

虽没直接答应，但能提要求，这很显然已经接过了军令状。至于为什么要炉子和锅，窦铁成随后才补充道："这样可以节省每天来回吃饭住宿路途上所需要的5个多小时时间。"

变配电室除了四面墙和屋顶，没有门窗，四面透风。12月的江西，阴冷潮湿。窦铁成带着5名工友，找了几块设备包装板当床板，就这样直接住在了工地上。从白天到黑夜，从雨天到晴天。最终经过6天的连续奋战，变电所顺利通电。中铁一局泰赣线项目后来也被评为江西省优质项目。

宁西铁路即将通车前夕，正在营盘地区施工的负责人因意外状况不能履职，正在进行设备调试检查的窦铁成被组织当即要求其负责营盘镇车站的全盘工作。而当时的情况是：现场只有十几名工友，既要保证两座变电所的运行，又要保证一座10kV配电所的施工，还要按期完成通车前整个营盘车站站场的电力外线施工任务。

正值寒冬腊月，冷风刺骨。营盘车站恰好处于一座山顶的风口上，双手伸出衣袖瞬间会被冻得生疼。为了安全起见，仅有的取暖煤炉还需在睡觉前搬离租住的房子。身上盖的棉被因使用时间过久，往往不到半夜，被芯里的棉花就会如队列一样齐刷刷地向两边遛去，身上只剩下两层薄薄的草绿色布罩。一觉起来，房间内头天晚上才乘置的水都会变成冰疙瘩，连洗脸刷牙都是问题。

可任务不等人，也不会因为施工环境的恶劣而延长。到营盘的第三天下午，在装一组电杆横担时，窦铁成右脚踩在了一块石头上，石头随着外部力量瞬间滚了下来，他也随着重力急速地倒下，同时听到了脚掌骨断裂的声音。"窦师傅！您没事吧？"周围的工友全部放下了手中的活儿涌了上来。“没事没事，可能是脚崴了……”可一旁的工友看着窦师傅痛苦的表情，心里都清楚这次应该伤得不轻。“咱去医院吧，我已经给司机打电话了，他马上到！”在众多工友的劝说下，他虽然坐上了车，但坚持不去医院，并在附近的药店买了些镇痛和跌打损伤的药，就继续一瘸一拐地返回工地了。

为了保证工程质量、提高工程速度、解决遗留问题，窦铁成背着工具包和图纸、挎着望远镜、手拿着本子和笔，一棵棵电杆、一条条横担、一只只瓷瓶、一根根绑线、一颗颗螺丝和垫片仔细排查，绝不放过一点问题。并在当晚召开班组会议，将检查结果公布于众，让大家各自对号入座，消除遗留问题。

当然，得罪人是难免的，但工友们知道老窦的心思，他不是为了自己，更不是故意想给大家找碴儿，只想以最短时间完成施工任务，所以没有人因此而生气或者有所抵触。

正所谓屋漏偏逢连夜雨。一边是紧张的施工期，一边又碰到了项目部雇用的做饭厨师染疾，不能继续做饭的现实问题，正是工程最较劲的时候，正是西康铁路即将通车的前夕，在这滴水成冰的大山里，到哪里去找做饭的啊！

没有时间去思考，窦铁成对自己下了命令：必须背水一战，只许成功不许失败。因为插队时学会了做饭，所以临时凑把手问题不大，可这么紧张的工期，在其他工作之余要把饭菜做好，可不容易。于是那段时间，他身兼几职，忙里忙外，最终坚持完成了工程建设。

冬日的秦岭枯草丛生，窦铁成坐在山坡上，拿起了他熟悉的短笛吹了起来，仿佛整个世界都安静了下来。他说，每当完成一项艰巨任务，他都会找一个安静的地方吹上几首，既是对前一段时间的回顾和总结，又是为下一次征程鼓劲加油。

2011年，窦铁成开始担任中铁一局电务公司电力试验所（国家资质）质量负责人。除了负责各个工地的电力设备试验检测外，还作为“名人”受邀到各大高校、各地地铁公司、各个施工工地讲课授经。工作多了，以至于他的考勤表和别人的都不太一样：Excel表上纵向列着31个竖格，每一个竖格分为上下两层，上面一层标注数字，下面一层备注文字，整张表格长短不一，有些大事记还特意用红色标注，显得格外突出。在表格最底下，还特意写上注解："8"指在项目部上班、"9"指在试验所上班……

别人的大多都很简单，出勤天数、缺勤天数，无外乎几栏数字，一张A4表格可以统计很多人的工时。可窦铁成的记工表不仅有数字，还有大量的文字说明，黑红字体相间，显得很"特殊"。

"平日里事比较多，要上项目管技术，还要负责窦铁成技能大师工作室的活儿，有时还要去做报告，搞宣讲，来回几个地方跑，考勤记工就成了问题。为了能尽可能反映我的工作行程，同时配合考勤人员顺利完成考勤工作，就想了这样的办法。"

2013年国庆前夕，爱人从西安飞往大连看他，因为一直想去军港看看，所以窦铁成决定趁国庆节有几天假，顺便带她去。可就在28日，突然接到公司电话，西成项目因人员调动，项目面临"空城"的压力。公家的事从来没有小事，没来得及给爱人说一声，人便飞到了西安，直到下了飞机，才急忙给大连的同事打去电话，让项目组的同事帮忙安排一下。事后，同事们都笑着说："老窦，你怎么把老婆都扔下不管了！"他却迟疑了一下说道："两人都生活了一辈子了，她会理解的……"

这些年，因为忙，他没怎么照顾过家里的孩子，但他的孩子却以他们这个"心硬"的父亲为榜样，把他的作风、精神品格当成激励自己成长的动力，都在各自岗位上干出了成绩。

忠诚无私成就"服务型工人"

"民生在勤，勤则不匮。"中华民族是勤于劳动、善于创造的民族。正是因为劳动创造，我们拥有了历史的辉煌；也正因为劳动创造，我们才拥有了今天的成就。习近平总书记强调要以劳动托起中国梦，而中国梦的实现离不开如窦铁成这样的扎根一线、敢于担当、默默奉献、永葆本色的普通工人。

2013年4月28日，中共中央总书记、国家主席、中央军委主席习近平来到中华全国总工会机关，和全国31个省(区、市)的26位全国劳模、39位全国“五一劳动奖章”获得者共度劳动者节日、面对面座谈交流。窦铁成作为9名代表之一作了发言。习近平总书记说：“工业强国都是技师技工的大国，我们要很强的技术工人队伍。”时至今日，窦铁成坚持把这句话当作自己的奋斗目标，用他常说的话讲那就是：“我不仅要做一颗螺丝钉，更要做一个力矩扳手，把我身边的所有螺丝钉上紧、上安全！”在北京，窦铁成用最朴实的话语表达着自己作为产业工人代表的期望与承诺。

“要时刻牢记使命，带头践行初心，用实际行动擦亮党徽；要立足岗位，用心钻研业务工作，用出彩的奋斗成果书写人生价值。”2020年1月，窦铁成前往中铁一局电务公司无锡地铁3号线供电项目“授业解惑”。在施工一线，他把希望寄托给项目党员和技术骨干。

窦铁成说：“一个人的力量终究是不足的，众人拾柴火焰高，只有让身边的人强起来，才能把产业工人的力量凝聚起来，把作用发挥出来，把我们国家建设得更好，也只有带出一个好徒弟，就等于使我工作的时间延长了一倍，带出一个好团队，就等于给企业留下了一笔宝贵财富。”多年来，只要是与窦铁成共事，不管是谁，也无论年龄大小，他都会把自己所知所学传授给他们。

窦铁成先后向包括徒弟、同事、工友等300多人教授过技术知识。所在企业42名电力技师中，由其带出的徒弟就占了35名；7位高级技师中，5位是其徒弟。时至今日，窦铁成的徒弟中，有的担任起所在公司的领导、有的当了项目经理，有的还成了“明星班组长”。“窦师傅是我工程路上的精神导师，我也将把窦师傅的精神传下去，带好班组、干好工程。”提起恩师，其徒弟李贵吉更多的是内心的感恩和肩上的责任。

中铁一局电务公司“铁成班组”成立于2009年1月，是以全国劳模、全国优秀共产党员、新中国成立70周年“最美奋斗者”电力工工匠技师窦铁成为带头人，致力于轨道交通供电系统工程的施工班组。2009年，“铁成班组”被国务院国资委评为“中央企业红旗班组标杆”。2018年，李贵吉接任窦铁成成为第二任班组长。

“我虽然获得了一系列至高无上的荣誉和褒奖，但是，我想，荣誉只能代表过去，当掌声落下，我该叠起笔挺的礼服、珍藏起金色的勋章，放下手中的鲜花，回到火热的工地，回到亲爱的工友身边。”近些年来，有很多人问过窦铁成，他如何看待取得的成绩，他总是这样说，而且他一直也都是这样做的。

还有人问他成功的秘诀，窦铁成给出了答案：“其实对于我来说，我的成功就在于坚持。假如说我有什么成功的秘籍，那么我觉得可以用三句话来总结：一是坚持学习，常怀进取之心；二是立足岗位，常怀感恩之心；三是心系国家，常怀忧患之心。”

41年来，他见证了中国铁路从普速到高速的巨大飞跃，感受到新时代中国工人为实现中国梦团结向上的强大凝聚力。他就是中国轨道交通工程大业中的一颗螺丝钉，把信念根植在每条轨道线上，让中国轨道安全稳固地运行走向世界。

风继续吹着，刚忙完靖神铁路电力工程设备试验的窦铁成难得闲下心来，打开手机刷刷抖音，给工友们翻看他平日在抖音里发布的短笛演奏作品。有人笑着说：“老窦，这么时髦，抖音都玩上了呀！”他也不管不顾，右手推了推眼镜，笑着说：“你们都玩，我要再不学这些新玩意儿，就怕跟不上你们的话题了。”

中国造，翼起飞

——“最美奋斗者”薛莹的故事

◎文/航空工业集团西飞　白晓燕　王　莹

成功，有没有标准定义？

人生，何谓精彩？

对这些问题的回答，并非见仁见智，而是看待人生的角度与价值观的差异化，被定义的成功与精彩人生也很难完成全方位的比较。对这个问题的思索，源于很长时间以来人们对薛莹的今天是否算得上成功的争议。有人看到她至今仍然是一名女工，而心生些许的轻蔑；有人看到她诸多的荣誉与职务，以此来确认她人生成功逆袭；有人评说薛莹就是这个时代的赵梦桃、吴桂贤……

一个普通职工家庭里走出来的女工，甚至都没有受过高等教育，怎么就能与“全国劳模”“首席技能专家”“全国三八红旗手标兵”“全国妇联常委”“党的十八大、十九大代表”这些常人难以企及的荣誉、高度连在一起呢？2019年新中国成立70周年之际，又名列新中国成立70年来评出的278名“最美奋斗者”之一，与这一代人小时候的人生榜样雷锋、邱少云、罗盛教，与当下名气如日中天甚至被顶礼膜拜的钟南山、袁隆平、屠呦呦出现在同一张名单上？

这一切太需要一个合理而令人信服的答案。让我们来看看这位女工的精彩人生。

成长篇：与航空难解的缘

薛莹，女，航空工业西飞国航厂铆装钳工。她从事国际合作产品生产已有28年，以她名字命名的“薛莹班”承担着美国波音737–700垂直尾翼可卸前缘组件的装配任务。薛莹带领全体组员改进操作方法、工艺流程，实行精益制造等百余项，使得波音垂尾月产量由最初的7架份提升到36架份，保质、保量交付了5000余架份优质波音垂尾，赢得美国波音公司的赞赏和信任，为中国制造走向世界做出突出贡献。

在中国航空城——阎良长大的孩子，从小就比其他地方的孩子更多地在仰望天空。

1973年8月12日，薛莹出生在西安市阎良区一家企业所属的医院里。虽然她是家里的第二个女儿，但其父母却丝毫没有“为什么不是儿子”的遗憾，他们满心欢喜地迎接这个红红的、皱巴巴的孩子的到来。每一个孩子的降临，都给父母增添了一种对未来的憧憬。

阎良，是一个很难被定义的地方。

阎良很古老，先秦历史记载的商鞅变法就发生在这里。虽然阎良地处腹地、全年干旱少雨，但其注定会成为一个不平凡的地方。20世纪50年代，国家进行航空制造企业选址的时候，阎良寂寂无闻却脱颖而出，成为集飞机设计、制造、试飞于一地的首选之地。至此，在默默无闻中度过2000多年的这个西北小镇，开始步入国际舞台。

20世纪五六十年代，来自全国各地、数以万计的人相继集中到阎良。他们中有远渡重洋回来报效祖国的爱国知识分子，有经过国家重重选拔、委以重任的军人，也有就地招募的年轻学生……来自五湖四海的他们在这片并不宽阔也不富饶的土地上开始了耕耘。那个时候的他们尚无法预知，他们为自己开创的这份事业，不仅奉献了自己的青春，还有儿孙们的青春。

小城阎良开始一笔一画地书写自己的故事。

在物质奇缺的年代，阎良最不缺的是文化。数以万计具有不同学识的年轻人带来了各种文化。这些不同地域、不同背景、不同阅历的文化汇集在一起，不断碰撞、交融，再经过共同理想的灌溉，逐渐形成了阎良本土独有的特殊文化。这种文化几乎清晰地映射在阎良每一个人身上，深刻地影响着他们对国家、对小家关系的理解；潜移默化地引导着他们对生活的取舍；这些文化映射到阎良儿女身上后，成为一种独特的气质，在薛莹以及无数与她有相同成长经历的孩子们身上，这种气质异常清晰——“企”与“家”完美融合，其他地方的孩子难得一见的飞机，对阎良的孩子们而言早已不足为奇，并且成为融入血液中的自豪，他们从小就比其他地方的孩子更多地在仰望天空。

20世纪七八十年代，单位加班可以带着孩子进入厂里，儿童时的薛莹就经常跟着妈妈在单位加班，妈妈看图纸她也看图纸，所以长大以后，她对各种图纸很是亲切。航空报国，是第一代航空人的远大理想和对自己的日常要求，这些品质也潜移默化地影响着薛莹。

初中毕业后，参考父母的意见，薛莹报考了西飞技师学校，选择专业的时候，对分类一无所知的她凭着感觉填上了“钣金工”。回家跟妈妈汇报完毕，看着瘦小的薛莹，妈妈再三考虑后给她改报了铆工班。但薛妈妈怎么也没有想到，女儿在这个自己认为平稳的道路上，走出了完全不同的人生，也让她看到了，这个自己疼爱了十多年的孩子，除了乖巧、懂事之外，还有着刚强与坚韧。

在技校学习的三年，是薛莹轻松、快乐的时光。原本就有的良好学习习惯让她应对压力本就不大的技校的理论课程很是轻松。她将更多的注意力放在了让她觉得新鲜的实操课上。那些异形工具以及经验丰富的工人自己总结出来的干活“诀窍”都让她好奇不已。

1992年12月，19岁的薛莹以优异的成绩从西飞技校毕业，被分配到国航厂，成为一线工人队伍中的一名铆工，也几乎是这支队伍里最瘦弱的一个身影。身高不足160厘米、体重不足45公斤。老师傅们看着这个瘦弱的姑娘，都不禁为她捏了一把汗：这姑娘能干得动吗？干一天还不得哭啊。

薛莹倒是很快就展现出让人喜爱的一面。不管谁看见她，都会先从她脸上看到甜甜的笑容，极有感染力。即便对还不怎么熟悉的人，她也会笑着，甜甜地叫一声“师傅好”。在工段里，她手脚勤快，工作台上、地面上，哪儿有水、哪儿脏了，她似乎总是第一个看见的人……

“这姑娘看着人小，可眼快、手勤，性格又好，招人喜欢。”这个爱笑的姑娘让大家心里总能感受到一股暖意。

刚进厂当学徒的日子，薛莹特别“黏”。老师傅们干到什么时候，她就“黏”到几点。

“丫头儿，赶紧回吧。厂里不要求学徒工加班，你待在这儿也不给加班费。”

“我就是看看、看看，白天还真没顾上好好看。”

“人家小姑娘都忙着谈恋爱，跟对象看电影、压马路的，你守这儿看我们有啥意思？走吧走吧……”

“我妈说我还小，不许谈恋爱……”

“回头我让张师傅给你介绍个帅小伙儿，看你到时候还守在这儿不。”

“不要啊，我妈得打我。”说笑中，薛莹手脚不停，一会儿给师傅们添热水，一会儿拿个小本不知道写画些什么；偶尔哪天加班看不到她，大家似乎还觉得缺了点什么……是那个姑娘的笑声和给大家营造的那种暖暖的氛围。

在这种氛围中，薛莹慢慢地成长着，克服了初期操作的紧张心理，看着飞速转动的风动锯，不再紧张；原来要2小时干完的活儿，现在30分钟就干完了，跟师傅们的差距也越来越小。在同期进厂的年轻人中，逐渐脱颖而出，大家对这个看着瘦弱的姑娘开始刮目相看。

2000年，在波音737–700飞机垂尾试制的关键时刻，27岁的薛莹走马上任波音垂尾前缘班班长。对于年轻的薛莹来说，无疑是勇挑重担。作为一名铆工，她业务过硬，干出来的活儿漂亮，但是否能带一支团队干出漂亮的活儿，达到波音公司的要求，从而扩大合作范围，拿到更大订单，这还是一个未知数。薛莹的内心特别忐忑，但也有一股源自心底不服输的劲头儿不断地充盈着她那颗年轻的心。

磨炼篇：让中国制造“突围”

薛莹刚进厂工作的20世纪90年代中后期，是西飞国际转包业务发展势头良好但同时亟待突破技术与工艺能力瓶颈的时期。尤其是与波音公司合作的项目，当时已走过12个年头，双方都有意愿扩大合作范围、增加订单总量。

西飞能成为波音公司的供应商，得益于20世纪80年代全球航空制造业两大巨头波音公司、空客公司为市场份额打响的贸易战。波音公司在以15%的767零部件生产稳住日本之后，对于中国这块极具潜力的市场，波音采取了转包生产的策略。这在当时看似很不重要的业务，却在日后对中国航空制造业的发展乃至全球民用飞机制造的格局都产生了深远的影响。

1980年12月，波音公司与西飞签订了第一个转包生产合同——为波音747生产机加件零件。然而当时的中国并不具备生产波音零部件的能力。为了使西飞获得转包生产制造的资质，波音曾对西飞进行多次技术改造指导。1982年12月，西飞零部件制造的资质得到确认，这也是中国首次成为波音零部件制造商。波音与中国飞机制造合作也由此开始。

薛莹所在班组负责波音737-300垂直尾翼可卸前缘的装配工作。飞机垂直尾翼包括固定的垂直安定面和可动的方向舵。尾翼的主要功能是操纵飞机升降和偏转，并保证飞机平稳飞行。波音737垂尾前缘组件长7.2米，位于垂直尾翼的前迎风面，由四段马鞍形镜面蒙皮对接装配而成。由于它直接影响飞行安全，因此对产品质量要求非常高。

那时，工人们使用的工具、工装与国外有所差距，许多工作需要手工操作来完成，所以对工人的技术水平要求就更高。外方代表对我们产品质量的要求可以说是苛刻的。在研制前期，困难特别大，为了尽快突破瓶颈，让转包业务长足发展，西飞集中技术、工艺团队进行攻关。薛莹班组成为整个研制团队中重要的一环。

带着父辈传承的敬业精神，薛莹全力以赴地投入工作中。在西飞改革的关键期，面对外方提出的高要求，薛莹与工友们没有气馁，“想要我们手中的产品与国外公司的一样漂亮”的念头一直支撑着她，“累过、哭过，但是擦干眼泪继续干，因为在我心里，这份事业不仅仅是我自己的”，企业发展的希望、产品走向世界的期盼、上一代航空人的嘱托……这些化作强大的动力，支撑着薛莹。她正视差距，苦练技术，学习管理，一点一点地缩小着与国外先进水平的差距。

研制初期，如何保证前缘蒙皮与工装的贴合、如何确保蒙皮表面光滑如镜、如何提高钻孔和铆接质量成为横亘在薛莹与她的团队面前的三只“拦路虎”。

为了解决这些问题，薛莹前往上海观摩、学习，做的笔记、画的草图满满两大本；回来之后，再把自己领会的方法进行消化变成更简单明了的操作方法，与班组的姐妹们开始不断地尝试。

面对困难，要么仰视它，一辈子屈服，要么俯视它，勇敢面对，用智慧去解决。薛莹这样暗暗下定决心。几个月里，她瘦小的身影淹没在装配现场高大的工装间。迎来朝霞，送走晚霞，不知不觉，度过了一个又一个春秋。

达不到质量要求的垂尾前缘。拆！重来！重达60多公斤的部件，一天之内在5台工装间抬上抬下30余次。在工艺技术人员的支持下，薛莹带领着组员翻阅图纸、技术文件，一遍遍在蒙皮上试验。通过改变铆接顺序最大限度地消除蒙皮应力；改进锪窝钻、钻头等工具，人为增加垫片反向校正，使工装与蒙皮紧密贴合；改变工艺方法，优化加工流程，使蒙皮装配后力量分布均匀，保持一条直线……

2004年，波音代表提出了必须用小于5磅的推力使前缘组件上300多个孔上下同心的要求，这样他们检测时只需用5磅大拇指的推力。以往装配时都是几个人推着前缘贴紧垂尾拧螺栓，要达到波音提出的要求在当时简直难以想象。

“无论如何都得达到要求。否则，丢了咱们西飞人的脸不说，更丢了咱中国人的脸。”班前会上，薛莹对着姐妹们说着这番话。

由于国内工装采用的是卡板定位，而不是国外的真空吸附工装，7.2米长的前缘与工装贴合不紧，装配时极易产生应力，使前缘尾部外摆。

为保证蒙皮与工装贴合，她们苦练“边缘法”铆接。即从下往上铆接，最大限度排除应力，防止蒙皮鼓动。一遍遍钻孔、铆接，直到她们手中的蒙皮不再变形、扭曲，她们伸直了腰，露出了笑容……

那段日子里，薛莹跟班组的姐妹们常常是迎着朝阳走进厂房，顶着月光离开；汗水掺杂着泪水、燃起的希望被失败扑灭……但，这群平均年龄不到30岁的女工却从没有想过放弃。

30多架份的试制，40多个昼夜的鏖战，那个重要时刻终于来临了。

所有人的目光都紧紧盯着波音代表的手，现场的空气仿佛瞬间凝固。高大、严肃的美国人用大拇指轻轻一推，垂尾前缘所有孔全部同心！

“OK！”波音代表露出了笑容，他的目光落在了薛莹的身上，微笑，点头，对她表示由衷的赞赏。

淬炼篇：班长是多大的“官”？

在28年的铆工生涯中，有一个名字深深地嵌入薛莹的生命中，并融进她的血液里，它叫“薛莹班”。

2000年，刚当上妈妈的薛莹迎来了人生中一个艰巨的挑战——当班长。对她而言，工作之初最朴素也是唯一的想法就是当一名合格的工人。班长是多大的“官”？

那时，薛莹时常这样问自己：薛莹，当班长你能行吗？要怎么样才能做好？做得比别人更好？

作为一名铆工，她业务过硬，但是否能带领一支团队干出漂亮的活儿，达到波音公司要求，从而扩大合作范围，拿到更大订单？这还是一个未知数。

此时，爱“较真”的性格冒了出来，既然要当班长这个“官”，那就好好当，从“认真”二字做起吧。

薛莹深知，只有在团队中才能实现自己的人生价值。曾经有记者问，如果把自己比作飞机上的一个构件，您的选择是什么？她回答：“我更喜欢当一颗铆钉，铆在自己的位置上发挥自身价值。”在薛莹看来，简单的事情认真做，不经意的小事坚持做，小铆钉里同样隐藏着大情怀。

薛莹最初信心满满，以为自己能干好班长，但事实却证明有些盲目自信。的确，能把自己的活儿干得漂亮与管理好一支团队，完全是两回事。班里大多是老师傅，如何能服从一个“黄毛丫头”的管理？在各种磕磕绊绊中，委屈焦虑常伴，薛莹流过眼泪、发过脾气，甚至一度打过退堂鼓。有一次，她去找工长说工作上的事情，回来后徒弟支支吾吾地让她以后不要去找工长了。薛莹很奇怪，不找工长，谁给我解决工作上的协调问题？在她的追问下，徒弟才说，有些班员以为我去给工长打小报告去了。一时间，薛莹哭笑不得。但冷静下来，薛莹想，大家有这样的想法，还是说明对你的不信任。

于是，从那天起，薛莹给自己规定了很多的“必须”：必须每天最早到工作现场、最晚离开工作现场；必须耐心倾听班组成员的倾诉，包括发牢骚；必须以最大能力解决班组问题、对班组成员的优点用放大镜看，发现优点及时表扬，对他们的缺点用显微镜看，背后多提醒……归结为一点，就是用诚心打动每一名组员，让他们信任自己。

薛莹的管理“艺术”很朴实——公平公正，以身作则。遇事和大家勤商量，多沟通，工作自己多干点；内部矛盾不扩散，采取大事化小，小事化了的原则；对于不团结的职工，利用搞活动外出游玩和工作中排班，有意识把他们调到一起，制造小氛围让他们自己和解；平时工作中实施人性化管理，真情管理，上班前、下班后，跟大家聊一聊说说话。无论怎样，班组对外是一个团结协作的集体，以最好的状态呈现。慢慢地，大家愿意听她的安排和建议了。

垂尾前缘采用的是镜面蒙皮，平整、闪耀得就像一面镜子，娇嫩、光滑得就像人的皮肤。比头发丝还要细一半的划痕都能刺穿蒙皮表面的包铝层，造成整块蒙皮报废，而一块进口蒙皮价值要上万元。

每天开工前，薛莹总是先用白色的棉布擦拭干净工装和蒙皮，工装上细心地贴上薄薄的一层保护膜，定位销用纸胶带保护，不工作的蒙皮则贴上绿色的胶膜，划窝、铆接的地方也要贴上胶带，甚至手里拿着的铆枪也贴着保护膜。一句话，凡是没有工作面的地方都采取了保护措施。

在垂尾前缘生产现场，零件区内的前缘组件犹如一件件艺术品，细腻

平整、富有光泽，无论从哪个角度看，前缘都是笔直的；员工们都在工装前专心工作，生产连贯顺畅、井然有序。在薛莹的管理与调配下，一架份前缘下工装，另一架份上工装，相差时间只有5分钟。经过他们的共同努力，装配一架垂尾前缘的周期一点点在缩短，10天，5天，3天……2019年达到了36架份，平均每个工作日一架份还多。

除了吃饭、睡觉，薛莹全身心扑在工作上，装配现场就是她另外一个家。有时回到家里，老公还会开玩笑地说，你把头上的铝屑抖抖，别吃到了肚子里。薛莹就会呵呵地笑着，真的到旁边去抖抖头发。

记得有一次，薛莹正埋头裁剪蒙皮余量，“滋”的一声响，一条五六厘米长的细铝丝贴着护目镜左侧扎进额头。她只觉得额头一沉，还没感到疼，就听见旁边响起同事的惊叫声。她不敢抬头，只看见脚下无数双鞋子晃来晃去。此时她还不知道，铝丝已经扎到皮层五六厘米。在医院做完了紧急处理后，连医生都庆幸铝丝没有扎进脑部，薛莹这时才后怕起来。

薛莹是一个细心的人。为了防止工人干活时将小卡板等工具随手乱放，薛莹在工具箱、零件周转车上贴上小标签“用完工装，请马上复位”。小小的标签隐含着她管理的周到和工作的细腻。每次收工，她都要到现场转一转，把所有杂物再清理一遍，这已经成为习惯。

2003年，国航厂的新厂房建成了。新工装需要有产品来试制，每天从国航厂的老厂房到新厂房大约要走30分钟的路程，同时要拉着200多公斤的运输车来回奔波。当时班里的其他同志都觉得这么工作太辛苦了，时间都浪费在了路上，没时间去工作就等于没有工时、没有钱可拿，没人愿意去试制。面对这样的情况，薛莹把这事儿揽在了自己身上，带着一名刚到班组的新人来到新建成的厂房，埋头进行试制的准备工作。3个月的时间，薛莹圆满地完成了3架份产品的试制验证工作，为后续的产品搬迁提供了可靠的保障。那3个月，她的工资是组里最低的，但她并不后悔。在她看来，当班长要懂得吃亏，不要计较，要有大局观念。

她的威信逐步建立起来了。工作中的事，生活上的事，家长里短，夫妻矛盾，甚至恋爱情感，大家都爱跟她说一说，她是一个最好的听众、知心姐妹和心理疏导员。日久见人心，真心换真情，点滴的积累，真诚的相待，她逐步成为大家的主心骨，班组的灵魂人物。有一次她外出开了几天会，回来后，一个小姐妹说，你可算回来了，我都想你了。她心里暖暖的。

这个班组在薛莹的带领下，成长为一个能打硬仗的班组。在班里，每个人都是一把好手，没有偷懒的，没有讲条件的。

“薛莹班”青年工人多，平均年龄二十几岁。班组抓住青年思维活跃等特点，对年轻人多方包容引导鼓励，积极提供发展的空间。让他们在宽松环境下，敢想敢说，在看板上时常提出合理化建议，踊跃参加技术比武。而对年轻职工来说，师傅们毫无保留地言传身教、分享知识和经验，才是避免他们走弯路，助力大家快速成长的秘籍。面对技术，薛莹毫不隐藏，组织技能大师成立了技能大师创新工作站，积极开展技术攻关和技能传承活动，解决现场瓶颈问题，培育“工匠大师”。一个人的强大不是真正的强大，集体的强大，才能造出世界一流的飞机。

国航厂的领导看到前缘班的工人们总是从早忙到晚，很少休息。就批评薛莹说，你们这样干不行，都要累坏的。必须休息，早上休息半小时，下午休息半小时。薛莹想想也对，平时工作安排了，大家都自觉地去尽快完成，还真没人停下来休息。可是实行了没几天，组员们就自觉地不休息了，她们一投入工作，就进入了一种忘我的状态。不干完一个阶段的工作，谁也不会想到休息。而作为班长，薛莹就努力在蒙皮不缺件的情况下，尽量安排好8小时的时间，让大家能够多一点时间休息。

工作态度是基础，专业知识是平台。在薛莹班的学习室里，书架上摆满了各种专业技术资料和班组建设、企业文化等书籍。工作之余，班里的十余名工友就在薛莹的带领下开始学习、交流、讨论。犹如海绵一般，他们不断吸收着知识的养分，专业能力和思想素质得到很大提升。

20年来，班长已经成为薛莹生命中不可缺少的一部分。她用自己真挚的心换来了班组悄然而至的变化：每天越来越多地听到“班长，班长”的呼唤；年长的师傅们原来绷着的脸上笑容多了、爱跟她交心了……更重要的是班里交付的产品越来越漂亮了。

付出并不是没有回报。多年的努力，使前缘班的生产步入了高效的循环轨道，生产方式成功地由原来的集体作业改为流水线作业，不仅实现了无纸化生产，更达到了产量与质量的“比翼齐飞”。

随着产品批量生产的持续扩大和铆接技术的日益成熟，“薛莹班”全体成员被波音公司授予“用户满意员工”称号，波音公司向全球的供应商推广她们的质量控制经验！

2005年，“薛莹班”班长第一次乘坐飞机，机型正是波音737。当她想到有她亲手装上的垂尾前缘，心情非常激动，她走进机舱，忍不住对身边的乘客说，这架飞机的垂直尾翼，是我们班组安装的。乘客们对这个身材瘦弱的年轻女子鼓起掌来。每每想到身后那个指向蓝天、造型完美、维持飞机平衡的垂直尾翼出自她们之手，自豪感和幸福感油然而生。

薛莹和她的同事们在美国人惊叹的目光中感受到了“让世界享受中国制造”的骄傲。

追求篇：肩上更重的责任

2007年1月，34岁的薛莹当选为陕西省人大代表。原本相对简单的生活发生了变化。“当一名合格的人大代表”与“做最优秀的工人”一起，成为她肩上的双重责任。

从生产现场走到各类会场，对于薛莹来说，不亚于面对一个最严苛的产品的挑战。她不断对自己说：这是又一次全新的成长。

当工人时要学好专业知识，当班长时要学习班组管理。当人大代表时要学习更多的内容，包括法律法规。每一个角色赋予她的使命不同，这就需要她不断地去学习，去充实自己，将理论与实践联系起来，结合实际情况深入思考，才能更好地履行各种职责。

第一次以陕西省人大代表身份走进神圣的大礼堂时，薛莹的心里特别紧张。虽然会前做足了准备，但分组讨论时，面对着政府领导，她仍然紧张得说不出话来。当时，陕西省纪委书记郭永平对薛莹说："小薛，你可是基层来的代表，要为基层人民发声啊！"一句话如醍醐灌顶，让她瞬间明白了方向。

人大代表是人民选的，要代表人民行使权力，反映人民的心声。从此，薛莹利用业余时间更多地看报纸、听新闻，和群众聊天，关注身边的事情、关注各类政策落地情况，和更多的老百姓做朋友。她以"提的建议能够反映民众心声，当好政府与群众之间的桥梁"为己任。自觉主动地走到百姓当中去，了解百姓的冷暖疾苦，帮助他们解决一些由于渠道不畅通难以解决或者急于解决的问题。

要做到这些，必须要进行调查研究，调研是做代表的基本功，没有调查就没有发言权。调研不但能使你发现问题，更能帮助你找到解决问题的方法，真正为职能部门献计献策。

2013年的一个冬日，薛莹在路过西安市莲湖公园前的天桥时，看到一位老师带了7个有智力缺陷的孩子过马路，孩子们穿着厚厚的棉袄笨拙地走着，老师过马路时拉着这个拽着那个，担心孩子们的安全。突然间，她特别想了解这些孩子的生活。他们是怎么生活的？能够享受政府对残疾人的哪些政策？我能帮助这些孩子做些什么事情？于是，薛莹疾步上前，和老师一起帮助孩子们过了马路。后来在和老师多次接触，并认真了解他们的需求后，她提出了关于政府提高对残疾人购买服务的建议。

这一提议当年就引起了政府的高度重视，将其列入中长期规划，并逐步实施。

从紧张得说不出话，到说出来的话词不达意，再到能清晰地表达出自己的想法，最后到能够逐渐有自己的思想并推动自己构想的实现，薛莹在这段成长道路上的付出一点都不比从学徒工到班长的付出少。

从面对机器到面对领导再到面对各种人最后到面对社会，这个过程是需要不断学习、不断思考的。对此，薛莹在不断思考、不断学习习近平新时代社会主义思想中逐渐成熟。

从2007年到2019年，薛莹先后担任了陕西省第十一、第十二、第十三届人大代表，光荣地当选为党的十八大、十九大代表。作为生产岗位的一名普通女工，她从来都没想过自己能有这样的荣光。

随着在省人大的时间不断增多，她的视野不断开阔，越来越多的想法、认识逐步走向清晰与成熟。任省人大代表期间，她先后提出24项议案，附议达数十项。其中，“关于净化网络空间”“加强高校保卫”“建议在高校开通女性学课程”“西阎高速路收费问题”等提案，都得到关注与重视。

西飞的第三次创业开始于党的十八大召开后，这次被媒体称作“洗筋伐髓、脱胎换骨”的创业，实质上是发展方式的转变。这是国家发展需要，也是航空工业的发展需要，更是中国大中型飞机研制自身的发展需要。

2015年，薛莹迎来了人生中非常难忘的学习机会。她在航空工业党组的安排下，参加了中央党校中青年干部培训班二班（第15期）的学习。对于一名普通女工来说，这是一次从未接触过的理论培训，其起点高、内容广、形式新，需要进行全面、系统的理论学习。

“不登高山，不知天之高也；不临深溪，不知地之厚也。”在中央党校这所党内的最高学府里，在基层一线工作25年的薛莹，更加感受到理论知识的博大精深，深感机会来之不易，因而倍加珍惜。从以往的皮毛化、碎片化的理论理解脱离出来进行全面系统的理论学习，对于她来说，无异于人生路上添上浓墨重彩的一笔，学习是路，理论是墨。只有通过读书学习，才能领悟人生真谛。“问渠那得清如许？为有源头活水来。”只有静心多读书、读好书，才能提升分析事物与分辨对错的能力，才能够源源不断地给头脑注入“活水”。

伏尔泰说过：“书读得越多而不加思考，你就会觉得你知道得很多，而当你读书越多，思考越多的时候，你就会清楚你知道得很少，从而更加努力。”刚到中央党校学习时，面对着大量扑面而来的信息，薛莹最初的感受就是“急”。这份“急”来自功底的浅薄带来理论理解的惶恐。她静下心来认真梳理入学以来的学习状况，深刻地意识到学习必须要进行思考，必须要带着问题去学，必须针对问题去寻找答案。学习是进行思考的基础，思考是深入学习的手段。

中央党校安排的学习内容非常广泛，涉及政治、经济、科技、法治、军事、民族宗教等方面，还安排了保健、养生、音乐、国学等陶冶情操的选修课程，让学员的思想劳逸结合，处于张弛有度的状态。这些内容极大地开阔了薛莹的视野，拓宽了她的知识面，提升了她的认知水平。

搞技术的人，之前思考方式更为直接一些，1+1=2，是或不是，只有非此即彼的两个答案。通过学习，通过与全国各地各行各业同学的交往，使她大开眼界，思想境界大为提升。精彩全面的课程设置，高级别专家大腕前来授课，思想交汇火花碰撞的探讨与交流，结合理论的实践调研，她像一块海绵，全力吸收着广阔的知识，一点一点地消化着精神大餐，她尤其对国防、科技、军工行业的相关知识与新闻信息感兴趣。

薛莹对邱震海先生写的《2014—2017年中国的最大风险》《中国周边危机的内幕与突变》、赵胜先生写的《工业4.0——正在发生的未来》、陈晋先生写的《独领风骚——毛泽东心路解读》等书籍爱不释手。每天阅读，不仅让她增长知识、增添乐趣，更淬炼了她的精神世界，使其更加纯净和专一。

蝶变：“从普通女工到党代表有多远”

2017年，薛莹光荣地当选为党的十九大代表，并作为“大国工匠”的代表走上了党代表通道。当选党代表，薛莹感到无比荣幸和自豪。这是党组织对她的信任，更是寄予一名普通航空人的期望与责任。

薛莹发现，现在很多年轻人不愿意当工人，觉得当工人没前途。为什么？归根结底还是劳动力成本低廉，技术工人上升空间狭小，自身发展受阻。劳动强度大、收入较低、社会地位不高，无法吸引优秀的人从事工人岗位，长期如此的状况，使工人队伍整体素质不高。但技术工人是经济发展不可或缺的技能型人才，在我国经济发展中承担着重要的使命。中共中央和国务院出台了《新时期产业工人队伍建设改革方案》，让薛莹和广大工人看到了属于自己的春天。

就产业工人队伍建设改革专门进行谋划和部署，在党和国家历史上尚属首次，充分体现了党中央对工人阶级的高度重视和亲切关怀，对实施制造强国战略，全面提高产业工人素质，具有重大而深远的意义。薛莹希望党和国家在今后的战略中更多地重视航空工业的发展，使中国的航空工业能与一个世界大国的地位相适应。对薛莹自身而言，更多地要履行好一名共产党员应尽的责任和义务，干好本职工作。

薛莹认为，无论承担哪种角色，都需要踏实做好自己的本职工作，这是实现人生梦想和人生价值的必由之路。在航空制造企业，在西飞，一代代航空人默默无闻、踏踏实实地努力工作着，他们没有梦想吗？绝对不是。他们正是认清了理想与现实的关系，找到了理想与现实之间的心理平衡，才选择了自己的坚守。

这种坚守，于国家，是代代传承的航空报国精神；于个人，是凭借个人踏踏实实的努力，实现岗位成才，创造美好未来。

这些年，薛莹荣誉等身，有人戏称“你包揽了所有女性能够获得的荣誉”，但她却觉得自己非常幸运，有关心支持她的各级领导，有理解、包容她的班组成员、朋友和家人。在她圆梦过程中的困难和挫折，都被她当作考验，面对，克服，一笑而过。

一份光荣一份责任，在享受鲜花和掌声的同时，薛莹深知应该为人民做出更多贡献。她希望能通过自己的力量为一线工人做点实事。

2016年，陕西省军工劳模服务团在西飞“薛莹班”举行成立大会，薛莹被选为军工劳模服务团团长。这个由省部级以上劳模组成的优秀技术精英团队，专门服务于全省军工生产科研，为弘扬劳模精神、劳动精神，更好地发挥劳模示范引领作用提供了更大的平台。要将航空强国梦宏伟蓝图变为现实，推动中国成为制造业强国，技术工人发挥着无可替代的作用。

自从2016年“工匠精神”首次被写入政府工作报告以来，全国掀起了学习培养“工匠精神”的热潮。薛莹觉得，“工匠精神”其实相当朴素，从新石器时代的首饰、岩画上就能发掘这种精神。而它的核心本质是自发、自由创造，用内生动力来专心致志做事。这是工匠的本真，与前途、名利无关。

她一直在思考、探索，新时代的劳模，如何更好地发挥自己的作用，做“智慧型劳模”。因为现在再不是王进喜的年代，那时都是出大力流大汗的工人，新时代的工人是“智慧型工人”，他们可以通过对工具、工序、工艺规范的改进，使自己的操作更加得心应手，节约人力和资源，而不单纯是为完成生产任务。

目前，薛莹的工作涉及范围更广。刚刚组织各单位劳模就如何更好而持续地发挥劳模创新工作室的作用进行讨论，从生产一线走出来的她，既了解基层员工的情况，也领会政策制定者的初衷，所以她希望成为政策制定者和劳动者之间的纽带，希望能够尽自己所能为一线工人解决实际问题。为此，薛莹还和西飞其他创新工作室负责人一起，成立了“匠客梦工坊”——把各个创新工作室的核心人物组织起来，会聚有技能有经验的工匠人才，你出工、他出力，达到资源共享，从而更好地推动生产现场的精益改进。这虽然是一次尝试，也会牵扯每个人的时间和精力，但大家却合作得很开心。

薛莹很喜欢“匠客梦工坊”这个像“家”一样的民间组织，她觉得大家的经历都非常相似，在一起不仅能让工作顺利地开展，思维更开阔，还能和大家就生活方面进行沟通。“大家都一样，你的酸甜苦辣说出来，其他劳模都懂。”薛莹说。

2019年9月，薛莹被评为全国“最美奋斗者”。“能够获评‘最美奋斗者’的这项崇高荣誉，是我没有想到的。我只是觉得自己做了应该做好的工作，没想到政府和组织给予如此高的信任，既是荣誉也是责任。‘最美奋斗者’不是靠个人单打独斗能够实现的，而是因为你身后有一个最美奋斗的集体。成长在这样的集体中，我备感幸福。”薛莹如是说。

脱下工作服，生活中的她多了几分温柔。

从花季少女到公司骨干，28年来，薛莹如同一颗渺小但至关重要的铆钉一般，在自己的工作岗位上默默发挥光和热，带领“薛莹班”先后交付5000余架份波音737系列优质垂尾，将中国制造不断推向新的高度。

在薛莹看来，敬业是态度、是能力、是坚守，她的身上流淌着父辈航空人的血液，也融入了航空人对航空事业的敬畏和热忱，这督促着她在日常工作中必须做到严谨、再严谨。

这些年来，薛莹不断地成长着。虽然头顶着许多光环，虽然有时会走上光辉的领奖台，在闪光灯下接受别人的赞赏。但她始终保持沉静、安然的样子。回到厂房，手拿铆枪，又会忘我地投入工作，履行着普通航空制造业一线工人的职责。她的心，始终没有改变。

而脱下工作服，从职场到家庭，她又变为娇小而温柔的女性，是妻子，也是母亲。

女人做点事不容易，幸好薛莹有个很爱护她、理解她的老公。

从厂区的大门出来，阎良小城新修的柏油路上，行人稀少。薛莹骑着一辆小电动车，也就十来分钟的工夫，就能到家。

“每天回家，她在沙发上就累得动不了。也是，站一天，不容易。”薛莹的丈夫这样说。

在这个家里，薛莹是一个被疼爱着的女人。就连“薛莹班”组里遇到的一些问题，她的这位老公，也会义不容辞的帮忙。

事实上，从某种意义上来说，薛莹的老公很像“薛莹班”的编外组员。

薛莹从小就生活在一个幸福和谐的家庭，她一直坚信家和万事兴。一开始丈夫也曾对她说过，女人家女人家，女人就是要管家，要么就是批评她你怎么这个没有弄好那个也没有弄妥。两人也像天下众多夫妻一样，有过矛盾与争执，特别是指责对方对孩子疏于照顾。

一次，有个陕西的记者问道：是不是很少有时间照顾女儿，薛莹眼泪马上掉了下来。那是她心中最柔软的角落，她不想说什么愧不愧疚，所以不愿意记者们刨问这些，也不喜欢让自己陷入这种情绪里。

后来，她鼓励丈夫多做点家务，不管做出是什么样子，都会进行及时的鼓励。在这个过程中，她体悟到，夫妻的磨合也是一场修行，时时考验和校正着自己。看着她的努力换来一次次成绩，她的工作渐渐得到了丈夫的理解和支持，开始与她一起分担家务。

“不管她在外面获得了什么样的荣誉，回到家，家里人除了为她高兴一下，最后她还是一个普通的女人。”说这话时，丈夫和薛莹对看了一眼，薛莹笑呵呵地附和着。

经过多年的执子之手，又一起走到了理性沉稳的中年，二人更好地理解了婚姻与家庭的内涵，他们更加珍惜对方，学会了相互理解与欣赏。现在约定俗成，买菜做饭由丈夫承担，其余家务都是她来做。

三口之家幸福和谐，丈夫性格幽默，女儿是个开心果，对母亲非常依恋。薛莹利用一切可以利用的时间陪伴女儿，但更多的时候是工作第一位。每次出差，女儿都说“你去吧，平安回来就行”。薛莹听了温暖又欣慰，但更多的是内疚。而薛莹出差在外，女儿每天都要打几个电话，说这说那，像只快乐的小鸟。夫妻俩孝敬双方老人，孩子也有样学样，对爷爷奶奶、外公外婆都很好。比如孩子要去姥姥家吃饭，就早早过去，帮忙干活做饭。

今年，薛莹47岁，已在航空领域奋斗了整整28年。

提起这些，她总是风轻云淡地说，选择了做航空人，就是选择了人生的方式，就要全心付出，无怨无悔。

致敬，“8·20”抗灾抢险的英雄们

◎文/鹤　蜚

一个有希望的民族不能没有英雄，一个有前途的国家不能没有先锋。

——习近平

祖国是人民最坚实的依靠，英雄是民族最闪亮的坐标。

——习近平

七六〇所南码头长度只有300米，从头走到尾只需要几分钟。

码头呈“L”形伸向前方，码头上被巨浪撕裂开的水泥地面上，仍然可以看到当时叉车被海浪冲走时留下的深深划痕，依然能看到被风暴摧毁变形的悬梯……

夏天早已过去，冬天悄然来临，此时，大海显得格外宁静。

这里是中船重工大连第七六〇研究所南码头，一个让人们永远铭记的地方。就在2018年夏天，那个无法忘记的8月20日，在这里发生了一场惊心动魄的生死搏斗。

在这个码头边，有这样一群人，他们怀揣着梦想，坚守着责任和信念，把自己默默奉献给了祖国的船舶科研事业。如果不遭遇这场突发事件，也许很多人都不会认识他们。然而，就在那一天，就在那个生死攸关的时候，他们不顾个人安危，挺身向前，用果断的行动和无畏的精神，保护国家财产和人民生命安全。黄群、宋月才、姜开斌三个人更是用自己宝贵的生命，谱写出一首忠诚担当、许党报国的英雄赞歌……

“温比亚”掀起惊涛骇浪

整个晚上，七六〇所的规划处副处长孙逊一直在手机上观察着卫星云图。白天，台风并没有往大连方向来，而是往天津和秦皇岛方向去了，孙逊还和天津的朋友们说：你们注意了，台风要到了。

2018年的夏天注定是个不平凡的夏天。这个夏天里，台风格外任性，而位于辽东半岛最南端的大连，仿佛成了狂风暴雨恣意妄为的战场，“安比”“云雀”“魔蝎”等台风相继登场，一次比一次猛烈，一次比一次惊心。

8月17日，第18号强热带风暴台风“温比亚”从我国东部登陆。每次台风来袭之前，位于大连南部海滨的中船重工七六〇研究所从上到下都高度警惕，停靠在研究所南码头上的国家某重点试验平台，凝结了全所职工的心血，不能有丝毫懈怠。

8月19日傍晚，大连气象局发布了大风橙色预警。试验平台按照应急预案加强部署，采取加装缆绳、更换钢丝扣等措施进行加固，并将试验平台夜间保障人员由2人增加到4人，24小时严密监控试验平台情况，做好了抗击台风抵御风浪的准备，确保试验平台万无一失。

后半夜两点多，孙逊发现卫星云图上风向开始变得捉摸不定，台风没有向白天预报的方向前行，而是突然开始转向。孙逊负责试验平台建设工作，他担心试验平台的情况，在漆黑的夜色中顶着大雨开车往单位驶去。

孙逊后半夜三点到单位时，分管安全工作的副所长黄群和宋月才等相关值班人员都在，他们已经多次到码头上检查。此时，海上风已有8级，从值班室望过去，探照灯下的平台并无异样。

然而，到8月20日凌晨，台风“温比亚”突然发威，变换路径，掉头向大连扑来。

台风陡然升级，让人猝不及防，大海现出了恶魔般狰狞的面孔，一排排巨浪以前所未有的凶猛之势扑向码头，早已严阵以待的试验平台也在巨浪的冲击下开始大幅度起伏摇摆。正在试验平台上值班的刘子辉等4人，第一时间感受到了平台的异常，剧烈的震荡下，码头上的缆桩发出断裂的声音，平台刹那间陷入了危险境地。

9时30分，对讲机里不断传来“2号系缆柱变形”“首部缆绳吃紧”“2号缆绳双系缆柱断裂”“1号系缆柱断裂”的报告，10时20分，平台8根缆桩已断裂4根。

试验平台上传来的消息，让所有人的心都提到了嗓子眼。黄群和试验平台负责人宋月才、试验平台机电负责人姜开斌等当时在场的十几个人，焦急地聚集在岸边的三楼值班室，透过值班室窗户望出去，能看到大浪高过四五十米，直接从值班室楼顶呼啸而过，拍到后山，在窗户上留下模糊一片。

险情严峻，情况万分危急。如果不果断采取措施，可能会造成平台失控、毁损、倾覆、沉没，带来严重损失，不仅大家倾注多年心血的试验平台可能毁于一旦，平台上的刘子辉等4位值班同志的生命也会受到严重威胁。

前方告急！码头告急！试验平台告急！试验平台上4位值班同志告急！

真的勇士，向死而生

生死攸关的时刻，黄群、宋月才、姜开斌和孙逊等在场人员，默契又迅速地穿上救生衣，携带备用缆绳，带上高频对讲机，毫不犹豫地向码头冲去，去捆绑加固试验平台，救援被困在试验平台上的4位同志。

巨浪裹挟着狂风，像一堵堵坚硬的墙，排山倒海般砸向码头，雨水和海浪打在人的脸上如同刀割一样疼痛，根本睁不开眼睛，呼吸也变得非常困难。码头上的海水已经齐腰深，大家行进得异常艰难。此时，他们还不知道，气象台10时13分刚刚发布大风红色预警信号，黄海北部风力10级，局部阵风11级，最高达13级。

在巨浪的间歇里，他们用叉车推着缆绳一起向码头行进，但风浪一阵猛过一阵，推着叉车根本走不动。大家用同一根缆绳串联起来，共同牵挽，依次抓着缆绳，顶着风浪携手向前，一阵接一阵的狂风大浪不时把人打倒在地，倒下，爬起来，继续前行，再倒下，再爬起来，再前行！每向前一步都异常艰难，每向前一步都更加危险，但没有一个人退缩。

终于，他们艰难到达试验平台旁，大家争分夺秒，分工协作，加固试验平台，在风浪的抽打中，弯腰低头，全神贯注，抛缆，系扣……

此时的他们哪里知道，更大的危险还在后面。

正当他们全神贯注工作时，一个巨浪打了过来，瞬间把处在码头最边沿最前面抢险作业的黄群和姜开斌两人卷入海中，在狂风中，孙逊听到宋月才几乎是失声一般大喊：“快救黄所，快救老姜！”

一直冲在最前面的黄群和姜开斌两个人，被大浪打到了海里，落在了码头坚硬的水泥墙与钢质试验平台之间的海水中，汹涌的海浪推搡着两个人在码头与平台之间来回撞击。

码头上的所有人焦急万分，不停地往黄群、姜开斌身上抛绳施救。终于，他们两个人抓住了缆绳，但是，码头地面与海面落差高达3米，拉着缆绳的黄群和姜开斌，一次次被海浪打入海里。几度失手后，黄群在海里无力地挣扎着，而姜开斌则在海水的冲击中，时浮时沉，奄奄一息……

情急之下，已近60岁的黄超富抓住缆绳，奋不顾身跳进海里。他游到最近的姜开斌身边时，姜开斌已失去意识，他用尽气力把姜开斌向上托举，努力把缆绳绑到姜开斌的腰上。风浪实在太大了，缆绳根本套不住姜开斌，黄超富的两条腿死死地夹住水里的缆绳，一边紧紧抱住姜开斌，但一个接一个不断翻滚的巨浪一次又一次把他俩打散……

而此时，在同志们的奋力抢救下，他们心中无比宝贵的试验平台加固后已经安然无恙。

当平台上的4个人齐心协力将筋疲力尽的黄超富拉上来的时候，缆绳已经把他的全身划得鲜血淋漓，但他的心更是撕裂般的疼痛，为自己无法救上黄群和姜开斌泪流不止。

还没有喘一口气，又一个大浪打过来，正在码头上救援的孙逊和贾凌军、董江一起被卷入大海。

为避免更多的人员落水，有多年航海经验的宋月才果断决定，码头所有人员全部撤离，并请求支援。

大家让宋月才一起撤退，但宋月才不撤，他坚持让大家先撤，他负责断后。他说“无论发生什么事情，我就是拼了命也要把平台保住”。

刚落水时，孙逊还挺冷静，他是“80后”，身壮体健，水性也好，刚开始落水时，他还能抓住码头上抛下来的绳子往上攀，但每攀上一半，大浪就把他砸向海里。几个回合之后，他的体力就被拉没了。当又一个巨浪袭来时，孙逊被抛出码头和试验平台的区域，直接翻滚进远离码头的大海中。

绳子再也够不着了，码头也越来越远，风浪中的战友已经变得模糊了，孙逊回头望了试验平台一眼，解开缠在腰上的缆绳，一边漂浮一边顺着海浪尽力向岸滩游去。

这是他平时轻松游过的距离。但此时，离岸边几百米的距离对他来说仿佛是一道难以逾越的鬼门关，一开始他还能看到岸滩上有人向他打手势，鼓励他坚持，但渐渐地，他什么也看不见了……

此时，七六〇所车队队长阎堃已经赶到码头，看到巨浪中的孙逊，没有任何犹豫，绑上救生圈和救生绳，戴上泳镜，纵身跃入大海，奋力向孙逊游去。

孙逊任由阎堃抱着他向岸边游去，风浪太大了，两个人始终无法靠近岸边。不知过了多久，孙逊感觉到双脚已经触到了海滩。模糊中，他看到阎堃眼眶周围和头上脸上全是沙子。

看到围过来的同事，孙逊无力地说，海里还有人，快去救他们。

孙逊并不知道，他在海里已经漂浮了两个多小时，他是最后一个被救上来的。

孙逊不知道，坚守在码头上的宋月才已经牺牲了。

当天中午，在七六〇所和当地多方救援力量的参与下，冲进码头的抢险人员和试验平台上的值班人员以及参与救援的14名同志安然无恙，试验平台也安然无恙，而共产党员黄群、宋月才、姜开斌三个人却在抢险中壮烈牺牲。

危急时刻，国家利益高于一切。在国家财产遭遇危机的紧要关头，三个人用宝贵生命，践行了共产党员随时准备为党和人民牺牲一切的初心和誓言。

使命高于一切

三位英雄牺牲后，在距离码头1海里处，七六〇所举行了集体海上祭奠，为英雄送行。“90后”的李克忠跟宋月才最亲，他清楚记得宋月才曾跟他说，等咱们的试验平台工作完成了，大家一定好好约上一场酒，好好聚一聚。他在祭奠现场几度哽咽：“宋叔，现在平台工作还没完成，您却走了，等平台工作完成的那一天，我会带上一瓶酒洒进海里。宋叔，我知道，您就在那里，宋叔，我们很想您！”李克忠知道，虽然老船长再也不能听见，再也不能看见，但是，他要让老船长放心，国家的使命他们一定会完成。

黄群：“随时准备为党和人民牺牲一切。”

8月15日那天，黄群在工作日记扉页上一笔一画、工工整整写下“随时准备为党和人民牺牲一切。”这是入党誓词里的一句话。

5天之后，他挺身而出，英勇无惧，壮烈牺牲。在短暂而忙碌的一生画上句号的那一刻，黄群同志也用热血和生命书写了一名党员领导干部对党忠诚、许党报国的壮丽篇章。他用行动践行了这一誓言。

“他常说，为官避事平生耻，在位更须有担当。这是他的座右铭，更是他一生工作岁月的写照。我想，他的内心一定是溢满激情的。而他生前的同事、他一手培养起来的年轻人，只能在泪水中，一次次回想有关黄总的桩桩幕幕往事，还有他留给我们的点点滴滴温情……”中船重工七一九所质量部的章婷说。

在妻子亢群的眼里，在风浪面前英勇无畏的黄群，却是生活中的暖男。2017年4月，时年51岁的黄群，从七一九所副总质量师提任七六〇所副所长，只身从武汉到大连任职，重新过上“单身”生活。这时，儿子已经到国外读书，爱人留在武汉，一家三口，天各一方。有人不解，告别年迈的母亲、爱人和牵挂的家人还有熟悉的工作环境，究竟图的什么？他在一封给儿子的信中写道：“离开为之奋斗了20多年的单位，毕竟是新的挑战，但我想，人生就是不断地挑战证明自己的能力，在挑战中实现自己的人生价值。”

1992年结婚后，黄群一直在葫芦岛驻厂，儿子四岁前黄群就没怎么在家待过。工作之余，黄群非常想念妻子，牵挂孩子。那时候，他几乎每两天就写一封信，每一封信都表达了他对家人满满的思念和牵挂。

“天气冷，一定要给儿子戴上围巾和口罩，实在太冷的话，如下雪，就用自行车推着送他，我送他时也曾看到有的妈妈就推着车子送孩子去幼儿园。”

"你瞧我说着说着又说到儿子身上了，因为我太爱他了，爱他，其实也是爱你的一部分，也是爱我们这一个家，我一直想给你们带来欢乐与幸福。"

因长年在外驻厂，每次当黄群归心似箭地从现场赶回家时，好几个月没见面的孩子竟睁大双眼，一脸戒备地将他当成陌生人。虽然驻厂艰苦，但黄群想的是，能到现场跟船，完成一次"国之重器"从建造到航行试验的全过程，是年轻人难得的学习和成长机会。刻苦严谨的作风，过硬的技术，使他很快在同龄人中脱颖而出，成为当时七一九所最年轻的主任设计师。

"立标准，健体系，细检验，重过程，一丝不苟严谨认真难以计；出关山，入紫阳，迁藏龙，转滨海，一路征程以身许国军工强。"这是七一九所微信公众号里的一份留言，难抑悲痛的同事用一副对联，寄托对黄群的崇敬和哀思。

黄群是个念旧的人，他经常去看望已经年迈的中学语文老师；他惦记年近八十的老母亲，每天晚上都会定时打电话向老母亲报平安；他想念妻子和儿子，每天晚上都会和他们视频聊天……

8月19日晚上，黄群发送给妻子的一条消息中写道：今晚台风，我又去办公室值班了。认真负责的黄群，熬夜加班是他的工作常态，然而谁也想不到，就在这条消息发出去12小时后，他义无反顾地冲入了风暴中心，把自己献给了一生钟爱的船舶事业。

亢群告诉我，黄群自小体弱，为了增强体质，他养成了锻炼身体的好习惯，身体也越来越强壮。他喜欢跑步，经常到家附近的大学操场上跑步，在外地进修，就到驻地附近的大学操场上去跑，到了大连后，他仍然坚持跑步。黄群对大学有感情，武汉是大学城，黄群有一个愿望：要跑遍武汉每一所大学的操场。

亢群站在家附近的学校操场旁，仿佛看到了黄群奔跑的身影，那身影要多矫健，有多矫健；要多温暖，有多温暖……

宋月才："小黑之家"的"老船长"

2011年底，已经退休的宋月才接到邀请，请他参加中船重工七六〇研究所国家某重点试验平台建设，他兴奋不已："太好了！我太熟悉了，闭着眼睛我都能摸到每一个角落！让我来招兵买马吧！"陆陆续续，试验平台的人招来了，组成了"小黑"之家。

"小黑"是宋月才给试验平台起的名字。叫它"小黑"，是因为七六〇

宋月才

所上上下下都把试验平台当作自己的孩子，宝贝得不得了。宋月才把试验平台团队的微信群命名为“小黑之家”，给自己起了新名字“老船长”。

“老船长”出生于1957年1月，18岁时，到农村插队落户，1976年应征入伍，从此与海军结下不解之缘。1979年他考入军校，1991年再次深造。从一名普通战士成长为舰船负责人，每一步他都走得坚实有力。

在同事们的眼里，“老船长”宋月才言语不多，几乎没有什么业余爱好，天天都是“三点一线”，除了在试验平台工作、食堂吃饭，就是一个人钻在办公室里，埋头编写平台操作培训教材，用“二指禅”往电脑里敲字。几年下来，积累了几十万字，装订成7本厚厚的教材。这些教材，既是工作标准、操作规范，也是试验平台的安全保障、生命所系。

2018年4月，老战友宋良见到宋月才，说：“老哥，怎么看到你的身体大不如从前了？别干了，要多休息。”宋月才悄悄地说：“查出糖尿病了。我现在必须给平台带出一支政治过硬、业务过硬、作风过硬的队伍，再干几年，等平台走上正轨，一切运行正常，找好了接班人，我就回家歇着去。”

“小黑”已经六岁，已经长大了，谁也没想到，老船长却与“小黑”永别了。这六七年，老船长对“小黑”付出了太多心血。老船长对平台的各方面都了如指掌，从一开始，他既要当甲方，严把技术质量关，又常常给船厂出谋划策，提出改造建议，做了乙方的义务技术指导。船厂的同志哪怕是一个小小的希望和要求，他都主动配合帮助，除了技术质量，再没对船厂提出任何个人要求。因此，船厂负责改造项目的上上下下，对他都是一个字：“服”。这个服，不只技术上，更是钦佩老船长的敬业精神和人品。

作为一个老艇长，他曾在穿越台湾海峡时面对巨浪，把自己捆在舰桥上指挥作业；曾在南沙巡逻时周密计划保证航海安全，何曾惧过风浪与生死？8月20日，他在大风大浪面前冲锋向前，勇敢坚守，直到生命的尽头。

“对党绝对忠诚，平时看得出来，关键时刻站得出来，危急关头豁得出来。”同事宋健说，“老宋把生命中的35年，都奉献给了他所热爱的船舶事业，把生命中的最后7年都奉献给了试验平台。老宋，当初我就该拼尽全力拉着你离开。可是我知道我做不到，因为你的同事、战友还在大海里，你的‘孩子’还在被风浪冲击。我知道他们在你心里的地位是多么重要，再大的阻力都不可撼动。而我现在终于明白，你当初说的爱，就是那份刻进骨子里，甘愿为了国家的船舶事业牺牲一切的挚爱。”

姜开斌：老兵一生最恋大海

8月16日那天，姜开斌通过微信向党支部交了这个月的党费，谁都没有想到，这是他最后一次交党费。

2017年年底的一天，身在湖南常德、已经退休的姜开斌接到老战友刘子辉的电话，这个电话，点燃了他心中深埋已久的梦想。当他知道国家的试验平台需要他这个有经验的老兵时，想到自己所掌握的技能还能为部队装备研发贡献力量，姜开斌开心极了！要知道，他做梦都想重回军营，重新开始军旅生涯，重续那份割舍不下的军人情结。

刘子辉当时在电话里对姜开斌说，我们这么大年纪了，还能走过去的路，还能干过去的工作，是不是特别有意义。姜开斌听了特别高兴。他说退伍这么长时间了，可能很多东西都生疏了，但他说他还想着部队，怀念部队的生活。当时刘子辉还担心他去大连会不习惯，姜开斌却说，大连是他的第二故乡，他爱这个工作，爱大海。

大连，他一定要去！

姜开斌

到海上试验平台工作需要严格的身体审查，他担心自己不能过关，积极加强锻炼，保持着旺盛的精力。2018年3月，姜开斌接到了正式工作邀请，重回大连。此时，他离开部队已经29年了。

姜开斌出生在农村，从小就有一个梦想，成为一名军人。1976年，他如愿参军，来到大连，成为一名海军战士，参军第二年，就加入了中国共产党。他聪明好学，喜欢钻研，1978年以优异的成绩考入海军工程学院。在校期间，他成绩优秀，毕业时，学校要留他当教官，但他想念部队，想念朝夕相处的战友，想念大海，更有一份难舍的情怀在心里。他说："我是部队培养出来的，我要回到部队去。"

他太热爱大海，太热爱部队了。海上训练特别枯燥和艰苦，但他总是乐在其中。功夫不负有心人，他很快练就了一身绝活。动力系统出现故障，他仅凭耳朵就能判断问题出在哪里，很快成为技术和业务上的行家里手，担任了潜艇机电长。

后来，女儿出生了。女儿出生后体弱多病，爱人身体也不好，母女俩在湖南常德，而他远在大连。千里之遥，他有劲使不上。爱人让他转业，他却始终不舍得离开部队。姜开斌爱人珍藏了近百封家书，那是姜开斌当年写给家里的信。他在给爱人的一封信里写道："我们是新时代的青年，应该志在四方。历史上的一些伟人，都是奔走在外，很少人在家乡搞出一番事业来。我当然不能与历史上的伟人比，但我想，我们应该想远一些，想开一些。"

1989年，在部队工作了13年之后，他从大连海军某部机电长的岗位上退伍转业，脱下了雪白的海军军装，万般不舍地离开了部队，回到湖南省常德市，做了一名物价局的公务员，从此把梦想深深地埋在心中。

回到地方后，姜开斌心中的军人情结从来没有断过，每天早上还像在部队一样5点起床锻炼。他干一行，爱一行；钻一行，精一行。他经常说："当过兵的人，就没有干不了的事。"不到3个月，姜开斌就把与工作相关的政策和法规背得滚瓜烂熟。1998年洞庭湖发大水，姜开斌主动报名要求到防汛第一线。那段时间他吃住在大堤上，查管涌，排险情，泥里水里，一马当先。2008年1月南方遭遇冰灾，姜开斌预感到由于春节临近，恶劣气候有可能导致市场价格混乱，于是他主动要求带队到城乡去检查物价。

他经常抚摸着珍藏多年的海军服，默默沉思。他一直保留着读军校时的学习笔记，经常看那些从部队带回来的海军书籍、舰船书籍等，这些书籍总是摆在他家里书橱最醒目的位置。有了外孙后，他郑重叮嘱女儿，等两个小外孙长大后，一定要考军校当海军，他特意给两个小外孙每个人买了一套海魂衫，他要让两个小外孙继续圆他的军人梦。

去大连的前一天晚上，姜开斌十分兴奋，就要回到他眷恋一辈子的大海边，他无法不激动。他不停地给亲戚和战友们打电话，说“我要奔赴新的战场了！”这一天他似乎等了好久，好像时刻都在梦想着，准备着重回到国防一线，回到祖国的万里海疆。

也许，作为军人，姜开斌从来没有甘心过那种一眼望到底的生活；也许，作为军人，他心中储备了太多的能量，有着聚集已久的激情与渴望。回到试验平台，姜开斌立即全身心投入工作中，他经验丰富，熟悉设备结构，对轮机、电路等系统非常精通，他指导年轻人完成了各种高难度任务。尽管试验平台活动空间闷热潮湿，狭小局促，但他并不在意，一门心思投入工作中，享受着工作的快乐。

20日早晨，姜开斌和爱人通话，他说“大连今天有台风，外面风大雨大，我和其他同事都在值班。”没想到，这竟是夫妻俩最后一次通话。

姜开斌牺牲后，大家都不敢相信是真的。有一个老战友说：“在战友们经常聚会的地方，在他常走的路口，在他经常锻炼的小树林里，总感觉到斌哥会从哪个拐角，笑呵呵地走过来。”

姜开斌牺牲后战友们第一次聚会时，在饭桌上专门为姜开斌摆上一套餐具，倒上一杯酒，战友们齐声喊着他的名字：“姜开斌，第一杯酒，我们敬你！”

英雄永不退缩

2018年9月14日，在中央电视台时代楷模发布厅，中共中央宣传部向全社会公开发布中船重工第七六〇研究所抗灾抢险英雄群体的先进事迹，授予他们“时代楷模”称号，授奖词中说：“习近平总书记作出重要指示，褒扬他们用实际行动诠释了共产党员对党忠诚、恪尽职守、不怕牺牲的优秀品格，用宝贵生命践行了共产党员‘随时准备为党和人民牺牲一切’的初心和誓言，他们是共产党员的优秀代表、时代楷模。”

不久前的一天，孙逊陪同某单位党建活动的一群年轻人，来到中船重工第七六〇研究所的南码头上，向他们讲述那场惊天动地的英雄壮举。作为一个在狂风巨浪中落入大海长达两小时、与死神擦肩而过的人，每每想起那场惊心动魄、生死一瞬的海上保卫战，想到永远离去的好领导、好战友，孙逊都情不自禁地流下眼泪。孙逊说：人们常说，男儿有泪不轻弹，但那是未到伤心动情时。我的领导和战友们以英勇无畏、舍生忘死的悲壮行为，生动具体地告诉了我，究竟什么才是对党绝对忠诚，什么才是真正勇于担当，什么才是生死与共的战友之情。

尽管每次回忆那场惊心动魄的战斗都很痛苦，但孙逊觉得有责任把英雄的铁骨丹心告诉人们。他要把战友间的生死情义高声歌颂，更要把英雄们未竟的事业完成。

他要告诉人们，是什么让这些英雄们如此挚爱国防军工、船舶建设，时时为先锋、处处做表率？他要告诉人们，是什么让这些英雄们视党的事业如生命，视身边同事如亲人？他要告诉人们，是什么让这些英雄在生与死的考验面前舍生忘死、毫不犹豫？是信念，是精神。是英雄们拥有对党忠诚、许党报国的坚定信念；是英雄们拥有不忘初心、牢记使命的政治品格；是英雄们拥有冲锋在前、率先垂范的先锋本色；是英雄们拥有恪尽职守、勇于担当的职业风范。

他要告诉人们，无论何时，我们的英雄永不退缩！我们共产党员永不退缩！

“8·20”抗灾抢险英雄群体，是一个镌刻着满满爱岗敬业的精神标杆，是一座高扬着艰苦奋斗、无私奉献旗帜的高山，是一个蕴藏着对党忠诚、热爱祖国深厚价值的富矿。

让我们记住这些英雄吧！

黄群，一个优秀的共产党员，英雄团队的带头人，“随时准备为党和人民牺牲一切”；宋月才，军人出身的硬汉，在生死关头让他人先撤、自己断后；

姜开斌，“花甲不是界限、忠诚永不退伍”的老党员。还有黄超富、孙逊、阎堃、高天山、李克忠、贾凌军、宋健、王贵龙、李雪冰、董江、刘子辉、蔡国安、李晓、单正磊，等等，他们在国家财产面临巨大威胁的时候，在战友生命面临巨大危险的时候，个个奋勇向前，不怕牺牲，无畏无惧！

致敬英雄！

中国“北斗”闪耀苍穹

◎文/航天科技五院　成　方
航天科技五院　潘　晨
航天科技一院　王伟童
航天科技八院　缪新培

2020年6月23日，由中国航天科技集团有限公司五院抓总研制的第55颗北斗导航卫星成功发射，随着这颗卫星在北斗三号全球组网“大棋局”的落子定盘，北斗三号30颗组网卫星已全部就位，北斗三号全球卫星导航系统星座部署全面完成。这一天，许多一辈子从事航天事业的人也是第一次在视频中看到太阳翼实时展开金光闪闪的画面，有人在欢呼，有人在鼓掌，但是这一刻，亲历了北斗研制的人们百感交集。

2020年7月31日，习近平总书记出席北斗三号全球卫星导航系统建成暨开通仪式，并宣布系统正式开通。习近平总书记充分肯定北斗系统特别是北斗三号全球卫星导航系统建设取得的成就，高度评价了北斗三号全球卫星导航系统建成的意义，他指出：“26年来，参与北斗系统研制建设的全体人员迎难而上、敢打硬仗、接续奋斗，发扬‘两弹一星’精神，培育了新时代北斗精神，要传承好、弘扬好。”

26年说短也短，弹指一挥，26年说长也长，它诠释了一代航天人的青春和梦想。

中国导航卫星的“前世今生”

1970年11月，在“东方红一号”卫星成功发射后的6个月，中国第一份研制导航卫星的论证报告完成，这个已经做出样星的导航系统，有着一

个生动的代号“灯塔计划”，但限于当时的技术、财力以及航天科研方向，“灯塔计划”未能继续。

1983年，一场国际民航空难的悲剧，间接促成了美国总统里根宣布正在建设中的全球定位系统GPS将开放部分导航信号，此时，美国和苏联在研制全球导航系统上的投入都已经超过了100亿美元，而中国显然尚不具备这样的实力。面对现实，陈芳允院士利用中国刚刚掌握的地球同步轨道卫星技术，提出了一个创造性的打破传统的科学设想，后来被称为“双星定位”。为了验证“双星定位”的可行性，陈芳允院士带领研究小组在新疆、广西和北京的卫星测控站，利用午夜零点至两点之间两颗通信卫星的空余时段进行试验。通过大量理论和技术上的研究工作，双星定位系统的概念逐步明晰。

1989年9月25日，中国第一次利用两颗卫星实现定位的功能演示获得成功，但对于要不要立即启动耗资巨大的导航卫星工程，仍有诸多因素需要考虑。

1990年震撼世界的海湾战争在全世界的注视下打响了，美国GPS全球卫星定位系统第一次以武器制导的形式大获成功，在总结报告中，美国人将海湾战争归结为GPS的胜利。中国与世界都从这场现代战争中感受到了拥有导航卫星的重要性。

接下来的北斗路，是一步跨到全球组网，还是分阶段走？在当时引发了不小的争议。美国和俄罗斯都选择直接建造全球卫星导航系统，一步到位的模式，但早期北斗工程的科研经费、技术基础、人才队伍均十分匮乏，中国必须寻找一条全新的技术路径。一步建全球，我们走不了，分步走，世界没有先例。要想突破困局，北斗人必须通过自主创新、弯道超车，实现国际领先。最终，北斗导航卫星系统采用了“先区域、后全球”的建设思路，集中精力为我国本土和周边服务，摸索更好的经验来推动事业的发展。

参与了技术路线讨论的中国航天科技集团有限公司第五研究院北斗一号卫星总设计师范本尧院士回忆道：“系统一下建那么大（全球组网），需要大量的时间和资金。当时刚刚开放，用户还是集中在国内、周边，因此，‘先区域、后全球’的技术途径很正确，符合中国国情，具有中国特色。”中国区域组网方案的成功，为世界卫星导航系统建设提供了创新发展模式。

1991年，五院提出卫星总体方案，初步确定了卫星技术状态和总体技术指标。1994年，北斗一号系统工程立项，五院组建了卫星研制队伍，全面展开研制工作。而当年3月，美国已完成GPS卫星星座布设；次年，俄罗斯也完成了格洛纳斯导航卫星全球组网。

当时国外对我国技术封锁，国内的部件厂家尚未成熟，北斗一号研制只能在摸索中起步。据范本尧院士回忆，国产化从北斗一号的太阳帆板做起，“当时很多卫星都不敢上，北斗是第一个‘吃螃蟹’的，硬着头皮上”。之后的国产化攻关更为艰苦，不论是东方红三号平台的横空出世，还是影响长寿命的关键部件，凭借自力更生的创业精神，以李祖洪总指挥、范本尧总设计师等为代表的老一辈北斗人逐一攻克，终于在2000年建成了北斗一号系统，使我国成为继美国、俄罗斯之后第三个拥有自主卫星导航系统的国家。此间积累的建设和应用实践经验、教训，以及迅速成长的北斗研制队伍，为后续工程建设打下了坚实的基础。

面对快速增长的应用需求，北斗二号在保留北斗特色的同时，迈开了提升性能的“第二步”。早在1999年，五院在全力研制北斗一号卫星的同时，就展开了对第二代卫星导航定位系统的论证。2004年北斗二号卫星工程正式立项研制。导航系统工程被列入我国16项国家重大专项工程。在和空间频率申报期赛跑、在轨故障、三年14星连战连捷……汗水与泪水交错中，五院完成了北斗二号卫星部署，2012年12月27日，北斗卫星导航系统正式提供区域服务，北斗系统成为国际卫星导航系统四大服务商之一。

太空浩瀚无垠，宇宙深不可测，但导航卫星，无时无刻不与我们同在，与地面保持通信联络，只有恰好的轨道位置、恰好的通信频率，才能让卫星发挥作用，由于起步较早，美国与俄罗斯占用了80%的黄金导航频段，给中国留下的发展空间所剩无几。2000年6月，应中国和欧盟的申请，国际电信联盟从航空导航频段中挤出了最后一小段频率供世界各国平等申请，根据先用先得和逾期作废的国际规则，申请的频率资源启用时限为7年，这就意味着中国必须在2007年4月17日之前发射卫星并成功播发信号，否则北斗建成卫星导航系统的一切努力和憧憬都将化为泡影，刚刚起步的北斗二号必须直面一场与时间的赛跑。2005年，北斗二号的研制生产已经进入最紧张的阶段，可供卫星使用的国产铷原子钟仍然与实际需求存在较大差距，北斗人集智攻关，克服了外人难以想象的巨大困难，终于研制出了中国人自己的铷原子钟。2007年正是首颗北斗二号卫星研制攻关的关键时刻，为节省时间，所有参试人员进驻发射场后又大干3天体力活，搬设备、扛机柜、布电缆。没有片刻的喘息，紧接着就是200小时不间断的加电测试。这一次，院士、型号老总和技术人员一起排班，共同度过次次险情和完成种种考验。不少队员都因为水土不服而拉肚子、发烧，谢军总设计师晕倒了3次，但大家都带病坚持在岗位上……2007年4月16日，在成功发射的两天后，北京从飞行试验星获得清晰信号，此时距离空间频率失效仅有不到四小时。中国在最后关头有效地保护了我国卫星导航系统的频率资源，对北斗区域导航系统建设的有序推进起到了重要的作用。2012年12月27日，北斗卫星导航系统正式提供区域服务，北斗系统成为国际卫星导航系统四大服务商之一。

为快速形成区域导航服务能力，北斗团队没有遵循美俄走过的老路，而是提出了由中圆轨道MEO卫星、地球静止轨道GEO卫星、倾斜地球同步轨道

IGSO卫星组成的混合星座方案。这三类卫星，也被北斗人亲切地称为萌星、吉星和爱星。萌星是全球组网的主力，负责绕着地球满场跑，以求覆盖到全球更广阔的区域；吉星则始终绕着地球自转，时刻聚焦祖国；爱星则像辛勤的蜜蜂，星下点轨迹始终聚焦亚太地区跳8字舞。北斗团队创新性、超越性的组网方案，为国际导航技术体系贡献了中国智慧和中国方案。

在北斗二号提供区域服务的同时，我们开启了全球系统的建设之路。站在前两代星座的肩膀上，北斗“第三步”迈得无比自信。立项于2009年12月的北斗三号开始尝试冲刺和领跑。一年19星！北斗在太空中再次刷新了“中国速度”。星间链路、全球搜救载荷、新一代原子钟等新“神器”闪耀亮相，整体性能大幅提升……2018年12月27日，北斗三号基本系统建设完成，向全球提供服务，率先为“一带一路”沿线国家提供基本服务。2019年12月，北斗三号核心组网星座部署完成。2020年6月23日，北斗三号全球卫星导航系统星座部署全面完成。北斗三号系统继承有源服务和无源服务两种技术体制，为全球用户提供定位导航授时、全球短报文通信和国际搜救服务，同时可为中国及周边地区用户提供星基增强、地基增强、精密单点定位和区域短报文通信等服务。

北斗三号全球系统不仅是服务区的扩大，更是“中国精度”的刷新，服务精度可与同期建设的欧洲伽利略系统和美国GPS Ⅲ系统比肩。因为是服务全球，所以北斗三号卫星覆盖面积更广，解决在中国国土管控地球背面卫星的问题迫在眉睫。北斗团队瞄准国际一流水平及未来发展方向，大胆提出星间链路，在太空中为微如尘埃的两颗卫星之间修建“桥梁”，通过这座桥梁的转接可以看到在国土区域无法直接看到的卫星，让我们的卫星“天堑变通途”。

从北斗一号到北斗三号，系统升级换代，能力大幅提升。

从服务范围上来看，北斗一号系统主要服务于国内，北斗二号系统可覆盖亚太地区，北斗三号系统的服务范围则覆盖全球；从定位精度上来看，北斗一号系统定位精度优于20米；北斗二号系统定位精度为10米；北斗三号系统性能则更进一步，定位精度可达到2.5米至5米；从短报文通信功能来看，北斗系统从一诞生就身怀“短报文通信”的独门绝技，与北斗二号相比，北斗三号服务容量提升10倍，单次可发送1000个中文字符甚至是图片。

北斗系统作为党中央决策实施的国家重大科技工程，自1994年正式启动，2000年完成北斗一号系统建设，2012年完成北斗二号系统建设，2020年完成北斗三号系统建设，北斗三号全球卫星导航系统全面建成并开通服务，标志着工程“三步走”发展战略取得决战决胜，我国成为世界上第三个独立拥有全球卫星导航系统的国家。目前，全球已有120余个国家和地区使用北斗卫星导航系统。

“关键核心技术一定牢牢掌握在自己手中”

20世纪90年代初，世界各大国都高度认识到自主开发卫星导航系统的重要意义，美国和俄罗斯分别开发了GPS与格洛纳斯卫星导航系统，欧盟则致力于建设独立的伽利略系统，印度、日本也在积极谋求建设独立自主的卫星导航系统。卫星导航系统作为国家安全和社会发展不可或缺的信息基础设施，是大国地位和综合国力的重要标志。要有自主的卫星导航系统，是各大国不约而同达成的共识。各大国在空间领域的角力，无疑是一场没有硝烟的战争。

北斗工程的研制，并不如它的名字由来那样浪漫。我们在工程起步初期，就遇到了前所未有的打压和遏制。

曾任北斗一号、北斗二号卫星系统总指挥的李祖洪回忆道：“在起步阶段，我们受过很多刺激。例如，向某国购买产品后钱都付了，对方以制裁为名不卖了，退给我们一些硬纸板，这样不讲道理的事情屡屡发生，给了我们很大的教训。”1990年，李祖洪带着几个人去某国考察购买产品。在对方位于地下的实验室里，就连上厕所对方都派人跟着，严密封锁，处处防备。李祖洪说：“当时心里特别难受——我们买他们的东西，他们防我们像防贼一样。暗自下定决心要搞国产化！”在向另外一个国家购买北斗卫星某核心产品时，对方在合同里加了一条“如遇不可抗力，我们不负责任”，也就是说，对方随时可以卡我们的脖子。当时，针对这项卡脖子技术的攻关，孙家栋老总专门提了四条要求：第一，指标不能降；第二，可靠性不能降；第三，元器件要尽量做到国产化；第四，要申请专利。后来，我们都一一做到了。

2000年，北斗一号发射前夕，在世界无线电大会上，美国为了保护自身利益，提案取消北斗卫星即将使用的S频段，阻挠我国北斗系统建设。形势危急，如果提案通过，北斗将是违法使用频率资源，这将是个致命的打击。中国坚决抵制这一提案，在努力争取到俄罗斯和其他国家的支持后，终于修改了这一原则，为北斗一号两颗星成功发射铺平了道路。

北斗导航卫星提升授时和定位精度的关键秘诀就是卫星上的铷原子钟。在北斗卫星导航系统发展初期，这个“心脏”部件主要依赖从欧洲进口。但2005年，供货商突然说，我们只能在伽利略选择后的产品中选用，更紧急的是，距组网卫星发射不到一年时间，外方厂家突然通知，出于政府的原因不能按期供货。铷原子钟成为制约北斗卫星导航系统工程建设的最大瓶颈。

“‘巨人’对我们技术封锁，不让我们站在肩膀上。唯一的办法就是自己成为‘巨人’。”凭借着这样的骨气，五院的铷原子钟研制团队展开了艰苦卓绝的技术攻关。星载铷钟的精度相对于地面产品提升了约3个量级，这就决定了必须充分考虑各个部组件的细微差异，通过整机的精细调整使产品性能最优。整机每调试一个参数，都需要放到真空罐里测试很长的时间才能看到结果。为了不错过任何一个疑点，我们的铷钟首席专家贺玉玲博士，带领团队从最基本的单元电路入手，宁可36小时不合眼，反复迭代优化参数，一点点摸索，一点点比对，终于仅用两年时间就成功突破封锁，实现星载铷原子钟部件国产化，填补了国内空白，北斗二号有了自己的“中国心”，用上了自主研制的星载铷原子钟。如今，北斗团队自主研制成功的铷钟精度已从最初的30万年误差1秒的10米定位精度，提升到300万年误差1秒的1米定位精度。

2017年，一直依赖于购买欧洲铷原子钟的印度区域导航卫星系统，因7钟故障导致卫星寿命降低甚至失效。对比之下，更显我们坚定自主创新的选择无比正确。从攻克卫星上采用的新技术、新器件、新工艺到通过批量生产和密集发射保证卫星系统发挥有效性，北斗团队紧紧握住了国门钥匙，撑起了中国人的脊梁。

核心技术等不来、要不来、买不来！中国人的脊梁不能由外国人扛着！国外对我们封锁、遏制，唯一的出路就得靠我们自己！作为国之重器，北斗发展必须走独立运行、自主可控的道路。

回首来路不难发现，中国北斗是真正和国际先进同台竞技的。作为国家影响力、威慑力的象征，北斗做到了“核心在手”，打破了美国GPS系统垄断局面，对维护国土、海洋、太空安全，增强国防建设具有重大意义，从而增强了我国在国际导航领域的话语权和主动权，提升了中国的核心竞争力。

北斗一号系统原创性地提出双星定位的卫星实现方法，打破国外技术垄断，建立国际上首个基于双星定位原理的区域有源卫星定位系统——北斗导航卫星试验系统。该星座的短报文服务在国际导航领域独一无二，在汶川地震等国家重大事件中发挥了至关重要的作用。短报文服务作为北斗的特色，在后续北斗卫星中保留了下来，引起很多国家的关注，为它们开展导航卫星研制提供了启发。

北斗二号系统则突破了区域混合导航星座构建、高精度时空基准建立的关键技术，实现星载铷原子钟国产化，建成国际上首个混合星座区域卫星导航系统。区域系统建成后，其各项技术指标均与GPS国际先进水平相当。中共中央、国务院、中央军委对北斗区域卫星导航系统的建成给予了高度评价，称“该系统建成并投入使用，是国家和军队信息化建设的重要里程碑，是对我国经济社会发展的重要贡献”。

在北斗三号全球组网建设中，五院率先提出国际上首个高中轨道星间链路混合型新体制，形成了具有自主知识产权的星间链路网络协议、自主定轨、时间同步等系统方案，填补国内空白；研发国内首个适于直接入轨一箭多星发射的“全桁架式卫星平台”，实现了卫星自主监测和自主健康管理；实现了星载大功率微波开关、行波管放大器等关键国产化元器件和部组件成功应用，打破核心器部件长期依赖进口、受制于人的局面，为全球组批研制快速组网建设铺平了道路。

北斗人常说，“国产化我骄傲，国产化我心跳”，“骄傲”体现了他们的工程自信——北斗三号所有部件和核心器件达到100%国产化，核心技术完全自主可控。“北斗基础产品已实现历史性跨越，国产北斗芯片实现规模化应用，总体性能达到甚至优于国际同类产品。”“心跳”则是因为北斗的国产化是在不断摸索和“归零”中提升的，那曾在太空中失联而又找回的“调皮孩子”、那半夜来自卫星厂房的电话……每一个新的难题，都在考验着北斗人的心脏。“骄傲与心跳，充盈了北斗人自主创新、砥砺前行的道路，也见证了北斗系统的成长”，北斗二号总指挥兼总设计师杨慧饱含深情地说。

“一纳秒都不能放过”

有不少北斗三号团队成员记得这样一件事。北斗三号第九颗卫星某关键单机测试中，总体主任设计师发现了一个关键指标超标，超差小于一纳秒。一纳秒，短到难以想象，比十亿分之一秒还短，用“刹那”“瞬间”都难以形容。尽管排查会平添很多工作量；尽管批产研制十分紧张，时间刻不容缓，但是这一纳秒背后可能存在影响整个工程的质量隐患。北斗人坚持只要分析出来的问题就绝不忽视，“一纳秒”再短也不放过。最终，通过团队的共同努力，产品设计上的深层次质量问题暴露出来，为北斗三号任务的全面成功又加了一道保险。这个故事是北斗团队精益求精、严慎细实工作态度的缩影，集中展现了北斗团队追求卓越的精神作风。

作为全球唯一由3种轨道卫星构成的导航系统，北斗导航卫星对执行其发射任务的火箭要求非常高。“北斗列车”长三甲系列火箭的迭代和发展也是北斗团队不断超越、不断登攀的重要例证。从2000年10月31日长三甲系列火箭发射我国第一颗北斗导航试验卫星算起，至今共进行了44次发射，将59颗北斗导航卫星成功护送升空，发射成功率达100%，成为名副其实的“北斗”专列。当年长三甲系列火箭接到北斗发射任务的时候，仅具备地球静止轨道卫星发射能力。为满足北斗建设需求，研制团队开展了以北斗导航工程发射地球同步转移轨道、中圆轨道等轨道设计技术为代表的攻关研制，用东南射向进行轨道设计，同时满足了工程对火箭运载能力和卫星轨道部署的双向需求。随着北斗导航系统的不断发展，长三甲系列火箭创新使用了兼容北斗卫星导航系统的三模接收机。所谓的“三模”指的是北斗、GPS和格洛纳斯三种导航模式。三种模式将相互补充，提高火箭飞行入轨精度，降低卫星推进剂的消耗。如今，长征三号甲系列火箭作为中国航天高强密度发射的“主力”，是我国目前高轨道上发射次数最多、成功率最高的火箭系列，有“金牌火箭”的美誉。

北斗三号卫星的信号功率相比北斗一号、北斗二号以及国外主流的其他导航系统，增加了至少50%，给电源系统的设计带来前所未有的新课题。研制人员集智攻关，对电源系统产品采取了全新设计。在太阳电池方面，研制人员采用了更高效的太阳能电池片，其光电转换效率为30%，完全满足了整星的功率需求；在储能电池方面，为了满足总体对电池轻量化、小型化和长寿命的要求，研制人员首次采用了高比能长寿命锂离子蓄电池，完全满足产品技术指标要求；在电源控制产品方面，使用了更高变换效率的拓扑技术，提高功率质量比的同时降低发热量，保证了恶劣环境下的工作温度，满足了卫星长期在轨工作的需求。为了满足卫星减重的要求，研制人员通过小型化设计、无导线布局将卫星电源系统的均衡管理器高度集成化，重量减少50%，体积减小75%，为整星设计优化做出重要贡献。

“山再高，往上攀，总能登顶；路再长，走下去，定能到达。”二十余年来，在异常艰辛的自主创新过程中，北斗团队在世界最尖端的科技挑战中牢牢握住了北斗导航的“勺柄”，展现了一个又一个“中国精度”。中共中央、国务院、中央军委发出贺电，明确提出了“自主创新、开放融合、万众一心、追求卓越”的新时代北斗精神。体现了广大工程技术人员的大思路、大格局，集中反映了航天人挺起中国人脊梁的爱国主义精神和不断超越、追求卓越的改革创新精神。

“这是一项团队工程，没有个人英雄”

北斗导航系统的研制是一项复杂而庞大的工程，进入快速建设时期后，“北斗”团队在短短两年半的时间内，连续发射了20余颗卫星。航天科技集团五院“北斗三号”研制队伍曾经做过一项统计，如果按照每人每天工作8小时来计算，几乎每个“北斗人”一年都工作400多天。这个团队里有老院士、有老专家，而更多成员则是2009年前后加入航天队伍的“80后”新兵，

正是因为团队全体成员的共同努力和付出，才成就了熠熠生辉的“中国北斗”。如何让这支新老结合的队伍在工程实践中发挥最大能量，五院的“北斗”团队积累了一套培养人才的宝贵经验。

从头抓起、从新抓起，这是“北斗”团队培养人才的第一条经验

2009年前后，中国的航天事业迎来了蓬勃发展的新阶段，大批国内重点高校的优秀学子选择把航天作为自己职业生涯的起点，清华大学的张洪波就是那时加入航天科技集团五院总体部导航卫星总体研究室的。导航卫星总体设计工作内容庞杂，对于一名航天新人而言，很容易陷入没有头绪的苦苦挣扎中。“刚来那会儿心里憋足了劲儿，只是有种有劲儿没处使的感觉”，张洪波回忆起他的“青涩时光”时这样说。“好在有新员工培训，上来就自己设计了一颗卫星，心里再也不发怵了”，张洪波说的是五院每年新员工培训的特色项目“虚拟卫星设计”。

“虚拟卫星设计”，就是让新员工在老师指导下，依托实验室、外协产品等资源搭建各种模拟环境，亲身体验卫星设计的全过程，独立设计一颗卫星！在此过程中，新员工对卫星总体设计工作将有一个十分理性的认识，也加深了对知识的理解和对产品的认识。为了让新员工养成自觉学习习惯，五院以“知之者不如好之者，好之者不如乐之者”为理念，建立了集培训信息管理平台、学习资源管理平台和在线考试系统于一体的在线学习平台，用在线学习、论坛学习以及“自学+辅导”等培训模式，倡导员工在工作中寻找问题，带着问题主动学习。创新开展的虚拟卫星培训项目也渐渐成了“北斗新人”们的必修课，他们分工协作，用不到一个月的时间设计出一颗“麻雀虽小，五脏俱全”的虚拟卫星，通过考核后才能走上工作岗位……现在，他们有了“科研生产一体化管控平台”等数字化工具，显著提升了积淀与设计制造能力。

完成了新员工培训，新的学习才刚刚开始。正如张洪波说的那样，“随着自身能力技能的增长和对本职工作理解的深入，所希望掌握的知识是不一样的，总是感觉自己很无知。”2010年，已在北斗导航机械总体团队中工作一年的张洪波迎来了他工作后的第二次系统培训——新员工成长培训。让他惊奇的是，课程的大多内容都与他从事的工作有关，很多还是他“盼望已久”的知识“真空地带”！

张洪波说：“去培训就得考试，还都是闭卷，不下点功夫还真过不了。”这话没错，说起五院的培训考核，还真有点“严”。为进一步保证培训效果，总体部建立了严格的岗位上岗资格考核机制，并配以培训效果跟踪管理机制，将培训知识的应用情况纳入考核范围，实现从培训需求调查、课程设置、培训实施到培训考核评估的闭环管理，用制度牵引员工主动学习、主动实践，从制度上保证了培训工作的完整性和系统性。

如今，张洪波已成为导航卫星主任设计师。当问到他一路走来的感想时，张洪波说道：“第十四、十五、十六颗北斗上都有我的小功劳，现在它们上天了，一期组网也完成了，我挺激动。”可以看出他眼里闪烁着骄傲的光芒。

“老将”带“新人”，在战斗中历练成长，这是“北斗”团队培养人才的第二条经验

年轻人才的成长离不开“过来人”的传帮带。创业阶段，“老北斗”用药盒和大头针制作简易的卫星模型向新员工细细讲解。后来，他们用“共享笔记本”等形式你一句、我两行地记录研制经验和心得。现在，为了让新员工尽快适应环境、快速融入工作，北斗团队的每个新人都有自己的督导师。

2009年秋，时任导航卫星总体研究室机械总体组组长的丛飞迎来了他的第一个学生，丛飞对督导师的认识很明确："就是把年轻人扶上战马，再送他们一程。"为了带出个好苗子，丛飞时时把学生带在身边，有意通过分配一些有难度的工作来压担子，毫无保留地教他经验知识、随时随地为他答疑解惑。在丛飞的努力下，他的学生获得了2010年度总体部优秀新员工荣誉称号。

为了将这种"以老带新"的培养模式发挥到极致，五院北斗团队还打造了"专家带骨干，骨干带新人"的老带新循环培养模式。一方面，将有研制经验的人员调配到后续型号的研制队伍中，让他们走上更加关键的岗位，把他们培养成为骨干人员，带领团队的新成员快速成长；另一方面，依托型号"两总"和专家们渊博的知识和丰富的经验，通过技术研讨、专业培训、集智攻关等方式，重点提升骨干的队伍集智攻关、分析问题和应对重大考验的能力，让骨干向专家的方向成长。正是通过此方式，一批年轻的北斗科研骨干如雨后春笋般成长，北斗导航研制团队中的"80后"员工平均每人已经历过2~3颗卫星的研制周期，成了卫星测试、总装、发射等领域的专家和能手。

加强知识传承，固化经验做法，这是"北斗"团队培养人才的第三条经验

作为批产卫星，每一颗北斗导航卫星的成功都将成为未来连续成功的基础，而任何一次问题的出现，都将关系到后续任务的成败。北斗导航团队依托总体设计部40多年的经验积累编制了《航天器总体设计禁忌》，时刻提醒员工航天器总体设计方面的专业知识和注意事项；北斗导航研制团队十分注重工作体系建设，围绕确保成功需要注意的工作重点和风险点，在每次完成北斗导航卫星研制、发射、飞控等重要节点任务后，都会进行系统全面的工作总结，将全部工作心得和注意事项记录下来、编辑成册，再通过培训、交流的方式，向全体研制人员进行分享和传承，并不断形成、完善和优化工作体系，让员工在进行型号工作的过程中，都有相应的体系进行工作指导；在此基础上，建立了从卫星设计、施工到测试、发射各阶段的技术流程与计划流程、表格化管理、可靠性保证、质量体系等一系列运行机制，为各项工作提供了有力的支撑，不断提升工作的规范性和效率，使团队成员都能以更加开阔的视野和更为坚定的信心，迎接挑战，收获成功。这样给力的传帮带，加上密集组网的工程历练，大大缩短了北斗人才成长的周期。“90后”新员工余速加入航天队伍才一年多的时间，便参与了多颗北斗卫星的研制工作，独立完成了某测试设计和实施，保障了多颗卫星多阶段测试任务的顺利完成，成为一名过硬的“北斗”新兵。

如今，北斗已形成一支平均年龄38岁、老中青结合的团队，走出了中国工程院院士范本尧以及十余名卫星总设计师/总指挥、二十余名副总设计师/副总指挥等领军人才，为我国航天事业的发展锤炼了丰富而宝贵的“明星”阵容。

“中国的北斗、世界的北斗、一流的北斗”

从1994年开始，北斗一号从图纸变成真正的卫星，在航天大总体设计的系统组织下，2000年10月和12月，两颗北斗一号卫星先后进入太空预定轨道，中国成为继美国、俄罗斯后，第三个拥有卫星导航定位系统的国家，初具雏形的北斗，很快因为一项特殊功能让人们了解到它的巨大价值。2008年5月12日，汶川大地震的震波环绕了地球6圈。天崩地裂间，汶川、映秀等地的通信瞬间中断。数小时后，一支携带北斗终端的救援队伍沿着马尔康、黑水的317国道进入汶川并通过北斗短报文技术将消息传递出来，北斗成为震区当时唯一的通信方式，大大提高了救援的效率，北斗一号拥有其他导航系统没有的短报文功能，恰好是因为20世纪80年代的双星定位试验是由通信卫星完成的，凭借着北斗短报文，海上作业的人们能够随时向家人报告平安的消息，到2020年，全国7万多条渔船和执法船正在使用北斗终端，仅在渔业领域，基于北斗卫星已累计救援1万多人，出海前祈愿平安的中国渔民们已经将北斗称作“海上妈祖”。

北斗三号全球卫星导航系统收官星发射成功后，网络上有一篇“10万+”的爆款文章这样描述“北斗”应用，“在上海，它记录着所有公交车轨迹，提供实时到站预报；在伊犁，它精确引导拖拉机，每千米播种作业偏差不超2.5厘米；在青海，它守护着藏羚羊迁徙路线，看着藏羚羊穿越长夜昏晓，穿越无人之地；在东南沿海，当地渔民已有歌谣：出海一拜妈祖，二拜北斗。渔民们放弃了传统的GPS，大海上只知经纬意义不大，而用北斗，遭遇危险时，可以互相预警”。

2020年，在武汉火神山、雷神山医院建设中，北斗卫星导航系统的高精度定位设备火速驰援，确保工地大部分放线测量一次完成，为两座医院迅速施工争取了宝贵时间。交通运输部通过全国道路货运车辆公共监管与服务平台入网的北斗车载终端，向600余万入网车辆持续推送疫情信息，推荐道路行驶及运输服务信息。在我国重点战“疫”区域内，有上百架10公斤至1.5吨载重无人机在北斗的定位导航下，将一线急需的医疗和防疫物资精准送到医护人员手中。疫情期间，面对迅速增长的物流配送压力，全国各地数十万台北斗终端也进入物流行业。目前，基于全国2600个北斗地基增强系统全天候高稳定性运行，服务可用性高达99.99%，为新冠肺炎疫情防控工作提供了有力保障。

“一枝独秀不是春。”中国北斗始终具有国际视野和家国情怀。在国家“集中力量办大事”的支持下，这一复杂、系统的航天工程牵引带动了一大批“弟兄们”团结协作，共同“奔小康”。数百家单位、数万人，早已形成全国一盘棋、通力协作的大格局。

北斗提供全球服务以来，国家各行业应用北斗的信心倍增，全面布局北斗产业，“北斗+”“+北斗”的产业生态体系进一步丰富完善，北斗规模化、产业化和国际化应用再上新台阶。相关从业单位达到14000家、人员超过50万人，形成珠三角、京津冀、长三角、鄂豫湘、川陕渝五大产业区，涌现出一批有实力的卫星导航企业。自主北斗芯片跨入22纳米工艺时代，我国卫星导航专利申请累计7万件，居全球第一。

北斗的应用领域不断拓展。交通运输、海洋渔业等应用走深走实，全国已有650万辆道路营运车辆，4万辆邮政和快递车辆，36个中心城市8万辆公交车，3200座内河导航设施，2900座海上导航设施使用北斗。港珠澳大桥采用北斗高精度形变监测系统，保障安全运行。国内销售的智能手机大部分支持北斗，北斗前装车辆超过200万辆。

不仅如此，“北斗”还具有更加深远的影响力。在航天领域，五院紧密结合中国国情和航天系统研制实践，创造性地提出了一套突破关键技术、形成系统集成、确保卫星产品高质量的项目群管理方法，全面支撑了卫星组批生产和密集发射，已成为宇航产品工程的新路径、新思路。

在学科发展领域，北斗导航卫星系统的研发工作直接带动了航天器总体设计、航天器动力学、航天器环境试验技术、空间数据系统、航天器数字化设计等专业的快速发展，促进了导航星座时空基准建立与维持、导航信号生成与传输、空间微放电机理与抑制、原子物理应用等新兴学科的建立。而在北斗卫星导航系统上使用的大量新技术，如星座可靠性分析、卫星共位技术、大规模集成电路空间应用、国产碳纤维等，显著促进了我国结构材料、微处理计算机、微波器件、电子技术等基础学科和工业的快速发展，提高了相关领域装备的国产化水平，牵引和带动了国内基础工业的发展，提升了科技产业对前沿技术发展的引领能力。

作为上游产业，北斗导航卫星系统既牵引了原材料、元器件、制造工艺的发展，又促进了下游基础产品、导航终端用户产品和运营服务产业链的形成，为建设下一代信息基础设施，发展现代信息技术产业体系，推动国民经济又好又快发展做出了巨大贡献。基于卫星导航定位的位置服务已成为一个新兴的产业领域。

北斗系统相关产品已输出到100余个国家，为用户提供了多样化的选择和更好的应用体验。北斗已加入民航、海事、移动通信等国际组织，国际民航组织批准北斗星基增强服务商标识号和标准时间标识号，国际搜救卫星组织将北斗纳入全球卫星搜救系统计划。

从北斗一号、北斗二号、北斗三号分步实施的战略决策，到中国特色北斗卫星导航体制的设计，再到星间链路、高精度原子钟等160余项关键核心技术攻克和500余种器部件国产化研制的突破，无不透射着北斗团队创新的志气和追求。如今，北斗核心器部件国产化率达到100%，卫星寿命大于10年，定位精度优于10米、授时精度优于20纳秒，各项性能指标达到世界一流。

习近平总书记在党的十九大上提出了航天强国发展战略，要在2035年建成“更加泛在、更加融合、更加智能”综合时空体系的目标，为北斗卫星导航的发展提供了战略指引。在完成北斗全球系统建设的同时，北斗人正在积极谋划着建造下一代卫星导航系统。未来，这个全新的世界领先的卫星导航系统，将为加快推动国民经济发展，早日实现航天梦、中国梦贡献新的更大力量。

用飞天梦托举中国梦

——“最美奋斗者”集体荣誉获得者“神舟”团队的故事

◎文/航天科技五院　薛　飞
航天科技五院　保　石
航天科技八院　胡芳芳
航天科技四院　荣元昭
航天科技一院　姜　哲

从女娲补天、夸父逐日的神话传说，到屈原《天问》、李白“欲上青天揽明月”的文学想象，自古以来，飞离地球、遨游太空都是中华民族追寻的梦想之一。为了圆梦，许多古代先驱在实践中探索着飞天之路。《墨子·鲁问》中就记载，春秋时期的著名工匠鲁班已能“削竹木以为鹊，成而飞之”；明代的万户更是以惊人的勇气，坐在捆绑着49支“火箭”的椅子上，手持两个大风筝试图一飞升天……无论遭受多少失败，付出多大代价，富有激情和超凡想象力的中华民族，始终没有放弃飞离地球的梦想。

千年时光飞逝，炎黄追梦不息。当时间的车轮来到1992年9月21日，中国正式确定载人航天工程“三步走”发展战略，中华民族几千年来的飞天梦想真正地照进现实。28年间，中国航天的“神舟”团队不畏艰险、勇攀高峰，书写了一项又一项骄人成绩：将6艘载人飞船、5艘无人飞船、2个空间实验室、1艘货运飞船和1个新一代载人飞船缩比返回舱、1艘新一代载人飞船试验船顺利送入太空；护航11名中国航天员、14人次完成太空之旅；实现了太空出舱、交会对接、太空授课、在轨补加等多项核心技术“零”的突破……这支平均年龄仅有33岁的优秀团队，将自己的热血青春与祖国发展同频共振，以冲锋的姿态托举起中华民族的千年飞天梦。

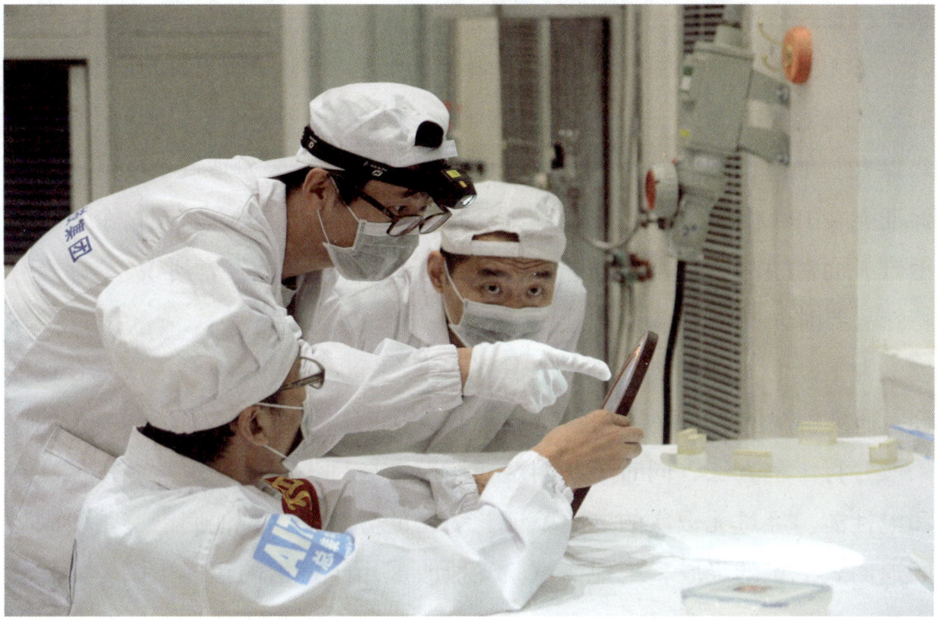

“国家有特殊需要时，要有特殊精神”

习近平总书记说：“人无精神则不立，国无精神则不强。”建设伟大工程，需要伟大的精神，也必然孕育伟大的精神。我国载人航天工程在起步晚、基础弱、技术门槛高的情况下启动，仅用20多年就敲开了建设空间站的大门，这一辉煌成就的取得，离不开几代“神舟”团队的接续奋斗，更离不开一种特殊的精神力量的推动。

说起“神舟”团队，就绕不开一位老人——中国航天科技集团五院的戚发轫院士。1992年，59岁的戚发轫临危受命，扛起了神舟飞船总设计师的重任，他带领团队从无到有，在简陋的条件下，开始建设一条将中国人送往太空的“天路”。

2013年，神舟十号任务期间，卸任总设计师多年的戚发轫院士第一次有机会到神舟飞船的着陆场走一走、看一看。在着陆场，他提的第一个要求却是想到神舟一号落点去看看。工作人员不理解，说：“您怎么不看神五、神六、神七的落点啊。”戚院士说，我对“神一”最有感情，因为它代表着从无到有。

从无到有，往往意味着举步维艰。回忆起神舟一号飞船的研制历程，戚发轫院士说："每走一步都是很艰难的。"当时按照中国载人航天计划"争八保九"的时间表，第一艘无人试验飞船神舟一号要争取在1998年发射，保证能在1999年进入太空。但按照飞船当时的研制进度，实现这个目标太困难。面对挑战，"神舟"团队选择迎难而上。正如戚发轫所说："国家有特殊需要时，要有特殊精神。"

为了赶上发射节点，"神舟"团队几乎每个周六都要召开一次综合调度会，研究解决问题，仅1998年就开会42次，解决了2000多个问题。他们还采取并行工程方法，同时研制四艘初样船，分别考核飞船力学、机械、热和电性能。经过无数次的试验验证、缜密的分析评判，他们借鉴曾研制过的返回式卫星的经验，把地面试验飞船改成用于发射的正样飞船。戚发轫介绍，神舟飞船有13个分系统，他们"有所为，有所不为"——凡是能够保证飞船返回的分系统，无论有多大困难，技术上都要突破；与飞船返回无关的分系统暂不装船。在那样的特殊情况下，通过那样特殊的方式，1999年11月20日，我国第一艘无人试验飞船神舟一号成功发射，并成功返回，且返回舱着陆处离预定地点只有10公里。

只要党和国家有需要，哪怕千难万险，也要一往无前。作为神舟飞船最好的搭档，长征二号F（以下简称"长二F"）运载火箭的研制之路同样遍布荆棘与坎坷。来自中国航天科技集团一院的刘竹生院士是中国运载火箭捆绑分离技术的开拓者，他攻克的助推捆绑分离技术，填补了中国运载火箭捆绑技术的空白，使中国进入了世界捆绑运载火箭的先进行列。1997年，刘竹生挑起长二F运载火箭总设计师的重担。任务刚刚起步，就遭遇重大挫折。火箭整流罩由于设计经验不足造成严重超重，这将会直接导致航天员在零高度逃逸时，飞船达不到救生高度的要求，无法使逃逸救生顺利进行。

如何为整流罩"减肥"？刘竹生带领设计师团队重新复算了载荷，进行了结构件重设计和对逃逸发动机提出增加总重的要求。此时，他们的眼里已没了别的东西，除了数据就是图纸和计算公式，日月星辰似乎停止了变化，白天与黑夜不再有分别，黑发中生出的一根根银丝和眉头上新添的一道道皱纹，见证了他带领的研制团队披星戴月，用智慧和汗水攻克一道又一道难关的奋斗历程。在研制神舟飞船的日日夜夜里，他不仅要动脑筋、出主意、想办法，还要不停地找设计人员，针对出现的问题，进行方案的设计修改和一次又一次的论证，经常是食不甘味、夜不能寐。在整个团队夜以继日的攻关中，整流罩的超重难题被一点点攻破，为神舟一号打造了一辆合格的“太空运输车”。1999年11月20日，在长二F运载火箭把神舟一号飞船发射到空间轨道上后，刘竹生情不自禁地和朝夕相处的火箭总指挥黄春平紧紧地抱在了一起，众目睽睽之下，老哥俩尽情地挥洒了一把热泪。

长二F运载火箭、神舟一号飞船首飞成功，证明“神舟”团队走在正确的道路上，但是并不意味着之后都是坦途。神舟二号的发射是进入21世纪后中国载人航天的第一飞，意义重大，不容有失。然而2000年12月31日，神舟二号发射前十天，长二F运载火箭被一个意想不到的误动作“撞了一下腰”。面对突如其来的变故，已年过六旬的刘竹生一口气爬上11层的发射平台，逐层地查看火箭的受伤情况。从最坏处想，修复火箭要拉回北京的生产总装厂，如果这样，发射的时间必将会大大推迟。经过专家“会诊”后，火箭发射时间只向后调整了4天。“确保发射成功，是党和国家交给我们的任务，必须坚决完成。”这是刘竹生和他的团队的共识。在争取到的4天时间里，他们每天都工作到深夜，最终，一份50余页的《碰撞后火箭受损结果分析及处理措施》报告呈现在领导和各级专家的面前。4天后，奇迹真的出现了，火箭重展芳容，按时耸立在了发射塔架旁。2001年1月10日，长征二号F运载火箭不辱使命，成功地完成神舟二号飞船的发射任务，并从此一直书写着不败的“神话”。据统计，从1999年首飞太空到现在，长征二号F运载火箭先后将5艘无人飞船、6艘载人飞船、2个空间实验室送入太空，成功率达100%，可靠性、安全性均处于国际领先水平，被誉为中国“神箭”。

特殊任务要有特别精神，伟大的工程孕育伟大精神。

2002年3月25日，神舟三号飞船在酒泉卫星发射中心发射升空并成功进入预定轨道。在现场观看发射后，江泽民同志发表重要讲话指出，航天科技队伍是一支特别能吃苦、特别能战斗、特别能攻关、特别能奉献的队伍。2003年11月7日，在庆祝我国首次载人航天飞行圆满成功大会上，胡

全力以赴 践行两学一做 在关
凝神聚力 确保万无一失 用圆满成功交出合格答卷
神舟

锦涛同志指出，在长期的奋斗中，我国航天工作者不仅创造了非凡的业绩，而且铸就了“特别能吃苦、特别能战斗、特别能攻关、特别能奉献”的载人航天精神。2005年11月26日，在庆祝神舟六号载人航天飞行圆满成功大会上，胡锦涛同志对载人航天精神作了进一步阐述，载人航天精神主要表现为：热爱祖国、为国争光的坚定信念，勇于登攀、敢于超越的进取意识，科学求实、严肃认真的工作作风，同舟共济、团结协作的大局观念和淡泊名利、默默奉献的崇高品质。

载人航天精神，是“两弹一星”精神在新时期的发扬光大，是以爱国主义为核心的民族精神和以改革创新为核心的时代精神的生动体现。28年，正是在“四个特别”的载人航天精神激励下，“神舟”团队无数次攻坚克难、一往无前，创造了中国载人航天每战必胜的“特殊”奇迹。

载人航天，人命关天，必须科学求实

20世纪90年代曾经有这样一句话：“造导弹的不如卖茶叶蛋的。”那个年代很多人选择了离开航天事业，出国、下海。戚发轫院士回忆说，那个时候五院要组织队伍搞载人航天，竟然只能“老的老、少的少”，很难凑齐一支年龄结构合理的人才队伍。“张柏楠、尚志、杨宏，当年还有袁家军，还有张庆伟，他们都是研究生，学历很高，就那个时候这些年轻人没走，他们在。”

如果说以钱学森为代表的第一代航天人有一个共同的标签叫作“回来”——回到祖国、建设祖国；那么初始阶段的“神舟”团队的共同标签则叫作“坚守”——耐住寂寞、建设航天。

现在身为航天科技集团五院空间站系统总设计师的杨宏，一参加工作就赶上“神舟”立项，从此跟载人航天结缘，再也没有离开过。“起步阶段，我们对整个载人航天系统的认知都不到位。”他记得自己曾经在一次地面检测中，“烧”坏过4台设备。“因为电路设计、电源器件的研制，都需要在实验中一点点摸索。”地面上无数次的失败是为了确保天上的一次成功。只要飞船还没有发射，再小的问题也不能放过。杨宏永远记得神舟三号飞船发射任务期间发生的“大规模撤场”事件。这对于他和他的同事来说，就像冲锋在前线的战士在还没有发起最后总攻的时候，就败下阵来。这起事故的原因，仅仅是飞船上一个小小的电连接器出现了故障，而在接下来的质量复查中得到的结论更是令人大吃一惊。这个电连接器在设计中就存在缺陷，早在飞船出厂测试期间就已经发生过这样的故障，但当时处理该故障的是位年轻的设计员，这个故障并未引起他的足够重视，他只是拆下来换了一个新的，没有进一步检查、把故障原因搞清楚。而从载人航天的要求来讲，飞船不能带问题上天，既然地面上已经发现了问题，就必须要把它解决好。如果飞船带着这个隐患上天，甚至会造成“船毁人亡”的后果。最后，火箭临时下架，试验队员含泪撤场，重新对神舟三号飞船进行检测和处理。经过几个月的日夜攻关，他们终于将问题全部解决。2002年3月25日，神舟三号成功发射。但是因为这次事件，很多人都受了处分，杨宏是受处分最严重的一个人，而那位年轻的设计员却没有被处分。对此，杨宏说：“我是他的领导，这个责任应该由我来负！”

载人航天，人命关天，这是“神舟”团队最熟悉的一句话。因为要保障人的安全，载人航天的失败率必须控制在3‰以内，故障率必须在三十万分之一以内。换句话说，每天发一次，30年都不能出问题。从起飞到把飞船送到预定轨道，有8种故障救生模式。在飞船入轨之后，还有180多种故障对策。实际上，在大约70万条计算机程序中，30%是应付正常飞行的，70%用于应付故障。而飞船逃逸救生系统正是应付突发故障、保障航天员生命安全的重要一环。

逃逸救生系统又叫“逃逸塔”，在火箭的顶部。塔高8米，从远处看像是火箭的避雷针。逃逸动力系统的主要任务是在火箭最容易出事故的区间——起飞前负30分钟到起飞后200秒，即飞行高度在0公里到110公里之间时，万一火箭发生危及宇航员生命安全的故障，它可以拖着轨道舱和返回舱与火箭分离，并降落在安全地带，帮助飞船上的航天员脱离险境。逃逸塔由于性能特殊、要求极高且是从零起步，技术难度很大，因此从一开始就被确定为我国载人航天必须突破的三大技术难关之一。

作为神舟飞船逃逸救生系统动力装置的研制单位，经过多年攻关，航天科技集团四院已经将火箭的安全性指标由发射100次可能出现3次问题提高到发射1000次才可能出现3次问题，安全性达到甚至优于世界同类产品水平。但对于四院人来说，他们永远不会忘记，1995年4月19日的那次试车。在试车过程中，整个逃逸系统动力装置4个型号10台发动机中最大、结构最复杂、研制难度最大的主逃逸发动机，首次热试车点火后不到1秒钟，超过3000℃的高燃速火焰瞬间将四个前置喷管的弯管部分全部烧穿，四射的火焰将整个试车台烧成了一片火海。在春暖花开的日子里，这个意外的“下马威”让四院职工的心一下子掉进了寒冷的冰窖。而此时，距总体要求结束方案阶段的时间还剩下不到半年。

为此，该院的研制团队，从设计、材料、工艺、技术等多方入手，多管齐下，成立了十多个工艺技术攻关小组，开始了“百日攻关”大战。当时，四院逃逸系统固体发动机第一任总设计师陈立学整天泡在攻关一线，由于连续奋战，长时间站立，他腰椎间盘旧疾复发，疼痛难忍。为了不放过任何一个有价值的实验现象，连腰都直不起来的他不肯休息，常常疼得大汗淋漓；发动机总指挥王士宝差不多每天都要到实验室、车间，现场协调解决问题，有时在实验现场一站就是几个钟头；主任设计师刘霓生组织设计人员从设计源头抓起，摸索着进一步优化发动机结构设计，那些日子里，他几乎没有睡过一个囫囵觉；攻关组的技术人员和一线的工人师傅遴选了成百种材料和配方，做了上千次试验，测试了上万个数据……不知道经过多少场没日没夜的艰难鏖战，多少次模拟试验，四个月后，新的绝热材料和成型工艺找到了。8月31日，地面热试车成功，界面解剖结果表明，绝热层不但没有烧穿，还有相当的余量。如今，在四院，只要一提“载人航天”，那真是字字千钧！全员“如履薄冰”的忧患意识，全过程严密控制的防范措施，确保了发动机不带任何疑点出厂、“零缺陷”交付总体，实现了产品交付合格率达100%、飞行试验成功率达100%的质量目标。

科学求实、质量至上，就是要尊重实践，遵循事物发展的客观规律；就是要把工程的科学性和可靠性摆在首位，把政治热情与科学态度相结合，把开拓创新与求真务实相结合，严格按照科学规律，以高度负责的态度对待每一道程序、每一个部件、每一项操作，以严肃认真的作风为航天事业的发展奠定坚实基础。中国载人航天工程首任总设计师王永志曾对“神舟”团队说过：“第一艘载人飞船的乘员应该是我们这些总设计师。我们什么时候敢坐飞船了，才能让航天员坐。”经过科技人员刻苦攻关，我国载人航天器的可靠性堪称世界第一，发射飞船的长征二号F型火箭可靠性达到0.97，而安全性更是达到了0.997，远高于其他国家水平。

2004年1月，在圆满完成神舟五号任务，树立了中国航天第二个里程碑后，戚发轫院士终于可以松口气、歇一歇了。他把神舟飞船系统总设计师这一职务交到了不满42岁的张柏楠手中。在此之前，张柏楠已经给戚发轫院士当了7年的副手。历史的交接棒交到了新一代“神舟”团队手中，能否继续载人航天的辉煌，能否承接上一代“神舟人”的重托，迎接他们的第一个大考，就是神舟六号任务。

与神舟五号相比，神舟六号飞船的飞行时间由1天增加到5天（具有飞行7天的能力），航天员由一名增加到两名。神舟五号飞船飞行时，航天员未进入轨道舱使用生活设施，只是在返回舱的固定位置进行了一些简单的操作，而神舟六号飞船在飞行过程中，各种工作都要由航天员亲自动手去做，航天员将首次进入轨道舱生活并开展科学试验活动。这是我国载人航天三步走中承上启下的重要一环，将为下一步任务——实现航天员出舱行走，再实现空间对接，继而在太空建造由中国人自己照料的太空站——奠定基础。因此，这也意味着中国载人航天技术要有重大突破。

航天员怎样饮食，怎样如厕，如何通过连接两舱的650毫米宽度的舱门，如何在关舱门之后保证其百分之百的密封性，如何解决生活和试验的矛盾，如何合理地进行资源配置……挑战成千上万，“冷凝水”这样平常的物理现象，在太空中也是一个大问题。神六的航天员要在舱内频繁活动，出汗和呼吸会带来“冷凝水”。空间有限的舱内，冷凝水聚集多了会造成湿度过大，对仪器工作造成压力，对航天员产生不利影响。呼吸、出汗也暗藏杀机，这就是太空的挑战。张柏楠率领团队在地面生生造出了一个“类太空”环境，模拟航天员太空7天的生活。最终的解决方案是双管齐下。其一是利用空调原理，把温度降下，增加舱内冷凝水收集能力，保证舱内湿度环境良好。其二是对整体环境的优化，保证船上设备在98%的高湿度环境下也能正常工作。

冷凝水只是“神舟”团队要攻克的无数难题中的一个。面对挑战，张柏楠率领“神舟”团队在不到两年的时间里，对飞船进行一番新的设计和改进，满足了“多人多天”的飞行要求。

2004年2月，时年41岁的尚志从袁家军手中接过了神舟飞船总指挥的重任，跟他的老搭档张柏楠一起，扛起了研制神舟飞船的大旗。

尚志回忆当时多任务并行已经是一种常态，神舟五号飞船飞行任务刚刚完成，神舟六号就整装待发，神舟七号处于研制中，空间站任务也论证立项，“过去按照航天惯例，主要是顾眼前、顾发射型号，但从神舟五号开始，实际上是神舟六号、神舟七号、交会对接和空间站四大任务同时推进，在如此短的时间内完成如此高密度的型号研制任务，对团队的技术攻关和管理组织能力是一个极大的考验。”而且首次载人航天飞行任务圆满完成后，飞船队伍的管理人员、技术人员都做了较大层面的调整。一些老同志退居二线，一些管理骨干走向了领导岗位，一些技术骨干输送到了其他型号。神舟五号成熟的经验能不能继承下来，能不能迎接新的挑战打赢这场攻坚战，飞船队伍形成的特有的“神舟文化”能不能得到认同，能不能被接受？接到飞船总指挥任命的那一刻，尚志就深深地思考着这些问题。

载人航天工程不仅产品复杂，零失误的要求高，而且关系着航天员的生命安全，只有本着如履薄冰、永无止境的态度，才能把工作做到百密而无一疏。而研制队伍的能力和作风，是保证航天工程任务成功的基础和关键。作为总指挥，尚志深感责任重大。在他看来，首先需要具有战略眼光和战略谋略。“载人航天已作为一个专项纳入国家中长期科学和技术发展规划纲要，其意义毋庸赘言，但与美国、俄罗斯相比，我们已经落后了三十年，如果我们这一代再不迎头赶上，就要到下一代了。”国家的利益，家国的大爱，始终存在于研制团队的心间。

为了尽快让这支年轻的队伍成熟起来，唯有严格要求。尚志带队伍严是出了名的。他常说，成功一个型号就要摔打出一支队伍，更要打一仗进一步。自神舟六号研制工作全面铺开以来，他几乎是现场跟班作业，从工作决策到计划调度，总是盯在现场，哪里出现了短线，他就及时靠上去，教方法传经验甚至是手把手地帮带；哪里有了难题，他帮着出主意想办法。一个总指挥，干工作真是到了事无巨细的份上。工作中，哪怕你有一点点违规，他都不会放过。经过一段时间磨合，年轻的神舟六号飞船队伍已习惯了尚志的严，使命、责任、任务、时间观念已深深地根植在每个同志心中。“经过锻炼，很多年轻人已成长为独当一面的专家。他们在工作中将国家利益、对航天事业的追求与个人的价值紧紧地结合在一起，牢固地树立了奉献意识与大局意识。”作为总指挥，尚志坦言对年轻人要求很严格。严明的纪律，雷厉风行的作风，严谨科学的工作态度已成为团队中每一位成员的自觉行动。就连部队的同志也深表佩服，夸他们是一支不穿军装而又特别能战斗的队伍。

然而，严格只是尚志工作作风的一面；另一面，这位作风干脆硬朗的东北大汉记得团队中每个人的生日。他总是把队伍里的年轻人称为“孩子们”，调侃说：“他们是‘青年队’，像我，就已经属于‘老年队’了。”团队里的“孩子们”继承了他们的严，也继承了他们的奉献。一个负责飞控调度的青年技术骨干，直到他爱人怀孕临产，第二天就要做剖宫产手术，才向尚志请假，而在这之前，整个团队竟没听他说起过一次。为了确保任务发射节点，队伍里几个孩子都推迟过自己婚期……尚志说，他以后不准备再去参加团队里年轻人的婚礼了，因为参加婚礼本是件开心的事，可是每次在婚礼上想到孩子们平时的付出，他又总忍不住感动得流泪。“我们这些年轻人啊，就是有些傻，傻得执着。”

正是在以尚志、张柏楠为代表的航天人的带领下，这支“傻得执着”的“神舟”团队咬紧牙关、快速成长，传承着神舟文化，担当起党和国家赋予的重任。2005年10月、2008年9月，神舟六号、神舟七号分别实现两名、三名航天员飞行成功。神舟七号首次成功实施空间出舱活动和科学实验，中国成为世界上第三个独立掌握出舱活动关键技术的国家。

心中有大爱，肩上有担当，才能勇攀高峰

2011年11月3日凌晨，在距地面约343公里的交会对接轨道上，神舟八号飞船正以自主控制方式向天宫一号目标飞行器逐步靠近。此时，北京

航天飞行控制中心的飞控大厅里灯火通明，工作人员正紧张有序地忙碌着。大屏幕上交替显示出天宫一号目标飞行器和神舟八号飞船运行轨迹、参数和三维动画，扬声器里不时传来地面测控站和“远望”号测量船同北京航天飞行控制中心通话的声音。凌晨1时23分，当神舟八号到达距天宫一号30米的停泊点时，北京航天飞行控制中心就对接准备状态进行最终确认。随后，神舟八号以每秒0.2米的相对速度向天宫一号缓缓靠拢。20米、10米、1米、0.5米……神舟八号与天宫一号的距离越来越近。经过接触、捕获、缓冲、校正、拉回等技术动作，神舟八号飞船启动主动对接钩，牢牢锁住天宫一号目标飞行器上的被动对接钩。1时36分，两个航天器紧紧连接成一个组合体，以优美的姿态飞行在茫茫太空。1时43分，载人航天工程总指挥常万全宣布：天宫一号、神舟八号首次交会对接取得圆满成功。顿时，飞控大厅里一片欢腾。而远在千里之外，中国航天科技集团八院交会对接机构研制团队的许多人更是泪流满面。

中国载人航天工程首任总设计师王永志曾说，交会对接是载人航天工程中难度最大、最为光辉的技术亮点。20世纪90年代初，对接技术只有俄罗斯和美国掌握，而在调研中，俄罗斯方面的开价是，仅购买对接机构技术的设计专利费就要1亿美元，然后引进成熟的技术和现成的产品要再花一大笔费用。这样的条件，中国航天人难以接受，关键部件和关键技术一旦掌握在别人手里，就失去了自主权，中国航天人更加不能接受。自力更生、自主创新，必须研制出属于中国的交会对接机构。

1995年，中国航天科技集团八院805所刚成立了对接机构研制队伍。成立之初，这个团队仅有7人。中国载人航天工程载人飞船、空间实验室系统副总设计师张崇峰博士就是当年7人团队中的开创者之一。当时还是哈工大导师的他被交会对接任务的巨大挑战所吸引，毅然来到805所，多年来他始终默默无闻地坚守在一线。对标国际先进，八院一开始便提出了采用跨越式发展的思路——研制能与国际空间站相匹配的异体同构周边式对接机构，保证人货通行方便。异体同构周边式对接机构适应性高、承载能力强，但与此相对应的是重量大、对接初始条件要求严格、构造复杂。为了将这个方案论证清楚，整个团队搜集和查阅了所有能找到的相关资料，在字里行间筛选点点滴滴可用的信息，翻译俄罗斯对接机构的相关书籍。收集到的各类资料装满了整整十个大箱子，仅论证报告的撰写就用了三个多月时间。艰辛付出没有白费，通过一轮轮评审和质询，国家最终采纳了团队提出的方案，迈出了对接机构研制决定性的一步。

把理论转化为设计方案难，而把方案变成符合工程应用需求的实物更是难上加难！如何模拟太空微重力环境下的对接过程成为摆在八院面前的第一道难关。俄罗斯采用的是“吊挂”方案，即把两个飞行器吊起来，利用钟摆的原理来模拟初始对接过程，但这种方案在稳定性上有很大的局限性。刚开始，团队尝试用滑车方案，但是摩擦力太大，无法模拟飞行器在太空中的环境特性。后来一名设计师建设性地提出气浮平台的方案。但这个方案的关键是需要建立两个平整度高和稳定性好的平台，整个平台在任何情况下平面高低起伏不能超过千分之三毫米，也就是1/20根头发丝的直径。通过查询各种资料，发现只有泰山花岗岩才能满足上述要求。于是，设计师亲赴泰山石矿区，仔细考察了一个多月，终于开采到了两块70多吨重的大石头，又用五个多月的时间加工成两个20吨重的精细平台。在这个平台上，两个8吨重的飞船模型只要用手指轻轻一点就可移动，而且还可以根据实验需要设置各种初始对接条件。俄罗斯专家参观后，不由得赞叹：“这是当今世界上水平最高的对接机构地面试验设备。”

有时候，成功往往就是源于最后一小步的坚持。2007年，对接机构地面模拟试验时测得分离角速度太大，超过了0.35度/秒，达不到设计要求。角速度是物体转动快慢的一个物理量，手表秒针的角速度是6度/秒。角速度对飞行器分离后的姿态影响非常大，角速度过大，就可能导致天宫一号和神舟飞船发生碰撞甚至侧翻，后果不堪设想。整个团队开始了无休止的攻关，分析、试验，再攻关、再分析、再试验……但试验结果始终没有大的改观。科学是严谨的，需要用数据和事实说话。搞科研最大的痛苦在于攻关，而这却又是一个精雕细琢的过程，没有任何捷径可走。经过170多次的反复试验、分析和改进，最终用最严苛的环境条件来模拟，将分离角速度做到了0.1度/秒。

谁都无法否认，成功就是意味着超常人的付出。对研制团队来说，连续十几天工作到凌晨两三点，周六、周日也得不到休息是常有的事。柏合民是对接机构团队中的一名研制人员，2000年9月，对接机构项目正是需要进一步深入攻关的关键时刻，刚博士毕业的他便加入了对接机构研制队伍。在研制初期，他找来各种各样的机构方面的书籍，认真揣摩，反复研究。到2007年，经过前期的积累和总结，他对机构的把握已经到了常人无法理解的高度：机构的实物，只要让他看一眼，他就知道工作原理。柏合民曾说过：人生的意义，在于不断地追求；人生的欢乐，源自事业的成功。他的随身提包里永远备着简单的出差物品，可以说不是在出差的路上，就是在随时准备出差的过程中。

2011年11月3日凌晨1时29分，经历近43小时飞行和五次变轨的“神舟八号”飞船与等待已久的“天宫一号”成功对接，在静谧太空中上演了一场属于中国的“天神拥吻”盛景，这标志着我国成为世界上第三个独立掌握交会对接技术的国家，并达到世界领先水平。这短短几分钟的交会对接过程，却是八院的“神舟”团队历经十六年艰辛努力的结果。

神舟八号和天宫一号的“天神之吻”充分验证了自动交会对接技术。神舟九号和天宫一号的“天神之吻”则实现了我国的首次手控交会对接，标志着我国全面掌握了空间交会对接技术。

完成如此高精度的手控对接，离不开中国航天科技集团公司五院502所的手控交会对接研制团队的“十年磨一剑”。在这个约20人的研制团队中，有博士4人，硕士12人，本科4人，其中女性占40%左右。为了手控交会对接过程的实现，研制团队付出的是10多年的汗水与智慧。

2000年，当这个团队着手进行手控交会对接技术方案的预研工作时，全世界只有美国和俄罗斯掌握了手控交会对接技术。要在短时间内实现跨越式发展，赶超世界先进水平，难度可想而知。“世上无难事，只怕有心人。”他们选择征服这座科技高峰的方式很简单：十年只做一件事。十多年踏踏实实地干一件事，无名无利图个啥。从2001年就加入这个团队的王颖笑着说：“将自己的思想、原理变成代码，看着自己最初的设计能够通过工程实现，很满足。”团队里的张昊是502所培养的一名博士，研究的课题正是基于CCD光学成像敏感器的交会对接自主导航。他曾经有两次出国深造的机会，但为了交会对接任务，他都义无反顾地放弃了。对理想的追求和对实现梦想的强烈渴望，是这个团队冲破重重难关、登顶一个又一个科技高峰的力量之源。

从神五突破载人飞天、神六实现两人多天，到神七突破出舱活动、神八实现无人对接、神九突破载人交会对接、神十完成首次太空授课……每艘飞船型号的更新，都意味着中国载人航天事业实现巨大跨越。但是谈起神舟十一号，航天五院载人飞船系统总设计师张柏楠却说："神舟十一号最大的变化是没有变化。"神舟十一号在外观、任务、技术上均与神舟十号相似，只是为验证空间站关键技术，在技术状态上略有调整。这是因为，神舟十一号的成功发射，表明我国已掌握天地往返运输技术，神舟飞船的技术状态已基本稳定，从产品研制进入新的应用阶段。

从研制到应用，简单的词语变化背后，是无数次试验验证的结果，是数不清的挫折、失败铺垫起的成功。以载人飞船的电源分系统为例，为了给神舟飞船、天宫一号和二号以及天舟一号等航天器提供持续健康稳定的电能，航天八院811所的科研团队奋斗了近30年。

1992年，神舟飞船电源分系统研制起步时，这个小团队仅有6人，其中4人还是刚毕业的大学生。凭着"人生能有几回搏"的豪气和从事载人航天事业的光荣感，他们的方案于1994年4月首批通过方案评审，电源分系统成为飞船第一个转入初样研制的分系统，并最终成功研制出新规格的镉镍电池，填补了当时国内大容量贮能电源的空白，技术性能全面超越任务要求，圆满完成了神舟一号飞行试验。

尽管已经能够满足神舟飞船的任务需要，但这个电源系统并不算强大。神舟六号的时候，航天员为了节省电能，在天上吃的是冷饭冷菜。为了给航天员提供一个舒适的工作生活环境，必须在天宫一号的供电模式上实现重大突破。

面对前所未有的挑战，航天八院811所通过自主创新来完成攻关工作。他们与国内相关领域最优秀的50多家单位携手开展了100多项技术攻关。经过五年的艰苦攻关，他们终于研制出了比国外还要好的玻璃纤维网、离子交换膜、固体润滑剂、高压继电器等近百项新材料、新器件、新技术，研制出了国内首个国际先进的低轨高压母线电源分系统。首次交会对接任务的完成，标志着我国继美国之后，成为第二个掌握低轨高压电源系统核心技术的国家。他们攀登航天科技高峰的脚步不会就此停歇，在天舟一号研制中，他们向低轨高压大容量锂电领域发起冲击。中国载人航天工程货运飞船系统副总设计师陈启忠介绍，天舟一号首次使用低轨高压锂电，是为日后空间站建设打基础。为了实现这个“首次”，该所的研制团队进行了几百次的试验，一步步将这块硬骨头给啃了下来。“天舟一号首次使用低轨高压锂电，并达到了2700瓦功率，开启了载人航天空间电源的锂电时代。”对于这个电源团队，陈启忠充满骄傲。

创新是发展的源泉、动力。载人航天发展28年来，自主创新始终是不竭的动力。靠着这种自主创新能力，“神舟”团队掌握了一大批具有自主知识产权的核心技术，从垂直总装、垂直测试、垂直转运和远距离测试发射的“三垂一远”发射模式，到具有国际先进水平的航天测控网；从精准的迭代制导手段，到空间交会对接机构；从中国研制的舱外航天服，到瞄准国际前沿的空间科学实验室……从无到有，从弱到强，几代“神舟”团队正是凭着不服输的一股劲儿，逢山开路，遇水架桥，几年一大步，不断攀登航天科技高峰，走出了一条具有中国特色的载人航天工程发展道路。

事业为重，名利最轻，万人同心创伟业

茫茫宇宙，神秘莫测。与人类走出森林、走向大海的每一次探索一样，迈向太空的每一步，都伴随着巨大的险阻和牺牲，都需要无数人抛去个人的荣辱得失，挥洒自己的青春年华，齐心协力创造伟业。

航天工程是一项规模宏大、高度集成的系统工程，航天事业的发展离不开全国各行各业的大力协同，同舟共济、团结协作是航天事业的宝贵品质。

与其他航天大国相比，我国的工业基础和元器件、原材料水平甚至单项技术都有不小的差距，但中国载人航天工程通过创新管理模式，通过航天系统工程的综合集成，实现了“一加一大于二”的效果。这既是中国航天的一个鲜明特色，也是载人航天工程提供给全社会的宝贵财富。如此庞大的工程系统，都是在高度协作、密切配合中运转。西安的火箭发动机、

天津的太阳帆板、河南的电连接器、上海的推进器、四川的元器件……一声令下，前一天还在工厂的设备第二天已送至北京的总装车间。每次执行飞船发射任务，从国内外的各测控站到海上测量船，成百上千的雷达和各种跟踪测量装备几乎同时启动，成千上万的工作人员把一道道数据由四面八方汇集到北京、酒泉……

以飞船对接器为例，其中就包含了100多个测量传感器，近300个传递力的齿轮，1万多个紧固件，数以万计的导线、接插件、密封圈和吸收撞击能量的材料等。这些零部件结构异常复杂，生产线遍布全国，有的在贵州，有的在安徽，有的在哈尔滨，最后跨越千山万水，在总装车间汇聚在一起，携手共赴天际。这种跨地域、跨行业的配合，困难极大、风险极高，没有同舟共济、团结协作的航天精神，根本无法实现。

载人航天工程总设计师周建平深有感触地说，大协作，并不意味着“人海战术”的简单叠加，而是资源更为合理、更加科学的配置；“一盘棋”也绝不是一句口号，而是“有荣誉共同分享、有困难共同克服、有余量共同掌握、有风险共同承担”。

载人航天，“千人一枚箭”“万人一杆枪”。据载人航天工程办公室的不完全统计，直接参与载人航天工程研制工作的研究所、基地、研究院一级的单位就有110多个，配合参与这项工程的单位则多达3000多个，涉及数十万科研工作者。“实施这样宏大的工程，没有党中央集中统揽，没有全国大协作，是不可想象的。”周建平对此深有感触。

为了祖国的航天事业，“神舟”团队默默承受着常人难以承受的困难和压力，不计个人得失，不求名利地位，以苦为荣，以苦为乐，无怨无悔。他们为航天事业奉献了青春年华，奉献了聪明才智，有的甚至献出了宝贵生命，书写了许许多多可歌可泣的感人事迹，涌现出许许多多可敬可佩的时代英雄。在飞船副着陆场训练了8年的搜救队员居然从未见过飞船，他们最大的愿望就是能亲手摸摸返回舱。飞船调试技术人员甚至不知道自己调试的元器件最终会用在何处，他们却有时要为调试一个元器件，在北京工厂和酒泉基地间往返几十次。当问到他们是否值得时，他们总是笑着说：“只要飞船上有咱们的东西，就高兴。”一位航天幕后英雄曾这样深情地写道："我们有幸成了人们的踩路石，不管春露秋霜，无论冬来夏往，石子铺就的小道或大道，任由人们踩踏。因为石子的承受，才有了人走的路，相伴着人生辉煌……"

几代神舟人甘做无名英雄，怀着强烈的爱国情怀和对党对人民的无限忠诚，呕心沥血，奋力拼搏，像拧螺丝一样把自己拧在工作岗位上、拧在祖国的航天事业中，在平凡的岗位上追逐着不平凡的人生理想，以实际行动兑现了"用成功报效祖国、用卓越铸就辉煌"的庄严承诺。

未来的征程在更深远的太空

"航天梦是强国梦的重要组成部分。随着中国航天事业快速发展，中国人探索太空的脚步会迈得更大、更远。"2013年，习近平总书记在与神舟十号3名航天员天地通话时，曾这样充满深情地说过。

载人航天的未来在更深远的太空，载人航天的未来依靠更年轻的"神舟"团队。

毕业入职直接参与载人交会对接的仿真分析；工作一个月后就参与神舟七号飞控任务，进行飞行程序核校工作；神舟七号之后，从事神舟八号的研制，参与交会对接方案设计和轨道设计，成为任务分析组组长；神舟八号发射成功后，成为航天科技集团五院总体设计部系统工程研究室副主任，从事未来空间站的方案设计工作。这是1981年出生的王为的职业成长路径。

"我们干航天的，经过一次实际飞行过程，得到的锻炼是完全不一样的，一旦参加任务，就不是一个专业在参与，能有机会看到各个部分怎么协调匹配工作的。"王为说。简单的话语，也道出了"神舟"团队年轻人成长的秘诀。

伴随神舟飞船成长起来的年轻人，引起国内外宇航界的高度关注。美国航空航天局前局长迈克尔·格里芬这样感慨："最让人羡慕的不是中国航天所取得的成就，而是现在领军和主导中国航天的这些人太年轻了，他们会工作很多年，会创造更骄人的业绩。"

神舟五号发射时，七大系统总指挥、总设计师平均年龄为53.6岁；神舟六号时降为48.7岁；神舟六号发射时，飞船、火箭试验队中，35岁以下年轻人占80%，副主任设计师以上人员平均年龄为32岁；神舟七号发射时，飞船研制团队平均年龄为33.6岁；神舟八号飞船设计团队，平均年龄为31岁。而到了2016年，神舟十一号发射升空时，航天五院的数据显示，该院技术团队平均年龄在35岁以下。在型号研制一线人员中，青年比例超过70%；45岁以下的型号总设计师或总工程师占46.8%；35岁以下的主任设计师占28.3%。

在航天五院，毕业于清华大学的博士王翔，经过了副主任设计师、主任设计师的磨砺，38岁时，被任命为我国载人航天工程两大系统的总指挥。王翔是众多在载人航天工程中成长起来的人才代表。机遇、高强度磨炼、大胆起用，一大批年轻人才通过参加重大工程项目积累了经验，增长了才干，脱颖而出。27岁的总体室工程师王霄军、飞控软件设计师费江涛、26岁的飞控总调度杨彦波……

在每次载人航天任务的镜头中，那一张张青春的面孔引人注目。“我相信，依靠这支队伍、这批人才，我们的航天事业一定可以冲到和世界航天大国并驾齐驱的位置。”对载人航天工程的这批接班人，“两弹一星”元勋孙家栋信心十足。

载人航天的未来在更深远的太空，为了心中的载人航天梦，“神舟”团队的脚步一刻也没有停歇。

2020年5月5日，为我国载人空间站工程研制的长征五号B（以下简称“长五B”）运载火箭，搭载新一代载人飞船试验船在文昌航天发射场成功发射，这是中国乃至亚洲火箭首次发射超过“两万公斤”的航天器，进一步奠定“胖五”家族在世界现役火箭第一梯队中的地位；5月8日，试验船返回舱成功返回。新箭、新船的首飞任务取得圆满成功，不仅标志着我国空间站阶段飞行任务首战告捷，我国载人航天工程“第三步”任务序幕正式拉开，也意味着我国的载人登月计划迈出了历史性的第一步。

中国梦牵引航天梦，航天梦助推中国梦。从2021年到2022年，我国计划用12次飞行任务，完成中国空间站的建设。对此，“神舟”团队有着清醒认识，他们将始终坚持首飞意识和载人标准，围绕科研生产模式转型升级和全面深化改革、围绕全面完成空间站建设和载人月球探测关深论证等重点任务、围绕应对和化解各种风险，以坚如磐石的信心、只争朝夕的劲头、坚忍不拔的毅力，一件事情接着一件事情办、一步接着一步干，高唱新时代航天奋斗者之歌，走好新时代航天长征路，使中国人探索太空的脚步迈得更大更远，为建设航天强国、实现中华民族伟大复兴的中国梦贡献更大的智慧和力量！

可上九天揽月

——“最美奋斗者”航天科技集团五院“嫦娥”团队风采录

◎文/航天科技五院　庞　丹　母国新

2019年9月25日，中国航天科技集团有限公司“嫦娥”团队被授予“最美奋斗者”称号。这一荣誉的取得离不开“嫦娥”团队二十余年矢志不渝的创新和奋斗。自2007年嫦娥一号卫星发射成功至今，“嫦娥”团队已经取得了五战五捷，成功研制出我国第一颗月球探测卫星嫦娥一号，实现了我国航天史上继人造地球卫星、载人航天飞行后的第三个里程碑；成功研制我国第一个行星际探测器嫦娥二号，使中国成为国际上第3个飞入拉格朗日点、第4个开展小行星探测的国家；成功研制嫦娥三号探测器，首次实现我国地外天体软着陆和巡视探测，使我国成为继美国、苏联后第三个成功实现地外天体软着陆和巡视勘察的国家；成功研制嫦娥四号探测器，实现人类首次在月球背面软着陆和巡视勘察。从探月、落月到世界首次月背软着陆探测，“嫦娥”团队取得了连战连捷的辉煌成果，并在实践中孕育了被党中央高度肯定的“追逐梦想、勇于探索、协同攻坚、合作共赢”的探月精神，在我国航天史上书写了精彩一页。

第一章　在艰难中起步　开创月球探测先河

习近平总书记指出，创新是一个民族进步的灵魂，是一个国家兴旺发达的不竭动力，也是中华民族最深沉的民族禀赋。在激烈的国际竞争中，惟创新者进，惟创新者强，惟创新者胜。嫦娥工程开展20多年来，承担工程关键系统嫦娥卫星研制任务的航天五院，始终高擎自主创新大旗，凝聚

攻坚克难的创新力量，聚焦月球探测的前沿技术，殚精竭虑，创造了月球探测技术的多个第一，形成了我国深空探测技术由空白、跟跑、并跑到领跑的新鲜经验，也为我国高技术领域关键技术创新与跨越提供了新鲜样本。

“我的设计肯定没问题”

中国自古就有嫦娥奔月的美丽神话，却远远落后于美国、俄罗斯两国探月的步伐。2000年11月22日，中国政府首次公布了航天白皮书，明确提出“开展以月球探测为主的深空探测的预先研究”，嫦娥工程的大幕由此拉开，航天五院的一支平均年龄不到35岁的年轻团队将这项开创性的使命挑上了肩头。

在“嫦娥工程”的各大系统中，最引人注目的就是嫦娥一号月球探测卫星，它是中国第一个月球探测器，将走近月球直接获取大量有价值的信息，其能否正常工作关系到整个工程的成败，是整个工程的关键。与人造地球卫星相比，远离地球的空间探测器在通信、制导、电源等许多方面更为复杂，提出了不少新的挑战。

遥望距离地球38万公里远的月球，首先的问题是：卫星如何去？在世界探月历史上，美俄等航天先进大国都曾有过卫星与月球“失之交臂”或者撞到月球表面上“粉身碎骨”的惨痛先例，可见轨道设计风险之大。杨维廉是五院最富经验的轨道专家，一生都潜心于轨道设计。他深知核心技术要不来，面对“无指导资料，无试验验证，无前沿研究”的“三无”形势，他和研制团队求解出了地月转移轨道的数学模型，这一关键性突破为嫦娥一号卫星顺利架设出一条精巧的奔月之路。看着这条不同于任何国家的奔月轨道，工程两总让老杨去俄罗斯验证一下，老杨却自信地说：“我的设计肯定没问题，如果他们验证说有错，那也是他们错了。”但为了保证万无一失，两总还是邀请了国内三家权威单位进行了“背靠背”的验证，结果证明了这条轨道的科学性。但研制团队并没有就此止步不前，在嫦娥一号成功奔月后，杨维廉弟子周文艳领衔的设计团队又为嫦娥二号“加速”，使运载火箭直接把卫星送入月球近地点200公里、远地点38万公里的奔月轨道。这样，原本15天的奔月时间缩短为7天，为后期我国卫星奔向更远的深空打下了坚实的基础。

“一定要干出个样儿来”

嫦娥奔月的传说虽然美丽，然而，真正的飞赴月球谈何容易，不但研制工作云山雾罩，困难重重，与以往研制的任何卫星相比区别都特别大，而且资料不多，经验不足，进度紧张，几乎可以说是“白手起家”。约38万公里的地月距离，将导致星地无线信号衰减，比高轨卫星高100倍以上，这对当时现有的星载测控分系统来说是相当大的挑战。然而负责星载测控的孙泽洲并没有被吓退。他知道，无限风光在险峰，越是不好走的路，他就越想去走一走。反正自己还年轻，跌倒了拍拍土就能站起来继续打拼，所以，他在心底发誓：“一定要干出个样儿来。”背负着领导的信任和大家的期望，孙泽洲不分昼夜地与数据和资料打交道，积极地与专家进行沟通，并积极转变思路进行系统优化，最终啃下了这块硬骨头，创造性地设计了我国首个深空探测测控数传星载系统，解决了月球探测卫星38万公里的远距离地月测控通信的设计难题。

一关闯过又是一关。还没来得及喘口气的“嫦娥”团队，又遇到了系统级的最大创新挑战——月食问题。当时恰逢嫦娥一号卫星初样即将转正样的某一天，在飞行任务讨论会上，月食的问题引起了大家关注，如果

2007年4月嫦娥一号卫星发射，可能会遇上2007年8月和2008年2月的两次月食。从时间上分析，第一次月食可以过去，但第二次要过去就比较困难。问题一提出来，就显得相当严峻——月食相当于地球把太阳挡住，而“嫦娥”实际是采用太阳帆板供电的。“嫦娥”在轨运行期间的阴影期，从原来的45分钟延长到5小时。阴影时间没有太阳帆板供电，需要运用蓄电池实现整星电源的供给，功率能量很大。怎么办？

问题严重，时间紧迫。孙泽洲迅速组织专家论证，经过对月食期间的环境温度、轨道条件和卫星姿态等进行分析比对，他很快发现蓄电池组低温放电能力、温度维持能力和各设备的低温耐受能力是解决月食影响的关键所在。思路理顺，他迅速带领设计师开展技术攻关，大胆采用新技术，通过不同舱段的热耦合设计，合理调整飞行程序，尽最大可能把能源平衡好，最终拿下了这只“拦路虎”。

“我们相信自己的能力”

如果说嫦娥一号卫星是“嫦娥家族”的大姑娘，那么制导、导航与控制系统就是她的“心脏”，控制着她的姿态变化，“大姑娘”能不能走得稳就看它了！为此，“嫦娥”团队把“新、难、险、重”任务特点中的“新”变成了创新的“新”，创造了我国第一个高精度变轨控制系统，第一个三体定向控制系统，和第一个针对月球定姿的敏感器——紫外月球敏感器。

紫外月球敏感器国内从没搞过，按照国外的做法，一般采用蓝宝石作为材料，但大体积的蓝宝石价格十分昂贵，况且当时国内还没有加工蓝宝石的能力。怎么办？研制团队横下一条心，“外国人能干的我们也能干”，就用国内的材料，自己设计、加工，一定要获得中国自主的知识产权！经过三年的艰苦试验，他们采用光学玻璃和光学晶体的配组代替蓝宝石，创造出我国第一个紫外月球敏感器。事后证明，制导、导航与控制系统的敏感器配置设计方案是最优配置，但当初方案确定时大家心里都直打鼓：紫外敏感器技术基础薄弱，到底上不上星？嫦娥一号卫星叶培建总师兼总指挥和黄江川副总师拍板：坚决支持自主创新。叶总说：“我们相信自己的能力，紫外一定能够拿下！”科学的魅力正在于不断挑战“第一”，在这种敢为人先、勇于创新的精神鼓舞下，制导、导航与控制系统成功解决了卫星三体定向难题，10项自主创新成果助推嫦娥“出得去”“刹得住”“飞得稳”“控得精”！

首次月球探测任务的圆满成功，虽然只是中国在深空探测领域迈出的第一步，但是通过三年的实践，为国家锻炼和培养了一支高素质探月队伍，奠定了中国深空探测事业可持续发展的坚实基础。正如叶培建总师兼总指挥在庆祝嫦娥绕月探测圆满成功大会上时所说：“作为一名直接参加了嫦娥一号卫星研制任务的航天科技工作者，此时此刻，我感到无比激动、十分自豪。嫦娥一号首飞即实现‘精确变轨，成功绕月，有效探测’的工程目标，这在世界探月史上是少见的。作为我国第一个月球卫星，其总体水平足以跻身国际同类飞行器先进行列。今天，我和我的队伍可以自豪地说：我们无愧于党和人民的厚望和重托，我们无愧于中国航天人的光荣称号！”

第二章　在荆棘之路探索创新　奔向“广寒”奏凯歌

2010年10月1日，伴随着瑰丽的晚霞，嫦娥二号卫星乘坐着长征火箭携光曳电般划破太空，奔向“广寒”。震耳欲聋的轰鸣声中，苍山震动，天地动容，万众欢腾！从此，中国深空探测领域继嫦娥一号卫星后又竖起了一座不朽的丰碑。在荆棘布满的探索之路上，“嫦娥”团队继续以无比的智慧、无穷的心血和汗水，一路披荆斩棘，奏响了一曲“用成功报效祖国”的凯歌。

携手打造“直达天梯”

如果把嫦娥二号比作一个在严酷环境中需要完成一系列高难度动作的杂技演员，那么能否顺利进入地月转移轨道就是摆在她面前的第一道难关。

根据地月日的运动规律，卫星进入地月转移轨道的窗口时间非常短，如果星箭分离时卫星没有准确进入地月转移轨道入口，那么就需要对卫星轨道进行调整，会使卫星上的燃料提前消耗，如果偏差过大，将影响后续任务的执行。

对此，卫星系统和火箭系统的设计师们有着清醒的认识。嫦娥二号卫星总设计师黄江川认为，对于月球探测和深空探测的航天器来说，其上天成本甚至是几倍于同重量的黄金。因此，我国要想实现更大重量或者更远距离的空间探测，必须最充分地利用火箭的推力，减少卫星燃料的消耗。对于这一点，火箭系统有着共同的认识。为了将卫星直接送到地月转移轨道奔月口，两大系统的有关专家互相配合，携手合作，经过多次反复核算，最终设计出火箭的发射轨道，为“嫦娥奔月”打造了一架快捷方便的“直达天梯”。

神机妙算确保精准“刹车”

点火发射后，嫦娥“二姑娘”乘坐着“直达电梯”向月宫飞奔而去。随着她的渐行渐远，设计人员们不免担忧起来。如果她跑得用力过猛，来不及刹车，她就不能成为月球卫星了。刹车不及时带来的直接后果就是卫星会飞出月球的引力范围，而不能被月球捕获，这样就不能环上月球了。相反，如果“刹车”力量过大，卫星就会撞上月球，后果不堪设想。

如何确保嫦娥二号卫星精准“刹车”是摆在卫星设计人员面前的又一道难题。为了能够让卫星顺利进入100公里 ×100公里的工作轨道和100公里 ×15公里的环月轨道，以五院嫦娥二号主管副总师王晓磊为首的设计人员，进行了极其精确的分析求解，并建立了相关的数学模型，反复确认相关系统间的接口关系。经过一轮轮反复的讨论和计算，他们终于找到了控制精度的有效方法，精准“刹车”难题迎刃而解。

精心绘制技术试验分系统亮丽的风景线

“二姑娘”与“大姐”相比，最大的不同就是新增了一个分系统——技术试验分系统。这个分系统由X波段测控子系统、视频子系统以及数据处理单元三部分组成，主要用于实现星地X频段测控体制验证，并试验降落相机等相关技术，为二期工程进行先期验证和技术储备。按照卫星研制节点，这个分系统必须在最短的时间内完成方案设计、初样和正样产品的研制，才不至于影响整个任务的进度。任务紧迫，由五院嫦娥二号技术试验分系统主任设计师黄昊担纲的攻关小组，开始了与时间的角力。资料室、互联网、设计室、单机生产厂，设计师们辗转奔波，经过无数次的计算、论证、推翻，再计算、再论证、再验证，最终锁定确认……一个个技术难题终于逐一攻破。

挑战国内首次应用的X波段测控体制

嫦娥二号卫星拥有多项新技术，其中相当一部分为首次上天试验，X波段测控体制就是其中的代表。目前，我国卫星中尚无星地X波段测控体制应用的实践，与国内主要使用的S频段测控体制相比，它有着通信距离远、传输速度快、信号衰减小、负载数据多等优点。但是它同时又面临着设计、器件工艺及验证等一系列技术难点。五院西安分院和总体设计部设计人员们并没有被困难吓倒，而是直面挑战，经过通宵达旦的攻关，终于在最短的时间内拿出了解决方案。

给“二姑娘”配置“冷暖空调”

由于轨道的变化，嫦娥二号卫星在运行过程中将面临300℃左右的冷暖温差。如何抗拒来自太阳光的高温照射，又如何抵御冰点以下的寒冷？以五院嫦娥二号热控系统主任设计师向艳超为主的设计团队妙手设计的卫星防辐射覆膜大显神通。这个由13层薄如蝉翼的覆膜组成的金灿灿的外衣，有着特殊的结构，它可以传导星内的热量，有效形成星内热平衡环境，“二姑娘”穿上它，就如同置身在四季如春的空调房间。

悉心设计“动静相宜”的微小相机

为了在卫星发射升空后能从太空中拍摄清晰的地球图像，同时也为了快速清晰地获取月球表面图像，嫦娥二号卫星上面安装了四个集成了光、机、电、热等先进技术的微小相机。在总体方案上，以五院北京空间机电研究所研究员吴雁林和技术试验分系统副主任设计师黄长宁为主力的设计人员，采用了CMOS图像传感器，并针对嫦娥二号卫星的需求，主动展开攻关，独辟蹊径，“短、平、快”地完成了相机研制。

“沧海横流，方显英雄本色。”经过两年多的攻关，嫦娥二号卫星的研制工作取得了突破性进展。随着运载火箭一飞冲天，“嫦娥”团队又一次把中国的卫星成功送上苍穹，在艰辛崎岖却又风光无限的攀登路上，用智慧和汗水唱响了一曲荡气回肠的感人壮歌，为我国由航天大国向航天强国迈进奠定了坚实基础。

第三章　凯旋后的再丰收　在月球上第一次留下中国人印记

仿佛就在昨天，嫦娥二号任务圆满成功的欢呼声犹在耳边回响。时间转瞬即逝，又是一个丰收季，2013年9月，“嫦娥”团队再次奔赴西昌发射场。12月2日，备受瞩目的嫦娥“三姑娘”直上广寒，正式开启“踏月之旅”，即将实现我国首次地球以外天体软着陆及巡视勘察任务。

扣人心弦的踏月之旅

对于头顶的这轮皓月，国人从未停止过梦想。特别是嫦娥一号、嫦娥二号的圆满成功，让中国人期盼千年的“到月宫里一探究竟”有了梦想成真的可能。“从‘嫦娥一号’飞向月球的那一刻起，我就知道，飞向月球的大门一经打开，深空探测的脚步就不会停止。”正如孙家栋院士所言，“飞向月球仅仅是深空探测的起步”。

与国人熟悉的“大姑娘”“二姑娘”不同，嫦娥“三姑娘”由着陆器和巡视器两大部分组成。着陆器经过发射段、地月转移段、环月段和动力下降段等过程，以软着陆的方式降落在月球定点区域，之后着陆器释放巡视器；待顺利分离后，两器将各自独立开展月面探测工作。

点火发射后，嫦娥三号探测器乘坐着“直达电梯”向月宫急速飞奔而去。经过五天的长途旅行和期间的两到三次中途修正，近月制动后进入100公里的环月轨道；随后继续飞奔4个昼夜，择机变轨进入15公里×100公里的椭圆轨道；此时，距离“终点”依然还有4天的路程。咬咬牙后，“三姑娘”深吸一口气，甩开大步急速冲刺。

眼看就要到达设计师精心选择的动力下降点——高度约15公里的近月点。在这里，嫦娥三号要进入约720秒的动力下降段，经缓慢降落后，实现在安全区域软着陆。而此时，“三姑娘”还在奋力奔跑，一旦用力过猛，到达15公里近月点时来不及刹车，就会一头撞上月球，后果不堪设想。

如何让一路飞奔的“三姑娘”速度慢下来至关重要。“月球表面无大气，无法利用气动减速的方法着陆，探测器需要靠自身推进系统减小约1.7公里/秒的速度。在此过程中要进行探测器姿态的精确调整，将相对速度减至小于3.8米/秒，并着陆在预定区域；同时，为保证着陆过程可控，还需要探测器的推力可调；这些对推进系统的设计提出了很高的要求。”着陆器副总师张熇介绍说。为此，研制团队采用了变推力推进系统，设计了7500N变推力发动机，并经大型试验验证，实现了让“三姑娘”适时“收油门，踩刹车”，最终破解了着陆减速的难题。

虽然顺利进入720秒动力下降段，但是因为这个大约12分钟的下降过程非常短暂、探测器的速度变化又非常大，地面无法进行实时控制，一切只能依靠探测器自身。如何提高“三姑娘”的自控力，避免出现不可控制的局面，GNC系统设计了专门的敏感器，进行对月测速、测距和地形识别，确保了探测器在着陆段自主制导、导航与控制。

当“三姑娘”沿动力下降段顺利行驶到距离月面3米处时，开始关机并准备以自由落体的形式着陆月面。此时，影响整个任务成败的最大风险悄然来临。与以往任何卫星任务相比，月亮这个全新的星球所带来的月面环境的不确定性是“三姑娘”需要跨越的最大门槛。从已掌握的资料看，月球表面覆盖着一层由月面岩石碎屑、粉末、角砾等组成的月壤，而这层土壤又非常松软，且崎岖不平；同时，落月时具体的月面地形地貌也不能完全确定，这些为安全着陆带来了不可避免的风险。此外，当着陆器撞击在月球表面上时，发动机的喷射以及着陆过程的冲击都将扬起尘埃，而这些激扬的月尘不仅影响成败，更会对着陆器造成一定的危害。对此，研制团队在着陆器设计和研制过程中，充分考虑了月壤物理力学特性对着陆冲击、稳定性的影响以及月尘的理化特性等，研制一种全新的机构——着陆缓冲系统，采用特殊的材料、设计和工艺，并经过多次大型试验验证，最终解决了上述诸多风险带来的一系列难题，确保了探测器在一定姿态范围内不翻倒、不陷落，并为探测器工作提供了牢固的支撑。在着陆缓冲等诸多分系统的辅助下，着陆器采取不同的制导方式，经过主动减速、调整接近、悬停避障等飞行阶段，顺利、安全地实现了路径优、燃料省、误差小的月面软着陆，“三姑娘”以完美的身姿踏上月宫。

“就喜欢打这样的硬仗”

2013年12月15日晚23时47分，嫦娥三号两器成功互拍，嫦娥三号任务取得圆满成功。航天科技集团五院总体设计部办公楼的一角传来热烈的欢呼声：“真是太棒了！”“我们赢了！”大家簇拥在一起，互相击掌庆贺。看着大家难以抑制的激动神情，苗建印用手扶了扶眼镜，无声地笑了。正是在他的带领下，热控技术研制团队为嫦娥三号量身打造了一套“冷暖衣”，确保了嫦娥三号顺利度过月夜期。

嫦娥三号要抵御月球昼夜高达300多摄氏度的温差，但通常星船设计的温差指标只有七八十摄氏度；以往的设计方法面对的是微重力环境，而现在面临的却是有1/6重力的月球；按照方案要求，热控系统的总重量必须控制在25公斤以下，如果借鉴美苏设计方案，重量将超过几百公斤。

一切看起来似乎都那么高不可攀！

总体设计部热控技术团队马上集中精兵强将投入方案论证之中。一个个方案出炉了，但很快又发现在特殊环境下都有着种种缺陷：有的方案限制载荷运行，不行；有的方案严重影响整器结构，不行；还有的方案可靠性达不到要求，也不行……大大小小20多个方案，陆续出炉，又逐个被Pass掉。

团队不得不重新回到起点，向经典物理学理论寻求灵感。

大家没日没夜地在一块白板上写写算算，一条条可能性被列出了，却又一次次被否定。直到有一天凌晨3点，正在苦思冥想的苗建印眼前突然一亮：我们为什么不利用这1/6重力，逆向思维，形成一种新的热控技术和方法呢？

熬红眼睛的苗建印立即把大家召集起来。渐渐地，把1/6重力、同位素热源和两相流体回路相结合形成新型热控思路成了大家的共识，为嫦娥三号量身定做的国际首创热控核心技术就这样在这个深夜悄悄地诞生了。

按照这一新型热控思路，班组快马加鞭大干起来。方案论证通过了，原理样机亮相了，高温验证试验顺利通过了……大家感觉离月球越来越近了，紧绷的神经也略有了松弛。

这时，月夜低温工况试验开始了。阀门开启，正常！工质流入蒸发器，正常！正当大伙儿紧盯着温度曲线，期待它不断上升时，却看到曲线不断往下掉、往下掉……低温工况试验失败了！在场设计师的表情瞬间凝固了。

此时的苗建印，因为老家有急事刚刚驱车几百里回到家。接到电话，他只好匆匆地安排了一下就不得不向年迈的父母辞别。“多少日子没回来啦，连口水都不喝就走啊。”母亲小声念叨着。在父母不舍的目光中，苗建印匆匆上路了。

在苗建印的带领下，热控团队立即投入故障分析定位中。很快就发现地面等效月球的验证方法有问题。可解决这一问题的办法却没有。

他们查阅了大量的文献资料，寻找国际空间站数据线索，短短几个月

时间几乎把世界上所有该领域的文献翻了个遍。他们边分析边修正，把各种可能情况重新推算了一遍，光是密密麻麻演算纸和不胜枚举的数据与草图就装满了几个销毁柜。整整两个月，他们泡在办公室、钉在试验区，不仅自己做仿真模拟，还请第三方做背靠背的仿真分析。在他们眼里已经没有了时间概念，累了就两把椅子一拼休息一会儿，困了就跑去洗把脸，而一向以严格和加班狂著称的苗建印，此时却一改常态，不得不每天晚上12点挨个办公室赶人："回家吧，明天再干！"可是，不少人只是一笑，依然埋头在自己的电脑前。

时间已经过去了几个月，这个难题却始终久攻不下。嫦娥三号的整体进展被它卡住了脖子。这个硬骨头如果拿不下，很可能整个探月工程的进程都要受到严重影响！各级领导心急如焚，一轮轮来到现场查看。

无声的关切，期望的目光，传递着无形的压力，也更加激发了大家的斗志与决心。事后回忆起那段最艰难的日子，苗建印笑着说："还好吧，我们就喜欢打这样的硬仗。"

慢慢地大家一点点完善了模拟月球的验证环境，一步步摸清了验证方法。功夫不负有心人。最终，温度的曲线控制在零到十摄氏度这个适宜的区间，他们终于成功了！当大家在连续半年鏖战，终于放松地走出试验场时，一轮新月高悬在天空，一位年轻的小姑娘忍不住大声喊道："嫦娥三，你真的可以飞到那里去了！"

一次次过关夺隘，一场场拼搏会战，开拓进取的嫦娥人，秉承着"以国家任务为己任"的铮铮誓言，以自主创新为团队成长的驱动力，为嫦娥三号探测器铺就了一条完美的踏月之路，让"中国制造"的"金字招牌"闪耀在茫茫太空，在中国航天发展史上竖起了又一座里程碑。还记得有记者问："对于从没去过的月球，你们有信心吗？"叶培建院士回答："我们靠党心、良心、责任心干出来的探测器，请祖国人民放心！"

第四章　中国探月梦再向前迈出一步　月地之间任往返

随着嫦娥一号、嫦娥二号、嫦娥三号相继成功进入太空，中国探月工程在圆满完成一期"绕"——绕月探测、二期"落"——月面软着陆和自动巡视勘测任务后，全面进入探月三期"回"——"无人自动取样返回"的任务阶段。2014年11月1日6时许，由航天科技集团五院研制的我国探月三期再入返回飞行试验器返回器，在科技人员的精准控制下，准确降落在我国内蒙古主着陆场，至此，我国探月三期再入返回飞行试验任务圆满成功，这标志着我国已全面突破和掌握航天器以接近第二宇宙速度的高速再入返回关键技术，为确保嫦娥五号任务顺利实施和探月工程持续推进奠定了坚实基础。

打好"水漂""刹好车"

探月三期再入返回飞行试验器返回器从月球飞回来的速度接近第二宇宙速度，高速进入大气层时将摩擦产生剧烈高温，热量急剧提升也为航天器返回带来巨大挑战。在冷静而全面分析上述难题和风险后，五院总体设计部的设计师们清醒地认识到，要想让返回器安全顺利地返回地球，首要解决的两大重要难题就是速度和温度，这两只"拦路虎"是决定成败的关键因素。

在反复学习、研究美国和苏联经验的基础上，该部轨道设计师们根据我国航天器实际情况，提出借助地球大气层这个航天器再入返回的天然屏障，通过空气摩擦产生的阻力实现减速，并提出了一个大胆的方案——半弹道跳跃式再入返回。为了这短短的15 分钟旅行，设计师们一次次分析、计算、论证和试验……绞尽了脑汁，费尽了心思，“染”白了头发，最终成就了太空中精彩的跳跃，为飞行试验器安全顺利返回打牢了基础。

知冷知热“自在飞”

能让返回器在历时八天的旅程中成功适应“冰火两重天”的宇宙环境和再入环境，这就是总体设计部热控设计师们攻克的异构式环路热管热控技术。可别小看这套小小的环路热管，它可是返回器可调节热导的“热开关”，是针对返回器再入大气前大热耗散热需求与再入过程中隔绝烧蚀高温需求两个相互矛盾的设计约束而专门设计的，有效解决了返回器再入大气前的大热耗散热、热导调节和再入过程中热阻断的技术难题。

总体设计部探月三期热控分系统主任设计师宁献文介绍，为了让返回器舒服地飞行，热控人员下足了功夫：不仅根据受热要求设计了薄厚不一的“金衣银饰”，而且一改以往做法，通过寻找最冷、最热点，优化热控策略，确保器内温度稳定、平均，一道道精雕细琢的操作，一次次设计与施工的完美结合，最终确保了返回器冷热自知，自在飞行。

旅行路上拍“大片儿”

飞行试验器要在旅途中拍摄地月合影“大片儿”，导演则是来自总体设计部的工程参数测量分系统设计师。任务伊始，该部设计师进行了大量历史资料搜索，发现一般的地月合影图片包括两种形式，一是完整的地球与月球在同一画面中，二是地球从月平线上升起。为了给地球和月球拍出一张绝美的合影，设计师们充分考虑太阳、地球和探测器的夹角，太阳、月球和探测器的夹角，相机的视场角与太阳、地球相应的匹配关系，以及相机指向、轨道位置、飞行试验器姿态等参数设置，开展了一轮又一轮的计算和仿真，最终确保了拍摄的图像画面清晰，色彩鲜明，以其独特的视角展示出精彩的旅程和我们美丽的地球家园。

测试中的“精细活儿”

在飞行试验器众多系统中，测试岗位好比无声的卫士，悄悄守护着试验器。特别是发射场期间，根据发射场时间节点，合理安排测试流程，多次进行测试细则推演，不仅逐一研究每一步的实施过程和可能出现的结果，而且推演过程中连一个标点符号都不放过，做到了不出现任何一个“意外”，实现了测试实施的零错误。无论是长达193页的数管分系统测试总结，还是有着80余张图的工程参数测量分系统测试总结，都是精细测试判读的杰作。没有最细，只有更细，该部测试团队的精细活儿为飞行试验器装上一把让人放心的“安全锁”。

为“女儿”穿好嫁衣

为了实现这月地往返的梦想，有一群人功不可没，他们就是总装与环境工程部探月工程总装班组。这是一个甘于奉献的团队，他们肩负着嫦娥一号、嫦娥二号、嫦娥三号、再入返回飞行试验器等目前我国探月工程中所有型号的总装和系统集成任务，是一支作风硬朗、善打硬仗的队伍。在探月系列型号总装过程中，面对全新的卫星平台，总装团队的带头人刘福全没有任何退缩，迎难而上，攻克了多项总装难题。承担返回任务的再入返回飞行试验器，是我国目前最小的返回器，“麻雀虽小，五脏俱全”的返回器成为困难汇聚的焦点，也成为团队能力展示的舞台。彭国华、徐世峰的环路热管狭小空间下的取样安装；王振、徐世峰的舱内内凹球面多层的取样安装；刘福全、刘啸风的集柔性电缆、多层、火工品、机构压合等复杂状态下分离摆杆的高可靠装配；彭东剑、张爽的返回器内引线焊接、电连接器插拔……所有这些无一不诠释着整个团队的智慧和主动求索的精神。

如何让班组成员练好基本功，让自身本领更过硬，让团队合力更强大，是班组一直在思考，也一直在推进的大事。为此，班组打破传统“一对一”的师带徒方式，发挥每个团队成员的优势对其进行专项指导，集团队的智慧合力助推年轻员工的快速成长，随着一个个型号的成功，团队成员的战斗力持续增强。新机构多、新状态多是探月型号任务的显著特点，为保证全员对新的工作快速上手，班组内的工作成果及时总结和讲解，确保绝招在团队内快速传播共享，使年轻员工快速掌握其中的工作要领和工作技巧，保证任务顺利完成。此外，班组还严格每日班前会、每日晚班会、每周质量分析会，真正做到对工艺文件“会前研究透、会上讨论透、会下理解透”；推演学习第二天的工艺内容，对操作注意事项、质量安全要求、不良习惯认真讨论，真正做到对工作成竹在胸；认真分析典型的质量案例，做到旧账常翻、旧伤重提，不断灌输警钟长鸣、如履薄冰的质量意识，固化良好的工作习惯，工作中形成良性“条件反射”。严格规范的管理有效促进了团队成员技能水平的快速提升，成就了个个身怀绝技的“武功高手”。看着飞行试验器一天天的成长和变化，班组成员深深体会到了陪着“女儿”成长的快乐——直到她长大成人，为她穿好嫁衣。再入返回飞行试验器发射成功了，但他们没有时间享受这幸福、激动的时刻，这支甘于奉献的团队，在全国技术能手刘福全的带领下，继续迈着坚毅从容的步伐，为探月工程的下一个辉煌悄然出发了。

第五章　刷新攀登世界科技高峰的新标杆

人类航天器首次实现月背着陆

2019年1月11日，探月工程嫦娥四号任务取得圆满成功。中共中央、国务院、中央军委在贺电中指出，嫦娥四号任务是我国探月工程四期的首次任务，在人类历史上首次实现了航天器在月球背面软着陆和巡视勘察，首次实现了月球背面同地球的中继通信，并与多个国家和国际组织开展了具有重大意义的国际合作。这是在以习近平同志为核心的党中央亲切关怀和坚强领导下，航天战线坚持自力更生、自主创新取得的又一重大成就，是我国由航天大国向航天强国迈进的重要标志之一，是新时代中国人民攀登世界科技高峰的新标杆新高度，是中华民族为人类探索宇宙奥秘做出的又一卓越贡献。

嫦娥四号任务难度大、实施风险高，自立项以来，航天科技集团五院“嫦娥”团队就不断开拓创新、攻坚克难，用几乎完美的圆满成功为航天事业再建新功。

一举拿下“着陆区”难题

在常人眼里，嫦娥四号探测器继承嫦娥三号，一直被当作成熟型号对待，却不知嫦娥四号研制要攻克四大技术难题，实现三个国际首次、两个国内首次目标，特别是要面临其他航天器从未到过的月球背面全新环境，技术新、难度大。

“探测器要想在月球背面软着陆远远比在月球正面要难得多”，嫦娥四号探测器项目执行总监张熇说。这是因为月球背面与正面不同，月球正面尽管也山峰林立，但还有不少月海，地势相对比较平坦，可供探测器着陆，此前人类发射的许多探测器和宇航员登月都是选择了这些地方。而月球背面则不同，相对月球正面平坦的地方比较多，月背却布满了沟壑、峡谷、火山口和悬崖，很难找到一块软着陆的理想地点。要想顺利实现既定目标，该怎么办？面对嫦娥四号登陆月背的第一道难关，来自总体设计部空间科学与探测总体室的探测器总体设计团队在张熇总监带领下，查阅了大量国内外文献和资料，特别是对嫦娥二号拍摄的月球资料和美国公开发表的图像资料进行了认真、细致的学习、研究，同时向多位航天专家和相关科学家咨询、请教，综合分析了月球背面的土壤特性、环境特性及不确定性、元素分布等情况，进行了多轮筛选、迭代。最终，着陆器总体主任设计师李飞在张熇总监的带领和指导下，创造性地从可达性、实现性和安全性三个方面多个维度出发，在月球背面崎岖复杂的地形中，选择出整体平坦程度与嫦娥三号虹湾地区相近的主、备两个着陆区，在任务设计的源头最大限度地提高了着陆的可靠性和安全性，成功解决了着陆区选择的巨大难题。

全力拼搏只为“稳稳一落”

为了实现探测任务，着陆器必须具备多种技能：具有能够灵活转动的太阳能翅膀、能够保证安全降落月球的缓冲腿、可以把背上的月球车平稳放到月面的悬梯、具有眼观八方功能的相机旋转臂，以及魔术棒一样的探测天线等。着陆器上面这些功能各异的机构，就是由总体设计部嫦娥四号机构团队负责研制的。

转移机构是嫦娥四号探测器关键单机，肩负着将巡视器由着陆器释放至月面的重任。然而，转移机构组成复杂，包含了悬梯、缓释、展开等八个功能模块，每个模块都是一个小机构，因此说它们组成了一个系统都不为过；同时转移机构还面临着恶劣的空间环境，除了承受各种力、热载荷，还需要经历月尘环境的考验；如何使复杂的机构在如此恶劣的环境中可靠工作，成为设计师李新立心中最长久的牵挂。面对困难，他迎难而上，细致入微地踏实推进，从设计阶段的多方案论证、仿真分析、故障分析；到加工装配阶段深入一线，加强质量管控；再到发射场测试过程中的精心组织，率先通过机构专项测试……最终，确保了转移机构顺利将巡视器转移到月面。

嫦娥四号稳定可靠地完成与月球背面的亲密拥抱，全靠着陆器上面的四条缓冲、支撑一体化的着陆缓冲机构。以杨建中、满剑锋为代表的总体设计部着陆器着陆缓冲研制团队，从接到研制任务开始，就自主创新，突破了拉压复合双向缓冲技术、缓冲力稳定性控制技术、低摩擦滑动副技术等多项关键技术，顺利完成嫦娥四号着陆器落月的任务。着陆缓冲机构具有完全自主知识产权的“偏置收拢、自我压紧”式方案，既保证了收拢简单、展开可靠，又省去了与着陆器主结构之间的压紧点，从而简化了系统组成和总装工作，为保证着陆缓冲机构的总装质量及其在月面的可靠缓冲奠定了基础。

大堂里的“决战”推演

10月31日是嫦娥四号着陆器定向天线最终在着陆器上用火工品压紧的日子，而5年前的10月31日也是嫦娥三号定向天线最终压紧的日子，时间如此巧合，“两姐妹”竟是同一天整理行囊，准备出征。

10月31日的前一天，晚饭刚过，夜色降临，西昌卫星发射中心协作楼外寒风瑟瑟。总体设计部着陆器定向天线研制团队的10余人围坐在协作楼一层大堂的小圆桌旁，开始了天线最终压紧及状态确认的“战前”推演。在这之前，研制团队已经不止一次开展了最终压紧的工艺推演、流程梳理、问题预判等工作。此次会商，是对第二天工作的再梳理、再熟悉、再确认。工作上，大伙儿的讨论大到整个操作流程、不同单位的协作配合，细到每个人的站位、每张照片拍摄的角度、每片多层点胶的大小和位置等；情感上，大伙儿对实际操作同志的一句句“放宽心，别紧张”“晚上早点休息”“我们都在你身边”等暖心的话语，更凝聚了小团队的精气神。

最终压紧的日子到了。一大早，研制团队就来到了技术区，按序进行加热片和热敏电阻检查、双轴转动前状态确认、加电转动恢复压紧状态、火工切割器与压紧杆试装、安装火工切割器、火工品热控实施、双轴运动范围再次确认、高频电缆随动状态确认……一直到最后压紧点胶和最终状态确认，孙大媛、付燕春、张浩月和团队其他成员，认真细致地组织、操作和状态确认，每一项工作都一丝不苟，井井有条，大家忘我地投入，最终保质、保量、按时、顺利地完成了工作，为探测器发射场工作有序推进做出了贡献。

迎难而上确保天地畅通

嫦娥四号任务虽然采用了大量的嫦娥三号备份产品，但从任务难度而言可以说是一次不逊于嫦娥三号的全新挑战。而国际首次的地月L2点中继通信更是被列为嫦娥四号的工程目标之一。从接手嫦娥四号着陆器测控数传分系统研制开始，总体设计部着陆器测控数传研制团队在主任设计师刘适的带领下，就开始了艰难的系统内中继链路设计、验证、与测控系统接口等研制攻关，并完成了中继射频接口设计，在中继通信任务需求和系统资源严格受限的前提下，开展了一系列系统级优化设计工作。通过合理的中继通信体制和工作模式设计，充分利用嫦娥三号备份测控数传产品，分时复用对地测控数传设备，在实现中继功能的同时分系统设备“零增长”；通过分时复用巡视器返向频点的方法，避免了着陆器动力下降过程返向遥测和数传频率干扰的同时，确保了中继星设备“零增长”。设计的正确性经两器一星多轮联试验证，可以满足任务的需求。

根据嫦娥四号中继链路任务特点，着陆器测控数传分系统主任设计师刘适还牵头完成了两器一星中继接口联试方案与方法，组织完成了中继通信接口初样联试，通过两器与正样产品状态一致的初样产品与中继星电性件产品的中继接口联试工作，为中继星中继设备正样技术状态确定提供了重要依据；完成了中继链路在轨测试方案和地面测试系统级方案设计工作，并组织完成地面测试系统联试工作，对在轨中继星搭载中继载荷入轨后的关键功能、性能指标进行了验证，为嫦娥四号后续任务开展提供了重要依据，确保了天地可靠传输，畅通无阻。

团结一心，接续奋进

在嫦娥四号探测器的研制队伍中，有一支团队，从航天城AIT大厅到京郊着陆验证场，从月球楼的内场到远在千里之外的发射场，处处活跃着他们忙碌的身影；从初样到正样，从出征去西昌到发射的一刻，他们与嫦娥“四姑娘”一起经历了多少坎坷，分享了多少喜悦，日日夜夜，忠诚地守护在她身旁，他们就是来自总体设计部的嫦娥四号综合测试团队。

为了充分验证探测器的各项功能与性能，着陆器与巡视器不仅需要各自完成航天器常规的测试项目，而且还要增加多项专项试验，技术难度非常大、测试周期长。为此，测试团队不仅一丝不苟地制订各项技术路线，兢兢业业地完成各阶段的测试流程，而且任劳任怨地与总体、各分系统共同解决了各阶段发生的所有异常情况。秉承“每天多做一点工作”的原则，当忙碌的一天工作告一段落之后，团队成员回到办公室后，根据型号的技术状态，对后续的测试精心梳理与安排。从无到有，从初学到能手，变被动为主动，每个人都在不断完善自己的技术知识，同时测试团队的整体水平也不断得到提升。发射任务期间，齐天乐和马千里两位新人恰好赶上婚礼，他们一边筹备婚礼，一边准备进场工作，一边打点个人行李，9月9日婚礼结束后，一天也没耽搁，次日上午就已经在发射场投入工作了。在发射场测试指挥的岗位上，他们通过一丝不苟的工作，确保了产品状态清楚，工作安排合理。面对飞行程序多次调整等复杂情况，面对连续100小时模飞测试的艰巨任务，齐天乐巾帼不让须眉，全程参与并带领当班队员出色地完成了相关细则和测试序列的编制，在5个接力的昼夜里，准确完成了每项操作动作、每条指令发送，功勋卓著。马千里更是以坚忍不拔的战斗作风，克服测试流程复杂、人手紧张等困难，独立完成了巡视器全部测试细则的编写，并通过清晰的指令发送和准确的数据判读，出色完成了各项测试工作，为嫦娥四号任务圆满成功做出了贡献。

将个人命运同集体命运紧密相连，把对事业的追求寄托在集体的荣誉之中。以敬重态度从业，用成功报效祖国，航天科技集团五院嫦娥研制团队用一片赤诚之心实现了完美的月背之旅，向祖国交出了最好的答卷。

如今，见证了深空探测任务一次次圆满成功的“嫦娥人”，又转身向嫦娥五号探测任务最后的决战决胜发起冲锋。期待不久的将来，嫦娥“五姑娘”再登月宫并顺利实现“王者归来”。

他们是满怀热情、兼具工匠精神的一群人，干着世人眼中“惊天动地的事”，却实实在在是一个个“隐姓埋名的人”。

他们用青春与热血换来了鲜花与掌声，却不会让任何人看到成长过程中的艰辛与泪水。

他们不在乎自己永远是幕后英雄，只希望能够继续燃烧自己，让星火传承、让梦想继续、让五星红旗飘扬在更遥远的太空！

他们仰望星空、脚踏实地，他们攻坚克难、勇于担当、埋头苦干、砥砺前行，他们终将成为航天梦的圆梦者，成为中国航天的脊梁！

2019年2月20日，嫦娥四号探测器研制团队在人民大会堂受到习近平总书记的亲切接见。习近平总书记指出，伟大事业都始于梦想、基于创新、成于实干。幸福都是奋斗出来的。月球只是我们深空探测事业的起点，未来还有更多的行星、彗星、太阳系外天体等着我们去探索。圆梦的“嫦娥人”都是新时代的奋斗者，他们以梦为马，不负韶华；他们一步一个脚印，一棒接着一棒，在航天强国建设的征程中努力奔跑、接续奋斗，书写无愧于新时代的美丽人生！充分彰显了我国航天技术的雄厚实力！

央企楷模

巡海惊涛超一流

——记中国航天科工三院型号总师朱坤

◎文/高启滨　刘华英

丹心铸剑，心怀凌云之志；笃行跨越，奔涌强军雄心。三十载创新破关，型号最重，自己最轻。逆境之中，你是坚毅的定海神针；攻坚路上，你是温暖的师长伙伴。航天人，敢争先；强国梦，终不远。

——2019年度“央企楷模”朱坤颁奖词

反舰导弹是现代海战的主战武器，号称海上抗敌“撒手锏”。

第三次中东战争期间，以色列“埃拉特”号驱逐舰驶抵埃及海港附近

海域。正在舰上执勤的观测兵发现埃及港口方向闪出一道亮光，紧接着一个拖着尾巴的长条形“怪物”朝着军舰快速飞来。

舰上的炮兵虽然用6门火炮对准了迎面飞来的“怪物”，可是没来得及开炮，那“怪物”突然拉高，然后径直向“埃拉特”号急速俯冲下来。

转眼之间，便听到“轰隆”一声巨响，第一枚导弹便击中了锅炉仓，顿时浓烟滚滚，火海一片。大约1分钟后，第二枚导弹凌空飞来，击中了主机舱。驱逐舰受到严重破坏，舰上燃起大火，舰体进水后开始倾斜。

不久后，埃及方面又向“埃拉特”号发射两枚“怪物”，舰艇缓慢地直立起来，开始下沉。舰长下令弃舰，水兵纷纷跳海求生。

此次战役，埃及用仅200多吨的导弹快艇击沉了以色列1000多吨的“埃拉特”号驱逐舰，发射的“怪物”正是苏制“冥河”反舰导弹。经此一役，反舰导弹威名大振。

同样的场景出现在十多年后的马岛战争中，看起来弱小的阿根廷用法国制造的“飞鱼”飞航导弹击沉了英国的“谢菲尔德号”驱逐舰，把英国的舰队打得狼狈不堪，伦敦闻讯一片慌乱，世界为之大哗。反舰导弹名噪天下。

将视角转回国内，自新中国成立以来，历经数十年的探索，“上游一号”“海鹰二号”“鹰击八号”等飞航反舰导弹相继问世，终于在20世纪六七十年代结束了有海无防、有舰无弹的历史——中国人的腰杆儿挺得更直了！

只可惜，世界海上强国力量也日趋扩张，仅有的几个舰艇和导弹型号还载不动中国人的海上强国梦。

1996年3月，美国“独立”号、“尼米兹”号双航母编队嚣张地穿过台湾海峡，直接挑衅中国。由于当时没有足够的实力，中国被迫停止演习，“囊中羞涩”只能咽下这口气。

但是以中国航天科工三院朱坤为代表的导弹研制者，是很难咽下这口气的。

彼时的朱坤风华正茂，年轻气盛。他怀揣着梦想，带领团队踏上研制新一代反舰导弹的征途，一份四页纸的概念方案在朱坤心中逐步成熟。

没有人会想到，由这个创新的想法将实现反舰导弹武器装备性能的跨代提升，并能获得最高荣誉——国家科技进步特等奖。

也没有人想到，这枚藏得好、打得准、威力大的新一代反舰导弹会被外媒称为“敌海军的噩梦”。

当然，更不会有人想到，面对巨大的技术跨度和空前的研制难度，这位倔强的理工男将经历一场怎样跌宕起伏的探索圆梦之旅。

虚心向学　耐住寂寞

1966年，朱坤出生于湖南长沙。这里素有“屈贾之乡”“潇湘洙泗”之美誉，湘水洞庭人文荟萃，潇湘儿郎敢为人先，惟楚有材，于斯为盛。

这名潇湘儿郎从小就是一名有主见的“学霸”。小升初时，朱坤主动向父母请求在爷爷奶奶家住宿，以便能就读重点学校长沙四中（现为著名的周南中学）。

即便如此，朱坤每天依然要乘坐将近一小时的公共汽车才能到达学校，他非常珍惜来之不易的学习机会，总是赶最早的那班车，早一小时到教室开始朗读。勤奋聪敏的他每年都是班里的佼佼者。

后来，朱坤迷上了《航空知识》杂志，由于当时囊中羞涩，他就跑去传达室借阅。

于是，滑翔机、飞艇、大飞机在朱坤的脑海中逐步勾勒成形，小小的胸脯撑起一片广阔的天空，任由各类航空器自由飞翔。

对朱坤来说，“飞”是很有吸引力的。

高中时，朱坤参加化学竞赛获一等奖，被保送至华中理工大学，但只能保送化学专业而不是航空专业，朱坤只好放弃。

为了“飞”，朱坤甚至还报考过飞行员，但后来出于身体原因没能如愿。

“‘飞’不了就设计‘飞’吧，让别人飞上天。”

1984年7月，盛夏的阳光饱满，透过细枝密叶，光晕畅快地在轻风间游荡。

那天是高考放榜的日子。在临近芙蓉北路的长沙四中，朱坤正坐在教室里等待老师发放成绩，既紧张又兴奋。

——超高分。一股热切的火焰在熊熊燃烧，朱坤飞奔回家。打开房门，还没喘口气儿，朱坤迫不及待地把喜讯告诉父母。按照往年的经验，这个分数足以报考全国顶尖高校，父亲建议他报考清华大学，但朱坤自己却有别的想法。

这一夜朱坤睡得不太安稳。

思来想去，朱坤还是决定坚持自己的兴趣，把第一志愿填成北京航空学院（现北京航空航天大学），而把清华大学填在了第二志愿。

北京航空航天大学坐落于北四环边的学院路上，当时正探索教育改革，鼓励创新，民主氛围浓厚。其中有一项学分制改革，即允许学生选课修分，允许不上课，只要期末考试通过即可。

当年9月，有翼飞行器设计专业迎来1984级学生，朱坤名列前茅。

结束了每天的课程后，那个青涩的小伙子手握着飞行器设计图纸，早早赶去自习室，抢到一个座位坐下，开始精心钻研、勾勒，很晚才离开。

当然，并不是每次都这么幸运，要想学习好，有时需要进行“游击战”。因为当时的北航经常停电，尽全力抢到的自习座位“失效”，只能跑到学校马路对面的北医三院学习。

但有一次去工作实习，让朱坤接触到了另一个离梦想更近的“三院”——航天三院（现为中国航天科工集团有限公司第三研究院）。

航天三院是我国唯一的飞航导弹研究院，也是我国集预研、研制、生产、保障于一体，配套完备，门类齐全的飞航技术研究院。三院地处云岗，这个被称为“北京的三线”的宁静小山村，西承太行，东邻卢沟，北望燕山，南俯华北，是幽燕通道，辽金古战场。

20世纪五六十年代，中国的火箭导弹事业在这里蹒跚起步。

这里是我国最早有导弹的地方，是我国火箭和导弹事业的发祥地，从面向海军，逐步走向陆军、空军、火箭军、战略支援部队等各个军兵种。

导弹起飞的地方，是朱坤追逐梦想的地方。

为了打好基本功，朱坤又在母校继续研读了更精深的专业课程，成为一名研究生。

20世纪90年代，国家经济发展尚处于初阶时期，在邓小平同志南方谈话后，市场经济的春风吹皱一池春水。

为搞好国家现代化建设，当时有个明确指示，就是“军队要忍耐”，所以像航天三院这样的军工企业也是忍耐，当时国家投资很少，任务也少，工作条件也很简陋。

当时流行的一句话，叫“搞导弹的还不如卖茶叶蛋的”，搞市场经济的收入比较高，搞军工的收入比较少。因此，奔赴军工企业的年轻人很少。

然而，朱坤却再一次坚定地选择了自己的梦想。

1991年，在北航学习六年半的朱坤，来到航天三院三部面试，做了国家分配和个人意向双向选择，如愿成为一名能设计“飞”的导弹设计师。

朱坤来到三院的总体单位三部的三室，主任是总师刘庆楣——我国著名的飞航导弹技术专家。

被称为“中国飞鱼”的舰舰导弹鹰击八号就是她的团队研制成功的。

“一般专业的三到五年就能培养出来，就可以独立承担任务了，干总体的要八到十年。”朱坤至今仍记得初次见面时刘庆楣告诉他的话。

事实上，朱坤在基层总体岗位整整干了十年。他参加的第一项工作是研制我国第一型潜艇发射反舰导弹C708。

彼时，我国没有足够的经济能力装备航空母舰、驱逐舰等，大国海事只能靠飞机、潜艇、导弹快艇等小型平台防卫。潜艇的隐蔽性很好，但装载的鱼雷射程有限。

三院下决心搞出我国首型潜射反舰导弹。

这不是一般的“决心”。当时世界上搞导弹的国家不少，可真正能搞潜射反舰导弹的只有美国、俄罗斯和法国等少数几个国家，即使是这几个国家，也花了很长的时间来研制。

反观国内，相关技术研究完全处于空白。

他们决定去挑战。

他们不敢在潜艇上发射，万一把潜艇打坏怎么办？

那就在简陋的试验湖区搭一架子，把架子伸到水底下，再在底下摆一个鱼雷管，通过它发射。

朱坤说，数十年过去了，那台试验架还在那里，“后来再看到它，那些年酸甜苦辣的感觉又会回来”。

当时条件非常艰苦，资料又少，所以试验次数非常多。朱坤说自己参与这个型号十年，经历的大部分都是失败。

“给我的印象基本上一半是失败，早期失败都还不奇怪，到后期，都到海上试验了还连连失败。”

由于对整个物理过程的计算手段有限，再加上试验条件比较简陋，团队只能到湖里、海里一发发去打，失败了潜水员下去，把导弹捞起来，再根据试验数据找原因、采取措施，然后反复改进、反复试验。

有一次，一发弹掉水中，下水打捞的潜器坏了，缺一个机械手，总指挥把这个任务交给了朱坤和发动机专业的汤总。

“那时我们都是普通设计人员，两个普通的娃娃，从一开始我们就想清楚，我们绝不指望别人，也不指望抄一个过来，想尽一切办法把脑子里的东西拿出来，自己摸索。”汤总回忆道。

其实，刚入职时，除了朱坤这一年龄层的“后浪”和五十多岁的“前浪”，中间没有其他人了，因此，当时真正在前线奋斗的还是老同志。

在失败中，老前辈们对自己的理念、对自己的分析、判断很坚持，遇到挫折就是找问题、解决，很少埋怨，而年轻的朱坤在这个过程中一边学一边干，学会了如何经得住挫折，感受到了什么是奉献和敬业。

由于是水下发射，下潜艇便成了家常便饭，在外人眼里这是一件神秘而有趣的事情，想一想似乎就可以看到海底旖旎的风光和五彩缤纷的鱼儿。

然而现实却并非如此。

上潜艇时，要先爬上围壳，再下数层楼圆井，进入密闭的舱内。艇舱逼仄狭窄，穿舱时须经过圆孔舱门，必须弯腰钻头，一个脚先过去脑袋再钻过去，稍微过去一抬头就磕脑袋。

就这样，年轻的朱坤跟着总师在潜艇上，在风浪颠簸中成长。

历经十年挫折，承载着老一辈航天人的言传身教，朱坤也从一名毕业生走到了主管设计师、副主任设计师、主任设计师。

最终，这个型号历经十年磨砺，终于装备部队，荣获国家科技进步一等奖。

三院在20世纪五六十年代引进世界上最先进的苏联的反舰导弹，仿制一代用了几十年，又花了多年进行独立自行设计。

然而，他们将新成果拿到世界市场上一看，发现又落后了。

“当时有一个型号出口，用户一比较，说同样大小尺寸的导弹，别的供应商产品都更先进，”朱坤说，“这相当于形成了一个技术代差。”

这是技术上形成的危机感。

朱坤总是说：“以前是技术走得慢了就被淘汰，现在是技术走得不够快就会被淘汰。”

于是，追赶一流、缩小与世界先进导弹技术代差的重担落在了朱坤这一代人身上。

1999年，原本不想当领导的朱坤不得不走上领导岗位，接过三部三室主任的重任。

用老同志们的话说，“三室当时是三部最好的研究室”，是反舰导弹的总体设计研究室。

如今看来，这个研究室，人才辈出，成果也多。

如何才能把这七十多人的团队组织起来、团结起来，把合力发挥到最大？前面的型号都陆续定型了，后面怎么发展？

全方位地用系统工程的方法解决问题，是朱坤总结的一个经验。钱学森钱老大力提倡的系统工程思想，朱坤一直在践行。

他觉得：“解决问题不是在某一个侧面或者某一步上孤注一掷，一个环节再精，也抵抗不了一个短板造成的破坏力，就像水桶一样，装水多少，取决于那个短板有多高。用系统的方法解决问题反而可以用最小的代价，获取最大的成功。”

就这样，朱坤带领团队对内挖潜新技术，提出利用一体化设计思想、数字化技术，提出令用户和三院老同志都很吃惊的方案——在武器长度、直径、动力都不变的条件下，把射程成倍提高，同时提高突防能力、毁伤能力。

方案提出来，大家都不太相信这个东西。

“你这个直径不变长度不变怎么可以射程增大？”汇报时领导拍着桌子不同意，认为应该将C802改挂机型号，技术更成熟。

但朱坤认为这种“小步慢走”的方案后续没有生命力，就力排众议，多方汇报、沟通，终于使用户采纳了性能指标成倍提升的C802KG方案。

在用户采用这个在常人看来不能实现的方案后，对创新的不懈追求却促使朱坤奋力承担探索下一代反舰导弹的使命。

但在朱坤移交工作后，该型号又遇到了新麻烦。

用户对队伍提出新要求，要求同时满足不同飞机的装载需求。团队刻苦攻关了许久，也没想通怎么解决这一难题。项目拖了四个月，朱坤收到了求助信息。

研讨会上，大家都在等待朱坤解答。但朱坤没有说话，却先折起了纸飞机。朱坤从高处将纸飞机投下，在座的人恍然大悟。

问题迎刃而解。

在朱坤的帮助下，团队把前面十多年的失败，总结的全部技术经验，全部都用在这个型号上，与C708失败占一大部分的情况恰恰相反，C802KG从一开始的研制到最后定型、装备、演习、出口，成功率都非常高。

时任三院院长很高兴:“应该把三院最高个人奖奖给朱坤。”5万元奖励!

从一个设计员，到率队设计了第一个型号，朱坤带领团队将我国反舰导弹水平提高了一代，一下子使我国反舰导弹技术水平跟上了世界步伐。

这个型号后来获得国家科技进步二等奖，它也将系列型号生命力延长了数十年，逐步成为守卫国家海疆的利器。

“我们接过了老一代航天人的接力棒，没有给老一代航天人丢脸，延续了飞航事业的辉煌。”朱坤郑重地说。

屡败屡战　敢为人先

中国是联合国五大常任理事国里唯一没有完成国家统一大任的国家，军事实力与发达国家相比存在明显差距。

没有足够的实力、没有技术实力，就很难赢得尊重与和平。

国外大型舰艇的进攻圈和防御圈都很大，台海危机爆发后的那几年，朱坤一直在考虑到底如何解决我国海防最急切的需求。

其实，在大部分科研队伍里，预先研究团队和型号研制团队是分开的，预研追求创新，而型号追求可靠及成功率。

一般人会一直沿着一个方向做下去。C708定型后，朱坤本可以吃“桃子”，即享受型号研制批量生产的成果，但他却选择了预研。

“当了室主任后，我就想把之前很多新想法、新主意转化成新的型号，我觉得这样的循环很有意思，我很享受这个过程。”朱坤说。

瞄准更强、更远、更准的目标，朱坤敢想敢干，说干就干，开始进行技术资源调研整合。

所有的成功都不是偶然的。那些看似光鲜亮丽的背后，必然有艰辛的奋斗和努力。当然，还必然有“先哲”一样独到精准和能看透未来的战略眼光。

目标是什么？通过什么过程？哪一步可能有问题？朱坤凭借多年的经验判断和科学家的第六感，在混沌中把握方向，构想了一个概念方案。

与此同时，各分专业的人也都忘情地将最先进的技术勾画出来。

“都是有预估的，不是‘吃山芋，掰一节吃一节’，不是边走边看的。”汤总回忆道。

没过多久，一份详细的分析方案出炉。

“你是一代宗师啊！”由于提出的技术指标非常高，一位将军听完汇报后对朱坤夸赞道。

朱坤吓了一跳，不知该怎么接话，因为对于相当年轻的他来说，“这个提法太高了，这只是首长在吃惊情况下的一句赞叹，从能力上我还远远达不到这个称呼的要求”。

上级非常重视这个对未来武器战略发展部署影响巨大的方案，加快组织方案讨论。

然而，在方案评审会上，朱坤却遭到了专家的当面质疑。

“国外都做不到，你们凭什么能做到？”

"尺寸这么小，指标还比人家高，不可能的事情！"

众多专家都认为方案不可行，项目差点儿被扼杀在摇篮里。

朱坤带领的几位年轻人也惶惶不安起来。

"就让他们年轻人干，要放手，放手让他们拼。"关键时刻，时任科技委主任的姚绍福院士力排众议，发出支持的声音。

"对分析结果的正确性我们有足够的把握，请大家相信我们！"朱坤也当场表态。

朱坤心想，只要工作做扎实，再拿出实实在在的数据，一定能说服他们。

实际上，不仅是专家，就连用户对朱坤也没信心。后来型号搞得差不多时，有一位用户老领导才对朱坤道出了一件逸事。

"当时基本上把国内搞导弹的几个单位都问了，没一个单位敢说能干出这样一个产品，所以后来也没招标，同意直接让你们先搞预研，试一试。"

洪波巨澜，惊涛拍岸。骇浪滔天，长风破浪。曹操观沧海，李白行路难，犹不免拊膺顿足。

新一代反舰导弹的研究难度异乎寻常。

有的国家在20世纪90年代开始研制，二十多年后发射还是失败。有的国家历时八年的研制过程中，三分之一都失败了。

人生不过逆流而上，忠于梦想方能成就伟大。只有跨越式发展、突破，才有前途。

朱坤首先把目光投向了可以称为世界难题的新的水下发射技术。

水火不相容。水下发射技术与陆上发射的差别很大，对水下控制力的要求成倍增加。

很少有人见过火焰在水里燃烧。

人们常见的运载火箭发射，发动机的火焰长度可以达到好几十米长，但是如果放到水下，其火焰在水里面会被压缩得很厉害，只有几十分之一。

为了摸清技术情况，朱坤带领团队从头开始，在技术本质探讨上下了很大功夫。

喷管膨胀比是发动机最重要的参数。

寒风刺骨，冷箭穿心。北京零点后，两个默契十足的技术痴还在沟通计算数据。

他们用肩膀和耳朵夹着电话，以平均每分钟敲击500次的速度编程计算、整理报告。

“你那个数据算错了。”

“我的没错啊！”

“都再检查一遍自己的数据。”

“你少算了一个重力加速度。”

“哦，对对。”

两小时后，朱坤和同事的脖子僵硬了，腰直不起来了，浑身不舒服。

风吹得呜呜响，凌晨两点半，两人终于骑上自行车，踏上了回家的路途。

理论上证明了水下点火方案可行后，随后又开展了相关缩比试验。由于水下的动态特性无法完全相似模拟，缩比试验只能指明方向，一比一的试验需求逐步急迫起来。

环顾世界，国外已探索此技术研究的国家，有的在太平洋附近建了试验设施，有的在地中海上建了试验设施。

当时我国没有合适导弹水下发射试验设施，更没有导弹的水下动力试验设施。

朱坤与发动机专业商量，开始也想去沿海买一片区域，但因为费用负担不起，而且污染环境，故而决定在陆地上自己建试车台，“多大代价都得建”。

由于建造工程巨大，不仅没有参考方案，还必须自筹经费。

有人说：“你们就是欠劳累，什么麻烦找什么干。”但朱坤心里明白：“突破新技术，必须理论和试验结合，必须试验验证！多难都必须迎难而上，创造条件也要干！”

试验台耐压要求非常高，一开始大家认为金属方案简便易行，买一个废弃的潜艇耐压壳就行。但后来由于运输和预算的问题，放弃了这个方案。

朱坤和发动机专业决定用混凝土方案。

大年初二，开挖地基。

混凝土必须水洗三遍，洗出来的水要是透明样的才行；水下电缆要密封、承压，才能完整传递信号；阀门要模拟气压变化，但发动机试车时的汽化过程不易控制；深水检测要有摄像头耐压壳，特制超厚的光学级的有机玻璃夏天生产有气泡，秋天生产才勉强赶得上进度……

就这样，年底12月试车前，我国第一个水下与发动机动力相关试验的台子建成了。试验台用了十栋楼的混凝土量，浇筑中钢筋密密麻麻，钢筋缝隙仅比拳头大一点，有人开玩笑说："核爆了可以躲进去。"

那一年元旦前一天夜晚，朱坤第一次看到真实发动机在水下的火焰。"当时我们是加班加点赶出来的，都不过夜，所以到了晚上一有条件我们就马上试验。"朱坤回忆道。

当时参与项目的陶总回忆说："水下测量很难，扰动很大。晚上9点要试车，那一个礼拜，我们五天五夜没回家，外面非常冷，水一出来就结冰。"

然而等待他们的，却是连续八次的失败。

理论上算出来没问题，但一试车、发动一点火，结果就偏差很大，试验下来就是不对。一次次分析数据，修正了一个又一个影响因素，一次次争论探讨"试验验证了理论没错，为什么数据仍对不上"？在彻夜无眠中一环环推演，朱坤突然想到了高温高速燃气流影响是没有观察到的！一大早就拉着几个人设计新的试验，发现果然是高温高速燃气流影响了刚度，几毫米的变形影响了试验数据！

这还不是团队最艰难的时候。新一代反舰导弹技术创新率极高，这也意味着朱坤和他的团队面临着诸多难以预料的困难。

舵面展开设计条件苛刻，无法通过理论计算出动态过程，几个状态点设计矛盾凸显。每片舵展开时状况不同，或展不开，或展开太快打坏。

彼时，国家刚刚建成新型风洞。巨大的耗电量只能晚上做试验，因此团队每天早上7点就进风洞准备，晚上试验到后半夜。

一次次失败中，团队先后攻克了展开零件高精度加工和装配、毫秒级火药控制等难题，在打坏上百片舵面后，摸到了展开环境边界。

虽然试验结束的时候，没有一片舵面是完整的，但经过充分验证，把能正常工作的范围边界都摸清楚了，为型号的高可靠性打下了基础。

组成每个产品的零部件数以十万计，能做到100%无误难度可想而知，这在世界范围内都是罕见的。

“尽最大可能摸清技术边界，即使遇到挫折也没关系，因为这些宝贵的数据对后期飞行试验帮助非常大。”朱坤感慨道。

就像测试一辆跑车，平平稳稳虽然可以确保成功，但我却希望把各种指标都拉到极限，哪怕最后把车开报废了。

事实的确如此，型号走上飞行试验之后，从没有出过颠覆性返工设计问题，就是因为问题吃得足够透，技术边界摸得足够清楚。成为定型和部队飞行最高成功率的型号，广受用户好评！

谈起队伍的工作风格，朱坤觉得自己是受了前人的影响：“在三部工作时，跟着几个老专家学了好多东西。比如刘总，因为敢想敢干，人称‘刘大胆’，还有姚绍福院士、黄瑞松院士、刘永才院士、马恒华马老都是有想法、能充分听取大家意见、鼓励年轻人放手去干的人。”

进行关键技术攻关时，朱坤也像当年自己的领导一样，带领着年轻的团队披荆斩棘。

朱坤和大家约定："可以不墨守成规，不迷信权威，我说了，你也可以说，也可以吵，但核心是要提想法，必须讲明白为什么这么做，是怎么推出来的。"

有一次到试验基地，他们的车在路上被堵了四个多小时。朱坤就跟车上的一位同事争论了整整四小时，同车的另一个人都急了，说"你们俩真傻，争了一路"。

"但是我们争得很高兴，我们没有矛盾，都是讨论技术问题，争论再厉害，那只是不同的技术观点，这样的话互相讨论、辩论以后就明白了。"朱坤笑着说。

弹翼研制面临新的挑战：尺寸减小三分之一，承载能力还要提高！第一次试验，连百分之三十的载荷都承受不了，直接就断了！

大家讨论很激烈。

承担设计的老同志干过很多型号，按照以前的办法设计，认为他这个方法还可以，改进改进还有希望。

一位年轻人根据复合材料特点提出新结构方案。

当时吵得很厉害，传统方法已成熟应用，而新方案从来没用过！双方争执不下，最终，朱坤拍板："试验验证。"

结果按照老同志设计改进的方法生产出来的那个弹翼做试验，载荷过了百分之三十，但百分之七十后"咔嚓"折了，没扛过去。

按年轻人的方案，从百分之三十,百分之七十,一直到百分之一百二、百分之一百三都过了……

孰优孰劣，立见分晓。

最终，新同志的方案被采用，试验件的承载能力一下成倍提高，一套全新的设计理念产生了。

"创新离不开一些怪想法，但奇思妙想也需要继承和积累。"在朱坤看来，团队经验积淀是创新中不可或缺的一环，"我的运气比较好，承担了承上启下的角色，经验丰富的老一辈专家手把手带着我参加了国家重点型号的研制，后面来的这一批年轻人敢想敢干，我带着他们一起奋斗，把老一辈的优良传统和宝贵经验传给了新人，成就了一支创新团队。”

朱坤是“像婴儿一样”纯粹的技术研究者，不但对全局有整体把握，对分专业也都很了解。为了深入钻研技术，他还曾拒绝担任三院重要的行政领导职位。他被称为三院“四大电脑”之一，不但反应很快，自学能力也很强。

项目研究期间，朱坤经常到分专业办公室，说“来借本书看看”。他把主要专业的书都看了一遍，大到武器系统方案，小到齿轮机构等都非常清楚。

以至于每次开会，大家都知道“在朱总面前可不能随便乱说，会露怯的”。

型号要进行一体化减重设计时，朱坤能跟每个专业一个一个讨论，每个设备都以克为单位去减，“瘦身”效果非常明显。

在遇到技术难题时，朱坤就组织开放讨论，参会人员开会时放心大胆说，效率很高，讨论两三个回合后，朱坤就敢拍板。

张总负责攻关一项关键技术，方案评审后，突然又发现一个设计点可以简化。他立马打电话向朱坤报告，朱坤说“行，那就这么干了”。

李总拿着导航级系统陀螺沿着五环跑了一圈，拉着朱坤到办公室桌前看数据。其实，按理说为了稳妥，型号可以不用这么新的技术，但朱坤特别支持，当即拍板说用此技术。

但如果万一不成，是要受责问的。“朱坤敢拍板，是做好了承担的准备。”

朱坤深入团队，经常想办法帮分系统解决问题，提出了“系统思维、风险共担、余量共享、大胆假设、充分试验”的工作思路。

久而久之，不管是总体还是分系统，大家互相为对方考虑，心向一处，眼睛向内，拧成一股绳。

“我们团队共鸣度非常高，可以称得上是一种默契财富，哪一块达成共识了，我们就不再想了，腾出更多时间去搞更好的东西，效率呈指数增长。”汤总说。

“没有朱总，就没有现在的队伍。我们现在的队伍不怕啃骨头。”华总说。

目前，朱坤的团队中已有32人担任不同型号的总师、副总师。他担任研究生导师培养出硕士8人、博士后1人。他将科学严谨的学风和敢闯敢创的作风传给学生、助手和身边同事。

“后来我跟用户开玩笑说，这个钱花得值，既按经费、按时间、按指标全面完成了任务，研制出了新一代武器，又培养出了一大批优秀的人才，虽然耗资巨大，但收获更大。”朱坤说。

而将这些荣誉集于一身的朱坤，却摆摆手笑道：“做总师是占‘便宜’的——这些明明是团队的贡献，不要算在我一个人的头上。”

百战归来　一代总师

朱坤现任中国航天科工三院科技委副主任，国家重大科技工程常务副总师，某型号重大专项型号总师，国家重点型号系列总师。

自参加工作起，朱坤一直奋斗在型号研制一线，为我国航天事业的发展做出了突出贡献，多项科研成果国际领先。

朱坤是国防科技工业“511人才工程”学术技术带头人，享受国务院政府特殊津贴，被评为“(国家级)新世纪百千万人才工程人选”，国防科技工业有突出贡献的中青年专家，被授予中央企业劳动模范、“高技术武器装备发展建设工程重大贡献奖”金质奖章，曾获国家科技进步奖特等奖、国家科学技术进步奖一等奖、国家科技技术进步奖二等奖、国防科技进步奖特等奖、国防科学技术奖一等奖（两次）、何梁何利基金科学与技术进步奖、“国防科技工业十大创新人物”、“央企楷模”、全国创新争先奖状和光华奖等荣誉与称号。

将当下光芒万丈的时钟刻度往回调，朱坤站在一艘探寻导弹未来发展的船上。波涛汹涌的浪潮一次次袭来，打湿了他的衣襟。

预研攻关进入第三年，项目进入全尺寸水下发射试验阶段。时隔多年，朱坤和团队又来到试验湖区。

这片水域琉璃万顷，湖平面呈南北向。

导弹上天，就要贴近实战。地面测试“零疑虑”“零遗憾”，并不能确保百发百中。

成败只在一线间。最大的压力往往在最紧要的关头。

试验船历经风霜略显锈迹，上午七点，试验队集结完毕。

周边细细碎碎的声音时而急促、时而舒缓，一如试验队员起伏不定的紧张心情。

发射前2小时。试验节点上的人员陆续就位，注视在现场指挥、技术负责人朱坤身上的目光逐渐多了起来。

发射前1小时。众人到达试验船观测位置，各专业心里复盘关键参数。

发射前30秒，操作员的手靠近发射按钮，导弹蓄势待发。

“5、4、3、2、1，发射！”口令随着队员的心跳发出去！

湖边的人群心都提到了嗓子眼儿，朱坤把自己的脖子伸得长长的，年轻的女工程师合起双手，望向眼前这离梦想最近的发射场，他们期待着……

水下的导弹闻令而动，开始奔腾起来，但就在导弹头接近水面的地方，却突然折身，猛一头扎进湖底，鱼群慌不择路地躲避，湖底升腾起汩汩涡流，逐步弥散开来。

湖面依旧平静。

湖边，人们还在高喊“1、2、3、4、5…”，直到数到“10”，水面连个泡儿都没有。

他们的目光还是注视在那个计算了千万次的出水点，不肯接受现实。

…………

等待了几分钟，人们引颈盼望的情景没有出现。

当人们皱着眉头唉声叹气、捶胸顿足时，朱坤愣怔在那里。

铩羽而归。朱坤咬紧嘴唇，一句话也说不出来。

一位试验基地队员乘潜器下到水底，另一位队员在试验船上与队员时时用声呐联系。

“收到请回复。”

“收到！”

“收到请回复。”

“收到！”

…………

随着潜器向深水下潜，双方的互动更加频繁起来。

突然，水下队员没有了声音。

船上队员看起来很镇定，但草帽下的汗却滋滋地往外冒。他依旧重复说着“收到请回复，收到请回复”。

所有人都非常紧张，直到几秒钟后断断续续地收到水下队员的回复时，大家才松了一口气。

几小时后，终于找到了导弹的位置。

将导弹钩挂好后，开始启动收吊工作。

黄昏下的试验船上，铺满了细碎残阳。试验队员们纷纷上前帮忙，负责电气系统的杜光远鼻子酸酸的，影子被落日拉得好长，似乎比这几个月的时光还要长。

把导弹捞出来后，发现一部件丢失，里面灌满了湖水。朱坤绕着导弹不停转圈，当宝贝似的观察、分析。

整个团队也没有表现出急躁或者失去意志：“我们对失败有预判，失败了肯定是有没有认识到的问题。”

时隔数日，朱坤团队改进了试验导弹，迎来了第二次预试。

可这回，湖面上又不见了导弹踪影。

又失败了！

朱坤的心情和导弹一起跌到了湖底。

捞上来后，队员们纷纷拿脸盆接水，以便尽快排除故障。

当时安排的七次试验，就这样以前两次预试均失败而告终。

“好在是当时失败以后，没有领导也没有其他人来责问、责怪我们，所以我们当时埋头安安心心地在排查问题找原因。”

是的，每个受访者都会谈起自己骨子里的东西。

朱坤胆子很大，虽然遭到了许多质疑和失败，但从来没有后怕过。“湖南出湘军，我性格中也有湘军的那一面。长沙有句土话叫‘霸得了蛮’，意思是横、竖都要坚持下去，作为长沙人我也有股子这样的劲头。”

谈起战斗力强大的湘军，曾国藩是绕不开的人物。他的那句名言“屡战屡败，屡败屡战”更是被朱坤推崇备至。“败了不要紧，你要站得起来，接着战斗，这才是后面成功的原因。”

朱坤当时是队伍里年纪最大的，最年轻的是刚出校门的20多岁的人。

“年轻人不服气，我们的词典里面没有‘失败’这个词，就是遇到问题，不能气馁，继续分析数据，找原因，改，改了再来，再试。”朱坤说。

白天验证，晚上开会讨论。“战败”之际，朱坤带领团队把导弹拆开进行了严密的分析，最终找到了失败的原因。

实际上在这次试验进场之前，用户对此项目能不能成功也抱有疑问，因为他们找当时国内相关专家请教过，认为项目成功的可能性本来就不大。所以在正式试验开始前，用户代表和朱坤讨论的结果是：5次试验有1次成功就代表技术上取得了突破。

时隔一年，导弹第二次进试验场，此次还增加了验证发动机的性能。

试验区非常荒僻，穿过西边泥泞的乡村小道，来到了一处筒子楼，这里就是试验队员工作和休憩的地方。

试验前一晚，会议开到半夜方休。

凌晨，太阳渐渐地从东方升起，队员们早早去食堂吃饭。

发射前，队员们心情复杂，用力控制着每一次呼吸。

陶总站在遥测车边上，他掐准时间，望向平静无声的水面。

他确信，几秒钟后，导弹将从那个准确计算过的出水点腾空而出。

果然，时间一到，导弹如蛟龙出水一般蹿出水面，随即，身披红色霞衣的导弹突破保护筒，从切割锁的烈焰中迸发出来。

在场的人眼睛都瞪圆了，几秒钟的时间像持续了几小时，还没反应过来怎么回事。

陶总带头鼓起掌来，现场气氛立刻被点燃。

——那是所有团队成员荣誉感达到巅峰的时刻，飞行试验连续五发，发发成功。

朱坤和试验队员们欢呼了起来，这次关键的成功也让大家激动的泪水流得更加忘情。试验成功的那几天夜里，很多队员谈及白天的一幕幕，还不时地攥紧拳头，摆出后羿射日状，口中发出“耶！”的一声，兴奋不止。

庆功宴上，大家请朱坤做总结。

“这就是跨越式发展。”

“这就是跨越式发展。”

“这就是跨越式发展。”

…………

众人微醺，朱坤“独醉”，十分钟的总结，朱坤无限重复着这句话。

每个跟朱坤一起干过这个型号的人，后来回忆起这个项目的各个节点，都有些许不同的感受，一些人说自己“从地狱到了天堂”，而一些人说自己的小船变成了能经风浪的巨轮。

曾国藩的故居离朱坤的老家不太远，朱坤曾去过一趟。群山环抱的乡下，条件相当艰苦，但却走出了湘军的创立者、统帅，中国近代史上赫赫有名的政治家。

湖南人之所以有“霸得了蛮”的性格印记，条件艰苦是一个原因。

长沙曾被称为“屈贾之乡”，这和屈原、贾谊两位流贬的人有关。屈原自不必说，曾在湖南境内漂泊、流亡，西汉的贾谊也因被人诬告而被贬长沙，可见古时在中原人眼中长沙就是一个多雨潮湿的荒僻之地。

这样艰苦的条件下，“霸得了蛮”或许是最好的生存方式吧。

但朱坤理解的“霸得了蛮”除了“坚持”还有另一层含义，它是对明明能实现却实现不了的目标的坚持。“不是蛮干，是有科学依据的。”朱坤笑着解释。

朱坤带领团队以优异成绩，提前七个月完成的预先研究试验，为新一代潜射反舰导弹的立项研制奠定了坚实的技术基础。

筹备完成型号研制立项审查后，随即开始正式工程研制。

采用小间隙的全新发射在第一发陆上助推弹试验时，出现了故障，导弹从火里窜出来之后，就开始翻跟头，后来直接掉了下来。

现场十分危险。

负责遥测的年轻小伙反应很快，见状，立刻卧倒在地。

朱坤却来不及害怕。

当杜光远跑到落点处，发现朱坤已经跑到那里了。

朱坤想拿到第一手资料。

在场的老总师惊叹“你们这真是刀山火海啊！”

朱坤鼓励大家说，“大家不要怕问题。看上去是失败了，但我们知道它能力的上限在哪儿，这会进一步激发我们向上挑战的动力。失败是一个经历，不是一个结果，咱们目标很明确，最后肯定是成功。”

果然，此次“火焰跑到舵机内”问题得到解决后，再没有出现过发射上的问题。

在一个春光明媚的上午，朱坤和他的团队从习近平总书记手中捧回了国家科技进步特等奖。

“三院曾两次获得国家科技进步奖特等奖，第三次再获得国家科技进步奖特等奖时，大家心情都非常激动，团队中的30多个人都去了现场。”

但让他感到兴奋的不仅仅是获奖，而是这个型号研制成功真正蕴含的意义——

“实际上它的作战使用性能、它的这个突防能力、抗干扰能力都很先进，使我国飞航导弹技术水平整整提高了一代，已经达到了世界领先水平。现在，由我们引领世界潮流了。”朱坤自豪地说。

2019年10月1日，在盛大的国庆70周年阅兵仪式上，新一代反舰导弹型号整齐列阵、铁甲生辉，接受了党、国家和人民的检阅。

看到自己和团队设计的武器装备走过天安门，走过全世界人民的视线，朱坤激动不已。

朱坤常说：“我们是站在前人肩膀上，但是肯定不能跟前人的肩膀一样平。”虽然我国是爱好和平的国家，但防御武器只能守住我们的家，惩罚不了侵略者，必须有进攻性武器，才能给侵略者以足够的教训。这是一个非常艰巨的任务。

在技术快速发展的今天，导弹已经向作战水平更高的方向发展，这对朱坤团队是一种促进，也向他们提出了更高的要求。

某新技术难度空前，在世界上都处于探索阶段，首次发射失败。朱坤临危受命成为新的总师：“既然国家需要，我明知艰难困苦也要干。”

通过创新超越前人，想方设法研究尖端武器，已成为朱坤这代航天人义不容辞的使命。

多年来，朱坤越干越忙，为了工作经常顾不了家。

办公室墙上挂着几幅照片，那是他多次获奖后与全国最前沿的技术专家的合影，他说那是自己被中国航天选中之后最美的记忆。

“但其实朱总既有英雄气概，又有儿女情长，他很会照顾家。”他的同事说。

孩子还小时，他就教孩子做过风筝、模型飞机。空闲时，朱坤还喜欢带家人去滑雪、游泳、爬山。家里的大小家具、装修方案也由他一人包揽。疫情期间，他还为家人认认真真地炒了几道湖南名菜。

走进朱坤家中，一盆盆茉莉、月季长势喜人，鱼缸中一尾尾红色小鱼欢脱畅快，满满都是自然的气息。

由于舞台更广阔，压力也越来越大，而朱坤排遣压力的方式就是养花儿和养鱼。为了能锻炼身体，他还买了健身自行车在家里锻炼。

朱坤平时不喜欢开车，钟爱行走，甩开臂膀迎面大步走来的朱总，自有一股气势，别有一番风骨。

如果开车在路上看到朱坤，跟他说：“朱总，上车吧！”

朱坤摆摆手，说一句“不了……”，又继续甩开胳膊向前走。

那段殷殷求索的旅途，他走得稳健执着。

一叶萌新意，路未已，又启程！

做中国枪　圆中国梦

——新型步枪系统创新团队研制侧记

◎文/萨　苏　刘　瑞　郑双雁

引子　让世界瞩目的中国枪

2019年10月1日，金秋的北京正处于最美丽的季节。也正是在这一天，我国为庆祝中华人民共和国成立七十周年举行的盛大阅兵式，让这座城市成了各国媒体注目的中心。

在这些媒体中，包括相当一部分的专业观察家们，尤其是时刻注视着中国国防军事力量变化的外国、外军相关人士。地球就这么大，中国的人口占了其中约四分之一，中国有没有足够强大的力量，不仅关系着自身的安危，还关系着地区乃至世界的和平问题。在我国的阅兵式上，每出现一种新式武器，总会引来或多或少，或善意或耐人寻味的目光。

2019年，国庆阅兵式给人们带来了震撼，而世界多家重要军事和武器评论媒体，把注意力集中到了一件参阅部队携带的单兵武器上面——中国人民解放军的受阅官兵展示了一种外观硬朗、极具特色的新式自动步枪。一时间相关媒体纷纷对这支"明星步枪"进行报道和分析，资深军事评论家、《亚洲时报》专家撰稿人戴维·麦楚克评价这种新出现的中国步枪拥有了现代欧洲最先进突击步枪的特征，外观亦不亚于著名的AR-14/M-16枪族，它的装备甚至可能影响到中国以外的更多国家。应该说麦楚克的评价只是展示了国际轻武器专家们好奇心的一角，反映的是他们对这支带有神秘色彩的中国新枪的惊艳。

在人民解放军的历史上，装备的制式步枪曾有多次换代，包括仿制苏

联的56式冲锋枪和56式半自动步枪、自行研制探索中完成的81式枪族，乃至尝试导入最新理念而具有独特魅力的95式枪族，但是，从95式枪族问世后已经二十余年，有足够的时间供设计师们分析其优缺点而获得积累。按照规律，中国将拥有一款新枪是许多专业人士都在猜测的事情。2019年的阅兵只是证实了这种猜想，而这款与此前我国装备的各个枪支系列都迥然不同的新枪亮相后，明显体现出了中国兵工事业最新的理念和技术水准。

由于我国对这种新枪的描述不多，故此外方专家的种种揣测仿佛福尔摩斯探案，有着种种匪夷所思的猜度。当然，国内各媒体乃至军友们关注更甚，毕竟这关系到百万解放军保家卫国时使用的武器，所以只要有新枪的消息，便会引来种种谈论。他们的若干猜测在新枪得到更多披露后显得颇有些离题，只有一个问题上他们的报道是非常正确的——这支枪，来自我国一家优秀的国有企业，即中国兵器装备集团有限公司下属的中国兵器工业第二〇八研究所（以下简称“二〇八所”）。由于连年卓有成效地完成上级交给的各项任务，这里被视为中国军工事业的重镇，尤其是在2019年，正是因为这款新枪的研制，该团队获得了国务院国资委党委授予的“央企楷模”荣誉称号，以奖励二〇八所为中国国防事业做出的新贡献。

这是一个怎样的单位？怎样的团队？他们是如何造出这支新闻中的“明星步枪”的？这支枪有着怎样不同以往“亲戚”们的性格？又是怎样做到的？当我们走近这家历史悠久却不断创新的央企时，冥冥之中，一切问题似乎都将得到答案。

一、体会新枪

二〇八所，原五机部九所，是我国唯一的轻武器专业研究所。它坐落在北京南口的军都山下，占地广阔，这里的靶场是亚洲最大规模的综合性试验靶场之一。这里的一些老同志还能回忆起罗瑞卿总长否决仿制美式无声手枪而要求他们自己研制的故事，也正是从那个时代起，很多在海内外颇有影响力的中国轻武器便诞生在这里，称这里为“中国枪都”也不为过。

被海内外高度关注的新步枪，籍贯也在此处。和二〇八所人谈到这支新枪，你可以清楚地感受到他们的自豪。也正是在二〇八所举办的一次展览上，第一次领略到了这种新枪的独特魅力，那种感觉，竟有一些像老友重逢。

这是一次二〇八所近期研制新式武器的综合展示，展示的新式武器中，可以看到很多新奇到令人感到梦幻的兵器，依稀让人感觉未来战争模式的变化。这些新式兵器，几乎每一样都让人感受到东方人非凡的智慧，二〇八所工程师令人炫目的创造性思维。

在它们中间，这款新枪是极引人瞩目的一件，我国地大物博，一款枪可能既被三沙市的守岛官兵所用，又可能要列装给喀喇昆仑山上的边防哨所。这样一来，它不得不被送到或高寒或高温或高盐的环境中进行极限试验。作为一个大国，我国的边界线全长达到2.2万多公里，另有岛岸线1.4万多公里，大陆海岸线1.8万多公里，这一款新型制式步枪必须满足任何一点上我军指战员的需要。这里面的“满足”，是对二〇八所设计师的考验和挑战。

一种在未来可能装备人民解放军百万雄兵的武器，当之无愧的大国利器，想韬光养晦都不行。何况，它本来就霸气十足。

抚摸起来，枪身冰冷却有一种丝绸般的感觉。即便从非专业角度来看，这款步枪也有着非凡的魅力。接待我的一位女工作人员熟练地取过一支新枪，潇洒地开关保险，看过枪膛，确认安全无误之后“咔”的一声关好枪机，对我说：“您可以拿起来看看。”尽管一直关注备至的目标就在眼前，我却忍不住转向了她：“您不是坐办公室的吗？怎么操作起枪来也这么熟？”“是啊，坐办公室的。”这位女工作人员把枪递给我，笑道，“二〇八所坐办公室的。”连办公室的女工作人员都可以把枪玩得这么得心应手，看来这里真不是一般单位。有朋友告诉我，二〇八所的特点，便是一群爱枪的人在研制枪，我信了。忍不住诱惑地拿起这支枪来，第一个感觉是意外的轻，单手操作起来毫无滞涩。第二个感觉是尽管比95式多了枪托的设计，但即便把伸缩的枪托拉出来，仍感到新枪紧凑精悍，如一头袖珍的豹子那般可爱。它居然比无托的95式突击步枪还要轻一点。而之所以用“可爱”一词描述一种可以倾泻金属风暴的武器，是因为它的工艺之精良细腻，与我国早期装备的枪支形成了鲜明对比，仅仅是抚摸一下枪身，便可以感受到它的加工精度很高，用材和处理工艺也十分考究，竟然给人一种艺术品的感受。

然而，在一旁对来宾介绍新枪性能的一位帅气的设计师却打破了我美好的感受，说道：“要不要在地上摔两下？”后来我才知道，这位“煞风景”的年轻人便是在新枪研制过程中从刚升任研究所副总工的王英松手中接过接力棒，由项目总师办主任转任一室负责人的郑秋。

一室是二〇八所最早成立的部门之一，这里的工程师主要工作方向便是枪械设计，所以这个室堪称“新枪的摇篮”。有多位工程师在新枪的研制中做出了突出的贡献。有意思的是，接触多了以后你会发现，这些相貌堂堂的同志在谈到新枪的问题时，会反复强调团队中其他优秀设计师的功绩，很少谈及自己。结果，每一位工程师的故事，都要从他们的同事那里才能得到。也有的评价让人哭笑不得，比如有工程师说他们的负责人总给大家出难题。最初这种评价让我对这位同志的人品极大怀疑，后来才明白这是一句枪械设计中发自肺腑的玩笑——枪这个玩意儿，本身就是个自相矛盾的家伙。我们既需要它打得远，又需要它杀伤力大。负责远程精确度的设计师需要子弹飞得更快，但结果可能导致如二战中日本的三八式步枪一样，打中也只是一枪两个眼，没打中要害部位的杀伤力并不大。负责杀伤力的设计师则要求子弹不能飞得这么快，我们需要的效果是打倒，而不是打穿。技术人员争吵起来会十分疯狂，都要获得这位负责人的支持。而实际上如何能满足这样自相矛盾的要求，世界各国的设计师都会十分头疼，只能去寻找一个平衡点，他只好如同一个外交家一样在两组设计师之间进行斡旋，要求把这个平衡点做到极致，这样一来，他当然也就遭到两边的抗议。

好在最后新枪的平衡点找得很巧妙，尽可能地利用了小口径弹药的特点，在不同距离上，只要命中就尽量将动能传递到目标上去，足以使中弹目标失去战斗力，而又能保证新枪在600米以上仍有精确的命中率（这在二战中几乎是狙击步枪的要求了）。这样一来，设计师们满意和解了，负责人才不再成为双方攻击的目标。

这里天大地大任务最大，在设计新枪的过程中，谁也不能随心所欲，只能在规定的范围内“起舞”，有时候，还会为满足整体设计要求做出让步，难免“受气”。不过设计师们并不是因为这个而产生了暴力倾向，才要我摔新枪的。实际上我们的新枪诞生过程中曾经饱受试验人员的“折磨”，他们经常用非常过分的手段来摔、来砸……据说该枪的伸缩式枪托就曾被砸得缩不回去，最后只好重新设计，可这些“破坏分子”居然还是研究所的劳动模范，因为挑出了种种毛病而受到表彰。

我当然不会真的这么丧心病狂，只是做了几个简单的持枪和射击动作。而只是这几个动作，便让人感到动转圆润——这枪似乎能明白我的心意，仿佛是我多年的老朋友，和我配合默契，这种酣畅的感觉，不由得让我想起某位老兄跟我形容当初使用五四式手枪的经历，那时，他引用了一部名剧——《驯悍记》。

两相对照，对比鲜明。再观看打靶，只见射手们迅捷地在点射和连发之间转换，目睹一个个固定和移动靶标枪响靶落，仿佛一首流畅的交响乐，那种感觉越发强烈。至于这种感觉究竟是什么，我却一时找不到一个合适的词来形容。反正，我感受到咱们中国军人在不久的将来应该可以得到一支好枪了。

二、寻找中国的卡拉什尼科夫

为了探寻这种新枪的秘密，笔者应邀前往位于北京南口的二〇八所，路上不由得想到了此前军工界的前辈讲述这款新枪诞生的背景。今天的战争常常是超视距进行的，20世纪的战场霸主飞机、坦克、重炮等技术更加成熟，导弹、无人机、制导炸弹等新式装备层出不穷，空地一体战等理念不断刷新战争的概念。在这样一个时代，作为单兵武器的枪，在部队装备的序列中还有非常重要的位置吗？尽管这样的疑虑不时在人们的谈论中出现，但20世纪中期第二个十年，中国便坚定地提出了新一代单兵武器的研制任务，也就是说，在今天中国军事领导人的眼中，刚刚诞生的这款新枪和它的前辈们一样，对中国的国防有着重要价值。

耐人寻味的是，据我们所知，这款新枪是在原总装备部一位高级将领的直接关注下诞生的。在边境作战中，这位将军曾指挥部队硬生生地顶住了六倍于己的敌人的进攻，此战我军共歼敌三千多人，获得了叶剑英元帅的褒扬。从这款新枪的研制到定型，这位将军给予了极高的重视，这在一定程度上体现出了当代中国军事将领对于未来国防问题的均衡看法。

在当今世界，固然存在靠飞机、坦克才能解决的大规模军事对抗，但发生频率更高的则是小规模、低烈度的冲突。在这种情况下，如何应对这类问题同样是国防问题上必须面对的重要课题。从历史的经验看，在这样的冲突和对抗中，最能够直接提供威慑和自卫功能的武器，便是一线官兵携带的单兵武器，其核心便是——枪。枪的好坏，直接关系到每一名战士的安危。每一款武器都有为其量身定做的战场，在当代中国，枪对于我们的国防事业有着十分重要的价值。不过，这款新枪的设计，对二〇八所来说肯定不是一件容易的事情。这首先是因为人民解放军大概是世界上最重视轻武器的军队之一，可能由于在昔日的反侵略战争中饱受火力不足之苦，因此我军十分重视单兵武器的威力，这使得每一款装备部队的枪支，都要经历最苛刻的审查。而且，这款新枪的设计面对的是成名已久的95式枪族。

从二〇八所走出来的朵英贤院士，是95式5.8毫米口径班用枪族的总设计师。这种枪当年备受瞩目，作为世界装备量最大的无托步枪，它具有短小精悍，后坐力小，能够有效进行精准射击等优点，至今仍是中国人民解放军装备的主力步枪之一。尽管95式枪族诞生后也曾有不少非议，但从总体而言，它的各项指标达到和超过了预期，而且对无托结构等当时的新设计概念进行了尝试，具有非凡的意义。

在95式的基础上设计新枪，不仅要克服它的缺陷，而且必然要有比前者更出色的性能，这无疑会让新枪的设计更加艰难。我们今天所见到的这款新枪，很可能会是未来装备我军的新型武器，这种新枪能否承担起自己的历史使命，它与95式枪族之间有着怎样的关系？二〇八所的设计师们在新枪研制中，又经历过什么？这一切秘密都等待揭开。

其实我还有个心思没有说出来——这次来，我想找到一个中国的卡拉什尼科夫。米哈伊尔·季莫费耶维奇·卡拉什尼科夫中将，苏联著名枪械设计大师，与美国的斯通纳并称“枪界双雄”。他设计的AK-47自动步枪别具一格，结构简单可靠、威力强大，而且可以适应恶劣的战场环境，据说在作战中经常会看到一些美国大兵使用缴获的AK-47而丢掉了自己的M-16。他设计的AK系列枪支是苏联轻武器的骄傲，与AK-47一样，2019年出现的这款中国新枪也与之前装备有着革命性的区别，而这位大师在1998年曾经来过二〇八所。正是在这个卡拉什尼科夫来过的地方，诞生了这种新枪。根据介绍，这款枪仅用三年就达到了量产的条件，这在国内外轻武器研究的历史上，属于进展超快的项目。要知道，比如一个枪托的材料攻关，闹不好就要几年才能完成，难道说这支新枪的研制得到了神佑，以至于整个研制过程势如破竹？很多时候，我们中国工业企业的问题是设计被压倒在工艺上，这样的顽疾难道在新枪的研制过程中也没有出现？新枪的“深圳速度”究竟是怎么得到的？我觉得，这背后必有一位如同卡拉什尼科夫一样的“枪神”，现在的问题就是把他找出来。我很想知道，在二〇八所中，谁是中国的卡拉什尼科夫呢？

路边，一块刻着“龙虎台”的路标一闪而过。龙虎台是南口要隘，抗日战争中在北京周边打得最惨烈的战场之一。1937年，从南方赶来的中国兵在此处与南下的关东军苦战多日，最终因战败撤离，许多官兵丧生于这里的崇山峻岭之间，他们离去后，白乙化等领导的八路军继续在这里与日寇殊死鏖战。此前此后，南口一带人称塞上，一直是中国北方战斗最为频繁的地域之一。这种地方，我们老家的人传说到了晚上经常会有莫名的军队在风云中操练，杀声可闻。老人们说，那是死去的军人不忘卫国御侮的职责，忠魂依旧在保卫着自己的国家。过了龙虎台，离二〇八所就不远了，我们的轻武器研究所有意无意地放在南口这个地方，或许冥冥之中也会被历来战斗于此的中国军人们用魂魄保佑着吧。

二〇八所对中国军人来说，是一块被寄予厚望的土地。中国自古不乏以身许国的好汉子，然而从1840年以来，直到新中国成立，在历次反侵略战争中，中国军队都深受枪械落后和不能自给之苦，落后的枪支使无数好汉子饮恨沙场，中国军人盼望一支好枪的心愿，一直传到了今天。

这份心愿，一直如沉甸甸的石头，压在中国军工人的心上。他们一直在努力，并期待着保家卫国的中国战士可以因他们而不再为武器担忧。而二〇八所，便是改变解决这一问题的关键钥匙之一。从建所以来，这里的人员已经换了几代，但他们不曾停歇地奋斗在中国轻武器研究的最前线，承担国防任务，不断地为部队提供新式装备、枪支、弹药、配套附件等，用他们的探索，去实现兵工人的初心。二〇八所在成立之后的六十年中，即便是在商品经济的大潮中，也始终不渝地作为“国家队”发挥着国企在兵工事业上中流砥柱的作用。

就这样，一路有些感慨着，车子停下来了，竟然已经到了二〇八所，这座名副其实的中国枪都。

三、总设计师的新想法

到达位于军都山下带有强烈神秘感的这个研究所时，正值炎炎夏日。本来是应该蝉鸣阵阵的季节，这里却只能听到射击试验场绵密的枪声，走进二〇八所，有一种肃杀的感觉。这并不是因为此处诞生了太多的枪械，而是工作人员都来去匆匆，有的人边走，边讨论着工作技术问题。这是二〇八所的常态。

今天这里又比平时更多了一些紧张，靶场的枪声似乎都比平时密集，

2020年，是“十三五”的收官之年，很多预定的工程将在今年收官，尽管新冠病毒的肆虐夺去了宝贵的时间，但所里下定决心克服疫情影响，力争按计划完成任务，因此，这里最近的工作节奏也愈发加快，大家都在给自己加码。据我所知，二〇八所作为我国轻武器研究的重镇，其一贯的工作时间便是超过“886”的，在这样的基础上加码，难怪每个人都步履匆匆了。

在这样匆忙的节奏中，我却有幸约到了几位参加新枪设计的工程师和射手，就这款新枪的设计过程做了采访。这几位优秀的技术人员都是新型步枪系统创新团队的成员，他们都为新枪的研制成功做出过自己的贡献。

能够在如此忙碌中请到这几位关键人物，说来似乎有些不可思议，实际原因却是一个巧合。原来，团队的这几位核心骨干此前正在青藏高原进行新枪的双高地区（高原、高寒）性能测试，他们成功地克服极端气候条件，顺利完成了试验。此时，他们刚刚从高原上下来，个个都疲惫异常，坐在我面前时，所里最优秀的精度射手之一李响的嘴唇上布满裂口，手上因为高强度的射击磨出了两个大泡。据说李响在工作中出现了强烈的高原反应，但为了不影响工作进度，他硬是背着一只氧气钢瓶完成了所有的试验。其他几位工程师也几乎是坐着都会睡着的醉氧状态，所里实在不忍心让他们此时就投入工作，规定他们必须休息几天。而他们却最终提前回到了办公室，准备和正在苦斗的同伴们并肩作战。这样一来，所里的领导灵机一动，强行安排给他们这么一个轻松的工作——接受采访。也实在感谢这个机遇，才让我们揭开了新枪研制过程中些许的秘密。

大家几乎一致的意见是，这款新枪的诞生，应该感谢一个特别喜欢和自己较劲的总设计师。

王总设计师，这位温和得如同大学教授的先生，在枪械设计行业中有着非常深厚的资历。他参加了整个95式步枪的设计过程，承担了其中自动机的设计。此后，他担任了95-1即95改进型步枪的总设计师。而我们关注的这款新枪，也是在他的主持下开展系统研制的。

这样一位总设计师，怎么会和自己较劲呢？原来，这款新枪的设想，最初是在03改步枪一次立项的会议上，由他自己提出的。03式步枪最初是

95式枪族的一个型号，03改目的是通过改进，解决95式枪族在使用中存在的若干问题。这其中最重要的内容，便是化无托为有托，使其更加符合人体工程学的需要。95式步枪在设计的过程中，参考了当时最新的国际轻武器研制动向。那时，包括美国著名枪械设计师斯通纳等，都有过无托枪的设计成果。这也是20世纪90年代世界步枪设计的一个重要方向。95式无托步枪的确实现了设计要求，在服役的时代是世界理念最先进的步枪之一。但在使用中，各国轻武器专家发现，取消了枪托射手存在瞄准线过高、新的射击习惯带来一些操作上的弊病等问题。在21世纪，主要军事强国的枪支在吸取无托枪的设计优点基础上逐渐回归有托设计。我国也在考虑新一代步兵装备体系时要求二〇八所对此进行探索，重点便放在03式步枪上，国家希望通过对03式步枪的修改，达到在瞄准、外挂等方面的更高要求，使其成为满足我军要求的新一代步枪。

2015年，之前提到的那位将军亲自来打了新改造的03改，总体感到比较满意，便开始讨论此后的立项问题。而谁也没想到，王总师这时却提出了一个新的意见——03改还是不错的，但是固有的问题是无法解决的，所谓牵一发而动全身，是否可以考虑彻底抛弃03改系列设计，重新设计一支新枪。

以王总师为首的二〇八所工程师们对于中国下一代的新枪有自己的考虑和判断。正是因为大家几乎都参加了95式枪族的设计或改进，才对它存在的潜在问题有着更多认识。有托无托只是一个可以解决的技术问题，真正的核心问题在于设计95式枪族的年代，它只是被作为一支枪设计出来，而不是一个系统。但今天整个世界对于步枪已经有了新的要求——枪不仅仅是用来射击子弹的，它还是一个平台，这意味着它当然可以加装诸如下挂榴弹发射器、各类瞄具等战士可能用到的设备，以便满足执行不同的任务需要。

实际上，03改也是为了这个目的而展开的，但结果并不让设计师们满意。03改相对于95式枪族来说有了很多改进，所需要的功能几乎都加上了，但它的重量也跃升到了四公斤以上——这意味着它比二战中俗称的“七斤半”老式步枪还要沉。而且，由于是在老枪上“动手术”，就像对一座老房子做改造，最终不得不迁就其原有的布局，这就引出了一个新的问题——

人机工效上，这样的枪只能是人去适应它，而不是它来适应人。

王总师在领导面前阐述了自己的观点，认为现在的问题可以通过研制一款新枪来解决，并提出了新枪的设计理念——它将是一个系统工程的结晶，在吸收95式诞生后二十余年新科研成果的基础上产生的新枪，通过创新设计，达到更好的人枪合一，比原有枪支具有更高的性能。也正是在这时，王总师初步提出了一系列具体设计指标。这些指标后来被归纳为“五高一长”，即高可靠性、高精度、高安全性、高舒适性、高系统性和长使用寿命。

这种自我否定，既出乎很多人的意料，也有些令人焦虑——部队在几年内将进入枪械换代期，如果换一型新产品，来得及吗？其实对于自我否定这个问题，在二〇八所是不存在的。这是一个每天都在创新的科研院所，在这里，每当一款新枪设计出来，它就是被作为靶子来推翻的。朵英贤院士自己便曾针对95式枪族的设计提出若干意见，比如他讲过对这种枪当时没有建立跟踪制度，这或许是非常糟糕的一件事情。然而，这种建议在现实层面却可能给二〇八所带来看得见的风险。虽然是中国唯一的综合性轻武器研发基地，但他们的成果在部队面前与其他企业一视同仁，他们参加竞标时也有着强大的竞争对手。

既然如此，03改已经基本满足了设计要求，那位将军又曾经多次来看，每次看了，打了，都觉得还可以，如果顺水推舟也无不可。但这不是二〇八所的精神。承担着国防事业的预研工作，它最大的利益不是追逐着经济效益，而是追逐着国家需要。这是二〇八所这样的国企最大的特点——我们推出一款没有挖掘潜力的枪，即便能够暂时满足要求，也是不负责任的。

四、新枪的处女秀

曾经历过枪林弹雨的将军被说动了，一次消灭三千敌人的战斗可以写入军史，但在猫耳洞之间进行的袭扰与反袭扰作战每天都会发生。曾在前线多年的将军很清楚一支好枪对战士意味着什么。他问了王总师一个问题——二〇八所多长时间可以拿出样枪？“给我三到五个月的时间。”王总师思索了一阵，再次确认工作流程，给出了这样的答案。今天，大家逐渐明白了这个答案的意义。

二〇八所在2014年就已经成立了，由三十名设计师组成，主要包括行业内的专家、科技带头人、科技骨干和各级专业技术人员，研究范围涵盖系统总体、枪械、枪弹、光电瞄具、配套器材、人机工效、新材料新工艺、枪管寿命及精度、仿真分析等九大领域，他们主要针对的课题是，在进行03改枪改进的同时开始我国第四代步枪的设计。当他们开始实施这个项目的时候，得到的要求相当严苛，那便是要吸取俄罗斯AK枪族性能可靠、结构简单、易于维护的优点，同时达到美国M-16系列的精确度。如何能在同一种新枪上体现出这两种设计理念完全不同的枪的优点，让设计师们耗尽了心血。

在这个过程中，团队中确实有一些优秀的成员脱颖而出，展现出了自己的才华。二〇八所的一室承担了这款新枪的主要设计任务，工作团队中的张克、韦志俊、袁点、乔自平、李俊松等都是十分出色的工程师，但他们各有特点，怎样能协调各个方面来满足他们的需要，则成为负责人郑秋的工作重点，这和费米在曼哈顿工程中的作用是颇为相似的。

韦志俊带领的小组主要负责按照总设计师的要求对设计指标进行解构，在总设计师的指导下，平衡各方要求，经过一年多的努力，研制新枪已经有了一定的技术储备，也有了多个可以选择的方案。其中有一个方案极有创造力，受到了大家的青睐，将AK系列的可靠性和M-16五心合一的设计理念这两大名枪的优点结合在一起。而正如我们的团队所体现出来的，经过多年摸索，特别是95式枪族的设计和改进，我们已经认识到，仅靠改进硬件是无法走向现代化的。在央企改革的浪潮中，二〇八所内部的工作机制乃至检验机制都发生了深刻的改变，形成了更加系统的工作体系。有了这个“软件”上的更新，整个新枪的设计制造可以在系统工程学的指导下步步推进，自然事半功倍。在王总师提出新枪建议的时候，它在图纸上已经初现端倪。

王总师后来回忆，当时这位从战火硝烟中走来的老将军并没有轻易被二〇八所的豪言壮语所吸引，而是很仔细地聆听技术人员对技术细节的描述，以一个内行的角度，一个一个地追问我们解决的各方案关键点。而王总师严谨的论证过程滴水不漏。“好吧。”老将军最终被说服了，说道，“给你半年时间吧。”多给了一个月的时间，临走时，老将军表示十分期待新枪可以给自己不一样的感觉。

新枪真的在半年之内拿出来了吗？

的确如此，从初步设计到拿出新枪，几乎是可丁可卯的半年。2015年12月7日，离限期仅剩一个星期的时候，新枪终于第一次亮相。那是各单位在南口地区的一次联合展示，当时军方的相关领导悉数到场参观。他们注目的重点便是二〇八所的新枪。王总师告诉兴致勃勃的老将军：“您交给我们的任务，已经按时完成了。”

据在场的工作人员回忆，当时老将军把样枪拿在手里，立刻就喜欢上了——我们这支枪因为采用了五心合一的设计，加上工艺精湛，总重量只有三公斤多，也就是一台笔记本电脑加上电源的重量。他当即高兴地叫来其他几位首长一同观看这支新枪，并问王总师可不可以打打看。当然可以，枪嘛，就是用来打的。老将军那天便亲自尝试了这支枪。他们先打了这支新枪，随后又打了03改。对比之下立刻感受到了新枪的魅力。它不但重量轻而且后坐力小，更重要的是，怎么用怎么合手。打过这支枪的首长纷纷表示这枪太好了。

老将军则对这支枪给出了一个经典的评价——“听话！”

这可能是经历过战场的老军人对一支枪最高的评价了。很多相关人员在用新款步枪进行试枪的时候，都会对其性能有极好的感受，但“听话”这个评价，实在是太贴切了，它道尽了一名军人对枪的期待。

其实对于二〇八所人来说，听到这样的评价既感到欣慰高兴，又感到意料之中。与此前重点考虑枪械性能的设计不同，新款步枪在设计中引进了人机工程学的理论，所以可以说它就是为射手而生，充分考虑射击者使用要求的一种枪，用起来当然得心应手。

大概是这次试枪给到场的首长们留下了深刻的印象，新款步枪很快立项，二〇八所随即全力推进其研制进程，使其向装备部队不断前进。有意思的是，后来我采访王总师的时候，他还提到这中间的一件趣事。第一次

试枪成功之后几天，老将军又派人来联系，希望再试射一次，理由是“没有打够”，面对这样一个很明显的鼓励性要求，二〇八所的设计师们却有另一种理解，他们想是不是首长第一次试射的时候觉得枪很好，但担心它有潜在的毛病，所以要亲手再试一试找问题，又不好打击大家的积极性才这样说的呢？好在这次新枪再次出山，老将军打了二百多发子弹，似乎越打越感受到它的优点，表示很满意，看来是彻底放心了。此后，老将军职务调整，但无论职务怎样改变，他始终对新枪的发展予以极大的关心和支持。

一位工程师则说他觉得这次试枪如有神佑，作为一支样枪，如同汽车的概念车一样，从造出概念车到商品车辆上市总要三四年的时间，这中间有无数技术性细节需要改进，但那两次试枪，那支样枪竟然神奇地一次故障也没有出，这从技术角度来看简直是不可思议的。

了解到新枪这样传奇的经历，当我真正见到二〇八所的几位设计师的时候，便忍不住向他们致贺。但是，这群“中国的卡拉什尼科夫”却并不领情。其中一位很认真地对我说，这不是他们的本领多大，“这是我们中国的胜利”。当时并不是十分理解这个说法。但当我们深入这款新枪的设计细节的时候，我慢慢地理解了这句话的含义，而理解了为什么这是一个“中国的胜利”，远比寻找到一个中国的枪神更有意义。

五、中国的胜利（上）

新枪立项了，但就像从概念车走向量产一样，它依然需要几年的时间来解决各种问题，把这些问题和它们的解决过程罗列出来，什么是“中国的胜利”便呼之欲出了。有哪些问题呢？就从王总师提到的“五高一长”说起吧——几乎在每一个要求上，都有令人意外的拦路虎在路上等着二〇八所的设计师们。

先说说“五高一长”中的一长，也就是长寿命。所谓长寿命，指的是枪的稳定使用周期，在这个周期里，它应该可以较好地保持出厂时的精确度、射程和其他各项指标。而对其影响最大的，便是枪管的寿命，这也是我国枪支曾经的短板。在抗日战场上很多战士的枪膛都磨平了，子弹打出去不知会飞向何方，其主要原因除了缺乏养护，枪管自身寿命短，容易磨损也是其一。这一次对于新枪，二〇八所提出的要求是寿命大幅度提升。

一个战士真正在一次战斗中可能最多打几百发子弹，而当今的国际局势，这样的战斗也不是经常会打，为何要将枪管寿命大幅度提升？我们提出这样的要求，会不会太高了？

带着这样的疑问，我拜访了新枪的设计师们，领头的正是那位“新枪的费米”郑秋主任，他带来了包括韦志俊、李峻松等一批在新枪研制中做出突出贡献的设计师。可惜的是人称“小宝”的韦志俊仅仅几分钟之后便被电话叫去靶场了，据说是要去解决一个技术问题。尽管他的离去让我感到遗憾，但也深感理解，小宝就是这么一个见到工作便会变成拼命三郎的家伙。2016年8月23日晚上，他从外地出差回来，刚下飞机还没来得及回家，就在单位与总设计师探讨起枪上面的技术难题，加班到凌晨1点多，准备回家时突然得知他爱人突发早产和难产，已经被送进医院。带着出差和加班的双重疲劳，小宝匆忙赶到医院，幸而孩子最终顺利出生了，而且经医院抢救母子平安。韦志俊，这个二〇八所有名的硬汉子，此刻却热泪长流。只是第二天，他安顿好母子后，便又回到了工作单位。

另几位工程师，也都是新枪研制过程中的关键人物。听到我谈起枪管寿命问题，经验丰富的设计师李峻松告诉我，一支步枪，日常训练要有所消耗，等上前线的时候，这支枪很可能已经到了寿命的极限，所以大幅度提升枪管寿命可以使一个战士在服役期间始终与他的枪相依为命，避免换枪之后，在熟悉新枪的过程中因为不适应而出现的种种问题——每一支枪都是有性格的，必须经过磨合，才能做到人枪合一。而我们的枪过去射击7000发子弹，基本上枪管就报废，其根本原因在于我们使用的子弹比美军的铜被甲弹材质更硬，对枪膛的磨损也更加严重。这样一来，王总师提出的大幅度提升枪管寿命听起来有些天方夜谭。原来的子弹太硬，换成软一些的子弹，不能应对枪膛的高温，该怎么办呢？一时感到有些彷徨。李峻松说，经过近10年的艰苦卓绝的不懈努力，从总体与内膛结构设计、枪管材料、内膛镀铬等多方面开展攻关，每个方向都历经多次攻坚，耗弹上百万发，加之国家钢铁等基础工业的进步，最终突破了困扰行业几十年的“瓶颈”。应该说，解决这个“长”的问题，我国金属工业的技术积累是该枪走向成功的基础。

而提到高可靠性的实现，则可能需要提到二〇八所的信息中心仿真团队，那天我采访到了他们中的一位技术工程师刘伊华。严格说来刘伊华并不是真正进行枪械设计的人员，他所做的工作更像是对枪的特性进行验证的流程。刘伊华所在的信息团队成立于1998年，他们主要的工作是使用仿真系统，对开发中的武器及其关键零件进行模拟，一一找出强度可靠性等方面存在的问题。有意思的是这位年轻的刘工早在上小学之前便被邻居说可以指挥一个师。原来刘伊华并非生于军人世家，但从小是一位军迷，小时候的他便经常对着电视里面的军队指指点点，甚至把当时世界各国装备的新式武器背得如数家珍。他父亲的一位老朋友在解放军中是一名师级指挥员，见到小刘时和他打趣，说他完全可以指挥一个机械化师。这样一个军迷最终在大学毕业后选择进入了二〇八所。他的经历对于军迷来说是十分励志的。从一个对军事痴迷的年轻人，最终走进了中国轻武器设计的最高殿堂，这不能不说是一场理想的胜利。他的工作是做仿真，这应该是IT技术部门中的特殊成员。现在所里所有的产品都会安排有一个仿真的环节。

实际上我们在仿真这个环节的发展也是比较曲折的，因为仿真在枪械设计方面起步比较晚，直到今天仿真的综合水平还有待提高，但它的确已经可以为枪的设计提供良好参考。

在新枪的设计过程中，一度出现了意外的问题，无论是设计者还是使用者，一时都很难找出哪里出了毛病。但这是一个严重影响武器可靠性的问题，最终被放到仿真团队，看他们能不能找出端倪。刘伊华说，对仿真团队来说，这可以说是正中下怀，因为传统枪械设计中不可能看到每一个部件是怎么工作的，而通过仿真能够看到枪上任何一个零件的细节部位情况，很快他们便发现了潜在的问题。当时仿真团队提出了一个解决方案使它的寿命得到延长，总设计师在仿真团队建议的基础上确定了更好的解决方案，新枪的可靠性因此大大提高了。这一成功既建立在改革开放之后，中国新技术产业中材料学方面的积累进步基础上，也有赖于近几十年我国电子与信息产业的飞速发展。

“光摸摸体会不出来，用起来你肯定更要说好。”正在我感受着复合材料枪柄贴腮的感觉，自言自语对这支枪给了个很好的初步评价时，有人这样在旁边搭腔。

再说到高安全性，这在枪械历史上一直是关键问题之一。当年明朝军队使用的火器远比敌军先进，但因为经常发生炸膛等问题，士兵竟然宁愿使用冷兵器，导致科技水平更高的一方在战场上反而无法获得优势的怪现象。今天我们当然不能再容忍发生这样的事情。在新枪设计中发挥了重要作用的两位年轻设计师张克和袁点都曾谈过对此的体会，特别是张克，他也是这支枪的主要设计者之一。由于新款步枪针对的替代产品是95式步枪，因此在设计时便会考虑95式存在的缺点，比如95式在安全性上，虽然已经做得很好，但却有早发火的现象发生。解决这个问题，设计师们在新枪的发射机构上下了很大功夫，早发火的问题也因此迎刃而解。不过他们对于新枪的贡献还远远不止于此，他们对这支枪的外观定型、内部设计，都提出了重要的意见并得以实现，在新枪即将定型的时候，他们还在冒着新冠病毒的危险在国家靶场参与新枪的综合性能测试，每天工作到凌晨，以至于接受电话采访都要反复预约。

让人印象深刻的是袁点曾讲起关于增强新枪安全性的一个小故事，让我们体会到了高科技在新枪设计中发挥的作用。他讲到在新枪已经基本定型之后，靶场的工作人员进行射击试验，整个过程中这支枪表现甚好，但结束后射手的一句话让袁点发现了问题。那位射手对他说："你的这支枪子弹壳怎么到处乱飞，这样收集起来太费力气了。"袁点才注意到新枪在射击时子弹壳抛出的角度变化甚大，因此散布角度也较大。表面上看，这只是一个子弹抛壳后回收时麻烦不麻烦的事情，但放到实战中，意味着在使用这支枪的士兵附近，他的战友随时可能被抛出的滚烫子弹壳击中，这是安全性上的一大隐患。而问题究竟发生在哪儿？设计师们采用了新的手法来重现问题。他们用高速摄影机对子弹抛壳的过程进行了追踪拍摄，把抛壳动作分解后终于找到了问题，在高速摄影机的帮助下，设计师们重新设计抛壳窗的形状。此后靶场的工作人员告诉袁点，现在只要在枪的侧面设一个回收网，几乎所有的弹壳都会落到这里面。这个安全上的隐患就此消失。这是一个设计上的问题，但我们可以看到的是包括高速摄影机等辅助科技手段，也在为枪械设计服务，这也是几十年前老设计师在设计95式步枪时无法想象的便利。

六、中国的胜利（下）

而谈到高舒适性，这是一个长期被忽略的问题，我国早期枪械设计中更多考虑的是枪能打多远，射击命中后产生的杀伤力如何，而很少考虑到射击者的体验，新枪得到老将军的"听话"评价，反映的是新枪设计中对于人机工程学、人枪配合度等方面的充分考虑，也使用了一些新技术提高射手的舒适性。高舒适性首先要说到工业设计，负责工业设计的科研管理部工业设计组组长李臣介绍，工业设计对枪械的舒适性起到至关重要的作用。如同汽车行业造新车的时候要先出概念车一样，造枪也会先出"概念枪"，行业术语叫功能原理样机。它可以展示新枪的基本性能和设计特色，但许多细节则需要后续的工序来解决。工业设计解决枪支的高舒适性问题，不是简单地美化功能原理样机，而是在充分掌握系统性的信息后做出综合性的判断，然后选择最佳的方案。在开展工业设计工作时，工业设计师需要和射手、体验师进行充分的交流，设计师也需要亲自反复测试把玩，掌握枪械与人交互时的关键数据和感觉，这些最终会体现在产品的外观中。工业设计不是为了设计而设计，而是在解决人机工效、生产加工等诸多问题时自然而然产生的结果。对功能原理样机还有很多工作要做，比如枪械涂层问题，在这个问题上女设计师乔自平很有发言权。采访乔自平的时候，记者想为她拍张照片，结果发现背景中却是从地面一直码到屋顶的方便面，这是党群工作部主任刘瑞带人送来的。在新枪的研制过程中，设计师们往往不能按时回家吃饭，甚至连食堂也难以满足他们24小时连续工作的需要。党群工作部到各个科室都看到了这样的情况，二〇八所的思想政治和慰问工作，做得一贯让上级放心，他们不会把工作仅仅停留在宣传鼓劲上，而是努力从实际角度为设计师们解决困难。比如给设计师们送来方便面和火腿肠，虽然表面看起来是一件小事，但在实际工作中却给一线工作人员带来了温暖，在提振士气方面不亚于开一场大会。乔自平是一位讲话逻辑清晰的女设计师，谈及新枪的涂层问题，这涉及新枪能否解决射手舒适和可靠性的问题，甚至是保养方面依赖的问题。用这支新枪进行贴腮射击时，感受颇为舒适。另外，它解决了此前我国枪支容易锈蚀，也容易在使用中出现故障的问题。当年我国公安部队曾装备过一种短小而威力强大的52式手枪，实战中多有建树，但博物馆要收集这种枪时，却一直不能得手。原来这种枪使用材料存在问题，锈蚀速度较快，因此在几十年后的今天已经找不到完整的这种枪了。新枪的涂层之所以如此之好，乔自平告诉了我们一个意想不到的真相，原来他们把某型电子腕表的涂层技术应用到了新枪的设计之中。这种在民用企业中为产品增辉的技术，在二〇八所却被用在了新枪的设计中。这种民用技术被积极引入军工企业的情况，如今我们的设计师正在慢慢适应，但大家对此评价颇高，高水平的先进民用技术使军用研发受益颇多，水涨船高，显然会成为未来枪械设计的一大法宝。

当然高舒适性并不代表我们的战士在作战中仍在追求舒适，而是体现了设计师对于使用者的尊重，有时，高舒适性也代表着高安全性的延续。比如乔自平提到新枪在设计上取消了提把，便于射手在射击时头部不用抬得很高，提高了射击舒适性，同时，也解决了老枪上瞄准基线过高，容易遭到对方攻击的缺点。

“五高”中的第四高是高精度，对这一点的探索我在陪同人员的指引下来到了位于所里最深处的国防重点实验室，他们的主任王舒给我们介绍了采访对象——负责弹药设计的设计师王俊红，他们团队与我国小口径弹厂密切配合，在研发过程中对高精度的研发体会最深。新枪的设计要求使其精度比原有武器提高20%，看似不高的要求，却是世界枪械设计师都会感到头疼的问题。因为这如果能实现，就意味着我军步枪的火力可以弥补机枪与一般个人自卫武器之间的空白区域。要知道这可是要求精准射击的，也就是说，飞到600~800米距离，子弹仍然要有一个合理的散布范围，以保证其能够精确命中目标。

除了其他部门的通力合作之外，王俊红他们所在的重点实验室一直在和李峻松等枪械设计师“较劲”，这里面的根本原因在于如果要求远距离高精度射击，自然会倾向于较长的枪管，而一室的设计人员，为了使新枪比老枪更加轻便，易于携带，肯定不会支持使用较长枪管。为此王俊红没少和一室打擂台。好在最终双方在争论之后，还是达成了平衡。王俊红等用弹药解决了高精度问题。设计师们认为，如果要通过弹药提高精确度，则每一发子弹被击发真正达到做功顶点的时候，弹丸应该正好出现在枪口的位置，这样就不会因为残余火药的爆燃给射击稳度带来影响。由于我国材料化工艺等带动了整个产业的技术升级，我国在制作弹药所需的化工技术领域有了一定的技术储备，使得新枪设计中可以通过调整弹药的特性而获取射击精度。最终这款新枪在较短的枪管长度下达到了射击要求，而这也为未来枪械弹药进一步的发展打下了良好的基础。

最后还要说一说高系统性。说到这一点，当时在二〇八所还有一次奇遇。那一次是我在他们的展览上摆弄新枪，结果听到旁边有人在轻轻发笑。我把枪放下，回头看到一个帅气的小伙子正在一旁看着我，他旁边还站着一个身材高挑、脸上稚气未脱的女孩子。两个人都笑眯眯的，显然是看惯了某些人第一次摸新枪时的惊讶。“这两位是六室的刘智刚，喻际。”工作人员介绍，“他们的产品都在这儿，你看，二室的都是弹，枪榴弹，破甲榴弹……六室的主要是反恐的，那个枪是打绳网的，别管你本事多大，一枪打过去，大网自动撒开罩上就抓住了。对了，他们六室虽然主业是反恐，但也参加了新枪的研制，这俩年轻人的背后还有好几位大佬。”他们参加了新枪的研制？后来才知道的确如此。

新枪团队在组建的时候平均年龄三十二岁，其中有不少朝气蓬勃的年轻设计师。我好奇地询问他们设计了哪些部分。那位六室的工程师小刘是个典型的暖男，指着我依然不肯放下的新枪说道：“你看看枪管那部分，像个什么？”“圣诞树？”我又看了看，注意到和传统步枪的简洁风格不同，这支枪的枪管顶部，下方和两侧都安装了国际最新流行的导轨，这就像轰炸机的挂架一样，可以挂各种不同的装备，从而满足枪在不同作战环境中的需求。当然，如果想一想各条导轨上挂满千奇百怪的装备，那么，这支枪不就和圣诞树一样的形象了吗？“这上面也有我的成果。”那个女工程师落落大方地说道。后来我才明白，六室在整个二〇八所中的地位，酷似007影片中那位Q先生。所不同的是Q先生总能给邦德一些古怪而实用的异型武器，而六室则是为每支枪提供可以拓展其性能的各种配件。比如那位温文尔雅、说话轻快的小刘工程师，他参与了刺刀的研制，而那位女工程师小喻，则参研了激光瞄准具，比较遗憾的是没有看到他们背后的几位大佬。他们设计的各种新枪挂件别开生面，都有极强的实用性又不影响全枪的性能，比如给新枪配备的多功能刺刀，可以刺，可以割，可以当指南针，甚至可以帮助生火。与刀鞘组合可以用来剪切电线，其使用的方便性和多功能性可以让瑞士军刀为之让步。而新枪的激光瞄准具样子小巧玲珑，总重量不过100克。小喻说这个瞄准具设计得如此小巧也是迫不得已。新枪设计了四条可以加外挂的导轨，它本来设计挂在右侧上，但战士使用后表示携行的时候不太方便，于是要求将其改在顶部导轨上，这样一来，它就必须更小一些，扁一些，否则会影响后面的瞄准具。好在我们的电子元器件技术如今也有了一定基础，空间虽然有限，但也算够用，而且设计师巧妙地把这具瞄准具设计得如同双筒望远镜，一侧是瞄准镜，另一侧是容纳元器件，中央则是一个塌下来的鞍部，正好避免对后方其他设备造成干扰……

六室为新枪提供的各种挂件，都给人这样神奇的感觉。这些设计得以完成，也都是依赖各种新技术的最终集成，而这体现的依然是几十年来我国在各方面的发展，是我们的加工工艺可以满足设计需要的进步。这些进步，是技术的进步，也是二〇八所人留下的青春记忆。在这里能够记下来的，只是他们在工作中奋进故事之一，真实的二〇八所人，只要和他们一起工作，便会感受到什么叫作中国的脊梁，那种积极进取、永不言退的精神，让人感动之余，忍不住和他们一起向前。

材料、技术、人才、设计理念，这一切促成新枪成功的要素，都得益于国家在过去的几十年中，在前进中获得的积累。所谓“中国的胜利”意义便在于此。采访时，我们也了解到这支团队的背后，总设计师在各级机关的支持下，调动了我国诸多的枪企弹企，还有民企都参与了其中，真的是大协作和军民融合的典范。新枪的成功，体现的并不是一个或一群“卡拉什尼科夫”的胜利，而是有效地利用了中国在几十年高速发展中积累的技术潜力。这也能够让我们依稀理解二〇八所新步枪这个团队被视为“央企楷模”的原因。一方面，这是由于全所员工在面对国家任务时永不退缩、永不停歇，甘于奉献“把一切献给党”的人民兵工精神；另一方面，则是二〇八所作为一家过硬的央企，用新枪为中国企业树立了一个楷模，那就是“敬业、创新、诚信、更好”的先进典型。

七、尾声

改革开放以来，我国在材料学、人机工程学、IT技术、加工工艺等各个方面都取得了很大的进步，虽然在若干方面与世界最先进的水平相比仍有提高的空间，但二〇八所在工作中没有妄自菲薄，而是充分地看到了中国的进步，并将这些进步糅入自己的工作中，进而获得成功。如今国际局势纷繁复杂，若干传统企业习惯于引进和山寨外来技术的做法可能会被打破，这时，有人或许会惊慌失措，但二〇八所在新枪的研制中做出了一个新的典范——要勇于消化我们几十年来取得的进步，把中国作为一个国家的全面进步与发展转换为我们自己的力量，并用新枪的成功展示央企楷模在新的时代应有的风貌。

二〇八所的技术发展和新枪，体现的不仅是一支设计精良的单兵武器，同时也体现的是我国的科技进步、材料进步，人才储备等。老一辈中国共产党人坚持的独立自主，自力更生的精神都在这支枪的研制中充分体现出来。

历史上我们有两次重要的自力更生已经载入了史册：第一次是南泥湾，打破了对根据地的封锁；第二次是1960年前后，面对大量外国专家的撤离，我们顶住压力，自行研制出了包括两弹一星在内的让世界瞩目的成果。今天，我们很可能需要在尽力改善国际环境的同时，以第三次自力更生的精神保持自己的发展。二〇八所在新枪研发中的经验，无疑会有重要价值——首先，我们要有充分的自信，改革开放几十年我们已经为未来发展打下了坚实的技术和人才基础，对此，我们要充分利用与发挥。其次，这样的基础有时尚不足以使我们可以轻松获得所需的进步，就好像我们想摸到天花板，需要跳起来才能够到一样。而二〇八所人便用勤奋和苦干展示了如何够到天花板的过程。这样，对于“寻找中国的卡拉什尼科夫”便有了新的定义。

一位设计师半开玩笑地说，在枪械射击的这一行，基本是把卡拉什尼科夫当成了神一样的人物——这位枪王受到的最高技术教育是参加了苏军的军械技工技术训练班（斯通纳也一样没上过大学），但他设计的AK-47和各种仿制品却造了两亿支，其中很多设计细节属于神来之笔，即便是今天的工程师通过电子模拟的方式完成类似的枪机或传动系统设计，结果最佳方案竟然与卡拉什尼科夫的没有两样，而卡拉什尼科夫肯定没有可能进行这样的试验，除了老先生是枪神下凡，又如何解释得通呢。

所以，在二〇八所，新枪的成功不是依靠所谓的“神仙”，从总设计师到射手，他们都是最为脚踏实地、勤奋前进的中国军工人。他们的思想充满灵感的火花，他们每一个人都可以在设计上与卡拉什尼科夫这样的大师一较高下，但他们依靠的却是集体的力量，国家的进步，如果一定要在这里找到一个中国枪神的存在，那么，它的名字便是“二〇八”。

这时候，我们会更进一步理解新型步枪系统创新团队作为央企楷模的含义。今天，国家赋予我们新的要求与任务，如果此时进口的进不来，引进的技术无法到位，那么，就让我们充分利用几十年积累下来的进步，利用央企的制度优势集中力量，用我们的青春与奋斗，为国家的需要做先锋。

做中国枪，圆中国梦。

今天的中国，已是一个工业大国，而央企作为大国重器，每当国家有需要的时候，便是挑起重担的脊梁。央企楷模，承担的不但是企业的盛衰，更是国家的使命。中国人做中国枪，为中国军人圆梦，这是这个团队的骄傲，亦是他们的职责。为使命而战，无论世事如何纷繁，我们的初心永远不变，无论时代如何变迁，我们的誓言永远不改。

春风又度玉门关

——记“央企楷模”陈建军

◎文/李　迪

这一年，玉门迎来了一场春风。

谁说春风不度玉门关？

是王之涣吗？是大唐的王之涣吗？

你看那春风裹着春雨，浩浩荡荡，吹开了漫山遍野的串串红。

这久违了的串串红，这无雨不开的串串红，红艳艳，红艳艳，开得那样灿烂，那样可人。

这一年，在玉门的石油河畔，在老君庙以北15米处，石油人挖掘的第

一口井出了油，人们欢呼雀跃。大规模开发油田的序幕由此拉开，玉门成了中国石油工业的摇篮。

这不是普通的一年，这是抗日烽火燃烧在千山万壑的1939年。玉门挺身而出，以25万吨油支援了前线，为抗战胜利做出了重大贡献。

时光荏苒，半个世纪过去了。

日月如梭，又过去二十多个春秋。

河再大，架不住分流；水再深，经不住瓢舀。

2015年7月，在石油河畔奋战了三十多年的陈建军上任玉门油田公司总经理。此时，被开采了近八十年的油田已接近枯竭，很多井打出来的不是油而是水。原油年产由鼎盛时期的140万吨下降到40万吨。就连功勋卓著的老君庙油田，也由年产最高的94万吨下降到14万吨。

产量减少，成本加大，玉门油田全面亏损。

困境如山横亘。

出路在何方？

生产要发展，必须要有储量，要有地质资源。

陈建军心急如焚。

老油田储量日益减少，新油田开发迫在眉睫，犹如为饥渴的牛羊寻找新的草场！

如果能找到新油田，如果新油田年产能达到60万吨，加上老油田的40万吨，那么，在玉门百年诞辰之际，产量将重上历史高峰。

百年诞辰百万吨！

——这是陈建军梦中一望无际的草场。

草青青，水澄澄，风吹草低见牛羊。

为了这梦中的一望无际，他四处调研。寝食难安。

勘探队员出身的他，惆怅复惆怅！

神州大地，哪里还有可开发的资源？

就连鸟不拉屎的蛮荒之地，也早已“名花有主”！

2017年8月11日，中石油集团公司出台了矿权内部流转方案，让占有地质资源而人力和技术顾不上开发的公司，转让部分资源给更有实力的公司，从而提升国内油气供给。

方案出台，如金鸡报晓。陈建军看到了希望，闻到了油香，梦中的一望无际在向他遥遥招手。

于是，他踏上了申请矿权流转的漫漫征程。

像他最爱唱的《勘探队员之歌》——

背起了我们的行装
攀上了层层的山峰
我们满怀无限的希望
为祖国寻找富饶的矿藏……

从年轻时起，陈建军，这个石油人的后代，就把自己的命运紧紧地和父辈的事业连在了一起。他不但报考了西南石油学院，还选择了地质专业。这是个不招人待见的专业，学子们害怕毕业后拿个铁锤漫山疯跑。而陈建军不但自己报了地质专业，后来还让他的儿子也选择这个专业。他为儿子起名叫玮岩，谐音围岩。围岩是地质学名词，按石油人的解释就是“包着油的岩石”。新打的井出油了，陈建军把儿子拉到池边，抓起一把黑黑的原油，抹在他的脸上，来，老爸给你做个记号，以后你要好好找油啊！儿子很争气，脚踏实地走上了石油之路。大学本科读的资源勘察工程，之后又攻读海洋地质学博士。儿媳怀孕了，陈建军说，小孙孙出生后，不管是男是女，小名儿就叫石头。找油离不开石头，油就藏在石头里。他不但把自己的儿孙跟石头绑定，得知刘战君的儿子要填报高考志愿，专门跑去找这位一起工作了二十多年的老搭档，说我的儿子上了石油学院，你的也一样，也报石油学院吧！咱们的孩子以后都要搞石油，其他的不要报，就报这个！结果，刘战君的儿子也报了石油学院。

陈建军满意地笑了，刘战君也笑了。没有比他更了解陈建军的了。刘战君主管工程技术，每个重点探井只要他在井场，陈建军必定站在他身旁。打完井后要试油，要等压裂酸化。整个酸化过程要一整天。迎日出，送晚霞，陈建军一刻也不离开。刘战君几次说你回去吧，这儿有我呢！陈建军都装聋。酸化压裂车开动了，柱塞泵一个来回、一个来回地运转着。陈建军忽然说，怪了，我的心跳怎么跟压裂车一样？刘战君伸手一摸，哎呀，可不是，压裂车动一下，陈建军的心就跳一下，完全同频共振。他苦笑着说我不是大夫，搞不明白。但我知道什么叫一心扑在石油上，是为也！

2017年8月21日，在矿权流转方案出台后的第十天，陈建军就迫不及待地带领班子成员，踏上申请的征程。

第一站：北京。

向集团总部提出强烈愿望，在矿权流转中分给玉门一块地。

临行前，陈建军回家收拾行李，一晃眼看到墙上挂的奖状。他笑了，又是妻子挂上去的。这个2001年获得的奖状，他摘下过好几次，认为那只能代表过去，远油解不了近渴。可妻子王玉凤不这么认为。当年，那是怎样备受煎熬的日子啊！没家没夜，风餐露宿，头发长得像野人。为了摆脱老油田资源衰竭的困境，陈建军带领弟兄们调整主攻方向，将勘探重点放在河西走廊。在这之前，公司组织了一些专家论证玉门油田的勘探方向。有专家说，玉门开发几十年了，该找的地方都找了，该打的井也都打了，没希望了，再论证勘探已经没有意义了。陈建军当时就想发火，拿起钢笔往笔记本上一戳，把坐在旁边的刘战君吓了一跳，说你干啥？陈建军说这话讲得不对！玉门有希望，玉门还有油！刘战君说你小声点儿，他讲他的，咱找咱的！过后，不信邪的陈建军就带着弟兄们来到河西走廊。最终，他积极倡导并带领大家大胆实践“下凹找油”的新思路，实现了勘探的突破，相继发现了青西、酒东两个油田，使玉门的油气产量止跌回升，直至翻番。在那些凄风苦雨的日子里，陈建军除了吃尽苦中苦，更承担了常人难以承担的压力：一旦打不出油，井就废了，两三千万的投资就打了水漂！这还是在玉门，如果在塔里木，打一口井投资要上亿元。但是，他胜利了！青西、酒东都打出了油！面对打出的油，他竟然当成可乐喝了一口，说，真香！在旁人看来，以为这个动作是他高兴得喜出望外。有没有这个因素？有。但更重要的是，他要亲口尝尝地下打出来的东西，是油还是水，是淡还是咸。咸了说明是地层水，这口井就不好。不咸说明是地表水，是投产洗井时存的，那就是口好井！这种独特的鉴别方法，是以身体受损为代价的。比如，青西的主力油层都在地下4200米左右，打出来的不管是油是水，都有很高的放射性，以及钙、镁、钡等重金属，会对人体造成直接伤害。陈建军不顾这些，他要马上尝尝，第一时间掌握井的好坏。而送去化验，要等两三小时才能出结果。他等不得，一分钟也等不得！他一尝，好香！就说明打出来的是好油！大家就疯了，又喊又叫又扔帽子。青西、酒东的大获全胜，“下凹找油”的传奇故事，让“中国石油工业的摇篮”再创辉煌。为此，陈建军荣获国家第十届“孙越崎科技教育基金能源大奖”。从北京领奖回来，他就把奖状放进了抽屉里。妻子背着他拿出来，镶进镜框，挂在墙上。陈建军看见了就摘下来，妻子又把它挂上去。此刻，他看到奖状又被挂上了墙，他笑了，他理解妻子，他没有再摘。结婚三十多年，妻子苦多于乐，还常常担惊受怕，生怕哪口井没打出油报废了，给国家造成损失。青西、酒东勘探成功，妻子当然把奖状当成宝贝。

从自己得奖，陈建军忽然想到，从北京回来应该给玉门炼油厂颁个奖。这个厂同样建于1939年，是中国第一个炼油厂。当年的炼油技术很搞笑，叫大锅熬油。把油装在貌似茶壶的大锅里，下面一点火，油就蒸发了，从壶嘴徐徐冒出。先冒出的气体很轻，一冷却就成了汽油；后冒出的气体就是柴油。炼油厂从无到有，从小到大，经过几代炼油人的磨炼，已达到年加工250万吨油的能力。虽说这个产量以我国目前动辄年产千万吨的炼油厂来讲，只能算个小厂，用厂长段天平的话说，我们厂有多小呢？全国倒数第二小吧。可是，它却像老君庙油田一样，诞生在硝烟弥漫的抗日烽火中，为新中国成立初期的经济建设立下了汗马功劳。随着玉门油田的产量减少，炼油厂吃不饱了，亏损了。员工们很悲观，说搞不好哪天就倒闭了。陈建军上任后，来到厂里登高一呼，说这个功勋厂不能倒，也不会倒！油田要扭亏，炼化必须先扭亏！他力主调整了炼化的定位，扭转了以前把勘探和开发作为营业主体的思路，将炼化也定为油田的核心业务，给资金、给项目、支持科研、广开市场。最终，这个面临倒闭的老厂，终于在2016年实现了扭亏，全年盈利2.82亿元。陈建军笑着对段天平说，你能盈利2.82亿元，是不是还能盈利3亿元、4亿元？你每盈利1000万元，都是对国家最大的贡献啊！段天平笑成了一朵大菊花。为了他的笑，陈建军轻车简从，跑集团总部，跑润滑油公司，跑燃料油公司，跑化工销售公司，找支持、找项目、找合作。众手浇开幸福花，转年，炼油厂就盈利4.24亿元，2018年又盈利4.5亿元，一年一个台阶！在欢庆的喜悦中，陈建军对段天平说，天平啊，盈利的成果要惠及员工。说说吧，你是怎么打算的？段天平说，我早想跟您汇报了，看您忙得连饭都吃不好，又插不上嘴。员工的工资水涨船高就不说了，我想把工厂前的三栋报废楼拆了，建一个大广场，搞好花草绿化，让员工和家属们有个活动的地方，走走步，跳跳广场舞；我还想建一个活动中心，员工们可以打打乒乓球、羽毛球，下下象棋，玩玩电脑！听段天平这样讲，陈建军也笑成了一朵大菊花，说好好好，这些民生工程以前连想都不敢想。我给你提个醒，广场上安的灯一定要高，不然树长起来，灯就照不到路上，容易摔跤。我再给你提个醒，饱汉要知饿汉饥，你要为还没结婚的年轻人多操操心，跟当地企业搞搞鹊桥会啥的，给青年男女创造机会。我回去也动员动员工会，帮助你们组织这样的活动，让有情人早成眷属。这个问题，我跟老君庙的张惠君主任也念叨过。她一上劲儿，就撮合成二十多对儿！段天平说，陈总，您放心吧，这月下老人我当定了！哈哈哈！两朵大菊花相对而开……

想到这里，陈建军忽然记起一件事，急忙拨通段天平的电话，天平吗？我是陈建军。我马上要去北京申请矿权流转，想起个事跟你说说，你们厂有夫妻俩都在玉门工作的，要考虑到已经搬迁到酒泉的老人和孩子，安排好他们的生活。再有呢，女员工生了孩子，按照企业政策，可以休育儿假，尽最大可能解除她们的后顾之忧。企业盈利了就要惠及员工，不能让员工光跟着吃苦！你说对吗？

电话那头儿，“对”字还没出口，段天平已泪流满面。

放下段天平的电话，陈建军又想起另一个“中国第一”：玉门机械厂。

玉门机械厂是中国石油行业创建的第一个机械厂，其生产的“中国第一”数都数不过来，第一台抽油机，第一台抽油泵，第一台分割器，第一台水泥车，第一台压力车，第一根抽油杆……

然而，俱往矣。随着时代车轮的飞奔，这个“中国第一”落伍了。就拿厂里生产的抽油机、抽油杆、抽油泵这三项主打产品来说，早已不能跟民企的同类产品相比。人家价格低、到货快、服务好。机械厂干部与员工比例为1∶1，而民企一个老板管一二百个人，工资又按计件提成，这些都是国企做不到的。几十年下来，王小二过年一年不如一年，机械厂上了国资委特困企业的名单。如果三年内不能扭亏为盈，按规定就要歇菜。时间门槛横在2018年年底。这样一个“中国第一”面临倒闭，陈建军于心何忍！他狠了狠心，把爱将赵文义调来背水一战。彼时，赵文义正在油田作业公司经理的任上率众苦战。他上任五年，公司年年拿先进，包括安全先进、双文明先进，以前没拿过的全都拿下。单位实现了盈利，他个人获得了甘肃省“五一劳动奖章”。赵文义是学机械的，机械厂起死回生正需要这样的专业领导。陈建军掏心窝子跟赵文义进行长谈，说好钢用在刀刃上，机械厂厂长非你莫属。赵文义说，领导这样看得起我，我全力以赴。我名字里有三个叉，做得不对的领导随时拿来打，做得对的领导一定要支持！陈建军说好，我支持你，说说你的方案吧！赵文义说，方案有三：第一，分流人员。青西、酒东正好缺人，从本厂分流出三分之一，人工费就能降下一大块。第二，开发新产品。厂里的老产品没有竞争力，必须投入资金研发新产品。集团对特困企业一般不让投资，但我要求公司给我投资。我是学机械的，知道油田需要什么样的机械。我们有玉门这么大的实验基地，搞研发比任何厂都有优势。第三，也是最重要的，恳请领导给厂里减值。厂里现在背负的库存有1.6亿之多，压得喘不过气。这些库存已经存了十年甚至二十年，不减值我们永远难以翻身。我知道，减值如同书店把卖不掉的书低价送造纸厂，需要领导担当。但我仍提出来，希望予以考虑。赵文义的话掷地有声，陈建军拍着他的肩膀说，小赵，你等我消息吧！陈建军把赵文义的方案拿到经理办公会上，说我同意这个方案，需要签字的，我签！有不明白的，我们把小赵请到会上来，让他当面阐述！最终，赵文义来到会上，阐述了方案，立下了军令状。他的三项整改获得通过。在减值的文件上，陈建军郑重地签下自己的名字。之后，机械厂分流减值，轻装上阵，在科研资金强有力的支持下，展开了一系列的新产品研发。

这些新产品的市场反应如何呢？

想到这里，陈建军拨通了赵文义的电话。不等发问，赵文义就说，陈总，我正在给您写汇报呢，我们的新产品在中石油全面开花，大庆、辽河、大港、长庆、青海都用上了，新疆也准备上马。我们超额完成了国资委的扭亏目标，2018年盈利168万元，产值2.78亿元。2019年预计再创新高！您就放心吧！陈总，听说您要去北京申请矿权流转，这可是玉门梦寐以求的大事。我祝您成功，等您凯旋！陈建军笑了，哈哈，没有不透风的墙啊！请你也放心，我们一定能成功！

临行前，陈建军什么都想到了，甚至没有忘了跟他养的热带鱼说再见。他不抽烟，不喝酒，这些鱼是他的最爱。当初从外地买回来的时候，装在一个灌满水的塑料袋里，途中他不停地打氧，生怕鱼受委屈。为了养好这些鱼，他不仅从网上学习养鱼的经验，还买了一摞书研究，觉得好的还在旁边批注。每当喂鱼时，他就说整个酒泉就我养得好！妻子说你就吹吧！他说不信你问鱼！

现在，要出远门了，他对游来游去的鱼说，子非鱼，焉知鱼之乐？再见吧，我的快乐！

临行前，陈建军什么都想到了，就没想到自己是个病人！

——一个患了重病的人！

他对周围的人，包括亲人，都隐瞒了病情。

以至于隐瞒得连自己都忘了。

北京的矿权流转申请很快获得成功。

集团总部考虑到老油田的困境，决定由长庆油田流转400平方公里矿权属地支援玉门。

同为中石油所属的长庆油田，年产5000万吨，是油田大户。其拥有22万平方公里的鄂尔多斯盆地，可谓辽阔无边。他们人少忙不过来，玉门又缺地，所以总部决定让他们匀出一块地给玉门，并提出最好是陇东一带。为什么？总部考虑得很周到，长庆占地辽远，跨越甘肃、陕西、宁夏、内蒙古、山西等五省区。矿权流转牵一发动全身，要惊动当地不少部门。所谓陇东一带具体就是指环县，其在甘肃境内，与玉门同省。老乡见老乡，两眼泪汪汪，关系比较好处理。

至于如何交接？总部指示由玉门与长庆协商。

长庆油田的首脑机关在陕西。

陈建军要跑的第二站：西安。

他马不停蹄。

他一路哼唱——

> 是那山谷的风
> 吹动了我们的红旗
> 是那狂暴的雨
> 洗刷了我们的帐篷
> 我们有火焰般的热情
> 战胜了一切疲劳和寒冷……

陈建军战胜的何止是疲劳和寒冷？

他以常人难以忍受的痛苦，默默地战胜着病魔，也战胜着内心的纠结。

资源为王，西安的协商注定不会轻而易举。

陈建军对同行的班子成员说，这是要拿人家蒸笼里的馍啊！

刘战君也说，可不，咱们是地级公司，人家也是地级公司；咱们想要地，人家也把地当宝。亲兄弟明算账，不管人家提出什么条件，都应该，都合理。

一行人来到西安，见到长庆的领导，人家非常客气，说玉门的情况我们了解，总部的决定我们全力以赴。但是，我们现在的资源状况也不好，没有更多的地方找油了。这是其一。其二，当地老百姓不愿意。这些地已经占下来了，他们可以一代一代地慢慢吃。一旦划出去就没了，往后靠什么？其三，老职工们的意见更大，说你们小娃子当领导，连家底儿都守不住，今天划给这个一块，明天划给那个一块，划来划去，长庆还能长吗？唉，难啊，工作不好做啊！

三不愿意。

第一天的协商没结果。

双方约定第二天继续协商。

回到住处，陈建军说，不能怪人家，事怕调个儿，换了我们也不想把地给别人。但是，我相信长庆会从大局出发，会执行总部的决定。今天不成，还有明天。明天不成，还有后天！大家都累了，快洗洗睡吧！

陈建军让大家睡，他自己却不睡。

他没法睡。

他也睡不着。

一万多员工在家等着。

一万多员工在家盼着。

玉门有多少年没有发现油田资源了！长庆这块如果能谈下来，玉门就能扭亏脱困，员工们的好日子也就跟着来了。

大家在等这个结果。

大家在盼这个结果。

这个结果一定要有结果！

天黑透了，辗转反侧的陈建军索性下了床。他打开灯，把矿权流转图铺在地上，趴下身子，左看右看，上看下看。

人家为什么三不愿意？

在这块准备流转的土地上，有人家的产量、厂子、高产井、安全环保的投入，有人家的夜以继日流血流汗，有人家的春种秋收丰产在望！房子盖好了，人也入住了，说搬就让人家搬，说腾就让人家腾，谁会心甘，谁又会情愿？

将心比心。

将心比心啊！

但是，玉门，真的，真的，真的需要这块地！

还有什么办法吗？

还有什么高见吗？

怎样才能打开心结，让长庆欢欣，让玉门鼓舞？

陈建军苦思冥想。

陈建军绞尽脑汁。

终于，他眼睛放亮，他看见了光！

他有了方案，有了解决问题的方案！

可是，这时，就在这时——

容不得他叫好，容不得他兴奋，病魔突然袭来！

张牙舞爪，翻江倒海！

陈建军疼痛难忍，冷汗如雨。

这才想起，自己一整天都忘记了吃药！

而这救命的药，必须要按时吃……

旭日东升，霞光万丈。

新的一天来到了。

第二轮协商开始了。

陈建军容光焕发走进会议室。

有谁会想到，他昨晚与死神擦肩而过，擦肩而过！

甫一坐定，他就拿出了方案——

矿权流转一定要充分保障长庆油田的利益，已经建成产量规模的区域不划，已经有地面流程设施的区域不划，已经投入安全环保设施的区域不划，有高产井的区域更不划。一句话，东边已开发的区域都不划，行吗？

长庆方面笑了，这个好商量！

结果，长庆大大方方地多给了60平方公里。

2017年10月24日，双方签订了流转合同。

北起环县，南至河道镇，东以211国道为界，西到路坪乡。

——原来计划流转的400平方公里，一下子变成了460平方公里！

回到住处，陈建军高兴得像个孩子。

你们看啊，他对班子成员说，咱们玉门探明的含油面积一共就100平方米，现在一下子多出460平方米，这不是天上掉馅饼是什么？尽管地瘦，尽管有风险，但难啃的骨头正是对我们玉门人的考验。玉门人是什么人？王进喜就是我们的代表！他从玉门走向大庆，走向全国，有他的铁人精神，什么样的骨头啃不动？

这话，是他对班子成员说的，更是对他自己说的。

背起了我们的行装
攀上了层层的山峰
我们满怀无限的希望
为祖国寻找富饶的矿藏……

第二天一早，陈建军就带领大家直奔甘肃省政府。

兰州，这是他要跑的第三站。

矿权流转协议与长庆签了，按照程序，除了向中石油总部汇报，还要向甘肃省政府汇报。主管的省领导听完汇报后，表示大力支持玉门油田在陇东开发，当即指示庆阳市政府做好配合工作。

有了省政府的支持，陈建军趁热打铁，率众前往庆阳。

庆阳：行程的第四站。

460平方公里的土地归庆阳市管辖，是长庆的矿权属地，更是国家的资源。长庆在管理，庆阳市政府也在管理。玉门要接管这块地方，必须要向市政府报到，征求人家的意见，接受人家的领导。实际上，更需要人家的支持。开发人家的地盘，涉及对接、征地，哪一步都离不开当地政府。

风尘仆仆，鞍马劳顿。

一行人来到庆阳，见到市领导。人家笑脸相迎。

我们全力支持矿权流转，市领导说，欢迎你们前来开发！要求呢，我们只有一个，油田是庆阳的税收大户，你们在这里开发可以，但税收不能拿走，必须在庆阳注册公司，成为我们的纳税人。

陈建军一听就愣了。

要求虽说只有一个，但却非常棘手，甚至很难做到。

为什么？

玉门油田已经在酒泉注册了公司，跟中石油整体上市。上市公司的法人只有一个，由中石油领导兼任。陈建军不是法人，没有权力决定玉门在另地再注册公司。此事必须跟总部汇报，征求总部意见。再者，这涉及甘肃的两个地级市。玉门的注册在酒泉，能不能在庆阳再注册？怎么注册？还得给甘肃省汇报，听取意见。

陈建军坦诚地说出了上述两个问题，请求市领导给他时间协调。

市领导说，心急吃不了热豆腐，我们等你，也相信你能成功。你们等也是等，不如先到环县去，听听县里的意见，他们才是这块地的“父母官”！

市领导说得没错，460平方公里的土地全都在环县境内。

市领导不说，陈建军也要去。

俗话说，县官不如现管。

环县的领导，既是县官，又是现管。

环县，这个等待陈建军的第五站，又会有哪些难题呢？

庆阳距环县150公里。有60公里高速，还有近90公里的国道。路况非常不好，车流量很大，爆土狼烟。

全程下来，要开四个多小时。

走，上车！

陈建军一挥手，带头钻进车里。

再一次，忘掉了自己是个病人。

他得的不是一般的病，是要命的病。

可是，他不要命了。

他要油！

颠簸在前往环县的路上，一辆喷涂着物业公司名称的货车疾驶而过，让陈建军忽然想起一个人：任向阳。

玉门油田原来也有一个物业公司。在国企改革中，国家要求剥离办社会的职能，相应的公司必须在2018年12月31日前移交地方。根据这个要求，玉门原有的物业公司就要与油田分开，另立门户。从中石油身份一下子变成非中石油身份，这非同小可！分出去的员工像没家的孩子，难免产生巨大波动，搞不好不能按期完成移交。这样难办的事及新成立的物业公司，都需要一个强有力的领导。陈建军考虑再三，决定让任向阳挑这个重担。

像赵文义一样，任向阳同样是陈建军的爱将，时任油田作业公司党委书记。2014年，玉门在青海天峻县拿到了一个探矿权，由作业公司安排65名员工前去打井。天峻地区海拔4200米，生活困难不说，还容易得肺水肿这样的高原病，如果不及时送医院就会有生命危险。陈建军非常担心，遂派任向阳前去落实三件事：第一，与省人民医院建立救援通道；第二，与高原救护队建立联系，一旦员工出现生命问题，不惜任何代价，请队里出动直升机；第三，安排好员工生活，不能断了顿。任向阳二话没说就出发了。来到天峻，他吸着氧气跑来跑去，最终与省人民医院和高原救护队两家都建立起救援通道。医院答应，员工一旦发病，他们的救护车就从西宁往天峻开，油田的车相向而行，途中交接，争取抢救时间。医院提出先给员工们做一次体检，项目较多，费用有点儿高，每人6000多元。65名员工体检下来可不少。任向阳打电话请示，陈建军一个字：做！对于保障员工生活，任向阳更是动了脑筋。他发现大雪封山后，一般车根本进不来，有钱也买不到东西。而中石油的海西州油站，却能开着特种车进来送油，每周一次。他灵机一动，专门跑到海西州，跟油站经理说，拜托你们进来送油的时候，帮我们带点儿粮食、蔬菜，我们加倍给钱。经理笑了，想让我“双规”吗？都是一家人，按发票给就行啦！任向阳感动得不知说什么好。他又发现，因为海拔高，当地的水只能烧到50摄氏度，馒头蒸不熟。而员工大都是爱吃面食的西北人。他就买了四个特大号高压锅，用高压锅蒸馒头、下面条，员工们个个叫好。任向阳出色地完成了任务，给陈建军留下深刻的印象。

还是那句话，好钢用在刀刃上。陈建军决定把移交工作交给任向阳，同时任命他为新成立的物业公司党委书记兼经理。任向阳还像当年去天峻一样，陈总，你说吧，让我怎么干？陈建军非常感动。两人认真分析了移交可能出现的问题及克服办法，谈得最多的，是如何保障员工利益不受损。两小时的交谈颇有成效，任向阳不辱使命，在国家规定的时间内，成功地完成了移交，新组建的宝石花物业公司也挂牌开张。

骑上马，送一程。从国家到集团总部再到玉门油田，三家合起来为宝石花物业公司提供了1.4亿元专项维修资金，用于物业改造，解决“天上漏雨，地下冒水”，即屋顶破损、排污不畅的民生问题。资金一到位，陈建军马上想到任向阳会遇到来自多方的压力，因为他自己就遇到了同样的压力——

各种打招呼纷至沓来，谁都想插手工程。

颠簸在前往环县的路上，陈建军拨通任向阳的电话——

向阳吗？我是陈建军。我知道你正面临着多方的压力。我打电话是想告诉你，我也面临着同样的压力，各种打招呼，各种求照顾。向阳，你听我说，我的压力我顶住，你的压力你也要顶住！我们必须要把眼下的民生工程，做成廉洁工程、良心工程，不能分包转包层层扒皮，更不能把不合格的建筑队伍引进来！严格按照项目管理往下推进，把钱用在最急需的维修改造上，雪中送炭，不要锦上添花！

陈总，您放心，有您这句话，我会顶住一切压力，把工作做好！

车到环县，一行人顾不得入住，直奔县政府。

县领导热情迎接。落座后，开诚布公地提出三点要求——

在环县注册公司；税收留在环县；优先雇用原来在这里工作的环县工人。

陈建军心里虽然有所准备，但听了以后还是暗中叫苦。

三点要求，只有最后一点能马上答应。其他两点，不但与庆阳市所提要求同样难以回答，而且还矛盾了。

这怎么办？

还能怎么办？

陈建军只好把对庆阳市领导所说的话重新说了一遍——

要征求集团总部的意见，要征求甘肃省政府的意见。

环县领导很客气，回答几乎与庆阳市领导一样——

心急吃不了热豆腐，我们等你，也相信你能成功。你们等也是等，不如先到地里去看看，早晚是你们的！

陈建军说，谢谢啦！

县领导不说，他也要去。

既来之，则去之。

都到地头儿了，焉有不去之理？

早晚是你们的！这话多给力。

陈建军一挥手，带头上了车。

再一次，再一次，忘记了自己是个病人！

他激动。

他振奋。

他一路上哼唱着自己最喜爱的歌。

是那天上的星
为我们点燃了明灯
是那林中的鸟
向我们报告了黎明
我们有火焰般的热情
战胜了一切疲劳和寒冷……

来到地头儿，他已经完全变成了一个孩子。

尽管山大沟深，尽管黄土漫漫，460平方公里的大地，一望无际，一望无际！

这就是陈建军梦中寻觅的新草场。

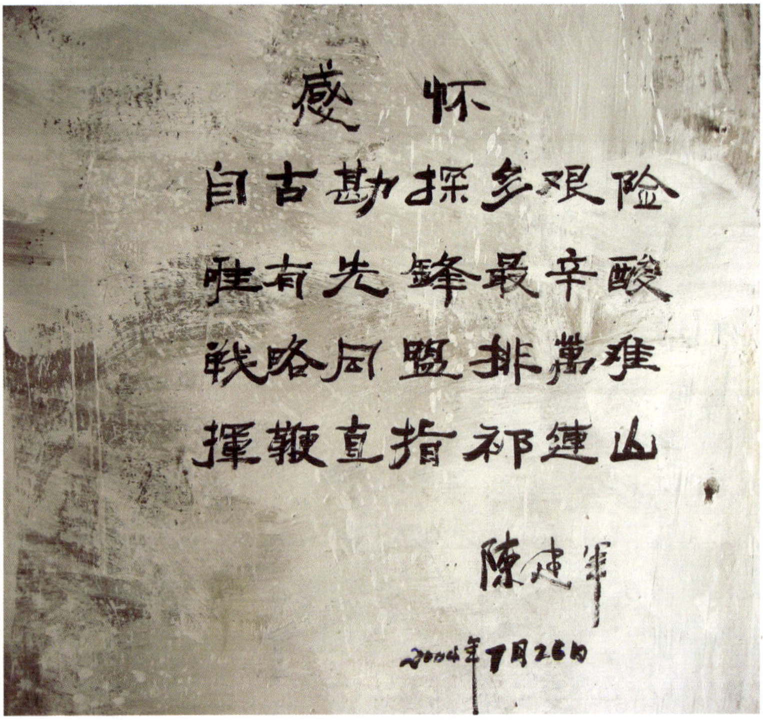

黄土深沟，在他的眼里，在他的心里——

草青青，水澄澄，风吹草低见牛羊。

陈建军大声说，这片地将是我们的了！我们要宣示主权，我们要把它跑完，460平方公里全部跑完！

离开环县，陈建军带着未解决的问题，飞兰州，跑酒泉，再到集团总部。集团总部最终决定：尊重甘肃省政府的意见，在环县注册公司，税收留环县，产量归玉门。

460平方公里的矿权流转至此完胜。

春风又度玉门关！

玉门油田，彩旗招展，锣鼓喧天。

新开辟的阵地，一上马就打了100多口井，日产原油70吨。

五年后，年产60万吨无悬念。

玉门百年诞辰，新老油田100万吨无悬念！

正当人们沉浸在胜利的喜悦中时，陈建军却倒下了！

早在2017年年初，他就老发低烧。开始以为是感冒，怎么吃药也不好。到医院一查，大夫说你这不是感冒，是肝上出了问题。5月，在上海确诊为直肠癌转肝癌，做了切除手术。在术后化疗期间，他听说集团总部出台了矿权流转，一天都待不住了，拔掉化疗针头就飞到北京。从此，带领班子成员踏上了漫漫征程，为玉门争取新的土地资源。他跟家人和同事们说，手术很成功，我已经痊愈了。其实，日益加重的疼痛提醒他，癌症扩散了，生命垂危。

他隐瞒了一切。

他与死神争时间。

他奔波周折。

他风雨兼程。

直到拿下460平方公里，直到新的阵地产油，直到病情恶化……

2019年4月19日，他召集了最后一次大会，做了一个多小时的报告。他咳嗽。他流涕。台下的人还以为他着凉了。

会后，他住进了医院，再也没出来。

生命最后的日子，他几度昏迷，又几度苏醒。

有一天，他刚苏醒，忽然接到一个电话，老干部，下周日同学聚会，你能来吗？好久没见，大家都想你了！他听出来了，这是高中同学马玉米打来的，现在改名叫马丽。当地人管玉米叫苞谷，陈建军就给她起了个外号叫马苞谷。陈建军是受同学欢迎的班长，也是起外号的高手，班上的人几乎都被他起了外号，骆驼、妖精、熊猫、老虎、妞妞、黄世仁，叫什么的都有。同学们也给他起了个外号，叫老干部。马苞谷没考上大学，后来就工作了，再后来下岗了，自己开了个小火锅店。店隔壁是油田研究院。陈建军当时正好在当院长。一天早上，马苞谷意外地发现陈建军从车上下来，急忙躲进屋里。不料，陈建军一推门进来，马苞谷，多少年不见了？你躲什么？马苞谷不敢抬眼，说我下岗了，不好意思。陈建军说，这有什么不好意思？民以食为天，你是我们的天啊。咱俩是邻居，往后需要我帮什么忙就说话。这样吧，今天晚上，你把能叫来的同学都叫来，我请大家在你这儿聚聚……

回想起往事，回想起当年和同学们一起在校园里种向日葵，那金色的葵花多么美丽啊，圆圆的，高高的……

老干部，你怎么不说话？同学聚会你能来吗？

手机里的声音，还像当年那样清脆。当年真好，年轻真好！

马苞谷，如果时间允许，我一定去。

好，一言为定。到时候我给你打电话，你可不许爽约啊！

手机还没放下，陈建军又昏迷了过去。

不知过了多久，手机铃声让他再次苏醒。

是老父亲打来的，儿啊，你在哪儿？怎么没有你的消息？

陈建军挣扎着，用尽最后的力气，老爸，我在上海出差，我一切都好……

八十多岁的老父亲，直到看见骨灰盒，才知道儿子早已不在人世。

2019年5月28日，陈建军永远地闭上了眼睛。

生命定格在56岁。

他回到了酒泉，跟母亲安葬在一起。

生命的最后时刻，他让妻子打开手机，播放他最喜爱的歌——

是那山谷的风
吹动了我们的红旗
是那狂暴的雨
洗刷了我们的帐篷
我们有火焰般的热情
战胜了一切疲劳和寒冷……

在歌声中，陈建军仿佛听到了风声。

那风可是春风？

那风可是来自玉门？

那漫山遍野的串串红开了吗，开了吗……

2019年7月8日17点38分，随着一声婴儿的啼哭，小石头出生了。陈建军的家人喜极而泣。

匠心逐梦

◎文/国家电网宿州供电公司党委党建部　谢忠玉

引　子

沁园春·抒怀

踏破晨霜，春恋斜阳，旷野影稠。
想当年许诺，雄心抱负；登高岁月，有意风流。
孤灯击键，不知池舞，面壁书山常独幽。
从前事，看案头红榜，业绩存留。

追求卓越情投，有擂鼓声催岂肯休？
望万千银座，光芒如昼；江山社稷，毕竟金秋。
时光正好，豪情依旧，网架神州壮志酬。
心泉涌，执涂天画笔，直上云楼。

当你品读这首词的时候，是否能够依稀看到工作现场一个矫健的身影？当你品读这首词的时候，是否能够轻松感到作者追求卓越的一腔热血情怀？当你品读这首词的时候，可曾想到，填写这首词的人，既不是作家，也不是诗人？填写这首词的人叫许启金，仅仅是一名高中毕业的线路工人，在国网安徽电力宿州供电公司工作。他和我同在一个公司，我们熟悉，他年长我几岁，我叫他“许师傅”。值得一提的是，以后许启金的“名衔”发生了很多变化，劳模、工匠、主席（安徽省总工会兼职副主席）、委员等，但是他最习惯和最喜欢的称呼还是——“许师傅”或者“老许”。

我第一次在许启金办公室读到这首词，是10多年前的事情了，当时感

到很震惊，充满了好奇。“许师傅，这是您填的词吗？”我问他，“是的，填得不好，瞎写，只能算是习作。”许师傅略带害羞地回答。“您平时喜欢读什么样的诗词？”“我喜欢读豪放派的诗词，像苏轼的《念奴娇·赤壁怀古》、辛弃疾的《永遇乐·京口北固亭怀古》，以及毛泽东的《沁园春·雪》等”。“大江东去；气吞万里如虎；俱往矣，数风流人物还看今朝。很豪爽，很大气......不过，您这么忙，天天和杆塔线路打交道，怎么还有时间读书填词？”他慢悠悠地给我解释说，生产任务重的时候，就把时间和精力放在生产上，为了圆满完成生产任务，这叫保证安全生产；有机会的时候，就去钻研专业书籍，为了更好地创新工作，这叫充电；闲暇的时候也去读一些积极向上的古典诗词，这叫陶冶情操……你看，许师傅细细说起心里话，还真一套一套的，完全颠覆了我以前对他的印象。许师傅说话时表情很投入，眼里闪着亮光，仿佛要把自己思想上的火花伴随工作中的情感一起倾倒出来。我当时就认定，许师傅是一个有担当有情怀的人，当他把心中的情感融入诗词里面时，肯定感到工作是快乐的、生活是灿烂的、梦想是美丽的。

也许我们对文字、诗词有共同的爱好，谈话很投机，经常在一起交流，这样就成了无话不谈的好朋友。我有机会走进许师傅的内心世界，对他以前的故事，以后的辉煌知道的也就多了起来……

童年·梦幻

或许是时间太久远，或许是那时年龄太小，许启金讲起刚有朦胧记忆的事情总是模模糊糊的。他只记得自己的老家在皖北宿州市符离镇教育街上，住着两间茅草屋，对过是一小间厨房。“离离原上草，一岁一枯荣。野火烧不尽，春风吹又生。”唐代大诗人白居易在“古符离”度过了21个春秋，在这里写下千古绝句《赋得古原草·送别》——这是许启金上学以后才知道的典故。在许启金的记忆里，当时家里有奶奶、父亲、母亲、一个哥哥和一个弟弟，爷爷过世早没有见过。奶奶在街上摆个茶水摊，母亲在街道上组织的社团里打零工，父亲有逮鱼的手艺，是家里的顶梁柱，一家人的日子倒也过得其乐融融。那时他每天早晨总是盼着父亲把鱼卖掉，买个白面馒头给他吃。

然而，许启金清贫而温暖的童年生活很快被打破。大约是1968年，许启金的父母响应国家号召被下放到农村，就在那一年的春天，5岁的许启金跟随父母投奔到他的姑姑家。许启金的父母都读过两年的私塾，在当时算是有文化的人。尤其是许启金的父亲，他很严格，也很聪明，遇事识大体、不抱怨，乐观向上、积极求变。他虽然只上过两年私塾，但算盘打得很好，还会撒网捕鱼，许启金对“能人父亲”很是佩服，从小立志要做一个迎难而上的“能人”。

许启金的姑姑住在淮北市濉溪县马桥公社军王村，村庄背靠着龟山，那时龟山上没有草木，只是个光秃秃的石头山。下大雨的时候孩子们喜欢到山涧沟一个泉眼去玩，村民习惯叫它“老泉窝”，山水很清澈，烧出的水没有茶碱。山下村西面有一条长长的河，天热了许启金和小伙伴们就在那里戏水。河的旁边就是广阔的平原，平原上有一个村办小学叫军王小学，只有一二三四年级，五年级就要转学到邻村的周圩小学。那时的农村教室很简陋，茅草房，课桌是土坯块，学生上课要自带小板凳。最开始有三个老师，一个公办教师，两个民办教师，后来又来了两个公办教师。

许启金很聪明，也肯下功夫，老师布置的作业，让他写满一行，他总是写满一页。字很工整，老师总是在他的作业本上写“好”“很好”“漂亮”的批语。同学们都喜欢他，从一年级就选他当班长。当时农村没有电，晚上要在煤油灯下写字，灯光灰暗，烟灰飞扬，他的鼻孔总是黑乎乎的。一个冬天的晚上，他在油灯下写字，觉得头热乎乎的，就对旁边做针线活的母亲说：“娘，我的头怎么这么热？”他母亲看了他一眼，吓了一跳，“帽子烧着了”，赶紧下意识去解他的棉帽带，帽带系了个死结一时解不开，又赶紧拿把剪刀把帽带剪断。“以后再写字头不能离油灯这么近，知道吗？”“嗯，知道了。”

童年的许启金喜欢到城里走亲戚，因为那里有吃有玩还有新鲜事物。一次母亲带着他到城里的姨妈家，许启金望着头顶上的灯泡，手里拿着电灯开关的拉线绳，重复着拉亮、拉灭，充满了好奇。姨妈告诉他，不能这样把电灯拉亮拉灭，浪费电，也容易拉坏。从那时起，许启金脑海里就生发出了挥之不去的渴望：我要是能在亮堂堂的电灯下看书写字，该有多好呀！

许启金的童年生活在物质上是苦涩的，但是在精神上是快乐的。那时没有买来的玩具，都是自己做。当时许启金是最受小伙伴欢迎的，因为他能帮助大家做玩具，虽然很简易，但小伙伴们玩得很快乐。他把木块削成刀、剑，把树条做成弓箭，用竹筒制作推拉式水枪，和小伙伴们做着打仗的游戏；到山上挖来泥巴，做成泥哨，放在火上烧硬，这样不易损坏，每个小伙伴都发一个；与同村的伙伴一起推着自制的铁环追着跑着去上学……伙伴们在儿童的小小世界里玩得很开心、很自由。农村娱乐很少，场面稍大的娱乐，是一个村庄一个月左右能看一次露天电影。每次放映队来了，许启金早早就到放映场占个位置。邻村放电影了，他也早早地跑去。许启金朦胧记得看的第一部电影叫《草原英雄小姐妹》，像《地雷战》《地道战》《平原游击队》不知看了多少遍。每次放电影还要不停脚蹬自行车式发电机才能放映。要说容易满足的童年迷恋，还是连环画，也有人叫它画书、小人书。买来连环画的小伙伴是很骄傲的，会受到很多小伙伴的拥护，一个小伙伴买来，大家都是互相传阅着看。

那些电影、连环画中的英雄人物给许启金留下的印象最深，许启金从小就崇拜英雄、仰慕劳模，每一次看到他们的事迹，灵魂上都会受到洗礼和激励。

求学·梦断

许启金五年级转学到周圩小学读书。这是一个“带帽”中学，可以读到初中毕业。周圩小学坐落在一个比较大的村庄——后周圩子，过去是一个大地主的院子。学校离家有五里路，中间隔个村庄——前周圩子，前周圩子和后周圩子离得很近，相隔一里路。上学路上有一片林场和坟堆，显得阴森可怕，一个村庄同年级的有10个同学转到周圩小学，许启金组织大家上学放学都是结伴而行。许启金的学习成绩好，又能团结同学，老师和同学们就选他当班长，他在学校内外都很负责任。

渐渐地，许启金长大了，想要帮助家里干些农活。那时农村是靠挣工分吃饭，谁家的劳动力多挣的工分就多，收入就高些，家庭就过得好一些。生产队养着牛，每户都有缴青草的任务，小伙伴都去割草交到生产队，按重量记工分。有时还要到庄稼地里帮着除草、收种。

那几年在农村上学，每学期的学费不高，也就三五块钱。可那时家里都很穷，缴学费是家里一个很大的经济负担。初中一年级刚放暑假，许启金的父亲就出主意——炸油条卖钱攒学费。那年暑假，许启金在一个石料厂路口卖了二十多天的油条，攒够了他和弟弟妹妹一个学期的学费。初中二年级的暑假，许启金上山捉蝎子，把瓶子捉满了就拿到符离镇的中药店去买。初中三年级的暑假，老师让学生们割青草，背到学校操场上，老师帮着过秤、翻晒，晒干了就拉去草料收购场去卖，那一年好多同学就是这样缴的学费。学费不愁了，就安心读书，认识的字多了，就想多读书拓宽视野。

初中的三年，是许启金阅读课外书籍最多的阶段。那时学校没有图书室，有课外书籍的同学就从家里拿来，也有从亲戚那里借来的，同学之间互相传阅。许启金的四舅家有书，他看过了就借给同学看。老师家里的书多些，也毫不吝啬，常借给学生们阅读。那时候，许启金对课外书籍的痴迷程度，可以说是达到了废寝忘食的程度，油灯下眼皮直打架，就把脸洗一洗继续读下去，有时会读到天亮。当然看书也有犯错的时候，在课堂上偷偷看小说，就像现在的人"追剧"一样，老师发现了就会暂时收缴，教育一番。

杨爱国是许启金的语文老师，是山东曲阜人，很有学问，也很有爱心，一个人住在学校里，他常常给学生们说文解字，教文言文，教诗词。他自己就喜欢诗词，常说诗词里面有意境美感，读懂了在文学上、生活上都会受益终生，对以后的工作也会有帮助。杨老师说，人是鼓励出来的，有时也是惩罚出来的，培养的是个性，是自律，也是上进心，这些话许启金觉得很有道理。

那时把像《西游记》这样厚厚的书叫"大部书"，看着过瘾。《钢铁是怎样炼成的》是许启金最爱读的，有些故事情节至今还清晰记得。保尔·柯察金的一段话深刻影响许启金："人最宝贵的东西是生命，生命属于人只有一次。人的一生应该这样度过：当他回首往事的时候，不因虚度年华而悔恨，也不因碌碌无为而羞愧；这样，在临死的时候他就能够说：'我的整个生命和全部精力，都献给了世界上最壮丽的事业——为人类的解放而斗争。'"

许启金喜欢阅读的还有革命烈士故事，黄花岗七十二烈士，"狼牙山五壮士"、李大钊、杨靖宇、方志敏、张思德、董存瑞等一大批革命先驱和烈士，为了理想信念，为了人民福祉，用青春和热血筑起了中华民族的尊严和一座座丰碑；"砍头不要紧，只要主义真。杀了夏明翰，还有后来人。"28岁的中国共产党党员夏明翰在被国民党反动派杀害前，写下一首气壮山河的《就义诗》，一直为人们所传颂……他们的事迹早已固化在许启金的脑海里。

在新中国成立以后那个火红的年代、激情燃烧的岁月，涌现出了一批家喻户晓的劳动模范，王进喜、郝建秀、雷锋、焦裕禄、石传祥等模范人物用汗水、用智慧，在平凡的岗位上，写出了五彩斑斓的人生故事。许启金曾经用心去品读他们对理想信念的执着追求，对辛勤工作的默默付出，对崇德向善的爱心传递……

虽然阅读了大量的课外书籍，不过也没耽误学习。能够让许启金和家人骄傲的是，从小学一年级到初中毕业，每个学期他都能够得到一张“三好学生”奖状。许启金每次得到奖状都是先拿给父母看，那时，父亲、母亲的笑容最好看，他父亲每次都会仔细地把奖状贴在墙上。茅草屋虽然低矮，但那一张张排列的奖状就是许启金的“荣誉墙”。

读高中是最辛苦的。濉溪县马桥中学离家有十八里路，刚建的学校，没有宿舍，家里也没有自行车，每天上学就靠两条腿。每天鸡叫头遍，母亲就早早起床给许启金做饭。后来不忍心看着母亲那么辛苦，许启金就自己早早起来拌面疙瘩，结果第一次是煮了一锅面糊糊。那时许启金身体不是太好，先是腿上出现红点，后来变成紫斑，刷牙都会出血。有的说是白血病，也有的说是营养不良、贫血造成的。父母很担心许启金的病，到处求医。一位老中医说，没有好办法，多吃些老鳖、鳝鱼会好些，对造血、补血有作用。许启金的父亲就在院子里建了个水泥池子，买来两个大砂缸，逮来的老鳖就放在池子里，鳝鱼就放在砂缸里，再也不卖了，只卖些鱼虾换零钱。许启金的母亲每天早晨都给他冲一碗鸡蛋茶，饭盒里放上鳝鱼段带到学校放在蒸笼里做午饭，在那时是很奢侈的，弟弟妹妹享受不到。

在马桥中学读了一年，为减少身体压力，许启金转学到了古饶中学。古饶中学离家近了，但也有八里地，每天还是靠两条腿走路。许启金的身体越来越差，每天上学、放学，都要在路上停歇两到三次。当时还有个不幸的消息——村干部不让随便外出逮鱼了，老鳖和鳝鱼也就没得吃了。许启金的伙食一下子变差了，饭盒里装的就是撒上盐切成片的窝窝头，中午在公共蒸笼里热一下吃，爱面子的许启金总是躲在操场边一个大沟里吃自带的盒饭。

身体不好，记忆力衰退得又特别厉害。那时，一心想参加高考，想着身体会慢慢地好起来，为了有把握考出好成绩，许启金就决定留级，高中一年级就多读了一年。实际上后来许启金的身体越来越差，快高考了，关键时刻本来是该住校的，但他身体撑不住，整天还是晕乎乎的，学不进去东西，每天都要回家吃药、打针……

1980年许启金高中毕业，大学梦断后，他特别伤心，常常叹气。有时谈到求学的话题，许师傅万分遗憾地说，就是现在，也常常在梦里出现这样的场景：自己围着大学的院墙转，就是进不去校门。

工作·梦想

失掉了“大学梦”，许启金苦恼了一段时间。1980年秋天，国家落实政策，许启金一家又回到了符离镇，房子几年前已经卖掉，没有住处就暂时寄宿在他舅舅家。

离别12年，辗转几个地方，再次来到“老家”符离集镇，仿佛梦幻一般，只是许启金对家乡“符离”的了解和认识更深入、更清晰了。符离镇因北有离山，南产符草而得名。历史上，这里水草茂盛，沼泽遍布，是各种野生动物的天然栖息地。传说当时野鸡特别多，经常结群出没，当地居民擒到家饲养，逐步演化成远近闻名的符离麻鸡。也为当时烹鸡技术的发展创造了有利条件。以这种土麻鸡作原料，色佳味美，肉烂脱骨，肥而不腻，熟而不破，“符离集烧鸡”得以名扬天下，和德州扒鸡、河南道口烧鸡、锦州沟帮子熏鸡并称为“中国四大名鸡”。

许启金的父亲聪明能干，很快就学会了卤烧鸡。在许启金的眼里，父亲始终是一个巨人，不是说父亲长得多么高大，而是父亲面对苦难从不抱怨、积极改变的行动让他崇拜敬仰。“符离”不但留下了许启金童年的记忆，更根植了他“原上草”不屈不挠的进取精神。许启金很快从苦恼中走出来，和表弟一起带着烧鸡到列车上去卖。因津浦铁路经过符离镇，带来了大量客流，北到徐州，南到蚌埠，“符离集烧鸡”都很受欢迎，再加上许启金诚实守信，价钱公道，绝不以次充好，他一天能挣几十块钱。

1981年10月的一次招工，改变了许启金生活的轨迹。这是宿县地区改革开放以来第一次面向社会招工，有供电局、粮食局、物资局、化肥厂等十三个单位，许启金毫不犹豫地选择了供电局。经过招工考试、入职培训等一系列“规定动作”，许启金圆了自己的电工梦——1982年5月正式进入宿县地区供电局线路工区工作。当时，他一贯严厉的父亲叮嘱他“要干出样子来！”他的家人也鼓励他“好好干”。许启金特别珍惜这份工作，再加上要强、认真的秉性，促使他暗下决心：一定要当一名名副其实的好电工，让工作出色、让人生出彩。但是，工作远没有许启金想象的“修理电器换个灯泡什么的”那么简单，第一次爬杆子还半途而废了。因为害怕登高，他两腿发抖，爬到两三米高的地方就滑下来了，这让他在众人面前很没面子。不仅如此，他连金具的名称都不知道，更不知道那些金具用在哪儿。从那之后，他便在每个星期日独自外出，带上书本，骑着自行车跑到当时算是郊区的110千伏六里变电站外面，观察线路金具，学习各种设备的名称、用途。

当上了一名电力线路工人，有了自己热爱的工作，营养也能跟上，这时许启金才发现，他的病症奇迹般地好了起来，重新拥有了往日健康的体魄，衰退的记忆力也莫名其妙地恢复了。许启金感到浑身似乎有使不完的劲，白天跟着师傅们练基本功——爬杆塔，晚上学习电力专业知识——啃书本。两三个月后，他就能一口气爬上杆顶，且登杆的速度在整个工区都名列前茅，金具的名称和用途也烂熟于心。由于没有系统地学习过电力专业知识，许启金一开始只能死记硬背那些技术术语、规程和规范。好记性赶不上烂笔头，为了加强记忆，许启金把每天要背诵的内容，用铅笔抄写在小纸条上。上班或外出时，兜内总是装上小纸条，一有空就掏出来看看。就这样坚持了将近20年，差不多写有上万张“小纸条”。正是这上万张小纸条，垒起了他电力专业知识的高度，夯实了他以后搞创新的基础。

不久前，许启金以党的十九大代表身份参加2020年国家电网公司年中会视频转播，从合肥返回宿州后，我们再一次深入谈心交流。他深有感触地说，说实话，刚开始工作时真没想到，就是这个线路检修工种，会成为他一辈子的事业，一干就是38年。

就是这38年“钉钉子”般的坚守，让许启金从一名普通工人，成长为“全国劳动模范”“全国道德模范”“央企楷模”，光荣地当选党的十九大代表、全国政协委员。其中的酸甜苦辣麻，其中的喜怒哀乐愁，其中的光荣与梦想，其中的骄傲与风光，一时竟不知从何说起。许启金说，他最想说的话是“我只是坚持干一些平凡的工作，却获得了这么多荣誉——我要感恩企业给了我一个展示才华和实现人生价值的舞台，感恩各级组织对我的关怀与培养，感恩同志们对我的支持与帮助……”我从许启金简单的叙述中，摘取几个工作片段。

最平常的工作——巡查线路排除故障。对于一个电力线路工人来说，电力线路巡查是既简单又平凡，但也是很辛苦的事。夏天，骄阳似火，庄稼地里钻进钻出，总是汗流浃背；冬天，拖着几斤重的泥鞋在冰天雪地里行走，总是步履维艰。但许启金从来没抱有偷懒和侥幸心理，路再远、再难走，他都要巡视到位，绝不漏巡一基杆塔。每当用电高峰、节假日、重大活动，许启金和工友都在进行紧张的保电，在杆塔下蹲守，在线路上来回观察，在高压线上带电检修。刺骨的寒风、烈日的暴晒、蚊虫的叮咬，他们都习以为常。

记得那是1991年的元旦，宿州市下了场暴雪，1条35千伏线路因大雪压断树枝搭在导线上，造成线路跳闸。巡查故障点的时候，到处是白茫茫一片，看不清哪里是沟、哪里是路。许启金多次掉进雪窟窿里又爬上来，鞋里灌满了雪，就这样摔倒了又爬起来，爬起来又摔倒，连续奋战了八小时，终于查到故障点、消除了故障，自己的棉衣棉裤里里外外都已经湿透，回到家里就赶紧钻进了被窝。

记得有一次，大约是2006年12月下旬，许启金在一条220kV线路上连续四天清扫绝缘子（杆塔上挂着的瓷葫芦）。那几天特别冷，一个人站在野外会冻得发抖，可他要爬上40多米高的杆塔，系上安全带，身子悬在空中干活。每天都要坚持七八小时，用毛巾把一片片脏污的绝缘子擦干净，特别是那狭小的凹槽内，积存的污垢只能用手指一点、一点地抠掉。手指都抠破了，钻心地疼，但许启金仍然咬牙坚持，把那些绝缘子擦得像家里的菜碟、饭碗那样干干净净。

还记得有一次，2018年8月中旬，台风“温比亚”肆虐江淮大地，宿州地区遭遇百年不遇特大暴雨袭击，输电线路不同程度受灾。面对灾情，许启金带领工友们通过微信、通知、电视等形式向全市老百姓发出温馨提醒，并作出了“电未至，我不眠”的公开承诺。雨刚停，许启金和工友们就在夜里出巡，蹚过齐腰深的积水，钻进果园施工，连续奋战直到将故障线路抢修完毕恢复送电才回家。每次“鏖战”回来，许启金都累得浑身酸痛，但他毫无怨言，他曾在一次报告中说过：“敬业与奉献，是我回报企业和社会的无悔选择，为老百姓和社会各界提供放心满意的服务，是我们供电人不变的追求！”

最辛苦的工作——赶鸭子上架学电脑。新时期学知识、搞创新不会电脑不行。许启金是从39岁时开始学电脑的，他先后自己掏钱买了4台电脑。为了学会打字，他从“一指禅”开始，一个字母一个字母敲字，经过反复练习，当他在电脑上打出第一篇文章时，那是发自内心的高兴——“我也行，我也能够学好用好电脑！”从此一发不可收，2013年下半年，许启金开始学3ds Max，踏上了由“土专家”转向“洋教授”的征途。许启金学3ds Max，画杆塔图，画电气图，把检修操作过程图示化，能让徒弟们看着直观，学得快、记得住、好上手；能把在别人眼里高大、粗壮的铁塔、线路装进电脑，以便更好地分析它们、维护它们；也能把一些创新成果在计算机上进行模拟演示，这样可以持续改进，少走弯路。

许启金的徒弟廖志斌说：“师傅在工作上几乎是在拼命，他自学电脑，力求把输电线路、规程规范等，全部做成电脑三维视频教学培训教材，这项工作异常艰巨，险些要了他的命。”

2013年秋天的一个晚上，九点多钟，廖志斌忽然接到师傅许启金的电话，让他把借去的《输电线路金具图册》送到工作室。得知师傅还没吃晚饭，他便用保温饭盒装了一盒饭菜，连同那本书一起，往工作室赶来。走进工作室，里面静悄悄的，毫无声息，只见许启金趴在工作台前，一只手臂垂了下来。他喊了声“师傅”，许启金毫无反应。他意识到师傅出事了，马上叫来“120”把师傅送到了医院……医院诊断的结论是：许启金因长期伏案工作，造成颈脊骨压迫神经，出现了脑缺氧，导致呕吐、昏迷。幸亏送医及时，否则，后果不堪设想。事后每次想到这件事，廖志斌都有一种后怕，他说：“师傅在医院里只待了十四天，病情稍微好转，就又坐到了工作室的电脑前。他急着给徒弟们制作三维可视化培训课件。”

最大胆的工作——更改权威方案。2002年秋季的一天，宿州供电局组成验收组去现场验收改造的220千伏南姬线路，发现28号塔和29号杆有两根导线的相间距离太小，规程要求5.5米，现场测量仅3.4米，与运行规程严重不符。究其原因，应该是设计人员忽略了29号杆是换位杆塔，按照正常杆塔设计而成，造成两根导线相间距离太小。见此情形，验收组组长异常着急，马上要求设计与施工单位尽快想办法解决问题。有专家提出在28号塔与29号杆子之间增加一基杆塔，并现场制定了改造施工方案。许启金知道设计及施工人员都是身经百战、荣誉满身的高工或工程师，自己在他们面前只是一个普通的线路工，本不想置喙，可是看着改造方案草图，他还是忍不住说出自己的想法：“增加一基杆塔，需增加一个多月的工期，且要多花费几十万元，我觉得220kV南姬线改造方案要改进，我有一个办法……”许启金的一番话让所有人大吃一惊。

“专家的施工方案会有问题？你又不是学设计专业的，凭什么改人家的方案？”有人当场就提出疑问。

“在上相横担左侧再接一段横担，把中相导线调到左边，就是将中相导线换个位置……”许启金指着29号杆子，比画道。

“这是异想天开”，“没有经过论证，没有实践经验就不要乱说逞能”……看了图纸，再听完许启金的意见，大家更多的是对他这种做法的不理解。

许启金提高声音说：“我改方案不是逞能、较真，是为了节约时间、节省成本！”

“这样吧，请许启金同志回去拿出一个详细方案，我们再论证！”验收组组长的话一锤定音，给了许启金一个机会。

之后许启金不断地跑现场、看图纸，每天都在推进。经过一轮轮的改进，新的方案终于呈现在大家面前。批复下来了！——专家组同意根据许启金的方案进行施工！这真是个特殊的时刻啊！那些忐忑却坚定的日子，那些折磨人却充实的日子，在这一刻都变得意义非凡。许启金做到了，做到了一件自己过去连想都不敢想的事情，这也更坚定了他沿着技术之路继续前行的信心。很快，许启金的方案变成了现实，只花费2000多元，改造后的线路安全顺利送电。据统计，这一项目落地之后，节约了经济成本40多万元，缩短了工期30多天，此事一举奠定了许启金在输电专业的地位，迄今无人撼动。

最危险的工作——在高压线上带电检修。许启金所在工区管理的大多是110kV及以上高压输电线路，电压等级高，一旦出现故障，停电的就是一个城市、一个乡镇。虽说电力线路是“铁打”的，但它们长期在野外，在雷电、风雨、冰雪等自然灾害面前，也会像人一样“生病”。人生病了就要治疗，电力线路“生病”了就要检修。许启金的技术专长，就是在高压线上带电检修，解决机关、企业和老百姓最担心的停电问题。

在高压线上带电检修，就不用停电。但是，在高压线上带电检修，不但苦和累，还是高风险的职业，稍有疏忽，就会发生高空坠落、触电伤亡等事故。如何保证他和工友们每次工作的平安，是他最下功夫琢磨的事情。为此，许启金动了很多脑筋，花了很多心血。在等电位带电作业方面，总结了安全开展带电作业的三个法宝，即天气、绝缘工具和安全距离。除此之外，每个现场都要勘察好，每个安全风险点都要考虑到预控好，必须做到万无一失。功夫不负有心人，30多年来，许启金先后参加和组织完成了1000多项带电作业任务，没有发生过一次安全事故，实现零差错。

带电作业，安全是第一位的，但是辛苦却是无法避免的。特别是夏天，在高压线上带电检修，顶着40℃左右的高温连续工作几小时，穿上厚厚的防护服就像在蒸笼里一样，脱下防护服又像从水里捞出来的一样，那种滋味特别难受。这样干活虽然很辛苦，但是，不会影响机关、企业和老百姓用电。许启金说，每当看到万家灯火，想到在灯下做作业的孩子们，就会感到自己是一个对社会、对别人有用的人，自己的辛勤、汗水能给别人带来一片光明和幸福，值了！

“线路就是我的人生舞台，线路就是我的精神寄托，2100公里线路上的往来穿梭就是我的线路人生！”2017年10月18日，许启金走上党的十九大首次设立的“党代表通道”，向全世界自信地展示了国家电网员工的良好精神风貌。

看似寻常却艰辛的线路工作，始终是许启金的挚爱，工作让他实现理想和抱负，他感到非常充实、快乐。

“学历诚可贵，但知识、技能、理想和追求价更高。上万张小纸条，垒起你专业知识的高度；两千一百公里线路，撑起你人生舞台的宽度。你穿行田野丘壑，守护万家灯火，状元工匠，实至名归。”“央企楷模”的颁奖词，似乎描绘了许启金平凡而又非凡的成长轨迹，说出了许启金的心声：工作实现梦想，平凡孕育辉煌。

带徒·梦境

有一次带电作业，许启金的徒弟吴伟从软梯上下来后喃喃自语：“这上下软梯连个保护都没有，万一掉下来怎么办？”当时许启金就记在了心上，想着要搞出一个上下软梯的保护装置，让工友们作业时更安全些。

于是，许启金就钻书店、画图纸，先后试了20多个不同类型的弹簧，最终制作成了“防高坠自锁器”，填补了国内软梯作业安全防护的空白，还获得了国家专利。

许启金搞创新发明的最初想法，就是为了让工友们更安全些、少累些、工作效率更高些。刚开始，许启金把自己家的阳台当作加工车间，自制了台钳架，购置了锉刀、游标卡尺等工具。只要没有外勤任务，他就会坐在电脑前画图，到市场上购买原材料，在阳台上捣鼓小改小革，搞些小发明小创造。动手做了些实用小工具，确实解决了一些生产上遇到的技术难题。2002年底，110千伏六里变电站扩建改造，许启金带着班组人员在那里开展母线更换、绝缘子调爬工作。在使用传统工具拆、装挂点螺栓的时候特别困难，劳动强度大、工作效率低，安全还没有保障。当时他就琢磨，一定要解决这个难题。然后，许启金天天在“阳台工作室”锯挫打磨，最后做了个“输电线路吊点卡具”，成功解决了这个技术难题。这个卡具荣获全国“舜杰”杯一等奖，并获得国家专利授权，许启金所在的QC小组还被授予“全国优秀质量管理小组”。这个奖给了许启金很大的鼓励，也让他明白“工欲善其事，必先利其器”的道理，也就是从那个时候起，他爱上了QC、爱上了小发明，立足岗位动手做些实用小工具就成了他最大的爱好。

许启金虽然只是个高中生，但是由于长期坚持在一线工作，持续不断学习思考，他的知识储量和解决各类难题的能力在不断增长和提升。2003年通过技能鉴定，成为送电线路工高级技师；2005年成为安徽省电力公司首批首席技师；2006年，他撰写的15万字书稿，由中国电力出版社出版发行；2011年成为“国网公司生产技能专家”，2016年成为“全国技术能手”，2017年成为“国网工匠”，2019年受聘担任中国人民大学校外辅导员，2020年获得首届“江淮十大杰出工匠”称号……一步步的努力与付出，昔日的高中生成了电力行业的状元人才。

许启金说，人可以没有文凭，但不能没有知识、不能没有技能、不能没有理想和追求。

他从搞QC、小改小革小发明开始，慢慢地走上了一条技术工人的创新之路，研制出了“输电线路角钢吊点卡具”“软梯作业防高坠自锁器”“砼杆避雷线提升支架”等8项技术成果。他的技术成果曾获得全国一等奖、安徽省技能大奖。一开始是许启金一个人搞创新，后来是带着一个班组搞创新。2010年，国网宿州供电公司以许启金的名字命名成立了工作室，以此为平台，他先后带了40多个徒弟，这些徒弟中大学生居多，也有退伍兵。许启金把自己在实践中获得的经验、练就的“绝活”、掌握的技能毫无保留地与大家分享，一对一辅导、手把手传授。他带的徒弟中有7人特别出色，成为“全国电力行业技术能手”“国家电网公司生产技能专家”“国家电网公司劳动模范”，中央企业知识型先进职工、科技标兵等。“启金工作室”2013年被授予“国家电网公司劳模创新工作室示范点”称号，2014年被授予“全国示范性劳模创新工作室”称号，2015年被确定为“国家级技能大师工作室”。

“2016年您面对面向习近平总书记汇报工作时，好像重点提到了创新和带徒弟？”尽管我对许师傅当面向习近平总书记汇报工作的细节有所理解，还是忍不住问了一句。

“是的！”许启金不假思索地说，“主要内容有三块。”语气里满是自豪。

说起那段经历，尽管时光过去了4年多，他仍然记忆犹新，仿佛当时的场景就在眼前。

2016年4月26日下午2点半，许启金与全国知识分子、劳动模范和青年代表70多人，走进合肥市中科大图书馆座谈会的会场，等待总书记的接见。4点半，总书记和中央首长走进会场，跟大家一一握手。握手以后，总书记亲自主持座谈会。当时有6个人发言，许启金是第4个发言的。

尽管早在两天前就知道要向习近平总书记汇报工作，可是，当看到习近平总书记就坐在自己对面时，许启金仍不免有些紧张，说话时带有安徽宿州地方口音，担心总书记听不懂。他在汇报过程中说："总书记，我不太会说普通话，见到您既激动又紧张！"

总书记微笑着亲切地对许启金说："我能听得懂。"总书记一句"我能听得懂"，让他紧张的心情一下子缓和了下来，也就越讲越好。

许启金向总书记汇报了怎样立足岗位干好本职工作，怎样带领团队研发技术成果解决技术难题，怎样带徒弟为企业培养人才。

总书记始终是微笑地看着许启金发言，不时点头赞许。在他汇报结束后，总书记还表扬了他，说他有"钉钉子"精神。

总书记第一句话是："许启金同志讲得很好。"并告诉大家：许启金同志还是2014年"五一"期间全国重大宣传典型。总书记说："三百六十行，行行出状元。就像许启金发扬钉钉子的精神，不断深入，做成这一行的专家，成为这一行的状元。"总书记强调："创新不仅要注重高端，也要注重基础。许启金这就是基础的。"

回忆当时的情景，许启金说，习近平总书记的话充满温暖和激励，他要把习近平总书记的话一辈子记牢，一辈子坚持做到。

"启金工作室"成立之前，许启金对小发明、小创造是热爱、是兴趣，"启金工作室"成立之后，许启金感觉有了更大的责任。许启金把更多的时间与心血都倾注到了工作室建设和带徒弟上。把"出课题、出经验、出成效、出人才"作为工作室的奋斗目标，把"示范、引领、传承、辐射"作为工作室的核心作用，工作理念就是"根在一线，魂在创新"，创新精神就是"不断追求和探索"。

"从2012年开始，许启金把带电作业班班长的担子交给徒弟廖志斌，本指望他能清闲些，没曾想他又把时间和精力都用在了创新工作室上——师傅徒弟走得近，儿子没有徒弟亲！"许启金的妻子黄昌珍略带抱怨地说。

提起家人，许启金是有很多歉疚的，脸色尴尬着不说一句话。

黄昌珍又说："许启金就知道整天埋头工作，早出晚归，把全部心思都交给了输电线路、发明创新和众多徒弟。孩子从小到大的学习辅导，一直到找工作，他是一点没问过……"

这一点我是知道的。许启金常年忙碌，甚至没有时间去探望住在离宿州市区仅有15公里远的父母。有一次在家里，许启金的母亲得了脑梗死，他正好有抢修任务，还是他妻子带着去医院的，他一直忙到晚上才到医院看望母亲。许启金的儿子成绩很不理想，他也没有时间辅导，后来只好到一家银行当保安……

我正沉默着，不知说点什么安慰一下。

黄昌珍的话又飘了过来："俺是习惯了，他是一股劲儿钻进去了，拉也拉不回来。不过，总能听见很多人称赞他，俺们一家也挺骄傲的。"

"最骄傲的还是师傅作为全国道德模范，受邀参加庆祝中华人民共和国成立70周年国庆观礼，在中外记者镜头前意气风发、豪情满怀地挥舞着国旗，中央电视台直播时，我们都在电视机前为他鼓掌！"徒弟李德波兴奋地说。

“我最骄傲的是，从1995年当班长开始我就带徒弟，到目前培养了40多位既有干事热情，也有干事能力的徒弟！”许久没有说话的许启金趁机说了一句。

不错，许启金带徒弟是值得骄傲的。他的徒弟都成了生产骨干，有的当上了班长、技术员，还有的在技能竞赛中获得过大奖。他和四位徒弟先后被单位评为“最佳师徒”，在安徽电力系统传为美谈。

许启金最厉害的徒弟是廖志斌，在2020年国网安徽电力有限公司党建暨宣传年中工作会议上，党委副书记王文红重点提出表扬：“特别是许启金和廖志斌，实现师徒双全国劳模的典型传承，在公司尚属首例，国网系统也不多见。”

许启金第一个签约的大学生徒弟是1997年入职的张永，他教张永在杆塔上检修作业，张永教他电气专业知识，他们两人教学相长、师徒共进，第一年就获得了单位“最佳师徒”称号。张永技术全面，思路开阔，在单位先后担任线路工区主任、安监部主任、营销部主任、萧县公司总经理等，现任国网宿州供电公司总经理助理、办公室主任。张永还曾获得全国“讲理想比贡献”科技标兵、中央企业知识型先进职工。

2009年山东大学毕业的李德波，成为许启金第一位“985”大学生徒弟，以后成长很快，现任单位办公室（党委办公室）副主任兼团委副书记。曾获得省公司安全生产突出贡献先进个人、省公司管理创新一等奖等荣誉。2020年8月被推荐参加国家电网公司“青年马克思主义者培养工程”示范培训班学习，预计在9月上旬开班。目前上挂在国家电网公司办公室文档处培养锻炼。

2017年，国网宿州供电公司实施“启金工作室”管理提升工程，当年毕业于上海电力大学的邱首东，很幸运地被抽调到工作室帮忙，成为许启金第一位研究生徒弟。邱首东近距离感悟“启金精神”，在师傅的悉心指导下进步很快。参与完成“自动拉线预制台”“登塔机器人校紧螺栓”等7项科技创新项目，获批国家实用新型专利6个，获得全国电力行业QC成果一等奖，国网宿州供电公司“运检之星”、优秀共青团干部等荣誉……

陪同许启金再次来到“启金工作室”，看到各式各样的创新工器具、荣誉证书奖牌以及众多徒弟的工作、获奖照片，想到从当初不足5平方米的“阳台作坊”到现在500平方米的现代化工作室，不由得感慨，在各级领导的支持帮助下，这几年许启金和他的团队真是不负众望、进步巨大。自从2010年“启金工作室”成立以来，可谓硕果累累，先后完成技术革新成果100多项，其中88项获得国家专利；培养出一支作风优良、技术过硬、善于创新的“70后、80后、90后”阶梯队伍；2017年、2019年“启金工作室”两次获得安徽省技能大师工作室人才培养成果奖，2019年11月荣获“中国长三角地区劳模工匠创新工作室”称号。目前，工作室已成长为集“创新实践”“师徒传承”“汇聚能量”三大高地于一体的综合性平台，从“树旗帜”到“重传承”，真正成了职工创新创效的舞台、展示才华的平台。单位每年都要组织新入职员工到工作室学习观摩，开展入职教育活动，寒暑假期间还举办职工子女参观创新创意活动，让大家亲临其境，感悟劳动的光荣和创新的价值。

许启金说，他人生的最大收获，就是培养了一批徒弟、带出了一支技术过硬的电网运行检修队伍。

“师傅还给中国人民大学的学生上过课，是我们一线工人的骄傲！”徒弟张明自豪地说。

许启金微笑一下平静地说，2019年初，自己被中国人民大学聘为校外辅导员，“人大”的学生都是高才生，而他只有高中学历，他能做的就是以诚相待，带着他们体验野外巡线，观摩带电作业操作项目，参观职工的创新成果等。

这事我是知道的，我曾经两次陪同许启金与人民大学学生联合开展社会实践活动。每次交流讲座，许启金都会认真备课，讲他和他的同事怎样在野外巡线、怎样在铁塔上检修、怎样在高压线上带电作业，讲他怎样培养徒弟、怎样带领团队搞创新解决生产技术难题，讲得真、讲得实，学生们反而更加感兴趣，对他更尊重。许启金在他们面前从没有以老师自居，每次都是本着互通有无、取长补短的态度，在向学生们传授“工匠精神”“劳模精神”的同时，也从他们身上学习理论知识，共同进步。

许启金在与“人大”学生真诚分享自己的职业感悟时，让“金字塔尖”

上的学子们对“钉钉子”精神有了更深的认识：专注一个专业，要有耐性，久久为功，许启金本人就是因为30多年钉在一个岗位上，才有了专业技能上的特长；专注一项工作，要有钻劲，精致思维，做就要把它做到一流、做到极致，有了这种认真劲，任何事情都可以做好。

“师傅带徒弟有口诀，知、会、熟、精，很管用！”徒弟邱首东对许师傅的带徒弟方法由衷地佩服。

“口诀？”我征询地看了看许启金。

“没有什么口诀，就是我平时琢磨积累的一些工作体会。”

许启金慢悠悠地说道，“知、会、熟、精”是自己职业生涯的四个提升阶段。带徒弟必须要让他知道，从事一个职业，首先要对自己职业岗位和角色责任有明确的认知，从“知”培养起“干一行爱一行，钻一行精一行”的对企业、对社会的诚信之心，产生强大的动力源泉——这是能力前提；其次做到“会”，是对员工能够胜任工作岗位的基本要求，需要理论知识与实践经验相结合，要参加实践活动，虚心请教，多学习、多动手、多动脑——这是能力体现；至于“熟”就是在“知”和“会”的基础上，通过不断的学习、交流和反复的实践，熟练掌握规程、规范和标准，熟练操作各种工器具和设备，做到得心应手、自然反应——这是能力提升；最后达到“精”，就是在“熟”的基础上，不断拓展和改变对过去传统经验的认知和行为，善于总结、创新、提高，习惯于“精益求精”，实现由“爱岗敬业”的量变到“爱岗精业”的质变——这是能力升华。

多年的工作实践和带徒经验，使许启金走上了一条高效率、重质量的带徒之路。他将“传承、修炼、创新”职业生涯三大过程不着痕迹地融入“知、会、熟、精”四个提升阶段，可谓用心良苦。技术层面的带徒弟，就是师徒长期在一起磨合，有亲情感，手把手传授示范性强，可以减少徒弟们摸索的时间，更快掌握关键技巧；精神层面的带徒弟，还要用心用情，引导青年人继承劳模精神、工匠精神，戒掉浮躁情绪。二者结合，让更多的徒弟从“普通工人”逐步过渡到“技术工人”“金牌工人”，从而成为新一代劳模、工匠，拥有闪光的人生。

许启金不但教徒弟工作，教徒弟做人，还教徒弟对待难题的方法。他说，在工作中如果遇到了难题，一定要找方法，而不是找借口。有时为了解决一个难题要反复论证，经历过多次的失败，但不要轻言放弃，因为放弃就等于之前所有的努力都白费了，也就不可能出成果。要想成就一番事业，必须肯钻研、能坚持、不懈怠。

看来，许启金带徒弟似乎已经达到一种梦境般的“随心所欲，不逾矩”境界，发乎于心、从容自如，现乎于行、流畅自然。

初心·梦圆

“心中有一盏灯，照亮了别人，也照亮了自己，共产党员，就要做人民群众光明、幸福的使者，把对党的忠诚和誓言写在工作岗位上。”许启金在一次接受记者采访时满怀深情地说。他面对种种荣誉，没有停滞不前，相反更加不忘初心、积极奉献。

许启金不仅是一名党员，还是中共安徽省第九次、第十次代表大会代表，党的十九大代表。他积极参与“党员进社区”“党员带头志愿先锋”等活动，与宿州市城隍庙社区20户群众结对，他们大多是贫困群众、残疾人、空巢和孤寡老人、留守妇女儿童、低收入家庭等困难群体，还有老党员、老干部、老模范、老战士、老教师等“五老”群体。几年来，许启金舍小家、顾大家，一直不断走访结对联户，他总是尽其所能给他们帮助。对经济困难的结对联户，送过帮扶慰问金，送过牛奶、鸡蛋、米面油，端午节还给他们送过粽子。他还资助多名困难学生完成学业、开展康复治疗等，社区群众亲切地喊他“许启金——党代表”。

问起许启金做公益的最初想法，他说，很早以前就参与过宿州团市委举办的“圆梦大学”活动，每年都拿出一部分现金资助贫困大学生。后来参加为全国“四个100最佳志愿服务项目”——“光明驿站”公益品牌代言活动，呼吁更多的人加入关爱留守儿童的队伍中来，汇聚正能量，送去党的关怀，播撒道德的光辉，感到很有意义。再说了，关爱留守儿童，关爱残障孩子，关爱社会公益事业，这也是劳模和党员应尽的责任和义务。

立足岗位干好本职工作，怀着大爱做好点滴小事，许启金不仅要倾囊带出一批出类拔萃的专业技术技能人才，还在以实际行动，引领社会新风尚。这，或许就是眼前这位“状元级电网工人”，在用实际行动践行自己的初心使命。

2020年初，一场猝不及防的新冠肺炎疫情蔓延中国大地。“每天的疫情都牵动着我的心。我是一名党员，拿出3000元钱作为支持疫情防控工作的党费，就是想通过组织把钱换成医疗物资用在当前疫情防控工作上，和全国人民一起共克时艰，为打赢疫情防控阻击战尽一点绵薄之力。”许启金朴实无华的语言，彰显了共产党人的责任与担当。他的徒弟廖志斌也拿出3000元钱缴纳党费，就是想以缴纳党费的形式，为疫情防控工作做一点事情。在许启金、廖志斌师徒两位党员的带领下，国网宿州供电公司系统共缴纳战“疫”党费206843.54元。

从2020年1月24日（农历大年初一）开始，新冠肺炎疫情形势愈加严峻，为保障宿州居民和医疗机构等重要用户正常供电，许启金带领徒弟们坚守在岗位上，开展输电线路特巡，消除设备隐患和缺陷。

因疫情防控交通管制，国网宿州供电公司及时启动应急预案，将宿州境内±800kV雁淮线等9条特高压线路综合特巡任务交付给输电运检室。在许启金和徒弟廖志斌的带动下，同事们个个干劲十足，主动争先承担起线路巡视工作。按照任务节点，2月13日开始，许启金和徒弟廖志斌对±800kV雁淮线萧县及埇桥境内的杆段进行了认真巡视，他们穿着工作服，戴好口罩，背上巡检设备，手拿记录本，徒步在田地中、树林间，细致排查每基杆塔……这些看似平凡而枯燥的工作，两位劳模却从不掉以轻心，每一次都尽心尽力做到最细最好。其他党员在“劳模师徒”带领下，坚守岗位，战“疫”保电，确保了线路主网通道及线路本体安全稳定运行。

疫情期间的巡线还是与平时大不相同，最头疼的是一些村镇建起了“隔离带”，禁止外来人员进入。许启金带领的巡线保电工作组常常被村口劝导站的工作人员阻拦下来。虽然车辆人员有单位开出的证明，但仍然没少费口舌。“我们进村巡视也是为了保障大家放心用电，这段时间大部分人都待在家里，如果线路出现问题，大家就无法及时收看新闻，疫情防控信息也无法及时得知……”许启金耐心细致地向疫情联防联卡检测点的工作人员进行解释说明。这些天，类似的场景在宿州市各个乡镇不断上演，许启金和徒弟们经过多轮次真诚的解释，疫情联防联卡检测点的人员逐步理解了电力工作人员的重要性，并及时放行。有时候村民还会主动帮助就地巡视线路，给前沿的电力保障人员带来一丝暖意。

2020年3月17日中午，国网宿州供电公司党政主要领导，到许启金家中进行慰问，将国务院国资委“央企楷模”慰问金转交给许启金，并送去鲜花表示祝贺。就在前不久，国务院国资委寄来慰问信，希望许启金同志在新的一年特别是在坚决打赢疫情防控阻击战中走在前作表率，万众一心加油干，越是艰险越向前，团结引领广大干部职工共同谱写新时代奋斗者之歌……

“国家和单位给我这么多荣誉，唯有感恩和奉献才能表达我的心愿！”许启金动情地说。

作为党的十九大代表和全国政协委员，许启金把宣讲中央精神作为义不容辞的责任，尤其是受邀列席党的十九届四中全会之后，许启金宣讲的积极性和理论水平更高了。近年来，从全国总工会机关、中华世纪坛大国工匠论坛、国家电网党校，到公司的一线班组、施工现场、党员集中学习班，再到乡村留守儿童学校、民营企业等，许启金开展系统内外宣讲26场次，参学人数达到5000余人，彰显了国家电网共产党员勇于奉献、善于担当的情怀。

2020年5月16日，许启金受邀参加国家电网有限公司战略目标深化研究座谈会并作交流发言，作为奋斗在一线38年的国网老职工，许启金对国家电网有限公司党组提出建设“具有中国特色国际领先的能源互联网企业”的战略目标，充满深厚的感情。他结合多年的工作经验和学习体会发出了自己的声音：“具有中国特色”是根本，“国际领先”是追求，“能源互联网”是方向，三位一体，彰显了国家电网公司的政治本色、行业特色和发展角色，构成指引公司发展的航标，具有丰富内涵。国网公司战略目标站位高、看得远，有态度、有温度，有梦想、有追求，在战略目标引领下，国家电网公司就是要做始终听党的话，永远跟党走的红色企业；就是要做服务人民、有温度有情怀的人民企业；就是要做为国家争光、为民族争气、基业长青的责任企业。许启金在发言最后表示，战略目标的实现，需要人才支撑和实际行动，他将继续带领团队扎根一线，用实际行动践行“人民电业为人民”的企业宗旨，讲好“国网故事”，彰显“国网责任”，在实现战略目标征程中“干出精彩”……

“启金的发言很好，对战略目标最大的拥护就是干，结合工作实际干，把自己摆进去干，这很好！”许启金的发言得到国家电网公司党组书记、董事长毛伟明的肯定。

许启金是说干就干的人。回到单位后，他就认真准备资料，在各个党支部积极宣讲国网公司战略目标，并对战略目标在国网宿州供电公司落实落地，探索性谈了自己的看法。他说，“战略目标所向，责任使命必达”，党员同志一定要带头示范，进一步统一思想、凝心聚力，以坚强的党性不折不扣将国网战略目标落到实处，以新的作风、新的形象、新的担当共同推动公司发展迈上新台阶。在具体行动上，要深入践行省公司“敢为人先、实干在先、创新争先”的工作理念，以“严细实快”工作作风建设作为保障，以“三个强化”（强化常态工作精益开展、强化重点工作项目推进、强化风险工作规范防控）为管理要求，持续全力打造“四个宿电”（安全宿电、坚强宿电、满意宿电、幸福宿电），着力打基础、补短板、利长远，以“钉钉子”精神有序有力推进各项工作不断取得进步。

在攻坚克难、志愿服务等各项工作中，表现出色的是以许启金名字命名的“国家电网安徽电力（启金）共产党员服务队”。许启金和伙伴们积极开展“助力脱贫攻坚，排查用电隐患”等主题活动，如今“启金共产党员服务队”已发展到13支分队共410余名队员，他们用点滴奉献，诠释着电力先行官、群众连心桥的深刻内涵。

“感谢党，感谢供电公司，刚搬了家，就来给我换新电线。”萧县毛郢孜社区贫困户黄允太老人激动地说。2020年7月中旬，“启金共产党员服务队”在入户走访到黄允太家中时，发现临时安置房室内部分线路老化，存在安全隐患。于是，他们当即整改了隐患。

针对宿州市359个贫困村存在的用电安全隐患，国网宿州公司党委全面启动了用电隐患排查整治专项行动。“启金共产党员服务队”重点围绕台区设备、线路，电表箱、电表、进户线的安全情况，检查三级漏电保护是否及时安装、可靠运行，走村入户开展“拉网式”排查，确保隐患排查全覆盖。截至目前，以“启金共产党员服务队”为主体的队伍已完成54万余户家庭用电安全隐患排查整改，免费为4600余户贫困户安装漏电保护器，累计消除安全隐患16985条，进一步筑牢了贫困村安全用电屏障。

回顾启金之路，感悟启金精神，感到许启金始终奔跑在努力超越、追求卓越的路上，敢于领先、勤于付出、做到最好。最终许启金成就了属于自己、影响他人的榜样人生，成为新时代产业工人的楷模。可谓践行初心，永远向前，赢得梦圆。

后　记

皖北宿州，初秋的清晨，暑气已不是太浓，空气中渐渐透出丝丝凉意。难得许启金有空闲，我们相约去一趟“三角洲公园”，不是采访“淘金”，而是想随便谈谈“诗和远方”。

“许师傅，最近在忙些什么？”

“我最近在制作输电线路运维培训3D视频教程，估计12月能完工，到时候教学现场感就更强了……”一打开话头，许启金就充满激情地述说他的“导师带徒”计划。

“许师傅，你长年累月地又是学、又是干，你不休息吗？”我问许启金。

“我和大家一样有血、有肉，又不是铁打的机器人，怎能不休息呢？”他停顿一下露出憨厚的笑容，颇为得意地说，“我虽然是一个爱学习、爱琢磨的人，还要经常爬高上低，有时坐在电脑前、扎在书堆里，但是，我也会注意劳逸结合。”

许启金的经验就是，如果有重大、繁重的工作任务，他就会提前休息，储存精力。他最大的特点是不愿浪费自己的时间和精力，从不在一些无意义的事上花费心思。在生产较忙时，许启金就把时间和精力转移到生产上，闲暇时就把时间和精力转移到学习上，这是他长期养成的习惯，自然形成了一种时间、精力转移法。时间总是有限的，在有限的时间内干出一番事业，才是生命的意义。

我又问许启金：“许师傅，你常年在野外和杆塔、线路打交道，不感到单调乏味吗？”

“说真的，没有感到过单调乏味！”许启金自信满满地说，“习近平总书记日理万机处理国家大事，他说自己的工作‘累并快乐着’。我把本职工作当作事业干，我干事业的最高境界就是‘乐’，以事业为‘乐’。”

“正是宿州好风景，落花时节又逢君。”我指着远处绿波上飞起的几只水鸟，委婉地转移话题，“你看，宿州也是风景如画，‘心灵归宿，幸福之州’提炼得多好，咱们谈谈诗词吧。”

这时，他拿出自己以前写的一首诗给我看，题目是《这挂老车》，那是他对供电事业的真情表达：

在那熟悉的乡间路上，奔驰着一挂老车，
一望无际的旷野，留下深深的车辙。
这挂老车，早已适应那崎岖的小路，
勤劳的马儿，更是得到那田野清香气息的呵护。
…………
拉着这挂老车的马儿，也有活跃的思想，
在那征途的路上，也会尽情歌唱。
劳累的马儿，也会孤芳自赏，
望着天上的繁星，那就是他写下的篇章。

这挂老车，就是我们建设、守护的电网，拉着这挂老车的马儿，就是我们这些在供电线路上的——栋梁。

许启金由当初一个啥也不懂的“门外汉”，在组织的关怀培养下，通过努力奋斗，不仅成长为“国网工匠”“全国技术能手”，还获得“全国劳动模范”“央企楷模”等荣誉称号，光荣当选为党的十九大代表、全国政协委员，两次受到习近平总书记的接见，还面对面向总书记汇报工作。这都是他干出来的！

38年的职业生涯，许启金在用一颗匠人之心，演绎着他的职业故事，追逐着他的人生梦想。有人说他是“线路医生”，也有人说他是“高压线上的舞者”，还有人说他是“阳台上的发明家”。他说，电力线路就是他的人生舞台，电力线路就是他的精神寄托。春夏秋冬，寒来暑往，在2000多公里电力线路上的往来穿梭，就是他的线路人生。由当初对工作的热爱，变成了工作是一种责任和担当。忠于职业，钉在岗位上，这份职业忠诚与责任担当的背后，靠得不仅仅是坚守的精神，更有他对工作全身心的深深融入，他的这份融入既来源于职业生涯经验的积累，也来源于不断迎接挑战的获得感。

至此，本该停笔，但是总觉得还想再写点什么，又觉得“此中有真意，欲辨已忘言。”于是，只好留下一首小诗作为后记：

匠心逐梦

不负韶华常逐梦
牵线长空，似把琴弦弄
梦想与苦修，你为跋涉登峰充电
情怀与担当，你为品质人生赋能
班员、班长、兼职教师、教练
劳模、工匠、时代楷模、委员
变化的是身份和头衔
始终没变的是你的职业工种——线路检修工
还有你
从来一贯不旁骛的钉钉子精神

38年来，职业已不仅仅是你的谋生手段
更是你的理想抱负、人生舞台和精神寄托
许启金，许下诺言，启迪智慧、点石成金
许启金，你就是一枚永不生锈的钉子
钉在岗位炼真金
钉住问题勇创新

钉在专业干精彩

钉住团队育新人

你钉的永远是使命

你践行的永远是初心……

平中见奇

——中国电信科学家韦乐平印象

◎文／周晓慷

楔子：去见二十年前想见的人

我以为生活在这个苏南小城，只有我这样一名最普通的一线电信人想见到他。

在赴京前，我问妻子：“这次出差，我去见一位二十年前就想见的人，假如见到了，我该怎么办？”

妻子瞪大眼睛，好奇地判断我一副故作平静的模样，反问：“谁还这么让你在乎？”转而，她可能觉得我的这个话头蹊跷，抑或严重，就用女性特有的“大方”拾掇我：“那就拥抱一下TA。TA是谁呀？”

“韦乐平，央企楷模，中国电信科学家……”

我刚介绍一小段的“TA”，在无锡联通工作二十多年的妻子一反温婉的常态，满脸绚烂而热烈：“是他呀，通信业界的顶尖人物，能带我一起去拜见吗？”

岂止是妻子有这个想法。当我穿着摄影背心提着一只硕大的行李包，快步走过自己工作过的多个场景，部分同事陆续招呼，并询问我的去处。让我出乎意料的是，那些在电信工作且不同年龄段的人都知道“韦乐平”这个名字，有的说读过他的书文，有的说看过他的讲课视频。

有位基层管理者还直接说：“我陪韦总到过程控机房和建设工地，怎么你去采访他？太幸福了！”

我欣然颔首。

其实，我想说："幸福的人可是你啊，我还没有见过他呢。"

2020年9月上旬，此时的苏南有些燥热，当踏上首都这片热土，顿感秋高气爽、云淡风轻。虽然此时的新冠肺炎疫情尚未完全消失，但北京的朋友告诉我，这个时节是北京最舒适而纯粹的。走在蓝天如幕、白云如绵的秋日里，我来得刚刚好。

我想象着这位被众人敬重的老人，他在这儿生活了74年，见证了共和国的诞生，亲手引导着电信科技的换代和迭代，那是何等的荣耀。也许更多的人只知道那是个收获的秋季，对他而言，踩在如歌的行板，划过冬的寒、春的耕、夏的炼，跌宕起伏，一往无前。

我之前约了拜见时间为"9月9日10时"，可我全然不知，韦乐平早在9日的8点多就去办公室等候我了。

走近位于北京市西城区金融大街31号的中国电信集团公司总部大楼，这幢在密林般楼宇中容易被人一眼带过的办公楼，若是那些活跃在通信行业各个领域的新锐知道有位电信科技的执牛耳人物在此，一定会驻足仰望，畅想一番，或者如我一样，想方设法，赶紧拜访。

"真人"韦乐平从图片上、我的脑海中现身而出。此刻他已在我的视野内。有人曾郑重其事地告诉我，在科技界，他可是巨星人物。

我不是个追星族，但遇到眼前这位儒雅且祥和的老先生，蓦然泛起莫名的激动。在这位工作时间可以用秒计算的科学家面前，访谈或许是一种耽误，我非常过意不去。他安慰我说："没事没事，我正好可以把你提的问题一一梳理一遍。"

我本想半开玩笑地说：我提前一天来的，是坐火车午夜潜京的，想在拜见你时精力充沛一些、思路清晰一些。他却先说了："两天前就知道你要来采访，辛苦啦。"

一、年过七旬的"中年汉子"

人与人之间的联系，常常可以用数字来表示。在我出生不久，韦乐平刚好考上了清华大学。那是20世纪60年代。他比我大了整整19岁，而他的女儿比我女儿也是大了整整19岁。我拜访他的时间是2020年9月9日。这些对称的数字一解读，这个科学家双目灼灼发亮。仿佛是冥冥中的巧合，但也许是现实中的必然呢。

"20"就是"尔灵"，"19"（要久），"99"（久久为功）。韦乐平昼夜出没的办公室，处在中国电信科技战略高地的参谋总部，这是一个带有意味深长的隐喻空间，你能感觉什么，却又一时说不清，心头有种被点亮和通透的感觉。

韦总就是一本厚厚的书，绝对不能快餐式地翻阅，在浩瀚的通信科技领域，许多的前因后果我们尚未明白，却已经成为过往，载入史册。他就是《中国通信学科发展史》一书的总编辑，分明是个不喜欢让"疑惑"滞留甚至过夜的人。他的周围，老老少少的同事对此的评价出乎我意料，不谋而合。有人对我直截了当道："韦总的干劲是我们根本追不上的，坐如钟，行如风，有时为了认证某项重要技术，他会一天飞去两个地方。"

确实，当你坐在这位精神矍铄的科学家面前，你会一时忘了他已经年过七旬的事实。恍然之间：他是一位能把平常事聊得出神入化的邻家大哥。他是20世纪60年代北大附中的一位高才生、其后的一位清华毕业生，以及改革开放后首批硕士生之一，还是我国通信行业较早的高级访问学者之一……这些，仅仅是他人生中的一段前奏曲，人们会更多地关注到他那34项国家级和省部级的科学技术成果奖，以及他当下的最新研发，他在通信行业的科技领域始终跑在最前沿。

我猜想他年少时一定是长跑选手或者运动健将，或者是老师家长眼里的好学生，学习从来不用家长发愁。然而，我的这一念头刚出口，他哈哈一笑，说了件发生在他儿时的事——

有位少年背着书包放学回家，途经一斜坡，一辆失控的大排子车撞倒了他，并从他的腹部、腿部碾压而去……

看着这个在地上挣扎着爬起又跌倒的少年，路人都惊呆了。直到这个少年动弹不得，晕厥了。他才被送医院急救。

幸亏没有压到手、脑袋和心脏。没有手，他就在病床上写不了作业，脑袋压着就不能思考，当然心没坏，确保自己还是个好人。

在那一刻，活着比啥都重要，哪里还要什么学习成绩呢？

他仿佛在幽默风趣地说着一个叫“韦乐平”的少年身上的故事。他还用有点贬低那少年的口吻说：“这个‘韦乐平’少年时的数学成绩一般般，身体被车压了，残疾了，尽管后来走路时看不太出来，但只要运动幅度一大就露馅了，还是与那些活蹦乱跳的孩子有区别。他右腿的骨头碎片还在，命保住了，他的耐力体力明显不如多数同龄孩子……”

活过来的少年韦乐平，在乎学习超过了在乎生命。

也许正是因为这样一个不被厄运所屈服的少年韦乐平赢得了“新生”，别人在玩，他在学习；别人学习8小时，他学习10小时。

韦乐平说：“在小学、初中时成绩处于中游水平的课程主要是理科方面，我偏文轻理，尤其不怎么喜欢数学。在上高中时，来了一个北大的老师，专门教我们班数学，这位北大老师的教学方式有点特别，每节课他用三分之二讲数学，三分之一讲故事，看似没有切入数学的正题，却深入浅出、妙趣横生，我一下喜欢上了数学这门课。我越发用功，成绩蹭蹭直上，三年的学业和操行全部是优，不仅获得北京市教育局颁发的金质奖章，而且以高分考入清华大学无线电电子学系。”

开始时，韦乐平几乎不相信自己能创造“奇迹”，但他相信“兴趣爱好”加上“自强不息”是一种奇特的生命活力。

于是，一个带有残疾的少年，一跃成了全市中学生的标杆，老师们更没有想到的是，这位可能成为轮椅上的作家少年，居然会是未来中国顶尖的通信科技领域疾步如飞的领潮者、一位知名科学家。

韦乐平在走进清华大学的那一刻，脑中蹦出一句话——“痛苦会改变一个人，经历会造就一个人”。

还有什么被身体遭受货车车轮碾压更厉害的人生锤炼呢?

韦乐平想：被碾压的人生，不应该被人看扁。他在每个重要的人生阶段，都凭借坚强的意志力迎难而上。

譬如从20世纪90年代起，韦乐平参与和领导实施了国家信息基础网络的三个升级换代的大工程。那已是我在电信工作二十多年后的事。当时我们一线的电信员工只知道国家全程全网的网络格局在不断升级换代，印象里还只是个大概念，全然不知他领导的项目组正在筹划一个大动作。他们在全球规模最大、构成最复杂的固定电信网上实施了全面技术转型，打破了传统电信网封闭架构，提出并组织实现了以统一控制、集中用户数据管理、融合多业务承载为特征的创新网络架构，实现了电话网向IP化的软交换网的演进。他领导实施的基于MPLS的CN2成为业界高质量IP骨干网的标杆，后续国内外运营商纷纷跟进。你能想象出这是那个被货车碾压的少年后来的手笔吗?

是的，只要在被撞击、碾压的地方撑起，那么人生就会导入另外一个场景。那个场景里必定有个天宽地阔的舞台。

谁又能想象出那个体育成绩一直不理想的少年，后来在科技领域中以异常矫健的身手，又挥洒出两个可以载入史册的经典动作：

动作一，他的项目组攻克了以IPTV、全球眼视频监控系统为基础的数字视频媒体业务网的一系列关键技术，建成了电信级数字媒体网络，在高起点上推动了网络架构、传播方式和多媒体信息服务的创新，在国际标准组织实现多层面标准的突破。这不，无论在青藏高原，还是平湖小镇，电信宽带电视，如一马平川，触手可至，普天民众尽享其乐。

动作二，他带头开发并在全网创新性地实现了基于水平架构的下一代综合业务平台，成功构建了能力开放、统一管理的业务环境，大幅度降低了建设运营成本，这也是近几年十分火爆的数字化应用平台的一次早期尝试。我记得十年前，某省公司一位高管来到我所在的基层单位，看到一位窗口营业员在受理一张工单不断点击鼠标。他在一旁数过一百次时震惊了，说平台能力不提高，服务谈何高效。这样的声音传到韦乐平那里就是一次变革的由头和契机，平台能力开发意味着让更多的服务员工从烦琐的流程中减负，从而回归到真正的用心服务中去，赢得最核心的竞争力。

每次完成一个动作，韦乐平需要付出比常人更大的努力。他又是个惜时如金的人，常常因为忘我工作而忘了某些“关键时间”，比如忘了自己已至七旬、别人早就颐养天年的人生节点。他顶着一头银灰色的头发，目光炯炯地盯着电脑。他一天的工作时间经常超过12小时。他的笔记本电脑下有一个金属支架，他微微仰头的姿势让我发现了他能长时间工作的小秘密，保持挺拔的脊椎和有弧度的颈椎，这样能使自己椎体得到缓冲和保护。我知道许多有为之士奋斗至中年时因为没有养成可以自我保护的工作习惯，整天被病痛困扰，行动迟缓，提前显出老态。他的目光是平视的，这样可以更精确和实在地看清事物的本质，又确保自己身直气正。

我把他比作是一条不知疲倦的“中年汉子”。他哈哈大笑，分明表示认可我的说法。

确实，在北京大大小小的公园里，那些信步于乔灌相拥、四季花开、秋水荡漾、竹影斑驳、草木葱郁的老年人中，哪里能找得出像他如此这般年过七旬的“中年汉子”呢?

二、总被魂牵梦绕

有时候你得以成真的，也许是你从未意识到的梦想。少年时的成熟理智，老年时的浑厚睿智，那么韦乐平真正的中年又是怎样的情形呢?

韦乐平说：“无论走到哪里，总有魂牵梦绕的感觉。”开始时，他仅仅有这样的感觉，说不太清。从清华大学毕业留校从事科研和教学，到调入央企研究开发雷达技术，到转型进入邮电系统从事光通信的学科深造和体制标准研究，他一直埋头研发。他年近不惑之年，被国家选为访问学者，远渡重洋，赴加拿大艾伯塔大学微波与光通信实验室和著名的北方电信公司渥太华先进技术实验室学习工作。

加拿大冬季的低气温相当极端，最低可达-54℃。隆冬时节，他踩着过膝的白雪，每天深一脚浅一脚地走进实验室。经过两年半的锤炼，他掌握了当时世界上最前沿的光纤通信技术并突破性地发现了单模光纤截止波长和模式噪声的关系，从而只需要重新修改一下光纤截止波长指标的定义即可将光纤的良品率提升20%。他在研发中的智慧和才能被加方看中，许诺高薪挽留。但他思家心切、报国心切，虽然在国外的待遇和研究条件中国是给不了的。他常常半夜醒来，知道此刻的中国正是阳光灿烂的白天，祖国母亲在呼唤着游子学成归来。他还想带着宝贝女儿去玩，给她讲故事，陪她玩游戏，一家三口去看电影、逛公园……而这一切只有回归才能实现。

韦乐平的大脑常常在高速运转，即便在睡梦中亦如此。即便他以后拥有了邮电部、信息产业部、工业和信息化部、电信集团公司等多家单位的相关领导职位，包括现在的工业和信息化部通信科技委常务副主任、中国电信集团公司科技委主任等职，可以调兵遣将，但依然在关键问题上事必躬亲，因为许多个梦让他警醒。他对科技充满热爱，坚信技术对历史的推动作用，却又保持理性，对虚火旺盛的“中国万能论”提出警告。

韦乐平的许多梦经得起淬炼。他将许多的感触和实践应用写进了书里。

他出过九本技术专著，特别是那本《光同步数字传输网》（修订时改名为《光同步数字传送网》），短短几年时间就再版了11次，一再售罄。这本影响并培养了电信传输界一代人的“中国光通信圣经”出版于中国刚刚准备引入同步数字体系（Synchronous Digital Hierarchy，SDH）时，彼时国内对此技术处于挖隧道探路阶段，没人懂，连技术名称都不知道怎么译。这本教科书式的专著甫一出版，便成为同业的“指路明灯”，被誉为“光通信的红宝书”，受到各方技术人员追捧，甚至成为与外国公司技术谈判的砝码，中方技术专家经常利用书中的论述和观点问倒对方。在这本书以及韦乐平主笔的一系列体制标准和指导意见的推动下，我国快速建成了由上百万台

SDH设备组成的大规模基础传输网，有力地支撑了电信业实现跨越式发展，推动实现了我国制造企业在该领域产业上的群体突破和技术升级换代，作者也被称为“中国SDH教父”。

《中国通信学科史》的诞生也非常不易。当时全国190多个学会，只被国家认定编发学科史的学会只有4家，通信学会在其列。

众所周知，学科史研究是科学技术史研究的一个重要领域，研读学科史会让我们对科学技术发展的认识更加深入。著名的科学史家乔治·萨顿曾经说过，科学技术史研究兼有科学与人文相互交叉、相互渗透的性质，可以在科学与人文之间起到重要的桥梁作用。尽管学科史研究有别于科学研究，但它对科学研究的裨益却是显而易见的。考虑到中国电信业发展的特殊情况，有些好心人劝韦乐平不要主编这部书，可能会得罪一些领导，吃力不讨好。这事也惊动了部领导，但他集国内顶级电信专家之力编写的周详方案赢得原工信部副部长周德强等领导和时任部领导的肯定和支持，当时的奚国华副部长专门组织论证会，大力支持编撰出版。

韦乐平通过书的形式，让他的梦想走进了许多人的现实之中。

他的书又透露出一个预言：如果你经常梦想同一件事，那么你肯定会成真的。

确实，现实仅有梦想还不够，还需要科学前瞻的预言。

能站在潮头，大胆预言者，其实是极具风险的，这样的风险甚至面临着覆舟之灾。但他相信黑格尔讲过的一句话：一个民族如果没有一批仰望星空的人，这个民族是没有希望的。作为战略型科学家，无欲则刚的他，愿意承担这类风险。

正因如此，韦乐平经历了多次关键技术方面的争论，其中三次技术抉择具有代表性。首先是干线通信技术方向的抉择。20世纪80年代中后期，我国电信网白纸一张，干线通信多种技术并存。我当时在基层宣传部门，依然把中同轴系统、微波通信系统、明线系统，以及少量的光通信试验系统当作高科技新闻进行宣传。然而，当时基层建设者整天忙碌，缺乏方向感，全然不知韦乐平等有识之士正在为发展哪种技术进行激烈的争论。那时，同轴电缆、微波等技术相对成熟，而光纤通信刚研究到34Mbit/s速率的现场试验系统，容量比不上同轴电缆系统和微波系统，光通信系统不被大多数认可。韦乐平决意把“争论”化为“论证”，他在积极寻找翔实的论据和数据。

真理往往掌握在少数人手中。而掌握更多的论据和数据意味着向真理不断靠近。鉴于光纤通信的巨大潜在容量和一系列好处，韦乐平凭数据说话，认为我国干线应该直接跨过明线、中同轴和微波，转向以光纤通信为主的发展路径，全面进入光通信时代。事实证明，他是正确的。最终当时的邮电部果断决策转向光通信为主，才有著名的八纵八横光纤干线网，支撑了电信业的全面腾飞，掀起了我国波澜壮阔的光通信发展高潮。

另一个重要的技术决策是光传输系统制式的选择，究竟是选择准同步数字体系PDH，还是同步数字体系SDH？20世纪90年代中期，我国在PDH技术和实践上取得显著成就，发展势头很猛。然而，一种称为同步数字体系的SDH标准悄然问世，究竟如何选择？业界众说纷纭，争议很大。在韦乐平看来，尽管从技术性能上也许SDH不一定比PDH强，但SDH速率更高、更加开放、更加标准化，SDH作为一项世界性标准，其规模一定更大、价格一定更便宜、互联互通也更容易，更易于部署。在韦乐平的积极倡导和推动下，国内不少有识之士呼吁：我国应毫不犹豫地转向这种新技术体制。

“这种观点得到了时任邮电部技术领导的支持，让我以邮电部名义起草了我国SDH发展的八条指导意见，推动全国光通信的大发展，被大家戏称为‘韦八条’。”言及此，韦乐平舒眉，莞尔一笑。

韦乐平对我说：“与人争论的事太多了，许多事遗忘了，关键的事忘不了，就是那些梦想和承诺。”

人们总是高估在未来一年间可以做的事，而低估在未来五年或十年可以做的事。当谈及在多次技术推进的感悟时，韦乐平在许多场合表示：“我们必须摆脱短视，不拘泥于一时一事的局部得失，有战略性视野，站得高、看得远，才能实现跨越式发展。”

“如果没有找到新的发展路径怎么办？”有人问他。

“那就从养成一个好的思维习惯开始吧。”他不假思索道。

三、一石再激千层浪

从梦想到预言，从预言到战略，每次预言都会激活一池春水。

身在电信，却大胆提出“去电信化”，这一石果然再激千层浪。

在电信处于全面转型的关键时刻，韦乐平以一个电信战略家的身份预言：“去电信化”将孕育电信业新生。

行业内外的诸多人士惊呆了，在电信行业处于各种利益胶着的危意时刻，保全自身还来不及，谁还抛出惊人之语，自作自受呢？韦乐平简直“疯”了。

在多个讲台上，韦乐平的一双锐利大眼，炯炯有神地在来自各地的同行身上扫来扫去，似乎执意要扫去人们留存思维的阴霾和迷云。

每个新概念的问世，都经过了韦乐平精心准备的考据。他指出，20世纪90年代中期以来，电信业赖以生存的各个方面都在经受空前严峻的挑战，大量互联网新业务的出现，使得电信运营商的话音业务和有限的增值业务不断贬值与被边缘化；智能手机、平板电脑和智能电视等大量新型终端的出现，在带来巨大的网络流量和信令压力的同时，引领了信息通信业务的发展，也使得运营商的传统主导性和重要性逐渐降低；产业链的重点和利润向上层业务与终端转移，那些以互联网为背景的轻型运营商凭借技术、业务和商业模式的创新，大举进入电信服务业，并获取了大部分利润。

在这个时候，身处战略高地的人不得不考虑这样的问题：生存还是死亡，还是生不如死，或者半死不活地拖着过日子。

梦想也许不难，预言应该不易，做战略如攀险峰。

韦乐平洞悉着眼前这一切：在面临外部挑战的同时，电信企业确实面临增长乏力的发展困境，不但固话语音业务收入大幅度减少，而且固网宽带、移动互联网这两个被视为最重要的业务增长点，无论国内外都面临着增量不增收或增量减收、量收“剪刀差”持续扩大的被动尴尬局面，尤其是在移动互联网领域形势格外严重。美国思科VNI预测全球未来五年移动互联网流量年增长将达到80%，而过去10年，移动技术的发展轨迹则显示频谱效率年增长仅为20%，在缺乏突破性技术的前提下，收入年增速不到流量年增速的零头。

“面对‘内外交困’的局面，电信业唯有转型才有出路，否则，死路一条！”韦乐平对一些质疑声果敢回应。

电信业的转型涉及百年形成的基因的改良与转变，绝不是一蹴而就的，需要有更深层次的思考，以及果敢和勇气。

事不宜迟，韦乐平当即提出正待跨越的四座大山，即“去电信化”面临着四大难题。一是遗传基因难改。电信业百年形成的基因已从观念、流程到实践深深印刻在全球数千万电信从业人员的脑海。二是体制和机制难改。电信业无风险决策要求，漫长和随机的决策，只做加法不做减法的习惯已经形成。例如：我们制定的标准往往是世界上最复杂的，不仅综合考虑了全球主要标准的要求，又往往有全国各个省份地区的所谓特殊需求，不管这些要求是否有价值、有必要，这些都是要付出成本代价的。三是涉及整个生态链的协同改造。“去电信化”不是单一环节或单一公司能有所作为的。四是生存危机意识不强，小日子还能过得去，许多人认为还没有到非改不可的境地。

他发现，资本市场持续不看好电信企业，电信企业在资本市场的地位日趋低值化。电信业引以为豪的“电信级”业务在体现高质量、高可靠的同时，也意味着高复杂度、高成本和高浪费。他眉头紧蹙道：“电路交换机的2000多个功能仅用了不到1%，我们当初努力开发的100多种智能业务只用了主叫号码识别和呼叫转移两项；传输电路的实际平均业务量是总带宽的1/30；路由器网管的告警只有0.01%是有意义的；厂家开发的设备和板卡70%是没人用的；运营商的几十万种套餐80%的使用者不到10人，50%是零用户，浪费了大量昂贵的IT资源；作为软交换和IMS核心的号称简单IP信令的SIP信令，为了所谓后向兼容，增加了100多个RFC规范要求，使得Simple(简单)变成了Stupid(愚蠢)。如此等等，不胜枚举。流量增长与收入增长的‘剪刀差’日益扩大，企业实在难以长期健康发展。”简言之，一旦曾经给自己带来巨大成功的“电信级”服务体制开始成为包袱的时候，说明这个行业到了需要变革的前沿。

他为外部环境日益恶化痛心疾首。客观分析道：电信企业不仅面临日益无理性的运营商之间的竞争、制造商之间的竞争，以及互联网和有线电视业的挑战，而且，更重要的是面临日益严峻的互联网业务运营商(OTT)的挑战，这种挑战才是深层次的、触及灵魂的。业务主体发生了根本性变化。100多年来电信业赖以生存的语音业务收入已发生根本性动摇，日趋边缘化、免费化。而爆炸式增长的数据业务耗尽了网络资源，却不能带来相应的收入和回报。这不应该是现代大企业的效能。

韦乐平的“去电信化”引起学界的重大关注和反响。北京邮电大学吕廷杰教授在一次公开演讲中谈及了这个问题的本质，他认为去电信化之前，必须先弄清楚什么是电信化。这是对韦乐平预言的一次理性呼应。

吕廷杰认为，既然要去电信化，我们就需要研究运营商独特的电信基因，即在思维、组织、文化和技术上，哪些是独特的被“电信化”了的因素。

他列举道：电信产业，作为典型的自然垄断产业，其基本产业特征包括：

首先，横向的全程全网。通俗地说是为了完成跨地域的电信服务，必须依靠全网的配合，区域的运营商不可能完成完整的服务。其次，纵向的技术强关联。电信基础网络建设和运营与基础电信服务密不可分，即网业强关联，不能分离。

电信产业从它诞生的那一天起，作为一个自封闭的系统，无论是技术还是业务创新，基本上都属于“圈子内”的事情。即使是由于横向的全程全网的需要，国际电信联盟作为技术驱动的最早的国际合作组织的成立，也没有摆脱封闭的本质。

由于这些技术特征的存在，电信运营企业的组织管理方式也是以金字塔式的行政命令层级式的形式存在，依靠卓越有效的命令传递系统和规范统一的技术管理体系，实现全程全网的业务和服务的一致性和统一性，以及无差异性。

这样的技术体制也就决定了那些可能威胁全程全网运营安全的创新都会遭到这个组织机体的排异反应，而早晚被排除组织的体外。

所以，吕廷杰认为，所谓电信化的本质，就是命令、统一、封闭、规范、无差异，即以追求标准的高度一致和高度协调的行为一致，确保电信服务的有效和一致性交付而建立一起的一整套组织管理制度以及与之配套的企业文化。

用一个并不时髦的名词，电信化是一种文化，这种文化，可以称之为自耕农文化，自给自足是这个文化的核心特征。

韦乐平提出的电信业要“去电信化”才可能顺利实施转型的观点，帮助电信企业认清了大形势，理性地评估自我。此后，时任中国电信集团公司董事长的王晓初大胆提出了“一去二化新三者”的新战略定位，获得行业的高度认可。事实表明，要成功实现这么大行业和企业的历史性转型，小修小改小变是无济于事的，必须首先实现“去电信化”改造。除体制和机制外，需要从观念和理念上实施一系列深刻的转变，摆脱上百年的从观念到实践的种种禁锢和路径依赖，才有可能比较顺利地实现成功的转型。

韦乐平提醒上下注意，这里的所谓“去电信化”不是抛弃电信的一切，而是哲学意义上的“扬弃”，在保留其合理内核的基础上，要抛弃的是过时的、过分的、不必要的累赘和禁锢，轻装上阵，才能顺利实现转型。

“去电信化”如同山雨欲来风满楼。电信行业进行了观念上的大调整。电信人看到，商业模式落后，传统电信业单纯前向收费的商业模式在互联网冲击下逐渐失效，而新的商业模式尚未建立；创新乏力，电信运营商正面临体制僵化、技术理念落后、包袱沉重、创新乏力的被动尴尬局面。尤其在移动互联网应用领域屡战屡败，几乎没有值得一提的成功案例。沃达丰2000年进入移动互联网领域后的三次失败就是典型的案例。

在集团高层的支持和全国电信企业的呼应下，一场“去电信化”的变革，直指转变观念、消除臃肿，实施技术、业务和商业模式的全面转型，为电信业长足发展迎来新的春天。近几年云计算的出现和大发展，及其对运营商生存空间的挤压，对于运营商“去电信化”的必要性、重要性和紧迫性是一个很好的佐证。

思路决定生路。思路宽，天地宽。

中国电信站上了时代风口，拥有真正的“行业大脑”。

百年老店依然充满生机和活力，因为有了会思考的智慧大脑。

四、那一种光芒

世界上有三种光芒最为绚烂，一种是阳光，一种是持久奉献，还有一种是彼此照亮。

韦乐平相信一句话：你看到什么样的世界，你就拥有什么样的内心，你会为此对应地发出怎样的光芒。

我是一位在电信行业三十八年的老兵，面对韦乐平那平静语境中时而翻滚的惊涛骇浪，一如邻家大哥般的平易叙述却又胜似将帅的指挥若定，感觉他身上有光，那是一种特有光芒，能让光网世界呈现缤纷色彩。面对他，有许多问题想提，每个提到的问题都不带“暗角”。

这么多年，我看到电信行业进进出出、改弦更张的人还是有的，对行业的遴选俨然是一种有想法和期盼者的自由。想必这样的“自由”，韦乐平也想过，尤其是他这么一位在业界占有举足轻重地位的科学家呢，一个敢于在高层决策会议上对高层领导建议拍板的事说“不”的人，一条不被外国高薪诱惑的中国汉子……

他爱这个行业，如爱国与爱家，爱得深沉，爱得不需要加载功利的条件。他的这份爱，就是一种特殊的光芒，我们熟悉它，希望被它照亮和温暖。

而面对我一个近乎关切的问题——为何不休息休息？毕竟耄耋之年了，不能再透支、再累了。

这时，他换了一种有些严谨的思维，说了三个原因——

一是对这个行业和企业的深厚感情。他亲眼看见和参与这个行业从一个极端落后的小行业成长为一个全球领先、举足轻重的大行业的跨越式发展，对她的兴衰十分关切，总想能继续贡献自己的微薄之力，帮助她的转型和维系可持续发展。

二是对技术的热爱。一辈子搞技术，亲历了一代又一代技术的兴衰和更新换代，那种驰骋在技术前沿的欣喜和激情已经深深融入他自己的血液，几乎成为生活难以割舍的一部分。

三是反正在家也没有多少事儿，老伴儿都包了，不如趁自己还有点儿价值，发挥余热，为行业和企业继续做点儿有益的事儿。

他伸出的三个手指连着一个圆圈，分明是一个“OK”手势。

虽然他经常告诫自己不要轻易做长久的决定，因为那可能是一时的情绪所然，但是这时的“情绪”已经固化为一种执着的精神了。

作为一个倾听者，心口猛然一阵翻搅，我知道那是心疼之感。

韦乐平始终微笑着，一种至纯之感。

我知道，微笑有时就像创可贴，伤口贴住了，但还会疼。

这种感觉在我后来访谈的集团公司云网发展部副主任、博士曹磊身上也出现过。

曹磊很年轻，像是不到四十岁的样子，挺拔、帅气、干练，其实也过天命之年。在集团公司办公楼内，我邂逅了他，与他聊到了韦乐平。曹磊几乎不假思索道：“韦总太辛苦了，不知疲倦地工作，我们都心疼他……”

转而，他又说：“对我而言，韦总就是天上星星一样的人物。”

这话有点夸张吧？我听了他的一席谈话，得到了确切的佐证。

曹磊开始知道“韦乐平”三个字是从求学时翻阅文献资料中。电子科技大学人才荟萃，能入师生法眼的专家都是业界翘楚，经得起挑剔的人物少之又少。1997年，他去日本从事通信研究后一年回国，回国的理由之一，就是被韦乐平研究的光通信深深吸引。当时，他在广州电信研究院中工作。他清楚地记得2004年5月，一次全国性的电信技术会议在北京香山召开。他发现当时的中国电信集团公司副总经理、总工程师韦乐平坐在主席台。“总算见到了！”他内心一阵欢喜。

会后，在住处旁的小道遇到韦乐平，曹磊这位一线的研发人员主动请教，主要是中国电信若拿到3G牌照后的发展线路选择上的问题，这是一个前瞻性的问题，事关战略决策的调整。韦乐平没有立即下结论，而是与他边散步，边把问题抽丝剥茧地分析，同时也不断听取曹磊的想法。

曹磊说：“这么一个高山仰止的大名家，非常随和，没有一点想象中的架子，与你表述一些高级技术时风趣幽默，用的比喻也是平常见到的喻体。感觉平易，明白晓畅。”

韦乐平认为曹磊考虑问题比较独特、细致深入，养成好的思考习惯必有好的成绩。他们都是重视技术细节的人。曹磊说："韦总常常从琐碎的细节中发现大问题，就如自己提的问题，其实韦总已经关注到了，能发现哪些适合中国电信网络，哪些不适合中国电信网络，而且还秉承一种非常强的技术良心，这一点对我印象非常深。"

"技术良心"这个词有点振聋发聩。

曹磊说："韦总跟我专门提出这个关键词，以后我还多次听到，就是我们做技术的人一定要有技术良心。所谓技术良心，就是要实事求是，不能好高骛远，也不要沽名钓誉，做技术的人很容易理想化，选择一些可能不太接地气的方案，或者是看起来高大上的一些技术，但实际上它实现的代价和部署的成本会很高，而用户的体验不一定好。所谓要讲技术良心，就是要在这里面找到平衡，找到以后适合我们中国电信网络特点的、在部署中能够快速推广的、经济耐用的，然后又给用户有很好体验的技术。"

像曹磊一样，许多年轻的科技人员在韦乐平身上学到的"技术良心"又可阐释为：技术不是越先进越好，越实用越好。能做好这个平衡需要独到的眼光和功力，你不能为功利去忽悠和冒进，更不能刻意迎合领导所好。需要综合考虑技术方向、国企资产的增值保值和用户的切身利益。

曹磊表示，从2004年初次认识韦总至今，常常用这个方法来鞭策自己，不要去做好大喜功、眼高手低的事情，一定要脚踏实地、循序渐进。他告诉我，韦总跑过全国近三百个本地网城市，他陪韦总去了几个城市，每到一处，韦总都问得很细、很全面、很透彻；看事情不含糊，解决问题果断，不拖泥带水，首问负责。韦总作为中国电信老一辈技术专家尚且如此，给我们影响很大，受益终生。

在曹磊的办公室，我看到了他主创出版的《通信网络智能管道架构与技术实现》《IMS技术原理与应用》等书籍。他用带有武汉味的普通话颇为自豪地说："我是韦总带出来的嘛。"

韦乐平带出一群中青年科技专家在"彼此照亮"。

科技创新部副总经理张成良却用另一种语调表达了这个意思。他跟着韦乐平二十五年来，自嘲是在批评中成长。他在匆匆忙忙赶去开会的途中对我说："前天还被韦总批评，我们在做一个技术白皮书，数据上有些问题，不够仔细。但韦总的批评都是有价值的。"

事实上，与韦乐平共事多年者，彼此都很熟悉，性格也相近，往往直来直去，沟通很快。作为韦乐平最早带出来的徒弟，张成良是少有的敢于直截了当跟韦乐平当面争论的人，最终也成为业界十分出色的光通信技术专家。可谓"严师出高徒"。确实，韦乐平对生活要求很低，对工作要求却很严，包括项目时间进度乃至每一个观点、提法或数据都要求准确无误。他自称是"A型血"的人，往往追求完美和理想，工作效率高和节奏快，并带出了一批高水平技术专家。其负面效果是：自己很累，别人也感到压力增加。

"那个白皮书是云网融合2030白皮书。"年轻的教授级高工张园很有发言权，她说，"韦总的每个环节都盯得很紧，许多数据是自己亲手算出来的。"她从2019年1月起在电信科技委当秘书，感觉很忙。电信科技委分为7个组，如无线网、核心网、IP网络、传输和接入、网络安全、云计算和大数据、IT，每个组都在韦乐平的指导和调度下。她记得韦总有个习惯，不喜欢直接看结果，而是喜欢过程跟踪，看数据。不少管理者往往只要科研人员分析好的结论即可，但韦总要自己分析。前一阵做云网融合的研究，他就要分析中国电信云收入的结构，MEC的运作步骤，就是要获取第一手资料去分析，让高层管理者有翔实的数据支撑。

张园说在韦总身边工作，自己能学到许多意识不到的智慧。加班加点是常态，有时很晚了，韦总还在工作群里谈自己的新发现……

集团有位同事对此谈道："韦总的工作就是生活，生活离不开工作。这就是我们的韦总。"

五、行稳致远之乐

与韦乐平聊天，是轻松愉快的，他不时会不假思索地说出几句英文专业术语，也许他觉得我见多识广，用英文交流不是问题；或者，有些到过的地方，本身需要英文的语境，才能真实地反映他要表达世界科技前沿的某个意思。

原中国电信集团公司战略部领导、现天翼智联科技有限责任公司董事长浦德松表示，与韦乐平聊天是件长见识、增动力、激智能的事。如今，浦德松在集团公司科技委指导下，稳扎稳打，将天翼智联依托中国电信5G网络切片技术，提供按需定制的物流云技术，既能满足各类场景应用，又具备快速复制能力，还拥有引领行业标准的潜质。眼下，这块试验田很快有了好收成。“科技+创业”催生了新前景。他告诉我，打算写一篇关于韦乐平的感人故事。

韦乐平有个观念，就是：看得远，才能走得稳。在通信行业的四十多年，他行走的距离没有统计过，但在地球绕了几个圈肯定是有的。

他毕生都在科技前沿冲浪，不想囿于钢筋水泥砌出的文明，在走访、考察、研究中寻找存在自然和社会的真谛。

他的足迹遍布中国数百个城市，那么，在国外呢？

他告诉我到过七十多个国家和地区。

他还告诉我这辈子原来打算至少出十本书，在出了九本科技方面的书后，我在考虑第十本书的选题。未料，编辑的策划让他灵光一闪，这么多年星星点点在海内外的随行随摄，已经留下了厚重心灵记忆。

他尊崇科技，更敬重自然和文明，他的眼睛与镜头聚合三者之魅，相得益彰。

这样，我近水楼台先得月，有幸得到韦乐平在科技“山水”游历中唯一能全部读懂的书，也是他的第十本书《乐山乐水——韦乐平摄影作品集》，其中不乏在科技探索中“历险”屐痕。

加勒比海群岛的世外神韵、秘鲁马丘比丘印加遗址的旷世苍凉、约旦瓦地伦的大漠孤烟、爱沙尼亚的水影清浅、伯恩大学的草木葱茏……

在一张张赏心悦目的图片前凝视，每幅图片背后的故事，听得我心旌摇曳，或惊心动魄。

“那真是一个孤零零的山头，也就住了一二十户人家，房子都像毛坯房，外面几乎没有什么装修，大概随时准备战斗，所以没有必要装修。周边居住着成千上万户的阿拉伯人。阿拉伯枪手就埋伏在周围路边不时放放冷枪，上一周刚刚打死了一位犹太人。显然居住在这样的恶劣环境中，每天的出行就是一份生与死的考验，很多居住在这样环境的人往往是犹太教极端信徒，不论生死，但也有不少是像我朋友那样纯粹是没有钱在内地买房子，才住在那儿的。”

在我凝视那幅“以色列耶路撒冷大卫塔夜景”摄影作品时，韦乐平向我表述了20世纪90年代中期在以色列从事科研的情形——

“从犹太人定居点回来后，当我向公司副总裁拉披德将军讲起我周末的经历时，这位将军惊讶得半天没有合上嘴巴，最后只是回答说，以后千万别再冒这种风险了，连我们一辈子都没有去过那种地方。想起来确实有点儿后怕，真是无知者才无畏。”

通信公司副总裁居然是一位将军，员工上班随身带手枪，出去春游，每辆大巴都有带长枪的两名员工，可以想象那里的科研和生活环境是何等恶劣。枪战一触即发。韦乐平身在其中，无法置身事外。

因为好奇，韦乐平的经历就时常会爆出风险，且险象环生。他在纽约街头被抢；去以色列约旦河西岸犹太人定居点山头过夜；在阿拉伯村庄与“恐怖分子”交谈；发着高烧徒步北非；忍着带状疱疹的疼痛走完巴尔干半岛……

他聊到这些，一直微笑着，像在说发生在另一个韦乐平身上的事。他说：“感谢老天眷顾，一个三根筋挑一个脑袋的文弱书生还能活到今天，玩到今天。”

其实，他哪有时间玩呢？

只是经历了太多的风险和坎坷，他有一种抵御风险的强烈意识和超常能力。

欧美科技公司的大佬与韦乐平交谈，惊异于他对国外风土人情的熟悉程度，然后就很快能找到共同话题。

所有的交谈超过了“你是你、我是我”的程度，而“你和我”等于“我们”。

那时正值电信大发展之际，资金、设备的紧张程度难以想象。但韦乐平敢想敢干，对存在的问题有特有的辨识度。在与外国研发者和投资者的沟通中，摆出了电信的基础优势和战略优势，以及解决难题的好招。

他与前英国电信首席技术官（中国人称“总工程师”）Matt Bross的多次交流，初次见面，先是国际电信行业号称的“转型大牛”Matt Bross滔滔不绝，发表“高见”，而后才是韦乐平侃侃而谈。话题涉及具体技术转型，韦乐平的“后发优势”当即呈现，他的研究和实践更接地气。有一次，Matt Bross对他说：“我是全球最早提出需要向下一代网络转型的人，但是结果却只部署了2台软交换机，你们尽管比我们晚，但是转型的决心和力度却远大于我们，一下子在网络中部署了200多台软交换机，佩服佩服……你是我所见的世界上最好的首席技术官！”

还有一次，一家著名的美国科技大公司在业务合作上与中方没有谈拢，这家公司的高管准备放弃合作，翌日中午就坐专机回国。韦乐平知道后，立即递交一份精细考据和策划的方案，没想到引起了美国专家的兴趣，立即推迟起飞时间，指明要与中方的科学家韦乐平交流。这一交流，又是大半天。美国公司的高管和专家所有的疑虑都被韦乐平消除了。韦乐平的远见卓识、共赢情怀、周详方案，无论在宏观大局还是在局部环节的安排上，都令人信服。美方当即拍板，签订了提供4亿美元现金与2亿美元服务和设备的战略合作协议。当时在场的一位中方聘用的香港法律顾问曾经参加过多次国际性经贸谈判，说：“美国人多精明啊，要让他们改主意很难。但韦总居然能行。”当天，美国专机的起飞时间已接近午夜了。

正因为韦乐平心中存有一个诗和远方，所以无惧电信业在改革浪潮中的跌宕起伏。正因为他坚信“在生存中挣扎，在挣扎中蜕变，在蜕变中坦然”，所以能长年把控电信科技的顺势而为推进亦是一种必然。

简单梳理一下：作为一名工信部通信科技委常务副主任、中国电信集团公司科技委主任，韦乐平敏锐地预测到行业未来技术的发展走势，紧密结合公司转型战略的方向和节奏，充分发挥科技委跨专业、跨部门的独特优势，为公司战略转型建言献策，至今形成关键性会议纪要80余份。在中国电信IPv6发展策略、物联网发展策略、云计算发展策略、FTTH规模发展策略、FTTH与LTE综合协调发展策略、CTNet2025网络架构白皮书、骨干网新型光纤的抉择、5G技术白皮书、人工智能发展白皮书等重大技术方向和技术抉择上提出了及时、务实与前瞻性的建议，获得了公司领导的高度重视与肯定。

例如中国电信集团公司科技委在“CTNet2025网络架构白皮书”中提出了中国电信未来5~10年的网络发展目标、演进路线和策略，成为集团公司网络转型的重要指引。在“中国电信5G技术白皮书”中提出中国电信5G业务需求及挑战、5G目标网络架构和演进策略、5G关键技术与组网方案等，成为全球运营商第一个系统地阐述5G技术发展策略的文件。最近，他又组织力量完成了“云网融合2030白皮书”，对未来中国电信的战略发展描绘了一个前瞻性的、逐步演进的、可操作的技术蓝图，形成了顶层设计和总体布局。

成立16年来，中国电信集团公司科技委正成为集团技术决策咨询的平台、高层人才会聚和培养的平台以及促进重大技术创新的平台，为集团的发展和转型发挥了不可替代的支撑作用。我在他的秘书张园的笔记本电脑上看到，仅在某个界面，他从年初至今，主持的项目就有10多个，这场令世人生畏的疫情丝毫没有影响科技委前进的步伐。

这些智慧之旅从大脑和电脑源源不断地输出，居然可以“一笔带过”，但对许多跟紧韦乐平的科技人员是“过目难忘”的。

赵慧玲，曾任中国电信北京研究院总工程师、副院长，21世纪初，她在韦乐平的带领下从当时的信息产业部一同出发，去创办北京电信研究院。在2020年秋季一个由她主持的全国性会议间隙，她接受了素未谋面的我的长途电话采访。提到韦乐平，她从话筒里传来的声音顿时圆润和饱满起来——

“韦总当时兼任研究院院长，研究院创办时没几个人，到处找房子，布局，聚人才，韦总鞍前马后，每天工作很晚。他好像有使不完的劲头。”事实上，是韦总确定了原北京研究院的研发定位和格局，即侧重总体性、战略性和前瞻性研究，而原广州研究院侧重网络技术层面的研究，原上海研究院侧重业务层面的研究，从而奠定了全集团的研发体系布局和各自清晰的定位。

深受韦乐平的影响，自强不息的赵慧玲也成了通信科技领域的一代大家，身兼高校博导、工信部通信科技委委员等多职，年过六旬依然活跃在重要的科技战线上。她说："韦总是自己终生学习的楷模。"

她至今仍然记着韦乐平敲定并在执行的"八字"工作要求：从严、沟通、规范、抓紧。

科研的"三贴近"：贴近集团、贴近现网、贴近市场。

性格：直爽、敢说话、不迎合。

快乐点：读书，博览群书；保持"四味基本元素"——好奇心、悟性、恒心、重方法；享受不人云亦云的乐趣。

对一线服务"十字诀"：指导、求实、创新、协调、开创。

这就是她眼里的"韦总"。也是大家心目中的"前辈"。

赵慧玲热情洋溢地向我推荐韦乐平在北京研究院任院长时亲手制定的一整套"宝典"，她想抽空发给我分享。

在互联网时代，当人们把地球比作一个村落时，韦乐平已经把对全球通信科技的走势和研究场景看作一个"客厅"。这样他能始终先人一步，站在全球的角度思考中国电信科技发展的问题。

在5G商用后面临的巨大争论问题，我向他抛出了一个社会诸多人士关心的问题："您认为5G成功的关键是什么？"

韦乐平气定神闲地说："至少有三个关键点必须突破，才可能成功。首先，要有一个好的宏观发展环境。5G技术新、投资大、功耗高、商业模式不清。如果没有一个良好的发展和政策环境、严格监管和自律的市场环境是很难搞好的。其次，5G对运营商的技术引领作用要求很高，运营商必须加大科研投入、增强技术创新和自主掌控能力和集成能力，调整组织架构和流程乃至制度文化，适应5G发展的需要。最后，运营商必须更新观念、创新商业模式，完成从面向公共客户为主向面向公共客户和政企客户并重的战略转型，才能实现电信业的可持续高质量的发展。"

不是尾声：共情的力量

我在进京采访韦乐平之前，看了部分有关他的事迹材料。我甚至还去拜访了《人民邮电》曾雅、郭庆婧两位知名记者，她们专门采访过他。据悉，仅中央电视台就采访过他十多次。他早已蜚声业界了，因为他创出了足够大的奇迹，这些奇迹正陆续载入史册。

我有些担心，凭自己的文笔，可能无法超越以往大记者的报道，再则，若是重复了，这样的文字无疑没有多少可提升的价值空间。由此，我将会对不住眼下这位德高望重的科学家，心中深深的歉意在发酵着。

我在走向韦乐平办公室的途中，脑海如鲸跃海般蹦出"平中见奇"四个字。

在与他的交谈中，我找到这个题目的内在合理逻辑——平等、平安、平静，由此"平中见奇"。

在常人脑中，科技工作者常常不能自述出直抵人心的牵动情怀的故事。但我觉得这绝对不是科技工作者的"人设"。面对韦乐平畅快的叙事，我坚信了一句话：共情是头脑能做的第二件伟大的事情。

共情，让他与我其乐融融，相互聆听，不断找到新的话题，自然妥帖地展开话题内容。我由此备受鼓舞，收获良多。我常常停下笔，因为我已经来不及记录了。他给我的有用信息量太大。心灵交融，呈现出共情的力量。

在多个话题中，我一不留神，碰触了一个勾起他痛处的话题——健康问题。这是在我们聊天过中场的时候。他微叹了一口气，说："太不巧了，太不巧了！"

2018年6月，韦乐平在体检中查出了一个生长很快的肺部结节，经多方检查，名医会诊确定是肺癌。动完手术后的两个月内，他还在病床上辗转反侧，来人探望也不忘谈论技术工作。术后一年复查，情况不乐观，已经发生骨转移。这个时候，他才意识到，需要停顿下来，考虑和交代一些事了。

他记得在国外当访问学者时，每天踩着过膝的积雪去大学实验室、去通信公司的实验室。当时，他就抱定信念，一定要学成归国，报效祖国。因为科学虽然无国界，但科学工作者有祖国。

同时，他也是身体力行地尽力培养女儿。可是，如今女儿在他乡，他不想增加她的负担，隐忍自己的一切，给女儿的信息与现实不对称——"挺好，一切正常，放心吧"。

他觉得这辈子最对不起的是老伴，他在事业上打拼，家里都交给老伴了；平常没有时间多陪伴她，到处去走走、看看。

他一直珍藏着与家人的合影，难得的合影，工作间隙会点开凝视一番，合家欢乐的情景在脑海中像过了一遍电影。

在与病魔较量的同时，极其敏感的他设法教会老伴利用手机银行等数字消费的方式，他尽力安排未来可能发生的一切，

医生告诫他要与时间赛跑，医书说的"骨转移的一年生存期"则像是给他安了紧箍咒，时间对他来说，必须分秒必争，分分秒秒都在与死神赛跑。

其负有责，其责不卸。这是他一贯的做派。

他有点抱怨："在医院检查来检查去，浪费的时间太多，找了一些知名专家，无非是三个结论——'是的''不像是''再查查看'，几乎覆盖了所有可能性。"

手术两个月后，他重返岗位。

坐在工作台后，背靠着那幅大型的中国地图，他又有了那种踏实感。

因为科技委的工作一项项推出，他要对国家负责，对行业负责，对客户负责。技术上的决策除了需要前瞻性视野和精确的论据和数据，还要靠技术良心。

不求此生匆匆过，但求每日都成长。搞科研已经是他全部的乐趣，他说："这辈子已经停不下来了。"

然而，当他发现病灶已经转移到骨头上，有点儿后悔当初手术后的跟踪检查没有及时跟上了："其实我当时啥感觉都没有，现在有点麻烦。"

我不敢面对他，顿觉眼球发热，渐渐肿胀，鼻子酸麻，喉咙哽咽，便垂下头，佯装做记录。

趁他起身，给我找书，我用纸巾擦擦潮湿的鼻孔。

我控制着自己的情绪，尽量以平静语调，告诉他："这样的疾病最怕勇敢而有智慧的人，还是有办法对付它的。韦总为国家、为行业、为电信做出如此大的贡献，一定有福报的。我希望等韦总99岁时，我还能坐在您身旁，听您的故事，看您的新成果。"

韦乐平笑了，刚才有些阴郁的气氛渐渐弥散了。

"好啊好啊。"

"就这么定啦。韦总。"

常言道：不要下一个永久的决定。但这个一时的决定，足以致远至久。

中午时分，韦乐平一定要留我在食堂用餐。

在洁净宽敞的食堂，他给我介绍了几位集团领导，他们戴着口罩去取餐食，见到韦乐平都热情地打招呼，眼神柔柔的，并对我，一位基层来的员工嘘寒问暖。他们问我的年龄，也许我长相有点"欺骗性"，居然被说小了许多岁，这有点如我看韦总一样，始终是个"中年人"的模样。

我们坚信：快乐工作的人不会老。

餐厅的气氛宜人祥和，如同家庭用餐般的无拘无束、心神放松。韦乐平告诉我，他从小生长在浙江，口味都是江浙一带的，喜欢吃糯米圆子、粽子。我说："这就是我们家乡的口味，走到哪儿都忘不了。"

他轻轻地对我说："你先坐好，我去去就来。"

我回望了一下，他微躬着后背在一排排餐桌餐椅中闪过，我以为他想到了什么要紧的事，去找人说说，也许是一个很大的、棘手的、涉及某个战略层面出现了坎儿。

他经常是这样，想了一个工作上的事，不管是吃饭、行走还是睡觉，就会立即进入工作状态。

我瞅了一下他的托盘餐具，里面的热气渐渐变少。暗忖：若在家里，我可以给他煲汤，像孝敬自己长辈一样，他太要强，其实太需要照顾了，唯一的女儿在国外带孩子，他身体有恙不愿对别人说。老伴忙家务，他忍着不说或少说，似乎工作是他的全部。

“喏，苹果。”他有点神奇地出现在我身后，一只苹果安安稳稳地放在我身旁。

原来，他是去给我拿苹果了。我蓦然幻现出许多年前一个场景：有个叫“朱自清”的青年在火车站台，愣愣地望着翻过围栏去给他买橘子的父亲的背影。我鼻子有些酸。

后来，我把那颗苹果送给一位在电信工作的海归员工，他对韦乐平敬仰已久。

此时，这位员工神情疑惑。

我暗忖：若他得知此果来由，会恍然地说“哇，久违了，快乐的苹果”吗？

长于乡村厚土　回馈沃野生民

——记第四届“央企楷模”中化集团新农药创制首席科学家刘长令

◎文/中化集团农业事业部

2014年盛夏，四年一届的IUPAC农药化学国际会议在美国旧金山如期举行。当一位有着朴实东方面孔的中国科学家缓缓步下主旨报告讲台时，场内响起了经久不息的掌声。作为登上会议主旨讲台的首位中国人，他刚刚带着自己的新农药创制方法——“中间体衍生化法”，在众多国际专家与同行的聚焦关注之下，完成了中国新农药创制工作者在这个国际农药学术盛会的亮相。

他，就是刘长令，第四届“央企楷模”获得者，中化集团新农药创制首席科学家、中国新农药创制第一人。

凭着永不言弃的执着和一股主动创新的钻研劲头，刘长令扎根科研一线三十多年，开创了中国农药自主知识产权的先河，实现了几代中国农药人的梦想，为中国新农药创制登上国际舞台开启了传奇的新篇章。

新农药创制，是一份既需要耐得住寂寞，又需要敢于直面失败的工作。从国际经验来看，一个新农药的创制周期在10~13年，而对于研发者来说，时间本身也是一种风险，很有可能在若干年后还一事无成。并且随着行业逐步成熟，新农药创制周期还在拉长，创新难度越来越大。

为了打破自主创制的零纪录，“拼命三郎”刘长令带领着自己的科研团队，在中国新农药创制这片一穷二白的贫瘠土壤中不断耕耘探索，实现了中国农药自主研发一次又一次的“破土”，收获了一个又一个中国创制新农药产业化的果实。

长于乡村厚土，回馈沃野生民。

作为一个从中原腹地普通乡村里走出来的乡下娃，被同事们戏称为“拼命三郎”的刘长令，心中一直怀揣着“造福全世界的农民”这一朴实而宏大的梦想。正是这个梦想，激励着他在科研创新路上披荆斩棘不断前行。

而这份梦想的缘起，就在五十年前河南省镇平县高坵乡家河村里，在一个普普通通的农村家庭耕种收获的黄土地上。

从黄土地到黑土地
——“农村娃”刘长令艰难踏入新农药创制大门

1970年的盛夏，当家河村的孩子们成群结队在村边小河里戏水打闹时，一个孤独的小小身影却埋头于河滩上并不算茂密的草地，痴迷地做着一件事情——“割草”。

这个只有七岁的懂事孩子就是刘长令。

在那个年代，割来的草能换取工分，而工分则意味着口粮。在父亲去世，领养的长姐也嫁人后，小小的刘长令就开始用这样的方式，来帮助妈妈维持家里的生计。

河滩上的草并不像想象中的那样多，牛吃羊啃过后，又有大人割、小孩割，草稀且矮，仅有三四寸高，看起来多割也是不可能的。

“怎样才能割出更多的草”，是摆在小长令面前一个看似无解的难题。好在善于琢磨和行动的小长令，很快就找到了窍门，这个窍门就是“执着”。

站在河边，向远望去，总是远处的小草比脚下的茂盛。七岁的小长令很早就懂得了“草色遥看近却无”，他决不贪慕远处的青绿，蹲在一片看起来并不很厚的草旁，耐心细致地割下去。当日影渐渐西斜，小长令总能有五六十斤的收获，相当于一个成年劳动力，而村里的其他孩子只能割出十来斤。

在如今的刘长令看来，这份童年时养成的执着精神和抵御诱惑的定力，使他受益终生。

儿时母亲的一句话，一直深深地铭刻在刘长令脑海里：“这地你要是不付出劳动，不滴汗水在里边，永远也长不出好庄稼，没有付出哪儿有收获呢？”

生于乡村，长于田间。在刘长令幼时最深刻的记忆里，不仅有勤劳能干的母亲在田里做着各种庄稼活的麻利身影，还有着村里庄稼因病虫害成片干枯死亡的场景。

也是在那个年代，刘长令第一次感受到农药的重要性。一次，本地的小麦田暴发了虫灾，由于没有农药，当地组织了数百名学生去抓虫子。“这么多人进地里灭虫，虫是灭光了，庄稼也破坏得差不多了，收成也没有了。”刘长令感慨地说。

从那时起，这个祖祖辈辈靠种地为生的河南娃就立下志愿，要为脚下的这片厚土做点事，让在这片土地上耕耘的农民少些愁苦。

可是，要怎样才能实现这个愿望？当年从未走出过村子的小长令，完全没有一丝头绪。

在那个盛行着读书无用论的时代，大学招的是工农兵大学生，与学习无关。而刘长令“不识几个字”的母亲，却坚决地把他推上了求学之路。

“读好书，有出息了，是对我最好的报答。”牢记着母亲的这句话，刘长令从小学一年级开始，学习成绩几乎次次第一。作为班长的他，即使偶尔丢掉了第一，下一次考试，他准能拼着夺回来。

从小学开始，刘长令就养成了专注和爱琢磨的学习习惯。勤奋刻苦的他，逐渐在学习中领悟到，做每件事情时，掌握正确的方法非常重要。他自己琢磨出了一套能让“背诵”事半功倍的方法要点。靠着这套方法，他到现在面对纷繁众多的专业信息时，只要眼睛浏览到，就能丝毫不差地记下来。

然而，在进入初中后，学习上一直自负和拔尖的刘长令，第一次领略到了学海披荆斩浪的艰辛。学知识不再是做几道题，背几篇文章那样简单。虽然在数理化几门课程上，他还是样样拔尖，无论乡里的竞赛还是全县的竞赛，总能给学校增辉。但英语与作文却成了让他难以应付的“拦路虎”。

单英语一科，刘长令比数理化三科付出的心血还要多，虽然考试时拿到及格不成问题，可要想考出数理化那样的高分，却几乎做不到。更难以逾越的是作文这一关。语文的基础知识部分，他丢不了多少分，可是占四十分的作文部分，他经常只得几分。

到了1978年考高中的时候，正是因为英语和作文，刘长令以两分之差没能进入重点高中。那时的人们普遍认为，上普通高中就意味着与大学无缘了，念与不念都没有什么意义。尽管当时一穷二白的刘家亟须有个强壮的劳动力来分担家计，母亲特别需要人来分担，但是母亲然决定要独自撑起家庭生计，让他继续求学。

上了高中，刘长令第一次接触到了化学的魅力。他对化学的热爱到了痴迷程度，就连化学老师也渐渐变成了他的研究伙伴，碰到难题，就会拉上他这个学生来一起探讨。

高中的两年，刘长令的成绩始终保持着全班第一。所有的任课老师都盼望他能打破普通高中学生考不上大学的“定论”。

“全班哪怕只有一个考上大学的，一定就是他刘长令。”

1980年的夏天，刘长令带着老师们的希冀，充满信心地步入了高考考场。考完最后一科，对着标准答案一估分，刘长令几乎肯定自己能进重点大学。然而，命运偏偏在这最关键的时刻，和他开了个最残酷的玩笑。

他居然以几名之差落榜了。出问题的并不是英语或作文，反而是最强的化学。

19分！全校最低！

老师们不敢相信，刘长令也懵了。明明对过答案，自己最少也能得79分，但当时强制性规定不允许查阅试卷，刘长令一下子被抛到了命运的谷底，他想到了放弃，回家。

他那位坚毅果敢的母亲，这一次又毅然地把儿子送回了学校，插班复读。然而，年轻的刘长令沉溺于高考记错分的痛苦不能自拔，糊里糊涂地在第二年的高考中真正地落了榜。

母亲又白白地劳作了一年，来迎刘长令回家时的她，已经变得白发苍苍。这是刘长令永远也无法忘怀的场景！

他记得，当时的自己用几不可闻的声音唤了一声“妈”，被内心的痛苦压得几乎无法站稳，泪水突然“哗哗”地往下掉。而母亲却走过来搀扶起了他，说：“过去的就过去吧，要妈说，咱们从头再来！”

这是刘长令第一次真正地直面人生中的“失败”！从不向命运屈服的母亲，用最朴实的行动和语言，为他打开了深藏在心中的沉重枷锁。

卸下所有的包袱，再不怨天尤人了，刘长令把目光盯向了未来，进入县里的第六高中再次备战高考。

自助者，天助之！那一年，为了点拨刘长令“一直不开窍”的作文，教了他三年物理的林玉印老师，找到了语文老师金喜曾。

刘长令现在正从事的农药新品种创新研究，涉及大量科学论文的写作。刘长令相信如果没有当初金老师的指点迷津，或许他至今还会困惑于如何把论文写精辟。

初见时，金老师佝偻着身子咳嗽的身影，一下子与刘长令关于父亲的童年记忆重叠，让他仿佛找回了遗失十年的父爱。对刘长令同样备感亲切的金老师，一开始却没有急着教他动笔写作，而是让他每天读报纸上的社论，谈社论的结构、内容及内涵，谈读报的感受和收获。教他重温政治课中的内容，用敏锐的政治观点，分析他作文中存在的致命问题。几番教诲让刘长令如醍醐灌顶，掌握了作文的写作方法，作文成绩突飞猛进。

在金老师为他“开小灶”的过程中，刘长令也隐约地触摸到了跨学科思维的大门，这让他受益终生。

1982年7月，刘长令终于在高考的总成绩和语文单科上，考出了老师们期待的高分。备受命运捉弄的他，这一次为了保证自己百分百被录取，放弃了报考外省名牌大学的机会，选择了本省的河南大学化学系。

这一次，他终于成功跃过了“龙门”，可以作为村里唯一的大学生，暂别这片生他养他的乡村，去450公里外开封市里的河南大学上学。9月金秋，在火辣辣的阳光下，他背上行囊，辞别了母亲，怀揣着母亲卖掉了家里所有值钱东西，又求亲告友东挪西借来的108元，独自踏上了新的求学路。

入学伊始，刘长令立下了雄心勃勃的志愿，要考研，要当中国著名的化学家。

在河南大学的校园里，刘长令一脚迈进了化学科学的专业殿堂。一份份专业教材仿佛为这个农村娃插上了轻盈的翅膀，让他从祖祖辈辈埋首耕作的黄土地上起飞，孤独而幸福地沉浸在化学的王国里，自由自在地徜徉于分子、原子的世界。

四年里，他生活简单得不能再简单了，大多的时间里，每天只啃5分钱的咸菜，可他的头脑却复杂得不能再复杂了，满脑子是神奇的分子、原子，一旦有所发现，他会高兴得忘乎所以。

正是在这四年里，刘长令爱上了有机化学。教授他有机化学的葛洪教授，喜欢开卷考试，愿意出一些知识面特别宽泛的题目，不会的话，把书翻烂了都没有用。

这一时刻，是刘长令最高兴的时刻，他喜欢挑战，喜欢识破教授故意设下的圈套。一次全系竞赛，题出得刁钻古怪，刘长令居然考出了91分的高分，比第二名高出了15分。

葛教授说，刘长令这个家伙，脑袋专门为化学生的。

读到大三，英语基础薄弱的刘长令，为了考研狠狠地下了一番苦功夫，甚至背下了一本字典。最终，他凭借有机化学和有机合成两门优异的专业成绩和51分英语，通过研究生考试考到了沈阳化工研究院。

那是1986年，从中原黄土地到东北黑土地，刘长令遇到了对他影响深远的两位导师——沈阳化工研究院总工程师张少铭和沈阳化工研究院原副院长李宗成。两位导师不仅是刘长令真正踏入科研创新大门的引路人，还通过他们自身经历与言传身教，深刻地影响了刘长令的为人处世。

当时已经70多岁的张总工，在他普普通通的慈祥外表背后，是富有传奇的一生：青年时在日本读书，七七事变时才举家从日本搬迁回国。回到老家青岛，后又变卖了家里好几个厂子，捐给国家作抗日军费。老人家说，人这一辈子，什么时候也不能忘了爱国和敬业。

张总工在面试中选中了刘长令，但他却在一开始就告诉刘长令说："你不要跟我学化学，跟我学做人。"张总真的不教他化学，不时地出几个新颖的课题，放开手去，让他自己去研究，培养他独立自主研究问题的能力。慢慢地刘长令悟出了，他的这位导师是要训练他的独立性和创造性。

刘长令的另一位导师——李宗成院长是一位工作起来就十分忘我的人。李院长经常告诫他，干任何工作，"表面上看是为公家干的，事实上也是为你自己干的，努力工作没啥坏处"。

这句话，正是李院长自己的经验之谈。在那段"文革"的年代里，别人都在斗斗斗，当年的李院长却躲起来，如饥似渴地看书，他经常半开玩笑地说，自己的才干都是那时候增长的。

两位导师的人格深深地感染着刘长令，也使刘长令深深地爱上了培养他的沈阳化工研究院。硕士研究生毕业后，刘长令决定留在这里。

而在选择科研课题时，刘长令的脑中浮现出一个儿时的画面——那是他幼时割草路过的一片遭了虫灾的农田。

他看到一位农民伯伯蹲在田垄上，嘴里叼着早已熄灭的旱烟杆，仍机械地做出抽烟的动作，用既痛苦又麻木的目光死死盯着眼前的麦田。田里是一片片被踩倒在地已半抽穗的麦子，他知道，这样的麦子是要绝收了。他也知道，之所以会这样，正是因为弄不到紧俏的农药，周边一共组织了好几百学生进田捉虫。

他又记起自己之前查到过的一个数据，根据联合国粮农组织统计，如果不使用农药，病虫草害造成的损失达30%~40%，严重时可高达70%，甚至颗粒无收。

农药啊！农药。

从那时起，刘长令便开始把整个身心都扎进了新农药品种的创制上了。

这是个风险性极高的科研项目，国内的相关行业发展基础极其落后，真正自主的研发创制几乎是空白。刘长令去啃这个科研项目的时候，业内人士都摇起了头，认为这简直是痴人说梦。

莫说比照国外新农药产品背后平均3亿美元天文级别的投入，就连国内启动相关项目需要投入的一两千万元人民币，对当时的刘长令和沈阳化工研究院来说都难以企及。更何况，还有极其漫长的科研时间。毕竟，国外一个农药新品种的开发从研制初期到最终的商品化，通常要合成16万个化合物，至少需要12年。

更残酷的是，全世界的许多化学家都在为同一个课题而努力，一旦研究成果出来晚了，让别人占了先，所有的努力都白费了。更为残酷的是，经过多年的开发，一旦发现你的研究成果不利于人类或环境，就要立刻停止开发，前功尽弃。

自1985年我国专利法实施后，创建绿色农药分子设计的新方法，加速创制具有自主知识产权、安全、高效的农药新品种，一直是我国重大科技攻关课题。2018年绿色农药创制更是被中国科协列入60个重大科技难题清单，成为我国科技领域发展要啃下的“硬骨头”之一。

当刘长令被问到，初出茅庐的他怎么敢选择这种看似不可能的课题时，他不无感慨地回答：“当年就是初生牛犊不怕虎吧！幸好沈阳化工研究院的领导高瞻远瞩，没放弃这个项目。”

而刘长令也不负众望，只用了五年的时间，花了不足一千万元人民币，运用切合中国实际的办法，创造了人间奇迹，发明了中国第一个具有世界知识产权的新农药品种：杀菌剂氟吗啉。

“啃骨头”啃出新方法
——“科研痴”刘长令不断挑战农药创制新高程

刘长令在沈阳的新药研究室的墙上挂着一个很大牌匾，上面写着“成功=理想+实干+毅力+方法+运气”。刘长令说，这就是他自己总结出的

"成功秘籍"。

他相信，成功的人，大部分不是最聪明的人。聪明的人，大多反容易被自己的聪明绊住手脚——由于"聪明"，可以预测事情的成败，由于看到了事情不能成功，所以就不去做了；而不很聪明的人，不会执着于事前就精确地评估成功概率，往往更容易在认准目标后，全心全意地埋头努力做事。

"任何事情，不做，或不能持之以恒地去做，是不能成功的。"自从确定了研究课题，刘长令就完全沉浸在创新农药的研制之中，成了不食人间烟火的"痴人"，他的全部生活只有"图书馆→实验室→家(床)"的三点一线。

对科研工作，他已经痴迷得不能再痴迷了；对日常生活，他已经简单得不能再简单了；对人际交往，他已经单纯得不能再单纯了。他喜欢吃面，不仅因为他是河南人，还因为吃面简单，面条下到锅里煮几分钟就可以吃了，他可以节省大量时间去看书、查资料、思考问题。

每天早上7点有时甚至5点，刘长令的新药研究室里，总会出现一个瘦弱的身影。晚上11点，这个身影还在研究室里忙碌。

不耐烦的看门师傅经常会进来催他回家。有时，他很顺从地走了，但更多的时候，正研究在兴头上的他舍不得离开。为了一口气干完活，他甚至索性就睡在了实验室里，第二天早上再提前起来把房间收拾好。等其他同事来上班时，甚至都不知道他又没有回家。

刚开始的时候，许多人对刘长令百思不得其解，甚至有人到领导那里打小报告，说刘长令喜欢"沽名钓誉"做面子活儿。

慢慢地，刘长令发现，所里的书记似乎突然对自己研究的进展产生了很大兴趣。在之后的两个星期里，不分白天黑夜工作的刘长令在每次抬头休息时，总是能在附近瞥见书记的身影。虽然，他对书记的"只看不问"有点疑惑，但很快又被手里的工作夺走了注意力。

两个星期后的一天，书记把刘长令叫到了自己的办公室，向他揭开了谜底。

"有人向我反映你白天不干活，专门挑晚上摆样子加班。可我看了这么久，原来你真是个工作狂啊！”书记拍着刘长令肩膀又好气又心疼地说，“不论怎么说，你还是要注意身体啊。”

就这样，在周围人的眼里，刘长令变成了一个“科学的傻子”，他的眼里只有化合物、只有实验，其余什么也看不到。一天两天过去了，十天八天过去了，很多人觉得不以为然，新来的嘛，新鲜，总有这样的劲头。可是，一年两年过去了，三年四年过去了，几乎每天都是这样，人们不得不另眼相看。

关于“做秀”的质疑声消失了，但关于“项目前景”的质疑声开始嘈杂起来。虽然当时的刘长令已经是行业里举足轻重的领军人物，成了别人嘴中的“传奇”。但在最初的几年，他连新农药的影子都没摸到，几乎没有人相信他能成功。

“当时，很多人都不理解，劝我说，国外的科学家都是在经费充裕、实验条件良好的实验室里工作，但一辈子未能研制出可工业化生产的新品种农药的，都大有人在，就算你有天才的脑袋，但是连实验设施都不全，你怎么可能啃得下这块硬骨头呢？”刘长令说。

那个时候，倔强的刘长令顶着别人的质疑声，依然不急不躁，一项一项按部就班地做着实验。

随着研究的深入，他越来越深刻地体会到，新农药创制就是一个注定长期与失败为伍的漫长苦旅。

他需要像徒步穿行万里沙漠的寻宝者一样，闯过无数个无效或高毒化合物的“海市蜃楼”，去寻找那很少的几个真正藏有绿色农药新化合物的“沙海绿洲”。这个旅程，既没有指南针，也没有藏宝图，但一旦开始，就不能停止。

“可能合成10万个新化合物，能够有一个新药，运气好的一次就能搞定，运气不好的可能做了99999次试验就放弃了，而错过了那个已经触手可及的机会。”刘长令说。

尽管别人不知道他的进展，但在一次次的合成，一次次的失败，一遍遍的总结后，刘长令隐隐地感觉到前方的曙光。

可就在此时，命运又和刘长令开了一个不大不小的玩笑。

由于每天都泡在充斥着化合物的空气中高强度地工作，不停接触的有毒化学药品积少成多，让他的身体也越来越差。

在一次体检中，他被测出白细胞只有3500，被医生勒令马上住院治疗。因为放不下手里工作，刘长令软磨硬泡了半天，才让医生同意他先回家准备东西。

怀揣着沉重无比的诊断书，刘长令离开医院，却没有回家，而是浑浑噩噩地拐上了去实验室的路。当他推开新农药创制实验室熟悉的大门，操作台上那些大大小小每日使用的实验器皿忽然变得格外亲切，空气里那些看不见的分子原子好像正驮着自己的理想驶向彼岸，桌子上还摊开着的昨天新合成化合物的资料也仿佛伸出了挽留的“手”……就这样，本来只想收拾几本书偷偷拿到医院的他，又变卦了！

“我离不开这里！”刘长令心想。

他生怕这件事被领导和同事们发现，因为他知道，如果自己因此被定为职业病，将不再被允许进入实验室，正在进行的实验也会被迫中断。

刘长令把诊断书小心翼翼地藏在了抽屉的最下面，开始在妻子无微不至的关怀下积极调理身体，与病魔抗争。一年后，他的白细胞终于恢复了正常。

那一年是1991年，也是刘长令研究思路转变的最关键年头。

当全世界的科学家在人工合成化合物上打转，难以取得突破时，“我们为什么不换个思路，改用天然的先导化合物呢？”这个想法让刘长令激动不已。

此时，一篇介绍来自天然产物的杀菌剂——烯酰吗啉的论文吸引了刘长令的注意。他马上开始进行大量的资料检索，并决定正式开始分析研究这种化合物。

经过实验合成并测定，烯酰吗啉杀菌剂虽然有很好的保护活性，但治疗活性较差。但在实际应用中，作物病害与人类疾病一样，往往在没有得病或症状不明显的初期不会预防性用药的，等到发病后再用药时，药物就必须要具有很好的治疗活性。

也就是说，如果不能提升烯酰吗啉的治疗活性，生产出来的杀菌剂使用价值也不大。

确定了调整目标，刘长令开始每天把自己关在实验室里，不断地实验，不断地分析。终于在1994年的一天，当他在烯酰吗啉分子结构上导入具有模拟效应、电子效应、渗透效应等特殊性质的氟原子后，奇迹出现了！

新产生的化合物，完美地解决了原来化合物对孢子萌发抑制率低和治疗性差的问题。通过合成、生测多次循环测定后，最终新型杀菌剂“氟吗啉”诞生了。

那段日子，刘长令兴奋不已。他这个农民的孩子，终于用自己的智慧，回报了农民。

刘长令所在的沈阳化工研究院位于沈阳铁西区，其西南一公里外就是广阔的田野。那是沈阳市重要的蔬菜基地，田野里茂盛地生长着一片片黄瓜、番茄、马铃薯。透过实验室里的玻璃器皿反射的斑驳光芒，望着窗外的田野，刘长令仿佛又看到了自己饥饿的童年和少年，看到了田野里感染病害成片枯萎的庄稼，看到了农民的泪水泡肿了的眼睛……

他回想起了许多年前，母亲在田里劳作时的情景，回想起自己在研究生进入研究院时，立志把新农药创制实验室当作自己播种庄稼的田地。当时的他，对自己发誓在这片土地上滴尽汗水、辛勤耕耘，一定要亲手开发出真正属于中国的新农药品种。

彼时，那棵三十多年前从中原黄土地上破土萌发的小小“禾苗”，跨越千里，终于在沈阳郊外的黑土地上，长成了参天的“木禾”，结出了新农药创制的第一个盈车之穗。

要知道，在中国农药发展史上，直到20世纪末都极少有自主知识产权的农药诞生，我国农药产品也主要是来自仿制和混配。

“氟吗啉”的发明，意味着中国具有自主知识产权农药品种“零”的突破，创造了多个“第一”：我国第一个获得正式登记注册、具有自主知识产权的农药品种；我国第一个获得欧美发明专利的农药品种；我国第一个拥有国际通用名称的创新农药品种；我国第一个在国外登记销售的创新农药品种……

投产至今，氟吗啉已产生了数百亿元的社会效益，一举奠定了刘长令在业界的地位。从那时开始，几乎所有农药专业的人都知道了“刘长令”！

在业界声名鹊起之后，与鲜花和掌声一起向刘长令涌来的，还有各种诱惑与机遇。论文发表不久，就有很多企业对他本人伸出了“高薪聘请”的橄榄枝，许多跨国公司也纷纷要求沈阳化工研究院合作生产和开发国际市场，并邀请刘长令出国进行合作研究和业务交流。

那时，工资仅有几百元的刘长令，连续拒绝几家企业不低于50万元年薪的技术总监及顾问职位。在刘长令看来，这是做人的原则问题，研究院的工作虽清苦，但比起小时候已经好太多了，“无所谓，我穷惯了，是院里的培养和支持，才让我有了今天的成绩，我舍不得离开。”

当然，对于代表院里出国，去参加与跨国企业进行新农药创制业务合作的交流机会，刘长令当仁不让地应承了下来。他始终认为，创新最忌讳“闭门造车”，“我们落后别人太多了！以前是没机会，现在有机会了，我必须把握住，出去好好看一看、学一学。”

不久，刘长令应美国罗门哈斯公司邀请赴美开展研究合作。这次赴美，团队里有的人沉醉于美国的繁华，挖空心思留在美国工作，而刘长令却单纯快乐地沉浸在美国先进的实验室里，对氟吗啉及相关农药进行深入的研究。

那段时间，刘长令很愉快。美国合作实验室的条件，是刘长令一直以来梦寐以求的。虽然关键的研讨会并不对他开放，但他可以相对自由地动用实验室里价值数百万美元的先进设备。刘长令废寝忘食、夜以继日地工作，仅用4个月时间，就合成了9个类型133种化合物，相当于美国研究人员一年的工作量。

此后直至2004年，刘长令先后5次赴美与美国罗门哈斯公司和美国陶氏益农开展新农药创制方面的合作研究。刘长令在回想当时的合作细节时提到，虽然对方的科研人员不会主动分享自己研究的方法与经验，但也不会拒绝回答与合作业务相关的科学问题。经过一段时间的交流共事，他与实验室里的美国科研人员，都从对方身上学到了不少东西。

美国企业庞大成熟的科研团队，在内部有着明确精细的专业分工，因此这些科研专家们的思路和经验往往专且深。而过去在国内，因为受到科

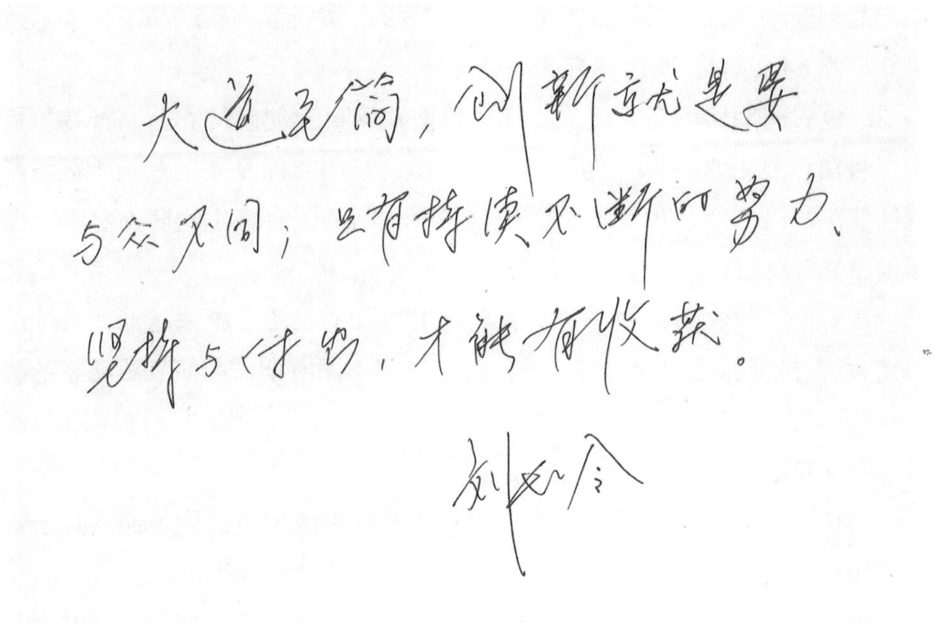
大道至简，创新就是要与众不同；只有持续不断的努力、坚持与付出，才能有收获。
刘长令

研经费以及资源的限制，刘长令经常要带着自己的小团队想办法利用可用资源进行实验所需化合物的自制合成，养成了多看、多做、多想，事事亲力亲为的习惯，也培养了他特别宽泛的知识面、更加多样的实验经验和灵活多变的思路想法。

“对比这些国际企业和科研团队，我们要认清差距，但也不必妄自菲薄。”刘长令说，“事实证明，我们用比他们更少的研发资金投入、更小的研发团队，在更短的时间里做出了东西。中国新农药自主创新的路，走得通！”

有了和国际对比的经验，刘长令意识到，创制出新药品种固然非常重要，但如何解决研究方法问题则更为关键。科学研究必须要讲究“巧”，仅靠“勤”，还很难配得上“科学家”的名号。

刘长令这个爱琢磨的“科研痴”，又开始向农药创制方法论的“新高程”发起了冲锋。

要知道，中国新农药创制的起点实在太低太低了，起步又晚了不止几十年，刚好错过了新农药创制的前几十年的高速发展阶段。

新农药创制不仅包含产品创新，还包含工艺过程创新和应用创新。其中产品创新最难，通常说的原始创新也是指产品创新，新产品不仅要求效果好、成本低，而且要比现有产品更安全。

绿色农药原始创新难度大，所以目前我国自主创制的农药品种数量极少。目前世界上常用的农药品种600多种，其中我国发明的仅有10余种，致使我国高端农药品种基本依赖进口，严重制约了有害生物防治水平，亟须创制具有自主知识产权、安全高效的新农药品种。

实际上，新农药创制变得“周期越来越长、成功率越来越低、难度越来越大”，是世界性的大趋势。德国拜耳公司不同时期农药研发成功率的统计显示，近几十年来新农药创制成功率呈指数级降低，特别是进入21世纪以来，创制难度比20世纪末增加了至少3倍以上。

刘长令知道，中国新农药的自主研发想要弯道超车，就不能满足于走西方科研的老路，必须找到比现有研究方法更高效的“新钥匙”。

恰在2007年，刘长令所在的沈阳院与中化集团实现了产研结合的重组，进入中化大平台后带来的资金优势、产研结合优势，为沈阳院快速培育技术、实现产业孵化、提升科研实力创造了有利条件，也让刘长令团队开展的新农药创制工作走上了快车道。

回国后，刘长令一边继续带领团队开发氟吗啉之外的新农药品种，一边开始提炼创新农药研发的新方法、新思路。

“想的时间长、做的时间长，灵感就来了。”通过农药创制长期的探索、研究，刘长令在看似枯燥的实验过程中，不断总结经验教训，完成了从量变到质变的飞跃，率先提出可以大大降低新药创制成本的“中间体衍生化法”。

刘长令说，他的这个方法的核心思路，就是把复杂的新药创制过程尽可能地简单化。“就像盖房子一样，都是用沙子、水泥、砖头等建材，但最终盖出来的房子却各不相同。而合成农药化合物使用的几千万个中间体，就像沙子、水泥、砖头，而农药化合物就像房子。要给好的中间体进行排对，把重要的中间体挑出来，进行详尽研究，进而得到超出已有专利范围的新品种。”

2010年，刘长令受邀在墨尔本召开的IUPAC国际农药会议上，首次阐明了“中间体衍生化法”的内涵与应用，得到了国内外同行的好评。据跟随刘长令教授二十年的团队骨干关爱莹博士介绍，中间体衍生化法与现有所有创新方法不同之处在于，在研究之初，也就是在分子设计时同步考虑开发。

“这个方法将获得优良候选品种的创制成功率，从过去的十六万分之一，提高至万分之一以上，同时研究费用也大大地降低了。”关博士在电话里自豪地向我介绍了“中间体衍生化法”的优势，“我们研发团队从3万个化合物中，选出10多个获多国发明专利的候选农药品种，其中3个已产业化，其他也很快突破开发阶段进入市场，而从成本角度来看，创制过程的研究投入仅为国外公司投入量的十分之一。”

一石激起千重浪……

那段时间，刘长令又先后被国内外众多高级别的学术会议论坛邀请去做关于中间体衍生化法的学术报告。“中间体衍生化法”引发了国际同行越来越多的讨论关注，关于他的应用和评价也越来越频繁地出现在各种会议报告里，被各大行业期刊纷纷引用。

正是因为刘长令在新农药创制理论研究方面取得如此令人瞩目的成果，时隔四年，IUPAC国际农药大会正式邀请刘长令在美国旧金山召开的第十三届大会上进行主旨报告，这才有了本文开头的一幕。

“中间体衍生化法”在国际上打出了名声，也激活了国内新农药创制的新发展。

在新农药研发的万里长征路上，对于那些正在咬牙坚持艰难前行的国内科研团队来说，当年刘长令仅用5年成功创制“氟吗啉”，就如同成功点亮了第一把小小火炬，让他们看到了真实可及的“希望”；而“中间体衍生化法”的出现，则无异于为他们送来了更先进的“装备”。

想做，敢做，能做，会做……一旦解决了这些问题，中国的新农药创制打开了新的局面。已经在路上的老团队有了新动力，看准目标准备启程的新团队也在不断加入。

当然，这个时候的刘长令依旧没有停步，他带领着自己的团队，在大力开发自主知识产权农药品种的基础上，又开始向国际农药标准领域进发。

FAO农药标准是被国际标准化组织（ISO）承认的具有权威性的国际先进标准，已成为评判农药产品质量的国际基准，也是我国农药产品所采用的主要国际标准。主持制定农药FAO新标准，作为行业竞争的重要技术手段和国际贸易非关税壁垒的主要表现形式，一度为国外农药大公司所垄断。

2016年，刘长令参与制定了唑菌酯原药及制剂的国际标准并通过评审，开创了我国制定创制农药FAO标准的先河。

“做了新农药创制这一行，就必须耐得住寂寞，受得住失败的锤炼。”刘长令说，“像攀登未知险峰的登山者一样，要在万千条错误的道路中不断探索，脚踏实地去寻找到登上成功顶峰的真正道路。”

放眼全球新农药创制版图，虽然国际专利注册与开发的区域越来越多，但仍然有大片未知的领域等待开发，还有更多的险峰未被征服。

如今的刘长令，虽然已经率领团队突破了一个又一个的“新高程”，获得了无数的荣誉，但始终没有停下创新的脚步。在他眼中，永远望着的不是个人的名利得失，而是新农药创制事业更高的目标与更远的道路。

“榜样”的力量
——“突破者”刘长令激励自主创新后来人

“一花独放不是春，百花齐放春满园。”

刘长令希望有越来越多的人加入进来，让中国新农药自主创制事业的“花园”变得越来越大，越来越繁。随着年龄增长，刘长令对于“为中国新农药事业培养人才、储备才智”这件大事也越来越上心和投入。

作为学科带头人，他在许多学校和研究院担任兼职教授、硕士生导师和博士生导师，身体力行地培养出了五十多名硕士和好几个博士研究生。这其中还不包括被他亲自带过或合作指导过的各类专业研究人员。

当学生或团队新人碰到困难的时候，刘长令会亲自手把手地教。他不在时，团队里的“老人”也会像他一样主动去教后来者，这已经形成了团队里的一种风气。关爱莹博士至今还记得，二十年前刚来实验室时，刘长令亲自领着自己去资料室，亲自动手，一步一步给她演示如何查文献并找到需要的资料，中间还会耐心地教给她一些快速准确查资料的“小窍门”。

虽然现在的计算机互联网都很发达了，查资料看起来已经变得易如反掌。刘长令却总是提醒他们，在科技知识大爆炸的时代，拥有信息和收集信息的能力依然非常重要。“如果你没有好的想法思路，没有相应的知识储备，在浩如烟海的信息洪流中，很难精准地找到真正有用的信息。只有不断提炼，才能更有效地利用时间。”

刘长令带队的风格，深受几位恩师的影响。一方面，他注重训练培养学生及团队成员的独立思考能力与创造性，要求他们“在业余时间要多看书，多做研究，做到文章、专利和平时实验两不耽误”；另一方面，为了可持续发展，避免“吃老本”，刘长令对他本人及团队采用“归零原则”，对大家的考核监督也非常严格，但鼓励团队人员提出不同的创新想法与思路。用刘长令学生的话来说就是“刘老师给我们设定的目标，都是我们得往上蹦一蹦才能够得到的”。

在工作中，刘长令是个完美主义者，眼里容不得一点沙子，“严以律己、严以待人”。

错就是错，对就是对，不会考虑别的因素，也绝不会为任何理由降低要求。他知道，实验室里任何一点小马虎，“到了工厂的生产车间，就可能因剧烈反应引起爆炸；顷刻间，财产甚至生命都会化为乌有”。

只要人在研究院，刘长令每天都会在实验室里走一走，他只要看一眼，马上就能发现谁的操作方法是错误的。这个时候，他会不留情面地立刻进行纠正，这让每个人对自己犯过的错误，印象都极为深刻。

在生活上，刘长令是个十分随和的人，对自己吃穿用上的要求低到了旁人难以理解的程度。在别人眼中难以下咽的食堂饭菜，他觉得“挺好”，还吃得挺香；在日常工作中不需要穿正式服装的场合时，他经常穿的是自己用手机软件淘来的便宜衣服。

现在，刘长令的名字前边有着他自己也数不清的荣誉，但他依然和从前的那个“拼命三郎”一样，每天早早地赶到实验室上班，晚上依然经常工作到很晚。用关爱莹博士的话来说，刘长令“仿佛是一个没有任何生活爱好的人”，自动屏蔽了与新农药创制无关的一切“杂音”干扰。

虽然中间体衍生化法让新农药创制的成功率提升了十几倍，但也只能达到万分之一以上。新农药创制仍然是一份漫长而艰苦的事业，比之一般的科研，它更考验人的定力与恒心。

刘长令自己的团队虽然不大，但十分稳定。团队气质也与他本人一样——执着、专注。团队里的每个人，都全身心地投入各自的新药研发及相关项目中，甚至在餐厅、走廊、电梯遇到同事的聊天，主题也往往围绕着各自的工作进展。

在不到20年的时间里，刘长令团队从近3万个新化合物中筛选出30多个高活性化合物，并确认10多个化合物具有很好的工业化开发前景，其中3个已实现产业化，在新农药创制的国际舞台上打出一片天地，为中国农业生产做出了突出贡献。

踏踏实实做科研，平平淡淡地生活，并努力影响身边的同事和学生，以此为我国的创制农药工作添砖加瓦，对他来说，这是最有价值的事情。这就是刘长令作为一名普通科技工作者的“初心”。

怀着这份初心，刘长令却走出了一条最不平凡的新路。喜欢挑战，善于琢磨，但又甘于埋首脚下，努力做好每一件事。刘长令一路走来，成为一个成功的“突破者”。而他的成功又激励越来越多的后来者，投身新农药创制乃至创业。

26年前，刘长令研发出杀菌剂氟吗啉，实现中国具有自主知识产权农药品种“零”的突破。有人说，刘长令是一下子捅破了横在中国新农药创制和世界之间的“玻璃天花板”，证明了中国人这条自主创制新农药之路真的可以走通，它并不是一条死路。

10年前，刘长令公布了“中间体衍生化法”，国际同行们震惊地发现，中国人还可以为新农药自主创新提出如此领先的方法论。借助它，更多的人可以登梯而上，直接挑战新农药创制的国际最前沿。中国新农药创制真正登上了国际竞争的最高舞台。

如今的刘长令，早已是业内举足轻重的新农药创制学科带头人，但依然和从前一样带领着团队坚守在新农药研创的一线，不断地达成一个又一个的突破，解决了一个又一个农药领域中公认的重大科学难题。

中间体衍生化法成功运用的首例绿色杀菌剂丁香菌酯，获准农业部正式登记，这是我国首个获准正式登记的仅含碳氢氧三种元素的创制农药品种，解决了果树腐烂病防治难题，使得传统高毒砷制剂退出了历史舞台。

由于在研究之初就考虑到开发，还让丁香菌酯拥有了明显性价比优势。业内认为，丁香菌酯结构新颖，与现有农药品种结构显著不同，因此获得多国发明专利，专利授权范围大，专利权稳定；相关原料廉价、易得、安全，且采用的反应适宜于工业化，因此成本低廉；加上防治苹果树腐烂病和水稻纹枯病等效果好，而且安全环保，因此应用前景广阔。

针对现有一大类除草剂仅仅对阔叶杂草有效而对禾本科杂草无效的世界性难题，特别是“百草枯”禁用及草甘膦抗性严重的问题，刘长令带领团队发明了兼防阔叶杂草和禾本科杂草的苯嘧草唑，还可有效防除对草甘膦产生抗性的杂草，填补了国际空白。据先正达评估，该品种上市三年销售额可达3亿美元。

历经3代结构的迭代升级，耗时10年，刘长令率领团队发明了结构新颖、“毒性比食盐还低”的嘧啶胺类候选绿色农药品种，成功破解了困扰国际科研人员半个世纪的高毒性难题，攻克了横亘于跨国公司面前的拦路虎，被美国杜邦公司评价为目前世界上最好的防治白粉病药剂，具有广阔的商业化前景。

…………

刘长令和他的团队，扎根于中国大地的深厚的农业土壤，在国际农药创新的竞争赛道上奋起直追，后来居上，为中国新农药创制打出一片天地。

刘长令的梦想并没有止步于此，他希望更多更好的绿色农药产品可以在全球农业舞台上绽放光彩，让自己从事的这份科学事业真正能够“回馈沃野生民”，为全世界更多的农民造福。

这个既朴实又宏大的梦想，注定不可能只由几个人、几个团队、几个企业，甚至几个国家来完成。因此，刘长令从一开始就下定决心，要毫不藏私，主动向世界公开中间体衍生化法。

如今，中间体衍生化法已成为我国新农药创制中普遍应用的基础方法，除了在刘长令的团队实践中取得了好成效，其他团队在实际应用中也取得了亮眼的成绩。

不到十年，追随刘长令成功足迹而来的后来者们，也已经纷纷开始收获自主创新的产业化果实：青岛一家公司开发出了4个除草剂品种，均获准登记并实现产业化；另一家山东企业开发了多个杀菌剂和杀线虫剂，其中一款也已经登记并产业化。

一位38岁的新农药创新企业的创始人，在一次行业会议上激动地告诉刘长令，自己团队能够这么快出成果，就是因为用对了"中间体衍生化法"。

刘长令说，看到这么年轻的中国团队敢于涉足新农药自主创制事业，还能快速取得成功，是最令他感到高兴的事情。"希望有越来越多的人能会用、用好中间体衍生化法，不断创出新的产品，这也是我当年公开它的初衷。"

近几年来，中国新农药自主创制已经播下的种子远不止于此，更多的自主创制农药品种，正在努力地向上生长，等待破土。

"民以食为天。"农业是国民经济的基础，粮食是基础中的基础。绿色农药在作物重大病虫草害防控、保障国家粮食安全生产中发挥着不可替代的作用。

刘长令认为，真正好的新农药产品需要具备"效果好、成本低、安全、专利权稳定、市场潜力大"的特点，在保证环境安全的同时做到效果更好更便宜，让农民用得起、愿意用。在新农药创制的一开始就要加入专利思维和市场思维，才能让产品更加快速实现产业化，实现减量增效的同时，更好地为农业增产增收服务。

2018年，刘长令所在单位的上级母公司中化集团将"科学至上"确定为企业核心价值理念，开启了打造科技驱动的创新型世界一流企业新征程，让科技研发插上了腾飞的翅膀，给刘长令和他的科研团队以及众多科研工作者营造了更为有利的环境氛围。2019年，在中化集团"科学至上"理念的指引下，刘长令和他的团队从化工板块正式加入了农业板块，在"科技创造美好农业"的愿景下，继续致力于他的农药研发工作，他也被国务院国资委授予第四届“央企楷模”荣誉称号。2020年6月，先正达集团中国成立，在这个“汇集全球科技，专注本土服务”的农业国家队里，他与农业和土地的距离更近了。

不忘初心，心怀厚土。在新农药创制的漫漫长路上，刘长令从没有停下探索前行的脚步。“他说，我还有很多的目标要去实现。有了更大的平台，更多的投入，我们必须去挑战更高更难的目标。”

大国神工

◎文/炎　今

脚踏实地，仰望星空，担当大国神工！

——采访手记

一

铁道兵，一支从战火中诞生、筑路中成长的工程技术部队。1948年7月5日，中国人民解放军铁道兵部队正式成立，担负的首项任务就是保障辽沈战役的物资装备和兵员快速运送。“野战军打到哪里，就把铁路修到哪里。”踏着辽沈战役的胜利号角，一路挺进山海关，抢修北宁线，建功平津战役，修通津浦、平汉铁路，快速保障渡江作战。连通粤汉沿线所有铁路干线，修复8000公里瘫痪路段和970余座桥涵……为全中国的最后解放铺垫基石。1984年1月1日，铁道兵部队光荣卸甲，集体转身中国铁建，一队队岩石般坚硬的铁汉，吼唱起激越昂扬的《铁道兵志在四方》，最后一次踏响嘹亮军号的铿锵节拍，一个个泪流满面地摘下红领章和红五星……从此，铁道兵在解放军序列里消失，他们用生命和鲜血缔造的史诗般的丰功伟绩，永远地载入国家历史档案。

1983年8月至1984年8月，西南交通大学机械工程系毕业生刘飞香，在原铁道部株洲桥梁厂运输车间实习。这位来自湖南湘阴岭北镇的青年大学生，见证了铁道兵部队神圣而庄严的转型时刻。

凝铸着兵者血脉的铁军战阵里，一颗报效家国的红色种子，在刘飞香的心田里悄然生根发芽。他始终铭记着一组让亿万国人震撼落泪的数据，在建设新中国的筑路阵地上，有8314名官兵为国捐躯，59000多名官兵负伤致残。

“一尺成洞一道关，寸寸掘进千滴汗！”曾在中铁十一局副总经理岗位上主抓工程管理的刘飞香回忆说，传统钻爆法施工全靠人工作业，一个月下来只能干几十米，一旦遭遇险情，就要付出伤亡的代价。回望历史，他的脑海里总在奔涌着一幕幕红色岁月里的泪崩影像……

20世纪50年代初，6万铁兵将士怀着建设新中国的激情渴望和满腔沸腾热血，一路向西挺兵“海葬咽喉”，修筑青藏铁路西宁至格尔木段。他们挥动钢钎和铁锤，依靠肩扛背驮，挑战高寒缺氧极限，穿越死亡峡谷，跋涉戈壁盐湖，付出了极大的代价，直抵巍巍昆仑山麓。这条长达814公里的“天路”，打开了征战“世界屋脊”的千年梦想之门。

700多公里的鹰厦铁路，修建隧道113座、桥梁159座。该线33公里处的山坡上有一条“杨树排”隧道，这条长135米的隧道即将打通之际，一场毫无征兆的大塌方突然袭来，铁三师一个排40多名战友英勇牺牲，排长叫杨树。从此，“杨树排”三个字永远地镌刻在闽赣交界的山林竹海深处。

素有“地质博物馆”之称的成昆铁路建设过程中，铁36团熊汉俊班长

累倒在龙骨甸大桥的最顶端上，瞬间坠落到七号桥墩浇筑施工现场，年仅21岁的生命跟正在灌注的水泥永远砌筑在一起，以血肉之躯撑起钢筋铁骨。这条长达1096公里的西南交通大动脉全线贯通后，每一趟驶过大桥的列车都要鸣笛30秒，寄托哀思，致敬英雄！

…………

那时候没有路，也没有越野车，没有制式营房也没有“康师傅”。那时候什么都没有，人民铁道兵凭着一腔理想高于天、信仰坚如磐的革命豪情，上高原、驻戈壁、钻深山，铸就了一座座举世瞩目的丰碑工程。

岁月荏苒，英魂远去，丰碑长在，精神传承是最好的缅怀！每至一处基建工地，刘飞香总要沿着建设美丽中国的燃梦之路，踏寻一座座隐入深山莽林、大漠戈壁、高原雪域的铁道兵烈士陵园，采撷一束金菊、点燃一支香烟，倚放在无言的青碑前，祭奠英烈忠骨。此刻，泪眼蒙眬里再次浮现铁道兵前辈抓革命促生产、大干快上的战天斗地情景。那一群身穿戎装，头戴安全帽，挥舞着锹镐，推着板车献身光荣与梦想的突击队员；那一腔不负百姓哺育恩、为了人民敢献身的满满忠诚，依然激励着后辈接力迈步新长征。此刻，铁道兵与中国铁建的基因传承雷鸣电闪般地满血复活，高擎着火红战旗，坚守着同一个信仰，托举着同一个梦想，与国家战略脉动同频共振的那颗红心犹长。

铁道兵，人到山开；铁建人，雷霆万钧。工装在身、兵心不改的中国铁建慨然前行，在一次次变革中不断成长壮大，迈入世界500强……从雪域之巅的青藏线接轨点，到领跑世界极速的京沪高铁，从海底隧道到机场电站……驰骋万里河山，筑梦美丽中国，助力“一带一路”，为全球基础设施建设提供中国方案、贡献中国智慧。

2004年初，国家《中长期铁路网规划》出台，高铁工程建设迎来空前高峰，世界装备制造业巨头密集布局，加速抢占中国市场。高速道岔，连接铁路的关键设备，承载高铁的“驰骋之翼”，牵系高铁产业安全。然而，当时国产大号码高速道岔生产工艺尚不成熟，成为制约高铁建设的瓶颈之一。紧急关头，原铁道部提出沿京广线南段组建高速道岔制造企业的设想，中国铁建迅疾聚焦南方铁路枢纽株洲，作出了依托具有50多年制造史的株桥厂新建道岔公司，推进发展工业创新板块的战略部署。

2006年4月，时任中铁十一局集团副总经理的刘飞香，从江城武汉赶到株洲的那个早晨，正是漫山遍野的杜鹃花染红石峰山的时节。从那一刻开始，他肩负着创建南方第一个铁路道岔生产基地的重任，从选址规划建厂房到设备选型做试验，刘飞香凭着一腔孤胆敢闯敢试，以箭在弦上的冲刺姿态打响了开辟新战场的第一仗。

12月16日，当一轮朝阳冉冉升起时，一排排礼炮震天鸣响，中铁轨道系统集团有限公司成立大会拉开了帷幕。会上，刘飞香带头唱起了《铁道兵志在四方》，擂响自主研制国产化轨道设备的开工战鼓。从此，株洲石峰山成为铁建重工零公里起步的站点，一条矢志为中国制造赢得尊严、熔铸着铁血荣光的燃梦之路，从这里奔赴天之涯、地之角！

“过去我们钢少气多，现在钢多了，气更多，骨头要更硬！”说到披荆斩棘的艰难岁月，刘飞香陷入了沉默，那双深陷的眸子里颤动着盈盈热泪，他摘引了《庄子》中的一句话形容创业初期的筚路蓝缕：“其作始也简，其将毕也巨。”

2019年5月18日，刘飞香携大国重器亮相央视《对话》栏目。作为对话嘉宾，他深情讲述地下超级工程装备之王背后的故事，再次叫响“逢山凿路遇水架桥，铁道兵前无险阻”的战斗口号。“作为中国铁建战斗兵团的一员，铁道兵传承50多年的战斗精神，永不过时！”一腔豪迈之气直冲霄汉，感动亿万海内外中华同胞。

二

黑格尔说，一个民族有一群仰望星空的人，他们才有希望！

卧薪尝胆淬炼剑法，锻打雷霆重器，擎举国产高端地下工程装备扬眉吐气，是刘飞香矢志不渝的追求！

盾构机，具钻山掘地、通江达海、破石嚼岩之神力，亦称“地下航母”“钢铁巨龙”“遁地穿山甲”。19世纪早期，盾构掘进技术首次被应用于英国泰晤士河水底隧道，成为世界隧道工程史上的重大技术突破。经过一个多世纪的发展，国外盾构技术不断升级换代，从纯手工开挖到半机械化，再到全断面掘进，工效和安全系数越来越高，作业人员也越来越少，成为穿越江河湖海，凿通群山峻岭的超级装备。2007年以前，盾构核心技术被德国、日本、美国、加拿大等少数国家掌控，国内基建领域所有高端地下施工装备依赖进口。每当想起重点工程建设遭受国外“扼喉之痛”的经历，刘飞香就心痛不已！

20世纪90年代，长达18.46公里的秦岭隧道工程，成为西康铁路全线最大的拦路虎。国家斥资六亿多元引进两台硬岩掘进机，担负工况复杂、危险系数高的隧道施工任务。孰料，除了价格昂贵，供货周期长，服务和配件供应也跟不上，处处受制于人。

“落后，就没有话语权；落后，就要付出昂贵的代价。可是当时国内技术基础薄弱，创业只能从零起步。”时任中铁轨道系统集团董事长的刘飞香，曾有过引进国外技术、与外企联合办厂的想法，后来因为外方的种种霸王条款而导致谈判失败。“谈不下去，就不谈了，既然要干，就自己干！”吃得苦、霸得蛮的刘飞香拍案而起，发誓要造出中国自己的盾构机。

任重而道远，如何打好开局之战？那些日子，一个个不眠之夜的煎熬，成为常态化的战斗模式。2008年5月12日，办公室里堆满了小山般的图纸，一场弥漫着硝烟味儿的论证会已达白热化。面对质疑的目光和一连串的矛盾问题，沉着坚定的刘飞香依然迸发出拓荒者的坚韧之气。

“未来十年内，我国交通、水利、油气和海底隧道等工程将达6000公里以上，至少需要400多台、总价值320亿元的盾构机担当主战装备，目前中南区域没有任何生产厂家。”刘飞香和班子成员有过一次彻夜长谈，达成了这样的共识：进军盾构机行业，填补高端隧道施工装备制造空白。从那一天开始，刘飞香的团队迎着清晨的第一缕阳光出发，踏着夕照的最后一丝光亮返程，大小城市的机械装备厂家和科研院所里，印着他们一次次调研论证的足迹。

中南腹地，星城长沙，远古厉兵秣马重地，今日中国工程机械之都。2008年8月28日，中国铁建高端地下工程装备制造基地落户长沙国家级经济技术开发区。

这年初冬，长沙城的严寒比往年更加冰冷刺骨。星沙工业园区一个叫“螺丝塘”的地方一夜间集结了上千名基建大军，疾驰的运输车队，轰鸣的机械装备……3台20多米高的桩机昼夜运转，施工大干热潮如滚雷般炸裂开来。此刻，双脚沾满泥浆、挽着裤腿的刘飞香，正蜗居在工地铁皮板房里，手里攥着一张最新版的建设规划图，思绪飞向施工阵地。这时，目光如炬的他一会儿收起来，一会儿又铺展开，像一个受领了战斗任务，却又找不到最佳战位的狙击手。树叶黄了又绿，绿了又黄。办公楼、科研楼、生产园区……一个个胸藏百万兵的最优坐标系，在临时搭建的中军帐里破茧新生，8.3万平方米厂房拔地而起。2009年7月，一座装备制造新城拔地而起，中国铁建重工集团总部落成于长沙东七路88号。

集团办公楼建设刚竣工没几天，公司拿下了“家门口”的第一单业务，担负长沙地铁2号线一期工程盾构机制造任务，开掘1800米长的富水地质和卵石泥岩层。“慎初战、战必胜！”迎着黎明的第一缕晨曦，刘飞香作了紧急战前动员：“地质忽软忽硬，如何量身设计个性化的盾构机？研发人员不足，如何按节点完成研制任务？”一连好几个月，泉塘街道小塘路一座临时租赁的办公楼里，会聚了一百多位来自四面八方的科研精兵，一个个挑灯夜战的匆忙身影，把黑夜当作白天过，把一天当作两天干。“研究多样化地质下的盾构机适应技术，一次次修改完善的图纸有几千张，机械、电气和液压系统零部件都要进行个性化设计。”热火朝天的工地上，满脸焦灼的刘飞香带领技术团队裹着满身泥污汗水，记录一组组精准的数据，梳理各部件特性参数，量化各项组装指标，虔诚地祈盼着风雨之后的那道彩虹。

绘图纸，做试验，钻车间，跑工地……无论走到哪里，刘飞香都随身携带着一本源自春秋战国时期的古文献《考工记》。他在笔记本扉页上记录着一段摘记——

打造一把良弓需历时一年，经过“冬析干而春液角，夏治筋，秋合三材，寒奠体，冰析灂”的复杂过程；倘若急于求成，省略任何一个步骤，制作出来的弓就会“斫挚不中，胶之不均”，影响品质。

这段古文寓意一件撼世之作，需经数载严寒酷暑的煎熬和无数匠人心血汗水的浇灌。上百名科研精锐勠力攻关，“白加黑”“五加二”轮战，180天的“加速度”，刘飞香领衔的科研团队成功绘制铁建工业制造板块的宏伟蓝图。

2010年10月8日，铁建重工自主研制的复合式土压平衡盾构机横空出世，在一次次掘地穿行的实战中，以每月600多米的速度建功长沙地铁施工战场。工程竣工的那个夜晚，星城月满，终于睡了个囫囵觉的刘飞香，梦见湘江沿岸人山人海，一路欢呼着长沙即将开通地铁的喜讯！

“我们没有跟国外厂家合作，不购买任何图纸和专利！”此战一炮打响，原本均价1.5亿元的“洋盾构”，在中国市场被迫降价30%。刘飞香如数家珍地回忆着产品成功竞标的情景，“制造工艺标准之严格，保障复杂工况条件下的施工安全，更低碳、低噪声的个性化研制，更高品质的服务和优惠价格。”一晃十多年过去了，刘飞香手拿编号001的图纸，思绪万千，这是铁建重工第一台国产化盾构机的设计总装图。

“我们制造的不仅是盾构机，更是名副其实的争气机！要在世界高端地下工程装备的舞台上给中国人争一口气！”刘飞香始终坚守着如磐初心，冲锋在新时代筑梦战场。

初露锋芒的铁建重工，正开足马力驶向春天！

三

科学技术这一仗，一定要打，而且必须打好。

——毛泽东

中国要强盛、要复兴，就一定要大力发展科学技术，努力成为世界主要科学中心和创新高地。

——习近平

2019年8月29日，湖南省发布“湖南最美科技工作者”名单。刘飞香与袁隆平院士、官春云院士、印遇龙院士等十人同登光荣榜。这些年，在矢志擦亮新时代国家名片的奔梦路上，刘飞香留下了一个个闪光的足印，荣膺全国五一劳动奖章、全国优秀企业家、湖南光召科技奖、“央企楷模”、中国铁建杰出科技创新带头人。

2019年9月3日，全球工程机械产业大会暨50强峰会在北京召开。刘飞香荣获“全球工程机械新兴交叉技术创新贡献奖”。这些年，在引领高端装备、智能创造、领跑全球的征程上，刘飞香先后主持和参与国家、省部级科研项目10项，主编国家、行业标准5项，获得中国专利优秀奖1项、中国好设计银奖1项、省部级科技奖9项，带领团队累计获得发明专利授权53件，拥有专利1800多件。

十年前，“开路先锋19号”击破国外技术垄断的坚冰，唤醒了盾构机国产化研制的滚滚春潮。踏着中南腹地首战告捷的凯歌，刘飞香开始了另一场征战，领军挂帅完成国家863课题岩石隧道掘进机（TBM）研制任务，参建吉林省长达550.6公里的引松供水工程。

千百年来，源自长白山天池之水的松花江温润着广袤丰腴的雪原沃土，快速贯通一条引松供水线路、分流上游水能资源，成为惠及吉林省11个县区、25个乡镇的急用民生工程。“设备要挑战长距离、大埋深、大涌水、易岩爆等世界级地质难题，只要有一项技术不过关，就可能前功尽弃。”刘飞香说，研制国产首台大直径敞开式TBM用了两年时间，每一项设计都需要结合工程实际进行个性化、定制化研究，仅审核的机械部分图纸就达三千多份，造价比洋装备便宜了五千万元以上。

2015年初春时节，东北雪原依然银装素裹，铁建重工研制的大直径全断面岩石隧道掘进机，开进天寒地冻的白山黑水，跟同时参建的国外知名品牌展开了竞技之战，创造了国内敞开式TBM最高日进尺86.5米、最高月进尺1209.8米的新战绩。2017年8月20日16时，随着最后一块岩体碎落，直抵松花江湖畔的“铁甲战神”穿隧而出，22.6公里长的隧洞工程提前半年贯通。北国冰峰雪岭之战，一战成名的铁建重工终于扬眉吐气，从此真正拥有了挑战权威、制衡欧美的硬实力。

2018年2月28日，央视《大国重器》之“通达天下”上演“铁建重工8分钟”，向世界讲述了铁建重工创新研制国之重器、破解世界级“卡机”难题的奋斗故事。

自古以来，边塞的寂寥与苦寒令人望而却步，茫茫戈壁瀚海飞沙走石，这里的人们长期遭受寒冰烈焰、贫瘠干旱的煎熬。在年均降水量不到一百毫米的西北地域修建水利工程，改善生态环境，是我国早在20年前就有的设想，但沿途穿越高山戈壁，大断层、膨胀性泥岩、高石英硬岩和蚀变破碎带交替出现。据资料记载，蚀变破碎带通常位于地震带上，埋深是普通地铁工程的100倍，在全球极端工况中属于最危险级别，也是令全球工程师谈之色变的极复杂地质，如果没有过硬的掘进技术和装备，工程就无法完成。然而，刘飞香让这个遥不可及的梦想变成了现实。

"硬岩不可怕，可怕的是遭遇易碎石质。"五年前那个冰冷的寒冬，奔走在戈壁施工现场的刘飞香，用两根手指轻松地捏碎了一块取样的岩片，脸色顿时凝重起来。"掘进过程中一旦遭遇岩石爆裂坍塌，就会把刀盘卡死，导致设备整体瘫痪，只能靠人工一锹一镐地清渣，工期一拖就是两个月甚至半年。"兵临绝地的那一刻，他提出的一个超常规的设想几乎令所有人脑洞大开，运用液压马达和电机双驱动原理提质赋能，相当于高速跑车和大承载卡车有机结合。可是两套系统背后涉及的15组关键数据，交叉排列组合出上千种方案，查寻最佳数值犹如大海捞针。"宁可脱掉几层皮，不让工地等装备！"为了赶工期保节点，刘飞香和研发人员在车间里度过了一百多个不眠之夜，反复测试上百组试验数据，终于找到液压和电机相匹配的数据曲线方案，成功粉碎了困扰世界挖掘行业五十多年的"卡机"噩梦。

群山险峻、万壑幽深的"华中屋脊"神农架，被称为世界地质公园，这片充满神性的原始森林，曾因惊悚的"野人之谜"让世人望而却步。全长818公里的郑万高铁穿过林区，桥隧比例高达98%，岩堆、岩溶、断层破碎带、顺层及偏压等地质灾害，威胁着施工人员的生命安全，单靠人工开凿根本无法逾越。

"让每一台装备都具有机器人特征，展开安全高效的远程作战，最终实现黑灯、少人或无人作业！"这是一个奇妙构想，也是刘飞香追逐的目标。过去的传统钻爆法施工无法完成陌生地域、复杂气象条件下的攻坚超越之战，

为此，他提出打造隧道智能装备体系的构想。“钻爆法施工装备是地下特种兵，在我国工程装备领域一直处于空白！”刘飞香的目光锁定另一个靶标，勇闯人工智能科技“无人区”。他如磁场般统领着一支千帆竞渡、百舸争流的创新战队，以非常之举实现“弯道超车”，成功研发出智能型凿岩台车、多功能作业台车和混凝土喷射机等系列装备，打赢了一场颠覆式的逆袭之战。

2020年2月24日至3月4日，央视科教频道《创新进行时》在黄金时段联播八集纪录片《神农架下的“地下军团”》，全景式呈现了钻爆法隧道施工系列装备的神奇伟力。一台台变形金刚般的施工机器人，行走在超恶劣、超风险、超常规的隧洞里，轮番施展智能战法，征服一道道天险。一位退役多年的铁道兵老战士观看纪录片后，深情地说：国家需要什么，刘飞香就研制什么，这就是魄力！真英雄！

川藏线，一片神秘而高邈的土地，所有旅行者终极的梦想。这里长年阳光炽热，月色朗朗，抬头可见白云翩翩，苍鹰飞旋。这里的高山一年四季飘落着白雪，千百年不融化，闪烁着金色的光芒。川藏铁路“穿七江过八山”，被称为“登月路”。成千上万的筑路大军刚刚移防到这里的时候，周围300多公里不通车、不通电、更不通邮，几乎与世隔绝。亿万年地壳的运动变化使它的形状千奇百怪，尖峰、悬崖、绝壁，石丘和山脊……地质学上称其为永冻层，生物学上叫作生命禁区。这里的地质最复杂，地震断裂带、岩爆、千年冻土、雪崩……似乎能有的都有了，而几乎每一种又都是一场生死考验。

“海拔高，工作标准更要高；氧气少，完成任务不能少”的战斗誓言，已沿袭传承几十年了。2019年，针对川藏铁路等超级工程建设需求，铁建重工推出一批新研制的超级地下工程装备。这批新研制的超级地下工程装备，能够适应超恶劣的自然环境，应对超风险的地质条件，采用超常规的设计施工方法，满足超大超长超深地下空间结构施工要求。

刘飞香说，与常规产品相比，超级地下工程装备最大的特征是智能化，并且兼具定制化、绿色化、国产化特征，具备攻克高难精尖超级地下工程的能力。

今天，踏上川藏雪域，感叹着这片高旷博大、雄险纯真、迷离多彩的旷世秘境，领略着铁建人虎啸河山般的视域和胸怀。神奇的地下工程装备智能互联技术，翻过一道道神山圣水，为藏家儿女带来吉祥，为雪域高原送来安康，铸就着穿越世界屋脊的英雄史诗。

“关键核心技术是国之重器，不能受制于人！”禁受一次次凤凰涅槃式的拔节生长，刘飞香思索着如何实现追赶超越的真谛，“我们聚力原创技术研发，企业‘命门’牢牢掌控在自己手里，跑出了中国速度，生产了中国产品，推行了中国技术。”从叩开世界的大门，到走上世界舞台，直至走进舞台中央，铁建重工以“短道速滑”打造着非对称性“撒手锏”，领跑“无人区”，引领全球技术和产业变革，擦亮了民族品牌和国家名片。

“把产品塞入电脑，把车间搬进电脑，把隧道建到电脑。”在一场场盛况空前的国际展会现场，刘飞香跟海内外嘉宾分享了铁建重工的“黑科技”创造故事。

“始终专注于非标、个性化、定制化的高端装备，且与施工工法密切关联的产品，一把钥匙开一把锁；只做能够填补国内甚至全球空白的产品；只做国内市场占有率排名前二的产品。”刘飞香始终坚持产品研发差异化原则，蕴含着挖潜自身优势、驾驭外部市场的敏锐洞察力，也是他多年来的制胜法宝。

有三个“经典战例”，刘飞香着实下足了“绣花功夫”。

2011年隆冬，20多名科研骨干顶着满身冰雪，赶赴世界最大煤企中国神华集团矿区，到内蒙古新街台格庙煤田一住就是两个月，一天到晚钻在弥漫着油烟粉尘的地下干起了矿井工。十八个月后，全球首台长距离大坡度煤矿斜井TBM遁入地层深处，以每天超过30米的速度掘进茫茫煤海，开创了全断面隧道掘进机应用于煤矿建设的先河，一举改变了传统建矿模式，引领高端制造业从“中国制造”向“中国创造”跨越。

起初，业主曾邀请国内外多家煤机和盾构机制造公司参与研发，结果个个都畏难而退，一家外企曾断言中国企业想要拿下这个订单，绝对是十年以后的事情。说起开发矿山“市场蓝海”的故事，刘飞香自信满满：“盾构是非标设备，必须既会制造，又懂工法，我们拥有一百多位工程专家，具备破解地下施工难题的实力，研制的这台‘高配版’设备兼具盾构和TBM两种模式，可全地域掘进作业，真正实现指哪打哪！”

2019年7月4日11时，湖南常德“千里沅江第一隧”胜利贯通的喜讯传遍了三湘大地。从那一刻开始，驾车5分钟畅行两岸的梦想成为现实，困扰沅江大桥和航道交通拥堵的难题终于破解！

突破卵石砂砾，穿越水域断层，抗衡高强水压，66天完成组装调试……国产首台常压换刀超大直径泥水平衡盾构机“沅安号”的成功研制，打赢了一场掘通江底的创新之战。“我们摒弃追随模仿，致力于创新突破，集创新工艺和文化传承于一体。”刘飞香悉数点评着这台“钻地神器”的独特亮点，全线打通这条全省最大的水下隧道，设备完好率始终保持在98%以上；换刀时间由一天甚至更长时间缩短至40分钟，保证绝对安全高效；刀盘设计呈粉红色桃花瓣形，隐喻巨型桃花绽放沅水家园，造福桃花源故里，被誉为史上“最美盾构机”。

2007年，我国开启蓬勃兴盛的高铁建设时代，“四纵四横”快速客运网工程陆续开建。抢抓黄金期的刘飞香，仅用一年零三个月就建成了国内最先进的高速道岔生产工厂，首款具有完全自主知识产权的高速道岔突出重围，刷新了中国铁路“高速度”和“舒适度”水平。今天，道岔系列产品已实现转型升级，抢占国内1/3市场份额，创造了416.6km/h的过岔时速纪录，成为世界高速铁路道岔产品提供商，远销海外30多个国家和地区。

磁浮，又一张跟高铁、航空比肩的绿色名片，引领轨道交通进入“后高铁时代”。2015年，铁建重工紧锣密鼓地进军磁浮工程，开始打造世界级磁浮轨排、道岔生产线。2016年5月，我国首条拥有完全自主知识产权的长沙磁浮快线，开始载客试运营。这一年，长沙跃升为中部地区空铁联运的超级枢纽，铁建重工又展开了探索磁浮深部奥秘的征战。2019年3月，建成的全球首条智能化磁浮轨排生产线实现量产，拿到广东清远磁浮旅游专线工程首批订单。六个月后，铁建重工再亮重拳，全球第一座新型轨道交通装备综合研制试验基地在长沙第二产业园建成投用，十多款新型交通维保检测产品问世，为推动轨道交通智能化保驾护航。

“一路走来，我们从未感到过行业‘寒冬’！”善打硬仗、出奇制胜是刘飞香在实战中淬炼的精神密码，一个个“异军突起”的“神来之笔”还有很多。打造中国第一个盾构机绿色再制造示范项目，“光荣退役”的隧道掘进机历经九转功成，涅槃重生，走上新战场。环保型精品机制砂成套设备，让每一块蛰伏沉睡的砾石化石成砂，铺砌绿色行旅，再造秀美河山。智能六行采棉机引领国产高端农机“智能制造”“科技神器”游牧天疆。

“从单一的产品研发出口，提升到技术、服务、管理、品牌和文化的出口，为客户提供全生命周期服务。”刘飞香深邃的眼眸里始终充盈着智慧之光。缔造着“商业传奇”的铁建重工，极速成长为具备盾构法和钻爆法施工装备研制能力的企业，成功打造全球领先的地下工程装备和轨道交通装备大规模定制化企业，跃居“中国工程机械5强”“全球工程机械50强”榜单，位列行业第一方阵。

“铁建重工集团总部大院里坐落着两栋仿汉式楼宇，科技中心大楼有六层高，而办公楼仅四层，足以说明科研创新是重中之重。”刘飞香始终坚持两个比例不变，研发设计人员占员工总数比例不低于20%，研发经费占营收比例不低于5%。近年来，领先创新中国成立家级企业技术中心和工程技术研究中心，成立院士专家和科研精英组成的“八位一体”创新平台，拥有了15个专业设计院、1700余名科技人员的“研发战队”。

在孕育创新基因的襁褓里，铁建重工先后研发50余项中国乃至全球首台套产品。

全球首台永磁电机驱动盾构机实现全程无障碍运行，首台煤矿护盾式快速掘锚装备创下了矿山工程史上多个“世界第一”，首台全智能双臂混凝土湿喷机“硬核”升级，首台超大直径全断面掘进机制胜未来超级工程。

国内首台煤矿大断面快速掘锚成套装备、城市管廊工程永磁驱动矩形顶管机、水利工程最小直径TBM、矿山微型全断面硬岩掘进机、千米级水平超前地质探测设备、磁浮智能巡检车和机器人、跨座式单轨智能巡检车。一个个奇迹被创造，一项项纪录被刷新。

当前，川藏铁路、跨海通道、真空管道磁浮等超级工程将陆续开建，一次次改变中国区域经济版图、刷新人类工程史的惊天逆袭正在实现。然而，如何保障安全开发地下空间，实现地下空间高质量开发和可持续发展，成为全球关注的焦点。2019年10月28日，海内外知名专家、行业精英云集上海滩，全球城市地下空间开发利用上海峰会成功开幕，一场聚焦地下空间高质量开发的重磅演讲，引发世人瞩目。会上，刘飞香亮出了自己的观点：“聚力向智能化转型升级，制定高端智能装备、绿色建材和个性化整体解决方案，实现装备研发与地质勘探、应用场景、施工工法的完美融合。”

“背上了那个行装，扛起那个枪，雄壮的队伍浩浩荡荡。同志呀，你要问我们哪里去呀，我们要到祖国最需要的地方……”2020年元旦前夕的那个清晨，集团数字化指挥监控中心传来《铁道兵志在四方》的激昂歌声。一夜未眠的刘飞香，总有一种浓雾般的忧虑萦绕在心头，“战略上要打大仗！战术上要打残酷的硬仗！”热血涌动的他久久地凝视着，似乎面对的不仅仅是一个沙盘，而是一座座硝烟弥漫的阵地。此刻，他终于按捺不住内心那团火山爆发般的烈焰，在作战笔记上坚定地写下“矢志科技创新时空，服务引领未来！”此刻，一个新的制胜高地愈加清晰，一场超常之战即将打响。他盯着全球作战沙盘，坚定地插上一面战旗：“冲锋吧！铁建重工！”

“让听得见炮声的人指挥作战。”“坚持党建引领，落实‘品质铁建'‘海外优先’战略。”面对新机遇新挑战，忠诚担当国家使命的刘飞香始终步履铿锵。

国内市场“攻城掠地”。铁建重工高起点打造掘进机、隧道装备、轨道系统等产业板块，拓展布局交通装备、高端农机、绿色建材装备、煤矿装备、新兴工程材料产业板块，在多省市设立十余个分支机构，纵横驰骋交通运输、水利水电工程、能源开采等领域。

海外市场“开疆拓土”。铁建重工携大国重器走出国门，在13个国家和地区“安营扎寨”，服务“一带一路”沿线“朋友圈”，产品遍布30多个国家和地区，服务全球市场，贡献中国智慧。

今天，韶华正开的中国铁建重工，崛起正当时！

四

在制造强国、服务全球和造福全人类的浩瀚征途上，大国神工，雷霆万钧，铁冷血热，星辰大海的征程东风万里！

聆听战鼓铿锵，仰望战旗飘扬，感受大国重器问天之震撼，也许你会发现理想，走向阳光！

一块块特型钢“重装起舞”，无缝组合；一台台智能焊接机器人恍若精灵，细腻如丝；“百变刀法”利刃烁金……经受一道道巧夺天工的“极限制造”，一台台超级装备淬炼着匠心智慧实现完美升华。在铁建重工采访的每一天，我都会被一些东西感动着，那思想感情的潮水，在汩汩奔流着，只想把一切激越壮美的生命之弦音，都告诉给尚未到过这里的人们，这就是我们越来越真切地感触到，在世界的国，在天地的家，有了强的国，才有富的家，我爱我的国，我爱我的家！

置身昼夜轮战的基建战场，万千思绪飞腾着，我仿佛看到了一座座心系家国、强我中华的人民阵地，就像蕴藏着磅礴伟力的超级战阵，融汇成红色冲击的主旋律，携着筑梦大风砥砺前行，带给中华民族精神上的浩瀚力量，更给后世留下灿烂辉煌的绝唱，是永远耸立于中华儿女心中的精神丰碑、灵魂的丰碑。仰前世圣贤创千古经典，看今朝神工铸大国重器。今天，乘着新时代浩荡东风，刘飞香领衔的铁建重工团队，驰骋在制造强国的战线上，一遍又一遍地写着“什么也不说，祖国知道我”，激励自己，告诉来人！

2016年6月1日，国家“十二五”科技创新成就展在北京展览馆盛装开幕。铁建重工自主研发的大直径岩石隧道掘进机（TBM），成功入选13项重大标志性科技成果，作为国家“863计划”重点项目和行业唯一代表产品参展接受党和国家领导人检阅。

2018年1月29日，刘飞香当选为第十三届全国人民代表大会代表。3月5日，全国两会在京召开。分组讨论会上，他提出在湖南组建“国家地下工程智能装备技术创新中心”的建议，为我国高端地下工程装备发展建言献策。李克强总理走进湖南代表团分会场参加审议，并询问：“现在掘进机直径能干多大？”刘飞香汇报：“目前铁建重工已经全面实现隧道掘进机国产化，其中盾构机最大直径可达15米、TBM最大直径已达9米！”总理露出欣慰的笑容，希望铁建重工再接再厉，继续加大科技创新力度。

2018年5月28日，习近平总书记出席中国科学院第十九次院士大会、中国工程院第十四次院士大会开幕式，并发表重要讲话，欣然点赞我国掘进装备跻身世界前列，引领产业向中高端迈进。

2018年11月13日，“伟大的变革——庆祝改革开放40周年大型展览”在国家博物馆隆重开幕。铁建重工首次出口欧洲、“掘”胜极寒的土压平衡盾构机“加丽娜”，作为掘进机行业唯一代表荣耀参展再次接受党和国家领导人的检阅。

这一年盛夏，铁建重工出口俄罗斯的第一台盾构机“波丽娜”，伴着“世界杯”的火热开启了莫斯科之旅。2019年初春，第五台盾构机“玛利亚”也成功始发，加上后来追加采购的大直径盾构机，“六机并战”的掘进场面，尤为壮观。

用中国高端盾构机修建莫斯科地铁，刘飞香满脸自豪。20世纪60年代，苏联的专家帮助我国设计建设首条地下铁路——北京地铁一号线，老一辈建设者靠人力建设新中国第一条地铁。现如今，六台国产盾构机修建莫斯科地铁，在–30℃极寒环境里，以日进尺35米的“中国速度”，刷新了俄罗斯地铁施工新纪录。俄罗斯专家兴奋地说，“60多年前，我们告诉北京怎么修地铁。60多年后，我们采用中国的盾构机修莫斯科地铁，这种变化很大，中国很了不起！”

岁末年初，疫情突袭，一级响应，举国战“疫”，全民防控。刘飞香第一时间发出动员令，铁建重工快速联动全球合作伙伴，采购总价1233万元的紧缺医用物资。2月13日，首批141897件医用口罩、防护服和护目镜，披着黎明前的最后一抹夜幕，从德国法兰克福机场出发，飞越万里重洋，于当晚20时30分抵达长沙黄花机场，星夜驰援抗疫一线。

新春上班第一天，铁建重工吹响疫情防控和复工复产“双线开战”的冲锋号。在机械轰鸣的厂房里，刘飞香说：“一台常规直径盾构机，重达三千吨以上，零部件超过三万个，与之配套的产业链、供应链中的每一环都紧密相连，只有全链畅通才能保稳定促生产，满足主机供应需求。装备制造企业应担当冲锋在前的主力军和逆行者，联动上下游企业，优先保障重点项目，最大限度减少疫情带来的影响。”

一场非常时期的突击战打响了。沐着一场潇潇春雨，凿岩台车、湿喷机台车、拱架安装台车组成的“地下特种兵”鏖战红土高原，助力云南建投复工复产。国产首台大直径土压平衡盾构机出征巴山蜀水，穿越“低瓦斯、富水砂卵石”地质，决战成都地铁19号线隧道工程。“钱塘吉祥号”超大直径泥水平衡盾构机掘进杭州艮山东路过江隧道，为贯通钱塘新区两岸互联的快速路破障攻坚。国产首台新型敞开式TBM“北江号”参建广州北江引水工程，创造多项纪录。五年前建功吉林引松供水工程的TBM“长春号”实现再制造，完美转身，再续辉煌，参建乐西高速大凉山1号隧道。7月2日，西北区域某输水工程指挥部传来战报：铁建重工研制的TBM连续掘进20公里，第一个突破长距离、大埋深和极硬岩层，提前9个月贯通隧洞，以最新纪录献礼建党99周年。

海外战场逐鹿欧亚十字要塞，进击阿拉伯海西海湾，掘胜南美大陆，打了一个又一个漂亮仗！2020年2月10日8时，长沙第一产业园内，一台土压平衡盾构机通过CE认证，满足欧洲出口标准，装车发运土耳其担负隧道工程建设。一个月后，出口印度的超大直径盾构机发运，再次踏上西行之旅，开辟孟买沿海公路隧道施工战场。首台出口南美洲敞开式岩石隧道掘进机TBM，劈波斩浪，一路海运，参建秘鲁圣加旺水电站工程。

“当前，我们正全力攻关超级地下工程装备，研制超大直径全断面掘进机、千米级全断面掘进机、千米级水平超前地质探测设备、超级TBM和钻爆法智能装备机群。”从蹒跚学步到行业领跑，从“替代进口”到“批量出口”，攀登高质量发展、智能化升级的制高点，刘飞香领军的铁建重工，正助力推动中国隧道智能建造的生动实践和深刻变革，演绎着为中国制造赢得尊严的英雄传奇！

今天，铁建重工超级地下工程装备，已成为继超级杂交水稻、超级计算机、超高速轨道交通之后，湖南“超级家族”的又一张新名片。

大国重器，举世无双！

大国神工，筑梦辉煌！

中国文化产业推进者

——蒋迎春

◎文 / 保利集团保利文化

文化兴则国运兴，文化强则民族强。文化是一个国家、一个民族的灵魂和血脉，是一国竞争力的重要因素，是经济社会发展的重要支撑。

在中国文化大发展大繁荣的征途中，2000年作为一个重要年份值得标注。这一年，“文化产业”概念被正式写入中央文件，成为中国文化体制改革的里程碑事件。

20载中国文化产业发展史，是国家经济体制改革的一道缩影，同时也承载着生命个体的光荣与梦想。1999年底，有着北京大学考古专业背景的

蒋迎春从媒体人转型走进保利艺术博物馆，从担任馆长助理再到保利文化集团股份有限公司（以下简称“保利文化”）总经理，蒋迎春坚守着国有文化企业这方沃土躬耕改革，与中国文化产业跳动的脉搏同频共振。

一路走来，他不忘初心，长期耕耘在一线，抢救保护国宝重器，精心打造文化精品；他不负使命，顺应文化体制改革大势，改革创新、攻坚克难，带领企业成功改制转型为现代文化企业集团；他砥砺前行，坚持把社会效益放在首位，持续构建现代公共文化服务体系，积极服务国家战略；他自信坚定，在世界舞台讲述中国故事，搭建“一带一路”文化交流桥梁，推动中华文化走进千家万户。

展望未来，中国文化产业发展依旧任重道远。改革浪潮中，蒋迎春坚守本色，做中国文化产业的推进者。

独树一帜　办首家国企艺术博物馆

1999年12月3日的《人民日报》曾刊发这样一则新闻：

“经过一年多的精心筹备，由中国保利集团公司投资兴办的保利艺术博物馆今天正式开馆。这是国内首家由国有企业创办的博物馆。

“地处北京保利大厦二层的保利艺术博物馆，首期推出的陈列面积达400多平方米，主要展示馆藏的100余件（组）青铜器及部分石造像精品。这些文物绝大多数都是保利集团出资从海外抢救收购而来的。其中的青铜器时代上迄商周，下至汉唐，门类颇为齐全，而且精品荟萃，甚至不乏海内外绝无仅有的孤品、珍品。整个展厅配以现代化的声、光、电技术，烘托出浓郁的青铜文化艺术氛围。”

200余字的短消息，却释放出不小的信号。当时，在事业单位办博物馆的主流背景下，国企创办博物馆并没有成熟经验借鉴，其管理和发展面临着诸多问题和挑战。

当时更有评价认为：“它的开张，预示着全社会共同参与国家文物保护事业进入了新阶段，突破了国内博物馆历来由政府及数量极少的个人兴办的传统格局。”

企业兴办文化博物馆源于19世纪末20世纪初的西方国家，中国最早出现企业文化博物馆也开始于20世纪80年代末90年代初。作为首家由国有重点骨干企业出资兴办的博物馆，保利艺术博物馆的诞生像是在中国文化产业的沃土上撒下了一粒种子。

日后，抢救圆明园兽首等一系列爱国行为，令保利艺术博物馆名声大噪。从抢救兽首到探索形成特色艺术博物馆发展之路，蒋迎春正是参与者和引领者。

据公开报道，当时保利从投资的角度想去香港拍卖会购买几幅名画，碰巧国外两家拍卖行要拍卖140年前遭侵略者盗抢的圆明园海晏堂喷泉上的铜兽首。舆论为之哗然，国家文物局两次发表声明要求停止拍卖，海内外社会各界群起响应，香港市民甚至走上街头抗议，但外国拍卖行置若罔闻，拍卖依然进行。

央企的民族责任感和军人的爱国情怀，让保利时任领导层紧急研究，在开拍前那一刻决定竞争拍圆明园兽首，避免国宝再次流失。最终，经艰苦努力，以总价3000多万港元相继购回牛首、猴首、虎首铜像。

“国宝回归是每一个国家、每一个民族在获得经济较大发展之后的必然选择。日本、韩国在20世纪六七十年代经济腾飞之后，均出现过它们国家国宝回归的热潮。”蒋迎春说。

文物是民族的根，是民族历史的实物见证。国宝回归对维系民族的根、振奋民族精神有至关重要的意义。

紧接着，蒋迎春与几名同事又夜以继日操办起《国宝回归特展》。2000年5月29日，铜牛首、铜猴首、铜虎首等三件圆明园遗物重归故里后第一次迎接久别的父老乡亲。

“国宝回归，功德无量。”一位参观者如此感慨。

随着中国特色社会主义市场经济的发展，民族文化在百花齐放中应该有独树一帜的地位。扛起发展文化产业的大旗，这是保利兴办博物馆、出手购买圆明园兽首铜像的一个初衷。同样，这一理念引领蒋迎春带着保利艺术博物馆探索特色发展道路。

“企业博物馆，它的本质首先是企业的博物馆，企业的生存之道首先在于生产，不可能把大量的资金投放到非生产领域，这一特点就决定了它的资金是有限的，不可能像很多国有博物馆一样包罗万象，它更多的应该是行业博物馆、特色博物馆。”蒋迎春这样为企业博物馆定位。

在这一点上，保利艺术博物馆也走过不少弯路。建馆之初，专家队伍和规章制度还有待完善，收藏范围略显庞杂，在行业内基本没有什么名气。在俞伟超等专家的建议下，保利艺术博物馆将最具中华传统文化特色的“金石书画”中的“金”与“石”——青铜器与石造像作为自己收藏的重点，并确定了不求多而全，只求精、珍、稀的方针，把有限的资金花在刀刃上，问鼎精品。

在保利集团领导的支持下，蒋迎春牵头组织建立了囊括马承源、俞伟超、李学勤、宿白、金维诺及启功、徐邦达等近50位专家学者组成的博物馆顾问委员会，他们均为中国文物艺术品领域的一流学者，在海内外享有崇高的声望。论阵容之豪华，至今海内外仍无出其右。与此同时，蒋迎春还巧借外力，促成保利艺术博物馆与故宫博物院、中国历史博物馆（中国国家博物馆）、上海博物馆、北京大学等国内外机构开展广泛合作。

适逢1997年亚洲金融危机后中国艺术品收藏的良好机遇，在专家们倾心指导和帮助下，经多方努力，保利艺术博物馆在短短两三年就建成开放了“中国古代青铜艺术精品陈列”“中国古代石刻佛教造像艺术精品陈列”两个专题陈列馆，而且，展品档次、展览水平均获得各方广泛赞誉。保利艺术博物馆的藏品集《保利藏珍》，还曾荣获国家图书奖。

建馆开放以来，保利艺术博物馆已先后接待各界人士百万余人次参观。2000年5月至今，保利艺术博物馆与有关方面合作，先后在北京、上海、成都、重庆、武汉、广州、深圳、哈尔滨、西安、天津、沈阳及加拿大温哥华、香港、澳门、台北、台中等70多座城市举办了“圆明园国宝巡展活动”，6000余万各界人士先后到场鉴赏国宝，感受历史，受到教育。

如今，保利艺术博物馆已成为中国企业博物馆的龙头和标尺。2007年，保利艺术博物馆迁入新保利大厦，并特聘国际建筑界权威美国SOM公司为博物馆量身设计，使新馆的各项设备、设施都达到国际一流水平。同时，新馆还增设新的展厅，定期推出国内外各类艺术精品展览。

文化企业始终要把社会效益放在首位。在蒋迎春带领下，近年来，保利艺术博物馆致力于社会公益事业，推出众多有学术性和口碑的展览，20年来累计举办各类展览200余个，包括《旷代风华——辽宁省博物馆藏古代书画名品展》《从三星堆到金沙——来自古蜀王国的珍藏》《河南新出宋金名窑瓷器特展》《纪念傅抱石诞辰105周年回顾展》《风筝不断线——缅怀吴冠中先生经典作品收藏大展》《宋元明清中国古代书画精品》《远山晚翠——龙泉青瓷精品》《大朴尚简——明清单色釉瓷器菁华展》《龙翔九天——元明清龙纹御用瓷器展》等，均在社会上引起了良好的反响。

除了文化“走出去”，保利艺术博物馆也在国际艺术“引进来”方面下功夫，《二十世纪俄罗斯油画精品展——庆祝中俄建交六十周年》《错金镂彩——法国皮艾尔·梅西耶暨海外珍藏掐丝珐琅器特展》《芭蕾·花开：到中国之路——拉夫连季·布鲁尼作品展》等展览，系统介绍了“一带一路”沿线国家的文化艺术，以及中国文化在海外的流布情况。

策划与展览相关的社教活动，是博物馆发挥教育服务职能的重要手段、聚拢人气的有效途径和树立文化品牌的必然选择。为此，2017年，保利艺术博物馆推出艺术教育课程。蒋迎春说，青少年是保护非物质文化遗产的希望所在。他们对文化艺术有浓厚兴趣，如何把他们的兴趣保持下来，终身受益，这是关系民族国家未来的大事。

为了培养青少年对非物质文化遗产的兴趣，蒋迎春带领团队，依托博物馆馆藏文物及博物馆不同类型展览，自主开发青铜器系列、佛像系列和当代艺术系列等青少年艺术教育课程，种类近20种，同时与第三方艺术机构积极合作，开设具有博物特色的艺术类活动，已累计推出各类艺术教育课程及活动百余场。

让博物馆充当文化传承的桥梁和纽带，蒋迎春赋予了国有文化企业新的使命和内涵，“种子发芽需要时间。这些点点滴滴的教育活动，就是要让文化艺术的种子种在人们心中，尤其是青少年的心中，这是中国从文化大国向文化强国迈进过程中的必要一步”。

试水混改　育拍卖业龙头

保利艺术博物馆的迅速成长，让蒋迎春深刻感受到了中国文化市场的盎然生命力。布局长远，仅仅办艺术博物馆还远远不够。

世纪之交，在中国的发展中是一个非常重要的时刻，尤其是20世纪90年代末中国经济发展进入快速发展阶段，随着收入增长，群众消费也出现了升级换代的趋势，这极大地推动了文化类产品的供给，对文化企业的需求也随之增长。借鉴西方发达国家文化产业发展的经验，中国文化产业未来的前景注定会非常广阔。

2000年2月，保利集团抓住文化需求爆发的契机，成立保利文化艺术有限公司。

成立保利文化，蒋迎春随之也担任了更加重要的位置，成为公司总经理助理。立足这一身份思考企业发展全局，蒋迎春探索国企文化企业的独特发展之路。

2005年初，培育发展近5年的保利文化一路蹒跚，已到了寻求突破的紧要关头。这时的保利文化几乎全面亏损，演出、广告、光盘生产、音像制品发行诸多子产业多年来苦心孤诣，光明的未来似乎仍然遥遥无期。

“保利文化在清理整顿的同时，能够打造一个迅速形成规模和影响力、有较大利润贡献的新产业吗？”蒋迎春不断反思。

此后，在保利集团及新任保利文化董事会的指导和支持下，蒋迎春力主依托现有优势，即保利文化两大品牌之一的保利艺术博物馆，尝试开展艺术品拍卖。

放眼国外，西方艺术品拍卖市场已蓬勃发展200 多年，苏富比、佳士得两大国际巨头年成交额均保持在50亿美元左右，看来这应该是个不错的行当。

环顾国内，中国艺术品拍卖不过10多年历史，成交额也逊色得多。1992年，新中国艺术品拍卖的帷幕才被拉开。自1993年开始，上海朵云轩、中国嘉德等拍卖企业如雨后春笋般纷纷成立。到2004年底，全国已有艺术品拍卖企业200余家，年度拍卖成交总额也从最初的不足1亿元跃升至30

多亿元，增长势头强劲。而且，依照国际发达国家经验，在人均GDP超过5000美元时，文化艺术消费将有井喷式发展，而中国跨越这一历史关口指日可待，中国艺术品拍卖将有一大波行情——其实，“非典”之后的2004年下半年，中国艺术品拍卖就已显现量价齐升的端倪。

中国艺术品拍卖企业虽然数量众多，但当时在行业内有较强影响力的不过中国嘉德、北京翰海、中贸圣佳等几家。2004年下半年，每家的秋季拍卖成交额最高不过5亿元，规模普遍偏小，实现赶超并非遥不可及。

蒋迎春在心中思量：保利文化作为大型央企中国保利集团的子公司，背靠大树，品牌、信誉、实力自然有目共睹，筹备、建设保利博物馆七八年间，建立起一支国内无与伦比、超豪华的专家顾问团队，与海内外重要收藏机构、收藏家也联系密切，这些优势是国内相当多拍卖公司所不能比拟的。

“不过，市场前景不错，发展潜力大，自身禀赋也不错，但不一定适合保利文化这样的国企来干。”蒋迎春也有些担忧。

熟悉这一领域的人都清楚，艺术品拍卖属于充分市场竞争领域，人才特别是领军人物的作用十分明显。1995年国家文物局曾批准国家第一批拍卖文物试点单位，共有6家拍卖公司入选，其中4家是国企，不到10年时间，其中3家公司因经营问题或倒闭或交由私人承包经营。后来成立的天津蓝天、北京鼎丰等一批国有拍卖企业也面临着类似问题。保利文化进军艺术品拍卖，如何能够避免这一问题?

通过深入访谈业内人士，蒋迎春了解到国有拍卖企业存在的诸多问题，其中最核心的要数分配机制问题——相当多国有拍卖企业都是各省市文物商店建立的，还沿袭着原事业单位的分配机制，按级别、按资历、按工龄，跑一线的业务人员比司机、后勤多不了多少。

引进人才，对于这些国有企业也是个头疼的问题，引进困难，引进后与原体制磨合、如何实现激励等，都是不小的难题。保利拍卖要干就必须干好，要干好就必须解决好机制问题；要成功，对外招兵买马是必须的，而混合所有制是必然的选择。

在蒋迎春等的主导下，2005年7月，保利文化大胆引进民营资本，成立了混合所有制企业——北京保利国际拍卖有限公司，其中保利文化持股42%，两位自然人分别持股22%和18%，高管持股18%。这两位自然人股东，均是拍卖行业知名人士，经验和客户资源储备丰富。由于有相当可观的股权作保障，他们能够融入保利，全身心投入公司发展。

成立之初，北京保利拍卖只有十几名员工，除核心业务骨干有行业背景外，大部分员工初次接触拍卖业务。但依托保利雄厚的品牌优势、资源优势，以及股东各方长期积累的客户资源，成立短短4个月，北京保利拍卖就推出首届大型拍卖，一举取得成交总额5.6亿元的好成绩，位列同期国内艺术品拍卖第三名，当年即实现税前利润2000余万元。此后，北京保利拍卖一直居国内同行业领先地位。

2005年11月，北京保利首次拍卖会即取得5.6亿元的成交额，这一佳绩使得北京保利拍卖跻身拍卖龙头企业之列。

2012年5月，北京保利春季拍卖会在北京全国农业展览馆预展，此次拍卖涵盖古代书画、近现代书画、现当代艺术、古董珍玩、当代水墨、古籍、名酒、珠宝等十余个门类共38个专场，为藏家献上了一场辉煌的艺术盛宴。

2009年，按照国务院国资委规范国有企业职工持股的相关要求，北京保利拍卖中的高管持股需要退出。在这一调整过程中，保利文化又利用其中5%股权，吸引业务骨干加盟，使北京保利拍卖的古董珍玩业务做到从无到有，短短三年便在国内一马当先。调整后的北京保利拍卖，保利文化共持股55%，既保证了保利集团、保利文化对保利拍卖的绝对控股，又优化了个人股东的股权结构，为企业后续快速发展奠定了基础。

正是从这一年开始，蒋迎春带领团队先是促成尤伦斯爵士等欧洲大收藏家开始与中国艺术品拍卖企业的首度大规模合作。同时，保利拍卖不断完善门类设置，走建设综合型拍卖企业之路，逐渐形成中国书画、现当代艺术和古董珍玩等多门类的均衡布局，不仅增强了企业的抗风险能力，更成功巩固了自身在中国艺术品拍卖行业第一梯队的位置。自2009年开始，保利拍卖已连续10年居全球中国艺术品拍卖成交总额榜首。

2012年，保利拍卖开始谋划进军香港市场。香港拍卖市场的竞争比国内更加激烈，佳士得、苏富比等国际巨头已深耕香港30多年，领先地位短时间内难以撼动。

此时，蒋迎春带领团队再次创新制度设计：为降低进入全新市场的风险，同时借鉴前期混合所有制经验，保利香港拍卖引入个人股东，涉及我国香港、台湾地区和新加坡等地部分收藏家。

香港保利拍卖一成立，就准确把握市场脉搏，取得良好成效。2012年秋首拍即实现成交总额12亿港元，此后全年成交总额一直确保在20亿港元以上，在香港艺术品拍卖市场仅次于佳士得和苏富比，位列第三，成功在香港市场立足。

在此前两次混改成功的基础上，保利拍卖在市场持续下行的环境中基本保持了相对稳定的成交态势，确保了在国内市场中的领先优势。保利拍卖与中国嘉德稳居内地拍卖企业的第一梯队，并对第二梯队保持较大领先优势。

总结反思保利拍卖混改之路，蒋迎春深知拍卖企业主要提供中介服务，为拍品买卖双方提供交易平台。维护收藏家，确保征集到好拍品；联系大客户，提高拍品的成交率，这些都主要依靠拍卖公司的业务人员亲力亲为，因此，人力资源是拍卖企业的核心竞争力。

“在新的发展阶段，对于文化、高科技等高度依赖人力资源的行业，国有企业引入混合所有制，可以将国有企业的资源和民营、个人股东的资源有机结合，实现利益统一，共同发展，有助于国有企业做大做强。”蒋迎春说。

披荆斩棘　股改上市促发展

冲破体制机制的束缚，市场是企业发展改革的活力之源。为把握市场先机，蒋迎春犹如一个战士，四处出征。

2005—2008年，已经转型企业管理者的蒋迎春，经历着个人职业生涯中成长变化迅速的一段时光。其间，他所在的保利文化进军艺术品拍卖业务之后，开始投资控股保利万和院线，电影业务由影视剧制作逐步转向以电影院线管理和影院建设为主。同时，保利文化转让保利天源文化公司

（俱乐部）全部股权、转让天源广告大屏项目，转让保利演艺大部分股权；收回对保利华亿的股东贷款本息，保留50%股权。至此，公司以演出与剧院管理、艺术品经营与拍卖、影业投资与电影院线管理为三项主业的业务架构基本清晰。

2011年，保利影业成功研发设计了影院巨幕放映系统POLYMAX，并获得国家技术专利证书。2012年，POLYMAX技术落户保利国际影城深圳南山店。

这期间保利文化快速延伸业务触角，其背后的推动力正是得益于文化产业的快速发展。

2002年11月，党的十六大报告提出"积极发展文化事业和文化产业""根据社会主义精神文明建设的特点和规律，适应社会主义市场经济发展的要求，推进文化体制改革"，首次厘清了文化事业与文化产业两者之间的关系。

之后数年间，我国文化产业规模迅速壮大，文化及相关产业的增加值占国内生产总值的比重不断提高。据国家统计局的报告，2008年，我国文化产业增加值达到7630亿元，比2004年增加了4190亿元；文化产业增加值相当于同期GDP的2.43%，比2004年提高了近0.3个百分点。

文化产业的黄金时代已经开启，但仅仅是规模化的扩张，难以支撑企业有质量的发展。蒋迎春也开始意识到，战略不清晰、管理较为粗放等问题，使得保利文化部分业务亏损、盈利能力有限。

正如一枚硬币的两面，产业迸发的巨大机遇也埋藏危机。把握契机校准航向，蒋迎春带领保利文化进行股份制改造，谋求整体上市。

2009年7月，我国第一部文化产业专项规划——《文化产业振兴规划》由国务院常务会议审议通过。这是继钢铁、汽车、纺织等十大产业振兴规划后出台的又一重要产业振兴规划，标志着文化产业已上升为国家战略性产业。

2010年3月，为落实《文化产业振兴规划》，中宣部、中国人民银行、文化部等9个部委联合出台了关于金融支持文化产业振兴和发展繁荣的指导意见，首次从国家政策层面提出加大金融支持文化产业的力度，推动金融业与文化产业全面对接，促进文化产业大发展大繁荣。

文化创意企业大都轻资产运营，具有资产规模小等特点，要建设成为国有骨干文化企业集团，依靠自身滚动发展不现实，上市是必然的选择。

除融资等需求外，蒋迎春有着更长远的思考——文化企业往往随意性、变动比较大，盈利模式与运营规律往往并不十分清晰；艺术家的创造性、随意性与经济运营的内在规律，还需要做更深入的探讨。主动上市就是按照资本市场的思维管理企业，给企业发展主动施压。

带领保利文化整体上市，蒋迎春和他的团队经历了近四个春秋，坎坷经历可谓一波三折。

2010年5月，保利文化全面推动企业整体在国内A股主板上市计划。在国资委、保利集团的指导和支持下，保利文化于2010年底完成股份制改造，2011年6月17日，正式向中国证监会递交首次公开发行股票并上市的申请文件，此后向中国证监会进行了审核反馈意见答复，并进行了大量的沟通工作。但自2012年9月开始，由于A股市场的连续下跌，中国证监会暂停了IPO的审批。

国内A股IPO暂停，排队企业众多，保利文化上市还要搁置相当长时间。蒋迎春便带领团队另辟蹊径——转战香港。

香港上市，无疑是保利文化把握文化产业发展契机，迎接国际化挑战，与苏富比和佳士得等国际巨头同台竞争的重要一步。

保利文化会同中介机构研究了转香港H股上市的方案，并于2013年4月迅速启动香港H股发行上市工作，8月5日向中国证监会申报H股上市申请文件。2014年1月17日，取得中国证监会同意保利文化发行H股并在香港联交所主板上市的批复，2014年3月6日在香港联交所主板顺利完成上市。

保利文化本次全球发售获得投资者热烈追捧。股票按照价格区间上限定价为33港元每股，对应2013年市盈率23.1倍，创造了香港资本市场多个第一：

成为香港资本市场首家以艺术品经营与拍卖、演出与连锁剧院管理为主业的上市文化企业；

全国社保基金近6年来首次在香港资本市场作为基石投资者参与投资；

香港公开发售部分超额认购倍数达606倍，冻结申购资金1554亿港元，成为自2010年11月以来香港资本市场的新冻资王。

上市意味着企业将成为公众企业，企业全部的经济行为将接受法律、法规、规章制度的考验，接受公众投资者的监督。因此，上市是一次对企业行为的全扫描过程，上市过程就是企业不断规范管理的过程。通过上市，企业的法人治理结构和组织机构将趋于健全，各项规章制度将不断完善，经营管理和财务管理将不断规范，投资决策将更加科学合理，从而为企业长远健康可持续发展提供制度保障。此次香港成功上市，使保利文化成为第一家以文化艺术为主业的港股上市央企，为中国文化企业“走出去”树立了典型。

上市至今，蒋迎春带领保利文化通过不断调整优化主业结构，其演出与剧院管理业务已由单纯的管理剧院组织演出发展成为“渠道、内容、营销、艺术教育”四位一体的格局，保持行业领先；艺术品经营与拍卖业务进一步完善鉴定、估值、保管、拍卖、零售、投资顾问、金融服务的全产业链，不断巩固行业领先地位；影院投资与院线管理业务通过“电影院线+内容投资”稳步扩大整体影响力；四项新业务为三项主业实现外延扩张建立了清晰通道。通过改革，保利文化在文化市场的影响力进一步增强，整体成长性进一步提高，为打造中央企业文化第一品牌奠定坚实基础。

上市多舛，改革不易。所幸，蒋迎春顺应文化体制改革大势，带领企业成功改制转型为现代文化企业集团。在这一过程中，企业依靠主业核心竞争力得以成长、壮大，并逐步积累主业资源，不断实现做大做强。

担当在肩　书写文化央企使命

与改革开放相伴相生的文化体制改革，不断催生出文化产业新的机遇和空间。扎根一方文化沃土，蒋迎春在最好的舞台，书写着一家文化央企的使命和担当。

党的十九大报告中将人民对美好生活的向往作为奋斗目标。优质的公共文化服务供给，正是人民美好生活的重要组成部分。就大剧院而言，正是公共文化服务体系的核心组成要素，是社会大众享受基本文化权益的关键要素。率先在国内创立剧院连锁经营模式，制订出台国内首部《行业标准》和《剧院经营管理规范》，是蒋迎春和他的团队的一次创新。

在改革开放最初的十年，剧院对于中国百姓来说还是一个新鲜的，甚至是可望而不可即的事物。1991年，保利集团怀着“促进国际文化交流，丰富人民文化生活”的初心，接管了国际文化交流中心，并正式更名为“北京保利剧院”。从此，北京东二环边上的“保利剧院”成了北京最重要的文化演出场所。

21世纪初开始，全国各地掀起了大剧院建设的热潮。作为长期从事剧院管理行业的保利剧院公司，在面临极大市场压力与挑战的同时，充分意识到必须要找到一种更好的发展模式。

2003年10月，北京保利剧院管理有限公司成立，先后接管上海东方艺术中心、北京中山公园音乐堂、广东东莞玉兰大剧院，完成了在京沪粤的布局，并正式拉开了保利搭建全国院线渠道的序幕。保利经过自身的探索，开创了国内剧院连锁经营的模式。截至2020年6月，保利管理了70余家一流剧院，拥有130余个观众厅，超过13万个观众席。

2003年10月，北京保利剧院管理有限公司成立，经过17年的创新发展，管理业务已覆盖全国22个省市自治区，经营管理剧院70余家，是中国规模一流的剧院院线。

综观保利剧院公司的发展，正值国家文化基础设施建设的繁荣时期。时代给予了保利发展的机遇。保利剧院是伴随着国民文化需求不断增长、社会参与公共文化事业程度不断加深而诞生，伴随着开放步伐不断加大、现代公共文化服务体系不断完善而壮大。

从北京、上海、深圳这样的大都市，到邹城、黄冈、吉安这样的小城，保利的舞台搭建到哪里，保利的管理就跟进到哪里。公司制订出台了针对各类演出艺术水准的国内首部《剧院经营管理规范》，与各地方政府联合发布了国内首部《政府补贴行业标准》，出版发行了《剧院经营管理实务》，提出院团演出等级分类标准，制定首套国内剧院经营管理规范性文件。

“这是保利剧院16年最珍贵的财富，正是统一的行为准则，才造就了保利剧院全国如一的品质，从而成就了如今最大的舞台。”保利剧院管理者曾这样道来。

打造渠道，蒋迎春带领团队扎根文化产品生产一线，为时代、城市输入独特的文化气质。

为了打破国际顶尖艺术进不了中小城市的桎梏，让广大百姓在家门口就能欣赏到高雅艺术，同时摊薄演出成本、维持中小城市剧院的运营，保利剧院公司采取“总部统一采购，统筹安排地方”的节目运作模式，每年安排项目巡演超过3000场。荷兰阿姆斯特丹皇家音乐厅管弦乐团、柏林爱乐乐团、维也纳爱乐乐团等世界十大交响乐团悉数亮相保利，海外经典音乐剧《猫》《巴黎圣母院》《人鬼情未了》《保镖》，悉尼歌剧院歌剧《蝴蝶夫人》，杨丽萍舞剧《孔雀》，赖声川话剧《如梦之梦》等演出，已经成为一座城市重要的文化事件。

随着规模壮大，保利剧院公司逐渐实现产业链布局，演出在全国有统一安排，走品牌化、系列化之路。在演出内容上，保利通过“精品剧目+全国院线巡演”模式来实现“节约成本与高品质主流文化宣传”有机结合。追求经济效益同时兼顾社会效益，制定出相对合理的票价，培养消费市场。

一个好的剧院，要让人想进来，进得来，还想来——想进来是说节目内容要照顾到各个层面的需求；进得来是说剧院的消费要符合当地的文化消费水平。

为此，保利剧院公司与国内外20余家一流院团、演艺经纪机构签署演出合同，金额超过3500万元，成为2018中国（北京）演艺博览会现场签约金额最大的交易。在演出季中，原版音乐剧《玛蒂尔达》《一个美国人在巴黎》，捷克爱乐交响乐团音乐会，杨丽萍领衔的当代舞里程碑式作品《春之祭》东方版均亮相保利。

在保利文化的20年，蒋迎春已经带领企业形成了演出与剧院管理、艺术品经营与拍卖、影院投资管理等多项主业并举的产业格局，其中剧院管理、艺术品经营与拍卖在业内居领先地位，已形成良好品牌。

为贯彻党的十九大提出的“坚定文化自信，推动社会主义文化繁荣兴盛”战略，蒋迎春深刻认识到，作为文化产业一个重要分支及国家文化建设中坚力量，文博事业将负担起更大的文化建设责任，在完善公共文化服务体系，深入实施文化惠民工程，丰富群众性文化活动方面发挥更大作用。

“其实，做文化企业都是需要情怀和热情的，最近我们一直在做博物馆美术馆连锁，扶持一些地方的美术馆建设等。”蒋迎春和团队不断思变、谋变。

蒋迎春说，目前保利文化是全世界最大的剧院院线和演出交流平台。在艺术品经营和拍卖板块，我们的定位是搭建一条以中国艺术品为主的集展览、展示、交易、收藏、保管、研究为一体的完整产业链。

近年来，国内地方博物馆、美术馆建设提速，数量快速增长，但藏品数量不足、缺乏市场化经营管理等问题日益凸显。基于文化公司多年来的博物馆（含美术馆，下同）运营管理及艺术品经营实践，借鉴保利剧院连锁管理经验，建立品牌博物馆连锁运营体系，为大众提供系统化的公共文化服务，是扩大保利博物馆乃至保利品牌影响的重要途径，在经济上也是一种可行的运作模式。

在进行可行性分析时，蒋迎春发现，保利文化深耕艺术品经营与拍卖行业10余年，在艺术品征集及交易方面拥有丰富的渠道资源，如受托经营，可为地方博物馆提供更加多元的藏品收集渠道；同时，凭借保利艺术博物馆及相关产业实际运营经验对博物馆实行市场化运作，为博物馆研究人员创造致力于馆藏艺术品深度钻研的有利条件，并通过举办展览展示、专题讲座等形式对研究成果进行宣传推广，形成区域学术影响及品牌优势。另外，博物馆具有地方特色的藏品极大丰富后，除了可用于自身文创产品开发外，根据西方发达国家博物馆运营发展经验，还能对周边文化产业起到带动作用，拉动区域优势文化资源向周边辐射。如受托经营地方博物馆，可借助保利集团多元化的资源，对博物馆周边地产、特产、传统工艺等资源进行深入挖掘，和博物馆藏品相结合，打造区域文化艺术特色，形成文化名片。

“坚定文化自信，推动社会主义文化繁荣兴盛”，党的十九大为构建现代公共文化服务体系提出明确目标。作为文化产业一个重要分支及国家文化建设中坚力量，文博事业将负担起更大的文化建设责任，在完善公共文化服务体系，深入实施文化惠民工程，丰富群众性文化活动方面发挥更大作用。服务国家战略，蒋迎春和团队凝聚保利文化在公共文化服务体系建设中积累的核心竞争力，再次投身创新改革浪潮之中。目前，北京时间博物馆、温哥华保利艺术馆已建成开放，宜兴中国紫砂博物馆、慈溪保利艺术馆等正在筹建中，保利主导的博物馆（美术馆）网络已初见规模。

矢志创新　讲好“一带一路”中国故事

中华民族形成和发展中产生的各种思想文化，源远流长、博大精深，记载了中华民族在长期奋斗中开展的精神活动、进行的理性思维、创造的文化成果。中华文化生生不息、绵延不断的生命力，就在于它始终在坚持本体的同时又开放自身。中华民族优秀文化在空间上不是封闭的，在时间上不是停滞的，是一个鲜活有机、不断吸纳的生命系统。

在交流中升华，中华文化走出去的步伐从未停息。

新中国成立初期，我国对外文化交流覆盖面小，主要是与社会主义国家及亚非拉友好国家进行文化交流。改革开放后，我国对外文化交流不断扩大和深化，已成为国家整体外交战略的重要组成部分。特别是党的十八大以来，文化交流、文化贸易和文化投资并举的“文化走出去”、推动中华文化走向世界的新格局已逐渐形成，中华文化影响力日益增强，国家文化软实力得到提升。

日益走进世界舞台中央，就要让世界更好了解中国。党的十九大报告中指出，加强中外人文交流，以我为主、兼收并蓄。推进国际传播能力建设，讲好中国故事，展现真实、立体、全面的中国，提高国家文化软实力。

走进新时代，文化交流融合的铿锵步履不断加快。把握时代契机，蒋迎春说，这进一步坚定了保利文化继续加强文化自信，做好中外文化交流，不断提高中国文化世界影响力的决心。

助推中华优秀文化“走出去”，可以通过简单地拓展物理空间来实现，而“走进去”却是心理空间的延伸，意味着为受众所接受，需要搭建中华优秀传统文化与国外受众之间的“桥梁”，而这个“桥梁”便是优秀文艺作品的内涵品质。

近年来，为积极响应党中央针对文化产业发展提出的“渠道优先，内容为王”发展要求，蒋迎春带领保利文化不断升级自身发展策略，巩固渠道优势，提升内容品质，瞄准“十三五”规划目标，提出“打造中国文化领军企业，树立世界一流文化品牌，成为行业规则的制定者、产业发展潮流的引导者、中国文化走向世界的先行者”。

“渠道虽然辛苦，但这部分适合文化央企做。”蒋迎春说，“渠道布局到一定规模，必须要把内容做起来。没有内容，发展瓶颈就难打破。”

此前，虽然保利文化的原创内容制作始终有着良好的口碑和独特的品质，社会效益不断增强。但着眼于“一带一路”带来的广阔机遇，担负起讲好中国故事的责任和使命，促使保利文化内容提升再出发。

“中国文化自信的弘扬，一定是让外界了解、认同、信服。‘一带一路’方面，最重要的是着眼思维方式的差异加强沟通合作。”蒋迎春说。

为此，蒋迎春带领团队充分发挥保利剧院院线平台优势，加大内容创作力度，每年推出多部原创剧目，包括原创音乐剧《三毛流浪记》《钢的琴》《王二的长征》《聂小倩与宁采臣》《啊！鼓岭》《虎门销烟》、原创话剧《银锭桥》《断金》、原创儿童剧《我爱童话》等。其中《钢的琴》获第十四届文华奖五项大奖；《银锭桥》荣获2017年第七届国际戏剧“学院奖”之优秀剧目奖。

2012年10月，北京保利剧院公司原创音乐剧《钢的琴》在东莞玉兰大剧院震撼首演，经过两轮巡演共计演出102场，该剧斩获第十四届“文华大奖”的音乐剧，同时还摘得“文华优秀剧目奖”“文华音乐创作奖”“文华舞台美术奖（舞台设计）”“文华舞台美术奖（灯光设计）”。

以开发本土原创剧目和引进国外高品质演出项目为业务主干，保利剧院院线将众多国内外优秀剧目搬上舞台，柏林爱乐乐团、伦敦交响乐团、旧金山歌剧院等近千家国际知名艺术团体在保利剧院院线登台演出；音乐剧《虎门销烟》《音乐之声》中文版等持续全国巡演；话剧《断金》巡演海内外，所到之处一票难求。

在继续加大海外优秀剧目引进力度的同时，保利文化将加强中国原创节目走出去，学习海外经验，与百老汇等合作，创新打造国际版的中国故事，将其搬上世界艺术舞台。

人类文明只有在交流互鉴中才能充满生命力。为此，蒋迎春把温哥华保利艺术馆的建立作为扩大中国艺术在北美西海岸的影响力的一次文化“走出去”的重要实践，同时加大与美国洛杉矶郡立博物馆、芝加哥博物馆、加拿大皇家不列颠哥伦比亚博物馆、温哥华美术馆等的合作，不断将中国传统文化传播到世界各地。保利的艺术教育已经与林肯艺术中心等国际知名艺术机构建立了战略合作，保利童声合唱团登上了德国科隆大教堂的舞台。保利文化加强与“一带一路”国家的合作交流，在引入剧目的同时，也把中国传统音乐戏曲带到沿线各国。

历史事实表明，古往今来的文艺“高峰”往往具备一个共同特征：以文化自觉和文化自信为底蕴，充盈着一个时代独特的文化气韵与精神内核，承载着中华传统美学的审美趣味和价值追求，蕴含着推动时代思想文化变革的因子和改造社会的强大动力。眼下，中国已到了从文化大国走向文化强国的关键时期，蒋迎春和他的团队仍坚守在文化生产一线，向着未来奋力前行。以经得起历史和时代检验的精品力作，夯实民族文化之根，铸就文化自信之魂。

后记

习近平总书记深刻指出："伟大时代呼唤伟大精神，崇高事业需要榜样引领。"国务院国资委党委深入贯彻落实习近平总书记重要讲话精神，从2017年开始连续选树发布"央企楷模"，同时积极向中央宣传部推荐"最美奋斗者""时代楷模"等全国重大典型。中央企业先进典型层出不穷、群星灿烂，形成了新老典型代代相继、持续接力的先进典型格局。为充分发挥先进典型的引领示范作用，国务院国资委党委宣传部组织中央企业为楷模典型创作报告文学作品。作者们以生动的笔触抒写楷模、讴歌楷模、赞美楷模。这些精品力作既见信仰信念，又见人格风骨，更见家国情怀，充分彰显了以爱国主义为核心的民族精神和以改革创新为核心的时代精神。

春风化雨，润泽人心。国务院国资委党委宣传部已连续编辑出版两辑《大国顶梁柱——"央企楷模"报告文学作品集》，本书为第三辑。收录的报告文学作品以部分中央企业"最美奋斗者"和第四届"央企楷模"为创作对象，生动描绘了中央企业先进典型胸怀梦想、许党许国、拼搏奋进、勇攀高峰的崇高品质。他们如一面旗、一盏灯、一粒种、一束光，汇聚起新时代砥砺前行的磅礴力量。榜样是看得见的哲理，以央企楷模为学习榜样，将楷模的精神力量转化为新征程上的实干热情，是我们致敬楷模的最好方式。

国务院国资委党委宣传部

2020年12月